U0666813

屈大均詩詞編年校箋

一

〔清〕屈大均 著
陳永正等 校箋

上海古籍出版社

圖書在版編目(CIP)數據

屈大均詩詞編年校箋/(清)屈大均著;陳永正等校箋. —上海:上海古籍出版社,2017.8
(中國古典文學叢書)
ISBN 978-7-5325-8286-0

Ⅰ.①屈… Ⅱ.①屈… ②陳… Ⅲ.①古典詩歌—詩集—中國—清前期 Ⅳ.①I222.749

中國版本圖書館 CIP 數據核字(2016)第 268682 號

中國古典文學叢書
屈大均詩詞編年校箋
(全五册)
[清]屈大均 著
陳永正等 校箋
上海世紀出版股份有限公司
上 海 古 籍 出 版 社 出版
(上海瑞金二路 272 號 郵政編碼 200020)
(1)網址:www.guji.com.cn
(2)E-mail:gujil@guji.com.cn
(3)易文網網址:www.ewen.co
上海世紀出版股份有限公司發行中心發行經銷
常熟人民印刷有限公司印刷
開本 850×1168 1/32 印張 71 插頁 28 字數 1,440,000
2017 年 8 月第 1 版 2017 年 8 月第 1 次印刷
印數:1—800
ISBN 978-7-5325-8286-0

I·3118 (精)定價:358.00 元
如有質量問題,請與承印公司聯繫

康熙黄廷璋題辭本《翁山詩外》扉頁屈大均遺像

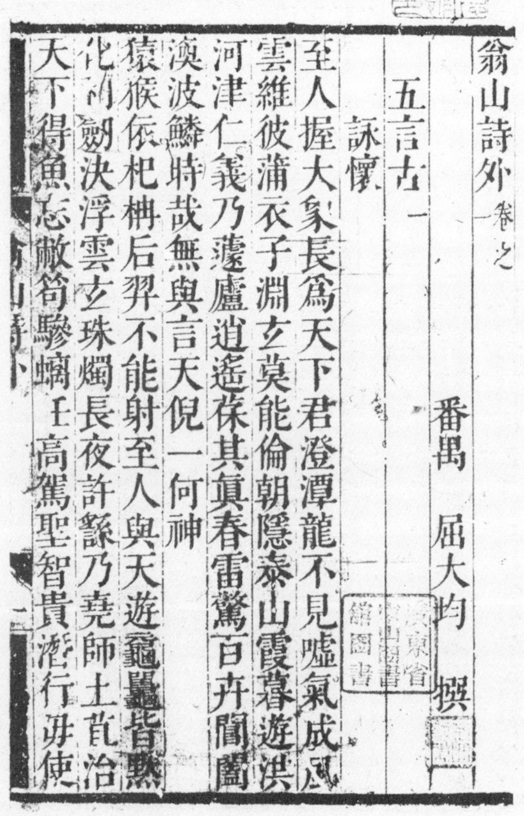
翁山詩外卷之一

番禺　屈大均　撰

五言古

詠懷

至人握大象長爲天下君澄潭龍不見噓氣成風
雲維彼蒲衣子淵玄莫能倫朝隱泰山霞暮遊洪
河津仁義乃蘧廬逍遙葆其眞春雷驚百卉闔闢
澳波鱗時哉無與言天倪一何神
猨猴依杞柟后羿不能射至人與天遊黿鼉皆黙
化神劒決浮雲玄珠燭長夜許繇乃堯師土苴治
天下得魚忘[illegible]笱驂螭壬高駕聖智貴潛行毋使

康熙凌鳳翔刻本《翁山詩外》書影

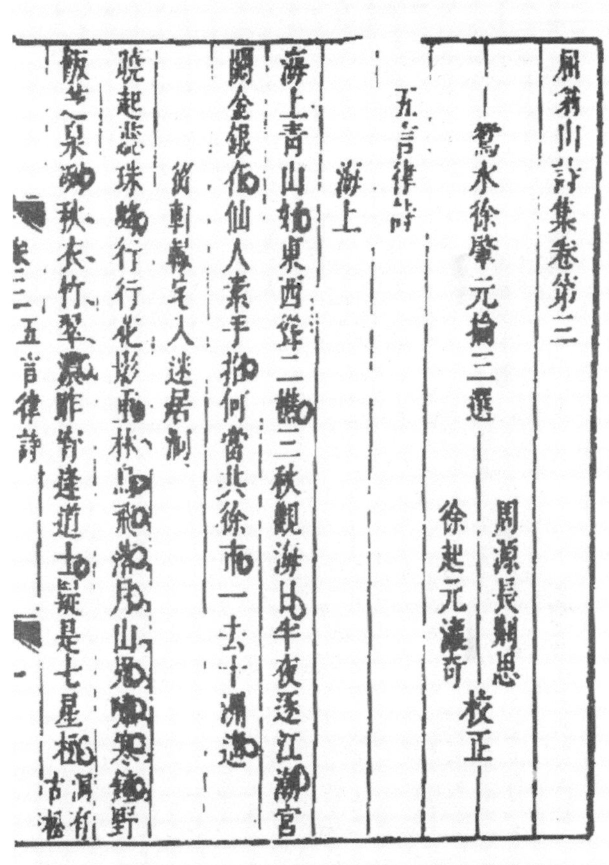

屈翁山詩集卷第三

鶯水徐肇元倫三選

周源長嗣思
徐起元濂奇 校正

五言律詩

海上

海上青山好東西第二橋三秋觀海日半夜逐江潮宮闕金銀作仙人素手招何當共徐市一去十洲遙

留[illegible][illegible]宅人迷居制

曉起蕊珠觀行行花影動林鳥飛初滿月山鬼哭寒鐘野飯共泉聲秋衣竹翠濕昨宵逢道士疑是七星樞 洞有古松

卷三 五言律詩 一

康熙刻本徐肇元選《屈翁山詩集》書影

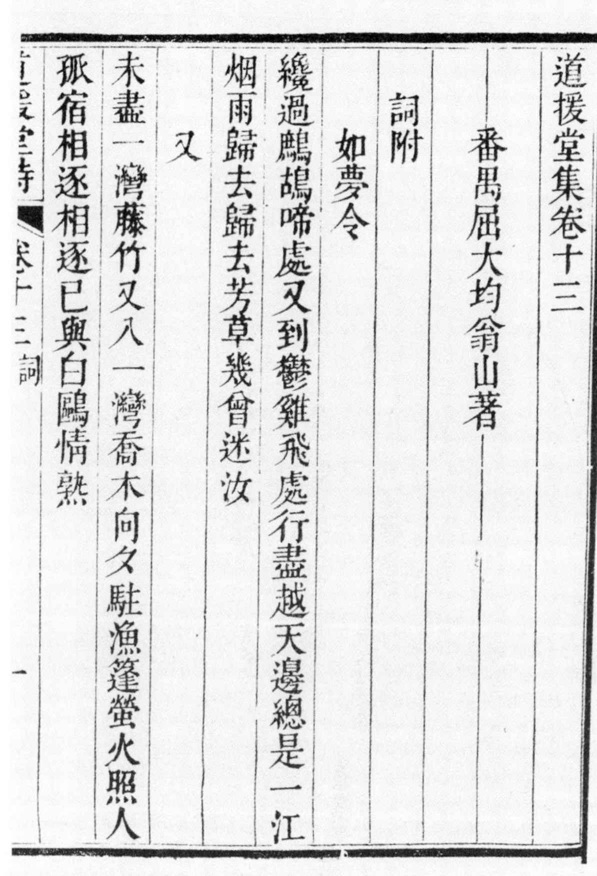

道援堂集卷十三

番禺屈大均翁山著

詞附

如夢令

纔過鷓鴣啼處又到鬱雞飛處行盡越天邊總是一江烟雨歸去歸去芳草幾曾迷汝

又

未盡一灣藤竹又入一灣喬木向夕駐漁篷螢火照人孤宿相逐相逐已與白鷗情熟

道光刻本《道援堂集》書影

汪宗衍藏屈大均書《讀書樂趣》一則

汪宗衍藏屈大均致汪扶晨手札

前　言

一

屈大均（一六三〇—一六九六），明末清初廣東著名詩人。與陳恭尹、梁佩蘭并稱爲「嶺南三大家」。大均初名紹隆，字翁山，又字介子，自號泠君、華夫。番禺人。其父屈宜遇是位喜愛讀書的民間醫生，對大均教育督責甚嚴，「日誦不問何書，必以數千言爲率，親爲講解，弗以諉之塾師也。家貧，每得金，必以購書」。（先考澹足公處士四松阡表）大均天資聰穎，讀書過目成誦，十四歲能文，十五歲能詩，與同里諸子結爲西園詩社。十六歲補南海縣學生員，并得到同鄉釋函昰的介紹，從陳邦彦（陳恭尹之父）讀書於粵秀山。這時，大均學到的不僅是詞章之學，兼有經世致用的政治軍事知識。他在秋夜恭懷先業師贈兵部尚書巖野陳先生并寄世兄恭尹一詩中，回憶當時讀書的情形，傾吐了自己的遠大抱負：「憶昔從師粵秀峰，授經不與經師同。捭闔陰謀傳鬼谷，支離絶技學屠龍。小子生年方十五，意氣飛騰思食虎。……」

南明永曆元年（一六四七年）一月，清兵陷廣州。其父告大均曰：「自今以後，汝其以田爲書，日事耦耕，無所庸其絃誦也。吾爲荷蓧丈人，汝爲丈人之二子。昔之時，不仕無義，今之時，龍荒之有，神夏之亡，有甚於春秋之世者，仕則無義。潔其身，所以存大倫也，小子勉之。」（先考澹足公處士四松阡表）同年春，陳邦彥起兵高明山中，以水軍先攻順德，約陳子壯起兵南海，張家玉起兵東莞，黄公輔起兵新會，互爲犄角。四月，邦彥出兵攻高明。屈大均從兄士燝、士煌激於義憤，破産從軍，初入羅浮，糾合數千壯士，往來相約。這年，大均十八歲，身懷捐軀報國之志，參加邦彥發動的軍事鬥争，「予時當一隊，矢盡猶争先」。（維帝篇）未幾，合攻廣州，不克。子壯走高明。邦彥走清遠，據城死守，城破後，猶率師死戰，身被三刃，投池自殺未果，被執送廣州，不屈而死。子壯、家玉也先後遇害。國難師仇，在大均的心靈裏影響至大，遂堅志不仕。他在死事先業師贈兵部尚書陳巖野先生哀辭中云：「有弟子兮後死，曾沙場兮輿尸。抱遺弓兮哽咽，拾髮齒兮囊之。憤師仇兮未復，與國耻兮孳孳。早佯狂兮不仕，矢漆身兮報之。」

永曆二年五月，清將李成棟反正，派員聯絡永曆政權，共商抗清之舉。不久，永曆帝朱由榔自廣西桂林遷回肇慶，抗清形勢，遂見好轉。翌年，大均赴肇慶行在，上中興六大典書，經大學士王化澄引薦，將授以中秘書之職，大均值父病篤，倉卒辭歸。是年冬，父病逝。永曆四年冬，清兵再陷廣州。大均爲逃避清廷壓迫，乃削髮爲僧，事函昰於番禺縣雷峰海雲寺，法名今種，字一靈，又字騷餘，以所居爲「死庵」。其死庵銘云：「日死於夜，夜死於晝。吾如日月，以死爲壽。晝夜之死，非日月之否。欲晝夜之生，須晝夜之死。」表示其誓死不爲清廷所用之意。實際上，大均投身佛門，是爲了隱蔽行藏，等待時機，東山再起。

清順治十四年（一六五七年），朱彝尊至粤，北歸時持大均詩遍傳吴越間。秋，大均度嶺北遊。明年春，至京師，求明崇禎皇帝自縊所在，痛哭失聲。東出榆關，周覽遼東西形勢，弔抗清名將袁崇焕故壘，賦出塞及塞上曲而還。又流連齊魯吴越間，冀有所作爲。順治十七年抵會稽，讀書祁氏山園。時魏畊亦客祁氏，大均與魏畊等共謀匡復大計。畊有大志，曾秘密致信鄭成功，謂海道甚易，南風三日可抵京口。後鄭成功和張煌言合兵攻入長江，圍南京，收復江南四府三州二十四縣，北方人民聞風而動，抗清鬥爭呈現出一派大好形勢。惜成功後來輕敵失利，退回厦門。清廷偵知這次事變魏畊和大均都曾參與，指名搜捕。魏畊被殺，大均避居桐廬。順治十八年，緬王爲討好清廷，執永曆帝及其眷屬於吴三桂軍前。明年，永曆帝和太子被殺於雲南昆明城内，永曆王朝覆亡。然大均仍奉永曆正朔，以表抗清之志。是年，大均謁宋謝翺墓於富春山麓，爲文粤謝翺先生墓表以寄興亡之痛。歸抵番禺，蓄髮還儒。

清康熙四年（一六六五年）春，大均北上至南京，由南京再度北遊。在秦晋，他會見了顧炎武、李因篤、朱彝尊、王弘撰、顔光敏、沈荃等名士，在這些人中，最著名的是顧炎武、李因篤、朱彝尊三人。顧炎武，字寧人，號亭林，江蘇崑山人，明末清初著名的思想家、文學家和音韻學家。當清兵南下時，曾與歸莊、吴其沅起兵抗清，失敗後流寓四方，六謁孝陵、思陵，遍遊華北，考察山川形勢和邊防地理，最後卜居陝西華陰，墾田集資，爲匡復大計做準備。大均於次年春在太原會見了他，此時他將與李因篤集資墾荒於鴈門之北，與大均同行。他倆從小都受到愛國思想教育，同時經歷家國破滅的巨痛，志趣相投，奔走於絶塞千山，傾杯痛飲，同爲十日之歡，結下了深厚的情誼。顧炎武寫了屈山人大均自關中至一詩，記敍了與屈大均太原之會的欣慰心情，鼓勵屈大均學習屈原愛國愛人民的高尚情操。顧炎武死後，大均曾經寫詩表達他對顧炎武深沉的懷念：「蒼松歲晚孤生苦，白鷺天寒兩鬢華。」（哭顧寧人）這不僅是贊揚顧炎武自始至終能夠保持民族氣節，也是屈大均自己懷抱和經歷的真實寫照。顧炎武的志向、人格和學問，對大均的影響至深，故顧炎武死後，大均反覆爲詩，致其哀慕之情。李因篤，字天生，更字子德，陝西富平人。在明末清兵入侵時，曾走塞外求訪勇士，共謀報國。朱彝尊，字錫鬯，號竹垞，浙江秀水人。是當時著名詩人，曾與大均參加魏畊之謀，共圖恢復。雖然，李、朱兩人晚節不保，但他倆早年也爲抗清事業奔走過，與大均有共同點。朱彝尊對屈大均也是了解的，他在九歌草堂詩序中說：「予友屈翁山爲三閭大夫之裔。其所爲詩，多愴怳之言，皭然自拔於塵壒之表。蓋自二十年來，煩冤沈菀，至逃於佛老之門，復自悔而歸於儒。辭鄉土，涉塞上。走馬射生，縱博飲酒。其儻蕩不羈，往往爲世俗所嘲笑者，予以爲皆合乎三閭之志者也。嗟夫！三閭悼楚之將亡，不欲自同於混濁，其歷九州，去故都，登高望遠，遊仙思美人之辭，僅寄之空言，而翁山自荆楚吴越燕齊秦晉之鄉，遺墟廢壘，靡不攬涕過之。其憔悴枯槁，宜有甚焉者也……翁山歸自雁門，將築室南海之濱，題曰九歌草堂，而先以名其詩集。予與翁山相遇南海，嗣是往來吴越，十年之間，凡所與詩歌酒宴者，今已零落殆盡，至竄於國殤山鬼之林，散棄原野。翁山弔以幽渺凄戾之音，彷佛乎九歌之旨。世徒嘆其文字之工，而不知其志之可憫也。予故序之，以告後之君子誦翁山之詩者，當推其志焉。」這説明朱彝尊對大均的深刻了解。「當推其志」四字十分中肯。大均詩歌處處洋溢著强烈的民族精神，閃耀著愛國的光輝，這與朱彝尊青少年時代强烈的民族意識是一致的。惟其如此，大均把朱彝尊引爲至友，并贊美過他的高節。顧炎武、李因篤、朱彝尊等的言行，特别是顧炎武堅持民族大義、抗清報國的精神對大均的影響是相當大的，大均的詩文中也反覆談到他們之間的友誼。

李因篤盛贊屈大均的才華，把他介紹給代州參將趙彝鼎，大均因此得以娶故榆林都督王壯猷之女爲妻，因字之華姜，自號華夫。康熙七年，攜妻出雁門，歷大同、宣化，再遊京師，謁十三陵。翌年至南京，淹留吴越之間，八月歸故里。康熙十二年，吴三桂率所部抗清，大均上書言兵事，以廣西按察司副司監督孫延齡軍於桂林。大均從軍目的，在於匡復故國，而吴三桂却另有野心，無匡復大志，大均大爲失望，寫了松上蘭一詩，抒發其矛盾和憂鬱的心情。不久託病辭職，回歸故里。三桂兵敗，大均恐受牽連而遭迫害，攜家避地南京，一六八二年復歸番禺。次年八月，成功之孫克塽以臺灣降清，大均作感事詩四首抒發其心中悲憤。自此以後，過著半隱居的生活。康熙二十五年，兩廣總督吴興祚招屈大均與王士禎等飲於端州石室巖，時吴、王欲疏薦屈大均，屈大均以著書未竟而婉拒。當時清朝統治已經鞏固，恢復已經無望，在他的朋友中，像顧炎武等志同道合的愛國志士已經去世，而朱彝尊、李因篤等都先後出仕清朝，能否一如既往，保持民族氣節，這對他來説，是嚴峻的考驗。他不爲吴、王的疏薦而動摇，很能説明是矢志不移的。「興廢久知他日事，清高終立故人朝」。（夜泊大灉作）始終保持高度的民族氣節。他中年以後致力於廣東的文獻、方物和掌故的收集和編纂工作，他在其編纂的廣東文選自序中説：「嗟乎，廣東者，吾之鄉也。不能述吾之鄉，不可以述天下。文在吾之鄉，斯在於天下矣。惟能述而後能有文，文之存亡，在述者之明，而不徒在作者之聖。吾所以爲父母之邦盡心者，惟此一書。於先哲之文如桑與梓，存者爲先哲顯其日月光華，删者爲先哲藏其珠玉瑕纇，是吾之所以恭敬也云爾。」一顆熾熱的愛國愛鄉之心，於此可見。屈大均時刻心繫報效鄉邦，以收集和整理鄉邦文化典籍爲己任，他編成廣東文選，後又在此基礎上擴大篇幅，增加內容，編纂廣東文集，使嶺南文化發揚光大。他撰寫的廣東新語，通過實地考察，博采見聞，掌握大量的第一手材料，同時「考方輿，披史乘，驗之以身經，徵之以目睹」，内容翔實，通俗生動，不愧爲鄉邦文化的瑰寶。

屈大均晚年生活窮困，靠賣文務農以及朋友的接濟度日。著有翁山文外、翁山詩外（含騷屑詞）、翁山易外、皇明四朝成仁録，以及上述的廣東新語，合稱「屈沱五書」。屈大均是一位有民族氣節、有高度傳統文化修養的讀書人，他處在民族災難深重的時代裏，面對清兵入關之後的焚燒殺掠，心中無比悲憤，立下抗清報國志願。他的父兄、老師和朋友都給他以深刻的影響，當清兵攻陷廣州之際，他的父親告誡他要潔身自好，他的從兄士煤、士煌都積極投身到抗清鬥争中去，以身報國。大均曾説：「予沙亭屈氏，舉宗千有餘人，然志同道合，窮苦不移，在兄惟白園（士煤）、鐵井（士煌），在弟惟予。兄爲有鬲之遺臣，弟亦青盲之義士。三人者，旦夕相依，靡間生死。」（仲兄鐵井先生墓表）他的老師陳邦彦，奮勇抗清，死事壯烈，他在陳巖野先生哀詞裏，淋漓盡致地描述其老師爲國捐軀的情形，充分表現了要把國耻師仇一起申雪的淩雲大志。他的朋友顧炎武等的高風亮節對他也有很大的影響。爲實現自己的抱負，他一邊積極從事反清的政治活動，一邊運用詩文揭露清朝統治者的罪惡，抨擊其種族迫害的政策，如菜人哀序：「歲大饑，人自賣身爲肉於市，曰菜人。有贅某家者，其婦忽持錢三千與夫，使速歸，已含淚而去。夫跡之，已斷手臂懸市中矣。」又如自代北入京記：「日未暮已趨店宿，店旁頗有土窑，民居其中，所食者苦菜燕麥窩窩，所爨者沙蓬，貧嫗以石炭禦寒，有生長不識布者。」描述在滿族貴族的血腥統治下，人民極端痛苦的生活。猛虎行、大同感嘆、雷女織葛歌、民謡等詩作對滿族貴族的殘酷統治作了無情的揭露。面對滿族的暴行，作者堅持民族立場，滿懷激憤，誓死與清朝統治者作鬥爭。「戎馬平生志，如何怨苦辛。」（邊思）「苟能拯水火，何辭七尺軀。」（贈友人）表示作者決心馳騁沙場，爲國捐軀。其他如登潼關懷遠樓、同杜子入秦初發滁陽作等詩作都表示誓不降清，要爲抗清志士大力褒揚，在他的詩文中，有許多是記敘抗清志士的英雄業績的，如在吴端烈先生哀辭中歌頌在海南起兵抗清的吴履泰志士；在周秋駕六十壽序中贊揚夏完淳「忠而且孝，天地之所賴以長存，日月之所賴以不墜，江河之所賴以無窮，乃在一成童之力」。至於他的老師陳邦彦，更是備極推崇。此外，顧炎武、黎遂球等，是他平生景仰的抗清志士，在他詩文中多次表示其仰慕之情。他的皇明四朝成仁録一書，更是集中頌揚抗清死節的人士。

屈大均生活在明清交替之際，正是我國社會矛盾和民族矛盾十分尖鋭、複雜的時代。他的少年時代，是在腥風血雨中度過的，他目睹清兵的暴行，身歷家國破滅之痛，種下了愛國的思想根苗。「予少遭變亂，溝壑之志，積之四十年。」（屈沱記）慨然以身報國，至死不改初衷，表現出堅定的民族氣節。

二

屈大均作品中抗議種族迫害，揭露清朝統治者的暴行，反映民生疾苦的詩作，占有一定的份量。這類詩作體現作者嫉惡如仇的性格，以及對勞動人民疾苦的關注和同情。他的猛虎行一詩寫道：

邊地不生人，所生盡奇畜。野馬與駱駝，騊駼及駝鹿。羱羊千萬頭，人立相抵觸。上天仁衆獸，與以膏粱腹。變化成猛虎，食盡中土肉。哮吼一作威，士女皆觳觫。廣南人最甘，肥者如黄犢。猛虎縱横行，饜飫亦逐逐。朝飲惟貪泉，暮依惟惡木。人皮作氈裘，人骨爲箭鏃。人血充乳茶，脂膏雜紅麯。子狗有爪牙，攫搏苦不速。惡性得自天，北牡日孳育。在天爲貪狼，在地爲葷粥。人類日已盡，野無寡婦哭。隆冬不患饑，髑髏亦旨蓄。多謝上帝仁，猛虎享天禄。爲獸莫爲人，牛哀得所欲。

這是作者早年的詩作，描寫清軍在南方的血腥暴行。詩中把清軍比喻爲吃人的猛虎，他們四出擄掠，魚肉百姓，「人血充乳茶，脂膏雜紅麯」，面對清軍的野獸行徑，作者發出了「爲獸莫爲人」的悲憤呼號。作者的另一首詩大同感嘆描寫的是北方人民在清朝統治者壓迫下的情形，詩云：

殺氣滿天地，日月難爲光。嗟爾苦寒子，結髮在戰場。爲誰飢與渴，葛屨踐嚴霜？朝辭大同城，暮宿青磷傍。花門多暴虐，人命如牛羊。膏血溢槽中，馬飲毛生光。鞍上一紅顔，琵琶聲慘傷。肌肉苦無多，何以充君糧。踟躕赴刀俎，自惜凝脂香。

作者一六六八年經過山西大同時寫下的這首詩，描寫清朝統治者的屠殺和掠奪給大同人民帶來的巨大不幸：男人强征上戰場，婦女被殺充軍糧。傾吐了作者對清軍血腥暴行的憤慨之情。綏德城下作、大都宫詞、邊詞等從不同的側面反映了勞動人民在戰亂中飽受的痛苦。他寫的民謡：「白金乃人肉，黄金乃人膏。使君非豺虎，爲政何腥臊。」運用接近民間的口語，深刻地揭露了貪官污吏的豺狼本性。傜歌則在描寫傜族人民生活習俗的同時，揭露了清朝統治者對他們的掠奪：「官催刀税到蘭和，絶嫩鹿茸先納貢。」

屈大均一方面揭露清朝統治者對漢族人民的殘酷剥削和壓迫，另一方面又謳歌反抗民族壓迫，維護民族尊嚴和自由而抗清死節的仁人志士。徐嘉炎在屈翁山詩集序中云：「翁山少值流離，方袍圓相，走燕、秦、齊、晉諸地，所歷殘墟遺壘，重關古戍……酒酣耳熱，縱談古今興衰治亂忠孝節烈之事，往往吟情勃發，千言會赴……憶自辛丑歲，翁山始至禾，偕竹垞同年訪余南州草堂，論詩説賦，語及甲申來死事諸公，燭花紅淚，與目睫交映。」憑弔故壘，縱談忠烈，發爲長歌，其舊京感懷云：

羽翼秋高未奮飛，移家偏向帝王畿。文章總爲先朝作，涕淚私從舊内揮。燕雀湖空芳草長，胭脂井滿落花肥。城邊亦有陰山在，怪得風沙暗翠微。

内橋東去是長干，馬上春人擁薄寒。三月風光愁裏度，六朝花柳夢中看。江南哀後無詞賦，塞北歸來有羽翰。形勢祇餘抔土在，鍾山何必更龍蟠。

他目睹燕雀湖上到處是荒草，胭脂井裏填滿了落花，而胡騎驕縱，天昏地暗，回憶昔日京城繁華，黯然神傷！自己空有一副熱血心腸，對著一抔黄土，報國無門，何等悲傷！他的過磵州崖山弔永福陵詩，對南宋死難的君臣，極表哀悼之情。面對匡復無成，前途渺茫，怎不百感交集？然而作者并未因抗清鬥争的失敗而消沉下去，他的抗清意志非常堅定。縱使抗清事業不成功，而自己的錚錚骨氣，千古永存。春山草堂感懷之八就表現了他不顧個人安危，用詩文與清朝統治者作殊死鬥争的堅强意志：

慷慨干戈裏，文章任殺身。尊周存信史，討賊託詞人。素髮垂三楚，愁心歷九春。桃花風雨後，和淚共沾巾。

作者一生中寫下大量的充滿强烈反清情緒的詩文，抒發了他的愛國情思。爲此，是會招來殺身之禍的。

但是他無所畏懼，仍然堅持以明朝爲正統，拿起筆桿子和敵人作鬥争。屈大均自己堅決抗清，把抗清的志士引爲知己。其中最突出的要數顧炎武：

雁門北接常山路，爾去登臨勝概多。天上三關横朔漠，雲中八水會渾河。飄零且覓藏書洞，慷慨休聽出塞歌。我欲金箱圖五岳，相從先向曲陽過。（送顧寧人）

這是屈大均在太原會見顧炎武，臨别時的贈詩，詩中表現了他倆爲實現匡復大計而奔走絶塞千山之間的壯闊情懷。顧氏死後，大均又寫了哭顧寧人徵君炎武等詩，充滿了同志間的濃厚感情。無他，顧氏有著遠大的抱負，崇高的人格，對大均影響很大。故顧氏死後，大均反復爲詩，備致哀慕思念之情。

大均不斷抨擊清軍的暴行，而對於南明弘光政權的昏庸腐敗，也是深惡痛絶的，如揚州感舊：

往日蕪城困，君臣總不知。頻飛丞相疏，不遣靖南師。薊北天崩後，江南穴門時。血書三四紙，讀罷淚如絲！

弘光政權内部矛盾重重。極度混亂，清軍乘虚而入。作者在揭露弘光政權同室操戈的同時，禁不住流下悲酸的淚水。

屈大均有著强烈的愛國熱忱，他對西方殖民主義的侵略陰謀保持著高度的警惕性，如澳門：

廣州諸舶口，最是澳門雄。外國頻挑釁，西洋久伏戎。兵愁蠻器巧，食望鬼方空。肘腋教無事，前山一將功。

南北雙環内，諸番盡住樓。薔薇蠻婦手，茉莉漢人頭。香火歸天主，錢刀在女流。築城形勢固，全粤有餘憂。

山頭銅銃大，海畔鐵牆高。一日番商據，千年漢將勞。人惟真白氎，國是大紅毛。來往風帆便，如山踔海濤。

詩中描述當時澳門的情況，對澳門可能被西方殖民主義者作爲侵略中國的踏板表示深深的憂慮，表現了作者的遠見卓識。此外，廣州雜詩、白鵝潭遠眺等詩，多次指出殖民主義者對我國的威脅，這在當時，是極其難能可貴的。

屈大均生長在嶺南，對嶺南有著特殊的感情，他遍遊嶺南各地，把愛國的情思寄寓於山山水水，用如椽的大筆，謳歌嶺南的奇山異水，多姿多采的風俗，其中不乏優秀之作，如夜上飛雲頂：

天鷄未唤滄溟日，海蜃先銜若木霞。獨上羅浮最高頂，一聲長笛月光斜。

這是一首描寫羅浮山頂夜眺日出的詩作。羅浮山在增城和博羅兩縣之間，綿延一百多公里，層巒疊嶂，山奇水奇，樹奇鳥奇，風景迷人，爲粤中名山。大均二十六歲時曾隱居於此，讀書吟唱，盡情享受大自然的美景。又如珠江春泛作：

珠水煙波接海長，春潮微帶落霞光。黄魚日作三江雨，白鷺天留一片霜。洲愛琵琶風外語，沙憐茉莉月中香。斑枝況復紅無數，一棹依依此夕陽。

珠江是一條美麗的江水，熱鬧的江水，在春天的一個傍晚，作者駕著一葉扁舟，泛遊這條大江，深深地陶醉在黄魚、白鷺、月色、花香之中……

作者熱愛嶺南秀麗多姿的風景，熱愛嶺南聰明勤勞的人民，他的一些詩篇，描繪嶺南尋常百姓的生活，如蕉布行：

芭蕉有絲猶可績，績成似葛分絺綌。女手纖纖良苦殊，餘紅更作龍鬚席。蠻方婦女多勤劬，手爪可憐天下無。花綀白越細無比，終歲一匹衣其夫。竹與芙蓉亦爲布，蟬翼霏霏若煙霧。入筒一端重數銖，拔釵先買芭蕉樹。花針挑出似遊絲，八熟珍蠶織每遲。增城女葛人皆重，廣利娘蕉獨不知！

詩裏熱情頌揚在嶺南這片神奇的土地上巧施才智、辛勤勞作的織女。蛋户一詩則給我們展現了一幅水上人家的生活畫面，饒有情趣，刈稻描寫邊海地區收穫季節的情形，帶有濃郁的鄉土氣息。秋日自廣至韶江行有作歌頌劈波斬浪、勇敢無畏的船夫。韓烈女祠頌揚不畏强暴、甘灑熱血的嶺南婦女。作者描寫嶺南風情的詩篇，帶有鮮明的地方特色，洋溢著他對故鄉故土的濃厚感情。

大均的詩歌，在當時頗負盛名，清人毛奇齡稱其「廓然於天地之間，獨抒顥氣」。「超然獨行，當世罕儔」。（道援堂集序一）王熯又云：「翁山之詩，如萬壑奔濤，一瀉千里，放而不息，流而不竭。」（嶺南三大家詩選序）錢謙益、朱彝尊、王士禛等名家都對屈詩給以很高的評價。大均曾自負地説：「余以易爲詩，顛倒日月，鼓舞風雷，奔五岳而走四瀆，使天下萬物皆聽命於吾筆端。神化其情，鬼變其狀，神出於無聲，鬼入於無臭，以與造化者遊於不測，其才化，學亦與之俱化。」（六瑩堂詩集序）他的詩縱横恣肆，筆力矯健，氣韻沉雄，寄託深遠，如五古詠懷鴻鵠何蒼茫通過景物、聲響以及一些象徵性的行爲，把一派静謐、神秘的氣氛烘託出來，抒發其匡復無成、壯志難酬的苦悶心情。七古南海神祠古木棉花歌運用比喻的手法，真切生動地描繪了木棉花盛開時的壯麗景象，帶有浪漫主義色彩。七律望雲州則是作者於一六六八年帶著失望、惆悵的心情憑弔長城古塞寫下的，在蒼涼沉鬱之中透出一股雄深剛健的氣概。其詩各體俱佳，尤以五律爲特出，如魯連臺一詩：

一笑無秦帝，飄然向瀣東。誰能排大難，不屑計奇功。古戍三秋雁，高臺萬木風。從來天下士，祇在布衣中。

這首詩作於一六五八年，時值作者離開廣東北遊，行至山東茌平縣，登魯連臺舊址，不禁對魯仲連建立的勳業産生深深的敬慕之情。此詩雄健豪邁，氣勢縱横，内容和形式都達到高度的統一，因而稱頌一時。大均的詩歌，風格多樣。其清幽雅澹的五律，尤得唐人神髓。如攝山秋夕作：

秋林無静樹，葉落鳥頻驚。一夜疑風雨，不知山月生。松門開積翠，潭影入空明。漸覺天鷄曉，披衣念遠征。

此外如秣陵、江皋等，都是膾炙人口的詩作。

大均的詩論，多散見於序、跋和書翰中，而以西蜀費錫璜數枉書來自稱私淑弟子賦以答之四絶句較爲集中地體現了他對詩歌的藝術見解：

詩歌豈敢作人師，私淑如君乃不疑。風雅祇今誰麗則，不才多祖楚騷辭。

古詩源向漢京尋，十九情同三百深。唱嘆泠然清廟瑟，朱絃疏越有遺音。

少陵家學本昭明，文選教兒最老成。君向八朝中取法，休裁僞體逐時名。

開元大曆十餘公，總在高才變化中。誰復光芒真萬丈，謫仙猶讓浣花翁。

四絶句作於康熙三十四年，大均已經六十六歲，翌年，病逝於廣州。可以説，四絶句是作者畢生從事詩歌創作的經驗總結。第一首表白要繼承屈原的傳統。大均自稱是屈原的後裔，并以「騷餘」爲字。在其著述中多次提到屈原與楚辭，自謂「我宗本楚人，宜以楚辭爲專家，世相傳授」（三閭大夫祠碑）。他主張學習屈原，一則楚騷上承風雅，二則屈原有著强烈的愛國精神，而後者更是大均引以爲自豪的。他許多詩篇都采用楚辭中比興諷諭的手法，如有所思、美女篇、有贈等。第二首贊美漢詩。他認爲十九首可以與詩經媲美，是古詩的本源，要認真學習。第三首是説提高詩的藝術技巧，杜甫在宗武生日詩中云「熟讀文選理」，就是教導他的兒子要領會文選中的精髓，以提高自己的寫作技巧：叫人學習前賢的創作方法，而不要將其别爲「僞體」以投向時尚，學習文選，效法前賢的目的是加强技巧的修養。第四首是學習杜甫，以杜甫爲榜樣。在開元、大曆間的詩人中，以李白和杜甫最爲突出，作者强調學習杜甫是因爲杜甫的詩歌在反映現實、揭露黑暗方面更爲深刻，作者那些反映民生疾苦的詩篇，確實是繼承了杜甫的精神。陳融顒園詩話説：「翁山之猛虎行、橐駝行，幾可置之少陵集中。」作者對李白也是非常傾服的，他説過：「僕平生好嗜太白，以太白爲師。薰以水沈之香，浣以荼蘼之露，而後敢開卷帙。三十年來，非太白不存乎耳目，非太白不留於心思。見於羹牆，形諸夢寐，故所爲詩，多有似太白。」（復石濂書）大均對李白備極推崇，他的詩歌繼承了李白的浪漫精神而又緊緊地與現實結合在一起，描寫現實，反映現實，把二者熔鑄在一起，自成面目。

三

屈大均是在明末清初之際，嶺南詞壇上出現的一顆輝煌的巨星。他身世奇特，曾投身抗清鬥争，失敗後削髮爲僧，中年還俗，北走中原、邊塞，聯絡各地志士，力圖恢復。在這期間，他寫了大量的愛國詞作。屈大均詞，當爲有明一代之殿軍，其比興要眇之旨，實與屈原爲近。無論其思想内容與藝術上的成就，均超過同時中原、江左的詞人。可惜他的集子在清代曾被列爲禁書，未得廣爲流傳。王昶明詞綜所録七首，亦非屈詞中最優秀之作，未能代表其主要風格。

屈大均生長於明清鼎革之際，目睹當時社會變亂，故其詞多悲慨之音。早年之作，奇情鬱勃，表現了詞人反抗民族征服、堅持對敵鬥争的决心；也流露出對抗清事業屢經挫折、壯志難酬的苦悶。如念奴嬌秣陵弔古：

蕭條如此，更何須、苦憶江南佳麗。花柳何曾迷六代，祇爲春光能醉。玉笛風朝，金笳霜夕，吹得天憔悴。秦淮波淺，忍含如許清淚。任爾燕子無情，飛歸舊國，又怎忘興替。虎踞龍蟠那得久，莫又蒼蒼王氣。靈谷梅花，蔣山松樹，未識何年歲。石人猶在，問君多少能記。

此詞爲屈大均在一六五九年北遊暫居南京時作。昔日富庶繁華城市，飽經戰亂，祇餘得一片斷井頹垣，詞人感愴無限，賦此以記。詞云弔古，實是傷今。感情激越，蕩氣回腸，通過對秣陵往事的追懷，抒發了對故國興亡的深沉感憤。次年，大均復遊揚州，追思南明往事，黯然賦揚州慢詞：

螢苑煙寒，雁池霜老，一秋懶弔隋宮。念梅花小嶺，有碧血猶紅。自元老、金陵不救，六朝春色，都入回中。剩無情、垂柳依依，猶弄東風。　君臣一擲，蚤知他、孤注江東。恨燕子新箋，牟尼舊合，歌曲難終。二十四橋如葉，笳聲苦、卷去匆匆。問雷塘磷火，光含多少英雄。

揚州地處長江北岸，扼守通向南京的門户。弘光年間，史可法督師駐守揚州。清兵攻城，揚州軍民奮起抵抗，城破後，清兵屠城，慘殺群衆數十萬，揚州成了一片廢墟。本詞追懷史可法的殉難，指責了南明君臣的腐敗無能，控訴敵人對揚州城的蹂躪。愴懷故國，哀悼英雄，表現了一位志士深切的愛國之情。

屈大均中年時北走秦、趙、燕、代，至塞外苦寒之區，這期間所寫的詞，充滿著身世飄泊、壯志難酬的哀感：

恨沙蓬、偏隨人轉，更憐霧柳難青。問征鴻南向，幾時暖、返龍庭。正有無邊煙雪，與鮮飆千里，送度長城。向并門少待、白首牧羝人，正海上、手攜李卿。　秋聲。宿定還驚。愁裏月、不分明。又哀笳四起，衣砧斷續，終夜傷情。跨羊小兒争射，恁能到、白蘋汀。盡長天、遍排人字，逆風飛去，毛羽隨處飄零。書寄未成。（紫萸香慢　送雁）

葉恭綽廣篋中詞評曰：「聲情激楚，噴薄而出。」此詞可稱屈氏代表作。以歸雁自喻，人中有物，物中有人，比興遥深，餘韻無限。其詞亦聲厲而情哀，明季諸家中，實無以倫比者。上片寫北國嚴酷的環境，朔風千里，煙雪無邊，結以蘇武作襯，語更沉痛深厚。下片寫北雁南飛時的艱險。「跨羊小兒争射」六字，字字血淚；「逆風」二語，怨極恨極，是翁山當時心境。南粤詞人作北地酸苦之語，如許出色，亦未曾見。在騷屑詞中，與此相類的佳作實在不少，如長亭怨與李天生冬夜宿雁門關作：

記燒燭、雁門高處。積雪封城，凍雲迷路。添盡香煤，紫貂相擁夜深語。苦寒如許，難和爾、凄涼句。一片望鄉愁，飲不醉、壚頭駝乳。無處，問長城舊主。但見武靈遺墓。沙飛似箭，亂穿向、草中狐兔。那能使、口北關南，更重作、并州門户。且莫弔沙場，收拾秦弓歸去。

詞人間關萬里，北行塞上，意欲聯絡英豪，共幹一番事業。可是一切圖謀都落空了，祇有那亡國之痛，還在揪繫著他的心。在一個北國嚴寒的風雪之夜，與戰友李因篤共宿古關雁門，挑燈夜語，勾起無盡的鄉愁。那連綿不斷的長城，也擋不住敵人的南進，詞人想起英雄的趙武靈王，渴望能使雁門關重作并州門户。雖然身處逆境，但也決不向外敵低頭，詞人準備重拿武器，繼續門争。本詞爲集中經意之作。葉恭綽廣篋中詞云：「明代詞人，罕有其匹。」嚴迪昌清詞史亦云：「純以氣韻運轉，情溢毛錐。」

屈大均在北國也有過短暫温馨的時候。一六六六年秋，詞人寄居於代州陳上年家中，由李因篤撮合，娶明故榆林都督王壯猷之女爲妻，王氏是將門之後，善騎射，能詩畫，性情豪邁，與翁山甚爲相得。詞人爲王氏取名「華姜」，自號「華夫」，可見其伉儷之情了。滿庭芳蒲城惜别詞，寫在山西蒲城迎娶王氏的情景，在旖旎温馨中仍透出一股蒼涼的情調，如此作迎親詞，千古僅見：

金粟堆邊，冰蒲水畔，紫騮迢遞迎來。月中驚見，光豔似雲開。桑落沾人半醉，將長笛、弄向秦臺。天明去，鞭揮岸曲，愁殺渡人催。徘徊。空嘆惜，桃花易嫁，鳳子難媒。和香雨氤氲、飛作塵埃。墜井銀瓶永絶，誰復取、仙液盈杯。應知爾，三春繡閣，幽寂委蒼苔。

屈大均晚年，蟄居廣東，儘管壯志成虛，恢復無望，但國亡家破的深痛巨創，依然留在心中，他淒惋欲絶地悲嘆：

繞闌干幾曲，記龍馭、此淹留。剩鳷鵲恩暉，芙蓉御氣，掩映飛樓。颸颸。冷飛亂葉，似烏號、哀痛慘高秋。多謝宫鴉太苦，土花銜作珠丘。　梧州，更有灞園愁。西望少松楸。未委何年月，玉魚自出，金雁人收。啾啾，嶺猿個個，抱冬青、淚斷鬱江流。寄語樵蘇躑躅，磨刀忍向銅溝。（木蘭花慢飛雲樓作樓在端州公署後己丑皇帝南巡嘗駐蹕其上）

詞人以一位遺民的身分，抒發了對故國故君的傷悼之情。詞中還有作者自注：「梧州有端皇帝興陵。」端皇帝，即永曆之父桂王朱常瀛，被追尊爲興宗端皇帝。一六四六年，李成棟在廣東投明後，復迎永曆於肇慶，以端州郡署爲行宫。本詞由端州而想及梧州，由永曆而想及端王，用了帝舜「珠丘」、宋陵「冬青」、漢武茂陵「磨刀」及「玉魚」、「金雁」等有關帝王的典故，揭露敵人侵辱陵寢的罪行，抒發亡國遺民的悲憤。

屈大均詞在藝術上達到很高的境界。善用比興，言近旨遠。張德瀛詞徵云：「屈翁山詞，有九歌、九辯遺旨，故以騷屑名篇，觀其潼關感舊、榆林鎮弔諸忠烈諸闋，激昂慷慨，如蒯通讀樂毅傳而涕泣，其遇亦可悲矣。」況周頤蕙風詞話尤推重其夢江南落葉詞，詞云：

悲落葉，葉落落當春。歲歲葉飛還有葉，年年人去更無人。紅帶淚痕新。

悲落葉，葉落絶歸期。縱使歸來花滿樹，新枝不是舊時枝。且逐水流遲。

首章「落當春」三字怨極。葉當秋始落，此在春日生發之時而落，故更覺可悲。明亡於三月，南明紹武政權亦亡於正月，皆當春令，故詞中以當春落葉設喻。「葉飛有葉」，尚有所冀；「人去無人」，則成絶望了。時南明桂王政權亦已覆滅，故悲感如此。次章「絶歸期」三字，與首章「人去更無人」相呼應。以「新枝」之「花」喻清朝，表明自己不願與清政權合作的態度。末句「遲」字，有依依不忍之意，含思淒婉。況周頤評云：「末五字含有無限淒惋，令人不忍尋味，卻又不容已於尋味。」又如：

紅茉莉，穿作一花梳。絲縷抽殘蝴蝶繭，釵頭立盡鳳凰雛。肯憶故人姝。

花梳，即花串。粤中女子繞於髻上爲飾。著一「紅」字，以喻「朱明」之意，末句亦憶念故明，如況周頤所云：「哀感頑豔，亦復可泣可歌。」葉恭綽評屈氏此組詞第一首云：「一字一淚。」當非虚語。這類有古樂府遺意的小詞，回環往復，疊句聯章，真有一唱三嘆之妙。又如瀟湘神零陵作三首：

瀟水流，湘水流。三閭愁接二妃愁。瀟碧湘藍雖兩色，鴛鴦總作一天秋。

瀟水長，湘水長。三湘最苦是瀟湘。無限淚痕斑竹上，幽蘭更作二妃香。

瀟水深，湘水深。雙雙流出逐臣心。瀟水不如湘水好，將愁送去洞庭陰。

小詞格調幽峭，用娥皇、女英二妃及逐臣屈原之典，表達了懷思故國故君之意。

對屈大均的詞，近人評價甚高。朱祖謀題其詞集云：「湘真老，斷代殿朱明。不信明珠生海嶠，江南哀怨總難平。愁絶庾蘭成。」（望江南）湘真老，指陳子龍。朱氏以湘真詞爲明詞之殿軍，而以屈氏冠諸所舉清名家之首，并以庾信相比，可見其推挹之至了。

目録

前言……一
羅浮種上人詩集序……錢謙益　一
九歌草堂詩集序……朱彝尊　二
翁山詩略序……周炳曾　三
屈翁山詩集序……徐嘉炎　五
屈翁山詩集序……王　源　七
道援堂集序……毛奇齡　八
翁山詩外自序……九
翁山詩外序……凌鳳翔　一〇
翁山詩外序……黄廷璋　一二
騷屑序……王　隼　一三

屈大均詩詞編年校箋卷一

居粤初什

浮丘謡……一
秋夜恭懷先業師贈兵部尚書巖野陳先生并寄世兄恭尹……一
送方瞳子……三
菜人哀……四
七夕家舍人兄奉命歸娶賦贈……五
贈侯商丘伯……五
猛虎行……六
讀先祖滄洲處士詩集……七
清明展先府君墓 四首……七
過清遠諸灘……八

自英德至浛洸道中作……九
舟上連州 七首……九
過十八灘……一〇
贛州 二首……一一
過彭蠡……一一
彭澤舟中……一二
春日洪州西山作……一二
懷寄湖南尹叟……一三
登廬山作 二首……一三
廬山道中……一四
石門有懷……一四
登石門懷慧遠尊者……一四
望五老峰……一五
紫霄峰……一六
遊簡寂觀……一六
歸宗寺……一七
開先寺樓作……一七
開先寺古梅……一八
五老峰背觀三疊泉 二首……一八
三疊泉……一九
三疊泉操……一九
玉川門作……二一
玉川門精舍春日……二一
豆葉坪病起……二二
天池……二二
觀黃巖瀑布……二三
題某禪師空生閣……二三
獅子峰……二四
康王谷觀谷簾泉……二四
三峽澗……二五
雨過三峽橋上作 三首……二五
石人峰下作……二六

雨過坐三峽橋望石人峰流水……二六
青玉峽……二七
虎溪冬夜……二七
暮春香山精舍……二八
秋日廬山作寄繆天自……二八
山中寄周青士……二九
羅浮……二九
詠羅浮……三〇
羅浮曲 二首……三一
羅浮放歌……三一
自沖虛觀入錦屏峰……三二
黍珠庵晚眺……三二
明月寺作……三三
由雲母峰上大小石樓……三三
二石樓下有懷……三四
暮自瑶石臺與具公荷薪歸……三四
夜上飛雲頂……三五
羅浮對酒歌 二首……三五
羅浮道中作 三首……三五
梅花村作……三六
鐵橋 五首……三六
從軒轅宅入迷居洞……三七
宿金沙洞……三八
題張璩子羅浮山下書舍……三八
送鐵橋道人 三首……三九
四百三十二峰草堂歌有贈……四〇
有所思……四〇
招梁器圃 二首……四一
送家舍人……四二
送鐵井子……四二
趙尉臺下作……四三
波羅曉望……四三

讀史……四四
海幢病中……四四
過朱十夜話……四五
張二丈畫馬送予出塞詩以酬之……四六
贈張穆之畫馬……四七
寄剩禪師 二首……四七
爲夏子題奉母圖……四八
東皋……四八
尋東皋舊址 二首……四九
訶林 二首……四九
花田……五〇
夜宿廣州北郊作……五〇
廣州北郊作 八首……五一
鶴舒臺……五二
登浴日亭……五二
春望……五三
海上……五三
西樵……五四
西樵山中作 二首……五四
西樵大雨同雪公往碧玉洞觀瀑布……五五
讀陳巖野先生政要……五五
夢馬歌……五六
從軍曲……五七
戰酣歌 二首……五七
賊馬 二首……五八
民謡 十首……五八
追答王學士廬山篇見贈之作……五九
寂寞……六〇
讀陳勝傳……六〇
詠古 二首……六〇
以鶴頂杯贈潘岣嶁翁時翁年八十矣……六一
贈張子新婚……六二
北狩辭 二首……六二
贈從兄賁士泰士……六三

遺懷……六三
遊絲曲……六三
古意 四首……六四
戴家二姬……六五
湛烈女哀詞 四首……六五
四關烈婦詩 六首……六六
梁烈婦 二首……六八
黃烈女 二首……六八
哀麥氏諸烈 二首……六九
張節婦 二首……七〇
天濠街婦……七一
趙門二節婦 五首……七一
周烈婦……七三
李烈婦……七三
雙刃操……七四
二妃操 二首……七五
三烈魂操 三首……七六
韓烈女哀詞 三首……七八
李六烈女 二首……七九
許二烈女 二首……八〇
三湧操……八一
弔莫節婦 二首……八一
何節婦……八二
四孝烈……八三
趙陳二烈女……八四
抱松婦操……八五
猿斷腸操……八五

屈大均詩詞編年校箋卷二

北遊初什
宋武帝……八七
景陽宮……八八
臺城春望……八八
垓下 二首……八九

壠上行……八九
寧陵道中贈梵公……九〇
柬戴生……九〇
過大梁作……九一
過夷門……九一
夷門行 二首……九二
信陵君 二首……九三
黄河舟中作……九三
博浪行……九四
寒食……九四
鄴城……九五
邯鄲道中……九五
戲贈邯鄲少年……九六
吕不韋……九六
藺相如……九七
虞卿……九七
豫讓橋……九八
鄗邑……九八
真定道中 二首……九九
保定客舍……九九
易水行……一〇〇
荆軻歌……一〇〇
過涿州作……一〇一
燕昭王 二首……一〇一
銅馬門……一〇二
哭劍……一〇二
幽州歌送客……一〇三
謁文丞相祠……一〇三
大都宫詞 六首……一〇四
玉河亭讌集……一〇五
燕市篇……一〇五
王夫人殉節詩 有序……一〇六

贈某中涓 四首……一〇八
燕京述哀 七首……一〇八
燕中春日作……一一〇
舟次河西務……一一〇
魯連臺……一一一
魯仲連 二首……一一一
烈皇帝御琴歌……一一二
御書歌……一一四
贈楊太常正經……一一五
玉熙宫……一一五
登岱 二首……一一六
泰岳 二首……一一六
泰山詠遇和許生……一一七
魯宫 二首……一一八
夫子手植檜 二首……一一八
子貢手植楷 三首……一一九
武侯故里……一二〇
諸葛……一二〇
贈魯山人……一二一
答伍煉客……一二一
黍谷……一二二
日食……一二二
塞上曲 六首……一二三
洗象行……一二四
登軒轅臺作……一二五
尸上人將出榆關贈之……一二五
過晉太尉劉琨墓……一二六
孤竹吟……一二六
墨台……一二七
永平……一二八
和人途次永平之作……一二八
出永平作……一二九

李廣……一二九
詠李廣 三首……一三〇
山海關……一三〇
出塞作……一三一
佳人……一三二
弔張副使春 二首……一三二
朵顏……一三三
遼東曲……一三三
詠史 十一首……一三四
九月……一三五
弔袁督師……一三五
言從浮嶠直抵榆將訪剩大師不果
賦懷……一三六
紫蒙……一三六
贈故將軍……一三七
擬渡三岔河有寄……一三七
寄瀋陽剩禪師 二首……一三八
再弔袁督師 五首……一三八
諸公餞予玉河亭子賦別……一三九
留別商子……一四〇
贈張子歸西泠 三首……一四〇
信都……一四一
寄從兄賁士員外……一四一
過徐州作……一四二
舟泊宿遷作……一四二
渡淮……一四三
經韓侯釣臺 二首……一四三
弔淮陰侯……一四四
淮陰侯 二首……一四四
與柳子談淮陰侯事賦別李子……一四五
有贈……一四五
漂母祠 二首……一四六

夢衣行……一四七
瓜洲問渡口號……一四七
雪……一四八
寄瀋陽剩人和尚 二首……一四八
茱萸灣作和人 二首……一四九
同李子自揚州至泰州作 五首……一四九
泰州作 二首……一五〇
題李咸若晡園 二首……一五〇
遥題朱氏柳城……一五一
答郭皋旭……一五一
冒雪同郭皋旭入鄧尉山中探梅 二首……一五一
望天平……一五二
贈施生 二首……一五二
步出虎山橋作……一五三
光福山中鼓琴爲曾仲子作操……一五三
靈巖春日與李侍御灌溪遊覽作……一五四
琴臺……一五五
胥口逢梅里諸子……一五五
玄墓……一五六
同諸子探梅玄墓 四首……一五六
漁洋探梅歸自東西横塘作……一五七
木瀆……一五七
登支硎山懷桐岑子……一五八
梧宫……一五八
消夏灣……一五九
題翁子東洞庭山館……一五九
贈東洞庭席翁……一六〇
文與也爲予寫西洞庭圖賦此以贈 六首……一六〇
春湖曲……一六一
望太湖山色作……一六一
太湖女兒曲……一六二

湖上作 二首……一六二
從洞庭還柬瞿止……一六二
湖中懷沈武功 二首……一六三
石公石姥歌……一六三
寄獨漉子……一六四
焦光洞……一六四
過吴不官草堂賦贈……一六五
訪錢牧齋宗伯芙蓉莊作……一六五
吴江贈顧茂倫 二首……一六六
鶯脰湖作……一六七
答王璞庵……一六七
爲王璞庵題騎白鹿圖……一六七
舟入閶門……一六八
姑蘇楊柳枝詞 十首……一六八
閶門曲……一六九
伍子胥……一七〇
劍池作 二首……一七〇
題鴛鴦壙 有序……一七一
五人墓作……一七一
錦帆涇……一七二
登任公子釣臺作……一七二
過梅村作 二首……一七三
題梅村集……一七三
昆湖同毛子晉作……一七四
潤州作……一七四
京江舟中望金焦二山作……一七五
從京江至石頭城作 二首……一七五
長干曲……一七六
秣陵……一七六
桃葉渡……一七六
木末亭拜方正學先生像……一七七
正學祠下作 二首……一七七

青溪 三首……一七八
青溪觀虞美人作 三首……一七八
望鍾山……一七九
靈谷寺……一七九
靈谷探梅 三首……一八〇
吉祥寺古梅 七首……一八一
紫峰閣梅 二首……一八二
福興山中古梅 二首……一八三
席上吟贈林茂之八十翁……一八三
酌酒與徐撫辰……一八四
贈鄭谷口……一八四
陳宫辭 三首……一八五
秣陵春望有作 十六首……一八五
湖上……一八七
秦淮曲中詞 十首……一八七
詠金陵曲中遺事 四首……一八八
石子岡……一八九
題攝山亭子……一九〇
春水……一九〇
覆舟山下作……一九一
贈張損之……一九一
別吴統持……一九二
虞姬歌……一九二
鍾山 二首……一九三
長歌爲玉龍子壽……一九三
江東別朱生 三首……一九五
贈繆天自……一九五
送客……一九六
攝山秋夕作……一九六
舟出燕子磯……一九七
江深閣眺望……一九七
龍門健兒行……一九八

答吴巨手……一九八
雷塘……一九九
蜀岡懷古 四首……一九九
第五泉 二首……二〇〇
大明泉……二〇一
揚子江漁歌……二〇一
春日懷白華園……二〇一
題申苕青畫……二〇二
與諸公别於西陵……二〇三
寄蕭山張杉……二〇三
登娥避峰作……二〇四
答姜十三送遊天台之作……二〇四
贈秦尊師……二〇五
寄薛二 二首……二〇五
寄繆天自……二〇六
憶天台有寄……二〇六
别王于一往雁宕……二〇七
吴興舟中……二〇七
檇李作……二〇八
自白下至檇李與諸子約遊山陰……二〇八
寒食 二首……二〇九
平湖逢馬培原給諫時給諫被
沙門服……二〇九
夜宿觀山作 二首……二一〇
鏡湖曲 二首……二一〇
湖上……二一一
若耶溪新築作……二一一
耶溪 二首……二一二
十五……二一二
耶溪……二一二
耶溪夜遊……二一三
贈雪公……二一三

題山陰祁五祁六藏書樓……一一四
客山陰贈二祁子……一一四
贈山陰祁七……一一五
寓山園弔祁忠敏公……一一六
寄王丈予安……一一六
戲贈朱十……一一七
經鑄浦……一一七
入雲門作……一一八
雲門山中作……一一八
與客遊陽明洞……一一九
禹廟……一一九
登香爐峰……一二〇
苧蘿……一二〇
題西子祠……一二一
范蠡宅作……一二一
題五泄山房……一二二
懷山陰祁六……一二二
白門秋望……一二三
簡魏畊……一二三
寄魏處士……一二四
贈朱士稚……一二四
題朱朗詣遺集 二首……一二五
渌水曲……一二五
送客尋魏處士畊……一二六
懷伽陵……一二六
遊會稽山懷古並酬陶生見贈……一二七
會稽春暮酬南海陳五給諫懷予塞上之作兼寄西樵道士薛二……一二八
南鎮……一二九
渡江同諸公玩月段橋……一二九
候潮門眺望……一三〇
錢塘觀潮 三首……一三〇

西湖曲……二三一
下湖曲……二三一
與客題冷泉亭……二三二
越中寄廬山無可大師……二三二
西溪訪錢煉師……二三三
梅花泉……二三三
喜王于一寓千峰閣……二三四
正氣祠作……二三四
桐君山作……二三五
子陵祠下夜坐……二三五
嚴子陵 二首……二三六
子陵 二首……二三六
釣臺……二三七
與五弟登子陵釣臺作 二首……二三七
嚴灘作……二三八
送五弟還里……二三八
登秦望山寄酬廬山無可大師……二三九
南屏寺逢孫宇臺……二四〇
韶光寺樓曉望……二四〇
登陶晏嶺作……二四一
于忠肅墓……二四一
弔王于一……二四二
聞查子有家信至詩以戲之……二四二
將歸省母留別諸友人 八首……二四三
送朱十……二四四
送韓石畊……二四五
韓畕……二四五
代同公答蒲公……二四六
留別秀水桐開士……二四六
秋夕別岑公……二四七
贈李武曾灌園……二四七
將歸東粵省母留別王二丈亹祁四丈
駿佳……二四八
別王二丈予安……二四八

梅市别祁四丈季超……二四九
還故山作……二四九
上灘……二五〇
寄祁四丈西遯 二首……二五〇
又寄朱十……二五一
懷西岳 二首……二五一
舟中鳴琴與客作……二五二
謁謝皋羽墓 三首……二五二
題許劍亭……二五三
故人……二五四
義象行……二五四

屈大均詩詞編年校箋卷三

初歸什
禺陽……二五六
灘上吟……二五六
瀧中 十一首……二五七
北遊初歸奉家慈還居沙亭作 五首……二五八
家園示弟妹 二首……二五九
秋郊燕集作……二六〇
懷朱十……二六〇
懷沈武功 三首……二六一
寄紀伯紫 二首……二六一
和陳元孝登吹臺作……二六二
八月十八夕風雨歌……二六三
送人出關……二六三
三水縣訪朱丈……二六四
大蘆峽……二六四
峽口作……二六五
分水寓廬作 三首……二六五
奉母入瀧州避難寓從弟之姻林氏館有賦 二首……二六六
羅定山歌 二首……二六七
亞姑井謠……二六七

維帝篇……二六八
送妹 二首……二七一
有鳥篇送妹 二首……二七二
杜鵑峰作……二七三
壽母 八首……二七三
南海神祠作 二首……二七五
南海神祠古木棉花歌……二七六
南海祠下作……二七七
題惠陽葉氏園 五首……二七七
寄無可禪師……二七八
夜泊大灑作……二七八
弔厓……二七九
黄龍洞尋南漢天華宫故址……二七九
登圭峰頂望厓門……二八〇
亂帆……二八〇
贈查子……二八一
柳花……二八一
送榷關使君……二八二
贈劉生……二八二
送友……二八三
鸕鷀石……二八三
空翠……二八三

屈大均詩詞編年校箋卷四

北遊二什
答譚非庸 二首……二八五
答譚非庸……二八六
留别羊城諸子 二首……二八六
憶梅……二八七
懷梅上人……二八七
登觀象臺……二八八
青溪……二八八

贈金陵李子 四首……二八九
舟至焦山……二九〇
贈譚子……二九一
答鍾廣漢……二九一
吴門逢京兆杜子賦贈 二首……二九二
初秋與諸子泛舟長水……二九三
姑蘇秋夕與余丈廣霞坐京兆杜子
　寓樓……二九三
虎丘中秋夕 六首……二九四
吴江曲 四首……二九四
太湖懷范大夫……二九五
伍子胥……二九五
過翁子山房賦別 二首……二九六
湖上柬宋子 二首……二九六
横塘寄徐昭法……二九七
范蠡……二九七
李驃騎置酒長干招同陳氏兄弟送予
　與杜子遊太華即事賦 四首……二九八
鍾山和杜子……二九九
渡江……二九九
同杜子入秦初發滁陽作……三〇〇
濠州作……三〇〇
中都 二首……三〇一
鳳陽……三〇一
臨淮道中……三〇二
潁橋謁潁考叔祠墓作……三〇二
郟縣道中……三〇三
郟縣經故督師孫白谷先生戰處……三〇三
具茨……三〇四
巢父墓……三〇四
題箕山石上……三〇五
望三塗……三〇五

望太行……三〇六
孟津口……三〇六
硤石道中……三〇六
聶政……三〇七
閿鄉道中呈杜子……三〇七
合歡曲 四首……三〇八
舟中 二首……三〇八
黄河……三〇九
首山……三〇九
夷齊廟作 七首……三一〇
風塠曉望……三一一
太行……三一一
和杜二雪中入潼谷作……三一二
登潼關懷遠樓……三一二
西岳祠……三一三
渡河……三一三
蹈冰操……三一三
渭川……三一四
渡渭……三一五
三原人日作……三一五
登慶善寺閣……三一六
布政張公挽歌……三一六
夜集焦將軍宅作……三一七
三原題杜子草堂……三一八
孤燕篇 二首……三一八
秦倡引……三一九
涇陽訪王大春……三二〇
杏灣……三二〇
春日仙寒草堂作……三二一
題王山史獨鶴亭……三二一
華山下二泉……三二二
醉溪……三二二

題雲臺峰……三一三
雲臺峰……三一三
桃林坪……三一四
歷千尺㠉百尺峽諸險至岳頂 二首……三一四
上千尺㠉百尺峽至温神洞宿……三一五
華遊口號 二首……三一六
華陰二蓮歌 十首……三一六
大小憐歌華陰伎……三一七
西峰下窺水簾洞作……三一八
西峰訪范復庵不值留贈……三一八
華頂放歌同王伯佐……三一九
華山頂諸水 二首……三二〇
青牛臺訪彭荆山……三二〇
大雪西峰作……三二一
雪晴岳頂眺望……三二一
題衛叔卿博臺……三二二
玉女峰觀洗頭盆作……三三二
攜姬遊華山賦贈……三三三
車箱潭……三三三
華岳……三三四
華山作……三三六
西來……三三六
河干悵望……三三七
寄戴務旃華山……三三七
題王丈華陰書閣……三三八
太華作 二首……三三八
長春石室……三三九
王允塞招飲竹林精舍醉賦……三四〇
答王六惠葛巾……三四〇
飲王氏漱園醉賦……三四一
送張子之山西……三四一
立夏前二日留春 二首……三四二

華陰贈藺生……三四二
灞橋……三四三
柳……三四三
西安別沈太史……三四四
贈長安田十五……三四五
章臺……三四五
樂遊原上尋終南隱者不遇……三四六
杜曲謁杜子美先生祠……三四六
別王十二杜五之作……三四七
流曲訪張孝廉文谷……三四七
贈張文谷孝廉……三四八
田三丈席上歌……三四八
答富平田十五……三四九
爲頻陽田先生八十壽……三四九
頻陽紀夢作 三首……三五〇
贈夢娃……三五一
慰劉六茹病……三五二
送魯人劉六茹入華山兼寄彭范
二道者……三五二
和劉六茹登華 二首……三五三
丙午夏日將同李天生之雁門道過蒲城
飲朱侍御園亭即事有賦……三五三
代夢姬 二首……三五四
寄王山史……三五四
簡華陰子……三五五
送戴務旃入華山……三五五
寄彭荆山山人……三五六
霍州道中……三五六
晉祠 二首……三五六
豫讓……三五七
過太原傅丈青渚宅賦贈 二首……三五八
望晉恭王園……三五八

答毛子霞 二首……三五九
贈毗陵毛子 三首……三五九
忻口……三六〇
初至雁門贈陳祺公使君 二首……三六一
陪陳使君遊雁門山水 二首……三六一
題雁門關城樓……三六二
聞雁……三六二
雁門……三六三
詠唐晉王……三六三
唐晉王祠墓 三首……三六四
和柏林弔古……三六五
述婚 四首……三六五
雁門關與天生送曹使君返雲中四十韻……三六六
繁峙道中贈趙侯蒼篆……三六七
壽榆林趙侯 二首……三六八
將遊五臺宿繁峙客舍作……三六八
同陳子遊五臺作 三首……三六九
臺懷……三六九
贈田子約生時在雁平備兵幕中……三七〇
答天生……三七〇
答李孔德……三七一
贈諸氏兄弟……三七一
馬邑辭 二首……三七二
軍中……三七二
大同作……三七三
胡姬曲 代 五首……三七三
邊夜……三七四
塞上逢李武曾……三七四
送寧人先生之雲中兼柬曹侍郎……三七五
送顧寧人……三七六
雁門送客……三七六

歲暮送李天生出雁門……三七七
席上賦得梅花爲陳正子壽 二首……三七七
冬夜宴趙將軍宅……三七八
邊詞 十二首……三七八
邊辭 二首……三八〇
雲中詞……三八〇
古丈夫洞草堂歌……三八一
初春代州作……三八二
春日代州郊外作……三八三
榆林春望 二首……三八三
綏德城下作……三八四
高奴客舍作……三八四
送田丈自代返秦將登華岳 二首……三八五
代州夏日馮方伯招飲故大司馬白谷孫
公園亭即席賦 三首……三八六
曲中贈朱十……三八七
答錫鬯……三八七
代州曲中作……三八七
攜晁四美人出雁門關送錫鬯至
廣武……三八八
別錫鬯……三八八
送客……三八九
送天生 三首……三八九
再送天生攜家自代返秦 三首……三九〇
平城……三九一
平刑 二首……三九一
武靈王墓……三九二
趙武靈王 二首……三九二
惡少……三九三
廣昌……三九三
寄贈高博羅……三九四
浮圖峪……三九四

紫荊關……三九五
紫荊關道中送客……三九五
茶窩口……三九六
重過易水……三九六
荊軻……三九七
涿州……三九七
贈别顔修來 四首……三九八
苗烈婦輓詩 四首……三九九
堤決謡……四〇〇
重賦梅花爲陳正子壽……四〇〇
送曾庭聞返寧夏……四〇一
送周子之京口……四〇一
送人之甘州……四〇二
送孫丈歸黄山 二首……四〇二
玉河曲 二首……四〇三
夏日清宴堂小集……四〇三
别天生 二首……四〇四
將從雁代返嶺南留别程周量 九首……四〇四
送麥生……四〇六
贈别潁川劉子……四〇七
贈潁川劉子 二首……四〇七
晝長……四〇八
浣花……四〇八
别阮亭 三首……四〇九
答王阮亭……四〇九
客雁門作……四一〇
雁門七夕即事 六首……四一〇
贈内……四一一
愁……四一一
送趙生就婚慶陽……四一二
送陳氏兄弟還清苑 四首……四一二
送别祺公先生 五首……四一三

代州馮氏園亭賦呈主人楊馮甥舅 四首……四一四
答杜子……四一五
別田約生 三首……四一五
贈某大司馬 三首……四一六
武安君廟……四一七
豹突泉……四一八
別倪生……四一八
代昭生朔州客邸作……四一九
陽方口……四一九
弔寧武周將軍……四二〇
別胡使君 二首……四二〇
馬陵……四二一
黑圪塔……四二一
山陰作……四二二
河陰戲贈老將……四二二
獵詞……四二三
所見……四二三
留別傅應州……四二四
別傅應州 四首……四二五
烏金……四二五
大同旅次……四二六
雲州贈俞右吉……四二六
早發大同作……四二七
大同感嘆……四二七
望雲州……四二八
雲州秋望 二首……四二八
別蒲城王子……四二九
紫河……四二九
枳兒嶺……四三〇
宣府作 二首……四三〇
題鷄鳴驛……四三一

宣府道中……四三一
上都 五首……四三二
西苑……四三二
遼宮詞……四三三
宣府弔古……四三三
橐駝行……四三四
所見 二首……四三四
塞上曲 三首……四三五
塞兒曲 五首……四三五
大奴曲 六首……四三六
塞上感懷……四三七
岔道……四三七
八達嶺……四三八
居庸 四首……四三八
龍虎臺……四三九
天壽山 十首……四四〇
平臺……四四一
銀山……四四二
銀錢山 三首……四四二
西山口攢宮 三首……四四三
贈張丈天生……四四四
經鞏華城……四四五
沙河 四首……四四五
沙河悵望……四四六
昌平道中 二首……四四七
金山……四四七
金山口恭謁天下大師墓……四四八
送田子之應州……四四八
望田子……四四九
賦得明年四十髮蒼蒼……四四九
白髮……四五〇
保定重別陳少參 三首……四五〇

九日集陳大夫署中……四五一
九日……四五一
燕臺秋日別繆天自之雁門……四五二
留別錢舍人……四五二
燕中眺望……四五三
逢陸冰修……四五三
答陸冰修 二首……四五四
贈汪子苕文 二首……四五四
留別陳正子 二首……四五五
贈別楚客……四五六
將從潞河南還賦別劉吏部……四五六
天津夜泊……四五七
滄州見雁……四五七
顧云美六十 二首……四五八
已恨……四五八
贈兗州朱十四 二首……四五九
懷懸公……四五九
兒啼……四六〇
送汪生……四六〇
東向……四六一
詠葛稚川贈内……四六一
送楊職方使安南……四六二
尹太學新婚有贈 二首……四六二
柬趙子實 十二首……四六三
贈張萬里總戎……四六四
蘇武墓 二首……四六四
詠蘇武 三首……四六五
示榆林君……四六五
輓王安生 三首……四六六
舜廟……四六七
偏頭關作……四六七
烏孫公主……四六八

詠李陵 三首……四六八
河套 五首……四六九
入塞行……四七〇
馬上……四七〇
邊上曲……四七一
天邊……四七一
邊詞……四七一
邊思……四七一
寶勒……四七二
人日秦淮上值孟王生辰賦贈 二首……四七二
歸至江東柬方丈爾止……四七三
奉題方爾止戊申年正月初四日恭謁
孝陵感懷詩後……四七三
贈余鴻客……四七四
呈周櫟園 三首……四七四
題龔柴丈園 二首……四七五
題龔柴丈山房……四七六
別龔韓二子……四七六
汝南灣逢張薇庵作……四七七
贈陳二游……四七七
題青溪姚氏所畫梅花册子 二首……四七八
逢商丘宋使君賦贈……四七八
春日步出青溪尋東園故址……四七九
春日雨花臺眺望有感 五首……四八〇
花市 六首……四八〇
三月六日集……四八一
秣陵感懷 二首……四八一
舊京感懷 二首……四八二
秀州曲 三首……四八三
贈盛南樵賣藥 三首……四八三
懷同岑……四八四
洞庭録別 七首……四八四

浙河夜發 二首……四八五
焦山作……四八六
出京江口……四八六
贈二張太史……四八七
梅花嶺……四八七
從塞上偕内子南還賦贈 三十七首……四八八
送王汾仲還新安因訪石埭
姚明府 二首……四九一
湖口舟中口號贈内 四首……四九一
逢日者周生賦……四九二
贈李太史……四九三
與華姜宿紅梅驛 三首……四九三
張文獻公祠……四九四
送錢明府……四九四
寄何子……四九五

屈大均詩詞編年校箋卷五

東莞什

憶與田李二君秋日讌集雁門有作……四九六
啼烏曲……四九六
寄龔柴丈……四九七
寄姚六康……四九七
送吴子歸河中……四九八
家園采菊 二首……四九八
家園示弟 四首……四九九
遊蒲澗……五〇〇
春日喜友人過訪春山草堂 二首……五〇〇
送陳中洲 二首……五〇一
送人還檇李 二首……五〇二
題尹銓部蘭陔别業 三首……五〇二
壽尹太翁二十韻……五〇三
送尹生北上……五〇四

壽汪虞部……五〇五
汪虞部以啞嘛酒惠奠華姜賦謝……五〇五
壽東莞周丈……五〇六
過韋五丈村居……五〇七
東莞伯……五〇七
榴花村弔宋義士熊將軍飛 三首……五〇八
何仙姑壇作 二首……五〇九
陳恭人輓詩 五首……五〇九
藥地禪師於青原得一瀑布名曰小三
疊泉請予題長句……五一一
春山草堂感懷 十七首……五一一
贈劉明府……五一四
廣州荔支詞 五十四首……五一五
荔枝 十六首……五二一
擂茶歌……五二二
哭內子王華姜 十三首……五二三
哭華姜 一百首……五二六
送陳五黃門訪藥禪師 二首……五三三
春日喜從弟無極至東莞賦贈 二首……五三四
別稚女 二首……五三五
別稚女……五三五
別稚女……五三六
雷陽郡齋醉中走筆呈吴使君……五三六
哭稚女雁 十九首……五三七
悔不……五三九
哭從弟孚士 五首……五三九
喜陳元孝舉第三子……五四〇
贈清霞子……五四一
辛亥中秋夕作……五四二
東湖篇贈高明府……五四三
東湖走筆寄詹明府……五四三
春懷……五四四

答凌天杓 三首……五四四
送人還嘉禾……五四五
送沈文學之韶州 三首……五四六
送鮑子韶還贛州 三首……五四六
贈張總戎……五四七
望海……五四八
清明展墓作……五四八
東湖曲 七首……五四九
壽尹丈……五四九
過某將軍北山草堂賦贈……五五〇
壽東莞令……五五〇
悵望爲家禮部兄賁士兵部兄泰士作……五五一
未夕……五五一
贈袁錫泉 五首……五五二
煎香 二首……五五三
賦答莞中粱子 五首……五五四
與陳明敬采方竹作……五五五
送陳明敬遊吳因訪秀州諸子 二首……五五五
懷嘉興周青士繆天自……五五六
送從弟無極歸里 三首……五五七
再送從弟無極 二首……五五八
萬家洲晚眺……五五九
壬子春日弄雛軒作 八首……五五九
留别弄雛軒 二首……五六一
弄雛軒有贈 四首……五六一
端州道中 三首……五六二
端州感懷 二首……五六二
七星巖……五六三
玉虚宫夜作……五六三
東安 二首……五六四
題張氏石鱗山房 三首……五六五

東安舟中……五六五
入新興江路……五六六
河頭舟中……五六六
宿那烏塘田家……五六七
那旦道中作……五六七
次魚洞……五六八
黄泥灣道中……五六八
陽春道中 四首……五六九
陽春道中……五七〇
題陽春白水之山……五七〇
陽江道上逢盧子歸自瓊州賦贈 十首……五七一
自大小王公嶺經楓林橋一路丹楓古木與梅桂相亂坡陀高低石路坦潔絶可愛……五七三
經陽江電白邊界感賦 二首……五七三
題電白熱水山 四首……五七四
熱水泉……五七五
自五藍經熱水山八十里至大牙宿……五七五
五藍詞……五七六
贈電白令……五七六
贈郭皋旭 九首……五七七
次觀珠塘同郭子作……五七八
化州道中寄時子……五七九
化州道中……五七九
贈吕化州 四首……五八〇
高涼遇歐陽先輩賦贈 二首……五八一
冼夫人 二首……五八一
高州大水作……五八二
後高涼曲 八首……五八二
苕……五八四
廉州雜詩 十四首……五八四
伏波射潮歌……五八六

思鄉水……五八七
太平驛……五八七
次閘口……五八八
采珠詞 六首……五八八
欽州……五八九
雷女……五八九
雷女織葛歌……五九〇
汪學博攜飲羅湖 三首……五九〇
雷陽作……五九一
雷陽曲 十二首……五九一
贈吴使君 六首……五九三
花燕謡……五九四
六月……五九五
石城旅店……五九五
遂溪道中……五九六
次沙漄……五九六
高廉雷三郡旅中懷道香樓
内子 十五首……五九七
幽閨曲 四首……五九九
阮亭歲暮懷人詩有曰姚生子莊結屋羅浮頂小陸卿平分古洞天欲覓屈師訪仙跡梅鋗嶺上隔風煙屈師謂予也其注亦云翁上人舊隱羅浮 二首……六〇〇
送岑金紀之趙 二首……六〇〇
過某少府……六〇一
贈潘丈漢生 二首……六〇二
舍弟刘稻贈以詩……六〇二
蘭陔即事 五首……六〇三
合瀾洲……六〇四
贈卜者陳生……六〇四
寄龔柴丈……六〇五
送王煉師……六〇五

答人惠藥……六〇六
重寄姚石埭 二首……六〇六
答定上人……六〇七
題戴務旃水田圖……六〇七
白紵曲……六〇八
送黄生扶其父麗農隱君櫬還吴興 五首……六〇八
送凌子還舊京 八首……六〇九
答陸子餽藥……六一一
偶憶北邊舊遊有作 五首……六一一
大蝴蝶……六一二
夢鍾廣漢……六一三
爲高子壽母……六一三
題張二丈山房……六一四
答張君篆 四首……六一四
贈何給諫……六一五
贈黄勉思……六一五
題葉氏山房……六一六
贈東莞葉君……六一六
賦送鎮安别駕……六一七
焚香曲 七首……六一七
贈東湖校書侍女……六一八
霽後望羅陽諸峰……六一八
七夕……六一九
酬尹生貽木蘭花 二首……六一九
贈别查韜荒 九首……六二〇
初秋有憶……六二一
墓門 二首……六二二

屈大均詩詞編年校箋卷六

軍中什
從軍行……六二三

羅生以角弓贈行……六二四
進帆石門懷古作……六二四
中宿峽……六二五
過清遠諸灘……六二五
冬日英州山中……六二六
湞陽舟中……六二六
度臘嶺……六二七
任囂城……六二七
乳源出水巖采雪花贈高士周孝廉詡……六二八
奉贈高士周以濂先生……六二八
梅花澻水……六二九
上瀧謠 四解……六二九
過瀧 四首……六三〇
留別南雄某別駕……六三一
贈南雄某總戎……六三一
度騎田作……六三二
從大小鷓鴣諸灘上郴州題蓮子精舍……六三二
郴江口……六三三
八尺洪……六三三
耒陽觀諸葛武侯碑……六三四
人日衡陽道中……六三四
江上望南岳 二首……六三五
望岳 二首……六三五
煙霞峰尋李鄴侯故居……六三六
望桂宫 三首……六三六
望回雁峰……六三七
寄從兄泰士……六三八
黔陽……六三八
風門山……六三九
題招屈亭……六三九

浮湘作 二首……六四〇
洞庭曲……六四〇
贈陳十一 二首……六四一
次沅江作……六四一
次沅江縣……六四二
容溪……六四二
夜憩江樓……六四三
湘中作 二首……六四三
湘江舟中 二首……六四四
湘中聞竹枝……六四四
湘君辭……六四五
合江亭作 二首……六四五
湘中……六四六
南岳 四首……六四六
岳廟 二首……六四七
南岳頂觀日……六四七
衡山篇爲徐武子丈壽……六四八
天岳……六四八
琪林……六四九
琪林晚眺……六四九
長沙秋望……六五〇
賈太傅故宅……六五〇
長沙……六五一
湖中有懷 二首……六五一
出湖作 二首……六五二
湘陰作……六五二
秋夕黄陵作……六五三
黄陵悵望……六五三
拜三閭大夫墓……六五四
古廟……六五四
君山夜泊……六五五
荆南歸興……六五五

浮湘　十五首……六五五
自排山經熊羆嶺至祁陽作……六五八
白鶴嶺懷屈仙作……六五八
永州曉望……六五九
永州南望蒼梧作　二首……六五九
九疑……六六〇
湘江曲……六六〇
湘水曲……六六一
瀟湘曲有寄……六六一
零陵　二首……六六二
自零陵至興安道中……六六二
零陵道中曉行　二首……六六三
松上蘭……六六三
全州道中……六六四
嚴關　二首……六六四
靈渠……六六五
靈川道中眺望建陵諸峰……六六五
舟入灘山贈内……六六六
出伏波門遊于伏波山之下山有巖俯臨灘水王副戎行館在焉題以贈之……六六六
虞山望虞帝祠……六六七
暇日出癸水門眺望　二首……六六七
寶積山謁諸葛忠武侯祠　二首……六六八
草堂夜坐作……六六九
可惜　三首……六六九
福禄咫尺邊界停車悵望有作　五首……六七〇
與諸將登大甑山作……六七一
陽朔……六七一
生日同諸將郊行作……六七二
陽朔道中……六七二
永安州道中作……六七三
并蒂蓮爲桂平陸明府賦……六七三

宿平南縣村中作……六七四
容州詠緑珠遺事 六首……六七四
緑珠……六七五
緑珠井 二首……六七六
夜上灘江作……六七六
昭江夜行作……六七七
建陵秋望……六七七
野宿荔浦作……六七八
烏蠻灘謡 四首……六七八
伏波祠……六七九
烏蠻大灘謁伏波將軍祠代景大夫作……六八〇
詠馬伏波 三首……六八一
馬留辭 二首……六八一
從軍行 五首……六八二
上灘謡 三解……六八二
留人石詛祝辭……六八三
夜上横州作……六八四
宿高田……六八四
自滑山至駱家道中……六八五
風洞寺晚眺 二首……六八五
歲暮客建陵作 四首……六八六
石公種松歌……六八七
軍行曲 十首……六八七
伶俐江口遇風作……六八八
軍夜……六八九
偶從風洞眺望始安山水賦呈秦使君……六八九
示李總戎……六九〇
扶南舟泛作……六九一
桂林送遠曲……六九一
代景大夫歲暮客建陵作 十四首……六九一
代景大夫舟自五屯所至永安州之作 十三首……六九四

自五屯所至永安州舟中作 五首……六九六
歲朝詠史作 六首……六九七
自秧家至黄窑道中所見 三首……六九八
昭江春望代景子 二首……六九九
代景子將歸寄内之作……六九九
留別建陵孟太守 二首……七〇〇
悼馬……七〇〇
代景子昭江村舍寄懷某中丞之作 二首……七〇一
水東夜雨作 三首……七〇一
送李子藍……七〇二
詠懷 二十一首……七〇三

屈大均詩詞編年校箋卷七

沙亭什
移家返沙亭有作……七〇八
弼唐村即景 二首……七〇八
過弼唐精舍有懷亡友英上……七〇九
復歸沙亭柬從兄泰士 三首……七〇九
弔龍津李氏六烈……七一〇
柬孔君……七一一
送曹郡丞……七一一
送戴使君 四首……七一二
送人度梅嶺……七一二
黄泉……七一三
初正沙亭作……七一三
人日酒……七一四
贈鄭儋州愚公……七一五
贈梁氏文姑……七一五
贈劉氏武姑……七一六
賦寄富平李子……七一六
白華園送客口號 二首……七一七
大兒……七一七
贈某上人 四首……七一八

爲區母陳太君壽 二首……七一九
書廣東陳督學册子 二首……七二〇
冬菊 二首……七二〇
懷二配 二首……七二一
答藍公漪 二首……七二一
西樵作 五首……七二二
題周梨莊戴笠圖……七二三
兒小……七二四
春日登粤王臺作……七二四
林沂澤五十又一生日詩以贈之……七二四
過陳丈園……七二五
珏硯……七二六
壽尹恒復丈 二首……七二六
五十……七二七
白髮……七二七
喜族兄修古遠歸 二首……七二八
稚子……七二八
素馨花燈……七二九
題李生畫册……七二九
望芰塘海濱諸村……七三〇
恭謁三大忠祠……七三〇
答陳宛平 二首……七三一
寄懷王伯佐……七三二
題李箕山畫……七三二
送人上華岳……七三三
遥題毛子習池上亭……七三三
送丁子同兄觀察之贛南任……七三四
寄汪扶晨黄山中 二首……七三四
汪于鼎文治居黄山始信峰詩以寄之……七三五
將度梅關賦贈南雄朱參軍……七三五

屈大均詩詞編年校箋卷八

避地什
洪州喜遇京口宋君……七三七
舟中望廬山有懷玉川門道者……七三七
湖中望匡廬瀑布 五首……七三八
浮家往金陵作 二首……七三八
答星子令……七三九
題二半閣……七三九
贈南康倫太守……七四〇
明妃廟 四首……七四〇
武昌江上作……七四一
漢口……七四二
漢口……七四二
漢口曲 二首……七四三
漢口過羅以獻鏡堂作……七四三
初至漢陽賦贈王別駕……七四四
贈漢陽羅生……七四四
十二……七四五
鄂渚曲……七四五
晴川閣作……七四六
夏口……七四六
黃鶴樓作……七四七
黃鶴樓……七四七
郎官湖……七四八
郎官湖見月之作……七四八
漢口訪徹上人蘭若……七四九
江漢……七四九
荊門詠古……七四九
荊門……七五〇
贈楚客……七五〇
答睢寧崔丈……七五一
贈文及先丈……七五一

有贈……七五二
烏江弔項王……七五二
太白祠……七五三
吴門春日作 二首……七五四
贈别吴門朱雪鴻 十二首……七五四
泖口跨塘橋弔黄門陳卧子先生……七五六
閶門訪瞿止虚賦贈……七五七
虎丘弔闔閭墓作……七五七
蔡璣先鉉升攜過東園看菊作 二首……七五八
吴閶卧病有作 三首……七五八
讀吴野人東淘集 二首……七五九
青溪 二首……七六〇
桃葉渡作……七六〇
桃葉曲 二首……七六一
莫愁曲……七六一
長干寺作……七六二
和王不庵幽居之作……七六二
婁上别王鹿田……七六三
重至白門宿余鴻客山堂作……七六三
題席允叔册子……七六四
題席允叔山房 二首……七六四
溪亭懷亡友韓石畊……七六五
浣紗女廟……七六五
題陸天浥泰山圖……七六六
題吴太守江山清嘯樓……七六六
弔陳宫……七六七
黄鵠操 二首……七六七
京口眺望和人……七六八
揚州……七六八
蜀岡懷古 二首……七六九
錢烈女哀詞 三首……七七〇
揚州感舊……七七一

梅花嶺弔史相國墓……七七一
梅旅度曲以秋宵聞歌爲韻 四首……七七二
贈王璞庵移居……七七二
送汪扶晨歸歙葬親……七七三
廣陵篇贈别吴鹿園……七七四
出揚子江……七七四
螢苑……七七五
贈程葛川 二首……七七五
通州望海……七七六
漢陽除夕和伍子……七七六
正月既望太倉王虹友兄弟招同諸子集善學齋中有賦……七七七
讀李畊客龔天石新詞作……七七八
集張帶三先生草堂分賦……七七九
松江答董子……七八〇
過黄俞邰藏書樓作……七八〇
秣陵張氏園看黄牡丹……七八一
夜坐蔡五玉得齋作……七八二
蔡五攜尊過江東門寓軒……七八二
雪中陳挹蒼饋酒……七八三
雪中送人入太湖作 二首……七八三
别高氏兄弟 二首……七八四
緑樹……七八四
蔡璣先觀行堂成有賦……七八五
京口春望……七八六
寄人……七八六
贈金陵歌者……七八七
從石濤禪師乞花插瓶 十首……七八七
木末亭 二首……七八八
具區山中作……七八九
贈曹十……七九〇
題吴氏一硯齋……七九〇

目録

秣陵春日集蔡氏園亭分賦……七九一
過蔡國子園亭作……七九一
魯妃祠 二首……七九二
秦淮觀水漲作……七九二
聞笳和徐太史……七九三
三月晦日與諸子分賦……七九三
初夏集蔡氏園池作……七九四
浮江作……七九四
贈姑孰楊太守……七九四
贈王當塗……七九五
天門山……七九五
天門 二首……七九六
蟂磯謁靈澤夫人廟 二首……七九六
題怒吴樓 三首……七九七
采石題太白祠 四首……七九八
姑孰道中遇施虹玉返新安……七九九
送洪氏兄弟讀書黄山白龍潭……七九九
送汪扶晨奉吴山大師靈龕返葬黄山 六首……八〇〇
贈别甘處士返豫章……八〇一
送甘檿齋返豫章……八〇二
寄黄山道者 三首……八〇三
蓮花峰篇贈黄山閔賓連……八〇三
蕪湖述哀……八〇四
寄汪扶晨……八〇五
閱汪文治始信峰草堂紀略率題六絶 六首……八〇六
望天都峰……八〇七
答于鼎 二首……八〇七
白岳……八〇八
寄查韜荒……八〇八
金陵送藍子 二首……八〇九

寄新安汪扶晨 四首……八〇九
白髮……八一〇
贈茅天石……八一一
送程君還歙……八一一
驅馳……八一二
題太倉張氏學山園 四首……八一二
寄扶晨于鼎文冶兄弟 二首……八一三
知州趙公殉難詩……八一四
寄答新安黃黃生 四首……八一五
七夕婁門舟中有懷……八一五
七夕詠璇璣圖……八一六
次燕子磯作……八一六
哀殤 二首……八一七
贈友 七首……八一八
詠史……八一九
從沔鄂將歸先寄故園諸子 二首……八二〇
小孤 四首……八二〇
泊舟石鐘山下作 三首……八二一
湖口守風作 二十三首……八二三
峽江縣……八二五
吉州感事 四首……八二六
經羅紫山望拜文信國墓……八二七
贈魏處士冰叔……八二七
寧都魏叔子季子隱金精山詩以
寄之……八二八
詠張麗英 二首……八二九
張麗英……八二九
萬安縣道中……八三〇
自萬安上十八灘號子 十四首……八三〇
上十八灘 二首……八三二
下十八灘 二首……八三二
閏八月十五夕舟次贛州……八三三

贛州弔丙戌忠節諸公……八三三
自贛上南安川路甚曲未至南康縣已有三十六灣舟人稱爲湘江灣云 四首……八三四
贈南安某別駕……八三四

屈大均詩詞編年校箋卷九

五羊什
度梅關作 二首……八三六
度嶺贈閨人 六首……八三七
梅鋗 三首……八三八
嶺梅……八三九
韶陽舟中作……八三九
九日與客登潮泉山觀潮泉作……八四〇
自韶陽南下三峽作 二首……八四一
憶代姬 二首……八四一
五十生日在九江舟中五十又一生日在韶州舟中有賦……八四二
贈安遠水驛汪丞 三首……八四二
歸自淮陽喜見元孝金吾……八四三
讀史答陶苦子……八四四
長壽院外眺望作……八四四
過華林寺作……八四五
廣州弔古 三首……八四五
再至東莞感舊作……八四六
王生訪予東莞贈之……八四七
贈尹子生日 二首……八四七
田尾村居……八四八
尹君有三孫甚憐愛詩以贈之……八四八
寄南社謝九丈……八四九
贈林沂澤 二首……八四九
贈丁秋水……八五〇
題鄧氏山樓……八五〇

過石霜園林作……八五一
過梁氏園亭作 二首……八五一
贈林孟陽新築 二首……八五二
贈友侄林赤見……八五三
贈友侄林貽燕兄弟……八五四
贈蔡平叔姻家……八五四
贈友侄陳贛新婚……八五五
陳生新婚贈以詩……八五五
賦爲白下禪師壽 三首……八五六
弔厓山和宣人……八五六
寄四會李子……八五七
送李子之官建陵……八五八
題藍丈還童圖……八五八
送藍生還閩……八五九
白華園作 三十四首……八五九
送方即山之西寧……八六二
壽龍江蔡丈……八六二
過某明府金紫山莊作……八六三
寄王蒲衣……八六三
歸越書懷代景大夫作……八六四
白首……八六四
寓居江鄉有作……八六五
立春日作 三首……八六五
貧居作 十六首……八六六
賦懷塞外友人 二首……八六八
寄程蝕庵……八六九
寄程蝕庵……八六九
聞雁……八七〇
和藥亭人日得白鸚鵡之作……八七〇
題鐵橋丈畫鷹……八七一
題鐵橋翁黄山畫册 十五首……八七一
畫蘭行……八七三

移家返沙亭賦贈家泰士兄 二首……八七三
哭亡兒明道 十三首……八七四
六月十八日作 二首……八七六
後黄鵠操……八七七
河魨……八七八
疊滘舟中春望作……八七九
示洪兒 二首……八七九
細月歌……八八〇
頻夢先嚴有作 四首……八八一
送賀子返維揚兼寄宋子 二首……八八一
蟬……八八二
爲浙東周秋駕壽並送其行 二首……八八二
授經耿參藩署中值其生辰詩以爲壽……八八三
贈邵湛生……八八三
賦答楚人陳子山 二首……八八四
又答其弟仲夔 二首……八八五
贈張十二 四首……八八五
送張南士返越州因感舊遊有作 十三首……八八六
徐君自江左來廣賦贈 二首……八八八
柬徐君……八八八
得郭清霞書言欲歸老羅浮詩以速之……八八九
郭清霞久客常德山中詩以寄之……八九〇
寄謝北流……八九〇
送人往依北流令……八九一
聞張將軍爲僧賦寄……八九一
沙灣作……八九二
夜坐有懷二姑……八九二
秋日石門山房作……八九三
九月藥亭宅見梅……八九三

送梁藥亭北上……八九四
一冬……八九五
蘭溪童君以丹砂見贈兼示憶梅之作詩以答之……八九五
答李綏山……八九六
讀吴漢槎秋笳集有作 九首……八九七
壬戌人日前一日予得一子名之曰泰先是辛酉除夕有友人爲予筮得泰謂必生子故以泰爲名云 二首……八九八
壬戌人日作 三首……八九九
春人曲……九〇〇
舟入陳村有作……九〇〇
春日懷故園作……九〇一
髮白……九〇一
喜白上人至……九〇二
哭顧徵君寧人 四首……九〇二
壬戌清明作……九〇三
林赤見以穀皮紙見贈予將以爲衣賦詩志喜……九〇四
春思……九〇四
黄鳥……九〇五
聞人述鹿馬山感賦……九〇五
雉子 二首……九〇六
稚子……九〇六
小兒小女……九〇七
小兒……九〇七
四雛操……九〇八
贈别徐子卿 三首……九〇九
魏少府自惠陽移攝端州贈之……九一〇
贈孔令 二首……九一〇
二禺……九一一
香爐峽謁惠妃虞夫人祠……九一二

鐃歌……九一三
自清遠上三峽口號……九一三
銀瓶灘口號……九一四
上釣絲灘歌……九一四
英德舟中與孔君弈……九一五
宿乳源道中……九一五
連州舟中 二首……九一五
上瀧謡……九一六
樂昌水漲……九一六
夫溪曲 二首……九一七
題李韶州種竹圖……九一七
送楊別駕返雲間……九一八
秋夕懷歸有作……九一九
始興江口……九一九
燕子泉……九二〇
堂上行……九二〇
繇來曲 四首……九二一
族兄鳴生翁八十有一生日口占爲壽 四首……九二二
贈水巖硯與韜荒……九二三
觀象作……九二三
紫蘭……九二三
季偉公贈我朱子綱目詩以答之……九二四
招黄山汪子扶晨 二首……九二五
查君來自黔中贈之……九二五
贈別查德尹……九二六
求二橋山人畫三閭大夫像……九二七
鴛鴦蓮 二首……九二七
壽母……九二八
家園示弟作 二首……九二九
五十四歲自壽歌……九二九
垂老 三首……九三〇

贈前端州張君……九三一
感事 四首……九三二
讀史記有作 四首……九三二
朱人遠曾經屈沱作歌屈沱者三閭大夫所居
楚人謂江之别流爲沱云 二首……九三三
王學士亦經屈沱作詩予復和之 二首……九三四
癸亥長至前五日舉第三子有作 二首……九三四
青旗江口所見……九三五
上端州作 二首……九三五
端州道中望峽口積雪 二首……九三六
冬夜高峽舟中聯句二十韻……九三七
題靈山寺 二首……九三八
靈山寺聽泉……九三八
嘉魚 三首……九三九
端州天寧寺菩提樹……九四〇
閲江樓晚眺……九四〇
上兩廣制府……九四一
代壽兩廣制府……九四二
呈韓憲副……九四二
韓僉憲壽詞……九四三
韓憲使見貽二白鷴賦以答之……九四三
韓觀察席上次韻贈吴湖州……九四四
贈曹行人 二首……九四四
題吴湖州亭皋集……九四五
贈吴吴興……九四六
贈吴文學……九四六
尋墓詩爲徐護衛作……九四七
龜峰白雲 二首……九四八
七星巖下作 三首……九四九
七星巖磨厓題名歌……九四九
瀝湖舟泛……九五〇
玉屏峰頂看梅……九五一

梅 二首……九五一
寄祝子堅丈 二首……九五二
送焦君還三原 二首……九五二
弔雪庵和上……九五三
劉參軍貽予白石盤牙香用來韻
奉答 二首……九五四
秋蟬……九五四
蚤梅……九五五
望月……九五五
菊……九五五
竹色……九五六
甲子初春賦得今歲花前五十五 四首……九五六
答洪丈藥倩過飲之作……九五七
廣州竹枝詞 七首……九五七
余子生日贈之……九五八
早春讌集三間書院即事……九五九
南海廟作 三首……九五九
貧居口占 五首……九六〇
洪兒 二首……九六一
早春喜宛平陳健夫枉顧沙亭
村居 五首……九六一
爲陳母姜夫人壽……九六二
賦得石琴送陳健夫往零陵……九六三
花朝社集西禪寺……九六四
贈某湖州……九六四
壽張母……九六五
書胡春坊述祖德詩後 二首……九六五
贈潘季子……九六六
有所思……九六七
奉答林木文瀧水客舍見寄之作……九六七
九星巖……九六八
康州江上作……九六九

舟次康州作 二首……九六九
舟經晉康奉訪州使君有作……九七〇
舟入羅旁之水將訪西寧張明府有作 四首……九七〇
采藥西寧承張大令使君命其姪孫豫表陪探燕子巖大峒龍井諸勝……九七一
至西寧賦贈張大令……九七二
題西寧張邑侯山響亭 二首……九七三
龍井 二首……九七三
至西寧下城峒奉訪龐卯君五丈……九七四
以香根一枚爲黄位北壽繫以詩……九七五
暮春山行 二首……九七五
送曾止山 三首……九七六
白鷴篇柬蕭山周子……九七七
舟自康州東下作 三首……九七七
舟入新興江將訪柴子有作……九七八
新興贈李大尹……九七八
雪殘香荔支復榮……九七九
賦得莊周夢爲蝴蝶……九七九
贈新州區丈……九八〇
題張丈香隱園……九八〇
歸舟賦贈柴子……九八一
雨後……九八一
題陳獻孟城南新居 四首……九八二
初秋春山作 七首……九八三
游羅浮作……九八四
梅花村作……九八五
游黄龍洞……九八五
沖虚觀……九八六
重至都虚觀作 二首……九八七
宿寶積寺……九八七
登羅浮絶頂奉同蔣王二大夫作……九八八

羅浮雜詠 四首……九八九
菜 七首……九九〇
香柚……九九一
老樹歌爲蔣少參壽……九九二
再賦老樹篇爲少參公壽……九九三
贈王給事 四首……九九三
賦得蝴蝶繭贈王黄門幼華……九九四
題王給諫烏絲紅袖圖 四首……九九五
題五詩人圖……九九六
賦贈粤東典試劉工部……九九六
有懷富平李孔德 八首……九九七
送典試劉工部……九九八
簞友篇……九九九
羅浮探梅歌爲臧喟亭作……九九九
知己 三首……一〇〇〇
陳君疇見贈畫扇……一〇〇一
以莞香結贈吕黍字繫以詩……一〇〇一
贈祁七奕儀水巖硯……一〇〇二
答祁七苞孫 四首……一〇〇二
五十五歲生日有作 二首……一〇〇三
過郭丈寓廬有贈……一〇〇四
詠管寧 二首……一〇〇四
菊 三首……一〇〇五
秋收後作 二首……一〇〇六
哭顧亭林處士……一〇〇六
聞藍子談武夷折笋隱屏之勝
有作……一〇〇七
初冬鹽步江上作 三首……一〇〇七
黄岡 八首……一〇〇八
兩粤督府祝嘏詞 四首……一〇〇九
壽兩廣制府 三首……一〇一〇
從友人索取柑子……一〇一一

柑 五首……一〇一一
沙地……一〇一三
錦鷄……一〇一三
仲冬同諸公小集端州禪舍……一〇一四
送真公還星巖精舍 二首……一〇一四
題真公坐石小影……一〇一五
後嘉魚詩 十二首……一〇一五
自端州載嘉魚歸春山草堂 二首……一〇一七
喜姜汝皋自越州至 四首……一〇一八
送許氏昆弟之惠陽……一〇一九
白鷺……一〇一九
燭 二首……一〇二〇
再詠燭……一〇二〇
贈錢郎飲酒 二首……一〇二〇
題徐太史楓江漁父圖 二首……一〇二一
壽李中丞……一〇二二
甲子歲除作 三首……一〇二二
贈某廣文……一〇二三
古銅蟾蜍歌……一〇二三
送吴少參返歷陽……一〇二四
贈劉生……一〇二五
贈錢唐趙上舍……一〇二五
送趙芳佩 二首……一〇二六
吹葉詞爲舒亦蕃作 二首……一〇二六
聽憨上人彈琴……一〇二七
伏日吴方來招飲……一〇二七
從鮑爾先乞英石……一〇二七
題蔣玉淵馭鹿圖……一〇二八
喜鮑子韶來粤 四首……一〇二八
贈杜十五……一〇二九
寄桐岑禪師……一〇二九
寄錢唐毛稚黄……一〇三〇

送周丈……一〇三〇
送黄子之晉康……一〇三一
留石行奉呈黄參軍……一〇三一
贈黄參軍 二首……一〇三二
送劉參軍……一〇三二
秋夕與琴客作……一〇三三
送吴客……一〇三三
泰山詠遇和許生……一〇三三
昔我……一〇三四
送友人之京營葬……一〇三四
題顧麟士先生織簾居晚望圖應令子伊人之請 二首……一〇三四
秋日書懷 二首……一〇三五
布席 二首……一〇三五
金魚池和人……一〇三六
寄贈武進陳古民丈……一〇三六
乙丑元日作……一〇三六
人日承高廷評張處士見過有作……一〇三七
奉酬高廷評諤苑 七首……一〇三七
奉酬張超然處士 六首……一〇三九
送黄太史 五首……一〇四〇
送高廷評 二首……一〇四一
行藥城東作……一〇四二
命子……一〇四二
江皋 四首……一〇四三
蕉利村春望 二首……一〇四四
木棉 二首……一〇四四
壽尹丈……一〇四五
菩提壇……一〇四六
五仙觀……一〇四七
送沙子雨浮海之日本 二首……一〇四八
爲家姑壽……一〇四九

送蒲衣子往潮陽有作……一〇四九
送嚴止峰……一〇五〇
哭蔡二西 八首……一〇五〇
江上逢鄭翰林因聯舟同上端州賦贈 二首……一〇五二
舟經金利作……一〇五二
入端溪……一〇五三
斑竹……一〇五三
登閲江樓有感 二首……一〇五四
吴制府招同諸公游七星巖有作 二首……一〇五四
端州弔古 三首……一〇五五
友人見惠端州錦石俾爲琴臺之用賦答……一〇五六
七星巖作……一〇五六
黄塘棹歌……一〇五七
過梅庵奉訪石草老宿……一〇五七
片片……一〇五八
江上新晴有作……一〇五八
題東江亭……一〇五九
靈山寺作……一〇五九
從端州采硯歸有作 二首……一〇六〇
木棉 三首……一〇六〇
喜王阮亭宫詹至粤即送其行 十首……一〇六一
楝亭詩爲曹君作……一〇六三
贈成農部 二首……一〇六三
奉送蔣少參督學中州……一〇六四
食荔罷柬族叔友……一〇六四
張桐君餉我杭州宫扇賦此答之 二首……一〇六五
送琴客詹大生丈……一〇六五
寄徐孝先……一〇六六

寄施贊伯……一〇六六
舟上西江值大水有作 二首……一〇六七
上峽……一〇六八
蕉布行……一〇六八
頂湖山……一〇六九
望爛柯山……一〇六九
望端州郡樓有賦……一〇七〇
仲秋五日客端州承太守王公招同諸公游七星巖分賦得秋字 五首……一〇七〇
秋日閒居之作 十首……一〇七一
王借岡阻淺……一〇七三
壽兩廣制府吴公 三首……一〇七三
同張超然尋端溪水巖作……一〇七四
端州訪硯歌和諸公……一〇七五
贈王端州……一〇七六
乞硯行……一〇七六
舟下西江同超然分賦……一〇七七
宿永安墟作……一〇七八
佛手柑 二十首……一〇七八
至日同超然作……一〇八一
歸舟得二山鵰喜賦 二首……一〇八二
生女 三首……一〇八二
飲武夷茶作……一〇八三
贈陳子新婚……一〇八四
新婚詩爲獻孟作 四首……一〇八四
爲惠陽魏少府壽……一〇八五
先君澹足公忌日作 二首……一〇八六
乙丑臘月十三日恭遇慈大人八十二歲生日喜賦 八首……一〇八六
乙丑歲除作 五首……一〇八八
丙寅元日作 五首……一〇八九
丙寅春日承王大將軍招同諸公雅集分得

簫字……一〇九〇
王將軍府中牡丹盛開有賦 二首……一〇九〇
答張桐君見題三閭書院之作 二首……一〇九一
哭從兄泰士 八首……一〇九二
送泰士兄葬……一〇九三
細雨……一〇九四
立春日送雁……一〇九四
奉和澹翁六叔父開春病起之作 六首……一〇九五
哭殤女說 五首……一〇九六
食白蟛蜞 二首……一〇九七
山茶……一〇九八
花朝後一日同黎子及諸從兄弟小集澹翁家叔園林分賦……一〇九八
兒明洪生日示之 四首……一〇九九
瓶花 二首……一一〇〇
瓶中桃花……一一〇〇
手插梅枝得活喜賦……一一〇一
波羅江上作……一一〇一
訶林雅集……一一〇一
送錢子目天 三首……一一〇二
贈杜陵劉漢臣 三首……一一〇三
詠古……一一〇三
杜鵑花……一一〇四
春日沙亭作 二首……一一〇四
獨酌……一一〇五
攀枝花 三首……一一〇五
賦贈番禺孔明府……一一〇六
贈汪少府……一一〇六
大司馬吳公惠田賦此奉答 二首……一一〇七
送張超然返虞山……一一〇七

奉答于畏之枉顧沙亭之作 四首……一一〇八
哭侍妾梁氏文姑 十首……一一〇九
送劉生之金陵就昏 三首……一一一一
西洋郭丈贈我珊瑚筆架賦此
答之 二首……一一一二
壽西洋郭丈……一一一二
送吴四會之任漢州 二首……一一一三
送李孝廉道過萍鄉訪邑令尚
使君……一一一三
悼梁氏文姑 四首……一一一四
季秋之五日承諸族父過賞菊梅
分賦……一一一五
舟出灆口作 二首……一一一五
題白塘下劉氏園 三首……一一一六
微雨……一一一六
賦贈廣州劉静庵太守……一一一七
嘉禾歌爲廣州劉太守壽……一一一七
嘉禾歌爲王礎塵壽……一一一八
粤臺懷古……一一一九
壽洪水部……一一二〇
焚香作……一一二〇
叔祖崇薦翁九十壽恭賦……一一二一
送散木子之虔州……一一二一
三黄鵠堂操……一一二二
贈家泰士兄 五首……一一二三
懷仙曲……一一二四
爲陳茂才母翟太君壽……一一二四
設帨……一一二五
滙洲……一一二五
自茭塘上珠江作……一一二六
東皋別業舊址……一一二六
望黄布諸村……一一二七

日月二泉井……一一二七
學士泉……一一二八
蟹眼泉　二首……一一二八
烹茶……一一二九
贈王將軍　三首……一一二九
珠江春泛作……一一三〇
菊　八首……一一三〇
野菊　二首……一一三二
寄懷王處士不庵……一一三二
懷桂林……一一三三
贈高第街鄰人李叟……一一三三
過西村訪蒲衣子作……一一三四
忠養堂書懷　二首……一一三四
聞觀察公以暮春日與諸公爲菖蒲澗之游賦此紀事並以爲觀察公壽……一一三五
端州逢某使君賦贈……一一三五
紅石榴　十首……一一三六
送静公別駕之南寧……一一三七
呈某按察使……一一三八
珠江觀競渡聯句……一一三八
閨怨　三首……一一三九
對水仙花題畫中水仙花兼紫芝怪石……一一四〇
生日覽鏡口占……一一四〇
灌園　四首……一一四〇
萊圃雜詠　十七首……一一四一
道援堂作……一一四二
沙亭漫興　五首……一一四三
溪上　三首……一一四三
自題易葉軒　五首……一一四四
懷沙亭獨坐有作　三首……一一四四
示女明洙　二首……一一四五

喜謝九丈自莞中見過之作 四首……一一四五
廣州花朝 六首……一一四六
西園 五首……一一四六
過定思族翁斫鱠作 二首……一一四七

屈大均詩詞編年校箋卷十

居粵晚什
丁卯元日作奉和澹園六叔用來韻 二首……一一四九
人日雙檜堂社集與諸從分得高字……一一五〇
人日追哭孟王……一一五〇
正月十二日集黄氏齋聽羅丈彈雒神操作……一一五一
丁卯初春作 四首……一一五一
花朝前二日小集澹翁園林觀落紅有作限塘字……一一五二
奉壽天雄成少傅……一一五二
寄真公……一一五三
爲陳震方題獨飲圖……一一五三
贈陽春令……一一五四
古詩爲王將軍壽……一一五五
七寸桃……一一五五
爲鄭公壽作……一一五六
壽廣州太守劉公……一一五六
爲百歲潘仁需翁壽……一一五七
上某僉事……一一五七
將往瓊南口占别司香者 五首……一一五八
渡瓊海……一一五八
浮瓊海 三首……一一五九
舟暮……一一五九
瓊南曲 二首……一一六〇

椰子酒歌 二首……一一六〇
定安曲……一一六一
朱崖……一一六一
椰漿……一一六一
舉第四子阿豫 七首……一一六二
題蒲澗簾泉宴坐圖爲朱君 四首……一一六三
賦贈賈新會……一一六四
爲陳母謝夫人壽……一一六四
送徐序仔還嘉興 四首……一一六五
送李緩山還楚 三首……一一六六
爲番禺孔使君母陳太夫人壽 二首……一一六六
龐祖如以張喬美人畫蘭見贈詩以答之 六首……一一六七
沙亭作 五首……一一七〇
奉和嚴藕漁宫允蒙恩予假南還述懷之作次元韻 四首……一一七一
宿檳榔塘……一一七二
舟入永安縣作 二首……一一七二
苦竹派道中……一一七三
宿寬清溪作……一一七三
度鹿母嶂作……一一七四
觀神江諸水作……一一七四
度大小蚺蛇嶺作……一一七五
下田瀉瀧……一一七五
白溪……一一七六
自林田至橋田作……一一七六
次義容江口作……一一七七
入秋鄉江作 二首……一一七七
自藍塘至秋鄉江口作……一一七八
望永安縣諸山……一一七八
贈永安張明府 二首……一一七九

永安紫金山眺望有作 二首……一一七九
壽李叟……一一八〇
柚燈 二首……一一八〇
刈稻 六首……一一八一
答梁陳李三子見過沙亭觀穫之作……一一八二
送湯氏兄弟歸建昌省其尊人惕庵先生時先生八十餘矣 二首……一一八三
蔞 四首……一一八三
菊 二首……一一八四
尋菊 二首……一一八五
漁婦……一一八六
蛋户……一一八六
不眠……一一八七
一夕……一一八七
客邸 二首……一一八七
九日……一一八八
舟夜 二首……一一八八
庭前……一一八九
從澹翁六叔乞取香柚……一一八九
過獻孟池亭采菊作 四首……一一九〇
贈黎大 二首……一一九一
壽季母唐夫人……一一九一
送徐道沖 二首……一一九二
蟬 三首……一一九二
賦得山大丹花爲大司馬留村吴公壽 三首……一一九三
緑端硯爲嚴藕漁宫允作 五首……一一九四
送嚴藕漁宫允還梁溪 八首……一一九五
沙貝望羅浮……一一九六
賦壽周君……一一九七
食柑……一一九七

葵……一一九八
蟹……一一九八
雨大……一一九九
鮒魚……一一九九
山行……一二〇〇
采藥……一二〇〇
嘉蓮詩爲汪右湘作 二首……一二〇一
贈嶺西僉憲孫使君……一二〇一
壽鄭母何太夫人……一二〇二
望羅浮 二首……一二〇二
河豚……一二〇三
蟹……一二〇三
爲廣州太守劉公壽……一二〇四
栽桃 四首……一二〇五
贈龐祖如 三首……一二〇六
哭周處士簹谷 四首……一二〇七
弄雛軒作 三首……一二〇七
送曾止山還光福歌……一二〇八
丁卯臘月十三日恭逢家慈大人八十有四壽日喜賦五章……一二〇九
荷葉 三首……一二一〇
金魚……一二一〇
蠶熟……一二一一
蟬……一二一一
聽鶯 二首……一二一二
新篁 二首……一二一二
荔枝 二首……一二一三
木槿 二首……一二一三
佛桑花 二首……一二一四
玉簪花 二首……一二一四
茉莉 二首……一二一五
夾竹桃 二首……一二一五

賦得池上萍 二首……一二一六
蓮……一二一六
藕……一二一七
菱……一二一七
畫松……一二一八
戊辰元日作 十首……一二一八
新年 三首……一二二〇
春日過訪王用綸園亭作 二首……一二二〇
送歙人羅子浮山還溧溪兼寄令母舅汪子栗亭 三首……一二二一
送蘇友燕……一二二二
送徐司業 四首……一二二二
送成大夫……一二二三
奉寄定安胡朝翰先生 四首……一二二四
送王將軍 四首……一二二五
一春 四首……一二二五
過黃積庵南軒賦贈 二首……一二二六
香山過鄭文學草堂賦贈 五首……一二二七
香山過茄頭村作 二首……一二二八
杜鵑花 三首……一二二八
杜鵑花……一二二九
種葱……一二三〇
香荔……一二三〇
任秋浦解清河令歸養詩以贈之 二首……一二三一
壽鄭母何太夫人兼呈令子太史 二首……一二三一
送高固齋 二首……一二三二
過黃氏南軒作……一二三二
贈墨西 八首……一二三三
贈香東 八首……一二三四
貞女篇……一二三六

贈龐先生……一二三六
呈張振六觀察 二首……一二三七
奉和張觀察惜分堂落成喜予見過之作
即席次諸公韻……一二三八
送潘次耕太史 四首……一二三八
送孫少參……一二三九
贈何東濱處士 六首……一二三九
送人還秣陵……一二四一
走筆奉答湖州徐蘋村司業見贈之
作用元韻……一二四一
詠荆軻……一二四二
呈蔣少參……一二四三
贈尹學博……一二四三
彩花 二首……一二四四
弔永福陵 三首……一二四四
望虎門諸山……一二四五
虎門觀海作……一二四六
盧亭……一二四六
望洋臺……一二四七
觀海 三首……一二四八
倒掛鳥 二首……一二四八
西洋菊……一二四九
玻璃鏡……一二四九
七夕作 四首……一二五〇
葵扇 二首……一二五一
芋……一二五一
奉答張觀察枉顧沙亭村舍之
作用韻……一二五二
五十九歲生日作……一二五三
答汪晉賢 四首……一二五三
壽張觀察 六首……一二五四
酒濁……一二五六

壽黃參軍……一二五六

壽某方伯……一二五七

羊城秋日有作……一二五七

贈施少府……一二五八

以東莞香根贈查二德尹有賦……一二五八

送德尹之東莞……一二五九

壽李番禺……一二五九

爲族父國子先生七十又一壽作 三首……一二六〇

野花……一二六〇

桃溪……一二六一

夜宿沙洲有作……一二六一

經高要諸村墟作 六首……一二六二

布水村 三首……一二六三

攜公新棲仙掌峰詩以贈之 四首……一二六四

汲靈山寺泉作 二首……一二六五

木芙蓉……一二六五

老至 三首……一二六六

白菊……一二六六

贈王生……一二六七

霧重 二首……一二六七

小除夕讌集張紫閣觀察署中同用杜少陵秋興第五首韻……一二六八

贈馬侯總戎……一二六八

贈陳山人……一二六九

題關中程氏臨流圖……一二六九

聞人談曹州之勝……一二七〇

奉陪富平程相音歷穗石洞訶林出西郊作 四首……一二七〇

答贈程虞三 四首……一二七一

喜徐謂六同何東濱程虞三程相音周南美杠顧沙亭之作 三首……一二七二

喜周南美同諸子枉顧沙亭 三首……一二七三
不仕……一二七四
晚菊 五首……一二七四
喜值關中李玉之有作 三首……一二七五
野菊 二首……一二七六
答吳東巖 二首……一二七七
賦得養親惟小園爲吳綺園題所居梅莊……一二七七
爲吳楞香綺園母唐太夫人壽 二首……一二七八
古爵篇……一二七九
留別館主人凌君 二首……一二七九
冬至同兒明洪在西江舟中有作……一二八〇
渡船 二首……一二八〇
冬日作……一二八一
含愁……一二八一
送方六……一二八二
贈王仲子新婚……一二八二
小除後二夕與姬人香者兒明洪飲寓樓上有賦……一二八三
寄吳綺園 二首……一二八三
廣利墟……一二八四
蘋……一二八四
汪扶晨得予所寄詩外賦詩志喜予感其知己之深亦賦二章答之……一二八五
奉和張觀察長至前一日端州曠貽樓晚眺……一二八五
送姚君之官貴縣丞 二首……一二八六
自蒲澗至簾泉洞尋鄭仙鶴舒臺作……一二八六
己巳元日作 六首……一二八七
奉和張紫閣觀察己巳元日書懷之作

次韻……一二八八
遠公貽我蓮種賦此答之……一二八九
春日廣州西郊遠公禪院登樓悵望有作……一二八九
一春……一二九〇
喜謝修五歸自高涼……一二九一
寄懷施虹玉……一二九一
寄懷閔賓連……一二九二
答修五見贈香杯……一二九二
示羅 二首……一二九三
鎮海樓……一二九三
煎粉 四首……一二九六
荼蘼花 二首……一二九七
哭王用綸 四首……一二九七
送鮑子韶……一二九八
酌酒 二首……一二九九
弱子……一二九九
天南四首爲香丹侍者作 四首……一三〇〇
素馨 四首……一三〇〇
龍眼 二首……一三〇二
爲圃 三首……一三〇二
月高……一三〇三
立秋後五日作 二首……一三〇三
又贈香丹 二首……一三〇四
壽張侯提督……一三〇五
玉杯篇 有序 二首……一三〇五
張槎江上晚望……一三〇六
賦得失學從兒懶……一三〇七
賦得長貧任婦愁……一三〇七
送羅君 二首……一三〇八
西園 四首……一三〇八
沙口……一三〇九

夕陽……一三一〇
不眠……一三一〇
上西江作……一三一一
江行 二首……一三一一
舟宿黄槎涌作……一三一二
峽裏 二首……一三一二
月黄……一三一三
揚帆……一三一三
掛席……一三一三
嘉魚 二首……一三一四
江邊獨酌有作……一三一四
江上早行 二首……一三一四
城闕……一三一五
空山……一三一五
芭蕉 三首……一三一六
答鄒清士贈硯……一三一七
爲程母陳太夫人壽……一三一七
七夕歸自端州有作 四首……一三一八
無題……一三一八
紅梅……一三一九
菉猗亭次張觀察韻……一三一九
送程相音返關中爲尊人樸庵先生壽 二首……一三二〇
寄富平李子德 二首……一三二〇
寄華陰王山史 二首……一三二一
寄華陰王伯佐 二首……一三二一
大樹軒詩爲吴副戎作……一三二二
張餘庵先生年六十有九七十有七八十有四時皆生一子今己巳八十有五矣詩以壽之……一三二三
自蒲澗入濂泉寺作……一三二三
送姜克猶歸山陰 二首……一三二四

贈黄叟逸閑……一三二四
贈小妓鳳求……一三二五
南城眺望有作 二首……一三二五
訊汪子……一三二六
汪子栗亭右湘吴子綺園屬山僧師古畫黄山册子寄予爲六十壽詩以酬之 四首……一三二六
汪右湘以銀巵爲壽詩以酬之 二首……一三二七
奉答汪于鼎贈予六十歲之作 三首……一三二八
答吴綺園長歌爲予六十壽之作……一三二八
答洪雨平待臣兄弟見壽之作……一三二九
江山風月福人歌自壽……一三二九
王不庵作卧龍松歌爲予壽詩以酬之……一三三〇
黄山五松歌……一三三一
黄山僧述古畫黄山諸松見寄詩以酬之……一三三二
九月初十夕……一三三三
黄落 二首……一三三三
病中即事 二首……一三三四
不寐 三首……一三三四
答黄扶孟 二首……一三三五
從澹翁乞蘭……一三三六
爲張憲使壽……一三三六
姬人新製琴囊贈以詩……一三三七
送林木文還嘉興 二首……一三三七
白鵝潭眺望 五首……一三三八
乞顧生寫真 六首……一三三九
顧生以畫朱竹見貽口占答之 二首……一三四〇

賦得六句猶健亦天憐　二首……一三四〇
送人之延綏　四首……一三四一
賦得摇落深知宋玉悲　八首……一三四二
過馬佐領克起粤秀山房
賦贈　二首……一三四三
秋日集汪氏寓齋同用支字……一三四四
送朱君之貴州……一三四四
贈王山史……一三四五
十口……一三四五
初轉……一三四六
送季子之惠陽……一三四六
菊　四首……一三四七
賦得失學從愚子……一三四七
非狂……一三四八
海味……一三四八
拾禾……一三四九
結網……一三四九
澳門　六首……一三五〇
秋海棠……一三五一
食菊　三首……一三五一
己巳臘月十三日家慈大人八十
有六生日恭賦　三首……一三五二
己巳臘盡作　二首……一三五三
己巳歲除作　三首……一三五三
聞前州守王君談德慶山川之勝詩以
贈之……一三五四
蓮……一三五五
合歡木歌……一三五五
山大丹歌……一三五六
後篳友篇……一三五六
庚午元日作　六首……一三五七
立春作　八首……一三五八

示姬人 三首……一三六〇
過林子本茅草堂奉答見贈之作 二首……一三六一
集梁季子齋分賦得魚字……一三六一
席上賦得甘灘鰣魚限魚字 二首……一三六二
爲陳封翁八十壽……一三六二
羅翁八十有五善琴詩以贈之 二首……一三六三
聽八十有五羅翁琴……一三六三
望海 二首……一三六四
陳村口號 五首……一三六四
贈單翁 七首……一三六五
壽順德二尹……一三六六
胥江過玉鏡臺感賦 二首……一三六七
三水舟中……一三六七
江間 三首……一三六八
初二夜月……一三六八
初三夜月……一三六九
上弦月……一三六九
下弦月……一三六九
增城道中作……一三七〇
贈張金吾璩子……一三七〇
增城過張文烈戰没處……一三七一
口占爲增城萬壽寺老僧壽……一三七一
贈增城冉明府……一三七二
女兒葛歌……一三七二
石灘舟中眺望……一三七三
小荷葉……一三七三
客至 二首……一三七四
答酒家王君惠酒 六首……一三七四
喜某使君枉駕……一三七五
泉至……一三七六

冉冉 二首…………一三七六
送客返新安…………一三七七
汪栗亭復以紫霞茶見寄…………一三七七
盤蓮…………一三七八
盆荷 二首…………一三七八
愁…………一三七九
夜坐…………一三七九
老矣…………一三八〇
老穀樹爲大風所摧詩以傷之…………一三八〇
庚午仲夏承大司馬吴公招同諸公奉陪京卿張公讌集城西禪院次張公元韻四首並以送行…………一三八一
爲梁疊石學博節母馮太孺人壽 二首…………一三八二
送人入巫峽…………一三八三
送人往長白 二首…………一三八三
代呈某觀察…………一三八四
秋雨…………一三八四
爲九十有一歲黎門陳節母壽…………一三八五
贈家將軍…………一三八五
壽龔給諫母蘇太夫人…………一三八六
答姚叔煙 二首…………一三八六
贈前松溪張明府…………一三八七
重至何仙姑壇作 五首…………一三八七
增城萬壽寺乞取丫蘭之作 二首…………一三八八
送李浣廬使君之湖北方伯任 二首…………一三八九
送人歸吴興拜母…………一三九〇
陳守戎招飲同王陳二君分賦…………一三九〇
送英德陸明府…………一三九一
聞笛…………一三九一
止酒 二首…………一三九二

出户 二首……一三九二
豫兒 二首……一三九三
過韓氏宅作……一三九三
奉答蕭山周子見懷之作 二首……一三九四
覺公善種蘭詩以贈之……一三九四
題李子弄瀑采蘭圖……一三九五
九日送程生……一三九五
奉懷湯巖夫王鹿田兩處士 二首……一三九六
送李南申英三同李方伯之任湖廣 二首……一三九六
菊殘 二首……一三九七
題姚君廬墓圖……一三九七
黄鼠……一三九八
黄鴨……一三九八
酒娘……一三九九
茶子……一三九九
落花 三首……一四〇〇
園菜 三首……一四〇〇
庚午季秋六十有一歲生日作 四首……一四〇一
重陽後一日承見堂枉顧花下分得六魚……一四〇二
賦得搗藥兔長生……一四〇二
贈同庚叟……一四〇三
庚午初冬同諸子出廣州北郊飲於尚氏墓堂感懷往事有作……一四〇四
羅浮對雪歌 庚午……一四〇五
偶憶春州十三疊瀑布 二首……一四〇六
將上惠陽舟中望羅浮即事呈王太守 十四首……一四〇六
次和惠州王子千太守初入羅浮宿沖虚觀用東坡同子過遊羅浮韻並以

為壽……一四〇八
豐湖……一四〇九
閉甕菜……一四〇九
搖落 二首……一四一〇
題慈雲閣……一四一一
惠州王太守入羅浮尋梅花村不得用子瞻松風亭下梅花詩原韻有作予為和之……一四一二
王太守作見日亭成詩以美之……一四一二
奉題惠州王子千太守羅浮紀遊詩後并以為贈……一四一三
奉和惠州王太守除夕雜感次韻 二首……一四一五
廣陵老僧聞一以畫扇見貽詩以答之……一四一五
前制府吳公以生日往羅浮山賦此寄壽 二首……一四一六
示兒明洪 二首……一四一六
魚缸……一四一七
琵琶行贈蒲衣子……一四一八
呈武番禺……一四一九
浮丘修禊作……一四二〇
修復浮丘詩社有作……一四二〇
水仙嘆 二首……一四二一
庚午臘月丙寅舉第五子阿需值慈大人八十有七生日喜賦 四首……一四二三
送王礎塵之贛州 二首……一四二三
內子季劉以歲除生日承王君礎塵賦詩見貺率次元韻奉答 二首……一四二三
不草詔……一四二四
詠高士王賓……一四二五
為定安董大令壽……一四二五

辛未元日作 六首……一四二六
辛未元正六日立春值次兒泰十歲
生日作 二首……一四二七
人日……一四二八
諸兒 二首……一四二八
賦得垂柳送客出梅關……一四二九
賦得間柳發紅桃……一四二九
不及……一四三〇
依依……一四三〇
送林赤見之懷集授經 二首……一四三一
送汪楷士還歙爲其尊人
七十壽 二首……一四三一
辛未上巳讌集王蒲衣濛廬分得
春字 二首……一四三二
哭汪右湘 三首……一四三三
過何明府城隅客居賦贈……一四三三
送陳子楚遊……一四三四
花朝讌集湯氏園亭作……一四三四
梅……一四三五
乍得……一四三五
一春……一四三六
仲夏燕集黃氏柳橋精舍同用
弧字……一四三六
七夕後二日送王君還渠陽……一四三六
立秋後一日崔氏樓雨望……一四三七
奉送吳大司馬還京 四首……一四三七
爲連山劉明府壽……一四三八
賦呈韶州陳太守 四首……一四三九
送陶子北征……一四四〇
贈金磬北 三首……一四四〇
送黃叔威還閩 四首……一四四一
林子餉梨有作……一四四二

郭君酌我延壽佳酒賦以答之……一四四二
林岕……一四四三
汪扶晨六十有贈 四首……一四四三
扶晨屢以紫霞茶見寄賦以答之……一四四四
壽光軒作……一四四五
題呂紀梅雀圖……一四四五
喜侃士病愈贈之 六首……一四四六
喜羅君又持扶晨書至……一四四七
白雲泉……一四四七
元孝六十又一生日賦以爲壽 六首……一四四八
奉題惠陽王郡侯署中憶雪樓 四首……一四四九
爲順德徐明府壽……一四五〇
送李君還秦兼寄懷其舅孔德太史 四首……一四五〇
林叔吾六十生日賦以贈之 六首……一四五一
贈徐順德……一四五二
壽南雄太守母夫人……一四五三
七夕詠牛女 五首……一四五三
閏七夕再詠牛女 五首……一四五四
八月初八夕詠月 二首……一四五五
六十二歲生日作 三首……一四五六
九日承王驃騎邀集東皋有賦 三首……一四五六
雨聲……一四五七
寄答華亭朱君……一四五八
奉寄關東友人……一四五八
寄答王仲昭……一四五九
贈九十張翁……一四五九
送客往盧溝作……一四六〇
贈廣州某別駕……一四六〇

爲酒家黄丈壽……一四六一
紫菊……一四六一
爲潮州孔別駕母陳太夫人壽……一四六二
奉答方譽子枉顧草堂留贈之作次原韻 二首……一四六二
奉和龔蘅圃駕部偕諸公遊光孝寺出城訪長壽精舍之作次原韻 二首……一四六三
送時君之京謁選……一四六三
舟次小塘 二首……一四六四
木棉頭即事……一四六四
舟入横槎水作……一四六五
爛柯山作……一四六五
布水村題姬人舊居……一四六六
寄懷毛翰林大可 二首……一四六六
霜橘……一四六七
大寒 二首……一四六八
贈徐君新婚次王使君元韻……一四六八
子夜歌 十四首……一四六九
詠古 二十七首……一四七一
王母金孺人壽篇……一四七六
題桃畫……一四七七
詠茼蒿花同礎塵元孝限四十韻……一四七八
壬申元日作 六首……一四七九
上元後二夕惠州韶州兩使君暨諸公同集長壽精藍分得一先韻 二首……一四八〇
韶石歌韶州太守席上作……一四八一
初春六瑩堂雅集主人梁庶常出六瑩琴相示歌以紀之……一四八一
詠梁子六瑩琴……一四八二
水車……一四八二
流溪……一四八三
劉仙巖……一四八四

傜歌……一四八五
從化縣齋有古松一株見而嘆之……一四八五
贈從化郭邑侯 二首……一四八六
題從化郭明府册子……一四八六
雙燕窩……一四八七
雙燕窩辭 二首……一四八七
從陽曲呈邑大令 二十首……一四八八
自胥江上峽至韶陽作 三十二首……一四九〇
至韶陽呈陳使君 二首……一四九四
韶陽弔古 三首……一四九五
寄贈歙人汪伯子四十 二首……一四九六
汪仲子持令兄栗亭及諸君書自歙至廣州相問於其歸也爲詩二章送之兼寄諸君……一四九六
夕向訶林承二三禪人留宿風幡堂即事賦贈得風字……一四九七
鄭方二君以生鷓鴣數雙見貽賦詩答之 八首……一四九七
贈某駕部生日……一四九九
過尹爾復園亭贈之……一四九九
自公房作……一五〇〇
戲示墨西 四首……一五〇〇
爲陸氏姬人寄姊 四首……一五〇一
口占送姬人之母 二首……一五〇一
新月 二首……一五〇二
柬季偉公……一五〇二
季偉公有小玉盤詩以索之……一五〇三
送季偉公之博羅求其先人治蹟……一五〇三
後割肉詩爲汪孝婦作……一五〇四
生日客韶陽作 七首……一五〇六
生日示姬人 二首……一五〇七
九日舟經清遠峽登高有作 四首……一五〇八

自中宿上韶陽道中有作 十首……一五〇九
秋日自廣至韶江行有作 五十三首……一五一〇
韶陽道中望諸峰……一五一四
復上韶陽述懷呈使君 六首……一五一五
韶陽恭謁虞帝廟有賦 六首……一五一六
送余君……一五一七
贈徐明府……一五一八
自湞陽至穗城江行有作 九首……一五一八
六月十五夕就樹軒玩月……一五二〇
過梁餘仲池亭賦贈……一五二〇
過尹氏木蘭堂詠木蘭 二首……一五二一
壽端州太守……一五二一
東越撫軍壽詞 二首……一五二二
衛廣文以荔支詩見示賦此奉酬並以爲壽……一五二二
壽東莞杜明府母李太夫人……一五二三
讀荊軻傳作 六首……一五二三
望夫石歌……一五二四
精衛詞……一五二五
口占贈謝七丈長松……一五二六
插木棉……一五二六
柳 四首……一五二七
贈羅顯甫五十又一生日 四首……一五二七
慰蒲衣 四首……一五二八
送王生還紹興 二首……一五二九
爲翁君壽母夫人……一五三〇
贈劉顯之生日……一五三〇
慰林仲子喪明 二首……一五三一
懷吴客……一五三一
慰獻孟 二首……一五三二
惠陽娱江亭作……一五三二
荔枝酒……一五三三

惠浣堂成賦謝惠州王使君 二首……一五三四
題白鶴峰蘇文忠公祠贈
　用公 三首……一五三四
懷偉公……一五三五
喜友人生子 二首……一五三六
行役……一五三六
過長壽院……一五三七
癸酉元日作 六首……一五三七
癸酉人日作……一五三八
朱太史竹垞至五羊苦不得見詩以
　寄之……一五三九
題朱太史小長蘆圖……一五三九
題小長蘆圖……一五四〇
贈蔬隱丈兼爲其七十又一壽……一五四〇
江皋作……一五四〇
送朱竹垞 二首……一五四一
贈惠陽俞別駕……一五四一
送朱上舍……一五四二
送荔枝與友人……一五四三
簡書得蝴蝶半翅……一五四三
五色鸚䳇……一五四四
明妃廟……一五四四
陳君壽詞……一五四五
哭王處士……一五四五
送王處士靈柩歸祔錫山
　先塋 四首……一五四六
送季子扶兩尊人靈柩歸葬錢唐……一五四七
送人往歸州 三首……一五四七
兒喜 三首……一五四八
衍聖公壽詞……一五四九
爲順德明府壽……一五四九
詠竹 二首……一五五〇

哀述 十首……一五五〇
柬詹丈……一五五二
題錢子濯足圖……一五五三
簑亭爲颶風所摧……一五五三
颶風大作墓上亭幸免毀傷
有賦 二首……一五五四
癸酉秋懷 十五首……一五五四
以事偶憩單家口占奉答 二首……一五五七
屢得友朋書札感賦 十首……一五五七
除夕詠感擘和王使君 八首……一五五八
初十夕……一五六〇
春感 四首……一五六〇
春草……一五六一
雨夜作……一五六二
苦雨作 五首……一五六二
溝壑行……一五六三
少穀 二首……一五六四
食蕨 二首……一五六四
送沙子雨往安南……一五六五
爲尹母周夫人壽……一五六七
賣董華亭手卷……一五六八
賣墨與硯不售感賦 二首……一五六八
樽前 三首……一五六九
穫稻……一五六九
對菊作……一五七〇
梅花 七首……一五七〇
質古玩行……一五七二
賦爲王紫詮使君壽兼送還任
川南……一五七四
合江樓讌集次蘇長公韻……一五七六
送王觀察之官蜀中 二十四首……一五七六
王觀察招食嘉魚率賦兼以爲

別　三首……一五七八
送王立安還寶坻……一五七九
長兒明洪十八歲生日口占
示之　四首……一五八一
題朱君望雲圖……一五八一
題劉君蘆洲濯足圖……一五八二
新柳……一五八二
糠覈行賦贈陳子……一五八二
分筆行……一五八三
草書歌贈藍公漪……一五八三
題公漪竹……一五八四
銀河曲……一五八五
修墓　十二首……一五八六
於兩大人冢旁作予生壙書示
兒輩　七首……一五八八
暮春村行　四首……一五八九
題華不亭……一五九〇
贈佟聲速……一五九〇
題畫……一五九一
細飲……一五九二
送雲君……一五九二
過黎氏山館作……一五九三
七夕前三日粟園小集分賦得東字
朝字　二首……一五九三
以相思子餵相思與公漪聲遠分賦得
思字　二首……一五九四
么鳳還　四首……一五九四
秋聲……一五九五
病起……一五九六
滂沱……一五九六
乍晴……一五九七
昨夕　二首……一五九七

林下……一五九八
代泛亭坐月次白真人韻……一五九八
雨後代泛亭望湖……一五九九
秋日學書作 二首……一五九九
贈相士萬君 二首……一六〇〇
奉寄桂林汪別駕晉賢 五首……一六〇〇
送汪君復往桂林 二首……一六〇二
菊 五首……一六〇二
尹君七十又一生日贈之 四首……一六〇三
梁君以重陽生日贈之 二首……一六〇四
乙亥生日病中作 六首……一六〇五
悼昭平夫人季劉 四首……一六〇六
夢裏 三首……一六〇七
題馬参領樂田圖……一六〇七
姬人墨西氏生日賦以贈之 四首……一六〇八
黄華……一六〇九
送聲遠往杭州 五首……一六〇九
西蜀費錫璜數枉書來自稱私淑弟子賦以答之 四首……一六一〇
九月望後梅已數花先黄菊而發喜賦……一六一〇
秋夕作……一六一一
題畫……一六一一
山塘……一六一一
一林……一六一一
望七星巖……一六一二
人日榆林王夫人生辰追悼之 二首……一六一二
病起作 四首……一六一三
秭歸……一六一四
弱年……一六一四
蟬……一六一五

病中奉柬王南區使君兼送之任川南 六首……一六一五
送袁休庵通政 十二首……一六一六
黄村……一六一八
病中再送紫翁王使君之任川南 六首……一六一八
佟聲遠友兄愛予第四兒明渲特甚求養爲己子病中賦詩六章敬以託之……一六一九
病中柬元孝……一六二〇
臨危詩……一六二一
初春散儒堂作 四首……一六二一
持蔬軒作 六首……一六二三
合道山房作 四首……一六二三
林下……一六二四

屈大均詩詞編年校箋卷十一

不編年詩一 古體

詠懷 十七首……一六二五
送陳十七……一六二九
贈萬生……一六二九
寄陳黄門……一六三〇
贈友五首……一六三〇
猛虎詞……一六三二
贈陸氏及其從子……一六三二
西臺雨後行田……一六三二
鴻雁……一六三三
古詩爲葉金吾壽……一六三三
卧疾行……一六三四
送王子從軍……一六三五
曾公子櫻輓詩三首……一六三五
贈徐處士……一六三六

贈孔參軍…………一六三七
壽吴雲遇先生…………一六三七
讀史贈陳獻孟並送其行…………一六三八
江氏雙烈篇…………一六三九
贈顔君…………一六四〇
詠高士王逵…………一六四一
送丁使君之官南贛…………一六四一
蓬山篇爲顧子豐及其配雙壽…………一六四二
壽江節母…………一六四二
詠史贈楊君…………一六四三
贈邳州季生…………一六四三
古鼎篇爲鄧丈作…………一六四四
贈遠…………一六四四
采菖蒲作…………一六四五
贈友人 五首…………一六四五
送王屋…………一六四六
答吴巨手…………一六四七
酌貪泉作和人…………一六四七
詠張子房示諸生…………一六四八
爲故黄靖南侯參軍陸生作…………一六四八
贈别武昌陳子山昆弟之作…………一六四九
與諸兄弟飲射作…………一六四九
讀顧子忠紀賦贈 二首…………一六五〇
詠懷…………一六五一
和友人度昭關之作…………一六五一
猛虎篇 二首…………一六五二
答王生…………一六五二
爲梁生壽母作…………一六五三
題王子省齋…………一六五三
贈大毛子…………一六五四
天泣…………一六五四
誰謂…………一六五五

鄧氏丈壽辭……一六五五
擬古……一六五五
留别槎山諸子……一六五六
詠懷……一六五六
詠阮嗣宗……一六五六
送江太守還柳州……一六五七
贈别朱二陶……一六五七
訶林詠古……一六五八
南越王祠……一六五八
綠綺琴歌 有序……一六五九
憤歌……一六六一
陳丈種花歌……一六六一
奈何帝歌……一六六二
放歌行爲潘子壽……一六六三
壽霍丈……一六六三
紫霞杯歌……一六六三
觀雲公所繪聽松圖爲葉平仲作……一六六四
短歌贈别陳子……一六六四
送客上廬山……一六六五
題欽子五芝圖……一六六五
贈陳藥長……一六六六
九日過李十一二耆山房賦贈……一六六七
軒轅二帝子别業作……一六六七
仙人……一六六八
讀杖人師武夷遺草……一六六八
送李十還晉康山中……一六六九
西樵歌……一六六九
木棉花歌……一六七〇
精衛行……一六七〇
歌贈金谿鄒子……一六七一
放歌别戴十一……一六七一
贈衛山人……一六七二
送蠟石行……一六七二
揚州女兒行 二首……一六七三

答李五稔……一六七四
酥醪村作……一六七五
梅花嘆……一六七五
魚子行……一六七六
蚺蛇行……一六七六
聽琴歌……一六七七
錦石歌爲梁芝五作……一六七七
題伍子胥傳贈友……一六七七
贈周文學……一六七八
臨邛行……一六七八
贈廣陵龔子……一六七九

屈大均詩詞編年校箋卷十二

不編年詩二　近體
張二丈爲予畫文公養馬圖……一六八一
有憶……一六八一
贈譚天水　二首……一六八二
寄李將軍……一六八二
浮丘……一六八三
鄭子畫白鷗送予賦以答之……一六八三
二石樓下有懷……一六八三
寄陸太守　二首……一六八四
衛大生子……一六八五
贈陸舍人……一六八五
代人寄夢子……一六八五
遥題七盤嶺……一六八六
宿陳生淩寒軒作……一六八六
送何子往桂林……一六八六
追哭相國陳文忠公　二首……一六八七
司馬長卿……一六八七
送殘僧……一六八八
江皋……一六八八
讀韓孝廉如琰討闖賊檄　二首……一六八八
沈香蟹子　九首……一六八九

初秋小集鄭儋州齋中……一六九一
見月有懷……一六九一
七夕……一六九一
茉莉……一六九二
素馨……一六九三
病中對酒作答人 三首……一六九三
蕨……一六九四
松林……一六九四
瓶花……一六九四
瓶中白海棠……一六九五
蕭然……一六九五
途中遇雨作……一六九五
送客上英州……一六九六
壽蕭山周斗垣丈……一六九六
蟬……一六九七
方湘九年十五時割臂肉療其伯父疾詩以贈之……一六九七
少小……一六九七
送葉氏郎……一六九八
送客 二首……一六九八
代人送客……一六九八
寄贈九江曾丈並以爲壽 二首……一六九九
題蔡五秣陵春興詩草……一六九九
送明逸人……一七〇〇
山堂夜坐忽憶彭蠡湖遇風有作……一七〇〇
早秋客中作……一七〇〇
戍婦怨……一七〇一
對月……一七〇一
過鍾氏園……一七〇一
詠漢高祖 二首……一七〇二
蟹 二首……一七〇二
贈金陵某子……一七〇三

送人往長白山 二首…………一七〇三
題海寧女子李因畫鷹…………一七〇四
新月 二首…………一七〇四
讀白堂詞選作…………一七〇五
菊…………一七〇五
菊…………一七〇五
冬菊贈人…………一七〇六
詠史…………一七〇六
對月…………一七〇六
宋玉…………一七〇七
美人…………一七〇七
贈鄆城周子…………一七〇七
送人出嶺 二首…………一七〇八
題洪先輩廬居册…………一七〇八
柬程生…………一七〇八
悼蕭山來成夫蕃 二首…………一七〇九
珠江秋夜…………一七〇九
扶胥江口晚望…………一七一〇
西樵秋夜贈劍公 二首…………一七一〇
望月作…………一七一一
出獅子洋作…………一七一一
寄上石西州某知州…………一七一一
風蘭…………一七一二
和人度山海關…………一七一二
秦樓曲 二首…………一七一三
安期…………一七一三
壽李太君…………一七一四
送人返定陶…………一七一四
和人登泰岱作 二首…………一七一四
先臣…………一七一五
相如 二首…………一七一五
送人之燕中 二首…………一七一六

霜 二首……一七一六
香貍 二首……一七一七
柳條……一七一七
菊……一七一八
柑 二首……一七一八
烏欖……一七一九
漁網……一七一九
鳴榔……一七二〇
送客入燕……一七二〇
友人餉瓶花……一七二〇
送僧當人返廬陵文文山舊隱……一七二一
客至 二首……一七二一
割帶……一七二二
徐孺子……一七二二
初月……一七二三
過黎丈園……一七二三
寄陸太守……一七二三
寄陳恭尹……一七二四
江村春日……一七二四
讀徐扶令和阮詠懷詩有作……一七二五
贈水師某總戎……一七二五
贈潘仲子新婚……一七二五
和嶺南副使將上匡廬之作……一七二六
寄静公郡佐……一七二六
寄陳獻孟……一七二六
賦答賀子并贈其行……一七二七
送孫子還建業……一七二七
張慈長爲予作畫像詩以酬之……一七二七
懷蔡大敬……一七二八
懷浙東毛君……一七二八
賦贈元孝仲己叔吾三子……一七二九
白鷳……一七二九

美女篇有贈……一七二九
壽水部太翁……一七三〇
壽前刺史彭君……一七三〇
送人之塞上……一七三〇
送任給諫……一七三一
和人謁昭烈惠陵……一七三一
和人卧龍岡……一七三一
和人岳王墓……一七三二
和人巫峽中望十二峰之作……一七三二
和人河西開府新移肅藩廢邸之作……一七三二
和友人朝天宫之作……一七三三
和李生與客上廬山之作……一七三三
偶得一雌白兔有賦 二首……一七三三
送人自楚之蜀……一七三四
送人自歸州入蜀……一七三四
緑牡丹……一七三四
孝婦吟……一七三五
故人……一七三五
蓮葉……一七三五
新作籜冠有賦……一七三六
賦爲邵丈壽……一七三六
燭花……一七三六
送張秋官往遊容縣 二首……一七三七
贈鄭山人入匡廬……一七三七
松柏……一七三七
漢關 二首……一七三八
和人北固山下作……一七三八
送孟宫諭……一七三九
贈番禺明府……一七三九
芭蕉……一七三九
兔……一七四〇

簡書得乾蝴蝶 二首……一七四〇
送韓子之秦……一七四〇
代贈王海憲十六韻……一七四一
賦贈秣陵某方伯……一七四一
代挽楚撫軍……一七四二
過潘七丈山亭賦贈……一七四三
蘭花香……一七四三
南粤辭 七首……一七四四
狸子謡 二首……一七四五
古意……一七四五
畫馬……一七四六
日出曲……一七四六
窈窕曲 二首……一七四六
子夜歌 三首……一七四六
寄妹……一七四七
定情曲 十三首……一七四七
蘭蕙曲 五首……一七四八
紅豆曲……一七四九
折荷曲……一七四九
楊柳枝詞……一七四九
江潮曲 二首……一七四九
秋水……一七五〇
歡如曲……一七五〇
古詩……一七五〇
翠……一七五一
古詩……一七五一
讀史……一七五一
怨歌 五首……一七五一
代怨别曲 四首……一七五二
柳枝詞……一七五二
閨詞……一七五三
青樓曲……一七五三

瓜架……一七五三
雨中……一七五三
春日曲……一七五四
子夜歌……一七五四
有懷……一七五四
秋夕……一七五四
古别離……一七五五
黄山寒夜作……一七五五
一冬……一七五五
題陸子小影……一七五五
白露……一七五六
明妃詞……一七五六
疍家曲……一七五六
木蓮曲 二首……一七五七
欲雨……一七五七
酌酒……一七五七
苦風號子……一七五八
詠古 十五首……一七五八
觀瀑……一七五九
對梅 三十九首……一七五九
紈扇詞……一七六二
望獅子峰……一七六二
一夕……一七六三
昭君 二首……一七六三
覽鏡……一七六三
梧樹……一七六三
舊業……一七六四
入蘆苞水……一七六四
葛洪衣冠冢……一七六四
戍婦辭……一七六五
送客……一七六五
荔枝……一七六五

梅關道中……一七六五
夢……一七六六
後怨別曲 四首……一七六六
對花作 三首……一七六七
菊 五首……一七六七
珠人曲 六首……一七六八
齋……一七六九
吹笛……一七六九
口占寄高子……一七六九
憶易酒……一七六九
林中……一七七〇
暮天……一七七〇
嶺海……一七七〇
啼烏曲……一七七〇
愛老曲……一七七一
橘柚……一七七一
夜宴贈張二丈……一七七一
寫蘭……一七七二
寫石……一七七二
畬田 三首……一七七二
蓴菜 二首……一七七三
香谷作 二首……一七七三
齊宮辭 二首……一七七三
送蒲衣子采硯 四首……一七七四
春日曲 三首……一七七四
夜蘭 三首……一七七五
蕉林作……一七七五
題畫石……一七七五
編史作……一七七五
趙佗……一七七六
留雁……一七七六
舟次大通作……一七七六

白鵝潭……一七七七
海棠……一七七七
蘭 二首……一七七七
種蕉……一七七八
雨夜作……一七七八
秋日拏舟茉莉沙追送孔參軍即景口占以贈其行 十首……一七七八
漁曲 四首……一七七九
屯女吟……一七八〇
潭上作……一七八〇
秋夕作……一七八〇
弄琴有懷石齋翁 三首……一七八〇
蘭草 三首……一七八一
四顧辭 四首……一七八一
隔牆桃花……一七八二
風蘭……一七八二
古意 四首……一七八二
閨人寄遠曲……一七八三
茉莉 二首……一七八三
詠古 六首……一七八四
寒食北望燕京作 二首……一七八四
古意 三首……一七八五
横塘……一七八五
龍眼……一七八五
舟行……一七八六
攬鏡……一七八六
西樵與客賒酤口占……一七八六
嶺南旅懷 四首……一七八六
春怨 四首……一七八七
題南園緑草飛蝴蝶圖……一七八七
采蓮曲……一七八七
題畫……一七八八

梧桐……一七八八
山丹 三首……一七八八
蒓 二首……一七八九
古意 二十二首……一七八九
蓮子……一七九一
破苔……一七九一
春日曲……一七九一
落花 二首……一七九一
題畫……一七九二
翡翠蘭……一七九二
芰荷曲 三首……一七九二
古辭 二首……一七九三
奴隸……一七九三
送人遊雁蕩 四首……一七九三
勸姬人酒 二首……一七九四
熨斗曲 二首……一七九四
古意 三首……一七九四
春閨曲 五首……一七九五
畫秦吉了……一七九五
林中雜詠 二首……一七九六
芭蕉……一七九六
盆荷……一七九六
蓮葉 二首……一七九六
傷春……一七九七
青雛歌 二首……一七九七
蟛蜞 二首……一七九七
媚歌 八首……一七九八
香柚……一七九九
梅花下作……一七九九
江口……一七九九
示閨人……一七九九
古意 二首……一八〇〇

梅花下作 十首……一八〇〇
潭上作……一八〇一
古意 二首……一八〇一
樵婦詞……一八〇二
怨歌 三首……一八〇二
古詞 二首……一八〇二
采菊不得……一八〇三
水仙花……一八〇三
新竹……一八〇三
畫竹……一八〇三
古意 二首……一八〇四
瀑花 二首……一八〇四
古意……一八〇四
蘭……一八〇四
朱槿 二首……一八〇五
蝶……一八〇五
植柳……一八〇五
春日曲……一八〇六
送何子……一八〇六
采蓮號子……一八〇六
山鳥詞……一八〇七
劇棋……一八〇七
題張子册 四首……一八〇七
喜陳獻孟屢過草堂口占贈之……一八〇八
有憶……一八〇八
馬將軍歌……一八〇八
夜飲海棠花下口占……一八〇八
長憶……一八〇九
題寒山子圖 二首……一八〇九
淮南王……一八〇九
歸風詞 二首……一八一〇
莢陵……一八一〇

阿珠曲……………………一八一一
送客……………………一八一一
懷沈武功 二首……………………一八一一
送人還姑孰……………………一八一二
代送郎曲……………………一八一二
送諸駿男之蜀……………………一八一二
偶憶太華醉中作 二首……………………一八一三
代黔中苦雨曲 三首……………………一八一三
入蜀行 三首……………………一八一四
贈宋元亨 二首……………………一八一四
壽錢舍人母 二首……………………一八一五
贈仙茝 四首……………………一八一五
送客上端州號子……………………一八一六
逢查逸遠……………………一八一六
妝樓……………………一八一六
鴛鴦……………………一八一六
從人乞荔枝……………………一八一七
從弟某折並蒂石榴花簪予冠側請作詩 二首……………………一八一七
蕩舟海目山下捕鯆魚爲鱠 四首……………………一八一七
蓮絲曲……………………一八一八
紫梗曲……………………一八一八
買魚詞 二首……………………一八一九
梅……………………一八一九
梅花……………………一八一九
贈厲子還西泠 二首……………………一八一九
題友人飲酒圖……………………一八二〇
三川……………………一八二〇
讀史……………………一八二〇
題鄒元焕荷鋤小影 二首……………………一八二〇
有贈……………………一八二一
落花……………………一八二一

蘼蕪……一八二一
花前……一八二二
新眉……一八二二
種竹……一八二二
生憎……一八二二
翠羽……一八二三
巫山詞 七首……一八二三
江行 三首……一八二四
樵婦詞 四首……一八二四
光孝寺松 二首……一八二五
燕……一八二五
緋桃……一八二五
新竹……一八二五
水仙……一八二六
留雁……一八二六
一春……一八二六
今歲……一八二六
春盡 三首……一八二七
春遲……一八二七
巫山 二首……一八二七
香溪……一八二八
杜鵑花 四首……一八二八
題胡君浣花圖……一八二八
友人言石埭水簾爲豐湖之源率題
二絶……一八二九
送陸鍊師……一八二九
口占送陳獻孟之興寧……一八二九
題吴季六所畫黄山松 十首……一八三〇
青冢 二首……一八三一
贈馮律天 四首……一八三一
讀東都賦有作……一八三二
題望京樓……一八三二

送陳獻孟上横州……一八三二
題顧子豐乘槎圖……一八三三
某明府納姬金陵索贈 四首……一八三三
西樵湖棹歌追和湛文簡公 三首……一八三三
潮泉……一八三四
金陵曲送客返金陵 十首……一八三四
爲姜子題歲寒圖……一八三五
詠秦夫人良玉……一八三五
新安江生壽詞……一八三六
舟中苦熱……一八三六
團扇詞……一八三七
聞蟬作……一八三七
訶林 二首……一八三七
浮田……一八三八
屈美人辭 二首……一八三八
送客出洞庭……一八三九
看劍作……一八三九
三月……一八三九
白雨……一八三九
昭君曲 二首……一八四〇
香溪曲 三首……一八四〇
贈畫者張丈 六首……一八四一
題畫蘭册 三首……一八四一
題畫 二首……一八四二
秋夕作……一八四二
瓶花辭……一八四二
秋日對花作 四首……一八四三
冬日對花作 二首……一八四三
蘭……一八四三
木芙蓉 二首……一八四四
芍藥……一八四四
虞美人草……一八四四

老來紅……一八四四
口占答平山餉荔枝……一八四五
庭中珍鳥口號 三首……一八四五
鷓鴣……一八四五
閨人寄遠曲……一八四六
放鷓鴣詞……一八四六
捕蟹辭 六首……一八四六
打蠔歌 二首……一八四七
南海祠作……一八四八
寄岑金紀 二首……一八四八
天涯……一八四九
題江丈小影……一八四九
贈舊令樓君 二首……一八四九
贈某弁新婚 二首……一八五〇
和人黄山雜吟……一八五〇
峽山號子……一八五〇
送客……一八五〇
題袁强名畫 二首……一八五一
勿上人將乞荔支齋僧爲説偈以達其意……一八五一
懷李生哺園……一八五一
懷灝靈樓 三首……一八五二
柬羅顥甫……一八五二
初秋……一八五三
步出一天門北望白雲山色作 二首……一八五三
題綿羊圖……一八五三
口占送人還德慶……一八五四
送人上頂湖……一八五四
楊花 三首……一八五四
柳 三首……一八五五
明妃 三首……一八五五

文君……………………………………一八五五
送人之雲中………………………………一八五六
送人返徽州………………………………一八五六
和太倉許子題宋高宗賜岳武穆王班師手詔後 三首………………一八五六
詠吹笛者…………………………………一八五七
故苑………………………………………一八五七
席上談及羅浮神蝶有賦 二首…………一八五七
蘭…………………………………………一八五八
送人入羅浮 四首………………………一八五八
題煙波垂釣圖……………………………一八五八
題東來紫氣圖……………………………一八五九
見初月有懷 二首………………………一八五九
素馨斜……………………………………一八五九
翡翠………………………………………一八六〇
杜鵑………………………………………一八六〇
題畫 二首………………………………一八六〇
題寒江釣雪圖……………………………一八六一
觀彭子與蘇子別有作 二首……………一八六一
絳桃………………………………………一八六一
題扁舟圖…………………………………一八六一
掩扉………………………………………一八六二
覆額………………………………………一八六二
題畫紅梅…………………………………一八六二
題畫梅贈同庚劉叟………………………一八六二
斷腸………………………………………一八六三
春水………………………………………一八六三
送麥子之松江 三首……………………一八六三
示秀容 二首……………………………一八六四
席上贈葉仙………………………………一八六四
某君年七十餘納雙妾賦以贈之 三首…一八六四

長思 三首……一八六五
果市 二首……一八六五
南粤閨辭……一八六五
春水……一八六六
有贈……一八六六
槿一花紅白二色……一八六六
丈菊……一八六六
春草……一八六七
染衣……一八六七
薄妝詞 二首……一八六七
寒塘曲……一八六七
金凫曲……一八六八
春山……一八六八
知道 二首……一八六八
木棉 三首……一八六八
山丹……一八六九
越臺新柳 十首……一八六九
楊枝……一八七〇
對瓶花作……一八七〇
方塘……一八七一
分水……一八七一
題沈君小影……一八七一
舞草 二首……一八七二
黄花 二首……一八七二
贈友人製硯……一八七二
題英上墨竹……一八七三
題林氏畫册 五首……一八七三
緋桃碧桃秋開承黄丈折贈二枝詩以答之……一八七四
子規……一八七四
聽陳生松言琴 二首……一八七四
蘋果乾 二首……一八七四

七夕詞 八首……一八七五
題高生畫……一八七六
酒熟 二首……一八七六
送人入京 二首……一八七六
白蓮池……一八七六
苦雨作 三首……一八七七
題妝臺……一八七七
舟子謡 四解……一八七七
上三峽謡……一八七八
自英德下峽者先湞陽自清遠上峽者先中宿歌曰 二首……一八七九
英德灘謡……一八七九
磨刀灘謡 二首……一八七九
彈子磯謡 二首……一八八〇
望夫操 有序 二首……一八八〇
楓人歌 二首……一八八一
合歡詞……一八八一
白蜆謡……一八八二
連州灘謡……一八八二
食魚謡 五首……一八八二
漁者歌 二首……一八八三
悲幽操……一八八三
割股操……一八八四
待舟操……一八八四
結交操……一八八五
花下兒歌……一八八五
紀歲珠辭……一八八六
淘鵝謡代漁童作 三首……一八八六
薏苡謡……一八八七
檳榔謡……一八八七
罾布謡……一八八八
漁謡……一八八八

食檳榔謠　二首……一八八八

屈大均詩詞編年校箋卷十三

騷屑詞一　編年部分

如夢令　二首……一八九〇
醉花陰……一八九〇
多麗……一八九一
行香子……一八九一
浣溪沙……一八九二
柳梢青……一八九二
番女八拍……一八九三
甘州令……一八九三
風中柳……一八九四
花犯……一八九四
一翦梅……一八九五
江城子……一八九六
長相思……一八九六
摸魚兒……一八九六
念奴嬌……一八九七
浣溪沙……一八九七
金縷曲……一八九八
賣花聲……一八九九
滿江紅……一八九九
揚州慢……一九〇〇
太常引……一九〇〇
風入松……一九〇一
玉團兒……一九〇一
河傳……一九〇二
過秦樓……一九〇二
念奴嬌……一九〇三
酒泉子……一九〇三
酒泉子……一九〇四

柳梢青……一九〇四
憶漢月……一九〇五
百字令……一九〇五
紫萸香慢……一九〇六
鎮西……一九〇六
紫萸香慢……一九〇七
浪淘沙……一九〇七
八聲甘州……一九〇八
淒涼犯……一九〇九
長亭怨……一九一〇
滿庭芳……一九一〇
醉紅妝……一九一一
柳梢青……一九一一
如夢令……一九一二
醉春風……一九一二
昭君怨……一九一二
如夢令……一九一三
關河令……一九一三
唐多令……一九一四
慶春宫……一九一四
惜黄花慢……一九一五
滿江紅……一九一六
淒涼犯……一九一六
消息……一九一七
蘇武慢……一九一七
一痕沙……一九一八
蘭陵王……一九一八
南浦……一九一九
醉垂鞭……一九二〇
意難忘……一九二〇
天净沙 八首……一九二一
調笑令 四首……一九二三

塞孤……一九二二
漁家傲……一九二三
雙雁兒……一九二三
戚氏……一九二四
石州慢……一九二五
洞仙歌……一九二五
翻香令……一九二六
贊成功……一九二六
鳳凰臺上憶吹簫……一九二七
高陽臺……一九二七
春草碧……一九二八
萬年歡……一九二八
感皇恩……一九二九
霜天曉角……一九二九
女冠子……一九三〇
望江南……一九三〇
生查子……一九三〇
醉落魄……一九三一
望遠行……一九三一
湘春夜月……一九三一
瀟湘神 三首……一九三二
瀟湘神……一九三二
鳳簫吟……一九三三
聲聲慢……一九三四
彩雲歸……一九三四
人月圓 二首……一九三五
漁家傲……一九三五
酷相思……一九三六
謁金門……一九三六
雨中花……一九三七
賀聖朝……一九三七
傳言玉女……一九三八

巫山一段雲……一九三八
燕歸梁……一九三八
憶舊遊……一九三九
如夢令……一九三九
定風波……一九四〇
風中柳……一九四一
掃花遊……一九四一
青玉案……一九四二
羽仙歌……一九四二
寶鼎現……一九四三
百字令……一九四四
蝶戀花……一九四四
月上海棠……一九四五
探春令……一九四五
錦纏道……一九四五
鏡中人……一九四六
拂霓裳……一九四七
踏莎行……一九四七
一叢花……一九四八
八寶妝……一九四八
訴衷情近……一九四九
一斛珠……一九四九
五彩結同心……一九五〇
戚氏……一九五一
八聲甘州……一九五二
淡黄柳……一九五二
浣溪沙……一九五三
長相思……一九五三
春從天上來……一九五四
定風波……一九五四
玉女摇仙佩……一九五五
玉蝴蝶……一九五六

歸朝歡……一九五六
白苧……一九五七
雙頭蓮……一九五八
輪臺子……一九五八
木蘭花慢……一九五九
桂枝香……一九六〇
賣花聲……一九六〇
洞仙歌……一九六一
春從天上來……一九六一
垂楊……一九六二
滿庭芳……一九六三
高山流水……一九六三
憶舊遊……一九六四
桂枝香……一九六五
鳳樓吟……一九六五
山亭宴……一九六六
十二時……一九六六
念奴嬌……一九六七
洞仙歌……一九六八
買陂塘……一九六八
東風第一枝……一九六九
臨江仙……一九七〇
明月逐人來……一九七〇
西湖月 二首……一九七〇
買陂塘……一九七一
洞仙歌……一九七二
無悶……一九七二
金菊對芙蓉……一九七三
換巢鸞鳳……一九七三
琵琶仙……一九七四
雙聲子……一九七四
淒涼犯……一九七五

醉鄉春……一九七六
錦帳春……一九七六
買陂塘 五首……一九七六
應天長……一九七八
江城梅花引……一九七九

屈大均詩詞編年校箋卷十四

騷屑詞二 不編年部分
鵲踏枝……一九八〇
減字木蘭花……一九八〇
傳言玉女……一九八一
瀟瀟雨……一九八一
憶漢月……一九八二
減字木蘭花……一九八二
念奴嬌……一九八二
暗香……一九八三
疏影……一九八三
羅敷媚 二首……一九八四
浪淘沙……一九八四
憶王孫……一九八五
惜分飛……一九八五
浣溪沙……一九八五
一落索……一九八六
荷葉杯……一九八六
念奴嬌……一九八六
沁園春……一九八七
荔枝香近……一九八八
惜分飛……一九八八
醉蓬萊……一九八九
摘紅英……一九八九
一叢花……一九八九
鳳樓春……一九九〇

向湖邊……一九九〇
阮郎歸……一九九一
釵頭鳳 二首……一九九一
桂枝香 二首……一九九二
虞美人影 二首……一九九三
一落索……一九九三
摸魚子……一九九三
點絳唇……一九九四
謁金門……一九九四
夢江南 六首……一九九五
南歌子 五首……一九九六
蝶戀花……一九九六
明月棹孤舟……一九九七
滿宫花……一九九七
攤破浣溪沙……一九九七
唐多令……一九九八
桃源憶故人……一九九八
柳梢青……一九九八
夢江南……一九九九
離亭燕……一九九九
酷相思……一九九九
漁家傲……二〇〇〇
桂枝香……二〇〇〇
霓裳中序第一……二〇〇〇
絳都春……二〇〇一
歸去來……二〇〇二
五張機……二〇〇二
一斛珠……二〇〇二
憶少年……二〇〇二
一斛珠……二〇〇三
殿前歡……二〇〇三
明月逐人來……二〇〇三

風光好……二〇〇四
賀聖朝……二〇〇四
惜雙雙令……二〇〇四
憶少年……二〇〇五
滿庭芳……二〇〇五
山漸青……二〇〇五
南樓令……二〇〇六
鶯山溪……二〇〇六
解佩令……二〇〇七
虞美人……二〇〇七
十六字令……二〇〇七
金菊對芙蓉……二〇〇八
花犯……二〇〇八
眉嫵……二〇〇九
九張機……二〇〇九
霜天曉角 二首……二〇〇九
侍香金童……二〇一〇
聲聲慢……二〇一〇
真珠簾……二〇一〇
應天長……二〇一一
菩薩蠻……二〇一一
月照梨花……二〇一二
甘草子……二〇一二
摸魚兒……二〇一二
酒泉子……二〇一三
霜天曉角 二首……二〇一三
菩薩蠻……二〇一四
河瀆神……二〇一四
露華……二〇一四
漁家傲……二〇一五
點絳唇……二〇一五
臨江仙……二〇一五

東風第一枝……二〇一六
點絳唇……二〇一六
怨三三……二〇一六
惜秋華……二〇一七
錦帳春……二〇一七
長相思……二〇一八
琴調相思引……二〇一八
賣花聲……二〇一九
如夢令 二首……二〇一九
紅娘子……二〇二〇
瑞鷓鴣……二〇二〇
楊柳枝……二〇二一
醉花陰……二〇二一
齊天樂……二〇二二
蝶戀花……二〇二三
柳含煙……二〇二三
醉落魄……二〇二三
漁家傲……二〇二四
殢人嬌……二〇二四
畫堂春……二〇二四
賀聖朝……二〇二五
虞美人……二〇二五
漁歌子 二首……二〇二五
紗窗恨……二〇二六
海棠春……二〇二六
醉花間……二〇二六
酒泉子 二首……二〇二七
浣溪沙……二〇二七
點絳唇 二首……二〇二七
小桃紅……二〇二八
荷葉杯 二首……二〇二八
傷情怨……二〇二八

南鄉子……二〇二九
臨江仙……二〇二九
醉春風……二〇二九
減字木蘭花……二〇三〇
天仙子 二首……二〇三〇
搗練子……二〇三一
蘇幕遮……二〇三一
江城子……二〇三一
清平樂……二〇三二
訴衷情……二〇三二
阮郎歸……二〇三二
散天花……二〇三三
雨中花慢……二〇三三
行香子……二〇三三
燕歸梁……二〇三四
江南春……二〇三四
一斛珠 二首……二〇三四
一斛珠……二〇三五
更漏子……二〇三五
羅敷媚……二〇三六
醉春風……二〇三六
蝶戀花……二〇三六
天仙子……二〇三七
帝鄉子……二〇三七
古調笑 二首……二〇三七
訴衷情……二〇三八
河傳……二〇三八
河瀆神……二〇三八
醉花陰……二〇三九
虞美人……二〇三九
錦堂春慢……二〇三九
東風第一枝……二〇四〇

木蘭花慢……二〇四〇
水龍吟……二〇四一
粉蝶兒……二〇四二
七娘子……二〇四二
少年遊……二〇四二
南鄉子……二〇四三
一落索 二首……二〇四三
琴調相思引……二〇四三
茶瓶兒……二〇四四
南鄉子 二首……二〇四四
漁歌子……二〇四四
春光好……二〇四五
江城子……二〇四五
荷葉杯 二首……二〇四五
南鄉子……二〇四六
明月逐人來……二〇四六

屈大均年譜簡編……二〇四七
友人投贈詩文目録……二〇六九
諸家品題評論輯録……二〇九〇
後記……二一〇九
修訂後記……二一一三

羅浮種上人詩集序

錢謙益

余爲木陳山翁序其文集，援引妙喜老人忠君憂國之言，將以諗當世士大夫，如有宋之張德遠、子韶者。有客見之，舌吐不能收，曰：「安得頂戴壞衣髡髮，而詆諆士大夫？」余隱几不答，惘然而去。已而一靈種上人持浪杖人書來訪，出其詩，讀之，嘆曰：「此非少年上人耶？何其詩之似山翁也？」上人爲華首和尚之孫，腰包重趼，出羅浮，萬里訪剩和尚於千山，不得達，歸而歷神都，望陵廟，感激偪塞，啜泣爲詩。嗚呼！銅人之泣漢也，石馬之汗唐也，楚弓魯玉，於世外之人何與？浹月之間，得兩山翁焉，何禪者之多人也？上人之詩出，壞衣髡髮如山翁輩流者，固將聞空谷之足音跫然而喜；而向之吐舌不收者，又將如爰居之聽鐘鼓震掉而不食。嗚呼！其可嘆也。日者，余徵憨山大師遺文於曹溪，華首和尚楗椎集衆，以余書普告。而集之付殺青也，陳秀才方侯放筆浩嘆，鬚髮頓落。余嘗舉似浪杖人，謂廣額屠兒之放屠刀，陳方侯之放筆，其爲放下一也。今將重問杖人，方侯放筆而爲僧，師拈筆而作詩，一放一拈，又何以異？以是詩句，舉揚妙喜忠君憂國一點熱血，使百千萬劫忠臣義士種性不斷，即是佛種不斷，則種師之筆管與屠兒之屠刀，說法熾然，有何差別？余向者啁噍之緒言，如轂音劍吷，付之一笑而可矣。上人歸侍杖人，且將遊天台、太白，參山翁諸老。中宵後夜，星河易轉，煙蓋停氛，燈帷靖耀間，爲趣舉其詩，兼以吾言告之。斯世之爲德遠、子韶與諸公水乳者必多矣，他日再見，眉毛廝結，其有以語我。己亥三月十六日清明節日虞山俗衲謙益書於紅豆閣中。（有學集卷二十一）

九歌草堂詩集序

朱彝尊

王者之跡熄而詩亡，非詩亡也。古者太師陳詩以觀民風，記曰：「詩，言其志也。」又曰：「志之所至，詩亦至焉。」王跡熄，而列國之風不陳於太師矣，詩之所由亡，不因民志之日以亂歟？騷也者，繼詩而言志者也。彼其疾世俗，則曰「寧溘死以流亡，哀南夷之莫知」。下女可詒，則曰「及少康之未家，恐高辛之先我」。其思也近於淫，其怨誹也幾於怒，而劉安、司馬遷謂其志潔，其行廉，其稱物芳，兼國風、小雅之義，可以争光日月，是豈僅稱其文字之工哉，亦推其志焉爾矣。予友屈翁山，爲三閭大夫之裔，其所爲詩多愴怳之言，皭然自拔於塵壒之表，蓋自二十年來，煩寃沈菀，至逃於佛老之門，復自悔而歸於儒，辭鄉土，陟塞上，走馬射生，縱博飲酒，其儻蕩不羈，往往爲世俗所嘲笑者，予以爲皆合乎三閭之志者也。嗟夫，三閭悼楚之將亡，不欲自同於混濁，其歷九州，去故都，登高望遠，遊仙思美人之辭，僅寄之空言。而翁山自荆、楚、吴、越、燕、齊、秦、晉之鄉，遺墟廢壘，靡不攀涕過之，其憔悴枯槁，宜有甚焉者也。然三閭當日，方嘆恨國人之莫知，今海内之士，無不知有翁山者，則所遇又各有幸有不幸焉。嗚呼，難言矣。翁山歸自雁門，將築室南海之濱，題曰「九歌草堂」，而先以名其詩集。予與翁山相遇南海，嗣是往來吴、越，十年之間，凡所與詩歌酒讌者，今已零落殆盡，至竄於國殤山鬼之林，散棄原野，翁山弔以幽渺凄戾之音，彷彿乎九歌之旨，世徒嘆其文字之工，而不知其志之可憫也。予故序之，以告後之君子。誦翁山之詩者，當推其志焉。（曝書亭集卷三十六）

翁山詩略序

周炳曾

翁山之詩，爲當世學士大夫所膾炙，以至遐方僻壤，小生俗儒，知與不知者，皆嘖嘖叫呼之，姓氏幾遍海内。翁山之人，逃於墨，返乎儒，交遊亦幾遍海内，卒老於詩，如是而已。其爲人狂怪，刻意自别於世俗；然其詩則必傳也已。夫今之爲詩者衆矣，簪纓之俗，咳唾成珠，時流好爲聳諛之；其在通都廣邑之士，善爲雕飾言詞，縉紳又多所推轂。是二者，就使其學不工，宜必有聞於世，譬之掉輕舟於急湍，上而下之，其勢便也。然卒之與金石並久者，百不得一。而山林之布衣，於意肆志以自快，其所欲言，往往有所託以不朽。何哉？詩之傳與不傳，或亦時命爲之，抑亦自有故耶？大凡有急於求知當世之心，則其爲詩也，必將就其所好，避其所惡，而不敢毅然孤行其意於天地。翁山之詩，兼李、杜而有之，取材極博，鎔鑄以自成家，而一軌乎法之正。蓋詩之格調有盡，吾人之意境，日出而不窮，而才大則無不有，氣大則無不舉，未嘗有急於求知當世之心，而當世無不知之，翁山之所以過人者，凡以此也。特其故犯忌諱，雖身命殲彝而不顧，假使其不蹈明季諸公憤懣之習，雍雍乎發而爲盛世和平之響，其詩與人未必不傳，而翁山斷不以彼易此，是則翁山已矣。己巳夏，余來粤，欲詣翁山，有言翁山盛暑著羊皮襖，狂怪不可近，居二載，不與通半刺，然心服翁山詩，翁山亦知余詩。丁丑再至粤，翁山殁矣。吾友凌儀吉與翁山交以詩最久，翁山既侈於詩，其殁也，卷帙寖多散失，凌子肯爲整齊詮次之，屬炳爲之序。余謂翁山産於蠻鄉，其人狂怪，不盡滿於時俗；然其詩雖冤家仇人欲投諸溷，使滅没不傳，豈可得哉！集名詩略，節取也。四明有雪山人者，吾服其詩，與翁山並；然卒以狂被禍，其所著息賢堂集，世亦少見。嗚呼，狂亦有幸有不幸也夫！古越周炳曾題。（翁山詩略卷首）

屈翁山詩集序

徐嘉炎

吾友番禺屈翁山，詩名遍天下。其没後，單詞斷句流傳人口者，爭秘篋枕，如蔡中郎之於仲任也。噫，翁山詩之可以不朽者，信足慕乎。翁山少值流離，方袍圓相，走燕、秦、齊、晉諸地，所歷殘墟遺壘，重關古戍，有可慨於中者，徘徊憑弔，長歌當哭，識者知其有託而逃。有王將軍者，奇其才，搜訪入幕，妻以妹，遂返初服，理家室，偕隱羅浮山中，購古今異書，仿趙明誠、李清照翻書鬥茶事，丹黄粉黛，掩映一堂。又性愛客，四方之鴻生鉅儒，莫不聞風而至，相與晨夕，集聲伎爲樂，或酒酣耳熱，縱談古今興衰治亂忠孝節烈之事，往往吟情勃發，千言會赴，如泉源出峽，極奔駛之狀，翁山誠足以豪耶。憶自辛丑歲，翁山始至禾，偕竹垞同年訪余南州草堂，論詩説賦，語及甲申來死事諸公，燭花紅淚，與目睫交映。時翁山尚混緇服，正撰道援堂詩集，有題先大父像一篇刻其中。後己酉之歲，復來吾禾，留榻荒齋，浹辰忘倦，爲言在延綏時，弔榆林之七忠，尋五原六郡之故跡，里中求名少年爭趨之，蓋自此遂別去。迨余官禁近，長兒祚增字道沖薄遊羊城，翁山貽之詩曰：「君爲名父子，詞藻又徐家。一吐珊瑚筆，江郎不見花。」次章云：「憶在鴛湖曲，君纔十四齡。一朝齊老鳳，九日掩香涇。」其於余父子間，詞意良厚。顧與余倡和者絶少，則以先因出處殊途，後復南北背馳，而余更以疏懶，不樂伍附尾噉名之輩，故余雖有詩贈别，而不及促其酬答也。余二人交垂四十年，彼我之懷，自爲各得，少陵情熱，青蓮意冷，古人固如是。翁山詩集果傳，余亦何必爲汪倫、郭受哉？齒及小子足矣。我家從孫掄三兄弟好文，於古今麗典新聲，皆能溯源窮涘，兹選刻翁山詩如干首，屬余弁其簡端。余展卷再三，覺曩時談笑起居，翰墨酬倡，音容如昨，恍惚遇之，而翁山已不可即矣。睹是編也，殆如逃空虚者，聞人謦咳若不禁，其忽然自得，而又爽然如失也。嗚呼，是可慨也夫！鴛湖同學弟徐嘉炎題。（屈翁山詩集卷首）

屈翁山詩集序

王源

南海屈翁山先生，以詩名天下久矣。其生平奇節偉行，予亦熟聞之，獨恨未讀其詩集之全。乙酉，來南越，適錢塘沈子方舟選嶺南三大家詩，翁山也，陳高士元孝、梁太史藥亭也。予嘗以謂詩人遍天下而詩亡，詩非亡，亡於詩之本與所以詩之故。執伶人而使之歌，授之管絃而使之和，未始不能成調，若詢以五聲何所出，六律何以正五聲，則茫然不知其所以。且天下何事不有其本與所以然之故，失其本而逐其末，不得其故而但得其形容，其不失之聞鐘捫籥者幾何矣。方舟以翁山詩使予序，翁山之詩，原本忠孝，根據漢魏樂府，包羅六朝、三唐之勝，而自寫其性情際遇，大醇無小疵，直駕宋、明諸作者上，自吾師梁鶺林先生外，僅見此君。此集出，紛紛作者庶廢然反乎？然而未敢必也，知其故者蓋寡矣。於戲，難言哉！予少見翁山於廣陵，未深交，後見藥亭於高沙，讀其樂府禽言，人不解所謂，予獨能解之。而十四五歲，於魏和公先生篋中，見元孝日本刀及崇禎皇帝御琴歌，讀之起舞，因録存之，至今稿猶在。予序翁山詩，而兩先生從可知。乃予又見曲江廖柴舟詩，新警雄逸，亦非今人所能及。方舟，識者也，尚其采而傳之。（居業堂文集卷十四）

道援堂集序

毛奇齡

予之見翁山，則自翁山遊東海時始也。先是翁山遊塞外，北抵粟末，過挹婁、朵顏諸處，訪生平故人，浪蕩而返。夫粟末去内地若千里，遷流者就道，扳輪挽紲，如不欲生，乃獨從容往還若房闥間，斯已奇矣。且其人生嶺南，凡嶺南諸山水，無不畢至。既已觀東海，即又轉之關西，登蓮華之巔，題詩百韻，爲代州驃騎將軍邀爲贅婿，伉儷國色，圍繞珠玉錦繡，睥睨驅斥，宜其爲詩廓然於天地之間，獨抒顥氣，濩濩落落焉，一切齷與齪，不以間也。乃翁山還嶺南，貧約如故。獨見毛甡詩，以爲可念，會張杉遊嶺南，屬寄其生平所爲詩，命甡爲敘，且謂杉曰：「凡甡所爲詩，吾能爲之；即有未爲者，吾皆能爲之。」及予讀翁山詩，則惜予之未能爲翁山之詩也。夫伉慨任氣，歷落使才，豈非甚奇。而情不極貌，不能寫物；辭不窮力，不能追新，故相如多工形似，而二班簡貴。但以情理爲託，論者即不能無升降所分。況乎温柔者，六義之宗，而聲律與物象，又爲八體所推求者乎？獨是作者甚衆，詣入極難，自非趣昭意廣，興高采烈，具汗漫以極周通，吾未見其有得也。予見翁山時，予固未能從翁山遊，即不得已已出遊，而遲回卻曲，未能坦然行萬里道，雖所遭不同，然才分亦殊焉。胸無特達，志鮮激越，即終身道路，其爲踽踽者猶故也。世有以予詩與翁山詩並稱者，予曰：「翁山詩超然獨行，當世罕儔，予且不能從翁山遊，又安能爲翁山詩？」然而有説於此：翁山遊滿天下，其所不足者，非天下之人也。翁山以相如之才，寄物比志，行且與古人爲徒，予雖不才，或得進而隨其後，則予亦第以予之不能爲翁山者，爲翁山而已矣！蕭山毛奇齡題。（道援堂集卷首）

翁山詩外自序

詩有内外乎？曰：詩無内外也，在吾則有之耳。吾詩之内者，以易，以書，以春秋爲之；其外者，乃以詩爲之。然非能以三百五篇之詩爲之也，亦爲夫自漢至唐，樂府五七言諸詩，以徇世俗之所尚而已。昔夫子不嘗爲詩，然其贊易也，言多諧韻，樂玩之不足，斯詠嘆之。蓋夫子之詩，多在二傳、十翼之中，不僅龜山、猗蘭諸操被於雅琴矣。故夫以詩言性與天道，而與易相表裏，詩之聖者矣！吾方學易，著有易外一書，視易重，不敢以其言爲有當於易，故曰易外；視易重，因而視詩亦重，亦不敢以其言爲有當於詩，故亦曰詩外。蓋欲以其内者，合易與詩爲一，以學夫孔子云爾。是編凡千有餘篇，從道援堂、翁山詩略二集簡出，聊應同人之求。中多少年所作，旨多寓言，含吐莊、騷，非粹然一出於正者，讀之誠自慚惶。然既已流傳，不欲自諱，因重梓之。識者幸推其志焉。司馬遷謂三閭之志可與日月争光，夫豈以其詞之能兼風雅乎哉？詩言志，離騷亦然。予昔從離騷以學三百五篇，今更從三百五篇以學易，以易爲正，以詩爲奇，易不必其内，正而奇之，則詩不必其外，奇而正之，皆可矣。是爲序。（翁山詩外卷首）

翁山詩外序

凌鳳翔

余年二十學爲詩歌，日與里中張秦亭、徐野君、孝先、王仲昭、毛稚黄諸先輩講求聲律，論列海内能詩家，如數寶珍。屈指至翁山，躍然起曰：「此粤海明珠也。」不數載，余省先大人於端州，因得見。制府吴公適召賓客，余以少年厠座末，抵掌妄談天下事，衆客戲笑相耳語曰：「此狂生。」時有岌岌其冠，衣服古製，自號山人者在座，獨不以余爲狂，且就位與余語。既而踞坐酣飲，談論自勝，無人旁若。詢其姓氏，則翁山也。遂大驚。余退而謂人曰：「余非狂也。此真狂生。」而制府皆不以爲狂。余既夙慕翁山，而翁山與余又皆爲吴公所知，相與往來，爲忘年友。翁山嘗與余論詩，其言曰：「詩之得氣在動，得意在虚。惟虚，故能善動。不動，則茶然槁矣。譬之形家之視山，其膚肉脈理靡不翕翕然動者。或難之曰：『山静，而子見謂動，其誕耶？』則解之曰：『不然。衆庖之視牛，非族則骼也。以丁遇之，泮冰耳，壞壘耳。豈非拙者見礙而巧者見虚乎？』又嘗言：「如地懸於天，中所以舉之者，氣也。氣之大者，法有所不得施，而未始無法。且如夏雲之起於空，城市、臺觀、樓閣、車馬畢見於海。又如大雨時行，百川灌匯，溝澮原潦之水注而江河惝乎不知其命，意之所在也。」翁山之爲詩，大抵取法於唐非一家，氣無不充，意無不融，人所困躓，己獨超踴，其得所謂動與虚而用之者，故能自言其所得如此。獨是其遨遊幾遍天下，人人皆知有翁山，而卒不一遇。狂而老，老且死。其詩類多感慨激昂，轢轢古今，呼搶天地，而不能自禁，豈其所操以必傳者在是與？余居汝水六年，丁丑再至羊城，翁山死矣，哭之失聲。及聞吳公留村没於王事，復以哭翁山者哭吳公，蓋嘆知己之不易遭也。翁山生平著作極多，余獨嗜其詩。如飢渴之於飲食，欲須臾忘而不可得。今没後，其詩外若干卷寖多亡軼，特取而補刻校正之，并不忍忘其宿昔相見之始與促膝論詩數語，書而存之，謂庶幾不負翁山云。南苕凌鳳翔題。（翁山詩外卷首）

翁山詩外序

黄廷璋

今天下孰不知翁山屈先生之詩文乎？孰不知翁山屈先生之著述乎？然余每見知其詩文與著述者，容或未知其德行；知其德行者，容或未見其豐儀。是以恒有讀其詩文，閱其著述，至欲瞻仰其德行而無從，想望其豐儀而不可得者，不知凡幾。徒聞風而相思，撫卷而推度已耳。雖天下有得交於先生而知先生之爲人者，要亦以其學窮天地，才邁古今，其志潔而不可溷，其行芳而不可躋，如此而已。而不知固先生之餘也，即先生亦以此爲餘也。若其割股療母，廬於墓側，與著成仁録一書以厲古今之臣節，是其耄年而深孺慕之思，入山而亦有君父之事矣。昔大司馬留村吴公作鎮兩粤，宫詹學士王公阮亭奉祭波羅，聞先生之名，慕先生之行，皆欲薦先生於朝。先生曰：「家有老母，吾豈能離朝夕之養？况余所著詩外、文外、文鈔、廣東新語，與所述易外、四書補注、廣東文選、廣東文集、十八代詩選、李杜詩選、今文箋、今詩箋、翁山六選諸書未竟，余之筆硯未可輟也。」由此觀之，則先生之德行，其誰知之？至其道貌，岳岳懷方，手恭足重，望之巖巖如峰岳之峙立，即之温温如春風之被物，亦足徵有道君子之所養矣。余少隨侍先生朝夕，瞻其道容，熟悉其德行，至於今偶披先生之詩文，憶事先生之時，猶如昨也。因見天下讀先生之詩文而不知先生之德行，至欲想望其豐儀而不可得，以爲憾事，故述先生大概而書之，並其遺像而摹之，庶使讀其詩文者，共知其德行，共識其豐儀，而不致徒形諸慕嘆云爾。年家眷世侄黄廷璋題於三閭書院。

（翁山詩外卷首）

騷屑序

王隼

夫詞曲一道，嚴於詩賦，撰語清新香麗，諧律四聲陰陽。近代作者，或詞乖於義，或字戾於聲，不審高低，不辨清濁。刻意求工者，以過泥失真；師心作解者，以率俚欠雅。玉茗詞曲，膾炙人口，獨音律少諧，不無鐵綽板唱「大江東去」之病，詞場惜之。余善病，杜門屏絶嗜好，唯聲律不能忘懷。今春與諸伶較理詞曲，絲肉鼎沸之際，而翁山先生緘示騷屑一編，遂按以紅牙，被之絃索，摧藏掩抑，嫋嫋動人，含商咀徵，循變合節，義既精粲，律復整嚴。昔萬寶常善歌，上帝以天授音律之性，使鈞天之官示以玄微之要。先生此詞何所自來，其殆有神授耶！天壤元音，一綫未絶，笙簧一代，鼓吹千秋，其在斯乎，其在斯乎！梳山友侄王隼拜譔。

（翁山詩外卷首）

屈大均詩詞編年校箋卷一 居粤初什

起明崇禎十二年（一六三九）迄清順治十四年（一六五七）

浮丘謡

浮丘叔，浮丘丈人同一目。撒豆成金人不知，肩上珊瑚擔一束。

【箋】崇禎十二年作於廣州。此爲大均童年之作。屈大均廣東新語卷五：「浮丘去城西一里，爲浮丘丈人之所遊。」又云：「相傳有二仙，一老一少，兩人一目，彼此扶挈而行。居人遺以麥豆，撒之成金。視所荷之薪，則紅白珊瑚枝也。」此地舊有撒金巷，今稱積金巷。

秋夜恭懷先業師贈兵部尚書巖野陳先生并寄世兄恭尹 戊子

驚風吹折扶桑柯，白日慘慘沈滄波。無數哀猿啼不止，美人回首淚滂沱。曾將九辯弔沅澧，長夜悠悠雪千里。招魂何處告巫陽，被髮空然呼上帝。憶昔從師粵秀峰，授書不與經師同。捭闔陰謀傳鬼谷，支離絶技學屠龍。天下山川兮聚米，壯夫詞賦薄雕蟲。小子生年方十五，意氣飛騰思食虎。噴玉才蒙伯樂看，追風便向天墀舞。天墀春暖彩雲開，帝乘玉輦陪京來。萬里江清鳷鵲觀，六朝花發鳳凰臺。夫子憂時雙鬢白，頻獻重興三十策。不從魏絳擬和戎，遂與賈生爲逐客。唾壺擊破愁心多，君父仇讎將奈何。長纓不許終軍請，黄鵠誰令翁主歌。九鼎茫茫沈泗水，六龍冉冉出蓬婆。奔走中原殊未已，孤臣淚作黄河水。東渡徒勞艤棹心，南巡未雪膠舟恥。巫咸終古作波臣，智伯何曾知國士。國士縱横不可當，平生胯下多侯王。但教死去圖麟閣，不願生還掛鵲章。一呼市井千人戰，廣州城下兵如電。半月連營虎豹屯，六花奇陣鴛鴦變。先鋒已拔骨都旗，後勁全消當户箭。豈意軍無三日糧，馬銜枯骨士金瘡。頻殺美人來饗士，美人花映蛾眉長。天心何故憐賊子，國步迍邅今若此。長留正氣爲山河，空有神光照箕尾。慚予忘命奔天涯，誤擲千金博浪沙。窮途不得尺寸柄，髡鉗爲奴賣朱家。朱家豪俠傾四瀨，堂前賓客如雲會。卜夜聊爲歌舞歡，探囊尚有孫吴在。向秀難聽長笛哀，伯牙欲把鳴琴碎。鳴琴碎兮我心苦，西山采薇將何補。翠華縹緲蒼梧煙，玉佩飄零洞庭雨。楓葉蕭蕭二女祠，蘆中窮士寒無衣。白頭漁父滄浪去，麥飯壺漿欲待誰。

【箋】

順治五年，大均因其業師贈兵部尚書，追懷其事而作。陳巖野，即陳邦彦，字會份，順德人。南明永曆年間爲兵科給事中。清兵入廣州，邦彦起兵高明山中，約陳子壯起南海，張家玉起東莞，黄公輔起新會，互爲犄角。曾攻占數城，後兵敗於清遠，不屈而死。翌年，其長子恭尹伏闕請恤，詔贈兵部尚書。見屈大均皇明四朝成仁録卷十。陳恭尹，字元孝，號獨漉，邦彦子。國變後隱居不仕，自稱羅浮布衣。其詩清迥拔俗，得唐人三昧。著有獨漉堂集。廣東通志有傳。後世稱陳恭尹、屈大均、梁佩蘭爲「嶺南三大家」。

送方瞳子 戊子

家本羅浮上，仙人日往還。就中勾漏令，似爾芙蓉顔。芙蓉顔兮誰不悦，朝如丹霞暮如雪。弄玉來教紫鳳簫，蠹娥照以瑶臺月。月出瑶臺奈樂何，忽乘天馬超天河。遨遊每共東方朔，功業聊爲馬伏波。千金買得魚腸劍，七寶裝成獅子花。天下侯王猶草澤，江東子弟已干戈。問君望氣意如何，五色龍文嵩雒多。我作班彪王命論，群雄不敢思并吞。赤眉必有長安敗，王莽終遭宣室焚。自古帝王盡天授，雲臺諸將羅星宿。子房本是赤松流，漢家乃繼唐堯後。春日張筵戲馬臺，千枝芍藥送春來。燕姬競作蓮花旋，羌笛齊吹阿䩵回。慘淡風雲歸沛上，蒼茫淮瀨入金杯。看君醉後揮鞭去，颯颯龍沙萬里開。

【箋】順治五年作。細審詩意似爲諷吴三桂於康熙十七年稱帝之事，則題注戊子或爲戊午之誤。

菜人哀

歲大饑，人自賣身爲肉於市，曰「菜人」。有贅某家者，其婦忽持錢三千與夫，使速歸。已含淚而去。夫跡之，已斷手臂懸市中矣。

夫婦年饑同餓死，不如妾向菜人市。得錢三千資夫歸，一臠可以行一里。芙蓉肌理烹生香，乳作餛飩人争嘗。兩肱先斷掛屠店，徐割股腴持作湯。不令命絶要鮮肉，片片看入饑人腹。男肉腥臊不可餐，女膚脂凝少汗粟。三日肉盡餘一魂，求夫何處斜陽昏。天生婦作菜人好，能使夫歸得終老。生葬腸中飽幾人，却幸烏鳶啄不早。

【箋】順治五年作於廣州。乾隆番禺縣志卷十八載：「順治戊子，廣州大饑，人相食。」

七夕家舍人兄奉命歸娶賦贈　己丑舊作

仙郎初校秘書回，帝賜乘龍夜宴開。銀燭光分鳷鵲殿，玉簫聲滿鳳凰臺。雙星亦向天河度，五夜無令花漏催。京兆新眉如畫就，早將銀管入蓬萊。

【箋】順治六年作。家舍人，即大均從兄屈士煒。士煒字賁士，一字白園，番禺人。於南明永曆二年三月走梧州迎蹕，上時務疏，授中書舍人。後隨永曆帝入雲南任職。清軍揮師入滇，永曆帝倉皇西遁入緬甸。士煒追之不及，東歸返里，卒於鄉。先後參加過多宗抗清活動。事見文外七伯兄白園先生墓表。

贈侯商丘伯

君王思麥飯，爵爾列侯中。雖抱山河誓，猶慚汗馬功。赤眉方煽亂，天水欲争雄。諸將推馮異，期君奮翼同。

【箋】侯性，河南歸德人。崇禎末爲廣東西寧參將。永曆帝即位肇慶，擢爲御營都督同知。從永曆入武岡，封商丘伯。梧州陷，佚性降清。事見王夫之永曆實録卷二四佞幸列傳。此詩當作於梧州陷清之前。姑編于順治六年。

猛虎行

邊地不生人，所生盡奇畜。野馬與駱駝，騊駼及駝鹿。羱羊千萬頭，人立相抵觸。上天仁衆獸，與以膏粱腹。變化成猛虎，食盡中土肉。哮吼一作威，士女皆觳觫。廣南人最甘，肥者如黄犢。猛虎縱横行，饜飫亦逐逐。朝飲惟貪泉，暮依惟惡木。人皮作氈裘，人骨爲箭鏃。人血充乳茶，脂膏雜紅麯。子狗有爪牙，攫搏苦不速。惡性得自天，牝牡日孳育。在天爲貪狼，在地爲葷粥。人類日已盡，野無寡婦哭。隆冬不患饑，髑髏亦旨蓄。多謝上帝仁，猛虎享天禄。爲獸莫爲人，牛哀得所欲。

【箋】

順治七年作。是年清軍再破廣州，屠城。釋成鷲紀夢編年云：「以拒命故，屠焉。男子之在城者，靡有孑遺……七日止殺。」文外十一死庵銘：「予自庚寅喪亂，即逃於禪，而以所居爲死庵。」蓋寫此詩時之心境也。

讀先祖滄洲處士詩集

處士諱漢，善詩，著有草蟲鳴砌集。事一百有餘歲之父母，以至孝聞。

八十嬰兒慕，如翁世所希。蘇耽今化鶴，萊子尚留衣。仁孝傳桑梓，文章映少微。無能歌祖德，手澤淚空揮。

【箋】

順治十年作。滄洲處士，大均十二世祖，諱漢。文外二羅母黄太君壽序：「滄洲處士八十有八，以經學爲鄉閭老師，所爲詩天真獨寫，一皆有道之言，白沙氏嘗稱之而勿置云。」

清明展先府君墓 四首

蕨薇留寸草，桑梓别經年。積雨崩丘壠，名山失簡編。大招空有賦，薄祭竟無田。灑盡皋魚淚，蒼茫對昊天。

昨夢猶嘗藥，淒涼夜月中。江山精爽在，伏臘几筵空。攀柏徒悲泣，吹簫尚困窮。未能廬墓左，王事正西東。

報國無三略，違親有五年。空將禾黍淚，滴向蓼莪篇。海闊迷龍馭，山長斷馬鞭。茫茫移孝日，難別此黃泉。

雨露悲寒食，丘中宿草萋。蘋蘩無婦采，烏鳥向人啼。勉繼春秋志，高求海岳棲。右軍能誓墓，此地蕺山齊。

【箋】順治十年作。是年大均曾往廬山，此詩當爲入廬山前在番禺掃墓所作。大均之父卒於順治六年，故詩中有「違親有五年」之句。大均父名宜遇，字原楚，號澹足。因病多而精醫理，爲人診治，不責其謝。或風雨昏夜有來求請，必持藥劑以往，所活貧窶人以數百計。見大均先考澹足公處士四松阡表。

過清遠諸灘

沿溯頻無路，灘門雨不開。誰從千仞壁，飛下一舟來。天逐青峰轉，人隨白鳥回。數聲漁父笛，忽起望夫臺。

【箋】順治十年，大均由粵入贛從水路北行經此有作。清遠，在廣州北部。廣東新語卷三載，清遠峽中有牯牛灘、龍頭硬、鰲背、銀瓶釣絲灘、磨刀灘等險灘。

自英德至浛洸道中作

一縣盡奇峰，參差削玉蓉。人煙含亂石，瀑影出寒松。空翠飛猶濕，餘花落尚穠。亂同樵女渡，洸口暮聞鐘。

【箋】

順治十年，大均由粵入贛經此有作。英德，在粵北。浛洸，廣東新語卷二：「浛口爲南楚咽喉，湟川、桂水之所會。宋設浛洸縣於此。」

舟上連州　七首

路入湟江遠，愁聞是鷓鴣。草深迷兩岸，雲漲似重湖。古木撐崖墜，驚流挾石趨。拂舟蘿帶亂，攀折自嬉娱。

時時川路盡，峽轉復天開。舟掠飛崖過，帆穿落木來。鳥聲多在水，人跡半生苔。不寐因明月，宵深自溯洄。

舟小愁炎熱，遲回亂石間。眠篙雙女苦，坐釣一人閑。水響如灘至，林昏羨鳥還。時來思用武，前路耐間關。

峰峰相角立，奇石滿空中。山雨夏多白，江霞秋更紅。魚蝦三峽異，婦女一罾同。數舸沿明月，歌傳水帝宮。

亂流爭一壑，風傍水門多。石勢隨雲落，灘聲雜雨過。只須秋月好，終奈暮猿何。不寐同漁父，洲邊弄芰荷。

半壁劃青冥，雙流倒翠屏。天從江口出，雨以峽門扃。獨夜歌山鬼，無人見野螢。微風林外過，仿佛芷蘭馨。

不妨灘口亂，溪女解嵩舟。舟似腰肢折，篙隨瀑布流。水聲驚萬壑，林氣似三秋。風小帆頻落，沿洄未免愁。

【箋】順治十年，大均由粵入贛經此有作。連州，在粵北。

過十八灘

片帆穿亂石，利涉仗舟師。却恨灘流疾，奇峰過不知。

【箋】順治十年，大均由粤入贛經此。十八灘，在江西境内。贛江流經贛縣、萬安之境，有灘十八，故名。

贛州　二首

日落虎頭城，風飄龍角聲。天威餘細柳，地利失陰平。盜賊紛何在，英雄凛若生。襄皇能養士，溝壑荷恩榮。

義士魂何去，沙場一放招。黄衣歸朔漠，碧血滿南朝。山枕孤城峻，江通百粤遥。天生形勝地，空助虎狼驕。

【箋】順治十年，大均往廬山。由粤入贛，首經贛州。時擁明之江西義師敗後不久，故詩語沉痛悲憤。

過彭蠡

水合九江平，微茫接太清。千峰過有影，萬壑到無聲。吴楚浮前浦，雲霞蕩晚晴。平陳功烈在，遺恨與神京。

【箋】順治十年，大均往廬山，由粵入贛，經過彭蠡有作。彭蠡，古澤藪名，即鄱陽湖。

彭澤舟中

雪隨微雨下，江上最寒時。路共邊鴻遠，愁先碧草滋。潯陽多落木，湖口有鸕鷀。不見楚漁父，蘆中日又移。

【箋】順治十年，大均入廬山，順遊彭澤，故有此作。彭澤，在長江邊，地近廬山。

春日洪州西山作

迢遞蒼山路，洪崖不可尋。風雷懸絶壁，花藥暗長林。晚水東西渡，春禽下上音。回看歌舞地，高閣自城陰。

【箋】順治十年，大均入廬山，路經洪州作此。洪州，治所在南昌。西山，一名南昌山，古名散原山。

懷寄湖南尹叟

汨羅人已没，誰復采江蘺。春水又云滿，孤舟安所之。風沈漁父笛，花落女英祠。憔悴無相識，惟應讀楚辭。

【箋】

順治十年作。尹叟，其人未詳。

登廬山作 二首

峨峨天子鄣，秀出斗牛旁。地作雲屏盡，天垂水帶長。千峰各晴雨，一氣自鴻荒。誰與尋高頂，迢遥三石梁。

清曉登樓望，湖山開幾重。霞生紫泥海，日出金輪峰。服食顔初駐，佯狂道莫容。只應同慧遠，長聽虎溪鐘。

【箋】

順治十年作。大均於是年入廬山。廬山，又名匡山、匡廬。在江西省九江市南。聳峙長江邊，緊傍鄱陽湖。歷來有「匡廬奇秀甲天下山」之稱。

廬山道中

雲際芙蓉十萬枝，雨餘巖壑更生姿。一天飛瀑隨風至，濕盡春衣人不知。

【箋】順治十年作於廬山。

石門有懷

亂石盤旋下白雲，雨餘潭底數峰分。天邊五老空招手，只見梅花不見君。

【箋】順治十年作於廬山。石門，指石門澗。毛德琦重訂廬山志卷十三：「天池山麓有小山曰雲峰，其南峽中有文殊寺、報國寺。文殊、報國之側有石門澗。」桑疏：「石門者，天池、鐵船二山并峙如門也。」

登石門懷慧遠尊者

雙峰聳天闕，一水懸神池。積石若朝霞，連林多夕霏。丹溜含清泠，鮮葩吐葳蕤。予偕二三子，來自虎溪湄。矯掌承飛泉，樞衣陟金梯。蕭條遠公跡，亭階有留基。悵然增逸興，方嗟哲人萎。白雲開闔際，忽見金仙姿。玉瓶灌甘露，龍策振靈颸。回目流神光，示我青蓮枝。揮玄入無朕，俾爲萬象師。

【箋】

順治十年作於廬山。慧遠尊者，東晉時高僧。廬山志卷十三之「文殊寺石門澗」引遠法師傳：「慧遠居廬山三十年，凡再至石門。」

望五老峰

飛翠如煙雨，秋來山色濃。夕陽一返照，明滅金芙蓉。獨嘯此亭月，將尋何處鐘。石門精舍近，蚤晚巢雲松。

【箋】

順治十年作於廬山。五老峰，廬山志卷七：「含鄱口東北爲五老峰。」李綱登五老峰詩有「五峰秀出如五老，鬚髮蒼然長美好」之句。

紫霄峰

言攜青玉杖，千折上雲霄。石鏡通秋月，蘭泉應海潮。窗開三楚小，帆落九江遥。一片洪荒色，天風吹不消。

【箋】順治十年作。紫霄峰，盧山志卷四：「耶舍塔山東北爲餘峰。……餘峰東北爲紫霄峰。」

遊簡寂觀　陸修静故居

蒼松餘幾樹，種自陸尊師。暮雨引龍嘯，春風吹兔絲。丹書雲竇秘，仙馭鶴笙隨。一片東林月，長歌空爾思。

【箋】順治十年作於盧山。簡寂觀，盧山志卷四：「金鷄（峰）之支南行，崛起爲大山，曲抱中豁一區，簡寂觀在焉。山東與香爐峰鄰，兩山之間爲香山坳。」桑疏：「簡寂觀者，道士陸修静之居也。修静字元德，吴興人，宋大明五年始來居盧山。」

歸宗寺

幽居最愛歸宗寺，勝甲江西山水兼。已有硯池邀逸少，還餘醉石卧陶潛。六朝煙霧含珠塔，四壁風雷掩玉簾。况是鸞溪春正暖，飛花送酒舞筵前。

【箋】

順治十年作於廬山。歸宗寺，廬山志卷四：「金輪峰南有歸宗寺。」南康志：「寺壯麗甲於山南諸刹。」

開先寺樓作

向夕樓中卧，天風忽起西。不知吹瀑水，飄落幾重溪。窗小雲争入，林深雪已迷。無人愛幽獨，來共聽猿啼。

【箋】

順治十年作於廬山。開先寺，始建於南唐保大九年（九五一）。廬山志卷五：「鶴鳴峰下有開先寺，今名秀峰寺。」

開先寺古梅

癯然雲霧窟，疑是六朝僧。鶴髮垂千尺，苔衣覆幾層。枯枝全化石，冷焰忽銷冰。慚愧春華發，教人見古藤。

【箋】

順治十年作於廬山。開先寺，見前開先寺樓作箋。

五老峰背觀三疊泉　二首

我愛匡廬瀑，無如三疊泉。高高從五老，飛落蠡湖邊。石上灑明月，日中含緑煙。海風吹忽斷，一半入空天。

面面峰巒絶，横天鐵壁青。飛泉若煙霧，白晝走雷霆。激石成三疊，穿雲出九屏。無人知此勝，來往水精靈。

【箋】

順治十年作於廬山。三疊泉，廬山志卷九：「九疊谷内有三疊泉。」桑疏：「三疊泉者，亦謂之三級泉，亦謂之水簾泉。泉下注磐石，三疊而後至地也。在五老峰背。」屈大均三疊泉操序有云：「此泉深隱五老峰之背，九疊屏之側，從空懸布，凡作三級而下，望之不見其端杪。」

三疊泉

廬山瀑布皆千尺，三疊飛泉勢更長。三石梁邊人不見，天風吹作滿天霜。

【箋】順治十年作於廬山。三疊泉，見前五老峰背觀三疊泉箋。

三疊泉操

天下名山，惟匡廬瀑布爲多：若黄巖之布水，鶴鳴峰之馬尾水，歸宗之玉簾泉，康王谷之谷簾泉，九峰庵之馬尾水，石門澗卧龍庵之飛泉，凡十有餘處，皆奇瀑布也。而三疊泉者，昔人稱其上級如飄雲拖練，中級如碎玉摧冰，下級如玉龍走潭，架空霆擊，吾尤以爲匡廬之絶景云。泉下注於潭，潭有大磐石。予嘗坐嘯其上，爰作一亭於南崖，以與泉相向，名曰三疊泉亭。又書太白「海風吹不斷，江月照還空」之句，以爲亭聯。按山志，稱三疊泉乃朱文公所闢。文公初見此泉，嘗繪爲圖，傳京師，所謂「五老新瀑」者是也。彼夫唐人，若太白「飛流直下」，曲江「日照虹霓」，與僧齊己「只有照壁月」之句，皆詠黄巖之布水，或鶴鳴峰之馬尾水耳。即如陸羽茶經，亦僅言谷簾泉之美，皆未嘗知有此泉。蓋以此泉深隱五老峰之背，九疊屏之側，從空懸布，凡作三級而下，望之不見其端杪；又當玉川門盡處，其谷九疊，其磴孤懸，林密石巉，人獸兩絶，望之惟見嵐煙窈冥，白晝常晦，無所謂瀑布之影象也。非如黄巖之布水、鶴鳴峰之馬尾水，獨露空中，四無虧蔽，從彭蠡湖中，可望見其奔飛灑落之狀。自非好事者百計搜奇，身至此泉之下，鮮不以爲黄巖、鶴鳴峰之外，絶無最勝者矣。嗟夫！天下惟高者善藏，深者晚出，泉其有以命我夫！亭既成，奉文公畫像其中，而援琴爲三疊泉操以落之。

我觀泉兮，下不在淵，上不在天，中不在五老之峰兮大月之山。然則泉安在兮，蓋在乎吾心之玄。玄爲天之一兮，其生泉也，在於雷欲動而未動之先。爲天之命兮，所以開乾。人知其出於山下兮，不知其以吾心爲源。夫以吾心爲源，則無往而不在者斯泉。安必其下在淵，而上在天，中在五老之峰兮大月之山。

【箋】順治十年作於廬山。三疊泉，見前五老峰背觀三疊泉箋。

玉川門作

亂瀑淙淙響石牀，夢餘無奈落花香。含毫欲寫泉三疊，心與雲陰化水光。

【箋】順治十年作於廬山。玉川門，廬山志卷九：「龍雲寺東北爲觀山。觀山之北爲麻姑崖，上爲大鵬峰。其旁有毗盧峰，其下有玉川門，門内有鐵壁精舍。」桑疏：「玉川門者，當三疊水口，其兩崖壁立萬仞，澗從中闢。路行處兩石相磕，中穿一竇，遊者低首而進。其石色白如玉，故名。」

玉川門精舍春日

三疊泉邊閣，春雲映雪明。聽松忘日永，采藥喜天晴。谷暖蘭先吐，林幽鳥不鳴。寥寥人境外，一病入無生。

【箋】順治十年作於廬山。玉川門，見前玉川門作箋。廬山志卷九又云：「玉川門外有水竹居、淩雲舍。」

前已云「（玉川）門内有鐵壁精舍」。未知詩題之「精舍」所指孰是。

豆葉坪病起

山静長如夕，微微樵牧蹤。有時聞遠瀑，終日對高松。久病悲歡盡，新寒衣衲重。他宵秋月滿，應上漢陽峰。

【箋】順治十年作於廬山。漢陽峰，在廬山東南，峰頂有漢陽臺，故名。豆葉坪，地名，在廬山漢陽峰東側，烏石岩西側。

天池

天池深不測，萬仞岳雲中。高湧漢陽峰名。月，下含彭蠡風。雪消時飲鹿，春盡不歸鴻。忽作神靈雨，虛無入楚空。

【箋】順治十年作於廬山。天池，廬山志卷二：「天池山東瞻佛手巖，西望白雲峰。……其南有禪室曰天池寺。寺有天池。」桑疏：「天池山者，香爐峰迤西皆是，乃今則獨謂天池寺北云。」朱文公熹山北紀行：「天池寺在小峰絶頂，乃有石池，泉水不竭。」

觀黄巖瀑布

萬仞晴川瀉，崩雲落紫虚。斜飛金螮蝀，亂雨玉芙蕖。響振寒松外，光生旭日初。天風無遠近，吹去濕琴書。

【箋】順治十年作於廬山。黄巖，廬山志卷五：「雙劍峰下有黄巖寺。」桑疏：「黄巖寺，唐僧智常建。智常住歸宗，先結廬於黄石巖。」釋智明初入黄巖詩有「倒看懸瀑下，轉覺勢淩空」句。

題某禪師空生閣

黄巖瀑布甲廬山，巖上空生閣一間。茅厚不愁冰雪壓，圍爐相對一冬閑。

鶴鳴雙劍兩峰開，争倒晴川布水臺。馬尾谷簾二瀑泉名。那得似，因君揮麈故飛來。

【箋】黄巖寺北有空生閣，俗稱神仙洞，爲數石撑持而成，如同二層樓閣。詩當作于順治十年居廬山時。

獅子峰

獅子峰千仞，南當五老尊。芙蓉標玉柱，瀑布蔽天門。月影松間石，風吟峽上猿。茅堂無結構，恐動白雲根。

【箋】順治十年作於廬山。獅子峰，廬山志卷七：「五老峰下有五小峰，曰獅子峰、金印峰、石船峰、淩雲峰、旗竿峰。」又：「五老峰前有峰嵯峨，是爲獅子峰。」

康王谷觀谷簾泉

我愛康王谷，泉飛萬壑深。光生石鏡裏，聲落玉樓陰。滿地松篁濕，終年雨雪侵。何當援緑綺，彈作水仙吟。

【箋】順治十年作於廬山。康王谷谷簾泉，廬山志卷十三：「谷簾泉」桑疏：「谷簾泉在康王谷中，源即漢陽所發，西行爲枕石崖所束，湍怒噴湧，散落紛紜，數十百縷班布，如玉簾懸注三百五十丈，故名谷簾泉，亦匡廬第一觀也。」

三峽澗

廿四溪潭匯，驚雷響不通。如何三峽水，都在一橋中。白噴炎天雪，寒吹古澗風。棲賢僧舍外，坐久瀑聲空。

【箋】

順治十年作於廬山。三峽澗，廬山志卷六：「棲賢谷之水，其會爲三峽澗。澗在萬壽寺東南。」

雨過三峽橋上作 三首

雨過溪雲流有聲，泉多處處水簾成。玉淵金井添千尺，一夕波濤萬壑平。

二十四潭爭一橋，驚泉噴薄幾時消。一山瀑布歸三峽，小小天風作海潮。

一片鄱陽九水通，茫茫吴楚有無中。雲開忽見廬山影，半壁芙蓉掛白虹。

【箋】

順治十年作於廬山。三峽橋，廬山志卷九引蘇軾棲賢寺記：「元豐三年，余得罪遷高安。夏六月過廬山，知其勝而不敢留。留二日，陟其山之陽，入棲賢谷。谷中多大石，岌嶪相倚，水行石間，其聲如雷霆，如千乘車，行者震掉不能自持，雖三峽之險不是過也。故橋曰『三峽』。」

石人峰下作

峰峰花發白雲香，雨過春泉迸石梁。七十二溪成一瀑，合流飛落玉淵長。

【箋】順治十年作於廬山。石人峰，廬山志卷六：「烏石山東南小山，有石特立如人者，石人峰也。舊志：『石人峰在棲賢寺側，山有石拳聳如人狀。』」

雨過坐三峽橋望石人峰流水

雨餘一片水，壁立白雲端。流過三峽亂，聲入萬松寒。復有石橋月，宜人秋夜看。羽人渺何處，相憶玉琴彈。

【箋】順治十年作於廬山。三峽橋、石人峰，見前雨過三峽橋作及石人峰下作箋。

青玉峽

冰開瀑布落成溪，千丈飛絲馬尾齊。青玉峽中行不得，朝猿啼罷暮猿啼。

【箋】順治十年作於廬山。青玉峽，廬山志卷五：「鶴鳴、龜背（峰）之間有馬尾泉，雙劍（峰）之左有瀑布水。瀑布之下有布水臺，又下有青玉峽龍池。」

虎溪冬夜

柴門開向夕，倚杖寒煙生。凍月渾無色，空潭若有聲。冰隨松子落，石傍梅花横。欲過西林寺，遲回到五更。

【箋】順治十年作於廬山。虎溪，在東林寺前。廬山志卷十二上「東林寺」條引李元中蓮社圖記：「（慧）遠自居東林，足不越虎溪。一日，送陸道士，忽行過溪，相持而笑。」此詩詩外失收，據道援堂詩集卷六補入。

暮春香山精舍

茅茨人不見，竟日枕書眠。静坐如忘世，飢來但入禪。新桐朝引露，殘雪夜添泉。誰與同春服，東風正可憐。

【箋】順治十年作於廬山。香山精舍，指白居易之廬山草堂，在香爐峰下。白居易與元稹書有云：「僕去年秋始遊廬山，到東、西二林間香爐峰下，見雲水泉石，勝絶第一，不能舍，因置草堂。」此詩詩外失收，據道援堂詩集卷六補入。

秋日廬山作寄繆天自

一嘯霜林葉盡飛，白雲終古獨無依。山中五老長相待，何事秋深尚不歸。

【箋】順治十年作於廬山。繆天自，原名泳，後改名永謀，又字于野。嘉興人，諸生。能文章，絶意仕進，授經生徒以養父。著苻溪集。沈德潛清詩别裁引繆氏語：「詩有俚語，經顧寧人筆輒典；詩有庸語，入屈翁山手便超。」

山中寄周青士

朝來花露滴人香，睡起寒雲滿石牀。欲剪水簾三十尺，掛君堂上共清涼。

【箋】

順治十年作於廬山。周青士，即周篔，字公貞，更字青士，又字簹谷，嘉興人。年十九喪父，遭亂棄舉業，就市廛賣米，吟誦不輟。工詩，超卓拔俗，不輕襲前人語。著采山堂詩集、詞緯、今詞綜。

羅浮

本是蓬萊岫，南來逐海潮。雙峰連碧漢，上有一天橋。

【箋】

順治十二年作。是年大均入羅浮山，寫下紀遊詩十多首。羅浮，羅浮山的簡稱。康熙年間宋廣業輯羅浮山志會編卷一引黃佐圖經：「羅浮者，山之總名也。羅山在番禺東二百里，其上有桂樹神湖；浮山自海來傅之，其上有平田嘉谷。崖巘皆合爲一，臨於博羅之上。北望增城，南望東莞，高三千六百丈。山顛曰『飛雲頂』。」又該書卷首圖說：「羅浮二山接連處爲泉源山，鐵橋則泉源山以西峰也。峰之石如長虹隱空，砥柱對峙，故呼爲『鐵橋』。」詩中之「天橋」即指「鐵橋」。

詠羅浮

浮山浮海自東來，嫁與羅山不用媒。合體真同夫與婦，生兒盡作小蓬萊。四百三十二兒孫，上界峰名，浮山絶頂。飛雲峰名，羅山絶頂。勢並尊。浮岳不將羅岳去，白雲長鎖洞天門。

飛橋天半接羅浮，鐵柱雙標在兩頭。鎖住蓬萊東一股，浮山不逐海潮流。瀑泉無數落峰腰，九百還餘八十條。布水不言廬岳好，泉源福地是東樵。

東瀑何如西瀑長，交飛雲際似鴛鴦。瀑花吹滿黄龍洞，冰雪人愁六月涼。一簾飛水掛雲高，半落流杯池名。與藥槽。風接寒聲入天際，時時散作萬松濤。

丫髻雙開紫翠新，瑶臺石笋鬥嶙峋。笑他玉女峰娟妙，長伴雲邊一老人。峰名。一道飛橋乍有無，臺邊問路得麻姑。石樓大小中天出，開闔何人在玉壺。

【箋】

廣東新語卷三有「羅浮」條，可參看。

羅浮曲 二首

可憐羅浮山，離合亦有時。天雨羅浮合，天晴羅浮離。

賴有一鐵橋，高高跨紫霄。羅浮離復合，不用涉江潮。

【箋】

順治十二年作。詩中之「羅浮」、「鐵橋」，見前羅浮箋。

羅浮放歌

羅浮山上梅花村，花開大者如玉盤。我昔化爲一蝴蝶，五采綃衣花作餐。忽遇仙人萼緑華，相攜共訪葛洪家。鳳凰樓倚扶桑樹，琥珀杯流東海霞。我心皎皎如秋月，光映寒潭無可説。臨風時弄一絃琴，猿鳥啾啾悲楓林。巢由不爲蒼生起，坐使神州倶陸沈。

【箋】

順治十二年作於羅浮。

自沖虛觀入錦屏峰

路入黄龍洞，陰森山氣秋。萬松寒欲折，雙瀑日争流。月吐金芝草，雲開玉女樓。泠泠風佩響，渾與百靈遊。

【箋】順治十二年作於羅浮。沖虛觀，羅浮山志會編卷三：「朱明洞南有沖虛觀。」錦屏峰在沖虛觀西，逍遥洞西，其南麓有華首寺。

黍珠庵晚眺

松子落紛紛，樵歌隔水聞。秋花迷磴道，石竇出風雲。葛令籠蔥笛，麻姑蛺蝶裙。相逢吹未盡，日暮鐵橋分。

【箋】順治十二年作於羅浮山。黍珠庵，羅浮山志會編卷三：「浮山之南曰黍珠庵。」山記：黍珠庵在羅漢巖右，庭宇宏邃，創自鮑靚時。」

明月寺作

羅浮明月寺，寺外即羅浮。萬壑梅花亂，千峰瀑布流。天鷄鳴日觀，玉女下雲樓。邀我蓬萊去，飄飄紫綺裘。

【箋】

順治十二年作於羅浮。羅浮山志會編卷三有「明月戒壇」，唐時度僧於此受戒。

由雲母峰上大小石樓

獨上朱明頂，高尋仙子蹤。玉樓來日月，秋瀑飛芙蓉。白髮幾時變，青鸞安可從。何人弄長笛，忽過麻姑峰。

【箋】

順治十二年作於羅浮山。雲母峰，羅浮山志會編卷一：黎民表羅浮山圖經注引舊志：「雲母峰在西龍潭上。」大小石樓，羅浮山志會編卷首圖説：「水簾洞口右十五里，二石對峙，嶄空如樓，謂之大石樓，南五里有小石樓。俱有門，俯視滄海。」

二石樓下有懷

天邊二石樓，水簾不上鈎。玉女窗如月，白雲開向秋。悠悠紫芝唱，處處羽觴流。不見王孫返，猿聲萬壑愁。

【箋】

鄒師正羅浮山指掌圖記：「上山十里，有大小石樓。二樓相去五里，其狀如樓，有石門，俯視滄海。」

暮自瑶石臺與具公荷薪歸

盤雲一徑微，與子荷薪歸。落日摇溪閣，長風亂草衣。夷齊空抗節，園綺未忘機。明又西峰去，毋言苦行非。

【箋】

順治十二年作於羅浮。瑶石臺，羅浮山志會編卷首圖説：「鐵橋峰下，即瑶石臺也。石色白如瓊瑶，晶瑩可愛，故曰瑶石。石高五百六十丈，巋然壯觀，雲覆其上若屯絮。有瑶石山房在臺之南。」具公，其人不詳。

夜上飛雲頂

天鷄未唤滄溟日，海蜃先銜若木霞。獨上羅浮最高頂，一聲長笛月光斜。

【箋】順治十二年作於羅浮。飛雲頂，羅浮山志會編卷首圖説：「在羅山絶頂，其峰矗天。晴霽常有雲氣。朱子常登此。晨起見煙雲在山下，衆山露峰尖，如在大海中。雲氣往來，山若移動，天下奇觀也。」

羅浮對酒歌 二首

爲農只是種花田，花换春醪不用錢。更向梅花村裏住，梅花持去酒如泉。

褭褭飛猿下翠林，洞門花密晝長陰。松風吹盡人間事，不使興亡上客心。

【箋】順治十二年作於羅浮。

羅浮道中作 三首

梅花處處解相迎，洞口無人問姓名。幾道飛泉天上落，亂隨風雨作秋聲。

梅花村口水簾長，飛出春泉萬壑香。紅翠碧鷄知客至，相迎直至玉溪陽。行逐飛泉上白龍，人人分得一芙蓉。一聲玉笛天邊起，吹落梅花四百峰。

【箋】

順治十二年作於羅浮山。

梅花村作

花發當村口，牛羊踏幾層。仙人餐不盡，多半化爲冰。

【箋】

順治十二年作於羅浮。梅花村，羅浮山志會編卷首圖説：「水簾洞口即梅花村，多梅樹。」柳宗元龍城録所載隋開皇中趙師雄醉中遇美人事，即在此處。

鐵橋 五首

二山相接處，賴有一飛橋。天作羅浮帶，無令逐海潮。

浮山不復浮，與羅合爲一。若非一鐵橋，安得如膠漆。

羅浮若夫婦，一合不復離。只恐鐵橋斷，大川來問之。羅主浮爲客，相依甚有情。一橋通血脈，終古似雲横。橋下一飛泉，散爲諸瀑布。泉界羅與浮，仙人不得度。

【箋】

順治十二年作於羅浮。鐵橋，羅浮山志會編卷首圖説：「羅浮二山接連處爲泉源山，鐵橋則泉源山以西峰也。峰之石如長虹隱空，砥柱對峙，故呼爲鐵橋。是峰上薄霄漢，俯視石樓，煙雲籠之，眺望罕見。」

從軒轅宅入迷居洞

曉起蕊珠峰，行行花影重。林烏飛落月，山鬼嘯寒鐘。野飯芝泉冽，秋衣竹翠濃。昨宵逢道士，疑是七星松。洞有古松七株，號七星松。

【箋】

順治十二年作於羅浮。軒轅宅，羅浮山志會編卷首圖説：「軒轅庵在（水簾）洞南，軒轅集舊居。」卷二：「朱明洞之西近龍王坑，爲大坑洞。……其西北曰幽居洞。」幽居洞，疑即迷居洞。

宿金沙洞

谷口雨霏霏，樵蘇向晚稀。寒花秋盡發，孤鶴夜深歸。松定聞泉細，峰高見月微。幽懷如有待，竟夕倚巖扉。

【箋】順治十二年作於羅浮。金沙洞，即黄龍洞。羅浮山志會編卷二：「朱明洞之西近龍王坑，爲大坑洞。又西曰蝴蝶洞。又西南曰水簾洞。又西南曰金沙洞，後改曰黄龍。」又卷首圖説：「在延祥寺西北。舊志云：南漢主夢神指授，因建天華宫。又夢金龍起於宫所，遂改爲黄龍洞。」

題張璩子羅浮山下書舍

何來蝴蝶車輪大，知是羅浮小鳳凰。更有仙禽皆五色，仙人爲爾愛文章。

【箋】順治十二年作於羅浮。張璩子，即張家珍。家玉弟。陳伯陶勝朝粵東遺民録卷二：「張家珍，字璩子，東莞人。……年十六，從家玉起兵，常著小金冠，披紫鎧，别率所部千人爲奇兵，轉鬥數勝，號『小飛將』。」

送鐵橋道人 三首

十二慕信陵，十三師抱朴。十五精騎射，功名志沙漠。袖中發强矢，紛如飛雨雹。章句耻不爲，孫吴時間學。蹉跎遂暮年，喪亂成蕭索。洗心向林泉，所望惟鸞鶴。瀑水與蘿花，飄飄夢中落。

相逢少林僧，劍法將傳子。繞身若電光，聲如風雨至。良馬名銅龍，雄鷄悍無比。慷慨少年場，報仇兼雪耻。丈夫苟能軍，市人亦可使。何聽命予人，自損英雄志。

立功良有命，英雄思戰歿。可惜沙場中，少君一白骨。神仙學未成，見道苦超忽。努力去雲霧，天光自開發。歸去養生人，聰明毋自伐。朝氣若流泉，暮心如海月。

【箋】順治十二年作。鐵橋道人，即張穆。張穆，字穆之，號鐵橋，東莞人。工詩，善擊劍，不屑爲章句之學。又善畫馬。年二十七，逾嶺北遊，思立功邊塞。清兵入關後，曾招募義軍有所圖，因糧餉不繼而罷。遂隱居東莞茶山，不復出。著有鐵橋山人稿。事見陳伯陶勝朝粤東遺民録卷二。

四百三十二峰草堂歌有贈

君不見羅浮秀出朱明天，璇臺萬仞閶闔連。石橋如絲横絶頂，往來者誰皆飛仙。我年十五芙蓉妍，麻姑攜手相纏綿。服食青霞猶未畢，忽見海日如金盤，悟道直出軒皇先。喜君清爽有仙骨，淩峰相尋白雲間。白雲兮翩翩，蝴蝶大如車輪然。衣裳五彩眉連卷，雙棲池中千葉蓮。我嘗乘之訪稚川，大笑世人煉金丹。淮南八公來周旋，角髻青絲如童顔。教我含精御六氣，白兔長跪獻一丸。形見神藏龍蜿蜒，内聖外王體自然。仲尼不及姑射仙，騃人仁義徒多言。吾心皎皎秋月圓，一死一生如浮煙。鶉衣鷇食可忘年，何爲煩憂著太玄，聊與君遊遊不還。

【箋】

順治十二年作。四百三十二峰草堂，大均早年之室名。羅浮山有四百三十二峰，故名。

有所思

我有花宫在羅浮，水簾千尺懸滄洲。仙人教我吹玉笛，一曲未終鳳來遊。鳳兮皎若峨眉雪，口銜芙蓉向丹穴。因之萬里蓬萊飛，回首故都心斷絶。心斷絶兮不能持，故都禾黍已離離。

折盡扶桑拂日枝，重華何處就陳辭。曾將玉佩投湘浦，欲采珠塵向九疑。九疑連綿在何處，斑竹陰森山鬼語。明月中宵出洞庭，照見皇英之二女。瑶瑟聲聲怨别離，霓旌颯颯吹風雨。白龍魚服幾多時，玉殿淒涼仗數移。將相幾人留島嶼，君王何日出蠻夷。可憐五色飛龍馬，無由扈從到瑶池。落花寂寂秋獨處，浮雲渺渺長相思。

【箋】

順治十二年作於羅浮。詩中有「故都禾黍已離離」、「白龍魚服幾多時」、「君王何日出蠻夷」等句，當爲南明永曆帝入雲南之事而作。汪譜謂：「此詩爲永曆帝被害作」，并繫之於康熙元年。誤。

招梁器圃 二首

羅浮四百玉芙蓉，上有飛橋跨兩峰。君愛麻姑臺上月，歸來莫待海門鐘。

山山雪裏肉芝肥，之子春深尚不歸。長恨鐵橋峰下水，東西分作兩泉飛。

【箋】

順治十二年作於羅浮。此詩乃邀梁器圃入羅浮山者。梁槤，字器圃，號寒塘。順德人。與何衡、陶璜、陳恭尹隱居北田，世稱「北田五子」。工詩畫，畫尤有名。子弟傳其學者數人，稱「寒塘派」。見陳恭尹獨漉堂集文集之梁寒塘墓志銘。

送家舍人

白雲何蓬蓬，朝别岱山中。豈不念本根，仙人在崆峒。似君久流離，萬里思從龍。天心未厭禍，顛沛將焉窮。厲夜得寶劍，安知雌與雄。雄能割諸將，雌亦至三公。贈君及壯年，往取留侯功。

【箋】順治十二年作。家舍人，指屈士煜。見前七夕家舍人奉命歸娶賦贈箋。順治十二年，士煜聞李定國扈從入雲南，從交平特摩州入，上書陳利害。事見文外七伯兄白園先生墓表。此詩當爲送别士煜投奔永曆帝之作，故詩中有「萬里思從龍」之句。

送鐵井子

葵生知向陽，梅吐必南枝。嗟爾遠遊子，擇主將安之。玄冰結大漠，白日傾崦嵫。懷寶不自衒，所恃璠璵姿。維昔越溪女，紅顔揚光輝。采采五色絲，織成歌舞衣。朝詠梧宫秋，暮爲香涇嬉。佳人重意氣，一舉沼吴歸。

【箋】順治十二年作。鐵井子，即大均從兄士煌。士煌字泰士，一字鐵井，番禺人。與其兄士熺曾率義師拱衛廣州。是年南明永曆帝入雲南，士煌追隨至滇，授兵部司務，試職方司主事。見文外七仲兄鐵井先生墓表。

趙尉臺下作

趙尉臺前草，空餘狐兔驕。三年屯朔騎，一月作南朝。牛黍秋初熟，蟬枝晚未雕。自憐英霸器，寂寞在東樵。

【箋】順治十二年作。是年大均曾入羅浮。從此詩末句「寂寞在東樵」看，當爲羅浮歸後作。汪譜繫於順治三年。誤。趙尉臺，即越王臺，舊在越秀山上，今已不存。趙尉，指西漢時南越王趙佗。趙佗在秦二世時爲南海龍川令。南海尉任囂死，趙佗行南海尉事。秦亡，自立爲南越武王。事見史記一一三南越傳。

波羅曉望

牂牁春水蜀中來，東注扶胥浴日臺。江口月明龍户合，海天雲散虎門開。金銀宮闕隨潮汐，錦繡山河寄草萊。氛祲冥冥殊未息，南征深仗伏波才。

【箋】疑作於順治十二至十五年間。時南明永曆帝由李定國扈從入雲南，故詩中有「南征深仗伏波才」之句。波羅，仇巨川羊城古鈔卷三「南海神廟」：「在城東南扶胥之口，黄木之灣。廟中有波羅樹，又臨波羅江，故世稱波羅廟，祀南海神。」南海神廟右小山屹立，上有浴日亭，爲古來觀日出之最勝處。宋、元二代之羊城八景，均有「扶胥浴日」一景。此詩當爲大均居番禺時來此觀日之作。

讀史

蚩尤祭後霸圖雄，一劍能成赤帝功。龍起不曾階尺土，人歸何必在重瞳。天邊星宿朝東井，沛上旌旗卷大風。此日留侯方寂寞，咸陽王氣望無窮。

【箋】詩借讀史以寫懷。詩中有「龍起」、「咸陽王氣」等語，疑作於永曆帝在雲南時，約爲順治十二至十五年間。

海幢病中

未答蘇門嘯，空懸漁父期。秋風不可觸，一夕鬢成絲。海暗鴻聲疾，山寒日影遲。只應與黄菊，榮落在東籬。

【箋】順治十三年作於廣州。時道獨禪師駐錫海幢寺，選大均爲侍者。海幢，寺名，在珠江南岸。事見屈大均華嚴寶鏡跋。仇巨川羊城古鈔卷十三：「海幢寺，在河南。始爲郭家園，僧池月建佛殿，僧今無改創大殿、經閣、方丈僧寮。」此詩詩外失收，録自明遺民詩卷七。

過朱十夜話

黄木灣頭月，扶胥渡口舟。日方逾北至，火已漸西流。過雨收紅豆，連波狎白鷗。夫君若萱草，一見即忘憂。

【箋】朱十，即朱彝尊，字錫鬯，號竹垞。浙江秀水人。明大學士國祚曾孫。生有異秉，讀書過目不忘。家貧客遊南北，所至必廣求叢祠荒冢、金石殘缺之文，與史傳參校異同。康熙十八年以布衣試鴻博，除翰林院檢討，同修明史。值南書房，以私抄皇家圖書，降官一級，後復原官。假歸，殫心著述以終老。彝尊博通經史，善詩詞古文。詩與王士禛有「南朱北王」之目。著有曝書亭集等，又選輯明詩綜等。此詩詩外失收，見曝書亭集卷三。彝尊丁酉詩有東官客舍屈五過譚羅浮之勝時因道阻不得遊悵然有懷作詩三首，後附翁山此詩。據詩中「火已漸西流」句，當作於順治十四年七月，時翁山在東莞篁村。又，明詩綜八二此詩題作篁村逢朱十，第四句中「漸」作「見」。

張二丈畫馬送予出塞詩以酬之

我棲羅浮四百峰，十年學道師老龍。忽睹扶桑上紅日，真人飛出蕊珠宫。邇來劍得白猿術，登臺嘗舞雙芙蓉。清泉白石心已厭，慷慨欲遊關塞中。憐君少小事遊俠，智勇深沈慕荆聶。悲來每叩玉壺歌，酒酣頻向南山獵。平生畫出真驊騮，將尋天子昆侖丘。萬里風沙開縞素，千群汗血騁王侯。今朝聞我天山去，停杯不覺淚如雨。可憐陌上握别時，桃花亂落黄鸝語。黄鸝睍睆不堪聽，離家去國怨孤征。白草連天過鹿磧，黄雲蔽日向龍庭。不是摩騰取貝葉，將同介子持長纓。嘆君五十無知己，黄金散盡慚妻子。不能杖劍遠相從，猿肱燕頷徒爲爾。空將秃筆掃龍媒，送我直上單于臺。神駿已居曹霸上，鷹騰肯讓衛青才。紛紛世上皆凡馬，如此騏驎空冀野。爲君攜出玉門關，戎王應奉千金價。秋夜懸軍瀚海西，哀笳吹月馬頻嘶。此時思爾茅堂裏，賦就鐃歌待客歸。

【箋】大均於順治十四年秋北上，張穆畫馬贈别，并有詩送之。大均乃作此詩酬答。張二丈，即張穆。

贈張穆之畫馬

今代推曹霸，紛紛絹素來。真龍誰解好，天馬自無媒。萬里從軍夢，三秋伏櫪哀。何當將汗血，沾灑拂雲堆。

【箋】順治十四年秋，大均北行，張穆畫馬贈别。此詩當亦作於此時。此詩詩外失收，自道援堂集卷六録出。

寄剩禪師　二首　時謫戍瀋陽，開法於首山寺。

黑水黄沙滿塞天，穹廬深處一燈然。三更望斷羅浮月，師博羅人。十載吞殘北海氈。水月道場宜宴坐，山林心史好重編。蘇卿有節終歸漢，只是鬚眉白可憐。

江山戰後不堪哀，甘露門當朔漠開。鐵騎千群迎錫坐，貂裘百匝獻酥來。玉關此日春風滿，華表何年白鶴回。西向燕山休悵望，夕陽方下赫連臺。

【箋】順治十四年作。剩禪師，即函可，字祖心，號剩人。廣東博羅人。本姓韓，名宗騋。明亡前入匡山爲僧。入清，親見諸士大夫死事狀，記爲私史。被發現，充戍瀋陽，歷主該處諸大僧寺。事見粤詩人彙傳卷十一。剩人於順治五年被戍，詩有「十載吞殘北海氈」句，則爲順治十四年也。詩外失收，録自道援堂詩集七。

爲夏子題奉母圖

麞鹿得甘草，呦呦鳴其麑。兒生失慈母，匍匐將安歸。不如彼燕雛，有母教之飛。羊羔亦有乳，烏子亦有枝。嗟君始六歲，已抱杯圈悲。煢煢在襁褓，黄口長含飢。辛苦得成立，堂前懷斷機。丹青作圖畫，夢想存容姿。瞻依向紈素，出入將庭幃。如聞嘆息聲，僾見劬勞時。丁蘭刻芳木，日磾泣閼氏。同懷終天恨，孝思無窮期。庶幾揚令名，以慰聖善貽。

【箋】

作於順治十三、十四年間。夏子，其人未詳。

東皋

此地是東皋，人煙餘廢井。可憐蔬葉湖名。湖，尚有樓臺影。

【箋】

作於順治十四年秋以前居粤初期。東皋，仇巨川羊城古鈔卷七：「東皋，在東門外，御史陳子履建。池亭、樓閣、山林、隴畝悉具，爲一時名園。今廢。」

尋東皋舊址 二首

玉帶橋東畔，蘼蕪戰血斑。淒涼一曲水，知是錦袍灣。

江皋春不至，一片戰場紅。血作潺湲水，魂爲颯沓風。

【箋】

作於順治十四年秋以前居粤初期。詩中尚見廣州兩次城破的血戰痕跡。東皋，見前東皋箋。

訶林 二首

一片虞翻苑，泠泠鐘磬音。蒲葵猶有樹，訶子接成林。暮影催歸鳥，秋聲在擣砧。蒼蒼珠海月，誰識是禪心。

佗城兵火後，古寺隱蒿萊。馬繫菩提樹，笳吹般若臺。東西增雁翅，城牆名。咫尺亦龍堆。

炊骨當年恨，黄昏鬼哭哀。

【箋】作於居粤初期。訶林即光孝寺。仇巨川羊城古鈔卷三：「光孝寺，在城西北一里，本尉佗玄孫建德故宅。三國吴虞翻謫南海居此，廢其宅爲苑囿，多植蘋婆、訶子，時人稱爲『虞苑』，又曰『訶林』。翻卒，妻、子還吴，施其宅爲寺，匾曰『制止』。……（明）成化十八年，敕賜『光孝禪寺』扁額。」

花田

日落江城鼓角悲，花田牧馬暮歸遲。蘼蕪尚帶羅裙色，滿地秋霜知不知。

【箋】作於居粤初期。廣東新語卷十九：「素馨斜，在廣州城西十里三角市。南漢葬美人之所也。有美人喜簪素馨，死後遂多種素馨花於冢上，故曰素馨斜。……又名曰花田。」時城西淪爲清兵牧馬之地，有感作此。

夜宿廣州北郊作

松風一接夢魂清，夜入流泉漸有聲。落葉飄蕭如逐客，疏鐘咫尺是寒城。身依豺虎因多難，地入魚羊爲少兵。古道呼鑾人不到，青磷相照到天明。

【箋】作於居粵初期。詩中「豺虎」、「青磷」等語，似爲廣州城破後作。

廣州北郊作 八首

朝臺秋草白茫茫，化作龍堆四十霜。鬼火不隨風雨滅，光芒知是谷蠡王。

髑髏臺畔幾英雄，血作青磷四野中。鬼伯不驚魂魄毅，沙場往日共秦弓。

新開蒿里戰場邊，白草萋萋恨骨纏。烈士要離那有冢，伯鸞思葬素馨田。

五嶺人頭嶺并高，名王獵火盡山毛。清明上巳爭抛盞，十萬蕃魂在白蒿。

紛紛羌婦上墳來，人哭聲連鬼哭哀。木葉山中魂望久，青磷肯向四樓回。

截將山勢白雲回，雙作丁靈得勝臺。南塞可憐成北塞，牧羝誰在黑龍堆。

咫尺陰山接越臺，夕陽吹角打圍來。揮鞭亂渡韸韸水，駝背佳人滿紫埃。

古道呼鑾粵秀旁，牛羊氣作野雲黃。酪漿肉飲南邊有，不記龍沙是故鄉。

【箋】作於居粵初期。詩中「鬼火」、「鬼伯」、「鬼哭」、「沙場」、「戰場」、「青磷」、「髑髏」滿紙，當是廣州兩次血戰失陷後作。

鶴舒臺

英雄多羽化，高尚更安期。豈乏留侯舌，差爲霸者師。登臺駕玄鶴，涉海握神珠。父老菖蒲會，千秋空爾思。

【箋】

作於居粵初期。徐榮鶴舒臺詩注：「（鶴舒臺）在廣州府城東北蒲澗側，相傳安期生跨鶴飛升處。」

登浴日亭　亭在南海神祠之右

月明南海闊，中夜氣鴻濛。萬馬奔暘谷，雙螭御祝融。日輪飛上下，海市動虛空。誰與同晞髮，蒼涼若木東。

【箋】

作於居粵初期。廣東新語卷一載，南海神廟西南百步之章丘，「一亭在其上，以浴日名。吾嘗中夜而起，四顧寥寂，潮鷄始聲，月影未息。俄而獅子海東，光如電激，由紅而黄，波濤蕩滌。半暈始飛，鴻濛已闢，火雲一燒，天海皆赤。……亭曰浴日者，淮南子云：『日浴於咸池。』咸池者，暘谷也。凡日出之處，皆曰暘谷」。

春望

煙雨催春春欲歸，荒城最少是芳菲。生憎浦口多鴻雁，食盡蘆花未北飛。

【箋】作於居粵初期。

海上

海上青山好，東西聳二樵。三秋觀海日，半夜逐江潮。宮闕金銀在，仙人素手招。何當共徐市，一去十洲遥。

【箋】作於居粵初期。

西樵

幾處飛崖斷，因松作一橋。風多長化水，雨小亦生潮。垂釣來紅女，牽舟上紫霄。年年茶筍候，人競入西樵。

【箋】

順治十二、十三年間，大均常來往於東、西二樵，窮探巖穴。此詩亦當作於是時。屈大均廣東新語卷三：「西樵者，南海之望：去廣州治西百餘里，奇秀峭拔，挹雲霄而上之……合爲七十二峰。」

西樵山中作　二首

古木飛泉萬井中，茶人多戴杜鵑紅。歌聲真似鶯聲好，一路風吹聽不窮。

家家洗藥有流泉，山上人耕盡茗田。婦女不知春色好，桃花一任落溪邊。

【箋】

大均早年曾往來東、西二樵間，此詩當作於其時。

西樵大雨同雪公往碧玉洞觀瀑布

驟雨驚林壑，開門落葉紛。遥知東瀑布，澎湃下重雲。破壁虹霓出，隨風珠玉分。蘿衣沾濕盡，援引賴夫君。

【箋】

大均於順治十二年同雪公入金陵。此詩當作於北上之前。雪公，未詳。碧玉洞，在西樵山東北。中有玉巖珠瀑之勝。見鐵虎道人西樵碧玉洞小志。

讀陳巖野先生政要

往日陳都諫，謀猷信有餘。初聞哀痛詔，即上治安書。丞相勞相疾，君王嘆不如。可憐捐七尺，地下奉鑾輿。

【箋】

作於順治十四年秋以前居粵初期。陳巖野，即陳邦彦。政要，指中興政要，載於陳巖野先生集中。内有端本、肅吏、保民、勵俗、制用、馭戎、固圉、討逆八篇三十二策，一萬七千餘言，皆指陳得失，以圖恢復者。

夢馬歌

予友張金吾家珍，少從其兄文烈公起義軍中，得良馬，絶愛之。騎之出戰，摧鋒陷陣，輒有奇功。馬死，金吾哭之慟，葬之於龍門山中。庚寅，廣州失守。金吾怏怏歸耕。風雨之夕，忽夢騎此馬酣戰如曩時，覺而爲詩弔焉。屬予和之。

張侯十六勇無敵，錦衣玉貌烏孫識。千金買得大宛騮，騎出沙場人辟易。揮鞭曾躍三重河，勢如天邊紫電過。羌兒萬箭射不得，死生可託征蓬婆。一朝汗血用忽竭，君恩難報徒嗚咽。玉勒金羈委草萊，龍鬐鳳臆埋冰雪。英雄無命自古傷，駑駘壽比騏驎長。嗟子功名終不偶，歸耕海上淚浪浪。髀裏肉生悲老大，虛擬封侯如拾芥。霸陵醉尉時相侵，榆次博徒嘗見賣。秋宵木葉飄寒庭，氈衣肉酪心不平。彎弓欲射天山月，拔劍難斬被頭星。長夜悠悠何時旦，君父仇讎不可緩。夢中忽在白龍堆，追風千里飛龍媒。細看乃是舊乘駿，玉花朱鬣氣雄哉。初交衝破沮渠陣，横行踏倒赫連臺。雙瞳黄金蹄碧玉，閒向長城窟中浴。圉人乃是諸降王，日喂焉支花百束。陰風吹帳雪紛紛，魂去魄來瀚海濆。死葬黄沙猶戀主，生爲紅粉更依君。

由來良驥感一顧，赤兔當年殉呂布。願君努力更臨戎，厲鬼還能相夾輔。

【箋】作於順治十四年秋以前居粵初期。張家珍，張家玉之弟。曾從其兄轉戰於抗清義軍中。此詩詠張家珍夢騎昔日戰馬馳騁沙場事，字裏行間猶見勃勃英氣。

從軍曲

三軍矢刃盡，北首争死敵。腐肉委沙場，烏鳶不敢食。

【箋】作於順治十四年秋以前居粵初期。此詩似寫大均隨陳邦彦軍時事。

戰酣歌 二首

戰酣易生馬，上下猶如飛。銅戈舞不止，深入百重圍。

戰酣箭已盡，自拔腦中矢。射殺一賊渠，馳歸氣未靡。

【箋】作於順治十四年秋以前居粵初期。此詩似寫大均從陳邦彦軍時事。

賊馬 二首

賊馬千萬群，就頸吸人血。一馬吸一人，血多流不絶。
馬飲人血肥，生膘毛潤澤。殺人但取血，肌肉成糟粕。

【箋】作於順治十四年秋以前居粤初期。此詩似寫大均隨陳邦彦軍時事。

民謡 十首

白金乃人肉，黄金乃人膏。使君非豺虎，爲政何腥臊。
珠皆淚所成，不必鮫人泣。三斛買蠻娥，餘以求大邑。
初捕金五千，再捕金二萬。金盡鬻妻孥，以爲府君飯。
東莞有廉泉，長官何不酌。府中諸吏胥，豈可爲囊橐。
動則勒長夫，一夫金十二。長吏亦受欺，金來僅得四。
小府爲魚肉，大府爲庖廚。金多免刀俎，且復得安居。

金爲蓮葉珠，珠多葉傾覆。使君勿愛金，蓮莖自矗矗。黄金自吴來，精者十三倒。上官争買時，白銀不言好。俯有十千拾，仰有五萬取。作使諸豪奴，官大好行賈。長官盡奸富，爲惡未渠央。各使金如粟，各使馬如羊。

【箋】

作於順治十四年秋以前居粤初期。諸詩所刺官府貪虐，可徵史事。

追答王學士廬山篇見贈之作

我昔廬山尋瀑布，香爐峰上披煙霧。白雲無事早知還，欲共淵明奮高步。淵明醉石横溪邊，九疊屏風三疊泉。飲酒正憐重九日，聞鐘忽悟遠公禪。吾心皎皎如秋月，照映寒潭無可説。何妨變化若浮雲，自有光輝含積雪。沙門束教非高士，吾今況尚爲人子。養母宜耕十畝田，求人欲著三朝史。簡君舊贈廬山篇，廬山回首淚潺湲。遺民此日成通隱，嘯傲王侯亦偶然。

【箋】

大均於順治十年入廬山，此爲歸後之作。王學士，其人未詳。

寂寞

寂寞過青歲，悲涼爲暴秦。筑中新有物，鏡裏久無人。日出猶長夜，花開已暮春。皇天方降亂，一劍且逡巡。

【箋】作於順治十四年秋之前居粤初期。詩中「暴秦」，當指清朝。「筑中」一語，疑欲作博浪之舉。

讀陳勝傳

閭左稱雄日，漁陽適戍人。王侯寧有種，竿木足亡秦。大義呼豪傑，先聲仗鬼神。驅除功第一，漢將可誰倫。

【箋】作於順治十四年秋以前居粤初期。此詩借陳勝揭竿起義以喻反清力量。

詠古　二首

漢皇有神器，光明長盛實。白氣鬱成雲，狀若龍蛇出。太白精所凝，一揮天下一。自斬白帝子，血光常如漆。本以詐力雄，湯武非其匹。猛士無韓彭，四方豈寧謐。威加海内歸，霸圖有得失。慷慨泣數行，悲歌風瑟瑟。時無周旦才，誰與陳無逸。

諸葛王佐才，乃慕樂將軍。燕昭本姬姓，豫州亦懿親。齊破將尊周，霸業爲桓文。爲燕振積弱，周命亦維新。天王威一奮，六國仍爲臣。燕號爲宗國，西向制强秦。孔明爲劉氏，與樂同一身。帝蜀豈本懷，漢業徒三分。悲哉孝獻没，一日能無君。元年紀章武，掩淚當秋旻。

【箋】

當作於順治十四年秋以前居粵初期。

以鶴頂杯贈潘岣嶁翁時翁年八十矣

金應收駿骨，珠莫買蛾眉。況此飛仙物，堪娱綺皓姿。聞翁春酒熟，正值杏花時。將我鶴杯飲，千齡定可期。

【箋】

文外二贈潘四翁序：「番禺陂頭之鄉，去予沙亭二里許，有四潘翁者，同母之兄弟也，一曰秉彝，年九十二，一曰岣嶁，年八十九……予嘗與岣嶁翁遊，詩卷中所稱潘七丈是也，春晴秋爽，觴詠爲歡。數聽翁談隆慶、萬曆年間事，神往久之。」翁生於明穆宗隆慶間，卒年九十六，詩題云「時翁年八十」，當作於順治八、九年間。

贈張子新婚 增城侯張公家玉之弟也，公無子，須弟之子爲嗣，故末句及之。

增城往日建功勳，一片丹心照塞雲。有弟共麾銅馬戰，生兒同隸羽林軍。鶺鴒原上今憑子，翡翠樓中正遇君。珍重將雛歌一曲，異時茅土待重分。

【箋】大均張公行狀載，張家玉弟家珍，「年十六，勇決無前，號小飛將」。家玉殉難後，「以弟家珍承蔭錦衣衛指揮使，仍加後軍都督同知，俟家珍生子以嗣公」。時爲順治五年。家珍新婚當在其後數年間。

北狩辭 二首

虎門龍爭寂不聞，鑾輿頻別靖南軍。長安舊地無人識，空有閼氏拜彩雲。

沙塞秋高戰馬閒，蕃兒千隊錦衣還。江南天子單于客，競獻酡酥毳帳間。

【箋】此詩當寫南明弘光帝被清兵俘獲北上事。順治二年五月，弘光帝至蕪湖投靠靖國公（原靖南侯）黄得功。二十八日，黄軍兵變，田雄、馬得功擒弘光帝降清。七月，多爾衮令多鐸押送弘光至北京，次年四月戮於市。事見明季南略卷四、清聖祖實録卷二六。此詩當作於順治年間。

贈從兄賁士泰士

明月長懸君子光，風流文采自沅湘。與君共是三閭裔，騷賦相將作楚狂。

【箋】作於大均居粤初期。賁士、泰士，即從兄士熺、士煌。

遣懷

痛飲狂歌度此生，從他豎子日成名。英雄只有安期子，玉舄翩翩東海行。

【箋】作於大均居粤初期。

游絲曲

百尺晴絲拂檻低，縈煙惹日柳條西。飛花片片勞相繫，不使風吹作錦泥。

【箋】作於大均居粵初期。

古意　四首

妾有大秦珠，常含明月姿。明月虧有時，妾珠光不移。朝懸妝鏡臺，暮繫紅羅衣。君心不可照，持此委沙泥。願得青鸞鳥，銜將贈宓妃。

夷光有寶鏡，沈在若邪溪。朝霞沐其彩，明月揚其輝。春秋迭代謝，菱花終不萎。安得佳麗人，持將照蛾眉。

落花辭故枝，飄零逐溪水。道逢浣紗人，拾花置懷裏。與君同春榮，相憐貴終始。但願東風吹，長墮機中綺。

淒淒歲云暮，蟋蟀鳴堂隅。場苗不可食，誰當維白駒。伊昔采桑女，窈窕秦羅敷。銀鉤掛柔條，緑蕤映羅襦。託心自有所，但笑使君愚。

【箋】組詩當爲大均早年之作。

戴家二姬

二姬者，廣州諸生戴王言之妾也。丙戌冬城陷，俱入井死。

可憐雙美人，慷慨辭君掌。沈珠在井中，化爲明月上。

【箋】作於順治十四年前居粤初期。本詩所寫乃順治三年廣州第一次城破時事。戴王言，字公綸，番禺人。著有石磐山房稿已佚。

湛烈女哀詞 四首

烈女，增城人。父翼卿，爲湛文簡公裔孫。女年及笄，受聘吴氏子。丙戌，廣州失守，女懼辱，投井中死。吴氏子欲迎喪以歸，族人不可。有李儒生者持議，乃得迎喪。一夕月明，李見一好女子身披濕衣，前拜曰：「妾湛氏女也，非君執正，遊魂無依矣。請君賦詩志妾之死，以眉字爲韻。」言畢而滅。李素不能詩，是夕才思飆發，成七言律二十章弔之。余聞而和焉。

霧隱芙蓉未見蓮，爲歡貞介結縭前。頻同雒女沈羅襪，不使蕃兵拾翠鈿。

妾被驚風斷兔絲，君看明月憶蛾眉。泰山不棄孤生竹，猶把枯根種玉墀。

春魂化蝶恨難消，誰使韓憑放大招。賴得蹇修明禮義，女蘿雖死附松條。

不藉少翁歸夜月，不隨神女出朝雲。明詩習禮陰陽隔，欲報瓊瑶故見君。

【箋】

作於順治十四年前居粵初期。本詩所寫乃順治三年廣州第一次城破時事。

四關烈婦詩 六首

關氏，南海九江堡人，適梁飛慶。飛慶死，或勸之改嫁，答以有姑。未幾，姑死，關氏出火夫棺，投烈焰中死。

儂有青蓮不獨枝，太阿難斷藕中絲。纏綿竟入洪爐裏，一氣淩霞無盡時。

丹心一點在蘭膏，生得芙蕖并蒂牢。光采流邊欺皎月，夜臺相與樂衾幬。

關氏，南海九江堡人。夫朱沖一死，無子，關將事舅姑惟謹。比立嗣子訖，慟哭以死。

浮萍無水復何依，絶代芙蓉露易晞。哭向黄泉同穴去，恩情不減華山畿。

采得明珠可報君，便歸泉下逐鴦群。長歌直入桐棺裏，一片哀心徹白雲。

關氏，南海九江堡人，夫曾某。丁亥，敵攻九江，執之。關氏義不辱，被害。

天生意氣在鴛鴦，錦翼那憂朔騎傷。一笑春風過白刃，不將顔色媚名王。

關氏，南海九江堡人，適曾錫禧。其母爲賊所害，關氏奔赴賊營慟哭，賊欲留之，駡以死。

白楊利刃挾娥親，奮欲誅仇不顧身。生母不能空死母，哭聲應解動黄巾。

【箋】

作於順治十四年秋以前居粵初期。此詩末二首乃寫順治四年南海九江堡失陷時事。

梁烈婦 二首

梁，南海人，同邑賴萬生之妻。丙戌，廣州破，萬生被害，兵欲犯梁，梁墮樓而死。

流黄織罷淚雙流，笳鼓南來咽暮秋。梁氏自來多意氣，爲君還墮緑珠樓。緑珠姓梁。

烏鵲分飛一曲終，青陵臺上信陵通。妾心自有扶桑日，杲杲光生大雨中。

【箋】作於順治十四年秋以前居粵初期。本詩所寫乃順治三年廣州第一次城破時事。

黄烈女 二首

黄烈女，南海九江堡人，父名錫球。丙戌，女年及笄，值賊至，將掠以行，女曰：「吾頭可斷！」持梃大呼，與賊力鬥而死。

芙蓉本是拒霜花，燁燁紅妝帶日華。强暴一朝來感帨，遂令貞玉委塵沙。

曾從越女學干將，電擊星馳巧異常。力盡佳人惟一死，血花開作杜鵑香。

【箋】作於順治十四年秋以前居粵初期。本詩所寫乃順治三年廣州第一次城破時事。

哀麥氏諸烈 二首

麥大娘者，番禺麥名世女。丙戌，廣州不守，兵抽刃脅之，大娘奮駡，延頸就刃。兵義而釋之。乃辭其母曰：「朔騎遍城，兒懼終不能免。死於兵，毋寧死於母。」母止之不得，遂偕其妹同投井。名世妾楊清以衣繫幼女，繼入井。同里麥受年妻周氏與婢清吟聞之，亦投井死。

葡萄惟漢地，孔雀不胡天。豈有羅敷潔，而求老上憐。明珠沈香浦，美玉葬雄田。不使金笳引，飛來角枕邊。

丹井水泱泱，含君明月光。落花封玉屧，飛葉滿銀牀。白璧還慈母，黄沙謝峭王。從來貞烈性，盡在紫鴛鴦。

【箋】作於順治十四年前居粵初期。本詩所寫乃順治三年廣州第一次城破時事。

張節婦 二首

張氏者，番禺諸生王家泰妻。丙戌，廣州不守，兵執張氏，張氏方負幼女，紿以徐之。兵喜釋手，張氏疾走後園，赴池而死。其姒某氏亦被執，夫欲奪之以歸。兵斫其夫，某氏罵曰：「兇賊！何不并斫我？我死不辱！」兵亦殺之。

金爐燕沈水，一氣結雙霞。死作經天月，生爲向日花。兔絲雖已斷，鸞鏡庶無瑕。持此酬君子，牀空莫怨嗟。

風驚邊地草，白兔失其雄。血染呼韓箭，魂飛漢帝宮。不隨青冢月，去照黑山戎。妾自懷貞潔，長將蘭桂同。

【箋】

作於順治十四年秋以前居粵初期。本詩所寫乃順治三年廣州第一次城破時事。

天濠街婦

庚寅冬，廣州城破，天濠街有婦襁負幼子，以長繩繫腰接於樹，赴池而死。事定，人引繩出之，顔色如生。

妾身不隨波，豈必長繩繫。所慮黄口兒，一去無根蒂。

【箋】

作於順治十四年前居粵初期。本詩所寫乃順治七年廣州第二次城破時事。

趙門二節婦 五首

朱氏者，石城王之孫，西守知縣謀堡之女，輯寧侯趙千駟長子生員大奇之妻也。大奇死，朱氏寡居。庚寅，清兵再至，千駟仲子、錦衣千户大某以朱氏有殊色，獻以媚敵。敵將犯之，朱氏奮駡，奪刀割髮，復割其鼻，敵遂殺之。其姒楊氏者，夫趙大勳由武進士爲連州參將，城陷戰死。楊白舅姑，至水口哭祭，既殯，服命服，佩誥敕，自沈。

漢女元龍種，蕭郎是鳳儔。身隨天柱折，淚逐帝星流。皦日從來誓，高霞不可求。應同青鳥去，梧野作珠丘。

自有閨中月，清光照越州。天狼難至曙，塞馬不長秋。翁主徒污國，娥親定報仇。容華雖已毁，英爽卒無休。

慷慨穹廬下，抽刀割玉顔。血含天上日，魂繞漢時關。鳳翼無人託，龍髯有女攀。月明彈錦瑟，縹緲洞庭還。

激烈箜篌引，千秋怨渡河。秦城崩欲盡，齊國旱應多。比翼沈青鳥，同心折玉荷。馮夷如見念，當爲斬黿鼉。

無端河伯怒，秋水決丘岑。不見黄龍負，徒勞白馬沈。提壺公竟渡，銜石妾何任。終古煙波上，彭咸知此心。

【箋】

作於順治十四年秋以前居粤初期。本詩所寫乃順治七年廣州第二次城破時事。

周烈婦

周，廣州人。庚寅，城破，兵執其夫黄玉書殺之。將犯周，周拒户慟哭，以刀割髮，三日不食，縊以死。兵怒，棄其尸於野。

鬒髮斬如雲，黄泉下殉君。尚餘鸞鳳嘯，堪掃虎狼群。肉酪誰能飲，蘆笳不可聞。何當種連理，爲爾作高墳。

【箋】作於順治十四年秋以前居粤初期。本詩所寫乃順治七年廣州第二次城破時事。

李烈婦

李，南海人，諸生黎駃之妻。庚寅，廣州破。李謂駃曰：「君善事吾姑，吾懼賊污，死矣。」遂投井。一婢年十五，從之。

皎皎良家子，烏桓不可求。月沈精衛海，花墮懊儂樓。阿母嗟無養，良人懼不仇。肯辭麻枲賤，去帶綺羅羞。

【箋】作於順治十四年秋以前居粵初期。本詩所寫乃順治七年廣州第二次城破時事。

雙刃操

有謝氏婦者，番禺市橋人，小名玉華，同邑曹世興之妻也。世興卒，謝氏誓不再嫁，爲其父所逼，以刀自刎。家人亟救之。謝氏左手探喉，右手引刀再割而瞑。凡二日不仆，色如玉。理其裝篋，則殯殮之衣皆具，乃與世興合葬焉。有某氏者，南海蘭石人，夫粱。庚寅冬，聞城將陷，某氏誓決一死。其夫曰：「卿死，吾亦不忍獨生。」某氏因取二小刀，一與夫，一自佩。久之，兵至蘭石，其夫被殺，某氏殮夫既畢，即取所佩刀自割。姑驚哭，視其喉未斷，欲取奇藥敷之。某氏亟再割以死。二事相類，予合而以琴寫之。

吁嗟烈兮佳人，知義兮不知有身。手持喉兮再割，血灑地兮紛紛。血灑地兮紛紛，夜有光兮非青磷，鬼伯抱持兮叩天閽。

【箋】作於順治十四年秋以前居粵初期。本詩題目所謂「雙刃」乃指兩次引刀自刎之意。序中所言二事，前者乃一般殉夫之事，後者則爲順治七年廣州城破時事。

二妃操 二首

二妃者，一曰益陽王妃。丁亥春，王被害廣州。妃有殊色，蕃兵欲逼妻之，妃曰：「王，故夫也。亟具棺衾殮王，予將盡一哀以事汝。」兵從之。妃多縛小刀衣中，整刃外向，喪服哭泣，視殮含。既葬，兵欲犯妃，妃大罵。兵抱持益急，身數十處被創，血涔涔倒地，妃乃反刃自殺。

爲我殮王，送之北邙。誓將從汝，不惜新喪。王魄已歸土，同穴終何補。利刀懷滿身，欲切奴爲脯。奴血何淋漓，痛楚莫予侮。自刭以報王，黄泉相鼓舞。

一曰滋陽王妃。王嘗與銅陵、興化、永豐、信陽、永寧五王客寓惠州。庚寅夏六月，廣州圍急，有奉化伯黄應傑者，與副使李士璉誘執王及五王，以惠州先降，既而悉殺之以媚敵。諸王子在襁褓及宗室女已嫁者，皆死。滋陽王既薨，妃某氏色美，應傑將欲犯之。不從。裸其上衣，閉室中。妃乘間拆下衣爲縷經死。

夫爲王，妃是我。皎如霜，身可裸。何必衣與裳，禮義爲包裹。天留一縷絲，以爲絶命資。徒勞强暴守，蟬蜕不曾知。

【箋】作於順治十四年秋以前居粵初期。本詩所寫乃順治四年廣州城破後及順治七年惠州降後所發生之事。

三烈魂操　三首

三烈魂者，一曰韓氏女。初，廣州有周生者，市得一丹縠衣，置于牀側。夜將寢，褰帷忽見少女，驚問之。女曰：「毋近我，非人也。」生懼，趨出。比曉，率閭里來觀。初聞其聲嬌啼幽怨，若近若遠。久之，形漸見，姿首綽約，陰氣籠之，若在輕塵，謂觀者曰：「妾乃博羅韓氏處女也。城陷被執，賊見犯，不從，觸刃而死。衣平生所著，故魂附而來耳。」衆乃火其衣而祭之。予聞，哀之以辭曰：

彼綃者衣兮，水之不能濡，美人之血紅如荼兮。彼衣者綃兮，火之不能爇，美人之心皎如雪兮。毋留我綃兮，吾魂與之而東飄兮。毋留我衣兮，吾魂與之而西飛兮。噫嘻烈兮，不自言之，而誰之知兮。

一曰湛氏女，年及笄，許字吴生。丙戌，廣州不守，女投井死。生欲迎其喪歸，族人不許。有李氏子者，持正論告生，生乃得迎其喪。一夕，月明，李氏子見一好女身被濕衣，前拜曰：「妾增城湛氏女，父字翼卿。非君執議，遊魂將無所依，請賦詩以志妾之死。」言畢而滅。予聞，撫琴爲之操曰：

嗚呼噫嘻，井之陰陰兮，美人以其魂嫁猶不沈兮。匪一日之沈兮，何以得君子百年之心兮。謝君之友兮，以禮而合幽明之瑟琴兮。

一曰蘇氏婦。歲甲寅，廣州有請覘仙者，有自署蘇氏者來。問其誰，書曰：「妾，廣州繡花街人，父字明宇。妾年十七，爲汪季子妻。庚寅城破，奴殺吾夫。吾以几擊奴，奴破額，因磔我死。」歌曰：

擊奴擊奴，奴雖不死已碎顱，腦血可以濺吾夫。纖纖女手有霹靂，泰山難與秋豪敵。丈夫何必是荆軻，死爲鬼雄隨所擊。

【箋】

作於順治十四年秋以前居粤初期。本詩所寫均爲順治三年及七年廣州兩次城破時事。

韓烈女哀詞 三首

廣州有周生者，于市買得一袴，丹穀鮮好，置于牀側。夜將寢，褰帷，忽見少女，驚而問之。女曰：「毋近我，非人也。」生懼，趨出。比曉，率閭里來觀。初聞其聲嬌啼幽怨，若近若遠。久之，形漸見，姿首綽約，陰氣籠之，若在輕塵，謂觀者曰：「妾乃博羅韓氏處女也。城陷被執，賊見犯，不從，觸刃而死。袴平生所著，故附而來。西方净土，諸君見憐爲佛事，則遊魂有歸矣。」觀者泣下，懺禮。袴焚，自是遂絶。

佳人何俠烈，玉碎向重圍。血濺花門騎，魂隨霧縠衣。神光離復合，仙貌是耶非。蘭桂千秋操，芬芳知者稀。

白刃血紛紛，佳人化彩雲。可憐明月魄，猶戀石榴裙。鶉首天方醉，蛾眉世不聞。哀笳三百弄，總是慰昭君。

輕雲含片月，光彩乍陰陽。詩禮爲良會，人神有大綱。胭脂羞北地，菡萏喜西方。金母知相待，瑶池路不長。

【箋】

作於順治十四年秋以前居粤初期。本詩所寫爲廣州城破時事，未詳是順治三年抑是順治七年。

李六烈女 二首

六處女者，皆李氏，番禺茭塘都弘福鄉人。癸巳，晋王帥師至新會，茭塘諸鄉治戰船應之。晋王敗績，敵攻弘福，六女登樓皆縊。

小姑彈寶瑟，大姊織流黄。獨立朝霞裏，雙流白日光。何曾窺宋玉，不肯作王嫱。一代紅顔盡，高樓恨未央。

雙燕歸何處，樓臺久不春。雲疑飛髻女，月是弄珠人。玉佩捐湘浦，羅衣絶塞塵。琵琶彈馬上，嗟彼去和親。

【箋】作於順治十四年秋以前居粵初期。本詩所寫乃順治十年晉王李定國敗走後番禺弘福鄉失陷時事。

許二烈女 二首

二處女者，皆許氏，番禺潭山鄉人。父明宗，某縣知縣。癸巳，晉王帥師至，敵以潭山鄉與晉王交通，攻之。二處女從母某氏及庶母某氏投井死。

雙雛隨阿母，遊戲在芝田。正鼓湘靈瑟，俄驚老上弦。銀瓶齊墜井，玉鏡不當天。百尺寒漿裏，連枝產白蓮。

雉子斑斑好，同棲春隴旁。一朝矜意氣，雙翼碎文章。蔡琰何能俠，明妃實不祥。可憐龍塞去，眉黛拂秋霜。

【箋】作於順治十四年秋以前居粵初期。本詩所寫乃順治十年清兵攻番禺潭山鄉時所發生之事。

三湧操

香山小欖鄉有諸生黃肇揚者，其妻麥，癸巳冬被掠，憤罵赴水。兵捉其髮，繫樓櫓間。麥乘間斷髮，又赴水，身没，復湧出，作憤罵狀。兵射之。既帶矢沈，又湧出。兵又射。如是者三，乃死。

入水不肯沈，罵奴猶未畢。身輕乘文魚，三躍江中出。佳人一赫怒，波濤爲羡溢。髐箭雖紛紛，難損芝蘭質。去爲湘妃娣，魂烈知無匹。

【箋】作於順治十四年秋以前居粤初期。本詩所寫乃順治十年香山小欖鄉被陷後所發生之事。

弔莫節婦 二首

新會莫氏婦者，美而寡，守志不嫁。甲午，晉王兵圍新會，婦之家人皆登陴拒守。敵窺其室無人，抽刃脅之。婦力拒不得，以首觸牆，血流被體。敵怒，殺之，置首糞盎。事平，其姊夫見，將收瘞之，首重不可舉，嘆曰：「姨，禮義人也。生與我未嘗相見，今雖死，英魂不爽如此。」出告婦之兄，兄舉之，應手而起。弔曰：

螓首丘山重，蛾眉日月光。簾帷生不卷，巾帨死猶防。切玉刀方利，焚蘭火亦香。花門天所命，使爾烈名揚。漢將投戈遯，蕃兵喋血遊。一絲孀婦命，九鼎美人頭。但使烏鳶食，無爲犬馬求。恭姜多苦節，與爾共千秋。

【箋】作於順治十四年秋以前居粵初期。本詩所寫乃順治十一年晉王李定國率師圍新會清兵時事。

何節婦

何，順德桂洲堡人。夫周，醉溺死，何沿江哭三日，尸浮水出。葬罷，不食，哭以死。

賤妾難銜石，狂夫竟渡河。哭聲沈白日，孀影逐清波。蒲葦依磐石，鴛鴦別繡窠。當知天帝憫，以爾屬湘娥。

【箋】

作於順治十四年秋以前居粵初期。

四孝烈

歲之甲午，西寧王帥師攻新會。城閉八閱月，糧盡，守將屠居人以食。有莫氏者，諸生林應雒之妻。姑將就烹，莫叩頭請代。姑得釋，而莫死。李氏者，兵欲食其夫，哭拜曰：「吾夫五十，無子。請食我。」兵殺之，以首還其夫，使葬焉。梁氏女者，其父諸生學謙。女年十一，請代父，亦死。諸生吴師讓妻黄氏，亦代夫死。是爲新會四孝烈。

黑雲沈沈壓城隅，城中食盡雀鼠無。誰其死守右骨都，饑來膾人爲朝餔。可憐窈窕三羅敷，肌如冰雪顔如荼。再拜乞充君庖廚，解妝請代姑與夫。妾年尚少甘且脆，姑與夫老肉不如。請君先割妾膏腴，味香不負君刀殳。食之若厭飫，願還妾頭顱。姑老夫無子，妾命敢踟蹰。有女年十餘，緹縈亦不殊。哀求赴湯鑊，保父千金軀。保父千金軀，泉下報章渠。無嫌女身小，一飽只須臾。須臾飽亦可，章渠單殺我。天生嬌女身，爲君供鼎俎。

【箋】作於順治十四年秋以前居粵初期。本詩所寫乃順治十一年西寧王李定國攻新會期間所發生之清兵屠人事。

趙陳二烈女

二烈女，一曰趙金娘，高要人。其父名星還。丙申，女年及笄，賊至，罵賊，引簪刺吭而死。一曰陳氏者，高明人。其父名昌第。女年十六，許字譚氏子。甲午，滇兵至，脅以白刃。女痛罵求死，兵不忍殺之。女以頭觸石碎腦，血濺兵。兵怒，乃殺焉。弔曰：

魯女倚柱吟，憂國無人知。妾身逢喪亂，志節聊自持。羅敷雖靡匹，秋胡寧爲期。吁嗟爾元憝，安知禮義歸。猛虎尚可馴，神鸞終不移。抽吾玳瑁簪，可以刺熊羆。天道故禍淫，氣矜吾不爲。珠沈靡點辱，玉碎餘光輝。對君刎繡頸，去去從湘妃。

【箋】作於順治十四年秋以前居粵初期。本詩所寫二事，一爲順治十三年，一爲順治十一年，均爲清兵攻占廣州後多年之事。

抱松婦操

宣城某秀才婦，未笄，從姑避兵匿松下，姑將見殺，婦亟出，以身請代。兵殺其姑而脅婦。婦抱松泣駡，兵怒，殺之，三日猶抱松不仆。

妾身欲化作松樹，抱松而死代松蠹。三日膠漆松爲身，峨峨矗立不崩仆。龍鱗片片入凝脂，作松疣贅無窮期。乳膏下凝爲琥珀，鬢髪上縈爲菟絲。有身不得代姑死，哭作松聲風雨起。力拔松兮一千尺，擊賊輕與蔗竿似。松兮莫作老龍飛，妾與姑魂長在此。

【箋】疑作於順治十四事前居粤初期。

猿斷腸操

寇入徽州，掠諸童稚。有寡婦獨子被掠，寡婦日夜痛哭，不食死。

雌猿失子易腸斷，一聲哭向秋天滿。哀哀寡婦聲與同，膝下嬌兒抱未暖。多日糟糠不下咽，猿叫未終妾已絶。魂逐兒行秋復春，妾今與兒爲一聲。兒有死母勝生母，得免湯火當黄巾。

【箋】

疑作於順治十四年前居粤初期。

屈大均詩詞編年校箋卷二　北遊初什

起順治十五年（一六五八）　迄康熙元年（一六六二）夏

宋武帝

司馬本爲神漢賊，寄奴真是楚元孫。中興自可爲昭烈，薄伐曾經至太原。九世深讎雖已復，千年正統未能存。劉何倘識春秋義，應向君王拜手言。

【箋】

宋武帝，南朝宋開國之帝。彭城人，徙京口，姓劉，名裕。字德輿，小字寄奴。晉元熙初受禪于建康，國號宋。帝性儉，愛民。在位三年崩，謚武，廟號高祖。事見宋書武帝紀。此詩或順治十五年初入南京時作。

景陽宮

一江春水祇流東，六代繁華似夢中。多謝垂楊與垂柳，依依猶向景陽宮。

【箋】順治十五年春，與雪公入金陵，詩當作於此時。景陽宮，謂南朝陳之景陽殿。陳書後主本紀：「隋兵南下過江，攻佔臺城。後主聞兵至，從宮人十餘出後堂景陽殿，將自投于井……及夜，爲隋軍所執。」井故址在今南京玄武湖側。

臺城春望

飛騎如雲塞北回，六朝春色雪中開。行人莫折臺城柳，曾沐先皇雨露來。

【箋】順治十五年春作。臺城，顧祖禹讀史方輿紀要卷二十：「臺城，在今上元縣治東北五里，本吴後苑城也。」晉宋間，謂朝廷禁省爲臺，故稱禁城爲臺城。在今南京玄武湖畔。

垓下 二首

戰鼓無聲落日黄，英雄自古是天亡。烏騅不失陰陵道，豈有山東與漢王。

戰血淋漓灑美人，君王意氣委黄塵。多情不渡烏江水，爲有紅顔在草茵。

【箋】垓下，在今安徽靈璧縣南沱河北岸。楚、漢兩軍決戰，項羽兵敗於此。此詩或順治十五年作於北上旅次。

壟上行

耕夫有志如鴻鵠，一夕丹書發魚腹。天教狐嘯起英雄，遂使雌雄争逐鹿。壯士生當舉大名，身作陳王事乃成。分兵徇地多秦敵，一一諸侯盡膝行。所置將軍盡豪傑，紛紜竟使强秦滅。驅除已是霸王威，發難何殊湯武烈。戍卒能爲天下倡，何辭一戰殉沙場。第一功歸漢高帝，無雙不數楚真王。漢業皆因張楚業，千秋碭上陳馨香。

【箋】疑爲順治十五年春作。時北行入京，準備出關訪函可，道經河南蕲縣大澤鄉，因憶秦末陳涉之事，以喻反清之意。壟上，史記陳涉世家：「陳涉少時，嘗與人傭耕，輟耕之壟上，悵恨久之，曰：『苟富貴，無相忘。』庸者笑而應曰：『若爲庸耕，何富貴也？』陳涉太息曰：『嗟乎，燕雀安知鴻鵠之志哉！』」

寧陵道中贈梵公

黄河猶未渡，悵望雨紛紛。久客親形影，長征厭水雲。村荒難乞食，日暮易離羣。何夜嵩陽寺，疏鐘定裏聞。

【箋】

寧陵，即今河南寧陵縣。戰國魏地，信陵君被封於此。梵公，即釋今音。陳伯陶勝朝粤東遺民録卷一：「曾起霖，字湛師，番禺人。從兄起莘，僧名函昰。甲申後，起霖潛附商舸入廬山，求函昰脱白名今音，字梵音。後歿于羅浮。著有古鏡遺稿一卷。順治十五年作。」

柬戴生

此日天涯意，艱難莫可論。死生慚往哲，貧病負中原。野月含霜冷，山泉帶雨渾。祇應返廬岳，鸞鶴自相存。

【箋】戴生，待考。依詩意，此詩疑與上首作於同時。

過大梁作

浮雲無歸心，黄河無安流。神魚騰紫霧，蒼鷹擊高秋。類此雄豪士，滔滔事遠遊。遠遊欲何之，驅馬登商丘。朝與侯嬴飲，暮爲朱亥留。悲風起梁園，白草鳴颼颼。揮鞭空鳴鏑，龍騎如星流。超山逐群獸，穿雲落兩鶩。歸來宴吹臺，酣舞雙吴鉤。鶩沙翳白日，垂涕向神州。徒懷匹夫諒，未報百王讎。紅顔漸欲變，歲月空悠悠。

【箋】順治十五年作。大梁，今開封。侯嬴、朱亥爲戰國著名市井遊俠，隱居大梁城内，曾助信陵君魏無忌奪得兵權，馳援趙國，擊退秦兵。事見史記卷七十七。

過夷門

侯嬴年七十，方報信陵恩。意氣繇來重，功名非所論。驅車過梁苑，釃酒弔夷門。今日屠沽客，誰爲公子言。

【箋】順治十五年作於開封。夷門，本戰國魏都大梁城東門，故址在今開封城内東北隅，以在夷山之上而得名。侯嬴報效信陵君，事見史記卷八十二。

夷門行　二首

信陵當日救邯鄲，毛薛諸公盡結歡。悵望夷門哀飲劍，逡巡函谷恨迴鞍。魏王不信佳公子，醇酒美人終已矣。兵法空名賓客書，合縱未雪諸侯耻。大梁爲君頻駐馬，燕趙蕭條同淚下。荆卿一去無酒人，朱亥已沒誰屠者。狐兔紛紛古市遊，灌城早已知鴻溝。侯嬴不弔弔公子，遺墓蒼茫何處求。

自迎監門勞玉趾，引車迴入大梁市。從騎皆驚罵小人，豈知嬴乃爲公子。刎頸送君君勿悲，爲酬晉鄙血淋漓。效命衹須進朱亥，報恩況復得如姬。賣漿博徒賢似汝，殷勤問步頻相許。天下無雙是妾人，平原多客空豪舉。威名盡出抱關人，率領諸侯遂抑秦。末路可憐長夜飲，東門草蔓失城闉。

【箋】順治十五年春作，將出關訪函可，道出河南。夷門本戰國魏都大梁城東門，在今河南開封城東北隅，後爲開封城之别稱。

信陵君 二首

夷門一自請侯嬴，功業頻垂蓋代名。六國兵歸公子將，諸侯客向信陵傾。秦來早有河溝患，漢過難忘俎豆情。毛薛復能令救魏，始知賢士貴逢迎。

函關西逐虎狼驚，反間頻教事不成。六國安危公子在，三年荒宴大梁傾。難忘晉鄙猶多客，未斬蒙驁更進兵。合從自能存社稷，不須賢佐得阿衡。

【箋】信陵君，即戰國魏公子無忌，生平事蹟見史記卷七十七。此詩或作於順治十五年經寧陵、開封旅次。

黄河舟中作

河流黄日月，萬里客愁中。天入清霜苦，人過白草空。暮心生寂寞，春氣破鴻濛。吾道宜滄海，乘桴孰可同。

【箋】順治十五年作於開封附近黄河段。

博浪行

一聲震動驚秦始，猛過當年椎晉鄙。山東豪俊盡生心，圯上老人應不喜。英雄堅忍事方成，儌幸何須學慶卿。副車誤中知天意，要使沙丘載臭行。扶蘇不得作天子，總在沙丘龍一死。可憐百萬死秦孤，祇有趙高能雪耻。趙高生長趙王家，淚灑長平作血花。報趙盡傾秦郡縣，報韓祇得博浪沙。

【箋】順治十五年春作，時將出關訪函可，道經河南原陽縣。博浪沙，在今河南原陽縣東南，爲史記留侯世家所稱張良椎擊秦始皇處。

寒食

蕭條寒食節，蒿里草茫茫。歲月添黄土，英雄聚白楊。報仇尋豫讓，驅馬渡清漳。辛苦邯鄲子，從今老戰場。

【箋】此詩作於順治十五年入河北境内之際。

鄴城

浩浩漳河水，迢迢魏武年。歌臺餘蔓草，戰壘没寒煙。興廢雖無定，姦雄自可憐。空令銅雀妓，留恨綺羅邊。

【箋】鄴城，今河北臨漳，曹操都於此。順治十五年作。

邯鄲道中

嘆息叢臺下，英雄日寂寥。戰場無白日，曠野一秋鵰。草没廉頗宅，雲迷豫讓橋。悲歌誰與和，歸思晚蕭蕭。

【箋】順治十五年作於邯鄲。廉頗，戰國時趙國名將，曾謂邯鄲之圍不可救，事見史記卷八十一。

戲贈邯鄲少年 代作

邯鄲公子善娛賓，玉貌樽前映塞春。欲得荆軻捐七尺，祇須寶馬與佳人。

【箋】

此詩疑爲順治十五年北遊途經邯鄲時作。

呂不韋

休言仲父更何親，自是西皇太上身。陽翟千金方返楚，邯鄲一女已亡秦。春秋有作歸商賈，賓客相將盜聖人。風俗至今倡樂盛，史公何忍記桐輪。

【箋】

呂不韋，陽翟人，爲大賈，家累千金。時莊襄王質趙，以不韋計得歸嗣位。不韋爲相，封文信侯。嘗納邯鄲姬，有娠，獻之莊襄王。生子政，即始皇也。始皇尊不韋爲仲父。通于太后，畏罪自殺。見史記卷八十五。此詩或于順治十五年過邯鄲作。

藺相如

鼓瑟邯鄲最有名，秦王亦爲奏秦聲。九賓未禮陰懷璧，五步何勞盛設兵。御史直書真勇氣，將軍多讓豈私情。雌雄不滯誰能似，心折風流是長卿。

【箋】趙得楚和氏璧，秦王欲以十五城易之。藺相如奉璧入秦，不辱使命。歸國後拜上卿，位在廉頗右。廉頗不悦，相如事事忍讓。後廉頗愧悟，至門負荆請罪，二人遂爲刎頸之交。見史記卷八十一。此詩或順治十五年過邯鄲作。

虞卿

躡屩邯鄲路未迷，頻捐萬户去棲棲。知人未得逢無忌，急士終難救魏齊。窮有春秋猶可見，愁因公子不須啼。艱難空使侯嬴惜，白首無歸肯向西。

【箋】虞卿，戰國遊説之士。説趙孝成王，一見賜黄金百鎰，白璧一雙。再見爲趙上卿，故號虞卿。後與魏齊去趙，困于梁。乃著書八篇，以譏刺國家得失，世傳之曰虞氏春秋。見史記卷七十六。此詩或順治十五年過邯鄲作。

豫讓橋

國士感知己，能將七尺輕。擊衣讎已報，吞炭氣難平。漳水西風急，邢臺落日晴。千秋石橋上，過客馬猶驚。

【箋】豫讓橋，在今河北邢臺北。相傳戰國時志士豫讓在此橋下，伏殺趙襄子，並自殺殉節。順治十五年作。

鄗邑

塞北三關没，江南四鎮空。至尊頻按劍，元老獨臨戎。龍起黄河雨，狐鳴白草風。千秋臺岌嶪，回首鄗城東。

【箋】順治十五年作。鄗邑，今河北柏鄉縣。劉秀曾在縣南千秋亭五成陌即帝位。

真定道中 二首

秋色晚蒼蒼，驅車過太行。千山盤上黨，萬木落漁陽。結客黃金少，投人白璧傷。男兒羞血戰，談笑報君王。

飲馬濁漳流，茫茫去國愁。沙陰迷雉堞，草色暗狼溝。博浪千金盡，淮陰一飯留。誰憐飄泊苦，忍死爲神州。

【箋】 真定，府名，治所在今河北正定縣，轄境相當於今石家莊地區。順治十五年作。

保定客舍

城樓吹角罷，歸客逐斜陽。風急鵰翎脱，冰堅馬骨傷。通侯亡鐵券，故將典銀襠。握手天涯路，沾衣淚數行。

【箋】 順治十五年作於河北保定旅次。「襠」字疑乃「鐺」字之誤。

易水行

荊卿匕首漸離筑，諸侯賓客一時哭。筑聲總爲故人悲，下報知交摘不遲。白首相要在一死，縞冠相送未多時。生刼寧因燕太子，深讎多爲樊於期。風雨蕭蕭生易水，一歌直與招魂似。吾家漸離應與俱，彼豎舞陽安用此。亦知此去事無成，争奈田光一死輕。劍術雖工亦何益，丈夫原不爲功名。

【箋】順治十五年春作，將出關訪函可，道經河北易縣。詠荊軻刺秦王事，當有寓意。

荊軻歌

琴女歌羅縠，秦王負鹿盧。可憐神勇者，生刼失良圖。

【箋】順治十五年作。將出關訪函可，道經河北易縣，易水發源於此。荊軻別燕丹于易水上，大均經此，感荊軻事蹟而作。

過涿州作

樹木何颼颼，黄雲千里愁。日月争驅馳，民生誰獲休。置酒華陽館，五鼎烹肥牛。太子捧金巵，美人彈箜篌。數石不得醉，悲歌恨仇讎。歌舞歡未終，將軍刎其頭。驚風起燕臺，滹沱咽不流。男兒得死所，其重如山丘。白刃若春風，功名非所求。

【箋】

順治十五年作於北遊之途。涿州，今河北涿縣。戰國時，涿州乃燕國督亢之地。樊於期本爲秦將，因罪逃亡燕太子丹處，爲使荆軻刺殺秦王成功，自願獻出首級。事見史記卷三十四。

燕昭王 二首

燕昭信是霸王才，得士望諸自魏來。故鼎遂能歸磨室，黄金不枉築寧臺。七雄獨爾爲宗國，一戰還堪振有邰。誰肯千金市駿骨，功名真自郭生開。

君臣甘苦總相同，二十餘年旦暮中。湯武仁聲雖未洽，春秋義戰此爲雄。王前久已無師友，天定那能善始終。三代至今人物少，樂君真有卧龍風。

【箋】燕王噲時，齊破燕。至燕昭王，任用樂毅爲將，聯合各國攻齊，占齊七十餘城。見史記卷三十四。燕國建都薊（今北京），又以易（今易縣）爲下都。此詩或順治十五年作於將達北京旅次。

銅馬門

銅馬門前望，風沙慘不開。昭王無舊墓，郭隗有荒臺。斷雁銜雲去，妖狐渡水來。淒涼蒿里上，多少霸王才。

【箋】順治十五年春作，時出關訪函可，道經北京。銅馬門，即金馬門。此指北京城門。

哭劍

七寶雌雄劍，先皇掌上飛。當時刃公主，血濺翠雲衣。入地雷霆鬱，沖霄日月輝。應同周駙馬，化作兩龍歸。

【箋】順治十五年春作，時在北京。詩中寫李自成破北京，崇禎帝在宮中以劍斫長公主事。

幽州歌送客

幽州二月柳堪把，小姬邀客玉河下。莫道酡酥不醉人，頻向津樓繫白馬。

【箋】

順治十五年春作。時在北京。

謁文丞相祠

蕭條柴市口，就義憶先賢。碧血歸無地，丹心痛入天。武侯師未捷，箕子道空傳。終古宗臣淚，斜陽麥秀邊。

【箋】

順治十五年春作，將出關訪函可，道經北京。文丞相祠，清一統志卷九順天府四：「文丞相祠，在府學西。」祠祀文天祥。

大都宫詞　六首

楚舞復吴歈，風流作帝圖。阿房頻止鳳，太液復歌凫。小妓玉條脱，中官金僕姑。不知高力士，猶憶上皇無。

暖殿開春宴，才人賜錦袍。舞低吴蛺蝶，歌倚鄭櫻桃。學士調花曲，閼氏按鳳槽。衹愁金漏短，日出未央高。

具帶盤龍錦，垂髾墮馬妝。漢宫丹鳳女，胡地白羊王。夜醉葡萄酒，朝開蹋鞠場。邯鄲諸小婦，雜坐弄箜篌。

佳麗徵南國，中官錦字宣。紫宫雙鳳入，秘殿百花然。卓女方新寡，馮妃是小憐。更聞喬補闕，愁斷緑珠篇。

白馬飾金羈，琵琶再撥時。昔曾調玉樹，今復妒蛾眉。紈扇秋終棄，蘭臺晚易悲。何如若耶女，采葛作黄絲。

朝來逢百騎，蹀躞御河堤。小隊芙蓉簇，嬌歌楊柳齊。錦裝春箙韊，貂壓翠鬟低。遊獵知何去，閼氏在苑西。

【箋】

順治十五年春作，將出關訪函可，道經北京。　大都，指北京。詩寫清宫幃之事。

玉河亭讌集

玉河城闕外，源出玉泉高。穿宫爲太液，步馬即蘭皋。樓臺盡楊柳，尊俎有蒲桃。相將梁苑客，抽管賦春濤。

【箋】

順治十五年春作。將出關訪函可，道經北京。　玉河，清一統志卷二京師：「玉河，源出玉泉山，匯爲昆明湖。分流而東南……環繞紫禁城，經金水橋，出玉河橋，達正陽東水關。」

燕市篇

日月忽不淹，功名行蹉跎。神怒色不變，吾何如荆軻。名隨朝露晞，體與蜉蝣化。嗟爾世上人，悠悠一何多。驅車臨幽州，褰裳涉滹沱。漸離爲擊筑，田光和悲歌。四顧莽無人，淚下隨風沙。英雄無私讎，燕秦終不和。持此七尺身，爲君湛太阿。

【箋】

順治十五年春在北京作。詩寫燕市荆軻、高漸離之事。朱希祖屈大均傳謂「疑有博浪之舉」。

王夫人殉節詩 有序

王夫人者，順天宛平人。錦衣衛指揮宗公某之女，永寧侯王公道化之介婦，左軍都督府都督同知王公蒼籙之妻，誥封一品夫人。崇禎十七年三月十九日，賊陷京城，夫人聞皇帝、皇后已崩，立召其子肇桓、肇極，及二媳馬氏、鞏氏，第二、第四兩女與男女幼孫六七人，同至後園井側，向北哭拜，諭之曰：「吾王氏乃孝靖皇太后之外家，光宗、熹宗及今上皇帝皆所自出，吾君舅以親封永寧侯，吾夫以廕官都督，於外戚中可謂極其貴盛矣。今者皇帝、皇后慘罹大變，以身同殉廟社。吾家三朝啟聖，兩世蒙恩，肺腑之私，誼同休戚。今者闔門赴死，骨肉同沈，以報皇天后土，以殉皇家，於恩義方爲不負。汝曹一一聽我言。」皆拜而受命。夫人乃命肇極先送二媳、二女及諸男女幼孫悉入井，夫人乃同肇極入井，繼而二婢亦入。有家人閹者四人聞知，疾入井，先引其孫炳文、第四女及肇極、鞏氏以出，餘覓不見。賊汲水飲，水盡赤，使工淘之。其家人閹者應募，盡出諸尸井中，瘞之。四月晦，賊去，肇極匍匐改殮夫人及媳馬氏、第二女，顔色如生，乃祔葬於玉泉山祖兆。肇極乞予詩表章，予爲廣徵同人，而先爲五言古詩一篇以倡之。其辭曰：

嗚呼歲甲申，皇朝嬰大變。天王死宗社，苦爲諸侯先。誰從烈后妃，厥有邦之媛。君舅永寧侯，外戚稱祥善。夫人爲介婦，早寡嫠顔面。攀髯大小臣，哀哀同白練。夫人乃九淵，湘君相婉孌。媳女牽衣裾，諸孫抱環瑱。相從露井中，玉漿寒轆轉。血射鶩鮒魚，魂浮助龍戰。甕瓶觸肌膚，泥深苦吞嚥。沈瓶激哀響，飛綆争幽牽。波濤忽騰湧，吐色如紅茜。賊奴不敢飲，傾瀉手長顫。甯伏窺潛源，洞門如或見。冉冉滕文魚，翩翩翳羽扇。玉甃發神光，笑口流如電。蟾蜍銜耳璫，苔藻生金鈿。精靈處太陰，水府開宮殿。再拜轆轤旁，開渫虞天譴。玄泉引杳冥，素華四相濺。瑶甕以龍騰，灑激如霜霰。終古此圓渟，上帝可盥薦。玲瓏玉檻施，更作銀牀遍。娥月在中央，女星相貫穿。照膽恐生寒，美人目流眄。桐華落繽紛，水草何葱蒨。乳脈多潛通，出雲動成片。宜誰此影娥，羅敷是其選。

【箋】

順治十五年春在北京作。

贈某中涓 四首

先朝蟒玉賜穿宫，親見煤山血詔紅。嘗恨不同王内使，海棠枝上殉重瞳。

不向西山陪玉匣，思來北塞引雕弓。何年始遂從軍願，無定河邊作鬼雄。

刀環何處貽都尉，馬首當年逐冠軍。無限關山行欲盡，晚來流落在三雲。

娘子營邊殺氣寒，朝朝圍獵且爲歡。酒酣射得南山鹿，妓女嬌歌捧玉盤。

【箋】文外二御琴記：「戊戌之春，草澤臣大均，北走京師，求威宗烈皇帝死社稷所在，故中官吴，指萬歲山壽皇亭之鐵梗海棠樹下。臣大均伏拜而哭失聲。吴感動，留信宿其家。臣大均輒從吴詢問宫中遺事……」某中涓，疑即吴氏也。此詩或于其時作。

燕京述哀 七首

先帝宵衣久，憂勤爲萬方。捐軀酬赤子，披髮見高皇。風雨迷神馭，山河盡國殤。御袍留血詔，哀痛幾時忘。

誰使黃巾亂，乾坤滿戰塵。寇讎原赤子，將帥半清人。撫字無良策，誅求損至仁。君王頻罪己，鐘鼓不遑陳。

無端招撫策，羣盜藐王師。一自潼關失，頻令紫極移。至尊催戰急，司馬督兵遲。謂孫公傳庭。可惜輿尸拙，三軍食盡時。

求言空下詔，誰解聖明憂。隔歲降章去，當關內使留。恩威俱致亂，臣庶不同仇。草野慚無補，終身涕泗流。

萬歲山前樹，無春到海棠。宮雲空漠漠，溝水自泱泱。天地餘蒿里，龍蛇有白楊。隴西鸚鵡在，何處問君王。

陰雨煤山樹，君臣各一枝。內城吹角急，前殿擊鐘遲。玉輦遷無路，珠丘築幾時。可憐燕父老，弓劍至今悲。

歲歲逢寒食，西山哭聖明。股肱無稷契，涕淚有皇英。涿鹿何曾戰，髯龍不下迎。淒涼閶闔外，落日動邊聲。

【箋】

順治十五年作於北京。組詩記崇禎一朝之事，可作詩史讀。

燕中春日作

一雨消冰雪，春光萬户開。金貂新子女，花柳舊樓臺。長樂鐘仍度，昭陽月復來。空餘御溝水，流恨到龍堆。

【箋】順治十五年春作於北京。

舟次河西務

千里桑乾水，分流至直沽。日黄含朔氣，潮白没平蕪。井邑歸龍户，樓船指帝都。東南頻轉餉，猶自缺軍需。

【箋】河西務，即今天津市武清縣西北河西務。自元以來爲漕運要地，明置巡檢司於此。順治十五年作。

魯連臺

一笑無秦帝，飄然向澥東。誰能排大難，不屑計奇功。古戍三秋雁，高臺萬木風。從來天下士，祇在布衣中。

【箋】順治十五年作於茌平，時從河北奔山東。魯連臺，又名高士臺，在今山東茌平境内，因魯仲連得名。據戰國策趙三，齊國高士魯仲連居趙，值秦進攻，魏國使者辛衍垣提議尊奉秦昭襄王爲帝以解圍，仲連曰：「彼則肆然而爲帝，過而遂正於天下，則連有赴東海而死矣。」秦將因而退兵五十里。國朝詩别裁稱此詩「一起突兀，三、四十字成句，五、六寫臺，結語見自己抱負，一隻字不許他人共爲，天下士也，有膽有力。」

魯仲連 二首

先生玉貌豈求人，一笑全周四十春。飛兔祇應向東海，貪狼那肯帝西秦。三公不易惟貧賤，百世堪師是隱淪。此日鮑焦方抱木，非時難保白雲身。

名駒千里不能干，徐劫難將弟子看。不使田巴談稷下，非關無忌救邯鄲。山東一一知高節，海上翩翩有釣竿。俶儻衹今思畫策，布衣未信立功難。

【箋】

此詩或與上首作於同時。

烈皇帝御琴歌

嗚呼蒼天不可識，炎精久被虹霓食。共工怒觸天壽崩，百神驚走慘無色。先皇龍戰血玄黃，雲中徒跣歸文昌。臣尋弓劍煤山旁，淚枯參天雙海棠。宫門邂逅故常侍，曾見先皇諸寶器。烏皞久已殉銀泉，龜書無復藏金匱。惟餘一琴賊不傷，真人手澤猶光膩。花紋細作飛龍形，玉管親題翔鳳字。濟南李卿懷孤忠，千金購兹太冥桐。拂拭神蛾絲五色，沐浴珠徽光的皪。月明如見朝鬼神，天陰時聞轟霹靂。我從李卿請琴觀，楚囚相對泣南冠。湘妃錦瑟秋風咽，山鬼蘿衣夜雨寒。欲排閶闔叩天鼓，忠信翻爲虎豹侮。乾崩坤坼帝無聞，日擁投壺諸玉女。蒲陂南薰操不成，崑丘黄竹歌空苦。宵衣旰食十餘秋，有宫無商淚自流。大弦既急小弦絶，誰爲君王蠲百憂。其時坐有楊太常，曾承天語稱師襄。玉熙宫中久供奉，琴聲高奏侑羽觴。岐伯鐃歌揚武德，延年樂府擅鴻章。嗚咽牽予訴遺事，咬春燕九陪遊戲。琵琶水殿彈嫦娥，龍舟争采夜舒荷。唐山新製房中樂，黃鵠交飛太液波。疊疊水嬉金傀儡，紛紛過錦玉婆娑。月照龍顔含喜色，千秋萬歲樂寧多。千秋萬歲樂無多，忽爾遼陽烽火動，焦勞無復聽雲和。天昏莫掃蚩尤霧，河缺誰憐瓠子歌。吹角難令玄女降，舞干其奈有苗何。甲申三月燕京亂，此琴七絃忽盡斷。玉殿橫飛鐵騎聲，天威先示空桑變。從此中華禮樂崩，八音遏密因思陵。小臣亦似嶧陽幹，半生半死難騫騰。伏波馬革裹未遂，軒轅龍髯攀不能。感君珍重此琴歸，九廟神靈實憑依。鼓之舞之元氣馳，帝出乎震是今時。殷薦上天以崇德，此琴將爲聖人師。太常於焉再稽首，爲取賜琴揮玉手。童子金爐添御香，主人朝服當西牖。落日陰連海岱雲，平沙遠映青徐柳。初撥宫絃鐘吕鳴，縹緲簫韶吟紫清。春風吹滿蓬萊闕，和鑾正繞千花行。移商未成忽變徵，劍戟相摩兩不止。中原羣盜俄蜂起，至尊嘆息呼赤子。更調角羽風嘈嘈，中見黃巾争舞刀。殺人無聲如刈蒿，茫茫百草兒女號。又聞投鞭渡臨洮，九龍池水流人膏。百官披髮銜波濤，君王淚沾火藻袍。笳聲夜奏單于小，獵火秋懸太白高。堂堂天朝事遂去，可憐萬國無臣庶。往日霓裳宴太平，開元子弟俱何處。抔土誰封金粟堆，杜鵑自掛蒼梧樹。驚風如刀頻割絃，欲續斷絃雙手酸。餘音遶梁何纏綿，滿堂賓從皆涕漣。請君罷彈莫終曲，恐令南北諸侯哭。偶然失勢龍爲魚，終見時來馬生角。他朝日月定重輪，今夕鸞皇聊獨宿。否極泰來天有常，萬里高飛翼先伏。偕君阿閣賀昇平，雌雄和鳴三十六。

【箋】順治十五年作於濟南。烈皇帝，即崇禎帝。文鈔二御琴記云：大均北走京師，憑弔煤山，問宮中遺事，後赴濟南，求觀李氏家藏「翔鳳」御琴，逾月適蜀人楊正經太常先生至，彈之，「曲未終，聽者皆泣下」。

御書歌

烈皇帝御書「松風」二大字，布衣臣顧苓奉之草堂中，因顏曰「松風寢」。臣大均獲拜觀焉，感而作歌。

先皇昔愛松風吼，時作松風字如斗。鐵畫銀鉤草帶真，宣廟神宗同一手。國變餘君大布衣，兼金購得御書歸。日日焚香瞻聖藻，天門龍跳見天威。手種蒼松何礧砢，松髯看似龍髯墮。皮經歲月長斑鱗，子爲乾坤留碩果。血淚風吹無盡時，枯枝復似海棠枝。歲寒不爲君王改，節苦惟應天地知。華陽昔種蒼松盛，白衣宰相言符命。一身前後事齊梁，有愧松風清且勁。君今對越松風字，先帝威靈應鑒只。千秋御氣託茅茨，一片神光生玉璽。殷勤拂拭絶纖埃，芳辣三薰恐蠹來。異日黄紗籠入獻，文華殿裏待重開。二字煌煌如大訓，九賓肅肅設平臺。

【箋】順治十五年作。出關訪函可，道至北京。旋因事往山東濟南，得觀明思宗御書、御琴，因而作歌。

贈楊太常正經

昔爾朝金闕，先皇賜玉琴。房中陳古樂，太廟奏元音。漂泊干戈後，淒涼淮海雲。西方新有操，誰識美人心。

【箋】此詩與上首作於同時。文鈔二御琴記：「楊太常正經者，通明音律，尤善琴。……嘗奏琴便殿，爲太古聲。上稱爲過於師襄，而官以太常，賜之琴二。甲申京師不守，太常抱二賜琴，亡匿淮陰……」又云：「楊太常者，歲逢先皇帝忌日，必從淮泗來，拂拭御琴，設玉座祭奠如禮。臣大均於是留濟南逾月，會正經至，握手若平生好。」

玉熙宫

玉熙宫裏月，幾夕照龍顏。過錦陳春戲，迴風無白鷳。愁從河内亂，不見至尊閒。流落龜年在，相逢兩鬢斑。

【箋】順治十五年作。時留濟南，值楊正經亦至，祭崇禎御琴。玉熙宫，明代宫殿。文鈔二御琴記云：「一日中秋之夕，駕幸玉熙宫設宴，命田貴妃授琴鼓關雎四章。」龜年，謂楊正經也。

登岱　二首

盤盤石磴上高雯，白練吴閶望不分。尺寸便爲天下雨，虚無總是岱宗雲。西皇輦路諸峰在，東帝鐘聲萬壑聞。四岳惟兹南面立，固知太皞是元君。四岳惟泰山南面。

鴻濛一氣白天孫，日月雙觀各有門。萬物盡從青帝出，諸峰都讓丈人尊。松間風雨秦時響，石上煙蘿漢代痕。最是白雲多變怪，誰從觸石見真源。

【箋】順治十五年遊泰山作，時或在居濟南之後。

泰岳　二首

玄黄相噴薄，氣結金銀峰。青帝行春令，中天作岱宗。鮮霞亂滄海，初日上芙蓉。御道盤三觀，虚壇倚五松。無人探玉牒，獨自聽霜鐘。樹接蓬瀛近，雲遮齊魯重。明堂留漢跡，梁父失秦封。瀑布横天白，桃花帶露濃。仙人飛不下，玉女笑相從。縹緲星河外，迎予一白龍。濛濛巖洞裏，元氣有周秦。萬物生青帝，羣峰拱丈人。天鷄呼日早，仙閣出雲新。濯髮攀河漢，冥心見鬼神。琴聲流衆壑，劍彩繞孤身。長子惟南面，天孫有大春。命長凝木火，精已作星辰。雷以三陽壯，龍於正月屯。望中愁繫練，行處想扶輪。忍使乾坤失，蒼茫淚滿巾。

【箋】

此詩當與上首作於同時。

泰山詠遇和許生

百尺秦松上，飄飖一羽衣。雲擎芝蓋出，鳳帶玉簫飛。垂手弄銀漢，攜予登翠微。多慚許斧子，得遇右英妃。

【箋】

此詩當與上首作於同時。許生，待考。

魯宮 二首

兖州聞有魯王宫，未毁靈光與漢同。可作東周惟曲阜，自來宗國是龜蒙。龍興定在高皇後，日出嘗瞻大海東。碧瓦雕甍勞父老，年年淚灑燕泥中。

玉殿猶存泗水旁，何人海外尚從亡。難教會稽還尊魯，未信沙陀肯立唐。詩在諸侯偏有頌，史書正月獨知王。波臣有意存遺腹，會見朝宗是少康。

【箋】

魯宫，在今山東兖州。順治十五年作，時或在謁曲阜之前。詩寫魯王朱以海事。

夫子手植檜 二首

生生仁聖意，一檜每開屯。氣得乾元大，靈含萬古春。葉知興廢早，花應帝王真。百尺杏壇畔，摩挲鱗甲新。

素王遺一樹，歲久不生枝。神聖有餘澤，榮枯無盡時。地鍾靈氣獨，天與太和私。想像删修日，陰隨几杖移。

【箋】順治十五年作於謁曲阜孔廟時，夫子手植檜在孔廟杏壇側。文鈔二先聖廟林記：「壇東南隅一檜樹……乃夫子手植之物。自周迄元至元三十一年，三枯三榮。其枯必兆世之禍亂，其榮必生聖人，歷歷可考。」

子貢手植楷 三首

仲尼元氣在，復此萬年枝。一室心喪日，三年手植時。枝條相嚮哭，風雨至今悲。再拜婆娑下，何曾梁木萎。

栽培自端木，高出宫牆陰。諸子亦奇樹，千株同聖林。治任歸獨後，廬冢痛偏深。手澤有如此，扶疏知幾尋。

繞塋多異樹，世世莫能名。一楷存梁柱，孤標出魯城。㲉檀連翠色，五味接芳英。終古思堂側，依依復女貞。皇覽：「孔子冢塋中，樹以百數，皆異種，魯人世世無能名其樹者。民傳言：孔子弟子，異國人各持其方樹來種之，多柞、枌、雒離、女貞、五味、㲉檀之樹。」夫子歌：泰山壞乎？梁柱摧乎？」

【箋】順治十五年作於謁曲阜孔廟時。子貢手植楷在孔府思堂之後。文鈔二先聖廟林記：「堂後一楷樹……子貢獨居時所植者也。」

武侯故里 在沂州

蕭條故里在沂城，再造人高一代名。漢有興王名士出，天因討賊伏龍生。錦官虎據三分小，羽扇鷹揚六出輕。忠孝最光綿竹戰，宗臣真不墜家聲。

【箋】武侯，即蜀漢諸葛亮，陽都縣人（今山東沂南市南）。順治十五年作，時或在謁曲阜之後。

諸葛

諸葛當年事，依稀似望諸。可憐出師表，不讓報燕書。涕淚難爲讀，功名不可居。英雄天亦妒，未是將謀疏。

【箋】諸葛亮，生平事蹟見三國志卷三十五。此詩當與上首作於同時。

贈魯山人

羡君遊海岳，縹緲羽衣輕。北斗斟元氣，崑崙采玉英。千金若草芥，一笑成功名。誰似魯連子，高風振趙城。

【箋】此詩編於詩外七，前後數首均爲順治十五年作，姑亦次於此時。

答伍煉客

予幼好吹笙，吹笙作鳳鳴。浮丘垂玉手，相接上層城。桂酒神皇賜，花幢織女迎。遨遊過五岳，因此得長生。

【箋】煉客，指道士。此詩或順治十五年作於遊山東時。

黍谷

步出銅馬門，遥望大房山。幽燕有奥室，鬼神潛其間。羣峰鬱岭岈，溪流何潺湲。猛虎飛食人，長嘯隨風還。凝冰折林木，玄雲蔽河關。維昔鄒衍生，懸河此談天。一爲吹黄鐘，幽谷春陽旋。至人御六氣，呼吸走百川。是非總天籟，悠悠誠何言。天下久忘我，無勞烹小鮮。澤雉有飲啄，優遊聊終年。

【箋】順治十五年作。黍谷，在今北京密雲縣西南。劉向別録：「燕有黍谷，地美而寒，不生五穀，鄒子居之，吹律而溫氣生。」鄒子，即戰國陰陽家、稷下先生鄒衍，號「談天衍」，事見史記卷七十四。

日食　戊戌五月

端陽逢日食，慘澹薊門邊。黑水無全地，黄雲有半天。魯陽戈尚在，羲仲御應旋。萬里蒲甘國，龍旗正倒懸。

【箋】順治十五年五月作於河北薊門邊關。清史稿世祖紀：「順治十五年五月丁酉朔，日有食之。」蒲甘國，即緬甸之蒲甘王國，宋史蒲甘傳、元史緬甸傳有記載。此處借指南明永曆帝寓居中緬邊境從事抗清之業。

塞上曲 六首

漢壘盧龍固，燕城涿鹿雄。陣雲橫海黑，獵火照天紅。大將披金甲，妖姬喂鐵驄。控弦諸種落，强半是遼東。

八月漁陽外，凄凄塞草腓。滿城炊白骨，幾處擣寒衣。細雨連狐嘯，驚風斷雁飛。長安多戍婦，可復夢金微。

亭障三邊接，風沙萬古愁。可憐遼海月，不作漢時秋。白草連天盡，黄河倒日流。受降城上望，空憶冠軍侯。

灤河諸將士，十月少征袍。大雪僵花馬，陰風折寶刀。水營朝浴鐵，沙市夜巡槽。十載榆關戰，誰知汗血勞。

萬古燕雲淚，千秋戰伐場。黄河流不盡，白日到無光。殺氣隨風轉，邊聲入夜長。軒轅臺已没，何處望漁陽。

太行天下脊，萬里翠微寒。日月相摩盪，龍蛇此鬱盤。雲橫三晉暗，水落九河乾。亘古飛狐險，憑誰封一丸。

【箋】順治十五年作於京師。

洗象行

玉河六月河水長，朝廷舊典賜洗象。昆明不見舊樓船，太液何來新甲仗。傾都觀者皆歡娱，宣武門外鋪氍毹。公子踏花紅叱撥，佳人障日錦屠蘇。須臾前導執金吾，二十四象天街趨。龍旂送出千門柳，羽騎迎過萬歲湖。花牙潤潔體雄詭，横行鬱若丘山徙。自是瑶光星降精，惟有神龍力可比。夜郎蠻奴馴習者，手握銀鈎左右下。騎入洪波走巨魚，突出平沙驚萬馬。水花澒洞濺浮雲，兩邊金鼓鳴虎賁。似逢光武昆陽戰，如破吴王水犀軍。萬人喧呼動城闕，一片紅塵污冰雪。争道驊騮擁御橋，兩行燈火侵宫月。白頭中使偶相逢，三朝腰玉賜穿宫。謂余此象養天廐，當年俸與將軍同。曉披瓔珞朝皇極，秋駕鑾輿出喜峰。去歲雲南師敗績，象兮曾與沮渠敵。周王八駿去何之，夏后兩龍歸未得。可憐巀嶭虎豹姿，雖飽膏粱淚沾臆。

【箋】順治十五年六月作。時欲出榆關訪函可，道經北京。蔣一葵長安客話：「象房在宣武門西城牆北。

每歲六月初伏，官校用旗鼓迎象出宣武門濠内洗濯。」是年清軍大舉進攻貴州，所獲南明象十三頭，驅送北京象房役用。見王士禛洗象行及陳恭尹中遊集小序。本篇末段隱言其事而深傷之。

登軒轅臺作

邊風起薊門，黄雲高嵯峨。予登軒轅臺，四望發悲歌。哀哉帝王都，城闕如丹霞。朝陽開露掌，閶闔摇金波。碣石懸天柱，桑乾接銀河。真人兹建極，億載詎云多。誰令羽林兒，一旦倒長戈。遥遥關塞路，朝暮驅橐駝。橐駝安所負，美人如桃花。淒淒當落日，莽莽揚風沙。龍髯攀莫及，玉女舞婆娑。天庭方晏樂，寧知予咨嗟。

【箋】軒轅臺，在今河北涿鹿縣西南喬山上。順治十五年赴關外前夕作。

尸上人將出榆關贈之

不及遼陽雁，乘風渡黑河。偏愁蹭蹬密，詎畏雪霜多。歲月愁中盡，滄桑夢裏過。孤心寄明月，夜夜照蓬婆。

【箋】順治十五年作，時將出榆關，往瀋陽訪函可。尸上人，疑爲大均自稱。文外十一死庵銘云：「予自庚寅喪亂，即逃於禪，而以所居爲死庵。」死庵中人，其爲尸上人歟。若然，則此爲自贈詩也。玩詩中語，亦近是。

過晉太尉劉琨墓

扶風歌未罷，國勢日倉皇。辛苦盧從事，相依在晉陽。笳吹邊地草，月滿戍樓霜。遺墓東安縣，蕭蕭遍白楊。

【箋】順治十五年春作。北出榆關途中。劉琨，字越石，中山魏昌人。晉永嘉初任并州刺史，累官司空並都督并、幽、薊三州軍事。後爲段匹磾所殺。清一統志卷九順天府四：「劉琨墓，在東安縣東二十里樓桑村。」東安縣，治所在今河北廊坊市東南。

孤竹吟

我行逾萬里，徬徨思故鄉。黄鵠雖失所，不從燕雀翔。駕言登孤竹，東北望邊疆。驚沙如白雪，殺氣爲嚴霜。遊子一何微，落葉同飄颻。獨智世不容，接輿久徉狂。神龍爲蟂蟆，白刃莫能傷。大義劫天下，湯武誠不祥。夷齊憂無臣，叩馬空忼慷。白日何昭昭，浮雲復茫茫。吁嗟命之衰，揮涕歸首陽。

【箋】順治十五年作於從河北赴關外途中。孤竹，在今河北盧龍縣西南。孤竹係商、周時方國之一。伯夷、叔齊爲孤竹君二子，叩馬而諫武王伐紂，不食周粟，餓死于首陽山。事見史記卷六十一。

墨台

九世商侯是墨台，盟津肯爲武王來。千秋書弒堪爲法，一代無臣正可哀。灤水風悲孤竹里，首陽雲掩采薇臺。黄農虞夏歸無處，多事天生十亂才。

【箋】史記伯夷列傳索隱引地理志：「孤竹城在遼西令支縣。應劭云伯夷之國也。其君姓墨胎氏。」墨台，即「墨胎」。此詩亦叙伯夷、叔齊事蹟，或與上首作於同時。

永平

碣石懸天柱，盧龍接北庭。海吞灤溹白，山擁薊遼青。古塞燕王築，雄關漢將扃。威名思李廣，猿臂障朝廷。

【箋】

讀史方輿紀要卷十七永平府條：「直隸京師，領州一縣五。」「戰國屬燕。」永平府，治所在今河北盧龍縣。順治十五年作，時大均從河北將至關外。

和人途次永平之作

日暮盧龍暫解鞍，霜風最苦北平寒。重關自古分遼薊，二水從茲合溹灤。孤竹千家當市口，虎頭一石在城端。重魚味美羊酥嫩，醉聽邊歌至夜闌。灤河出魚重脣，土人名曰重魚。

【箋】

此詩與上首作於同時。

出永平作

洪河無停流，驚枝無棲翰。志士生亂離，七尺敢懷安。青萍不刈黍，明月寧沈淵。斷袂別親友，成敗俱不還。誅秦報天下，一死如泰山。寶馬與美人，烏足酬燕丹。驅車出盧龍，迢遞度渝關。二水交灤漆，千峰連賀蘭。征蓬自迴轉，去雁羣飛翻。悲歌弔飛將，聲振長城間。猛虎爲我嘯，玄猿爲我嘆。奚兒動成羣，箜篌對月彈。彌令遠遊子，側聽心哀酸。

【箋】此詩與上首作於同時。

李廣

秋風吹老北平城，飛將增人慷慨情。長臂雙如猿有勢，大黄一發虎無聲。隴西風節羞降敵，武帝恩私悔請行。一石自從深飲羽，至今雕鶚過猶驚。

【箋】李廣，西漢初名將。史記李將軍列傳：「廣居右北平，匈奴聞之，號曰『漢之飛將軍』，避之，數歲不敢入北平。」北平，古縣名，治所在今河北盧龍縣境内。詩外五永平有「威名思李廣，猿臂障朝廷」，二出永平作有「悲歌弔飛將，聲振長城間」，此詩亦或作於其時。

詠李廣　三首

鐵騎横穿萬馬分，大黄親解左賢軍。漢家飛將多猿臂，射虎天山箭没雲。

解鞍山下卧黄雲，兩翼從容百騎分。射殺匈奴白馬將，生擒不少射雕羣。

抱兒鞭馬向南飛，射殺追軍絶塞歸。小隊藍田圍獵罷，霸陵呵止不曾非。

【箋】

組詩疑與上首作於同時。

山海關

一綫巖關在，神京此大門。潮聲吞渤海，山勢接崑崙。獨扼遼東吭，深盤碣石根。黄榆連漢壘，白草帶秦垣。頃者遭龍戰，諸夷起虎墩。乾坤歸大漠，鎖鑰失雄藩。枉設西洋砲，頻降上將幡。花門空飽肉，青冢不歸魂。日向雙笳落，雲隨萬馬奔。我來繻屢棄，誰見節猶存。鴻雁虚驚箭，驊騮正伏轅。雪花千里捲，旗影兩河翻。天險嗟如此，丸泥莫可論。徒憐徐國烈，辛苦爲中原。

【箋】山海關，一稱榆關，又作渝關。在今河北秦皇島市。長城起點。明初置關戍守。北依角山，南臨渤海，聯接華北與東北，形勢險要，自古爲交通要衝，有「天下第一關」之稱。順治十五年作。

出塞作

邊秋多風沙，狐兔長悲鳴。慷慨思奢牧，因遊雁門營。飢食太行薇，渴飲桑乾冰。問我亦何爲，壯士不顧生。生騎一駿馬，權奇如龍媒。追風數千里，直上單于臺。東望朝鮮江，北望白龍堆。淩飈發長嘯，遊兵射我來。左手接飛鏑，右手揮金鞭。馳歸錦州城，汗下如流泉。念此血氣勇，毋乃非聖賢。忍恥古所尚，留侯亦迍邅。長松寒逾勁，南金鍛彌堅。啓篋讀祕書，聊謝諸少年。

【箋】順治十五年作於山海關外遼西一帶。

佳人

佳人回鶻裝，衣帶内家香。一曲飛龍引，思君淚數行。箜篌悲夜月，眉黛落秋霜。辛苦良家子，年年向戰場。

【箋】

此詩似順治十五年作於出遊關外之際。

弔張副使春 二首

嗟君提鐵騎，汗血灑窮邊。力盡淩河戰，身歸大窖眠。蘇卿心貫日，衛律罪通天。藁葬陰山道，單于亦爾憐。

節旄零落盡，饑凍在遼西。馬賜單于弟，羊烹都尉妻。雪填青海闊，天壓拂廬低。往日中郎將，艱貞與爾齊。

【箋】

明史張春傳：「張春，字泰宇，同州人……〔崇禎〕四年八月，大清兵圍大淩河新城，命春監總兵吴襄、宋偉軍馳救。」後兵敗被執，「令薙髮，不從。居古廟，服故衣冠，迄不失臣節而死。初，襄等敗書聞，以春守志不屈，遥遷右副都御史」。時人曾劾「春降敵不忠」，「有司繫其二子死於獄」。此詩當順治十五年作於遼西。

朵顔

朵顔西部落，屯牧黑河濱。吹角呼山鹿，彎弓向路人。馬肥燕地草，裘拂薊關塵。欲共禅王去，江南踏好春。

【箋】順治十五年作。朵顔，明代兀良哈三衛之一，洪武二十二年置，牧地在今吉林洮兒河流域一帶，永樂以後南徙至今河北東北部長城綫外。

遼東曲

不待秋深雪滿衣，霜前一日雁南飛。邊人争探青貂穴，婦女天寒亦打圍。

悽惶嶺外即遼西，雙角山連紫翠低。一代金湯山海在，無人關口更封泥。

武寧功烈在榆關，東鎖秦城萬里山。姜女祠前秋色暝，石人猶望藁砧還。

【箋】

順治十五年作於遼東一帶。

詠史 十一首

黄雲一望斷人腸，天嶺東南是故鄉。十六軍州成大漠，石郎妻子亦遼陽。

能爲漢語亦多情，夫婦雙吹木葉聲。教上辭鄉高嶺望，雲邊尚見塔兒城。

戰敗牛羊棄玉河，穹廬不見百頭多。天寒草穀無尋處，冒雪方乘白橐駝。

松林抛盞不曾遲，鬼向陰陽食有時。正是南朝寒食節，思歸莫使漢兒知。

蛾眉隊隊出龍沙，横帳前頭哭落花。秋夜只須煩蔡女，爲傳哀怨與金笳。

風急霜雕落羽多，茫茫沙草失淩河。羣飛野馬人争射，日暮催歸有海螺。

魚皮種落在扶餘，婦女人人解射魚。持取小魚爲綵縷，繡成方領似芙蕖。

魚皮新作羽林軍，毳帳横開長白雲。遼海多魚持作飯，黄羊不用射千羣。

八月遼陽雪已飛，紛紛乳雁起南歸。西風一夜催砧杵，木葉征人淚滿衣。

松杏相連紫翠開，峰峰亦解向南來。塞上一山有二十餘峰，峰峰向南。血花紅作燕支草，漢女休持上鏡臺。

萬里城横内外邊，築愁知自祖龍年。何如引取黄河水，直繞遼東到朔天。

【箋】組詩當作於順治十五年北游遼東時。

九月

九月遼東衰草多，飛霜亂下白狼河。人人馬上吹蘆管，夜夜城頭枕鐵戈。

【箋】順治十五年九月作，時出榆關訪函可不達，遊於遼東。

弔袁督師

袁公忠義在，堪比望諸君。百戰肌膚盡，三年訓練勤。涼州無大馬，皮島有驕軍。一片愚臣恨，長懸紫塞雲。

【箋】順治十五年作於關外。袁崇焕，字自如，號元素，東莞人。萬曆四十七年進士，由邵武縣知縣，屢遷至右僉都御史、遼東巡撫，與魏忠賢不合，引疾歸。崇禎元年起爲遼薊總督，朝廷中清人反間計，殺之。明史卷二五九有傳。

言從浮嶠直抵榆將訪剩大師不果賦懷

朔風吹大漠，驂馬媚其曹。落月隨孤影，飛霜滿敝袍。天連金海闊，山擁玉門高。一望慈雲遠，行行中鬱陶。

【箋】剩大師，即函可，大均之師叔。順治十五年，大均東出榆關，訪求函可，不遇。此詩即爲此事而作。此詩詩外失收，今據詩觀二集卷一錄入。

紫蒙

紫蒙近接黄花戍，黑水斜穿白草軍。一道榆關兼扼海，雙峰碣石故干雲。天生飛將都無用，人是長城獨不聞。愁絶遼西征戰後，兩河磷火暮紛紛。

【箋】紫蒙，在今遼寧遼陽縣東。順治十五年作。

贈故將軍

無事客遼西，名王共角觝。飛騰空射虎，汗血枉成泥。蘇武猶生子，要離已寡妻。無繇持報漢，愁向朔雲啼。

【箋】據首句，此詩或順治十五年周覽遼東西名勝時作。

擬渡三岔河有寄

遼東苦寒地，十月河已冰。我從遼西來，驅馬冰上行。回望巫閭山，千里陰氣凝。明月出黑海，蒼茫照孤征。疑兵四面來，但聞觱篥聲。行行迷失道，誤入骨都營。飢渴向妖姬，乞得駝餘羹。馬乳飲苦酸，魚皮衣苦腥。神龍困螻蟻，勺水不能興。鳳鳥失其群，見辱海東青。因憐雪窖中，持節有子卿。題書託飛雁，雙淚如雨傾。安得同攜手，以解流離情。

【箋】順治十五年作於遼西歸途。三岔河，在今遼寧海城市西。據此詩，或疑翁山時有孟浪之舉。

寄瀋陽剩禪師 二首

驅馬今何適，淒涼歲暮間。心懸青海月，淚灑鐵門關。雪窖人應老，遼東鶴未還。近聞隨部落，又徙賀蘭山。

漢家臣妾盡，餘爾牧羝人。自食天山雪，長懷上苑春。短書無雁寄，愁鬢帶霜新。夜夜聞笳吹，因君淚滿巾。

【箋】順治十五年作，時或南歸途中。剩禪師，即師叔釋函可。

再弔袁督師 五首

漢家恩未薄，竟失李將軍。碧血流燕市，丹心結塞雲。封侯原有數，破敵豈無勳。愁見盧龍上，黃榆覆一墳。

一自誅莊賈，羣公謗樂羊。揚威幾虎視，持重可龍驤。玉帳兵機密，金牌國恨長。可憐軀七尺，不得死封疆。

遼薊應居守，分兵援帝州。惰歸吾可擊，深入彼難留。計拙遭讒小，身殲快寇仇。長城從此壞，權相欲何求。

載讀愚忠紀，淒然淚數行。爲秦誅李牧，救魏少馮唐。三至傷慈母，羣陰奪太陽。錦寧功業在，一戰作金湯。

勞臣遭反間，蠢爾善愚人。馬喋三韓血，旗揚九塞塵。丸泥難守險，集羽竟摧輪。一自屬鏤賜，無人更致身。

【箋】

袁督師，指袁崇煥。此詩有「盧龍」、「一墳」之語，疑爲在北京弔袁墓而作。佚名燕京雜記：「明袁督師崇煥墳在廣渠門内嶺南義莊，相傳督師殺後，無人敢收其屍者，其僕潮人佘某藁葬於此，守墓終身。」

諸公餞予玉河亭子賦別

御溝一片東西水，相送扁舟去五湖。天上若無娥月好，人間誰伴客星孤。但同慈母餐芝草，便是仙人隱玉壺。燕市悲歌今已矣，諸君好自作屠沽。

【箋】玉河，源出今北京市西北玉泉山，下流入大通河。大均三至北京，此云「相送扁舟去五湖」，又云「人間誰伴客星孤」，則順治十五年作也。時大均將返江南。

留別商子

京國初相見，殷勤問卜居。徒勞拂龜策，未忍負詩書。芳草求無所，故都懷有餘。明朝揮手別，悵望隔姑胥。

【箋】據首句、尾句，此詩當順治十五年作於北京，時大均即將南歸。商子，待考。詩外失收，録自道援堂詩集六。

贈張子歸西泠　三首

新聲樂府推君妙，白燕丁香賦並傳。燕女争歌玉河柳，揚州更愛竹枝篇。張有白燕、紫丁香、玉河柳、揚州竹枝諸詞。

御溝春水玉河通，夾岸花飛隨玉驄。欲贈君歸須芍藥，佳人争買點妝紅。點妝紅，芍藥之絶豔者。

歸泛西湖水渺茫，家臨湖墅足蠶桑。梅花若向西谿問，曲曲漁舟共陸郎。謂蓋思兄弟。

【箋】西泠，在杭州西湖邊。張子，待考。此詩當順治十五年作於北京。

信都

歇馬風門望，襄州秋色開。太行盤鉅鹿，漳水繞邢臺。閭里聊爲俠，皇天不愛才。當時趙幾霸，誰繼武安來。

【箋】順治十五年秋作於從燕趙至江南之途。信都，今河北冀縣。

寄從兄貢士員外

萬里黄雲接楚天，愁君匹馬戰場邊。將歸故國無喬木，欲住春山有杜鵑。絶袂空傷慈母意，采薇誰和寡兄篇。金沙江水知難渡，未得從亡入瘴煙。

【箋】賁士，即伯兄屈士煤，一字白園。文外七伯兄白園先生墓表謂士煤永曆十二年轉員外郎。此詩當作於順治十五年，其時大均在南歸途中。

過徐州作

百戰悲豐沛，羣雄問草萊。斬蛇留大澤，戲馬失高臺。山向彭城出，雲從泗水來。蕭條王氣盡，父老有餘哀。

【箋】順治十五年歲末南歸作於江蘇徐州。漢高祖劉邦生於豐沛，曾任泗水亭長，並醉斬神蛇白帝子。事見史記卷八。詩以劉邦發跡草莽而興救國之志。

舟泊宿遷作

月出黄河白，微茫帶晚霞。一簑同白鷺，雙鬢似蘆花。亂火歸漁艇，寒雲覆酒家。悲來思買醉，不忍賦懷沙。

【箋】順治十五年作於江蘇宿遷。依翁山心境落莫，疑時在南歸途中。

渡淮

長淮愁不渡，駐馬向秋風。天入黄沙暗，人歸白草空。塗山餘王氣，泗水有離宫。父老思堯德，謳歌尚未終。

【箋】大均從關外、中原返江南，約在順治十五年秋。此詩當於其時而作。詩外失收，録自道援堂詩集六。

經韓侯釣臺 二首

漢王將將術，早有蒯通知。自是英雄德，難忘衣食私。功高應不賞，器滿實難持。淼淼長淮水，當年把釣絲。

劉項曾懸命，侯王已得時。英雄天亦忌，黄老爾空師。嗷日長淮水，繁花漂母祠。千秋一灑淚，仗劍復何之。

【箋】韓侯，即淮陰侯韓信。韓侯釣臺，在今江蘇淮陰市古淮河南岸。史記淮陰侯列傳云，韓信始爲布衣時，常寄人籬下，人皆厭之；一日釣於城下，漂母見其饑，飯之。順治十五年作於南歸旅次。

弔淮陰侯

天奪英雄鑒，三分勢不成。佯狂悲蒯徹，變詐恨陳平。雲夢愁風急，長淮夜月清。可憐伊呂業，千載一沾纓。

【箋】此詩與上首作於同時。史記淮陰侯列傳云，韓信，淮陰人。高祖徙信爲楚王。後有人告信謀反，帝用陳平謀，僞遊雲夢。信謁于陳，縛之至洛陽，赦爲淮陰侯。後被斬首，夷三族。

淮陰侯　二首

淮陰當未遇，一飯亦無才。天欲王孫餓，人慚漂母哀。釣魚城下去，帶劍市中來。笑謂晨炊者，英雄被爾催。

艱難惟一飯，天肯與王孫。草昧多如此，英雄不忍言。漢興因婦女，臣節在壺飧。誰分宮前草，離離是血痕。

【箋】

此詩與上首作於同時。

與柳子談淮陰侯事賦別李子

祇今垂釣亦良圖，漂母能知大丈夫。一飯自應求婦女，千金誰肯易屠沽。相逢歲暮寒衣盡，相送淮南濁酒無。雨濕天陰揮手去，可憐啼殺白頭烏。

【箋】

此詩或與上首作於同時。柳子，李子，待考。

有贈

淒涼淮海上，一飯進王孫。龍種無人識，天潢幾派存。浮雲迷紫極，蔓草失朱門。珍重神明胄，風塵莫受恩。

【箋】此詩當與上首作於同時。詩外失收，録自道援堂詩集六。

漂母祠　二首

一日王孫飯，千秋漂母名。壺漿誰可報，俎豆自含情。河口吞淮闊，潮頭出海平。英雄無限淚，都向廟中傾。

七尺空長大，茫茫在草萊。可憐諸母漂，祇有一人哀。不望真王報，艱留猛士才。子房應導汝，同訪赤松來。

【箋】漂母祠，在今江蘇淮陰市西古淮河南岸。史記淮陰侯列傳：「信釣於城下，諸母漂，有一母見信饑，飯信，竟漂數十日。信喜，謂漂母曰：『吾必有以重報母。』母怒曰：『大丈夫不能自食，吾哀王孫而進食，豈望報乎！』」順治十五年作於南歸旅次。

夢衣行　冬夕宿維陽客舍，夢孔君遺予繭襖作。

江北與淮南，相知亦不希。相知雖不希，莫念寒與饑。朝與吐肝腸，彼自食膏粱。暮與爲手足，彼自衣文縠。文王既已没，世無鳳與凰。豈無鳳與凰，餓死大道旁。雖有稻與粱，天不與鳳凰。雖有綺與縠，天不與麋鹿。夢中一故人，嗚咽持相語。遺我一繭袍，中有綿與絮。綿是湖州綿，繭是山東繭。一夕雨雪中，身以故人暖。聞君客幽州，安得在君側。三日一飯蔬，魂飛苦無力。夢中食君食，夢中衣君衣。安得長夢中，與君不相離。

【箋】維陽，即揚州。孔君，待考。順治十五年冬作，時大均從薊、遼返江南。

瓜洲問渡口號

江皋寒日上，霜氣白成煙。渡口無漁舸，踟躕宿雁前。

【箋】順治十五年冬作。時客揚州。瓜洲，在揚州之南，長江北岸。

雪

一時羣籟寂，天地入鴻濛。萬里瑶華落，寒光望欲窮。春傳梅信早，夜入月明空。有客當樓坐，淒清洞壑中。

【箋】此詩編於詩外七，前後數首均順治十五年作。姑次於是年冬暮。

寄瀋陽剩人和尚 二首

布帽羊裘好自持，六朝如夢不堪悲。關山尚有秦時月，煙水聊歌楚客詞。莫厭天花隨玉塵，何妨霜鬢老燕支。故園芳草今消歇，卻羨春風雪窖吹。

茫茫天地入邊州，九死孤僧淚未收。寶掌依然隨竹杖，圖澄何必謝沙鷗。雁歸遼海書難寄，月出天山望便愁。斯道既今寥落甚，毳衣珍重紫臺秋。

【箋】剩人和尚，即大均之師叔釋函可。順治十五年冬，大均客寓廣陵。據「六朝如夢不堪悲」，此詩當作於江南。詩外失收，録自遺民詩七。

茱萸灣作和人 二首

日暮天寒估舸回，八鮮紛自下河來。茱萸灣口銷愁地，更有茱萸酒滿杯。

十月霜高野鴨肥，家家秫酒不曾稀。吴陵歲暮堪爲客，慷慨從君一典衣。

【箋】

順治十六年作。茱萸灣，即今江蘇揚州西北灣頭鎮。讀史方輿紀要揚州：「蜀岡在府西北四里，西接儀徵、六合縣界，東北抵茱萸灣。」

同李子自揚州至泰州作 五首

邗溝一水接長天，清淺偏宜暖板船名。船。榆柳蕭蕭三十里，北風吹雪凍成煙。

江南江北柳林中，三日舟行苦朔風。雙槳如飛吹不轉，秣陵東至海陵東。

水落沙乾川路遥，行行未盡十三橋。黄昏且駐儀陵市，露酒車螯慰寂寥。

日落平田海氣凝，風飄萬點艋船燈。兩河水漲漁人喜，楓葉蘆花處處罾。

霜清水涸見漁磯，網蟹何如簖蟹肥。三十鹽場多海味，一帆相逐故人歸。

【箋】順治十六年冬作。時遊揚州。李子，其人不詳。

泰州作 二首

城裏春流曲曲迷，舟穿萬柳出長堤。誰家疊石爲丘壑，自道人家似若溪。

累土爲山武穆功，湖波四面繞祠宫。傷心一代冬青樹，葉葉枝枝是大忠。

【箋】順治十六年作。泰州，今江蘇泰州市。

題李咸若哺園 二首

簖蟹新肥煮酒酒名。香，旅人初在泰州嘗。知君家有茅容母，更買鱸魚奉一觴。

一路車篷夾岸多，一重官柳一重河。天寒不惜牽舟苦，爲有君園在薜蘿。

【箋】順治十六年作。李咸若，其人不詳。

遥題朱氏柳城 在泰州

十萬垂楊作一城，雙堤流水繞香粳。中田百頃桃花裏，安得斯人共耦耕。

【箋】

順治十六年作。朱氏柳城，不詳。泰州，今江蘇泰州市。

答郭臯旭

知子雲天義至高，相逢每念筆耕勞。養親未有雕胡飯，慚愧山陰一顧翱。

【箋】

郭臯旭，名襄圖。平湖人。貢生。工詩，有更生集。大均於順治十六年遊吳時與之交往，郭氏從其學詩，人稱「翁山派」。此詩末句云云，亦當作於相識未久之時。

冒雪同郭臯旭入鄧尉山中探梅 二首

一夜吳閶雪，催人入洞庭。花先玄墓白，柳未太湖青。鼓棹乘春水，尋鐘上翠屏。微微光福月，相與宿空冥。枝枝連鄧尉，香繞故人家。隔歲冰含萼，當春雪吐花。凍凝千嶂月，晴作一溪霞。未得同棲止，高堂念白華。

【箋】鄧尉山，在今蘇州市吴中區西。玄墓山是鄧尉山的一部分。山中遍植梅樹，古人諷詠者甚夥。順治十六年作。

望天平

天平青不斷，雪盡數峰分。表裏皆奇石，朝昏在白雲。樓臺橫水出，鐘磬隔花聞。采藥吾將往，相隨麋鹿羣。

【箋】順治十六年在蘇州作。方輿勝覽卷二：「天平山，在吴縣西二十里。巍然特高，群峰拱揖，郡之鎮也。」

贈施生 二首

梅花如雪撲青冥，香遍東西兩洞庭。一棹吴淞君正返，相逢煙雨莫釐亭。

洞庭七十二峰長，橘柚秋來香萬家。我欲來棲范蠡宅，煩君石上掃蘿花。

【箋】順治十六年作。時遊蘇州一帶。施生，其人不詳。

步出虎山橋作

二瀆太湖通，橋横玉鏡中。雲光晴在水，雪氣冷含風。鷺下多盤石，烏啼祇故宫。花開先柳葉，斟酌白還紅。

【箋】順治十六年作。虎山橋，清一統志卷七十八：「虎山橋，在吴縣西南光福鎮，宋嘉泰中建。」

光福山中鼓琴爲曾仲子作操

上豈無天，非君之天兮。下豈無地，非君之地兮。君之天兮，在山之中。金庭兮玉柱，日月兮所通。君之地兮，在水之内。笠澤兮具區，雷風兮所載。雷以生日，風以生月。君之心兮，一日而盈、一日而闕。月以成風，日以成雷。君之心兮，一風而闔、一雷而開。君今兮五十，功名兮汲汲。玉貌兮未衰，目猶兮點漆。天命兮當知，年光兮勿失。

【箋】光福山在吴縣西，讀史方輿紀要卷二四：「光福山，本名鄧尉山，屬光福里，因名。」曾仲子，待考。順治十六年作。

靈巖春日與李侍御灌溪遊覽作

春光如有意，先到館娃宫。石響佳人屧，花銜使者驄。湖吞三郡白，水落半山紅。七十二峰裏，梅花望不窮。

【箋】順治十六年春作。靈巖山，在今吴縣西南。方輿勝覽卷二：「靈巖山，在城西二十四里。又名硯石山，吴王之别苑在焉。有館娃宫、琴臺、響屧廊、西施洞。」讀史方輿紀要卷二四：「天平山之南爲靈巖山……相傳山即吴王館娃宫故地，下瞰湖濱，稱爲絶勝。」李侍御，即李模，字子木，號灌溪，吴縣人，天啟乙丑進士，弘光時爲河南道御史，年八十卒。

琴臺

二月春風發，梅花滿洞庭。美人乘畫舸，采采入香涇。潮生胥口白，雪盡莫釐青。何處弔西子，琴臺碧玉屏。

【箋】琴臺，在今吴縣西南靈巖山上。相傳爲西施彈琴之所。順治十六年作。

胥口逢梅里諸子

一出太湖口，芙蓉萬疊斜。飛來天外翠，散作鏡中霞。之子梅谿至，相逢漁父家。包山有禪客，招手入寒花。

【箋】胥口，在今吴縣西南。讀史方輿紀要卷二四：「胥山，在太湖口，吴王殺子胥，投之于江。吴人立祠於此，胥口蓋因以名。」順治十六年作。

玄墓

梅子兼櫻筍，春來玄墓多。家家太湖水，日日白鷗過。

【箋】讀史方輿紀要卷二四：「玄墓山，亦名萬峰山，南面太湖。」在光福西南。作於順治十六年遊吴時。

同諸子探梅玄墓　四首

路從東澞入，春半雪猶深。素影迷千嶂，幽香得一林。松開湖口小，竹覆洞門陰。稍待天晴暖，籃輿更遠尋。

濛濛千萬樹，香在未開時。雪裏人空望，風前自不知。山光寒更出，水氣暖方滋。十里松杉暗，重來月滿枝。

茫茫花雪裏，萬樹望疑空。自有幽香度，何妨積素同。山晴猶似月，水冷每生風。多謝流鶯好，衝寒出谷中。

不須殘雪盡，緑萼一叢開。豈欲孤榮早，其如淑氣催。枝寒偏近水，片落不沾苔。採摘休盈手，留香與客來。

【箋】玄墓山，在今蘇州市吳中區西南。順治十六年作。

漁洋探梅歸自東西横塘作

山寒尋未得，一樹忽臨溪。光透松間雪，香生石上泥。鶯聲留客久，鷺影逐人低。隨意穿橋去，横塘東復西。

【箋】漁洋，山名，在蘇州太湖邊。横塘，在今蘇州市吳中區西南。順治十六年作。

木瀆

漭漭五湖口，荷花遠接天。巴陵通地道，林屋隱人煙。樓閣波濤裏，帆檣空翠邊。名峰七十二，争向鏡中妍。

【箋】木瀆，在蘇州市吳中區西南。讀史方輿紀要卷二四：「木瀆，府西南三十里近太湖口，居民稠密。」順治十六年作。

登支硎山懷桐岑子 山乃支道林飛昇之所

支公乘白馬，縹緲上丹霄。雲起蓮花寺，天飛瀑布橋。聞君揮玉麈，與客論逍遥。異日南溟徙，淩風一見招。

【箋】支硎山，在今蘇州市吴中區西南。陸廣微吴地論：「支硎山，在吴縣西十五里，晉支遁字道林，嘗隱於此山。」桐岑子，即釋大燈，秀水人，覺浪道盛第十七法嗣，住洞庭。順治十六年作。

梧宫

范蠡未霸越，五湖安可浮。故人盡西子，終古一扁舟。雪氣含煙白，山光逐水流。梧宫何處是，蕭瑟近長洲。

【箋】順治十六年作。梧宫，在今蘇州市吴中區甪里楓莊。吴郡志：「梧桐園，在吴宫，本吴王夫差園也，一名琴川。」

消夏灣

吴王消夏處，玉沼太湖通。萬古芙蓉發，西施在鏡中。白雲迷故國，春草失離宫。一對鴛鴦鳥，時來戲碧空。

【箋】消夏灣，在今蘇州市吴中區西南洞庭西山縹緲峰南。順治十六年作。

題翁子東洞庭山館

東西兩洞庭，吾愛莫釐青。往日鴟夷子，回舟此翠屏。君今胥母住，門對太湖扃。旦夕懷仙意，長歌入杳冥。

【箋】順治十六年春作。翁子，即翁澍，字季霖，吴縣人，世居洞庭東山，不謀仕宦，放情詩酒，好事結客。有胥母山人詩集。

贈東洞庭席翁

四皓舊棲林屋洞，今君清嘯莫釐峰。樓前七十二峰月，不及仙人冰雪容。

【箋】順治十六年遊吴時作。東洞庭山，在太湖中。席翁，其人未詳。

文與也爲予寫西洞庭圖賦此以贈　六首

爾祖丹青似輞川，草書團扇世爭傳。今君妙寫滄洲趣，待詔風流在目前。與也，衡山先生玄孫。

亂後閶門無舊業，玉蘭臺館委烽煙。移家遠向天池住，文肅松楸愴墓田。

東望莫釐西縹緲，天池樓閣太湖邊。經營響屧琴臺月，揮灑金庭玉柱煙。

商山四皓多苗裔，遍植梅花林屋間。我昔采香西子逕，洞庭春盡不知還。

夢中林屋樹蒼蒼，掩映人家橘柚黄。更有楊梅無數樹，蒲萄處處緑陰涼。

憑君點染包山翠，多寫毛公洞口松。掛向長安散炎暑，一杯一朵玉芙蓉。

【箋】文與也，名點，工詩文，善山水，有南雲詩文集。隱居竹隖，城市罕有其跡，文徵明裔孫。此詩順治十六年作於遊吴之時。

春湖曲

士女春遊早，梅花折滿船。飛來玄墓雪，香散太湖天。漁父歌明月，夷光出紫煙。鴛鴦誰似汝，長在浣紗邊。

【箋】順治十六年作，時遊太湖。

望太湖山色作

湖山三萬頃，最好是晴春。秀色無南國，清光自美人。花開香澤滿，雨過髻鬟新。處處莓苔上，都疑響屧塵。

【箋】順治十六年作。讀史方輿紀要卷二四：「太湖，浸淫數州間……湖中有一十八港。」

太湖女兒曲

願得化爲石，與郎千載同。儂既作石姥，歡亦作石公。

【箋】

順治十六年作。

湖上作 二首

湖光山色足傾城，況復芙蓉盡有情。好在月中垂兩足，風流自古得長生。

湖如西子目曾波，却恨中流滿芰荷。一片清光風瀲灩，照人不在月明多。

【箋】

順治十六年作。

從洞庭還東瞿止

芙蓉青翠裏，昨謁洞庭君。玉柱開天闕，龍威導白雲。靈書人外讀，仙樂夜深聞。明共扁舟去，還尋鸞鶴羣。

【箋】順治十六年遊吴時作。瞿止，疑止下脱一「虚」字。待考。

湖中懷沈武功 二首

三江春水五湖通，一片青天在鏡中。日暮回舟向林屋，梅花無數與誰同。

天涯一片愁中月，夜夜隨風落故鄉。何日尋君來檇李，二湖相並似鴛鴦。

【箋】順治十六年春作。時遊蘇州太湖。沈武功，即沈傳弓，字武功，嘉興人。

石公石姥歌 石在太湖石公山

兩石湖邊號公姥，狀似老人何傴僂。何事雙雙化石來，多情不肯歸黄土。從來化石因望夫，武昌貞婦無處無。男子何因亦化石，鴛鴦相對爲歡娱。東向石公拜，汝豈穀城舊精怪。不然漢代修羊公，故向君王作狡獪。西與石姥語，汝豈秦時采螺女。巫山十二芙蓉中，亦有望夫峰似汝。我今學仙仙未成，愁將體魄歸泉扃。他年亦欲化爲石，恨無比肩一娉婷。

【箋】順治十六年作。時在蘇州，出遊太湖。吳縣志卷十九：「太湖峰七十二，名者八九，包山最著。包山之勝數十名者六七，石公最著。」按，石公、石姥兩石已於二十世紀六十年代毁壞。

寄獨漉子

我從林屋洞，探得龍威書。贈爾浮滄海，遊仙駕鯉魚。雲帆懸若木，鄉路指扶胥。幾夜羅浮月，相思望碧虚。

【箋】獨漉子，指陳恭尹。據首句，此詩順治十六年作。林屋洞，在今蘇州洞庭西山。

焦光洞

高卧不知處，花含古洞春。白雲來借問，三詔彼何人。

【箋】「焦光」當爲「焦先」之誤。焦先爲東漢末隱士，河東人。時關中亂，伏竄草間，餓則出爲人勞作，得食而已。事見三國志管寧傳裴注。世誤傳焦先曾隱居鎮江焦山洞中，山是以得名。此詩當爲遊吴時作。末語深諷。

過吴不官草堂賦贈

今日東林社，遺民半入禪。君棲洞庭館，不異虎溪邊。斂性成幽石，行歌徹紫煙。門臨響水澗，家有梅花田。橘柚香無數，楊梅紅更然。琴書開暖日，鷄犬散晴天。竹笋穿苔小，銀魚入饌鮮。采蘭陳膝下，弄鳥向堂前。昔我滄洲祖，人稱萊子賢。高堂過百歲，白髮奉雙仙。孺慕今惟子，南陔復有篇。白華朱萼好，相贈兩流連。予高祖滄洲公行年九十，奉百有餘歲之父母，以至孝稱。今不官年六十，其兩尊人皆八十餘歲，故詩及之。

【箋】吴時惠，字不官，吴縣人，著胥母集。順治十六年遊吴時作。

訪錢牧齋宗伯芙蓉莊作

四面煙波繞，藏書有一樓。興亡元老在，文獻美人留。橋細穿荷葉，舟輕及素鷗。愛予初命筆，交廣有春秋。

【箋】芙蓉莊，在今江蘇常熟。重修常昭合志：「紅豆村莊，在白茆古湫浜，本名芙蓉莊。」錢牧齋，名謙益，字受之，常熟人。萬曆中進士，官至禮部侍郎。弘光立，召爲禮部尚書。多鐸定江南，謙益迎降，授禮部右侍郎，旋歸里。著初學集、有學集、列朝詩集等。此詩順治十六年謁錢謙益時作。末兩句，謂時正作皇明四朝成仁録。

吴江贈顧茂倫　二首

月出采香洲，吴娘唱舵樓。垂虹楊柳暗，鷺脰白蘋秋。故國蒼茫別，美人遲暮愁。夫君若萱草，一見即忘憂。

吴下要離子，相逢意氣存。千金生壯士，一飯死王孫。返馬亡秦塞，維舟破楚門。他時功業就，痛飲在中原。

【箋】順治十六年作。吴江，今江蘇蘇州市吴江區。顧茂倫，即顧有孝。孫静庵明遺民録卷四：「明顧有孝，字茂倫，吴人。諸生。明亡，乃焚棄儒衣冠，與山陬海澨之客相往來，思欲有所爲。嘗編唐詩英華，錢牧齋稱爲煥然復見唐人面目。」

鶯脰湖作

雪助湖光白，風開野色新。白鷗相識否，前度弄梅人。

【箋】順治十六年作。鶯脰湖，在今江蘇蘇州市吴江區南平望鎮東南。

答王璞庵

誰能學道更情深，與俗今朝共陸沈。金粟如來吾不屑，但將尊酒送狂吟。

【箋】王璞庵，名廷詮。順治十六年，大均曾與王氏同遊吴江，後王氏有詩懷之。

爲王璞庵題騎白鹿圖

白馬小兒竊天禄，青牛老人去函谷。君今白鹿行翩翩，豈爲茅山高卧足。乾坤此日尚鴻濛，王霸雌雄一笑中。他時憶我羅浮頂，可有風雲起伏龍。

【箋】順治十六年作。

舟入閶門

曲折木蘭橈，穿城四百橋。錦帆風未散，茂苑雨初消。煙火含春樹，人家逐暮潮。相思明月夜，歌管爲誰驕。

【箋】順治十六年作。閶門，蘇州城西北門，在外城河與上塘河間。河上有廣濟、覓渡、楓橋等石橋。

姑蘇楊柳枝詞 十首

姑蘇臺畔卧經春，歌管淒涼憶美人。楊柳無情飛絮亂，可憐如雪亦成塵。

水緑山青一片愁，銷沈玉檻與銅溝。生憎茂苑多楊柳，長使行人繫紫騮。

家家垂柳繫相思，況復吴儂唱竹枝。未曙啼烏腸已斷，行人難待月斜時。

長條阿那不牽人，一任花飛送好春。未化浮萍猶是雪，宮鶯銜過錦帆津。
美人香水尚留谿，谿畔桃花亦姓西。無限風流與楊柳，千條萬縷任烏棲。
露咽煙啼總不明，飛花如送復如迎。長條不忍輕攀折，爲爾臨風最有情。
嫩葉柔條一夜長，啼鶯催客到吴閶。千千金縷多情甚，欲爲愁人續斷腸。
四百橋邊茂苑東，纖腰舞殺爲春風。吴娘一一嬌鶯似，生長遊絲落絮中。
淺碧輕黄暖乍催，流鶯各占一枝來。相思化作江南樹，絲縷紛紛結不開。
金縷垂垂拂水流，梧宫花草不曾秋。蛾眉飛作天邊月，長爲君王照鳳樓。

【箋】姑蘇即蘇州。此詞似順治十六年謁錢謙益于蘇州前後作。

閶門曲

姑蘇臺上柳花開，飛落西施碧玉杯。一自吴王春宴罷，宮鶯銜過若耶來。

【箋】閶門，在今蘇州。讀史方輿紀要卷二四：「閶門，在今城西北，闔閭時門名也。」順治十六年作。此詩詩外失收，録自過日集二。

伍子胥

鼓腹閶門日，佯狂一布衣。壺漿漁父與，骸骨大王歸。破郢身應退，鞭王事亦非。父兄讎已復，被髮效鴻飛。

【箋】據首句，此詩或順治十六年遊吴時作。伍子胥，春秋吴國大夫。名員。史記有傳。

劍池作　二首

聞道闔廬劍，三千泉下藏。揚精爲虎氣，逆理是魚腸。露滴梧宫冷，煙流鶴澗長。墳西鄰紫玉，山鬼綺羅香。

白虎君王氣，千年隧道中。精靈歸落日，歌舞散秋風。峽底三泉鑿，林間一徑通。數聲鐘磬響，山鳥暮争叢。

【箋】順治十六年作。劍池，在蘇州虎丘。吴越春秋載，吴王闔閭葬於此。以扁諸、魚腸等三千寶劍陪葬，故名。明正德六年冬，劍池水涸，唐寅等蘇州名士發現池北有隧穴，當爲墓道口。

題鴛鴦壙 有序

崇禎末，長洲有楊氏婦者，其夫倪士義死，婦使工鑿「鴛鴦」二字壙上，遂自剄。今合葬虎丘，稱「鴛鴦壙」。太倉顧湄載其事虎丘志中，予覽而感焉。

血濺良人墓，嬋娟事可傷。闔廬無此劍，紫玉不成香。俠烈光吴岳，梁張種常稱虎丘爲吴岳之神秀。流傳自野王。陳顧野王有虎丘山序。千秋蓮沼上，人見紫鴛鴦。

【箋】順治十六年作，時遊蘇州。鈕琇觚賸卷七載其事。

五人墓作

吴風多好劍，輕死自當時。以有要離子，長爲烈士師。恩仇無不報，市井亦何知。慷慨五人者，英名復在兹。

【箋】五人墓，在今蘇州西北虎丘山塘。明末顔佩韋、馬傑、楊念如、沈揚、周文元反對權宦魏忠賢，被捕殺，合葬於此。墓前立有張溥所作五人墓碑記。順治十六年作。

錦帆涇

錦帆涇水碧漣漪，往日夷光作水嬉。留得娟娟亡國月，美人千載學蛾眉。

【箋】順治十六年作。　錦帆涇，在江蘇蘇州盤門内，即外城河。相傳吴王錦帆遊此。

登任公子釣臺作

我來釣臺上，俯見錦魚浮。正有青天月，纖纖爲玉鈎。千峰花映雪，雙澗竹鳴秋。安得桐江客，長歌共此遊。

【箋】任公子釣臺，即任昉釣臺，在江蘇宜興。相傳南朝梁詩人任昉曾於此垂釣。疑爲順治十六年遊吴時作。

過梅村作 二首

山是羅浮好，梅花有一村。羅浮有梅花村。如何千萬樹，移作此名園。石上雲多竇，花中水有源。人言衆巖壑，更似謝公墩。

一水灣環入，花深自不知。舟因梅片重，杯以鳥聲遲。石隱陂陀勢，煙生洞壑姿。阮公多子姪，更有竹林期。

【箋】順治十六年作。梅村，在今江蘇太倉縣東，明末清初詩人吴偉業所居。

題梅村集

七字初唐好，司成變化中。自兼長慶體，先賦永和宫。事補先朝史，聲高列國風。遺音在流水，洄溯意無窮。

【箋】順治十六年曾遊吴偉業故居梅村，作過梅村作二首。此詩姑定爲同時之作。

昆湖同毛子晉作

稻田三尺水，茅屋幾重山。日出漁樵散，花開鷄犬閒。芳春猶未晚，故國不須還。且共琴川叟，扁舟蘭杜間。

【箋】毛晉，字子晉，世居虞山東湖，築汲古閣藏書，校勘十三經、十七史全書流布。又刻津逮秘書十五集，皆宋元舊帙。昆湖在今江蘇常熟市西北。順治十六年作。

潤州作

鐵甕城何處，蕭條起戰塵。江聲沈故國，草色老行人。花壓妖姬酒，鶯悲茂苑春。樓船殊未至，望斷海門津。

【箋】順治十六年作。潤州，隋開皇十五年置，治所在今江蘇鎮江。讀史方輿紀要卷二五「丹徒縣」條：「郡有子城，週六百三十步，即三國吴所築，内外皆甃以甓，號鐵甕城。」

京江舟中望金焦二山作

一水分京口，雙峰作海門。潮蒸寒日氣，天插白雲根。十里鐘聲接，中流塔影奔。茫茫吴楚恨，嗚咽與誰論。

【箋】順治十六年作。京江，即今江蘇鎮江市北長江江段。金焦二山，謂金山及焦山，分别在今鎮江市西北、東北長江中。

從京江至石頭城作 二首

潮去潮來怒未平，蕲王廟口客心驚。天風不斷黄天蕩，知是當年戰鼓聲。

新長沙洲廿里長，蒹葭斜抱石城牆。江南歲歲添形勢，料得天心在建康。

【箋】順治十六年作。京江，即今江蘇鎮江市北長江河段。石頭城，即今南京市。寫韓世忠事，當有寓意。

長干曲

安得馬當山，橫截大江水。郎船不得行，復返秦淮裏。

【箋】順治十六年作，時客金陵。長干，地名，即長干里，在今江蘇南京市秦淮河南，靠近長江。

秣陵

牛首開天闕，龍岡抱帝宫。六朝春草裏，萬井落花中。訪舊烏衣少，聽歌玉樹空。如何亡國恨，盡在大江東。

【箋】秣陵，南京古名。楚威王置金陵邑，秦改秣陵。順治十六年作。南京爲明故都，因有亡國之慨。

桃葉渡

二月江南望，桃花爛似霞。人言桃葉渡，桃葉勝桃花。

【箋】順治十六年春二月作。桃葉渡，渡口名。在今江蘇南京市秦淮河畔。張敦頤六朝事蹟桃葉渡：「桃葉者，王獻之愛妾名也。」相傳王獻之在此送其愛妾桃根、桃葉而得名。

木末亭拜方正學先生像

宗臣遺像在，對越孝陵雲。周禮難爲國，姬公竟負君。龍蛇迷曠野，日月在孤墳。莫問三楊事，忠良道各分。

【箋】順治十六年作於南京。方孝孺，人稱正學先生。建文四年，燕王朱棣率軍入南京，將即帝位，令孝孺草即位詔書。以喪服哭殿陛，拒不草詔。成祖怒，殺之，並誅十族。木末亭，在今南京雨花臺北，旁有方孝孺祠。

正學祠下作 二首

正學祠堂冷不扃，忠魂千古哭山靈。興王一姓猶甘死，管魏能無污汗青。

一介忠臣十族殃，興朝元氣黯然傷。寧王何事無慚德，坐見夷齊死首陽。

【箋】正學祠，在今南京雨花臺北，祭方孝孺。此詩當與上首作於同時。

青溪 三首

青溪一片長蘼蕪，天上張星作小姑。小像沉香薰未已，夷光得似麗華無。

胭脂井裏殉君王，花作陳宫二女香。誰道小姑人不識，美人張孔兩鴛鴦。小姑祠中塑二女：一張麗華，一孔貴嬪。

青溪一道秦淮接，桃葉桃根總在兹。六代風流歸此地，何人不拜女郎祠。

【箋】青溪，在今南京。讀史方輿紀要卷二十：「青溪，在上元縣東六里，溪發源鍾山，下入秦淮，逶迤九曲……隋開皇九年平陳，斬張麗華、孔貴嬪於青溪栅下。」此詩或順治十六年住金陵之際作。

青溪觀虞美人作 三首

天生意氣逐重瞳，虞姬歌：「大王意氣盡，賤妾何聊生。」血作名花萬古紅。開遍青溪與罌粟，枝枝争舞美人風。罌粟、芍藥多與虞美人雜植。

一帶溪橋隱暮煙，開殘芍藥馬蹄邊。紅顔盡是閒花草，似爾虞兮自可憐。舊曲中皆在青溪。

戰血何妨染玉顔，花開長使美人攀。二妃不爲重華死，那得瀟湘竹盡斑。

【箋】

此詩或順治十六年住金陵之際作。

望鍾山

一脈茅山至，蒼蒼煙霧濃。神宮開六代，王氣出中峰。萬古君臣始，九天樓殿重。卧碑當輦路，春草未曾封。

【箋】

讀史方輿紀要卷二十：「鍾山，府治東北十五里，京邑之巨鎮也。明太祖元宫奠其陽，遠近群山環繞拱衛，鬱葱巍焕，雄勝天開，設孝陵衛官軍守護。」順治十六年作於南京。

靈谷寺

往日出門去，蕭森十里松。梅花因太祖，香水自神龍。煙雨宫城暗，莓苔輦路封。興亡無限恨，消得一聲鐘。

【箋】順治十六年作於南京。讀史方輿紀要卷二十：「蔣山寺，因孝陵奠焉，乃移於東麓，賜名靈谷寺。」

靈谷探梅 三首

往日園陵畔，千株間白雲。芳馨靈谷寺，灌溉羽林軍。亂點鍾山翠，争銜麋鹿羣。高皇多手澤，如雪日氤氲。

見説鍾山麓，當年萬樹斜。誰將遼海雪，來折漢陵花。冷月含邊笛，陰風散暮鴉。數枝當輦路，不忍吐瑶華。

幾樹傍朝陽，門名。猶承日月光。白頭宫監在，攀折薦高皇。上苑櫻桃盡，華林苜蓿長。春風空有意，先到獨龍岡。

【箋】此詩當與上首作於同時。馮夢禎靈谷寺探梅記：「留都惟靈谷寺東，有數里梅花。」

吉祥寺古梅　七首

受命生南國，孤根不可移。寒光含雨雪，元氣在茅茨。空寂無人見，芳馨祇自貽。上林松柏盡，珍重歲寒期。

一夜東風拂，春回半死根。瑶華答霜雪，碩果孕乾坤。豈有山川秀，居然鸞鶴尊。惟應招隱士，來此日攀援。

枝枝經百折，終不畏冰霜。到地花仍發，横空影自長。月中那可得，人外始聞香。夜夜難爲寐，因君拂石牀。

山中長自傲，不愧此寒饑。冰雪歸玄鬢，乾坤寄縞衣。朝隨晴日放，暮作白雲飛。一自冥心坐，聞香每發機。

白雲開半樹，香已遍晴春。明月曾無夜，空山豈有人。風驚飛瀑斷，雪灑落花匀。坐久石牀暖，氤氲一氣新。

巉巖山寺裏，鐵幹欲爲薪。殘月疑山鬼，深雲隔美人。無花留太古，何草似靈均。再弄虬枝下，江南久望春。

一樹淩空白，孤心與我期。先春天未覺，入夜月難知。不食同姑射，無香到楚詞。憑君念寒歲，莫折向南枝。

【箋】順治十六年作。吉祥寺，在南京城南。明葛寅亮金陵梵刹志卷二五有載。詩外十過蔡國子園亭作注云：「吉祥寺古梅爲金陵第一。」後二詩詩外失收，分别録自道援堂詩集六、劉然輯國朝詩乘五。

紫峰閣梅 二首

絶壑春難早，鴻濛養有餘。光生無月處，香在未花初。入石僧同定，横溪客自疏。年年紫峰閣，爲爾一踟蹰。

夜夜空林裏，相看凍不歸。坐殘千嶂雪，添盡五更衣。結侣如園綺，爲餐當蕨薇。無人愛幽獨，於此共忘機。

【箋】順治十六年作，時客金陵。紫峰閣，在今江蘇南京市北棲霞山上。王士禛遊攝山記：「與爾止趨東澗紫峰閣，雨復作，小坐閣上，冒雨即行，過石佛院。」

福興山中古梅 二首

念是先朝物，風雷不忍侵。桐焦空有尾，竹老已空心。以道酬泉石，無言閲古今。幾宵明月上，爲子動瑶琴。

一花開混沌，静者最先知。雪滿空山夜，雲生絶壁時。幽光溪四照，素影鶴相持。辛苦傳春信，陰風莫太吹。

【箋】福興，南京古寺名。唐釋道融移建於天竺山中。金陵梵剎志卷四六有載。順治十六年、十七年間在南京作。

席上吟贈林茂之八十翁

明月飛來珠海長，愁心盡與白雲鄉。高歌試問投竿老，我是今狂定古狂。

【箋】林茂之，名古度，福清人。與方文、杜濬輩偕隱江寧，以文采風流，爲明朝遺老。順治十六年作。

酌酒與徐撫辰

白髮慚春色，愁心似落紅。葡萄君不醉，何以受東風。

【箋】順治十六年在南京與徐撫辰相識，此詩當作於是時。

贈鄭谷口

書家稱漢隸，最首石經碑。谷口今誰及，中郎是所師。驚鸞皆有勢，折鐵更多姿。瘦硬元真法，唐人已不知。

【箋】鄭簠，字汝器，號谷口，江蘇上元人。善隸書，有名于時。錢泳履園叢話十一上書學：「國初有鄭谷口，始學漢碑，再從朱竹垞輩討論之，而漢隸之學復興。」此詩或順治十六年作於南京。

陳宮辭 三首

玉樹新歌唱未終，石頭城外戰雲紅。君王失國風流甚，笑抱名妃入井中。

古寺虛無玉殿存，美人環珮響黄昏。多情最是萋萋草，不没胭脂井上痕。

臨春結綺彩雲間，天上張星玉作顔。萬歲不愁歌舞盡，龍蟠虎踞是鍾山。

【箋】

順治十六年作，時客金陵。

秣陵春望有作 十六首

玉溆金塘雨過時，家家楊柳映茅茨。溪行忽與人煙遠，一樹梅花獨自知。

江南無路草萋萋，欲送王孫煙雨迷。幾度蘭舟行不得，鷓鴣偏向夕陽啼。

草長陳宫日已非，春魂化燕欲何歸。分明記得秦淮上，一路梅花照翠微。

松竹陰寒欲雨天，南朝古寺暮鐘連。山僧不記誰家臘，依舊樓臺甲子年。

歌舞銷沈一夜風，繁華自古送英雄。可憐七曲江南弄，都入胡笳慘淡中。

棠梨花落子規啼，望斷荆門煙雨迷。一葉漁舟君可渡，晴雲猶在洞庭西。
日斜湖上聽歌還，落盡夭桃慘客顔。回首白門楊柳外，春風一半在寒山。
登臺休更愴寒煙，豈有山河與赫連。聞道燕支黄葉早，行人歸及未秋天。
燕子新箋唱未終，君臣一笑失江東。風吹苑柳花無數，飛向天山與雪同。
留得江山一片秋，可憐失國盡風流。淒涼更有金川事，煙草兼含六代愁。
日落中原虎豹驕，乾坤無力捍南朝。誰教一代衣冠盡，白骨青苔鎮寂寥。
香車白馬簇城隅，煙雨春光乍有無。多少酒旗歌板處，遊人偏向莫愁湖。
煙雨春光澹欲無，年年愁滿莫愁湖。清明莫向江南過，芳草萋萋是故都。
榆柳青青萬井煙，遊人隔袖揖金鞭。桃花不解王孫恨，開遍燕姬酒肆邊。
江左衣冠久已傾，看花誰問鳳凰城。年年此地逢寒食，歌罷龍蛇淚滿纓。
淒涼今古一荒丘，欲問滄桑水自流。歸去東樵高卧好，青山猶爲野人留。

【箋】順治十六年春作。秣陵，秦始皇三十七年置縣。三國吴時移治今南京市。組詩寫故國之思。

湖上

春草接姑蘇，春煙望漸無。愁心與春水，流滿莫愁湖。

【箋】順治十六年春作，時客金陵。

秦淮曲中詞　十首

沙喜何如沙嫩清，日將紈扇寫黄庭。東華園裏閒飛鞚，身似穿花紫燕輕。

青溪一曲接秦淮，舊院樓臺滿水涯。妓女湘蘭稱第一，憐才絶不似裙釵。

傅壽清歌絶可憐，活泉真岕善烹煎。茶經寫出人争購，字比曹娥態更妍。

顧節風流復尹春，時時作伎若天人。腰肢直與臺城柳，舞殺東風不動塵。

范潤聰明范珏同，兩家書畫並精工。猶言博覽輸王鳳，粉膩全沾萬卷中。

寇媚潘髯大社開，紛紛詩畫客争來。班如堂裏多評藻，温麗人稱似玉臺。

豪俠人稱脱四娘，揮金不向少年場。一生珠翠交貧士，贏得西鄰笑淡妝。

楊婉工詩及草書，茅君相挾上匡廬。侍兒插柳時時憶，温潤潘郎玉不如。

風流文藻有湘君，蘭竹枝枝墨氣芬。能説五經誰得似，指揮談麈繞羅裙。

曲中當日最繁華，春到青溪處處花。遊冶競遮蘇小路，辭章多在薛濤家。

【箋】

順治十六年作，時客金陵。秦淮曲中，南京秦淮河畔的妓坊。余懷板橋雜記：「舊院人稱曲中，前門對武定橋，後門在鈔庫街。妓家鱗次，比屋而居。」

詠金陵曲中遺事 四首

國初南院首皇州，官妓居連十四樓。手帕結成多姊妹，春盤笑爲賞燈留。國初，金陵聚寶門外建輕煙、淡粉、梅妍、柳翠十四樓，以聚四方賓客。洪武中，揭軌有宴南市樓詩云：「詔出金錢送酒壚，綺樓勝會盛文儒。江頭魚藻新開宴，苑外鶯花又賜酺。趙女酒翻歌扇濕，燕姬香襲舞裙紆。繡筵莫道知音少，司馬能琴絶代無。」國初，縉紳宴集皆用官妓，與唐宋不異，後始有禁耳。永樂中，晏鐸金陵元夕詩：「花月春風十四樓。」

詔出金錢每賜酺，簪纓一一赴當壚。輕煙淡粉樓偏鬧，占盡鶯花絶代無。

秦淮燈接鳳凰臺，勝會相將盒子開。未暮私將簾半捲，外人知道所歡來。色藝俱優者，或十餘人結爲手帕姊妹，元夕各製春擎相賽，謂之「盒子會」。餚品極其珍異。負者有罰，所歡亦各攜具助之。粉垣竹闌，白晝垂簾，客至，叩門而入。簾半捲則已有所歡，他客過而不入。

曲中女士愛藏書，寇四牙籤盡不如。今瘦古肥争學帖，手抄還向晚妝餘。曲中多藏書家，老寇四所藏抄本説郛，滿四架，今世所行，但百分之一耳。

【箋】

組詩當作于順治十六年游南京時。

石子岡

石子岡前落日催，千秋人尚禮魂來。從來地下多生氣，白骨何妨委緑苔。

【箋】

順治十六年作。石子岡，以盛産五彩鵝卵石得名，即今南京市内之雨花臺。宋楊邦乂知溧陽縣，金兵進逼建康，守臣杜充等皆降。楊獨不屈，堅拒金帥完顔宗弼（兀朮）誘降，大呼「速殺我」，又奮書「死」字以明志。卒被剖心於雨花臺下。明方孝孺建文初爲翰林侍講。燕王奪建文位後，命方起草登基詔，堅執不從，全族被殺。孝孺被葬於岡畔。大均遊蹤至此，對景傷時，故有此作。第三句語緩而實諷切。即釋函可詩之「地上反奄奄，地下多生氣」意也。地下有直節不屈之士，世間多蠅附苟且之徒，遺民心事，亦淒然可哀也矣。

題攝山亭子

石多泉仄出，花密鳥斜飛。坐愛莓苔好，青青欲上衣。

【箋】順治十六年春作，時客金陵。攝山，即棲霞山，清一統志卷七十三江寧府：「攝山，在上元縣東北五十里，一名棲霞山。」

春水

春水連桃葉，垂楊滿石城。興亡無限恨，啼殺六朝鶯。

【箋】順治十六年春作。時寓金陵。

覆舟山下作

千年龍虎國，悵望一平蕪。六代頻興廢，中華更有無。大江流王氣，遺殿怨棲烏。玉樹歌良苦，英雄莫據吴。

【箋】

順治十六年作，時客金陵。讀史方輿紀要卷二十：「覆舟山，在府北太平門内。舊志：『在府北七里，形如覆舟，因名。』」

贈張損之

秦淮之水連青谿，君家芙蕖出水齊。性好丹青作花卉，含毫多在蓮葉西。張顛白日老閒事，中散青霞鬱奇意。畫出芙蕖天下無，葉葉花花香撲鼻。舊院風流往日多，沙嫩清簫傅壽歌。齊梁豔曲爲君唱，求畫芙蕖日夕過。長板橋邊明月滿，脱家十娘開別館。棗花簾子捲晴雲，邀畫芙蕖香更薰。千錢一幅傳都市，一時好手誰如君。衹今王謝俱零落，青樓歌舞不復作。桃葉渡頭空夕陽，東華園裏無紅藥。君家寂寞在溪湄，南朝逸老無人知。頓楊二姓紅顔盡，那有犀簪供畫師。君且據梧復隱几，繁華銷歇毋多悲。

【箋】順治十六年作，時客金陵。張修，字損之，長洲人。家秣陵。性狷介，自闢三徑於鷲峰寺側。作畫不凡，工山水、花草、蟲鳥，更好圖繪藕花。見清代畫史增編卷十四。

別吴統持

君平休棄世，市肆亦容身。黄老何須學，英雄自有神。雲生長水白，花發曲臺春。寂寞鈎簾下，行吟念楚臣。

【箋】順治十六年春作。時遊浙江。吴統持，孫静庵明遺民録卷十一云：「明吴統持，字巨手，嘉興諸生。甲申之變，將上書南都，母黄氏止之曰：『奸相竊柄，汝欲何爲。』明年母卒，棄諸生，隱鴛湖，坐卧一危樓，饘粥不繼。尋賣卜四方，年五十卒。」

虞姬歌

中宵漢兵滿，四面楚歌哀。大王多意氣，爲妾一徘徊。

【箋】疑爲順治十六年作。

鍾山　二首

高高雙巘削屏風，紫翠晴飛萬井中。一自軒皇成寶鼎，遂開天闕作玄宫。千秋龍虎歸真主，六代煙花送狡童。歲歲貂璫馳傳至，櫻桃春薦思無窮。

蒼蒼輦路但斜暉，月出衣冠事已非。六代松楸辭玉殿，中峰陰雨見龍旂。蠻奴小隊呼鷹過，漢女春魂化燕歸。多少哀笳吹不散，五雲猶繞御牀飛。

【箋】順治十六年作，時遊南京。鍾山，清一統志卷七十三：「鍾山，在上元縣東北朝陽門外。」

長歌爲玉龍子壽

蒲桃美酒金叵羅，銀盤堆炙高嵯峨。請君酣飲當秋月，世上功名奈爾何。月出涼州雪海湧，琵琶羌笛閒相弄。衛霍鷹揚自有時，荆專狗盜終何用。我有純鈎一雌雄，三金吐焰芙蓉同。

紛紛虎豹不足刺，出天入地如飈風。自從欃槍犯帝闕，四瀆波翻天柱折。包胥慟哭無人聞，勾踐深冤難自雪。因之遊心八陣盤，奇正相生環無端。龍蛇變化在掌握，全師一擲非所安。狐裘蒙茸垂錦帶，遨遊東走邯鄲外。傾家交結高陽徒，燕姬酒樓爭摴蒱。千山殺氣漁陽慘，五夜笳聲大帳孤。逢君沙漠至，意氣相歡呼。長兄張子房，小弟周亞夫。肝腸剖出如白日，太山一諾堪捐軀。歲月滔滔若流水，忽別江南數千里。天心不肯厭□孥，世態那能留國士。我如梅福棄妻子，蓬頭垢面棲吳市。桃花春滿會稽山，鼓棹南湖蒼翠間。憑誰寄語鴟夷子，載取西施月下還。西施還兮一攜手，逢君忽在胥山口。衣服猶沾馬汗紅，風流不減虬髯秀。莫嫌三十猶沈淪，夷門曾有抱關人。才似文淵不惜老，美如曲逆寧長貧。看花且乘青雀舫，朝斗且戴華陽巾。懸黎追琢始成器，豫章鬱結方有神。天生我技能穿楊，時來三箭誰能當。漢賊豯來不兩立，男兒豈必封侯王。瓶中况有丹砂在，衹須功成便翱翔。

【箋】順治十六年秋作。時客金陵。詩有「莫嫌三十猶沈淪」句，本年大均適三十歲，正合。玉龍子，未詳何人。然詩中人蹤跡懷抱，頗似大均。且其本名邵龍，玉龍子疑爲自稱，或借此以自壽歟？詩中「□孥」二字，疑爲「胡虜」之隱語。

江東别朱生 三首

彭蠡水茫茫，東流控馬當。孤帆懸細雨，故國隱斜陽。知己白門少，思君秋夜長。殷勤南浦送，何日慰參商。

分手横江館，煙波一片愁。天門青兩岸，春草緑中洲。相許有長劍，所歡非五侯。交情貧賤好，歲晚莫悠悠。

五嶺横韶石，三瀧下桂陽。北門秦鎖鑰，南服越封疆。戰壘秋旗滿，津樓晚角長。期君如陸賈，遊説得金裝。

【箋】

順治十六年作。 朱生，其人未詳。

贈繆天自

朝飛野田雉，耿介絶無羣。白首誰知己，青山獨有君。披裘驚季札，請組羨終軍。壯志應難就，相將入海雲。

【箋】繆天自，即繆泳，又名永謀，字子野、潛初。嘉興人。大均於順治十六年遊吴時與之結識。本詩當作於此時。

送客

莫上高臺望，無窮是楚雲。舊遊稀白髮，獨往易斜曛。木落諸峰見，山空一葉聞。祇應盤石上，閒坐對秋分。

【箋】順治十六年秋作。

攝山秋夕作

秋林無静樹，葉落鳥頻驚。一夜疑風雨，不知山月生。松門開積翠，潭水入空明。漸覺天鷄曉，披衣念遠征。

【箋】順治十六年秋作於南京。攝山，即今棲霞山。時鄭成功以舟師攻復瓜州、鎮江，後因驕懈敗績南京。

翁山曾參與義事，念及南朝梁太平元年陳霸先大敗北齊兵於攝山，因有深慨。

舟出燕子磯

夾口横開燕子磯，崩崖千仞掠船飛。天風忽向蘆花起，白浪如山打翠微。

【箋】燕子磯，在今南京市東北長江南岸。戴洵南京十四景圖詩序：「北出外郭觀音門，臨江有小石山突入江中，曰『燕子磯』，磯旁有弘濟寺。錢希言西浮籍：磯之得名，以形如燕子耳。」此詩作於順治十六年。

江深閣眺望 在儀真

縹緲青山接燕磯，風吹浮玉渡江飛。誰家故起真州閣，收盡江南彩翠歸。

【箋】江深閣，在今江蘇儀徵市南。金埴不下帶編卷三：「真州有閣瀕江，題曰江深閣。」順治十六年末，翌年初大均在揚州。

龍門健兒行

龍門健兒身手强，綿木爲槍三丈長。三人持一綿木槍，風旋電轉誰能當。進四尺兮退四尺，挑起人馬半空擲，朔騎千羣喪精魄。前鋒夾以竹篙錐，三丈不足二丈餘，藤牌絮被滚如珠。三眼鳥槍洞鐵甲，繞指鬱刀隨捲舒。燋銅鋒鏑塗毒藥，猛虎中之僅三躍。用短尤能精用長，縱横擊刺千軍卻。往日勤王義氣作，文烈張公恣揮霍。大小百戰似雷霆，長驅幾欲空沙漠。

【箋】東莞張文烈公行狀載，永曆元年（順治四年），張家玉起兵東莞勤王，至龍門召募，得兵三萬。後敗死，其弟家珍率餘衆駐龍門。李成棟反正後，乃解甲歸。此詩汪譜定爲順治五年作。然詩中有「往日勤王」之語，似非作於起兵次年。行狀作於永曆十三年八月，姑定此詩爲同時之作，即作於順治十六年。

答吴巨手

白雲何晶晶，倏忽歸無形。尸居龍不見，與君共沈冥。黄虞久已没，吾道難獨清。深谷何逶迤，朱華含春榮。采采以療飢，將遊太上庭。湯火煎太和，膏粱損奇齡。浮沈日月中，人命如流螢。哀哉嵇叔夜，多才乃捐生。

【箋】吴巨手，名統持。與弟虎文皆有節操。明弘光三年春，曾浮海入閩，後知事不可爲，遂歸隱。事見屈起嘉興乙酉兵事記。徐鼒小腆紀傳卷五八有傳。順治十六年遊浙與之相識，疑亦作於是時。

雷塘

一片裙腰草，雷塘接竹西。春人無限恨，付與乳鶯啼。

【箋】順治十七年春作，時遊揚州。雷塘，在今揚州市北。羅隱煬帝陵：「君王忍把平陳業，換得雷塘數畝田。」

蜀岡懷古　四首

玉檻珠簾總一丘，春魂多半在迷樓。蘼蕪亦愛雷塘路，十月青青自不秋。

一路飛橋壓水低，芙蓉多與酒船齊。依依最是三春柳，繫得君王不復西。
春雲黯黯美人斜，秋草萋萋帝子家。一代紅顏在何處，可憐都作廣陵花。
一片平蕪接海天，江南山色墮樓前。雙雙浮玉天風外，空翠飛來化作煙。

【箋】

順治十七年春作，時遊揚州。蜀岡，一名崑崗，在今揚州市西北。洪武揚州府志：「揚州山以蜀岡爲首。」

第五泉　二首

紅橋東望絳仙臺，雨過江南翠色開。地脈最憐邗上好，大明泉自蜀中來。泉爲陸羽所品，居天下第五，名曰「大明泉」，亦曰「蜀井」。
一片平山號蜀岡，行隨磷火路茫茫。名泉獨作先朝物，流出松間姓字香。

【箋】

順治十七年春作。第五泉，在今揚州市西北蜀岡上。

大明泉

峨眉洞穴此潛通，千里陂陀與蜀同。泉水誰言君第五，先朝日月出其中。

【箋】順治十七年春作。大明泉即第五泉，在今揚州市蜀岡上。

揚子江漁歌

小姑在江中，大姑在湖裏。我欲作彭郎，來往江湖水。

【箋】順治十七年作。揚子江，指在今儀徵、揚州一帶之長江江段。

春日懷白華園

櫻桃花發吴溪香，客裏看春黯自傷。可懷海燕差池羽，挾子翻飛歸畫梁。我家遠在番禺縣，此日春人事遊宴。翡翠城邊柳正垂，琵琶洲畔鶯初囀。舊栽梅樹玉堂邊，我母折梅大士前。

松風隔水吹朝梵，山月含霜照夜禪。一别鄉園經四載，浮雲舒捲瀰滄海。五色明珠不肯投，千金匕首依然在。紛紛天下逐雌雄，安期枉去説重瞳。仙人本爲蒼生出，大道難令濁世容。楚客空知笑衰鳳，葉公不解好真龍。徘徊歧路將何適，采采芳蘭三嘆息。弱弟雖承菽水歡，鮮民未盡耕漁職。鴻雁飛飛向塞天，誰憐落羽屢驚弦。弋人應念銜書苦，萬里飄零非偶然。

【箋】白華園，大均鄉中之園。在番禺。見文外十白華園辭。據「一别鄉園經四載」句，此詩作於順治十七年，時大均客居秀水。

題中茗青畫

黄鵠在天地，一舉知圓方。遊仙未解憂，時時思故鄉。志士貴成仁，松喬非我良。衆人樹苦桃，君蘭實不成。衆人重魚目，君珠黯無光。遊藝爲丹青，山川日徬徨。晻靄如鬼神，雲霞出中腸。離憂翳蘿木，陽谷不垂光。麏麚方慕類，與子聊低昂。

【箋】申浦，字自然，亦作茗清，江蘇華亭人。善畫，山水仿大癡。明遺民録卷三十三：「明亡，棄諸生服，散家財結客，欲有所爲。謀泄，有司捕得之。……自然罹極刑，血肉狼藉，已押西市矣，忽有徒衆中易之者，於是得亡去，以畫糊口。」此詩或順治十七年作客秀水時。

與諸公別於西陵

浮雲何瀰瀰，導我將何之。徘徊西陵路，與子搴江蘺。江蘺久不芳，佳人無衣裳。烹魚貴神鼎，酌醴宜鸞觴。鸞觴君不御，别恨昊天長。參辰日錯行，龍虎不相望。我無四瀨羅，何以獲鴛鴦。楚歌爲羽聲，壯心空低昂。君子握神器，小人重文章。去去且揮手，久要願不忘。

【箋】順治十七年作。時遊浙江杭州蕭山一帶。西陵、西陵城，清一統志卷二九四紹興府：「西陵城，在蕭山縣西十二里，舊名固城，今之西陵也。」

寄蕭山張杉

聞君白魚潭，蘆花秋半含。持竿皎月下，沽酒寒溪南。我欲遊天姥，因之結草庵。會當遣雙鶴，來此迎蘇耽。

【箋】張杉，字南士，山陰人。性孝友。康熙初，海上大獄，魏畊走蕭山，復走梅市，大將軍利璋遮捕之，獲畊，兼捕李達、楊遷、祁班孫等。杉挺身走三家，爲經紀其事，及畊被殺，杉亡之錢塘，而班孫等徙塞外，點解多一人，則杉也。解官義之，勸之歸，後遊粵卒。據「我欲遊天姥，因之結草庵」句，此詩當作於順治十七年將遊天姥山時。天姥在今浙江新昌縣東，東據天台華頂峰，西接沃州山。

登娥避峰作

一嘯白雲開，羣峰面面來。梯從秦望轉，衣拂赤城回。花捲千巖雪，泉鳴萬壑雷。芙蓉天姥髻，朵朵帶春苔。

【箋】娥避峰，又名鵝鼻峰。在會稽、諸暨兩縣間。萬曆紹興府志：「在府西南五十里。自諸暨入會稽，此山爲最高。以秦始王刻石其山得名。」順治十七年作。

答姜十三送遊天台之作

昔我隨遠公，幽居廬山南。香爐峰下水，濯遍十三潭。松蘿花開覆盤石，卧視秋雲天外白。秋雲舒捲本無心，忽向天台弄素琴。逢君散帶耶溪上，贈我幽蘭積雪吟。我有雙白鶴，欲放沃洲山。朝啄蒼梧之珠塵，暮隨明月東海還。期君來聽九皋唳，天籟清寥非世間。

【箋】天台山，在今浙江天台縣。汪譜：「姜十三疑爲姜廷梧。」順治十七年作。

贈秦尊師

四明開日户，霞向赤城分。故國無芳草，斯人竟白雲。春居桐柏觀，夜過武夷君。莫漫發長嘯，恐驚鸞鶴羣。

【箋】順治十七年遊天台山時贈秦道士之作。

寄薛二 二首

君戴芙蓉冠，幾日羅浮返。芝房白玉童，應笑學仙晚。我在天台讀道書，春風三月恨離居。盈盈一片流花水，欲共琴高駕鯉魚。

東西二樵山，有如日與月。相望不相知，夢魂常恍惚。四百餘峰高復低，難將七十二峰齊。飛橋恨不長千丈，朝向東樵暮向西。東樵四百三十二峰，西樵七十二峰。

【箋】薛二，即薛始亨，號劍公，順德人。初隱西樵，後入羅浮爲道士，自稱劍道人。據「我在天台讀道書」句，此詩當作於順治十七年作遊天台山之時。

寄繆天自

浮雲日千里，忽止南山阿。豈不懷天末，秋來風雨多。三湘空悵望，五岳竟蹉跎。早晚天台上，期君共薜蘿。

【箋】繆天自，名泳，又名永謀，嘉興人。能文章，絶意仕進，授經生徒以養父。著有荇藻集。據末二句，此詩當作於順治十七年遊天台山時。

憶天台有寄

石梁横碧天，上有百重泉。昨夢隨明月，同君躡紫煙。聞簫桐柏下，拂劍斗牛邊。孤鶴飛何處，回看阻霅川。

【箋】此詩當作於順治十七年遊天台山後。

別王于一往雁宕

拂衣西雁蕩，濯足大龍湫。豈敢爲高尚，孤雲無所求。芙蓉開太白，瀑布掛飛樓。君有懷仙曲，因風寄十洲。

【箋】雁蕩山，在今浙江東南部。王猷定，字于一，南昌人，貢生。以詩古文自負，亦工書法。著四照堂集、逸民傳。文鈔八有書逸民傳後。此詩順治十七年作。

吴興舟中

二水交苕霅，流從天目來。白鷗飛不盡，争拂酒船回。

【箋】吴興，在今浙江湖州。此詩或作於順治十七年，時大均從秀水至南京，又從南京歸秀水。

檇李作

醉裏春深日，扁舟繫柳枝。鶯花西子地，煙雨大夫祠。白首還遊冶，孤城幾亂離。愁來看越絶，淚灑卧薪時。

【箋】

檇李，一作醉李、就李，在今嘉興市南。順治十七年作。

自白下至檇李與諸子約遊山陰

最恨秦淮柳，長條復短條。秋風吹落葉，一夜別南朝。范蠡湖邊客，相將蕩畫橈。言尋大禹穴，直渡浙江潮。

【箋】

白下，即南京。大均佚文送凌子歸秣陵序云，順治十七年三月十九日，至王元倬之南陔草堂，與諸明遺民爲威宗烈皇帝設蘋藻之薦。其後，復至秀水，與朱彝尊、周篔諸人約游山陰。曝書亭集四有屈五來自白下期作山陰之遊，采山堂詩五有送屈五之山陰兼訊祁六，明詩綜八二有屈五約遊山陰作。

此詩即作於其時。

寒食 二首

煙雨催寒食，江南又暮春。可憐三月草，看盡六朝人。

自與臺城別，艱難覓故君。年年寒食日，望斷孝陵雲。

【箋】組詩或順治十七年春作。

平湖逢馬培原給諫時給諫被沙門服

平湖雨過白鷗飛，有客扁舟薄暮歸。明月漸圓居士法，天花猶著比丘衣。湘纍夢寐通瑶圃，梅福封章隔紫微。去國離家予亦久，相逢蕭寺淚同揮。

【箋】平湖，縣名。明宣德五年自浙江海鹽縣分出大易、武原、齊景、華亭四鄉，建爲平湖縣，因其地漢時陷爲當湖，其後土脈墳起，陷者漸平，故名。屬嘉興。馬嘉植，字培原。平湖人。馬德澧侄。明天啓七年舉人，崇禎七年進士。知武進縣，進吏科給事中，後轉工科給事中。旋調吏科左給事中。督餉江西福建。十五年彈劾陳新甲。十六年，蔣臣奏行鈔法，馬嘉植疏争之。後受馬士英排擠，出爲廣東西道副使。旋謝病歸。國破，出家爲僧。著有浮生集。順治十七年作於從秀水至山陰旅次。事見明季北略卷十九。

夜宿觀山作 二首

一夕無衣寐不成，觀山山上月淒清。松聲捲起寒江水，散作風聲與雨聲。
明月娟娟似翠娥，登高臨水奈君何。松聲欲捲愁心盡，花片猶沾血淚多。

【箋】觀山，在今浙江平湖市東南。順治十七年作於從秀水至山陰旅次。

鏡湖曲 二首

白雲何氤氲，流光不可掇。夜夜鏡湖中，爲予拂明月。
風月滿湖涼，芙蕖香復香。浣紗人不見，化作紫鴛鴦。

【箋】鏡湖，又名鑑湖、長湖、慶湖，一作鏡水。東漢永和五年由會稽太守馬臻主持修築，在今紹興市會稽山北麓。順治十七年作。

湖上

落花半落鏡湖春，無數鴛鴦戲白蘋。吹笛一聲邀海月，月來先照浣紗人。

【箋】順治十七年遊鏡湖時作。

若耶溪新築作

我有西施臺，芙蓉四面開。一聲洞庭笛，天上月飛來。白露凝羅袂，明湖瀉玉杯。門同川上女，並唱采蓮回。

【箋】若耶溪，在今紹興市南。源出若耶山，北入鑒湖。相傳爲西施浣紗處。順治十七年作於山陰。

耶溪 二首

春水没湖堤，舟平與草齊。荷花都解語，莫向若耶溪。

一片耶溪水，佳人拂鏡過。至今生菡萏，香比洞庭多。

【箋】耶溪，又稱若耶溪，在今紹興市南。順治十七年作於山陰。

十五

十五乘潮女，清歌過若耶。因生西子地，顔色豔如花。

【箋】順治十七年作，時遊紹興。

耶溪

二十六溪水，合爲若耶流。曾經西子照，清似鏡光浮。

【箋】順治十七年作於山陰。

耶溪夜遊

楊柳覆長堤，芙蓉開欲齊。美人化明月，飛出浣紗溪。吹笛鴛鴦起，回舟珠斗低。白雲遥送客，直至鏡湖西。

【箋】順治十七年作於山陰。

贈雪公

落落羅浮松，皎皎耶溪月。將月挂松端，清輝兩寥泬。

【箋】順治十五年與雪公同入金陵。此詩疑作於順治十七年遊吴之時。雪公，未詳其人。

題山陰祁五祁六藏書樓

夙聞治水經，銀泥封緑字。龍威丈人招我遊，林屋洞中探玉笥。白雲瀰瀰洞庭波，七十名峰奈樂何。長風吹我至禹穴，猿啼虎嘯依藤蘿。秦皇碑愛蟲文古，夏后書愁鳥跡多。平生竊慕柱下史，列國寶書求未已。聞君家書萬卷餘，欲向琅函作蠹魚。志在春秋希魯叟，才堪辭賦薄相如。邇來頗究太公符，每恨荆軻劍術疏。築壇天目步珠斗，一龍一蛇左右趨。聞君藏得鍊劍圖，時時風雷起座隅，慷慨肯授英雄無。鑑湖之水多芙蕖，日捲珠簾樓上居。天下戰争猶未已，請君亦讀孫吴書。

【箋】祁班孫，字奕喜，山陰人，與兄理孫，字奕慶，稱祁五、祁六二公子。少受學于劉宗周，父彪佳殉節後，班孫喜結客，尤與魏畊友。明詩綜八二静志居詩話云，翁山「入越，讀書祁氏寓山園，足不下樓者五月」。順治十七年作於山陰。

客山陰贈二祁子

君家樓閣鑑湖邊，楊柳千條春色妍。疏牖朝開射的雪，空簾暮捲香鑪煙。閒擁牙籤披萬卷，小謝風流詩更善。可憐初日吐芙蓉，更有澄江飛白練。我從羅浮萬里來，逢君文采一徘徊。天上雪花那有蒂，雲中玉鏡不安臺。相留暫向祇園住，正是中丞殉節處。碧水含秋似汨羅，黄金布地同玄度。櫻桃開遍畫欄杆，揮麈鳴琴興未殘。半山每答猿公嘯，千仞將聯鳳鳥翰。鳳鳥高飛何所止，金陵宫闕五雲起。一鳴素水降真人，再鳴留侯遇松子。

【箋】

山陰，即今紹興。二祁子，指理孫、班孫兄弟。順治十七年作。

贈山陰祁七

涼風吹竹篠，攜手澄湖濱。言持芙蓉花，插爾華陽巾。我亦浣紗人，明妝照日新。何當上蘇臺，一笑傾吴君。明月豈長滿，朱華不再春。徒懷陽阿曲，寂寞度芳辰。

【箋】

祁七，即祁苞孫，字奕儀，班孫從弟。浙江山陰人。順治十七年作於山陰。

寓山園弔祁忠敏公

園林午澄霽，左右芙蓉披。浮舟弄清暾，遂至鏡湖湄。陽涯雲方散，陰峰露未晞。再拜清泠淵，淚下沾裳衣。吁嗟懷沙人，守道無委蛇。築宫水中涘，蘭橑鶩粟楣。金戀開彩翠，玉溜滴葳蕤。方懷安石賞，遽與彭咸期。皇輿已敗績，髮膚何以爲。浩歌赴長湍，溯洄從九嶷。容與淩明霞，觸石體不隳。怒潮爲安流，靡濡魚鱗衣。我祖維靈均，冠劍鬱陸離。夫君交手去，重華以同歸。玄煙横極浦，衝風激寒澌。投篇涕汍瀾，日暮感舟師。

【箋】順治十七年作，時居山陰寓山園讀書。祁彪佳，字幼文，山陰人，進士，仕于天啟、崇禎、永曆朝。清兵入越，於寓山園自沈水死，謚忠敏。明史卷二七五有傳。

寄王丈予安

聞君在天目，服食黄精花。玉乳吸陽竇，花龕開暮霞。我憐若耶水，新作釣魚槎。日日芙蓉裏，看人出浣紗。

【箋】王亹，字予安，山陰人，崇禎舉人，嘗客袁崇焕幕中。工詩，與黎遂球、梁稷友善。據首二句和五六句，此詩順治十七年作於山陰，時王予安在天目山養生。

戲贈朱十

君愛耶溪好，扁舟去不歸。荷花天上落，明月鏡中飛。浣女歌新曲，鴛鴦起釣磯。鴛鴦不可得，弄水濕羅衣。

【箋】曝書亭集四有屆五來自白下期作山陰之遊。此詩爲順治十七年贈朱彝尊之作。

經鑄浦

當年歐冶子，此地鑄龍泉。一雪君王耻，雌雄飛入淵。雲消天鏡出，風起石帆懸。誰見登臨客，高歌憶古賢。

【箋】鑄浦，在今紹興城東赤堇山下，若耶溪邊。嘉泰會稽志載，相傳此乃歐冶子爲越王鑄劍之所。順治十七年作。

入雲門作

平生山水興，最在浣紗洲。更入雲門去，無窮是素秋。風含清磬度，水帶落花流。白乳泉邊坐，清泠足久留。

【箋】雲門山，一名東山，在今紹興市秦望山南。順治十七年作。

雲門山中作

悠然拂盤石，獨坐對秋分。蘿雨静可數，松泉寒不聞。孤懷吐明月，雙眼懸高雲。興至莫長嘯，恐驚樵牧群。

【箋】此詩作於上首之後。詩外失收，録自道援堂詩集六。

與客遊陽明洞

陽明仙洞口，與客共攀登。注酒秦皇甕，探書大禹陵。山開蒼樹出，泉落白雲崩。散帶雖人外，沈冥愧未曾。

【箋】陽明洞，在今紹興市東南會稽山，又稱禹穴。讀史方輿紀要卷八十九：「道書稱會稽山周圍三百五十里，有陽明洞，爲第十一洞天。」此詩或順治十七年作於山陰。

禹廟

龍蛇盤禹穴，窈窕萬峰連。玉簡藏何處，梅梁失幾年。雙珪開日月，九鼎奠山川。終古思明德，謳歌俎豆前。

【箋】禹廟，在紹興會稽山麓禹陵之側，建於南朝梁初。順治十七年作。

登香爐峰 峰在會稽山，上有鵲橋。

香爐峰萬仞，吾度鵲橋來。明月隨霜籊，天河接玉杯。花間禹穴出，霞外赤城開。長嘯淩滄海，仙人安在哉。

【箋】

順治十七年遊山陰時作。

苧蘿

苧蘿村上女，美者出西家。霸越憑歌舞，亡吴是麗華。素蛾空外月，紅粉鏡中霞。清絶耶溪水，千秋一浣紗。

【箋】

讀史方輿紀要卷九十二云，諸暨縣南五里有苧蘿山，又名蘿山，下臨浣江，相傳西施所居。此詩順治十七年作。

題西子祠

苧蘿村中祠西子，蒼梧城外祠緑珠。湔裙一派美施水，得似雙角井泉無。子胥鴟夷浮江水，夷光乃亦浮五湖。亡吴之罪亦足蔽，與誅妲己皆良圖。可惜吴亡不自死，下同紫玉在黄壚。夫差得爾一相殉，魂魄至今娱姑蘇。苧蘿村祠西子爲土穀。其湔裙處稱「美施水」，今有「美施閘」。

【箋】西子祠，在今浙江諸暨市南苧蘿山下。古名浣紗廟。崇禎五年諸暨知縣張央重修，改稱西子祠。此詩與上首作於同時。

范蠡宅作

羨爾浮西子，扁舟湖海間。芙蓉三萬樹，種滿洞庭山。石上留香屧，煙中有翠鬟。狂吟水仙曲，驚起一雙鷴。

【箋】讀史方輿紀要卷九十二云，諸暨縣治西一里有長山，亦名陶朱山，相傳范蠡居此。此詩或順治十七年於此而作。

題五泄山房

森森毛竹洞，鷄犬有人家。石髓流谿上，琴聲落海涯。蒼松爲道士，大藥是蓮花。下界聞疏磬，遥遥出暮霞。

【箋】讀史方輿紀要卷九十二：諸暨縣西五十里有五泄山。此詩或順治十七年於此而作。

懷山陰祁六

賀監湖邊月，風流憶舞筵。星河花外轉，樓閣鏡中懸。長袖紛留客，清歌但采蓮。此時君見贈，西子沼吴篇。

【箋】祁六即祁班孫。順治十七年，大均在祁氏寓山園讀書數月，後至杭州，又歸山陰。此詩當作於與朱彝尊同寓杭州酒樓時。

白門秋望

龍盤虎踞是鍾山，嗚鏑誰教入漢關。豈爲深宮歌玉樹，遂令高廟失金環。臺城日落棲烏怨，淮水風高戰馬閒。愁見盧龍秋草外，名王千里射鵰還。城北有盧龍山。

【箋】六朝時稱建康城正南門宣陽門爲白門，在今南京城區南隅。後人以此爲南京别稱。汪譜斷此詩作於順治十七年，姑從之。

簡魏畊

歲晏朋儔少，攜君鏡水濱。願將東海水，長照白頭人。薊北金臺在，黔陽玉殿春。莫愁功業晚，且拂蒯緱塵。

【箋】魏畊，字雪竇，又字白衣，初名璧，字楚白，慈溪人。補崇禎歸安縣諸生，甲申後棄去，圖匡復，所交皆當世賢豪，以起義敗，亡命走江湖間，會解，乃與錢纘曾閉户慈溪，習爲詩，一時傳誦。旋與張煌言起義師，既敗，謀再起，事泄，被執，不屈死，著思賢堂集。此詩或作於順治十七年歲末。詩外失收，録自過日集十。

寄魏處士

女中高士金精卧，君亦狂歌在上頭。王蠋自能存社稷，許衡那解讀春秋。青天一半開奇石，白水千家截怒流。教授莫辭多弟子，異時王佐有人求。

【箋】魏處士，當指魏畊。此詩或與上首作於同時。

贈朱士稚

神虬樂泥蟠，鴻鵠安紫荆。飛騰亦何難，所貴忘吾形。子房久破産，一身如浮萍。英雄不失路，何以成功名。高歌送君酒，詞采郁縱横。神仙爾何愚，猶未齊死生。明月在滄海，光華虚復盈。毋懷千歲憂，酣放聊沈冥。天地一塵垢，吾心獨太清。

【箋】朱士稚，字伯虎，更字朗詣，山陰人。好遊俠，畜聲伎，食客百數，與張宗觀字朗屋善，稱二朗。遭亂，散千金結客，坐繫獄論死，宗觀以重貲賄吏得免，既而論釋，放蕩江湖間。與魏畊、錢纘曾、陳三島、祁班孫、朱彝尊往來吴越，以詩文砥礪。汪譜斷此詩爲順治十七年作，姑從之。

題朱朗詣遺集 二首

匹夫能慕義，咫尺亦賢豪。天地存溝壑，風塵惜羽毛。家臨梅福市，門對伍胥濤。哀怨平生曲，行將續楚騷。

千金破家産，四世受朝恩。草野羞亡命，沙場誓喪元。悲歌留樂府，歧路失王孫。陰雨空山夕，期君入夢魂。

【箋】朱朗詣，見贈朱士稚詩。朱氏卒于順治十七年十二月，詩或作於是時。

渌水曲

二月鏡湖春，桃花開玉津。無數紫鴛鴦，飛繞浣紗人。浣紗殊未返，摇曳春雲晚。月出白蘋洲，煙生垂柳岸。垂柳依依在月中，可憐嘶斷玉花驄。輕風忽引羅衣去，一曲菱歌聽未終。

【箋】據首句，此詩當順治十八年春客會稽時作。

送客尋魏處士畊

傳語梁鴻客，五噫歌莫哀。青山天姥秀，明月鏡湖開。我在耶溪口，春登西子臺。爲君置樽酒，蚤挈孟光來。

【箋】此詩或順治十八年春客會稽時作。所送之客，待考。

懷迦陵

爾亦羅浮鶴，飄颻歷海天。別來珠樹上，望斷鏡湖邊。風雨春將暮，干戈書未傳。龍眠山上月，幾夕照安禪。

【箋】順治十八年春作。陳維崧，字其年，號迦陵，江蘇宜興人。明諸生。入清官翰林院檢討。以詞著稱，亦工詩與駢文。有湖海樓集。

遊會稽山懷古並酬陶生見贈 己丑

葳蕤紫鸞鳥，口銜扶桑花。翱翔朝禹穴，雙翼蔽天涯。禹穴蘢葱雲五彩，千峰竹箭連滄瀣。玉簡金書不可尋，香爐天柱依然在。爲刑白馬登天壇，冉冉龍輿望不還。四岳衣冠歸鬱水，諸侯玉帛待塗山。塗山南去陽明洞，酌酒秦皇三石甕。白鶴吟笙射的來，仙人蕩楫樵風送。樵風颯颯鑄溪濱，當年此地成純鈞。雷公爲鼓陰陽炭，天帝來看龍虎文。爛如列星羅太乙，皎若芙蓉含夜月。登高山兮臨深淵，一麾敵國皆流血。嗟予亦是風胡流，心與天通事遠遊。君王未雪夫椒耻，臣子難寬范蠡謀。玩弄仇讎股掌上，六千君子爲吾養。繇來舉事隨天時，陰謀逆德蹈危機。天地相參功乃就，援枹提鼓莫遲遲。遲遲兮奈何，衝風忽起瀰揚波。逢君玄夷蒼水使，授受天書鳥跡多。承以文璜覆盤石，昔年宛委山中得。深藏不使鬼神知，默誦嘗將符讖測。符讖今歸大幘人，雲臺二十八星陳。我著羊裘漁大澤，君攀鳳翼上天津。天津迢遥接具茨，牧童七歲爲軒師。天授英雄非偶爾，何減黄公遇下邳。

【箋】原注「己丑」，大均己丑尚未出嶺，當爲「辛丑」之誤。此詩順治十八年作於客會稽之時。陶生，待考。

會稽春暮酬南海陳五給諫懷予塞上之作兼寄西樵道士薛二

我家扶桑下，日日見東君。遺我紫瓊花，風吹落白雲。白雲泱漭起南海，蓬萊宮闕須臾改。往日三千玉女羣，祇今惟有麻姑在。與君攜手入羅浮，瑶琴一曲難消憂。綺季終當扶漢室，張良未得報韓仇。君家相國奮長劍，曾捧軒轅出金殿。嗚嗚吹角爲龍聲，大呼玄女來助戰。蚩尤未滅妖氛多，可憐碧血歸天河。君棲蘆中凡幾日，悲風吹斷鸛鴿歌。神虬久蟄無人識，黄鵠高飛奈我何。高飛忽向天山月，月照天山皎如雪。丁零爭獻葡萄杯，蘇武共持青海節。鴻雁南從大庾回，口銜尺素落龍堆。開緘未讀淚沾臆，城上吹笳淒且哀。處處牛羊銜白草，紛紛雨雪下輪臺。問君塞上胡不來，當時敕賜有龍媒。投筆曾無班子志，吹篪寧讓伍胥才。新詩字字琅玕重，何時草就西樵洞。西樵道士劍俠流，應共悲歌擊銀甕。春風三月梨花飛，我遊禹穴方思歸。黄鶯關關啼碧柳，萬里鄉心連翠微。誰憐寂寞耶溪上，淚灑西施金縷衣。

【箋】

順治十八年暮春作於會稽。陳五，即陳子升。薛二，即薛始亨。

南鎮

稽山形勝配朱天，漢帝登壇肅豆籩。玉笥宮藏神禹簡，香爐峰拒祖龍鞭。風雲有氣生潭口，虎豹無聲立洞前。十道河山勞作鎮，更扶黄屋斗牛邊。

【箋】周禮春官大司樂以四鎮與五岳並舉。南鎮，即會稽山。此詩或順治十八年春客會稽時作。

渡江同諸公玩月段橋

月從鏡湖來，墮爾荷花杯。荷花皎如雪，齊向美人開。露滴羅衣冷，風含玉笛哀。啼鳥歌未罷，車騎且徘徊。

【箋】曝書亭集五有曹侍郎溶施學使閏章徐秀才緘姜處士廷梧張處士杉祁公子理孫班孫段橋玩月分韻得三字。諸公，指朱彝尊、曹溶、施閏章、徐緘、姜廷梧、張杉、祁理孫、祁班孫。清一統志卷二八四：「斷橋，在錢塘縣孤山側，一稱段家橋。」汪譜謂此詩爲順治十八年春末渡江至杭時作，姑從之。

候潮門眺望

海門東倚浙江開，千里寒潮天上來。春樹遥連嚴子瀨，白雲長在越王臺。翠華南幸扶桑遠，羌笛横吹折柳哀。何處青山堪託跡，欲隨徐市入蓬萊。

【箋】讀史方輿紀要卷九十云，候潮門爲杭州府治東五門之一，「東南第一門也，宋舊名。」順治十八年作於杭州。此詩詩外失收，録自過日集十四。

錢塘觀潮　三首

子胥乘白馬，天上湧潮來。雷破江門出，風吹地軸回。孤舟淩噴薄，長笛引淒哀。欲作枚乘賦，先揮張翰杯。

千里江潮勢，奔騰禹穴前。蛟龍争水國，雷雨戰空天。長劍中流拔，孤帆落日懸。誰言天塹險，飛渡有苻堅。

百越文身久，孤臣白髮多。乘桴浮碧海，洗甲挽銀河。勾踐心殊苦，申胥怒未過。乾坤誰砥柱，俯仰重悲歌。

【箋】順治十八年遊杭州時作。第三首詩外失收，録自翁山詩略五言律一。

西湖曲

君似南高妾北高，兩峰相望夢魂勞。蘭橈欲渡風吹轉，身在蓮中立不牢。

【箋】西湖，一名明聖湖、錢塘湖，在杭州。順治十八年作。

下湖曲

妾作下湖莼，郎作上湖蓮。蓮衣易飄落，莼絲長纏綿。

【箋】讀史方輿紀要卷九十：西湖「一名上湖，以委輸於下湖也」。此詩或順治十八年遊杭時作。

與客題冷泉亭

飛來有一峰，挂在東林松。翠壁蘿花滿，澄湖白練重。行隨谷口月，卧聽南樓鐘。何用瑶琴奏，清音是石淙。

【箋】冷泉亭，在今杭州市西飛來峰下。唐建。順治十八年作。

越中寄廬山無可大師

久辭慧遠溪邊月，因戀夷光石上花。夢裏時時聞瀑布，曲中日日見朝霞。觀空亦復憐天女，服食無如采月華。五老蒼蒼煙霧隔，知君何處著袈裟。

【箋】無可大師，即方以智。此詩汪譜繫年有二，一在順治十八年，一在康熙八年。考方以智行蹤，康熙八年已在青原山，故以前説爲是。

西溪訪錢煉師

不盡西溪路，漁舟入翠微。青山花裏出，白鷺鏡中飛。風過聞朝磬，雲開見羽衣。丹砂如可煉，吾亦玉清歸。

【箋】

讀史方輿紀要卷九十云，西溪在杭州府西十二里靈隱山西北。順治十八年作。

梅花泉　杭州西溪有泉沸出作梅花形，名曰「梅花泉」。

梅花泉，泉作梅花朵朵圓。五出有時還六出，雪花一半相洄漩。泉出梅花萬樹裏，天一所生無彼此。在天爲雪地爲泉，欲作梅花無不似。武陵溪口桃花時，泉作桃花人不知。紅紅白白因花性，散作煙波不自持。君今結宇西溪好，萬樹梅花日相抱。泉裏梅花更不窮，流出人間豈浮藻。一杯一朵月精華，知爾松喬自難老。

【箋】

順治十八年遊杭州時作。

喜王于一寓千峰閣

霞棲臨木末，面面有千峰。羡爾洪崖客，王，南昌人。來攀秦望松。香爐飛翠靄，天柱挂寒鐘。明日雲門路，相將拾紫茸。

【箋】王于一即王猷定。千峰閣，在今杭州市西南之秦望山。順治十八年作。

正氣祠作

元老忠貞竭，中朝歷數屯。十年荒社稷，一夜盡君臣。野月寒難曙，江花慘不春。精魂應殺賊，莫但作星辰。

【箋】順治十八年作。正氣祠，即岳飛祠。在杭州西湖棲霞嶺下。正殿忠烈祠西有正氣軒。

桐君山作

清溪流瀌瀌，白石如摴蒱。桐君去我久，誰與同歡娛。利器亂天下，濠梁日如愚。白髮漸紛紛，於世復何須。遠遊可長生，逝將登蓬壺。青霞爲繡袷，明月爲耳珠。金火相盤旋，神丹生太無。天孫嫣然笑，結我合歡襦。誓言何旦旦，歲晏終不渝。

【箋】

順治十八年作。桐君山，一名桐廬山，在浙江桐廬東二里。文外十書西臺石：「辛丑之春，予避地桐廬。」

子陵祠下夜坐

萬里秋雲盡，天空祇客星。光含明月冷，影入絳河冥。雙瀑爲長帶，千峰是翠屏。臨風一舒嘯，冉冉下仙靈。

【箋】

子陵祠，在今浙江桐廬縣富春山麓。嚴光，字子陵，少與劉秀同學。劉秀即位後，召爲諫議大夫，堅不肯受，歸隱于富春山。後漢書卷一一三有傳。文外十書西臺石：「辛丑之春，予避地桐廬……以至嚴先生子陵之祠。」順治十八年作。

嚴子陵 二首

梅市仙人是婦翁，垂竿不愧逸民風。富春江上臺千尺，長爲君王峙碧空。
妻子冰清實姓梅，夫妻垂釣有雙臺。桐江一道真湯沐，東漢風流賴爾開。

【箋】

此詩或與上首作於同時。

子陵 二首

卧見君王在北軍，客星光射紫微雲。狂奴但肯爲巢許，已是中興一大勳。
前有商顔後富春，漢家高逸兩天民。釣臺雙向青天出，香餌何曾到錦鱗。

【箋】

此詩或與上首作於同時。

釣臺

富春山萬疊，雪映釣臺青。予若桐江月，長隨漢客星。寒猿吟石壁，白鷺落沙汀。漁父頻招手，回舟入杳冥。

【箋】順治十八年避地桐廬富春江畔作。文外十書西臺石：「岸上兩倒笋石，聳立千仞，下削而上豐，有數十古松支拄，若半墜危雲，所謂東西釣臺也。」

與五弟登子陵釣臺作 二首

兄弟東西二釣臺，揮杯遥勸客星來。故人多已爲朱鳥，日暮招魂歌莫哀。

灘中浩渺三江水，臺下縈回十九泉。君作方干我皋羽，富春春枕落花眠。嚴先生祠以方干、謝翱配享。

【箋】五弟，疑即從弟孚士。詩外五哭從弟孚士有「家中憑弟五，水菽苦經營」，原注「孚士行第五」。汪譜謂，疑乎士、士熺同爲一人。此詩順治十八年避地桐廬時作。

嚴灘作

誰佐中興業，桐江百尺絲。潛龍雖勿用，威鳳亦來儀。月上千峰夕，雲生萬壑時。那知天子貴，適與故人期。洗耳秋潭冷，披裘曉露滋。石華閒自拾，瓊草可誰貽。山鬼驂玄豹，桐君把翠旗。客星光灼爍，仙洞路逶迤。下視雲臺將，高爲帝者師。論兵嫌吕尚，象物得庖羲。魚食惟香草，猿飛必上枝。空教望鴻羽，不使嫉蛾眉。舒嘯天風起，回舟珠斗移。茫茫煙樹外，何以慰相思。

【箋】

順治十八年作，時避地桐廬。

送五弟還里

子行歸故鄉，劬勞將父母。雖無金滿籯，有友貽瓊玖。吴越多秀民，襄陽足耆舊。稱詩相歡娱，爲情若醇酒。謂我兄弟賢，無忝三閭後。攬執芙蓉袪，纏綿大道口。大道直如弦，汝行勿迴曲。騏驥少壯時，飛揚苦不足。所難中規矩，千里自拘束。北風安可依，塵沙爲我辱。豈無水草甘，未免爲臣僕。寧爲越翡翠，銜泥日三浴。

【箋】

順治十八年作，時避地桐廬。詩外十六有與五弟登子陵釣臺作。

登秦望山寄酬廬山無可大師

秋風忽起飄井桐，白鳳西飛紫鳳東。何處思君最淒斷，流泉潺湲秦望峰。秦望高兮煙靄重，我持明月照鴻濛。雲間夏后金書在，松下秦皇玉輦空。遥望廬山倚南斗，三石梁邊君隱久。陰符寶劍與何人，玉麈青蓮應在手。幾宵乘月彈瑶琴，寄我瀟湘帝子吟。梅花亂落雲門寺，經歲相思未嗣音。此日登高眺東海，日出天台佳氣在。黄屋將浮碣石來，紫芝尚向商山采。采紫芝兮使心愁，功名讓與屠沽流。仙人肌體如冰雪，姑射山中自可留。

【箋】

讀史方輿紀要卷九十：秦望山，在杭州府西南十里。並引輿地志云：「秦始皇東遊，登山瞻望，欲渡會稽，因名。」無可大師，即方以智。據首句，此詩當作於順治十八年秋，時大均避地桐廬後又至杭州。

南屏寺逢孫宇臺

一聲鐘動暮禽還，秋色蒼蒼雨過山。高士谿來棲白社，相逢嘯詠虎溪間。

【箋】南屏寺，在今杭州西南南屏山。張煌言被害，葬於此山荔子峰下。順治十八年秋作。孫治，字宇臺，號鑒庵。浙江仁和人。諸生。與陸圻、陳廷會等合稱「西泠七子」，精于京氏易及潛虛。治文刻意摹古。著有鑒庵集。事見清史列傳卷七十。

韶光寺樓曉望

朝來憑閣望，峰頂大江浮。日出天鷄口，潮飛海蜃樓。蒼蒼會稽樹，渺渺富春洲。不見同懷子，相思萬壑秋。

【箋】韶光寺，在今杭州西北靈隱寺北巢構塢。同懷子，據孫琮山曉閣詩七次屈翁山韶光曉望兼懷周青士韻，知爲周篔。此詩順治十八年作於杭州。

登陶晏嶺作

飛步淩高巘，秋空野望開。萬峰盤禹穴，雙澗落秦臺。射的雲中出，樵風溪上來。陶公不可見，猿鶴爲誰哀。

【箋】

順治十八年秋作於杭州、嘉興一帶。清一統志卷二二九紹興府云：「陶晏嶺，在會稽縣東南四十里。」並引舊經云：「陶弘景隱於此山。」

于忠肅墓

一代勳猷在，千秋涕淚多。玉門歸日月，金券賜山河。暮雨靈旗捲，陰風突騎過。墓前頻拜手，願借魯陽戈。

【箋】

順治十八年九月作於杭州。于忠肅即于謙。清一統志卷二一八四：「于謙墓，在錢塘縣西十二里三臺山麓。明成化二年，建祠在『旌功』。每秋月杭人齋潔於祠中，祈夢最驗。」

弔王于一

君本豫章貞女樹，一朝摧折向秋風。大名空在遺民傳，白首同歸恨不同。

【箋】查東山年譜云，王猷定順治十八年卒于西湖葛嶺中。此詩或順治十八年秋作於杭州。

聞查子有家信至詩以戲之

暖枕方盈尺，閨人遠寄將。生憎雙野宿，不繡一鴛鴦。夜月愁梅嶠，秋風冷海昌。越娥休更問，點鬢已微霜。

【箋】文外二錦石山樵詩集序云：「予平生知己，嘉興爲盛。」中有查韜荒者，名容，號漸江，性好山遊。查子云云，當爲其人。據五六句，此詩或順治十八年秋作於海寧一帶，時大均從杭州至秀水。詩外失收，録自道援堂詩集六。

將歸省母留别諸友人 八首

海上三珠樹，孤鸞鳴啾啾。養子羽翼成，翻飛向九州。九州一何曠，回顧生煩憂。尋仙蓬壺中，謁帝崑崙丘。繁霜隕百草，琅玕無晨羞。慈烏能反哺，鳳兮命不猶。歸與守故巢，戢翼爲良謀。

良謀亦何有，持道足娱親。母爲天上月，子如江中雲。雲月相終始，流光誰與倫。翩翩兩海燕，挾雛遊青春。銜我蕙蘭花，悲音何感人。

感人惟楊柳，飛花皎如雪。如雪豈不芳，所憂本根絶。昔我與親辭，五岳將尋師。乃覯姑射人，贈我青蓮枝。青蓮合爲丹，能生明月姿。豈敢自怡悦，萬里其持歸。

持歸明月姿，皎潔無纖瑕。朝含東海日，暮膏赤城霞。重襲盤龍錦，毋使蒙風沙。以奉白髮人，一照生桃花。如彼西王母，長居太清家。

太清何寥廓，浮雲去不息。呦呦野鹿鳴，甘草不自食。如何舍友朋，奮然思矯翼。四海皆兄弟，親兮難再得。循彼南陔間，相思何終極。

極望惟吴越，吴越多山川。玄豹藏深霧，應龍蟠巨淵。神物必有偶，磁石金相連。離别雖須臾，恩愛終不愆。遥遥骨肉情，去如箭離弦。離弦去萬里，煙波何渺茫。朝與鳧雁群，暮隨明月光。仰視虚宇中，衆星燦成行。而我獨何辜，乃爲參與商。人命在呼吸，後會其毋忘。後會庶不移，參商有見時。紅日生滄溟，萬物蒙其輝。矧我體道人，金石寧或虧。颯颯霜下草，熒熒園中葵。敦彼後彫質，歲寒以爲期。

【箋】順治十八年秋作於嘉興秀水。諸友人，包括韓石畊、朱彝尊、汪琬、毛奇齡。文外十四韓石畊哀辭：「辛丑秋，予將南歸番禺，石畊聞之，從平湖至於秀水。」朱彝尊有寒夜集燈公房聽韓七山人彈琴兼送屈五還羅浮。汪琬有送屈生還羅浮。毛奇齡有法駕導引送一靈和尚還羅浮。

送朱十

昨冬沍寒時，方舟同入越。君望赤城霞，我弄耶溪月。月出香爐峰，光摇東海雪。美人吹紫簫，一曲梅花發。梅花猶滿林，君唱懷歸吟。未遊雲門寺，遽别天姥岑。可憐雙白鶴，相送吴江潯。冉冉芳春晚，桃李皆成陰。貧女無刀尺，誰裁鴛鴦衾。素絲亦易染，孤鳳難爲音。願言秉貞潔，黽勉同我心。

【箋】朱十即朱彝尊。順治十八年秋作於嘉興秀水，時大均將南歸番禺。

送韓石畊

我聞黄山有湯泉，軒轅浴之飛紫煙。瓊樓珠闕萬峰連，瀑布爲梁度羣仙。白雲瀰漫如滄海，丹臺石笋忽不在。天風吹開金芙蓉，中有日月紛光彩。送君歸去餐日華，桃花片片是丹砂。三日容顏如玉女，卻來同我登青霞。

【箋】韓畕，字石畊，宛平人，工琴，終身不娶，遊覽江湖以終。文外十四韓石畊哀辭：「辛丑秋，予將南歸番禺，石畊聞之，從平湖至於秀水……彈至夜分。……曲未終，相與别去。」

韓畕

戴顒能念父，不忍奏遺琴。日夕爲新弄，泠泠山水音。朝飛憐野雉，暮宿向空林。五十無妃匹，誰知沐犢心。畕字石畊，宛平人。以其父參夫先生避亂入山，不知所終，因終身不娶，以琴爲食。

【箋】此詩當與上首作於同時。

代同公答蒲公

采藥淩峰不覺遥，耶溪頻負道猷招。談經近厭天花滿，欲謝時人隱沃焦。

【箋】同公，同岑，釋大燈之字。大均於順治十八年遊江左時與之交往，此詩疑亦作於是時。蒲公，待考。

留别秀水桐開士

鴛湖何所有，一片鶴孤飛。愛爾琅玕樹，浮丘不忍歸。青霄聯羽翼，白露戒裳衣。忽作離羣詠，愁心滿翠微。

【箋】此詩或順治十八年將南歸省母時作於秀水。桐開士，即桐岑，大燈之號。開士，指和尚。

秋夕别岑公

一片他鄉月，秋光亦苦辛。每從風雨後，來照別離人。

【箋】順治十八年秋作。岑公，即釋大燈。詠詩意，大均殆因通海事發，避地桐廬一帶。及秋，將返番禺，與同岑相別也。

贈李武曾灌園

平生慕農圃，之子在丘園。爲母藝花竹，歲寒無與言。人煙不出谷，古木自成村。兄弟桔槔舉，一溪流到門。

【箋】李武曾即李良年，嘉興人。與朱彝尊齊名，稱「朱李」。與兄繩遠、弟符，稱三李。康熙己未，以國子監生召試鴻博不售，徐乾學延修一統志，遂不復出。著有秋錦山房集。此詩或作於順治十八年。

將歸東粤省母留别王二丈亹祁四丈駿佳

磨劍未屠龍，彎弓未射虎。鬱抑英雄姿，念我有慈母。白雲東去復西飛，萬里羅浮今又歸。白雲散盡露秋月，照見高堂鬢如雪。鬢如雪兮我心憂，孤鸞朝饑鳴啾啾。惟爾仙人居射的，可有玄梨應我求。錢塘之水入海流，蒲帆明朝去悠悠。回首山陰最相憶，骨青髓緑園綺儔。祇將一片盤龍鏡，長挂君家十二樓。

【箋】王二丈亹，即王予安。祁四丈駿佳，即祁季超。順治十八年作。

别王二丈予安

美人在霄漢，灼灼如丹雲。手持鳳凰子，毋乃魏元君。我昔登太山，天門嘯不還。瀑布爲長帶，浮雲爲高冠。遊仙豈不樂，悲此市朝間。聖賢耻獨善，所貴匡時艱。太阿苟不割，蛟龍將波瀾。篋中有陰符，吾生焉得閒。平沙利馬足，鷙飈宜鷹翰。遥遥萬里心，慷慨入長安。

【箋】此詩與上首作於同時。

梅市别祁四丈季超

沈沈海月生，嘒嘒寒蜩鳴。遊子在天涯，觸物生憂情。賴有二三友，金玉同堅貞。黿鼉互變化，神龍喪其形。豈不思奮翼，上天無雷霆。昔我别慈親，王事勞孤征。風雪歷四載，謀深竟難成。黄蘗與春薺，甘苦不分明。至道尚可信，寂寞元生平。

【箋】順治十八年作於紹興梅市，時大均將南歸省母。祁駿佳，字季超，號方山，人稱西遯先生，山陰人，後爲僧，法名净超。

還故山作

誰謂客行樂，歲寒無衣裳。羈棲在枳棘，悠悠思故鄉。步出稽山門，乘春聊徜徉。丹霞抱秀崿，珍木交迴塘。水鳥相和鳴，窈窕皆鴛鴦。人生道不存，何以持文章。苟與太虚冥，仁義皆秕糠。南金一出鑛，遂爲貧者殃。長嘆辭世人，飄飄歸羅陽。

【箋】順治十八年作於會稽，時大均將南歸故鄉。

上灘

舟隨亂石轉，轉轉上青天。十八灘行盡，行人非少年。

【箋】江西通志卷十三山川七南安府：「贛江，在府城北章貢二水之會處，北流三百里，至吉安府萬安縣，其間有險灘十八。」此詩當爲溯贛江南歸時作。

寄祁四丈西遯　二首

桂樹含炎德，敷榮霜霰間。款冬花嚴寒，相與同貞艱。峨峨冠浮雲，鏘鏘鳴玉環。惠而君好我，攜手會稽山。仲尼如日月，光華爲我顏。老聃其猶龍，變化在子閑。

子閑多龍駒，食我玉山芻。文章天所授，五色爲子娱。白鹿雲中翔，鯉魚九淵居。高深不可恃，久已充庖廚。嗟余薄長生，成仁心所須。潛神在玄默，與道爲隆污。吾子獨全歸，壽考保無虞。

【箋】

祁四丈即祁駿佳。此詩作於順治十八年南歸省母途中。

又寄朱十

公子吾所思，薄遊滯于越。秋風予不歸，巖桂花已發。贈爾浣花人，耶溪弄明月。

【箋】

此詩當順治十八年作於南歸旅次。詩外失收，録自明詩綜八。

懷西岳 二首

二華金天配，千峰白帝孫。蓮花標玉井，箭栝出天門。日月懸仙掌，雲霞蕩玉盆。何當登絶頂，一望盡中原。

有客來相告，曾攀玉女松。黄河吞八水，白雪倒千峰。樹繞秦關暗，雲遮漢畤重。從今攜手去，夜夜宿芙蓉。

【箋】康熙五年大均始登西岳，此詩當作於未登之時。因其編入詩外卷八，前後數首均爲順治十八年所作，姑次於此。

舟中鳴琴與客作

汝爲流水我高山，天籟何曾落世間。一曲懷仙人不見，片帆空與白雲還。

【箋】此詩見詩外十六，前後多爲順治十八年間漫遊江湖之作，姑亦次於是年。

謁謝皋羽墓　三首　墓在嚴子陵釣臺南岸

君事文丞相，曾蒙國士知。漆身追豫讓，埋骨傍要離。露夕鶴巢冷，風秋猿嘯悲。墓門誰拜手，淚滴白楊枝。

孤臣餘犬馬，後死亦徒然。血淚長江瀉，愁心朔漠懸。千秋蘭麝土，萬里虎狼天。留得冬青樹，淩霜自宋年。六帝攢宫没，孤臣抔土留。可憐秦望月，不及富春洲。舊恨啼黄鳥，新悲值素秋。精靈依釣瀨，長與客星遊。

【箋】康熙元年南歸省母經浙江桐廬時作。謝翱，字皋羽，號晞髪子，南宋詩人。曾從文天祥抗擊元兵南侵，宋亡不仕。宋史卷四五三有傳。文鈔六有粤謝翱先生墓表。

題許劍亭 在謝皋羽墓前

一劍君誰許，燕中就義人。剖心懸日月，披髪上星辰。故國浮雲暝，荒亭古木春。嗟予猶隱忍，何以報三仁。

【箋】許劍，吴季札掛劍徐君墓樹，後用爲心存知己之典。謝翱「每登子陵釣臺，設文山木主，招魂而哭」，實爲文天祥知己。謝氏曾集同好名氏作許劍録，其友人方鳳、吴思齊因於其墓旁築許劍亭以懷之。見宋遺民録、宋詩紀事。當與上首於同時。

故人

故人惟五老，長在匡廬山。笑我十年去，無成終不還。玉川飛瀑上，金竹大坪間。兩處堪棲止，浮雲且自閒。

【箋】康熙元年作。故人，指廬山五老峰。翁山癸巳初至廬山，至是十年。此詩疑爲南歸途經江西時作。

義象行

將軍來從夜郎天，萬里旌旗横海邊。左右名王膏玉斧，西南君長執金鞭。因之問罪尉佗國，兵勝𨘋來驕氣作。美女聊爲歌舞歡，謀臣自有孫吴略。營中何物高嵯峨，十四雄象相蕩摩。久向滇池習鬥戰，憑之觸敵計良善。蠻奴一下紫金鉤，蹴踏沙場山岳轉。豈意中宵敵潰圍，不誅莊賈損軍威。至尊方有平城厄，丞相頻從瀘水歸。誰言不敗𨘋天幸，自是無功因數奇。神龍失水困螻蟻，往日風雷嗟已矣。梅鋗關上陣雲崩，伏波祠前鼓聲死。象兮盡入橐駝羣，口銜苜蓿淚紛紛。蕃雛騎向天山道，漢使愁看黑水濱。中間一象獨不馴，天子曾封爲將軍。

勢每奔騰蹂萬馬，聲如喑啞廢千人。曾擊長沙城闕碎，如虎如熊誰不愛。皇天不欲興神州，致使六軍齊受害。繇來犬馬思報主，況乃瑶光星降汝。曾被雷驚花入牙，御前妙舞如鸞翥。唐朝不拜赤心兒，今日寧降老上師。幾夜偷營多傷殺，田單火牛寧足奇。堪嗟巨礟争叢擊，戰場孤立終難支。皮可寢兮肉可食，死爲鬼雄遊八極。從來驥也稱其德，人不如獸徒千億。

【箋】

此詩或作於康熙元年。李定國曾驅象群攻肇慶，敗績，象爲清人所獲。見廣東新語卷二一。

屈大均詩詞編年校箋卷三　初歸什

起康熙元年秋（一六六二）　迄康熙三年（一六六四）

禺陽

二禺丹嶂削高天，四壁風雷響瀑泉。花滿石牀閒不掃，卧看秋月向人圓。

【箋】翁山廣東新語卷三山語二禺：「二禺，在中宿峽（今廣東清遠市東）。相傳軒轅二庶子，長太禺，次仲陽，降居南海……太禺居峽南，仲陽居峽北，故山名曰二禺。」此詩當爲南歸途經北江時作。

灘上吟

裊裊松枝掛女蘿，猿聲故向月中多。征人一夕頭如雪，三峽三瀧奈爾何。

【箋】

廣東新語卷三山語諸峽：「自英德至清遠，有湞陽、香爐、中宿三峽。」阮元廣東通志卷一百三山川略四樂昌縣：「三瀧水，曰新瀧、垂瀧、腰瀧……源出湖南莽山，即武水，入縣西，爲三瀧。」

瀧中 十一首

瀧在樂昌縣北，凡有六：曰穿腰瀧，曰梅瀧，曰寒瀧，曰金瀧，曰白茫瀧，曰垂瀧。

舟子穿腰欲上天，下瀧船笑上瀧船。上瀧爭似下瀧險，一片風帆亂石邊。舟子以篙夾腰舁舟而上，因謂此瀧爲穿腰。

日日行舟穿乳竇，時時濯足弄蘿川。青山兩岸花相接，花裏泉聲應暮蟬。

舟隨瀑水天邊落，白浪如山倒翠微。巨石有時亦卻立，白鷗欲下復驚飛。

百丈牽舟上瀑布，芙蓉亂落如煙霧。中流忽有石梁橫，咫尺梅瀧不可渡。

上瀧舟與雷霆鬥，下瀧帆共水簾飛。諸瀧最是寒瀧好，花底三秋雪濕衣。

白頭浪裏山無數，兩壁蘿花飛滿船。船與兩崖爲勍敵，下瀧人助上瀧牽。

一瀧煙雨一瀧晴，瀧口鴛鴦夾岸迎。風送猿聲滿城郭，行人忽起故園情。

舟從潭底出天來，聲似雷霆山欲摧。百道驚泉爭一石，波濤噴擊幾時開。
峰峰白練掛天低，溱水縈回入武溪。日落漁舟不出峽，花中愛聽鷓鴣啼。
萬疊奇峰接楚西，朝猿啼罷暮猿啼。三聲已下征夫淚，玉笛何須奏武溪。
一瀧未過一瀧來，細雨能添萬壑雷。一日一瀧行恐盡，篙人不用苦相催。

【箋】北遊歸粵經瀧中之作。

北遊初歸奉家慈還居沙亭作 五首

蘇耽成道返，阿母大歡娛。何意天邊月，還爲掌上珠。白華長抱蒂，朱鳳更將雛。日夕流霞獻，慈顔似鮑姑。

久客邊州裏，初歸漲海濱。三遷憂老母，九死愧先臣。深愛存顔色，微忠託隱淪。簾前雙燕好，挾子戲青春。

涕泣辭京國，間關出戰塵。髮膚歸父母，薪膽獻君臣。逃墨因多難，成仙未是仁。鑾江葭菼外，此日復垂綸。

五岳遊難遍，歸來復閉關。祇因戀慈母，不忍住深山。草長多麋鹿，江清有白鷳。物情皆慕侣，吾亦倦知還。

白盡高堂髮，秋霜滿海天。早營烏鳥養，莫戀沃洲禪。井邑烽煙裏，山河戰伐邊。絶裾誰忍再，空有壯心懸。

【箋】康熙元年北遊初歸作於故鄉沙亭。佚文髻人説：「既已來歸子舍，又不可以僧而事親，於是復留髮一握爲小髻子，戴一偃月玉冠，人輒以羅浮道士稱之。」大均蓄髮髻返於儒，當在此年，故詩有「髮膚歸父母」句。

家園示弟妹 二首

先人好種藥，遺我神農書。與子理嘗業，參苓帶雨鋤。道從多病入，力是耦耕餘。莫嘆生涯拙，韓康此隱居。

兩妹年俱長，家貧織素絲。月分朱火冷，風引玉琴遲。煙霧懷秦女，蘭蓀佩楚辭。隱居應有服，黽勉霸陵期。

【箋】康熙元年作於沙亭。汪譜：「兄弟三人，翁山居長，次大城，次大域，以力耕爲業。……妹二。」

秋郊燕集作

披髮空行乞，淒涼去國身。龍蛇無四海，日月在孤臣。淚灑秋江滿，愁隨白草新。相逢聊取醉，莫作别離人。

【箋】康熙元年中秋，與岑梵則、張穆、陳子升、王邦畿、龐嘉耋、梁觀、梁佩蘭、屈士煌、陳恭尹集廣州西郊草堂，述崇禎帝遺事。大均此詩，作於此時。

懷朱十

羅浮禽五色，絳羽是君王。偶厭三珠樹，翩翩下大荒。經年不飲啄，萬里空煙霜。有友芝田畔，相思殊未央。

【箋】朱十即朱彝尊。此詩疑作於康熙元年大均返粤之時，上年有送朱十詩。

懷沈武功 三首

勾吴多好友，不及爾情深。昔見如瓊樹，相依若雅琴。愁生落花處，夢繞包山陰。吟詠内書罷，松風吹好音。

炎方風氣異，秋盡始知秋。桐葉方飄户，梅花已滿樓。故人多秀水，之子在中洲。白露滋蘭芷，應含八詠愁。

之子日思我，書來天一涯。飛歸南海鶴，長繞北堂花。母在小天姥，妻亡陰麗華。人間欲無意，禪寂向煙霞。

【箋】沈傳弓，字武功。嘉興人。詩觀二集卷十三録其詩。大均于順治十六年在吴與交，此詩當作于北遊返粤後。姑編于康熙元年秋。

寄紀伯紫 二首

鍾山餘一老，嗚咽故宫篇。禾黍哀何及，壺觴興自憐。江南未歸棹，薊北空垂鞭。試望秦淮草，茫茫六代煙。舊曲清商好，新詩正雅多。生才天不偶，學道欲如何。萱草蘭房樹，桃花寶馬馱。多方娱白首，世事任滄波。

【箋】康熙元年作。時南歸沙亭，有懷金陵舊遊。紀伯紫，名映鍾，字伯紫、伯子，號戇叟，江南上元人。明諸生，爲復社宗主。易代後，入天台山爲僧，復舍去。居金陵，自號鍾山遺老。晚歲移居儀真，遂卒。有戇叟詩鈔。

和陳元孝登吹臺作

夙聞太阿劍，霜鍔蓮花發。楚王一麾之，三軍盡流血。夫君事遠遊，家貧一蒯緱。千里登吹臺，慷慨思報讎。夷門無監者，誰爲公子謀。我昔弔梁園，所見惟林丘。洪河崩底柱，蔓草連神州。驚鳥縱横飛，離獸鳴相求。平臺賓客盡，四顧淚交流。憐爾多難人，徘徊當暮秋。長歌蓬池上，擊筑睢水頭。

【箋】康熙元年歸粵後追和陳恭尹吹臺之作。陳恭尹獨漉堂集中遊集有吹臺五古詩，乃己亥之作。吹臺，在今河南省開封市東南禹王臺公園内，相傳爲春秋時師曠吹樂之臺。

八月十八夕風雨歌

去年八月十八夕，前年八月十八朝。寶帶橋邊觀串月，錢塘江上弄驚潮。今年此夕何蕭索，秋雨泙澎沈月魄。萬里銀河水倒飛，千條瀑布天争落。吹笛空爲壯士聲，何時一戰似雷霆。沙場後夜逢明月，會有葡萄醉衛青。

【箋】

康熙元年八月十八夕在粤感懷之作。大明一統志卷八蘇州府：「寶帶橋，在府城西南一十里。」

送人出關

一出淒惶嶺，遼西總是山。柳分蒙古界，花合武寧關。去國身雖老，憂邊意未閒。風霜殊慘淡，莫令損容顔。

【箋】

康熙二年作。送人出關，其人即祁班孫。先是，班孫于其山陰寓山園中，招納遺民魏畊、朱士稚、屈大均等密謀，欲圖抗清之舉。事發，畊與班孫兄弟被捕。本年班孫遣戍寧古塔。朱彝尊有夢中送祁六出關詩。班孫于其行也，有出關一首，結句云「應憐此漂泊，誰可駐頹顔」。故大均篇末就此慰勉。

三水縣訪朱丈

地控三江口，城開白塔村。縣治舊爲白塔村。市橋春雨滑，漁艇暮潮喧。肄水清浮縣，崑都山名。翠映門。停橈訪知己，相見戀琴尊。

【箋】

三水縣，在廣州之西，西、北、綏三江匯流縣境。此詩及以下數首疑爲康熙二年避地瀧州途中作。

大蘆峽

牂牁從此出，浩淼到厓門。二水吞孤峽，三江控一村。魚花多下步，橘子滿中園。潮勢秋來大，微微島嶼存。三水縣舊爲白塔村。

【箋】

大蘆峽，即大路峽。阮元廣東通志卷一百山川略一三水縣：「大路峽，在縣西南十里。兩山對峙，江流其中。稍上有鰲魚灘，漲潦甚急，舟行戒焉。」

峽口作

行盡羚羊峽，人煙兩岸開。雞聲若吹角，知有海潮來。

【箋】羚羊峽，在高要縣，西江經此東下。阮元廣東通志卷一百七山川略八：「相傳山有羊化石，因名羚羊峽，又名靈羊，一名高要峽。」

分水寓廬作 三首

大雪嘉魚出，南風白蜆肥。攜來湘峽少，載向市橋稀。山海愁多盜，鄉園老未歸。先公涌口墓，咫尺亦相違。嘉魚産小湘峽，以大雪時出。市橋魚鹽所聚，密邇予鄉。沙亭亂後，蛋船稀少，魚貴於曩時矣。

茲鄉魚米貴，商賈競豪華。本業無人務，浮居總客家。寇來稀撥槳，船名，海盜多用之。官至盛吹笳。百貨俱難得，貪泉遍海涯。

西北雙江水，從兹溯上流。帆檣争好步，歌吹動閒愁。茉莉香漁艇，桄榔暗客樓。王商多厚利，絡繹上雄州。

【箋】

康熙二年作，時奉母避難入瀧州（今廣東羅定），途中寓居分水。詩外卷五有奉母入瀧州避難寓從弟之姻林氏館有賦。順治十八年，清廷發佈遷界令，廣東沿海二十四縣居民被勒令内遷五十里，盡毁民房、漁船，片板不得出海，田地禁止耕種，以防人民與鄭成功聯繫。及康熙二年，又下令再内遷三十里，原不在遷之番禺、順德等四縣亦要内遷。翁山故鄉沙亭爲之擾攘驚惶，詩中「山海愁多盜，鄉園老未歸。先公涌口墓，咫尺亦相違」正指此事。分水，今高明縣分水鎮，入瀧州路經此地。

奉母入瀧州避難寓從弟之姻林氏館有賦　二首

白鵠從其母，東飛瓊樹柯。蘇仙頻避彈，炎女未填河。反哺求粱稻，孤生念蔦蘿。昏姻維爾故，留託泰山阿。

銜草鹿鳴麑，呦呦春澗西。介推惟負母，弘景未歸妻。遁世心無悔，遊仙路不迷。瀧州山水好，兄弟且相攜。

【箋】康熙二年奉母往羅定避難之作。廣東新語卷二地語遷海：「歲壬寅二月，急有遷民之令……令濱海民悉徙内地五十里，以絶接濟臺灣之患。於是麾兵折界，期三日盡夷其地，空其人民。」瀧州，梁陳間置，宋開寶六年廢。今羅定、雲浮、鬱南境。蘇仙、炎女、介推、弘景，皆翁山自況之辭。

羅定山歌 二首

花綀初著時，郎乘果下馬。何處遣相尋，知在荔枝下。

果下紫騮嘶，郎來自水西。折儂花不得，花不爲郎低。

【箋】汪譜作康熙二十二年詩，當爲康熙二年避難羅定時作。

亞姑井謡

羅定界石村有東西二井，昔有姑嫂同居。其嫂善淫，小姑以拒强暴，自沈東井。嫂慚，亦沈于西井。今東井水清，人汲飲之，稱曰亞姑井；而西井則甚濁也。謡曰：

水不能清，以姑而清。姑之清兮，水之榮兮。水不能濁，以嫂而濁。嫂之濁兮，水之辱兮。惟婦與女，水其因汝。人不知之，水則知汝。吁嗟婦兮，畏此水之知兮。吁嗟女兮，畏此水之因兮。

【箋】汪譜作康熙二十二年詩，當爲康熙二年避地羅定時作。

維帝篇

吾屈自楚而秦，自秦而南越，源流甚遠。故從番禺始遷之祖，以溯三閭，而撰維帝篇。其辭曰：

維帝顓頊裔，周氏相蟬嫣。食土荆湘邑，屈姓何連綿。左徒死懷忠，日月在羅淵。宗臣不去國，恩義同比干。子孫藏劍佩，世守長沙田。漢初實關中，昭景同西遷。族貴稱王孫，文采未相宣。武帝愛離騷，始命淮南箋。買臣工楚學，能言廿五篇。三閭之弟子，王逸益精妍。所恨靈均孫，名姓未有傳。唐時美詞藻，衹有屈同仙。千載失宗支，遺書蕩如煙。徒聞宋南渡，我祖從秦川。抱挾離騷經，肇居番禺偏。番禺兩山連，桂林横大川。冰霜避炎德，熊羆盤層巒。神靈所窟宅，形勝亞中原。少祖擁義兵，力拒元可汗。言從東莞伯，歸命洪武年。褒勳錫彤矢，作鎮臨幽燕。本支在茭塘，世德列朝鵷。三閭大夫祠，峨峨南海邊。景差與宋玉，配享蘼蕪壇。女嬃之嬋媛，歲時祀孔虔。天問及九章，淒悲被筦絃。稱觴何濟濟，伐鼓復填填。女巫獻玉瑱，姣服若飛鸞。靈兮駿兩螭，雲旌來翩翩。迎之激楚舞，侑以招魂篇。習射張大侯，中者爲神歡。山谷氣蘢蓯，樛木繚蒼煙。土膏春既動，禾稼鬱芊芊。聚族二千人，公耕茲墓田。百果從離支，芬馨充豆籩。龍目釀酥醪，飲者壽多延。東家籠箵竹，西鄰翡翠蘭。中池翔文魚，孔雀尾斕斒。皓髮四五叟，混茫談羲軒。子弟工文辭，風華尚小山。榕樹大十圍，流泉應鳴蟬。百尺木棉花，朱火然高天。靈境似華胥，淳俗誇桃源。花落鷄犬靜，處處張春筵。爰從廣州陷，我父方言還。勤王功未成，避世志難宣。吁嗟蚩尤亂，閶闔紛刀鋋。湘君沈錦瑟，重華失金鑾。四瀨沸鼎鑊，九州驚虛弦。將相婦人衣，崩角穹廬前。其時歌薤露，吾親淚漣漣。龔勝屢絕粒，陶潛時鳴絃。遂築懷沙亭，背岡帶修湍。岌岌遠遊冠，賣藥東市廛。增城受丹訣，委蛻從稚川。正氣得所繇，庶幾返自然。嗟予破家產，報國多迍邅。左持將軍頭，右揕秦王肩。虎狼不足刺，生刦酬燕丹。吁嗟天命衰，脱身出函關。爰從翟義公，興師平陵間。逐日麾金戈，捎星曳紅旃。黃帝駕象車，飛廉揮虹鞭。一夫先拔木，五丁齊開山。魑魅紛來戰，雷霆相糾纏。予時當一隊，矢盡猶争先。猛士盡瘡痍，一呼皆騰鞍。手剥太行貜，足蹂陰山豜。雄虺昂九首，吞人益其肝。神虬忽失穴，潢污蟠蜿蜒。不能爲國殤，含羞餘空拳。天方造草昧，養晦爲大賢。鵬運需扶摇，折翼避鷹鸇。割肉聊自食，毋須膏火煎。婉彼蛾眉女，瑶瑟中道捐。大禹方胼胝，遑恤塗山顔。客獲千金珠，乃遭驪龍眠。英雄不學道，功名安足傳。飄然登太山，長嘯摇天門。鷄鳴見澥日，湧出如金盤。神光騰八極，頓豁鴻濛前。盤古日九變，玉斧開方圓。死生如循環，尋之渺無端。公孫舞雙劍，宜僚弄一丸。鬼出忽電入，兵機獲無傳。囊括其雌雄，妙得將將權。蒲且彎長弓，風胡操龍泉。衛我歸羅浮，省母梧桐間。鳳凰挾其雛，羽儀九苞妍。一鳴聖人生，再鳴泰階平。此身非血肉，五岳共喬騫。庶幾鞠育恩，少報罔極焉。弟妹未婚嫁，夙夜亦懷仙。寡兄奉爲師，冥探太素言。梁鴻嘗牧豕，弄玉思騎鸞。織縑爲親衣，采薇爲親餐。甘瓜抱苦蒂，骨肉相夤緣。自謂依庭闈，没齒同貞堅。何意鮮飈激，孤雁吹飛翻。日月有盈虧，吾生遑得閒。揮涕出門去，斯民方倒懸。事親貴養志，治國若烹鮮。乘彼太清霞，白鹿何娟娟。塵垢鑄堯舜，羽翼淩綺園。御世有操縱，六轡如琴然。四夷若牛馬，纍纍受拘牽。東遊寒風闕，西戲崑崙巔。足性自無待，横流一手援。回顧鄉閭中，蕭蕭桑梓寒。仲尼懷疾固，思歸修遺編。百川朝滄溟，清濁必還源。北斗天中央，周流光不偏。姑射以神凝，使民疵癘蠲。蘇耽能反本，化爲黄鵠旋。

【箋】

康熙二年避地羅定時作。　翁山自言爲三閭之後，詩中略述屈氏先祖自楚而秦，自秦而粤，定居番禺之族史，以寄流離中不忘祖德鄉閭之衷。　檀萃楚庭稗珠録卷五：「維帝篇辭旨蕩譎，頗似天問、遠遊諸篇，不可盡識，子虛烏有之論，本自騷來。自命三閭，有由來矣。……以之擬古，其鮑明遠之流乎？」

送妹 二首

翩翩東海燕，銜彼棠棣華。我生鮮兄弟，鄉閭嘗咨嗟。令妹圭璋姿，教誨荷親慈。采桑提玉筐，織素鳴春機。纖纖彼女手，朝夕供甘肥。青春日載陽，睢鳩差池飛。家貧不終養，臨别淚漣而。虞舜耕歷山，伯瑜披綵衣。嗟予棄人爵，與親聊餔糜。

青陽屬令辰，來雁鳴雝雝。朝雲媚桃李，乳燕棲房櫳。窈窕彼君子，佩玉乘青驄。朝爲孤鴛鴦，暮作雙飛龍。子懷在高逸，偕隱宜梁鴻。絺綌勝鮫綃，荆簪玳瑁同。箱簾無寶玩，圖史盈其中。芳顔匪膏沐，令德惟温恭。先人箕潁流，黽勉追素風。

【箋】

康熙二三年間送其四妹出閣之作。　詩外卷五家園示弟妹：「兩妹年俱長，家貧織素絲。」爲北遊初歸作。又，詩外卷一哀内子王華姜：「四妹嫁遠方，尚未覯容姿。」

有鳥篇送妹　二首

有鳥名蘇耽，千載蓬萊還。爲親植朱橘，離離成神丹。孝子貴錫類，天性誰能殘。子慕秦王女，吹簫心孔閒。幽貞少不字，學道懷驂鸞。牽牛俟銀漢，匏瓜期絳天。日月一夫婦，交會相回旋。子今勉于歸，及此冰猶堅。陽雁喜朝日，夭桃矜春妍。鷄鳴警君子，夙夜禮無愆。尊章益虔事，當得王母憐。

混元生兩儀，四象運璇璣。民生有儔匹，陰陽聖所師。嗟爾幽閒女，于歸今及期。琴用先人桐，張以所繅絲。一彈再三鼓，鳳凰鳴參差。明月喜幾望，受日逾光輝。服德爲黄裳，樂我惟縞衣。靈仇天所眷，敬爾百威儀。

【箋】北遊初歸，送其四妹出閣之作。蘇耽，大均自況之辭。詩外卷五奉母入瀧州避難寓從弟之姻林氏館有賦：「蘇仙頻避彈，炎女未填河。」

杜鵑峰作 峰乃羅浮高頂

浮山頂上花萬千，一峰花獨多杜鵑。色兼藍紫與黄者，絶少殷紅猩血鮮。開時無葉但枝幹，槎枒屈曲相鈎連。浮山舊多海底樹，豈鐵珊瑚風吹墜。定知不是子規血，不然望帝成神仙。春心已得丹砂化，蠶叢舊恨都棄捐。謝豹亦作搗藥鳥，口中長吐瑶池蓮。開多黄色得中氣，與金芙蓉争光妍。西蜀安得有此種，啼痕沾濕迷荒煙。斑斑胭脂自太古，那能化碧沈重泉。龍爲魚兮誰不苦，瀟湘之竹同煩冤。噫吁嘻，瀟湘之竹真煩冤。

【箋】

審詩意，當爲悼永曆帝而作。姑定于康熙二年前後。

壽母 八首

我生遘喪亂，周遊悲道窮。髮膚雖至昵，相依不克終。子春難全歸，豫讓靡成功。仰辜昊天德，俯愧白華躬。兹辰介春醴，瓶罍無光容。捧土塞盟津，吹琯回條風。微志苟不移，庶可慰尸饔。

朱陵有藥市，我父爲韓康。東王教服食，仙去路渺茫。遠瞻松櫝上，近察几筵傍。神靈何倏忽，令母早年孀。白鶴思令威，黄鵠悲陶嬰。悠悠聖善心，與我旻天長。母子相流連，如月在滄浪。滄浪水清澈，所以娱娥光。母寒裁複褌，兒寒持熨斗。隆冬天雨霜，清苦徒相守。偕隱似綿山，躬耕無谷口。今朝逢令辰，何以介眉壽。鑿冰取嘉魚，采蘭爲肥牡。堂堂予處子，被褐懷瓊玖。不義如浮雲，豈足娱諸舅。

青松冒霜雪，歲寒希陽春。仰絶高天覆，俯憑坤厚仁。婉孌懷袖間，藹如狐白温。尸鳩未均養，所嗟俱貧辛。長息刺繡文，次息倚市門。終歲何劬劬，錢刀無一存。龍綃匪冬衣，燕麥匪朝餐。徒持孺子顔，嬉笑相承歡。

葳蕤三珠樹，上有孤鳳凰。凝神慕姑射，堯舜如粃糠。大子歌離騷，中子進椒漿。小子射白鹿，爲脯陳高堂。勤勞文伯母，勖以追珪璋。日抱金烏飛，月懷靈兔翔。精華相呼噏，爲命與天長。

西王有青鳥，奉使何温恭。朝登麻姑臺，戴勝相隨從。中婦獻緗襦，小婦調絲桐。阿母樂欣欣，飲酒顔鮮紅。三花結蘐草，千葉開芙蓉。念我託神仙，不昏如青童。幽幽匏瓜星，獨處銀河東。

羅浮五色鳥，絳翎是君王。生男爲鴻鵠，生女爲鴛鴦。嗟余有兩妹，口噤難銜將。風雨日漂摇，嘗憂巢穴傷。侯光方賃舂，令暉日縫裳。窮苦不遭時，令母愴中腸。婿貧若珠玉，女淑宜糟糠。庶幾抱潛德，來共拜嘉祥。

神龍何光彩，乘道而浮遊。非陰復非陽，歸我太清居。暮如蓬海月，爲母掌中珠。朝如扶桑霞，爲母身上襦。天下乃塵垢，真人色不渝。雖無人爵榮，其樂如華胥。願親且安坐，清琴聽徐徐。

【校】

第七首「嘉祥」，康熙刻凌鳳翔補修本原作「嘉慶」，與他句不押韻，今按宣統國學扶輪社本改。

【箋】

審詩中「不昏」之語，組詩當作於康熙二三年間，時尚未續娶。

南海神祠作 二首

扶胥江口水微茫，簫鼓人祠百谷王。萬派洪濤朝漲海，千秋絳節奠扶桑。參天花倒龍宫影，浴日亭浮蜃氣光。聞道漢家東渡急，馮夷先爲駕鼉梁。祠旁有浴日亭。

夾江銅鼓響天風，春半家家祀祝融。神次最尊南海帝，隋時初築虎門宮。波羅花落蠻娘拾，獅子洋開估舶通。漢代樓船零落盡，何時重見伏波功。

【箋】

康熙三年沙亭屈氏族人重修南海神祠，翁山乃作此詩以寄意。文鈔卷三南海神祠碑：「歲甲辰之吉，族人某某者，撤而新之。」

南海神祠古木棉花歌

十丈珊瑚是木棉，花開紅比朝霞鮮。天南樹樹皆烽火，不及攀枝花可憐。南海祠前十餘樹，祝融旌節花中駐。燭龍銜出似金盤，火鳳巢來成絳羽。收香一一立花鬚，吐綬紛紛飲花乳。參天古幹争盤拏，花時無葉何紛葩。白綴枝枝蝴蝶繭，紅燒朵朵芙蓉砂。受命炎州麗無匹，太陽烈氣成嘉實。扶桑久已摧爲薪，獨有此花擎日出。高高交映波羅東，雨露曾分扶荔宫。扶持赤帝南冥上，吐納丹心大火中。二月花開三月葉，半天飛落人争接。東風亂剪猩紅絨，兒女拾來柔可摺。正及春祠百谷王，神靈不使馬蹄蹀。還憐飛絮白如霜，織爲緤布作衣裳。銀釵叩罷雙銅鼓，歲歲看花水殿旁。

【箋】

康熙三年重修南海神祠，詩當作于此時。

南海祠下作

南溟天盡水茫茫，江漢争朝百谷王。萬里雲霞開海市，中宵日月出扶桑。未標銅柱炎山上，且泛星槎織女傍。自昔仙人功業早，乘時吾亦擬張良。

【箋】

康熙三年作，詩中隱寄恢復之志。此詩詩外失收，録自翁山詩略卷三。

題惠陽葉氏園 五首

江山戰後日蕭條，壯士聞笳慘不驕。兄弟令弟金吾。登高猶九日，君臣失路已三朝。

門外雙湖水合流，豐湖春似鰐湖秋。有時象嶺煙霞散，隱隱空中二石樓。

湖心亭子更風涼，山雨飛來若散霜。蓮葉蓮花争出水，不愁無處宿鴛鴦。

九月銀魚出水長，銀魚風起水泱泱。銀瓶汲取姚坑水，來煮銀魚香復香。九月風曰「銀魚風」。

可惜江山今已非，先臣功業在金微。漢家祇有天山月，來照樽前舊錦衣。

【箋】惠陽，治所在今惠州市。葉氏園，明萬曆間兵部尚書葉夢熊别業泌園，在惠州西湖。夢熊之孫維城襲錦衣衛指揮同知僉事，明亡，居泌園，增築樓臺，半在西湖上，名流陳子升、姚子莊、梁佩蘭、屈大均、陳恭尹參與文宴，多所題贈。據第一首詩意，當作於康熙元年桂王政權敗亡後。

寄無可禪師

羅浮采藥失佳期，聞道嵩陽錫杖移。珠海含君千里月，秋光長得慰相思。

【箋】無可，即方以智。見登秦望山寄酬盧山無可大師箋。此詩當爲康熙元年返粤後作。

夜泊大濫作

月出依稀海霧消，鷄聲催上虎門潮。長星夜夜穿河鼓，殺氣年年貫斗杓。興廢久知他日事，清高終立故人朝。天心咫尺勞相告，欲爲林泉破寂寥。

【箋】廣東新語卷二地語虎頭門：「〔廣州〕海亦有三路，分三門，而以虎頭爲大門。……自虎頭而入爲濫口，次曰大灆，又次曰二灆，至灆尾則爲波羅之江，予家在其上。」此詩及以下數首當爲康熙元年歸粤後作。

弔厓

虎頭門外二洋通，想像精靈滿海東。一代衣冠魚腹裏，千秋宫闕蜃樓中。乾坤開闢無斯變，龍鳳驅除亦有功。萬古人倫能再造，高皇神烈自無窮。

【箋】廣東新語卷二地語虎頭門：「故祀南海神於虎頭門之陰。門在廣州南，大小虎兩山相束，一石峰當中，下有一長石爲門限，潮汐之所出入，東西二洋之所往來，以此爲咽喉焉。」

黄龍洞尋南漢天華宫故址 在羅浮

英雄割據未全非，此日龍川霸氣微。輦路已隨秋草没，歌塵猶作彩雲飛。美人何處還金殿，壯士當年盡錦衣。一自諸陵風雨後，空留杜宇怨斜暉。

【箋】天華宫，在羅浮山之西葛洪西庵故址。廣東新語卷三山語羅浮：「羅浮之洞凡十餘，最勝者曰黄龍。……南漢主劉鋹嘗夢神人指羅浮之西，有兩峰相疊，一水對流，可以爲宫。訪之，得斯洞。又夢黄龍起宫所，因名洞曰黄龍。」

登圭峰頂望厓門

悵望江門煙雨濃，先朝空有玉臺鐘。湘妃萬古餘斑竹，望帝三春在碧峰。揮斷金戈時已盡，歌殘薤露去無從。天邊島嶼多遺殿，緑草離離積幾重。

【箋】

廣東新語卷三山語圭峰：「圭峰在新會城北二里許，秀拔玉立，其頂四方，名玉臺。」又，卷二地語厓門：「厓門，在新會南，與湯瓶山對峙若天闕，故曰厓門。自廣州視之，厓門西而虎門東，西爲西江之所出，東爲東北二江之所出。蓋天所以分三江之勢，而爲南海之咽喉者也。宋末陸丞相、張太傅以爲天險可據，奉幼帝居之。連黄鵠、白鷂諸艦萬餘，而沈鐵碇于江。時窮勢盡，卒致君臣同溺，從之者十餘萬人。」

亂帆

亂帆争落日，十幅總雲輕。勢定知風小，飛低與水平。紛紛無近遠，片片在空明。中有楚漁父，滄浪歌幾聲。

【箋】以下各首，疑亦作於初歸之後。

贈查子

之子求佳麗，珠娘得小家。芙蓉春有子，茉莉夜開花。粤有木芙蓉，秋花春實。茉莉、素馨皆夜開。眉寫山山翠，衣飄片片霞。載歸勾越去，妒殺浣溪紗。

柳花

一夕垂楊樹，花飛入杳冥。無風已如雪，有水即爲萍。未忍吹長笛，生憎種短亭。鶯銜餘幾片，掩映數枝青。

一春風上下，飛去欲誰家。未肯污泥水，惟知作雪花。條長攀易得，枝弱舞休斜。幾點多情甚，依依在鬢華。

送榷關使君

復作沈香浦，人欽子大夫。明朝共蘭楫，祇有石家珠。越鳥聲多好，蠻花色太朱。木棉攜得否，絶勝女珊瑚。

【箋】

榷關，指徵收關税之機構。榷關使君，其人未詳。

贈劉生

英雄多失路，四十未功名。慷慨一杯酒，飛揚萬里征。文章新豹變，汗血舊龍争。莫即辭貧賤，君才晚更成。

平生一寶劍，持以結交親。不恨相知晚，惟期白首新。卧龍殊未老，飛兔更無倫。異日沙場上，揮鞭逐後塵。

送友

中年須學道，五岳更尋師。早得青蓮法，來歸紫水湄。天邊雙瀑布，谷口一茅茨。與子棲閒去，人煙不可知。紫水，陳白沙先生所居。

守道雖無悔，遭時未免愁。何因入泉石，不敢負春秋。豈以妻孥累，而爲黄老謀。行行聊乞食，升斗爲親求。

鸕鷀石

望望鸕鷀似，雙飛直至今。細微元地胏，浮定總波心。勢得三江險，根應百丈深。不須過灩澦，舟楫已沈吟。

空翠

乍染芙蓉濕，蒼蒼不是煙。有無秋色外，明滅暮嵐邊。影入眉間黛，光生鏡裏天。天邊數鴻雁，飛處有餘妍。

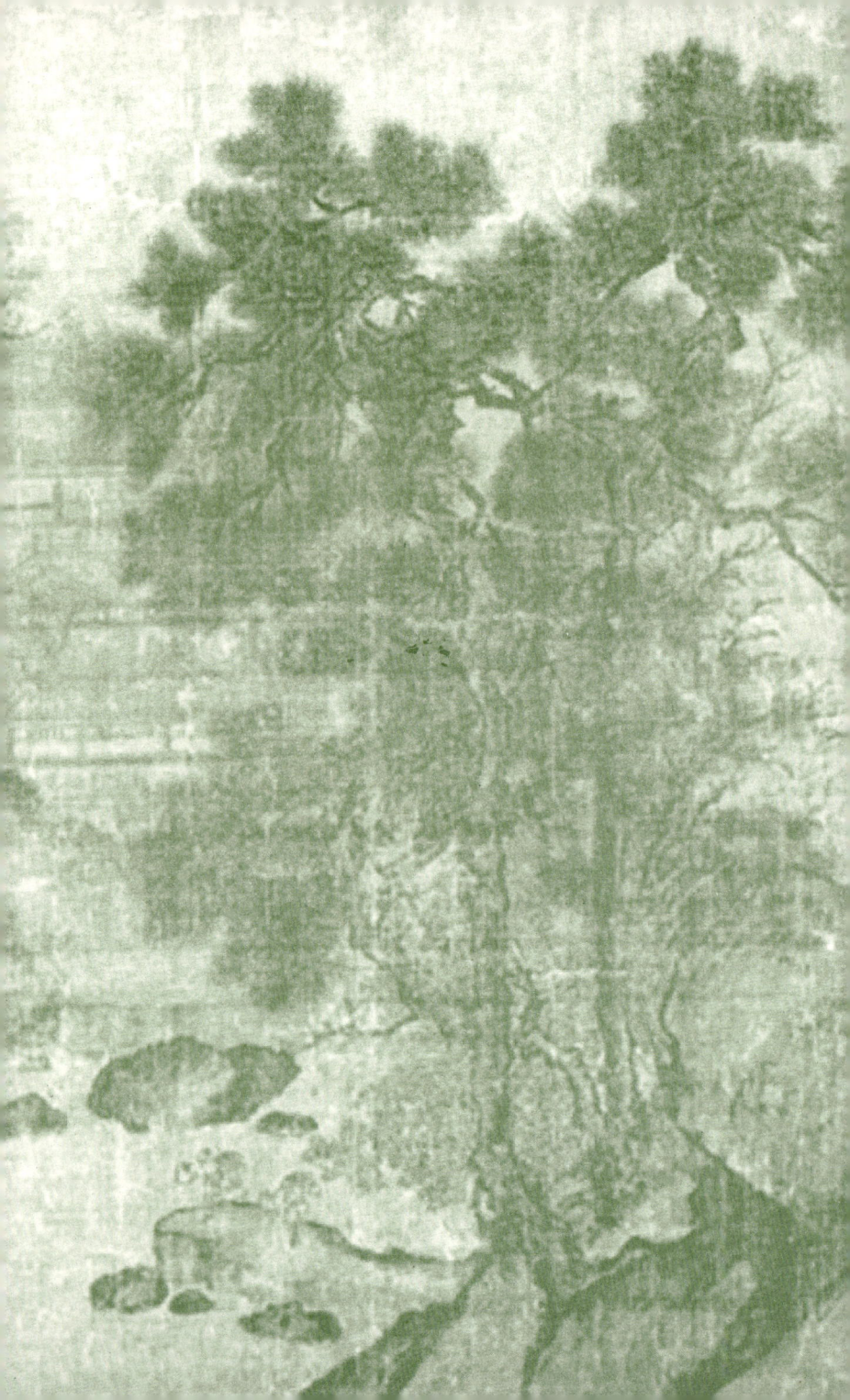

屈大均詩詞編年校箋

二

〔清〕屈大均 著
陳永正等 校箋

上海古籍出版社

屈大均詩詞編年校箋卷四　北遊二什

起康熙四年（一六六五）　迄康熙八年（一六六九）八月

答譚非庸　二首

嗟予遘陽九，不得全天形。接輿已髡首，桑扈亦臝行。蘭草非人鋤，鸞皇乃自烹。念君意氣存，禦侮如干城。小人箕其舌，君子淵無聲。經德不可回，相將保千齡。

黍苗何離離，雉雊求其妃。咨予久獨立，幽蘭爲蒼葹。今天降蟊賊，王事艱且危。膂力君方剛，經營願相資。欲獵爲呼鷹，欲戰爲騄驪。騄驪何彭彭，西北開龍荒。

【箋】

譚非庸，名庸，新會人，隱居不仕。陳恭尹祭譚非庸文稱其「才足以不朽」。此詩當爲康熙四年春北上前作於廣州。

答譚非庸

采菽需筐筥，爲仁貴朋旅。盈手瓊瑶華，夫何飢季女。季女多徽音，其諧如瑟琴。乾餱非失德，棄我如飄風。白首始成歡，君能同錦衾。斷髮爲龍淵，雌雄相升沈。雖無金玉相，追琢亦能任。

【箋】此詩疑與上首作於同時。

留别羊城諸子　二首

大魚啖蝦魱，小魚啖沮洳。風波一失所，微沫猶相濡。吁嗟爾君子，念我如黔婁。養親無甘毳，從君無驪駒。懷寶而迷邦，前路多憂虞。王孫誅淖齒，伍子干闔廬。所愧病無能，日暮空踟蹰。

枯魚日銜索，高樹多驚風。我親已白髮，我行猶轉蓬。仲繇嗟負粟，冉子念尸饔。攜手出東門，涙落塵埃中。蛇脂已耆乾，龍飢尚未充。耘瓜忌傷根，結蘭貴心同。孝子當不匱，錫類及微躬。

【箋】康熙四年春，大均再度北遊。此詩即爲留别羊城諸子而作。

憶梅

往日園陵畔，千株間白雲。芳馨靈谷寺，灌溉羽林軍。亂點鍾山翠，争銜麋鹿羣。高皇多手澤，如雪日氤氲。

【箋】康熙四年春，大均再度北遊，又至南京。撫今思昔，託物言志，故有此作。

懷梅上人

此日惟禪寂，干戈滿海濱。悲歡能累道，貧賤易違親。孤月先秋冷，羣峰過雨新。一燈林壑夕，遲我作山鄰。

【箋】梅上人，即釋弘仁。朝鮮人闕名撰皇明遺民傳卷七云：「弘仁，字漸江，新安人。姓江名韜，字六奇，故諸生。甲申後，棄妻子爲僧。更以畫學名，師倪瓚，新安畫家多宗之。没後，友人種梅數百本於遺墟，因稱爲梅花古衲云。」漸江卒於康熙三年，生前常往來黄山雁蕩間，而隱居于齊雲山（在今休寧縣）。大均欲遊黄山不果，因憶其人而作。此詩或康熙四年作於南京。

登觀象臺

欽天山峻極，西接獨龍岡。樹色迷長樂，鐘聲似景陽。帝王空有廟，星宿不成行。此日觀乾象，愁心黯未央。

【箋】觀象臺，在今南京城區北隅鷄鳴山上。此詩大均作於康熙四年寓居南京之際。

青溪

小姑名字擅青溪，桃葉風流渡口迷。六代祇餘兒女事，不勝金粉景陽西。

【箋】青溪，三國吴鑿。故道自今南京東北紫金山，屈曲西南流入秦淮河。康熙四年作於寓居南京時。

贈金陵李子 四首

李子嘗爲予言：「家本唐衛公之後，元末，有祖妣吴太君者，望東南有天子氣，因自三原徙居于濠，使其四子應高皇帝召募。凡攻城略地，四子受太君成算，往輒有功。高皇帝既渡江，太君命仲子電求隸常將軍麾下。采石之役，元將蠻子海牙方盛兵待我，電請曰：『敵乘險踞高，仰攻不易，請爲將軍出間道，以乘其釁。』常將軍壯之。電號黑扁，善没水，於是没入水寨，潛易元軍衣服，混陣士中。比常將軍先登被鉤，海牙將下石，電紿曰：『速掣而上，傳首卻敵，善策也。』海牙未決，常將軍因騰而上，與電合，斫殺數百人。元軍亂，遂克采石。常將軍笑握其手曰：『黑扁乃能爾。』其三子皆有戰勳，高皇帝俱授以指揮使，命繪吴太君像，以四翅冠冠之，謂其能教四令子以成功云。」李子早習韜鈐，長身善射，嘗思奮發有爲，纘其先烈。崇禎癸未，中武進士第一人。是時賊氛甚逼，天子欲召問戰禦之策，爲奸臣所沮，官未拜而京師遽陷。李子詭時含辱，有漢都尉之心焉。歲乙巳春，歸隱金陵，方治黄白之術，予過而憫其窮苦也，爲詩以激揚意氣，並述其先世遺烈焉。

先帝無雙士，熊羆勇擅場。時窮能繞指，天巧必穿楊。棲託仙壇近，遊盤御苑長。獸肥春草短，爲母獵無荒。國初傳爾祖，采石建奇勳。方略高堂授，威名大將分。虎頭今有種，鳳臆舊空羣。他日交河戰，還期再冠軍。鳳冠加四翅，帝錫太夫人。教子仁爲將，從龍智絶倫。慈孫宜繼志，大孝在揚親。莫使王陵母，賢聲奕世湮。三北嗟曹沬，偷生爲母慈。精勤黄白術，隱忍戰争時。友誼河梁見，天心草莽知。金陵形勝國，嘆我卜居遲。

【箋】

康熙四年春作於南京。李子，名未詳。

舟至焦山

驚濤起東海，千里雪山來。飛楫過天塹，狂歌把玉杯。雲迷三詔洞，月出八公臺。草草齊梁代，興亡總可哀。

【箋】焦山，在江蘇鎮江東北江中。張萊京口三山志：「焦山，在郡城東北九里大江中。山之餘支東出，分峙於京波瀰淼中，曰海門山。」又，「焦山，亦名浮玉，見米芾臨金山賦注。今巖石有古刻石『玉山』。」南朝宋元嘉中爲防禦北魏南侵，於此設兵戍守。康熙四年秋，大均有蘇州、嘉興之行。此詩作於旅次。

贈譚子

檇李多吾友，辭章世所希。今君鳳池上，文采更玄暉。我愛澄江練，來攀青鎖闈。親勞折紅藥，高詠送將歸。

【箋】康熙四年秋遊嘉興作。譚子，名不詳。依首句，當爲檇李（即嘉興）人。此詩詩外失收，録自道援堂詩集六。

答鍾廣漢

梁鸞頌高士，最愛採芝翁。一出安鴻鵠，還棲林屋東。子孫洞庭口，耕作上皇風。我亦能遺世，年年桂樹叢。

【箋】

鍾淵映，字廣漢，嘉興人。有美才，思立言以自見，以多病未就而歿。工詩，朱彝尊爲之序。文鈔五鍾廣漢墓志銘：「予自己亥春，遇廣漢于蠡湖之曲；……乙巳復至，則廣漢識鑒逾高，……方期主其家，相與畢力經史，爲醇儒之業。無何，予以事由豫之秦，由秦之代，而廣漢亦有所適。比聞其在京師，亟往視之，則廣漢已先兩月死矣。」此詩當於康熙四年秋作於嘉興，在游吴門逢杜恒燦前。

吴門逢京兆杜子賦贈　二首

我愛秦風勁，無衣不自謀。美人居板屋，女子解戎輈。岳走三峰勢，河吞八水流。君從關内至，意氣正横秋。

姑蘇秋月夜，歌舞亂如雲。我亦吹簫至，吴王不可聞。徘徊金虎跡，想像水犀軍。泉下三千劍，光芒盡在君。

【箋】

吴門，即蘇州。杜子，即杜恒燦，字杜若，號蒼舒，三原人。順治副貢生，畢生出入幕府中。考職授通判，未仕卒。著春樹草堂集。康熙四年秋，大均與杜子識于蘇州，因贈此詩。後二人同遊陝西。

初秋與諸子泛舟長水

昨弔鴟夷子，扁舟向五湖。連峰七十二，相送出姑蘇。秋水又將至，佳人方與俱。御兒城畔月，高詠復登艫。

【箋】據詩意，長水當在蘇州境内。此詩或作于康熙四年秋。

姑蘇秋夕與余丈廣霞坐京兆杜子寓樓

嗟爾姑蘇客，蕭然含暮愁。相思二華月，獨立五湖秋。吴俗輕高節，秦風急好仇。今宵共樽酒，感激典貂裘。

【箋】杜子，即杜恒燦。余懷，字澹心，一字無懷，號曼翁、廣協、廣霞，又號壺山外史、寒鐵道人，晚年自號鬘持老人。福建莆田黄石人，僑居南京。晚年退隱吴門，與杜濬、白夢鼎齊名，時稱「余、杜、白」。撰有《板橋雜記》。此詩康熙四年秋作於蘇州。

虎丘中秋夕 六首

花舫如雲上虎丘，吴閶士女好嬉遊。今宵醉殺横塘月，酒似金波天際流。
處處樓臺按十番，天邊燈火若星繁。美人歌遍江南弄，誰聽清商不斷魂。
今宵三五足歡娱，一片姑蘇似玉壺。天作千人歌舞石，月華流滿錦氍毹。
一帶船牕捲碧紗，人人歌管鬥繁華。吴王往日風流在，狂殺蘇臺十里花。
真娘墓上玉簫聲，十五當壚巧笑迎。一自君王能好色，至今吴女盡傾城。
珠斗闌干興倍豪，遊人絲竹各分曹。金壺好注天河水，莫使東方日色高。

【箋】康熙四年中秋節作於虎丘。虎丘山，在蘇州西北。

吴江曲 四首

吴江風味勝姑蘇，玉鱠金虀世所無。橋北三腮休道美，橋南更有四腮鱸。
鴨嘴船輕去不遲，吴兒十歲作舟師。舵樓有女歌相接，唱罷楊枝又竹枝。

鶯脰銀魚細似絲，紫鬚秋蟹飽霜時。鱸魚肉緊堪爲腊，絶勝吴淞人不知。

尖頭船子蕩田邊，蒓綫秋來處處牽。更向越來溪畔去，吴娘鷄豆點茶鮮。

【箋】

吴江，在蘇州南。有鶯脰湖爲名勝之地。組詩當作於康熙四年遊蘇州時。

太湖懷范大夫

風流誰似大夫長，一載西施遂渺茫。佳麗至今餘笠澤，精靈何處不夷光。洞庭花枕魚鱗屋，胥口雲連玉屧廊。終古紅顔感知己，春來争薦早梅芳。

【箋】

范大夫，即春秋末期越國范蠡。此詩乃大均康熙四年秋遊吴時作。

伍子胥

簫聲淒苦入吴來，隱忍能成報怨才。縣目鮮門觀寇入，爲濤江上盪城開。越人白馬何勞祭，范子鴟夷亦可哀。入郢便應頻解印，姑胥那忍更遲回。

【箋】

康熙四年作於遊吴時。伍子胥事蹟，見史記卷六十六。

過翁子山房賦别 二首

翁子中吴秀，詩歌起洞庭。今修震澤志，足補禹王經。露引雙桐翠，煙含萬壑青。何時及秋月，胥口共揚舲。

乍見如芝草，臨分戀玉杯。情同莫釐月，送出姑蘇臺。白鶴自兹去，梅花誰爲開。一峰歌一曲，早寄相思來。

【箋】

翁子即翁澍。著有具區志。以太湖志、震澤編爲本。順治十六年春，大均曾遊翁子隱居之東洞庭山館。康熙四年秋，再度重遊，故有此詩之作。

湖上柬宋子 二首

臨風一嘯作秋聲，天籟何如人籟清。南郭先生休隱几，須知鸞鶴不勝情。

誰駐蘭橈海上洲，不將明月照人愁。一聲風雨笙歌亂，始信仙人不下樓。

【箋】此詩或康熙四年秋作於遊太湖時。宋子，疑爲杜恒燦。

橫塘寄徐昭法

雨過横塘水，人家濕暮煙。湖山深竹裏，鷄犬落花邊。昔至楊梅熟，今來蓮葉圓。相思胥口月，之子在漁船。

【箋】横塘，在今江蘇吴縣西南。徐昭法，即徐枋，長州人。隱居西山光福，終身不入城市，世稱西山先生。工書，著居易堂集。大均此詩，汪譜斷爲順治十六年作，似誤。依「昔至楊梅熟，今來蓮葉圓」，此詩當爲康熙四年秋大均遊吴時懷徐氏之作。

范蠡

浮海鴟夷一棹多，飄然應自老煙波。身全豈合爲齊相，貲累將無愧越娥。子死千金當市井，師遺一策是巖阿。會稽山下餘湯沐，士女猶傳采葛歌。

【箋】康熙四年，大均曾遊錢塘。此詩或作於其時。

李驃騎置酒長干招同陳氏兄弟送予與杜子遊太華即事賦 四首

强弩將軍在，千秋肘法傳。驊騮悲失路，鵰鶚想横天。探道丹書裏，承歡白髮前。朋來因孝友，盡醉鳳臺邊。

紫髯何颯爽，詞客杜陵來。四座風流映，三峰氣象開。將予尋白帝，别爾上雲臺。江左飛龍地，明秋鼓棹回。

蕭條陳孺子，黄老學多年。貧賤非輕世，精誠自格天。鑾刀揮社日，翎羽拂春煙。既醉驪駒駕，歡娱惜此筵。

如意堂前築，今宵變羽聲。悲風吹木葉，落月滿江城。争博同勾踐，飛觴屬慶卿。丈夫窮不惜，大器晚方成。

【箋】長干，在今南京市中華門外，又稱長干里、長干巷。李白有詩長干行。此詩康熙四年作於南京，時大均與杜恒燦相約同遊華山。李驃騎、陳氏兄弟，待考。

鍾山和杜子

鍾山綿亘接三山，勢作金城紫翠環。牛首尚餘雙闕在，龍髯衹得一人攀。二陵時食櫻桃外，六代春魂燕子間。佳氣鬱葱浮萬户，未應弓劍至今閒。

【箋】鍾山，即紫金山。杜子，即杜恒燦。康熙四年秋作於南京。

渡江

渡江神慘淡，去國意蒼茫。白首成遺老，青春過異鄉。山開京口闊，水落海門長。戰後黄雲滿，旌旗更幾行。

【箋】文外一宗周遊記：「二十七日，自南京渡江至浦口。」此詩作於康熙四年十一月二十七日，時大均偕杜恒燦從南京渡江北上陝西。

同杜子入秦初發滁陽作

天曉滁陽望，蒼茫大野開。風威肅人馬，煙色慘墩臺。慷慨無衣賦，艱虞不世才。平生一匕首，爲子入秦來。

【箋】滁陽，即今安徽滁州。杜子，即杜恒燦。是詩康熙四年歲末作於離滁陽西行時。

濠州作

赤龍飛作漢，玄鳥降生商。帝統還中夏，皇靈戀故鄉。光華金鏡在，精爽玉衣揚。終古枌榆社，人祠太上皇。

【箋】濠州，即安徽鳳陽。明太祖朱元璋故鄉。此詩乃大均康熙四年末由南京赴陝西經濠州作。

中都 二首

王跡興閭巷，天威奮布衣。三章開草昧，一戰掃金微。城闕中都在，人民奕世非。誰令原廟樹，零落向斜暉。

高皇湯沐邑，浩蕩楚天開。南北風雲會，春秋玉帛來。靈旗龍陟降，王氣鳳盤迴。根本岐豐舊，還期闢草萊。

【箋】中都，即安徽鳳陽。爲明太祖興基之地。明洪武五年改臨濠府爲中立府，定爲中都。康熙四年歲末作。

鳳陽

神皋是鳳陽，瓜瓞接天長。仁祖勤耕稼，文孫肅禘嘗。塗山盤寢殿，淮水入宮牆。白首哀遺老，依依陵樹旁。

地插羣峰翠，天垂四野青。皇基猶氣象，帝宅自精靈。禾黍侵周道，貂蟬壞漢庭。卧碑誰與守，臣僕日凋零。

【箋】康熙四年歲末作於安徽鳳陽。洪武七年，改中立府爲鳳陽府，自舊城移治中都城中。

臨淮道中

南望家臨海，西征路向關。爲奴居廣柳，寄母有刀環。積氣浮淮浦，窮陰覆楚山。歲寒難自保，風雪損朱顏。

【箋】康熙四年歲末作於臨淮旅次。臨淮，明縣名，在鳳陽東北，清并入鳳陽。

潁橋謁潁考叔祠墓作

潁橋臨潁谷，純孝憶封人。繞墓慈烏夕，緣祠蔓草春。遠遊乖子職，明發愧天倫。菽水求無處，艱難萬里身。

【箋】潁橋，在今河南襄城潁水上。潁考叔，春秋鄭國封人。曾以孝行感動鄭莊公，使莊公母子如初。文外一宗周遊記：「暮，至潁考叔祠。祠後有碑，曰『鄭潁谷封人考叔墓』。」此詩康熙四年歲末作。

郟縣道中

雪晴行郟縣，山色撲征鞍。大道風沙暗，孤城煙火寒。蒼茫瞻少室，迢遞入西安。臘酒襄陵美，無嗟行路難。

歲晚征衣薄，天寒朔氣深。庭闈思覲省，河岳厭登臨。細馬僵春雪，慈烏聆暮林。故園諸弟妹，遥寄采蘭吟。

【箋】

郟縣，即今河南郟縣。此詩康熙四年歲末作於赴郟縣途中。

郟縣經故督師孫白谷先生戰處

一敗中原勢不還，二陵風雨慘龍顔。朝廷豈合頻催戰，司馬惟應暫守關。殺氣未消函谷裏，忠魂長在大河間。行人郟縣踟躕久，淚灑斜陽匹馬閒。

【箋】

孫傳庭，字百雅，一字白谷，代州振武衛人。萬曆進士，由商丘知縣，官至陝西總督，督河南四川軍務，晉兵部尚書，稱督師，加督山西、湖廣、貴州及河南軍務。以潼關破，獨横刀衛陣以歿。文外一宗周遊記：「斯戰爲本朝存亡所繫，惜當時計畫未定，遽以全軍孤注，一敗而天下遂不可支。」此詩康熙四年歲末作於今河南郟縣。

具茨

帝受神芝籙，天開大隗宫。白雲迷七聖，黄蓋導雙童。有象成金鼎，無爲合上穹。龍顔如瞰日，瞻望具茨東。

【箋】具茨山，在今河南禹州市北。莊子徐無鬼：「黄帝將見大騩乎具茨之山。」此詩康熙四年歲末作。

巢父墓

卻笑箕山客，幽光使帝知。至人無物累，天下有堯治。飲犢臨清澗，懸瓢在上枝。高風何處溯，遺墓草離離。

【箋】巢父，古代隱士，隱居箕山。箕山，在今河南登封東南。康熙四年歲末謁箕山巢父墓作。

題箕山石上

巢許非吾志，林泉偶自閒。如逢堯舜禪，豈肯入箕山。

【箋】文外一宗周遊記載，康熙四年歲末，從郟縣至宜陽縣境，「箕山特起若箕踞，有居此傲堯君之象。……山下即潁川，洗耳之跡存焉。」詩當作於其時。汪譜斷爲康熙五年作，誤。

望三塗

壁立如天闕，三塗險在前。陸渾雲晻曖，伊水雪潺湲。逐兔過雙澗，彎弓落一鞭。當時辛有淚，沾灑爲東遷。

【箋】三塗，即太行、轘轅、崤澠。汪譜：「在河南嵩縣西南，伊水之北。」左傳昭公四年：「四岳、三塗，九州之險也。」此詩康熙四年歲末作。

望太行

一石連千里，峰峰石上標。北襟恒岳大，西接華山遥。口外非戎索，關中本漢朝。茫茫形勝在，天險爲誰驕。

【箋】程明道先生謂太行山千里片石，衆山皆石上起峰云。

此詩或與望三塗作於同時。

孟津口

金谷多麗人，采芳孟津口。願作芙蓉花，葳蕤入素手。

【箋】孟津口，黄河渡名，在今河南孟津縣東北、孟州市西南。此詩作於康熙四年歲末。

硤石道中

天險洛陽西，臨關萬嶺低。冰堅人馬滑，雲暗驛樓迷。竦石頻當谷，飛梁忽接溪。幾家陶穴住，煙火暮淒淒。

【箋】硤石，在今河南孟津縣西二十里，爲黃河津濟處。康熙四年歲末作。

聶政

鼓刀難隱姓名深，車騎何來知己心。仲子殷勤能具酒，夫人粗糲敢辭金。直誅韓相驚雄劍，不使秦王待雅琴。有姊悲哀頻殉義，豈須皮面向刀砧。

【箋】聶政，戰國時韓國軹人。避仇隱于屠。韓嚴仲子與相韓傀有隙，欲報之。聞政勇敢，乃奉黃金百鎰爲政母壽。政以母在不許。及母死，獨行仗劍刺殺傀，因自皮面抉目而死。暴尸於市，購問莫識。其姊聞而往哭之曰：「是軹深井里聶政也。妾奈何畏没身之誅，而没賢弟之名！」遂自殺於尸旁。詳見史記卷八十六。軹，在今河南濟源市境。此詩或康熙四年作於由河南入秦晉旅次。

閿鄉道中呈杜子

中條高積雪，太華遠橫雲。初日光相亂，芙蓉望不分。冰開河艇過，風起岳鐘聞。明日蒼龍嶺，攀躋定與君。

【箋】閿鄉，在今河南靈寶縣内。杜子，即杜恒燦。康熙四年歲末作於閿鄉道中。

合歡曲　四首

願君爲羅浮，不願爲太華。羅浮合不離，高爲南岳亞。

太華一山分，其東爲雷首。中有黄河流，波濤作雷吼。

浮山嫁與羅，不復隨風波。羅得浮山大，峰餘四百多。

巨靈誠不仁，太華擘爲兩。可憐首陽山，不得接秦壤。

【箋】文外一宗周遊記載，康熙四年歲末，自閿鄉至盤古鎮（在今河南靈寶縣西北黄河南岸），「河曲有首陽山，對華而峙，延袤數百里，東接太行，巉巖峻拔，巨靈胡之所擘也。」此詩或於其時而作。

舟中　二首

一夜河冰合，舟行須日出。日出冰亂流，含風響蕭瑟。

日日黄河曲，煙波一片愁。誰言漁父好，白首此孤舟。

【箋】據文外一宗周遊記，康熙四年歲末，大均曾從盤古鎮（黄河南）至首陽山（黄河北）。此詩或于其時渡河而作。

黄河

黄河萬里貫長城，勢落龍門太華傾。一自鴻濛開大禹，至今形勝壯神京。中華事去因潼谷，朔漠人歸爲柳營。天意不憐司馬苦，頻將風雨喪佳兵。司馬，謂孫公傳庭。

【箋】此詩或與上首作於同時。

首山

疊巘華山北，連峰蒲坂東。巨靈揮斧鑿，黄帝采金銅。翠障三邊盡，洪流九曲通。茫茫天下脊，形勢爲誰雄。

【箋】首山，即首陽山，在今山西永濟市西南。據文外一宗周遊記，康熙四年歲末，大均曾從盤古鎮渡黃河至此。

夷齊廟作　七首

古廟當河曲，清風滿道周。求仁在薇蕨，書弑即春秋。淚共遺民落，歌深太古愁。佯狂吾不忍，一死動諸侯。

古人無死節，斯事始夷齊。麥秀悲何益，薇香采不迷。首陽餘俎豆，孤竹失山蹊。清絶祠前水，徘徊到日西。

商亡誰發憤，夷叔未蹉跎。國恨三仁少，人嫌十亂多。采苓存志節，叩馬止干戈。白首辭東海，鷹揚奈爾何。

一餓無餘事，微箕恨不同。首陽惟爾拙，柳下復誰工。舊國灤河上，荒祠華岳東。可憐頑懦者，終古不聞風。

嘆息命衰時，黄農不可期。一身天下父，百世聖人師。拜廟從雷首，搴芳得桂枝。長令百君子，故國有餘思。

廟當壺口出，名以墨胎垂。大老真惟汝，餓民更有誰。鹿銜甘草過，人與夕陽隨。勺水殷勤薦，風流慕不衰。

一代誰奔義，千秋獨死名。弟兄方讓國，臣子乃稱兵。苦命雖無怨，悲歌亦有情。廟宫頻下馬，心肅萬松聲。

【箋】夷齊廟，在今山西永濟縣西南雷首山（首陽山）。祭祀殷商遺民伯夷、叔齊。據文外一宗周遊記，此詩康熙四年歲末作，時大均從閿鄉至潼關途經夷齊廟。

風埠曉望

中條春雪積，太華曉雲盤。氣接河冰白，光摇野日寒。

【箋】康熙四年歲末作於首陽山夷齊祠。文外一宗周遊記：「（夷齊）祠外有風后陵，甚嶒崒，一云風埠。」

太行

萬障西來作太行，三關北鎖控漁陽。刑餘不惜王公險，獻與青絲白馬郎。

【箋】太行山南麓，在晉、豫邊境黄河沿岸。此詩或康熙四年作於從閿鄉至潼關途中。

和杜二雪中入潼谷作

泥深潼谷路，人馬滑難行。雪以河形失，冰將岳勢平。當關非漢將，踐華是秦城。白帝祠前宿，愁君永夜情。

【箋】杜二，即杜恒燦。此詩康熙四年歲末作，時大均與杜恒燦進入潼關。

登潼關懷遠樓

山挾洪河走，關臨隘地開。八州高仰屋，三輔迴當臺。戍晚棲烏亂，城秋班馬哀。茫茫王霸業，撫劍獨徘徊。

【箋】此詩康熙四年歲末作。懷遠樓，在陝西潼關縣東北黄河南岸。

西岳祠

地引黄河帶，天垂太華旒。威靈揚白帝，肅殺散高秋。鐘鼓存仙殿，雲霞拜岳樓。憑將巨靈掌，萬古盪皇州。

【箋】西岳祠，在今陝西華陰市東岳鎮東端。康熙四年歲末作。

渡河

黄河春凍解，太華曉雲晴。匹馬蒲關渡，中流津吏迎。

【箋】蒲關，即蒲津關，在今陝西大荔縣東南黄河上。康熙四年歲暮作。

蹈冰操 翁挈稚孫暮歸，蹈河冰行，中流冰裂，俱溺死。

翁莫蹈冰，翁莫蹈冰，黄河十月凍未成。泥上滑滑，下未生骨。狐尾重大，不敢超忽。翁與阿孫，瘴瘃無履襪，中流俱陷苦倉卒。貸粟不能，且減二口。奈此黄頭兒，寧死我衰朽。家人哭，但望歸，雖有翁與孫，不能易升斗。鄰鷄未鳴，村未吠狗，婦子被髮沿河走。隄上問無人，有人不言空摇手。問取黄小狐，小狐跳躑揚其胭。云翁扶孫肩，孫牽翁肘。所入坎窞大如臼，冰開須臾合已久。哀哀哭，至黄昏。河伯笑，聲且吞。蛟龍不忍食，留翁腊，待冰黿，明年三月來招魂。魂曰噫嘻孫尚存，河伯念孫小，育孫俾作魚蝦或風豚。

【箋】

此詩或作於康熙四年末。

渭川

渭源從鳥鼠，東走向黄河。勢到潼關大，膏流沃野多。雙橋象牛女，七水匯風波。往日皇威震，呼韓緩轡過。

【箋】

渭川，即渭河，于潼關入黄河。據文外一宗周遊記，此詩康熙四年歲末作於陜西渭南。

渡渭

秦川涵帝澤，渭水象天河。襟帶雄三輔，朝宗鼓大波。含涇清自在，宜黍力偏多。有客扁舟渡，蒼茫發棹歌。

【箋】

據文外一宗周遊記，此詩康熙四年歲末作於渭南縣西五十里之渭河。

三原人日作

春水流澌滿，雙渠接瓠中。橋横清峪闊，城倚仲山雄。游女驕人日，新妝儼漢宫。藏梅猶凍雪，著柳已光風。

【箋】

舊稱正月初七爲「人日」。此詩康熙五年正月初七作於三原。文外一宗周遊記：「三原，古焦穫地，亦曰瓠中，曰池陽，秦之謡所謂『池陽谷口』也。城北有仲山，清峪河出其東，冶峪河出其西，合流至谷口。」

登慶善寺閣　三原城西

駐馬酆原下，天晴眺寺樓。池陽城對出，清峪水中流。貰酒乘春興，聽歌散暮愁。梅關千萬里，歸及雁横秋。

【箋】文外一宗周遊記：「出城南，寓慶善寺。寺在酆原之下……丙午正月朔，在寺。」「三原有二城，一南一北，一石橋跨清峪河，逾之則分南北，一縣而有二城，天下惟此。予詩云云。」作于康熙五年春初。詩外失收，録自道援堂詩集六。

布政張公挽歌

崇禎末，逆賊張獻忠犯貴陽，文武諸大吏聞風皆遯。布政使三原張公耀獨率家僮守城。城陷，公猶手刃數賊。獻忠以禮請曰：「公，吾秦人，吾甚重公。公若降，當居宰相。」公奮駡不屈，賊械其妾媵三十人於前，曰：「降，且免一家死。」公駡愈厲。賊割其舌，支解之，妾媵等皆死。

貴陽城崩誰巷戰，參政張公奮刀箭。手提銀印血模糊，冒陣一呼天地變。賊憐神勇欲降公，泰山自擲鼎鑊中。奮罵一軍皆辟易，舌如電光不敢食。丈夫羞與賊同生，妾媵歡然争死敵。願爲良臣安可得，殺身成仁亦何益。腐肉如山魂袒裼，白晝城中猶盪擊。

【箋】布政張公，即張耀，字融我，三原人。萬曆舉人。歷官至貴州布政使。崇禎十五年秋，張獻忠由湘入蜀，貴州危急。耀獨率家僮守城。城陷，獻忠以禮請，耀不從，死之。皇明四朝成仁録三：「予嘗至三原見張公諸子，得死事本末甚詳。因爲挽歌以弔之。」時在康熙五年正月，作於三原。

夜集焦將軍宅作

白髮奈春何，紅顔塞上多。迎來紛寶馬，舞去得花羅。絲管沈明月，壺觴起緑波。將軍饒逸興，天曉戀鳴珂。

【箋】焦將軍，即焦源溥，字函一，三原人。曾任大同巡撫。崇禎十六年，爲李自成所殺。事見皇明四朝成仁録四。據文外一宗周遊記，此詩當作於康熙五年二月初，時大均寓居三原。

三原題杜子草堂

從君來谷口，日夕賦閒居。田傍池陽藪，門臨鄭國渠。峰高先積雪，花落細沾書。太華勞相導，遊仙駕鹿車。

【箋】康熙五年春作。杜子，即杜恒燦。文外一宗周遊記：「（三原）城北有仲山，清峪河出其東，冶峪河出其西，合流至谷口，鄭國引爲渠，以溉關中田。蒼舒（恒燦之字）家在渠上，流水依微，古柳卧地，甚有致。」

孤燕篇　二首

涇陽趙元深之母劉孺人者，年二十而寡，剪髮内其夫孝敏先生棺中，執節三十餘年，事舅姑教子，德聞遠邇。有一燕，歲來其室，不巢不偶，宛頸空梁。嗟夫，飛鳥尚然哉！爲賦孤燕篇。

燕燕昔雙飛，銜花何差池。皇天命早寡，雨淚毀容姿。與君如日月，光景不相離。與君若涇渭，清濁必同歸。鬒髮剪無餘，玉棺叩且開。傍人相慰留，黽勉陶嬰爲。上念養公姥，下顧黄口兒。葳蕤女貞樹，含此少陰精。歲寒不凋謝，高行通神靈。孤燕何啾啾，挾子飼其英。鳳凰心不樂，烏鵲甘伶俜。託孤昔所重，從死今所輕。子既羽翼成，母儀萬方盈。母爲月經天，子如太白明。

【箋】

此詩當康熙五年作於陜西涇陽旅次。

秦倡引

琴折屠高起，離鸞曲未終。美人何旖旎，腸斷阿房宫。

【箋】康熙五年二月，大均曾飲於涇陽北郊之宋藺之館。文外一宗周遊記：「秦城金女妓，號曰『樂户』，士大夫召客，必以女妓奉觴。」此詩或於其時所作。

涇陽訪王大春

之子復何事，涇陽方灌園。三峰開瓠口，二水出寒門。薇蕨先公節，尊人葵心先生，癸未冬遇闖賊之難，不食七日死。桑麻鄭子村。鄭子真谷口村也。相過秋色好，清絶似仙源。

【箋】文外一宗周遊記：康熙五年二月某日，「過魯橋，拜王端節先生像。先生名徵，字葵心，以不屈闖賊，絶粒死。其嗣子大春，攜予出杏灣觀杏。」詩當於此時作。

杏灣

慈峨水落滿雙溪，文杏花開二月齊。無限紅顔隨馬足，雨來俱作錦障泥。

【箋】據文外一宗周遊記，康熙五年二月上旬，涇陽人王徵（端節）之子大春「攜予出杏灣觀杏」。杏灣，當在今陝西涇陽縣。詩當於此次遊觀而作。

春日仙寒草堂作

一聲黄鳥一深杯，盡日林中户不開。惟有東風憐寂寞，時時吹得落花來。

【箋】

康熙五年二月，大均偕王大春出游杏灣觀杏。文外一宗周遊記：「杏沿清峪慈峨，凡四十餘里，清河五渠，周迴其下，雜以緑楊千萬花。騾子輒躑躅不前，望仲山瓠口，鄭子真故隱在焉。兩壁峭削，飛泉激灑，六月無暑氣，所謂『寒門』也，亦曰『仙寒』。」此詩當作于三原城北之仲山瓠口。仙寒草堂，汪譜謂爲大均之室名，待考。

題王山史獨鶴亭

仙人騏驥是胎禽，千歲丹砂入頂深。聞爾浮丘能相鶴，孤飛忽至華山陰。華山三峰削青天，白帝金精育大賢。黄河萬里入胸臆，文章一瀉如雲煙。我本羅浮五色鳥，化爲仙人出炎嶠。狂歌不逐衰鳳遊，高舉時蒙斥鷃誚。聞君好鶴鶴亭居，九皋清淚爲君娱。攜持杯杓來相就，驂駕煙霞遂共驅。共驅直向華山巔，鶴兮起舞何翩翩。衣裳皎若玉井蓮，何殊玉女臨樽前。

【箋】王山史，即王弘撰，字無異，華陰人。明諸生，康熙戊午徵舉鴻博不就。生平嗜學好古，收藏漢書、名畫甚富，著周易象圖述、砥齋集。據文外一宗周遊記，獨鶴亭在華山之北，大均偕王氏父子康熙五年三月初八至此，擬登華山。詩作於其時。

華山下二泉

玉女祠前有醴泉，張超谷在玉泉邊。二泉釀就三峰去，醉向仙人掌上眠。

【箋】康熙五年三月十日作於華山之麓。文鈔二登華記：「玉泉故在張超谷，與玉井潛通。」「華口亦曰峪口，有醉溪焉。」

醉溪

華山谷口醉溪前，手把蓮花飲玉泉。玉井流從天井出，酒星光向客星懸。

【箋】文鈔二登華記：「華口亦曰峪口，有醉溪焉，其源發自玉井。」此詩康熙五年三月十日作於登華山之初。

題雲臺峰

雄雷何霹靂，雌雷鳴依依。陰陽相迴薄，淵默不能持。發憤爲春秋，空文思垂輝。軒轅在華岳，排天往陳辭。天梯何險艱，十步九逶迤。匍匐蒼龍背，拘牽玉女衣。綆短玉井長，寒漿難療饑。白帝觴百神，邀我雲臺嬉。摳衣上雲臺，磴道何盤紆。死生寄微繘，逡巡青壁隅。神氣雖不變，四體攣以拘。陰井仰穿空，陽霤伏行虚。仙人遥見笑，戚施與蘧篨。寥廓忽無天，窮高至奥區。巨靈厭大樸，雕崿爲芙蕖。吾將反渾沌，與帝合靈符。

【箋】

雲臺峰，乃華山北峰。康熙五年三月遊華山時作。

雲臺峰

聞道黄河底，雲臺一穴通。水簾横洞口，天井出空中。一接蒼龍脈，雙開白帝宫。三峰南咫尺，青翠更濛濛。

【箋】此詩當作於康熙五年三月游華山時。

桃林坪

窈窕桃林峽，天如匹練垂。石門人獨入，谷口馬難窺。拂席飛泉濕，銜杯白日移。神仙亦塵垢，半壁玉棺遺。坪東壁有小峽如棺形，藏希夷遺蜕。

【箋】桃林坪，在華山中。華山道士陳摶，賜號希夷先生，遺蜕藏此，名希匣。據文鈔一登華記，康熙五年三月十日，大均偕王伯佐遊經桃林坪。此詩當作於其時。汪譜斷此詩爲康熙四年作，有誤。

歷千尺峽百尺峽諸險至岳頂 二首

臨崖垂半足，飛上岳蓮端。玉井窺天小，蒲池弄月寒。白雲吞萬象，瀑水瀉千盤。左右石樓敞，吾將寄羽翰。

飛梯何裊裊，千仞翠微邊。路滑愁春雪，身輕墮紫煙。峽中稀見日，花裏屢逢泉。早晚攜妻子，同餐玉井蓮。

【箋】

文鈔二登華記：「兩石横覆，如仄輪夾人，人屈其項穿而出，古謂之通天箭栝，今則謂千尺㠉也。㠉盡北折，爲百尺峽，其險亦如之。」作於康熙五年三月十日。

上千尺㠉百尺峽至温神洞宿

十八盤盡見西峰，遊人匍匐上芙蓉。攀援鐵綆數千尺，身似飛猿時一擲。陰陰天井上穿天，裊裊石梯懸度石。神爽先飛玉女峰，嘯歌暫憩羽人宅。月中明滅白雲流，風外砰磅瀑泉激。咫尺翻愁帝座逼，吐納聰明慎今夕。

【箋】

據文鈔二登華記，康熙五年三月十一日夜，大均宿温神洞。温神洞，在二仙橋東北，又名媪神洞。有白雲庵。詩當作於其時。

華游口號 二首

身輕忽到巨靈旁，長揖明星乞玉漿。十丈蓮莖持作杖，因探玉井不嫌長。
洗頭盆裏水初寒，明月偏宜鏡裏看。二十八潭閒照遍，玉顔新似水花丹。

【箋】

據文鈔二登華記，康熙五年三月十二日，至西峰，「南一窪石，有神香子䏚跡，其長四尺。䏚，巨靈胡䏚也。……峰汙有上宫，旁爲玉井，大五尺許，其水潛流西注於澗，爲二十八宿潭。東注玉女峰，爲洗頭盆水。」

華陰二蓮歌 十首

飛騎相迎暮未來，愁看明月出雲臺。一聲環佩天風落，雙下雕鞍巧笑開。
太華蓮花並蒂春，紅妝惱殺謫仙人。千秋願作田田葉，雙捧蛾眉出玉津。
大小芙蓉總可憐，青蓮今夕在誰邊。東西南北皆蓮葉，明月中當玉井懸。
萬仞蓮花挂碧天，飛來蒼翠玉樓前。美人雙倚仙人掌，舞袖迴風絶可憐。

繇來太華雙毛女，采藥相攜古丈夫。玉女窗開向秋月，與卿復結合歡襦。

安生白鹿去翩翩，玉女相將下紫煙。自古仙人多好色，合丹不用獨枝蓮。

洞口飛泉濺錦茵，丹青畫出石仙人。半輪石月懸仙掌，絶似蛾眉出水新。

玉泉如漿流落花，獨坐姑姑餐月華。玉漿與儂作膏沐，明月與儂作丹砂。獨坐姑姑，華山仙女也，有祠在谷中。

大者芙蓉小菡萏，已開何似未開花。雙窺玉女潭中水，光亂青天一片霞。

東峰西峰雙石樓，與卿日日居上頭。二十八潭作明鏡，鴛鴦萬古此嬉遊。

【箋】

華陰二蓮，語意相關。一是指華岳東西二峰，一是指華陰伎大小憐。參見大小憐歌華陰伎詩箋。文鈔二登華記云：「西峰故名蓮花，然從石樓之下，回視三峰，又合成一大蓮花，向從雲臺望之，見東西二峰，上下分合，若并蒂蓮花……」時爲康熙五年三月十二日。

大小憐歌華陰伎

素手相將入暮林，上方樓閣月華深。笑他楚調金陵子，不解秦簫弄玉吟。

【箋】此詩見徐釚本事詩卷十二。原詩二首即翁山詩外卷十五華陰二蓮歌之一。

西峰下窺水簾洞作

玉井潛流爲瀑布，諸峰噴薄如煙雨。天風吹斷水晶簾，似見投壺諸玉娉。河漢縱横難爲梁，欲度不度愁參商。石髓金精不我與，銀臺玉室徒相望。山鬼幽篁悲晝晦，美人其雨怨朝陽，行歌散髮且徜徉。

【箋】文鈔二登華記：「（玉井）北注壁下爲瀑布。壁半一穴北出，……曰水簾洞。」此詩作於康熙五年三月十二日。

西峰訪范復庵不值留贈

横天一壁驚無路，頻騎夾嶺空中度。棧邊萬壑沈青冥，橋下千峰出煙霧。我從玉井得真源，明星玉女招不顧。直向西峰攀所思，樓壓蓮花花倒垂。三間披髮同山鬼，四皓療饑有紫芝。

咫尺白雲尋不見，先朝耆舊君堪戀。無悲帝座隔層城，自有天門通一箭。復庵名述古，襄陽人。崇禎朝東宮伴讀。甲申之變，走華山爲道士。

【箋】

大均登華，先西峰，次南峰，後東峰。文鈔二登華記：「計自峪口至頂凡三日，居復庵八日」，「予居山凡十一日，以西峰有復庵焉」。訪范復庵不遇，當在康熙五年三月十二日左右。其後，范復庵歸。

華頂放歌同王伯佐

太華峻極惟南峰，脚踏萬朵青芙蓉。東西二峰尚匍匐，白帝上宫不敢即。天柱摇摇風欲傾，元氣茫茫日無色。我行飛棧若鷩鴻，君騎𢶍嶺如遊龍。君過玉女飲三漿，我向將軍攀五松。狂嘯翩翩淩絶頂，目營四海神光騁。水簾高捲入珠樓，蓮葉深披探玉井。黄河浩浩瀉愁心，明月蒼蒼逐孤景。塵垢猶堪鑄帝王，清虚何足留箕潁。形勢依然天府雄，龍争虎鬥誰途窮。千里金城收一掌，萬年甘露待重瞳。

【箋】

王伯佐，名宜輔，山史之子。拔貢，海州同知。據文鈔二登華記，三月十二日夜宿灝靈殿，「殿者，南峰之絶巔也」。

華山頂諸水　二首

玉井潛流作玉泉，中間二十八潭懸。水簾一道風吹斷，亂落芙蓉更可憐。

蒲池太上東西瀑，散作三峰雨雪來。玉女洗頭餘碧水，至今長有白蓮開。

【箋】此詩作於康熙五年三月登華山時。文鈔二登華記：「峰汙有上宮，旁爲玉井，大五尺許，其水潛流西注於澗，爲二十八宿潭。東注玉女峰，爲洗頭盆水，北注壁下爲瀑布。」

青牛臺訪彭荆山

誰鑿芙蓉翠，飛樓架此峰。千山圍落雁，一脈度蒼龍。日射黄河雪，天摇白帝鐘。王孫遊不返，此地種長松。

【箋】彭荆山，華頂青牛山道士，精通老氏，荆州諸王孫。此詩康熙五年三月遊華山時作。

大雪西峰作

三峰蓮皎皎，萬壑雪濛濛。玉女花頻散，仙人霧欲空。光摇高掌月，聲亂紫霄風。天地茫茫失，驂鸞路未通。

【箋】文鈔二登華記：「詰朝，雪大作，寒甚。」時爲康熙五年三月。大均居華山西峰二十餘日，「以西峰有復庵焉，其景絶勝，……欲遂終老其中」。居復庵八日，下山。

雪晴岳頂眺望

三峰雪照黄河白，萬壑雲臺碧落空。醉向明星求露液，狂臨仙掌舞天風。雷霆聲起車箱裏，日月光吞玉井中。閶闔仰觀真咫尺，高皇精爽昔相通。

【箋】據文鈔二登華記，康熙五年三月十三日晨，雪大作。時大均在南峰灝靈殿。雪晴之後，當有此詩之作。

題衛叔卿博臺

昭王舊作鈎梯處，武帝嘗求博戲人。羽蓋雲車何婀娜，花臺石笋復嶙峋。强梁自貴欲相臣，何足誤之大道真。紫芝老父曾逃漢，飛兔先生亦卻秦。紫霧濛濛絶壑裏，閒持六箸對天神。

【箋】

衛叔卿博臺，在華山東峰。文鈔二登華記：「昔秦昭王使工施鉤梯，從天神博，以松柏之心爲博箭；而衛叔卿者，亦常與仙人博戲于此，漢武帝招之不下。」上詩作于康熙五年三月十三日。

玉女峰觀洗頭盆作

東峰傍削一高臺，玉女常乘白馬來。玉盆潛通黄河水，鬒髮沐罷光徘徊。我來日月蕩精魄，飛蓬自愧無膏澤。黄陵昔戀湘君祠，太華今憐玉女宅。聖賢發憤詩三百，風雅洋洋多好色。公子應知憔悴人，三閭非是荒淫客。

【箋】

據文鈔二登華記，玉女峰在華山東峰之左，洗頭盆在玉女祠中。作於康熙五年三月十三日。

攜姬遊華山賦贈

誰知玉井裏，亦復有鴛鴦。玉女洗頭罷，蓮花無數香。更憐毛女好，於此素琴張。風捲水簾雪，愁卿羅袂涼。

【箋】據文鈔二登華記，康熙五年三月十三日，雪大作，大均遊東峰，入玉女祠，觀洗頭盆。此詩當作於其時。姬，指同遊之妓女。

車箱潭

潭水車箱滿，潺湲春雨餘。上臨毛女洞，中有渭川魚。龍戛銅盤響，人臨水府居。先朝遺玉簡，靈氣發芙蕖。潭通河渭，天下第七水府也。宋嘗投金龍玉簡其中。

【箋】車箱潭，在華山東峰。文鈔二登華記：「相傳唐宋時，嘗投玉簡，謂入『車箱水府』。天下水府有八，此其一云。」此詩當作於康熙五年三月十三日。

華岳 百韻

至道生元氣，神山結混茫。靈胡開華岳，少皞主秋方。肅殺清天地，明禋恪帝王。軒遊受圖籙，虞狩會衣裳。萬壑懸河漢，三峰壓雍梁。冠危司寇立，鼎聳紫微妨。井鬼精相接，嵩衡影在望。輪牙千仞闢，峪口一夫防。垂峽天如練，横谿石作航。樹陰交茂密，泉響擊砰磅。太素芙蓉發，真源玉井藏。雲霞天四塞，渾沌帝中央。千葉擎珠闕，三花滴玉漿。蔽虧秦日月，照映漢旂常。疊巘森堂奥，攢霄亂劍鋩。潼關收虎踞，沙苑放龍驤。表裏金城擁，縱横錦幔張。我來淩百二，仙舉出陰陽。霧入張超市，風窺玉女房。胸襟披早爽，吟詠寫清商。踴躍牛心谷，徘徊古柏行。一天通箭栝，九地出車箱。鑿翠成飛棧，嵌空作曲堂。鞠躬過搦嶺，垂足度懸崗。自汲憑雙綆，人騎向一梁。竇中穿窅窱，陂上躡毫芒。慘澹愁春靄，淒寒怨曉霜。屬厓頻甎耳，沿澗幾回腸。贔屭扶天柱，滂沱哭帝閶。小心恒惴惴，高視每洋洋。但使玄都達，安知玉趾傷。歌翻風浩浩，渴挹露瀼瀼。壁笑飛猿墜，龕憐白鹿翔。憑虛驚御寇，履險藐瞿塘。舞袖迴高掌，琴聲挑玉姜。蓬壺雖自引，溝壑未曾忘。八極閒揮斥，群真凜拜颺。懷柔思哲后，宰割試封疆。金主驂煙至，甄蕭向日妝。霓旌互摩蕩，鸞節共趨蹌。光彩紛離合，忠誠一贊襄。神京鐘鼓在，王母簡書將。遺璧傳龍死，搴蘋弔國殤。爲旒師矗轟，如帶恨湯湯。寤寐宗周久，經營陝服長。商顏猶繞霤，渭汭且浮觴。禾黍哀何及，干戈命靡嘗。西昏逢昧谷，東旦想扶桑。勢蹴中條裂，流傾星宿黃。真形含菡萏，盛德見圭璋。秉矩三公穆，生華庶物昌。萬巒朝落雁，半榻卧修羊。鬱鬱莎羅木，陰陰罨畫廊。香爐氛霮霨，金檢色輝煌。奧府長司命，中華此扼吭。嶠陵接風雨，蒲阪列屏障。瀑布瓴長建，桃林甲莫當。逡巡還六國，約法待三章。昔我明高帝，興基邁古皇。齋心恭默後，飛夢削成傍。聖藻輝巖岫，文思格昊蒼。蓐收迎羽葆，白虎奏笙簧。社首遲封禪，華胥享樂康。天威瞻咫尺，仙樂聽鏗鏘。繞指潛幽草，攀髯墮大荒。壺公暫肥遯，箕子久佯狂。戰陣存棋石，璣衡運算場。瑶臺何偃蹇，姣服自芬芳。蹻捷時争鳥，超騰或射狼。鉤梯窮上下，博箭賭興亡。有母悲三北，無人繼一匡。季龍偷玉版，交甫失明璫。丹筭干雲直，青柯拂雨涼。坪前三輔小，谿底四州强。太白皆孫幹，岷峨是女牆。終南相倚伏，雷首乍低昂。霰雪秋頻冷，芝苓夜有光。雲英堪沐髮，石馬欲施韁。絶頂誰盤礴，明星獨頡頏。丈夫臨乳洞，童子執油囊。不死何須藥，無生自有鄉。淵明難止酒，弘景早休糧。姑射真冰雪，神堯亦粃糠。洗盆通渤海，御道跨欃槍。同澤紛毛女，承旂儼鳳凰。波濤奔楚鄧，蠛蠓化氐羌。豐鎬勞經緯，崑崙賴紀綱。孤根標不止，變態浩難量。赤縣今淪没，黄巾昨擾攘。驁呿坤軸動，狐嘯盜兵倡。發憤吾安往，飄零道不祥。思從枕檜麓，永解蕙蘭纕。構宇仙人砭，移家天子鄣。犁溝種瑶草，劈石佐神香。鶉首天方醉，蛾眉世不揚。將軍松落落，太上水泱泱。但自調干羽，何煩缺斧斨。聰明歸峻極，膂力養方剛。申甫鍾何晚，桓文履未臧。希夷不蟬蜕，更掃讀書牀。

【箋】

康熙五年遊華山時作。

華山作

青天低插芙蓉亂，白帝高臨落雁孤。太乙西來朝紫翠，首陽東走入虛無。仙人博戲淩丹壑，毛女琴聲隱玉壺。萬古雲霄隨變化，秦皇漢武莫能圖。

【箋】

此詩或康熙五年三月遊華山時作。

西來

西來天險自崑崙，登岳方知白帝尊。豈有巨靈開太華，繇來神禹鑿龍門。潼關戰後金湯盡，蒲阪秋來殺氣昏。愁絶兩河諸父老，歲時空禮督師魂。謂孫白谷。

【箋】

孫白谷，即孫傳庭。明崇禎末年爲督師，與李自成戰於潼關，敗死。此詩當於康熙五年遊陝西時作。

河干悵望

渭川東瀉黄河月，雷首西横太華雲。咫尺蒲關愁不度，明星玉女惜離羣。

【箋】

此詩當作於康熙五年遊陝西時。

寄戴務旃華山

三峰好結一花龕，濯足時臨玉女潭。莫駕琴高鯉魚去，車箱一穴出江南。戴，江南人。

【箋】

康熙五年作於遊華山時。戴務旃，名本孝。安徽和州人。畫家。

題王丈華陰書閣

太素有元精，凝爲三芙蓉。美人日攬擷，彩翠餐無窮。白髮臨玉顏，豈敢從飛蓬。道德爲膏沐，光彩開童蒙。人倫垂勝業，含垢悲予躬。老聃効夷言，大禹裸而東。昊天徒嗟嗟，委蛇吾安終。

【箋】

王丈，即王弘嘉，字玉質，號雲隱，華陰人。以才子稱，居華山芙蓉峰下，遂以此顔其讀書之所，康熙八年卒。文外一宗周遊記：康熙五年四月某日，「王玉質招飲芙蓉閣，閣面華山三芙蓉，故名」。依此，王氏書閣亦或芙蓉閣。此詩作于康熙五年四月，時大均與王玉質諸人有交往。

太華作 二首

仙掌三峰立，天門半壁扃。蓮花圍白帝，玉井出明星。横度蒼龍磴，高歌落雁亭。河山襟帶盡，兩戒據天經。

昨夜聞長笛，依稀鸞鳳音。三峰吹落月，一半駐空林。人道水簾裏，玉姜毛女之字。時弄琴。

神仙不可接，悵望白雲深。

【箋】文外一宗周遊記：「酒酣，（彭）荆山吹長春笛和之。」時在康熙五年四月初，大均尚在華山。是詩當作於此事次日。

長春石室

華山雲臺峰側有長春石室，唐貞觀中道士杜懷謙之所居也。懷謙自號長春先生，好吹長笛，令人多買長笛，一吹之，輒投於巖下，笛盡更供。今石室巋然，笛聲猶不絶云。

長春先生好吹笛，吹之裂盡華山石。一笛持來衹一吹，歲用琅玕數千尺。一吹即復投巖中，笛與人間製不同。人間不見長春笛，惟聞笛聲滿碧空。仙人自古重音響，吹使乾坤氣清爽。一曲中和致太平，遺音千載穿雲上。我向先生石室棲，每尋長笛臨迴溪。願作仙人笛弟子，朝朝吹徹雲臺西。

【箋】

康熙五年遊華山作。

王允塞招飲竹林精舍醉賦

黄神峪口開精舍，蕭蕭樹石流泉瀉。主人觴我竹林前，與客七人成七賢。曠達誰能拘禮數，豪雄不屑居神仙。嬌歌急管且流連，蛾眉相妒不相憐。躄者欲斬平原妓，蔡經難受麻姑鞭。醉來飛馬直上天，蹴踏華峰十丈蓮。人間萬事如塵煙，我乃酒狂合自然，請君無爲醒者傳。

【箋】

文外一宗周遊記：康熙五年四月某日，與諸王「相與飲於華下黄神洞」。雅集當爲王允塞招飲，大均此詩亦作於其時。

答王六惠葛巾

叔夜能含垢，科頭已有年。飛蓬悲髮亂，墮馬愧妝妍。時有歌人在坐。勞子裁雲葛，爲巾象岳蓮。醉來休倒著，珍重竹林前。

【箋】

王六，疑即王允塞。此詩作於康熙五年四月，時大均偕友人飲於華山黄神洞。

飲王氏漱園醉賦

華山谷口雲茫茫，尋君臺館玉泉傍。閒揮玉麈論秋水，莊襟老帶何清狂。朝邑美人善歌舞，荆山處士能壺觴。飛揚且任神龍性，温柔何羨白雲鄉。白雲變化何時息，人生壽命有時極。努力讀書與好色，明星玉女日侍側。

【箋】

文外一宗周遊記：康熙五年四月某日，與諸王「又飲於華下大上方之下漱園」。此詩當作於其時。

送張子之山西

鞍馬無從返故園，心隨春草送王孫。去從太岳穿西岳，來自龍門出孟門。散帶仙人姑射館，題詩玉女洗頭盆。秋深待我中條曲，共聽疏鐘與暮猿。

【箋】

道援堂詩集作張彦若，帶經堂集戊申稿有張彦若索扁舟歸隱詩時將由河東歸武林。據詩意，大均與張彦若或會於華山。此詩作於康熙五年春。

立夏前二日留春 二首

未見春光盡，依依在暮煙。忍教花雨送，愁使柳風牽。一日猶青帝，三朝即絳天。夏爲絳天。

清和明日是，未忍别殘春。相送如南浦，相依似故人。花光重淚濕，柳色更愁新。催得含桃熟，鶯聲亦苦辛。

流鶯無限語，相約在明年。

【箋】此詩作於康熙五年四月初，即立夏前二日。時大均仍在華山游。

華陰贈藺生

愛爾秦雲似美人，朝朝光映華山春。青天盡是芙蓉削，白首長爲玉女鄰。永日一觴消世事，平生雙劍結交親。玉泉如酒吾將老，不恨飄零折角巾。

【箋】此詩當作於康熙五年三四月間，時大均有華山之行。藺生，待考。

灞橋

折盡東西柳，銷魂自漢時。人言枝上鳥，總是一相思。鳥名。

【箋】

灞橋，即霸橋，在今西安市東灞河上。據文外一宗周游記，此詩康熙五年五月二日作。

柳

舞盡春風萬萬條，白花飛送馬蹄遥。如何祇見人離别，歲歲年年此灞橋。

【箋】

康熙五年五月，大均偕王山史入西安，渡灞水。文外一宗周遊記：「水上有橋，夾道楊、柳、榆、槐之屬，隨水逶迤，望之不窮。」此詩當作於其時。

西安別沈太史

太史聞予登華岳賦詩至數千言，嘆爲曠世奇男子。相見西安，情意甚歡，浹旬而予往代州，太史亦還京邑。知己難別，辭旨纏綿，因並述其先人道學，以爲贈云。

北斗秦城直，南山漢闕連。龍興三户日，虎視八州天。往事浮雲裏，遺基蔓草邊。二南王道蕩，四塞地形偏。設險資貔虎，居中憶澗瀍。深仁垂百世，大義劫千年。弔古心空愴，逢君賦遂傳。焦桐頻並瑟，老驥漫當鞭。霹靂中郎側，飛揚伯樂前。交情忘出處，世態苦推遷。吾道宜貧賤，斯人亦市廛。君公牛自儈，叔夜鳳難騫。愛爾南邦傑，今時太史賢。石渠昭著作，梁苑荷陶甄。雨膏曾分陝，謀猷過濟川。青雲雖奮發，白屋更周旋。玉笛胡床弄，襜帷大道褰。右軍神曠曠，洗馬興翩翩。捉麈驚河漢，揮毫慘霧煙。草書團扇重，誤點畫屏妍。恢廓承家學，精微在硯田。而翁垂素業，當世奉韋編。經術尊劉向，詞華老伏虔。明堂遺太玉，清廟舍朱絃。金石商歌出，蘭蘅楚佩鮮。鄉人修俎豆，弟子典牲牷。大厦崇堂構，名山肅几筵。孝思誰不匱，善述汝無愆。台輔寅恭後，人倫表師先。舉觴稱雅頌，把臂向林泉。別緒章臺結，離憂易水懸。出關歌不已，折柳意淒然。白馬東之代，黄金北赴燕。灞橋分手處，相望在貞堅。

【箋】沈太史，即沈荃，字貞蕤，號繹堂，江南青浦籍，華亭人。順治進士，授編修，累官詹事府詹事，兼翰林院侍讀學士。經術湛深，工書法，詩亦秀偉卓犖。此詩康熙五年五月作於游西安之際。

贈長安田十五

珠斗城邊客，詩才麗絶倫。同心梅與李，共作上林春。

【箋】此詩或作於康熙五年五月遊長安時。田十五，疑爲田而鈺族人。田而鈺，字石臣，高平人，李天生之舅。曾爲陳上年記室。屈大均宗周遊記載田氏贈詩，有「南海來高士，西秦問大宗」之語。

章臺

年來無淚灑干戈，遊戲章臺日日過。喜與佳人馳寶馬，愁將壯士挽天河。五陵日落牛羊亂，三輔秋高鼓角多。慷慨不知時命薄，醉中梁父又悲歌。

【箋】章臺，戰國秦築，在今西安市西北漢長安城内未央宫西，王莽死於此。此詩作於康熙五年五月，時大均曾往尋未央故址。

樂遊原上尋終南隱者不遇

終南萬里帶秦天，宫闕虚無蒼靄邊。白閣尋君還紫閣，似聞清嘯出風泉。

【箋】樂遊原，在今西安城南，爲古人遊賞勝地。據文外一宗周遊記，此詩作於康熙五年五月。終南隱者，待考。

杜曲謁杜子美先生祠

城南韋杜潏川濱，工部千秋廟貌新。一代悲歌成國史，二南風化在騷人。少陵原上花含日，皇子陂前鳥弄春。稷契平生空自許，誰知詞客有經綸。

【箋】杜子美，即杜甫。文外一宗周遊記：「過長安，西南，皆曰少陵原」，「原東十里，爲杜曲」。此詩作於康熙五年五月。

别王十二杜五之作

萬里爲兄弟，交情豈偶然。歡娱曾幾日，契闊又窮邊。紫閣懸斜照，樊川起暮煙。離憂嘗似醉，不必酒杯傳。

【箋】據文外一宗周遊記，紫閣、樊川皆在西安附近。康熙五年五月，大均途經此處。是詩當作於此時。王十二、杜五，待考。

流曲訪張孝廉文谷 流曲在富平

一代遺民在，平生海岳求。同心漆沮客，招手荆山樓。黄帝鼎邊月，武皇祠畔秋。秦人懷白露，應問此河洲。

【箋】據文外一宗周遊記，康熙五年五月，至富平流曲，有漢武祠。張文谷，名乃第，字魁門，一字愚齋。明崇禎十年舉人。明亡不仕。事見富平縣志卷五。

贈張文谷孝廉

橘柚貴素華，匪尚葉葳蕤。鳳凰苟成德，何用文章爲。秋霜日凜冽，白髮穢光儀。學道久未成，吾生將安歸。吁嗟爾君子，六經縱横施。離騷多夸誕，變聲蚤能知。發憤事聲色，神仙遑與期。浩浩仲尼徒，德行臻庶幾。願言誘狂簡，棄我毋如遺。

【箋】

此詩作於康熙五年五月某日，時在富平流曲訪張文谷。

田三丈席上歌

今夕何夕醉頻陽，王翦祠前堪斷腸。美人一雙紫鴛鴦，願隨長風共翺翔。秦箏慷慨西氣溢，燕歌變轉南魂失。佳麗須歸楚些人，神仙肯作湘纍匹。往日人傳好色名，南求交趾東遼城。交州美人珠鬘送，遼陽美人貂裘迎。祇今殺翮情難已，温其如玉慚君子。羽釵既挂遠遊冠，牙山敢展合歡被。

【箋】文外一宗周遊記：康熙五年五月某日，「與濟寧劉六茹及諸田氏上王翦墓飲酒，諸田賦詩見贈」。此詩當爲大均唱酬之作。田三丈，疑即田而鈺。

答富平田十五

逢君如上玉山行，少小才華徧漢京。已有笙歌要五夜，還勞鞍馬過孤城。吟辭楚國江蘺秀，醉倚頻陽石涑清。猶有先臣奇服在，歲寒無使朔風驚。

【箋】大均於康熙五年至富平，曾與田而鈺、田子庸等交往。見贈長安田十五詩。

爲頻陽田先生八十壽

河華英靈聚，西來氣混茫。奥區先渭汭，沃野更頻陽。有美雄京兆，田公負令望。宗周傳禮樂，西漢紹文章。小邑牛刀試，空山豹霧藏。采芝從地肺，晞髮向扶桑。昭代留耆舊，中年謝霸王。耦耕檀柘裏，獨釣漆沮傍。攬德鸞難下，含精桂自芳。白雲横陸海，瀑布落崇岡。

八十春無盡，飛騰興欲狂。無爲真藥餌，不老是壺觴。姑射元冰雪，神堯亦粃糠。岳蓮標玉井，仙掌注寒漿。骨髓年來紫，瞳人日以方。里閭欽几杖，髦士奉圭璋。令嗣生民秀，賢書上國光。詩稱花萼韡，舞拂綵衣長。雉子斑何極，龍媒蹀未央。神人和唱嘆，廊廟肅趨蹌。深愛存顏色，清歌祝樂康。萬年松偃蓋，九子鳳吹簧。煙疊荆山陌，溪盤祋祤鄉。老人南極燦，王者澤蘭香。四皓空貧賤，中華靡贊襄。星遲東井會，風待赤旂揚。拾穗中田露，披裘九月霜。老成爲國獻，久視比仙强。世變遷陵谷，人間足稻粱。麒麟逢孔父，蝴蝶化蒙莊。至道遥相契，蒼生定不忘。他時清渭獵，車後載君璜。

【箋】

頻陽，即富平。康熙五年五月某日，大均至此，曾與田而鉦、田子庸交游。田先生，疑爲諸田氏之長輩。此詩或作於其時。

頻陽紀夢作　三首

湘纍魂越散，端賴美人招。故國無三秀，佳期有二姚。神光離復合，幽夢暮還朝。不道襄王惑，頻將玉佩要。

南楚來萍實，西秦遇蕣英。舞驚王翦里，歌掩美原城。薄夢爲媒妁，多情愧友生。思爲連理木，枝葉向冬榮。

風吹珠海月，月照弄珠人。窈窕匏瓜匹，徘徊子夜春。驚鴻翩欲舉，墮馬髽無倫。太白金陵子，風流繼後塵。

【箋】

道援堂詩集題作「予遊頻陽，遇彼美，適符所夢焉，贈以詩」。頻陽，在富平。據文外一宗周遊記，大均至富平，時爲康熙五年五月某日。此詩即作於其時，紀與頻陽妓女之事。

贈夢娃

人從西子始稱娃，再見娃嬴美可懷。夢裏苕華光照室，英雄事業墮裙釵。秦人謂女子曰「娃」。「娃」字始于吴館娃宫。趙武靈王時，吴廣内其女娃嬴。方言曰：「娃，美也。」趙世家曰：「惠后，文王惠后，吴娃子也。」又曰：「後得吴娃，愛之。」

【箋】

此詩當與頻陽紀夢作作於同時同地。夢娃，亦或道援堂詩集所云「彼美」，頻陽妓女。

慰劉六茹病

吾道宜多病，棲遲及暮年。同心溝壑盡，受命雪霜偏。山色寒當户，河聲遠上天。祇應娥月好，長抱客星眠。六茹不再娶。

【箋】劉六茹，名大來，兖州人，曾爲陳上年幕客。亭林詩集四寄劉處士大來，原注：「館李子德家。」李子德，即李天生，家在富平韓家屯。據文外一宗周遊記，康熙五年五月某日，大均至李天生家，「與濟寧劉六茹及諸田氏上王翦墓飲酒」。是詩或作於此時。

送魯人劉六茹入華山兼寄彭范二道者

魯國何男子，夷齊尚不希。昔當猛虎步，今叩老龍扉。日觀辭滄海，蓮花攬翠微。華陰雙隱者，蘿薜好同衣。

【箋】彭、范，即彭荆山，范述古。據文外一宗周遊記，或康熙五年五月作於富平李天生家附近。

和劉六茹登華 二首

天邊雙華鬱嵯峨，萬仞丹梯掛女蘿。太乙池中浮皎月，仙人掌上瀉黄河。心悲甪里芝華少，淚灑宗周麥秀多。席捲三秦非此日，留侯畫策已蹉跎。

浩蕩松聲滿太虚，淩峰一把羽人裾。軒轅臺迴風飄笛，玉女窗寒露滴書。秦地山河明月在，漢家宫闕白雲餘。蘇耽未肯乘鸞鶴，有母衡陽日倚閭。

【箋】

此詩當與送魯人劉六茹兼寄彭范二道者，同作於康熙五年五月。

丙午夏日將同李天生之雁門道過蒲城飲朱侍御園亭即事有賦

蒲城六月火雲高，行人飛鞚尋東皋。大夫射雉有遺處，臺榭陰陰風雪聚。金粟堆南問二陵，堯山谷口迷千樹。主人驄馬早歸來，敕賜芙蕖對客開。前席少年籌漢罷，上林高士望京迴。驚鴻流雪慰摧頹，醉揮漫水入金杯。同心藕使冰盤滿，並蒂花教玉管催。織女多情銀漢度，匏瓜無匹心相妒。失志聊爲聲色荒，求仁不被神仙誤。歌長燭短夜無多，明朝秦晉阻黄河。

雁門深入胡天雪，回首西方憶綺羅。

【箋】蒲城，即今陝西蒲城縣。此詩作於康熙五年夏，時大均與李天生將赴雁門。

代夢姬 二首

光彩陰陽過翠幃，陳王夢裏是耶非。可憐白馬無繇試，一代文章與宓妃。

蒲城無數水芙蓉，天使蕭郎獨采儂。願把兔絲來續命，千秋繚繞泰山松。

【箋】此詩或康熙五年作於蒲城，時大均偕李天生由秦之代。夢姬，疑亦即贈夢娃中之夢娃。

寄王山史

首陽太華何時合，一道黄河苦間之。愁絶白雲與秋色，風陵渡口望君時。

【箋】王山史，即王弘撰。據詩意，當作於康熙五年五六月間，時大均從秦之代，逾黄河，至風陵渡。風陵渡，又名風陵津、封陵津、封陵渡，即今山西芮城西南黄河北岸風陵渡。

簡華陰子

萬里來攀太華峰，仙人咫尺見無從。情同玉井深千仞，望去蓮花翠萬重。

【箋】

華陰子，似指王山史。康熙五年五月，大均與王山史在西安惜别。此詩或作於由秦之代旅次。

送戴務旃入華山

夷齊祠暮白雲間，君向三峰峰上攀。河至華陰分地絡，山連蒲坂作天關。昭王博箭芙蓉裏，毛女琴聲瀑布間。爲語青牛臺畔客，彭荆山。濯纓吾亦玉泉還。

【箋】

夷齊祠，在今山西永濟西南首陽山上。大均康熙五年五月由秦渡河之代，途經首陽山，或遇務旃，並有此詩之作。

寄彭荆山山人

裊裊天邊鐵綆垂，攀援無那峽風吹。愁君日向蒼龍嶺，鸞鶴翩翩不可追。

【箋】此詩或與送戴務旃入華山作於同時。明遺民録載，魏禮「聞高士彭荆山居華山絶頂，直上四十里，手鐵絃躡飛蹬訪之」。

霍州道中

太岳青蒼接太行，河汾襟帶勢何長。白雲冉冉隨行客，春草茫茫入戰場。

【箋】霍州，在今山西境内。此詩作於康熙五年，時大均從秦之代途經霍州。

晉祠 二首

風雷纏一水，松柏貫雙溪。注向横汾北，來從懸甕西。霸圖煙漠漠，王跡草萋萋。蟋蟀催遲暮，王孫思欲迷。一水稱難老，泉名。交流出晉陽。東西穿古柏，左右結飛梁。報祀追桐葉，雍容見衮裳。金沙不可拾，月照一蒼蒼。

【箋】

晉祠，在今山西太原西南懸甕山下晉水發源處，爲西周唐叔虞始封地。此詩當作於康熙五年，時大均與李天生在自陝入代旅次。

豫讓

豫子元非刺客人，青笄亦復識天倫。襄君未肯誅塗廁，國士繇來重漆身。三躍自應教出血，二心端欲愧爲臣。悲風亂激汾橋水，長使行人淚滿巾。

【箋】

豫讓，戰國時晉人。初事范、中行氏，無所知名。去而事智伯，甚見尊寵。智伯爲趙襄子所滅，讓因變姓名爲刑人，挾匕首欲刺襄子，不果。又漆身爲癩，吞炭爲啞，伏於橋下，爲襄子所獲。襄子義之，乃使使者持衣與讓。讓拔劍三躍，呼天擊之曰：「可以報智伯矣！」遂伏劍而死。詳見戰國策趙策一。今太原西南之赤橋，又名豫讓橋，相傳即豫讓隱伏橋下以圖行刺趙襄子之所。此詩當作於康熙五年，時大均由秦之代經太原。

過太原傅丈青渚宅賦贈 一首

唐氏遺民在，憂思正未央。故人期飲食，良士戒衣裳。苓采今無地，桐封舊有鄉。叔虞祠下柏，與爾共風霜。

下馬晉王宮，山河感慨中。無成空老大，不死即英雄。汾水城堪灌，并門騎易通。思深當歲暮，且詠有唐風。

【箋】

傅山，字青主，陽曲人，明諸生。嘗詣闕訟學使袁繼咸冤，得白，義聲振天下。甲申後，居土穴養母。工書畫，精醫術，著霜紅庵集。此詩康熙五年作於太原。

望晉恭王園

襟帶河汾玉殿長，一朝弓劍委秋霜。將軍死戰哀寧武，帝子生降恨晉陽。馬首關山空落日，城中歌吹罷清商。悲風處處吹松柏，誰到并州不斷腸。

【箋】晉恭王，即明太祖第三子朱棡。封晉王，國太原。太祖欲諸子習兵事，棡與燕王尤被重寄。數命將兵出塞及築城屯田。卒謚恭。此詩康熙五年作於途經太原時。

答毛子霞 二首

豈意秋蓬轉，重逢在晉陽。解憂如玉樹，含垢亦龍章。烏鵲虛驚月，芙蓉不拒霜。相看疑夢寐，高詠慰參商。

離亭愁執手，嘉會不崇朝。假食歌聲苦，從軍塞路遥。文章沈白草，膂力盡秋雕。三奏金笳罷，胡驄慘不驕。

【箋】毛子霞，字會建，呈仙客。武進人。華復蠡兩廣紀事：「庚寅年入廣州，宿三夕于毛子霞寓。」子霞蓋曾任樂昌令，後避戰亂流寓廣州，故詩有重逢之句。此詩或當作於康熙五年，時大均從太原至雁門。

贈毗陵毛子 三首

總角逢君日，羊城正卜居。心摧哀痛詔，淚灑治安書。倉卒貽蘭草，飄零斷鯉魚。時聞騷些曲，沅上弔三閭。

我愛吴音好，悠揚國士風。美人懷别鶴，清夜拂焦桐。月迥秋河失，花深鏡水通。天風吹不散，一曲彩雲中。毛，吴人。

客心如顧兔，長在月中生。隻影睽春帶，繁聲恨寶筝。驊騮虚朔漠，蟋蟀滿秋城。蕪絶尋君夢，連宵到柳營。

【箋】毛子即毛子霞。毗陵，古地名。即今常州一帶。此詩當與答毛子霞作於同時。

忻口

忻口孤城在，横當晉上遊。山包寧武戍，河繞秀容樓。設伏宜天險，防邊及早秋。太原此門户，諸將莫輕裘。

【箋】忻口城，即今山西忻州市北忻口鎮。康熙五年，大均從太原至代州，途經此地。是詩當於其時所作。

初至雁門贈陳祺公使君 二首

雁門雄九塞，勾注壯三雲。開拓靈王業，驅除李牧勳。漢兵天上戍，羌笛月中聞。鎖鑰今公賴，威名迥冠軍。

武安方略在，烽鼓坐來消。犄角三關壯，憑陵萬里驕。鐃歌開樂府，羽獵會嫖姚。謂趙蒼篆。慘淡黃雲外，天盤八月雕。

【箋】

陳祺公，名上年，清苑人。康熙初，官雁平兵備道。文外一宗周遊記：「天生以爲然，遂偕往雁門，同學于陳大夫尚友齋中。」其時當在康熙五年五六月間。雁門，即雁門關，在今山西代縣。尚友齋，陳祺公居所。此詩乃大均初至雁門贈陳上年之作。

陪陳使君遊雁門山水 二首

斗絶開雙闕，浮雲莫與齊。一夫當賈屋，千騎阻磨笄。白草龍沙闊，黃天雁塔低。使君多古意，秋爽共攀躋。

派水重陘出，愁人獨漉過。流離辭廣武，嗚咽入滹沱。欲把浮萍寄，其如飲馬多。王公愛行潦，明信願無他。

【箋】據「秋爽共攀躋」，此詩或作於康熙五年秋。時大均與陳上年遊觀雁門山水。

題雁門關城樓

紫塞三關控雁門，往時兵馬若雲屯。長城萬里今何用，白草黄沙滿血痕。

【箋】雁門關，在今山西代縣西北雁門山上。此詩或作於康熙五年始抵雁門之際。

聞雁

雁門無數雁，一夜盡南飛。我憶羅浮暖，難將雨雪違。愁來弄羌笛，夢裏著萊衣。明歲梅花發，鄉園歸未歸。

【箋】康熙五年秋作於雁門。

雁門

雁門十八隘，天欲界華夷。主父長城在，蒙恬古戍移。雄圖歸竪子，王氣走燕支。萬古扶蘇谷，泉聲尚恨斯。谷中有泉聲若「恨斯，恨斯」，因名恨斯泉。

【箋】

文外一自代東入京記：「又十里，城曰棗雲。道旁故有扶蘇祠、蒙恬墓，在蔓草中不可識。但聞水聲從殺子谷而來，細流嗚咽，曰『恨斯，恨斯』而已。」情景與雁門所述相類。汪譜斷爲康熙五年作，姑從之。

詠唐晉王

當年頻請討，知罪總春秋。誰忍窺神器，惟知壯帝猷。英雄多汗馬，王霸有箕裘。憔悴宮邊柳，煙含五代秋。

【箋】

唐晉王，即李克用。本西域突厥人，居沙陀磧，因以爲國。其父貞元中歸唐，討賊有功，因賜李姓。

黄巢陷京師，克用率沙陀兵大破之，功稱第一，封晉王。朱全忠忌其能，欲襲殺克用，二人因有隙。旋與王重榮起兵犯闕，唐僖宗出奔鳳翔。然實忠於唐室。唐亡，淮蜀燕岐皆擬帝制，晉獨守臣節。子存勖即位，追謚武，廟號太祖。此詩康熙五年秋作于代州。

唐晉王祠墓 三首

代北威名著，飛揚射馬鞭。長安回帝駕，天祐紀臣年。三矢山河啓，千秋俎豆懸。從來賜姓者，獨有晉王賢。

發憤收京闕，當時節度無。奸雄紛割據，父子一征誅。輦路迷秋草，陵門怨夜烏。三垂岡上淚，老去惜雄圖。

何代丹青妙，雄姿動武皇。精靈猶白日，弓劍已秋霜。石馬嘶風急，沙河繞塞長。應州金鳳井，霸氣共蒼蒼。王有畫像，武宗取入大内。

【箋】文鈔一唐晉王祠記：「唐晉王祠，在代州之西八里柏林寺中。」又云：「歲丙午秋，予至祠瞻拜。」康熙五年秋作。

和柏林弔古

斜陽繫馬柏林松，酹酒當年獨眼龍。國建沙陀功最大，年稱天祐禮還恭。復唐豈可欺天下，繼統何曾出大宗。此日諸侯誰賜姓，故應龜鑑守藩封。

【箋】

據文鈔一唐晉王祠記，此詩當康熙五年秋作於代州。後唐同光三年，于李克用墓旁建。寺在今代縣城西七里鋪村西。

述婚 四首

豈意飄萍客，天涯得好仇。佳期牛女夕，獨立鳳凰樓。玉帛迎秦塞，笙歌入代州。威儀應敬爾，拜手荷天休。

三星光邂逅，攬執合歡襦。天使朱絃續，人憐蕙草蘇。鹿車歸故里，魚鱠奉慈姑。萬里成婚媾，恩情良獨殊。

慈闈黃鵠苦，子舍白華貧。菽水憑諸弟，關山隔一春。亂離難在國，高尚亦依人。廡下須裘褐，相將作隱淪。霸陵能共隱，不復慕姬姜。樂我惟綦縞，娱親在酒漿。心懸珠海月，淚灑雁門霜。願作雙鴻鵠，南飛返故鄉。

【箋】大均娶王華姜，當在康熙五年秋冬之際。華姜自甘肅固原東行，大均自代西行至秦迎接，在蒲城會合後同入代州。

雁門關與天生送曹使君返雲中四十韻

趙塞樓煩北，秦城句注東。天懸雙闕峻，地壓九邊雄。陰積龍堆雪，寒吹馬邑風。關雲迷白雁，江樹憶丹楓。憑眺貪形勝，追陪得鉅公。醉揮軍幕酒，吟送使臣驄。事業悲流水，文章慰轉蓬。詩亡宜發憤，年長已成翁。季子才何傑，曹侯道故通。塤篪開樂府，衮黼麗天工。清廟朱絃似，西京大璞同。神人欽唱嘆，雲物接昭融。好我貽金石，遊仙問華嵩。勞謙能磬折，駕馭必車攻。阮籍沈酣後，梁鸞賃作中。市廛藏遠蹈，毫素託深衷。正始音相應，延陵聽獨聰。黄鐘驚靡曼，香草拾童蒙。出處忘陳跡，箴規向薄躬。金丸當稗鳥，玉軫飾焦桐。化理論無始，交情勉有終。烹魚須溉釜，射虎爲張弓。飛將材無讓，宗周夢未窮。宣威聊鎮朔，賜樂在和戎。鉅鹿藩京邑，飛狐扼代宮。孟舒惟布德，蕭相肯居功。吾輩慚狂簡，君心愛樸忠。春秋存草野，黄老謝鴻濛。赤舄堪隨日，丹砂不問洪。乾坤雖朔漠，日月自房櫳。別緒紛春霰，離憂急草蟲。揚旗過廣武，倚劍失崆峒。鐃吹桑乾遠，臺門北岳崇。黑河霜慘淡，青冢草朦朧。願寄沙陀札，來招桂樹叢。白登思繾綣，陰館恨倥偬。遼后妝樓古，蘇卿廟貌隆。五言冠冕在，一代舞歌空。饑渴依殊域，精靈格上穹。何當清渭獵，車後載羆熊。

【箋】曹使君，即曹溶，字潔躬，號秋岳，秀水人。曾任廣東布政使，山西按察副使。雲中，指今山西大同一帶。此詩作於康熙五年，時或大均初至雁門，曹溶從雲中來訪，又返雲中。

繁峙道中贈趙侯蒼篆

三泉從太戲，西下作滹沱。白日秋來少，黄雲戰後多。彎弓隨大獵，扣劍和清歌。回首人煙裏，城樓接二峨。

【箋】趙侯蒼篆，即趙彝鼎，代州參將，寧夏人，趙勔鼎之兄。李因篤有趙驃騎招飲柏林寺詩。此詩作於康熙五年八月初，時大均從雁門經繁峙赴五臺山。

壽榆林趙侯　二首

旗偃黄花嶺，笳沈白草溝。武安勤饗士，太尉暇登樓。霸氣沙陀早，軍聲陰館秋。無須黄老術，儒將自風流。

幕府依嚴武，溪堂築浣花。雄才驚不世，浪跡託爲家。岳吐孤生竹，天含五色霞。年年持獻壽，忠信是丹砂。予爲侯館甥。

【箋】

趙侯，即趙彝鼎。此詩或作於康熙五年秋。

將遊五臺宿繁峙客舍作

文殊聲色裏，何處問仙靈。風湧滹沱壯，雲含太戲青。浮生悲過雁，薄俗賤飄萍。不寐懷明發，疏鐘起塞亭。

【箋】

繁峙，即今山西繁峙縣。康熙五年八月初，大均偕陳上年從雁門經繁峙游五臺山。此詩作於其時。

同陳子遊五臺作 三首

公子追康樂，名山挾少文。觴浮二峨水，馬蹴五臺雲。北岳連陰翠，黄沙似夕曛。酒酣能射虎，不必李將軍。

並騎登巖岫，行行紅葉深。五峰秋積雪，雙瀑日穿林。孤鶴先知曙，神龍善處陰。先朝鐘鼓在，草莽最驚心。

雪雜山花落，隨風入翠微。冰崖愁馬滑，霞壁羡猿飛。高尚何曾得，佯狂亦覺非。林泉殊可住，無奈隔庭闈。

【箋】

文外一自代東入京記云：康熙五年八月六日，「與客登陟五臺」。客即將軍陳上年。

臺懷 地在五臺山懷内，故名臺懷。

路從幽澗上，寒踏萬年冰。寺寺天花飯，山山寶塔燈。九蓮瞻聖母，千咒施神僧。采得零零草，香從暖處蒸。臺上有冰一大塊，色如黑琥珀，云萬年物也。有香蕈名天花、地花，最珍美。聖母，孝定皇太后，神宗皇帝之母，神宗嘗尊爲九蓮菩薩。有喇嘛僧咒術甚神。臺上多零零草。

【箋】康熙五年八月初作於遊五臺山時。臺懷，鎮名，在五臺山中部，清水河畔。

贈田子約生時在雁平備兵幕中

天險瓴堪建，關高雁不過。股肱憂漢帝，節鉞仗廉頗。幕府賢才大，軍儲計劃多。邊花初破雪，香泛玉壺波。

【箋】田約生，生平事蹟待考，時爲雁平兵備道陳上年幕客。據文外十五與孫無言，康熙五年秋，大均曾與李天生、田約生觴詠於雁門之關、廣武之戍。當作於其時。此詩詩外失收，録自道援堂詩集六。

答天生

蒲柳先秋落，河山異代傾。報恩無劍術，乞食有簫聲。海鶴雙棲少，邊雕自獵輕。君憐慈母在，高義贈生平。

【箋】文外十五與孫無言：「僕又從秦之代矣，于李克用墓前畫射獵，夜讀書，或與二三豪士李天生、田約生輩及彈箏、唱煉相諸妓，觴詠於雁門之關、廣武之戍，慷慨流連，不知其身之羈旅也。」或作於康熙五年秋。

答李孔德

浮雲久失所，空憶洞庭陰。一葉驚秋早，微霜點鬢深。感甄勞玉枕，要列費清琴。君惠招辭好，魂歸楓樹林。

【箋】李孔德，即李天生。此詩或作於康熙五年初秋，時大均與李天生在代州。

贈諸氏兄弟

朝登雁門望，殺氣從西來。在天爲黄雲，在地爲黄埃。吁嗟我遊子，悲秋行徘徊。披髮而吹簫，聞聲令子哀。子情如醇酒，日酌我金罍。子詩温且潤，日饋我瓊瑰。弟兄相宴爾，攜手臨高臺。猗猗合歡竹，枝葉交山限。願言靡離别，千秋慰我懷。

【箋】康熙五年秋，大均時與李天生、田約生輩觴詠同遊。此詩或作於其時。

馬邑辭　二首

季夏邊草衰，胡鷹方學習。角弓得風勁，射獵向馬邑。

南朝漢兒好，一一用交槍。短兵入弓矢，我盡失所長。

【箋】馬邑，古縣、郡名。治所在今山西朔州市境内。此詩或作於康熙五年。

軍中

白日消毬獵，軍中一事無。花驄盤雨雪，塞女瀉酡酥。人向黄雲老，春將白草蘇。平生王霸略，盡與酒家胡。

【箋】據文外十五與孫無言，大均曾録大同、軍中二章奉寄。信寫于康熙五年「秋風初起」之時，詩當此前而作。

大同作

飲馬東連白道泉，桑乾西接紫河煙。何年代邸淪秋草，幾處秦城出遠天。事去英雄羞一劍，時來遊俠喜三邊。哀笳莫奏思鄉曲，都尉臺前月正圓。

【箋】

此詩似爲文外十五與孫無言所謂「大同」之章，作於康熙五年秋。

胡姬曲 代 五首

朝食駝乳糜，暮飲馬湩酒。胡女解媚人，琵琶不離手。

感姬策馬飛，倏上陰山脊。射得一天鵝，爲予作美炙。

問姬酪酥蟬，云是羊脂造。更煮野駝蹄，知予性所好。

馬姊爲玉漿，色如紅瑪瑙。醉來氈帳眠，不覺情顛倒。

贈姬琵琶槽，乃是相思木。去去犯冰埃，苦寒馬毛縮。

【箋】文外十五與孫無言：「或與二三豪士李天生、田約生輩及彈箏、唱鍊相諸姬，觴詠於雁門之關、廣武之戍。」此詩或作於其時。

邊夜

萬古明妃月，光含漢苑愁。吹來龍塞影，散作雁門秋。白露沾衣濕，天河接淚流。南飛鴻雁盡，何處寄離憂。

【箋】此詩或康熙五年秋作于代州。

塞上逢李武曾

相逢一醉白登鄉，歧路蒼蒼恨夕陽。塞北離愁隨地闊，江南歸夢繞天長。高堂望斷陰山月，班馬嘶殘子夜霜。明日黄雲千里隔，故人那得共壺觴。

【箋】李武曾，名良年，嘉興人。與朱彝尊合稱「朱李」。順治十六年，大均曾與李武曾在江南唱和。白登鄉在朔州定襄縣，縣東北三十里有白登山，山上有臺，名白登臺，匈奴冒頓圍漢高祖于此。詩作於康熙五年。

送寧人先生之雲中兼柬曹侍郎

丈夫貧賤相看老，歲寒松柏同枯草。發憤徒爲風雅篇，羈懷又向燕雲道。雲中地苦難爲情，匹馬蕭蕭事遠征。淚灑昭君青草墓，歌投都尉牧羊城。不嫁紅顏廝養卒，何妨奇服曼胡纓。雕蟲篆刻雖無用，一字褒譏臣子恐。君追孔氏著麟書，我學三閭持橘頌。雲中魏尚舊宣威，今日曹公肅鼓旗。緩帶投壺垂雅頌，彩毫題賦掩晴暉。容儀欲見如瓊樹，書札相將隔紫微。八月龍沙飛急雪，中軍置酒琵琶咽。令德高言相獻酬，君歡好把酡顏啜。

【箋】

寧人先生即顧炎武，又稱亭林先生，昆山人，著名學者。時顧炎武與李天生等二十餘人墾荒於雁門之北，以圖恢復。其與潘耒書云：「近稍貸貲本，于雁北之北，五臺之東，應募墾荒，辟草萊，披荆棘，而立室廬。」曹侍郎，即曹溶。雲中，指大同一帶。亭林詩集四有出雁門關屈趙二生相送至此有賦五律二首。時在康熙五年秋。此詩詩外失收，録自顧炎武同志贈言。

送顧寧人

雁門北接常山路，爾去登臨勝槪多。天上三關橫朔漠，雲中八水會渾河。飄零且覓藏書洞，慷慨休聽出塞歌。我欲金箱圖五岳，相從先向曲陽過。

【箋】

此詩作於康熙五年，當與送寧人先生之雲中兼柬曹侍郎作於同時。

雁門送客

君在雁門北，我在雁門南。雁門八月紛霜雪，何事征夫繫玉驂。桑乾水繞長城遠，句注山含秋色晚。塞女吹殘觱篥聲，舉杯勸爾江南返。江南春色在君家，早將妻子别龍沙。樓臺更向秦淮曲，日對夭桃幾樹花。

【箋】

此詩作於康熙五年。所送之客，待考。

歲暮送李天生出雁門

雄關高柳北，鴻雁出其中。天井開句注，長城接大同。青苔餘戰骨，白草失離宫。歲暮多風雪，愁君一轉蓬。

【箋】

此詩作於康熙五年歲暮。李氏出雁門，或有他往，未必返秦。張穆輯顧亭林年譜謂李氏以本年返秦，當誤。

席上賦得梅花爲陳正子壽　二首

雁門長至候，春色早驚梅。解渴如瓊樹，銜寒向玉杯。舞迎流雪態，歌倚掞天才。橘柚無華實，須君羽翼來。

一夕花光動，三春草昧開。美人未遲暮，羌笛莫徘徊。薊北飛香去，江南卻月來。枝高難出手，留照歲寒杯。

【箋】

陳正子，即陳正清，清苑人，陳上年之弟。康熙五年末作於雁門。

冬夜宴趙將軍宅

胭脂邊女豔，雨雪地爐紅。小隊銀箏合，深情玉盞通。歌長愁落月，髮白愧驚鴻。明日城西獵，還將舞袖同。

【箋】

趙將軍，當爲趙蒼篆。此詩康熙五年冬作。

邊詞　十二首

邊郡今無事，風吹殺氣過。鼓鼙沈上谷，烽火斷交河。子女穹廬入，金珠大馬馱。蒙恬城下骨，夜夜聽笙歌。

草長迷青冢，冰消見白臺。漢兒吹角去，羌女打毬來。牙帳山山卓，雕旗處處開。諸王分六角，會獵向龍堆。

暮冬寒凛冽，出口唾成冰。肌肉愁風割，胡鬚苦雪凝。邊聲吞鼓角，戰火接園陵。向夕菴廬宿，淒然淚滿膺。

積冰千萬里，北極是寒門。八月黃榆盡，三春白草繁。無衣憑戍火，不守惜邊垣。處處開横帳，笳聲夢裏喧。

黑峪無人跡，天寒鳥獸饑。冰殘狐不渡，雨暗雁猶飛。破屋餘煙火，孤城隔翠微。迢遥西海子，時見獵人歸。

鷹隼秋輕疾，風霜激羽毛。逐禽千里遠，卓馬萬山高。雁膳餐偏飽，駝封卧不牢。臚朐河畔月，夜影戀征袍。

弓馬疾如飛，將軍秋打圍。狼頭懸大纛，蟒錦製戎衣。犯雪過疏勒，衝風下武威。歸來獻王子，獐兔盡鮮肥。

日暮歸千騎，驕嘶靺鞨風。盧溝衰草外，督亢亂雲中。鞍上齊傾酒，營前各祭弓。誇稱小郎主，射得一黃熊。

伊昔臨洮戰，幾擒吐谷渾。將軍頻失道，天子不垂恩。豺虎無聲過，城池幾處存。空餘青海月，長照黑山魂。

落日在龍城，羌兒向柳營。彎弓窺漢月，吹笛作秦聲。天似穹廬覆，風從班馬生。當年霍驃騎，一劍此横行。

渴飲家駝乳，寒披野馬裘。書生貪射虎，戰士喜椎牛。風動河冰裂，煙含塞日愁。但令掃䬧恥，不必取通侯。

夜夜眠廬帳，朝朝控橐駝。邊沙嘗似雪，塞水忽成河。戰士黃羊飯，箏人白馬馱。威名想藍玉，鐵券勒功多。

【箋】康熙六年、七年二冬，大均均不在山西。組詩當作於康熙五年冬。

邊辭　二首

邊人冬更獵，往往得山熊。雪點貂房白，冰凝肉酪紅。

夜猴探百尺，偏得兔兒多。圍獵真吾樂，朝朝逾黑河。

【箋】此詩當康熙五年作於遊晉之際。

雲中詞

薄暮桑乾大獵還，紛紛雨雪暗關山。天寒不惜貂裘典，一醉春光上玉顔。

【箋】

此詩當康熙五年作於遊晉之際。

古丈夫洞草堂歌

歲丙午之春，予遊西岳，於北斗峰得二洞，一曰古丈夫洞，一曰毛女洞，心甚喜之，將結草堂於其間。以爲華山自青柯坪北至三峰，其壁之穿而爲坎者，可容趾二分；爲頷者，容指二分；用指之力嘗多於趾。歷千尺峽、百尺峽、老君犂溝、仙人砭、蒼龍嶺諸處，雖絕險峭，然皆遊人必經之路。而此二洞在岳西絕壁間，可望而不可即，遊人必不肯枉道以問焉。吾結草堂於其間，是天之所私以與我也。且是洞又曾爲古丈夫、毛女所棲。夫古丈夫，秦之賢者，以始皇滅二周之故，遯入西岳。而毛女玉姜爲秦宫人，亦以秦無道，負琴而入西岳，與古丈夫服松葉、飲泉以老。吾之所遭，庶幾古丈夫之時。而吾妻，秦女也，亦慕高隱。今結草堂於二洞，與吾妻踐古丈夫、毛女之跡。則斯二洞也，前有古丈夫、毛女，後有吾夫若婦，天之生斯二洞，爲不虚使。志西岳者采之，其爲可傳何如也？且吾昔者爲西岳詩百韻，秦人李天生見而悦焉，持以爲蹇修，吾故得吾妻。夫昔以西岳得妻，今以妻還西岳，西岳之大有造於予，安可忘哉！于是予更字曰華夫，而吾妻曰華姜。草堂既成，華夫種古丈夫之松柏，華姜彈毛女之琴，人望之，咸以爲仙。華夫笑曰：「否，否。」乃爲草堂之歌曰：

丈夫非仙人，毛女亦高士。相攜向白雲，欲學采薇子。天生兩洞如鴛鴦，西臨太華東首陽。女蘿飛花蔽洞口，雙棲人在洞中央。草堂之中何所望，有美一人持玉漿。巨靈掌上石樓長，水簾捲起見明妝。草堂之中何所服，石髓金精滿巖谷。古松千歲吐奇光，夜如荷花晝牛目。

【箋】文外一古丈夫草堂記：「予遊太華，於北斗峰絶壁之下，得秦時古丈夫洞及毛女洞。堂奥相連，是乃陽明之室，欲與内人王華姜分居之。……洞之上，予刻曰：『南海屈翁山先生與其配榆林王氏華姜同隱於此。』」此實爲想像之詞。大均夫婦實未嘗同隱西岳。詩作於康熙五年。

初春代州作

二峪冰猶壯，三關草欲薰。積陰開白日，春色散黄雲。帳小箏人合，沙平獵馬分。武皇諸樂府，遺響在羅裙。

【箋】

康熙六年春作於代州。

春日代州郊外作

青山一路帶滹沱，復有垂楊拂玉珂。調馬正宜春草軟，望鄉争奈白雲多。美人花裏揚鞭出，上客林中射雉過。相與晉王祠畔飲，英雄往事一悲歌。

【箋】

康熙六年春日作於代州郊外。

榆林春望 二首

清明争插白楊毛，柏葉雙簪出鬢高。齊上野墳還較射，婦人偏解中秋毫。

腐肉城南久作塵，忠魂十萬委黄巾。每逢佳節榆中哭，寒食哀聲更感人。

【箋】

榆林，在今陝西東北部。讀史方輿紀要卷六十一：「榆林鎮東至山西偏頭關百六十里，西至寧夏後衛七百二十里，南至延安府綏德州三百里，北至黄河千餘里。」疑於康熙六年春曾由代入陝，或作於此時。

綏德城下作

白日何蕭條，邊聲吹枯桑。浮雲終不歸，隨風四飛揚。言登赫連臺，萬里望西羌。匈奴多種落，紛紛如牛羊。白骨委蓬蒿，誰知是國殤。向夕聞蘆笳，淚沾鐵裲襠。立髮而虎視，何當吞八荒。大刀搏白虹，長箭指天狼。月照戍樓中，不寐空傍徨。男兒有氣節，安得思故鄉。

【箋】

綏德，在今陝西東北部。此詩或與上首作於同時。詩外十八有詞關河令延綏清明所見。據讀史方輿紀要卷五十七，綏德屬延安府。

高奴客舍作

今夜宿高奴，天寒尊酒無。風驚聞墮雁，月出見吹笳。紫塞難障漢，黄河不限胡。千秋無定水，嗚咽爲扶蘇。

【箋】高奴，古縣名，秦置，治所在今陝西延安東北延河北岸，東漢末廢。讀史方輿紀要卷五十七載，延安府西北百里有金明城，杜佑謂古高奴也。此詩或與上二首作於同時。汪譜斷此詩作於康熙七年，似理據不足。

送田丈自代返秦將登華岳 二首

艱難隨雨雪，邊馬急歸心。趙塞辭句注，秦關向華陰。晴開天井閣，夜聽羽人琴。兩戒山河首，無令壯志侵。

春陰連朔漠，白日慘無多。喜別樓煩道，愁聽敕勒歌。東峰襟玉女，西瀑瀉黄河。最憶神靈岳，期君掃薜蘿。

【箋】大均客代凡三載，春日居山西唯康熙六年。據二首之二首句，此詩當康熙六年作。田丈，疑指田而鈺。

代州夏日馮方伯招飲故大司馬白谷孫公園亭即席賦 三首

何以炎洲翠，而辭大庾梅。因君有瓊樹，故拂羽儀來。峨口朝霞起，圭峰暮雨開。殷勤賦公讌，持以答金罍。

當年大司馬，手植此蒲蓮。池引滹沱水，堂開紫府即五臺。煙。沙場功不遂，薤露恨空傳。苔徑餘行跡，勞君拂綺錢。

昔同浣紗女，弄楫太湖亭。南北穿蓮葉，東西入洞庭。何期句注塞，亦有采香涇。地數芙蓉發，山光映水青。

【箋】

康熙六年夏季作於代州孫傳庭園亭，雅集由馮方伯招飲。馮方伯，指馮如京。馮字修武，又字紫乙，號秋水，山西振武衛（今山西代州）人。明崇禎元年恩貢，授灤州知州，遷永定同知。入清任永平知府，後遷陝西按察副使，江南右布政使。順治十三年升爲廣東布政使司左布政使。十六年有疾致仕返代州。故稱方伯。撰秋水集一六卷，凡詩八卷、文四卷、宮詞一卷、紀程三卷。事見康熙永平府志職官志、鄧之誠清詩紀事初編卷六。孫白谷，即孫傳庭。

曲中贈朱十

一片晴雲天上流，忽聞歌響駐紅樓。陽臺昔日隨神女，雒水今朝倚莫愁。

【箋】康熙六年夏，朱彝尊過代州，與歌伎晁静憐相好，曾作詞多首贈静憐。此詩亦當作於是時。

答錫鬯

白日今誰照，途窮總苦辛。亂離難自食，高尚易違親。水咽扶蘇谷，花懸紫塞塵。淒淒知己淚，千載一沾巾。

【箋】作於康熙六年夏朱彝尊過代之時。

代州曲中作

琵琶争唱玉娥郎，豔曲傳來自武皇。一代文章餘樂府，孤臣淚灑雁門霜。

【箋】此詩與曲中贈朱十爲同期之作。

攜晁四美人出雁門關送錫鬯至廣武

不覺沙場白日寒，美人一路擁雕鞍。欲教遊子千觴盡，莫使明妃一曲殘。此夕襟懷開廣武，明朝涕淚落桑乾。琵琶若換青驄去，那得紅顔生羽翰。

【箋】晁四名静憐，代州妓。曝書亭集二四有青門引別晁静憐。朱彝尊與顧寧人書：「去夏過代州，遇翁山、天生。」康熙六年夏作於代州。詩外失收，録自道援堂詩集七。

別錫鬯

日落黄花晚，風高白雁秋。三關無鼓角，萬里盡旃裘。歌管年華送，文章霸氣收。相將遊獵好，無奈隔雲州。

【箋】康熙六年贈別朱彝尊作。

送客

綠琴彈出碧笳聲，出塞何如入塞清。一曲送君千萬里，秋來應共雁南征。

【箋】

此詩或作於康熙六年。

送天生 三首

萬里求知己，從君旅雁門。佳期那再得，歧路竟何言。高尚難爲客，屠沽易感恩。相思若春草，處處逐王孫。

白雲來市井，爲母一吹簫。馬度關山險，帆歸漲海遥。壺漿漁父與，玉佩美人要。羡爾南陔去，春風蘭杜饒。

不斷丹青樹，終南地絡陰。道隨春草長，人與白雲深。麋鹿鳴相召，羲皇夢可尋。時時望黄鵠，一寄歲寒心。

【箋】康熙六年秋送李天生歸陝西作。

再送天生攜家自代返秦　三首

他夕高堂樂，傾觴河漢邊。天教兒女月，長在掌中圓。花萼連韋曲，田園傍渭川。從今衣帶緩，宴會復何年。

祝牧思偕隱，行行負戴難。青霞悲自鬱，白首畏人看。朔雪先花發，炎風到海寒。鷄鳴頻送爾，帶夢上征鞍。

招摇直雙華，河北滙三秦。泰畤神明地，宗周禮樂人。霞流明月滿，露浣白華新。不共千秋業，離居惜此晨。

【箋】此詩當與送天生作於同時。

平城

往日平城困，閼氏畏漢威。三軍方彀弩，一角忽開圍。娘子城猶在，陳平計不非。祇今頻月暈，誰復救龍旂。

【箋】文外一自代東入京記：「丁未八月初，出自代州東門，十里至平城。」此詩當作於康熙六年八月，時大均始自代東赴京。平城，在今山西大同東北。漢高祖曾于此被匈奴圍困。詩當有感而發。

平刑 二首

全晉咽喉地，城横萬疊山。西屏句注塞，東控紫荆關。砧杵三秋急，旌旗一代閒。天心元朔漠，臨眺且開顔。

塞垣寒太早，裘馬凛秋分。山雪争初日，河冰亂白雲。一關天上度，雙角月中聞。故國南歸好，無因逐雁羣。

【箋】康熙六年八月作於平刑關。文外一自代東入京記云：「關據山絶巔，崇垣矗立，乃紫荆、雁門羽翼，山東東路之門，而全晉咽喉之寄也。」平刑關，即今平型關。

武靈王墓

威靈傳主父，四戰霸山東。六國朱旗卻，三胡紫塞空。沙丘留大冢，夏屋失離宮。長技開中國，誰思騎射功。

【箋】文外一自代東入京記載，趙武靈王墓在靈丘縣（今屬山西）西。此詩作於康熙六年八月。趙武靈王事蹟，見史記卷四十三。

趙武靈王　二首

夢裏琴聲得孟姚，英雄此劫恨難消。美人一入吴娃館，公子頻從主父朝。西上黄華河活活，北窮大漠草蕭蕭。雲中有路堪南襲，長使秦人氣不驕。

四戰功高屢致兵，河西攘地出長城。招來騎射三胡畏，馳入咸關六國驚。上帝若能憐簡子，美人何得與娃嬴。英雄自作沙丘禍，霸業傷心竟不成。

【箋】

此詩或與上首作於同時。趙武靈王，戰國趙國君，名雍，曾進行軍事改革，胡服騎射，國勢大振。後傳位王子何，自稱主父。内訌，被困于沙丘宫，餓死。

惡少

長箭短刀鋋，幽并惡少年。馬頭懸落日，鷹眼射高天。並飲桃花店，齊彈白紵絃。胡姬量酒罷，調笑索金錢。

【箋】

此詩似作於康熙六年自代東入京旅次。

廣昌

此地飛狐塞，神京一綫通。長城帶天末，古戍接雲中。馬踏三秋雪，鷹吟萬里風。河流聲太苦，應爲客途窮。

【箋】

廣昌，縣名，在今河北淶源縣北。文外一自代東入京記：「至廣昌，即古飛狐縣。」作於康熙六年八月。

寄贈高博羅

使君昔宰羅浮西，訟堂水接羅陽溪。使君今宰羅浮東，浮碇高岡在縣中。羅山爲主浮爲客，羅與浮分峰四百。使君豈亦一仙人，長與羅浮合精魄。爲政風流近若何，著書應比葛洪多。仙方不屑言黄白，王道惟知保太和。我别羅浮亦已久，從軍欲出飛狐口。不似浮山有所依，長與朱明爲户牖。當年著得羅浮經，欲待功成勒翠屏。使君詞賦應多載，留照山中御簡亭。

【箋】據「從軍欲出飛狐口」，此詩當作於京西要塞飛狐口。文外一自代東入京記：「自大營至此，四面皆崇山，無一空隙，視天若在井中，京西要害，此爲最。昔人欲塞飛狐之口，良然。」據「使君昔宰羅浮西」、「使君今宰羅浮東」，高氏當爲縣令。然查廣東通志職官表，順治、康熙朝，博羅、增城知縣無高姓者。

浮圖峪

石路飛狐入，天梯束馬過。峰頭千仞堞，峪口兩重河。榆柳新秋少，牛羊落日多。往時高殺氣，諸將此橫戈。

【箋】康熙六年八月作於浮圖峪。文外一自代東入京記：「明日，渡拒馬河，三重，入浮圖峪。」浮圖峪，在今河北淶源縣東北，明正德九年韃靼入犯於此。

紫荆關

天半旗臺起，霞連落日黄。山開關路小，河繞塞垣長。蹴踘將軍戲，酡酥上客觴。夜來笳鼓動，淒切助思鄉。

【箋】康熙六年作。讀史方輿紀要卷十：「紫荆關在保定府易州西八十里，山西廣昌縣東北百里，路通宣府、大同。山谷崎嶇，易於控扼，自昔爲戍守處，即太行蒲陰陘也。」

紫荆關道中送客

紫荆雄據飛狐口，河繞長城去渺茫。萬里悲風隨出塞，三年明月照思鄉。平生亦抱昭君怨，白首猶尋結客場。愁絶春寒紛雨雪，送行難得酒盈觴。

【箋】

康熙六年八月作。

茶窩口

紫荆離十里，此處券門開。高壘資人去，重河拒馬來。冰霜秋栗烈，砧杵暮淒哀。漸近悲歌地，風吹易水迴。

【箋】

文外一自代東入京記云：「康熙六年八月，從紫荆關十里，至谷口，有券門，女牆環之，是曰茶窩口。」此詩即作於其地。

重過易水

年年易水弔荆軻，總奏平生變徵歌。上谷悲風吹淚盡，紫荆斜日傍愁多。驊騮老去空知路，鴻鵠高飛亦受羅。好向城西更沽酒，英雄惟有玉顔酡。

【箋】文外一自代東入京記："康熙六年八月，"渡易水，弔荆軻舊跡，慨歎久之。"此詩即作於其時。易水，在今河北南部。順治十五年，大均北上，曾經此處。

荆軻

當年神勇是荆卿，市上悲歌最有情。豈必英雄工劍術，未應生劫待琴聲。從容不俟蘭池客，慷慨空偕竪子行。枉使秋風吹易水，白冠相送淚沾纓。

【箋】此詩當與重過易水作於同時。荆軻入秦刺秦王，與燕太子丹別于易水之上，見戰國策燕策三。

涿州

君臣此地得相從，王氣初盤涿鹿重。籜作長冠驚赤帝，桑如樓子兆飛龍。漢家終始惟南鄭，天胄神明是大宗。誰使高光還血食，更憐諸葛最温恭。

【箋】文外一自代東入京記："又五十里，至涿州。"詩或作於其時。

贈別顔修來　四首

斗柄垂雙華，龍門控大河。精靈從此得，哀樂向來過。白帝開珠闕，蒼龍引玉珂。登臨吾與汝，萬古一高歌。

終南天大阻，萬里翠氤氳。去歲樊川酒，來君紫閣雲。英辭金石奏，初服蕙蘭薰。四坐方流月，驪駒惜已分。

我憶炎洲好，乘秋返故鄉。鶺鴒長向日，桂樹不驚霜。別酒愁燕市，征車苦太行。青雲君已達，應自惜圭璋。

維岱臨東魯，高高作地宗。神光探日觀，元氣奮黄鐘。陋巷絃歌業，先人俎豆容。孤生予有竹，願託丈人峰。

【箋】顔修來，即顔光敏，字遜甫，號樂圃，曲阜人。康熙進士，官吏部郎中。好讀書，善鼓琴，尤耽山水，詩文有重名，著樂圃集。據「我憶炎洲好，乘秋返故鄉」，及「別酒愁燕市，征車苦太行」，時修來亦客北京。康熙六年作。第二、四首詩外失收，據道援堂詩集四補録。

苗烈婦輓詩 四首

烈婦，平凉人，增城參將苗公之女也。年十五，適胡其敬，期年產一子。其敬卒，烈婦哀毁成疾，誓以死殉。舅姑婉詞慰解，勸之服藥，弗從，泣血七日，竟以死。

二八蛾眉女，將軍掌上珍。從戎來百粤，挾瑟自三秦。簫史乘鸞日，羅敷采葉春。桃花甘短命，一死殉良人。桃花名短命花。

夫婿平凉至，飛揚萬里鞭。合歡蝴蝶洞，在羅浮。同夢素馨田。衛玠人看殺，陶嬰自可憐。孤鸞不飲啄，比翼向黄泉。

阿舅羅浮令，初移鮑靚家。可憐勤赤子，不得事丹砂。有婦爲黄鵠，無兒比白華。返魂終已矣，灑淚滿煙霞。

猶能辭老父，不忍視孤兒。慷慨摩笄日，從容絶藥時。無山堪共穴，有樹已連枝。四百峰邊石，先題幼婦辭。

【箋】

乾隆本翁山詩略序文較詳，云丙午秋，胡其敬自平凉至就婚，期年，其敬遽卒。此詩或作於康熙六年。

堤決謡

黄河匯淮、泗入湖，堤不能距，口決數百里，水頭高數十丈。

黄河口決數百里，會泗會淮勢不止。魚鱉爲人得幾時，復爲魚鱉大湖裏。築堤不用費金錢，天欲神州成大川。陸沈但得蛟龍喜，不惜波濤百丈懸。

【箋】清史稿卷一二六載康熙六年黄河決堤，「水勢盡注洪澤湖，高郵水高幾二丈，城門堵塞，鄉民溺斃數萬」。此詩或於此時作。

重賦梅花爲陳正子壽

兩度梅花發，相將紫塞看。移來浮嶠月，爲爾不知寒。積雪含春色，微風落玉盤。平生無可贈，惟有此琅玕。

【箋】陳正子，即陳正清。汪譜斷爲康熙六年作，姑從之。

送曾庭聞返寧夏

寧夏推雄鎮，咽喉花馬池。膏腴魚米地，灌溉漢唐陂。爾愛賀蘭翠，家臨河水湄。功名邊上好，莫即嘆流離。

【箋】曾庭聞，即曾畹。少時隨父應遴起兵，後敗，著籍寧夏。有金石堂集。此詩當爲康熙五、六年間遊秦晉時作。

送周子之京口

形勝南徐好，英雄往跡存。爲龍思帝子，躍馬笑公孫。浮玉當京口，松寥是海門。君行有長笛，吹向莫愁村。

【箋】京口，在今江蘇鎮江，南徐州治於此。疑爲康熙五、六年間客中送客之作。

送人之甘州

飲馬渥洼川，水肥春草鮮。蕃姬來勸酒，漢將去屯田。風起鳴沙磧，雲迷張掖天。少年思奮武，無淚灑窮邊。

【箋】

甘州，明代爲陝西行都指揮司治所，在今甘肅張掖一帶。疑爲康熙五、六年間客中送客之作。

送孫丈歸黄山　二首

君何不向黄山歸，君家有松大十圍。松外一天雲氣濕，松間百道瀑泉飛。我思三十六翠屏，復愛松兮長青青。安得隨君入杳冥，君爲兔絲我茯苓，相與松兮至千齡。

去年東岳兼西岳，來往真如天際雲。今日黄山遊不得，三十六峰空待君。君歸好向湯泉浴，會見骨青而髓緑。容成教以駐年方，服食虚無坐紫牀，道成相與隨軒皇。

【箋】

孫丈，指孫默。默字無言，號桴庵，安徽休寧人。著有笛松閣集。客居揚州，嘗欲歸隱黄山故廬，索贈詩至數千篇。志竟未就而卒。朱彝尊曝書亭集卷六有送孫處士默還黄山詩，乃康熙三年事。康熙五年，大均遊華山後，有與孫無言書云：「僕自錢唐奉别，遂與杜蒼舒西入秦……忽思足下已歸黄山否？」蓋猶以已否成行爲念也。無言卒於康熙十七年五月二十八日，見汪懋麟百尺梧桐閣文集卷五孫處士墓志銘。此詩或康熙五年底至六年作。汪譜繫此詩於康熙十九年，誤。

玉河曲 二首

千里桑乾入塞來，參差城闕鏡中開。君王往日多鳧雁，肯念恩波太液回。

二月流澌上玉河，酒樓一一俯晴波。春衣笑向壚頭解，醉擁琵琶卧紫駝。

【箋】

玉河，源出今北京西北玉泉山，下流入大通河。康熙七年春作於北京。

夏日清宴堂小集 時旱甚

高館清和候，披襟花氣薰。菲菲憐細草，黮黮望重雲。捉麈談秋水，銜觴待夕曛。邊庭人事少，遊戲莫離羣。

【箋】康熙七年三月，顧炎武以萊州黄培詩獄牽連，下濟南府獄。李天生走燕中告急諸友，翁山亦至。受祺堂詩集十有夏日，芝麓先生招同伯紫、翁山諸君夜飲西園，别後追憶前遊奉寄五十韻五言排律，十三有夏日過高士伯紫齋中留飲，同翁山三十韻。此詩當與李天生二詩作於同時。

别天生　二首

故國離亂後，萬里賃春來。市井多恩怨，詩書一草萊。若非黄鵠舉，定愧白華開。吾子同將母，秋深馬首回。

知君他夕夢，迢遞庾關西。應看木棉發，莫聽鷓鴣啼。我家珠海曲，當户緑楊齊。更入羅浮去，煙霞路恐迷。

【箋】天生即李天生。康熙七年作，時大均將歸粤。詩外失收，録自道援堂詩集六。

將從雁代返嶺南留别程周量　九首

鴻雁南飛盡，予將大庾還。紅梅探漢驛，玉枕度秦關。上客青雲迴，先人素業閒。離心同落葉，一夜滿秋山。

漢壘懸高柳，胡門控太行。三年愁出塞，萬里夢還鄉。馬陷渾河雪，裘沾白草霜。無人營菽水，蕭索一行裝。

太華當秦闕，終南作漢標。圖書藏玉井，兒女下青霄。信美非桑梓，言歸逐海潮。三閭元隱士，費爾小山招。時自華山來。

高高峨口月，萬里照邊愁。白雁銜霜信，明河掛戍樓。庭闈南海隔，井臼朔天留。去住難爲計，悲歌歷九秋。

流落真無計，依人古所難。自憐因老母，不敢謝長安。骨肉歸相保，關山去正寒。勞君治行李，歧路泣相看。

豈少簪纓客，無如桑梓情。相依期白首，此別見平生。孝友慚諸弟，詩歌慕兩京。才華竟何益，早去事躬耕。

炎洲山水好，秀色滿煙霄。與子爲兄弟，東西若二樵。相憐皆翡翠，自媚一蘭苕。此日京華隔，予行秋泬寥。

聲詩滿京國，大雅似君稀。不有黃鐘奏，誰知白紵非。先公多樂府，西漢一音徽。更作離騷傳，佳人志不違。

羅浮雙岳峙，一半是蓬萊。風雨時離合，波潮若往迴。寧無蝴蝶洞，不及鳳凰臺。文獻曲江後，須君接武來。

【箋】程周量，名可則，廣東南海人。少與大均受業于陳邦彦，交遊廣，著海日堂集。生平事蹟見清史列傳文苑。據「此日京華隔」句，組詩當康熙七年作於北京。第一首詩外失收，兹據道援堂詩集四補録。

送麥生

人生故鄉好，親戚使情多。常嘆遠遊者，無如山水何。君歸畢婚嫁，莫即浮滄波。往日陶彭澤，田園事匪他。

【箋】麥生即麥郊，字盛際，新會人。梁善長輯廣東詩粹九，有其别屈翁山次原韻時翁山方赴雁門挈家還里五律。康熙七年作，時或大均與麥郊相見於北京，并相唱和。

贈别潁川劉子

君昔蘇門隱，移家自汝陰。相逢長嘯客，相引夏峰深。白日依毫素，流泉託玉琴。清虚抱天識，軒冕幾沈吟。君常就處士孫鍾元，居蘇門之夏峰村。

【箋】

劉體仁，字公㦷。潁川衛（今安徽阜陽）人。順治十二年進士。有家難，棄官從蘇門孫奇逢（號鍾元）講學。後官吏部郎中，與汪琬、王士禛、程可則等以詩文唱和。善鼓琴。詩有奇氣，刻削似孟東野。著七頌堂集。此詩及以下二首，當爲康熙七年夏離京時贈别劉體仁之作。

贈潁川劉子 二首

還如山吏部，幽賞竹林風。賓客誰名飲，平生一阮公。惟予繼光禄，作詠及安豐。亦自能荒宴，相逢樽酒空。

陳思白馬篇，遊俠寫當年。王霸今如此，神仙亦偶然。虎頭矜墨妙，龍性養朱絃。官舍風吹竹，清涼似百泉。

【箋】當與上首作於同時。詩外失收，録自道援堂詩集六。

晝長

晝長人事外，琴静一溪風。親客勞蛛子，宜男得鹿葱。柳疏煙易度，花密月難通。不奈流鶯好，聲聲緑酒中。

【箋】此詩見詩外卷七，次贈别潁川劉子後，有「琴静一溪風」語，疑亦贈劉體仁之作。

浣花

浣花成老大，人道是花翁。白鷺浮沈者，年年浦漵同。猶令玉琴在，不使石牀空。酌酒無朝夕，春顔任意紅。

【箋】此詩見詩外卷七，次晝長後，有「猶令玉琴在」語，疑亦贈劉體仁之作。

别阮亭 三首

今代青雲客，漁洋麗句多。芙蓉開曉日，鵁鶄漾金波。擁傳揚州去，回鞭上苑過。玉鈎斜畔月，水調奈君何。

昔年尋白社，君贈廬山謡。以我棲禪寂，相思不見招。今來望宫闕，又欲返東樵。喜爾容臺上，殷勤玉佩要。

不堪人老大，種柳已成圍。羽翼中朝少，塤篪故國稀。微言及莊老，散帶臨芳菲。莫惜閒書札，雁門多雁飛。

【箋】

王士禛，字貽上，號阮亭，又號漁洋山人，新城人。著帶經堂集數十種，爲一代詩宗。據「莫惜閒書札，雁門多雁飛」句，此詩作於康熙七年將由北京返代之時。

答王阮亭

朝攀楓樹吟，暮拂洞庭琴。楚客元多怨，淮王最賞音。先臣有芳草，移植羅浮陰。采擷沾行露，憑將答所欽。

【箋】此詩或與上首作於同時。

客雁門作

三年作客傍滹沱，聽盡哀笳出塞歌。白髮不驚明鏡滿，秋霜衹怨雁門多。

【箋】據首句，此詩作於康熙七年。

雁門七夕即事 六首

今夕雙星樂事多，愁人不寐盻銀河。雲中有路通明月，誰許乘槎泛浩波。

滹沱秋水耶溪似，蓮葉東西見彼姝。萬里長風吹海月，可憐光墮錦氍毹。

巫山句注兩氤氳，十二芙蓉望不分。最喜黄牛朝暮見，儼如神女在行雲。歌人有名黄牛、白狗者。

天邊明月不曾愁，萬里清光上塞樓。我似微雲在河漢，依依長抱玉盤遊。

一曲歸風響入雲，留仙争把漢宮裙。思爲海燕巢君屋，處處銜將蘭蕙芬。

秦筝彈罷月淒淒，一笑横陳翠帳低。五夜黄姑同恨絶，天河傾向汝南鷄。

【箋】康熙七年七月七日作於雁門。

贈内

接輿既高潔，妻子亦冰清。白首堪偕隱，青山不用名。依人愁雁塞，將母憶羊城。萬里車同挽，明當故國行。

【箋】康熙七年作於雁代，時大均偕妻華姜將南歸省母。

愁

養生苦不早，四十更情深。親在寧言老，愁多欲廢吟。天長迷朔雁，月冷急秋砧。淚向他鄉盡，將歸更滿襟。

【箋】此詩當爲康熙七年作於遊晉之際。

送趙生就婚慶陽

羔雁經河岳，威儀爾敬兹。先生桑梓地，君子瑟琴時。祖德同瓜瓞，天休是兔絲。兢兢秦士會，莫忘述昏詩。

【箋】慶陽，在今甘肅東部，鄰陝西。汪譜斷爲康熙七年作，姑從之。

送陳氏兄弟還清苑　四首

送君桑梓路，蹀躞塞門霜。拒馬河橋滑，飛狐磴道長。蘭膏調夕膳，玉樹發春堂。不共彈棋戲，相思殊未央。

平城揮手別，無計挽鸞鑣。鴻雁三雲隔，參商一水遥。趨庭過岳瀆，獻賦入雲霄。愁絶將軍餞，鐃歌合短簫。別緒縈春柳，離心逐玉鞭。黄雲愁朔漠，白日慘幽燕。歌舞思鳧藻，樓臺惜綺錢。王孫招不遠，望爾小山篇。鳧雁懷粱藻，松杉愛菟絲。壺觴心旣後，歌舞目成時。雨過平川入，雲來疊嶂移。晨葩侔處子，采擷得連枝。

【箋】陳氏兄弟，即陳上年、陳正清。清苑，即今河北清苑縣，在保定市南，乃陳氏兄弟故里。康熙六年秋，陳上年雁門兵備道裁缺。汪譜斷此詩作于康熙七年，姑從之。

送别祺公先生 五首

父老謳歌惜，關河節鉞無。安危誰可寄，出處道同孤。露冷邊庭草，霜啼憲府烏。自今公讌罷，文采盡窮途。

七路關山險，藩侯清嘯邊。翠屏開大漠，丹嶂夾高天。一腋狐裘助，三杯劍術傳。同心兔絲草，歲晚更纏綿。

滹沱嗚咽水，雙淚共東流。蒲葦依盤石，雲霞媚素秋。干人因老母，越禮愧諸侯。君獨容狂簡，圖書慰遠遊。

拔劍涼風出，雌雄傍爾飛。靈含愛子魄，光助霸王威。一日悲歌合，平生遊俠非。殷勤解相贈，憑此報恩暉。

秋來離別盡，知己更情傷。感激因屠釣，飄零爲稻粱。園葵猶待日，朔雁已違霜。明歲重開府，招尋定不忘。

【箋】康熙七年離代返粵留別陳上年之作。

代州馮氏園亭賦呈主人楊馮甥舅 四首

疊嶂紛蒼翠，隨雲渡水來。芙蕖方伯沼，楊柳尚書臺。試馬分金埒，流鶯送玉杯。主人挾絲管，更欲畫船開。

花飛棋局亂，月出射堂高。易飲蘭英酒，難酬金錯刀。荒淫三楚秀，遊俠五陵豪。萬里成歡宴，笙歌莫告勞。

雁門旌節罷，賓客少逢迎。之子連甥舅，諸侯託友生。依人意氣盡，失路羽毛輕。慷慨撫長劍，知君亦不平。

江南少鴻雁，塞北足鴛鴦。送老憑歌管，違親爲稻粱。雲含陰館盡，城與朔天長。與子將分手，誰堪此戰場。

【箋】

康熙七年作，時大均將離代返粵。主人當爲馮如京之後輩。見詩外五代州夏日，馮方伯招飲故大司馬白谷孫公園亭即席賦。楊氏，待考。

答杜子

萬里高堂月，光從漲海來。衣裘軍幕冷，笳管戍樓哀。高舉思黄鵠，嬌歌厭落梅。音書頻報爾，秋别白登臺。

【箋】

據末句，此詩或與上首作於同時。杜子，待考。

别田約生 三首

淒淒秋夜月，萬古玉關愁。雲漢隨天轉，霜華逐水流。高堂懸海岳，絶塞託旃裘。又别同懷子，驪歌欲白頭。

慷慨風人度，飛文鞍馬邊。羽聲悲不止，劍擊氣無前。别緒縈春草，離心逐玉鞭。河梁頻執手，日暮兩淒然。

君家近漆沮，垂釣日多魚。湯沐先王舊，杯棬孝子餘。尊人上則先生割股奉母。兒童催白髮，君父託遺書。早晚還桑梓，蕭然賦樂居。

【箋】康熙七年遊秦時作。田約生，爲大均在陝西所交「諸田」之一，李天生之中表。漆沮，漆水與沮水，流經富平境。

贈某大司馬 三首

鸞皇止阿閣，鰋鯉出清川。夫子哀衣日，而多白屋賢。從容命詞賦，顧盼生雲煙。未忍羅浮去，徘徊玉麈前。

一代持風雅，宗臣道自優。離騷多諷諫，比興即春秋。空翠浮槎落，微茫淝水流。後生師典則，不向杜陵求。

漢代才華合，西京樂府開。人傳大司馬，詩冠柏梁臺。我有朱絃曲，思陳清廟來。楚聲俄變亂，挾瑟待公裁。

【箋】詩有「漢代才華合，西京樂府開」、「未忍羅浮去，徘徊玉麈前」句。查清史稿總督年表，康熙五至七年山陝總督爲白如梅、盧崇峻、莫洛。據李因篤丙午長至前二日宿雁門關詩注，某大司馬疑即白如梅。白如梅，字茂韓，滿洲鑲白旗人。順治十六年巡撫山西，康熙元年遷陝督，五年革。此詩康熙七年作於遊晉時。

武安君廟

往日多奇陣，飛揚教射夫。守真如處女，出即掃林胡。伏臘三關淚，兼并百戰圖。代州祠畔月，英爽颯虛無。

【箋】武安君，即戰國時趙將李牧。曾居代雁門備匈奴，又大破秦軍，後被趙王斬首。事見史記卷八十一。文外一自代北入京記云，雁門關北外羅城寧遠譙樓下有武安君祠。此詩當作於康熙七年八月。

豹突泉

潺湲一道落桑乾，中有征人淚未寒。愁絶三雲驅馬去，年年花向戰場看。

【箋】文外一自代北入京記：出雁門關後，「一泉迸出，北流入于桑乾，名曰豹突，古飲馬之窟也。」作於康熙七年八月。

别倪生

亂離爲客早，與爾一浮雲。母在身難許，年衰道未聞。離筵臨廣武，歧路指横汾。努力還桑梓，天南有雁羣。

【箋】據五、六句，此詩當康熙七年作於廣武。文外一自代北入京記：「七里，至新廣武。城倚半山，南當雁門之缺，西折十餘里，爲舊廣武。」倪生，待考。

代昭生朔州客邸作

坐見星河落，思鄉寐不成。邊風吹鬢盡，朔酒帶愁傾。五岳非予志，雙鬟送此生。皇天憎管樂，已矣罷經營。

【箋】朔州，治所在今山西朔州市。康熙七年八月自代北入京經此。代昭生，大均自指。屈、昭、景三姓爲楚國大族，昭、景二姓不繁，大均因自稱「代昭生」、「代景子」、「代景大夫」，以寄「三户亡秦」之意。

陽方口

三關要害是陽方，往日旌旗夾道旁。寧武將軍能報國，周公遇吉。雲中壯士不勤王。姜瓖。秦城北走陰山盡，晉水東穿紫塞長。晾馬臺前多返照，行人悵望欲沾裳。

【箋】陽方口堡，明嘉靖中築，在今山西寧武縣北。文外一自代北入京記：至陽方，「有城在南山口，當朔州大川之衝，……外三關，此爲最衝，……蓋守陽方口所以守全晉之三路也。」康熙七年八月作。

弔寧武周將軍

三關保障推寧武，苦憶當年禦賊才。百戰不緣飛將失，九門何至内臣開。夫妻力共山河盡，士馬魂隨風雨來。北望長城空灑淚，不堪斜日滿旗臺。

【箋】

寧武關，明景泰元年築，在今山西寧武縣。東連雁門，西接偏頭，於太原「三關」（即「外三關」）爲中路。明末李自成攻下此關後，進攻大同、宣化，遂入京師。周將軍，即周遇吉，號萃庵，錦州衛人，山西總兵官。李自成犯代，遇吉固守。食盡援絶，退保寧武。城破，遇難。詳見皇明四朝成仁録四。文外一自代北入京記云，康熙七年八月，至寧武，「東門教場有周都督墓，予焚所作公傳，哭而去。」詩當作於其時。

别胡使君　二首

邊城太守獨君賢，射獵相將雨雪邊。天作三關雄紫塞，飛揚應在武安前。

樓煩一片古風沙，吹亂愁心似雪花。寧武關前别君去，夢魂猶自怯秋笳。

【箋】胡使君，當爲邊城太守，生平待考。康熙七年八月自代北入京途經寧武關時作。

馬陵

俯挹中州盡，河山表裏來。天懸句注險，水劃孟門開。一笑雄圖失，長歌故國回。遥從狐突廟，直下馬陵臺。

【箋】馬陵，在今山西寧武縣西。文外一自代北入京記云，康熙七年八月，至寧武關，「往闖賊犯關，以寧武不破，不可以向大同，故力攻拔之。自都督周公遇吉戰没，一路金湯，皆若摧枯拉朽矣。」詩當作於此時。

黑圪塔

黄水河西草接天，蒼茫不見有人煙。揚鞭日暮争飛鳥，望斷孤城雨雪邊。

【箋】文外一自代北入京記云，康熙七年八月，「并山行，過黑圪塔，有黄水河，從朔州之三泉而至，泥沙渾濁，人皆濾漿以飲。」黑圪塔，在今山西山陰縣南附近。

山陰作

秋霜一夜凋榆柳，馬上征夫最早寒。邊女不須歌入塞，故鄉明月夢中看。

【箋】山陰，即今山西山陰縣。文外一自代北入京記：「山陰以在覆宿之河，故元名之曰山陰。」康熙七年八月作。

河陰戲贈老將

高柳城邊折柳多，送君千里渡榆河。美人駿馬平生物，欲贈其如白髮何。

【箋】河陰，即山陰。文外一自代北入京記：山陰「又以在桑乾之南，故遼名之曰河陰。」康熙七年八月作於旅次。

獵詞

日落沙場鐵騎飛，人人意氣射生歸。美人渴飲黄獐血，更請君王殺一圍。

【箋】此詩當爲北遊秦晉時作。文外一自代北入京記云，康熙七年八月，至應州，「于時，新霜始降，雉兔方肥，予與三五騎小出城西，射得沙鷄二，半翅一，以夜猴縋入穴中，捕得黄鼠二」。情景略似。

所見

馬上兩蛾眉，鞾婆弄不遲。多因乳茶好，顔色似燕支。

【箋】此詩當爲北遊秦晉時所作。文外一自代北入京記：于應州「聽鄰店妓女彈大琵琶，唱口西曲。」情景略似。

留别傅應州

雁門橫代郡，龍首跨雲中。霸氣沙陀壯，邊謀主父雄。黄花開嶺北，渾水繞城東。歇馬斜陽盡，懸軍古戍空。賦成投太守，繻棄識終童。清夜壺觴合，高秋射獵同。黄羊行美酪，紫兔落雕弓。塞色胭脂暗，邊聲觱篥通。鍾靈尋鳳井，駐蹕問龍宫。漢帝巡沙漠，天威起大風。州有佛宫寺，爲成祖、武宗駐蹕之處。寺中一木塔建自遼清寧三年。成祖御筆題「峻極神工」，武宗題「天下奇觀」各四大字。昭回垂聖藻，峻極嘆神工。誰造千華塔，真疑一柱功。榱梁争龠黍，户牖競玲瓏。層構如樓閣，孤標亦華嵩。針芒先不露，斤斧後應窮。甲子完顏記，瓶沙大士聰。參差無接笋，紆曲似垂虹。萬象金波麗，諸天翠靄蒙。登臨收海岳，指顧盡羌戎。茹越連疏木，桑乾起暮鴻。使君饒逸興，賤子一悲翁。暫握青霄手，全披皦日衷。草書追内史，詩序託孫公。白晝絃歌洽，陽春雨雪融。清揚憐蔓草，奇響愛焦桐。關隘逢天險，藩屏賴爾躬。微言能玉振，大蒐必車攻。厲聖惟狂狷，從龍自鎬豐。交情存寶劍，歧路指花驄。愁絶頻分袂，陽關唱未終。

【箋】

應州，即今山西應縣。曝書亭集六七應州木塔記云：「同遊者，山西按察司副使曹公溶，鑱予文於石者，知州傅君登榮。」魯同一輯閻爾梅年譜，康熙八年條有應州贈傅哲祥詩，蓋登榮其名，哲祥其字。

此詩作於康熙七年八月，當爲寄呈應州太守傅登榮，時大均已從應州之大同。

別傅應州　四首

雁門八月無鴻雁，避雪羅浮去不違。我憶羅浮有慈母，夢魂先逐雁南飛。

紅顔三載老風沙，處處人憐白鼻騧。金盡何須更遊俠，早將清淚别琵琶。

難别金城太守賢，愁心如雪滿秋天。英雄自古爲廝養，不必投人寶劍篇。

雲州白草接天低，一片邊聲亂馬嘶。淚共桑乾流不盡，故人相憶白登西。

【箋】

此詩當與上首作於同時。

烏金

烏金營裹市，馬乳點茶香。漢女燒銀鼠，蕃兒跨大羊。紅顔如糞土，白骨作垣牆。向晚吹蘆管，烏烏斷客腸。

【箋】康熙七年八月，大均至山西懷仁縣東南之西安堡。文外一自代北入京記：「夜寒，以煤暖酒，煤色如烏金……」此詩當作於其時。

大同旅次

獨宿天難曙，孤征日易曛。夢魂青冢月，涕淚白登雲。書斷隨陽雁，笳連守凍軍。代王宫咫尺，砧杵更愁聞。

【箋】文外一自代北入京記云：康熙七年八月，至大同，「尋晾馬臺故址，不得，乃宿代王宫外」。詩當作於此時。

雲州贈俞右吉

淚逐桑乾出塞流，三年三度走雲州。龍沙卻喜無春草，不惹王孫日暮愁。

【箋】俞汝言，字右吉，秀水人，諸生。早歲名於復社，甲申後以授經弟子爲業。著明大臣年表、春秋平議、大滌山房集。康熙七年八月作於今大同一帶。

早發大同作

鷄鳴人起大同城，笳鼓淒淒出塞聲。青冢風高貂不暖，白河霜滑馬難行。髡鉗昔日圖成事，溝壑今朝欲殉名。枉歷三關征戰地，無繇一奮曼胡纓。

【箋】

康熙七年八月作。

大同感嘆

殺氣滿天地，日月難爲光。嗟爾苦寒子，結髮在戰場。爲誰飢與渴，葛屨踐嚴霜。朝辭大同城，暮宿青磷傍。花門多暴虐，人命如牛羊。膏血溢槽中，馬飲毛生光。鞍上一紅顔，琵琶聲慘傷。肌肉苦無多，何以充君糧。踟蹰赴刀俎，自惜凝脂香。

【箋】

康熙七年八月作。文外一自代北入京記：從大同至聚落城，「一路多石田，草木少生，七月已有嚴霜矣。驚蓬展轉，不離馬蹄之間，隨風散去，輒復依人，爲感歎久之」。

望雲州

西望雲州但夕陽，漢家何處有金湯。三年馬首迷春草，八月龍沙怨早霜。夢逐黄河穿塞盡，愁隨鴻雁入關長。平生壯志成蕭瑟，空復哀歌弔戰場。

【箋】

雲州，即今大同。康熙七年八月作於自代北入京旅次。

雲州秋望 二首

白草黄羊外，空聞觱篥哀。遥尋蘇武廟，不上李陵臺。風助羣鷹擊，雲隨萬馬來。關前無數柳，一夜落龍堆。

八月大同秋，霜花滿客裘。身隨宛馬壯，手以角弓柔。水脈駝能識，邊聲雁亦愁。紛紛風柳落，吹入望鄉樓。

【箋】

雲州，即今大同一帶。此詩當作於康熙七年八月自代北入京旅次。

别蒲城王子

思家珠海月，望母白登臺。此去隨南雁，明春見早梅。折貽金粟客，一泛索郎杯。莫令歡娱少，行歌太華來。王子家金粟山下。索郎酒，蒲城所出。

【箋】

據「望母白登臺」句，此詩或作於平城，即今山西大同東北。汪譜斷爲康熙七年作，姑從之。

紫河

紫河東合黑河流，河上風沙颯颯秋。千里黄雲吹不散，望鄉愁上代王樓。

【箋】

紫河，即今内蒙古烏蘭察布盟南境黄河支流渾河。隋大業五年築長城，西距榆林，東至紫河。此詩或作於康熙七年八月自代北入京旅次，時大均從大同至宣府。

枳兒嶺

大同宣府嶺頭分，風捲邊沙似白雲。千里金城爲誰壯，可憐空駐羽林軍。

【箋】文外一自代北入京記：康熙七年八月，從大同經聚落城、陽和堡，「三十里，至枳兒嶺，是大同宣府界，得句云『大同宣府嶺頭分』」。

宣府作 二首

往日多遊幸，雲州作帝家。離宮臨雁塞，御氣繞龍沙。青接明妃草，香傳蕭后花。羽林軍散後，淒切任吹笳。

遼后多遺跡，人憐避暑宮。塞花明寶靨，邊月滿雕弓。一水桑乾合，三雲大漠通。花園經上下，歌管慰飄蓬。上下花園，遼后種花處。

【箋】宣府，衛名，治所在今河北宣化，明末李自成從太原繞道由此直取北京。亦爲軍鎮名，明九邊之一，鎮守地區相當今河北省西北部内外長城一帶。康熙七年八月作。

題鷄鳴驛

馬飲洋河春水肥，鷄鳴山驛曉霞飛。漢皇宣府餘歌管，遼后花園滿翠微。紅草溝邊朝會獵，鴛鴦泊上暮開圍。愁來不飲燕姬酒，清淚將同露濕衣。

【箋】文外一自代北入京記：康熙七年八月，「出隘，至鷄鳴驛。有山鋭絶，是曰鷄鳴山，唐太宗北伐，聞鷄鳴於此」。鷄鳴驛，在今河北懷來縣西北，接宣化縣界。

宣府道中

花園北抵鴛鴦濼，一路闕氏往蹟多。恒岳白雲連上谷，桑乾春水接洋河。紫髯日市牛羊入，紅粉時吹觱篥過。此度關山無内外，漢時空費羽林戈。

【箋】康熙七年八月作。文外一自代北入京記：從鷄鳴驛「六十里，至上花園。又十里，至下花園。皆遼時蕭后種花之處，有澤曰鴛鴦濼，濼一曰『泊』。……遼、元皆嘗避暑爲離宮，沿泊以居。元又以爲上都，開平、東甌二王掃除之，乃爲冠帶之室」。

上都　五首

白酪黄羊捧御娥，貂房半在獨峰駝。闕氏本是天公主，耳墜金環一倍多。

墩夾邊牆内外長，紛紛廬落繞牛羊。白貂緑馬邊頭貴，争换紅鹽向市場。

連墩勾堡雁門西，白麥青稞出未齊。邊女盡能蒙古語，漢兒多作女真啼。

鴛鴦濼上洗妝多，毛錦團鋪向芰荷。宫女雙髽教仰中，放鵲還去打天鵝。

白馬牦牛小種多，新降教負羽林戈。天寒圍獵乘風雪，兩兩横吹一海螺。

【箋】上都，路名。蒙古中統四年置上都路于開平府，至元五年省府入路。治所在開平（今内蒙古正藍旗東北閃電河北岸）。明初改設開平衛。康熙七年八月作於宣府道中。

西苑

芳湖荷芰滿，舊映洗妝樓。夜月迷遼后，秋風失御舟。管絃無盛事，花草有深愁。落盡行人淚，興亡總一丘。

【箋】文外一自代北入京記：「一樓曰鎮朔，乃遼后洗妝樓遺址。」西苑，當在今河北宣化之鎮朔樓旁。康熙七年八月作。鎮朔樓，明正統五年都察院右副都御史羅亨信所建。

遼宮詞

遼后洗妝池，琵琶聽罷時。楊花莫飛去，留伴大閼氏。

【箋】此詩當與上首作於同時。

宣府弔古

遼后宮臨鎮朔臺，明君祠傍拂雲堆。天寒鷹隼三關落，日暮牛羊四野來。幾日玉鑾榆木返，無邊毳幕上都開。邊東一臂連宣府，誰使寧王罷鎮回。

【箋】康熙七年八月作。

槖駝行

槖駝生一女，不肯與之乳。羌兒謂槖駝，恩薄乃如許。女亦肉爲鞍，女亦力如虎。重能馱帳房，可眠我妻女。屈足受重載，萬斛如鴻羽。中國奇畜稀，腫背人争取。牝牡不用分，獨峰亦愛汝。泉脈每能知，跑地水如縷。青海熱風來，先鳴報行旅。糞煙直上時，望似狼煙舉。有時亦人立，兩脚相支拒。夏至雖退毛，封牛誰敢侮。槖駝且自歡，聽我兜離語。我鼓大琵琶，一曲爲而舞。槖駝知音聲，湩流復如雨。飽飫槖駝兒，蹄峰免刀俎。

【箋】康熙七年八月作於宣府道中。文外一自代北入京記：「予就奚婦市得……峰子油以行。峰，槖駝封也。」此詩乃寓言詩。

所見　二首

不將鬘髻學中華，亦有胭脂似漢家。一自明妃天上落，春光留得在龍沙。

多飲酡酥玉貌紅，盤頭大脚出遼宫。生憎走馬穿花去，更打鴛鴦一彈弓。

【箋】　此詩當康熙七年八月作於宣府道中。

塞上曲　三首

呼韓與漢盟，保塞臨洮西。斬馬玉具劍，撓酒金留犂。

羌兒射鳥鼠，小小角弓張。未能騎壯馬，但跨白羱羊。

騎羊諸小兒，能唱涼州歌。折榆作長鞭，遊戲白狼河。

【箋】　此詩或作於康熙七年八月自代北入京途經塞邊之時。

塞兒曲　五首

在北爲蒼鷹，在南爲鷂子。秋來奮羽毛，一擊輒千里。

兒時射鳥鼠，稍長射狐兔。生長牛羊中，肥白亦如瓠。

壯者食肥美，老者食其餘。黄羊與野馬，毛血腥衣裾。

箕踞而反言，佯爲蠻種落。袍帽盡鼲貂，攔街弄絃索。
自古漢和蕃，不聞蕃和漢。漢兒一向眠，自致南朝亂。

【箋】

此詩或作於康熙七年八月自代北入京途經塞邊之時。

大奴曲 六首

大奴調鷂子，小奴調鵪鶉。中奴持彈弓，遊戲出龍津。
馬肥不食草，啖以園中花。寒薰馬糞香，渴飲馬乳茶。
沈香爲馬棧，翠羽爲馬房。馬飲葡萄酒，旁多紅粉妝。
番獒高五尺，酣卧多羅㲚。紫貂爲裀褥，白貂爲屏風。
炕用蔚州煤，牆衣高麗繭。羊酪入酒香，餘肉肥鷹犬。
小小紅毛兔，冬肥及野鷄。連朝親射得，躍馬黑河西。

【箋】

此詩或作於康熙七年八月自代入京途經塞邊之時。

塞上感懷

未有英雄羽化期，茫茫一劍報恩遲。天寒射獵龍沙苦，日暮笙歌塞女悲。太白秋高空入月，黄河春暖又流澌。鬢邊一片天山雪，莫遣高樓少婦知。

【箋】

此詩或作於康熙七年八月自代北入京途經塞邊之時。

岔道

八達資屏障，秋來鼓角雄。上都西路出，延慶北門通。馬渴銜冰亂，狼驚入草空。宣宗遊獵地，不與四樓同。

【箋】

岔道，在今北京延慶縣南八達嶺西。文外一自代北入京記：「至岔道，有二路，一自懷來衛保安州，歷榆河、土木、鷄鳴三驛，到宣府，爲西路；一至延慶州永寧衛四海冶，爲北路。蓋岔道者，八達嶺之藩籬。」康熙七年八月作。

八達嶺

俯視神京盡，居庸若建瓴。出關愁草白，入塞喜山青。千帳牛羊繞，諸陵雨雪扃。元人南北口，此嶺作藩屏。

【箋】文外一自代北入京記：「守居庸當守北口，守居庸當守八達嶺，元人所以設萬户軍府于此，蓋居庸之險，不在關城，而在八達嶺。」康熙七年八月作。

居庸　四首

險絶太行北，居庸第八陘。長城横塞白，疊嶂逼天青。未可憑飛將，何當棄大寧。宣遼中路斷，此地豈藩屏。

崖石争盤束，羊腸不可攀。塔留番字古，城設漢軍閒。小作彈琴峽，微開納款關。中華無鎖鑰，辜負萬重山。

嶺八達嶺也。出居庸上，窺關若井中。水聲千尺落，林響萬山同。地許孤城扼，天教一騎通。

悲風吹不盡，戰血染沙紅。北口連南口，雙峰壁立多。峽山迷一綫，陘水阻重河。間道松林在，潛軍半夜過。谿來天險地，容易倒前戈。

【箋】居庸關，舊稱軍都關、薊門關，在今北京昌平縣西北。明洪武元年建，向爲交通要衝。文外一自代北入京記：「至居庸，古謂鐵門關。關在西山間，絶壁平峭如削成。巨石中僅通一軌，四十餘里乃得平地。……此天下九塞之一，而太行八陘之第八陘也。」作於康熙七年八月。

龍虎臺

漢帝親征日，揚威龍虎臺。翠華回朔漠，天壽起蓬萊。太液桑乾接，佳城玉帶開。萬年宮樹在，鸞鶴尚飛來。

【箋】龍虎臺，在今北京昌平縣南口鎮龍虎臺村。居庸關南口。康熙七年八月作。

天壽山　十首

燕山連紫塞，千里抱長安。北鎖天關險，東襟渤澥寒。龍文猶五色，鳳勢必千盤。寂寞祾恩殿，孤臣掩淚看。

文皇當正脈，列聖繞中峰。地作諸華福，山爲五岳宗。東西金殿起，左右寶城重。雲氣如宫闕，高高護六龍。

豈意千秋後，空餘龍鳳門。白狐登御榻，青犢入文園。玉砌磨刀壞，銀泉浴鐵渾。雍門無限淚，沾灑列朝恩。

萬壑松楸盡，園陵鎖寂寥。空餘龍虎抱，似有鬼神朝。銀海陰風落，珠塵細雨飄。天南霜露思，極望草蕭蕭。

輦道哀湍激，神樓晚日懸。九龍無彷彿，羣鶴尚聯翩。玉碗淪秋草，珠簾落暮煙。白頭宫監在，相對淚潸然。

北極鉤陳出，西山寢殿移。香爐銷獸火，寶帳挂蛛絲。山枕黄花戍，泉通太液池。守陵餘幾户，猶是羽林兒。

夾道雲龍柱，横空日月樓。金波鳷鵲動，玉氣白虹浮。命可中華永，功爲萬古謀。豐碑無一字，瞻仰淚頻流。

十道穿橋水，千林拂殿枝。飛騰神馬在，興廢石人知。盜火燒香峪，妖雲壓玉墀。邊牆虛内外，無計護罘罳。

二井東西在，諸妃墓未崩。國朝稀殉葬，宮女少陪陵。雨爲斑淚滴，雲似綵衣凝。終古聞瑶瑟，淒淒怨不勝。

陵冢紛相望，先皇骨肉留。小王陪玉匣，貴主接珠丘。銜石瑶姬恨，吹笙子晉愁。白楊風颯颯，誰與奠清秋。

【箋】讀史方輿紀要卷十一：天壽山在昌平州北十八里，本名黄土山，即軍都諸山之岡，「中峰之下太宗元宮奠焉，所謂長陵也。諸陵自東西兩峰而外，或各名一山，皆以天壽統之」。組詩作於康熙七年八月。

平臺

在天壽東山口内一里，成祖嘗駐蹕焉。嘉靖十五年，命作亭於上，名曰「聖蹟」，十七年四月，駕幸平臺，祀成祖於亭中。

翠輦紅旗去不還，平臺一片朔雲間。宫邊流水通諸口，陵後黄花控二關。俎豆中官修漢臘，松楸南國慘天顔。玉環何日歸廷尉，流落龍沙戰血斑。

【箋】

康熙七年八月作。

銀山

銀山拔地亦三峰，鐵壁横天定萬重。盜賊祇能資大漠，貂璫那得與居庸。淒涼九塞風煙在，咫尺諸陵紫翠封。雲似牛羊秋更起，笳吹不散滿芙蓉。

【箋】

讀史方輿紀要卷十二：「銀山在昌平州東北六十里。」康熙七年八月作。

銀錢山　三首

銀錢蒼翠裏，先帝有攢宫。衰草縈金縷，高天墮寶弓。遼陽來獵火，秦地起悲風。心共桑乾水，千秋繞漢宫。

不及東西井，峨峨享殿開。單于封樹去，故老歲時來。萬古啼烏怨，三秋落木哀。中涓陪玉匣，誰奠白蘋杯。

濁葬春秋恨，干戈禮未成。一抔秋草滿，萬里朔雲平。白日沈蒿里，青山斷寶城。微臣有蘭杜，何處薦皇英。

【箋】銀錢山，在今北京昌平縣東北，明憲宗之鄭貴妃葬此。康熙七年八月作於自代北入京旅次。

西山口攢宮　三首

哀痛千秋血詔傳，遺臣何以報皇天。山河萬里留東澳，兵甲三朝喪朔邊。竟使單于封馬鬣，可堪常侍握龍淵。酬恩自矢惟溝壑，化作啼烏玉樹前。

乾坤此變恨無窮，雨雪淒淒葬梓宮。血灑海棠中使見，神歸天穴貴妃同。真孤倉卒人難託，微服艱難路不通。隧道有誰陳麥飯，年年杜宇哭春風。

銀山鐵壁接雲中，可惜龍盤萬里雄。三輔莫遮回紇馬，九門誰撤羽林戎。心傷玉匣蛟龍少，淚灑煤山草木紅。此日六軍猶縞素，報仇應解奮秦弓。

【箋】攢宫，天子殯宫。西山口，村名。在天壽山下東南處。村外之鹿馬山，原爲崇禎之田貴妃葬處。後作爲崇禎思陵。康熙七年八月作。

贈張丈天生

八月鵾鳩鳴，愁雲何浩浩。長松生路旁，不如高岡草。夫子搴芳逢此時，饑來可有金光芝。自堪絶粒同龔勝，誰向披裘識啟期。中原戰争方慘淡，鹿門山上多冰鑑。誰爲伏龍與鳳雛，我欲從之問陰符，兼之風角天文書。徉狂予非高陽徒，九齡好道守丹爐。丹成欲濟蒼生厄，未遂軒皇升鼎湖。鼎湖龍去亦已久，我尋衣冠往天壽。鐵壁斜攀湖嶺西，銀山直抵居庸口。荆棘縱横虎作羣，守陵不見羽林軍。花落錦城哀望帝，月明瑶瑟怨湘君。一絲正統懸天地，六尺真孤託水雲。離憂我亦同山鬼，思靈修兮紛流涕。蘼蕪采得貽何人，念爾丘園白髮新。葛巾定漉陶潛酒，渭水應垂尚父綸。垂綸兮千尺，漉酒兮百石。莊周蝴蝶和天倪，醉後安知朝日白。

【箋】此詩當作於康熙七年八月，時大均謁天壽山南之明十三陵。張天生，待考。

經鞏華城

秋風鞍馬苦，獨過鞏華城。龍瓦飛空殿，鵰旗折大營。奚兒彎石弩，趙女割銀箏。詎念良家子，淒涼出塞情。

【箋】鞏華城，一名沙河店，在今北京昌平縣東南。明永樂中建行宮於此。文外一自代北入京記：「城有行宮，車駕亦嘗留駐，今荒草矣。」康熙七年八月作。

沙河 四首

濕餘諸水落，南北作沙河。夾岸離宮起，飛橋御輦過。鞏華天險在，威漠羽林多。此日餘煙樹，徘徊奈夕何。

漢帝朝陵日，沙河駐翠鑾。宸樓春水上，玉几白雲端。重鎮軍都擁，長城下口盤。自天來疊嶂，龍虎萬年安。

展思宮殿在，創自肅皇年。列聖君蒿色，諸陵松柏煙。黄花通御氣，紫塞振長鞭。一路金湯固，真人自守邊。三宫懸大漠，九塞扼居庸。羽衛何曾戰，丸泥本可封。諸璫争揖盜，萬國失從龍。輦路沙河曲，萋萋煙草濃。

【箋】沙河，源出今北京延慶縣軍都山，東南流至今北京朝陽區爲温榆河。文外一自代北入京記：「沙河有二，一南一北，夾鞏華城而出」，「河上有二橋，南沙河橋曰安濟，北曰朝宗，歲時車駕上陵經焉。」康熙七年八月作於自代北入京旅次。

沙河悵望

百二關山起太行，鞏華宫樹曉蒼蒼。諸陵水落沙河闊，十口雲連碣石長。士馬當年悲雨雪，君臣此日怨參商。居庸欲度頻回首，弓劍天邊白露涼。環天壽山有十口，諸水皆逕陵橋以入沙河。

【箋】康熙七年八月作於自代北入京旅次。

昌平道中 二首

落日昌平道，愁從關塞歸。九門吹畫角，萬户擣寒衣。伏草黄狐嘯，銜蘆白雁飛。朝宗橋下水，嗚咽出金微。

可憐陵寢地，千里草離離。二水沙河在，雙橋御道移。水泉邊馬識，風候野駝知。亦有城頭月，蒼蒼似漢時。

【箋】昌平，州名，明正德元年升昌平縣置，治所在今北京昌平。明自成祖以下十三陵在此。崇禎十七年李自成軍破居庸關經此入北京。康熙七年八月作於自代北入京旅次。

金山

路入金山口，豐碑野火焚。苔侵香水院，潭起黑龍雲。岳勢當燕出，河流入塞分。行人多再拜，天下大師墳。

【箋】清一統志：「金山在宛平縣西北二十里，萬壽山之北。」康熙七年八月作於自代北入京旅次。

金山口恭謁天下大師墓

讓帝飄零海嶠東，龍歸猶識未央宫。風雷豈敢疑周旦，禾黍何當怨狡童。父老争迎靈鷲錫，山河如棄鼎湖弓。傷心陵墓無封樹，秋草離離白露中。

【箋】

康熙七年八月作。天下大師，指建文帝。相傳成祖攻入南京後，建文自地道出逃爲僧。日下舊聞考卷一百：「北京金山口景皇帝陵北，相傳有天下大師之墓，好事者實之，以爲建文帝墳。」「又言葬之西山，不封不樹，遂指不知何人之墓以爲帝墳。」

送田子之應州

桑渾二水合，繚繞塔兒城。知遠基王跡，沙陀起義兵。黄風吹日落，白草與天平。太守君知己，詩應奮夏聲。田，秦人。

【箋】

據「太守君知己」句，汪譜斷田子爲應州知州傅登榮之幕客。詩題亦爲金山送田子之應州，見汪譜。

此詩當爲康熙七年作於宛平金山。

望田子

天寒宜射獵，君向大同川。紫兔懸鞍後，銀箏在馬前。沙城迷積雪，岳樹出晴煙。日暮行人盡，關門待玉鞭。

【箋】

此詩或與上首作於同時。

賦得明年四十髮蒼蒼

明年四十髮蒼蒼，得見庭闈珠浦傍。絶塞歸來依婦子，先人事業在農桑。山中蝴蝶爲紈扇，海上離支有玉漿。散帶涼風歌一曲，平生何事向沙場。

【箋】

康熙七年作，時或在其九月初五生日前後。

白髮

白髮羞明鏡，青春老異鄉。醉過邊草緑，夢怯海天長。音信乖鴻雁，庭闈傍戰場。寒衣誰與授，淒絶玉門霜。

【箋】

此詩或與上首作於同時。

保定重別陳少參　三首

去盡雁門客，無依餘片雲。往時託瓊樹，鸞鶴共紛紛。幕府虚秋憲，滹沱但夕曛。何當逐旌節，重向朔方軍。

三年求菽水，流落向人看。膂力風塵盡，衣裘雨雪寒。非君重騷賦，之子枉遊盤。揮手此爲別，依然行路難。

返顧同黄鵠，將分戀玉杯。淚從今日墮，愁自故鄉來。夫子且絲竹，中原尚草萊。夢中如識路，應向謝公臺。

【箋】

陳少參，即陳上年。康熙七年秋抵京後，大均至保定，再別陳上年。詩作於其時。

九日集陳大夫署中

落葉將蟬去，浮雲逐雁來。可憐出塞客，不上望鄉臺。賈屋懸歌席，滹沱瀉酒杯。佳晨同戲馬，聊倚宋公才。

【箋】

九日，即夏曆九月初九重陽節。陳大夫，當即陳上年。詩外五有保定重别陳少參，此詩亦或康熙七年作於保定。

九日

西風吹白雁，天半落秋聲。感此無衣客，登高賦不成。并門横大漠，淶水繞長城。惜别那能醉，樽中酒自清。

【箋】

九日即重陽節。據末二句，此詩或與上首作於同時，亦爲别陳上年之作。

燕臺秋日别繆天自之雁門

燕臺秋色晚來多，一片邊鴻拂雨過。雙闕芙蓉開疊嶂，九門榆柳落長河。離人衣袂從軍淚，小婦琵琶出塞歌。況是黄雲千里蔽，故園蕙草總如何。

【箋】燕臺，又名黄金臺，在今河北易縣東南，相傳戰國燕昭王作。繆天自，名永謀，嘉興人。順治十七年，大均曾與之有交往。此詩作於康熙七年，時在大均保定拜别陳上年前後。

留别錢舍人

萬里庭闈在，言歸漲海隅。誰能棄鄉井，自此作屠沽。京洛辭知己，關山命僕夫。從容君退食，書札問慈烏。

【箋】據「京洛辭知己」句，此詩或康熙七年作於北京，時大均將南歸省母。錢舍人，待考。

燕中眺望

太行千里削芙蓉，環繞漁陽紫翠重。雪盡黃河吞碣石，雲開北闕枕居庸。鴻濛一氣通群帝，寂寞諸陵鎖萬松。設險祇教回紇笑，薊門原不是堯封。

【箋】

康熙七年作于北京。

逢陸冰修

平生愛吳越，山水足登臨。有友皆高尚，如君最素心。錢唐昔相見，薊北此招尋。惠我新詩好，洋洋被玉琴。

【箋】

康熙七年作於順天府薊州北。時大均在南歸旅次。陸冰修，名嘉淑，更名冰修，字孝可，號射山，晚號辛齋。浙江海寧人。著有射山詩鈔，又名辛齋詩鈔。

答陸冰修　二首

五岳初求道，高堂兩鬢霜。自從居市井，不敢薄詞章。翡翠空毛羽，雲霞自混茫。夫君一知己，感激未能忘。

爾愛沈香浦，蒼茫多夕暉。蚌含明月出，鵬負碧天飛。欲訪難移棹，臨分重攬衣。白沙棲隱處，吾自玩芳菲。

【箋】

此詩或與上首作於同時。

贈汪子茗文　吴人　二首

梁鴻慕遊札，昔向姑蘇臺。豈意延陵子，今逢薊北來。爲君奏風雅，是日陳樽罍。曲半新聲變，宫商待爾裁。

君問羅浮裏，仙靈事若何。須知蝴蝶大，更是梅花多。時有麻姑客，紛從翠羽過。峰巒勝廬岳，四百玉嵯峨。

【箋】據「今逢薊北來」句，此詩或康熙七年作於直隸府薊州北，時大均在南歸旅次。汪苕文，名琬，又字鈍庵，長洲人，世稱堯峰先生。順治乙未進士，累官至刑部郎中。康熙己未召試博學鴻詞，授編修。有鈍翁前後類稿。

留別陳正子 二首

之子賢兄弟，殷勤念旅人。三年共裘馬，一旦作參辰。麋鹿歸上澤，文章託隱淪。所期敦令德，莫負歲華新。

塞北罷遊獵，江南思采蓮。高堂有書札，久廢東臯田。別爾漁陽路，愁懸鴻雁邊。臨觴可無贈，祇此白華篇。

【箋】陳正子，即陳正清。據「別爾漁陽路」，當爲陳氏送別大均至京、津一帶。康熙七年作。第一首詩外失收，自道援堂詩集四補録。

贈别楚客

相逢薊門月，如入洞庭秋。楚客多奇服，湘娥善暮愁。平生慕宗國，亦既適荆州。豈意狂歌客，偏從燕地求。

【箋】

據首句，此詩當康熙七年作於南歸旅次。

將從潞河南還賦别劉吏部

平生在五岳，晚作京華遊。欲共山公醉，竹林無處求。仙人隱聲色，遠思凝滄洲。送我蘭橈去，情同河水流。

【箋】

潞河，一作潞水，即北京市通縣以下之白河。劉吏部，待考。康熙七年作，時將南歸。

天津夜泊

九河歸帝甸，二海出天津。潮氣凝風雨，燈光見鬼神。孤舟今夜冷，明月異鄉親。回憶承平日，笙歌兩岸春。

【箋】

康熙七年作於天津旅次。

滄州見雁

秋風吹渤海，萬里朔雲乾。孤雁將何適，南天亦早寒。帛書銜未至，香稻啄空殘。無處尋儔侶，蘆中且自安。

【箋】

滄州，在今河北省，大運河經此。康熙八年作於南歸旅次。詩外失收，録自道援堂詩集六。

顧云美六十　二首

寂寞松風寢，先皇御翰留。君齋懸御書「松風」二字。心飛天壽月，淚盡海棠秋。烈皇崩海棠樹下。故國誰高卧，斯人更遠遊。亂離過六十，知己在滄洲。

汝婿忠臣子，大學士瞿公式耜子。初生時，兩宮賜犀帶，三歲即授錦衣衛僉書。初生端水時。兩宮犀帶賜，三歲羽林兒。喪亂孤誰託，艱貞爾獨知。遺民今日少，珍重鬢如絲。

【箋】顧苓，字雲美（一作「云美」），江蘇蘇州人。崇禎間貢生，師事徐汧、瞿式耜，國變後，隱居虎丘塔影園。篤于學，工詩文書法。著有塔影園文集三卷、詩集一卷、斜陽集一卷、卜居集一卷、三朝大議録一卷、國難紀聞、金陵野鈔及宿香亭傳奇。事見吴縣志卷六十五。

已恨

已恨關山闊，還愁鼓角悲。家貧難在外，年長易傷離。弟妹農桑苦，園林雨雪遲。夢中見慈母，白髮總如絲。

【箋】

詩或康熙七年作於旅次。

贈兖州朱十四 二首

少小逐遊俠，驕行白鼻騧。昔逢宋如意，今得魯朱家。拂劍舞秋月，開樽臨暮霞。高堂有歌管，斟酌曲中花。

嗟君閭里俠，金盡欲如何。亂後田園少，愁中鼓角多。將軍無細柳，漁父且滄波。懷有遺書在，行行避紫駝。

【箋】

此詩或康熙七年南歸旅次作於山東兖州。朱十四，待考。

懷懸公

聞爾蓮花客，新棲銅井山。飛泉爲玉麈，明月滿松關。戎馬時方急，羅浮我欲還。相思蓬海隔，流淚損朱顏。

【箋】銅井山，在今山東蓬萊縣東南銅井村北海中。懸公，僧人，待考。此詩或康熙七年作於從北京經山東至江南旅次。

兒啼

短棹層冰上，汝啼應苦寒。初生便行路，淚落此河干。

【箋】文外三繼室王氏孺人行略：「戊申秋九月遂行，女阿雁生始四十有七日，華姜襁抱以出雁門……買舟直沽，斧冰以行。至濟寧，河腹盡堅，乃復舍舟而陸，雪深泥滑。」此詩當記康熙七年冬攜妻女南還事。

送汪生

北紀山河曲，中都雨雪邊。客來秋屢晏，人去月空圓。夢繞三關道，愁連萬里天。離亭頻折柳，送爾更淒然。

【箋】據「中都雨雪邊」句，此詩或康熙七年作於安徽鳳陽，時大均在南歸旅次。汪生，待考。

東向

東向金陵蕩晝橈，愁心不逐暮煙消。多情最似江南柳，盡日依依爲六朝。

【箋】此詩或作於康熙七年將抵南京旅次。時大均從京、津經山東、江蘇南下返粵。

詠葛稚川贈内

葛令當年勾漏去，求仙卻娶鮑家妹。雙棲紅翠三花樹，對寫煙霞五岳圖。芙蓉自可爲金液，蛺蝶何知在玉壺。將子羅浮明日返，人疑桂父與麻姑。

【箋】葛洪，吴句容人，字稚川。咸和初爲散騎常侍，領大著作，固辭不就。聞交趾出丹砂，求爲勾漏令。攜子姪過廣州，刺史鄧岳留之，不聽。乃止羅浮山煉丹，丹成尸解。著抱朴子。此詩作於康熙七年，時或寓居秦淮河。秦淮河，鄰葛洪故里，即今江蘇句容市。

送楊職方使安南

爾建相如節，宣威象郡中。從來神武策，不用羽林戎。早晚歌鐘賜，西南戰壘空。功名歸使者，勒石伏波宫。

【箋】

康熙七年，兵部職方司主事楊兆傑出使安南。歸撰日南紀事。安南，即今越南。此詩編於詩外卷五，作於康熙七年。宋琬、程可則等均有同題之作。

尹太學新婚有贈 二首

爾祖趨朝日，謀猷動至尊。孝須承諫草，忠可繼天垣。花萼枝枝好，鴒雛一一存。述昏新有作，文藻亞諸昆。

良人新葛勑，國子舊仇香。二月迎桃李，三星下鳳凰。讀書陪刺繡，采藻及芬芳。警戒鷄鳴好，先人德業長。

【箋】

尹太學，疑爲尹民興之孫。民興于福王、唐王時爲官，曾起義兵抗清。疑作於康熙六、七年間。

柬趙子實 十二首

往歲慈娥清谷邊，佳人雙鬢杏花煙。鶯歌細雨誰能那，馬惜殘霞亦不前。

一別黄河間白雲，秦筝慷慨夢中聞。春光不到昭陽殿，絶代紅顔卻與君。

生長邯鄲二十春，平原那貴賣漿人。黄金未必如肝膽，且共開樽醉錦茵。

伯勞東去燕西飛，萬里相逢淚欲揮。莫道王孫難自食，春來淮上鱖魚肥。

走馬陰山競射雕，嘶風代馬爲君驕。英雄不向沙場月，那得鐃歌合短簫。

雙淚天山灑翠微，生憎鴻雁入關飛。望鄉空上昭君墓，一片牛羊共夕暉。

豪傑繇來廝養多，不逢張耳奈愁何。雲蒸龍變知無命，早向深山弄薜蘿。

燕趙無人弔望諸，君來意氣定何如。酒酣若是悲歌者，應念漸離堂下居。

漢家才子盛西京，高帝從來愛楚聲。爾繼房中諸樂府，清商一奏感神明。

我昨題詩太華峰，仙人掌上抱芙蓉。玉漿一就明星飲，賦比青蓮思更濃。

歌舞休將换玉驄，神仙祇畏酒罇空。雁門亦有芙蕖好，醉共鴛鴦入水中。

豫讓橋邊落日昏，徘徊往跡淚雙痕。君憐國士能終始，自有干將解報恩。

【箋】組詩當作於康熙六年至七年間。趙子實，待考。

贈張萬里總戎

從來紫髯美，識是大將軍。況復榆林産，應高驃騎勳。佯狂居市井，叱咤起風雲。太白頻穿月，横行欲借君。

【箋】張萬里，待考。此詩當爲康熙初年遊秦時作。詩外失收，録自道援堂詩集六。

蘇武墓 二首　墓在韓城，有古柏，大小數百株，枝皆南向。

古柏陰森繞夜臺，枝枝祇解向南開。麒麟閣上應圖此，黛色參天雪窖來。

蒼蒼不改歲寒姿，絶似天山嚙雪時。墓左株株皆祭酒，行人再拜不曾遲。

【箋】韓城，縣名，治所在今陝西韓城市。蘇武出使匈奴，不辱使命，事見漢書卷五十四。此詩當作於康熙初年遊秦之時。

詠蘇武 三首

嚙雪多年在塞沙，駱駝封上子卿家。牛羊多受閼氏賜，復有胡姬貌似花。

咽盡旃毛及雪花，羝羊未乳敢思家。紫貂蔘實真天賜，不使丁年鬢已華。

牛羊多謝少卿妻，于軒穹廬賜亦齊。白首不愁歸漢晚，丹青寫出未央西。

【箋】此詩或爲康熙初年遊秦時作。

示榆林君

而姑昨自越王臺，遠寄珊瑚筆格來。寫就玉臺新詠未，蘭花欲向腕邊開。

【箋】榆林君，指王華姜。此詩當爲康熙初年在代州作。

輓王安生　三首

安生，夷陵人，名席民。嘗爲大中丞胡公際亨書記。達州城破，胡公不屈死，安生與諸客皆就縛。臨刑，諸客仰天哀號，涕泗被面，安生獨慷慨請死。監者壯之，爲言于主帥。悉減死，分籍卒伍。安生遂得隸參將趙君籍中。趙君異其才，請爲上客，偕守雁門。邊城多暇，輒爲詩。悲涼悽愴，人無知者。竟鬱鬱以没。予傷其苦節隱忍，爲詩弔之云。

雄臣馳鶩日，慷慨詠扶風。赴節人誰力，謀軍爾匪躬。千筋沈白帝，一矢落冥鴻。遂使王孫草，迷離朔漠東。

飄零軍祭酒，老向雁門營。北海羝難語，南枝鵲易驚。魯連無玉貌，輔嗣有金聲。潦倒笙歌裏，何知後世名。

壽命非金石，邊州歷苦辛。憐才多走卒，灑淚更羈臣。龍性馴何補，松枝脆有因。遺音幸不墜，騷雅與同倫。

【箋】康熙初年在雁門作。

舜廟　在代州

虞帝時巡北岳還，翠華南駐雁門山。千秋玉殿臨邊起，萬里龍髯出塞攀。雪盡滹沱穿大鹵，雲生句注失塞關。竹書多少龍魚恨，空有皇英慘玉顔。

【箋】代州志：代州東舜山上，有舜井、舜廟。康熙初年遊晉之作。

偏頭關作

往議搜河套，誰令飛渡頻。三關元犄角，諸將故逡巡。市口黄雲滿，岢嵐白草新。降羌休弄管，流淚有征人。

【箋】偏頭關，在今山西偏頭關縣。以地形東仰西伏，似人頭之偏隆，故名。西鄰黄河，北接長城。與雁門關、甯武關合稱外三關。康熙初年遊晉之作。

烏孫公主

騊駼爲食酪爲漿，公主悲愁思故鄉。黄鵠歸飛不可得，歲時一會烏孫王。

【箋】烏孫公主，漢江都王建女。名細君，武帝元封中飾爲公主，以妻烏孫。昆莫以爲右夫人。公主至其國，自治宫室居，歲時一再與昆莫會。昆莫年老，言語不通，公主悲愁，自作歌以泄憂。昆莫欲使其孫岑陬尚公主，不聽。上書言狀，帝曰：「從其國俗。」岑陬遂妻公主。此詩作於康熙初年遊晉之際。

詠李陵 三首

鞮汗山前落日催，三千劍客委黄埃。漢家都尉單于婿，左右閼氏起舞來。

戰鼓無聲夜半時，三軍矢盡尺刀持。生降暫作裨王去，欲效曹柯漢不知。

一別河梁絶域分，報恩無復漢將軍。悲歌未斷丁零至，淚灑龍沙萬里雲。

【箋】李陵，李廣之孫。武帝時拜騎都尉，教射酒泉、張掖以備胡。貳師將軍李廣利伐大宛，帝召陵，欲使爲貳師將輜重。陵自請，願以少擊衆，自當一隊，遂將步卒出居延北，行三十日至浚稽山。終因寡不敵衆，降。帝聞之，族陵家。單于壯陵，以女妻之，立爲右校王，在匈奴二十餘年卒。詳見漢書卷五十四。此詩或康熙初年遊晉時作。

河套 五首

三面黄河阻，千羣鐵騎飛。受降城已没，白馬將無歸。風亂哀笳曲，霜生利劍威。赫連臺上望，殺氣接金微。

長城那足恃，絶壁彼能攀。衛卒虚分戍，邊人苦賣關。賀蘭天失險，花馬地成閒。一片延綏草，誰尋白骨還。

草迷元昊國，山繞衛青城。海子黄雲散，鹽池皎月生。防秋稀宿將，媒鹵盡遊兵。坐使三秦困，邊功竟不成。

一片長城暮，邊聲不可聞。羌兒秋月下，笳吹動成羣。榆柳迷青海，牛羊下黑雲。今年高太白，努力漢將軍。

屬國無三衛，中華有一牆。閹人分鎖鑰，僨帥作金湯。地産邊才少，天行劫運長。六騾殊未遯，出没在沙場。

【箋】在今内蒙古和寧夏境内，賀蘭山以東、猿山和大青山南、黄河沿岸地區，統稱河套。組詩或康熙初年北遊秦晉時作。

入塞行

萬里揮鞭辭玉顔，愁心不斷似天山。天生飛將從無命，笑向沙場射虎還。

【箋】本首及以下數首或爲康熙初年遊秦晉時作。

馬上

馬上聽横吹，征夫心最悲。邊雲多慘淡，隴水易流離。翠嶂盤陵邑，渾河繞岳祠。時艱思用武，未忍採華芝。

邊上曲

驚馬吹悲筞，邊風助苦聲。城南有思婦，夢裏聽分明。

天邊

天邊明月迴含霜，夜夜哀笳怨望鄉。一片愁心與鴻雁，秋風吹不到衡陽。

邊詞

黄昏兵氣結，慘淡帶風沙。小獵歸營晚，催人急暮笳。

邊思

他鄉瓊樹老，故國翠蛾顰。最是閨中月，能銷塞上人。輕生隨一劍，惜别向三春。戎馬平生志，如何怨苦辛。

寶勒

寶勒五花驄，驕嘶天育東。久辭關塞雪，共舞綺羅風。金埒沙塵細，春槽苜蓿紅。祗愁安樂後，無力逐英雄。

人日秦淮上值孟王生辰賦贈　二首

萬里從關塞，相將負戴來。爲憐桃葉渡，未擬海珠迴。海珠石，在廣州。生日逢人日，妝臺倚鳳臺。梅花頻采采，爲子泛春杯。

旅食江南日，相依幸不孤。慰情憑弱女，養志及慈姑。雨雪侵雲鬢，鶯花待玉壺。年年人日好，白首此歡娛。

【箋】

康熙七年秋，大均攜家南還。歲暮抵南京，止於秦淮。此詩爲康熙八年正月初七作。詩外十五，從塞上偕内子南還賦贈三十七首之二十三，有「謝家生日逢人日」句。孟王，指王華姜。

歸至江東柬方丈爾止

今代文章在少微，柴桑以後似君稀。相逢洗藥青溪去，正見銜魚白鳥飛。爾向南朝作耆舊，予辭西岳爲庭闈。好將竹葉除華髮，莫倚臺城送夕暉。

【箋】

方文，又名一來，字爾止，一字明農，桐城人。明諸生，工詩，隱居金陵。著嵞山集。康熙八年作於南京。

奉題方爾止戊申年正月初四日恭謁孝陵感懷詩後

亦有春秋在，書王未敢傳。可憐正月淚，重灑戊申年。白髮陪宮使，青山拂御筵。威靈空想像，拜手玉衣前。

【箋】

方爾止，即方文。孝陵，在今南京市東北鍾山南麓，明太祖朱元璋葬所。此詩當康熙八年作於南京。

方文嵞山續集卷一有戊申正月初四日恭謁孝陵感懷六百字長詩。

贈余鴻客

歲寒雁門雁，來及江南春。向爾池塘裏，雙雙棲白蘋。高堂在南海，少婦自西秦。萬里寧親去，從君一問津。

【箋】余賓碩，字鴻客，莆田人。流寓江寧，有丁卯集、金陵詠古詩，陳其年爲之序。此詩康熙八年作於南京，時大均將南歸。

呈周櫟園　三首

平生五岳遊，今上謝公樓。樓裏多山水，空濛雲氣流。先生有樓，藏圖書甚富。故鄉在南海，夫子有羅浮。置我丹青上，芙蓉四百秋。羅浮有四百餘峰。

泰華雙毛女，秦時一丈夫。相逢白雲際，共結合歡襦。予亦同妻子，鴛鴦玉井俱。高堂隔梅嶠，歸去爲親娛。

皎皎白華姿，公爲處子師。補亡同束皙，教我在笙詩。將母愁無計，干人已後時。烏啼空自苦，日夕白門枝。

【箋】周亮工，字元亮，號櫟園，祥符人。明崇禎進士，官御史。多鐸下江南，詣降，累擢布政使，官至吏部右侍郎。康熙初，起爲江安糧道。工古文詞，有賴古堂集。此詩康熙八年作於南京。

題龔柴丈園　二首

頻年遠遊去，鸞鶴恨無羣。采藥難供母，逢山便憶君。平生無素業，萬里一浮雲。愛爾丘園好，徘徊至夕曛。

清涼山翠滴，花藥繞閒居。半畝松杉外，三春雨雪餘。人傳高士頌，地接遠公廬。遲我爲沮溺，相將此荷鋤。

【箋】龔賢，字半千，又字野遺，號柴丈人，昆山人。流寓江寧，隱居清涼山，曰半畝園。工畫山水，爲金陵八家之一。大均康熙七年有與龔柴丈書，見賴古堂尺牘，文外、文鈔、佚文均失收。此詩當康熙八年作於南京。

題龔柴丈山房

竹徑秋初至，茅堂寒已深。虎風過亂草，蟬露滴空林。招隱聞高詠，安貧見素心。殷勤南海月，夜夜向瑶琴。

【箋】康熙八年作於南京。龔柴丈，即龔賢。朝鮮人闕名撰皇明遺民傳卷三：「龔賢，字半千，號柴丈人，江南上元布衣。工畫，愛仿梅花道人筆意，自寫小照，作掃落葉僧，名所居爲掃葉樓。有香草堂集。」龔氏順治四年由金陵移居揚州，至康熙四年始由揚返寧，其後定居清涼山，置「半畝園」以居。龔氏辭屈翁山乞畫書云：「僕知足下辭家二十年，出遊五萬里，一至九邊，再登五岳，生身南海，問渡江漢。」則大均之晤柴丈，當在本年。

别龔韓二子

翡翠生南海，聯翩入帝鄉。銜花難作壘，織錦不成章。獨往愁矰繳，羣棲耻稻粱。故人在丹穴，欲别惜朝陽。

【箋】此詩見詩外八，下爲題龔柴丈山房詩，疑亦爲别龔賢之作，姑次於康熙八年。韓子，未詳。

汝南灣逢張薇庵作

風流多在汝南灣，汝亦張融日往還。山水尚容高士得，鶯花且與故人攀。東吴隱逸無菰米，南越文章有白鷴。將子共修彤管業，書臺及此一春閒。

【箋】汝南灣，在今南京市東南，當秦淮河曲流處。張薇庵，卓爾堪明遺民詩卷一：張怡，一名遺，字瑶星，號薇庵，人呼白雲先生。上元人。錦衣衛百户，隱攝山白雲庵，紙屏書忠孝二大字，麻衣葛布。此詩或作於康熙八年。

贈陳二游

白首三才象數中，精微應與古人通。五星未可傳張耳，十日行當射有窮。野渡微茫春没水，山樓彩翠晚含風。殷勤喜有鈎玄客，相對南朝古寺中。

【箋】陳二游，陳周，字二游，溧陽人。明遺民。有力耕堂集，事見卓爾堪明遺民詩。此詩或康熙八年作於南京。

題青溪姚氏所畫梅花册子　二首

自有青溪客，梅花盡姓姚。羅浮千萬樹，開落向生綃。

金陵八大家，張損善荷華。不及姚文翼，梅枝十丈斜。

【箋】此詩或康熙八年作於南京。姚氏，指姚翼，一作姚若翼。字右伯，又字寒玉。江寧人。善墨梅，時號「姚梅」，極有生韻。傳見櫟園讀畫録。

逢商丘宋使君賦贈

相逢數數問夷門，煙草蒼茫往跡存。豈有屠沽藏魏市，空餘詞賦在梁園。千秋公子無賓客，一代才人是弟昆。意氣未傾愁已别，微軀自此更何言。

【箋】此詩疑作于康熙八年春。時大均寓居秦淮，或于此逢宋使君。宋使君，指宋犖。宋字牧仲，號漫堂、西陂，又號綿津山人、西陂老人、西陂放鴨翁。河南商丘人。順治四年，應詔以大臣子列侍衛。逾年考試，銓通判。康熙三年，授黄州通判，累擢江蘇巡撫，官至吏部尚書。七年冬，監兑漕糧，赴淮，張仁熙爲作送宋牧仲使君督漕赴淮序。次年春夏間宋犖遊歷金陵。翁山或於是時與之相逢。事見清史列傳卷九、鄧之誠清詩紀事初編卷八。

春日步出青溪尋東園故址 東園爲中山王別業

青溪一曲亦天河，往日張星此影娥。江總詩：「張星本在天河上」，張星，謂張麗華也。麗華墓今在青溪。芳草又教南苑失，飛花曾拂翠華過。武宗曾幸青溪釣魚。秦淮水合穿朱雀，幕府山名。雲開散紫駝。痛飲且乘春未晚，中山事業已蹉跎。

【箋】中山王，指徐達。濠人，初爲郭子興部將，後從朱元璋。累官中書右丞相，封魏國公。卒後追封中山王，謚武寧。此詩或康熙八年作於南京。

春日雨花臺眺望有感 五首

煙雲霏霏碧草齊，斷腸春在孝陵西。松楸折盡寒山露，無處堪容杜宇啼。

高臺一上一含悲，況復清明上巳時。多謝朝煙兼暮雨，不令人見蔣山姿。

二陵寒食雨連天，禾黍荒涼復幾年。愁絶江南空騁望，君臣猶隔九疑煙。

春去風花飛更狂，馬蹄無主踏殘香。絲絲最恨河邊柳，日夕牽愁短復長。

朱雀門前花草空，明駝盡載景陽宫。六朝春色龍沙去，一片江南雁塞同。

【箋】據五首之五末句，組詩當爲康熙八年客金陵時作。

花市 六首

金陵花賤甚，紅白少人憐。笑我從花市，朝朝盡十千。

花從虎踞關，賣向汝南灣。城北無花市，花多少往還。

十錢花一束，持插膽瓶中。斟酌教如畫，參差勢始工。

養花雖萬室，花好出貧家。折自佳人手，枝枝帶露華。

秣陵花草地，城北更春多。黄鳥催人去，其如花市何。

無端花國裏，日日減容輝。辛苦春林鳥，聲聲唤子歸。

【箋】

組詩或康熙八年客金陵時作。

三月六日集

蕭條爲客恨江東，此日壺觴慰轉蓬。自有山川知故國，誰從花草問離宫。文章已作南朝氣，歌舞猶含朔漠風。愁絶園陵寒食節，君臣留得杜鵑紅。

【箋】

此詩或康熙八年三月六日作於南京。

秣陵感懷 二首

芝華采采未療饑，南國飄零事事非。煙雨又將春色去，林泉那得白雲歸。蕭疏素髮慚金鏡，寂寞青溪弔玉衣。貧賤每憂知己厭，踟躕人外對斜暉。

江風吹雨散陰寒，多少鶯花不忍看。地有三渠知太液，天留雙闕謂牛首作長安。黄羊處處銜桃葉，白鷺朝朝傍竹竿。欲住秦淮偏未得，高堂千里念遊盤。

【箋】

秣陵，南京別稱。讀史方輿紀要卷二十：「楚威王初置金陵邑，秦改曰秣陵。」康熙八年作。

舊京感懷　二首

羽翼秋高未奮飛，移家偏向帝王畿。文章總爲先朝作，涕淚私從舊内揮。燕雀湖空芳草長，胭脂井滿落花肥。城邊亦有陰山在，怪得風沙暗翠微。陰山在江寧縣西南。

内橋東去是長干，馬上春人擁薄寒。三月風光愁裏渡，六朝花柳夢中看。江南哀後無詞賦，塞北歸來有羽翰。形勢祇餘抔土在，鍾山何必更龍蟠。

【箋】

讀史方輿紀要卷二十：江寧府城即明京城，亦六朝時故都也。康熙八年作於南京。

秀州曲　三首

寶帶長連錦帶長，兩條長水總牽腸。燕梢船上輕摇櫓，不采儂蓮到鏡香。寶帶、錦帶、長水，皆水名。燕梢，小船名。鏡香，古亭名。

燕來春笋似纖纖，細撥銀箏向酒簾。一唱楊花人盡醉，阿儂情比月波甜。笋之早者曰燕來。吴船女郎多入市唱楊花曲。月波，秀州酒名。

玉乳新梨軟瓠犀，甜輸朱橘洞庭西。秋來下酒宜黄雀，挾彈梅花何處溪。嘉禾有玉乳梨。西洞庭山多朱橘。禾中黄雀最腴。梅里有梅花溪。

【箋】秀州，五代時吴越置，治所在嘉興。康熙八年，大均至嘉興訪朱彝尊、徐嘉炎，見曝書亭集三六九歌草堂詩集序、詩外十六送朱竹垞。此詩或作於其時。

贈盛南樵賣藥　三首

自古仙人多賣藥，風流我最慕安期。今君莫使秦皇得，煙霧蒼蒼信所之。

年來高士半韓康，賣藥蕭然大道旁。我昔先人遺素問，殷勤贈爾及丹方。

吾家藥市近羅浮，此去還爲采藥遊。欲補神農舊本草，期君共對白雲秋。

【箋】盛南樵，嘉興人，隱者。大均有送徐序仔還嘉興詩，注謂：「徐乃吾友盛南樵外甥」、「南樵賣藥車浜奄逝，今十餘年矣。」車浜在嘉興南湖。送徐氏詩作於康熙二十五年，本詩當作於康熙八年遊嘉興時。

懷同岑

空翠洞庭陰，松風吹滿林。白雲不可見，日與數峰深。聞在毛公洞，時時拂素琴。秋來摘朱橘，霜露濕衣襟。

【箋】同岑，即釋大燈。毛公洞，在今江蘇吴縣西南洞庭西山。康熙八年，大均從南京至嘉興訪朱彝尊、徐嘉炎。詩或作於經吴縣時。

洞庭録別　七首

紫塞歸來白髮長，美人争拂鏡中霜。鴛鴦湖畔開樽酒，一曲明妃盡斷腸。

萬里羅浮今又歸，天生越鳥自南飛。平生槜李多知己，爭送扁舟向夕暉。
楓涇水接泖湖長，白蕩鱸魚入饌香。爲憶故人林屋洞，移舟西去及春陽。
諸君亦渡太湖來，煙雨離亭更折梅。七十二峰空翠裏，一峰花落一峰開。
花多不見數峰青，如雪紛紛撲洞庭。一片離憂似煙雨，東風吹暗采香涇。
他日尋仙去莫遲，金庭玉柱更相期。花邊四皓諸孫子，共向煙波理釣絲。
毛公壇畔一泉開，流入寒松萬壑哀。拂石爲君題姓字，風流長記七人來。

【箋】康熙八年春作。由山西代州南歸，暫居金陵。既而訪朱彝尊、徐嘉炎于嘉禾，遊太湖洞庭山，然後歸番禺。詩有「紫塞歸來白髮長」等語，方文嵞山續集卷四有初春送屈翁山返番禺詩，題下自注云：「以下己酉年作。」有「歲晏君從絶塞歸，遠攜新婦覲庭闈」句，與大均詩意正合。

浙河夜發 二首

落月依荒戍，流煙暗裏河。紛紛舵樓女，未曙唱吴歌。
粵客龍鬚席，吴娘鴨嘴船。一聲蘭槳發，驚起月中眠。

【箋】浙河，即錢塘江。此詩疑康熙八年春作於浙江。

焦山作

浮玉山中浮玉春，酒名。醉來忘卻華陽巾。天風吹上雷轟石，一夜嘯聲驚羽人。

【箋】焦山，在今鎮江市東北長江中。南朝宋元嘉中爲防禦北魏南侵，於此設兵戍守。此詩或作於康熙八年。

出京江口

至此風濤闊，江聲作海聲。飛飛兩浮玉，欲與白波平。

【箋】京江，即長江流經江蘇鎮江市北一段，因鎮江古名京口而得名。康熙八年，大均有揚州之行，見詩外十六寄答黄黄生。此詩或作於從南京至揚州經鎮江時。

贈二張太史

之子生京口，金焦秀色多。文章若江水，萬里下岷峨。日月趨丹禁，雙雙鳴玉珂。弟兄皆早達，花萼共婆娑。

【箋】

二張太史，疑指鎮江張玉裁、張玉書兄弟。玉裁爲康熙六年進士，翰林院國史編修；玉書爲順治十八年進士，翰林院編修，後官至文華殿大學士。此詩或作於康熙八年，時大均有鎮江之旅。

梅花嶺

墓林猶見陣雲屯，丞相衣冠尺土尊。自喪興平無將帥，難歸白下哭陵園。江都竟作鴻溝界，梅嶺何殊百丈原。痛絶寧南頻嘔血，晉陽戈甲豈王敦。

【箋】

梅花嶺，又名土山，在今揚州市西北。詩紀史可法事。順治二年清兵南下，明督鎮史可法自白洋河失守奔揚州，閉城禦敵。城破，可法自刎未遂，爲清兵所執。多爾袞反復勸降，不聽，被殺。屠揚州十日。可法死後，其屍不見，義子、副將史德威以其衣冠葬于廣儲門外梅花嶺。此詩作於康熙八年。

從塞上偕内子南還賦贈　三十七首

倭墮妝成犯曉寒，軒車不坐坐雕鞍。兒家世世爲飛將，少小花驄出賀蘭。

揮鞭北度雁門關，夫壻相將萬里還。入塞更須先出塞，不辭風雪損朱顔。

而親遠在固原州，西望鄉關淚欲流。白髪姑嫜因未見，艱難萬里向羅浮。

行人夜半飯黄羊，不待天明向戰場。一路明駝載兒女，白登山下踏秋霜。

金鳳井邊朝出店，白羊城下暮登臺。路傍多少當壚女，笑問羅敷何處來。

羊酥雪酒敵寒風，共弔明妃白草中。欲得卿卿發皓齒，胡雛一箭落秋空。

西辭花馬池邊月，東指樓煩嶺上雲。往日于歸悲道遠，邊風吹淚濕羅裙。

憐卿萬里别西秦，與我鴛鴦共一身。不道秦嘉異鄉里，秦嘉元是隴西人。予先世本秦人。

邊姬一一口西曲，相送臚朐河水旁。箜篌彈盡不能别，淚濕征夫鐵裲襠。

青骹换得紫騮馬，亦有琵琶與塞姑。到家沈水爲槽邏，彈出秦聲絶代無。

紅草東連白草溝，紫河西入黑河流。無邊觱篥吹斜日，動爾思鄉一片愁。

黄羊野馬滿沙陀，朝渡楊河暮柳河。一路胡姬夾轂問，持來羊酪一何多。

西指長城爲鄉道，我歸路與長城長。青爲明妃墓邊草，白是閼氏營上霜。

行盡桑乾萬里沙，北風吹雪損鉛華。從伊婦女多顔色，不采燕支山上花。

九月雲中雪不遲，香貂初上髻鬟時。酒酣共射陰山兔，雙兔雌雄誰得知。

夜夜氈車宿隴頭，不登遼后洗妝樓。夫人自愛磨笄石，天際蒼蒼一片秋。

欲向京師視宫闕，驅車千里入居庸。與君黻佩非今日，且復行歌返碧峰。

高士谿來重妻子，莫將梅福比梁鴻。五噫歌罷今當去，去向姑蘇臺以東。

一聲鷄唱整衣裳，眉黛沾殘子夜霜。行到白門春色滿，梅花爲爾點新妝。

走馬漁陽路盡時，天津東下逐流澌。北風一夜河冰合，又舍蘭舟汶水湄。

日出河冰流有聲，舟人一路擊冰行。三朝三暮清河口，幸有香醪慰爾情。

渡河未已渡江淮，買舟用盡頭上釵。日日牽舟上冰去，苦寒嬌女在中懷。

汝舅趙驃騎蒼篆。憐予華岳吟，因將窈窕慰文心。蹇脩復有青蓮客，李子天生。司馬無煩緑綺琴。

使君陳祺公先生。羔雁爲予將，千騎迎來自朔方。與子得成兄弟好，都谿幕府重文章。

羅敷潭上昔相逢，鸞鶴相將太華峰。真似秦時丈夫者，玉姜攜手上芙蓉。

一從玉女洗頭罷，二十八潭流水香。與爾秦時一毛女，雙雙玉井作鴛鴦。
何以字卿曰華姜，明星玉女共翱翔。華夫相對三峰上，一片琴聲瀑布長。
采藥從今向白雲，與卿攜手思氤氲。仙人不肯輕離别，方朔爲來愛細君。
雁門高士稱王霸，偕老山中有逸妻。今卿不復慚兒女，亦共雁門關以西。
江南歸去罷遊獵，駿馬名鷹贈與人。之子鷄鳴不用賦，錦衾高卧落花春。
停驂太白酒樓傍，一樹桃花嬌晚妝。稚子祇今在東魯，女兒亦欲字平陽。
元亮爲來愛弱女，慰情亦與五男同。爲卿更取題詩筆，嬌女新篇擬太沖。
謝家生日逢人日，宜壽巧將華勝裁。歸去炎州有翡翠，爲卿多作寶釵來。
筆花何似臉花妍，蝴蝶新辭亦可憐。珍重莫書桐葉上，奩中尚有浣花箋。
去年寒食在平涼，汝妹催上鞦韆場。明歲花田踏青去，小姑三五牽衣裳。
大江明日片帆飛，南指梅花大庾歸。新婦秦箏多逸響，朝朝暮暮奉庭闈。
生兒慎莫生神仙，我學蘇耽去幾年。今得采蘭娱膝下，不思騎鶴向天邊。

【箋】文外九哀華姜詩百首跋：「從塞北至江南道中贈内四十章」詩有「謝家生日逢人日」句，蓋爲戊申秋冬間至己酉春之作。組詩終成於康熙八年，時大均與王華姜在南京，並將南歸故里。

送王汾仲還新安因訪石埭姚明府 二首

白雲歸白岳，道過陵陽峰。爲我期仙令，何時駕白龍。愁隨一片月，掛在九華松。早晚思攜手，冶城春酒濃。

相思似春水，一路送漁舟。自此臨流别，湖名非莫愁。庭闈君自戀，京洛我空遊。珍重南陔去，崇蘭正可求。

【箋】王汾仲，安徽黟人，壯年好義，常被大禍，爲人誠信，工於詩，後隱居金陵，庚申八月壬子六十初度。姚明府，即姚子莊，字子瞻，一字六康，歸善人，工詩，與程可則、梁佩蘭、廖文英稱嶺南四家。康熙五年至九年爲石埭令。新安，在今黄山市域内。石埭，即今安徽石臺縣。二首之一所云「陵陽峰」，亦在皖境。詩作於康熙八年，時大均自金陵溯長江經安徽南歸。汪譜斷此作於金陵，當誤。

湖口舟中口號贈内 四首

大姑既有胭脂巷，小姑亦有蛾眉洲。今夕蘭橈與卿駐，彭郎不得擅風流。

湖水合將江水流，與卿日日乘輕舟。相憐一片鴛鴦水，白浪如山亦不愁。湖口江湖合流，一清一濁，名鴛鴦水。

江之水濁湖水清，我如江水湖如卿。可憐江水將湖水，清濁同流無限情。

小姑山接大姑秋，不逐長江江水流。彭郎磯上一明月，飛去飛來共白頭。

【箋】

湖口，即今江西鄱陽湖入長江之口。組詩康熙八年作於南歸旅次。

逢日者周生賦

知子青囊有妙篇，升沈一爲決皇天。莊生未試屠龍技，蔡澤猶遲躍馬年。湖上蟬聲催落照，雨中草色染輕煙。離情直與長江水，送至梅花大庾邊。

【箋】

周生，占筮者也，待考。據詩意，此詩或康熙八年作於江南，時大均將歸南粵。

贈李太史

一代垂鴻業，西清自可留。豈伊敦雅頌，更欲託春秋。冶父蒼煙滴，巢湖皓月流。異時成國史，爲寄越山樓。

【箋】

此詩詩外失收，録自道援堂詩集六。李太史，觀詩中「冶父」、「巢湖」之語，當爲安徽人。疑作於康熙八年南歸途中。

與華姜宿紅梅驛　三首

生長秦川不見梅，紅梅今夕爲君開。家中緑蕚香應滿，折取先浮上壽杯。

南枝花白北枝紅，紅是秦中白越中。辛苦鴛鴦飛萬里，今宵始宿庾關東。

漸近鄉園爾莫悲，南飛應有北飛時。南中何物持相慰，尚有梅花及荔支。

【箋】

紅梅驛，在今廣東南雄縣東北，明、清置巡檢司於此。康熙八年作於歸鄉旅次。

張文獻公祠

南人初作相，始自曲江公。風度朝廷肅，文章嶺海雄。開元多事業，大庾有祠宫。一自陳金鑑，君王念不窮。

【箋】張文獻公即張九齡，字子壽，唐曲江人，開元中徵拜同平章事中書令。詩文冠一時，有曲江集。開元四年，九齡開鑿大庾嶺路，工程浩大。嶺上舊有其撰開鑿大庾嶺記碑刻。明代將嶺上雲封寺改爲張曲江祠，以紀其築路之功。此詩或康熙八年南歸時經大庾嶺作。

送錢明府

棠舟君莫發，且待荔支丹。五月炎洲好，千林火實寒。涼生兒女葛，香滿大夫蘭。以此留吾子，家家白玉盤。

【箋】錢明府，錢雨。江南當塗人。康熙八年任新會知縣。新會産葛布，稱「新會細苧」。見廣東新語卷十五。詩當作於錢氏赴新會任時。

寄何子

病裏知秋早，涼風生鬢絲。夢隨林葉落，心與海雲遲。明月不長滿，青山空有期。斜陽在南浦，每憶送君時。

【箋】何子，待考。此詩見詩外五，前後數首均爲康熙五年至八年之作，疑亦作於其時。

屈大均詩詞編年校箋卷五

東莞什

起康熙八年(一六六九)八月　迄康熙十二年(一六七三)秋

憶與田李二君秋日讌集雁門有作

榆中欲往且回鞭，令節飛觴向朔天。黄菊未開重九後，清霜已落季秋前。紛紛翠袖箏琵咽，一一金盤雉兔鮮。兩載邊關多樂事，雄文獨未勒燕然。

【箋】田李二君，當指田而鉞、李因篤。此詩當爲康熙八年返粤後作。

啼烏曲

烏烏爾并棲，辛苦盡情啼。啼到儂頭白，郎歸自隴西。

【箋】康熙八年作。自四年北上，歷山西、陝西、江南，至是始歸番禺。味詩意，其爲梁氏妾文姑而作歟。

寄龔柴丈

我有羅浮月，長懸四百峰。期君來玉澗，拂石聽霜鐘。五色麻姑鳥，千年嘯父松。相依當歲晏，不復寄芙蓉。

【箋】康熙八年冬作。自江南返居沙亭。龔柴丈，見前題龔柴丈山房箋。

寄姚六康

昔向三關去，今從五岳歸。紅顔辭子女，白首見庭闈。任俠成何事，遊仙亦覺非。歲寒行役苦，將子念無衣。

【箋】姚六康即姚子莊。康熙八年底作，時大均已歸南粵。

送吴子歸河中

昔年上泰華，遥望薰風臺。一片蒼梧恨，茫茫天外來。君今蒲坂去，門對首陽開。並向夷齊墓，松間掃緑苔。

【箋】河中，因在黄河中游而得名，扼晉、陝交通咽喉。此詩編於詩外卷五，前後數首均康熙六七年間之作。大均康熙五年登華山，首句有「昔年」之語，疑當作於康熙七八年間。

家園采菊　二首

東籬花數本，歲歲復重陽。灌溉慈親力，清泠處士香。摘來添菽水，餐去帶冰霜。一卷離騷在，清修不敢忘。

陶公有秋菊，多贈九華枝。最勁先朝本，純黄后土姿。香含霜氣早，暖入露光遲。我學三閭者，餐英亦自怡。

【箋】康熙八年秋，大均南歸抵番禺故里，此詩疑爲是年重九後作。

家園示弟　四首

念爾方青歲，艱貞解自持。家貧謀食拙，母在許身遲。春雨犁田後，秋風拂劍時。當年陳孺子，黃老以爲師。

四鄰喬木少，無以庇茅茨。風雨此何世，饑寒能幾時。甘瓜長抱蔕，慈竹更生枝。未忍辭貧賤，平生道在兹。

年來深賴汝，耕稼養慈親。但守茅容學，無輕聶政身。白華開曉露，明月照晴春。自古成高節，多傳市井人。

山村黃葉滿，慘淡帶炊煙。老母夜猶績，貧農秋未田。無才甘謝世，多病早棲禪。辛苦雙鴻鵠，銜蘆過遠天。

【箋】組詩亦疑與上首作於同時。

遊蒲澗

我慕安期子，菖蒲澗上來。言尋赤玉舄，更上鶴舒臺。古寺臨秋水，當窗見早梅。蒼蒼一洞口，不得水簾開。寺旁有水簾。

【箋】

蒲澗，即菖蒲澗，又名甘溪，在今廣州東北白雲山上。姑定爲康熙八年歸粵後作。

春日喜友人過訪春山草堂 二首

春來始落葉，葉盡梨花開。有客鳳城至，一花傾一杯。

地得南風濕，天含細雨寒。與君同玉簟，歸去待花殘。

【箋】

作於康熙九年初春從番禺移居東莞之前。春山草堂，在番禺沙亭。廣東新語卷三：「予所居沙亭宅後，有山曰覆船。其名不美。予以山上多古松，其聲與風濤相舂，響震四壁，因名之曰春山，扁曰春山草堂。」

送陳中洲　二首

問子遊何之，長嘯而不言。民生悲局促，輕舉思浮天。寄軀於飛蓬，陽風乘飄然。夜光無自耀，明膏不自煎。服丹身無影，所至如雲煙。贈子寂寞牀，玄虚爲廣旃。行行至青原，朝夕聊安禪。

白髮穢光儀，年華亦已暮。如彼蘭蕙芳，離披向霜露。子才逸卿雲，復有鸞龍度。慷慨泣明珠，光輝誰不顧。吴越多知音，而今重詞賦。聞子父兄名，新知盡成故。行矣路方長，時時望丘墓。莫即學蘇耽，仙成上煙霧。

【箋】

作於康熙九年。陳中洲，即陳子升。子升，字喬生，號中洲，南海人。陳子壯之弟。明末，與黎遂球、陳邦彦以文章聲氣遥應復社。南明隆武年間，任中書舍人。永曆帝立，先後任吏科、兵科給事中。因守正不阿，被忌者排擠。永曆帝入雲南，追隨不及，流落山澤間，久之乃歸里。晚年曾到黄山、青原、廬山等地訪友。歸鄉後則杜門不出，隱居至死。著有中洲草堂集。見陳伯陶勝朝粤東遺民録卷一。

送人還檇李　二首

我自三雲塞，來歸百粵城。故人離別盡，邊地姓名輕。孔雀自相妒，梅花無此情。如君是知己，應解識生平。

我欲金陵住，時從秀水遊。命須高士託，才爲大邦留。梅福宜吴市，支公必沃洲。謂岑公。君歸語交好，相待舊林丘。

【箋】

康熙九年作。時大均適北遊南歸。檇李，嘉興别稱。大均嘉興友朋甚多，未詳所指。

題尹銓部蘭陔别業　三首

欲共山公醉，移居傍習池。紅顔花底駐，緑髓酒中滋。聲色何妨道，清狂是此時。向來觀物化，蝴蝶亦吾師。

夜半羅浮日，高高上泬寥。光含滄海氣，聲振大江潮。簾捲諸峰入，樓開百谷朝。虎門看咫尺，帆影滿青霄。

水長頻無路，林深似有山。蟬聲隨雨去，荷氣逐風還。柳外龍媒蹀，花中雉子斑。謝公正休沐，日夕道心閒。

【箋】

康熙九年作於東莞，大均時館于尹源進家。尹銓部，指尹源進，字振民，號瀾柱，東莞人。順治乙未進士，官吏部主事，薦擢郎中，乞養歸。康熙十八年起補原官，擢太常寺卿，卒於官。著有愛日堂集。舊以吏部專司銓選，故稱吏部爲銓部。蘭陔別業，尹源進之別墅。

壽尹太翁二十韻

二岳羅浮峙，三門漲海通。神仙多窟宅，造化在房櫳。大老元姜父，真人是尹雄。角應生左鬢，光已轉方瞳。井有丹砂汁，堂多桂樹風。兵鈐開大鯉，王獵待非熊。往日爲郎早，籌邊奏草工。老臣方祭酒，令子謂銓部君。已傳弓。璞玉人難器，鹽梅望正崇。今朝持大斗，與客上新豐。所居名新豐里。柔色思春草，精心格上穹。靈芝宫闕似，巨棗瓠瓜同。玉杖敦三老，丹經得八公。笙詩尊絳蕚，舞曲豔鶖鴻。物貴珊瑚市，人歡薝蔔叢。鷓鴣峰拱北，蝴蝶洞朝東。雨滴黄旗翠，花流碧甲紅。登臨長自樂，吟詠晚逾攻。神器須黄綺，名儒必馬融。願言頤養備，與道共無窮。

【箋】康熙九年大均館尹源進家時作。汪譜稱，此尹太翁乃尹源進之父，所據乃「令子已傳弓」句後自注：「謂銓部君。」

送尹生北上

虎門潮長催舟發，君行萬里辭揚越。尊老京華啓事時，殷勤省覲當雙闕。荔支蕉子釀酥醪，霜蟹雪螺多水膏。持獻堂前復鯊翅，故鄉風味及同曹。莞香朝夕薰衣服，生結清甜兼水熟。知燠知寒及自公，聞詩聞禮乘休沐。春誦秋絃太學中，能將三德教童蒙。仇香定得諸儒敬，郭憲元將六藝通。少年立身須及早，出事公卿先有道。貲郎未足累相如，辭賦何如銅臭好。一尊相送鬱江湄，莫向鶯花惜别離。越鳥懷南無遠志，鸞驄歸北有雄姿。爲語故人王祭酒，翰苑朱吴諸好友。高懷倘不嚇鵷雛，應寄新詩來隴畝。

【箋】尹生，疑爲尹源進之子尹崧，字喬岳。由歲貢任國子監學正，升吏部司務。此詩疑作於大均客東莞尹家之時。

壽汪虞部

南陽老人漢郎官，七十面如紅玉盤。家近浮丘丈人館，御女早得軒皇丹。二月羅浮大蝴蝶，紛紛出藹食花葉。山人言是小鳳凰，五色之鳥爲臣妾。有似君家諸小郎，三歲四歲初扶牀。琳琅盡是天廟器，神仙之雛不可當。君今垂老多歡樂，左鬢會應生肉角。著書已當内外篇，采藥還期南北岳。從來大道貴傳人，長生有術予將學。

【箋】

康熙九年作。汪虞部，指汪起蛟。起蛟字漢翀，號樽石，河南南陽人。澹歸喜得丹霞山賦謝李鑒湖山主詩有「論功若敘魏無知，大書莫漏汪樽石」句，自注：「汪漢翀别號。吾由漢翀始知此山本末。」陳子升酒酣贈汪漢翀工部詩題後注云：「曾爲番禺令。」虞部，工部屬曹。

汪虞部以咂嘛酒惠奠華姜賦謝 咂嘛酒即蘆酒

華姜本秦人，平生愛蘆酒。華山玉泉與醴泉，槐麯釀之嘗在手。截竹爲筒一尺長，華夫相對吸天漿。注以玉女洗盆水，糟中時有蓮花香。自到嶺南蘆酒少，荔支龍眼甜難嘗。樽石先生知嗜好，惠我數罍手所造。秦娥一笑忘他鄉，粵客三杯通大道。夫婦歡娱曾幾時，一朝蕙草先秋萎。中聖中賢我不忍，含哀久與杜康辭。先生憫念黄泉下，蘆酒今朝奠一斝。馨香更用返魂燒，清冷如將甘露灑。恍惚既醉朱顔酡，姍姍來遲可奈何。意氣未能忘賦客，精靈應解報恩波。嶺南有荔支龍眼酒。

【箋】康熙九年，大均繼室王華姜病逝，汪起蛟以咂嘛酒奠祭，屈氏乃有此作。詩中之「樽石先生」即汪起蛟。文外一宗周遊記載，秦人「撤席乃飲咂嘛酒。主人揖客，奉煎水一杯，客則援筩而吸，其酒在糟中，吸至一杯，則以主人所奉煎水注之，糟得煎水，復味發爲酒。酒微苦易醉，一曰蘆酒。」

壽東莞周丈

當年五老園中客，文采翩翩號石林。此日尋仙從地肺，知君觀易得天心。梅花亂點宜春酒，桂樹多棲擣藥禽。户外羅浮峰四百，殷勤一日一峰吟。

【箋】康熙九年作，時移家東莞，館于尹源進家。周丈，指周覺。陳伯陶勝朝粵東遺民録卷二：「周覺，字了玄，東莞人。家徒四壁，而胸中恬然。妻亡不再娶。性聰穎，好測驗，精天文術數之學。嘗言旱乾水溢，人初迂之，久而四時晴雨，一一服其臆中。嘗與同里張穆夜登臺，觀北極帝星，預爲杞憂。」

過韋五丈村居

莞中金桔嶺，多是種香家。地好能成藥，人閒亦養花。無生非道妙，不病即春華。有客嘗新釀，相留到日斜。

【箋】康熙九年作，時移家東莞。

東莞伯

往時雄保障，功在祝融墟。帶礪盟猶在，山河胙已除。不稱南武號，頻上竇融書。此日知王命，英雄總不如。

【箋】東莞伯即何真，字邦佐，明東莞人。元時歷廣東行省右丞。時中原大亂，或勸其效尉佗故事，不聽。太祖時累官湖廣布政使。在官頗著聲望，尤喜儒術。廣東新語七人語：「東莞伯何真少時，有相者謂曰『公才兼文武，霸王之器，惜生南方，微帶火色，爵位不過封侯。』……在朝名公，如宋濂、方孝孺輩，亟稱重之。至論其保障炎邦，識時知命，則謂南越以來所未有云。」此詩當爲康熙九年移家東莞時作。

榴花村弔宋義士熊將軍飛　三首

東官自是英雄地，熊氏將軍首建威。血濺單于邊草濕，魂隨少帝海天飛。花溪陰雨聞金鼓，玉嶠春風長蕨薇。一片戰場當縣出，至今人士重無衣。

書生此日思酣戰，男子谿來舉大名。不是將軍起銅柱，誰令丞相文公天祥。有金城。十年縞素君王淚，一片壺漿士女情。血染榴花紅不盡，溪流時作斷腸聲。

匹馬當關殺氣秋，雷霆一戰復炎州。功如東莞何公真。難封伯，節似增城張公家玉。未贈侯。碧甲水名。潮來驚日月，黃旗山名。雲起接羅浮。同時亦有將軍許，名之鑑。白首橫戈涕泗流。

【箋】廣東新語十九墳語：「榴花塔，在莞之桐嶺，其鄉曰榴花，因名塔曰榴花塔。鄉爲宋義士熊飛起兵之地，嘗大戰殲元兵于此，陰雨中時聞金鼓之聲。塔下爲花溪銀塘，有巨石，飛自刻『花溪銀塘』四大字，亂之復整。」此詩當作於康熙九年居東莞時。

何仙姑壇作 二首

咫尺春岡接鳳臺，朱明門户井中開。金精不使吴王得，雲母難貽葛令來。帝賜霞衣留洞府，人傳玉舄在莓苔。緑珠鬟曲先南越，争似仙靈更有才。

少小長桑夢裏逢，天花鍊就不乘龍。飛過海上麻姑石，化作雲邊玉女峰。井有寒漿如太華，岡餘紅雪似芙蓉。鮑家尚爾婚勾漏，仙李多情笑彼穠。

【箋】何仙姑祠，在增城縣南春岡鳳凰臺上，祠壇前有仙井。廣東新語四水語：「何仙姑井在增城會仙觀，其深不測，水比他水重四兩，味清甘，人多汲之，何仙姑去時脱履其上，故井上有亭曰『存仙』。吾疑井脈通羅浮，仙姑當時從井中潛出，見於羅浮麻姑之峰，令人取其遺履井上，蓋以水府爲解也。」此詩疑作於康熙九年居東莞時，或曾往遊增城。

陳恭人輓詩 五首 恭人湛氏，前金吾陳恭尹之配。

娥娥文簡孫，厥云陳恭人。肅雍秉令德，弱笄四教敦。惟膏不厭鮮，惟蘭不厭芬。冰清而玉映，來爲君子嬪。君子結大義，患難來方殷。皇舅爲邦家，戰死未歸魂。羽林一孤兒，衰絰往從軍。妾身殊不幸，煢獨當青春。鳳凰卵不完，一朝巢傾覆。君舅已國殤，君姑亦無禄。兩雛羽未成，啾啾在溝瀆。大雛乃兒夫，弋人慕其肉。妾父爲朱家，任俠輕金玉。努力救遺孤，恩義一何篤。君子懷父冤，水深傷獨漉。妾亦願損軀，報讎持劍稍。雄兒命苦屯，鬱鬱居林谷。君子生多才，夫婦以文娱。五經而六緯，博雅爲大儒。白鵠負其雌，五步一踟躕。終然爲王事，琴瑟成離居。初生黄口兒，君在瀟湘湄。再生一女子，君在河之涘。荼苦妾自甘，孤煢誰爲理。蕙草一朝摧，臨危淚如水。丈夫爲干將，婦人爲莫邪。雌雄中道别，何以報王家。妾身久嬰疾，鍼藥難屢加。彩鏡失鸞影，朱顔凋蕣華。陰嘯召君魂，陽呼召君魄。冉冉去何之，黄泉遂永隔。慟哭摧心肝，獨生亦何益。皇天忌燕婉，佳人殊不惜。死爲荀奉倩，從子歸窀穸。余妻曰華姜，聰明亦如子。尋爾向黄壚，攬袪啼不止。妾父亦將軍，與卿皇舅似。腐肉何馨香，忠魂在箕尾。與卿訴天帝，請劍誅封豕。生未復家讎，死當雪國耻。在古有娥親，在今惟伯姊。

【箋】康熙七年，陳恭尹元配湛氏病故。時大均北遊未返，二年後乃補作此挽詩。因大均繼室王華姜卒於是年，故詩中有「余妻曰華姜」、「尋爾向黄壚」之句。

藥地禪師於青原得一瀑布名曰小三疊泉請予題長句

聞道青原新瀑布，奔飛絶似匡廬山。匡廬瀑布推三疊，一半移來煙霧間。大士無心偶開闢，掛出晴川數千尺。説法無煩玉麈揮，日夜雷聲喧石壁。康王谷裏水簾長，玉鏡潭前白練光。昔予散髮卧其下，灑面冰花涼復涼。黄巖更比石門好，香山亦有銀河倒。天風吹斷落彭湖，散作金波千萬道。平生最愛是飛泉，處處飛泉弄紫煙。天台雁宕都奇絶，未若青原更可憐。

【箋】康熙九年作。藥地禪師，即方以智。出家後名弘智，字無可，别號藥地。青原，指青原山，在江西廬陵縣（今吉安市西南）南十五里。

春山草堂感懷 十七首

地因濱海濕，人以著書貧。況復多風雨，彌令嘆苦辛。半生遊俠誤，一代逸民真。菽水勞妻子，窗間刺繡頻。

辛苦朝那女，隨予萬里鞭。還家猶是客，事母未經年。蘭麝餘妝閣，松楸滿墓田。可憐清夜淚，滴滴到黄泉。

客心傷已盡，黄鳥苦流聲。一水穿雲直，孤花吐日明。東西家未定，四十道無成。何以蠲憂疾，文章送此生。

卧病江皋久，空懸漁父期。秋風不可觸，一夕鬢成絲。海暗鴻聲疾，山寒日影遲。衹應與黄菊，榮落在東籬。

故國松楸裏，君臣幾杜鵑。卧龍成白首，躍馬已黄泉。風雨悲寒食，干戈失墓田。先人薇蕨在，采采暮雲邊。

失志今如此，吾生安所成。但能飲美酒，自可得高名。孔雀春多翠，黄花晚有英。九歌誰忍續，綺靡但傷情。

慷慨空長嘯，無心愛好春。愁多生白髮，命薄失佳人。海燕成巢屢，安榴結子頻。纖纖銀繫爪，猶憶搊彈新。

松子和枝落，蕭疏見鶴巢。秋聲多在竹，露氣半含梢。寂寞通先哲，饑寒答素交。年來無可用，慚愧似空匏。

隱忍身將老，英豪世不知。梁鴻元烈士，魯肅本狂兒。陰市名刀久，橫行匹馬遲。朝來頻攬鏡，嘆息鬢邊絲。

未能誅淖齒，何以見慈親。市井堪呼戰，君王已屬人。倚閭從白髮，報國及青春。去去提雙劍，男兒自有神。

幾夕松間石，披衣坐忍寒。嘯聲空外答，心影月中看。果驚落山鳥，風來墮籜冠。淒涼殊不寐，更上步虛壇。

慷慨干戈裏，文章任殺身。尊周存信史，討賊託詞人。素髮垂三楚，愁心歷九春。桃花風雨後，和淚共沾巾。

白髮同秋草，愁心似落花。君王頻殉國，將帥祇爲家。薊北瞻丹極，滇南想翠華。無才扶日月，流落任天涯。

衣服燒丹盡，圖書換米餘。養親生計薄，求道世情疏。兒女催華髮，親朋笑索居。黄花寒不落，歲晏欲何如。

隱几長忘世，扶痾始覺身。死生元不厭，藥餌且相親。明月已云滿，桃花那再春。浩歌聊自送，去作北邙塵。

幾欲從軍旅，其如白髮人。有家難委弟，無策可娱親。作士詩書賤，爲農隴畝貧。終然將七尺，去作玉關塵。平生梁雪竇，是我最知音。一自斯人没，三年不鼓琴。文章藏禹井，涕淚滿山陰。向夕聞悲築，魂應起壯心。

【箋】康熙九年作。是年大均繼室王華姜卒，由妻亡而感懷家國，寫成此詩。春山草堂，大均番禺故里之居室名。

贈劉明府

不惜京華謁選遲，吴門先去訪人師。乘閒更作神明宰，學道偏宜孝友姿。紗帳高堂雙壽母，羽林前代一孤兒。相逢數問先公事，淚灑龍蛇失路時。君尊人諱肇基，封安國公。

【箋】劉明府，指劉士芳。阮元廣東通志卷四十五載：「劉士芳，遼東人。貢生。康熙四年任廣州知府。」明史卷二百七十二：「劉肇基，字鼎維。遼東人。……（崇禎中）屢遷遼東副總兵。……十七年春，加都督同知，提督南京大教場。及福王立，史可法督師淮、揚，肇基請從征自效。屢加左都督、太子太保。」順治二年，率兵援揚州，城破，死之。劉士芳，劉肇基之子。詩當作於康熙九年。

廣州荔支詞　五十四首

后皇嘉樹産番禺，朱實離離間葉濃。珠玉爲心君不見，但將顔色比芙蓉。

蓬萊一島海浮來，上有離支下有梅。五色仙禽餐不盡，紛紛銜過越王臺。蓬萊三島，浮山其一。相傳堯時，洪水泛溢。一島浮來，羅山與匹。是多珍禽，五彩衣衿。絳翎爲長，飛必中心。啄餘荔子，咬咬其音。

緑葉青華似桂叢，歲寒攀折與誰同。南州炎德鍾花木，鬱鬱冬榮雨雪中。

六月增城百品佳，居人衹販尚書懷。玉欄金井殊無價，换盡蠻娘翡翠釵。嶺南荔支以增城沙貝鄉所産爲最。其曰「尚書懷」者，因湛文簡公從閩之楓亭懷核以歸，種沙貝，故曰「尚書懷」。

端陽是處子離離，火齊如山入市時。一樹增城名掛緑，冰融雪沃少人知。挂緑最珍，出乎其族。通體茜紅，微拖片緑。脆似沙梨，芬如金粟。生衹數株，采不盈掬。優鉢曇花，非世所矚。

照人最是凝冰子，五月光生一片寒。未啟朱苞光已出，可憐更在水精盤。一種凝冰，水精所結。日光射之，内外瑩徹。微核在中，半明半滅。

翡翠墟邊種更佳，客來仙核不須懷。葡萄此日應歸漢，橘柚繇來不逾淮。

東洲煙水接西洲，載出離支萬斛舟。自夏徂秋皆辟穀，不知人世有通侯。東、西洲與沙貝相連，所産皆晚熟。

扶胥江口祝融宫，積水茫茫吐日紅。十里緗枝連黛葉，朝來一望海霞同。扶胥之東，有南海宫。其樹波羅，其神祝融。荔枝的皪，與日争紅。亭名浴日，兀立江中。

未曾夏至難齊熟，最喜蟬聲日日催。笑口但令香玉滿，愁心盡與絳囊開。童謡云：「秋蟬喊，荔枝紅。」

風裏氤氲雜芰荷，聞香不覺玉顔酡。蘭膏倘得長滋潤，白髮如絲奈我何。

小至清甜盡上糖，宋香陳紫最先嘗。夜來坐對青天月，心似雲英化水光。甜曰上糖，以比蔗漿。

龍眼獨從陰處長，荔枝先向日邊紅。仙人肌體如冰雪，玉液丹成大火中。諺曰：「當日荔枝，背日龍眼。」

兩月山中煙火寒，春衣典盡爲琅玕。仙人服食如無汝，那得紅顔生羽翰。

何來香似素馨花，生長花田越女家。漢使當年推第一，兼攜抹麗向京華。香如素馨，名素馨子。價重十瓊，越娘所喜。

愁來急瀉青絲籠，歡至頻開翠羽簾。中酒更須含絳雪，如花不用進紅鹽。過食，青鹽白水解之。

日夕林中坐紫苔，一杯一顆荔枝開。天將汝作仙人禄，好斷人間煙火來。

朱樓初日上窗紗，鏡裏妝成陰麗華。不用胭脂邊地草，但調南國露頭花。蓼涌之上，花曰露頭。花中有粉，傅面光流。采花曝日，香落蘭油。持爲膏沐，髮美而柔。荔子一種，芳氣同儔。亦名露花，珍果之尤。

羅衣乍解汗如珠，燭下光生白玉膚。更愛昭儀膏滑甚，蘭房出浴不曾濡。

羅浮蝴蝶大如雲，舊是麻姑五色裙。火齊競餐仙樹上，化爲威鳳影繽紛。羅浮蛺蝶，大如車輪。餐花茹實，文采斕斒。

滿山紅翠教飛時，荔子低低拂水湄。紅翠愛雛毛羽好，爲巢不敢在高枝。翠鳥高棲，生子愛之。毛羽既成，乃巢卑枝。恐子墜地，損厥褵褷。

蝙蝠千年白雪同，一餐扶荔羽全紅。雙飛雙宿芭蕉樹，服可成仙似葛洪。千歲蝙蝠白如雪，雌雄巢在芭蕉葉。亦有深紅似茜花，服之成仙誇口訣。

霧縠輕衣著未曾，明珠新出玉壺冰。君看不是鮫人淚，日月精華一片凝。沃以寒泉，厭味逾鮮。

繫馬高樓日欲斜，笑攀瓊樹美人家。冰盤共載同心藕，翠袖兼攜並蒂花。

水上園亭向曉開，主人嘗後鳥羣來。多情不忍和枝折，留取芳陰在緑苔。荔子熟時，主人未嘗。百鳥徘徊，不敢銜將。

甘酸二味總宜人，髓滑蘭香妙入神。烈日正中看盡熟，紅如血珀媚卿唇。

絳雪含滋不留齒，十分膏潤可生津。朝來被酒清狂甚，一顆能成獨醒人。荔支可解宿酒。

神農本草未曾知，絕代容華過嶺遲。一自漢宮扶荔築，盡驚南海有瓊枝。

辭漢金人去不回，帝思甘露萬年杯。炎方幸有三珠樹，剖出天漿進御來。

枝枝交蔭釣魚磯，翠鳥啾嘈食盡肥。兩槳溪邊隨意摘，露華偏濕美人衣。

七月株株是火山，抛書往摘不曾閒。小華山子尤多汁，紅繡鞋兒亦自彎。火山、小華山、紅繡鞋，俱荔名。

一本分來花嶺頭，年年留得殿清秋。天鷄未喚扶桑日，已有霞光照海樓。花嶺頭最遲熟，名曰夜光。

蒲桃宮錦九天來，皇帝恩暉滿越臺。歸漢自緣南海尉，至今春色上林開。尉佗嘗獻鮫魚、荔支，漢高祖報以蒲桃、錦四疋。

正月花開香更清，釀爲仙酒得長生。世人祇解求丹實，真子先教采素英。其花釀酒尤美。

絕似含消御宿梨，冰鮮玉脆更多肌。丹心一點成焦核，抛擲泥中君不知。小核曰焦核。

漁父酒船香復香，春酥賣罷更瓊漿。我持蘭棹過前浦，醉向榕陰納晚涼。春酥、瓊漿，荔酒之娘。

美人天上憶琅玕，生長南荒絶羽翰。路入白雲迷子午，心隨紅日到長安。唐時，涪州貢荔枝從子午谷入。

甘溪不接菖蒲澗，南漢君王舊泛杯。歲歲紅雲張御宴，美人歌奏火珠來。南漢主劉鋹，荔枝熟時張「紅雲宴」，唱火珠詞，與群臣及女侍中黄瓊芝、盧瓊仙等歡樂。

一株高出少微家，膏葉當年覆翠華。一自端皇親摘後，至今香烈勝群葩。宋端宗幸沙涌處士馬南寶家，荔支方熟，帝摘一枝，後經摘處風味獨殊，人以爲異。崖門變後，南寶賦詩云：「衆星耿耿滄溟底，恨不同歸一少微。」

初開芳汗濕微微，白白紅紅不染衣。委質玉盤思見食，葡萄石蜜似君稀。荔枝初開，芳汗滴瀝。濺手皆紅，沾衣無跡。

檻外已多鮮荔子，瓶中復有佛桑花。仙人好色無過此，兩兩朱顔伴鬢華。

一隊紅妝娘子軍，英雄多在石榴裙。花田百里爲湯沐，香國千年駐彩雲。詠「將軍荔」也。

五色穿將續命絲，珠娘笑擲與珠兒。蘭橈相並沈香浦，好是龍舟競渡時。

錦苞初擘露華紅，掌上寒光映月空。玉女之漿不忍嚥，當年太華事相同。予遊太華，曾飲玉漿。手攜秦女，蓮蕊中央。天生玉井，戲我鴛鴦。

江南黑葉已稱珍，玄墓楊梅敢與倫。塞外葡萄宜釀酒，燕中頻果莫沾脣。黑葉一种，既多且旨。餐餘作脯，貨於萬里。

五年不見水晶丸，今日酸時已飽餐。四月先紅犀角子，故人分惠一冰盤。犀角子，荔名，最早熟。

枝枝雙結絳雲陰，近蒂檀痕一點深。玉芝愛爾柔無骨，蓮子憐他苦有心。火山中有無核者，近蒂一點檀暈，微作核痕，多結雙實。玉脂芝如水精，得而末之，以無心草汁和之，須臾成水，服一升可得千歲。

露井寒泉百尺深，摘來經宿井中沈。日精化作月華冷，多食令人補太陰。

三月桃花五月油，面脂香澤爲誰求。荔支亦可嬌顔色，無那佳人去鳳樓。

鷄鳴若木海先紅，一片離支夜火同。露濕紫房晞不得，摘來天酒滿杯中。

木蘭不用充朝飲，零露瀼瀼滿荔支。可惜騷人曾不見，流甘委素美如飴。

日領花籃摘數千，高堂真是荔支仙。兒孫一一皆丫髻，緑核喧争滿膝前。丫髻、緑核，皆荔名。

侍女笑斟玄碧酒，高堂注以荔支漿。令予醉後一嘘噏，水露化作酥醪香。

誰愛三閭橘頌辭，更將騷思寫離支。曾含甘液方能賦，漢代風流有叔師。

【箋】康熙九年作於客居東莞時。此詩敘荔枝事甚悉，可作荔枝譜讀。荔枝，又作荔支、離支、荔子。爲南國有名佳果。《廣東新語》卷二五：「荔支以臘而萼，以春而華，夏至而翕然子赤，生於木而成於火也。皮紅肉白而核復純丹，火包其外復孕其中也。肉白爲金，金爲内外火所煉，故味純和而甘，其液乃金水之精，甘又屬土，備五行之粹美，而以火爲主者也。……荔支以增城沙貝所産爲最，土黄潤多沙，潮味不到，故荔支絶美，自挂緑以下數十種，色、香、味迴異他縣。」

荔枝　十六首

三閭相見定相親，頌爾芳辭豔絶倫。暮采蘭英朝采菊，從來好色一騷人。

餐來五内金沙發，自是丹砂世不知。卻笑晉時勾漏令，求仙不解種離支。

摘來先飼小鸚哥，萬顆匀圓裹芰荷。嬌女堂前争不已，侍兒花底鬥誰多。

月中不辨赤瑛盤，笑攬飛瓊仔細看。君欲身輕成大藥，莫辭多噉女唇丹。

一朵紅酥被酒餘，笑從掌上解綃裾。豐肌欲拊難留手，乍比凝脂尚不如。

摘來經宿尤甜美，日氣全消色尚丹。一片冰霜凝火實，正陽津液吸來寒。

新梳寶髻牡丹鬆，舊染綾襦荔子同。金釧换來媚夫婿，一盤都是狀元紅。荔名。

小姬生日喜含春，繡佛堂前百果陳。三爵奉卿何所祝，玉顔長似荔枝新。

沉香浦口萬枝懸，鶴頂葳蕤浥露鮮。浣女憨妝人共笑，和花插在髻鬟邊。有名鶴頂。

琵琶洲畔賣花船，溪女嬌嬈工數錢。玉腕羅裙搖櫓至，荔支擎出與紅蓮。

流花橋上踏春還，回首榮華薤露間。一片冰心堪内映，寧愁時俗薄朱顔。流花橋在北郭，近南漢故宫。

少小嬉遊向狹邪，容顔如日映丹霞。荔支不用金錢買，自有佳人擲滿車。

水枝未盡復山枝，自上枝頭摘不遲。多食不須憂折福，殷勤爲作荔支辭。

何來一隊緑羅裳，花渡頭前弄晚妝。欲結同心無所有，懷中大小總丁香。緑羅袍、大小丁香，俱荔子名。花渡頭，在廣州城南。

入口甜霜一片消，美人含吐與瓊瑶。不愁多食中生熱，更有梅花蜜可調。多食未嘗傷人，飲蜜漿一杯即解。

情深草木奈君何，欲補離支入九歌。異日蘭臺諸弟子，招魂須用柘漿多。

【箋】

康熙九年作於東莞。

擂茶歌

東官土風多擂茶，松蘿茱萸兼胡麻。細成香末入鐺煮，色如乳酪含井華。女兒一一月中兔，日持玉杵同蝦蟆。又如羅浮搗藥鳥，玎瑺聲出三石窪。拂曙東鄰及西舍，纖手所作喧家家。以淘粳飯益膏滑，不用酒子羮魚蝦。味辛似雜蕡隅桂，漿清絶勝朱崖椰。多飲往往愈腹疾，不妨生冷長浮瓜。我來莞中亦嗜此，岕蚧欲廢春頭芽。故人餉我日三至，絲繩玉壺提童娃。爲君饜飫當湩酪，方法歸教雙鬟丫。

【箋】

康熙九年居東莞時作。廣東新語卷十四食語談茶時有云：「東莞以芝麻、薑油雜茶葉爲汁煮之，名研茶，謂能去風濕，能除食積，可以療饑云。」疑此「研茶」即「擂茶」也。

哭内子王華姜　十三首

嗚呼我昊天，降禍一何酷。我豈兒女仁，所惜親煢獨。我生苦伶仃，以婦爲骨肉。況是窈窕姿，恩情日以篤。三載客將軍，歡樂亦云足。朝進紫駝羮，暮聽秦箏曲。卿家歌舞多，富貴非所欲。攜手還丘園，殷勤耕且讀。老姑自汝來，歡喜加饘粥。笑與鄰姥言，新人顔似玉。定省幾晨昏，孝聲聞戚屬。凶變在須臾，人理一何促。哀叫天不聞，有身寧可贖。阿母年七旬，哭汝聲摧裂。當食不能餐，喉間日哽咽。念爾萬里身，艱難歷胡越。暑雨及祁寒，馳驅不暫輟。關中積高府，風氣多慘冽。我性不能寒，疏理畏風雪。鶺鴒向日飛，桂華以冬發。自返南州來，中懷少鬱結。汝亦樂土風，所愁獨炎熱。海氛多毒淫，腹痛成夭折。倉皇醫未來，瞥已電光滅。炎州雖煙瘴，珍果足娛子。子慕離支漿，能令顏色美。可憐未及餐，倉卒歸蒿里。自作翡翠釵，自剪蒲桃綺。簪服幾何時，棄捐篋笥裏。汝生既柔脆，汝病復不已。水土不相宜，卑濕損年紀。家貧藥餌少，夭枉非天理。痛酷五中崩，我罪伊何矣。皇天何不仁，不念鞠子哀。不念我君姑，白髮方摧頹。魂魄今越散，逢祭時一來。我魂在姑前，朝見姑淚漣。我魂在夫側，暮聞夫嘆息。稚女未成人，殯宮日匍匐。我欲乳遺孤，鬼伯相摧逼。兒寒姑與衣，兒饑姑與食。勞苦今惟姑，姑將無氣力。誰割我孝慈，皇天不與直。汝魂毋飛揚，萬里隨悲風。汝父爲國殤，精爽在榆中。汝兄亦殉死，黄口爲鬼雄。遊魂尚未變，白骨可相從。汝生不識父，死後見形容。桓桓大將軍，苦戰黑山戎。左手挽人頭，右手持秦弓。鬚髯怒盡磔，流血被體紅。黄雲野莽蕩，陰氣横蒼穹。前有無定河，後有赫連宫。父子驚相持，慟哭何時終。汝魂復何之，汝母在朝那。生時命奇薄，夫死矢靡他。孤女藐始孩，提抱出干戈。伶俜未亡人，被髪奔風沙。汝小既偏孤，汝大又無家。自汝失天只，骨肉成土苴。泉下今相遭，煩冤訴無涯。長城土慘裂，黑水冰峨峨。嚴風縱横起，吹汝魂無多。朝隨轉蓬飛，暮逐驚沙過。

邊地雖故鄉，陰寒誰奈何。母子魂來歸，歸我羅浮阿。

爾死作歸人，我生何聊賴。恍惚成狂癡，魂夢思交會。與子合婚來，別離常在外。相見曾幾何，一旦成茫昧。兩載共行役，豈無饑渴害。詩書相與娱，爲道忘顛沛。彤管我能操，雅琴卿亦解。自古黔婁妻，偕老多年歲。如何卿樂貧，獨不保少艾。

淒淒燈火光，照我空房寒。旨酒誰與飲，彈琴誰與歡。徬徨淚横迸，不寐茹哀嘆。衾幬不忍展，翰墨不能看。學詩雖未成，才思已波瀾。風雅日絃歌，書寫滿齊紈。蕣華不終朝，玉魄難爲團。徒栽同本芝，徒種同心蘭。上天惡賢淑，使我成孤鸞。夢想何時衰，忉怛摧心肝。

采采荼蘼花，花露紅以滋。爲姜作面色，光豔使情怡。之南市石黛，之北市燕支。芳香用未畢，蕙草忽先萎。幽鏡生紅埃，羅幃交網絲。笑貌若流光，一絶不可追。莓苔餘履跡，彷彿行遲遲。我有第五妹，與姜日娱嬉。梳姜墮馬髻，服姜月華衣。四妹嫁遠方，尚未覯容姿。今晨兩慟絶，閨閣將誰師。

西北多佳人，平生性所慕。馳俠至秦中，荷卿愛詞賦。朝共恒華遊，暮指瀟湘路。並馬榆關行，同車梅嶺度。妝罷弄圖書，酒酣射雉兔。歡娱及閒暇，燕婉憂遲暮。我情日以柔，汝姿日以嫭。竭力媚閨房，不爲荒淫故。寧知忘憂花，一旦摧朝露。積想成狂疾，尋子向丘墓。

相如還成都，衣裘盡貰酒。自刺美人賦，消渴恐不壽。臉際芙蓉花，誰知先速朽。幽歡惜永絶，盛顔難復取。筆牀銷翡翠，雜佩捐瓊玖。服玩盡棺中，箱簾無所有。同穴尚無期，我留爲慈母。殉爾一鳴琴，暫作黄泉友。

我不忘大德，爾毋思小怨。自爾入家門，飲食須相勸。始度臺關時，我情彌婉孌。我鄉日已近，汝鄉日已遠。好言相安慰，不久還沙苑。當奉白頭姑，共隱華山巘。居貧愁濊多，婢僕時驕蹇。恭敬豈無違，所恃卿良善。纖手所循環，女圖日不卷。新頌伯鸞妻，德音聊自遣。

篋中餘繡袷，顔色紅無損。自今不敢視，一任浮埃滿。

清明節已届，雨露使心悲。外舅與外姑，野祭今同誰。汝生治酒食，汝死魂無依。骸骨傍先公，安此南海湄。扶胥雲慘慘，黄木風淒淒。萬里歸成婦，祔葬固其宜。大恩雖未卒，孝媛名已垂。

【箋】康熙九年正月，大均繼室王華姜病卒，年二十五歲。大均哀痛極深，寫下哭内子王華姜十三首，以表悼念。

哭華姜 一百首

頻年失志卧林丘，正賴佳人慰四愁。欲寫三閭哀怨曲，今無麗玉引箜篌。

玉琴空怨雉朝飛，歲晚吳門生計微。廡下無人來饋食，堂前有母爲縫衣。

零落香魂去不回，黃泉應上望夫臺。他生不願爲夫婦，但作羅浮蛺蝶來。

將軍覓室憐清苦，玉帛還勞子大夫。多謝寓公言好結，千秋嘉耦一朝無。

頻辭板屋從君子，自是秦風愛德音。我有西戎征戰志，小戎日夕爲君吟。

明星玉女羨乘龍，白帝爲媒得彼穠。一自丈夫毛女合，華山今有丈人峰。

將軍戰敗斬旌旗，身作長城控月氏。夜半鼓聲寒不起，可憐冰上棄孤兒。

三秋苦戰在黃沙，血作胭脂山上花。孝有曹娥曾弗子，忠如去病不爲家。

來時哭度雁門關，酹酒明妃白草間。胡越可憐俱遠嫁，夢魂空逐雁飛還。

八月風高放角鷹，行行遊獵十三陵。隨夫北岳攀陰雪，抱子桑乾履薄冰。

一鞭朝出紇真東，花領嬌嘶萬里風。憶向閼氏營上過，蠻姬争進乳茶紅。

九月雲中道路難，雪花如掌打征鞍。可憐生女方彌月，便出蘭閨犯歲寒。

娘子城邊憶打圍，鸞靴上馬疾如飛。兒夫不忍彎弓射，心愛雙雙白兔肥。

汝愛秦淮不忍唾，清波留取照妝妍。蘭葉舟過桃葉渡，憶君乘月看燈船。

小姑山過大姑來，白浪如山山欲摧。汝畏風波不敢涉，卻思飛鞚白龍堆。

繡牀針帖委花間，自到炎方病不閒。荔子何曾親玉齒，檳門未解發紅顏。

正欲移家向莫愁，高堂共上木蘭舟。龍盤虎踞惟江左，兒女乘時亦拜侯。

盡將釵珥遺嬌女，空有圖書殉少君。小像唾絨卿自繡，朝朝哭把水沈薰。

不復窗前畜畫眉，鳥名。不須山上采燕支。燕支已作斷腸草，畫眉今亦變相思。鳥名。

不對芙蓉賦不成，愁來兼罷玉琴聲。可憐四壁空寥廓，慢世無人共長卿。

商瞿白髮欲成絲，沐犢琴歌更自悲。珠母不愁生子晚，鸞膠衹恨續絃遲。

養母依然獨采薇，無人爲製老萊衣。卿卿自是將軍女，不合身隨野鶴飛。

此日梁鸞高節少，自慚無以報糟糠。當年擇對成何事，誤把今狂作古狂。

哀蟬落葉滿高秋，銀燭隨風淚盡流。夢裏哭聲驚阿母，頻令白髮抱深愁。

甘瓜苦蒂久相離，子母方將鈎帶時。正喜堂前三婦豔，丈人安坐聽調絲。

大婦今朝罷綺羅，高堂寂寞淚痕多。方知北地風霜慘，亦勝南天瘴癘和。

燠寒誰問老親衣，作繪今朝亦已希。憶得姜家新婦在，泉中躍出鯉魚肥。

顧家針綫巧相同，酒饌全憑十指功。此日高堂因待客，猶令截髮作雙鬟。

丈人思爾固原還，白髮侯嬴正抱關。小妹雍容兒更念，褰裙逐馬朔雲間。

情知粉黛久無心，國破家亡淚不禁。但使先臣千載見，何妨賤妾一朝沈。

淚灑羅浮萬壑中，春花盡作杜鵑紅。東家蝴蝶西家燕，雙宿雙飛命不同。

相尋日向墓林來，同穴無期更可哀。卿若見憐人寂寂，殷勤一爲把棺開。

祔葬先公珠海湄，三春煙雨暗棠梨。白蘋歲有宗人薦，黄絹争題孝婦碑。

才人命薄古來然，消得香閨幾日憐。一代文章今已矣，更無知己似卿賢。

明月舒光乍上枝，夢殘空使楚王悲。無情最是巫山女，暮雨朝雲祇片時。

懷中保子二齡餘，弄爾西窗舊讀書。我指卿卿新畫像，可憐未解淚沾裾。

貰酒爲歡正未央，黄泉一旦作參商。他時誰作相如誄，更把遺書上建章。

紅顔自古命如塵，早返蓬山作上真。不見棺中雙彩履，那知鈎弋是仙人。

淚滿羅紈賦未成，佳人永暮不勝情。可憐今日江郎筆，不畫蛾眉花不生。

春色無情去鏡臺，百花今日爲誰開。可憐五色收香鳥，曾得釵頭立幾回。

醉卧當壚紅粉邊，風流誰信阮公賢。閨中此日無良友，被髮狂歌更可憐。

行行淚滴楚天西，誰與狂歌玉手攜。佳麗世間應不少，冰清那得接輿妻。

平生五岳興翩翩，因戀朱顔不復前。潘岳祇今無内顧，迢迢一任越山川。

素女忽歸天漢去，孤猿空有玉環留。從今不娶神仙婦，未有恩情到白頭。

去歲中秋三五夕，鴛鴦歸到粤江邊。高堂滿酌葡萄酒，笑道人同明月圓。

夜永翻愁玉漏催，夢魂無計入泉臺。丈夫淚向閨中盡，慚愧當年學道來。

往日京師事遠征，如何束帶待鷄鳴。芳香四種兼明鏡，未盡秦嘉贈婦情。

雁門當日見容華，早識桃名短命花。單枕一宵如蕩子，同衾兩載絶倡家。

一夕秋風蕙草摧，何當燕婉向泉臺。天將豔色傾荀粲，不許中庭取冷來。

夫人遂與甘陵似，不遇華佗絶可憐。更比炎妻新乳死，倉皇何處得神仙。

麻姑怪爾戀人間，雲母丹成去不還。尋遍羅浮峰四百，峰峰煙翠似雙鬟。

珊瑚掛鏡未消愁，媚爾方營翡翠幬。香裏奇南爲屐齒，花中么鳳作釵頭。

終日焚香禮彩雲，雲中不見舊仙君。畫圖懸在梅花洞，蛺蝶無情亦上裙。

生時居爾珊瑚洲，爲近麻姑二石樓。巫岫未開神女館，羅浮先作淑人丘。

白雲何處望西涼，魂繞花田應更香。紫玉可能邀入冢，木蘭不得送還鄉。

月明環佩莫踟躕，此地仙靈窟宅餘。太華休歸毛女洞，羅浮且在鮑姑廬。

豈有芙蓉得久妍，秦嘉鍼藥累三年。三年詞賦無多作，樂府惟歌婦病篇。

令暉才藻已成塵，笑妾春風今不春。閨裏蘭開四五葉，題書誰復寄行人。

早識佳人命不長，殷勤花底作鴛鴦。三年不肯如泥醉，恐致卿卿惱太常。

萬里相攜廟見來，麻姑臺作望鄉臺。紅蕖結子心難遂，白鵲銜雌口不開。

孤鸞舞絶鏡中央，碧水丹山恨路長。天上豈無秦弄玉，人間那有杜蘭香。

秋風吹葉滿空閨，不見盤中蘇氏妻。黃口小兒憐失乳，夜深猶向玉棺啼。

左思杖策方招隱，林下風流失謝家。嬌女有誰憐織素，小郎何處見青紗。

萬里從夫淚滿巾，煙花不似故鄉春。越人莊舄元思越，秦女羅敷自憶秦。

情如孫楚難除服，愁似潘安日望墳。蒿里一朝生白髮，榆林萬里隔黃雲。

漸似中郎鬢有絲，將雛歌罷不勝悲。琴書定與他人去，門户終無健婦持。

夜夜燈前笑語同，夢回方覺玉牀空。黃泉共友惟蘭氏，白首相依失蕙叢。

處處相隨蘭麝聞，中間分袂去從軍。裴卿枉嫁浮雲婿，張子虛尋倉海君。

小姑嬉戲憐初七，七日爲人治酒漿。大嫂生辰逢此日，更將人勝媚新妝。

戴勝争誇王母降，點梅還道壽陽來。明年人日人何處，人日歡娱祇一回。

白日魂交翠帳低，家人難喚夢中啼。英雄氣爲紅妝盡，況復多才竇氏妻。

西京詩句似朱絃，士會還工贈婦篇。紈扇白頭卿最愛，玉琴彈出月明前。

天生明月斷人腸，今夜方知秋夜長。一照愁人生白髮，風吹不去皎如霜。

日暖琉璃研匣開，真書臨罷上妝臺。金釵不肯持沽酒，爲購蘭亭宋拓來。

董生傭作致甘肥，天降神娥爲秉機。今日高堂慚孝養，故鄉煙霧獨歸飛。

自古來卿與女休，壯年能報父兄仇。功成俱上列仙籍，嗟爾今朝命不猶。

稚女無人抱惠芳，秋來多病不扶牀。可憐水火無能免，靧面桃花憶阿娘。

錦衾多淚雨同流，羅袂無聲風自秋。縱有少翁能致汝，帷中那得玉魂留。

去時真似箭離弦，風過長河雨絶天。人命踟躕曾不得，千秋遺恨素馨田。

日出秦樓睡起遲，黄鶯啼殺海棠枝。湘東未得持斑管，先取豪犀理鬢器。理鬢絲。

年年生日好煙花，不用胡琴寄謝家。塞上疾馳千里雪，房中親奉一流霞。

七夕穿針事已非，家人不忍曬遺衣。年年一渡銀河去，卻羨雙星相會希。

天花無蒂月無臺，遊戲人間更不回。多事許家丞相女，樓中捉得酒仙來。

啼到無聲血滿枝，杜鵑何似客心悲。英雄自古原無主，不殉佳人欲殉誰。

風雨連宵送海棠，空餘蘭麝土生香。檀奴不忍看遺挂，疊損羅襦滿一箱。潘岳小名檀奴。

天風吹散洞簫聲，憶共蓮花峰上行。青紫已無奇女氣，芬芳空有玉姜名。

一片落花天上飛，茫茫春色去何歸。三生石上因緣淺，不管情人淚滿衣。

不斷蓮枝不見絲，絲長無補斷蓮枝。他生願作田田葉，捧爾芙蕖出水湄。

自失鴛鴦百事慵，尋仙依舊向雲峰。不因裘褐人相逐，吴市何須去賃舂。

雙淚已如潮有信，一心還似柳多絲。那能學取蒙莊子，漠漠彭殤總不知。

不學神仙爲玉顏，蓬萊祇在洞房間。而今既失鸞皇侶，縱得神仙亦是閒。

杖劍西從紫塞遊，偶因兒女覓封侯。可憐織錦秦川女，不待功成去十洲。

甘蕉不實恨如何，秋雨蕭蕭葉上多。夜夜玉琴相伴宿，閒情不復著青娥。

胡雁頻從越鳥翔，情知水土畏炎方。紅顔竟爲而姑死，白首徒令阿母傷。

狼藉珠釵與翠鈿，紅埃更滿夜飛蟬。飾妝之用。光浮玉臂猶餘淚，香冷金爐似有煙。

研淚爲書告佛陀，才多不懺懺情多。生天莫使爲天女，八月休教作月娥。

林泉相對衹綦巾，筆墨憑君繡雒神。爲愛狂夫詩句好，金璫平與刻書人。

自折宜男與侍兒，苔痕猶有小香綦。殷勤拂去飛花片，想像淩波冉冉時。

才人自古歸廝養，亦有文姬毳幕中。吾子不須悲薄命，千秋芳譽孟光同。

松柏何須附女蘿，思將白日醉中過。天教武子爲情死，人是文通賦恨多。

【箋】大均於康熙九年寫下哭内子王華姜十三首五古後，情不能已，又于同年撰寫哭華姜七絶一百首，續訴哀思。

送陳五黄門訪藥禪師 二首

白頭陳給事，五岳去何遲。君父真無所，神仙亦後時。折梅過大庾，炊黍憶東菑。此日宜高卧，浮山與爾期。

丈夫殊未遇，努力食嗟來。況有青琴在，那憂白髮催。吴山朝步馬，越水暮流杯。不有三禪客，誰憐一代才。

【箋】

陳五即陳子升，永曆時爲給事中，因稱「黄門」。康熙九年秋，陳氏至青原訪方以智。詩當作於此時。藥禪師，即藥地。方氏爲僧時名弘智，字無可，號藥地。

春日喜從弟無極至東莞賦贈 二首

我學老萊子，婆娑膝下時。弄雛殊未已，采藥更何之。汝自圭峰曲，來尋莞水湄。林中無所有，衹贈白華枝。

與子傳家學，離騷廿五篇。楚人元善怨，漁父豈爲仙。以道娱萱草，於春返藥田。紫荆花一樹，知爲弟兄妍。

【箋】

據「弄雛殊未已」句，知此詩作於康熙十年春，時大均稚女阿雁尚未殤也。無極，其人未詳。成鷟有屈五無極過宿話舊詩，知其排行第五，又有舟過大悦滘訪屈無倦、無極兄弟詩。知其居於新會大悦涽村。

別稚女 二首

膝下方嬌小，非男亦勝無。可憐頻失乳，未得復將雛。一月行邊上，始生一月，即出雁門。三齡向海隅。至家時，三歲矣。黃泉有慈母，念爾淚如珠。

自失餔糜婦，家中日益貧。東門如復出，黃口託何人。況此桑榆日，尤須菽水身。此行惟數月，即返莞江濱。

【箋】

大均于王華姜卒後一年（康熙十年）之四月至七月間赴雷陽（今海康），欲「求升斗之粟，以爲親養」。別稚女乃在此時。稚女，指王華姜所生阿雁。

別稚女

稚女難爲別，臨行淚欲揮。可憐初絶乳，未解一牽衣。念爾在繈褓，同予餐蕨薇。晨昏娱祖母，莫使笑聲希。

【箋】康熙十年赴雷陽前別女兒阿雁作。

別稚女

憐渠纔四歲，無母已期年。多食春生病，長啼夜不眠。撫摩惟乳媪，嬉戲祇香田。那得無離別，朝朝置膝前。

【箋】康熙十年四至七月赴雷陽期間。詩中有「憐渠纔四歲，無母已期年」句，可證亦是詠懷阿雁也。此詩詩外失收，據道援堂詩集卷六補入。

雷陽郡齋醉中走筆呈吴使君

使君風流世所宗，飲酒不醉真酒龍。一麾出守瀕海郡，三年坐嘯擎雷峰。有一酒狂人不容，聞君新醅荔支濃。沈香舭船大如斗，中有扇沙嫩鹿茸。香貍之脯鯊魚翅，玉盤行出和春菘。使我朵頤不能已，番禺千里來相從。中秋月照郡齋夕，轟飲吏人俱辟易。鯨魚自合乾百川，鼴鼠猶能盡一石。玉山忽倒紅氍毹，談禪交吐夜光珠。嬌歌婉轉東西和，花旦温柔左右扶。英雄達生無不可，一代糟丘今屬我。古來賢聖盡浮雲，豈必二豪同蜾蠃。昔人酒中誰陸沈，阮公一醉直至今。酣放動經六十日，千載惟公知此心。

【箋】

大均於康熙十年四月赴雷陽(今海康縣)，七月歸東莞。此詩乃作於西遊雷陽期間。吴使君，即吴盛藻，字壯觀，安徽和州人，拔貢生。康熙八年至十四年，任雷州府知府。大均此次西行，乃爲求衣食計。翁山文外十三哭稚女阿雁文：「吾之奔走雷陽，以故人爲守，思求升斗之粟，以爲親養。」

哭稚女雁　十九首

當年設帨雁門關，代北諸軍盡解顔。共道榆林飛將種，明駝莫載木蘭還。

我憐堂上有慈姑，老鳳啾啾喜弄雛。得此左思嬌女子，堪令白髮日歡娱。

汝母秦人父越人，汝生於代紫河濱。萬里三人成骨肉，三年一旦作埃塵。

初生一月即南征，歷盡龍沙紫塞城。九月霜花凝繡褓，苦寒不斷有啼聲。

祖母歡分一味甘，時時棗栗滿花籃。殷勤剪髮爲雙髻，更與炎洲翡翠簪。

兩齡失恃汝何知，哭向桐棺索乳時。萬里將來孩抱物，何人見爾不生悲。

孩笑朝朝繡佛前，那知有母在黃泉。殷勤賴有樓煩女，似燕將雛得兩年。
朝弄書篇夕畫圖，聰明不獨識之無。女中博士吾真望，不比尋常掌上珠。
頻同曹子傷金瓠，不共任妻哭澤蘭。汝母劬勞應未足，九泉相待共饑寒。
三月艱難瘴海行，歸來不見一枝瓊。家中大小相持哭，盡作哀猿腸斷聲。
四十商瞿未有兒，初生一女不曾悲。三年鞠育何辛苦，作母多於作父時。
空留汝母嫁時衣，霧縠花羅香漸微。欲與他人今不忍，華山高處瘞斜暉。
羅浮亦作衣冠冢，令化麻姑蝴蝶飛。留與人呼小鳳子，文章五色有光輝。羅浮大蝴蝶，一名小鳳子，相傳麻姑遺衣所化。
阿母桐花兒小鳳，桐花小鳳命相關。羽毛未就花先死，鳳自無心在世間。
汝母泉臺久寂寥，香魂應念女兒嬌。月中顧兔難離腹，風裏楊花易失條。
無端母子來煙瘴，送卻浮生數月中。無母不應還有子，芙蓉蒂斷易隨風。
暫到人間未四秋，爲誰辛苦作蜉蝣。朝生暮死非予罪，哭向皇天淚迸流。
葬汝先人墓道西，白楊多處作幽閨。若知汝父長相憶，莫向黃泉汝母啼。
母子之恩水月同，月輪祇在水當中。汝今母子重相見，須識靈光一片空。

【箋】

大均與王華姜所生女名雁，字代飛。因生於雁門關，故取名爲雁。大均爲衣食計，於康熙十年四月赴雷陽，七月始歸。稚女雁則於六月因食積患痢而殤，年僅四歲。大均寫此詩外，又撰哭稚女阿雁文，以遣悲懷。

悔不

悔不從卿死，歡娛向夜臺。空閨形影在，白日夢魂來。夕鳥驚風葉，秋蟲泣露苔。人間今已矣，何處是蓬萊。

【箋】

約作於康熙十年間，時爲大均繼室王華姜卒後不久，故有「悔不從卿死」之語。

哭從弟孚士 五首

往日趨行在，忠貞有我兄。禮部、兵部二君。六龍隨扈從，雙鳳獨功名。淚灑蘭倉水，心懸緬甸城。家中憑第五，孚士行第五。水菽苦經營。

吾宗荆子姓，人重楚王孫。與弟成嘉遯，惟兄在白園。白園，禮部君所居。情將同被篤，道以采薇尊。今日人琴喪，悲酸不可言。

嗟汝年雖少，英姿已絶倫。士龍真俊弟，仲武始成人。膂力難爲用，才華易致貧。紫荆凋一幹，痛絶是天親。

奔墓吾無及，招魂爾不歸。池塘誰入夢，花萼舊相輝。一女生彌月，三兄淚滿衣。不知朝與暮，何以慰慈幃。

未有遺孤在，彌令寡婦悲。慈烏啼欲絶，孝竹槁多時。康樂詩頻獻，離騷學不遲。靈牀盡一慟，泉下可能知。

【箋】

康熙十年作於東莞。是年大均從弟士熺（孚士）病卒，乃有此詩之作。士熺爲士煾、士煌之弟，排行第五。昔日二兄追隨永曆帝入雲南，士熺留家照料，以成二兄之志。見翁山文外卷十三哭從弟孚士文。

喜陳元孝舉第三子

四十慚華髮，懷中一子無。爲君頻緩帶，語云：「一人生子，三人緩帶。」有婦即生珠。元孝新續昏。清廟琳瑯器，沙場汗血駒。先公忠可憫，天意在諸孤。

【箋】康熙十年作。陳元孝，即陳恭尹。陳恭尹第三子名適，字南敬，妻吴氏。見南敬陳公府君墓碑文。

贈清霞子

我昔遊太華，亦上終南山。爲尋仙人清霞子，那知乃在東湖間。本是紫髯一將軍，家在賀蘭臨塞雲。赫連臺畔時遊獵，花馬池前成典墳。曾逐孫公大司馬，傳庭。血戰黄巾郏城下。七日霖雨真可憐，三軍糧絶淚頻灑。潼關再戰功垂成，天妒孫公使結纓。爲忠祇有喬參贊，元栓。作叛何多白總兵。廣恩。清霞此時河南走，黄石兵書嘗繫肘。英雄且戰且學仙，曠達一吟一飲酒。九聖微言久寂寥，神明幽贊暮還朝。王弼天人談不倦，莊周蝴蝶夢相邀。東湖水自羅浮落，石室燒丹汝新作。要將鷄犬共沖雲，莫使嫦娥先竊藥。潘茂名，郁先生，千年象數相傳授，後天之學汝尤精。郁先生名文初，嘗爲高州太守，夢仙人潘茂名與談易理，因得先聖絶學。清霞乃郁高弟也。至人變化無生死，一龍一蛇誰得似。曼倩何妨謔浪多，老聃不在虚無裏。夏日荷花滿湖綺，玉琴三弄鴛鴦起。我言素女即丹砂，君欲雲英化爲水。

【箋】康熙十年作於東莞。清霞子，即郭清霞。陝西寧夏人。明末曾隨孫傳庭與李自成激戰。孫死後乃絶意仕途，好研參同契黄白之術，流寓粵之東莞。後以女嫁陳阿平，乃家於此。

辛亥中秋夕作

去年月比今年好，嬌女如花在襁褓。手持一物笑當門，柚子燈紅如瑪瑙。前年月比去年明，内子新歸自鎬京。畫舸朝維楊柳岸，香車暮入鳳凰城。盤中果愛甘蕉美，檻外花憐抹麗清。稚子争圍秦弄玉，慈姑似見許飛瓊。今年月色如冰凍，獨坐簾前抱哀痛。吴宫紫玉遂成煙，巫岫朝雲元是夢。幽魂不返月支香，仙蜕已藏毛女洞。淚落黄泉知不知，黄泉少見月明時。難將一片天邊月，長照黄泉冰雪姿。黄泉母子應相見，見此月明淚如霰。人間月似白玉盤，地下月如白團扇。團扇光輝乍有無，愁君失路一身孤。夜深環佩歸宜數，莫向黄泉空望夫。

【箋】康熙十年中秋作於東莞。詩中多憶懷前兩年妻女尚生時之情事。

東湖篇贈高明府

柳絲柳絲長復長，雖長難繫紫鴛鴦。鴛鴦飛逐落花去，使我攀絲空斷腸。使君欲執鴛鴦鳥，來向東湖臨浩渺。更憐魚尾紅簁簁，不惜竹竿長嫋嫋。佳人忽自羅浮來，中有梁陳多麗才。雲霞被服三銖剪，蝴蝶文章五色裁。風流攜得諸伎樂，娥郎一曲傳邊朔。十番大小更誇人，諸童新就吴儂學。使君淵雅最知音，邀下樓船更鼓琴。章句離騷殊未已，絃歌三百一何深。公餘秪欲尋高士，荷葉荷花映人吏。著書卻笑葛稚川，虚無但道神仙事。

【箋】

康熙十年作於東莞。高明府，即高維檜，字西崖，福建龍溪人，舉人。康熙七年任東莞知縣。

東湖走筆寄詹明府

東湖水似鏡湖水，一片荷花不見天。更有荔支千萬樹，離離朱實含霞鮮。孔雀銜過水簾去，有時落在美人邊。彭洞繽紛灑冰雪，羅浮縹緲飛雲煙。主人乃是名吏部，風流日日蕩湖船。朝從蘭若求支遁，暮向檀槽覓小憐。畢卓已多甕頭酒，山公還有竹林賢。竹林之下誰名飲，興來我亦清狂甚。醉卧當壚紅粉旁，落花無數沾衾枕。長嘯一聲遠寄君，君在浮丘聞不聞。漆園傲吏爲蝴蝶，勾漏仙人擁白雲。

【箋】作於康熙九年至十一年間居東莞時。詹明府，其人未詳。據「鏡湖」一語，當爲浙江紹興人。

春懷

泉下多吾友，兼之窈窕姿。鏡臺餘落粉，花徑失香綦。燕子皆雙宿，櫻桃不獨枝。相思無日夜，不覺鬢成絲。

【箋】作於康熙九年至十年間，似爲憶懷亡妻華姜及諸死友而作。

答淩天杓 三首

昔作探丸客，今爲鼓枻人。全家向南海，匹馬别西秦。日出天鷄曉，冰開塞草春。承君問遊俠，一劍正逡巡。

君産秦淮曲，才華掩六朝。拂衣去宫闕，長嘯上金焦。地入盧龍冷，天生塞馬驕。丹青知絶詣，憑爾畫嫖姚。凌善畫，在查將軍幕。南武山川險，君來百戰餘。文章驚幕府，談笑上戎車。才子偏能射，將軍亦著書。樓船清暇日，觀海出扶胥。

【箋】約作於康熙九、十年間。凌天杓，江蘇上元人。曾在東莞水師營守備查之愷幕中。能詩善畫。金陵詩徵有其詩。

送人還嘉禾

梅關向梅里，懷土意凄其。越鳥多南客，孔雀曰南客。鸞花少北枝。無媒惟橘柚，有子盡相思。慷慨難爲别，追尋未可期。

【箋】約作於康熙九、十年間。嘉禾，即嘉興。翁山文外二錦石山樵詩集序：「予生平知己，嘉興爲盛。」此詩所送爲誰，未詳所指。

送沈文學之韶州　三首

三十六韶石，芙蓉翠可憐。重華曾奏樂，遺響在林泉。龍馭留荒服，珠丘隔暮天。憑君陳桂酒，去灑九疑煙。

桂水三瀧口，衡陽五嶺門。秦關惟此險，朔馬至今屯。莫道炎天小，應知赤帝尊。君看形勢好，彩筆定飛騫。

雕胡分雁膳，臨水勸加餐。一路篙舟去，愁君日上灘。肉芝含雪長，花瘴入秋殘。處處仙靈窟，長謠拂羽翰。

【箋】

約作于康熙九年至十年間。沈文學，其人未詳。韶州，指韶州府，在粵北。

送鮑子韶還贛州　三首

嶺南秋氣早，八月已寒衣。處處邊笳咽，年年塞馬肥。空增滄海戍，不慮白登圍。漢使君能任，重來事未非。

朝臺黄氣在，偏霸意如何。鴻雁秋還少，牛羊日已多。大才先草檄，餘力在横戈。遲爾梅關上，圖書載橐駝。如何炎徼外，乃有二貪泉。香尉繇來衆，金裝亦未賢。君知貧賤好，衹載素馨鮮。歸種章江曲，長吟對紫煙。

【箋】

約作於康熙九年至十年間。鮑子韶，即鮑夔生。安徽歙縣人。父叔裔，居江西贛縣。

贈張總戎

將軍自行酒，醉我越臺東。往日青蓮客，能成大將功。韝鷹方側目，櫪馬不嘶風。一片深沈氣，屠沽事未終。

【箋】

康熙九年至十年間作。張總戎，其人未詳。

望海

海氣夜成潮，潮鷄唱泬寥。流隨明月滿，聲入大江消。大小趨雙汛，東西蕩二樵。秋來多水宿，乘漲命蘭橈。

【箋】

作於康熙九、十年間居東莞時。

清明展墓作

妖姿痛不留，華年惜中夭。墓草根已陳，松枝翳蘿蔦。繡牀所憐女，魂魄何嬌小。藥石弗能追，相隨入先兆。沈陰日杳冥，泉下無時曉。憂毒能傷人，吾將殉窈窕。

【箋】

康熙九年，大均繼室王華姜病卒，十年，其女阿雁又以食積患痢而殤。此詩作於康熙十一年，中多傷懷妻女之句。

東湖曲 七首

東湖水接珊瑚洲，吏部開爲萬里流。高陽雖有酒池好，那得人人盡拍浮。

虎門潮水與湖通，士女如山出鏡中。香氣皆爲荷葉氣，顔紅盡似荔支紅。

天生一片素馨田，來作炎洲士女妍。多食荔支顔更好，樓船不隔碧紗煙。

處處龍舟金鼓來，蘭橈桂楫沸如雷。東江水鬥西江水，奪盡花紅暮未回。

堤畔青樓隱柳陰，笑聲時與水雲深。東家蝴蝶西家燕，飛入芙蓉不可尋。

船船盡掛寶鐙來，萬朵芙蓉火裏開。明月滿天照不入，光中人影亂樓臺。

善才三兩弄鑾絃，水馬如飛欲上天。羨殺金花倭帽客，奪標能得一嬋娟。

【箋】康熙十一年作於東莞。東湖，在東莞境内。此詩乃寫夏日遊湖之樂。

壽尹丈

日出羅浮紫翠重，芙蓉争繞老人峰。天因四皓生芝草，漢有孤臣在赤松。坐處花深靈壽几，夢餘風過曜真鐘。山公膝下能娱志，春酒今朝沉瀣濃。

【箋】康熙十一年，時客東莞。此尹丈，疑爲尹源進之父，與作於康熙九年之壽尹太翁二十韻中之尹太翁似爲同一人。

過某將軍北山草堂賦贈

英雄無命合知還，欲作浮雲自有山。身在不忘金勒馬，夢飛猶向玉門關。横行人望三軍出，高卧天容一日閒。落落長松風籟好，吹人不使鬢毛斑。

【箋】康熙十一年作。某將軍，其人不詳，疑爲前明一歸老林泉之將軍。

壽東莞令

新年花柳暖争開，茂宰椒觴是壽杯。四百峰霞扶日出，東西江水送春來。三城吏治推經術，一代公卿讓賦才。鸞鳥已翔榆次縣，歲星行上栢梁臺。

【箋】康熙十一年作於東莞。東莞令，廣東通志職官表載，高維檜，福建人，曾於康熙七年任東莞知縣。

悵望爲家禮部兄賁士兵部兄泰士作

悵望滇南殺氣凝，十年龍血已成冰。紅霞尚自依行殿，白草無從問義陵。諸葛但教兄弟在，文淵應見帝王興。艱難六詔歸來日，花萼名高世所稱。

【箋】康熙十一年作於東莞。賁士、泰士，指大均從兄士熺、士煌。二人曾追隨永曆帝入雲南。永曆帝于康熙元年遇害，故詩中有「悵望滇南殺氣凝，十年龍血已成冰」之句。

未夕

未夕見新月，微微如白雲。牛羊數峰落，煙火一林曛。樵女歌聲合，漁人艇影分。不知花近遠，溪口即香聞。

【箋】約作於康熙十一年居東莞時。

贈袁錫泉 五首

袁子錫泉，自石龍得一小水，沿洄於斷峽深林之間，三日而至羅浮，舍舟八里，則沖虛觀在焉。歸以告予，予聞此水即羅陽溪。然自來遊者，從東莞、增城、博羅，皆繇陸路以入羅浮，未有蕩槳溯流，竟達朱明、耀真之洞也者。惟山中販香屑者，時時駕筏往來云。錫泉好事，今得斯奇道，獨窮其幽。吾輩自此小舸輕橈，隨波下上，荔支之酒，錫杖之泉，滿載以行，不煩人力，其樂何如也。此水無名，予以其爲販香屑者所往來，僭名之曰「香溪」。口占五絶句記之，且以旌錫泉。

不用仙人緑玉笻，朱明門户水重重。因君識得香溪路，舟入羅浮四百峰。

三日仙源路不窮，沖虛觀口繫孤篷。自來漁父無尋處，曲曲千巖萬壑中。

棹入芙蓉路盡迷，虛傳七十二長溪。君非五色仙禽引，定是雙鬟玉女攜。

羅陽一水從丫髻，雲母雙溪自鳳岡。此道香溪百餘里，山靈爲爾闢鴻荒。

太白當年旌九子，翁山今日命香溪。君今名與香溪著，莫惜羅浮白首棲。

【箋】廣東新語卷四有「香溪」條，與序略同。又云此溪「爲羅浮七十二長溪之一」，「以爲入山奇道」。石龍，東莞鎮名。此詩當作於客居東莞時。

煎香 二首

東官黄熟種成田，香氣多宜玉片煎。一縷氤氳凝几席，爐中微出總非煙。

朱砂瓦片更相宜，煎取香魂宴坐時。生結清甜過熟結，兼金購得一枝枝。

花農何似作香農，香種成林即素封。兒女私藏多血結，煎來氣奪水芙蓉。

【箋】廣東新語卷二六：「煎香。香之美者，宜煎不宜爇。」「煎香之法，以生結之囫圇者，浣以新茗，芟其松浮，磨其棱角，而置香面於下，底於上，微沾少水，使香質滋潤，火既活而灰復乾，乃以玉碟或砂片隔之，使之不易就燥。香質不焦，脂液不流，則香氣生空，若無若有，香一片足以氤氳彌日，是名煎香。」此詩詠東莞香當作於康熙十一年前後。

賦答莞中梁子　五首

萬里孤征日，三朝痛哭人。還家如紫塞，見爾即青春。犬馬難酬主，鷄豚幸及親。白頭得知己，感激更沾巾。

丈夫時命薄，不幸作神仙。梅福監門日，安期賣藥年。道須高士得，書必後人傳。歲晏多風雪，松枝好自堅。

與子復何事，千秋一采薇。自驚鸞鶴貴，不必稻粱肥。海氣樓臺結，溪聲水石飛。龐公我兄事，牀下拜無違。

滄浪歌自逸，漁父即三閭。哀怨復何益，芬芳難久居。月華含露濕，泉響入風虛。吾道遠遊好，從君恣所如。

時無衰鳳在，誰與楚狂言。將子知音好，從茲古道敦。鴛鴦元共命，蘭蕙亦同根。寡過相須甚，時時一討論。

【箋】

疑爲大均於康熙十一年離東莞西遊高、廉、雷諸州時作。梁子，指梁憲，字緒仲，號無悶，東莞人。明末官至贊畫司李。棲隱羅浮，以遺民終老。與屈大均、陳恭尹、張穆諸人交遊密切，時相酬唱。詩筆清矯，著有無悶集。見張其淦東莞詩録卷二十二吟芷居詩話。

與陳明敬采方竹作

不采禺陽阮隃枝，不求羅嶠籠篬幹。聞君方竹拂雲霄，枝枝中矩堪把玩。我生好入名山遊，手中竹杖是朋儔。阮隃衹堪作長笛，籠篬但可架高樓。愛兹方竹堅如鐵，出入扶持宜暮節。進長居後退居前，令我不隨人磬折。賢人方之聖人圓，嗟余違世不知權。但使喬松得本性，何須散木終天年。與君向此篔簹掘，磊砢憐伊有正骨。摩娑不減金琅玕，鏗然爪甲聲清越。人間五岳好遊嬉，莫教尚平婚嫁遲。騎二茅龍君不羨，駕三青鳥吾不希。但將方竹作雙杖，與爾高高上翠微。

【箋】康熙十一年作於東莞。陳明敬，其人未詳。

送陳明敬遊吴因訪秀州諸子 二首

之子三吴去，爲予過秀州。故人盡高卧，空谷可相求。梅里山多雪，鴛湖水易秋。幾宵魂夢好，隨爾木蘭舟。故人如有問，新住珊瑚洲。西望江連海，東觀羅與浮。家貧少生計，人静多春愁。知己日零落，相思空秀州。

【箋】康熙十一年作於東莞。秀州諸子，當指北遊時結識之李符、李繩遠、周篔、徐善等嘉興友人。

懷嘉興周青士繆天自

嘉禾高士在，門徑盡花林。不逐鴛鴦去，那知菡萏深。一從船上别，三向鏡中尋。長水連雙帶，牽人日夜心。嘉興有鴛鴦湖，有長水，有寶帶、錦帶二水。

一棹自秋涇，穿橋出杳冥。朝辭學綉里，暮至弄珠亭。不寐因明月，相思是洞庭。湖中山影少，祇有一螺青。水名。

燕梢船太小，祇載美人心。影向花中得，香從鏡裏尋。白鷗分獨宿，黄葉代悲吟。幾夕當明月，因君一鼓琴。燕梢，小船名。鏡香亭，在嘉興府城西北。

往日招尋處，春波與月波。桃花西子里，錦帶大夫河。玉乳秋梨好，霜螯凍蟹多。花帆亭咫尺，清夜亦相過。春波，橋名；月波，樓名。

【箋】

周青士，即周篔。繆天自，即繆泳。翁山康熙八年嘗遊嘉興，據「一從船上别，三向鏡中尋」句，知爲康熙十一年前後之作。

送從弟無極歸里 三首

白雲忽改容，愀淒若風雨。黄龍何宛蟺，相追在洲渚。同氣不相離，庶幾吾與汝。與汝懷芬芳，離騷繩祖武。崇蘭惡無實，相將樹稷黍。泰山易崩頹，相將保鴻羽。成仁即神仙，韓終非所許。願言守儒術，毋墜先人緒。

重華託神仙，解體升九疑。離宮若雲浮，欲陟無天梯。垂衣接萬靈，棄我獨如遺。煢煢在中野，熊羆鳴相追。弟兄貴急難，骨肉無乖離。子能禦外侮，羈旅吾何悲。今朝途路窮，雙鳧忽分飛。商飇吹白雲，悵望徒沾衣。

雲中有二老，采薇何從容。洞房隱青巖，卉木交蒙蘢。處幽含聖神，被我太古風。我祖蹈雲天，窈窕相追從。離騷合經術，規諫心無窮。子其玩微詞，追琢爲楚風。讒邪譬雲霓，君子喻虬龍。金相而玉質，驚采開童蒙。

【箋】成鷟有屈五無極過宿話舊、歸舟過大悦滘訪屈無倦無極二子詩。大悦滘在新會。康熙十一年作於東莞。無極，其人未詳。

再送從弟無極 二首

秋天今肅殺，山林淒且涼。遊子臨歸風，憂心以多方。皇天若浮雲，報施何靡常。黄鐘委塵垢，瓴甋登明堂。吾生既不辰，子亦命無良。雄翡而雌翠，今朝難同翔。哀哉骨肉情，臨别徒徬徨。

陰陽有綱紀，夫婦人倫始。葛覃恐失時，摽梅求庶士。子歸娶齊姜，及此春冰弛。慈姑嗜魚鱠，施罛在河水。恩義相纏綿，琴瑟爲親喜。我有不肖軀，因依無葛藟。何以事高堂，孝德慚君子。

【箋】康熙十一年作。

萬家洲晚眺

楊柳秋含蕊，芙蓉暮斂花。林聲全似雨，海氣半成霞。鳥宿煙村寂，人歸石路斜。月明思一醉，隨意向漁家。

【箋】

康熙十一年居東莞萬家洲時作。萬家洲，即萬家租。大均文烈張公行狀謂張家玉爲東莞萬家租人；又謂張曾與清兵大戰於此。此詩詩外未收，據翁山詩略卷二補入。

壬子春日弄雛軒作 八首

弱柳垂煙重，夭桃破雪新。一身傭作苦，十口隱居貧。性拙鳩無屋，機閒鹿近人。羅浮多笋蕨，采采及青春。

日遲無一事，清嘯和泉音。水國春難暖，茆齋晝已陰。娛親惟彩筆，學道有青琴。慈孝憐多竹，枝枝帶露深。

少妾能調管，賢妻喜讀書。花沾紅袖濕，月映碧窗虛。食盡思干謁，身危屢卜居。纏綿殊未已，小別亦愁予。

未厭妝奩戲，帷房日弄姿。中郎書幼婦，萊子作嬰兒。供養多春酒，歡娱更畫眉。荼煎萱草帶，相對月明時。

楚俗多哀怨，三閭曲最高。未曾生漢武，誰解愛離騷。託意惟男女，淩虚少羽毛。相思泉下友，淚濕舊檀槽。

自愧單家子，疏巾折節年。人肝分盜跖，馬革失文淵。花落又將盡，河清殊未然。終知不得志，白首作神仙。

清狂亦自厭，老大欲誰親。未敢求知己，猶然愧古人。雨中微見月，花裏好留春。晚計惟兒女，家庭道不貧。

自憐書著就，亦是一春秋。受業文宣母，横經大石樓。少年娱黄老，中歲賴窮愁。絕學江門在，吾曾夙夜求。

【箋】

作於康熙十一年居東莞時。弄雛軒，大均居室名，其名似爲昔日娱弄女兒阿雁而取。詩外卷十五哭稚女雁有「我憐堂上有慈姑，老鳳啾啾喜弄雛」句，可爲佐證。此詩寫春日間事，與「弄雛」無涉。時正繼室黎氏來歸，故詩中尚有喜氣也。

留别弄雛軒 二首

新梳墮馬可憐妝，獨少秦珠耳後光。此去青鶯池上買，歸來明月照蘭房。
雷陽紉葛雜銀條，一著涼風生舞腰。應倩纖纖蠻女手，爲卿織得比龍綃。銀條，紗名。

【箋】作於康熙十一年遊粤西前，似爲留别去年來歸之繼室黎静卿。黎静卿字緑眉，東莞人，能詩，與大均有唱和。

弄雛軒有贈 四首

日斜花始渡江來，一到雲鬟花盡開。博弈輸卿花百串，將花結作素馨臺。
學寫曹娥未就時，閒來祇愛弄花枝。何當結得櫻桃子，不負春風作意吹。
牡丹新髻出維揚，衣帶題春句有香。纖手把將團扇好，練巾攜拭口脂長。
淩晨畫就鴛鴦眉，纖手頻來擘荔支。輸與郎君三百顆，花前不肯再彈棋。

【箋】作于康熙十一年，似爲遊粤西前留贈黎氏之作。

端州道中　三首

嶠鳥一山響，秋來多曉晴。月含清露濕，花出白雲明。行役書難著，棲遲道易成。僕夫工早起，催上手車輕。

雙槳摇魂夢，江干欲曙天。鷄鳴催落月，人語亂寒煙。作客憑詞賦，歸耕少薄田。潘郎多内顧，咫尺已情牽。

峽口苦風浪，維舟日未曛。松聲浮古寺，石氣結寒雲。山束三江小，沙迴一水分。思家愁不寐，竟夕戍歌聞。

【箋】康熙十一年，大均有高、雷、廉諸郡之遊。西行路經端州作此。端州，今肇慶市。

端州感懷　二首

地扼東西粤，中丞作鎮雄。嵩臺曾駐輦，錦石有行宫。兩載偏安業，孤臣再造功。可憐天運去，倉卒六軍空。

蒼梧西咫尺，終古哭重華。水接牂牁闊，雲開石室斜。天孫頻此夕，時閏七夕。帝子久無家。不分浮生苦，飄零信海槎。

【箋】

康熙十一年，大均西行經端州，追思昔年永曆帝駐蹕於此事，有感而作。

七星巖

玲瓏數巖穴，明滅一煙霞。石乳凝爲石，花光散作花。莓苔多緑字，蝙蝠是丹砂。散帶尋仙跡，行行磴道斜。

【箋】

康熙十一年作。時大均西行經端州，故有此詩之作。七星巖，廣東新語卷三：「七星巖，在瀝湖中，去肇慶城北六里。……七峰兩兩離立，不相連屬。二十餘里間，若貫珠引繩，璇璣回轉。」

玉虚宫夜作

北辰垂大象，造化實樞機。吐納天中黄，羣星蒙光輝。真氣貫我身，洪荒如盤羲。清宵事禹步，斗路無端倪。靈風吹羽裾，飄飄將安歸。天回九地轉，彷彿乘龍螭。嗟彼世間人，神珠棄污泥。變詐成功名，英雄誠小兒。何如長桑君，長詠還虛辭。

【箋】肇慶七星巖有玉虛宫，大均所遊似即此地。姑編于康熙十一年遊肇慶七星巖時作。

東安　二首

雨餘蒼翠滴，山影滿城中。谷小人煙合，林疏瘴氣通。峰峰多石笋，處處有花宫。向夕星巖上，摇天一片鐘。

匡廬九疊屏，分得一峰青。地削芙蓉瓣，天懸瀑布瓴。千山連彩翠，半壁障空冥。一片城西影，風吹落縣庭。

【箋】康熙十一年，大均西行，經過東安，見山水甚佳，故有此作。東安，即今雲浮縣。此處山多、泉多、洞多。廣東新語卷三之「東安諸山」記其山水泉石之勝甚悉。

題張氏石鱗山房 在東安城東　三首

瀧東好巖壑，片石亦嵯峨。樹樹穿雲竇，峰峰拂水波。落花閒處滿，啼鳥静中多。君有茆茨在，棲閒奈樂何。

四壁蒼苔滿，晴餘瀑布痕。玲瓏多洞穴，繚繞盡林園。谷口雲霞塞，人家彩翠屯。九星巖咫尺，城外有啼猿。

壁峻全如削，峰斜半欲飛。雲根争絡石，玉乳亂沾衣。處處梅花覆，村村古木圍。鹿門妻子在，來此借漁磯。

【箋】

康熙十一年，大均西行，過東安作。張氏，指張穆。時隱居東安石鱗山中，築石鱗草堂，戴竹皮冠，以遺民終老。石鱗山，即錦鯉峰，在東安城東半里。東安，今名雲浮。

東安舟中

秋水流何急，魚梁欲上難。風雷争一石，煙雨失諸灘。渡口鳴蟬亂，人家落木寒。青山千萬轉，不得見東安。

【箋】康熙十一年，大均沿東安水路西行，觸景有作。

入新興江路

一水灣環好，揚帆入萬峰。灘聲驅亂石，山影落寒松。青草餘春瘴，疏花隱暮鐘。大風頻拔木，知是澗中龍。

【箋】康熙十一年，大均沿新興江西行，故有此作。新興江，在新興縣境内。

河頭舟中

一夜寒山雨，泉聲處處飛。牽舟上霞壁，買酒驚松扉。石亂灘無路，苔多地有衣。殷勤林上鳥，唤客不如歸。

【箋】康熙十一年作於西行高、雷、廉諸郡之時。河頭，鎮名。在新興西南新興河北岸。

宿那烏塘田家

數峰如古木，上下繞藤蘿。拔地雲根亂，參天石笋多。人煙迷洞口，雨色暗寒河。暮向田家宿，情如鷄黍何。

【箋】康熙十一年大均遊粤西時作。那烏塘，阮元廣東通志卷一〇八「陽春縣」：「那烏水在縣北四十里。」那烏塘，在今春灣鎮。

那旦道中作

孟秋九日寒無比，東西南北颶風起。陽春道上不可行，吹我僕夫僵欲死。有車既陷泥淖中，有馬亦倒溝渠裏。雨挾驚沙撲面飛，征人濕透苦無衣。黑雲一片横天盡，紅葉千重見日希。登高四望無煙火，白石蒼苔滑殺我。但得天晴到夕陽，自有人家當道左。

【箋】作於康熙十一年遊粤西時。那旦在陽春縣南六十里，在今崗美鎮。

次魚洞

貙虎應相識，年年此路行。猶生慈母望，不死故人驚。水漲春多毒，林深晝一晴。雨中白雲起，隱隱數峰明。

【箋】

作于康熙十一年游粵西時。　魚洞，其地未詳。

黄泥灣道中

樹樹藤蘿掛，峰峰洞穴通。人家依石壁，客棹轉花宫。竹密愁無路，松多嘯有風。鷄聲莫唱早，鄉夢正禺東。

【箋】

康熙十一年，大均西行，經黄泥灣有作。　黄泥灣，在陽春縣北。廣東新語卷四：「舟自黄泥灣乘流至陽春縣，一路重巒複嶂，與羅旁諸山相接，百餘里不斷。平疇中往往削出奇石，每一石高百餘尺，皆有古木槎枒其上，藤蘿下垂如瀑布，苔積如雲，蒼翠陰寒，停午失景。如此者數十百石。人家在巖洞中。」

陽春道中　四首

羣松圍石笋，一水蔽巖扉。蒼翠含秋色，陰森散夕霏。采菱人未罷，食稻蟹初肥。百里雲峰路，愁中望欲微。

孤舟行不得，最恨鷓鴣聲。峽暗三秋雨，林開一日晴。相思生白髮，獨往憶青城。不有神仙術，那消婉孌情。

朝穿魑魅影，暮入虎狼群。林木陰多慘，煙嵐毒更薰。野人毛布與，樵女蜜房分。喜向空山曲，茅茨宿白雲。

芙蕖愁少水，烏鵲恨無枝。草野原吾分，皇天不我私。鮑焦垂槁日，桑户返真時。所恨無甘旨，歸爲老母怡。

【箋】康熙十一年，大均遊粵西，於陽春道中有作。

陽春道中

參差石笋插天長，翠壁丹崖映夕陽。雨過白雲如瀑布，春來西水没魚梁。人家多養珊瑚鳥，市口惟聞茉莉香。白口能歌傜女好，風流不似野鴛鴦。

【箋】康熙十一年，大均西行，於陽春道中作。

題陽春白水之山

匡廬三疊掛虹梁，復有黄山九疊長。争似春州十三疊，交飛白水一天凉。

【箋】康熙十一年，大均西行，過陽春白水山有作。白水山，廣東新語卷三：「陽春西南一百三十里有白水山，高二百餘丈，其週四百餘里。上有天池龍井，注爲飛泉，一派十三疊。一疊一狀，或横或直，在壁中則直，在壁外則横，各隨石壁之勢。」

陽江道上逢盧子歸自瓊州賦贈 十首

嗟君南渡海，波浪白吞空。三日迷瓊島，中流遇颶風。生還自魚腹，險絶有神功。詎料乘槎客，依然道未窮。

大風吹海嘯，舟似轉蓬飛。競與波濤鬥，私將涕淚揮。旌旗過水怪，燈火降天妃。欲作玄虚賦，心魂今尚微。天妃，海神，吾粤事之甚謹。盧子是日舟幾覆，禱之，有一大鳥止于檣。少焉，紅光熒熒，繞舟數匝，兼花香酷烈，舟遂定，得濟。

波中湧山岳，知是海鰍回。勢欲吞舟去，光先噴火來。不須頻拔劍，自可静揮杯。忠信豚魚格，多君學易才。海鰍身長百里，口中噴火，能吞巨艚，遠望若丘山也。

黑風寒挾雨，城没大洋邊。魚鱉人誰免，波濤爾獨懸。行穿龍洞穴，戰退鬼樓船。莫向高堂道，平生險自憐。七月海嘯，水没城，溺人甚衆。

高帝稱奇甸，南溟豈大荒。諸華同禮讓，一賦重文莊。我高皇帝嘗稱瓊州爲奇甸，丘文莊因作奇甸賦。爾去觀風土，身先入衆香。遍書珍異物，詞藻照蠻方。

天晴空翠滿，五指山名。拂雲來。樹樹奇南結，家家末麗開。野人朝獵去，黎女暮歌回。調酒黃獐血，君曾盡幾杯。

首夏過瓊甸，檳榔得食花。螺杯川上拾，捻酒洞邊賒。逸興淩山月，新詩奪海霞。買愁村若到，定愛髻鬟斜。檳榔花絶甘美，開以四月。海上多香螺、鸚鵡螺諸殼，大者可爲酒杯。捻酒，倒捻子所釀之酒也。

人人攜釀具，處處熟離支。一夕香成酒，三危露滿巵。和風嘗衣袷，暑氣不侵肌。花是檳門好，清芬百里吹。土人多就樹釀離支酒。

方物生黎獻，黃麖黑狗熊。大旗書向化，小隊拜當中。憲府宣威德，炎洲息戰攻。丹青憑爾筆，繪出島夷風。盧子親見生黎人入獻方物於瓊州副使，旗書「黎人向化」四字。

草木鳥爲狀，山川細作箋。龍宮爭欲得，海舶早相傳。功比嵇含密，才兼郭璞妍。圖經予亦作，先就曜真天。

鸚鵡嬌能語，獮猴小似拳。攜歸横秀閣，君讀書處。得自會同川。子女分葵笠，君王望玉鞭。公車應早上，莫即戀林泉。

【箋】

作於康熙十一年西行高、雷、廉諸郡途經陽江時。盧子，道援堂詩集作盧升卿。東莞人。瓊州，指海南島。組詩第八首詩外失收，據道援堂詩集卷六補入。

自大小王公嶺經楓林橋一路丹楓古木與梅桂相亂坡陀高低石路坦潔絶可愛

車隨石路去迢迢，夾岸楓林隱一橋。松樹不知何處盡，人穿蒼翠已三朝。

【箋】王公嶺，在廣東陽江沙逕墟。爲萬曆年間參將王揚德開通道，故名。此詩當作康熙十一年途經陽江時作。

經陽江電白邊界感賦 二首

南極成沙塞，長城界海雲。濤聲天外落，雨氣日中分。不見戈船影，徒勞甲馬羣。紅夷有孤島，辛苦漢將軍。

城從虎門起，千里跨空冥。多壘虛防海，非邊亦築亭。中華餘一島，正朔在重溟。望斷黄龍艦，風帆似水萍。

【箋】作於康熙十一年西行高、雷、廉諸郡途經陽江、電白邊界時。詩中「中華」二句，指臺灣鄭氏仍奉南明永曆正朔。

題電白熱水山　四首

我向擎雷去，頻經熱水來。峰峰蘿薜滿，面面瀑泉開。花裏多猿飲，林間有雉媒。斜陽在西崦，繫馬尚遲回。

珠湧寒泉裏，潺湲觸石分。寒融千嶂雪，暖結一溪雲。十里丹砂氣，三時沈水薰。寅、午、酉三時尤熱。神靈嗟此水，世上少人聞。

四出青峰下，褰裳未敢前。純陽成玉液，真火在寒泉。不斷炎霞鬱，時流落蕊鮮。晚風吹不冷，堪拂石牀眠。

南國多炎德，吾生服餌高。荔支皆火實，湯液即金膏。自此蠲憂疾，兼之長羽毛。太陽流烈氣，噓吸未爲勞。

【箋】作於康熙十一年遊粵西經電白時。熱水山，阮元廣東通志卷一九「電白縣」：「熱水山在縣西三十里，下有泉湧出，熱如湯沸。」

熱水泉 在電白之西三十里

温泉一綫出寒泉，五月炎風吹有煙。流入清溪穿疊障，聲含細雨亂高天。清涼昔向驪山浴，蕭爽今來電白眠。更喜石牀長數丈，官亭東畔翠林邊。

【箋】

作於康熙十一年遊粵西時。熱水泉，在電白熱水山下。見題電白熱水山箋。

自五藍經熱水山八十里至大牙宿

日暮未遑宿，我勞將奈何。野花含笑滿，山鳥畫眉多。古木蒙蒼蘚，温泉出緑莎。林深屢迷路，衝虎一人過。

【箋】

作於康熙十一年遊粵西經電白時。阮元廣東通志卷一九「電白縣」：「五藍河在縣東北二十里。」大牙，今屬電白縣林頭鎮。

五藍詞

垂垂腰下繡囊長，中有檳門花最香。一笑行人齊下騎，殷勤紫蟹與瓊漿。

【箋】

作於康熙十一年遊粵西經電白時。

贈電白令

使君慷慨奮秦聲，欲繼空同一代名。花縣不嫌神電小，炎天偏有玉壺清。人飛國士無雙譽，家住朝那第一城。他日夔龍多事業，更令珠海盡銷兵。

【箋】

作於康熙十一年遊粵西時。據阮元廣東通志職官表載，康熙三年，陝西延安人郭指南任電白知縣。詩中有「秦聲」之語，電白令即郭指南。

贈郭臯旭　九首

之子當湖彦，風流亦可宗。豪雄似翁伯，博雅比弘農。來作花田樂，歸期錦石封。大才應晚達，冠劍且雍容。

雙瞳猶點漆，五十學書年。老覺黄金貴，愁令彩筆妍。浮家因范蠡，破産爲韓嫣。攜手高涼路，相將詠甫田。

少小持胎素，行將服海霞。心珠同皎月，意蕊即丹砂。合浦探鮫室，羅浮御鳳車。羅浮大蝴蝶名「鳳車」。多情如陸賈，愛殺素馨花。

憐才惟越女，女出琵琶洲。高義緑珠似，姑蘇無與儔。相逢若鳧藻，比翼同珠丘。會有容成術，令君再黑頭。

鷓鴣元越客，茉莉是蠻花。南翥聊同妾，西飛莫憶家。蚌生珠子樹，龍織海人紗。自可成豪富，無令金谷誇。新納粤姬。

漲海精華盛，真人沐浴多。命須紅粉續，吟奈白頭何。素女師宜早，清琴曲貴和。鳳毛行冉冉，宜子是交娥。

我似青黄橘，須君羽翼來。蝶生元鳳子，螺長即珠胎。瘴海多珍物，炎天少異才。無人知寶惜，零落委蒿萊。

知音君最善，不負此朱絃。鸞羽吾方鎩，蛾眉世不憐。雲爐山名。吸丹氣，玉液漱飛泉。虎豹姿如此，那堪便學仙。

與君結交早，不忘久要言。道以文章重，情將骨肉敦。天心歸草莽，世事在丘園。何以蠲憂疾，蘭房更樹萱。

【箋】康熙十一年作。詩中有「攜手高涼路」句，可見二人一同西行。郭皋旭名襄圖，浙江平湖人。工詩。性倜儻，好交遊。陸莘行老父雲遊始末：「壬子春，父已逾期，仍命褚〔禮〕從余舅翁郭皋旭入廣。」可知郭氏於是年春到廣東。組詩詩外收八首。其四據翁山詩略補入。

次觀珠塘同郭子作

榕陰行不盡，夾路鷓鴣啼。樹樹包青嶂，山山出一溪。虎過風葉亂，蟬立露枝低。于役雖云苦，林泉得共携。

【箋】

康熙十一年作于西游電白縣時。觀珠塘，在電白縣西北望夫水南岸。郭子，即郭皋旭。

化州道中寄時子

林深多直木，水漲失清溪。野草白成路，山花紅作泥。卧驚松子落，行畏夕陽西。跋涉因何事，圖君玉手攜。

【箋】

作於康熙十一年遊粤西經化州時。時子，其人未詳。

化州道中

百里盡珍禽，林中交好音。落花封虎跡，流水澹人心。誤踏峰峰葉，貪眠處處陰。僕夫憂日暮，驅馬去駸駸。

【箋】

作於康熙十一年西行經化州時。

贈吕化州 四首

復闡先公道，爲邦孝友餘。世爲臣子鵠，人讀使君書。德感金芝草，恩隨白鹿車。我懷陰雨好，欲向化州居。尊人太傅公諱維祺，以理學爲河洛人士師。嘗箋註孝經，感孝芝之瑞。後殉難新安。

太傅忠誠在，平生一孝經。先朝安社稷，後裔重朝廷。爲政勞州牧，書名冠御屏。拂衣歸莫早，公輔待儀型。

尚書誰特筆，忠冠烈皇朝。我有春秋志，公爲列傳標。剖心遺令子，披髮逐神堯。討賊文章在，書生未寂寥。

經年苦行役，車向石龍迴。化州名石龍城。爲有微言在，頻趨太守來。三川家學大，兩世道宗開。往日芝泉院，還期闢草萊。

【箋】

作於康熙十一年遊粤西過化州時。吕化州，指吕兆璜，河南新安人。康熙八年任化州知州。

高涼遇歐陽先輩賦贈 二首

寂寞高涼郡，相逢白髮人。軍中三祭酒，漢末一孤臣。榴蕊頻燒日，鶯聲尚弄春。滇南多變事，爲我話酸辛。

石船仙處士，錦傘女將軍。往跡披蒼蘚，微誠託紫芬。英雄羞粉黛，變化望風雲。且作山中逸，翩翩鸞鶴羣。

【箋】

作於康熙十一年遊粵西時。高涼，即高州。歐陽先輩，其人未詳。據詩中意，似爲南明永曆一老臣。

冼夫人 二首

苦憶英雄娘子軍，女中勳業似桓文。南朝事去餘犀杖，淚灑炎天萬里雲。

三朝繡幰自天來，百戰金戈向日開。保障誰如女刺史，功名能冠越王臺。

【箋】

作於康熙十一年西遊高、雷、廉諸郡之時。冼夫人，高涼俚族人。蕭梁時馮寶妻，知兵略，封譙國夫人。隋書譙國夫人傳：「歐陽紇謀反，召陽春郡守馮僕至高安，誘與爲亂。僕遣使歸告冼夫人。夫人曰：『我爲忠貞，經今兩代，不能惜汝輒負國家。』遂發兵拒境。」

高州大水作

天決鑑江灌高涼，一夕水高三丈强。西南二門白晝閉，城中城外愁汪洋。大雨滂沱不得止，颶風吹倒牛與羊。千家號哭萬家走，婦子盡同魚在罶。白波捲去南巴城，煙火不知何處有。蛟龍拔木山欲摧，潭中驚出雌雄雷。狂夫欲渡不能渡，中流浪打被髮回。二村已遭白牛陷，挺劍我欲爲澹臺，斬盡水怪無凶災。

【箋】作於康熙十一年，時遊粵西高州，故有此作。

後高涼曲　八首

不見仙人駕石船，鑑江秋水正連天。石篙撑折三千尺，愁絶蓬萊路渺然。石船、石篙，潘仙遺物也。

父子捐身百戰時，魂隨少帝入天池。潘州忠烈推潘氏，一片莓苔蝕舊碑。謂潘公惟賢。

北向金陵哭舊君，天生忠義在斯文。一師六弟祠宫在，正氣蒼茫接白雲。謂陳公思賢。

幸蜀當年扈六龍，淒涼故宅草全封。心傷二帝餘遺詔，泣向三泉見御容。謂高力士，高有遺宅在城中。

觀山近接下宫灣，一棹煙波向夕閒。玉井流從金井出，朝霞飛作暮霞還。有金、玉二井在觀山上，潘仙遺蹟也。

寶山春色照珠臺，中有龍湫萬壑回。父老時時望蒼翠，麐鳴知有赦書來。有寶山秀麗如珠，麐鳴，則赦書至。

蜃氣蒼茫望欲無，天邊一道限門孤。蚌含明月浮滄海，珠鱉江中亦吐珠。

孔雀花時金翠多，自憐文采舞婆娑。珠毛向夕無棲處，飛向人間觸網羅。

南巴城下繞江流，二廣山川此上游。天險可憐資敵國，更無馮盎出潘州。

【箋】

作於康熙十一年西行高、雷、廉諸郡之時。高涼，即高州。

苔 高州道中，苔蘚多如梅花，所謂莓也。

上有梅花下有苔，苔花亦似落殘梅。行人不識苔花好，祇道梅花不是莓。

【箋】

作於康熙十一年西遊高州時。

廉州雜詩 十四首

象郡元秦塞，龍門是漢關。天開珠母海，地接桂林山。交趾兵頻入，戈船使未還。何時銅柱折，吾見滅南蠻。粵謠云：「銅柱折，交趾滅。」

海上餘珠市，城中盡竹房。居臨鮫室近，望入象林長。野曠秋無色，江清水有霜。炎州惟此地，風景最荒涼。

城西江水貫，婦女賣魚橋。珠母生明月，鮫人出紫綃。海光千里接，霞氣五黄山名。標。何處大廉洞，人傳藥草饒。

六池光瀲灩，寒動郡城樓。分野非東粵，炎荒亦早秋。伏波瞻漢廟，棄地恨交州。一夕廉山宿，淒涼欲白頭。

玳瑁乘生水，蚺蛇吐毒雲。花從江口合，茅向嶺頭分。銅鼓交蠻器，金標漢將勳。青牛城上望，懷古思氤氳。

珠隨明月滿，半作淚光流。獨立當蟾兔，相思若女牛。投荒頻自苦，入海欲誰求。忍使閨中子，離顔一片秋。

下馬還珠驛，山光見百良。山名。徉狂賢太守，零落古封疆。碑没莓苔字，堂虚俎豆香。漢家今已矣，憑弔淚沾裳。太守謂孟嘗。

豈意珠官郡，珠娘豔色多。褰裙臨水汲，跣足踏花過。錢辨開元字，廉純用唐開元錢。箏調合浦歌。酒漿頻獻客，甘有蔗霜和。

漢代經營地，今餘蔓草長。軍無新息將，女作麓泠王。煙重鳶頻墮，霜高桂自芳。越州城下水，流盡淚湯湯。

白龍池最大，珠池以白龍池爲大。百里盡珠胎。赤子兵頻弄，紅夷舶恐來。邊墻殊未築，海界已先開。此地成雲朔，勞君鼓角哀。

甘蔗新調粉，斑枝未脱綿。捉人餐玉鱠，留客取金鞭。鸚鵡雖多慧，桃花已悟禪。爲卿書諷賦，不惜練巾妍。

殷勤求孔雀，迢遞自防城。五歲金花滿，三年小尾成。文章聊自喜，飲啄不須驚。莫使珠毛損，樊籠足寄情。

去苦炎天遠，歸愁白髮多。珠光秋吐納，銅表日摩挲。披髮憐交趾，揚威憶伏波。陸沈殊未已，何處有關河。

百里無煙火，林峰氣鬱蒼。月中穿虎口，花裏轉羊腸。命有三人託，身餘一劍防。間關差不負，詩句即金裝。

【箋】作於康熙十一年西遊高、雷、廉諸郡時。廉州，明清時府名，原屬廣東，轄境相當今廣西合浦、欽州、靈山等地。

伏波射潮歌

廉州海中常有浪，三口連珠而起，聲若雷轟，名「三口浪」。相傳舊有九口，馬伏波射滅其六云。

后羿射日落其九，伏波射潮滅六口。海水至今不敢驕，隨月盈虛少沓潮。流向東西各半月，新潮既長舊潮消。將軍天命治南海，萬古波濤精爽在。前驅海若後波臣，民免爲魚仗真宰。

【箋】作於康熙十一年西遊高、雷、廉諸郡時。伏波，指漢伏波將軍馬援。從詩序中知，伏波射潮，地在廉州。廣東新語卷四「水語」亦載此事。

思鄉水 出廉州之廢石康縣思峒山，至武利江，復還本縣界内，入晏江，故名思鄉水。

水亦思鄉向故山，人流不似水流還。人流若似思鄉水，那有離愁在世間。

【箋】作於康熙十一年遊粤西時。廉州府志載，思鄉水在廉州府東北五十里。

太平驛

樹裏空城在，藤蘿暗女牆。野煙連水白，樵火滿山香。已産蠻夷地，還投瘴癘鄉。僕夫頻見笑，衣食失清狂。

【箋】康熙十一年，大均西遊高、雷、廉諸郡，過太平驛作。太平驛，在今廣西靈山縣西，明清時屬廉州府管轄。

次鬧口

忽自投豺虎，生還亦偶然。路迷千里瘴，行盡九真天。夢裏知親病，貧中賴婦賢。那能如孔雀，身上有金錢。

【箋】作於康熙十一年遊粤西時。鬧口鎮，在合浦縣城東六十里。今屬廣西。

采珠詞 六首

合浦秋清水不波，月中珠蚌曬珠多。光含白露生瓊海，色似明霞接絳河。

中秋月滿珠同滿，吐納清光一一開。明月本爲珠作命，明珠元以月爲胎。

珠池千里水茫茫，蚌蛤秋來食月光。取水月中珠有孕，精華一片與天長。

家家養得采珠兒，兼采珊瑚石上枝。珠母多生珠子樹，海中攀折少人知。

暮春爭賽白龍池，挂席乘潮采不遲。千尺螺筐垂海底，翻波不使大魚知。

珠市西頭近接城，客餐珠肉當瓊英。廉州個個珠娘媚，祇爲珠池水色清。

【箋】

作於康熙十一年西遊高、雷、廉諸郡時。詩寫合浦民衆采珠事。合浦，舊爲廉州所轄，今屬廣西。

欽州

野外稀禾黍，城中但橐駝。愁聞新戰鬥，忍見舊山河。荒服餘交趾，將軍憶伏波。南征遺玉笛，猶奏武陵歌。

【箋】

作於康熙十一年西遊高、雷、廉諸郡時。欽州，舊屬廣東廉州府所轄，今屬廣西。

雷女

雷女工絺綌，家家買葛絲。贈夫多越布，用徐淑事。生子是珠兒。玳瑁裝眉掠，理鬢之具。檳榔代口脂。蠻中妖豔質，半在海洋湄。

【箋】

作於康熙十一年西遊雷州時。此詩詩外重出。

雷女織葛歌

雷女采葛，緝作黄絲。東家爲絡，西家爲絺。夫寒衣葛布，婦饑食葛乳。得錢雖則多，不足償租賦。一日織一疋，十指徒苦辛。衹以肥商賈，無能養一身。

【箋】

作於康熙十一年西行雷州時。葛，指葛布。廣東新語卷十五：「雷人善織葛。其葛産高涼、碙州，而織于雷。爲絺爲綌者，分村而居，地出葛種不同，故女手良與竊功異焉。粤故多葛，而雷葛爲正葛。」

汪學博攜飲羅湖　湖在雷州城西　三首

亦有羅湖好，芙蕖散旅愁。花花棲海燕，葉葉下江鷗。往日多遷客，兹焉弄碧流。我來訪遺跡，先上二蘇樓。

隨君尊酒去，一一上湖橋。童子木蘭枻，將軍青玉簫。是日史守戎在坐。暮風生鐵颶，春水上鹹潮。並馬嚴城入，月明還見招。

中原從此盡，回首奈愁何。地控三洋海，人祠二伏波。涼應天北少，風是日南多。況有澄湖水，亭高出芰荷。

【箋】作於康熙十一年西遊高、雷、廉諸郡時。汪學博，指汪澄清，東莞人。康熙七年任雷州府教授。見阮元廣東通志職官表。

雷陽作

鷓鴣啼不已，春草更萋萋。地向擎雷盡，天連漲海低。中華勞夢寐，白首苦東西。杯酒沈冥好，歸與有釀溪。

【箋】作於康熙十一年西行雷州時。雷陽，即海康。一統志云：「雷州府郡名雷陽，郡在雷水之陽，故名。」

雷陽曲 十二首

郎心好似調黎水，不起風波春復秋。日日兩潮還兩汐，令儂消卻別離愁。雷東有調黎之水，日兩潮兩汐。西有那黄之水，日一潮一汐。

天腳遥遥起半虹，濤聲倏吼錦囊東。天教鐵颶吹郎轉，願得朝朝見破篷。雷州人每見天腳有暈若半虹，輒呼爲「破篷」，爲颶風將至之候。颶風大者，無堅不摧，名「鐵颶」。

花下歡聞白馬嘶，郎來日日在南溪。莫如瓊海潮相似，半月東流半月西。

南亭溪畔二橋前，椰葉陰陰帶暮煙。蠻女喜簪青茉莉，月明齊汲伏波泉。

數錢争出手纖纖，葉結鴛鴦滿玉奩。莫道檳榔甘液好，買儂椰子更心甜。椰中有實曰椰心，甚甘旨。

蠻娘細葛勝羅襦，采葛朝朝向海隅。爲有珠池名對樂，家家生女盡如珠。

夕陽潮挾颶風來，欲渡瓊南舟卻回。望斷所歡愁不見，青青一髻是擎雷。山名。

朔日城南小隊過，鬟邊衹要插花多。金釵競叩三銅鼓，沈水齊薰二伏波。有漢二伏波祠。

小車日日如流水，大估紛紛集暮天。不道紅顔嫌白髮，當壚個個是同年。雷人謂青樓曰同年云。

薄暮人人射獵歸，城端秀塔掛斜暉。雷公廟裏多簫鼓，十里風吹出翠微。

郊西亦有一西湖，生遍荷花與緑蒲。往事誰憐六君子，信芳亭上詠蘼蕪。六君子，寇準、蘇軾、蘇轍、劉安世、秦觀、李綱也。皆嘗居雷陽，今有六君子堂在西湖，與信芳亭相望。

太守恩波及稻苗，洋田近日少鹹潮。神君自是延陵禮，萬户謳歌達紫霄。謂太守吴公盛藻也。

【箋】

作於康熙十一年西遊雷州時。原作十二首，詩外祇録九首。第九、十一、十二首自雷州府志卷十三補録。雷陽，即海康。

贈吴使君 六首

嗟子横江客，使君和州人。東西别二梁。風沙纔朔漠，瘴癘又南荒。四十猶州郡，平生祇老莊。無人論將相，闕下望馮唐。

博望通笻竹，相如起錦城。二京推雅頌，萬里建功名。好色離騷似，求仙大藥成。奇懷真曠世，誰可話生平。

復治高涼郡，朱幡照上游。一身兼四岳，千里帥諸侯。鑑水煙波曉，雲爐山名。紫翠秋。晨昏事尊老，春草色油油。

賈父來何晚，仁聲滿海康。所餐惟薏苡，勿剪是桄榔。白鹿行春色，青鶯返夜光。愧非徐孺子，下榻在君旁。

千載無詞賦，吾師一阮公。今君詠懷作，亦與寓言同。一代推名飲，諸賢挹素風。以予狂簡者，邀入竹林中。

行行射麋鹿，處處市珍禽。愛此白鷴好，鳴聲如玉琴。持歸媚小婦，兼以答知音。文采感相惜，巢君珠樹林。

【箋】作于康熙十一年西遊高、雷、廉諸郡時。吴使君，指吴盛藻，字壯觀，安徽和州人。康熙八年任雷州知府。官至廣東按察司副使。著有天門詩文集。

花燕謡

雷州西湖每夜有紫燕數萬宿荷花中，人呼爲「花燕」。

燕燕燕，飛入荷花尋不見。荷花落盡燕無依，歸去猶銜紅一片。明年花發莫東西，還向荷花深處棲。人間不似荷花好，莫使空梁有燕泥。

【箋】作於康熙十一年西行雷州時。

六月

六月雷州路，驅車入火雲。炎天行欲盡，白日坐無羣。計拙因慈母，途窮爲故君。平生嘉遯舉，未許世人聞。

【箋】

作於康熙十一年西游雷州之時。此詩詩外失收，據道援堂詩集卷六補入。

石城旅店

谿來烏鵲好，絶勝鳳凰飛。野草偏多豔，含花露不晞。與姑炊午黍，爲客組春衣。皎皎茅茨月，良人樵采歸。

【箋】

康熙十一年，大均遊粤西時作。石城，舊縣名，今稱廉江縣。

遂溪道中

車輾空林響，深愁虎豹聞。路從山鬼問，身與僕夫分。日氣含殘雨，天葩散白雲。聲聲行不得，負爾鷓鴣群。

【箋】

作於康熙十一年西行經遂溪時。

次沙灘

四野無巒落，荒鷄何處聲。風驚雙鶻出，月照一人行。點鬢愁霜早，沾衣喜露輕。丈夫矜七尺，饑渴見生平。

【箋】

作于康熙十一年西游高、雷、廉諸郡時。沙灘，村名，在廉州雅塘鎮。

高廉雷三郡旅中懷道香樓内子 十五首

美人居莞水，遊子在崧臺。一片閨中月，清光夜夜來。淚痕知滿鏡，行處定生苔。白露秋方冷，芙蓉勉自開。

月井蜘蛛度，花軒翡翠過。風長憐柳弱，水緑恨萍多。瘦出飛龍骨，涼添孔雀羅。裁書頻見寄，細膩寫曹娥。

知爾繡桂香，别來雙帶長。三秋多怨曲，七夕定新妝。珠掠東莞女子以珠圍髻，曰珠掠。盤明月，花梳以彩絲貫素馨、茉莉繞髻，曰花梳。間海棠。針樓如有夢，西去即高梁。

棋局閒楸玉，熏爐冷鬱金。半年爲伉儷，三度作商參。菡萏新含的，芭蕉好展心。學詩諸弟子，劉碧最知音。

甘蔗莖多汁，檳榔子滿房。道中雖解渴，閨裏更生香。馬上苔痕滑，車盤石磴長。飛飛合浦葉，何日始還鄉。

日日廉陽道，愁攀碧柳枝。可憐千萬縷，總是一相思。海女開珠肉，蠻童鬥畫眉。夜光應購得，歸作耳璫垂。

此日稱閨秀，三娘復令嫺。內子亦行三。貧愁書卷少，病惜筆牀閒。組繡憑雙勝，釵鈿買一山。心光憐水月，禪坐碧池間。

遂我幽棲志，平生得孟光。況兼鸞鳳彩，益助薜蘿香。月夕聯珠句，花晨對羽觴。不須懷媚蝶，歡愛在文章。

赤蟹秋來美，鱟娘素手分。心憎巾影拂，夢恨鬢花薰。椰子含甘液，伽南吐紫氛。幽閨人正苦，不忍戀徐聞。

課妾香奩體，娱姑緑綺聲。燠寒勤診問，甘毳苦經營。廡下書能著，牆東隱已成。因人又于役，貧使別離輕。

馳驅嗟命苦，四十好端居。深井寧無里，中田尚有廬。堂前呼犬子，膝下玩蠶書。莫問霸王事，吾才日已疏。

夫人張繡幰，刺史奮羅裙。犀杖先朝淚，鸞旗女子軍。英雄歸粉黛，事業比桓文。肅肅瞻遺像，題詩一報君。夫人，冼氏也。

白髮孀姑在，鷄鳴汝問安。長先諸妾起，不顧一身寒。抹麗裝花引，沈香製筆盤。新詩多麗則，娣姒定傳看。

路暗隨螢火，行行陷澤中。陰森山鬼影，凜冽野鷹風。汗灑炎雲濕，愁將碧水空。幽閨知己在，未擬哭途窮。

樹樹山鷓喚，村村竻竹圍。炎雲秋更起，清露午方晞。高士難求食，佳人易樂饑。歸與浮嶠曲，與子共芝薇。

【箋】作於康熙十一年遊粤西時。道香樓内子，指大均繼室黎静卿。静卿字緑眉，東莞人。能詩，有道香樓集。見翁山文外卷三繼室黎氏孺人行略。道香樓爲黎静卿所居室名。

幽閨曲 四首

妝罷下階行，正見春流滿。嘆息一池中，菱寒芡獨暖。

妾似蜀葵花，葉多能自衛。嗟爾太陽光，曾不照根蒂。

與君若瀟湘，二水長相合。慎勿向荆州，從戎衣韎韐。

君似洞庭湖，風波常倏忽。賤妾學君山，隨流終不没。

【箋】康熙十二年初作。時將往湖南從軍，室人憂之，詩爲此作。詩外十四有湘水曲云：「湘灕本同源，似妾與君子。願作湘江流，不作灕江水。」詩作於翌年。是當日叮嚀，猶然在念也。

阮亭歲暮懷人詩有曰姚生子莊結屋羅浮頂小陸卿平分古洞天欲覓屈師訪仙跡梅鋗嶺上隔風煙屈師謂予也其注亦云翁上人舊

隱羅浮　二首

羅浮舊隱海雲東，姚陸墳悲宿草空。憔悴依然爲屈子，逍遥不復作支公。沈冥竹葉愁終遣，湯沐梅花命或同。謂梅鋗封臺侯，食采梅花嶺也。歲暮有懷勞學士，何時注籍洞天中。

南流爲汨北爲羅，離别其如二水何。山鬼但知篁竹美，湯師偏見碧雲多。難言風雅歸蠻越，亦有江山似屈沱。三峽羨君頻上下，巴人傳遍竹枝歌。

【箋】

阮亭，即王士禛。王氏於康熙十一年經三峽入蜀。詩末有「三峽」、「巴人」之語，當作於其後不久。

送岑金紀之趙　二首

使氣誰相讓，紛紛俠少場。休從句踐博，合與仲連觴。日照漳河白，天連代草黄。邯鄲饒挾瑟，知爾樂無方。

大陸沈秋雨，長河走暮雷。龍蛇何處蟄，日月幾時迴。嗚咽劉琨嘯，悲涼庾信才。狗屠應得見，燕市重徘徊。

【箋】

岑金紀，名徵，號霍山。南海人。少日與陳恭尹讀書西樵，「每酒酣擊案，切齒於失機誤國之儔，而引斷以古今成敗，仰天號歎，至爲泣下，其壯心熱血亦足觀矣。」（見陳恭尹選選樓集序）岑徵於康熙十一年北上，入粵西、泛三湘、走金陵，復遊燕趙。姑定于康熙十二年作。

過某少府　時自南雄攝東莞

梅花國裏賢司馬，爲政風流今在兹。陰雨頻膏來碧甲，水名，在東莞。廉泉獨酌向黄旗。峰名，上有廉泉。八龍君行八。才地西豪出，雙鳳聲華北闕知。漢代循良吾欲傳，相逢恐識使君遲。

【箋】

約作於康熙九至十二年間居東莞時。某少府，當爲東莞一縣尉。縣令稱明府，縣尉職位低於縣令，故稱少府。

贈潘丈漢生 二首

汝父偕諸父，同胞四皓翁。一家長壽種，兩代丈人風。荷蓧君能似，餐芝我亦同。衣冠相與偉，羽翼正無窮。丈父秉彝翁，年九十有八；仲父峋嶁翁，九十有六；叔父慶存翁，八十有七；季父慶餘翁，八十有二，皆有隱德。有司嘗表其門曰「一門四皓」。而丈今年七十有七，兩從弟亦皆七十餘，鄉閭咸以爲慶。

野老能思漢，心懸建武年。長生待光復，大耋見曾玄。藥得長桑秘，丈善醫。林多杏子鮮。鄉園相接近，來往興翩翩。

【箋】文外卷二贈四潘翁序：「番禺陂頭之鄉，去予沙亭二里許，有四潘翁者……嗚呼，苟有聖人出如少康、周宣其人，光復祖宗舊物，吾知四翁必欣然至，止辟雍爲天子五更三老，而享珍羞玉杖之賜。」詩當作於康熙十年前後。

舍弟刈稻贈以詩

今年風雨好，汝稼滿堂陰。十畝妻孥力，千秋沮溺心。自茲有鷄黍，可以弄書琴。求禄胡爲者，高堂白髮侵。

【箋】約作於康熙十至十一年間。大均有弟二人，名大城、大城，皆力耕爲業。

蘭陔即事 五首

當軒皆古木，繞屋是寒塘。石笋穿雲亂，花鬚拂水長。雖然多菡萏，尚未足鴛鴦。小妓拏舟至，風吹珠翠香。

夜宴多銀燭，春眠少象牀。近愁碧玉女，不嫁汝南王。白馬穿花去，黄鶯入柳藏。可能端午日，來唱荔枝香。

花裏藏丘壑，幽深人不知。水光連碧甲，水名。山勢接黄旗。山名。欲雨雲生石，方晴月滿枝。小童呼孔雀，雙影暮歸遲。

行行花路斷，橋接水中亭。山色含煙緑，天光入鏡青。黄公采芝詠，范蠡養魚經。父子多高逸，朋來亦客星。

【箋】作於康熙十至十一年間居東莞時。所寫乃尹源進蘭陔別業中之景致。別業建於東莞東湖邊。

合瀾洲

合瀾洲上望，蜃氣雨中多。潮起三門海，風飜十丈波。鹽田朝放水，沙潬晚收禾。魚米茲焉賤，時時鼓棹過。

【箋】

約作於康熙十至十一年間。合瀾洲，阮元廣東通志卷一〇二「新安縣」：「合蘭洲在三門海中，與龍穴對峙。多生蘭草，故名。」據詩中「潮起三門海」句，詩題之「合瀾洲」即爲「合蘭洲」。

贈卜者陳生

往日松山戰，而翁諱彪。出漢家。主恩酬馬革，臣節著龍沙。令子悲流落，炎天度歲華。將軍餘碧血，滴滴在金笳。

【箋】

約作於康熙十至十一年間。陳生，其人未詳。據詩中意，其父當爲明末一將軍。

寄龔柴丈

我友惟龔勝，曾同辟穀來。人間無不可，鸞鶴莫相催。待奉白頭母，兼之浮嶠梅。遥遥向江左，共住清涼臺。

【箋】作於康熙十至十二年間。龔賢，字半千，號野遺、半畒、柴丈。江蘇昆山人。工詩畫，畫尤有名，爲「金陵八家」之一。時隱居于南京清涼臺。著有畫訣及香草堂集。

送王煉師

片言爲寶劍，贈爾壯遊人。兒女非無淚，英雄自有神。黄冠辭百粤，白馬入三秦。談笑取卿相，歸來復養真。

【箋】作於康熙九至十二年居東莞期間。王煉師，其人未詳。據詩中意，王煉師時正離粤北遊陝西也。

答人惠藥

蝴蝶作莊周，佯狂世上遊。有身惟殉道，無地可埋憂。月出先微雨，梅開後素秋。承君念寒疾，藥石重相投。

【箋】作於康熙九至十二年間居東莞時。

重寄姚石埭　二首

聞君挹丹溜，日夕訟堂閒。人道羅浮月，飛來天柱間。子安有黄鵠，肯送故人還。還及梅花發，朱明更掩關。石埭即古陵陽。漢時有竇子明者，飲陵陽丹溜泉，與其弟子安騎黄鶴仙去。子明曾爲令陵陽。姚家近羅浮，而石埭有天柱石，故云。

信陵去已久，高義在夫君。我亦屠沽者，諸侯莫不聞。昔勞贈長劍，今豈若浮雲。歧路懷知己，踟躕向夕曛。

【箋】作於康熙九至十二年居東莞期間。姚石埭，即姚子莊，字六康。廣東歸善人。曾官石埭知縣，大均于康熙八年曾有寄姚六康詩，故此詩稱「重寄」。

答定上人

乞食元吾道，蕭然似古狂。九歌驚市井，一笑受壺漿。世態從輕薄，仙源自渺茫。逢君人外賞，把臂竹林旁。

【箋】作於康熙九至十二年居東莞期間。定上人，僧人。其人未詳。

題戴務旃水田圖

與君沮溺心，農事懷江陰。昨夢水田鷺，飛過青竹林。朝來作圖畫，春色東皋深。安得耦耕去，還爲桑者吟。

【箋】康熙九至十二年居東莞期間作。戴務旃，即戴本孝，號鷹阿山樵，安徽和州人。以布衣終老。工詩畫，畫尤有名。著有前生、餘生諸詩集。

白紵曲

翠幌開春夜，瓊樓敞碧天。美人似明月，飛過彩霞邊。舉袖當花客，揚歌應鳳絃。芳心君不見，徒爲拾珠鈿。

【箋】約作於康熙九至十二年居東莞期間。

送黄生扶其父麗農隱君櫬還吴興　五首

汝父先朝露，人悲失首丘。伯鸞頻客死，梅福早仙遊。返葬關河杳，招魂弟子愁。艱難扶櫬去，嗟爾孝無儔。

亦有要離墓，無如傍哲兄。麗農遺命葬其兄墓次。没猶敦孝友，生不愛功名。白雪才難盡，黄花節已成。瓜田今罷灌，苕水爲誰清。

白首遺民少，青山故國非。誰憐溝壑裏，盡是芰荷衣。逆旅煙多冷，浮生露易晞。孤兒憐爾苦，匍匐墓田歸。

白華天性好，黄石父書存。詎改三年道，難忘五世恩。劍虹浮白日，兵氣結黄昏。年少多輕俠，須將詩禮敦。

臨風盡一哭，淚灑越江濱。白首少知己，黄泉多故人。引棺愁道遠，磨鏡苦家貧。何日杼山上，來披宿草春。

【箋】作於康熙十年居東莞期間。黄子錫，字復仲，號麗農，嘉興人。畫家。黄子錫卒於康熙十二年。有六子，名溥、深、湜、潯、泌、沆。詩中黄生未詳行次。見國朝耆獻類徵卷一二四。

送凌子還舊京　八首

送君蘭棹發，歸問秣陵春。龍虎三山地，煙花六代人。林園連大内，眺望及佳辰。我有舊京憶，臺城待結鄰。

王蒙嘗覽鏡，李固日搔頭。遂使青蛾客，争持紫綺裘。三年團扇貴，一片練裙愁。我亦憐書聖，時從池上遊。

賦詩矜絶豔，騷雅變新聲。以我多香草，相投有紫瓊。鳳凰高不下，桂樹晚方榮。自古稱才彦，都於出處明。荔子蠲愁物，檳榔洗瘴丹。令君發玉齒，有女捧冰盤。鬢影花煙濕，琴聲瀑雪寒。生憎湖上柳，不爲繫征鞍。梁鴻元烈士，吴市幾人知。七尺無溝壑，雙棲失縞綦。芙蓉懷麗日，翡翠慕瓊枝。天性多哀怨，勞君比楚辭。蕭蕭天北風，吹亂客心蓬。明日御溝裏，水流不可同。莫忘貧賤好，頻使夢魂通。與子相爲命，蟾蜍在月中。虎踞關前客，龔賢。鷄鳴寺裏人。楊大郁。君歸持桂酒，自可得綸巾。道在農桑日，天留草莽身。平生求友急，見爾必情親。託命在薇蕨，予生日以微。故人那可别，浮世已無歸。漲海波含淚，歧亭酒滿衣。異時車笠誼，相望在燕畿。

【箋】

作於康熙九至十二年居東莞期間。凌子，疑爲凌天杓。舊京，指南京。詩中有「秣陵」、「臺城」之語。

答陸子餽藥

哀樂銷人盡，中年貴遣情。無才營服食，多病愧平生。月冷含霜氣，風悲帶雁聲。感君頻餽藥，高舉覺身輕。

【箋】

康熙九至十二年居東莞期間作。陸子，其人未詳。

偶憶北邊舊遊有作 五首

往日邊頭獵，飛揚共細君。名鷹奮金距，駿馬馳浮雲。白草春猶見，黄河凍不聞。無心盡狐兔，留箭立奇勳。

嘔夷河畔宿，雨雪妓圍寒。絶塞襟玄岳，長城跨紇干。行吹蘆葉管，卧擁槖駝鞍。意氣歸兒女，宵深酒未闌。

酹酒鴉兒墓，英雄今已非。人間消汗血，世亂失戎衣。戰氣横雲朔，邊愁滿夕暉。向來雄割據，精爽去何歸。

麋酒寒難醉，駝鞍暖易眠。呼鷹來口外，販馬向關前。草帶霜花白，冰含日色妍。流螢當晝出，慘澹戰場邊。

春遊懷柘彈，夜怨拂檀槽。遠嫁悲黄鵠，單棲笑伯勞。邊霜沾襪濕，海月入樓高。一旦成黄土，餘香在楚騷。

【箋】大均在康熙九年前，曾兩次北遊。此組詩作於康熙九至十二年居東莞期間。乃回憶昔年北遊情事之作。

大蝴蝶

二月大蝴蝶，家家出繭來。仙衣成鳳子，光采似花開。芍藥人争餵，麻姑使莫催。養成三尺翅，騎汝入蓬萊。

【箋】此詩所詠之大蝴蝶，乃羅浮山特有之物。廣東新語卷二十四：「大蝴蝶，惟羅浮蝴蝶洞有之。」又云：「大蝴蝶本洞中仙種，相傳麻姑遺衣所化。二三月間出洞，山中人索其子藏之。至六七月，如蠶成繭，繭破成蛾，乃化爲蝴蝶。」又云：「蝴蝶大如蝙蝠者，名鳳車，其大如扇。」此詩作於康熙九至十二年間，乃大均客居東莞時憶述舊遊所見之作。

夢鍾廣漢

爾尚爲人子，未應蘭玉凋。著書方屬草，求食正吹簫。魂夢頻來往，精靈未寂寥。死生元不隔，一片月横霄。

【箋】作於康熙九至十二年居東莞期間。鍾廣漢，名淵映，嘉興人。工詩。有美才，思立言以自見。嘗搜采資料數十種，欲撰五代史注，以多病未就而殁。見文鈔五鍾廣漢墓志銘。鍾廣漢卒後多年，大均於夢中見之，乃有此作。

爲高子壽母

之子高堂在，行年八十春。少敦黄鵠節，老倚白華身。養志惟高隱，垂名在食貧。吾親有慈命，將與孟家鄰。

【箋】約作於康熙九至十二年居東莞期間。高子，其人未詳。

題張二丈山房

窗户掩雲煙，山翁春正眠。瓊瓊箏手好，燕燕晝心玄。呼鳥掌中食，留僧花裏禪。幾人能白髮，珍重采芝篇。

【箋】

作於康熙九至十二年居東莞期間。張二丈，即張穆。

答張君纂　四首

張子知名久，南康舊法曹。匡廬憶蒼翠，彭蠡夢波濤。白鶴歸何早，芝華采未勞。劍光如彩玉，相贈及秋高。

自古楚歌好，滄浪與鳳兮。今君擬騷些，春草賦萋萋。獨往惟漁父，相逢此碧溪。羅浮日未出，與子待天鷄。

有女分銀管，隨君出畫堂。左思憐織素，太白愛平陽。小鳳桐花暖，新蟬柳葉涼。近聞能詠雪，兼寫十三行。

相憐兹白髮，逼迫有秋霜。鏡已沈鸞鳥，裘空典鷫鸘。楚辭多越禮，秦女久無香。君有忘憂草，春來好寄將。

【箋】

作於康熙九至十二年居東莞期間。張君篆，其人未詳。據詩意，知其曾爲江西南康法曹。

贈何給諫

老矣黄門客，軍中昔苦辛。江山無半壁，市井有孤臣。海日生紅樹，天風起白蘋。相公家學在，詞賦亦經綸。

【箋】

約作於康熙九至十二年居東莞期間。何給諫，其人未詳。據詩意，當爲南明小朝廷中一老臣。

贈黄勉思

廬墓今何去，西樵瀑水西。故人思寄子，居士已無妻。未敢忘溝壑，何當罷鼓鼙。離亭相送後，風雨各淒淒。

【箋】

約作於康熙九至十二年居東莞期間。黄勉思，其人未詳。據詩中意，似爲南海西樵人。

題葉氏山房

城外青山千萬重，城中獨有一芙蓉。君家正在芙蓉上，一片樓臺雲氣濃。

【箋】

約作於康熙九至十二年間。

贈東莞葉君

千畝香林在莞中，君家正是蜜香叢。羅浮四百銅鑪器，一氣雙煙睡處通。

【箋】

約作於康熙九至十二年居東莞期間。

賦送鎮安別駕

邕州千里外，土府萬山中。地與交南接，官於太守同。威靈千騎入，德教百蠻通。銀艾腰方始，金標立未終。聲詩開子女，明信薦王公。吹管消春瘴，揮琴送夕鴻。玉壺長注露，銅鼓静含風。雨散雷高山名。翠，霞連海角紅。懷人東莞遠，平佛日南空。四塞當天險，三年奏土功。佇聞神雀下，褒語出深宮。

【箋】作於康熙九至十二年間。鎮安，府名，轄境相當今廣西德保縣地。

焚香曲 七首

郎如朱火妾青煙，一氣氛氳出玉煎。沈腦成灰應不惜，祇圖香在夢魂邊。

節爲沈水花鷄舌，兩種香含心字深。多謝博山罏器好，雙煙不斷至於今。

煙積蘭房鬱作雲，積雲成雨濕羅衾。無煩百寶兼千和，香在佳人一片心。

香奪瓊南第一林，成餞不必待成沈。儂如熟結郎生結，一片芬馨直透心。

血格生煎勝降真，卻嫌沈速味多辛。女兒香角尤恬静，非霧非煙一縷春。

鴛鴦噴出篆煙來，細逐遊絲轉鏡臺。裊裊香魂微有影，不教蘭麝即成灰。

辟邪凫藻兩爐輕，被底香毬更有情。展轉不離君玉體，房風遺製鑄初成。

【箋】作於康熙九至十二年間居東莞時。馮小憐有銅足爐曰「辟邪」，手爐曰「凫藻」。香毬，即被中香爐。

贈東湖校書侍女

掃鏡青衣亦自妍，相逢正及破瓜前。人言白白泥中藕，卻勝紅紅水上蓮。

【箋】作於康熙九至十二年居東莞期間。東湖，在東莞境内。校書，舊時妓女之雅稱。

霽後望羅陽諸峰

幾朵芙蓉雨外分，麻姑玉女翠氤氲。青青一髻無多雪，日夕光含一片雲。麻姑、玉女，二峰名。

【箋】作於康熙九至十二年間。羅陽，指羅浮山的南面。詩中「麻姑、玉女」，均爲羅浮峰名。

七夕

天上依然攬玉珂，人間不復畫青蛾。而今卻羨雙星好，猶得年年一渡河。

【箋】作於康熙九至十二年居東莞期間。當有悼王華姜意。

酬尹生貽木蘭花 二首

木蘭枝上露瀼瀼，津液因之吸正陽。之子采花數相贈，爲憐屈子愛芬芳。

屈子餐英自潤澤，正陰精蕊在秋花。不如朱夏木蘭好，與爾淩朝飲露華。

【箋】作於康熙九至十二年居東莞期間。尹生，其人未詳。疑爲尹源進之子長崧或建極。

贈别查韜荒 九首

海岳多精液，生君俊異才。文從六經出，學自二人來。白首天猶困，狂歌日已哀。艱難相羽翼，歲晏且樽罍。

汝昨雲南去，昆明涉倒流。滇王驚大筆，漢將贈輕裘。兵法兒曾學，權書父所留。尊人虹成先生著有權書三卷，皆言兵事。莫徒工草檄，廝養已封侯。

膏物吴江足，文禽越嶠多。羽毛君不妬，音響自相和。海氣朝成市，潮田暮湧波。亦知奇道否，鬱水接牂柯。

莞香多血結，端硯有花痕。相贈無餘物，相知衹二言。才高偏下俗，氣俠不慚恩。沈湎誰能似，生涯在緑樽。

去踏梅花嶺，斑騅似陸郎。無才除左纛，不敢問金裝。贛石諸灘險，潯江九派長。舟中如有作，一一記炎方。

山枝工蜜漬，水熟解蘭薰。歸贈樓中婦，香應日夕聞。書從閨閣著，情以友朋分。時作熊經好，遵生貴在勤。

彈箏纖手子，送爾曲難終。斫鱠鰣魚白，調虀荳蔻紅。道成方好色，才在不知窮。金石期相保，千秋業在躬。

越草多靈藥，蠻花半大丹。神仙寧有種，服食不曾難。葛令遺書古，浮丘静夜寒。留君偏未得，涕淚落江干。

豈敢多求友，交君已不孤。讒言從貝錦，清鑒自冰壺。菡萏雙峰出，雲霞一氣敷。繇來不離别，有道在虚無。

【箋】

查容，字韜荒，號漸江。浙江海寧人。慎行兄。諸生。遊於南北，頗有詩名。著有漸江詩鈔等。康熙十一年冬，查容入粤。次年秋，北歸。梁佩蘭送查韜荒歸秀州、陳恭尹贈别查韜荒詩，均爲康熙十二年秋送别之作。

初秋有憶

一聲風雨錦衾涼，不待秋深鬢有霜。泉下美人相憶否，三年秋夜爲君長。

【箋】

作於康熙十二年初秋。時距王華姜之卒已三年。

墓門 二首

墓門蕭瑟總楓林，不待秋來霜露深。山鬼無心更含笑，野猿終古一悲吟。
毛女何年罷鼓琴，魂歸莫向華山陰。姍姍來影如煙霧，悵望瑶臺空一林。

【箋】

此爲大均有懷繼室王華姜之作。華姜卒於康熙九年，此詩約作於康熙九至十二年居東莞期間。

屈大均詩詞編年校箋卷六　軍中什

起康熙十二年（一六七三）冬　迄康熙十五年（一六七六）三月

從軍行

我親疾痛餘，頤養少甘毳。手足苦不仁，扶持賴兩弟。爲國棄庭闈，此行傷進鋭。七尺遂許人，天年不遑計。遠慚狗屠者，好勇誠吾蔽。親日既苦短，喜懼心徒繫。豪傑貴先人，奮揚在乘勢。利劍苟在掌，即可操宰制。獲報君父讎，於孝乃不細。努力赴戎行，介胄不揮涕。上天憫苦心，所希錫智慧。

【箋】

康熙十二年冬，大均自粤赴湘，參與吴三桂反清軍事。此詩當作於出行之初。

羅生以角弓贈行

丈夫求一飯，不到孟嘗前。貧賤多知己，飄零及壯年。親勞角弓贈，中以紫騮篇。此去非遊獵，煙塵滿朔天。

【箋】

康熙九至十二年間作於東莞。十二年冬，大均北行，此詩當作於此時。羅生，其人未詳。

進帆石門懷古作

洋洋牂牁水，萬里番禺通。百川灌其西，三江瀦而東。分源自夜郎，合流趨鬱銅。勢東高要嶮，聲奔昌樂瀧。春膏溉雄田，夏漲挾舊風。滔滔安所歸，溟渤朝祝融。崩波吭一門，噴激争其衝。竦石盡壁立，沓潮聲相舂。我舟朝溯洄，暮猶雙闕中。飛峽有驚瀑，穿林多橫峰。躭兹山水勝，掛帆時來從。樓船想楊僕，策略懷唐蒙。奇道乃自泄，偏霸知將終。裸國亦稱王，矧爾臣佗雄。中華當拓境，揚越先成功。前軍尋陿破，後騎石門攻。蠢爾一州主，漢爲天下宗。

【箋】石門，羊城古鈔卷二山川：「石門山在郡城西四十餘里，兩山相峙，呂嘉嘗積石如門，蓋山川之會，南北之要害處也。漢樓船將軍楊僕討南越，嘗駐兵於此。」此詩疑爲康熙十二年自粵入湘參吳三桂軍事途經石門作。於篇終見意。

中宿峽

天上猿千樹，聲含秋雨哀。二禺峰窈窕，三峽水瀠洄。帝子吹簫去，仙人采竹來。夕陽煙翠滿，愁見望夫臺。峽中有望夫石。

【箋】康熙十二年冬由粵入湘赴吳三桂軍途中作。中宿峽，清遠縣志卷三山川：「峽山在城東三十里，一名中宿峽。崇山峻峙，中通江流，上有飛來寺。」又：「譚子和海嶠志云：二月五月八月有潮上二禺峽，逐浪返五羊，一宿而至，故曰中宿峽。」

過清遠諸灘

一百重灘水，篙篙與石争。風雷隨地轉，巖壑逐人行。舟子寒相怨，沙禽暮亦驚。何當歸舊隱，高卧掩柴荆。

【箋】康熙十二年冬由粵入湘途中作。清遠峽中有牿牛灘、磨刀灘、銀瓶釣絲灘等險灘。

冬日英州山中

山山黄葉盡，殘雪響楓林。天入羣峰小，泉歸一壑深。高松寒立影，明月正棲心。冉冉歲華暮，誰來問玉琴。

【箋】康熙十二年冬由粵入湘途中作。英州，即英德，在粵北。

湞陽舟中

離鄉曾幾日，不斷夢庭闈。自是慈恩重，非關道力微。空江過宿雨，細草媚朝暉。未忍尋山水，秋深定卜歸。

【箋】康熙十二年冬由粵入湘途中作。廣東新語卷二：「自英德至清遠有三峽：一曰中宿，一曰大廟，一曰滇陽。」

度臘嶺

一徑穿紅樹，千盤墮白雲。衡湘林外出，交廣嶺頭分。流水如人語，回峰似雁羣。問關何所事，蕩子去從軍。

【箋】康熙十二年冬由粵入湘途中作。臘嶺，廣東新語卷三山語：「在乳源西境，壁立峭拔，高四百餘仞，週三十里。……曰臘嶺者，以乳源在萬山中，風氣高涼，於粵地暑濕不類，是嶺尤寒，盛夏凜冽如臘也。」

任囂城

瀧口高城在，將軍舊啟疆。觀星知越霸，絶道待秦亡。虎豹三關踞，旌旗五嶺揚。保民功不小，祠廟遍炎方。

【箋】康熙十二年冬由粵入湘途中作。任囂城，在樂昌縣西南，水注瀧口，西岸有任囂將軍城。任囂，秦始皇時爲南海尉。秦末天下大亂，嚚築關自保。病危使龍川令趙佗代行南海尉事。見史記一一三南越列傳。

乳源出水巖采雪花贈高士周孝廉詡

乳山多異卉，歲晏發寒林。不作冰霜色，誰知草木心。幽香盈石室，素影傍瑶琴。遲暮吾何惜，憑將答所欽。

【箋】

康熙十二年冬由粵入湘途中作。乳源，在粵北。廣東新語卷二地語：「自乳源治北行，出風門，度梯上、梯下諸嶺，磴道險巇、尺寸斗絶。民懸居巖壑之間。有出水巖、雙橋、梅花、瀺水四處尤險。」周詡，字以濂，安福人，崇禎壬午舉人。清兵南下，遂入乳源梅花山中隱居，不出山二十餘年。見文鈔四高士傳。

奉贈高士周以濂先生

白髮垂霜雪，端居岳麓峰。客星光隱現，王命論從容。薇蕨留饑鳳，風雲待伏龍。天人多秘策，授我定堯封。

【箋】康熙十二年，大均經粤北乳源入湘時作。周以濂，即周詡，見上首詩箋。

梅花潦水

梅花潦水地，幽絶可逃秦。耕鑿無餘事，衣冠在野人。人人持鹿鐵，處處見熊伸。傜女歌聲好，風吹聽不真。

【箋】康熙十二年北行入湘途經粤北乳源作。梅花潦水，乳源境内二地名。見上首詩箋。

上瀧謡　四解

寧上三峽，莫上六瀧。上瀧猶可，下瀧殺我。

船隨飛流，入于瀧湫。千尺之勢，十沈一浮。

篙直如箭，船石不見。篙曲如弓，船石相舂。

上瀧船單，下瀧船雙。六瀧可過，一石不容。

【箋】康熙十二年，大均由粤入湘，北行經樂昌作此。瀧，指樂昌境内武水中的六瀧。樂昌縣志卷三「武水」：「去縣六十里，則有六瀧：曰金，曰垂，曰腰，曰崩，曰白茅，曰新。新、腰二瀧，周府君鑿，始通舟。其石險峻，飛湍激流，故名瀧。」廣東新語卷四水語則在「昌樂瀧」中稱此六瀧爲寒瀧、金瀧、白茫瀧、垂瀧、梅瀧、腰瀧。六瀧中，有三瀧與樂昌縣志不同。

過瀧　四首

水出五禽嶺，飛騰作六瀧。蹴天過萬嶂，驅石落三江。舟楫驚相戰，蛟龍怒不降。漢時周太守，疏鑿奠吾邦。

險絶過瀧水，舟飛沸鼎中。死生隨白浪，出没信狂風。沈璧祈河伯，開山嘆鬼工。單船如一葉，片片落秋空。

性命懸三老，舟行若轉蓬。心安過一石，身小束千峰。猿嘯梅花裏，人棲竹葉中。年年白頭浪，送客欲成翁。

舟從九淵出，勢挾蛟龍强。巨崖皆辟易，白浪共飛揚。忠信豚魚格，高深孝子傷。生還天地意，從此戒垂堂。

【箋】康熙十二年冬北行入湘，從水路經樂昌六瀧時作。瀧，見上瀧謡箋。

留别南雄某别駕

别駕多才盡不如，南來初下白門車。六朝春色歸辭賦，五嶺梅花繞簿書。玩世堪爲濠上吏，浮家莫羡武陵漁。時予將往沅湘。江南一片萋萋草，愁絶王孫失路餘。

【箋】康熙十二年冬由粤入湘經粤北南雄時作。别駕，指州府長官之佐吏。後世稱通判爲别駕。

贈南雄某總戎

秦時南塞此雄州，鎖鑰憑君控上游。霹靂泉邊開大帳，梅花國裏坐臺侯。家存兩代山河誓，地接三城鼓角秋。幕府祗今才子在，移家吾欲傍風流。

【箋】康熙十二年冬由粤入湘經粤北南雄時作。總戎，指各省提督下所設總兵。

度騎田作

鞍馬不遑息，行行棧閣間。天寒風落木，日暮雨連山。摺嶺通三楚，郴江下百蠻。遺民思義帝，伏臘淚痕斑。有義帝祠在郴州。

【箋】作于康熙十二年冬暮臘日。時由粵度嶺赴湘，參加吴三桂反清軍事。騎田，騎田嶺，一名臘嶺，爲五嶺之一，在今湖南宜章縣、郴縣之間。魏源聖武紀卷二康熙戡定三藩記上：康熙十二年十一月，吴三桂發兵反，十三年，軍至湖南，陷常德、長沙、岳、澧、衡等府州。詩末二句借楚遺民思義帝事，期望吴三桂能立明後，以濟大事而復明祚。

從大小鸕鷀諸灘上郴州題蓮子精舍

山水頻開闔，仙源不可尋。水簾飛四壁，花雨散雙林。猿鳥聲相亂，蛟龍氣自深。扁舟今已矣，漁父最知音。

【箋】康熙十二年冬暮作，由粵度騎田嶺，經水路赴郴州途中。郴州東北有馬嶺山，一名蘇仙山。古仙人蘇耽，奉母至孝，後辭母仙去。見水經注耒水。故詩有「仙源不可尋」語。

郴江口

驚濤出江口，一片雪山飛。舟與雷霆鬥，人爲魚鼈歸。偷生慚有劍，卒歲嘆無衣。歷盡人間險，吾今解息機。

【箋】康熙十二年冬末作，時從軍湖南。郴江口，水經注卷三十九「耒水」：「黄水又北流，注于耒水，謂之郴口。」

八尺洪

春來灘水急，噴薄萬松間。風雨時驅石，雷霆忽破山。柳深黄鳥亂，花落白猿閒。漸至蘇耽嶺，尋仙擬不還。

【箋】康熙十三年正月作。時從郴州沿耒水北行。八尺洪，在湖南永興縣。清一統志卷三七七郴州：「八尺洪，在永興縣西觀音巖下，耒水所徑也。亂石嵯岈，雷浪喧豗，中有一洪，適可容舟。」

耒陽觀諸葛武侯碑

武侯擒孟獲，刻石耒陽川。威震華夷日，心勞將相年。三分留正統，二表格皇天。終古英雄客，看碑淚泫然。

【箋】

康熙十三年正月作。耒陽，今湖南耒陽縣。天中記：「耒陽有孔明石碑。孔明斬雍闓，禽孟獲，經耒陽，立石以紀功。歲久，字不可辨。」

人日衡陽道中

人日雪霏霏，孤舟上翠微。帆隨南岳轉，雁背碧湘飛。知己惟長劍，還家復短衣。猿聲如送客，薄暮更依依。

【箋】

康熙十三年正月初七日作。時從耒水入湘水，浮湘北上，至於衡陽。

江上望南岳 二首

大江南北分雲夢，七十名峰壓水低。九向瀟湘還九背，隨波直至洞庭西。

五峰雪作九江水，回雁晴連岳麓雲。未到朱陵仙洞口，鐘聲已隔碧湘聞。

【箋】

康熙十三年從軍湖南時作。沿湘水北上，舟中望南岳衡山。

望岳 二首

千里瀟湘帶岳長，芙蓉九面鬱相望。五峰蒼翠連雲夢，一水奔飛下石梁。欲訪禹書登峋嶁，兼觀海日出扶桑。水簾洞裏通浮嶠，便逐仙人返故鄉。岳中水簾洞與羅浮通。

朱鳥天邊配五峰，湖湘倒映翠芙蓉。白雲冉冉香爐出，古洞陰陰玉簡封。一氣衡陽生帝子，十年南極見飛龍。遺宮縹緲無尋處，日暮空聞岳麓鐘。

【箋】

康熙十三年春作，時從軍湖南，沿湘水舟行，眺望衡山。岳，指南岳衡山。

煙霞峰尋李鄴侯故居

中峰多翠微，隱者舊光輝。日月開黃石，風雲繞白衣。書臺春木秀，嘯館暮煙霏。今日瞻靈武，何人扈六飛。

【箋】康熙十三年春作，時從軍湖南。煙霞峰，在湖南衡山，唐李泌曾築室隱居於山下兜率寺側。李泌，字長源。天寶中，待詔翰林。至德元載，肅宗即位靈武，召對稱旨，以賓友相待，權逾宰相。封鄴侯。見新唐書卷一三九本傳。宋曾慥類説卷二鄴侯家傳：「泌得請于衡岳隱居，詔即所居營『端居室』。」故居後改爲鄴侯書院。

望桂宮　三首

秀麗湖湘地，神靈岣嶁峰。夏王刑白馬，南岳降真龍。日月三年闢，風雲萬國從。峨峨朱邸在，還見剪桐封。

縹緲靈光殿，雲開紫翠重。遥瞻天子氣，正繞祝融峰。南狩過炎海，中興在亢龍。衡湘諸父老，血胤憶神宗。我后生南岳，神兵掃北畿。威靈羣帝接，光耀八龍飛。紫蓋留金殿，朱陵望玉旂。幾時從大隗，還駕五雲歸。

【箋】康熙十三年作，時從軍湖南。桂宮，桂木所建立宮殿，指舜帝廟。鮑照代白紵舞歌：「桂宮柏寢擬天宮。」水經注卷三十八資水：「承水（即今蒸水）出衡陽重安縣西邵陵縣界邪姜山，東北流至重安縣，逕舜廟下。廟在承水之陰。」

望回雁峰

峰勢如回雁，高高出楚天。雲含衡岳雪，樹帶碧湘煙。異日藏神劍，今宵繫畫船。乾坤猶震蕩，未可挾飛仙。

【箋】康熙十三年作，時從軍湖南。回雁峰，衡山高峰之一。同治衡陽縣志：「自唐以前，皆云南雁飛宿，不度衡陽，故峰受此號。」

寄從兄泰士

湖南雪盡時，一夜草離離。春色如流水，王孫尚未知。雁歸沙塞早，月照石堂遲。憔悴江潭上，誰聽漁父辭。

【箋】泰士，即屈士煌。此詩詩外失收，據卓爾堪遺民詩卷七補入。審首句，當作於康熙十三年春初。

黔陽

黔陽千隊皂雕旗，城闕蕭條罷戰時。侍御血沾龍袞早，將軍兵出羽林遲。鵷鸞又散三珠樹，雨雪偏侵八桂枝。我愧邯鄲廝養卒，微軀何日報恩私。

【箋】康熙十三年作，黔陽，在沅州之南。是年轉戰於湘西及洞庭湖一帶，行蹤頗難考定。

風門山

壁立青天上，千峰接祝融。風門人不度，石棧馬纔通。射虎隨蠻俗，椎牛會小戎。平生軍旅事，辛苦桂陽東。

【箋】

康熙十三年作，時從軍湖南。風門山，清一統志卷三七六靖州：「風門山，在綏寧縣東一百五十里，山比諸山特高，有大小風門嶺。」時當於湘西一帶作戰。

題招屈亭

楚人端午日，招屈向湘沅。河伯空交手，巫陽不予魂。蛟龍侵水屋，風雨蔽天門。掩泣紛歌舞，思君不可諼。

【箋】

康熙十三年作，時從軍湖南。招屈亭，在武陵縣南沅水濱。方輿勝覽：「招屈亭在城南，相傳三閭大夫以五月五日黔中投汨羅，土人以舟救之，爲何由得渡河之歌，其音咸呼云何在，斯招屈之義也。」

浮湘作 二首

洞庭何處但空天，湘口人家没水煙。山色淡分秋雨外，濤聲寒落曉風前。蘭堂未得三閭返，瑶瑟難從二女傳。終古雲愁兼海思，枝枝斑竹似嬋娟。

瀟湘爲客一秋悲，不唱離騷唱竹枝。香雨忽來神女館，幽蘭多長水仙祠。三閭稱水仙。荒淫未敢兼風雅，哀怨惟圖寫别離。終古君山青翠好，銷魂應有美人知。

【箋】康熙十三年作，時從軍湖南。

洞庭曲

洞庭秋葉落，不忍弔湘君。錦瑟沈寒月，鸞旌隱暮雲。風蘿山鬼帶，石竹女巫裙。欲就重華問，涔陽又夕曛。

【箋】康熙十三年作。

贈陳十一 二首

金瓶連素綆，百尺汲寒漿。清泠滌塵垢，何減流霞觴。城南新賜第，貴盛如金張。昔作騎都尉，今封右校王。胭脂驕塞馬，芍藥豔吴娼。漢恩豈獨薄，天道終有常。吾子抱忠信，誠爲百鍊剛。沙頭且射虎，颯颯淩風霜。

茹荼甘若薺，慷慨荆蠻地。猛虎不忍射，愛彼爪牙利。築臺南岳陽，丹火流扶桑。仙人多劍俠，起舞佐霞觴。填填豐隆鼓，咽咽右英簧。雙龍繞指柔，俄爲掣電光。驚風逐千里，澥水羣飛揚。劃然君一嘯，爲樂何洋洋。我亦白猿儔，相逢聊翱翔。

【箋】

康熙十三年作。時從軍湖南。

次沅江作

西從橋口入，一水最潆回。自過沅江縣，微茫湖欲來。不知青草湖名，西湖也。外，可有碧天開。月落帆須宿，津人且莫催。

【箋】康熙十三年作。時從軍湖南，由沅江入洞庭湖。青草湖，洞庭湖之近南部分名青草湖，荆州記：「巴陵南有青草湖。」清一統志卷三五八岳州府：「青草湖，在巴陵縣西南，湘水所匯，爲洞庭之南涘。」

次沅江縣

沽酒停蘭槳，蕭條見暮鴉。城空無水客，縣小衹漁家。乘雨鸕鷀放，隨風片席斜。秋來多樂事，夜夜宿蘆花。

【箋】康熙十三年秋從軍湖南時作。沅江，今沅江縣。舟行沿湘江至今横嶺湖一帶，由湖西出至沅江縣。

容溪

初日照金沙，溪光一道斜。流霞隨水出，灼灼似桃花。

【箋】康熙十三年作，時從軍湖南。容溪，在沅陵縣。清一統志卷三六六辰州府：「容溪，在沅陵縣東南一百里，西北流合縣東怡溪入沅。」

夜憩江樓

八月瀟湘客，三更烏鵲樓。天隨珠斗轉，雲抱玉盤流。遠望惟京闕，相思若女牛。同心梔子苦，欲寄隔炎洲。

【箋】

康熙十三年八月作，時從軍湖南。詩意若有所懷。

湘中作 二首

帆掛半邊風，空江縹緲中。山光全在水，秋色欲來鴻。草短村墟出，林疏煙火通。湘潭多少路，數數問溪翁。

頻因衡岳失，盡見水灣環。九向瀟湘好，三從岣嶁攀。花開人競上，月出鶴方還。欲謁祝融去，來春可得閒。

【箋】

康熙十三年秋作，時從軍湖南。此詩寫湘江舟行之景。翁山文鈔卷二浮湘記：「放舟草橋……順湘江而下，江勢甚曲，南岳九向之，九背之。其向之則岳在舟前也，背之則岳在舟後。」時已三度浮湘矣。

湘江舟中 二首

湘江東下連瀟水，九繞衡山千里長。夾岸蕭蕭楓葉落，秋來誰忍過瀟湘。
瀟水縈回落九疑，水清斑竹映枝枝。舟隨七十二峰轉，淚落湘江人不知。

【箋】康熙十三年秋作，時從軍湖南。

湘中聞竹枝

竹枝本是三巴曲，流入湖湘調更悲。風俗變來從屈宋，千秋哀怨一相思。

【箋】康熙十三年從軍湖南時作。

湘君辭

翠華殊未返，終古一相思。淚作湘江水，痕留古竹枝。蘭旗雲外度，瑶瑟月中持。更化雙青鳥，銜珠向九疑。

【箋】

康熙十三年從軍湖南時作。湘君，劉向列女傳謂舜之二妃「死于江湘之間，俗謂之湘君」。

合江亭作 二首

雨過蒸湘似倒流，合江亭與水光浮。雲從石鼓過回雁，共作衡陽一片秋。

衡州地勢曲如弓，一道蒸湘射碧空。岳影遠隨湘水去，入湖分作萬芙蓉。

【箋】

康熙十三年作，時從軍湖南。合江亭，清一統志卷三六二衡州府：「合江亭，在清泉縣（今屬衡陽市）北。」明一統志：「合江亭，在蒸湘二水合流處。」

湘中

湘中聞欸乃，泣舜有餘聲。斑竹蕭蕭暮，風吹無限情。

【箋】康熙十三年秋，從軍湖南時作。張華博物志：「舜死，二妃淚下，染竹即斑。」

南岳　四首

峰繞祝融尊，湖湘映岳門。香爐雲夢氣，瀑布洞庭源。雨霽分秋色，林開見曉暾。青蒼一千里，望似陣雲屯。

伊昔洪荒世，衡山佐禹功。巨靈分一掌，明德繼重瞳。岣嶁懸神碣，蓮花落古宮。千秋金簡氣，龍虎鬱無窮。

烈氣流珠海，真形隱玉壺。雲霞相變化，日月自虛無。紫蓋削千仞，朱天開一隅。飄飄鸞鶴上，高揖列仙儒。

山隨湘水長，轉轉向清湘。九面芙蓉翠，中天紫蓋張。峰峰朝赤帝，樹樹帶衡陽。萬古香爐氣，氤氳桂邸旁。

【箋】康熙十三年秋作，時從軍湖南。南岳，謂衡山。

岳廟 二首

肅肅朱陵廟，懷柔憶我皇。乾坤歸火德，日月起南方。秩禮遵虞典，齋心啟夏王。千秋巡狩跡，想像闢鴻荒。

先皇鐘鼓在，肅穆百神朝。鳳管流清殿，霓旌捲碧霄。坤輿雖北陷，天柱尚南標。維岳司休命，無疆錫帝堯。

【箋】康熙十三年秋作，時從軍湖南。岳廟，即南岳廟。清一統志卷三六三衡州府：「南岳廟，在衡山縣西北三十里。」「坤輿雖北陷」二句，寓意明祚雖絶，尚望南方義師能收恢復之功。

南岳頂觀日

中宵登岳望，閶闔赤霞邊。光采頻迎日，空濛不見天。蒼梧龍馭失，紫蓋鳳樓遷。萬古湘纍淚，東皇太乙前。

【箋】康熙十三年秋作，時從軍湖南。南岳，湖南衡山。衡山主峰祝融峰頂有觀日臺。清一統志卷三六二衡州府：「祝融峰，在衡山縣西北三十里，乃（衡山）七十二峰最高者。東有望日臺。」

衡山篇爲徐武子丈壽

衡山有奇篠，爲音何洋洋。雌枝吐流徵，雄枝含清商。美人擷朱脣，爲君樂無方。鳳將九子吟，龍挾五駒翔。紫芝成宫闕，醴泉滿壺觴。萊妻共高逸，爲壽未渠央。金庭連玉柱，四皓所徜徉。昊天毋嗟嗟，痛飲以自强。丈家近太湖。

【箋】徐樹丕，字武子。號牆東居士，又號活埋庵主人。諸生。工詩，善八分。江蘇長洲人。有埋庵集識小録。皇清書史有傳。此詩姑定于康熙十三年從軍湖南時作。

天岳

秋氣高無極，峰峰積雨凉。白雲吞七澤，紅葉滿三湘。禹跡留盤石，仙宫傍夕陽。蛟龍多蟄此，吾亦隱文章。

【箋】康熙十三年秋作，時從軍湖南。天岳，即牌山，在醴陵西南。文鈔二浮湘記：「又九十里至朱亭，爲湘潭縣境。遥見天岳在前，南岳在後，天岳形迤長，亦如南岳陣雲之勢。其峰與白雲相間，日光亂之，精采璀璨，直至渌口而止。」

琪林

琪林日暮喜乘涼，羽客殷勤拂石牀。欲得銀鈎真與草，白鵝多養在池塘。

【箋】康熙十三年從軍湖南時作。琪林，指道觀，在衡陽。

琪林晚眺

鳥道盤天外，誰攀太乙林。雲連金闕暗，花積玉壇深。北渚空春草，衡陽正夕陰。雲中君未降，淒斷鳳簫音。

【箋】康熙十三年從軍湖南作。此詩詩外失收，兹從道援堂詩集卷六録出。

長沙秋望

雨過星沙楚望開，天邊王氣尚昭回。蒼梧倘得重華返，紫蓋應朝南岳來。父老謳歌思帝力，君臣馳逐失龍媒。茫茫秋水吞雲夢，騷賦空投二女臺。

【箋】康熙十三年秋作，時從軍湖南。詩有期望反清軍事成功、恢復明祚之意。

賈太傅故宅

長沙南紀外，遷客九疑邊。皇帝虚前席，書生實少年。岳雲高冠日，湘水遠連天。故宅餘春草，行人重愴然。

【箋】康熙十三年作，時從軍湖南。賈太傅，賈誼。誼西漢洛陽人。少通諸家之書，以能誦詩書文著稱於郡中。文帝時，召爲博士，遷太中大夫。後貶長沙王太傅。賈誼故宅，水經注卷三十八「湘水」：「又北過臨湘縣（今長沙）……郡廨西有陶侃廟，云舊是賈誼宅地。」

長沙

熊繹開南楚，長沙應小星。城臨湘水碧，苑接岳山青。帝子留笙鶴，娥皇隔洞庭。徘徊秋月夜，玉殿見流螢。有吉王故宮。

【箋】

康熙十三年秋作，時從軍湖南。長沙，今湖南長沙市。

湖中有懷 二首

江從湖口闊，浩淼浸長沙。天外青惟水，空中白是花。亂鴻驚岳市，疏柳落漁家。寂寂推篷坐，相思爲月華。

月出水天分，微茫不見雲。蘆花千萬里，如雪落紛紛。似我愁心亂，風吹不到君。更憐洞庭雁，棲宿暮無群。

【箋】康熙十三年秋作，時從軍湖南。湖，湖南岳陽洞庭湖。

出湖作 二首

澧注湘川左，湖開匯口西。天從南楚盡，岳至洞庭低。波捲青山去，雲含白雁嘶。二妃時出入，風雨冷凄凄。

向夕從湖汊，東浮發棹歌。雪將春水滿，花與白雲多。五渚連青嶂，三湘間綠莎。君山何處是，欲往阻風波。

【箋】康熙十三年作。五渚，洞庭湖所組成的五個洲渚。史記蘇秦列傳有「乘夏水而下漢，四日而至五渚」之語。

湘陰作

青草三閭墓，黄陵二女祠。風清聞玉佩，雲暗見蘭旗。湖口瀟湘闊，天邊鴻雁遲。容顔殊姣好，公子未曾知。

【箋】康熙十三年作，時從軍湖南。三閭墓，三閭大夫屈原墓，在汨羅縣。二女祠，即帝舜娥皇、女英二妃祠廟，在湘陰縣北四十里。

秋夕黄陵作

秋夕江潭寐不成，林空烏鵲亦多驚。風吹不盡瀟湘葉，散作天邊秋雨聲。

【箋】康熙十三年從軍湖南時作。黄陵，黄陵山，在湘陰縣北四十五里。一名湘山。

黄陵悵望

二妃埋玉處，山壓洞庭波。野外蒼梧遠，祠邊斑竹多。佳期愆北渚，離恨滿雲和。靈降先風雨，來聽衆婞歌。

【箋】康熙十三年作，時從軍湖南。清一統志卷三五六：「黄陵廟，在湘陰縣北四十里。」即二妃廟。

拜三閭大夫墓

三閭蟬蜕後，玉珮葬湘川。披髮重華側，揚靈太乙前。墓田滋杜若，宗國委寒煙。詞賦開苗裔，千秋哀怨傳。

【箋】康熙十三年從軍湖南時作。三閭大夫墓，見前湘陰作箋。

古廟

古廟瀟湘尾，微茫接洞庭。美人雲蕩漾，帝子水精靈。髻作君山小，衣留蘭葉馨。微聞撫瑤瑟，聲在數峰青。

【箋】康熙十三年從軍湖南時作。古廟，當在湘陰洞庭湖畔，爲祀二妃之廟。

君山夜泊

相思七十二峰青，雲引愁心過洞庭。采罷芙蓉秋月下，回舟何處弔湘靈。

【箋】康熙十三年從軍湖南時作。君山，在洞庭湖中。方輿勝覽云：「山方六十里，狀如十二螺髻。」

荆南歸興

牢落風塵一蒯緱，荆南空上仲宣樓。家貧豈是無長策，親老那堪更遠遊。巫峽啼猿驚旅夢，洞庭飛雁引鄉愁。英雄不是爲人子，處處沙場作首丘。

【箋】荆南，荆州之南。此詩疑爲康熙十三年秋作於洞庭湖畔。汪譜編於十五年，疑誤。

浮湘 十五首

五年遊五岳，三度下三湘。今夕衡陽宿，依然風露涼。鐘愁回雁落，歌愛采菱長。木葉蕭蕭下，如何客異鄉。

湘水清且淺，粼粼白石分。青浮南岳影，紅摺暮天紋。九面芙蓉繞，中流蘭杜薰。溪邊漁父好，竟夕棹歌聞。

不斷湘江岸，青青蘭竹叢。淚痕光曉露，哀響亂秋風。岳與千帆轉，天歸一鏡空。明朝洞庭上，蕭瑟對丹楓。

水涼朝有氣，日出漸成煙。林寂鳥多語，山深人亦田。岳痕青出岸，波影緑摇天。清絶湖南地，浮湘自可憐。

帆投漁火宿，浦口暮煙迷。催客蟲聲亂，依人鳥影齊。林穿黄月細，花壓碧天低。疏磬知何處，茅茨隔一溪。

岳雲青不斷，湘水與之長。湘至湘陰盡，沿洄殊未央。鷓鴣催客起，斑竹拂船涼。山髻時明滅，林煙一帶蒼。

兩日隨蘭槳，青青紫蓋峰。五峰江倒映，水底盡芙蓉。蒼翠楚天好，微茫湖口重。洲邊采香草，湘女暮相從。

水口皆湘浦，花陰有岳門。帆低紅樹罥，舟小白波吞。戍鼓傳雙峽，漁燈繞一村。溪清多漏石，月照更潺湲。

青恐峰巒盡，紅愁木葉多。魚梁争截水，浣女亂穿荷。雨氣含黄日，霞光激素波。虚無瑶瑟響，悵望是湘娥。

江至長沙闊，湖將岳麓浮。茫茫連五渚，隱隱見雙洲。才子傷卑濕，騷人怨早秋。熊湘高閣在，欲上寫離憂。

戍亭纖月上，吹角斷行舟。葭菼風多夕，瀟湘水易秋。天開洞庭口，波捲岳陽樓。帝子此離别，微茫一片愁。

高高天岳出，雨後白雲多。望與衡山似，愁如秋色何。人家連碧樹，禹跡在寒蘿。憶訪莓苔字，年時鼓棹過。

水清魚不少，一路有罾塘。山映漣漪緑，日含煙雨黄。人爲今屈子，地是古中湘。蘭芷亦青草，如何獨有芳。

石淺水流難，舟人苦叫灘。水螢當晝亂，山鳥及秋寒。故國烽煙隔，他鄉歲月殘。閨中寄霜葉，點點淚痕丹。

三閭憔悴日，自作大招辭。萬古哀時命，遺聲在本支。美人殊未作，宗國已頻移。誰忍爲漁父，煙波任所之。

【箋】康熙十三年秋作，時從軍湖南。此行由衡陽出發，沿湘江北行，經衡山、石灣，朱亭以至湘潭，再折經湘鄉、招山以達長沙。行程具見文鈔卷二浮湘記。詩中「人爲今屈子，地是古中湘」、「誰忍爲漁父，煙波任所之」等句，蓋以屈原自命，志圖恢復。此詩當作於遊洞庭、天岳之後。

自排山經熊羆嶺至祁陽作

百里藤蘿路，陰森萬木中。山寒多宿雨，葉盡少悲風。嶺嶠千盤入，湖湘一綫通。楚南香草地，處處見蘭叢。

【箋】康熙十三年冬作，時從軍湖南。排山，清一統志卷三七永州府：「排山，在祁陽縣北百餘里，盤壁成城，橫岡如界，建驛於此，爲衡水要道。」熊羆嶺，同上書：「熊羆山，在祁陽縣北三十里，一名熊羆嶺。崖壁峻嶒，明末建關其上。」

白鶴嶺懷屈仙作 嶺在祁陽東北，仙人屈處静嘗於絶頂乘白鶴上昇。

三閭昔日是仙人，苗裔如君亦上真。笙鶴不歸高嶺上，彩雲空繞碧浯濱。離騷一卷皆丹訣，漁父千秋有後身。驂駕鳳鸞無不可，岳庭歸與太初鄰。

【箋】康熙十三年從軍湖南時作。屈仙，指屈處静，祁陽人，楚白公之後。幼而悟道，絶跡人表，凡十二年，駕鶴而去。見清一統志卷三七一永州府。

永州曉望

瀟碧湘藍水至清，臨流日日濯吾纓。九峰雪溜添春漲，一片香零山名，在瀟水中。出曉晴。花發有時來士女，月明何處降皇英。雲山隱映皆相似，斷絶騷人萬古情。

【箋】康熙十三年作，時從軍湖南。永州，今湖南永州市。香零山，在零陵縣。清一統志卷三七永州府：「香零山，在零陵縣東。柳宗元嘗登蒲洲石磯以望之。舊志：『在縣東瀟水中。山中所産草木，當春皆有香氣。』」故詩中著意寫其曉晴之狀。

永州南望蒼梧作 二首

三湘清絶是瀟湘，南接蒼梧九水長。此地重華知最愛，故教埋玉九疑陽。

二妃愁思滿零陵，竹上啼痕總不冰。青鳥未陪梧野葬，文魚空向洞庭乘。

【箋】

康熙十三年從軍湖南時作。永州，隋開皇九年置，治所在零陵縣（今湖南零陵縣）。蒼梧，山名。清一統志卷三七一永州府：「九疑山，在寧遠縣南六十里。」方輿勝覽：「九疑山亦名蒼梧山。」相傳帝舜及二妃葬於此。

九疑

帝舜登仙後，衣冠葬在斯。九山相似處，二女莫從時。斑竹空多淚，蒼梧不忍思。千秋哀怨曲，祇有楚臣知。

【箋】

康熙十三年從軍湖南時作。九疑，見前永州南望蒼梧作箋。「千秋」二句，大均似自道其遺民心情。

湘江曲

九疑點點是離愁，淚作瀟湘萬古流。梧野至今迷玉輦，重華何處得珠丘。遺宮彷彿當南岳，舊事蒼茫問白頭。騷客自來傷帝子，況逢蕭瑟洞庭秋。

【箋】康熙十三年秋從軍湖南時作。是年轉徙湖南各地，經行瀟湘二水亦不止一次，所寫湘中之詩姑一併繫于此。

湘水曲

湘灕本同源，似妾與君子。願作湘江流，不作灕江水。

瀟湘曲有寄

瀟藍湘碧總含清，兩不分流最有情。任是瀟南湘亦北，瀠洄終向楚王城。

【箋】此及前詩均康熙十三年作於湖南。

零陵　二首

九疑山色照湘波，西接蒼梧御氣多。一自重華巡狩後，零陵風俗好韶歌。

九峰九水落瀟湘，古木寒煙夾岸長。欲就重華寫哀怨，蒼梧何處但斜陽。

【箋】康熙十三年冬從軍湖南時作。史記卷一五帝本紀：「虞舜者，名曰重華……南巡狩，崩於蒼梧之野，葬於江南九疑，是爲零陵。」詩借弔古暗寓對故明懷念。

自零陵至興安道中

蒼松三百里，不盡復楓林。一路白雲暗，千峰紅葉深。山空自多響，水落亦成吟。薄暮停車坐，蕭蕭餘片心。

【箋】康熙十三年冬作，時從軍湖南，將由此入廣西。零陵，今永州市。興安，今廣西興安縣。大均蓋由此入桂，赴桂林監孫延齡軍。

零陵道中曉行 二首

啼鳥曉紛紛，人煙亂白雲。江聲雙浦合，山色九峰分。斑竹枝枝淚，重瞳處處墳。蒼梧秋雨暗，咫尺阻湘君。

試上蒲洲望，峰峰列翠屏。瀟從湘口合，陵是九疑零。柳映長橋緑，松浮遠岸青。暮投何處宿，燈火起官亭。

【箋】康熙十三年冬作，時由湖南永州赴廣西桂林，將往監孫延齡軍。

松上蘭 在全州赤蘭鋪中

蘭生乃無土，託根高松端。爲君作蘿蔦，青青同歲寒。馨香在天半，無因充玉盤。嗟爾搴芳人，盻望空長嘆。紫莖何嫋嫋，緑葉何反反。但見白雲覆，安知清露漙。嗟彼生沅湘，枝枝臨江干。行人得采擷，持以成幽歡。一朝蕙草晚，棄捐同齊紈。雖蒙置箱篋，詎異塗泥間。

【箋】康熙十三年冬作。自湘入桂途中。全州，今廣西全州縣。全州志卷十一載：赤蘭鋪，爲全州西路古驛站名。汪譜編於康熙十四年，誤。

全州道中

五日松林引，三朝谷口迷。孤村陰雨外，古道白雲西。風定分泉響，山深少鳥啼。故鄉不可望，千里草萋萋。

【箋】康熙十三年冬作，自湘入桂途中，將往桂林監孫延齡軍。全州，今廣西全州縣。汪譜編於康熙十四年，誤。

嚴關　二首　嚴關爲桂林之咽喉，上有秦城。

雪至秦城不復南，嚴關一道滿煙嵐。松間欲訪秦皇廟，匹馬盤迴上玉簪。

秦城長比越城長，築怨當年在瘴鄉。天作嚴關元限越，東南天地總羊腸。

【箋】

康熙十三年冬由湘入桂道中作。嚴關，在興安縣。清一統志卷四六一桂林府：「嚴關，在興安縣西南十七里，兩山對峙，中爲通道，勢極險隘。其南二十里，即秦城，爲楚粵之咽喉，設兵戍守。」汪譜編於康熙十四年，誤。

靈渠

開陡船争上，靈渠水滿時。穿來自秦漢，流出注湘灕。片雨添三尺，千峰繞一絲。相思如此水，南北不相知。

【箋】

康熙十三年冬作，由湘入桂經此。靈渠，在今廣西興安縣。史記主父偃列傳載，秦始皇時命史禄開鑿以溝通湘、灕二水。湘水北流而灕水南下，故詩云：「南北不相知。」汪譜編於康熙十四年，誤。

靈川道中眺望建陵諸峰

横斜千萬笋，不似一峰峰。蒼潤含秋雨，巉巖出古松。孤根争自立，落勢不相從。百里煙雲外，灕江繞幾重。

【箋】康熙十三年冬作，由湘入桂途中。靈川，今廣西靈川縣，在桂林市之北。建陵，唐至德二年以始安郡改名，治所在臨桂縣，即今桂林市。汪譜編於康熙十四年，誤。

舟入灕山贈内

舟穿巖洞出，石乳滴人寒。袖濕千峰翠，顔分萬葉丹。煙深山影少，風亂水聲難。一樹幽蘭草，青青盡日看。

【箋】康熙十三年冬作，由湖南入桂林。灕山，在臨桂縣。清一統志卷四六一桂林府：「灕山，在臨桂縣南。寰宇記：『一名沉水山，其山孤拔……旁有洞穴，廣數丈，南北直透。』」汪譜編於康熙十四年，誤。

出伏波門遊于伏波山之下山有巖俯臨灕水王副戎行館在焉題以贈之

城標雙笋石，石上滿飛樓。巖穴通千嶂，雲林響衆流。藩王遺別業，羽客有丹丘。屐步堪乘興，何須去拜侯。

【箋】康熙十四年初春作，時監軍廣西桂林。伏波山，在今桂林市區内。清一統志卷四六一桂林府：「伏波山，在府治東北，亦曰伏波巖，突起千尺，與獨秀山相望。洞前石腳插入灕江，爲絶勝處。」伏波山在伏波門外。王副戎，生平不詳，當爲孫延齡部將。

虞山望虞帝祠

雲氣嘗如象，盤旋玉殿間。匏笙祠二帝，銅鼓鎮諸蠻。地接蒼梧近，林多古竹斑。千秋騷些客，悵望是天顔。

【箋】康熙十四年作，時監軍桂林。虞山，在今廣西臨桂縣。清一統志卷四六一桂林府：「虞山，在臨桂縣東北五里，一名舜山。」寰宇記卷一六二：「舜廟，虞山之下，是祠舜設廟之處。」舜廟當即本題之虞帝祠。

暇日出癸水門眺望 二首

雌雄雙石笋，競秀出城中。一洞峰峰入，千泉樹樹通。水花紛似霧，山響不因風。勝日幽探去，無人識玉驄。

蒼蒼一片石，削出萬峰青。插水皆浮玉，圍天是翠屏。人隨飛瀑下，心與白雲冥。稍待礱廋入，巖扉雨不扃。

【箋】康熙十四年夏作，時監軍桂林。癸水門，桂林城門，位於伏波山下。灕江一名癸水。

寶積山謁諸葛忠武侯祠 二首

宗臣勞六出，正統恨三分。事跡高青史，祠宫落白雲。人思炎帝德，天妒伏龍勳。腰臘西南俗，依依薦紫芬。

不出無章武，隆中豈敢閒。委身因帝胄，守蜀在祁山。智數追三傑，忠誠動百蠻。桂林多俎豆，故老淚痕斑。

【箋】康熙十四年作，時監軍廣西桂林。寶積山，在今桂林市區内。清一統志卷四六一桂林府：「寶積山，在府治西，多奇石怪木。」又卷四六二：「諸葛武侯祠，在府西寶積山。」

草堂夜坐作

蕭瑟草堂風，無眠夜欲中。劍光寒透室，琴響静流空。智在年方壯，文多道自窮。行藏殊未定，且作浣花翁。

【箋】

康熙十四年作，時監軍桂林。

可惜 乙卯作 三首

可惜功名會，先人反後人。才疏應早退，貌惡自長貧。草出偏含雨，梅開不及春。徒然三載別，憂念累慈親。

出處因讐敵，平生烈士雄。道孤難自立，才拙易爲窮。衆鳥啁啾裏，文鸞困抑中。江潭思見放，復守蕙蘭叢。

中廚燒笋熟，下箸忽淒然。不視高堂膳，難歸下海田。淚知三婦滴，身恐一人捐。未拔賁禺郡，明春可勞旋。

康熙十四年作，時監軍桂林。詩中明出處之志，歎才疏道孤，蹇阻憂虞，亦微有歸意矣。

【箋】

福禄咫尺邊界停車悵望有作　五首

水族隨潮至，居人捕蟹多。客愁消匕箸，鄉夢畏關河。樹作長邊界，風鳴小港波。蕭蕭一茅宇，雙淚滴蠻歌。

萬里干戈路，間關真可憐。心從天北死，眼向日南穿。楊僕樓船在，唐蒙策略傳。牂牁春水漲，直至石門邊。

未夕茅茨宿，臨溪置一牀。海鮮沙白美，山果木威香。婦子朝成市，牛羊晚入莊。風前一偃卧，亦足傲羲皇。

雨急不成瀑，林高知有山。撥花尋逕口，攀竹上天關。兒女穿黎錦，生涯鬻白鷴。晚來飛騕馬，投宿有歡顔。

狼水惟蓬遠，瑶山是白梅。妻孥多射獵，虎豹少蒿萊。風俗歌村好，煙光伏峒開。亂峰盤鳥道，行客意遲回。

【箋】康熙十四年，監軍桂林時作。福禄，鎮名。清一統志卷四六四慶遠府：「福禄鎮，在天河縣西南四十里。」天河治所在今羅城縣天河鎮。此地近邇貴州，故題云「咫尺邊界」。汪譜編於康熙十三年，誤。

與諸將登大甑山作

亂後江山但夕陽，邊城千里接荆襄。三軍歲暮歸無日，一夕天寒卧有霜。白草不堪多戰骨，黄雲何處少沙場。深閨夢裏人誰在，咫尺龍堆是故鄉。

【箋】康熙十四年監軍桂林時作。大甑山，即丹甑山。清一統志卷四六七平樂府：「丹甑山，在賀縣西十里，本名幽山。亦曰甑山。」汪譜編於康熙十三年，誤。

陽朔

城裏奇峰滿，人煙在石林。家家爲虎落，户户有猿吟。水脱諸灘淺，江通一井深。客舟紛向驛，月出奏簫音。

【箋】

康熙十四年作，時監軍桂林。陽朔，今廣西陽朔縣。

生日同諸將郊行作

細蹀花驄出，麾幢拂曉雲。葛巾漢名士，毛扇蜀將軍。節制憑儒術，忠誠致大勳。自矜年四十，於道亦曾聞。

【箋】

康熙十四年九月初五日作。大均時年四十六。

陽朔道中

半天青是石，石出輒成峰。一路平田上，參差間古松。人聲喧野水，鳥影下寒鐘。逕口迎車馬，歡然有老農。

【箋】

康熙十四年作，時監軍桂林。

永安州道中作

蒙山蒙水古蒙州，煙瘴千年毒未收。僮女盡能欺虎豹，欄房一半與豬牛。畬田處處燒陰木，水碓家家截上流。無限鷓鴣啼不斷，未行先憶故鄉樓。自荔浦至平南，民僮雜居，不可辨識。大抵屋居者民，欄居者僮。欄以木架起如樓，上以棲人，下以棲群畜，名曰「欄房」，亦曰「高欄」。狼則不然。自荔浦至平南，多僮人，自潯陽至貴縣，多狼人。

【箋】

康熙十四年作，時監軍桂林。永安州，今蒙山縣。

并蒂蓮爲桂平陸明府賦

鴛鴦元共命，菡萏亦同心。朵朵雙頭重，房房一薏深。香薰官閣上，紅映訟堂陰。絶勝兩歧麥，芃芃出桂林。

【箋】

康熙十四年作，時監軍桂林。陸明府，名籍生平不詳。桂平，在廣西東南。汪譜編於康熙十三年，誤。

宿平南縣村中作

野宿寒依火，高欄在翠微。山霞晴已吐，水霧濕猶飛。地廣夷樵少，村荒士馬饑。無金市牛酒，悵望射生歸。僮所居曰欄。

【箋】康熙十四年作，時監軍桂林，軍行至平南一帶。平南縣，今屬廣西。

容州詠緑珠遺事　六首

緑珠江水緑，人向鏡中留。金谷知誰似，翔風見亦愁。月中教横笛，花裏墜飛樓。自作懊儂曲，風華不可求。容州有緑珠江。

自舞明妃罷，何曾秘玉顔。裁縫絲布澁，遊戲犢車閒。笛響虚無外，樓高煙雨間。容州誰不羨，雙角美人山。

衛尉多音樂，新聲號石家。明妃怨秋草，房老惜春華。素手攜雲閣，清心叩海霞。緑珠蒙贈曲，恩重在琵琶。自教緑珠曲，明君與楚妃。匣中憐玉潔，糞上恨花飛。一嫁烏孫去，難將黄鵠歸。房中惟此引，最濕美人衣。石子風流甚，淩雲志更長。佳人憐博白，别業憶河陽。淚灑穹廬外，情深玉笛旁。翾風那殉汝，憔悴在蘭房。一代紅顔盡，珍珠信足珍。房中徒有老，樓下更無人。未得還金谷，難忘戲孟津。同歸多石友，情以歲寒新。

【箋】

康熙十四年作，時監軍桂林。容州，今廣西容縣。緑珠，晉石崇歌妓。晉書卷三十三石崇傳：「緑珠美而豔，善吹笛。孫秀使人求之。崇時在金谷别館……使者出而又反，崇竟不許。秀怒，乃勸趙王倫誅崇……遂矯詔收崇及潘岳、歐陽建等。崇正宴於樓上，介士到門。崇謂緑珠曰：『我今爲爾得罪。』緑珠泣曰：『當效死于宫前。』因自投於樓下而死。」汪譜編於康熙十三年，誤。

緑珠

越女能詩始緑珠，懊儂一曲豔吴歈。身輕好似飛花墮，化作明霞入太無。

【箋】與上詩同時之作。汪譜編於康熙十三年，誤。

緑珠井 二首

懊儂曾照井泉清，一代紅顔水底明。絲布正愁穿指澀，花裙頻使墜樓輕。翾風枉作房中老，王氏虚爲糞土英。白首同歸有才子，當時金谷總多情。

寒泉終古白粼粼，飲水能令出麗人。梁女自歸金谷日，蠻花都讓緑蘿村名，緑珠所居。春。長爲石氏千秋業，未死真珠十斛身。吹笛當時多帝子，有誰相殉落花塵。

【箋】康熙十四年作，時監軍桂林。緑珠井，在廣西博白縣城西北雙鳳鄉緑蘿村。劉恂嶺表録異卷上：「緑珠井，在白州雙角山下。昔梁氏之女有容貌，石季倫爲交州采訪使，以珍珠三斛買之。梁氏之居，舊井存焉。耆老傳云：『汲飲此水者，生女必多美麗。』」

夜上灘江作

水落灘更高，我船苦難上。舟子聲淒酸，榜歌不能唱。天寒白霧深，川路迷蒼莽。山月忽西東，愁人苦相向。霜氣一冬乾，水聲半夜長。衣食分熊羆，無金士難養。久戍盡黧黑，絶地無鹽醬。所歷州縣多，牛酒有誰餉。微聞沙中語，軍窮生怨望。

【箋】康熙十四年冬作，時監軍桂林。軍餉不繼，危機已兆，其後大均辭歸，度緣於此。

昭江夜行作

江天寒色慘，初月不成黄。未夕已生霧，將春始有霜。無能酬父老，不敢憶家鄉。終歲勞軍事，徒令白髮長。

【箋】康熙十四年作，時監軍桂林。昭江，今桂林市平樂縣一帶。

建陵秋望

日暖翠微濃，山包桂水重。樓臺懸一笋，謂獨秀峰。井邑散諸峰。肅殺流東極，玄黄戰大冬。瘡痍新滿路，不忍視軍容。

【箋】康熙十四年秋作，時監軍桂林。建陵，今桂林市，見靈州道中眺望建陵諸峰箋。

野宿茘浦作

夜宿帳房小，天寒多野風。卧看珠斗落，吟使緑尊空。欲戰愁兵少，將歸望路通。故鄉憐有母，辛苦憶軍中。

【箋】康熙十四年冬作，時監軍桂林，軍行至茘浦。茘浦，今廣西茘浦縣。時兵力不足，支援亦缺，詩似有歸意。

烏蠻灘謡　四首

灘在横州之東百餘里，漢伏波將軍馬援所治。

烏蠻灘險惡，篙足須齊落。撑得篙灣灣，不愁水乾涸。

一灘上一日，水淺不没膝。朝畏鐵篙浮，暮愁銅槳出。

山憑銅柱鎮，水以鐵船安。萬古將軍在，行人路不難。

銅柱不妨折，折則交夷滅。鐵船不可浮，浮則橫人愁。灘中有銅船，每有鐵篙槳浮出壞舟，須祭禳乃没。

【箋】康熙十四年作，時監軍桂林。烏蠻灘，在今廣西橫縣。清一統志卷四七一南寧府：「烏蠻山，在橫州東八十里，下有烏蠻灘。」又「銅柱，在宣化縣（治所在今廣西南寧市南鬱江南岸），左右江各有其一。明一統志：『漢伏波將軍馬援征蠻，立柱界上。』」

伏波祠

天南臨海郡，漢代伏波祠。銅柱勳長在，明珠謗不辭。馬流遺子姓，交阯奉旌旗。此日雲臺業，扶風更有誰。

【箋】康熙十四年作，時監軍桂林，因公至南寧一帶。伏波祠，祀漢伏波將軍馬援，在橫州。清一統志卷四七一南寧府「伏波廟，在宣化縣西一里，祀漢馬援。一在橫州東八十里烏蠻灘上，馬援駐兵於此。後人立廟祀之。」本詩所詠乃橫州之祠。

烏蠻大灘謁伏波將軍祠代景大夫作

亂石截流數千里，大石生人小石死。水小不險水大險，穿舟最患石齒齒。水石喧闐門不開，水崩石裂聲如雷。兩岸青峰隨帆轉，一灘白鳥逐篙回。灘名烏蠻最險惡，伏波往日曾疏鑿。功同神禹合俎豆，有廟巍巍鎮甌駱。甌駱至今遵約束，歲時廟下祭旗纛。祠中銅鼓鑄馬餘，銀釵叩擊蠻風俗。麊泠雙女僭爲王，將軍破賊威揚揚。雙植金標臨漲海，七腰銀艾到炎荒。神靈終古槎江在，巨石依然排壁壘。湍流贔怒狀軍聲，勢逐牂牁東入海。兩江黔鬱此朝宗，我溯驚濤欲上邕。千篙日與雷霆戰，萬馬橫當水石衝。調兵東征苦不速，番禺九郡未恢復。遇主徒希馬伏波，委身未遇劉文叔。將軍際會本非常，我憶重興二十霜。掃蕩南交待□命，邀君靈寵早還鄉。

【箋】

烏蠻大灘，見前烏蠻灘謠箋。代景大夫，即屈大均。文外一宗周遊記謂楚有屈、景、昭三族，「景、昭二族不繁，惟屈氏繁」。屈氏詩中屢有「代景大夫」、「代景子」、「代昭生」之題，實爲大均自謂，非代人製作。殆屈氏欲以一身代景、昭二族，以明「楚雖三户，亡秦必楚」之旨歟？故亦可視詩中之「代景大夫」等爲屈氏之自號矣。

詠馬伏波 三首

將軍南涉武溪深，雙植金標鎮象林。銅鼓鑄成奇馬式，漢皇留在駁娑陰。

麓泠雙女自爲王，錦繡旌旗海上張。一自伏波親討伐，日南長作漢封疆。

飛鳶跕跕墮炎雲，薏苡加餐蒞政勤。駱越至今遵約束，歲時頻祀馬將軍。

【箋】

康熙十四年作，時監軍桂林。馬伏波，漢伏波將軍馬援。

馬留辭 二首

山留銅柱水銅船，新息威靈在瘴天。終古馬留稱漢裔，衣冠長守象林邊。

朝鳴銅鼓伏波祠，大漢兒孫實在兹。一任金標埋没盡，馬人終古識華夷。

【箋】

康熙十四年作。馬留，漢伏波將軍南征所率將士之後裔，亦稱馬流。見水經注温水。

從軍行 五首

將軍教射五千人，荆楚奇材總絶倫。秋出闌干當一隊，驍騰不逐貳師塵。
千騎横穿虜陣還，髦頭一夜落天山。軍中女子皆誅盡，士氣飛揚戰鼓間。
精兵扼虎五千多，後距何煩路伏波。龍勒秋來覘敵去，黄門騎吹雜鐃歌。
陰山風雪暮紛紛，獨出旌門望虜羣。天子深恩憐涅野，重將血汗灑邊雲。
香貂寶馬獵天山，塞女酡酥捧未閒。長與丁零俱用事，漢臣無計贈刀環。

【箋】康熙十四年作，時監軍桂林。

上灘謡 三解

一灘一尺，十灘一丈。高高不窮，灘在天上。
朝上烏蠻，暮上烏蠻。一灘十日，我髪將斑。
婦人撑右，丈夫撑左。估客笑人，眠篙不可。

【箋】康熙十四年作。時監軍桂林，因公道經橫州一帶。烏蠻灘在今横縣雲表鎮鬱江中。

留人石詛祝辭

自横州伶俐水口以上，江之南岸有一石，狀若女子，號「留人石」。諺曰：「廣西有一留人石，廣東有一望夫山。」是也。廣東商賈多贅於廣西不返，其婦女輒以此石能留人，西望詛祝。予代爲之辭。

詛曰：留人石，莫留人。風吹石，化爲塵。

祝曰：留人石，既爲塵。望夫石，復爲人。

【箋】康熙十四年作，時監軍桂林，因公至横州一帶。伶俐水，清一統志卷四七一南寧府：「伶俐水，在宣化縣東八十里。」宣化，後改爲南寧縣，今屬南寧市。

夜上横州作

夜分催盪槳，乘月上横州。煙霧含漁火，星河挂戍樓。身忘銀甲重，手得角弓柔。不寐思軍事，疏鐘起渡頭。

【箋】康熙十四年作，時監軍桂林，因公至横州。

宿高田

夜久林風息，溪聲静欲無。流螢知客冷，宿鳥似人孤。拂石難爲卧，鳴琴亦自娱。高樓憐有女，此夕聽啼烏。

【箋】康熙十四年初秋作，時監軍桂林。高田，在陽朔縣西南。

自滑山至駱家道中

平田千石笋，一笋一人家。蔭壁全生竹，流溪半是花。山山通乳竇，樹樹有漁槎。匹馬行將晚，前村隔暮霞。

【箋】

康熙十四年作，時監軍桂林。滑山、駱家道，未詳。

風洞寺晚眺 二首

水冷多秋雨，山寒少暮霞。餘霜猶在葉，初雪未成花。寺與飛崖落，城隨疊嶂斜。寂寥無物慮，相伴有林鴉。

一洞穿山背，逶迤不可尋。交垂千尺乳，亂落百泉音。黄葉静方脱，碧潭寒更深。暮風吹淅瀝，猿鳥亦驚心。

【箋】

康熙十四年秋暮作，時監軍桂林。風洞寺，在桂林城東風洞山上。

歲暮客建陵作　四首

歲寒何所有，一片白頭霜。共是無衣客，偏知此夜長。數奇慚部曲，金盡失肝腸。豈必成功業，歸來策亦良。

一壁橫天盡，千峰壓水斜。飛樓在喬木，倒影滿平沙。葉落偏驚客，鶯啼正憶家。紛紛簾幕外，風雪自成花。

朔雪初兼雨，南風已合冰。窮陰千里積，殺氣一冬凝。水凍難張罟，天寒可放鷹。梅花何處有，采采興堪乘。

冰雪融將盡，春人已袷衣。魚吹新水出，鳥拂落花飛。驛路楓林引，人家石壁圍。羔裘持易酒，日暮醉忘歸。

【箋】

康熙十四年冬暮作，時監軍桂林。建陵，今桂林市，見前建陵秋望箋。

石公種松歌

石公好寫黄山松，松與石合如膠漆。松爲石笋拂天來，石作松柯横水出。涇西新得一山寺，移松遠自黄山至。髯猿一個似人長，荷鋤種植如師意。師本全州清浄禪，湘山湘水别多年。全州古松三百里，直接桂林不見天。湘水北流與瀟合，重華此地曾流連。零陵之松更奇絶，師今可憶蛟龍顛。我如女蘿無斷絶，處處與松相纏綿。九疑松子日盈手，欲作未有白雲田。乞師爲寫瀟湘川，我松置在二妃前。我居灘南憶湘北，重瞳孤墳竹嬋娟。湘中之人喜師在，何不歸掃蒼梧煙。

【箋】

康熙十四年作，時監軍桂林。石公，即朱若極，明靖江王後裔，籍廣西全州（今全縣），更名元濟，字石濤。明亡爲僧，精於繪事，爲清初一大家，所爲詩畫「排奡縱横，真氣充沛」，爲後世所宗。

軍行曲 十首

一路鳴笳合短簫，大梅花向雪中飄。天寒士馬愁風雪，羽獵無心去射鵰。

暗傳軍號自嫖姚，壯士銜刀慘不驕。大炮一聲燈火滅，偷營欲渡府江潮。
月出高天更泬寥，三軍無語葉蕭蕭。一聲掌號催人馬，夜半潛師已作橋。
五兵相救短兼長，左右藤遮兩翼張。日日諸軍催練習，粵人軍器最精良。
沙炮都須丈二長，藤牌一一輔花槍。縱横祇用鴛鴦陣，馬戰何如步戰良。
花山何似鐵山强，飄子東西總莫當。多半歸降居帳下，花紅頭目更飛揚。
多分伏路向林丘，敵騎潛來甚可憂。忽見黄旗麾不止，奇兵先出斬驊騮。
肅肅旌門氣易秋，一聲風雨起邊愁。將軍善製鐃歌曲，一唱征夫淚不流。
向夕旗幡四面收，天鵝吹罷上更樓。三軍一夜陰傳箭，螢火無光月不流。
挑戰時時逾白溝，刀牌好手夾蛇矛。鏢槍先擲身隨入，出没如風敵盡愁。

【箋】康熙十四年冬作，時監軍桂林。

伶俐江口遇風作

北風吹舟衝石壁，我篙競下如拒敵。夾岸溟濛沙亂飛，中流洶湧石相擊。舟破定知觸鬼神，檣折有聲如霹靂。風狂豈可滿帆張，長年不戒使我傷。忠信寧憂白頭浪，笑談曾渡蓮花洋。不須彎弓射潮水，且復横槊賦詩章。

【箋】康熙十四年冬作，時監軍桂林。伶俐江，清一統志卷四七一南寧府：「伶俐水，在宣化縣東八十里，流經永淳縣界，合大江。」

軍夜

夜夜身隨魂夢飛，大江流水共東歸。妻孥笑問沙場事，戰血花斑在鐵衣。

【箋】康熙十四年作，時監軍桂林。

偶從風洞眺望始安山水賦呈秦使君

自我班師還，永日遊山水。城隅得風洞，愛玩心難已。攢石多巉巖，方圓亂相峙。峰高易傾側，崖落勢不止。絶壁窺天窗，光從潭底起。盤旋上松門，狼藉踏花蕊。蘿林外冥鬱，石乳中奇詭。玉牀既膏滑，丹竈無泥滓。驚瀨不因風，水石自相使。飛溜吐復吞，空響震心耳。坐久機慮忘，一息歸無始。終日介馬馳，佳憩乃得此。無人共勝賞，竊憶秦夫子。解組初投閒，老易重爲理。用亢得無悔，知足自多祉。褰泝任所適，淵默人難指。留侯豈仙人，導引誠有以。蟬蜕帝王中，功名同敝屣。

【箋】

康熙十五年作，時在桂林監孫延齡軍。風洞，在今廣西桂林市疊彩山上。清一統志卷四六一桂林府：「桂山，在府治東北，俗稱北山，又名越王山……有三峰，後峰巃嵸特秀，奇石累積，爲疊彩巖，巖後有風洞。」始安，漢置始安縣，即今桂林市及臨桂縣也。見同上書。秦使君，名籍生平未詳。

示李總戎

人生非麋鹿，安能戀山林。翩翩裘馬子，四澥求知音。一呼瘡痍起，戈矛夙所任。許君以馳驅，殺身毋沈吟。寧食猛虎肉，莫傷壯士心。壯士昔窮賤，一飯酬千金。功名有反覆，英雄難陸沈。苟不達王命，弓藏悲良深。愚哉萬人敵，嘆息爲淮陰。

【箋】

疑作於桂林監軍時。李總戎，名籍未詳。

扶南舟泛作

江流知幾曲，盡是荔枝灣。一艇潮鳧似，隨潮日往還。

【箋】扶南，唐郡名。明清時爲新寧州，民國時置扶南縣。位於廣西南部，左江貫其境。此詩當作於監軍廣西之時。

桂林送遠曲

湘灕二水隴頭分，一道飛流出白雲。灕水不如湘水好，君行更爲弔湘君。

【箋】康熙十五年，監軍桂林時作。

代景大夫歲暮客建陵作 十四首

不雨難成雪，乾風日日吹。不雨雪而風曰「乾風」。依人寒更早，爲客暖無時。母老如何出，官閒未敢辭。連朝煙火斷，莫遣我公知。
歲向愁中盡，無家又一年。庭闈兵氣外，妻子戰場邊。介馬馳空返，彎弓射不前。將軍應踴躍，寇壁不曾堅。
白髮絲絲見，丹心寸寸傷。無才消妒忌，有力怕騰驤。戰血衣猶濕，戎弓夢亦張。蒼頭軍散盡，歲暮去何鄉。
一室寒無火，籠窗坐待春。龍刀多易米，獸盾亦爲薪。諸將羞相結，孤軍已屬人。拂衣須及早，歸潔白雲身。
不知新歲至，官舍冷無煙。朝磬隨僧食，春帆與客懸。生還因一馬，夢去祇中田。玉貌當年好，峨峨亦仲連。
漸鬻弓刀盡，囊空直至今。官貧無歲事，戰苦有禪心。樹樹峰争出，灘灘水未深。冰開魚欲上，垂釣復鳴琴。
且喜諸軍散，猶嫌一劍留。言高真是罪，命苦復何求。孔雀沙中浴，文魚石上游。自今飛遯意，依舊似羅浮。
散帶慵趨府，焚香愛掩關。無心交貴幸，有道在清閒。發弩何須中，脂車祇合還。無端成小草，不敢見青山。

平生蹈白刃，浩氣四方聞。片語消羣盜，空拳作一軍。寧辭兵事苦，所恨將權分。安得承嘉惠，還山卧白雲。

方披銀鎧出，即振玉珂回。諸將勞相妒，孤臣愧不才。雪消春草茁，風轉臘梅開。寵辱曾何有，陶然一舉杯。

病以憂時得，愁如失路何。賈生無淚久，韓信欲亡多。雪盡梅方蕾，冰開水始波。白衣歸教授，吾道在巖阿。

雨暗江城色，炊煙濕不高。柳風吹古渡，花水滿平皋。客裏偏多疾，行間故積勞。官貧無藥餌，欲典呂虔刀。

卧病戎旃下，時來反陸沉。平生惟飲膽，一夕遂灰心。雹箭身曾受，霜花鬢已侵。白駒徒見縶，不肯放歸林。

一片灕江水，長流嗚咽聲。夢因笳弄斷，心以劍花明。川阻蒼梧路，山迷白電程。何如鴻雁好，羽翼及秋輕。

【箋】

康熙十四年歲暮作。代景大夫，見烏蠻大灘謁伏波將軍祠代景大夫作箋。建陵，今桂林。詩中所述已見内外交困，危機四伏，似此復何可爲，大均亦將賦歸矣。

代景大夫舟自五屯所至永安州之作　十三首

空城秋草裏，往日五屯分。兵起人煙盡，天陰鬼哭聞。一官投虎口，三日仗狼軍。馬脱追兵手，揮鞭墮澗雲。

蒙江三水合，春色一村來。花好難爲見，琴悲不敢開。閒官似麇鹿，舊隱已莓苔。安得乘西漲，揚舲返越臺。

路失三江口，身隨獨木船。雨淋衣總透，冰裂手長拳。士苦寒披甲，村荒夜控弦。行行射生物，糧盡賴豚肩。

暮冬林葉盡，一一鳥巢寒。霜薄草微白，雨餘沙欲乾。灘多行苦緩，舟小坐難安。歲晏無歸計，飄零恨一官。

關山行萬里，旌節駐三年。一將書生任，孤軍絶域懸。糧空難殺馬，水惡易崩船。歌盡思鄉曲，氈幃凍不眠。

水定灘猶怒，冰乾樹有光。鳥飛將落葉，人嘯在幽篁。野飯嫌花片，山眠愛乳牀。行行且遊眺，忘卻事封疆。

澗肅煙光淡，林空雪籟微。灘灘留客影，葉葉在人衣。地小山相束，天長樹作圍。不因簡書在，便此掩巖扉。

竹間三尺水，花下一人船。竹密難通月，花明不受煙。家家紅樹裏，一一翠屏前。篙響雲中落，魚驚入稻田。

炊煙寒不起，日出翠峰明。萬木垂猿影，千巖應鳥聲。石多灘子苦，舟小野人輕。飢渴慚徒御，淒涼此一行。

終年灘瀨上，泛泛亦忘機。鷗鷺如相識，雲山不忍歸。被隨天雨濕，舟共水花飛。少治軍書暇，林端一振衣。

天光清奪水，雨氣暖成煙。石激泉多咽，崖崩樹半懸。微行時採藥，不戰即安禪。七尺今猶壯，堪爲大漢捐。

行隨溪曲折，艇小水禽欺。雨入蓬窗亂，雲開石壁遲。漁樵何負汝，丘壑亦多師。于役過青歲，艱難早自疑。

終日憂慈母，軍中食不甘。寄書猶未可，望遠更何堪。桂水兵難下，榕城戰正酣。皇天憐物性，早使鷓鴣南。

【箋】

康熙十四年冬暮作，時監軍桂林。代景大夫，大均自謂。見烏蠻大灘謁伏波將軍祠代景大夫作箋。五屯所，在藤縣。清一統志卷四六九梧州府：「五屯所，在藤縣西北九十里……明成化二年都御史韓雍建屯田千户所。」永安州，今廣西蒙山縣。

自五屯所至永安州舟中作　五首

冬木寒逾秀，蒼蒼雪霽時。風開多柳葉，冰壓少松枝。水積春前氣，山添雨後姿。新晴人就暖，解帶步遲遲。

落木寒泉路，朝煙暮雨人。鄉山歸不得，母子夢相親。石亂初無口，灘平漸有身。篙師愁欲絶，此水最艱辛。

水打村村碓，風燒岸岸田。鳥聲時出谷，雲氣忽沈天。路盡無煙處，人寒欲雪前。歲殘無一可，兵馬苦顛連。

天寒生白霧，日出見平原。卧入千峰雪，吟隨萬壑猿。一身家國重，七尺死生尊。安得功成去，丘中復閉門。

葉落知楓樹，千林冬不黄。松晴初出雪，梅早已浮香。事共年華去，愁隨春水長。兼旬未窺鏡，白髮恐如霜。

【箋】康熙十四年冬暮作，時監軍桂林。五屯所，見前代景大夫舟自五屯所至永安州之作箋。

歲朝詠史作 六首

陰從元日合，寒向立春來。肅殺何時盡，陽和詎肯回。乾坤兵氣塞，歲月漢疆開。泰乙親祠未，還期指粤臺。

未增冠帶室，空老霸王師。北指蚩尤暗，南行太歲遲。陽門風已轉，陰國雪猶吹。辛苦梅花發，先春自一枝。

諸將能鋒鋭，何須咫尺書。王師憂外老，敵國惜中虚。水急官橋斷，山長戍鼓疏。攻城原下策，萬衆莫踟蹰。

草野猶王土，江山匪故家。長眠思白日，每飯念神華。漢壘無龍額，秦關有馬加。南枝春信斷，休問嶺頭花。

立春先一日，寒絶雨難晴。未盡玄黄血，猶含殺伐聲。北人嫌日暖，南國喜春明。雪自邊關至，年來滿越城。二雛孩笑日，三婦麗華時。不少閨庭樂，猶深歲序悲。英豪難首事，幽獨易先知。學易何曾晚，吾將自得師。

【箋】康熙十五年作。歲朝，指丙辰元旦。時大均監軍事桂林。

自秧家至黄窑道中所見　三首

山女春晴采笋多，林中雙踏落花過。千巖草長無樵徑，猿鳥紛紛下薜蘿。

銀釵高髻帕輕紗，谷口羣栽吉貝花。夫在東菑望朝饁，唱歌遥下碧峰斜。

萬樹青楓屋一間，桐花白遍路旁山。行人歇馬眠春草，看盡傜姬大耳環。

【箋】秧家村，在廣西桂林嘉會鄉。黄窑鎮，在廣西賀州昭平縣。此詩當作於康熙十五年春。

昭江春望代景子 二首

黄皮袴褶已全收，淚灑空山葬紫騮。意氣不堪三戰盡，功名難向一人求。陰陰桑柘鷄聲午，渺渺雲山雁影秋。歸去故園高卧好，男兒豈必盡封侯。

春山雨過翠微新，千嶂青青欲染人。芳草漸侵樵路暗，落花初點野田匀。將歸海嶠嗟無計，已謝疆埸幸有身。白髮孀慈知健否，三年望斷繡衣臣。

【箋】康熙十五年作，時監軍桂林。昭江，疑指昭平縣之桂江。代景子，又稱代景大夫，大均之號。

代景子將歸寄内之作

何事時來反息機，將軍難挽紫騮飛。多因戍婦啼紅粉，亦是山人愛白衣。士馬自分諸部去，簪纓誰惜一人歸。高堂此夕應同汝，夢見戎裝脱翠微。

【箋】康熙十五年作，時監軍桂林。將謝歸粵中。

留别建陵孟太守　二首

三年王業未偏安，才氣無雙似爾難。名將多爲邊郡守，孤兒曾隸羽林官。雲州血戰先公壯，露冕春行壽母歡。我愧疏慵應早退，羅浮歸養采芳蘭。

蘭橈日日繫江濱，帥主恩深不念貧。曾典戎麾猶乞食，已辭神武尚留人。羞逢往日黄冠客，悔别高堂白髮親。與子臨歧思握手，交情須向去時真。

【箋】康熙十五年作，謝監軍將歸粤。建陵，即今桂林市，詳見前建陵秋望箋。

悼馬

與爾蒼梧數潰圍，艱難得逐大軍歸。金瘡乍合頻思戰，畫角才吹便欲飛。三歲龍駒方早壯，兩年香稻亦偏肥。無端一蹶驍騰失，淚滴空鞍葬落暉。

【箋】康熙十五年作，時監軍桂林。

代景子昭江村舍寄懷某中丞之作 二首

一辭灃浦無知己，三載灘江祇憶君。飛鞚有誰追國士，拂衣多日別將軍。蠻奴尚使庭闈隔，漁父頻將劍佩分。羨爾南樓方嘯詠，相思難寄楚天雲。

隔浦人家帶柳林，茅茨一半落花侵。青峰朵朵開春雨，翠竹枝枝散夕陰。但使巖泉堪隱几，豈須勳業始抽簪。橋西小築須嚴武，暫慰翩翩鸞鶴心。

【箋】

康熙十五年初春作。

水東夜雨作 三首

欲夢驚寒雨，瀟瀟亂竹間。髮因慈母白，身以散官閒。戰陣平生事，衣冠一代顏。將歸偏未得，咫尺是鄉山。

三年客始安，兩度苦春寒。士馬同筋力，華戎見肺肝。居西隨太白，逐北至臯蘭。明歲桃花發，應從故國看。

甚須春雨洗，戰血滿乾坤。已見三秦克，仍聞百粤吞。地平無北口，天固失荆門。臘酒須斟酌，歡娱寄弟昆。

【箋】康熙十五年初春作，時已謝桂林監軍，取道湖南歸粤途中。水東，在今湖南臨武縣。清一統志卷三七五桂陽州：「水東市，在臨武縣東四十里。」

送李子藍

曰余尚幽獨，夙昔卧林水。蘭生自無人，豈敢怨泥滓。在春蘭則黄，在秋蘭則紫。顔色雖隨時，芬馨無終始。歲寒寡所期，邂逅得吾子。峨峨武林彦，奕奕文章美。光掩南海珠，價重鳳凰子。知音亦復希，蕭然返鄉里。時無戰國雄，黄金鬥遊士。且復懷短長，以待人求己。相送鬱江湄，殷勤問行李。重來不可諼，故人望玉趾。

【箋】康熙十五年作，時辭監軍事，將返粤。詩有「相送鬱江湄」語，知在廣西握别。

詠懷 二十一首

瑶琴欲高張，角弓貴持滿。至人漱正陽，神明日三澣。駕言陟天孫，攬嘯迎風館。明月升娥光，鮮霞流玉碗。逢君安期子，相求何嫵婉。至道如膏粱，厭飫世所罕。秦皇不可説，懷策自蕭散。

撫節一悲歌，時逝將奈何。玄霜殺百卉，積石揚洪波。寧無魯陽德，回日扶桑柯。峨眉有仙人，顔如皦日光。蜿蜒御雙龍，雲氣四飛揚。朝遊蓬萊山，暮歸太微堂。天命自流行，混沌居中央。我爲德充符，萬物皆無傷。窅然喪天下，乃能應帝王。

條風拂櫻梅，翠羽鳴參差。昊天愛萬物，飛植各乘時。如何苦貧士，鬒髮成素絲。幽蘭生谷底，朝陽無見期。渴飲堅冰漿，飢掇丹林荑。苟非含道腴，安得好容姿。

驚風鼓松柏，棲鳥羣翻飛。開門望行人，浮雲暮不歸。種桃愛其葩，種柳愛其枝。雖無歲寒用，夙昔同裳衣。魚目亂火齊，蟾蜍蝕清暉。遂令金石交，千里相乖違。拔劍擊盤石，石碎劍亦虧。感激將何言，淚下空漣而。

仙人驂文螭，西遊閬風闕。神珠藏九淵，變化如日月。顧見世間人，聲色自沈没。仲尼居九夷,至道當誰悦。哀哉人命危,蜉蝣傷掘閲。兹時方板蕩,匡濟需賢哲。列宿在草莽,紫薇光彷彿。天鍾運籌人,何時見功伐。

鼷鼠潛神丘,鵷雛集高枝。區區保性命,二蟲曾何知。哲人無死地,所至福履綏。以兹七尺身,爲君作蓍龜。赴義不返顧,成仁無推移。天狼紛下食,中土爲肉糜。予爲民請命,大呼起瘡痍。事成天地悦,事敗鬼神悲。乘道而浮遊,無須駕鸞螭。妻孥乃敝屣,已矣從此辭。

蘭叢盛枳棘,鳳穴鄰鵂鶹。利害日相摩,金石爲之焦。仲尼探虎口,跖也方矜驕。仁義爲盜積,天下誰宗堯。驅車以放志,言觀東海潮。波濤飛雪山,河漢垂天橋。蛟龍隱文章,尾閭水潛消。寧無百尺絲,吞餌惟遊鰷。白雲來何遲,俯仰託長謡。

蓬頭諸劍士,颯颯曼胡纓。十步殺一人,雖勇無功名。我有軒皇書,陰陽爲甲兵。道大難爲容,浮沈傷中情。大盜爲諸侯,卞隨久捐生。神龜嬰余且,騶虞五鼎烹。利器乃假人,天下何繇平。悠悠羲農初,無爲孰與京。

庖人烹赤魚,魚尾何離簁。風雷起神鼎,俄然摩天飛。冠霞登紫宫,驂鹿上蘭池。遨遊經四瀨,回顧傷黍離。潛龍貴勿用,粃糠爲帝師。至道久蟬蜕,七聖莫能知。悠悠具茨雲,吹笙何參差。

王母有小女,其名爲婉羅。教我玉胎篇,俯仰餐太和。玉顔爭曒日,吐詞如鮮葩。神明所膏沐，物物成丹砂。還開偃月爐，純陽生紫芽。合散皆文章，一氣如朝霞。神仙多詼諧，與龍爲變化。出入太無中，真道若不華。哀彼世路人，白髮空婆娑。

山人酌流霞，浮杯菖蒲溪。笑我不肯飲，容顏無光輝。桃花恃春陽，松柏有霜威。白雲多變化，詎隨鴻鵠飛。請謝陰長生，何戀紫房爲。吾心似秋月，皎潔誰能知。

芳風起池塘，花逐鴛鴦飛。明月何娟娟，爲君揚蛾眉。請彈石上琴，更酌黄金巵。蓬萊水已竭，麻姑鬢成絲。芙蕖自有英，何慕松楸爲。松楸淩霜雪，虚名將安歸。

危冠切青霞，長裾掃八裔。我豈學遊仙，逍遥自無外。日月在掌中，收來有六轡。顧謂王子喬，至道須神契。四海如鏡明，何勞去昏翳。

溪谷何多風，猿猴鳴相追。兔絲無斷絶，百尺緣松枝。調琴苦絃急，望遠苦心悲。斷髮逃荆蠻，三載不得歸。豈無骨肉親，金盡天性虧。世路皆太行，履道吾何之。神鸞銜高天，毋使鸒鳩欺。

方朔乃歲星，遊戲柏梁臺。王侯若草芥，嘯傲淩松崖。招摇履爲綦，滄海持爲杯。既笑首陽拙，復卑柳下才。專氣而致柔，與世爲嬰孩。予亦韓終流，驂鹿相徘徊。千年鍊金骨，雙髻象蓬萊。安用天下爲，逍遥以無懷。飛龍擘河漢，駑馬淪塵埃。

陰陽迭遷謝，人世悲蜉蝣。命我雲螭駕，逝將登不周。饑餐苕華玉，寒披九鳳裘。井水無大魚，新林無長楸。紛紛彼婦口，乃爲君子羞。鮑焦已槁死，强嬴吞諸侯。傷哉仁義衰，奸雄皆竊鈎。仲尼無斧柯，龜山空夷猶。

九州何茫茫，吾獨哀無女。綏綏塗山狐，九尾難與處。服我瓊琚衣，鳴琴臨北渚。湘妃雖目成，自媒非所許。盈盈匏瓜河，蘭蓀媚平楚。懷修追有鰥，褰裳聊容與。

朝露畏太陽，高梧忌秋霜。嗟爾綺紈子，歡樂焉能長。勢利一浮雲，人命如流光。人鬼互相代，誰能出陰陽。放志以遨游，行行至太行。車馬屢傾覆，我心終不傷。高鳥凌雲飛，日月在其旁。榮名非所慕，保此歲寒芳。

初日麗垂楊，朱樓臨大路。纖纖彼女手，當户裁紈素。雍雍雁南游，遺音落滄洲。美人耻歌舞，篋笥疊衣裘。衣裘有時著，孟冬清霜落。皎皎蕣華姿，歲寒逾綽約。道勝忘紛華，心游貴恬漠。

玄黄何煙熅，塵埃間白雲。含此若華姿，獨行無與群。天鑒詎孔明，玉石鬱未分。兔絲織爲衣，燕麥持爲飧。凍餒不能語，爲節何艱辛。駑馬食龍芻，一日成騏驎。曜靈不棄予，屋漏垂陽春。

鴻鵠何蒼茫，背負青天飛。白波卷滄海，聲發鬼神馳。予時彈雅琴，成連嗟不歸。回風翻木葉，斜日懸江磯。凄凄水仙吟，中曲斷朱絲。四望悄無人，天吴方躨跜。神物有變化，至人能推移。拔山豈無力，梟雄吾不爲。慷慨髮衝冠，傷哉失路悲。

【箋】

詩中有「斷髮逃荆蠻，三載不得歸」之語，當爲從軍湘桂時作。姑次於康熙十五年初。組詩中雖多慷慨奮踔之語，然亦時有悲涼情調。當對吴三桂已失望，故有謝歸之志。

屈大均詩詞編年校箋卷七

沙亭什

起康熙十五年（一六七六）四月　迄康熙十八年（一六七九）秋

移家返沙亭有作

浮雲亦有廬，歸與老農居。半畝林塘外，三春風雨餘。將乘無事日，更讀古人書。咫尺先公墓，松間且荷鋤。

【箋】

康熙十五年作於沙亭。文外七伯兄白園先生墓表：「丙辰四月，謝事歸，則伯兄已祔葬于其先祖之塋矣。塋在沙亭丁奇岡，乙向之原。」故詩有「咫尺先公墓，松間且荷鋤」之語。

弼唐村即景　二首

一水細通潮，帆低屢過橋。陰陰榕影下，漁父不相招。

片雨從西至，開門爽氣侵。蟬聲似溪水，流入野人心。

【箋】粥唐村，在南海縣治西。始建於南宋末，初名新村。明正德年間，有村人龐粥唐（名嵩）官雲南曲靖知府，有廉名。族人爲表彰其生平事蹟，遂改村名爲粥唐。康熙十五年遊南海作。

過粥唐精舍有懷亡友英上

蘭若初開水竹邊，故人多半此棲禪。蜉蝣最是英居士，欲學無生未有年。

【箋】文外二過易庵贈龐祖如序：「易庵在南海之粥唐……聚禪老數十百輩。」英上亦當曾棲禪於此。英上，法名會心。函昰門下。善寫墨竹。當作於康熙十五年遊南海時。

復歸沙亭柬從兄泰士 三首

故園又復返沙亭，繞屋峰巒作畫屏。兄弟行中吾與子，遺書真解讀騷經。

素館依然水木間，四圍多是未名山。最高峰好惟煙管，與子長乘采藥閒。

無多白髮不教催，一月童顔駐一回。兄喜染髭鬚。吾道自令顔色好，金精石髓本塵埃。

【箋】康熙十五年作於沙亭。屈士煌，字泰士，一字鐵井，曾參加南明抗清鬥争。見文外七仲兄鐵井先生墓表。文外二西屈族祖姑韓安人遺詩序：「吾屈自三閭大夫以騷賦起家，爲宋玉、景差、唐勒諸人師，於是南楚風俗皆好麗辭，哀怨之音，百有餘年不絶。……然文風至明興始盛，有都護公仲舒者，與吾高祖滄洲處士，及從祖博翁、青野、五松、悦梅、楚鄉，若而人皆好爲詩，合爲騷餘若干卷。」故詩有「遺書真解讀騷經」之語。

弔龍津李氏六烈

冬青一樹分男女，近日男青讓女青。不見龍津諸女子，萬年枝下顯精靈。女青，一名萬年枝。

【箋】廣東新語卷八：「六貞女者，順德龍津李氏處女也。丙辰春，粤東大亂，有强暴謀脅致之。六女懼且不免，以酒相酹，一夕同赴水死。其家合葬之龜山之陰，好事者爲植女青其上。予弔之曰云云。」此詩當作於康熙十五年自廣西返粤之後。

柬孔君

世事茫茫總苦辛，肝腸豈與孔融親。天教魯國餘男子，代有湘纍是怨人。鸞鳳自應棲枳棘，驊騮那得絶風塵。堪憐夜夜同明月，相照愁心滿海濱。

【箋】

康熙十五年前後作。孔君，其人不詳。

送曹郡丞

蕭齋卧病日沈淪，知己潯江自少人。無路可歸黄木浦，有辭難乞白華身。一春風雨飄鄉夢，三載關山黯戰塵。樽酒不堪還送别，桃花和淚共沾巾。

【箋】

約康熙十五年作於廣州。曹郡丞，名籍待考。

送戴使君 四首

君向珠池作大官，三年未得夜光看。心知更有明珠好，好似天邊白玉盤。

天南處處是貪泉，不飲何如飲者賢。香浦只今無兩浦，君船尚有水沉煙。

詩篇一一擅風華，高義還如海上霞。以我故人雙季布，知君當日一朱家。

旌節翩翩度嶺雲，紅梅不及爾清芬。慚予亦與羅敷似，不識東方一使君。

【箋】

戴夢暘，字怡濤，江南溧陽人。貢生。康熙十四年署廣州知府。旋轉雷廉道。此詩爲送行之作。珠池，指合浦，屬廉州。

送人度梅嶺

天作長城五嶺間，雄州繚繞萬重山。越王舊治梅花國，秦帝初開大庾關。紅葉影中雙騎去，白猿聲裏一人還。乘時自有臺侯業，莫使鄉愁上玉顔。

【箋】

約康熙十五年作於廣州。梅嶺，五嶺之一。史記索隱云：豫章三十里有梅嶺。梅嶺因梅鋗得名。

見廣東新語卷三。

黄泉

黄泉沾灑淚紛紛，莞水榆林兩細君。飛去無情雙入月，歸來有夢一行雲。西天香藥神仙奪，南海璫珠娣姒分。幸有懷中孩笑物，稚魂相伴在孤墳。

【箋】

詩首聯有「莞水榆林兩細君」之語，係指繼室王華姜（榆林人）、黎静卿（東莞人），王、黎分别卒於康熙九年與十五年，故詩當作於康熙十五年之後不久。

初正沙亭作

雨霰微微落，農夫喜濕年。諺曰：「乾冬濕年，禾黍滿田。」寒生除夕後，暖在大冬前。避世猶無策，書王亦有權。蒸湘方接戰，天肯任投鞭。白首爲農事，黄冠是野夫。祈年隨父老，在世作仙儒。花插高堂喜，鶯歌稚子娱。但令憂患少，閉户即黄虞。

天寒長雨汁，歲旦尚陰陰。朔吹猶依樹，春聲已弄禽。家貧難賣力，世變易驚心。霸府開何處，徒勞望氣深。天哀遺種客，又度一年華。點鬢從青女，持身且白華。雨侵朝火濕，風壓夕堂斜。酒好頻沾醉，高堂樂未涯。魚牒浮妻子，歸來鬱水濱。一家存漢臘，十口託秦人。老鶴丹生頂，雛松白有鱗。流光催半百，誰愛歲華新。

【箋】康熙十六年正月初一日作。十五年二月辭監軍職，歸至沙亭，鄉居經年，猶繫心戰局，故云「蒸湘方接戰，天肯任投鞭」。是年四十八歲，故有「流光催半百」語。

人日酒

年年人日酒，祇是爲黄泉。亡室華姜以人日生。淚向松楸滴，愁同枕簟懸。香來猶有雨，玉化已成煙。雙冢高高起，華姜、緑眉同穴。淒涼落照邊。

【箋】康熙十六年爲悼念亡妻王華姜而作。文外八亡媵陳氏墓志銘：「華姜終於庚戌，得年二十有五；緑眉終丙辰，得年三十有一」。華姜生于丙戌正月七日，即人日。故年年人日詩中多悲戚之語。

贈鄭儋州愚公

自罷儋州守，歸來食苦貧。生黎多化汝，熟結少貽人。詞賦留玄國，江湖友白民。補官應有日，且醉荔支春。儋州，古之玄國。

【箋】

據阮元廣東通志職官表載：鄭尚智，正白旗人。恩蔭。康熙十四年任儋州知州，康熙十七年趙德宏接其任。詩當作於康熙十七年。

贈梁氏文姑

白頭方得一鵷雛，卿笑生稊是老夫。人似東方頻割肉，地當南海每貽珠。花香定釀君姑酒，月皎須投帝女壺。長恨妻宮居寡宿，中年已失兩羅敷。

【箋】

康熙十七年作於沙亭。屈門四碩人墓志銘：「梁氏，字文姑，南海人。」子明洪生於是年二月。

贈劉氏武姑

卿是昭平抑富川，綠珠鄉里總嬋娟。未生雛鳳仙難學，曾與蘭葩帝自憐。載向南京幾萬里，攜來西粵又三年。相將負戴何曾別，老得紅顏體益堅。

【箋】康熙十七年作於沙亭。康熙十五年，屈大均自粵西攜家返沙亭，至康熙十七年恰三年。屈門四碩人墓志銘：「劉氏，字武姑，昭平人。」女明洙生於是年二月。

賦寄富平李子

河華高居早有名，鶴書頻使羽毛輕。三秦豪傑哀王猛，一代詩歌恨少卿。絕塞雖將黃鵠返，空山無復白雲迎。鴛湖朱十嗟同汝，未嫁堂前已目成。

【箋】李子，即李因篤。康熙十七年作於沙亭。

白華園送客口號 二首

白雨頻催茘子紅，蟬聲涼帶芰荷風。林塘好是清和候，無奈君行向海東。
殘夢微茫逐水流，送君帆席影沈浮。他時倘憶羅陽月，應有音書到石樓。

【箋】康熙十七年作，歸鄉居沙亭。白華園，大均園名。文外十白華園辭云：「吾友昭子于所居北山之下爲園，夫婦相灌溉，以養其母。園之四周多茅，弗刈弗翦，以爲藩，中有黄芒、白芒焉。芒者，華也，詩所謂『白華菅兮』者也。昭子有親，其在身也，當如白華之皎潔，以爲孝妻，則詩人之淑姬也……於是，予名其園曰白華，而軒曰菅軒。」是託名其友而實爲己之園也。

大兒

有知才五稔，無恃已三年。祖母書頻教，先公道未傳。松花宜歲晚，梅實喜春先。兩弟方孩乳，提攜總可憐。

【箋】康熙十七年作於沙亭。大兒指明道，母指黎氏，兩弟則指明德、明洪。見文外八四殤冢志銘。

贈某上人　四首

世外交難得，如師洽素心。疏狂元有道，哀樂亦同音。野徑通人小，禪枝宿鳥深。願君如海月，長爲照彈琴。

支遁山非買，深公莫笑人。禺陽新有主，帝子久無春。瀑布無餘説，明霞亦是塵。何時捐物役，鸞鶴與爲鄰。上人新得峽山飛來寺。

且復憐神駿，何須戲季龍。圖澄非正法，支氏亦真宗。麈尾懸河漢，獅聲應鼓鐘。風流餘逸少，相賞更雲松。

少師殊不義，留恨在巖阿。吾道先名教，斯人且嘯歌。曉將雲氣散，春使鳥聲多。麋鹿饒甘草，分人亦太和。

【箋】

某上人，當指大汕。康熙十七年，大汕主持廣州長壽庵，得平南王尚可喜之力，奪飛來寺爲下院。後屈氏與汕交惡，故詩題中隱其名耳。

爲區母陳太君壽 二首

太君爲南海區文學之聘妻。文學早卒，太君年及笄，望門而守。年今六十，其嗣子乞余詩以壽。

煌煌天上星，三五成鴛鴦。匏瓜獨無匹，織女徒相望。如彼單枝蓮，苦心含九泉。如彼兔絲花，松折還纏綿。獨活爲誰施，不學華山畿。綢繆君牖户，鞠育君孤兒。平生昧皃藻，夢寐見容姿。長歌入君木，越禮非所宜。

妾心非朝露，不爲白日晞。芙蓉負霜死，不作浮萍移。寒苦四十年，春陽無見期。伯姬蹈湯火，高行毀容輝。百爾君子懷，兩髦憐我儀。有靦未亡人，敢當稱壽辭。所願爲蜉蝣，泉下早同歸。

【箋】

陳恭尹柏舟行序：「太君，愧莪陳大夫之女也。許適見五區大夫之子賓宸文學。文學早卒，太君當未笄之年，矢靡他之節，於今五十矣。」陳詩作於康熙七年，推此詩當作於康熙十七年。

書廣東陳督學册子 二首

斯道濂溪後，江門是大宗。今君至南越，何以起文恭。玉振微言在，苔生古路封。楚雲臺咫尺，几杖願相從。嘉魚李先生承箕嘗至白沙，築有楚雲臺講業，君楚人，故云。

炎方文學地，教育憶莊渠。吾道先無欲，人師不在書。願將時雨化，長被祝融墟。更爲修文獻，編成進玉除。粵督學楊瞿崍先生舊有嶺南文獻一書。

【箋】

陳督學，指陳肇昌。陳字省齋，湖廣江夏人。順治十五年進士。康熙十七年任廣東提學道，詩疑作於是年。

冬菊 二首

冬來方見汝，自是歲寒姿。豈敢傷遲暮，梅花更後時。雪深佳色淡，霜重落英垂。多少重陽節，争開不自持。

白髮依然短，多慚紫菊花。但能留歲晏，不敢望春華。摇落悲羣卉，芬芳喜一家。寒香吹不盡，欲寄隔湘沙。

【箋】

康熙十七年冬作於沙亭。

懷二配　二首

美人相別久，清夜寐難安。兩影花邊暗，雙魂月下寒。香猶懷抱在，情以歲時寬。小小諸兒女，誰扶過藥欄。

夢裏過三春，悲思淚滿巾。月沈珠浦女，花墮玉樓人。絹上容顏舊，奩中翰墨新。有兒在文葆，孩笑向誰親。

【箋】

康熙十八年懷念王華姜、黎靜卿而作。二配即繼室王華姜、黎靜卿。

答藍公漪　二首

吾友多能畫，藍君亦虎頭。長將千尺水，瀉作五湖秋。天上無黄鵠，人中有白鷗。桃花開口笑，笑我稻粱謀。

日夕催春去，流鶯奈爾何。離愁江水滿，鄉夢嶺雲多。天未生薇蕨，人空老薜蘿。與君歸及早，白首一婆娑。

【箋】康熙十八年作。藍公漪即藍漣，侯官人。父鎦，善篆隸。漣工書畫及詩，大有父風。以布衣遨遊江湖。其詩磊落有奇氣，閩越稱張遠、許珌爲冠，漣次之。見明代千遺民詩詠二編卷四。

西樵作　五首

峰峰皆内向，真似未開花。一水二三里，沿洄上紫霞。林泉多鹿跡，巖壑半人家。瀑布條條好，風吹總不斜。

瀑花飛四壁，一半入空冥。時似白雲起，氤氳滿翠屏。影長風易斷，聲急雨難零。下有流杯石，莓苔太古青。

多雨天湖決，魚飛下碧峰。船浮山口石，罾掛市門松。瀑布添無數，梅花積幾重。行行溪路暝，催客一聲鐘。

絶頂人皆住，茶田滿一山。牛羊雲外冷，婦子雨中閒。木末潮痕濕，花多石色斑。峰峰可垂釣，未擬棹歌還。

斷峽開青玉，飛泉掛白虹。光摇千尺雪，聲亂一天風。卧石麑衣冷，披苔鳥篆通。茶人半紅粉，掩映翠林中。

【箋】

康熙十八年遊西樵山作。西樵山，清一統志廣州府：「西樵山，在南海縣西南一百二十里，高聳千仞，週四十里，勢若遊龍，有七十二峰，聯屬内向，若蓮花然，峰巒回合，千態萬狀。」

題周梨莊戴笠圖

梨莊本是青雲器，四十於今猶未仕。前朝文獻在君家，著作欲繼先公志。秣陵藏書誰最多，讀書樓中高嵯峨。捃拾能箋五代史，時談遺事如懸河。董狐有志我未逮，三百年中誰記載。漢史應須屬紫陽，元人豈解尊昭代。青溪水閣閒相期，筆削相將乘此時。王猛猶能存正朔，許衡那得配先師。棲霞之山好林樾，更爲同人開理窟。片言亦可成春秋，一畫自能知日月。閒來戴笠將何之，遺谷逍遥若有思。接輿髠首且相對，佯狂於道亦良宜。

【箋】

康熙十八年前後作。周在濬，字雪谷，號梨莊，周亮工之子。河南祥符人。有梨莊遺谷集。

兒小

兒小方垂髫，能争掌上梨。雙雙初學語，恰似乳鶯啼。

【箋】長子明洪、長女明洙同在康熙十七年二月出生，故詩有「雙雙初學語」之語。康熙十八年作。

春日登粤王臺作

朝漢而今事未非，蒲桃宫錦奉恩暉。書生有策除黄屋，帝子無心出絳衣。春色早將兵氣散，南天先見翠華飛。臺邊一路通京闕，肯使雲山尚采薇。

【箋】作於康熙十五至十八年居沙亭期間。粤王臺，見前趙尉臺下作箋。

林沂澤五十又一生日詩以贈之

兒女催人鬢欲霜，知非又度一年强。能將孝友爲喬木，更有精誠返夕陽。棋賭水沈花閣静，杯擎金露柳橋涼。功名自古歸屠釣，那得逍遥到杖鄉。

【箋】林沂澤，其人未詳。梁佩蘭六瑩堂集卷三柬林沂澤云：「君家御史古直臣，先朝神廟批逆鱗。……君也兄弟同四人……意與祖父同嶙峋。」則沂澤疑爲明萬曆間南京御史東莞林培之孫。又六瑩堂二集卷四林沂澤羅浮珊瑚杖歌有「我翁緑髮顔玉童」句，藥亭既稱之爲「翁」，則其年齒當不少於翁山。汪士慎有遊羅浮詩墨蹟，後有題識云：「此詩乃林洞先生所詠倡也。」又云：「昔陳遵説琴理云：清麗而静，和潤而遠，今于林沂澤先生詩中見也。」可知林氏名洞。詩疑爲康熙十八年在東莞時作。

過陳丈園

七載不相見，玉蘭如我長。香多王者物，花是老人糧。養壽宜閒事，留春在醉鄉。東園公寡友，相與祗張良。

【箋】陳丈，其人未詳，疑爲東莞人。康熙十一年翁山嘗館于東莞萬家洲，康熙十八年復至東莞，詩中有句謂「七載不相見」，則當作於己未重晤陳丈于東莞時也。

珏硯 張君篆得兩玉硯，予以「珏硯」名之。

雌雄雙玉硯，追琢益天然。日月元同命，珪璋自比肩。氣應爲美女，光定燭高天。宜爾題詩筆，沾濡出紫煙。張有愛女能書，故第五句云云。

【箋】

此詩詩外卷八次於過陳丈園後，疑爲康熙十八年之作。

壽尹恒復丈 二首

一老在羅陽，天留白髮長。芝華先代秀，菊蕊古人香。道以神仙小，身從隱逸强。閒時猶有夢，夢向鳳池翔。丈曾官中書舍人。

隱几知何處，蘧蘧八十秋。小兒猶白馬，老子已青牛。經史爲金液，衣冠在石樓。受書諸弟子，采采愧蜉蝣。

【箋】

康熙十八年爲尹體震八十歲生日而作。尹恒復名體震，東莞人，諸生，桂王時授中書舍人。入清後遁跡羅浮。已，復逃於禪。與僧函昰諸法侶遊。見明代千遺民詩詠卷二。

五十

五十忽已至，吾生安所歸。荀卿方好學，伯玉未知非。雨雪雙青鬢，春秋一白衣。無成空老大，何以慰庭闈。

【箋】康熙十八年作於沙亭。屈大均時年五十。

白髮

白髮何妨早，神仙不駐顏。無憂惟紫菊，有道是青山。親老難爲客，家貧易掩關。玉琴持貰酒，餘得半牀閒。

【箋】審詩中「白髮何妨早」、「家貧易掩關」之語，當作於康熙十五年以後，大均居沙亭之時。

喜族兄修古遠歸 二首

幽燕爲客及秋還，門對鵝潭有故山。黄髮正愁諸從少，白衣猶得一人閒。書成士女師鸞勢，酒熟仙靈與玉顔。自此鄉園休更别，荆花一樹日同攀。

膝下文章雉子分，白鵝潭上寫鵝羣。東西水作雙飛瀑，大小山成一白雲。楚國王孫多悱惻，靈洲佳氣未氤氲。離騷不忍言家學，淚灑湘纍杜若薰。

【箋】

修古，嶺南畫徵略卷二：「屈修，字修古，新會人。山水蒼莽有致。」康熙十五年以後作於沙亭。

稚子

身並琴牀漸欲高，摩挲髻子愛蒲桃。髻名。花籃香滿鮮龍眼，繡褉寒生小鳳毛。大幘祇須逢帝子，多金何必與兒曹。葩經上口關雎熟，客至憑渠勸濁醪。

【箋】

審詩中「身並琴牀漸欲高」之語，大約作於康熙十八年前後，時子明道約五六歲。

素馨花燈

越女花田采摘歸，滿城花片雪霏霏。已將寶髻盤千串，更作珠燈似九微。入夜光隨明月上，淩朝香化彩雲飛。丹心不共蘭膏燼，願照君王翡翠幃。僞南漢劉鋹有美人名素馨，喜簪素馨。

【箋】

素馨花燈，粤東筆記卷十五：「（素馨）花又宜作燈，雕玉鏤冰，玲瓏四照，遊冶者以導車馬。楊用修稱粤中素馨燈，爲天下之至艷。」康熙十五年至十八年間作。

題李生畫册　生善畫，其草堂名曰羅浮。

嗟君何事愛羅浮，豈爲梅花滿石樓。天下正無山水地，仙人應念帝王州。三湘畫出煙林曉，五岳圖成紫翠秋。無限南朝宮殿影，不隨江水共東流。

【箋】

李生，疑指李穎。約康熙十五至十八年作。

望茭塘海濱諸村

樹樹穿榕是木棉，人家多在海門邊。初晴雨氣猶含日，乍暖春陰尚作煙。

【箋】

作於康熙十五至十八年間居沙亭時。茭塘，在番禺。

恭謁三大忠祠　祠在廣州南園，國初五先生嘗作詩社其中。

宋代江山今已非，海門陰雨見龍旂。中華此度君臣盡，萬國何年玉帛歸。地有三公爲岳瀆，天餘一客在芝薇。南園俎豆淒涼甚，欲識忠魂是落暉。

祠堂寂寞越城邊，一片風吹緑草煙。詞客舊多亡國恨，騷人今有禮魂篇。將軍張公世傑。力向天風盡，丞相陸公秀夫、文公天祥。心爲海日懸。羨絶當年孫典籍，典籍名蕡，爲五先生之一。太平先在聖人前。

【箋】

當作於康熙十五至十八年間居沙亭時。

答陳宛平 二首

與子結交初，有如天上月。三五光未滿，已憂蟾兔闕。浮雲不在多，蔽虧在毫髪。沐浴天河水，金波期不没。君爲啟明東，我爲長庚西。與月相終始，黽勉至晨鷄。

五十尚無聞，豈敢爲人師。區區章句末，腐儒吾不爲。天命在渺茫，垂白猶未知。老萊事嬉戲，自視如嬰兒。君顧我蓬蒿，存問及孀慈。茅家苦貧窶，供養無肉糜。有鷄若鸞鳥，有黍如蘭飴。君爲舉匕箸，不忍棄寒微。感兹情意厚，久要以爲期。微塵撼華岳，蟻穴潰金堤。人言貴深察，强恕有良規。

【箋】

陳于王，字健夫，蘇州人，入瀋陽，隸漢軍，後居順天宛平。與陳其年通譜雅善。著有慎思堂集、西峰草堂雜詩。康熙三十八年，孔尚任桃花扇傳奇問世後，陳于王有題桃花扇傳奇：「玉樹歌殘跡已陳，南朝宫殿柳條新。福王少小風流慣，不愛江山愛美人。」一時傳誦。事見劉廷璣在園雜誌卷九、楊鍾羲雪橋詩話卷三。據詩中「五十尚無聞」語，姑定于康熙十八年作。

寄懷王伯佐

陰晉標雙華，弘農會兩河。關門春水闊，馬首白雲多。起舞當仙掌，歸飛得鳳窠。向來張飲地，哀樂奈君何。

【箋】王伯佐即王宜輔。約康熙十八年至十九年作。

題李箕山畫

汝畫匡廬好，峰峰紫翠流。長疑三疊水，飛出九屏秋。天與高人妙，神從太素求。煙雲揮灑去，詩卷總丹丘。

【箋】李箕山即李穎，字箕山，泰州人。清代畫家。善山水，墨焦筆健，氣勢大雄。見圖繪寶鑒續纂。約康熙十八年、十九年作。

送人上華岳

一石嵒嶤成一岳，三峰窈窕入三門。蓮花半壓仙人掌，瀑布全傾玉女盆。雲出金天皆白氣，河通玉井是真源。君行好上西玄洞，拂我題詩舊墨痕。

【箋】華岳，即陝西華陰縣南華山。約康熙十六年至十八年作於廣州。

遥題毛子習池上亭

中原耆舊在襄陽，之子風流今復長。峴首功名雖寂寞，鹿門妻子自文章。楚人善怨繇天性，壯士爲家傍戰場。他日尋君池上館，醉看雲夢樹蒼蒼。

【箋】毛子，當指毛先舒兄弟。習池，即習家池，在襄陽。襄陽記載，漢侍中習郁于峴山南依范蠡養魚法作魚池。山簡每臨此池，未嘗不大醉而還。康熙十八年前後作。

送丁子同兄觀察之贛南任

花萼才名起八閩，文章最易動星辰。月明三卜秦淮夜，梅發雙行大庾春。孝友即同張仲飲，謂寧都魏氏。芬芳先與楚人親。離心半逐征帆去，秋色相期贛水濱。

【箋】丁子，其人未詳。康熙十八年作。

寄汪扶晨黄山中　二首

仙人湯沐地，天子翠微都。一片黄雲裏，芙蓉影有無。松聲摇玉柱，花氣出香爐。君愛西峰好，琴歌定自娱。

萬疊翠氤氲，天風吹不分。飛來一片水，散作四山雲。峰影花中落，溪聲雨外聞。紫牀將碧枕，高卧羡夫君。

【箋】康熙十八年作。汪扶晨即汪士鋐，原名徵遠，字扶晨，一字栗亭，歙縣人。工詩古文詞。著有四顧山房集、栗亭詩集。見安徽通志卷二二五，歙縣志卷十。

汪于鼎文治居黄山始信峰詩以寄之

萬仞丹梯上，天開三海門。如何落雁西岳絶頂名落雁。外，亦有蓮花尊。蓮花峰乃黄山絶頂。石笋日以長，湯泉冬更温。嗟君兄弟好，鸞鶴自相存。

【箋】康熙十八年作。汪于鼎即汪洪度，字于鼎，歙縣人。善屬文、工詩。著有息廬文集。文冶即洋度，字文冶，與兄洪度並有才名。見歙縣志卷七。

將度梅關賦贈南雄朱參軍

十載天南此謫居，鴛湖歸興近何如。官衙喜傍紅梅驛，春野堪陪白鹿車。自昔仙人多守令，未應吾道在樵漁。浮家我且臨京口，相待金焦共著書。

【箋】康熙十八年作於南雄，時將度梅關北上。梅關，在大庾嶺（南雄府北六十里）上，兩崖壁立，道出其中，最爲高險，或以爲即秦之横浦關。見讀史方輿紀要卷一二。朱參軍，名籍未詳。

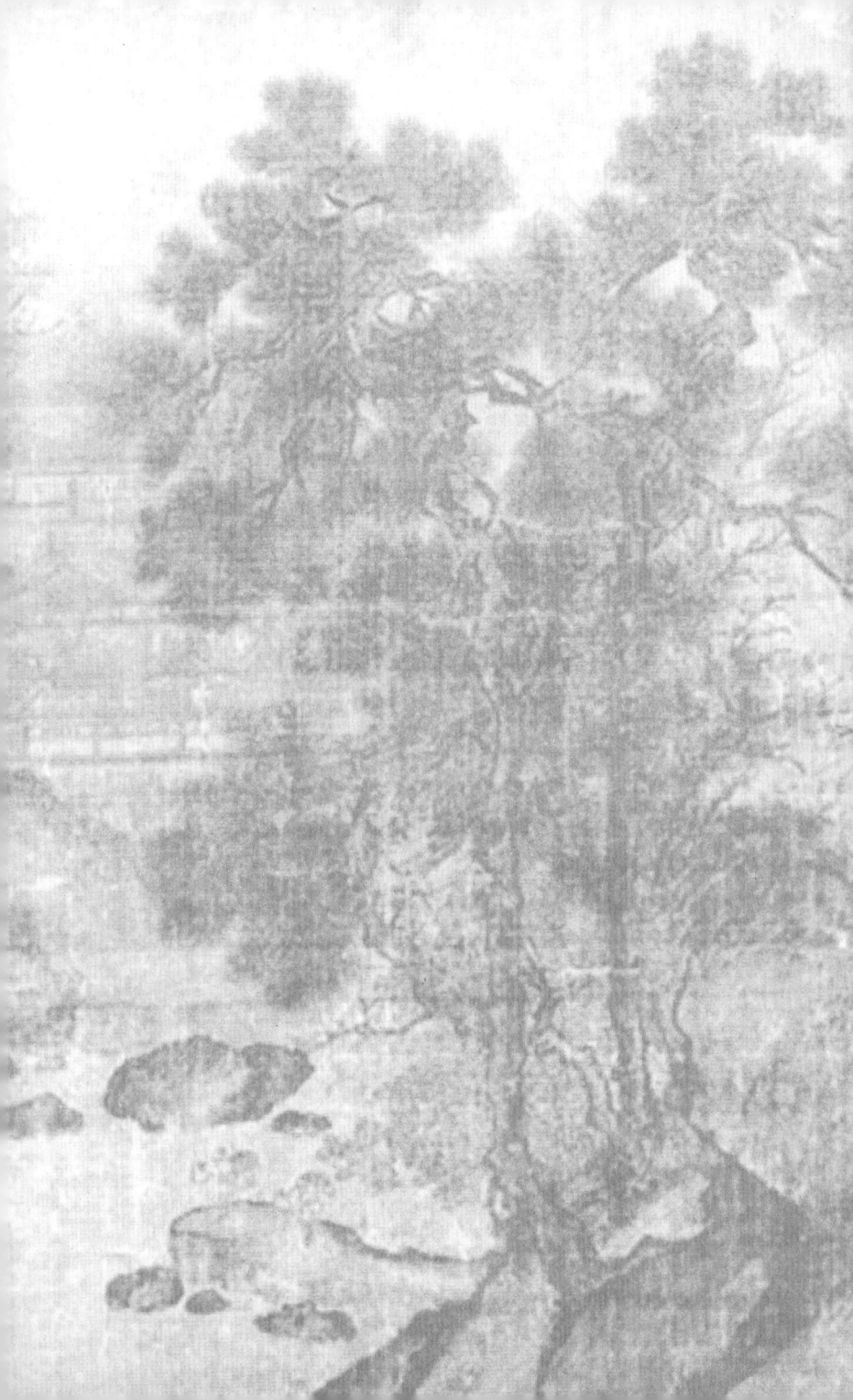

屈大均詩詞編年校箋

三

〔清〕屈大均 著
陳永正等 校箋

上海古籍出版社

屈大均詩詞編年校箋卷八　避地什

起康熙十八年（一六七九）秋　迄康熙十九年（一六八〇）秋

洪州喜遇京口宋君

滕王閣下繫扁舟，尊酒相逢慰遠遊。京口英雄能六博，君卿意氣動諸侯。煙生南浦漁帆隱，雨過東湖雁影秋。一代祇今高士少，故知磨鏡自風流。

【箋】洪州，今江西南昌。康熙十八年秋作。時大均自粤北上，經大庾嶺入江西。

舟中望廬山有懷玉川門道者

瀑布高懸三石梁，湖波蕩漾白雲光。仙人雙足垂明月，絶世風流不可忘。

【箋】玉川門，在廬山，見玉川門精舍春日箋。康熙十八年秋作。

湖中望匡廬瀑布 五首

一峰一瀑布，高者是黄巖。雨過人争望，湖邊宿片帆。

隨風泉作態，欲落故盤旋。馬尾瀑布名。飄天半，光揺雙劍峰名。邊。

瀑布不肯斜，條條如匹練。安得并州刀，剪取爲紈扇。

誰將彭蠡水，吸上亂峰間。化作泉千道，奔飛響一山。

猶嫌千仞瀑，飛不到舟邊。安得天風起，吹來灑晝眠。

【箋】康熙十八年秋經鄱陽湖望廬山有作。

浮家往金陵作 二首

半船妻子半船書，煙水蒼茫恣所如。此去金陵四千里，不知何處有田廬。

浮家已至蠡湖濱，思向匡廬住一春。瀑水遠從雙劍落，垂垂天外欲牽人。

【箋】康熙十八年秋作，時從東莞攜妻子避地，越大庾，舟行至鄱陽湖。

答星子令

芙蓉九疊縣西鄰，爲政風流羨子真。白鹿洞名。朝陪賢太守，青鳧夜逐古仙人。思從弟子爲都講，欲向東林作逸民。栗里溪中餘醉石，相留高卧過三春。

【箋】星子令，指許逸林，時任江西星子縣知縣。詩作於康熙十八年秋。

題二半閣

吴銘占家有半閣，請予命名，予即名曰「二半閣」。蓋取前賢半日讀書，半日静坐之義。繫以詩。

吾道非禪寂，猶宜半讀書。絃歌娱一室，風雅變三閭。坐久生明月，吟高入紫虚。流光應自惜，不是愛閒居。

【箋】山東海豐人吴象默，有室名半閣。審詩題下序云：「吴銘占家有半閣，請予命名，予即名曰二半閣。」則吴銘占或爲吴象默後人。康熙十八年秋作。

贈南康倫太守

江西山水首南康，太守流風復紫陽。一畫自能知日月，六經原不是文章。天邊瀑布懸談麈，雲際屏風繞訟堂。咫尺肯容徐孺否，全家欲住蠡湖旁。

【箋】南康指南康府，治所在今江西星子縣。倫太守即倫品卓，字宣明，灤州人。順治三年拔貢生，授江西南康府經歷，有政績。擢南康知府，重士愛民。後失重臣意落職。見大清畿輔先哲傳卷二九。康熙十八年作。

明妃廟　四首

明妃祠枕楚江沙，萬壑羣山夾道斜。明月尚懸香水鏡，芙蓉早墮玉門笳。羞同公主隨胡俗，幸似閼氏在漢家。終古秭歸哀怨地，杜鵑聲裏有琵琶。易託春心惟碧草，香火淒涼帶夕曛，明妃村口大江分。紫臺環佩依神女，黄鵠精魂逐細君。難消殺氣是黄雲。家鄰屈宋風流似，怨曲遺音滿水濆。紅顔亦可壯中華，詔賜單于出内家。爲漢自應高俎豆，寧胡豈敢惜風沙。香溪夜夜長無月，紫塞年年始有花。多少落梅悲糞土，無情最是大胡笳。野廟空林宿鷺羣，山花和淚落紛紛。無窮翁主成青草，有恨瑶姬化彩雲。清似苧蘿溪蕩漾，香連巫峽雨氤氳。祇今流落龍荒客，未嫁呼韓已似君。

【箋】明妃廟，在湖北興山縣，又稱昭君祠。祀漢元帝時出塞和親之王昭君。大均是否曾至興山，已不可考。姑定爲康熙十八年避地湖北時作。

武昌江上作

黄鶴晴川枕翠微，二樓高挾大江飛。天生瑜亮雙年少，一片雄風在石磯。

【箋】康熙十八年作於武昌江上。

漢口

漢口清秋夜，雲霞寒亦稀。新潮隨月滿，落葉帶螢飛。白首難孤往，青山欲早歸。憑誰報慈母，遊子有寒衣。

【箋】

康熙十八年作於漢口。漢口，清一統志漢陽府：「漢口，在漢陽縣東，漢水入江之口。」

漢口

嶓冢東來漢水長，二湖相夾似瀟湘。陰陰楊柳雙堤合，冉冉芙蕖萬井香。古屋龍蛇趨夏后，大江煙雨隔娥皇。南雲北夢無窮路，不待登高已斷腸。

【箋】

康熙十八年作於漢口。

漢口曲 二首

大別如城繞漢陽，南流漢水入江長。朝朝夏口開帆席，黄鵠招人過武昌。

南岸花連北岸香，前湖風接後湖凉。生憎大別中央出，江漢分流兩道長。

【箋】

康熙十八年作於漢口。

漢口過羅以獻鏡堂作

東南天盡惟煙水，江漢微茫此合流。才子多生蘭芷地，書堂遥接洞庭秋。新篇一一淩鸚鵡，長嘯時時起白鷗。日暮不堪分手處，青青大别鏡中浮。

【箋】

羅以獻即羅世珍，字以獻，號鏡堂。漢陽人。康熙十八年遊漢口作。

初至漢陽賦贈王別駕

鸚鵡洲西卻月前，茫茫江水接空天。郎官佐郡還三府，夏口行春已六年。北闕早知廷尉直，南樓重見庾公賢。漢陽有樹皆楊柳，未識棲烏向那邊。

【箋】

康熙十八年遊漢陽作。王別駕，名籍未詳。

贈漢陽羅生

白雲紅葉漢江湄，屈宋精靈應在兹。人似女巫多姣服，天生南楚好微辭。雙吹玉笛招黄鵠，一變離騷作竹枝。神禹廟前波浩淼，繫舟同讀岳山碑。

【箋】

羅生，疑即羅世珍，見漢口過羅以獻鏡堂作詩箋。康熙十八年作。

十二

十二峰巒望不分，美人終古夢氤氲。飛歸不復同青鳥，化去懸來是片雲。天上玉棺頻自舉，人間瑶瑟更誰聞。哀蟬落葉年年思，涕淚徒沾蛺蝶裙。

【箋】十二，指巫山十二峰。讀史方輿紀要卷六六：「世傳巫山十二峰，曰望霞、曰翠屏、曰朝雲、曰松巒、曰集仙、曰聚鶴、曰浄壇、曰上升、曰起雲、曰飛鳳、曰登龍、曰聖泉是也。」此詩或爲康熙十八年在湖北時作。

鄂渚曲

江漢南流有合時，情人咫尺苦生離。散花洲上空相憶，卻月城邊自不知。

【箋】鄂渚，在湖北武昌黄鵠山以西長江中。康熙十八年遊武昌作。

晴川閣作

峨峨川上兩飛樓，樓下煙波一片愁。大别中分江漢水，金沙東接鳳凰洲。騷人一去無芳草，帝子重來有古丘。可惜湖南空轉戰，三年不見漢時秋。

【箋】康熙十八年作於湖北漢陽。晴川閣，清一統志漢陽府：「晴川閣，在漢陽縣東北五里，明知府范之箴建。」

夏口

郤月城臨夏口高，維舟日夕苦風濤。青天表裏惟秋水，緑樹依微是漢皋。南國山名愁大别，楚人天性愛離騷。瀟湘戰後黄雲滿，鴻鵠無心下羽毛。

【箋】康熙十八年北上，至夏口作。夏口，在江夏縣西，見清一統志漢陽府。

黄鶴樓作

西上飛樓眺夕陽，仙人黄鵠兩迴翔。九江秋水連雲夢，十里芳洲帶武昌。詞賦自堪懸日月，冠纓誰與濯沅湘。三閭亦可爲漁父，一棹煙波樂未央。

【箋】

康熙十八年作於武昌。黄鶴樓，在江夏縣西，因黄鵠山（一名黄鶴山）得名。世傳仙人子安乘黄鶴過此。見清一統志武昌府。

黄鶴樓　樓爲獻賊所焚，今移故楚府敕書樓重造。

巍巍猶是敕書樓，朱邸移來歷幾秋。黄鵠不將仙客至，白雲空爲楚王留。三年士苦長沙戰，萬里人含落日愁。芳草莫重悲賦客，江邊鸚鵡已無洲。

【箋】

黄鶴樓，湖北通志卷十五江夏縣條：「明嘉靖末毁，隆慶五年都御史劉慤重建。萬曆二十五年丁酉一日無故自火，延燒萬家，又爲流賊張獻忠所毁，今樓乃故楚敕書樓移建也。」

郎官湖

有幸郎官得謫仙，湖名長在漢江邊。詩成鸚鵡過黄鶴，絶代才華衹自憐。

【箋】康熙十八年作於漢陽。郎官湖，清一統志漢陽府：「郎官湖，在府城内東南隅。唐李白泛郎官湖詩序：『乾元歲秋八月，白遷于夜郎，遇故人尚書郎張謂出使夏口，沔州牧杜公、漢陽宰王公觴于江城之南湖。方夜，水月如練，清光可掇，張公殊有勝概，四望超然，乃顧白曰：此湖古來賢豪遊者非一，而枉踐佳景，寂寥無聞，夫子可爲我標之嘉名，以傳不朽。白因舉酒酹水，號之曰郎官湖。』」

郎官湖見月之作

郎官湖上月，光射漢江寒。太白瑶臺鏡，青蓮碧玉盤。自將金碗對，誰共錦袍看。捉得娥眉好，纖纖影畫欄。

【箋】康熙十八年遊漢陽郎官湖作。郎官湖，見郎官湖箋。

漢口訪徹上人蘭若

漢陽無别樹，祇有柳依依。一片湖光裏，參差映夕暉。樓臺含雨暗，鐘磬吐風微。卻月城邊水，沿洄暮不歸。

【箋】康熙十八年遊漢口，至寺院探訪徹上人有作。

江漢

江漢詩歌地，人人解竹枝。一從生屈宋，風俗尚微辭。

【箋】康熙十八年作。江漢，泛指湖北漢水下游地區。詩周南漢廣有詠嘆江漢之句。

荆門詠古

荆門一戰建奇功，王氣蒼茫起渚宫。歸楚諸侯尊義帝，亡秦三户記南公。蚩尤兵勢雷霆似，牧野仁聲筐篚同。自古王侯那有種，寄言閭左盡稱雄。

【箋】康熙十八年作於湖北荆州。荆門，清一統志湖北統部：「荆門，在荆州府宜都縣西北五十里，北對虎牙山，上合下開，江流其中，爲楚西塞。」

荆門

巴水吞三峽，荆門控百蠻。山連夔子國，天作虎牙關。白帝朝雲裏，明妃夜月間。行人憐古柳，多向楚宫攀。

【箋】康熙十八年作於湖北荆州。荆門，見荆門詠古箋。

贈楚客

聲詩江漢始，莫謂楚無風。我祖離騷賦，人稱小雅同。明珠貽下女，香草惠童蒙。之子荆南起，還將樂府工。

【箋】

此詩或康熙十八年北上經兩湖時作。

答睢寧崔丈

睢寧自古英雄地，城外洪河接渺茫。黄石至今存老父，紫芝何以慰君王。文章亦是商周物，服食無如日月光。相對淮南悲歲暮，蕭蕭風雪一銜觴。

【箋】

睢寧，今江蘇睢寧縣。詩有「相對淮南悲歲暮」之語，疑大均於康熙十八年冬曾遊淮南，姑定于此時作。崔丈，待考。

贈文及先丈

往日商山皓，相知有子房。英雄如女子，高尚亦君王。今代無芝草，此翁惟羽觴。行年過八十，亦足傲淮陽。

【箋】

文士英，字及先，號白華老人，金陵人。書畫篆刻家。生於明萬曆二十二年（一五九四）。詩中謂其年過八十。故繫於康熙十八年遊淮陽時作。

有贈

漢家名士惟忠武，相見江東豁我愁。道在定迴雙日月，書成亦是一春秋。真龍自昔興三户，威鳳何須歷九州。賤子衹今狂簡甚，將從毛扇學風流。

【箋】康熙十八年遊江東(今安徽蕪湖以下長江南岸地區)時作。

烏江弔項王

力拔山兮天下雄，氣蓋世兮乃無終。王以天下兮三讓，不然漢高無大風。一讓兮不殺沛公，鴻門不追至軍中。始驅除兮終拱手，禪授之德真重瞳。再讓兮不都關中，天府捐棄咸陽宫。故鄉彭城不忍舍，鴻溝爲界來相攻。三讓兮不渡江東，江東吴越地未空。八千子弟倘復起，夫差句踐霸可同。江濤怒兮水倒立，大野吹兮多落楓。時不利兮騅一蹶，天之亡我命當窮。死生與虞同一命，蛾眉血兮濺衣紅。王多情兮不負季，視季亦與虞兮同。還定三秦忽失約，季負王兮季非忠。不殺義帝季亦殺，三軍縞素欺愚蒙。英雄豈必皆好信，勢便逐利如轉蓬。三傑不言復讎事，董公遮道計殊工。吴芮不殺王不服，弑君之賊乃有躬。義帝無後漢不立，漢之寡恩誠不聰。英雄成敗兩不義，誰言天授非人功。吁嗟，誰言天授非人功。

【箋】烏江，在安徽和州東北四十里。土多黑壤，故名。見清一統志和州直隸州。西楚霸王項羽爲漢軍及諸侯軍圍于垓下，夜聞漢軍四面皆楚歌，乃突圍，至烏江，自刎死。事見史記項羽本紀。詩作於康熙十八年。

太白祠

翰林餘俎豆，宫錦至今香。光復真繇汝，功名亦可王。山川增氣勢，風雅有輝光。一片郎官水，風流未忍忘。

【箋】太白祠，在安徽當塗縣東南青山麓。見清一統志太平府。康熙十八年遊太白祠作。

吴門春日作　二首

春光最愛闔閭城，清婉吴音復有情。一代風流餘屧響，千秋怨毒是簫聲。家家柳拂長天亂，處處花含積雪明。市井祇今誰烈士，橋邊空識伯鸞名。

橋西舊有伯鸞居，四百飛橋盡不如。泉石誰令高士在，鶯花自是美人餘。春聲祇可聞皋氏，簫曲那能到闔廬。吴下繇來多俠烈，我行端不爲鱸魚。

【箋】康熙十八年遊蘇州作。吴門，蘇州之别稱。

贈别吴門朱雪鴻　十二首

亦是青青草，如何獨有芳。相知一漁父，欲去是清湘。二女元仙姥，三閭亦楚狂。含情贈瓊佩，珍重繫羅裳。

勇絶專諸子，當年學炙魚。人留刺客傳，巷有伯鸞居。廡下雖逃世，春邊亦著書。吴人能用劍，風俗近何如。

平生人事拙，名外得夫君。有子隨黄岳，無家在白雲。桃椎時織屨，西子每湔裙。高潔誰能似，蘭苊亦未分。

羡爾多賢友，書中姓氏留。明春來茂苑，之子識西舟。王霸從無種，文章自有秋。田園何必問，吾道本雲浮。雪鴻有友志：「西舟子，友中之奇士也。」

麈尾平生物，兼之白鷺翎。相貽惟皎潔，相賞更沈冥。石氣薰黄浦，湖光浴翠屏。殷勤期汝友，艤棹采香涇。吴郡陸修静以白鷺羽、麈尾扇遺同里張融曰：「此既異物，以奉異人。」

金昌亭下墓，傳是漢梁鴻。身似要離細，心因匕首雄。憑君披宿草，與客溯高風。復向皋橋畔，長歌弔伯通。

崑山陶峴好，浪跡在雲煙。天性元麋鹿，人言是水仙。風流君最慕，高尚世争傳。安得三舟去，重浮碧海邊。雪鴻，字二陶，崑山人。

勿復求當世，江東作步兵。生前應自適，身後不須名。千里蒓長美，三江水復清。彈琴小漁舸，隨意太湖行。

吴船多六柱，一一受風涼。藕是傷荷好，松惟闊葉香。湖中魚斗大，溪上酒城長。歸及小兒節，瓜蔬滿畫堂。吴人以七夕爲小兒節，君行正及七夕。

傳聞言偃宅，古井接潮波。一片洗衣石，千秋生薜蘿。精華南國盛，文學大吴多。君愛琴川上，遺風總善歌。

西山林屋畔，禄里舊成村。地肺無秦漢，芝華有子孫。仙人須佐命，白首未忘言。終隱誰能似，淮陽一老尊。禄里先生，吴人。

毵娑鳳州柳，枝葉最垂垂。絮向白頭撲，花兼紅粉吹。年年分越女，處處寄湘纍。清婉吴音好，相思定不衰。柳以鳳州種爲佳，惟吴門有之。

【箋】朱謹，字二陶，號雪鴻。江蘇崑山人。著有中庸本旨等。詩爲康熙十八年遊南京時作。

泖口跨塘橋弔黄門陳卧子先生

舟出吴淞煙水遥，黄門懷石此塘橋。三間日月光相映，一劍乾坤恨未消。泖口蒓鱸淹過客，雲間風雅憶先朝。慚予後死空詞賦，慣向江南放大招。

【箋】泖口，清一統志松江府：「泖湖，在金山縣西北，婁縣西，青浦縣西南，一名三泖。」陳子龍，字卧子，一字軼符，號大樽，青浦人。崇禎十年進士。官兵科給事中。南都陷，子龍起義嵩江，提督吴聖兆與子龍約謀反正，事泄，聖兆被殺，敵追子龍急，子龍躍入寶帶橋下死。見皇朝四朝成仁録卷六。康熙十八年遊江蘇作。

閶門訪瞿止虛賦贈

毵毿垂柳拂精廬，有客閶門此隱居。張翰未躭千里菜，瞿，松江人。專諸方炙太湖魚。春光本自耶溪至，明月長疑玉貌餘。吴俗繇來能用劍，憑君淬出一芙蕖。

【箋】

康熙十八年作於蘇州。閶門，蘇州府治闔閭城西門。見清一統志蘇州府。瞿止虚，其人未詳。

虎丘弔闔閭墓作

古墓人傳鶴澗旁，三千寶劍殉君王。青蛇未解傷勾踐，白虎徒能拒始皇。石上每聞金縷曲，林中長見漆燈光。紫珪魂魄迷秋草，莫笑多情弔未央。

【箋】

康熙十八年作於蘇州。闔閭墓，清一統志蘇州府：「闔閭墓，在元和縣虎丘山。」越絶書：「闔閭冢在閶門外虎丘下，池廣六十步，水深丈五尺，銅槨三重，澒池六尺。」

蔡璣先鉉升攜過東園看菊作　二首

相攜秋色裏，采菊步遲遲。故國啼烏在，離宮蔓草知。人間因有道，歲晏亦多思。願與鍾陵樹，蒼蒼似昔時。

江左重來日，蕭條益愴神。黄花猶有汝，白首更無人。意氣期之子，文章託此身。溪流如有意，曲曲入西鄰。

【箋】

蔡鉉升，字璣先，南京人。淮安杜首昌有減字木蘭花同蔡璣先遊湖心亭詞。杜濬有十月十日蔡鉉升載酒飲我於病榻練江南枝二詩衲偕至詩。國朝金陵詩徵卷九録其詩六首。康熙十八年作。

吴閶卧病有作　三首

天山南畔對秋空，此日金閶寂寞同。蘇武饑寒甘嚙雪，要離細小畏迎風。思將爪髮爲神劍，未有精誠與白虹。蒲伏不妨長乞食，霸王遺烈在吴中。

楓葉蕭蕭掩市門，秋光雖好易黄昏。人憐白喜方同病，帝命巫陽更予魂。楊柳東西朱户映，芙蓉七十白波吞。人間未有琅玕實，饑鳳啾啾好自存。三秋蕭瑟虎丘西，山鳥多情爲客啼。季札悲愁新喪子，梁鴻清苦早同妻。紅蓮稻美舂應熟，錦帶花多采不迷。林屋洞邊風物好，何時得共夏黄棲。

【箋】康熙十八年遊蘇州作。吴閶指蘇州。

讀吴野人東淘集 二首

東淘詩太苦，總作斷腸聲。不是子鵑鳥，誰能知此情。哀猿相叫嘯，落月未分明。夜夜同淒絶，教人白髮生。

江南與江北，秋總在君家。一片蕭條意，含陰作海霞。何須雲際雁，不必雨中花。已自堪腸絶，聲聲入暮笳。

【箋】吴嘉紀，字賓賢，號野人。江蘇泰州人。明季諸生。入清，屏處泰州之東淘，瀕於海，苦吟無知者。周亮工盛稱之，爲刊其集，由是始聞。有陋軒集。汪譜載，康熙十八年吴嘉紀有送屈翁山之白門詩，翁山此詩疑亦作於是年秋。

青溪 二首

古渡從桃葉，沿洄到夕陽。青溪三十六，曲曲是愁腸。

鶯花三月艷，脂粉六朝香。不分青溪水，愁心與爾長。

【箋】

青溪，在江蘇上元縣東北。吴赤烏四年，鑿東渠名青溪，自鍾山西南流，通城北塹潮溝，東出於青溪閘口，接于秦淮。見清一統志江寧府。詩作於康熙十八年。

桃葉渡作

二月江南望，桃花爛似霞。人言桃葉渡，桃葉勝桃花。

【箋】

桃葉渡，在青溪（江蘇上元縣東北）入秦淮河處。相傳晉王獻之送别愛妾桃葉於此。詩作於康熙十八年。

桃葉曲 二首

憐花及桃葉，憐葉及桃根。古渡煙波上，相迎笑未言。

憐桃及根葉，愛柳及稊荑。但渡無言苦，蘭橈我自持。

【箋】康熙十八年作於江蘇桃葉渡。

莫愁曲

風吹楊柳花，花下莫愁家。誰駐青驄馬，來邀孔翠車。新辭歌白苧，素扇映朝霞。一片秦淮月，長教照麗華。

【箋】莫愁，古女子名。南京西門外有莫愁湖，相傳爲莫愁舊居。見清一統志江寧府。康熙十八年遊南京作。

長干寺作

煙雨南朝寺，青春過病中。孤生太山竹，半死嶧陽桐。作賦惟哀郢，尋仙未至嵩。愁心將海月，祇在草堂東。

【箋】長干寺，在南京聚寶山北，晉建。康熙十八年遊南京作。

和王不庵幽居之作

一夕秋風老玉顏，無人但掩白雲關。卧當流水難成夢，行見梅花不欲還。禪寂定於征戰後，功名應在有無間。葛巾丰度開東漢，賴爾林泉一日閒。

【箋】康熙十八年秋作。是年避地北上至南京，繼乃南遊太倉、吴縣。王不庵，即王煒。黄容明遺民録卷八：「王煒，字不庵，改名艮，字無悶，本籍歙縣，寓居爲太倉人。年二十，疾時憤世，讀易山中。有鴻逸堂集。」

婁上别王鹿田

白鶴孤飛向九皋，無家不覺此身勞。梁鸞豈必妻能敬，梅福何須婿亦高。諸將祇今多繡韝，遺民自昔一方袍。相思屢過婁江上，風雪依依戀羽毛。鹿田三十餘年服沙門服，無家室。

【箋】

康熙十八年在蘇州府送别王鹿田而作。婁江，在蘇州府昆山縣南九里。見讀史方輿紀要卷二四。王鹿田，康熙五十三年刊本長壽縣志序云：「得明孝廉王鹿田、李傳一所纂縣志于邑生李世奇家。」可知其曾爲舉人。王煒，又名艮。字雄右，又字無悶，號不庵，又號鹿田。安徽歙縣人。少時讀易山中。後出家爲僧，法名行願。著有鴻逸堂集。

重至白門宿余鴻客山堂作

白下啼烏地，愁人自六朝。秋聲將落葉，此度益蕭蕭。山鬼弄魂夢，草蟲悲寂寥。那知垂老客，有道在漁樵。

【箋】

白門，南朝宋都城西門。西方金，金氣白，故稱。後遂稱金陵爲白門。余鴻客即余賓碩，余懷之子，莆田人。僑居南京。撰有金陵覽古一書。康熙十八年遊南京作。事見鄧之誠清詩紀事初編卷二。

題席允叔册子

允叔有詩存一書，選予詩至五十餘首。

三閭苗裔有詩篇，哀怨千秋莫與傳。行盡江南與江北，知音人在竹林邊。

【箋】

席允叔，名居中。遼寧錦川人。輯有昭代詩存十四卷，卷八選有屈詩。

題席允叔山房　二首

君家多洞壑，瀑水復淙淙。更欲黄山上，移來石笋矼。藤蘿牽上客，苔蘚入幽窗。況有詩篇好，風流映大江。

作者今誰好，知音世所希。君從風雅客，每得性情微。明月同高詠，梅花一布衣。流連當水石，不忍送將歸。

【箋】

席允叔，即席居中。康熙十八年作。

溪亭懷亡友韓石畊

隔溪人語寂，花露滴清琴。不有青天月，誰知此夜心。階庭微葉落，懷袖片雲深。思子淚如水，潺湲流至今。

【箋】康熙十八年北上，途經溪亭時作。溪亭在江蘇宜興境。韓石畊即韓畕，字經正，號石畊，直隸宛平人。好學能詩文，尤善鼓琴。著天樵子集。見國朝詩人徵略卷五、碑傳集卷一二六。

浣紗女廟 在真州

得此壺漿女，千秋兩浣紗。真州祠下樹，香接苧蘿花。

【箋】浣紗女廟，在江蘇儀徵（宋元時稱真州）胥浦。祀爲救伍子胥而抱石投江之浣紗女。康熙十八年遊江蘇儀徵作。

題陸天浥泰山圖

海中日湧聲如雷，天門夜半鴻濛開。天鷄鼓翼波震蕩，金銀宮闕東飛來。此時丈人峰上客，日華噓噏蕩精魄，東君玉顏在咫尺。扶桑萬朵紅復紅，玉女三千笑口同。丹青雖神畫不得，朝霞倏忽吹成風。千巖萬壑太古色，秦代蒼松人不識。圖成慎勿置金箱，留與人間見胸臆。

【箋】陸天浥，其人未詳。康熙十八年作。

題吴太守江山清嘯樓　在真州

江南山色渡江飛，飛向君樓含夕霏。空翠不隨流水去，鴻濛忽化白雲歸。吴興太守真州客，日夕捲簾蕩精魄。舞影時翻天女花，歌聲欲裂雷公石。浮玉雙峰架筆高，芙蓉一朵一離騷。六朝春色爲膏沐，萬里天風且羽毛。

【箋】吴太守，其人未詳。康熙十八年作。

弔陳宮

三閣風流地，春來碧草濃。可憐靈谷寺，猶有景陽鐘。鐵鎖沈江盡，雕戈繞殿重。君王曾有計，深井抱芙蓉。

【箋】康熙十八年作於江蘇南京。陳宮，指南朝陳景陽宮。故址在今南京玄武湖側之鷄鳴寺。中有井，爲陳後主與張麗華藏身處。見景定建康志。

黄鵠操 二首

予有姬人陳氏，從予遠遊，道病，死於漢陽。未三月，其所生之子阿遂行至舊京，亦死，年甫三齡。臨危，泣喚曰：「姨姨舍我。」予痛甚，援琴爲操，以寫其哀，名曰黄鵠，以擬古之别鵠辭云。

黄鵠死，不留雛。母在荆江子在吳，魂來將子入黄壚。吁嗟乎，黄鵠爾何愚，留子與雄雄不孤，雄不孤兮爾魂長依吾。

前黄鵠兮不留女，後黄鵠兮不留子。同是嬰孩未有知，泉臺相伴徒爲爾。女有魄兮子有魂，安得長隨黄鵠身。吁嗟兮，黄鵠恐汝復爲人。先是，王孺人華姜没，其女年四歲，亦繼亡，故及之。

【箋】康熙十八年爲悼念姬人陳氏及其所生之子阿遂而作。

京口眺望和人

岷峨萬里水，東下阻金焦。淼淼連三楚，茫茫送六朝。亂帆隨白鳥，哀角響青霄。京口英雄地，猺蒲未寂寥。

【箋】京口，今江蘇鎮江。康熙十八年作。

揚州

往日江南北，鴻溝此地分。通侯虚作鎮，上相但懸軍。螢苑青春柳，雷塘薄暮雲。玉鉤斜畔望，芳草是羅裙。

【箋】

康熙十八年作於揚州。

蜀岡懷古 二首

步出城西門，盤迴見丘垤。隋家舊宫殿，林際尚明滅。亡國以荒淫，雷塘乃無穴。吁嗟美人魂，風吹作蝴蝶。玉顏雖黄埃，遺香託花葉。英雄在白楊，悲嘯亦嗚咽。血爲螢火飛，雨中光熠熠。地道通峨眉，千里陂陀接。幽幽一井泉，中有古日月。謂大明泉。虚無見玉勾，洞府藏冰雪。舉觴相與傾，慷慨中懷熱。茫茫失路中，痛飲誠賢哲。

秣陵山水多，龍蟠兼虎踞。可惜張錦帆，未往江南去。重華挾二妃，時巡冒霜露。五岳與三湘，鑾輿不遑駐。胡爲愛江都，天險從人據。中原一崩裂，人人皆項羽。好色以自强，山河誠敝屣。李花將代楊，興亡有天數。君勿笑荒亡，黄泉人笑汝。

【箋】

康熙十八年作於揚州。蜀岡，讀史方輿紀要揚州府：「蜀岡，府城西北四里，綿亘四十餘里，西接儀真、六合縣界，東北抵茱萸灣，隔江與金陵相對。……南北皆平地，溝澮交貫，惟蜀岡諸山，西接廬滁。凡北兵南侵揚州，率循山而南，據高爲壘以臨之。」

錢烈女哀詞 三首

錢烈女淑賢，丹徒人。性聰警，知書。乙酉，年十六，隨父述古寓揚州。高傑等四鎮紛争，委河淮不守，烈女憂之。揚州陷，烈女哭辭父母，投水，水淺不得死；以紙漬水掩口鼻，亦不死；持刀自刎，父母奪之，不得死；烈女跪請父母，卒再縊，乃死。死時，告父母火之，無留骨穢地。揚人葬之於相國史公可法梅花嶺冢傍。南昌王猷定、關中王巖爲作傳銘，勒於墓石。予過而弔焉。

佳人能獨立，不肯嫁烏孫。九死傳閨烈，三春弔墓門。珠歸天帝掌，花逐洛妃魂。詞客題黄絹，豐碑照古原。

一代漢宗臣，衣冠冢與鄰。蘭心憂社稷，漆室抱經綸。慘淡揚州月，蕭條邗水春。東南佳麗盡，餘爾露筋人。

蕪城經百戰，血滿玉勾斜。死畏留青冢，生憂玷白華。緹縈能代父，蔡琰不宜家。玉石同焚後，芳聲振海涯。

【箋】

康熙十八年作於揚州。甘泉縣志卷十六：「錢女名淑賢，丹徒人，隨父述古家于江都，與外家卞氏女比鄰相得。乙酉城破，與卞氏同死，而淑賢死尤烈。」

揚州感舊

往日蕪城困，君臣總不知。頻飛丞相疏，不遣靖南師。薊北天崩後，江南穴鬥時。血書三四紙，讀罷淚如絲。

【箋】

康熙十八年遊揚州作。皇明四朝成仁録卷六：「四月十八日，揚州被圍。可法禦之，薄有斬獲。嗌血爲書請援，不應。開門出戰，本深遽率衆迎降。越七日，城陷被屠。降夷押住者從可法出城，且戰且走，渡河馬蹶，可法溺死。」

梅花嶺弔史相國墓

往者江南北，誰分上相憂。自從開四鎮，不復問中州。精爽憑飛將，謂高公傑。衣冠在古丘。梅花春不發，碧血滿枝頭。

【箋】康熙十八年作於揚州。史相國即史可法，清一統志揚州府：「史可法墓，在甘泉縣西北梅花嶺，可法殉節揚州，葬衣冠於此。」

梅旅度曲以秋宵聞歌爲韻　四首

一聲風雨客初愁，不唱啼烏淚已流。今夕樽前須盡醉，黄花猶爲故人秋。

明月高高廿四橋，南絃北管坐相邀。誰能即策花驄去，不向揚州度此宵。

萬里天河淡欲分，玉杯飛處濕行雲。多情最是齊梁曲，恨爾江南夜夜聞。

神仙富貴未蹉跎，自古英雄白首多。請語梅花樓外月，清光長照玉人歌。

【箋】曾燦輯過日集十一有曾青藜屈翁山集梅旅限韻五律。此詩亦或康熙十八年冬作於揚州。

贈王璞庵移居

移家偏愛鳳凰臺，樓對鍾山紫翠開。天闕喜看牛首在，仙雲愁別岱宗來。憑陵海岳惟長嘯，羽翼春秋且玉杯。燕子磯南形勢好，沙洲新抱石城回。

【箋】

王璞庵，名延詮。魏禧長嘯閣詩集序云：「王子璞庵以雄才聞於南北，而好爲詩歌，律絶諸作，多唐人風調，七言則磊砢跌宕淋漓。」又云「璞庵貧無一畝之田、半畝之宫以自養，僦屋而居，仰交遊而食，四方士嘗滿其南樓，尊酒頻注，耳熟賦詩，浹日夜不倦。」詩或作於康熙十八年。

送汪扶晨歸歙葬親

十月河已冰，朔風苦蕭瑟。之子望松楸，行行雪没膝。烏烏啼以南，烏烏啼以北。一啼一白頭，阿母不可得。墓道何巉巖，送者皆匍匐。飛土逐豐狐，殷勤助封植。而我獨不遑，淚垂但沾臆。以君孝子思，茫茫此何極。母兮在蒼天，朝朝見顔色。母兮在黄泉，暮暮聞嘆息。文章爲犧牲，仁義爲鼎實。庶幾貽令名，以爲天下則。

【箋】

康熙十八年冬作，時遊揚州。汪扶晨，即汪士鋐，字扶晨，號栗亭，安徽歙縣人。著有稽古堂稿。汪譜原繫此篇於康熙十九年，誤。按，詩有「十月河已冰」語，而大均已於是年八月由江南返粤。扶晨有己未冬日登平山堂作同屈翁山曾青藜余生生閔檀林詩，知本篇亦此時之作。

廣陵篇贈别吴鹿園

江北煙花是廣陵，江南山水惟京口。蕃釐觀左一逢君，欲典衣裘取清酒。飛橋十五首紅橋，夾岸蘼蕪漸及腰。才子偏來明月夜，美人不見落花朝。蕪城一賦君能續，更有冶春三十曲。千載知音是紫薇，竹西歌吹傷繁促。哀怨猶多楚性情，荒淫未變吴風俗。山中雖有玉勾天，日月長含第五泉。兒女但能催白髮，英雄那得再青年。

【箋】

康熙十八年遊揚州作。廣陵指揚州。吴苑，字楞香，號鱗潭，又號鹿園，安徽歙縣人，與弟蔚、荃、菘均能詩。順治五年鄉試及第，康熙二十一年進士，爲翰林院庶吉士，散館授檢討。康熙二十九年充順天府鄉試正考官，翌年昇右春坊右中允，三十一年遷侍講，尋擢國子監祭酒。著有北黟山人詩集。事見清史列傳文苑、金德嘉吴祭酒苑傳。

出揚子江

浩渺浮天地，彭湖望漸微。中流懸翠嶂，萬里蕩春暉。擊楫心徒苦，懷沙志已違。昨宵明月滿，夢裏識江妃。

【箋】揚子江，指江蘇揚州附近長江河段。詩作於康熙十八年。

螢苑

西苑接雷塘，花含粉黛香。流螢與明月，夜夜照君王。

【箋】螢苑，在江蘇揚州西北大儀鄉。相傳爲隋煬帝放螢之地。見維揚志。杜牧揚州詩「秋風放螢苑」，即指此地。康熙十八年遊揚州作。

贈程葛川　二首

相見此邗溝，依依紫綺裘。江山才子國，花草美人秋。把酒當明月，聽歌在玉勾。多情如杜牧，欲向竹西留。

竹下佳人席，花中長者車。尊罍頻至夜，歌吹欲愁予。詞賦宜青歲，韜鈐有素書。古來雙孺子，於爾意何如。

【箋】 康熙十八年作於揚州。程葛川，其人未詳。

通州望海

狼山秋草滿，魚海暮雲黄。日月相吞吐，乾坤自混茫。乘槎無漢使，鞭石有秦皇。萬里扶桑客，何時返故鄉。

【箋】 通州，今江蘇南通市。康熙十八年作。末二語當指據守臺灣猶奉明朝正朔之鄭氏。

漢陽除夕和伍子

漢陽江上客，寂寞度殘年。晞髮無朝日，沈身有大川。獨醒漁父笑，同病大夫憐。此夕逢除夕，清樽涕淚邊。

【箋】 康熙十八年秋，屈大均從東莞攜妻子避地，自番禺越大庾，至於漢陽，再至南京。是詩乃大均重回漢陽時作。是年大均北上至漢陽時，媵陳氏以苦熱病，卒於漢陽。九月，子明德以食積疳，死於揚州舟中（見汪譜）。故詩有「寂寞度殘年」及「清樽涕淚邊」之語。伍子，其人未詳。詩作於康熙十八年除夕。

正月既望太倉王虹友兄弟招同諸子集善學齋中有賦

吁嗟歲庚申，昊天降威疾。正月方屯蒙，雷乃從地出。去年霹靂早，旱乾兼水溢。饑饉及婁東，稻蟹三餘一。陰陽久不分，元氣復無日。人民願歲豐，張燈祈太乙。歌舞且須臾，號呼天豈恤。東北地震餘，至今魂惴栗。龍血成堅冰，玄黃戰未畢。餘殺在三陽，太和期勿失。飲食以相需，主人敬終吉。煌煌火樹開，陽春先一室。白華將絳趺，光華何盛實。昆弟連枝多，蟬嫣金玉質。唱嘆得良朋，洋洋清廟瑟。二南兄弟詩，周召如膠漆。孝友垂正風，以作人倫率。風雅之大師，婁江舊無匹。瑯琊與太原，諸王多麗逸。吴許六朝英，賦心總綿密。我亦希雲間，黄門精論述。所愧稱離騷，怨誹難自律。神聽在和平，性情忌淫佚。何以慰微誠，願言貽道術。

【箋】

康熙十九年正月十五日作，時遊金陵。王虹友，即王攄，江蘇太倉人。王時敏子。著有蘆中集。善學齋，王氏齋名，其蘆中集有康熙三十七年善學齋刻本。時敏九子，以撰、抃、攄三人詩最佳，與斯會者或即此三人歟。

讀李畊客龔天石新詞作

東風吹愁滿天地，越客羈棲不得意。攜家遠自南海來，十口飄飖無所寄。秦淮一曲且僑居，升斗之水愁枯魚。故人咫尺在幕府，慰我饑渴三致書。公子多才年復少，樂府能兼南宋調。風流初見藕莊詞，與君宮體皆娟妙。我方箋易臨河樓，夢寐日與羲皇遊。新詞見贈不遑答，精微空向畫前求。南楚好辭宗屈子，學詩昔自離騷始。含風吐雅數千篇，美刺頗得春秋旨。艱難持向清涼臺，一秋不視白魚來。聖賢自古皆寂寞，文章於我誠塵埃。聞君新校春秋疏，欲爲唐人傳啖助。多金鏤得授經圖，功在尼山流美譽。交廣春秋我亦成，南方異物多經營。陸賈山川未作紀，嵇含草木徒知名。長跪幾時能請教，知君博物有深樂。花中錦繡足文鴛，果下金錢饒小豹。收香書帶與相思，賦詠惟君綵筆宜。我愧江淹才欲盡，那得倡和及芳時。

【箋】康熙十九年春作於金陵。李畊客，即李符。符字分虎，號畊客，浙江秀水人。能詞，與兄繩遠、良年齊名，號浙西三李。著有香草居集。龔天石，即龔翔麟，字天石，號蘅圃，浙江仁和人。副貢生。由工部主事歷遷至御史。工詩詞，與朱彝尊、李良年、李符等並稱浙西六家。著有田居詩稿、紅藕莊詞。

集張帶三先生草堂分賦

勝日簪裾會，吴淞水一涯。鶯知公子意，花落美人懷。芝草方逃漢，鱸魚不上淮。季鷹賢父子，白髮更相偕。

【箋】康熙十九年二月作。時避地金陵，南遊至松江。鄧實風雨樓扇粹録有大均詩扇，題爲松江春日張帶三老丈招同修來先生宴集分得九佳燈下同賦明日即返棹金陵書此並以爲别求正時庚申二月四日，末署「南海弟屈大均稿」。張帶三，即張若羲。黄容明遺民録卷二：「張若羲，字帶三，崇禎癸未進士。高隱菜花涇。子嘉樹。幼而多才。」修來，即顔光敏，字遜甫，山東曲阜人。康熙六年進士，官吏部郎中。好讀書，尤耽山水。著有樂圃集。草堂，指張氏之紫蓋山房。盛符升有春夜同顔修來屈翁山諸君集紫蓋山房分賦。亦當日同集者。

松江答董子

海上山川稱白苧，江南風雅羨吴淞。夫君久適蒓鱸興，兄弟還開綺靡宗。芳草緑深三白蕩，流鶯飛滿九芙蓉。玉杯篇就應相寄，此日春秋在二禺。松江號白苧城。陸機，松江人，其文賦云：「詩緣情而綺靡。」董子兄弟並工詩，故云。

【箋】

康熙十九年二月作，時遊松江。董子，當指董俞、董含兄弟之一。董俞，字蒼水，號樗亭，又號蒓鄉釣客。順治十七年舉人。有樗亭集。董含，字閬石，一字榕庵，號蒓鄉醉客。順治八年進士，有藝葵集、安蔬堂集。王豫江蘇詩徵載，含有文名，與俞合稱二董。緣奏銷案，削籍歸里。

過黄俞邰藏書樓作

我生南海愁偏僻，經史之外寡書册。扁舟遥至金陵城，欲向名家求載籍。黄君父子世藏書，一室嘗開萬卷餘。欲使文章歸性命，豈將詞賦送居諸。六經我道非糟粕，天地精神於此託。一畫能令日月開，古聖神明必有作。君家易疏幾青箱，借我無嫌歲月長。卦外始能知太極，圖中亦可得羲皇。君今繼述從何始，應徵未與先朝史。文獻無稽是此時，春秋有志惟君子。秦淮水長連青溪，三月河房柳向西。欲邀雪客同揮管，吾學諸編更整齊。我且濃磨方氏墨，殷勤花下爲君攜。

【箋】康熙十九年春作，時客金陵。黄俞邰，即黄虞稷，著名藏書家。清史列傳卷七十一：「黄虞稷，字俞邰，號楮園，江蘇上元人。康熙十八年舉博學鴻儒，丁母憂不與試。後參與修明史。家世藏書，凡八萬餘卷，與江右諸名士約爲經史會，以資流覽，借閲無虚日。著有千頃堂書目、楮園雜志、我貴軒集等。」

秣陵張氏園看黄牡丹

花亦有黄裳，移從上苑旁。枝枝新御氣，葉葉舊天香。露滴成金液，風吹到玉觴。不須誇異種，此土本中央。

【箋】康熙十九年春作，時客金陵。張氏園，未詳。

夜坐蔡五玉得齋作

平生此清夜，不負白雲鐘。世事餘明月，天心但碧峰。微言因酒發，薄夢與花逢。隱几誰能似，人間一老龍。

【箋】康熙十九年春客游金陵時作。蔡五玉，名靈，號得齋，江寧人。康熙十六年歲貢。曾任東流縣訓導。見上元江寧兩縣合志卷二十四耆舊傳。

蔡五攜尊過江東門寓軒

繇來江左客，第五最知名。青歲偏聞道，丹砂亦寄情。行攜春酒美，坐愛夕堂清。罌粟花枝下，歡看稚子迎。時見予二子。

【箋】康熙十九年作。蔡五，即蔡靈，見前夜坐蔡五玉得齋作箋。

雪中陳挹蒼饋酒

故人念風雪，相送一樽來。是日梅花下，中閨錦瑟開。大歡惟稚子，遠望正高臺。期爾秦淮曲，春晴共舉杯。

【箋】

康熙十九年春作。時客金陵。陳挹蒼，即陳瑶仙，蓬江人。陳有屈翁山王璞庵遠投敝廬詩。王璞庵即王延銓，閩人而移居金陵，遺民。挹蒼度亦遺民之流。

雪中送人入太湖作 二首

采香涇太遠，雪重壓漁舟。暖欲洞庭去，晴先胥口留。梅花堪舍命，明月不容愁。一片湖山裏，夷光更可求。

春寒多水雪，光入鏡中無。月上花潭薄，煙含竹嶼孤。香知開萬樹，影尚隔重湖。白首須來往，人間此玉壺。

【箋】

康熙十九年春作。時客金陵。

別高氏兄弟 二首

隋宫落日時，相見問新辭。愛我雷陽曲，風流似竹枝。月催連夕飲，花作一春期。芳草牽人去，茫茫失所思。

不知公子意，何以解離憂。自向江南去，長含江北愁。雪雲連兩岸，風葉滿孤舟。亦有紅橋好，踟躕自不留。

【箋】康熙十九年春作。時自金陵往遊揚州。高氏兄弟，不詳。

緑樹

江南芳樹滿，色似水波鮮。一半爲楊柳，風吹緑漲天。長因新葉好，益念故花妍。黄鳥藏何處，聲聲總可憐。

【箋】康熙十九年春作，時客金陵。

蔡璣先觀行堂成有賦

自我來建康，交遊得蔡子。昆弟有四賢，鸞龍人所喜。叔也新堂成，觀行名殊美。洋洋祖父風，修身自詩始。敦爾一家言，絃歌日盈耳。二南與家人，其道相表裏。化物以正風，風從花萼起。汝曾守塘公，布衣格桑梓。解橐息鬥争，脊令因友悌。長跪訟者前，依依若同體。各得金與田，不知其所使。有子二自賢，益務惇倫紀。作令先聲教，文武爲張弛。潛平白蓮難，不戰戢奸宄。贊晝薊遼軍，精明知彼己。諸將服先幾，督師聽讒毁。功可同丘山，言難合乳水。一麾守雲朔，邊疆當重委。至郡即巡行，鳴鏑羣披靡。朝獵閼氏營，暮迫胡盧壘。蒼鷹奮郅都，毛血灑千里。强虓亦已誅，正直清西鄙。噤口有大璫，汗顔復御史。天私一直臣，未從楊左死。慷慨南渡初，安危實可倚。區區職方郎，寧能掃國耻。晝江作鴻溝，君臣忽泥滓。冠掛司馬門，賊臣嘗髮指。哀痛抱玉環，艱貞保金矢。令子濟物心，委蛇聊一仕。才爲異代用，俯仰亦知止。當其宰甘泉，流亡盡耘耔。正賦輒代輸，割肌救瘡痏。秦人麋爛餘，一旦復肥美。以最得股肱，兩郡無鞭箠。憲府開幾時，林中藏玉趾。白華孝養多，親串分瀡瀡。利害在鄉閭，一身任首尾。大義雖秋毫，鬱若泰山峙。清濁日沈冥，酒狂亦自擬。

爲詩以韜精，悲歌或變徵。教汝弟與兄，多才無不似。五經在大春，四海來鑿齒。叔也開談林，天人探奥旨。有客齊魯儒，金聲甚條理。言易先圖書，稱詩去淫綺。雅歌何翩翩，和平以受祉。嗚鳥悦同聲，菉竹期有斐。三閭隱士宗，相貽有蘭芷。從兹至歲寒，芳馨長爾爾。

【箋】康熙十九年春作。時客金陵。蔡璣先，見蔡璣先鉉升攜酒過東園看菊詩箋。

京口春望

海上雙標浮玉峰，潮聲處處應疏鐘。江山寂寞雄風在，吴楚蒼茫積氣重。天塹至今容飲馬，石城他日定飛龍。南朝有恨歸煙水，酒爲傷春一倍濃。

【箋】康熙十九年春作。時客金陵。京口，即今江蘇鎮江。

寄人

南望春光滿帝州，羡君家近鳳凰樓。幾朝載酒浮青雀，何處看花控紫騮。日暖芙蓉開玉闕，風輕楊柳拂金溝。嬌歌急管腸堪斷，莫向盧家訪莫愁。

【箋】

此詩録自徐崧等編詩風初集卷十四。疑作於南京時，姑編于康熙十九年。

贈金陵歌者

箏琵近得教坊師，盡學金元雜劇詞。小唱最嫌時曲賤，此音惟有頓仁知。

【箋】

康熙十九年春作。時客金陵。

從石濤禪師乞花插瓶 十首

方丈多花發，秋深恰似春。從師分數種，來伴坐愁人。

最是芙蓉好，枝枝拂鏡斜。幸無頭上雪，不怕笑人花。

菊花先愛黄，次乃及紅白。黄者味逾甘，落英猶可惜。

鷄冠大一尺，朵朵紅葳蕤。花頭雖太重，霜壓不曾垂。

花中誰得似，長是老來紅。折取當明鏡，衰顔欲與同。

立冬前未冷，已是放梅時。一朵開方半，人從定裏知。

桂樹淩寒開，香多嫌酷烈。不若早梅清，平生在冰雪。

先開避冰雪，豈是南枝心。欲與黄花並，芬芳作一林。

一枝穿海棠，未開人不覺。寄語枝間禽，蕊香休亂啄。

花愛仙人好，相將隱玉壺。不知花主意，肯割數枝無。

【箋】康熙十九年作。石濤禪師，見前石公種松歌箋。

木末亭 二首

木末亭臨萬井中，遥遥正對孝陵宫。九原未肯成黄土，十族猶然吐白虹。自古以來無此死，教人不忍作愚忠。雨花臺畔啼鵑滿，血染蘼蕪一片紅。

想像忠魂在舊京，君臣自此益深情。佯狂豈是三仁志，哀痛猶傳一代聲。往日衣冠留木末，衹今俎豆失江城。無多書種難留汝，恨絶興王不愛名。

【箋】

康熙十九年春作。時避地南京。木末亭，在南京雨花臺畔。清一統志卷七十三江寧府：「木末亭，在江寧縣聚寶門外雨花臺北，梅岡之東，高出林表。通志：旁有方孝孺祠，北有景清祠。」方孝孺，字希直，一字希古，明浙江寧海人。建文初，爲翰林侍講。「靖難」之役，燕王奪位，命孝孺起草登基詔，堅執不從。卒至族誅。著有遜志齋集。文外八自作衣冠冢志銘云：「予于南京城南雨花臺之北，木末亭之南，作一冢，以藏衣冠，自書曰『南海屈大均衣冠之冢』。不曰處士，不曰遺民，蓋欲俟時而出，以行先聖人之道，不欲終其身於草野，爲天下之所不幸也。」憬慕孝孺志節，兼以自期如此。

具區山中作

我愛鴟夷子，風流在五湖。美人留一鏡，終古照三吴。白鳥煙來去，青峰雪有無。梅花千萬樹，不覺一春孤。

【箋】

康熙十九年春作。時遊江蘇。具區，江蘇太湖。周禮職方：「東南曰揚州，其山鎮曰會稽，其澤藪曰具區。」

贈曹十

有美茸城客，新多嬌女篇。惠芳詩總好，織素畫俱妍。白蕩三湖水，青峰九疊煙。室人同命管，紈扇世爭傳。

【箋】

康熙十九年春作。曹十，其人不詳。

題吴氏一硯齋

中山王之孫，南京有四園。其東傍青溪，一曲流潺湲。秦淮窈窕通，釣魚來至尊。至今濯錦塘，御氣生朝暾。左右多居人，蒲荷接市門。罌粟與文無，一一含舊恩。我將攜妻孥，於此開層軒。爲鄰有吴君，掌故相討論。嗚咽成春秋，紀亡不紀存。君言有玉研，吐辭如春温。將輸仁愛思，與我同晨昏。

【箋】

康熙十九年春作。時客金陵。吴晉，字介兹，又字平子。上元人，一作莆田人，室名一硯齋。曾客周亮工閣下二十年。善刻印。

秣陵春日集蔡氏園亭分賦

兄弟鴛鴦好，迴翔在紫虚。清和三日後，文采六朝餘。柳拂先公席，花迎長者車。門前溪一曲，誰憶武昌魚。

【箋】康熙十九年春作。時客金陵。蔡璣先觀行堂成有賦詩中有「教汝弟與兄」之語。蔡氏園亭，當即蔡璣先之觀行堂。

過蔡國子園亭作

海棠一樹自清涼，復有梅花似吉祥。清涼山海棠、吉祥寺古梅爲金陵第一。令弟分將朱萼好，先公留得白華香。開樓近接鍾山秀，引水遥通太液光。勝日每邀詞賦客，因君孝友興俱長。

【箋】此詩或康熙十九年作於南京。蔡國子，似指蔡璣先。國子，指國子監。

魯妃祠　二首

祠在陰陵山南，插花山之上。其神爲虞姬，項王昔稱魯公，故姬曰魯妃云。

陰陵南畔魯妃祠，俎豆人憐殉主時。一片插花山上月，英雄留得照蛾眉。

佳人慷慨識時窮，不勸君王更渡東。西楚實將天下讓，千秋人拜霸王風。

【箋】康熙十九年春作，時客金陵。嘗往遊安徽。陰陵，在今安徽和縣。清一統志卷一三一和州：「陰陵山，在州北八十里。」輿地紀勝：「陰陵山，在烏江縣西北四十五里，即項羽迷道處。」

秦淮觀水漲作

春盡流方滿，微茫接鳳臺。黄因山雨發，青是海潮來。野淚猶洋溢，天河未草萊。年年梟雁意，太液望重開。

【箋】康熙十九年春暮作，時客金陵。

聞笳和徐太史

一片湖山是塞沙，招魂祇用一聲笳。魂兮解向陰陽食，不必清明奠乳茶。戍杭滿軍每清明前數日大吹胡笳，聲甚酸楚。

南北湖干盡白墳，笳聲催去哭邊雲。滿州兵婦衣如雪，一半紅妝學漢軍。

【箋】

康熙十九年春夏間作。徐太史，即徐釚，康熙十八年舉博學鴻詞，授檢討，因稱太史。

三月晦日與諸子分賦

一日猶青帝，春光未覺非。飛花雖送送，啼鳥自依依。酒且如流水，吟須到曉暉。明年開歲後，即共對芳菲。

【箋】

康熙十九年三月作，時客金陵。

初夏集蔡氏園池作

江南櫻笋會，最重是清和。柳色全欺酒，花光半染波。白鷗人事少，黄鳥友聲多。芍藥勞相贈，情如欲别何。

【箋】康熙十九年夏作，蔡氏似即前篇之蔡璣先。

浮江作

浮玉天門上下標，長江至此一回潮。青山盡向金陵出，虎踞龍蟠爲本朝。

【箋】康熙十九年夏作，時客金陵。

贈姑孰楊太守

月出江天似白雲，風流不見謝將軍。狂歌自有仙人在，高調惟應太守聞。城外潮聲牛渚合，閣邊山色翠螺分。并刀莫剪玄暉練，此日金波屬使君。謝宣城有「澄江浄如練」及「金波麗鳷鵲」之句。

【箋】康熙十九年夏作。時客金陵。姑孰，指姑孰故城，即清代當塗縣治。見清一統志卷一一〇太平府。楊太守，名籍生平不詳。

贈王當塗 華陰人

華夏諸王我主人，使君家有岳蓮春。神明肯作當塗令，文采思爲太白鄰。舄影飛歸仙掌杳，琴聲流出玉泉新。殷勤教化三年後，鸞鳥將同子弟親。

【箋】康熙十九年夏作，時客金陵。王當塗，指王斗樞。時爲當塗縣令。曾主持編纂當塗縣志。

天門山

秣陵門户是天門，雙峙天邊紫翠屯。落日雲連牛渚暝，中秋潮長小孤痕。潮泛至大通而止，惟元夕、中秋可達小孤。千年王氣從今起，萬里江聲至此吞。南北自來争采石，開平功業與誰論。采石有開平王廟。

【箋】康熙十九年作，時客金陵。天門山，在今安徽當塗縣西南，東曰博望山，西曰梁山，夾長江對峙如門，故名。

天門 二首

梁山博望兩峰尊，萬里長江此大門。不使南朝長有此，茫茫天塹復何言。

青山雙挾大江飛，飛到松寥失翠微。北望天門南九子，長風不解送將歸。

【箋】康熙十九年夏作。時客金陵。天門，天門山，見前天門山箋。

蟂磯謁靈澤夫人廟 二首

夫人，孫權之妹，漢昭烈皇帝后也。昭烈崩，問至，自沈蟂磯。

靈澤夫人死漢家，何殊二女殉重華。瑶姬一自辭巫峽，精衛千年恨海涯。國賊豈能分曆數，天威猶自振褒斜。永安哀詔驚聞日，飛淚應沾白帝花。

一逐長江下楚雲，翠華望斷淚沾裙。少康興日因姚氏，帝乙歸時是女君。花落錦城先主憶，月明瑶瑟逐臣聞。徽稱不愧同昭烈，終古蟂磯享紫芬。

【箋】

康熙十九年作，時正避地江南。蟂磯，在今安徽無爲縣。清一統志卷一二三廬州府：「靈澤廟，在無爲州蟂磯山，祀漢昭烈后孫氏。」

題怒吴樓 三首 在天門山，祀漢壽亭侯。

一片吞吴氣，風濤共不平。天門高廟貌，江左畏神明。正統還先主，偏安亦漢京。仲謀真國賊，遺恨是連營。

絶代髯超逸，名高季漢書。千秋猶討賊，百戰未寧居。豚犬魂安在，蛟龍氣有餘。東吴尤可怒，乘勢竊皇輿。

辛苦興王業，春秋義最深。三分先帝淚，六出武侯心。漢月光猶昨，江濤怒至今。樓高横采石，戰氣日陰森。

【箋】康熙十九年客金陵時作。怒吴樓，安徽和縣南六十里有天門山，山前有怒吴閣。

采石題太白祠 四首

才人自古蛟龍得，太白三閭兩水仙。辭賦已同雙日月，精靈還作一山川。江間絶壁丹青出，木末飛樓俎豆懸。千載人稱詩聖好，風流長在少陵前。朱紫陽嘗謂太白聖於詩。祠上有亭，當翠螺山頂，予因題曰「詩聖亭」。

英雄有命在文章，豈惜飄零蜀道長。談笑不須同太傅，功名自可與汾陽。青蓮一去無仙客，金粟重來祇醉鄉。白玉盤中雙照影，輪君華髮似秋霜。

牛渚西江月色新，清光長見謫仙人。詩多諷諫因天寶，道在徉狂得季真。金鉉已銷飛燕口，錦袍空映鳳凰身。垂輝不用多删述，天與英雄祇老春。

樂府篇篇是楚辭，湘纍之後汝爲師。烏棲豈寫亡吴怨，猿嘯惟傳幸蜀悲。煙水蒼茫投賦地，霜林寂歷禮魂時。重華一别無消息，終古龍魚恨在兹。

【箋】康熙十九年客金陵時作。采石，采石山。清一統志卷一二〇太平府：「牛渚山，一名采石山。山下突入江處，名采石磯。」「李白祠，萬曆初御史蔡夢説建李白祠於采石山。」

姑孰道中遇施虹玉返新安 時聞其親患病

姑溪相見即分飛，迢遞新安觸暑歸。藥石分將慈母苦，鷄豚餘得故人肥。蘇耽亦念家中井，萊子頻沾道上衣。此别茫茫珠海上，書來先説是庭闈。

【箋】康熙十九年夏作。時客金陵，將返粤。姑孰，見前贈姑孰楊太守箋。新安，今浙江淳安縣。施虹玉，即施璜，字虹玉，號誠齋，安徽休寧人。講學紫陽書院，著有誠齋文集二卷。

送洪氏兄弟讀書黄山白龍潭

松松倒懸數千尺，身似藤蘿纏怪石。有時怒隨雷雨飛，三十六峰腹盡坼。洪生兄弟性愛松，讀書各據一芙蓉。黄山本是白雲海，松樹大小皆神龍。羅浮七星松名。作道士，邀予每道神仙事。繇來變化本無情，性盡自然天命至。汝師汪子在天都，曾見軒轅得道無。莫浴湯泉生羽翼，且將石笋作撐𥶡。言兵實自軒轅始，八卦神機連甲子。峰峰布列是陣圖，白雲出没爲旗幟。陰符不用更鉤深，象數之中總可尋。讀易自應知戰法，裁詩且復遣愁心。

【箋】康熙十九年作，時客金陵。洪氏兄弟，洪雲行，字雨平，歙縣人，與弟力行，從汪洪度學，兄弟相偕隱居于黄山白龍潭。

送汪扶晨奉吴山大師靈龕返葬黄山　六首

大師故汪氏，名沐日，字扶光，歙縣人。崇禎癸酉舉於鄉，官至兵部主事。亂後入吴山爲僧。戊午，年七十有五，行至揚州，於端午日書絶筆詩三章，欲效三閭大夫故事，果以是日終。

君家主政事真乘，日夕焚香禮孝陵。一代遺臣金粟佛，三朝高士雪庵僧。

沙門自古非高士，漁父豯來是大夫。汝愛吴山尊宿好，遺衣猶爲作浮圖。

誰能五日學三閭，蟬蜕人間返太虚。喜爾曾爲騷弟子，不令遺骨委江魚。

千秋知己是湘纍，公絶筆有「知己惟屈」之語。一讀離騷淚便垂。禪寂未銷亡國恨，愁心嘗被朔風吹。

精爽應隨軒后去，雲霄一路拾龍髯。未應列在高僧傳，公是郎官後孝廉。
軒轅宮闕在黄山，萬丈丹梯爾重攀。石匣故應收舍利，遺書還與散人間。

【箋】康熙十九年夏作，時客金陵。汪扶晨，即汪士鋐。歙縣志：「汪士鋐，原名徵遠，字扶晨，一字栗亭，潛口人。工詩古文辭。康熙中，召對行在。生平喜交遊，篤風誼，嘗歸汪沐日之喪，爲之營葬。著有四顧山房集、谷玉堂集、續黄山志。」吴山大師，指汪沐日。黄容明遺民録卷四：「汪沐日，字扶光，歙縣人。崇禎癸酉領鄉薦。乙酉之變入閩。後入吴山，僧服著書，名弘濟，字益然。晚以故人迎歸黄山，經廣陵題詩留别。以己未五月五日大集友人，午刻自書七言一首，有『五月五日三閭死』之句，擲筆而逝。」

贈别甘處士返豫章

甘君生豫章，才藻含素芬。文章精且醇，色映匡廬鮮。挾子游江東，雛鳳何翩翩。以予羅浮人，白鵬同飛騫。能知老夫佗，南武霸一偏。其時雄豪士，何以終九真。使無佗爲君，必當出暑門。相從子房流，爲漢樹功勳。予言二世時，揚粤有梅鋗。其家在臺嶺，自言勾踐孫。沛公義兵起，鋗亦奮戈鋋。户出一壯士，家出一橐鞬。領以摇母餘，踰嶺至餘干。先説鄱陽君，當從沛公西。芮也豫章人，與鋗桑梓連。發兵使先行，行至南陽間。天授得帝子，立談動龍顔。遂從破秦關，功爲諸侯先。二周與勾踐，𨛬耻一時湔。使其相尉佗，不過蠻夷賢。箕踞反天性，禮義同草菅。貽笑陸大夫，吕嘉徒周旋。安得萬户封，湯沐梅花田。我家臨番禺，在佗故臺端。孔雀珥門户，離支充玉盤。翠羽作船篷，明珠盈衣緣。奇花與珍木，户牖香翻紛。苛法苦屠睢，誅求無惸鰥。桀駿夜出攻，五軍血如泉。生性本陸梁，與嬴有深冤。龍川乃秦令，詎肯爲其臣。自當踵臺侯，大義以雷震。君歸在金精，乃與張女鄰。麗英昔不嫁，芮也徒纏綿。泠泠石鼓歌，高響流雲煙。君如遇衡山，亦可相嬋嫣。毋懷匹婦諒，褰衣而不前。

【箋】甘處士，名京，字楗齋。江西南豐人。諸生，後棄舉業。歲荒，曾請免賦税，鄉人賴之。有軸園稿。清史列傳有傳。此爲康熙十九年客中送客之作。

送甘楗齋返豫章

嗟君一别釣魚磯，江左飄零道欲非。有計且須還栗里，無名何必學蒲衣。君撰無名高士傳。鷹風塞上驚初起，蟬露林間幸未晞。令子聲音清老鳳，芙蓉九疊拂雲飛。

【箋】康熙十九年作，時客金陵。甘棲齋，即甘京。朝鮮闕名皇明遺民傳卷六：「甘京，字楗齋，南豐人。國亡，棄諸生服，隱居爲童子師自給。所著有家禮酌宜、了溪一家詩。京有恭謁孝陵詩，命門人摹高皇帝像，以十苦歌、下堂曲諸作因自編録附之。與易堂諸子善，長魏禧一歲，禧兄事之。」

寄黄山道者　三首

松枝多變化，怪絶似諸峰。疑爾黄山客，前身亦一松。

松與峰争怪，盤旋勢萬重。有時蟬蜕去，一半化爲峰。

三十六峰外，疑皆松所成。巨靈多變怪，一一本無情。

【箋】康熙十九年作，時客金陵。

蓮花峰篇贈黄山閔賓連

我昔入秦關，手攀太華峰。千峰爲蓮瓣，三峰爲蓮蓬。三峰祇一石，一石三芙蓉。紛紛蓮花鬟，化作千萬松。白帝與明星，宫在千葉中。高高五千仞，仙掌擎當空。自謂天下奇，羣岳不能從。何意一黄山，蓮花亦次宗。一莖上矗天，千瓣開濛濛。從莖上至蕊，吹墮愁天風。盤迴穿巖竇，忽見軒轅宫。峰凡三十六，此峰太華同。夫君幾登陟，身染蓮衣紅。自作黄山經，神與山精通。文章亦巨靈，開闢將何窮。

【箋】康熙十九年夏作，時遊江南。閔賓連，閔麟嗣。朝鮮闕名皇明遺民傳卷五：「閔麟嗣，字賓連，江南歙縣人。與魏禧善。其佘忠宣祠及彭澤懷古諸篇皆有深致，有廬遊草、悟雪草堂集。」蓮花峰，在安徽黄山，爲該山三大主峰之一。賓連曾主編黄山志，故篇末特著之。事見沈德潛清詩别裁集卷六。

蕪湖述哀

一戰蕪湖喪六師，南朝宗社遂傾移。花當竟繫降王組，細柳難張大將旗。馬角不曾生大漠，龍髯誰爲葬焉支。秦淮父老多哀慕，歲歲清明祭不遲。

【箋】康熙十九年夏作。本年遊寓金陵，嗣承汪扶晨之邀，欲遊黄山。見文外十五復汪扶晨書。又詩外十六寄新安汪扶晨詩自注云：「扶晨約予入黄山。予行至蕪湖，以暑熱遄返。」按本篇哀明弘光帝之敗亡。弘光元年(順治二年),清兵南下陷南京。帝走蕪湖依大將黄得功。清軍破蕪湖,帝被俘送北京。次年被殺。

寄汪扶晨

黄山之麓有潛溪,君家溪口花竹迷。飛書招我謁軒后,三十六峰素手攜。行至蕪陰車忽止,六月盛暑汗如水。安得風捲朱砂泉,飛來爲我易毛髓。膏渟黛蓄白龍潭,雨中噴薄當花龕。諸泉盡自湯泉出,未若潛溪味最甘。寄我紫霞茶,不寄潛溪水。活火自烹時,相憶情難已。我在秦淮日舉杯,糟丘何處不蓬萊。酒星最憶青蓮客,獨溯風流采石來。誰作長歌贈太白,任華才氣真詩伯。去年汝惠一長篇,捲起西江瀉精魄。丈夫叱咤本非常,戰法往往寓文章。五兵相救乃神變,用短從來兼用長。天生汝筆能雄放,青蓮未是丈人行。處處金焦砥海門,篇終始得波濤壯。

【箋】 康熙十九年夏作。時客南京。汪扶晨書邀往遊黄山,至蕪湖,以暑熱而返。見詩外十六寄新安汪扶晨詩。汪扶晨,見前送汪扶晨歸歙葬親箋。

閱汪文治始信峰草堂紀略率題六絶　六首

占得黄山始信峰，弟兄身亦一奇松。一松復似寒江子，峰頂盤旋作擾龍。石壁鐫「寒江子獨坐」五字，歙人江天石所題也。天石與金正希先生同殉節。擾龍松在峰頂，高不及丈，而横枝盤迴，垂蔭峰頂可數十畝，望之若遊龍在霄漢，故名。

前海何如後海奇，兹峰觀海更相宜。白雲初起諸峰暝，萬里驚濤在霽時。觀雲鋪海，莫奇於始信峰，雲初起時，諸峰盡暝，久之，天宇晴明，雲乃翻濤激浪，茫茫千里。

萬壑朝宗是白雲，微茫不復海天分。諸峰來去如帆席，風外濤聲寂不聞。

終歲花開不辨名，朝霞多是衆花成。千巖萬壑花分色，雲海浮沉盡落英。峰下有散花塢，花包巖谷，高下悉與石平，其花名色皆莫可辨。

穿地峰峰似籜龍，松身繚繞玉芙蓉。飛梯不向崖端造，咫尺應愁紫翠封。

黄帝衣裳作海雲，浮丘几席落花紛。遺書續取先司馬，諱道昆。便與山靈建大勳。

【箋】

組詩當作於康熙十九年擬遊黄山之前。汪文治，即汪洋度，汪洪度之弟。見答于鼎詩箋。時大均復汪于鼎書云：「始信峰前知賢兄弟彈琴賦詩，若忘人世，爲生人至樂。僕向者寥寥短章，未足摹寫風流，揄揚高致，兹别爲長歌奉贈。」短章即指此數詩。長歌即指七古寄汪扶晨。

望天都峰

縹緲丹臺上，軒轅擁二仙。玉壺甘露瀉，珠蓋彩霞懸。日月生黄海，笙歌滿碧天。龍髯攀莫及，悵望淚潸然。

【箋】康熙十九年夏作。汪扶晨約遊黄山，不果往。此特遥望天都以寄意耳。

答于鼎 二首

今代神交我，無如君弟兄。心從天外得，目向夢中成。黄海期終踐，炎州事已平。寄言峰上月，留爲緑樽明。

風雅三閭變，離騷萬古師。漢時多帝子，今代衹孫枝。爾賦追南楚，人稱似景差。貽予雙五律，麗則掩當時。

【箋】康熙十九年客金陵時作。于鼎，汪洪度字。汪洪度，安徽歙縣人。善屬文，工詩，專志山水。嘗受業王士禛，著有息廬文集。

白岳

拔地香爐是一峰，長雲繚繞帝城重。千年楠樹青霄出，百尺龍牀碧蘚封。巖岫影連天子鄣，風泉聲亂羽人鐘。天門久坐飛花上，鸞鶴紛紛不可從。岳頂玄帝殿有額曰「雲裏帝城」。

【箋】

康熙十九年作，時客金陵。白岳，即白岳山。清一統志卷一一二徽州府：「白岳山，在休寧縣西四十里，高三百仞，週三十五里，奇峰四起，石壁五彩，狀若樓臺。山之西曰石門巖，唐乾元中道士龔棲霞隱此。」

寄查韜荒

爲客相傳在豫章，雷轟諸葛讀書牀。高人豈可馴龍性，歸卧林丘策最長。

【箋】

康熙十九年作，時客金陵。查韜荒，即查容，字韜荒，浙江海寧人。查慎行之兄。性好遊。曾入吴三桂幕，既而拂衣去，至粤，與屈、梁、陳遊。

金陵送藍子 二首

故園荔子正鮮紅，汝返閩中我粤中。此地楊梅那得似，荷花雖好酒樽空。

秣陵爲客總途窮，才技如君恨太工。自昔黄金天最愛，艱難不肯與英雄。

【箋】康熙十九年夏作，時客金陵。藍子，謂藍漣。藍漣，字公漪，福建侯官人。以詩畫名于時，著有采飲集。

寄新安汪扶晨 四首

不愛黄山愛紫霞，紫霞中有故人家。多情每遣潛溪水，流出相思與落花。扶晨家在潛溪，門前有紫霞山，去黄山九十里。

我愛新安水至清，頻勞三十六峰迎。無端風雨回中道，負爾樽前望遠情。扶晨約予入黄山，予行至蕪湖，以暑熱遄返。

黄山廬岳飛泉出，三疊何如九疊長。君在天都曾見否，爲圖新瀑寄炎方。廬山有三疊泉，黄山有九疊泉，朱文公嘗圖三疊泉寄京師故人，名五老新瀑圖。承君茶味紫霞新，遠寄兼貽吴野人。歸取越王臺畔水，一杯先奉白頭親。扶晨自製茶，名「紫霞片」。海陵吴野人有謝扶晨寄紫霞茶詩。

【箋】

康熙十九年夏作，時客金陵。

白髮

白髮垂垂歙水濱，逍遥真是葛天民。西山大藥來童子，南極春星媚老人。一朵芙蓉生鶴頂，千年琥珀在龍鱗。祇今黄綺都臣漢，采采芝華孰與鄰。

【箋】

康熙十九年作，時客金陵。詩似爲贈友之作，而寄寓沈痛，感愴莫名。蓋是年清廷開博學鴻詞科，俊彦遺民，悉被威逼網羅，即時人所譏之「隊隊夷齊下首陽」者也。世多蠅營蟻附之徒，而吾道益孤矣。一結諷喻顯切，大義凛然。

贈茅天石

苕霅溪邊客，丹青世所無。以予爲屈子，因作遠遊圖。舊業餘天目，新詩滿太湖。谿來名下士，多半在菰蘆。

【箋】康熙十九年作，時客金陵。茅天石，即茅麐，字天石，歸安人。善山水，工詩，著有溯紅詞。見張庚國朝畫徵録續録。

送程君還歙

容成與浮丘，毋乃非神仙。御女教軒皇，徒爲後世傳。君今返黄山，一手攜娟娟。莫上丹臺峰，長跪天老前。素女安可師，大道貴自然。鳳凰不下地，鴛鴦不上天。甘瓜相鉤帶，生子期連綿。況君美天爵，將爲用世賢。文章有奇器，金石能相宣。

【箋】康熙十九年作，時客金陵，薄遊揚州。程君，謂程邃，字穆倩，歙縣人。王豫江蘇詩徵引遺佚録云：

「邃曠懷高尚，不與俗伍，尤重氣節，爲黄石齋所重，與周亮工、龔孝升、龔賢稱白頭交。」

驅馳

驅馳未覺始衰年，窮似扶風且益堅。笑爲神州加飲食，愁歸羅嶠卧雲煙。月含疏雨光微冷，花得清江影亦妍。白髮不須催老大，河清應在杖鄉前。

【箋】康熙十九年作，時客金陵。是年大均五十一歲，雖漸就衰而自覺尚堪驅馳。結句用禮記「六十杖於鄉」語意，謂俟之十年，恢復可期也。

題太倉張氏學山園　四首

城裏多丘壑，名園更學山。何來峰十二，風雨恐飛還。抱石雲長冷，流花水不閒。人疑太湖上，銷夏第三灣。

先公真仲蔚，白首此經營。爲養司空志，因高處士名。風多長化水，雲白欲開晴。巖穴相勾漏，天然一石城。

天下無山水，愚公有子孫。昔移石笋至，今似蓮花峰名。尊。松檜干雲亂，鳧鷗得雨喧。家風高可述，不在辟疆園。

不必天風起，松多自有聲。誰從人籟外，最得夢魂清。果落疑冰響，梅開似月明。主人餘逸興，還與聽啼鶯。

【箋】康熙十九年作，時自金陵客寓往太倉。學山園，明尚書張輔之子張灝築。復社領袖張溥晚年曾居此。今闢爲太倉公園。

寄扶晨于鼎文治兄弟 二首 歙人

一片成黄海，黄山信有無。湯池在煙霧，石笋似菰蒲。峰好人相讓，松多汝不孤。平生懷小華，黄山一名小華。可得上天都。

愛爾賢兄弟，真同大小山。松高争岳出，花好與人閒。歲事先秋盡，天心及早還。才多無不可，嘯詠且相攀。

【箋】康熙十九年，汪士鋐歸歙葬母，大均寄詩見懷。扶晨，汪士鋐字。于鼎，汪洪度字。文治，汪洋度字，洪度之弟，並有才名，王士禛稱爲「松山二汪」。

知州趙公殉難詩

乙酉夏五月，南京不守。賊臣馬士英獨擁殘兵千餘，馬七八百騎，號稱奉太后南幸，所過殺掠，不復用紀律。至廣德州，使亟嚴法駕，具供張，兼獻庫中金萬緡。知州錢唐趙公景和知其詐，裂檄不應，士英攻圍三日夜，城陷，公奮罵不屈以死。

嗚呼國再亡，其亡豈天作。亡以一賊臣，倉皇棄君父。半夜開國門，三宫不遑顧。詐言奉太后，行間犯霜露。屠毒我民人，豺狼寧有數。疾攻廣德城，相公肆虓怒。太守抗兇威，矢石下如雨。爲國誅元憝，衆心恐不固。勗哉爲國殤，有身白如瓠。腐肉何芬馨，烏鳶俾含哺。七尺即金湯，作氣無朝暮。畿南股肱郡，死守非無故。頸血直射天，賊臣亦崩懼。亦以死吾民，代之齒刀鋸。至今旄與倪，涕泣猶縞素。與彼梅花嶺，史相國葬揚州梅花嶺。衣冠兩封樹。

【箋】

康熙十九年作，時客金陵。明史奸臣傳：「士英奉王母妃，以黔兵四百人爲衛，走浙江。經廣德州，知州趙景和知其詐，閉門拒守。士英攻破，執景和殺之，大掠而去。」

寄答新安黄黄生　四首

淮清橋畔雨花間，人至江南自不閒。負爾黄山兼白岳，秋來又掩水雲關。

黄生洪仲方舟。吾知己，分手維揚已十年。黄在黄山洪白岳，洪今已没有誰憐。

因君更自憶方舟，白首風霜苦竹秋。洪有苦竹軒。淚與飛花吹不盡，門前添作一溪流。

洪仲當年著述多，憑君收拾與詩歌。黄山此日多山鬼，泣抱遺書向女蘿。

【箋】

康熙十九年秋作，時客金陵。新安，新安郡，隋大業三年改歙州置，治所在今安徽歙縣。黄黄生，即黄生。徽州府志：「黄生，字扶孟，一字黄生，歙人。邑庠生。國變棄去，一意著作。工吟詠，所著有一木堂詩集。」洪仲，即洪舫，字方舟，歙縣人。著有苦竹軒詩，黄生極稱其工。見歙縣志卷七。

七夕婁門舟中有懷

年年牛女夕，江上起相思。天上猶難見，人間詎可期。淚浮銀漢滿，歌送玉杯遲。一片婁東水，含愁無盡時。

【箋】康熙十九年秋作。時遊蘇州。婁門，顧祖禹讀史方輿紀要卷十九江南一：「婁江，亦名下江，自太湖分流出吴江縣西北鮎魚口，北流入運河，經城東爲婁門洪。」

七夕詠璇璣圖

佳人織錦按河圖，天上璇璣得似無。文字能令琴瑟好，風流悔使蕙蘭孤。牽牛此夕逢天女，白兔他家憶故夫。手爪如君皆巧絶，更誰山上采蘼蕪。

【箋】康熙十九年秋作。璇璣圖，前秦竇滔妻蘇蕙所織之回文詩圖，回環往復，皆可成誦。凡八百四十字。

次燕子磯作

半壁斜開紫翠圍，中流横作釣魚磯。沙洲定爲真龍長，鐵緶難回燕子飛。江北每傷當日棄，南陽長恐故人非。東流不盡興亡恨，淚灑秋風一棹歸。新長沙洲抱磯，長可二十餘里。東蔽江口，不見洪流，磯勢外向，國初占有，外藩不臣，嘗以鐵絙維繫之。

【箋】康熙十九年秋作，時由南京返粵，舟次燕子磯。燕子磯，在今南京市南長江邊。

哀殤 二首

母魄藏梅子，兒魂在上河。荆吴千里隔，風雨兩秋過。夢以黄泉好，情當白首多。高堂知此信，沾灑更如何。己未秋七月，喪姬人陳氏於漢陽。九月至金陵，而陳氏所生子阿遂年甫三齡，以失母亦死。梅子山在大别之尾，上河在金陵江東門外，二墳相望，杳然千里，傷哉！

無母誰憐汝，酸啼絶乳時。提攜勞二妾，喪亂苦孤兒。大别魂來抱，長干骨未持。歸舟多涕淚，總爲兩墳悲。

【箋】康熙十九年秋作，由金陵返粵途中。爲悼念亡兒阿遂而作。

贈友　七首

魚目似明珠，陽貨似仲尼。苟非明哲人，安能辨幾希。嗟予久飛遯，墨名行殊非。朝行膾人肝，暮行搴紫芝。吾子不遐棄，狂簡其同歸。隆冬不肅殺，陽春奚光輝。披裘入裸國，優哉聊娱戲。

甘匏抱苦葉，菡萏含汙泥。子推身已隱，焉用文章爲。露華零蔓草，靚爾清揚姿。曠世無奇服，瓊琚非所宜。攜手登綿山，念我蛇無脂。神龍尚飢渴，君豈有蘭飴。蘭飴無使露，淵塞秉其私。

我本接輿流，被髮歌鳳衰。時無魯仲尼，狂簡將何歸。六經久榛莽，諸子多淫辭。嗟予非先覺，斯道將陵遲。狂瀾思砥柱，疾風宜勁枝。嘉子方少齡，顔閔能爲期。直如麻中蓬，皎若霜上曦。烹魚爲溉鬵，射虎爲張機。堂堂並爲仁，棄我莫如遺。

桃蟲化爲鵰，羣飛啄九州。鳳凰集於蓼，飢渴常懷憂。與君志天爵，仁義交綢繆。惕厲處明夷，保身隨波流。瓶罍貴相資，箕畢貴相求。美人乘白雲，崑崙去悠悠。吾將爲造父，往御彼驊騮。

日月私照臨，我食恒無餘。絶塵天下馬，今乃伏鹽車。美人如驚鴻，飄飆過丹虛。神光倏陰陽，欲攬無瓊琚。崇山藴寶玉，滄海含龍魚。雲霞苟蒸液，變化在斯須。食德爲膏粱，服道爲繻襦。勖哉爾君子，毋效彼蘧篨。黄鵠何褵褷，單遊心傷悲。美人髮無旟，君子佩無琚。蕭艾盈中林，予蘭將安依。驅車適西吴，廡下斂光輝。昔爲清水珠，今爲濁涇泥。吞聲行躑躅，願子相提攜。黄山有温泉，日月所流精。飲之生羽翼，飄飆如容成。文章若雲浮，五色爲天經。三閭變風雅，好色成仙靈。輕舉含道真，顏如蕣華榮。我持遠遊章，被之雅琴聲。爲君千金壽，相與娱生平。

【箋】康熙十九年作，時客金陵。據末首「黄山有温泉」句，所贈之友或爲黄生。

詠史

匕首頻虚發，無成愧丈夫。心悲雖故國，事去未窮途。鉅野堪爲盜，朱家且作奴。如何慚一母，無食向江湖。

【箋】康熙十九年作，時客金陵。遺民爲避文網，每借詠史爲題，或書家國之恨，或述恢復秘謀，大均此詩亦然。首二句耐人尋味，屈氏豈曾有博浪之圖乎？

從汚鄂將歸先寄故園諸子　二首

歸來依舊一船書，妻子浮沈兩載餘。就暖又隨南海雁，承歡惟有武昌魚。羊裘天肯留男子，玉佩人休愧女嬃。中道裁詩先寄語，相知多半在扶胥。

相思莫遣鷓鴣來，咫尺南中見越臺。雪至三城頻作雨，花生五嶺總成梅。離支酒爲高堂熟，孔雀屏因上客開。歌舞人祠東莞伯，閒同珠浦一徘徊。

【箋】康熙十九年秋作，詩有「歸來依舊一船書，妻子浮沈兩載餘」句，溯自康熙十七年移家東莞，旋北上避地江南，至今恰合兩歲有餘。時將由汚陽循水道歸里。汚鄂，今湖北汚陽縣。

小孤　四首

九江東下水湯湯，石筍中天出水長。山水繇來皆有偶，小姑相對是彭郎。彭郎磯與小孤山相對，俗稱小姑嫁彭郎。今小孤山有祠祀小姑，蓋誤「孤」爲「姑」云。

岳影飛來乍有無，南風不得渡鄱湖。裁詩屢欲投神女，人道山名是小孤。

山似瑤篸千仞出，巉巖上有小姑祠。南風十日留詞客，細細雲中見玉姿。

宮亭不肯一分風，故遣江妃笑道窮。山水有情憐賦客，明年還至蠡湖東。

【箋】

康熙十九年秋作。自金陵返粵道中。小孤山，在今江西彭澤縣北長江中，後人訛稱爲小姑山。

泊舟石鐘山下作 三首

湖水青青江水黃，人言此水號鴛鴦。鐘聲忽起波間石，清越偏宜秋夜長。

大戰彭湖斬敵旂，紅船難逐白船飛。石鐘山上留天步，終古風濤聽指揮。高皇帝征僞漢，既旋師，駐蹕石鐘山上。康郎之戰，我師用白船，僞漢用紅船。黄進士淳耀詩云：「高皇親此將元戎，百萬紅船落掌中。」

虎鬥龍争一代雄，天威猶在怒濤中。江南千里連湖北，萬古蘆花起大風。

【箋】

康熙十九年秋南歸道中作。石鐘山，在江西湖口縣鄱陽湖邊，當湖與長江交匯處。

湖口守風作　二十三首

舟自秦淮發，江行歲欲除。一風起彭蠡，十日望匡廬。身在因聞道，途窮爲著書。妻孥紛涕淚，食盡有湖魚。

清濁鴛鴦水，微茫此合流。江穿彭蠡去，山逐落星浮。雁早先過嶺，梟寒故近舟。蕭蕭雙短鬢，空與荻花秋。

漁父勞相問，蘆中又一人。圖書青草没，兒女白鷗親。十日依沙嶼，三年似水蘋。浮沉吴楚好，終是北堂身。

鷓鴣飛不北，歸計衹番禺。妻子皆南客，粤人謂孔雀曰「南客」。蠻夷有老夫。水聲秋在石，山影晚當湖。莫恨多憔悴，先人是左徒。

左蠡蒼茫外，黄巖彩翠中。雙帆難出浦，十里亦愁風。瀑布無心望，梅花謂庾嶺。有夢通。天生大蝴蝶，衹許在禺東。

鷓鴣元有志，豈畏朔天寒。日是羅浮早，花惟漲海丹。將歸兒女喜，未到水風難。清絶高堂月，猶從夢裏看。

縣外江湖合，波濤盡白頭。芙蓉吹已落，復作大孤浮。蒼翠連三楚，蕭森起一洲。平生慚惠遠，不向虎溪留。

廬岫須臾失，湖光變白雲。波濤將布水，總作雨紛紛。竹影寺名。何時見，松聲昨夜聞。夢魂如可再，更去訪匡君。

萬仞香爐影，飛來帶紫煙。窗從疏雨入，帆與亂雲懸。月射湖光直，風吹岳勢偏。白鷗知寂寞，一一酒尊前。

雨中多白鷺，爭拂釣船飛。楓葉明墟落，蘆花隱翠微。石鐘風外響，漁火夜深歸。未遂浮家志，霜鱗此地肥。

幽幽三峽澗，人飲玉泉肥。自向白雲去，長因萱草歸。九江愁挂席，五老枉開扉。日與南風守，那能白髮稀。

片帆旬日駐，未赴石人期。廬山有石人峰。鸞鶴那知義，龍蛇自有時。霜驚寒氣早，雨愛暮聲遲。漁釣難爲食，王孫且莫悲。

蒼翠朝來好，風多影不分。吹將千仞水，散作半空雲。蘭棹那能發，漁歌故使聞。厭看煙火外，白鷺點氤氳。

朝朝湖口泊，五老笑人愁。日月三年擲，鴻濛一嘯收。妻孥催白髮，射獵及清秋。歸向梅鋗嶺，英豪事可求。

求魚飛復下，誰道鷺鷀閒。芳草雖無地，浮雲亦有山。風波消壯志，歲月長愁顏。收拾浮生事，天容更掩關。

颶風如漲海，十口日驚心。雷雨争何事，蛟龍病至今。雲開湖鏡小，山没浪花深。三日羹魚好，行將典素琴。

兼旬風雨苦，力盡半船書。老使文章貴，愁令嘯詠疏。沙寒初有雁，石淺更多魚。安得高堂許，柴桑竟隱居。

香爐空外起，一氣日氤氳。石色青天地，花光白水雲。雨來鳧雁合，風起瀑泉分。縣小圍山半，人煙易夕曛。

嬌小憐兒女，從人望翠屏。不知廬岳好，祇愛大孤青。三歲來吴楚，全家作水萍。風波驚一路，最險是宫亭。彭蠡，一名宫亭。

煙雨同三婦，瀟湘禮二靈。眉將南岳寫，衣得女花馨。抱子還梅嶠，從姑説洞庭。無窮風水事，江漢肯重經。

勝地惟江左，留居惜未成。妻孥思素業，兄弟恨虚名。散帙驚濤濺，開帆白鳥迎。彭湖不可渡，半月阻歸程。

首路争鴻雁，深秋家未還。西江淹桂楫，南塞阻梅關。寶劍空多氣，香醪不上顔。裁詩頌風伯，咫尺是廬山。

烏鳥思歸養，雌雄失路時。音聲南客愛，文采北禽欺。日落收帆早，風清解帶遲。故林多食物，最好是離支。

【箋】康熙十九年秋作，時由金陵返粤，歸舟至江西湖口縣。

峽江縣

縣小全無地，城高半在山。人家雙杵急，野渡一舟閒。月出夕陽際，煙生秋水間。沙洲防閣淺，帆宿及前灣。

【箋】康熙十九年秋間作，自江南返粤道經江西。峽江縣，明嘉靖五年升峽江鎮置，治所即今江西峽江縣。

吉州感事　四首

螺川清且淺，水色映青原。沙漬三年血，風飄百戰魂。皆憐都尉苦，莫念鄺生冤。一自生降去，聲今爲爾吞。

兩年酣戰苦，人恨小韓信。雨暗青磷影，風高白骨塵。親軍難救汝，奇道不先人。永夜帆檣宿，因君淚滿巾。

驚人惟間道，老我是孤城。深入應無敵，遲行自受兵。師徒隨雨散，壁壘與雲平。飲盡將軍血，蒼茫哭一聲。

少卿詞賦客，豈意亦能軍。玉貌重圍損，金笳怨曲聞。刀環誰贈汝，劍客幾從君。一片驊騮氣，長吞大漢雲。

【箋】

康熙十九年秋作。返粵途中，舟行吉州，感明末贛州死事諸臣事而作。事見皇明四朝成仁録卷九。

經羅紫山望拜文信國墓

宗臣祠墓草離離，羅紫山前世罕知。萬里丹心懸嶺海，千年白血照華夷。信國殉節時頸涌白血。遺民但作西臺哭，謂謝皋羽。山鬼猶歌正氣辭。長恨春秋人不識，如公方可配先師。

【箋】

康熙十九年秋，返粵途中，舟次江西廬陵縣作。羅紫山，即螺山。顧祖禹讀史方輿紀要卷八十七廬陵縣螺山：「府北十里，南臨贛江，宛委如螺，俗呼螺子山。」按：山上有正氣亭，明建。大均蓋以螺子之名不雅，于文公不恭，輒改題爲羅紫耳。

贈魏處士冰叔

巖巖寧都山，穹石蔽天起。中有金精峰，翠微與相似。漢初有逸民，張芒一女子。玉貌生奇光，紈扇照如水。垂涕悲民生，欲嫁無良士。不義衡山王，乃爲重瞳使。弑帝郴江中，悖逆非人理。兵威劫麗英，披髮卧泥滓。氤氳石鼓旁，奇女氣青紫。有鸞自舞歌，慷慨不可止。嫁夫得鄱君，嬋娟所深鄙。可惜漢高皇，大度容仇恥。方徙長沙封，不共淮南死。佳人重意氣，仙舉非得已。安期策苟行，豈愛菖蒲美。君居臨翠微，麗英乃鄉里。平生不字貞，煢煢無娣姒。薇蕪作面脂，菡萏爲文履。雲步何虛徐，誰能持玉趾。玉帛一朝來，容顔遂自毁。豈伊是籧篨，臭惡還茱萸。隆準尚不臣，所希在黄綺。鄰女窈窕姿，將老猶珠珥。枯楊忽生華，以爲士夫喜。秉節乃不終，媒妁持爲市。蔡琰苟忘夫，王昭將妻子。橘柚已逾淮，芳馨寧有爾。

【箋】魏冰叔，即魏禧，寧都人。與兄際瑞、弟禮皆以文章稱，時人號爲「寧都三魏」。康熙十八年秋，大均自南京返粤，途經江西，欲往寧都與易堂諸子相講習而未果。此詩當作於是時。

寧都魏叔子季子隱金精山詩以寄之

螺川南上更登艫，灘盡高臺見鬱孤。秋氣驚來江上早，雪花吹到嶺頭無。天留一劍知何意，人在三門尚有徒。不嫁長沙仙女好，金精高卧亦良圖。

【箋】康熙十九年南歸道中作。寧都，今江西寧都縣。金精山，在寧都。清一統志卷三三三寧都州：「金精山，在州西北十五里，即石鼓山。山有十二峰，峰頂皆石，望之如陣雲。」魏叔子，即魏禧。邵廷寀明遺民所知傳：「寧都魏禧，字叔子，兄曰伯子，弟曰季子，世稱『易堂三魏』，而叔子之風最高。易堂築城西南山，四面壁立百仞，紆縈鳥道，賓友過訪者，歎嗟奇絶。康熙己未以博學宏辭徵，辭不赴。」長沙仙女，指張麗英，詩中以喻魏叔子。

詠張麗英 二首

紈扇光如月，佳人作鏡看。紫雲俄鬱起，石上駕飛鸞。

被髮卧盤石，紅顔朝日光。有鸞自歌舞，不嫁長沙王。

【箋】

張麗英，漢逸民江西寧都人張芒女。面有奇光，不照鏡，但對白紈扇如鑒焉。長沙王吴芮以兵威劫之，麗英披髮偃卧，誓不肯嫁。後仙去。見太平廣記卷三七四。大均贈魏處士冰叔、贈别甘處士豫章、張麗英等詩均以麗英喻貞節之士。

張麗英

不嫁吴王鳳作羣，山中偃卧髮紛紛。冰紈照面如明月，石鼓歌聲入紫雲。

【箋】張麗英，漢逸民張芒女。貞潔自守，不肯嫁長沙王吴芮。此詩與五絶詠張麗英詩用意略似。

萬安縣道中

南風九月未生涼，漸近炎天豈有霜。已見鷓鴣來大庾，更聞鴻雁自衡陽。灘愁惶恐當前路，山恨零丁是故鄉。北塞頻歸南塞上，祇應雄劍識肝腸。

【箋】康熙十九年南歸道中作。萬安縣，今屬江西，境内有惶恐灘，爲十八灘中最險者。

自萬安上十八灘號子　十四首

湍流一道下臺關，日日牽舟竟上山。怪石預愁三百里，灘窮更有水灣環。

水落沙乾舴艋遲，漁人乘雨放鸕鷀。天風不爲吹帆席，留向灘邊作竹枝。

一夜灘魚撥剌聲，雨中偏得月華明。平鋪瀑布衝舟去，白鷺無心亦自驚。

百里飛流盡玉簾，穿舟奇石水中潛。灘師曲折隨灘意，笑指峰峰似白鹽。

亂石穿流齒角長，時時灔澦隱中央。平生未至瞿唐峽，祇此銷魂悔下堂。

故故欹帆銜礧砢，不妨象馬拒舟來。波濤鼓舞多奇勢，飛入窗中失酒杯。

往來舟向沸湯飛，四面峰巒翠作圍。風攪雪花潭底出，行人八月已寒衣。

水石争飛窮水變，時時巉口欲吞人。熊羆忽掠舟帆過，勢轉秋毫若有神。

羊腸盡在白波中，折入巉巖一髮通。三老不須矜巧絶，沈牛人自答神功。

漸近虔州鄉思催，迎人已見鷓鴣來。行時不唤生憎汝，明歲休教見嶺梅。

林深知道有人家，婦女喧喧上釣槎。山主曉收刀税至，灘頭煎取餅兒茶。灘邊人多種茶，以茶製爲餅，名「餅兒茶」。

灘師拏柁勢能輕，盡識中流怪石名。千折不教毫髮失，將人身入陣圖行。

秋乾始見石巑岏，一曲峰迴即一灘。熊耳紛紛無路入，更愁渦底起波瀾。

一灘清淺一灘深，夾岸黄茅氣毒淫。蛇虎無聲宜白晝，沿洄且復弄花林。

【箋】

康熙十九年八月作，返粤途中，由江西之萬安至贛州。十八灘，在今江西贛州市至萬安縣贛江中。其在贛州者九灘：白洞、天柱、小湖、鱉灘、大湖、銅盆、落瀨、青洲、梁口；在萬安縣者九灘：昆侖、曉灘、武朔、昂邦、小蓼、大蓼、綿灘、漂神、惶恐。皆水急灘險。見清一統志卷三三三贛州府。詩有「行人八月已寒衣」「漸近虔州鄉思催」句，可證。

上十八灘　二首

灘口雲峰萬朶迎，崩波直下虎頭城。聲含亂石雷霆怒，光出陰崖日月生。天險豈容南越得，時艱先使贛江清。横穿瀑布三朝暮，上盡黄牛水未平。

雙帆傾側入洪波，勍敵其如巨石多。水底風雷争噴出，煙中林岫暗飛過。蛇蟠有氣吹黄葉，猿飲無聲下緑蘿。未至儲潭猶險在，且從中道玩巖阿。

【箋】康熙十九年秋南歸道中作。十八灘見前詩箋。

下十八灘　二首

亂水砰磅鬥不開，波中壁壘半崩頹。灘高似倒三秋雨，石小偏含萬古雷。險盡始聞惶恐至，驚多祇望萬安來。蒲帆幾逐峰巒轉，一曲纔能酒一杯。下灘至萬安縣南有惶恐灘。

驚濤高下勢相傾，風到灘頭益有聲。半捲水花成白霧，全吹雲氣入空城。時來身爲高堂健，事去心將寶劍明。一曲武溪如有分，不妨遲暮更南征。

【箋】康熙十九年秋南歸道中作。十八灘，見前詩箋。

閏八月十五夕舟次贛州

歲時難得閏中秋，樽酒應寬此夕愁。江至金灘章貢合，月隨銀漢水雲流。頻將白髮辭梅市，祇爲高堂在藥洲。萬里碧空勞騁望，漢家今有客星留。

【箋】康熙十九年秋南歸道中作。

贛州弔丙戌忠節諸公

城南殺氣似黄埃，三十年間黯不開。腐肉猶香章貢水，忠魂多在鬱孤臺。三宫未得憑天險，十里徒然設地雷。秋色豈堪重眺望，乾坤處處白龍堆。

【箋】康熙十九年南歸道中作。清順治三年丙戌，劉同升、萬之吉、揚延麟、黎遂球等守贛州，抗擊清軍，城破死事。此詩即憑弔死事諸節烈而作。

自贛上南安川路甚曲未至南康縣已有三十六灣舟人稱爲湘江灣云 四首

三十六灣至蕉溪，在南康縣。九十九曲至横浦。在大庾縣。舟人道此似湘江，削竹青青牽挽苦。

山轉不知灘路盡，篙聲響處四山聞。石隨飛水層層落，中有人煙出白雲。

曲似湘江色不如，湘江空翠映芙蕖。衡山九面皆臨鏡，清絶尤宜煙雨餘。

千山秋草似雲黄，石壁横開谷口光。白晝蟲聲多嘆息，應憐遊子客蠻方。

【箋】康熙十九年秋作，自金陵返粤途中。南安，今江西大庾縣。南康，今江西南康縣。

贈南安某別駕

西江地至南安盡，五嶺門當二庾開。使者功名留玉枕，山名。將軍梅鋗也。湯沐有紅梅。驛名。三城客子浮家至，一代詞人佐郡來。交廣春秋新著就，殷勤花下待君裁。

【箋】康熙十九年秋作於南歸道中。南安，即南安府，治所在今江西大庾縣。

屈大均詩詞編年校箋卷九　五羊什

起康熙十九年(一六八〇)秋　迄康熙二十五年(一六八六)

度梅關作 二首

苦恨秦關一道通,人如去雁與來鴻。梅花但爲臺侯植,錦石難同陸賈封。五嶺繇來稱塞上,三城久已作回中。越王謂勾踐。留得多豪俊,戰敗屠睢最有功。

八度人關逐雁飛,寒門北去暑門歸。黄金結客無衣食,白首爲家有翠微。天下侯王須漂母,先朝臣妾盡明妃。頻來空使梅花厭,未見龍沙一奮威。梅關上有額曰「人關」。

【箋】

廣東新語卷三山語梅嶺:「(梅)嶺有紅梅驛……自驛至嶺頭六十里爲梅關。」梅嶺,又名大庾嶺,在今廣東南雄東北。據「八度人關逐雁飛,寒門北去暑門歸」句,詩當作於康熙十九年秋歸粵途中。

度嶺贈閨人 六首

雙雙抱子度梅關，三婦空將二婦還。大別魂來秋月下，秦淮骨在暮雲間。兒孤自逐黃泉母，人老難當白玉鬟。到日高堂應涕淚，好持魚鱠更承顏。

三度攜家此嶺頭，閨中秦越各歡愁。無多骨肉貧猶別，不盡關山老更遊。玉枕山名。頻同新婦夜，紅梅已謝故人謂華姜。秋。平生蹤跡希梁孟，欲把吳門作首丘。

吳楚煙波共溯洄，三年免上望夫臺。市門不獨居梅福，堂下依然戲老萊。荔子復承丹口笑，扶桑重爲玉顏開。三雛嬌小隨行役，解作吳音勸酒杯。

嬌女新生字阿京，還家添得笑啼聲。平陽自是千金橐，織素空攜萬里行。弗子未能忘伯禹，非男亦可慰淵明。中年至性傷哀樂，陶寫難憑絲竹清。太白女名平陽，太沖女名織素。

情多兒女易流連，五十猶遲寡過年。吳札未乾嬴博淚，左思頻有惠芳惠芳亦太沖女。憐。將雛且度梅花棧，養母難營漲海田。憶作啼烏棲白下，依依宮柳拂寒眠。

啼烏愁自白門歸，故國樓臺慘夕暉。無主豈能生羽翼，非時安可舍芝薇。蛾眉忍作要離劍，蝶翅堪裁葛令衣。自古仙人貴偕隱，不關恩甚戀閨幃。

【箋】康熙十九年秋歸粵度大庾嶺之作。閨人，指翁山二妾梁文姞、劉武姞。翁山以嘗參與吴三桂反清事，名列刊章。康熙十八年秋，乃攜其妾梁文姞、劉武姞及其媵陳「西姨」，偕同繼室黎緑眉所生子明道、陳氏所生子明德、梁氏所生子明洪、劉氏所生女明洙，越大庾嶺避地南京。行至漢陽而陳氏病卒，葬於大别山之尾。陳亡後一月，子明德復以「食積疳」死於揚子江舟中，葬於上新河之上。至南京而劉武姞生女明涇（即阿京，又字玉泉）。故詩中有云「雙雙抱子度梅關」、「三雛嬌小隨行役」、「嬌女新生字阿京」之語。翁山是年五十一歲，故詩中云「五十猶遲寡過年」。又見文外卷八亡媵陳氏墓志銘、四殤冢志銘，文鈔卷五亡妾梁氏壙志銘、卷七字八子説，佚文屈門四碩人墓志銘。

梅鋗 三首

庾嶺惟秦塞，臺侯是越人。重瞳封萬户，句踐有孤臣。湞水鄉閭舊，鄱陽俎豆新。千秋交廣客，欲繼入關塵。

艱難自梅里，此地奉君王。豈欲興於越，惟知祀少康。雖從高帝復，名在漢書長。食采梅花國，人欽萬古香。

蠢爾龍川令，乘時竊一州。徒能欺二世，不解助諸侯。冠帶遲南越，車書阻上游。將軍句踐裔，智勇著春秋。

【箋】康熙十九年作。是年秋自金陵南歸，過嶺有懷。梅鋗，秦末越人。秦并六國，越之後稱王者逾零陵往南海，鋗從之。至臺嶺，家焉，乃築城湞水上，奉王居之，謂之梅將軍城。後又稱臺嶺曰梅嶺。

嶺梅

嶺梅冬已發，香總在南枝。霜共黄花濕，風兼絳葉吹。雖寒無雪覆，即早有鶯窺。隔歲春光滿，江南殊未知。

【箋】康熙十九年南行歸粤，秋暮時抵五嶺，此詩詠嶺梅，姑定爲此時作。

韶陽舟中作

韶陽怪石夾江多，松樹枝枝若女蘿。亂削山簪皆碧玉，横牽水帶是青羅。盤盤馬逐峰巒轉，曲曲舟穿洞穴過。行客最憐鄉國近，白頭膝下得婆娑。

【箋】

康熙十九年秋歸粤舟經韶州之作。　韶陽，韶州之别稱。

九日與客登潮泉山觀潮泉作

山在清溪驛東五里，泉從石穴湧出，聲如沸雷。泉大者爲雄，小者爲雌。一雄長則一雌消，日凡三長三消。消則涓滴都絶，若此地從無泉水者。惟秋冬間泉無消長，乃有細水長流。寺僧謂此泉下應海潮，然秋冬間海未嘗無潮，而泉顧不應之，何耶？湛文簡嘗稱爲靈泉，有詩刻石，今存。

峽口千峰紫翠招，維舟且復上煙霄。山無旦暮含江雨，泉有雌雄應海潮。四座花飛争上酒，中流松卧忽成橋。幽尋正及登高節，一路秋光逐晝橈。

【箋】

康熙十九年重陽，歸粤途中與客登韶州潮泉山觀潮泉之作。　廣東新語卷四：「韶州清溪驛東五里許，有潮泉。泉有雌雄。雄大而雌小，一雄長則一雌消。日凡三長三消。初以鷄鳴，次午，次酉，消則涓滴不留。惟秋冬間泉無消長，乃有細水長流。土人以泉應潮，名曰『潮泉』。湛文簡云：『此泉或如龍蟄，或如雷聲，倏忽無時，天下之靈。』」

自韶陽南下三峽作 二首

三峽湞陽峽最長，人從天上轉羊腸。林中洞穴空聞響，花裏煙霞亦有香。萬古哀猿催淚落，一秋明月助神傷。還家未敢窺青鏡，鬢有陰山一片霜。

六瀧三峽南中勝，漁父相將幾溯洄。九曲青峰隨水轉，千重翠壁夾天來。泉銜棧閣時時斷，花映船窗處處開。最是北禺堪嘯詠，軒轅帝子有書臺。

【箋】

康熙十九年歸粵之作。　廣東新語卷三：「自英德至清遠有三峽，一曰中宿，一曰大廟，一曰湞陽。」

憶代姬 二首

梅子山連大别長，代姬墳上草新香。三關挾爾歸南海，五嶺從予至漢陽。命薄自應先曉露，魂孤莫漫涉清湘。懷中孩笑愁相伴，何處黄泉是故鄉。

慘淡風沙上玉顔，當年哭度雁門關。女君亦是秦川産，夫婿頻將粵海還。青草未能消瘴毒，白楊那得種鄉山。淒淒漢口清秋月，長爲魂歸照珮環。

【箋】代姬，即翁山側室陳氏「西姨」。文外卷八亡媵陳氏墓志銘：「陳，代州人，予先室王氏華姜之媵也。……己未，予以避地，攜妻子將赴舊京，行至漢陽，而陳苦毒熱，病劇以死。……陳墓在大别山之尾，一名梅子山，南臨漢口，北俯月湖，頗得山川之勝。」審其詩意，當爲康熙十九年秋歸粤途中悼念陳氏之作。

五十生日在九江舟中五十又一生日在韶州舟中有賦

兩年生日舟中度，笑共妻孥倒緑樽。五岳未歸非子女，三公不易是鷄豚。匡廬雨過晴川闊，韶石雲開玉闕尊。五十正當而慕日，白頭喜共北堂存。

【箋】康熙十九年秋歸粤途經韶州所作，翁山是年五十一歲。

贈安遠水驛汪丞　三首

一路連舟下，艱難至越門。汝官秋水驛，吾卧白雲村。十口蛟龍出，三城虎豹存。軒轅讀書處，爲我置琴樽。

莫道官微甚，前賢重抱關。況當中宿勝，堪在上方閒。帝子弄長笛，佳人歸玉環。經過多賦客，因爾叩雲山。上方謂飛來寺。

山水矜三峽，君臣軒轅二帝子稱二禺君，其臣曰初、曰武，稱二禺臣。在二禺。官衙紛彩翠，仙跡未虚無。吹角江城暮，維舟野寺孤。隨潮經一宿，多謝酒頻沽。

【箋】康熙十九年，南歸至清遠縣作。安遠水驛，在清遠縣治西，明洪武五年置。見清一統志卷四四二廣州府關隘。汪丞，安遠驛丞，名籍待考。

歸自淮陽喜見元孝金吾

嗟君玉貌晚逾鮮，能處重圍是魯連。金馬自昌忠烈後，錦衣還在聖明前。彈琴不作拘幽操，扣劍惟歌獨漉篇。我正東求倉海返，相逢尊酒夜頻傳。

【箋】康熙十九年秋作，自揚州返抵廣州。元孝，陳恭尹字。陳恭尹，順德人。父陳邦彦起兵抗清失敗，恭尹隻身逃出。邦彦敗死，恭尹獲南明蔭授錦衣尉指揮僉事。此後積極奔走聯絡抗清力量。及南明復亡，恢復無望，乃以遺民終老。恭尹能詩，與屈大均、梁佩蘭並稱嶺南三大家。著有獨漉堂集。康熙十七年，恭尹因三藩事牽連入獄，至十八年春獲釋，故詩中隱約及之。

讀史答陶苦子

頻年蹤跡空吴楚，不恨無成又故鄉。飛兔誰知天下士，伏龍終遇漢中王。棲遲豈有煙霞疾，夢寐長依日月光。黄菊祗今非苦節，年年花發及春陽。

【箋】審其詩意，當爲康熙十九年歸粤後之作。陶璜，字握山，一字黼子，改名窳，字苦子。番禺人。明諸生。廣州破，從父走鄉落，遇大風，覆舟，父溺死，乃更字苦子。棄諸生，奉母陳避地僦舍，寓居北田，與何衡、何絳、陳恭尹、梁槤講論於寒塘草亭間，時稱「北田五子」。著有慨獨齋詩集二卷，已佚。事見陳伯陶勝朝粤東遺民録卷一。

長壽院外眺望作

珠海當門月倍明，雌雄水底應鐘聲。白鵝潭底有鐘，每與五仙樓之禁鐘相應，名雌雄鐘。風飄梵響千家滿，雨散花香兩岸清。洋舶通時多富室，嶺門開後少堅城。霸圖消歇無南武，悵望朝臺古木平。

【箋】康熙十九年秋作。長壽院，即長壽寺。「洋舶」二句，眼光獨具，後人謂可印證此後百年嶺南發展歷程。

過華林寺作

芳華舊是劉王苑，咫尺鵝潭見海天。蝴蝶繭從仙岳至，菩提紗向帝京傳。光流故國餘明月，魂傍孤城作暮煙。春草似含南漢恨，依依隨客到花田。羅浮大蝴蝶皆從繭出。以菩提葉漬爲紗，宛似霧綃，僧人嘗以寄遠。

【箋】康熙十九年秋作。仇巨川羊城古鈔：「華林寺，在城西一里。梁普通七年，西竺達摩禪師從本國來，泛重溟凡三周寒暑至此，始建。國朝順治十一年，宗符禪師重修，環植樹木，蔚成叢林。」

廣州弔古 三首

山川靈氣會都司，舊作佗宮枕海湄。一自名王來駱越，至今天子是屠耆。無才絶道稱南武，有恨祠天殺貳師。邸第荒涼餘白草，牛羊躑躅爲誰悲。

白雲山下即龍堆，舊日丁零大帳開。奇畜盡從沙漠至，遠人兼帶雪霜來。無多越女留炎徼，不斷明妃去紫臺。朝漢有誰還朔望，雕青天子在蓬萊。

三峰飛入越王城，上有呼鑾古道平。氣似穹廬千里接，風飄笳鼓一天清。禪王父子爲磷火，絶塞牛羊自盛京。山鬼招人歸白墓，日斜林外有歌聲。

【箋】

康熙十九年爲平南王尚可喜、尚之信父子作。尚之信鎮守粤東，「兇殘暴虐，猶存異志」。是年八月，賜死于廣州府學名宦祠。

再至東莞感舊作

白首重來莞水濱，香農相見益相親。家家一瓣能分客，處處雙煙解惹人。花盡不須尋舊館，琴存且復拂流塵。芙容自古多無實，枉怨秋霜妒白蘋。

【箋】

據「白首重來莞水濱」句，詩當作於康熙十九年寓居東莞時。

王生訪予東莞贈之

嘗從令祖求仙訣，杖屨相隨四百峰。書愛蘭亭精用筆，坐憐華首臺名。靜聞鐘。諸孫最長來雛鳳，五岳求師得老龍。文采翩翩知舊德，侍郎家學在温恭。

【箋】

王生，疑爲王應華之孫。王應華，字崇闇，號園長。東莞人。明崇禎元年進士，任武舉教授，歷官至禮部侍郎。甲申之變，歸里。擁桂王，拜東閣大學士。帝入桂後，與函昰同禮道獨，法名函諸，歸隱南村。能詩，精書法。詩當爲康熙十九年寓居東莞時作。

贈尹子生日 二首

君從少年日，人外已能閒。有道須躭酒，無心即閉關。水摇窗户緑，花點鬢毛斑。歲歲春無事，相逢總玉顔。

夜夜觀垂象，長星欲竟天。心驚離亂後，計得廢興前。碩果誰能食，喬松自有年。紅橋花裏渡，咫尺即飛仙。

【箋】尹子，即尹源進。大均於康熙九年曾館其家。作於康熙十九年。清史稿天文志載，是年十月彗星見。

田尾村居

葛蔓滋三徑，榕陰蔽數家。農收霜降稻，圃落小寒瓜。魚戲流雲亂，蟬嘶落日斜。杖藜無事極，吟繞未開花。

【箋】田尾村，在東莞常平。此詩疑作於康熙十九年寓居東莞時。

尹君有三孫甚憐愛詩以贈之

君里亦西豪，人才兩代高。兒生珠子樹，父與鳳凰毛。不以龍孫小，而忘燕翼勞。家聲承乃祖，青瑣更分曹。

【箋】尹君，即尹源進。源進父鏊，康熙二十八年東莞縣志卷十二人物有傳。子崧，亦有聲名。

寄南社謝九丈

長懷南社老，白首作香農。香樹遺諸子，香田在幾峰。故人巖壑少，遠道水雲重。蕪絶羅浮夢，無因溯石龍。水名。

【箋】

康熙十九年作。謝九丈，即謝重華。陳伯陶勝朝粤東遺民録卷二：「謝重華，字嘉有，東莞人。諸生。鼎革後，杜門晦跡鄉居，不入城市者三十餘年，惟屈大均寓莞時一過訪之。重華晚以藝香爲業，自號香農，與故舊書亦稱南社遺農，故屈大均詩云云。」

贈林沂澤 二首

國事驅馳早累君，雄兒意氣薄天雲。秦皇正苦蘭池盜，劇孟能張下邑軍。髯美定知仙福至，身榮先使父忠聞。明年仗策還東北，豪俊相從半虎賁。

江南塞北久離居，共是勞人憂患餘。避地長桑今有里，逃生廣柳昔無車。横天太白光何用，貫日長虹氣未除。烈士祇憂遲暮至，唾壺擊罷莫踟躕。

【箋】康熙十九年作。林沂澤，與陳恭尹、梁佩蘭有過從，亦遺民之流。見康熙十八年詩林沂澤五十又一生日詩以贈之箋。

贈丁秋水

東官畫手高吾粤，君作翎毛更有神。長慮鴛鴦飛入水，復愁蝴蝶去隨人。香從兒女求生結，花向仙靈得大春。紅翠白鷳多見與，吾生鸞鶴最交親。

【箋】丁洸，字秋水，東莞琥珀坑人。畫家。康熙四年修縣志，洸爲繪圖。墨筆山水、設色花鳥均高秀。詩疑作於康熙十九年秋自南京返粤，寓居東莞時。

題鄧氏山樓

樓外羅浮紫翠濃，焚香日禮老人峰。高堂已似商顔皓，令子還同萬石恭。花蕚三珠含雨露，鳳雛千仞上芙蓉。清秋相訪來珂里，兼喜文章有大宗。

【箋】

鄧氏山樓，疑指鄧廷喆居所。鄧廷喆，字宣人，一字蓼伊。東莞人。康熙二十三年舉人。四十九年考授内閣中書，官至史館典籍。五十八年充安南正使，賜一品服。後告老歸，里居八年而卒。著有蓼園詩草、皇華詩略。

詩疑作於康熙十九年秋遊東莞時。

過石霜園林作

棠梨溪接遠人村，園有額曰「遠人村」。四面煙波是鏡園。舊是鄧少參雲霄「鏡園」。一代沈冥惟緑酒，中年寂寞且青門。花知白髮争相笑，鳥識清機獨不言。移得參差多怪石，峰巒盡讓太湖尊。

【箋】

康熙十九年冬作，時寓居東莞。

過梁氏園亭作 二首

木葉微紅未覺霜，歲寒梅菊兩争香。松無冰雪真甘節，雁有菰蘆即故鄉。北地詩篇今日少，東溪經學一家長。因君孝友頻相過，更乞鷟鸞字幾行。令祖東溪先生諱文重，講學。東官知己未凋零，五十如君髮尚青。相勸金膏營服食，更持香琖事沈冥。多年天醉忘鶉首，兩度人歡見彗星。玉蝶梅開誰忍負，新詩頻與寫芳馨。彗見甲辰，復見庚申。

【箋】

康熙十九年寓居東莞時作。梁氏，疑爲東莞梁憲。梁憲，字緒仲，文學，禮天然爲居士。翁山有梁無悶詩集序。康熙東莞縣志卷十二：「梁文重，字士任。正德丙子舉人，庚辰副榜。署高安、嘉興訓導，轉瓊州教授，升宜春知縣，轉零陵縣，遷敘州推官。解組歸後，構東溪草堂講學，學者稱爲東溪先生。」清史稿卷六聖祖本紀：康熙三年十二月，彗星見。康熙十九年十一月，彗星見。與詩中注「彗見甲辰，復見庚申」合。

贈林孟陽新築　二首

之子端居亦學禪，新開丈室市亭邊。光呑萬象非明日，香散千葩是淨天。大小羅浮當户外，東西江水到門前。天親無著多兄弟，共話無生及暮年。

嗟君獨有惠芳妍，纔詠桃夭即斷絃。從父早敦黄鵠節，教兒先補白華篇。維摩座側惟天女，王母池頭是蕚仙。他日尚書勞口授，漢皇恩賜及嬋娟。孟陽有女，性聰慧，知書，早寡來歸，今守節十餘年矣。

【箋】

康熙十九年寓居東莞時作。林孟陽，名楊，一字孟易，東莞人，洊子。與弟杞，字仲已，梧，字叔吾，稱三林。陳恭尹獨漉堂詩集增江後集有贈林孟易詩云：「傳家世世有忠貞」、「佛門新禮磬三聲」。與翁山詩「之子端居亦學禪」、「從父早敦黄鵠節」合。又詩中有云「大小羅浮當户外，東西江水到門前」，當爲贈東莞林楊之作也。

贈友侄林赤見

有美忠良後，人稱小鳳凰。汝才須麗則，吾道亦文章。珠曬當明月，梅開及一陽。親仁諸父在，孝友與天長。珠池中每當夜静月明，蚌蛤必開一甲，以曬其珠。

【箋】

林赤見，即林貽熊。東莞人。赤見爲林楊之子，大均與林楊、林杞、林梧兄弟交好，因視赤見爲侄。

康熙十九年秋，大均自南京返粤暫寓東莞，與林梧及其子侄往還。此詩當作於是時。

贈友侄林貽燕兄弟

林屋懷君好父兄，重來莞水不勝情。龍媒競蹀風雲起，稚子齊斑錦繡成。花到炎天無月令，鶯當大雪已春聲。文章莫但高吾黨，乃祖先朝最有名。

【箋】康熙十九年寓居東莞時作。林梧，字叔吾，楊、杞之季弟，見贈林孟陽新築詩箋。東莞人嘗稱某家爲某屋，故貽燕之家稱林屋。其季父叔吾，又以西洞庭有林屋洞天，因額其堂曰「林屋草堂」。

贈蔡平叔姻家

君年三十頻生子，已有公沙第五龍。珠母飛來從合浦，鵷雛生處是南禺。西山文獻傳先代，白市簪纓展大宗。前輩詩成東莞集，如公著述更從容。平叔爲九峰先生沈之後，所居東莞白市，近撰東莞詩集，表章本朝先輩，值其第五子周晬日，故及之。

【箋】康熙十九年寓居東莞時贈蔡均之作。蔡均，字平叔，東莞人。輯有東莞詩集。翁山女明涇，許字均子鎏，故稱姻家。見文鈔卷一東莞詩集序、佚文屈門四碩人墓志銘。

贈友侄陳贛新婚

先公巖野先生。日月光輝在，乃父元孝。龍鸞羽翼長。碧血人欽司馬烈，朱衣天與漢家香。承宗喜有湘蘋婦，報管毋爲畫黛郎。舊賜儘多弓矢在，射餘梟雁更天狼。

【箋】作於康熙十九年仲冬。陳贛，陳恭尹長子。恭尹獨漉堂詩集江村集有仲冬十三日贛兒受室率成一律示之，中云「百年過半作翁時」，恭尹生明崇禎四年辛未九月，至是恰過五十。

陳生新婚贈以詩

忠孝家風舊，丕承有雁行。謝昆高玉樹，王友富青箱。十月迎桃李，三星下鳳凰。鷄鳴應黽勉，天際共翺翔。

【箋】陳生，指陳贛，陳恭尹之子。康熙十九年仲冬十三日，陳贛受室，大均及諸友好均有詩以贈。

賦爲白下禪師壽 三首

白下歸來謁大禪，祇林西近素馨田。談花亂與天花落，心月孤同海月懸。得法先師爲寶鏡，求詩弟子是青蓮。當軒一樹朱薇發，爲説無生儘意妍。

嗟君鬢髮得鬖髿，鷗鳥相將戲水涯。曾遇仙靈多秘怪，未呈文字已才華。六朝僧好無榮國，一代禪高是大家。客至堂前都解笑，不須重舉妙蓮花。

十丈山茶與海榴，枝枝從不與春秋。生憎寶掌空長命，每見湘纍欲白頭。比興總超唐手筆，丹青兼得晉風流。杖人高弟真慚我，佛祖叢中不可留。師與予同出覺杖人之門。

【箋】白下禪師，指長壽寺僧石濂大汕，大汕與翁山同禮江寧天界杖人覺浪道盛門下爲徒。審首二句，詩當作於康熙十九年翁山自南京歸粤後，時大汕爲素馨田東鄰之長壽寺主持。大汕有智巧，能詩，擅丹青，與翁山詩中所言相合。

弔厓山和宣人

乾坤於此盡，海底有中華。魚腹懷忠義，鵑啼爲國家。雙峰天作闕，兩廟地沈沙。歲歲蘋蘩薦，勞君此水涯。宋亡厓山，死節者甚衆，惜大忠祠未盡以配享，吾嘗議追行此禮。

【箋】

康熙十九年作。厓山，黄淳厓山志卷三云：「在新會南八十里。」宋祥興初，帝昺立於硇州，張世傑以厓山爲天險，可扼以自固，乃奉帝移駐于此。未幾，元將張弘範來攻，宋軍潰。陸秀夫負帝昺沈于海，宋遂亡。見宋史。宣人，易訓字。陳伯陶勝朝粤東遺民録卷三：「易奇際，新會人，甲申後與子訓避亂山間。訓字宣人，少天資卓異，能詩。常厓山倚哀歌亭放聲大哭，人莫之測也。屈大均有和其弔厓山詩云云。」

寄四會李子

念子離根蓬，隨風去何之。少年好馳俠，意氣爲雄兒。持憂催白髮，我年已崦嵫。玉瀝與金華，成仙不可期。聊爲亡命人，隱忍居下邳。事敗死無名，空令骨肉糜。吾子棄其觚，立功思邊陲。英雄苟有具，富貴寧無期。穹廬多秘館，中有琵琶姬。射獵得豬鹿，相與聊娱嬉。

【箋】

康熙十九年作。「持憂催白髮」以下八句，大均自言歸隱沙亭緣由，蓋亦知恢復難期矣。四會，廣東四會縣。李子，即李恕，字相如。廣東四會人。明末諸生。與翁山、獨漉、藥亭輩交善，以詩名。

康熙十六、十七年間，奔走燕、趙、吴、楚，迄無所遇，感而有詩，憂生嫉世，情見乎詞。有鶴歸堂草。其子仁，爲王隼之婿。

送李子之官建陵

禹王祠畔思依依，君向疆場我掩扉。老去驊騮終自市，饑來鷹隼傍人飛。才高且作神明宰，家近休言孝養違。風好定知雙掛席，桂林秋共雁南歸。

【箋】

康熙十九年作。建陵，指今桂林市，見前靈川道中眺望建陵諸峰箋。

題藍丈還童圖

八十先朝侍從臣，龍眠書畫總無倫。人間文獻惟高士，天上神仙似美人。玉璽未沈東海月，公精篆刻，曾爲尚璽郎。芝華長映霸陵春。賢郎不墜風流緒，相見江東愛葛巾。

【箋】

藍丈，指藍鐂，乃藍漣之父。詩外八送藍生還閩有「書畫風流是晉人，而翁草篆更通神」句，可知其精於書畫。此詩或康熙十九年作。

送藍生還閩

書畫風流是晉人，而翁草篆更通神。無多歲月容高卧，不盡煙霞换老春。災異休驚星屢變，光華行見月重輪。離支不減侯官美，珠海重來訪隱淪。

【箋】

藍生，即藍漣，字公漪，一字采飲。福建侯官人。布衣。工書畫，精篆刻。遨遊江湖，與吴偉業、毛奇齡、梁佩蘭、陳恭尹友善。詩磊落有奇氣。年八十餘卒。有采飲集。漣父鎦，亦擅草篆。汪譜次此詩爲康熙十九年之作。文外二嶺南遊稿序：「歲之庚戌，予於秣陵識公漪。」庚戌翁山未至南京，庚戌疑爲庚申之誤。

白華園作 三十四首

舒卷因風雨，芭蕉亦有心。秋來無一事，葉葉寫新吟。

水氣含雲白，山光吐雨青。帆低争拂樹，過我浣花亭。

雨隨雲氣去，雷逐電光來。爲愛秋涼入，軒窗面面開。

先秋林葉落，片片作聲乾。坐久生明月，苔花不覺寒。

霜凋采菰米，爲飯何香脆。更得鱸魚羹，可以娛荒歲。

溪鳴知水漲，木落覺山空。野鹿閒相過，黄花食一叢。

暮天晴遂定，秋使月明多。最愛雲光薄，微微拂絳河。

秋人易不眠，中夜起長嘆。不若能鳴鷄，猶知天欲旦。

隔浦如煙霧，那知是月明。淒涼林水外，一葉亦心驚。

雨含黄日氣，野外半陰晴。處處陂塘水，秋來一夜平。

紫蟹得霜肥，銜禾上釣磯。閒垂兄弟釣，更得白魚歸。

明月化爲水，微茫入太清。坐隨河漢落，一嘯至天明。

城南休騁望，秋色未分明。雲作穹廬氣，風爲觱篥聲。

暮天俄慘淡，海作颶潮風。吹水來高樹，疏疏雨點同。

平生何所食，命寄首山薇。采義勞妻子，無端此樂饑。白沙詩：「采義不采薇。」

最恨喬松上，無端是兔絲。纏綿枝與葉，直至後凋時。

一片空濛裏，泉飛似白雲。隨風將落葉，總作雨紛紛。

猶乘五十時，多學母爲師。膝下如南面，無令遊子知。

白芋持爲粉，良薑用作虀。雌雄多笋竹，一夜出林齊。

生憎蕉葉大，受得雨聲多。不寐思天曙，明燈在薜蘿。

階下多孩菊，庭前復女蘭。汲泉頻灌溉，持作老親歡。

璅⿰王吉羹清絶，河豚美在肝。養親多海錯，不用采芳蘭。

龍江多美酒，春白與秋紅。注以離支液，香生玉盞中。

海魚稱第一，鱠與馬膏鯽。蜑女持相贈，烹來一室香。

四星明狗國，猶在斗魁東。天象何時變，吾茲怨道窮。

一陽生小雪，梅蕊已紛紛。夢裏知開落，香多竟不聞。

涼蟬飲風露，流響滿空林。獨自爲高潔，應非吾子心。

坑田肥美甚，種得芋渠多。稚子喧争好，秋來未刈禾。

香好消魂夢，氤氳至夜分。餘煙飛不盡，凝作半牀雲。

毛茶自樂昌，五内盡清涼。屋角新泉水，微含石乳香。

蠻瓜争絡樹，梨實共垂垂。未忍除花架，霜風任倒吹。

階葉飛難遠，依依故樹邊。朝來含白露，知是淚痕鮮。

朵朵供朝飲，蘭膏是露華。秋來無肺病，不用更餐霞。

何處忘人世，平生此石牀。秋來難出户，恐負菊花香。

【箋】白華園，大均之室名。文外十白華園辭謂：「吾友昭子於所居北山之下爲園，夫婦相灌溉，以養其母。」昭子、代昭生、代景子、代景大夫，均爲屈氏自號，以屈、昭、景三姓楚之後，隱寓「亡秦」之意。白華園，當指在沙亭之園圃。託稱「吾友」，實自指。當作於康熙十九年後。

送方即山之西寧

瀧州田土最膏腴，爾去躬耕且一區。隴上不妨鴻鵠在，山中應與虎狼俱。緇衣世外還將母，白髮堂前好弄雛。萬里歸來吾未倦，相尋同作列仙儒。

【箋】方顓愷，字即山。番禺人。殿元從弟。出家法名光鷲，晚更名成鷲，字跡删。著有咸陟堂詩文集、紀夢编年等。西寧，今鬱南縣。成鷲嘗隱耕西寧，此詩當爲康熙十九年送别之作。

壽龍江蔡丈

東樵中有老人峰，移入西樵紫翠重。春酒正同飛瀑瀉，芝華長有白雲封。楚丘神智年方壯，萬石尊榮禮益恭。膝下珪璋多令子，君王几杖待相從。丈家近西樵。

【箋】康熙十九年鄉居沙亭作。龍江，今屬順德市。蔡丈，疑爲蔡㦤之父。㦤，字艮若，龍江人。與陳恭尹交厚，獨漉堂集中屢有詩酬應，當亦與大均往還。然其行輩相若，又早卒，則蔡丈其父輩歟。

過某明府金紫山莊作

解組歸來已有年，韓城猶憶使君賢。家鄰大庾因梅樹，夢繞羅浮爲酒田。令子秦人矜勇力，新姬吳女鬥輕妍。蘇卿墓上松南向，羨爾曾攀漢代煙。君生子於秦。

【箋】康熙十九年鄉居時作。某明府，不詳何人。

寄王蒲衣

祇今亦有蒲衣子，雲卧南當大虎門。詩筆真如珠子樹，書籠長見鳳凰孫。謂羅浮大蝴蝶也。袈裟豈得留高士，岣嶁何如在故園。紫水歸人方咫尺，玉臺巾好且相存。白沙先生居江門，嘗稱紫水歸人；其巾象玉臺山爲之。

【箋】康熙十九年鄉居沙亭時作。王蒲衣，即王隼。

歸越書懷代景大夫作

攜家兩載適東吴，虎踞龍盤待霸圖。門下未甘長鋏在，橋邊不嘆大家無。西川欲去因先主，南越頻歸爲老夫。展轉無成空白髮，養親依舊一屠沽。

【箋】康熙十九年冬作，時已由金陵返抵沙亭。代景大夫，大均自謂。

白首

白首方求食，高堂咫尺違。長憂吾道失，不恨世情非。耕鑿惟詩筆，經營是釣磯。自來顔色好，因啖越山薇。

【箋】康熙十九年冬作，時鄉居沙亭。詩以白首爲題，申明出處之間，自有操持。率章顯志，蓋欲以遺民終老矣。

寓居江鄉有作

扶牀多稚子，敦杖有慈親。甘苦同黄菊，浮沈在白蘋。未歸華夏國，猶是亂離人。松樹能霜雪，天寒蒼翠新。

【箋】康熙十九年冬作，時鄉居沙亭。

立春日作 庚申十二月望 三首

嶺外寒偏劇，窮陰起穗城。風將南雪散，雪以北風成。漢臘先人重，蠻方本業輕。明年還隴畝，且喜立春晴。

生菜高堂獻，春盤稚子分。花寒愁早發，鶯好喜先聞。暖以圍爐得，香宜水熟薰。貧家多緤布，風雪莫紛紛。緤布，乃攀枝花所成者。

兼旬愁雨濕，一夕喜風和。未暖梅香少，將春鳥語多。遺人能老大，舊事尚悲歌。心以鬚眉壯，菱花奈我何。

【箋】作於康熙十九年十二月十五立春日，時翁山自東莞返沙亭故里。

貧居作 十六首

蕭散過青歲，狂歌未免愁。徒然書甲子，詎足當春秋。鱠鯉親多喜，烹葵客亦留。廚牀長食宿，懶更出門遊。

無以爲忠養，艱難是此時。白頭惟飲水，黃口但餔糜。菊豈忘憂物，梅非媚世姿。固窮終已矣，吾道正如斯。

乞食寧無路，言辭拙奈何。事親方日短，爲道已年多。竹影宜明月，松身厭女蘿。鹿巾時自著，巢父一相過。

歲晏無幽賞，黃華亦已殘。餐霞難得道，啜水且承歡。未卒先公恨，那求白首安。墓林霜露滿，悽愴不因寒。

盤中甘滑少，市上往來頻。蒲笨歡同婦，鷄豚幸及親。黃蒸鑾芋熟，白泛女華新。未是吾高逸，先公此舊貧。

未有馳驅路，端居且舊林。坐間惟有膽，行處已無心。酒漬桃花飲，歌傳白石琴。消摩能愈疾，不遺二毛侵。

久已安農圃，能將五穀分。雕胡謝家飯，大布孟卿裙。月冷光難見，松高響易聞。蕭然人事外，不義一浮雲。

俯仰真無計，傷哉日以貧。黄頭三歲子，白髮八旬人。萊氏媥孄少，焦公捃拾頻。孤雲那有託，衆鳥自相親。

荷鋤難力作，藜莪飽無時。大穗何曾取，新蔬且復持。涼蟬風露飲，野鶴水雲姿。願似商顏叟，療饑有紫芝。

事母憂無日，殷勤糜粥間。東西爲客倦，日夕弄雛閒。敝絮慚王霸，芳華悦令嫺。醇醪新釀就，白髮有温顔。

家敝淵明苦，愁如止酒何。無嫌遊白社，祇愛詠荆軻。栗里田園少，籃輿子侄多。黄花吾與汝，長此媚巖阿。

三徑歸來日，黄花正吐妍。羲皇入高卧，王母與長年。紙筆兒初好，耕桑婦亦賢。武陵鷄犬異，風景即斜川。

半畝聊爲圃，清齋菜甲香。土肥多廣芋，山辣有蠻薑。竹子冬逾出，桐孫日已長。家貧稀肉味，不爲學空王。

林園春色滿，婦子喜歸來。大小花含笑，雌雄竹有胎。寒隨殘雪盡，暖得早鸞催。笭箵多漁具，河冰昨夜開。

經時山葉積，苔蘚上幽軒。荳蔻紅多子，芭蕉小有孫。沈酣深酒性，慷慨斷琴言。盈手惟芝髓，遥遥寄綺園。

五十嗟遲暮，桑榆尚可攀。素華初吐鬢，紅蕊漸收顔。戀戀閨庭内，依依懷袖間。加年心未已，學易掩松關。

【箋】

據「三徑歸來日」、「林園春色滿」、「五十嗟遲暮」句，當爲康熙十九年歲末翁山返沙亭後所作。

賦懷塞外友人 二首

塞外知寒絶，淒涼黑水涯。貂毛那受雪，馬肉不沾沙。風斷三秋草，冰開二月花。催人雙淚落，最苦是清笳。

得風貂更暖，不必著重裘。食肉身難老，彎弓汗便流。黄羊燒大雪，紫兔射高秋。屬國歸須晚，於今未白頭。

【箋】塞外友人，疑指吴兆騫。兆騫字漢槎。江蘇吴江人。少有雋才。順治間舉人。順治十四年以科場案，遣戍甯古塔，謫居二十三年。康熙二十年，以徐乾學、納蘭性德、顧貞觀之助，得納鍰赦歸。康熙二十三年，以腹疾卒。著有秋笳集。詩疑作於康熙十九年至二十年間。

寄程蝕庵

萬壑松聲吹沆寥，一松飛作一天橋。嗟君老作黄山客，獨采松花不我招。

【箋】程蝕庵，程守，字非二，號蝕庵，錢唐人。諸生。有静省堂集。程守爲屈氏康熙十九年遊皖時神交之友。見文外十五復汪扶晨書。姑定爲遊皖甫歸時作。

寄程蝕庵

一浴湯泉六十秋，衣裳皎皎月華流。人間未有真山水，白鶴青鸞好自留。

【箋】大均寄汪扶晨數書中，言及歙中友人，均以蝕庵居首，蝕庵當爲行輩較長者。

聞雁

一聲邊雁落，孤客最先聞。是夕蘆花渚，扁舟宿白雲。煙迷南海影，風斷洞庭羣。甚有懷人字，殷勤欲託君。

【箋】審詩意，疑爲康熙十九年至二十年間懷友人吴兆騫之作。

和藥亭人日得白鸜鵒之作

來自西洋白者稀，炎天冰雪積毛衣。黄花頂上開難已，頂上有黄毛，客至，毛輒開，成蓮花形，謂之「開花」。玉粒籠中啄不肥。皎潔應爲高士得，疏狂每恨昔人非。謂禰處士。一從佳節逢人日，飛向君前更不飛。

【箋】詩外卷十此詩次於歸自淮陽喜見元孝金吾後。翁山康熙十九年秋自淮陽歸，次年正月初七作此。

藥亭，梁佩蘭號。今六瑩堂集中無同題之作，原唱當已佚。

題鐵橋丈畫鷹

鐵橋老人七十五，畫馬畫鷹力如虎。此幅角鷹何飛揚，漢代郅都非其伍。颯然特出當秋天，林間不敢有毛羽。雕如車輪空作羣，金眸玉爪不如君。杉鷄竹兔方紛紛，何時一擊開邊雲。

【箋】

康熙二十年寓居東莞時爲友人張穆題畫之作。穆是年七十五歲，與翁山詩合。

題鐵橋翁黄山畫册　十五首

天都峰似仙人掌，一見驚如太華峰。掌上石樓無路上，巨靈曾此擘芙蓉。天都峰。

扶松直上鰲魚背，太古苔花滑殺人。石笋干霄吹欲折，天風不惜玉嶙峋。鰲魚背。

汝在羅浮紫翠重，不知身亦老人峰。仙人自古多爲石，黄石生時是赤松。老人峰。

天梯千尺井中懸，幢峽何如一綫天。分得蒼龍一半險，教人匍匐白雲邊。一綫天。

兄弟高居始信峰，相尋不爲擾龍松。鉤梯斷絶苔生鐵，食盡菖蒲花紫茸。始信峰，上有汪氏兄弟草堂。

白髮長留太古身，匡廬五老未爲真。高高並立雲峰上，中有浮丘一丈人。五老峰。

參天一半白雲封，怪石株株是籜龍。束取黄山千萬笋，歸來分作一峰峰。石笋矼。

沿花一路水淙淙，谷口人家吠小尨。渡澗不須松一臂，雲邊自有白砂矼。白砂矼。

風泉九道落龍潭，飛過諸峰濕翠嵐。夢裏不知真瀑布，祇疑疏雨灑松杉。九龍潭。

白雲出入此峰門，人作韶陽雙闕看。何代雲根凝作石，穿雲直上翠微端。雲門。

白雲爲水水爲雲，萬壑千巖忽不分。三十六峰鳧雁似，天風吹去總紛紛。雲海。

從來狡獪是仙真，蟬蜕猶能作石人。相對峰邊疑綺皓，摩娑亦有老龍鱗。石人峰。

松作蒲團亦可眠，松毛短短軟於綿。一株倒掛懸崖上，望似蒼蒼一朵煙。蒲團松。

砂笋硫華氣易通，温泉迸出冷泉中。丹光一片含真火，萬樹梅花染盡紅。朱砂泉。

黄髮青笻逸興饒，攀躋不覺上雲霄。天教汝自羅浮至，添得黄山一鐵橋。

【箋】

鐵橋翁，即張穆。曾燦六松堂集卷十三，張穆遊黄山在庚申。此詩當爲康熙二十年寓居東莞時作。張穆現存畫作中無黄山組畫，當已佚。

畫蘭行

張公畫鷹勝畫馬，蘭竹尤精知者寡。蘭師乃是程六無，竹亦仲昭始能寫。寫成輒乞我題詩，墨花如雨争淋漓。我欲學蘭蘭不就，馨香難寄所相思。多日湘纍音響絶，紫莖緑葉無人説。枝枝畫出亦離騷，彷彿瀟湘見風雪。蘭膏細共露華滴，蘭芽亂向春泥茁。稛蘭一箭五十花，羅浮生長美人家。花多人疑是蕙草，花少乃是真蘭葩。爲蘭爲蕙總芳芬，蘭蕙繇來本一身。畫手寫多休寫少，一花即是一幽人。

【箋】

詩中「張公」，當指張穆。詩乃康熙二十年之作。

移家返沙亭賦贈家泰士兄 二首

親年若流水，喜懼兩交心。身許須他日，家移且舊林。君能衣彩筆，我亦食瑶琴。一自爲高節，窮愁共至今。

二月沙亭好，家家有蜀茶。閒持一尊酒，遍賞四鄰花。哀怨傷天性，沈酣答歲華。賢兄見春草，麗句輒相誇。

【箋】翁山於康熙十九年十二月返沙亭故居，據詩中「二月沙亭好」句，此詩當作於康熙二十年二月。

哭亡兒明道　辛酉　十三首

又忍西河淚，吾兹敢喪明。烏生餘一子，猿哭祗三聲。鞠育勞王母，孩提失所生。蟪蛄空九歲，無命養難成。

四歲嗟無恃，全憑祖母慈。甘瓜根蔕絶，老鳳羽毛垂。失乳身嘗病，雖貧學未遲。從予歷吴楚，黄口已流離。

萬里頻隨父，艱虞自幼齡。新歸作吴語，初讀喜葩經。筆札能多取，絃歌解細聽。童魂方二尺，可復伴囊螢。

庾信傷心極，庾信有傷心賦，悲二男也。勝衣恨二男。從來詞客淚，不獨爲江南。寫愛松煙好，餐餘荔子甘。亡兒先一日猶啖荔子二枚，猶乞祖母爲藏所用墨。東門難不哭，朝夕淚長含。

汝母知書甚，埋香已六年。黄泉今教汝，紫玉未還天。歸妹真無實，先是，予娶繼室季黎，筮得歸妹之上六。童烏不與玄。道香詩卷在，誰與守遺編。季黎所著詩卷名道香樓集。

返葬陪而母，淒涼向海雲。前爲西雁冢，亡女西雁乃王華姜所生。上是華姜墳。地下精魂聚，人間骨肉分。秦淮將漢口，相望在斜曛。亡次兒阿遂葬秦淮上，其母陳葬漢口之大别山。

一夕南禺桂，團團泣露華。芬芳終不實，摇落且無花。兆夢曾何益，當門未可誇。嘉名徒錫汝，吾母恨無涯。亡兒初妊，吾母夢有大桂當門。既生，因命小名曰阿桂。亡之三日，吾母始言其故。嗚呼！當門者，當吾門也。南陔之詩曰：「粲粲門子，如磨如錯。」今奈何先我而没乎！

爲爾應稽顙，雖殤是長兒。三號腸已絶，一痛暈雖支。老母憂勞早，皇天警戒遲。平生情太過，更在始衰時。

憶從南海帝，禱得石麒麟。德薄難留汝，門寒每畏人。先是，予禱波羅廟，因生亡兒。予以金大書「南海之帝」四字於額，以答神貺。徒然勞岳瀆，不得照星辰。夭折皆予罪，從何贖此身。

書聲猶在耳，課讀未從容。病後茹葷少，春餘衣袷重。參苓催命易，狼虎咥人凶。兒先十日夢有人屠其四體。不是聰明甚，從教學作農。

自損真何益，憑將慰老親。既然非我子，不若未成人。造物元相戲，空花豈是春。千秋亭下水，嗚咽莫沾巾。

兩年離祖母，苦憶故歸來。患難吾雖脱，饑寒汝可哀。如知應入夢，不忘更投胎。乞以愚終老，皇天不愛才。

五十方知慕，平生悔遠遊。徒令遲得子，豈有早封侯。鴻婦悲三喪，豚兒喜一留。自今王霸意，不敢愧黄頭。

【箋】康熙二十年哭其子明道之作。文外卷八四殤冢志銘：「兒曰明道，予妻東莞黎氏緑眉所出。黎亡之五年，而明道年九歲，以痢而死，時爲辛酉之五月。」

六月十八日作 二首

兒亡今一月，魂夢未曾離。淚落人争問，神傷自不知。才因妻子減，情以死生移。蕭颯秋將至，蘭摧剩一枝。

平生無一善，天意自如斯。老亦因哀樂，貧多損孝慈。鴟鴞頻取子，風雨未安枝。辛苦惟生計，無成值此時。

【箋】康熙二十年六月十八日悼其亡兒明道之作。見前詩箋。

後黄鵠操

辛酉夏，予長兒桂以患痢而没。其母，故黎氏孺人緑眉也。緑眉生有美才，能詩。年長，擇耦不嫁。華姜既没，予以禮求爲繼室。事吾母夫人備極色養，和柔端静，吾母以爲賢。没後而阿桂鞠育於吾母。年及七齡，從予自楚至吴，往返數千餘里，能言其山川風土，讀書歌詩，作吴儂語音，綿蠻清婉，以媚其祖母。祖母憐愛有加於諸孫。方以爲晨昏娱笑之具，皇天降毒，一旦又使夭殤。死其身，以死其母緑眉也。嗚呼，痛哉！至是而緑眉真死矣！昔也華姜亡，而其女阿雁從之；繼也姬人陳氏亡，其子阿遂亦從之；今阿桂也，於患難流離十死一生之餘，又復追從其母緑眉於六年之前也。嗚呼！母終而其子皆旋亡，豈皆以予爲不德而不能有其子乎？予自姬人陳没，嘗爲黄鵠之操，以寫其悲。今而又不能已於過情也，亦姑援琴爲後黄鵠之操云爾。

黄鵠兮汝本鳳凰，毛羽麗兮多文章。慕高義兮不字，盛年處兮閨房。天作合兮咫尺，忽與予兮頡頏。初筮得兮歸妹，予亦憂兮承筐。宜無實兮有實，果生子兮月望。甫三齡兮恃失，大母育兮無傷。於爾甘兮一味，食必同兮膏薌。夢當門兮桂樹，子碩大兮珠光。以嘉名兮錫汝，將見德兮芬芳。幸黄鵠兮遺汝，命已勝兮華姜。歲殷勤兮祭祀，將邀福兮泉壤。魂有知兮成立，魂無知兮夭殤。嗚呼，黄鵠有子兮汝猶不没，無子兮今汝其亡。嗚呼，有子無子兮，維予其皆不能忘。

【箋】據詩序及文外卷八四殤冢志銘，長子明道，即阿桂。詩當爲康熙二十年悼念亡兒而作。

河魨

今歲雨水傷，河魨人不取。食之死者多，價賤如泥土。所因胡蔓子，乘潦落江渚。河魨食而肥，其毒益在乳。乳甘且膏腴，滋味入肺腑。一臠能醉人，迷亂以無主。倉皇飲糞清，妻孥淚如雨。茭塘黄河魨，産婦云有補。相戒勿鮮食，去腸用爲脯。醋蒸勝雛鷄，薑桂十之五。風俗苦嗜之，臭腥遍閭户。亡命諸漁人，不用張網罟。河魨觸生鈎，一鉤輒無數。腹大似水泡，其性最暴怒。惡者更板牙，斑斑鱗且羽。河伯遣殺人，非惟作魚虎。口腹人所賤，況乃飽腐鼠。養小以失大，君子宜審處。區區此鯸鮐，安足供刀俎。

【箋】詩見詩外一，其前多首均康熙十九年作。此詩疑爲避地南還後作。姑次於康熙二十年春。

疊滘舟中春望作

喬木村村是木綿，荔枝林裏出炊煙。山痕青入寒天遠，水氣黄含落日鮮。一棹暮歸驚宿鷺，孤齋春卧畏啼鵑。江山如此無人恨，歲歲花開獨愴然。

【箋】疊滘，在今南海桂城鎮西。此詩當爲康熙二十年後館于五羊時作。

示洪兒 二首

汝齡方四歲，留命到明年。我自爲慈母，兒應得所天。一絲懸祖德，萬里返中田。安得而成立，衣冠在客前。

脆甚蘭方茁，成花未可知。絶無而父德，徒有阿婆慈。一妹生同月，雙兄死已期。祖先靈爽在，汝或得耆頤。

【箋】康熙二十年五月後之作。康熙十八年九月，翁山四歲之子明德夭亡。本年五月，九歲子明道又夭亡。翁山傷痛驚懼之餘，告祖先之靈保佑其子明洪，使之「得所天」也。參見文外卷八四殤冢志銘。

細月歌

兒明洪年四歲時，夜見太白形體大於羣星，有光閃爍，以爲細月也。予聞之失笑，爲作細月歌以示之。

有天將軍名太白，嘗配明月逐月魄。小兒不識是長庚，唤作細月笑賓客。青蓮小時月不識，白玉之盤向空擲。謂瑶臺鏡亦不然，鏡豈有輪大十尺。太白之星誠易知，穿入月中苦蠻夷。太白高兮中國利，金星但願出毋卑。汝今夜夜拜太白，朝拜啟明起莫遲。啟明多拜得聰慧，長庚更與命長宜。

【箋】康熙二十年示其子明洪之作。明洪生於康熙十七年二月（見文鈔卷七字八子説），是年四歲。

頻夢先嚴有作 四首

夜夜懷明發，先公夢寐勞。兒孤從少小，淚已盡莪蒿。

多難憑吾父，提攜在夢中。此身能老大，不敢恨途窮。

膚髮今如此，那能不辱親。夢中長痛哭，慚愧白華身。

五旬今有二，多父一年餘。先嚴以五十一歲終。不死如聞道，應能續易書。

【箋】

據「五旬今有二」句，詩當作於康熙二十年，時翁山五十二歲。

送賀子返維揚兼寄宋子 二首

爲有貪泉好，番禺盛客遊。海將珠母徙，天以石人留。寂寞勞相慰，歡娛得一秋。不堪揮手別，悵望是揚州。

故人惟宋子，意氣盡漸離。爾亦悲歌客，能憐畏約時。筑聲今絕代，劍術昔無師。歸去同樽酒，煩君道所思。

【箋】維揚，舊揚州府（今江蘇揚州市）别稱。賀子、宋子，皆未詳。詩外卷八此詩次於六月十八日作後，疑爲康熙二十年之作。

蟬

一聲風葉亂，教我草堂涼。不是居高樹，從何見夕陽。人疑流水至，天與露華香。清絶真慚汝，依依爲稻粱。

【箋】審其詩意，疑爲康熙二十年授經廣東督糧道耿文明署中時作，末二句蓋有感而發也。

爲浙東周秋駕壽並送其行 二首

自有浮生事，炎天歷歲華。青山空笑客，白髮未還家。養壽宜天姥，爲鄰定若耶。而翁年至百，傳爾有流霞。

湘湖餘我友，蔡大敬。雲卧不知秦。樹樹皆君子，峰峰是老人。君歸同白日，自可得長春。

坐見蓬萊淺，黄生海底塵。

【箋】康熙二十年作。文外卷二周秋駕六十壽序：「歲之辛酉，予與秋駕同館五羊。……方爲秋駕六十壽。」周秋駕，名未詳。浙江蕭山人。嘗從學于夏允彝、陳子龍，與夏完淳交善，亦遺民之流也。

授經耿參藩署中值其生辰詩以爲壽

白鷴亦作諸侯客，朱萼堪爲處子師。張仲頻來因孝友，徐襄長在更容儀。無爲豈敢言黄老，有位須教誦素絲。介福喜從王母受，堂前同慶月華遲。君與其母夫人生日皆在八月。

【箋】康熙二十年授經於廣東督糧道耿文明署中爲其祝壽作。阮元廣東通志卷四四：「耿文明，遼東人，官生，（康熙）十六年任督糧道。」康熙二十一年，蔣伊繼任督糧道。

贈邵湛生 時與邵君同授經

歡友相將此下幃，童蒙争拾杜蘭歸。楚人風雅多漁父，漢代春秋在白衣。東越暫爲南越客，白鷴終逐黑鷴飛。尉佗嘗獻漢高帝白鷴、黑鷴。時經堂有白鷴二，其一以翼長飛去。秋光萬里邀同賞，坐久天河影漸微。

【箋】

邵湛生，其人未詳，當爲與翁山同授經於廣東督糧道耿文明署中者。詩爲康熙二十年作。

賦答楚人陳子山　二首

白鷴生長二禺中，雄白雌朱與衆同。芝朮那能如一老，鷄豚未肯易三公。文章知己歡南楚，煙雨開帆恨大通。地名，羊城八景有「大通煙雨」。寄語武昌城畔柳，相思長繫鶴樓東。

兄弟君家不可當，長公人羨白眉長。三珠樹作題詩筆，八桂花爲奏事香。相父天南多教育，尊人爲廣東督學。留家湖北待迴翔。炎天六月難言別，相照冰心一片光。

【箋】

陳子山，名不詳。據「相父天南多教育」句及詩中小注「尊人爲廣東督學」，當爲廣東學政陳肇昌長子。阮元廣東通志卷四十三職官表三十四：「陳肇昌，湖廣江夏人。順治戊戌進士，（康熙）十七年任（廣東提學道）。」于覺世康熙二十一年繼任。審其詩意，當爲康熙二十年之作。

又答其弟仲夔 二首

揚鞭幾日别京華，吴下争看白鼻騧。劍客多生荆楚地，騷辭更在大夫家。同將孝友光南海，獨惜英雄老紫霞。兄弟六龍君第二，趨庭萬里慰公沙。

與我神交幾嘯歌，林宗郭皋旭，同出都至吴。一路話煙蘿。休言高尚皆金馬，亦有文章在玉珂。蘭草自爲王者出，羊裘終柰故人何。君家父子高臺閣，應念窮居著述多。

【箋】仲夔，即陳大章，號雨山。湖北黄岡人。康熙二十七年進士，選翰林館庶吉士。少侍父官粤，與梁佩蘭、屈大均、陳恭尹輩交遊。工詩古文詞，著有玉照亭詩鈔。大章爲子山仲弟，廣東提學道陳肇昌次子。詩當作於康熙二十年。

贈張十二 四首

君家賢從子，南士。嘗誦四愁篇。豈意隨仙吏，相逢在海天。風騷今幾變，金石爾相宜。樂府聲多楚，惟應知者傳。

往日稱詞伯，長州一廸功。徐楨卿。今君起吴下，亦可傲空同。家在闔廬苑，客遊扶木東。三閭乃騷聖，與子溯流風。

麗玉箜篌引，中郎黄絹辭。勞君抽象管，爲我弔蛾眉。花好難成子，桐孤未有枝。胡香求四兩，將以慰相思。君有詩悼予華姜。

朝露託桐葉，人生能幾何。須君東海月，長照北山蘿。二十已高尚，平生惟嘯歌。相期作嵇阮，飲酒養天和。

【箋】

汪譜引毛奇齡張南士墓志銘謂「南士以猶子官廣東鹽市司提舉，過其任所卒」，並考「康熙十九年至廿一年，廣東鹽課提舉爲張溱」。南士，即張杉。詩中張十二或即張溱歟？當作於康熙二十年。

送張南士返越州因感舊遊有作　十三首

可憐一片鏡湖水，祇有西施一浣紗。千載芙蓉爲誰發，君歸好上釣魚槎。

雪竇山人梁畊。去幾秋，彈琴東市亦風流。相思最是耶溪月，夜夜清光爲我愁。

談禪昔愛祁居士，駿佳。咳唾天花落石牀。自向花邊見天女，至今不散夢魂香。

雲門一老王亹。未龍鍾，七十能登秦望峰。一代遺民在禪寂，袈裟空掛六陵松。

處處沙場弔鬼雄，故人多在國殤中。錢郎纘魯。俠骨香猶在，誰葬要離古墓東。

悵望稽山宿草齊，故人朱士稚。墓在禹陵西。天生志士填溝壑，魂魄休爲杜宇啼。

梅市西邊秋水波，中丞祁公彪佳。懷石恨如何。公孫理孫、斑孫。愛我三閭裔，歲晏相邀卧薜蘿。

書臺寓山別業。此日委寒煙，鸞鶴飄零各一天。君去落花應自掃，時時石上作春眠。

汝亦多才似叔師，南方朱實寫離離。明年若在蕭山縣，莫把楊梅擬荔支。蕭山白楊梅最美，南士家蕭山。

薄暮人人待月華，三城争買素馨花。珠兒更比珠娘好，莫向耶溪苦憶家。

珠江江上盡花田，花似明珠彩縷穿。粤女將花圍寶髻，風流不到陸郎前。

汝度梅關越兩秋，乘桴幾盡海南頭。夜深欲見扶桑日，應上羅浮大石樓。

英雄淚盡此刀環，我欲浮家鏡水間。越女谿來天下白，憑君寄語苧蘿山。

【箋】

張南士，即張杉，四明（今浙江寧波市）人。毛奇齡張南士墓志銘：「康熙十四年，南士聞甡在汝寧，獨身持被而往，遇于城南。後五年，甡被召赴長安，而南士以猶子官廣東鹽市司提舉，過其任所卒。」李士楨撫粤政略載，康熙十九年至廿一年，廣東鹽課提舉爲張溱。翁山詩有句云「汝度梅關越兩秋」，陳恭尹獨漉堂詩集卷五輓張桐君注云：「令兄南士，名杉，客卒嶺上。」則杉未果歸而卒。詩當作於康熙二十年。祁斑孫，他本皆作祁班孫，今依康熙刻本翁山詩外。

徐君自江左來廣賦贈　二首

秣陵城北是花城，花到君家色倍明。黄菊去秋容我摘，白鷴今日逐人迎。秦時梅嶺猶天險，漢代崧臺亦帝京。憑弔定知紛涕淚，江南人物本多情。

牂牁一夕下炎天，珠浦維舟水驛邊。漢使光輝思陸賈，越王𨿅址在梅鋗。羅浮蛺蝶元稱鳳，南海菖蒲亦得仙。勝地招尋應不遠，城西即是素馨田。

【箋】審詩中「黄菊去秋」語，當爲康熙十九年寓居南京時事，此詩當作於次年。徐君，未詳。

柬徐君

五十方知學易高，神仙不復説盧敖。天開日月爲文字，人在雲霄是羽毛。太華寒泉雙玉井，徐，秦人。炎方碩果一蒲桃。蘄陽象旨知君得，白首無辭搦管勞。蘄陽郁彬如先生嘗夢真人潘茂名爲談周易，因著郁溪易紀，以授徐君及郭清霞。

【箋】

疑爲康熙二十年之作。　徐君，見前詩箋。

得郭清霞書言欲歸老羅浮詩以速之

已報羅浮四百君，君歸重挹翠氤氲。金精不嫁長被髮，玉樹無親但抱雲。象數早從仙易得，文章應使世儒聞。芙蓉砂好皆塵垢，丹竈何勞吐紫芬。郁先生既得真人潘茂名易學之傳，因建「仙易亭」以紀真人。

秦風最善詠蒹葭，我亦伊人在水涯。南越重來應有主，朔方一别遂無家。仙人棲託元東莞，令子絃歌是白華。同在瀟湘吾獨返，相思頻寄海天霞。君寧夏人，羈居東莞，甘貧樂道，兒女並不婚嫁，人以爲難。

【箋】

郭清霞，寧夏人。明末遊擊，隨孫傳庭。孫亡後，流寓東莞，以女嫁陳阿平，遂家焉。藥亭、翁山、獨漉皆與之交。　據詩中小注，此詩疑作於康熙二十年，與東徐君當相去不遠。郭清霞其時寓居湖南。

郭清霞久客常德山中詩以寄之

清高祇合漱朝霞，飄泊何須嘆暮花。日月亦爲天地客，山河未有帝王家。長臨澧浦因芳草，漸近黔陽爲好砂。幸得山深人跡少，不妨兒女似麏麚。

【箋】詩外卷十得郭清霞書言欲歸老羅浮詩以速之有句云：「同在瀟湘吾獨返，相思頻寄海天霞。」翁山於康熙十九年秋自湘返粵，詩當作於康熙二十年前後。

寄謝北流

北流爲政好，豈必學神仙。日夕臨勾漏，令人憶稚川。丹砂亦塵垢，白玉自貞堅。不見停雲什，相貽已數年。

【箋】北流，縣名，在廣西東南。縣境内有勾漏山。晉葛洪曾令於此。謝詮，字傅公，福建甌寧人。康熙十九年任北流縣令。

送人往依北流令

昔時勾漏縣，城在洞天中。山勢連都嶠，雲門出大容。仙人今作令，之子去從公。吾道虚無裏，丹砂笑葛洪。

【箋】

北流令，疑即寄謝北流詩中之謝氏。

聞張將軍爲僧賦寄

將軍一旦著緇衣，狐死頻令兔見幾。江左近辭高帝寢，武陵遥叩故人扉。故人，謂郭清霞，時清霞隱常德山中。半生春夢何曾足，垂老雲遊尚未非。富貴繇來多不義，定知回首淚長揮。

【箋】

張將軍，其人不詳。審詩意，當爲前明將軍也。翁山於康熙十九年自南京返粤，詩中謂「江左近辭高帝寢」，又據詩中小注「時清霞隱常德山中」，推此詩當作於康熙二十年前後，與寄郭清霞詩相去不遠。

沙灣作

青鏡休相照，愁人未有顏。年豐偏乏食，時至尚扃關。雪白花迷港，霜黄葉滿山。扁舟安所往，魚蟹足西灣。

【箋】

沙灣，地名。在番禺市橋西南十里。古時爲沿海沙灣，故名。其南有沙灣水道流出珠江口。

夜坐有懷二姑

新桐枝葉好，未夕白鷳棲。詎識離居者，含情花下啼。欲秋清露冷，將曙絳河低。不寐因明月，徘徊蓮葉西。

【箋】

二姑，指翁山之妾梁文姑、劉武姑，見佚文屈門四碩人墓志銘。審其詩意，疑作於康熙二十年秋授經五羊時。

秋日石門山房作

一葉驚山鳥，蕭蕭秋欲分。天寒難作雨，地濕易生雲。石氣衣裳透，蘭香几席薰。美人如玉魄，月下影紛紛。

【箋】

黄佐廣東通志卷十三輿地志一：「（南海縣）西北三十里曰石門山，兩山對峙如門，據南北往來之衝。」詩疑作於康熙二十年授經五羊時。

九月藥亭宅見梅

梅喜炎州暖，長開在菊前。年芳能自早，秋色爲君妍。朔雪從無地，南花更有天。忘憂須此物，泛泛酒杯傳。

【箋】

藥亭，即梁佩蘭，見送梁藥亭北上箋。疑此詩作於康熙二十年九月梁佩蘭北上赴試之前。

送梁藥亭北上

南爲天之陽，其人多文明。精神得日月，變怪成文章。朱火所沐浴，一一含珠光。蔽虧牂牁海，照曜祝融宫。朱明一洞穴，陰與衡岳通。祝融亦水帝，來治臨扶桑。文章作司命，吾黨所大宗。炎德在辭華，明明燭四方。雲漢同昭回，朱鳥分光芒。始自洪武初，五星會文昌。海隅作鄒魯，白沙應其祥。弟子王佐才，冠以梁文康。不草威武詔，以臣名君王。秦藩卻請地，正直持天綱。忠謨動武廟，相業高始興。蘭汀乃族孫，揚葩繼後行。藝林尊正朔，風雅何鏗鏘。其筆女珊瑚，其墨黄金璫。寫用鮫人綃，薰以鶴頂香。奇麗掩中原，鬱爲日南英。與師泰泉公，大小皆鳳凰。君今同一本，峨峨南海梁。明月出瓊蚌，朝霞吐神龍。丹山無凡羽，桂林多奇芳。六經乃神器，羽翼不敢忘。逝將嗣先美，令名流玉堂。努力就計偕，上書驚公卿。同里霍與倫，亦可相翱翔。伊予爲隱夫，未能垂素功。研精在神化，徒欲參羲皇。著述雖滿籯，不如君粃糠。及早得志歸，求我乎混茫。

【箋】梁佩蘭，字芝五，號藥亭。南海人。清順治十四年鄉試解元，康熙二十七年成進士，選翰林院庶吉士。不一年辭歸，結社廣州蘭湖，與諸名宿詩酒往還，寄情山水以自娛。里居十四年，奉詔赴京。翰林館散館試，以不習滿文被革翰林。不肯赴選中書舍人或知縣，南歸，逾年卒。藥亭與翁山、獨漉並稱「嶺南三大家」，著有六瑩堂集。詩爲康熙二十年冬送梁佩蘭北上赴試所作。陳恭尹六瑩堂集序：「辛酉之冬，藥亭將北上，率率刻其詩數十篇以行。予及同人集送六瑩堂。」

一冬

一冬嫌太暖，春至乃微寒。雷未三陽發，冰先十月殘。氈裘今歲賤，燈火昔年歡。嶺海誅求盡，哀鴻未得安。

【箋】詩疑作於康熙二十年居粵時。時南明唐王、桂王先後敗亡，三藩之亂甫息，嶺海久經戰亂，哀鴻遍野。

蘭溪童君以丹砂見贈兼示憶梅之作詩以答之

葛令當年惟服食，君今亦欲事丹砂。仙山更可棲浮岳，玉女何妨得鮑家。色似芙蓉非外物，光含日月是心花。故園梅發休相憶，且向炎天共歲華。

【箋】童君，其人未詳。據詩末二句，時正客居嶺南。詩外卷十此詩之前數首皆康熙二十年之作，疑亦作於是年冬。

答李緩山

昔在建陵時，與君嘗不寐。干將徒出匣，宰割難自試。紛紛駑駘者，千里先騏驥。君擊唾壺缺，酒酣益涕泗。神勇笑荆軻，乃爲燕丹使。不與漸離行，匕首無成事。沈沈夜漏長，棋局消神智。英雄亦反覆，一子勿倒置。亞夫苦持重，諸軍患兒戲。烏合取勝稀，皇皇徒逐利。壯心一日暴，十日寒頻至。拂衣沔陽湖，君歸如脱屣。賦詩向白蘋，垂釣持芳餌。雲夢吞吐時，洞庭爲酒器。遨遊至五羊，尋我屠沽肆。相見即言易，剥極見天意。乾坤一碩果，萬物所從始。貴以土德厚，栽培無老稚。相望及春陽，雲雨同行施。

【箋】李何煒，字緩山。沔陽人。順治九年進士，官黄巖令。以直道忤上官，貶廣西按察司經歷。詩疑作於康熙二十年前後，時翁山自南京歸粤，授經於五羊。

讀吴漢槎秋笳集有作　九首

吴江詞賦客，謫戍自丁年。淚漬松花月，愁深粟末煙。東隨射魚部，北盡落鵰天。弟子多蒙古，人稱教習賢。

黄鵠歌聲苦，何殊漢細君。蛾眉拋白草，鳳翮墮青雲。肉酪調齋飯，毛氊製戰裙。雪花如掌大，持打皂鵰羣。

戍邊同婦子，耕得橐駝深。白鹼含霜凍，黄沙捲日陰。柳間烹野馬，椵下掘人參。于軒多沾賜，牛羊一片心。

南望是遼東，穹廬接混同。鵰翎鋪屋白，馬乳點茶紅。夜夜哀笳裏，年年大帳中。詩篇傳種落，盡道漢兒工。

忽因長白賦，生得入渝關。都尉頻揮涕，丁零亦慘顔。未曾埋雪窖，不必示刀環。三百胡笳弄，都歸怨曲間。

烏龍嗟久戍，白鶴忽來歸。馬湩閼氏酒，魚皮韃子衣。髡鉗同蔡伯，涕淚似明妃。不盡邊秋曲，聲同笳吹飛。

未共黄榆老，容顔似夕暉。雖同翁主嫁，亦逐子卿歸。捲葉拋胡管，裁花著漢衣。喜無青草冢，寂寞在金微。

才子多無命，如君亦有時。千金生駿馬，百琲重文姬。篳篥羌人曲，琵琶漢代辭。何如君樂府，三復不勝悲。

庾鮑才華在，初唐汝更新。梅花金管女，木葉鐵衣人。一别鱸香水，重看鳳闕春。故園知己得，勿復怨沈淪。

【箋】

吴漢槎，即吴兆騫，見賦懷塞外友人箋。詩有「忽因長白賦，生得入渝關」、「烏龍嗟久戍，白鶴忽來歸」、「知園知己得，勿復怨沈淪」語，當作於兆騫得赦歸之後，姑次於康熙二十年。

壬戌人日前一日予得一子名之曰泰先是辛酉除夕有友人爲予筮得泰謂必生子故以泰爲名云 二首

吉日先人日，熊羆墮地聲。剛從正月長，泰作小時名。飲乳兼雙母，分書止一兒。婚時須舞象，吾亦七旬成。

五十又三時，生兒是次兒。承先曾四子，爲後且雙支。道長欣逢泰，文明望作離。阿孃珠在腹，每覺媚生姿。

【箋】康熙二十一年正月初六日，爲得次子阿泰作。阿泰名明泳，字乳泉，劉氏武姑出。翁山是年五十三歲。長子爲明洪。先是，有早殤之子明道、明德。故第二首前三句云云。參見文外卷八四殤冢志銘、文鈔卷七字八子説。

壬戌人日作 三首

何曾一日得爲人，五十三年未見春。人日休爲人日酒，年年人日總傷神。

閨人生日是今朝，花落蘭房久寂寥。十二年來罷人日，淚珠爲酒滴妖嬈。

江山雖好恨無人，不用鶯聲喚好春。人日與誰還燕飲，英雄一一作青磷。

【箋】康熙二十一年正月初七人日傷悼亡妻王華姜之作。翁山佚文屈門四碩人墓志銘：「王氏，字華姜，榆林人，生丙戌正月七日。」

春人曲

春從江上至，先入美人心。笑是桃華好，愁惟綠草深。竹枝傳舊怨，團扇寫新吟。欲寄離居者，殷勤託翠禽。

【箋】

詩外卷七此詩次於壬戌人日前一日予得一子……後，疑亦康熙二十一年前後作。

舟入陳村有作

山光因雨發，林氣得風清。啼鳥元無意，當春自有聲。溪隨花路遠，雲向水村明。一棹斜橋外，歸時月已生。

【箋】

廣東新語卷二：「順德有水鄉曰陳村，周回四十餘里，涌水通潮，縱横曲折，無有一園林不到……居人多以種龍眼爲業，彌望無際，約有數十萬株。荔支、柑橙諸果，居其三四。……又嘗擔負諸種花木分販之。」　詩外卷七此詩次於春人曲後，當亦康熙二十一年春作。

春日懷故園作

春光生雨後，萬象喜新晴。霧以南風盛，雲含朔雪明。江干愁作客，谷口憶歸耕。十畝無先業，終懷鴻鵠情。

【箋】

康熙二十一年春居五羊時懷故園之作。

髮白

髮白愁兒女，情多愧聖賢。無成非事業，不病即神仙。孔雀沙爲浴，梅花石作田。河清如可俟，堅臥更三年。

【箋】

此詩疑爲康熙二十一年居五羊時作。

喜白上人至

春寒因有雨，冬暖竟無冰。天向炎方變，人愁毒氣蒸。鶴來明月寺，花寄白雲僧。二月山如錦，如何興未乘。

【箋】

白上人，未詳。疑亦作於康熙二十一年。

哭顧徵君寧人　炎武　四首

幽燕久客似遼東，絮帽天寒苦朔風。飛兔有人還不帝，伏龍於爾獨稱公。白頭無子遺書散，黄石多年故冢空。留得孝陵圖記在，教人涕淚哭遺忠。君有孝陵圖及昌平山水記。

昌平山水是天留，海岳朝宗此帝丘。一代無人知日月，諸陵有爾即春秋。書生得盡惟哀痛，故老難存苦白頭。遺骨故應園下葬，年年天壽守松楸。

招魂不返恨天涯，旅櫬空歸葬海沙。楚國兩龔長不食，淮陽一老久無家。蒼松歲晚孤生苦，白鷺天寒兩鬢華。聞道五經多註釋，不知誰爲作侯芭。

登高憶共雁門間，北望京華灑淚還。白馬小兒猶漢殿，青牛老子已秦關。河聲不解消長恨，山色惟知老玉顔。耆舊秪今零落盡，北邙松柏爲君攀。

【箋】

康熙二十一年哭悼友人顧炎武之作。顧炎武，原名絳，字寧人，號亭林，自署蔣山傭。江蘇崑山人。少時參加復社。清兵南下，其母絶食殉國，遺命勿事二姓。魯王時，嘗與歸莊參與抗清，事敗，奔走南北，力圖恢復。康熙十七年，詔舉博學鴻詞科，次年復詔修明史，大臣争薦之，並力辭不赴。康熙二十一年正月，以布衣卒于曲沃。炎武精力絶人，學問淵深，凡國家典制、郡邑掌故、天文儀象、河漕兵農、諸子百家、音韻訓詁等，無一不精。著有亭林詩文集、日知録、天下郡國利病書等。全祖望有顧先生炎武神道表，清史稿、清史列傳皆有傳。

壬戌清明作

朝作輕寒暮作陰，愁中不覺已春深。落花有淚因風雨，啼鳥無情自古今。故國江山徒夢寐，中華人物又銷沈。龍蛇四海歸無所，寒食年年愴客心。

【箋】

康熙二十一年清明哀傷故國之作。

林赤見以穀皮紙見贈予將以爲衣賦詩志喜

山中尊野服，穀紙亦宜人。吾粵多奇布，無如此更珍。染成黄栗色，裁稱白華身。感子持相贈，輕寒及暮春。

【箋】

林貽熊，字赤見，號槮園。東莞人。康熙三十二年舉人。官山西長治知縣，擢陳州知州。會鄰邑解囚至州，越獄，坐累罷歸。著有行素堂詩稿。穀皮紙，即穀樹皮所製之紙。陸璣毛詩草木鳥獸蟲魚疏：「穀……今江南人績其皮以爲布，又擣以爲紙，謂之穀皮紙。」此詩疑作於康熙二十一年暮春。

春思

毿毿西苑柳，拂水最多絲。歲歲嬉春節，風流不自持。無人猶獨舞，有客正相思。欲折長條寄，天涯不可知。

【箋】

此詩及以下數首疑作於康熙二十一年春。

黄鳥

依依窗柳下，黄鳥解親人。有意頻催曙，無情亦怨春。髻沾紅雨濕，衣染緑煙匀。絶似吾嬌女，綿蠻語不真。

聞人述鹿馬山感賦

山在昌平州之南，乃田貴妃所葬。甲申三月，烈皇帝后崩，其遺臣某因啟貴妃冢而葬二梓宮其中。予嘗爲西山口攢宮七言詩三章，今復弔以五言一章云。

如何龍鳳穴，乃在貴妃園。君弑難書葬，臣亡莫報恩。三良惟内使，謂王之心也。二井東、西井也。自高原。杜宇聲聲血，行人久斷魂。

【箋】

鹿馬山，又稱錦屏山、錦壁山，原有田貴妃墓穴。明遺臣襄城伯李國楨求李自成禮葬崇禎于此。清順治元年仍于故穴改葬，稱爲思陵。

雉子　二首

斑斑雙雉子，一者白花男。並蒂蒲桃髻，連枝玳瑁簪。鸚哥懸彩架，荔子貯花籃。日夕供孩笑，蘭飴祖母含。

兄妹生同月，堂前五見春。明年從外傅，不日望成人。黎錦裁衣艷，洋珠作帽新。争花喧未已，呵喝忍教頻。

三字經頻教，童蒙正可求。聰明如有種，典籍即無憂。舐犢情雖切，聞鷄舞未休。及時完子女，鞭弭遍神州。

【箋】康熙二十一年爲其子明洪、女明洙作。文鈔卷七字八子説：「四十有九所生則明洪也。」詩外卷十小兒小女：「小兒小女五齡同，戊午同生二月中。」明洪，梁氏文姑出。長女明洙，劉氏武姑出。

稚子

丫角半垂絲，蠻花大於髻。雙行桃樹間，婀娜才五歲。

【箋】

據「雙行桃樹間，婀娜才五歲」句，當亦康熙二十一年寫其子明洪、女明洙之作。參見雉子箋。

小兒小女

小兒小女五齡同，戊午同生二月中。朝夕甘肥分祖母，東西流落逐而翁。方離襁褓休催老，未教詩書且養蒙。角髻青絲雙繞膝，平陽衣緑伯禽紅。

【箋】

戊午至壬戌五年，詩乃爲明洪、明洙作，見雉子箋。

小兒

小兒雙角髻，狀似折腰菱。欲與簪花朵，葳蕤恐不勝。

【箋】

爲其長子明洪作，約寫於康熙二十一年前後。

四雛操

嗟四雛兮，二男二女。咸嬰孩兮無知，未委兮其虎與鼠。朝無食兮酸啼，數顧視兮筐筥。爲廉士兮不仁，吾過高兮累汝。彼墨台之殉潔兮，亦薇英之獨茹。豈妻孥而同饑兮，爲西山之土苴。吁嗟乎，膏粱吾不知求兮，文繡吾不知與。徒著書兮滿家，不能易兮一肥羜。既遭時兮不祥，分吾生兮終窶。熬文章兮爲糜，是吾心兮所組。化呱呱兮爲蠹魚，飽六藝兮以孳乳。天下皆晦盲兮，吾多學兮焉補。欲號泣兮困窮，天地豈吾兮公姥。彼鴟鴞兮肆虐，將切鸞皇兮爲脯。返巖穴兮深潛，與骨肉兮爲土。已矣乎，孔雀愛其珠尾兮，山鷄惜其文羽。寧網羅之見罹兮，不忍濡夫微雨。

【箋】

汪譜次此詩爲康熙二十五年之作，誤。「四雛」，指翁山長子明洪、次子明泳及長女明洙、次女明涇。明洪生於康熙十七年，明泳生於康熙二十一年。長女明洙與長子明洪同生康熙十七年二月，次女明涇康熙十九年生於南京。據字八子説，翁山在康熙二十二年五十四歲時生三子明治，詩當作於三子出生前，即康熙二十一年。

贈别徐子卿 三首

君亦襄陽隱，山民是小龐。田園無素業，煙水且炎邦。漢月懸銅柱，蠻花撲玉缸。荔枝歸獻好，賢父望三瀧。尊人蘭生先生，丙子孝廉，有高節。

沐犢猶無匹，牽牛已有期。時將七夕。朝飛憐雉子，夕寢憶熊羆。粳稻全收日，芙荷半落時。涼風休得早，吹白鬢邊絲。

共是單家子，棲遲日以貧。黄香無大袴，徐庶有疏巾。蟬飲惟清露，魚行衹白蘋。而翁早高逸，吾道在遺人。

【箋】

徐子卿，徐之瑞子。據詩中所述，時遊嶺南「三瀧」將歸。粤有二「三瀧」：一指羅定、東安、西寧；一指樂昌三瀧水，疑指後者。徐之瑞，字蘭生。仁和人。明崇禎九年丙子舉人。入清後，遯居北烏山。有司推選，不行。浙中以與汪渢、萬泰、巢鳴盛並稱爲四先生。其詩以樂府見長，身後稿卷盡佚。詩疑於康熙二十一年初秋。

魏少府自惠陽移攝端州贈之

豐湖在惠州。絶似鏡湖在山陰，魏家在其上。開，秀色全當郡閣來。露冕未曾經象嶺，在惠州，魏至惠州旬日，即赴端州。冰壺又復向崧臺。在端州。股肱南越難高卧，膏潤炎天易見才。廉似孟嘗誰不羡，端溪今亦有珠胎。

【箋】阮元廣東通志卷四十九：魏起，浙江人。康熙二十一年任惠州府同知。少府，指同知之職。詩中有注云：「魏至惠州旬日，即赴端州。」則詩當爲康熙二十一年所作。

贈孔令 二首

嗟君作令樂昌城，可似三瀧水至清。黄帝方書須變化，素王苗裔必神明。丹砂縱好非仙物，紫菊頻香是玉京。聞道靈溪多美釀，持來應著葛巾迎。

韶陽山水首瀧中，趙尉城臨武水東。几席未能留孺子，干旄應復過君公。天生鸞鶴元無食，人被芝蘭尚有躬。珠浦帆開頻送送，循良期與建元同。

【箋】孔令，指孔樵嵐。孔尚任族侄孫。順治三年生。曾在泰州做小官，康熙二十一年任樂昌縣知縣。孔尚任有樵嵐生日、送家樵嵐南旋詩，又有侄孫樵嵐母壽序、又有迂立堂詩序一文，可知孔樵嵐有迂立堂詩。陳恭尹有送孔樵嵐入都、贈孔樵嵐送友之關外戍所詩，梁憲有寄樂昌令孔樵嵐詩，陶葉有聞孔樵嵐營北海書院東之詩，卓爾堪送孔樵嵐河南看花詩。事見孔尚任湖海樓集卷五。文外卷九書藍公漪册子：「歲壬戌，友人孔君將往樂昌署縣，予書『武溪亭』一扁贈之，使縣之瀧口，并屬其疏鑿六瀧，以利舟楫。於是孔君邀予與之同行。」查阮元廣東通志卷四十七職官表三十八，康熙二十年至二十三年，樂昌知縣爲邢士麟，無孔姓者。殆孔爲署縣，故表中缺載。

二禺

南禺峰與北禺齊，絶壁交飛萬仞梯。帝子簫聲殊未絶，松風吹水暮淒淒。

【箋】廣東新語卷三：「自英德至清遠有三峽，一曰中宿……其在中宿者，有南北二禺。南禺峰三十有六，北禺少其四。峰峰相抱。」詩乃康熙二十一年遊樂昌途中作。參見康熙元年詩禺陽箋。

香爐峽謁惠妃虞夫人祠

夫人虞氏，英德人。唐末與黄巢戰，勝之，尋陣殁。宋嘉定間，敕曰：「夫人生能摧黄巢之鋒，殁能制峒蠻中之寇，封爲正順夫人。」樹碑於廟。

南越自來多女將，虞夫人與冼夫人。英雄此日誰男子，戰鬥於今盡亂臣。峽口香爐含烈氣，沙邊石馬起高塵。惠妃名號榮巾幗，再拜祠宫薦白蘋。

【箋】廣東新語卷三：「自英德至清遠有三峽，一曰中宿，一曰大廟，一曰湞陽。大廟介二峽之間，尤險狹。……大廟峽一曰香爐，當虞夫人廟右。有一峰狀若香爐，故名。」又卷八：「有曰虞氏者，英德之虞灣人。唐末，黄巢破西衡州，虞夫爲寨將，與賊酣戰而死。虞躬擐甲胄，率昆弟及鄉人迎戰。賊敗去，虞亦死焉。其後兵傜爲亂，每見虞朱衣白馬率兵而來，賊輒驚潰。嘉定間，敕曰：『夫人生能摧黄巢之鋒，殁能制峒蠻之寇，封爲正順夫人。』立祠香爐峽中。」詩爲康熙二十一年應邀遊樂昌期間作。

鐃歌

黄巢凶鋒不可當，女之將軍扼其吭。賊過三峽苦天險，紛紛壁壘横中央。七十二峰遍戈戟，南禺北禺成沙場。錦袍玉貌勇無敵，巾幗之氣何飛揚。丈夫戰死讎必報，要令賊血流湯湯。手提虜奴一大首，暮懸中宿朝湞陽。士爲夫人争飲血，女爲夫人争裹瘡。戰酣不知螓首落，可憐夫婦皆國殤。雄姿颯颯動揚越，殺賊誰似英州娘。獨眼之龍威西北，豈知南有雙鴛鴦。雲旗風馬每倏忽，在彼在此皆故鄉。浛洸廟貌與麻寨，俎豆到處陳馨香。嘯吒英豪衆魂魄，重來報國封龍驤。女中桓文盛勳業，還如冼氏興高涼。

【箋】此詩詩外不收。録自文鈔三大廟峽虞夫人碑。見香爐峽謁惠妃虞夫人祠詩箋。

自清遠上三峽口號

生竹青青作挽强，牽過七十二峰長。峽口灘高憂挽斷，三朝不得上湞陽。

灘高峽小是湞陽，三峽無如此峽長。一路天梯攀不盡，鷓鴣還與斷肝腸。

【箋】廣東新語卷三山語三峽：「自英德至清遠有三峽，一曰中宿，一曰大廟，一曰湞陽。」詩當爲康熙二十一年應孔君之邀遊樂昌途中作。

銀瓶灘口號

銀瓶不解瀉流霞，春水空然滚白沙。如此風波宜一醉，醉眠江底眼生花。

【箋】廣東新語卷三：「自廣州而上先中宿……有名銀瓶釣絲灘者，則歌曰：『大銀瓶，小銀瓶，酒香魚味美，沈醉卧沙汀。』」詩當爲康熙二十一年應署樂昌縣令孔君之邀遊樂昌途中作。

上釣絲灘歌

天晴釣絲短，天雨釣絲長。但求灘水滿，不用鯉魚嘗。

英德舟中與孔君弈

舟繫湞陽夜欲分，楸枰子落半山聞。宣州太守吾無用，欲得君邊一片雲。時孔君得一英石，名曰「卧雲石」。

【箋】

孔君，見本年詩贈孔令箋。此詩當爲康熙二十一年遊樂昌途中作。

宿乳源道中

馬度橋南石路平，黄昏未到乳源城。山樓一夜驚寒夢，不辨松聲與水聲。

【箋】

詩當爲康熙二十一年遊樂昌途中作。見本年詩贈孔令箋。

連州舟中 二首

六月湟川道，舟行奈熱何。三朝三峽在，一日一灘過。力盡因拳石，心驚豈怒波。炎風吹不動，片席礙藤蘿。石垂太古乳，泉濺半天花。倒插雲根亂，橫開水口斜。聞聲知瀑布，望氣識丹砂。勝地堪棲隱，吾茲鬢有華。

【箋】康熙二十一年六月作。時應樂昌吏孔君之邀遊樂昌，途經連州。

上瀧謡

上瀧下瀧舟不同，雙船與石相争雄。我行亦與篙人似，半在船中半水中。船有雙、單之名。

【箋】廣東新語卷四：「昌樂瀧，在樂昌縣西北六十里。自瀧口以上至平石，凡有六瀧。……六瀧又以穿腰爲大，予有瀧中號子云。」詩當爲康熙二十一年應邀遊樂昌之作。

樂昌水漲

春水三瀧發，驚流兩壁飛。蹴天過疊嶂，灑雪亂晴暉。樹影連城暗，猿聲出浦微。幾時捐世事，來此坐漁磯。

【箋】汪譜編於康熙十二年冬，謂爲大均入湘從軍途中作。然詩有「春水」之語，似非冬景。姑定爲康熙二十一年遊樂昌時作。

夫溪曲 二首

夫溪在仁化縣東北百里，昔有戍婦送其夫至此，哀動行路，故以名。

夫溪溪水水分流，流向東西似御溝。恨絶當年征戍婦，潮痕長與淚痕留。

鴛鴦不向此溪遊，豈有鴛鴦得白頭。溪水不將濃淚去，淚紅長似落花浮。

【箋】夫溪，今名扶溪。康熙二十一年應邀遊樂昌期間作。

題李韶州種竹圖

韶陽幾載行無事，九郡如公真卓異。手種篔簹翠映空，鸞凰欲爲神君至。琅玕截取作清簫，吹出元音滿紫霄。冉冉重華仙馭降，紛紛韶石彩雲朝。九成臺畔行春早，甘雨隨車禾麥好。孝慈更使竹多孫，六縣謳歌慰尊老。朱轓露冕下佗城，貴倨應深捉吐情。有道豈須姝子告，多文猶恐使君輕。

【箋】

李煦，滿洲正白旗人，祖籍山東萊州。字旭東。士楨子。初入内務府爲包衣，歷官内閣中書，康熙十八年任韶州府知府。後官至户部右侍郎。雍正初，定爲奸黨，死於戍所。事見事見王利器李士楨李煦父子年譜。

送楊別駕返雲間

雲間曾至季鷹家，白白鱸魚出淺沙。四月紫蒓復肥美，盤中不數龍孫芽。君自九峰至南越，梅花何似泖湖月。三年佐郡傍臺關，大庾之山嘗拄笏。還家且向吴淞居，爲政心閒在讀書。故人石父謂王蒲衣。長思爾，會有相思託鯉魚。

【箋】

楊別駕，其人未詳。江蘇雲間人。據「君自九峰至南越」、「大庾之山嘗拄笏」句，其人曾爲粤北郡佐。詩疑作於康熙二十一年遊樂昌時。

秋夕懷歸有作

秋從梧竹起，一夕作秋聲。葉亂偏宜雨，蟲悲欲到明。將歸愁遠道，未老厭浮名。耿耿兹魂夢，何因向穗城。

【箋】疑作於康熙二十一年秋遊粤北時。

始興江口

梅嶠春生霹靂泉，流爲湞水欲浮天。新篘正有桃花酒，溪女鮮魚衹百錢。

【箋】始興江口，在始興縣境。汪譜定此詩爲康熙二十一年之作，姑從之。

燕子泉

燕子泉，在翁源治之右，春出秋伏，與燕子同來去，故名。

秋去春來同燕子，翁山山下一蒙泉。八泉與爾同天一，流出千巖萬壑煙。

【箋】康熙二十一年應邀遊樂昌期間之作。

堂上行

堂上老人七十九，絶似麻姑能飲酒。白髮垂垂亦至腰，梳頭輒命梁鸞婦。小婦鸞鷄鷄頗肥，大奴斸筍未曾稀。果甘最愛芭蕉實，花好時簪茉莉圍。當軒一樹沙梨熟，男女孫雛分亦足。畫眉兩兩鬥歌聲，藧草紛紛爭一束。驥子先教三字經，熊兒早誦九春曲。春來日比人間長，舉杯勸日休飛光。聽泉之妣百有四，滄洲處士八旬强。我今母子如能似，亦爲吾族一禎祥。

吾十一世祖妣周，聽泉處士之配也，年百有四歲。子滄洲，時八十餘歲。

【箋】

此詩首句謂「堂上老人七十九」，據陳恭尹康熙二十三年所撰之壽屈母黄太夫人序，稱屈母是年「八十一大壽」，可知此詩乃康熙二十一年之作。汪譜此詩繫年重出，既繫於康熙十二年，又繫於康熙二十一年，當以後者爲是。

谿來曲 四首

谿來巫峽女，本是楚山雲。十二碧溪裏，何峰不似君。朝朝香彷彿，暮暮夢氤氳。玉佩難要結，人神道自分。

霜鬢欲成絲，多因生別離。無情是瑶瑟，未及曲終時。魂夢滿三楚，雲山紛九疑。天邊無限樹，總是一相思。

猿嘯有時斷，其如溪水聲。潺湲將客淚，日夜向江城。一自美人別，三逢秋雁征。寄書無處所，腸斷玉琴情。

江皋休悵望，煙樹最迷人。彼美如秋水，相思在白蘋。彩雲一以化，香草更無春。白首多哀怨，無端爲雒神。

族兄鳴生翁八十有一生日口占爲壽　四首

地當南極老人多，況復沙亭滿太和。兄在吾宗今最長，千鍾將奈壽星何。
兄采芝華弟采薇，薇香不似紫芝肥。衣冠甚偉他年得，與爾同扶鴻鵠飛。
君年一百還餘九，是我如君八十時。倘得杖朝兼杖國，求兄海上與安期。
今宵祇有歲星明，織女銀河渡未成。欲爲吾兄酌天酒，碧梧枝上露華清。兄生在七夕。

【箋】

屈鳴生，翁山族兄。據「君年一百還餘九，是我如君八十時」句，翁山自謂己如鳴生八一歲時，則鳴生爲一百零九歲。以此推知，鳴生當長翁山二十八歲，此年翁山爲五十三歲也。詩作於康熙二十一年七月初七。

贈水巖硯與韜荒

一片九淵質，摩娑真氣蒸。端方山岳立，温潤水雲凝。洗滌防兒女，提攜得友朋。贈君歸著作，世世寶相承。硯向寄盛南樵家，故有第六句。

【箋】廣東新語卷五：「水巖在老坑之内，宋治平中於此采硯。」「水巖石停墨不乾，墨著筆端即起。」「墨如雲氣蒸湧，少研即滿。」水巖硯爲端硯之極品。韜荒，即查容。查容於康熙二十一年間入粵，此詩亦當作於是時。

觀象作

勸汝長星酒一杯，何勞空指白龍堆。乾坤自合歸沙漠，日月從教在草萊。

【箋】清史稿天文志：「（康熙）二十一年七月己巳，彗星見北河之北，色白，尾長二尺餘。」

紫蘭

小小春萌即作花，心中抽出紫莖斜。真同蘭蕙爲香祖，絶似瀟湘帶露華。深淺總分紅翠色，芬芳長在美人家。淩朝摘去愁纖手，取向窗前傍緑紗。一名翡翠蘭。紅翠者，翡翠之别種。

【箋】紫蘭，一名墨蘭，其花多紫墨色，粵地多産之。

季偉公贈我朱子綱目詩以答之

春秋之後有綱目，有如日月光相逐。月光元自日光來，紫陽一日三膏沐。地義天經總在兹，温公書法不曾知。背秦豈合誣周赧，篡漢那堪獎魏丕。昭烈一隅元正統，武侯六出本王師。亂臣賊子不誅滅，黄初卻在建安時。筆削無過助兇逆，褒貶乃自行阿私。牝鷄亦可當尊位，呂武紀年此何義。英宗忽使考仁宗，父子可憐名實戾。真是尼山一罪人，紫陽不出無天倫。冠履一朝辨上下，血氣自此知尊親。史中有經何精粹，素王宗子真無墜。此書君乃肯相貽，誦讀自今忘夜寐。年來辭賦已無心，早歲春秋元有志。書法祇今在草野，一部成仁吾史記。上師尼父下紫陽，空名不敢遺天王。天留一島作華夏，茫茫海外長相望。

【箋】季偉公，即季煌。詩有「天留一島作華夏，茫茫海外長相望」語，似爲寄望臺灣鄭氏之作。詩當作於康熙二十二年鄭克塽降清之前，姑次於康熙二十一年前後。

招黄山汪子扶晨 扶晨，别號梅旅，比以紫霞茗見寄 二首

紫霞春片寄來新，慰我高堂八十人。山水不知爲道苦，鶯花亦笑著書貧。月明天外元非物，雲落人間即是塵。魂夢正牽梅旅客，幾時來訪石門津。

桃花潭水似情人，流出霞山萬古春。金粟至今爲太白，青蓮自昔愛汪倫。詩於黄海辭多怪，酒是潛溪味更真。渺渺煙波愁不見，珊瑚千尺待垂綸。

【箋】康熙二十二年招黄山汪士鋐之作。詩中有「慰我高堂八十人」句，翁山之母是年八十歲，見本年詩壽母箋。

查君來自黔中贈之

憐君萬里事孤征，艱難來自黔陽城。黔陽乃是煙霧海，天無三日能乾晴。雨師最好黔陽地，霡霡濛濛豈天意。三年未洗戰場紅，紅滿黔陽皆血淚。啾啾新鬼多王侯，可憐白骨成山丘。英雄豈合建大義，殺身自古因春秋。水深火熱天所喜，湯武之師皆逆理。君臣一炬謝生靈，

赤縣神州終已矣。君向黔陽弔戰場，仲家黑白邀壺觴。腐肉之中相飲食，烏鳶往往争肝腸。争肝腸，中有馨香是國殤。生降差比都尉强，君行莫與别河梁。

【箋】

查君，即查嗣瑮，字德尹，號查浦。浙江海寧人。慎行之弟。少受業于黄宗羲，工詩，著有查浦詩鈔等。德尹於康熙二十二年癸亥自黔中入粤，匆匆即去。汪譜次翁山此詩於壬戌，未知何據。

贈别查德尹

君之父與兄，與予相友善。父也歲寒姿，柯條蒙雪霰。松柏天所私，青青長不變。大冬愁凝陰，微陽難與戰。潛神在九淵，龍蠖誰能見。我亦款冬花，苦寒相婉孌。春日未載陽，甘同萎草賤。相别未幾時，溘焉朝露先。豈謂覯夫君，先人儼顔面。彷彿黄鐘聲，有光目流電。肥瘠亦不殊，天形妙相踐。長短争秋毫，鬒少亦連卷。識者盡驚喜，性亦同狂狷。文章若孔鸞，珠毛相貫串。黄者如金錢，白者如綃練。自鑄偉麗辭，六藝作釵釧。吟言自迴環，不嫁惜嬋媛。盛飭將有行，未能舍環瑱。太素在中央，絺繡四爲緣。易爻尚白賁，詩風後繪絢。先公所教勅，夙夜惟經傳。明將於國雍，寫書自供繕。貽我外家語，摩研當無倦。

【箋】

查德尹，見本年詩查君來自黔中贈之箋。詩爲康熙二十二年五月贈别查嗣瑮之作。

求二橋山人畫三閭大夫像

先生懷姱節，寤寐見古人。淩朝漱九陽，爲予貌靈均。曲眉象珠斗，姣衣飄春雲。雲中嫣含笑，望如扶桑君。正氣得所繇，變化皆吾真。下爲蘭杜滋，上爲日月陳。予其虛以待，鬼神將來奔。其小入無内，其大廓無垠。

【箋】

羅浮山有上鐵橋、下鐵橋，二橋山人，指張穆。汪譜次此詩爲康熙二十二年作。文鈔卷一三閭書院倡和集序：「予于廣州城南得陋室數椽，即以爲先大夫三閭書院，奉三閭畫像其中，而以宋玉、詹尹、漁父爲配。」

鴛鴦蓮 友人池蓮，歲癸亥，有一花色兼紅白，以「鴛鴦蓮」名之　二首

雄白雌朱一朵中，鴛鴦共命恰相同。東家傅粉嫌全素，北地調脂愛半紅。池滿絶愁羅襪濕，

月明頻使玉壺空。田田葉裏開無數，獨爾雙飛入蕊宫。豈知花亦有鴛鴦，一朵中分兩色香。半染朱霞爲面貌，全裁白雪作衣裳。心含甘苦無雙薏，蕊結氤氲總一房。世上芙蕖那有此，多疑雒女弄新妝。

【箋】據詩題附注，當爲康熙二十二年之作。陳恭尹有梁顒若池中蓮開一花紅白各半索賦詩。梁觀，字顒若，號虚齋。南海人。士濟之子，貢生。遭亂後移居順德邑城，構西山草堂，吟詠其中。著有虚齋集。

壽母

文武道未墜，聖謨何洋洋。我生獲胎教，少小修天常。早歲負劍遊，所希應帝王。天命在庭闈，賢母知廢興。年今至八旬，靈壽自翺翔。岳蓮標獨幹，婺星流孤光。母爲飛鵲鏡，子爲蛾眉妝。形影不相離，從今至千霜。

【箋】文鈔卷二先夫人祔葬記：「先夫人大暮，不幸年僅九十，而大均則六十有四也。」屈母年二十六生翁山。詩中云：「年今至八旬。」屈母八十歲，翁山當爲五十四歲。作於康熙二十二年。

家園示弟作 二首

不能長教育，慚愧作人兄。世亂詩書廢，家貧骨肉輕。無荒耕種業，且得水雲情。努力持門户，予方事遠征。

壯志難凋落，名山且隱淪。登臨非孝子，騷些豈先臣。朔雁能隨暖，南花不待春。明年逢甲子，日月喜重新。

【箋】

據詩中「明年逢甲子，日月喜重新」句，當爲康熙二十二年之作。

五十四歲自壽歌

西樵七十有二峰，東樵四百三十二。峰峰吾皆居一年，不覺年今五十四。明年又復居西樵，一年一峰吹玉簫。但教七十二峰遍，便與仙人上紫霄。

【箋】

康熙二十二年九月初五日自壽之作。

垂老　三首

垂老心多憂，飲酒未嘗旨。上憂憂老親，下憂憂稚子。稚子始匍匐，其一六齡耳。長者及九齡，已赴黄泉矣。次者葬秦淮，下殤以瘡痏。兩女亦嬰孩，飢寒殊未已。呱呱滿膝前，無錢致餅餌。我生拙經營，甘貧已三紀。采薇成不仁，潔身累妻子。誰使廉夫剛，鮑焦終槁死。

死者日以安，生者日以危。旻天何不怙，人命輕如泥。玄雲一蓊鬱，白日去安歸。長夜終不晨，膠膠勞鳴鷄。我生慕夷皓，垂老益調飢。苦節同妻孥，捃拾難自資。絮巾布襦裙，單複亦隨時。薄饌薦先公，淚下如綆縻。不義而富榮，毋乃辱親爲。

衣敝何嘗補，履決何嘗組。勉力糜粥間，艱難事慈姥。叱咤及犬鷄，親前敢有怒。深愛在婉容，白頭若孩乳。有婦布襦裾，割烹未爲苦。膝前黄口兒，不使分餘脯。

【箋】

「稚子始匍匐，其一六齡耳。」當指明洪、明泳。詩爲康熙二十二年所作，明洪是年六歲。「兩女亦嬰孩」，指明洙、明涇。「長者及九齡，已赴黄泉矣」，謂明道，九歲以痢而早夭，見文外卷八四殤冢志銘。

贈前端州張君

太守崧臺振玉珂，端江一道滿恩波。清涼尚有棠陰在，遺佚其如柳下何。楚霧沾濡愁日少，秦風慷慨感秋多。哲兄勳業河西盛，歸聽甘州唊紫駝。

【箋】

阮元廣東通志卷五十一：張京鏜，陝西人。生員。康熙十七年任肇慶知府，康熙二十二年王效宗接其任。　詩云「前端州張君」，當作於張氏卸任之後，姑定爲康熙二十二年秋遊肇慶時作。

感事　四首

茫茫一島是天留，父子經營作首丘。亮在自能存社稷，横來那得更王侯。君臣不肯歸魚腹，舟楫從教到石頭。恨絶生降虚百戰，桓文事業委東流。

堂構徒勞四十春，虚無宫闕有金銀。乾坤不没憑孤嶼，日月長存賴一人。事敗自應同正命，時危那得作遺臣。三千尚可收餘燼，力爲亡諸更破秦。

神華縹緲蜃樓中，吐納風濤有漢宫。一代波臣持日月，十年海外盡英雄。書王虚擬春秋事，竊帝難成割據功。五百豈關無死士，將軍不欲令名終。

市井多年作隱淪，不須東海更逃秦。英雄自古元無主，華夏而今豈有人。憔悴空教漁父笑，佯狂合與酒徒親。滄浪清絶無纓濯，散髮風前重愴神。

【箋】

清史稿卷七聖祖本紀二：「（康熙）二十二年癸亥八月戊辰，施琅疏報師入臺灣，鄭克塽率其屬劉國軒等迎降，臺灣平。」翁山詩當爲此事而作。

讀史記有作　四首

六國讎終復，兇威豈得長。人勞虚匕首，天定在轀輬。蛇斷真人起，狐鳴戍卒張。楚中多俊傑，最智是張良。

天意何爲者，三年兩彗星。無心在華夏，有力即朝廷。雷雨交雖始，玄黄戰未形。白頭餘一女，不字守天經。

猶存人種在，多難五旬餘。爪髮皆神劍，心肝是素書。時來終大任，事去且端居。山色青青好，衰顔愧不如。

當年常貰酒，抱頸泣文君。作賦娱紅粉，彈琴對緑雲。歲添愁脈脈，春使夢紛紛。莫作鸞皇嘯，泉臺定不聞。

【箋】據清史稿卷七聖祖本紀二，康熙二十二年八月廿九日，施琅疏報師入臺灣，鄭克塽降，臺灣平。至是明正朔絶。審翁山詩第一首。似爲此發感慨也。第二首謂「天意何爲者，三年兩彗星」，清史稿卷三十九：「（康熙）十九年十月戊子，彗星見右執法……二十一年七月己巳，彗星見北河之北。」

朱人遠曾經屈沱作歌屈沱者三閭大夫所居楚人謂江之别流爲沱云 二首

秭歸南郭外，傳是左徒家。有客尋苗裔，維舟向水涯。仙成爲海伯，記稱三閭爲海伯。賦就散天葩。祖述多高弟，如君更麗華。

詩亡騷乃作，風雅變逾深。不是忠誠者，安知諷諫心。花連漁父舍，苔長女嬃砧。紙上多香草，童蒙拾至今。

【箋】朱爾邁，字人遠，號日觀。浙江海寧人。嘉徵之子。諸生。有平山堂集。林之枚瀧江集詩選有屈沱詩和翁山，朱人遠嘗爲之枚書扇，疑此詩作於康熙二十二年。

王學士亦經屈沱作詩予復和之 二首

一從騷聖作，萬古楚聲多。懷石知何處，爲家在此沱。地因辭客著，陸放翁始作屈沱詩。祠羨故人過。再拜投詩賦，魂來自汨羅。

吾鄉臨一水，亦用屈沱名。伏臘湘纍廟，絃歌楚些聲。宗惟南屈盛，辭未使君輕。家學元騷賦，依依忠愛情。

【箋】王學士，其人未詳。此詩當作於朱人遠曾經屈沱作歌屈沱者三閭大夫所居楚人謂江之别流爲沱云後不久。

癸亥長至前五日舉第三子有作 二首

一陽初欲動，碩果早知之。夢叶先長至，呱聞及子時。生稊須女早，取火厲人遲。受易商瞿似，他年或五兒。

彌月當冬仲，歡聞墮地聲。雷先三日復，龍以一陽生。亞歲逢佳節，高堂與小名。雙珠多一顆，掌上有光榮。

【箋】康熙二十二年十月廿九日爲得子明治而作。屈明治，字龍泉，梁氏文姑出。見文鈔卷五亡妾梁氏壙志銘、又卷七字八子説、佚文屈門四碩人墓志銘。長至，指冬至。

青旗江口所見

微霜生暖雪生寒，魚愛新泉上釣竿。漁父挂帆三水去，白頭人作鷺鷥看。

【箋】青旗，即青岐，地名。在三水縣西，有青岐涌流入西江。康熙二十二年冬入肇慶途中作。

上端州作 二首

西上愁洄溯，扁舟入瘴雲。山從三峽合，水向二江分。蕉葉村村映，柑花處處薰。夕陽煙翠裏，笳管起蠻軍。

花下野人舟，擔篙上逆流。地餘青草瘴，人有鷓鴣愁。一峽牂牁束，千家鬱水浮。榕陰天半起，知是古崧丘。

【箋】端州，肇慶古稱。詩爲康熙二十二年游端州之作。

端州道中望峽口積雪 二首

漲海衝寒片席斜，驚看積素亂朝霞。西風不爲頻飛葉，南雪何因亦作花。欲曙羚羊疑落月，初晴鬱水失平沙。炎方天氣年來異，梅蕊那能當物華。

西上牂牁盡翠屏，峰回不見峽門青。初飛員屋山名，即七星巖。多蠻雪，新聚牽牛有客星。用士燮事。時制府賓客頗盛，故云。白鷺暖交横浦口，嘉魚寒出大湘亭。仙郎競有陽春曲，聲共漁歌入杳冥。

【箋】詩外十一兩粤督府祝嘏詞小注：「癸亥十一月，羚羊峽積雪，嘉魚出小湘峽，冬彌望月，賣向崧臺市上。」吴綺、梁佩蘭、陳恭尹有同題之詩，當爲康熙二十二年十一月游端州時唱和之作。

冬夜高峽舟中聯句二十韻

食霧嘉魚出，大均。含風顧兔摇。恭尹。衝寒從鬱水，陳恭尹。首路指高要。入峽乘殘月，大均。依沙候早潮。榜人愁夢短，恭尹。漁子恨歌遥。石束牂牁勢，大均。山分大庾條。雙厓高易削，恭尹。半壁漲難消。上下多猿影，大均。潺湲似鳳簫。峰留天一角，恭尹。霞作海孤標。化石憐貞女，大均。看棋憶古樵。峽上有望夫石，其東爲爛柯山。羚羊潛水裔，恭尹。鸜鵒閟山椒。峽有羚羊，風雨之際，每自波間浮出。其南厓即端溪水巖。白玉參差笋，大均。丹砂尺寸苗。霜苞開橘柚，恭尹。土布卷芭蕉。金渡龍鬚席，大均。瓊州孔雀翹。舳艫争入貢，恭尹。洲島已全招。虎豹關門壯，大均。黿鼉窟宅驕。飛樓淩縹緲，恭尹。湧塔矗雲霄。建節雄樞府，大均。回巖儼斗杓。黄門喧鼓吹，恭尹。赤社盛弓弨。膾鯉筵方啟，大均。羹梅味正調。野人趨燕喜，恭尹。竟夕命蘭橈。大均。

【箋】陳恭尹獨漉堂集唱和集有冬夜高峽同屈翁山聯句二十韻，即此詩也。據「食霧嘉魚出」、「衝寒從鬱水」「入峽乘殘月」諸句，當爲康熙二十二年十一月游端州時作。

題靈山寺 二首

峽從山寺入，江向水亭開。石氣含雲濕，松聲卷瀑來。新泉微出草，細雪暗藏苔。咫尺靈羊路，停舟爲折梅。

松枝人不折，一一鶴巢成。山翠一天濕，江聲兩岸平。無多芳草路，不畏鷓鴣聲。心逐霜鐘去，迢迢雁翅城。

【箋】

靈山寺，一名羚山寺，在肇慶羚羊峽口，詩爲康熙二十二年游端州時作。

靈山寺聽泉

一峰流未遠，已作數峰聲。月向秋光冷，天從夜氣生。潺潺當峽口，滴滴到江城。石畔終宵坐，禪扉掩未成。

【箋】

康熙二十二年游端州時作。

嘉魚 三首

十月小湘峽，嘉魚出穴多。愛寒餐雪水，乘暖下煙波。作鱠宜長至，分甘與玉珂。殷勤漁父意，歲歲此牂牁。

楊柳沙地名。邊有，嘉魚人不知。蜀江春出穴，不與此同時。香以金橙亂，甘因石乳滋。天寒頻起汕，燕飲與君期。

鯵浮與鯽沈，不及汝滋陰。南有惟兹好，無殊丙穴深。歲寒頻出水，春暖卻歸林。未入高堂饌，連朝舉罩心。

【箋】

康熙十二年肇慶府志卷二二物産志：「嘉魚，高要小湘峽至德慶有之。鯉質鱒鱗，肉甚肥美。性潔不入濁流，居石潭中，食苔，冬月水清乃出食霧。」阮元廣東通志卷一百七山川略八：「小湘峽，在高要城西二十里，高五十丈，群峰矗峙大江。」詩當作於康熙二十二年游端州時。

端州天寧寺菩提樹

其老樹在廣州光孝寺，唐時智藥三藏從西域持來種於此。樹無花有子，其葉可漬爲紗。

分種自訶林，枝枝大士心。無花與天女，有葉是潮音。漬作冰綃好，書成梵字深。菩提元有樹，唐代到于今。

【箋】黄佐廣東通志卷六十五：「天寧寺，在（肇慶）府城東一里。宋建。中有菩提樹二，枝葉糾結，陰覆梵刹。」詩爲康熙二十二年游端州之作。

閱江樓晚眺　樓在端州

水截崧臺下，牂牁一大支。天教雙峽束，地以一樓持。雁塔穿窗出，漁帆逐檻移。飛甍交木末，倒影亂榕絲。吞吐無三越，浮沈有二儀。基從千仞起，勢似一峰欹。曲折霞城外，氤氲露井時。自成磐石固，不厭定山卑。北斗爲巖穴，謂定山七星巖也。南溟在履綦。暮煙迷浦淑，寒日戀軒墀。争宿皆魚翠，叢生是水芝。羚羊微積雪，匯口欲流澌。氣暖梅先得，霜輕葉不知。魚浮因霧大，鶯囀以風遲。上税多柑户，蠻歌少竹枝。冬乾禾稼喜，歲晏杜蘭悲。甘蔗連西駱，桄榔接九疑。蒼梧虞帝冢，錦石陸生祠。海思憑騷賦，雲愁爲别離。鷓鴣催淚落，蝴蝶與心期。白首閒方始，青山老更宜。桑榆休恨晚，吾道有餘師。

【箋】

據「羚羊微積雪，匯口欲流澌。氣暖梅先得，霜輕葉不知。魚浮因霧大，鶯囀以風遲」數句，詩當爲康熙二十二年十一月遊端州時作。道光南海縣志載，是年冬，廣州、番禺、南海「大霜雪，樹木多枯死。」

上兩廣制府

南岳諸侯長，東西節制同。建標蠻越界，開府尉佗宫。虎拜從文祖，龍驤是阿童。文昌横大帳，武庫滿彤弓。喉舌持珠斗，精誠致玉虹。富民應日引，享帝已年豐。嘯咤雲雷起，經營土宇雄。益初方大作，升五正多功。階陟崧臺峻，樓懸灃水崇。炎天霜肅肅，晴日雨濛濛。蜃吐朱旗氣，鷹吟白簡風。垣墉那有隼，衽席盡如熊。赤舄居無外，黄裳美在中。鵷雛生八桂，鳳子出雙桐。客宿依牛女，王基問祝融。文章持正朔，雅頌託宗工。禮樂興方始，春秋注未終。神明因有道，鼓舞自無窮。折節先巖穴，居身必華嵩。門餘鳴劍客，座得浣花翁。

賤子欽威重，愚生抱困蒙。恭聞三吐德，願效一言忠。文獻悲當世，删修愧在躬。網羅千卷失，箴縷百家通。淵府推吾相，裁成望我公。敢將黄老進，安用大師攻。作序求皇甫，爲金笑葛洪。書繁難繡版，力竭爲雕蟲。桑梓憑兹答，權衡苦不聰。自媒將拙賦，應得當虚衷。

【箋】兩廣制府，指兩廣總督吴興祚。清代兩廣總督部院駐肇慶府。康熙二十二年冬作。

代壽兩廣制府

開府勳名冠一時，崧臺百尺建旌旗。羊公裘帶高炎服，山簡風流照習池。嶺表梅當長至發，弧南星與老人期。鄉園此日蒙膏澤，春酒相將頌介眉。

【箋】康熙二十二年冬作。兩廣制府，指兩廣總督吴興祚。本年有詞寶鼎現壽制府大司馬吴公，此詩則代人所作。

呈韓憲副

牂牁一柱是崧臺，文武聲華憲府開。燕喜每期張仲飲，干旄先下彼姝來。羚羊東駐韓雍跡，錦石西封陸賈才。更爲南交持雅頌，縱横玉尺奮高裁。

【箋】

韓憲副，即韓作棟。見下題箋。詩乃康熙二十二年十一月游肇慶時作。

韓僉憲壽詞

南越分三道，樞機在嶺西。臺門開石室，使節出端谿。四郡歸觀察，諸侯待整齊。聲華高絳闕，文采冠金閨。燕喜多山雉，龍驤罷水犀。芙蓉園正啟，鸑鷟賦争題。九節蒲爲壽，三珠樹可棲。紛葩公讌曲，傳自大銅鞮。

【箋】

韓作棟，字公吉。鑲藍旗人。蔭生。康熙十七年任粤僉事，分巡肇高廉羅道。詩當爲康熙二十二年十一月游端州時爲韓作棟祝壽作，見本年詩題吴湖州亭臯集箋。

韓憲使見貽二白鵰賦以答之

使君持憲白鵰國，白鵰一一生顏色。相貽雄白與雌朱，教我煙霄恣胸臆。山鷄孔雀滿金錢，閒客衣裳似雪鮮。明朝放向羅浮去，應解銜花舊主前。白鷴，一名閒客。

【箋】韓憲使，即韓作棟。詩爲康熙二十二年游端州之作，詳見本年詩韓僉憲壽祠箋。

韓觀察席上次韻贈吳湖州

翩翩旌節嶺西年，賓客同臨五嶺煙。雪苑枚乘推祭酒，蘭臺平子正歸田。三江暖愛初晴日，雙峽寒驚欲雪天。蝴蝶文章君自足，休論孔雀有金錢。

【箋】韓觀察，即韓作棟。吳湖州，即吳綺。據「雙峽寒驚欲雪天」句，當爲康熙二十二年仲冬游端州時作，見題吳湖州亭皋集箋。汪譜作康熙二十三年詩，誤。

贈曹行人 二首

故人同作客，三值桂林秋。忽似湘灕水，分爲南北流。連枝有朱萼，結駟至炎洲。相見知無故，蠲余一片愁。故人，謂令兄別駕君，常與予宦游西粵者也。

殷勤一端綺，知是寡兄心。報恨蘭香少，情憐玉案深。乘騅爲漢使，擊劍奏吴音。願託南行紀，芬芳達上林。

【箋】曹行人，名不詳。嘉興人。參見林之枚瀧江集詩選卷五。行人，使者之通稱。審詩中小注，康熙十三年至十五年其兄嘗以通判職與翁山從戎反清于桂林吴三桂軍中。按：肇慶七星巖之玉屏巖南側石壁有陳恭尹隸書題記一則，記康熙二十二年，梁佩蘭、屈大均、陳恭尹等十餘人分韻賦詩於星巖之上，中一人爲「海鹽曹燕懷石閭」，海鹽清時屬嘉興府，疑曹燕懷即曹行人也。曹爲康熙九年進士。詳見本年詩題吴湖州亭臯集箋。

題吴湖州亭臯集

柳惲風流在，吴興復有君。人書團扇滿，木葉與秋雲。苕霅辭雙渚，瀟湘問衆芬。江南還有曲，嘆絶沈休文。

【箋】吴湖州，即吴綺。清史稿本傳載：「吴綺，字薗次，江都人。順治十一年拔貢生，薦授中書舍人。出知湖州府，有吏能。人謂其多風力，尚風節，饒風趣，稱爲『三風太守』。」著林蕙堂集。肇慶七星巖之玉屏巖南側石壁有陳恭尹隸書題記，云：「康熙癸亥仲冬十有九日，江都吴綺園次、秀水吴源起準庵、海鹽曹燕懷石間、順德陳恭尹元孝、嘉善蔡鴻達去聞、嘉興繆其器受茲、嘉善柯崇樸寓匏凡七人，分韻賦詩於星巖之上。翌日，南海梁佩蘭藥亭、番禺屈大均翁山、江都吴壽潛彤本凡三人繼至，屬和。晉庵主僧寂隆真際，出石室志，請共商訂。觀察鄜州韓公作棟公吉因授諸梓。嘉會難常，盛事不朽，題名石壁，與此山共存云爾。」據此，翁山詩當爲康熙二十二年仲冬間作。

贈吴吴興

一麾江海日，賓客幾人存。白首攜雛鳳，炎方聽暮猿。詞人推祭酒，故事問開元。葹草持相贈，湘纍有一孫。

【箋】

吴吴興，即吴綺。雛鳳，指綺子壽潛。汪譜次於康熙二十三年，誤。當爲康熙二十二年之作。

贈吴文學　時從其尊人湖州公至粤

仙禽喜在陰，有子和清音。嗟爾西瀛草，君集名。還如鸞鳳吟。三城從几杖，五嶺事登臨。徐庾因名父，流聲直至今。

【箋】吴壽潛，字彤本，號西瀛，江都（一作豐南）人，吴綺子。參與纂修丹霞山志。事見徐釚詞苑叢談卷九。編父詩文爲林蕙堂集。詩作於康熙二十二年十一月間，詳見本年詩題吴湖州亭皋集箋。

尋墓詩爲徐護衛作

嗟君何不怙，十一喪而母。四十不知墓，匍匐來隴首。珠江當其前，龜峰在其後。蔓草既已平，牛羊滿林藪。號泣依旻天，水漿恒不口。神明欲告人，不向蓍龜取。蓍龜亦不知，精誠自相偶。白骨忽踴躍，潛寐黄泉久。淺土二尺中，待兒陳絮酒。孝思所凝結，玉紅自不朽。心作漆燈光，耿耿懸培塿。一穴乍明滅，莓苔積已厚。螻蟻所盤旋，咫尺勞相守。昏絶忽僵僕，山鬼牽左肘。肘下即磁棺，闕地大逾斗。刲血何淋漓，涓滴歸無有。白骨忽復肉，生氣懷中走。幽明一呼吸，生死相爲壽。薰用都梁香，驚精返窗牖。西王好戴勝，麻姑未蓬首。喜見出腹子，丈夫頎而黝。才氣世無雙，豪傑效奔走。顯親始羽林，養志勝肥牡。石奮性恭謹，廁牏昔在手。老猶孺子慕，仁愛及諸舅。靈爽所憑依，重封庶不苟。錦綺襝縱横，芳香相雜糅。重招先考魂，嫡妣同樽缶。黄沈雕琢之，血花塗左右。高作馬鬣形，合葬仍兹阜。淚作一泓泉，身爲白楊柳。陰風長蕭蕭，石馬助悲吼。行人紛掩泣，看爾土親負。賜祭會有時，湯沐百餘畝。

【箋】徐護衛，名鳳池。文外卷二尋墓詩序：「護衛徐君幼孤，失其母夫人墓之所在。越三十餘年，得間從京師以至廣州，於城西龜峰之麓，蔓草之間……得瓦罌，以其十指之血滲入骨中，無點滴凝留於外。……於是學士大夫作爲詩歌以嘉君，帙成，而屬予序其端。」學士大夫，當指吴綺。吴綺有徐鳳池龜峰孝感詩序，又有元夜徐鳳池顧辛峰鄭愚公黄位北偕家觀莊武登同集石濂上人招隱堂分得回字詩。釋大汕亦有作，題中標明「甲子元夜」。甲子，即康熙二十三年。

龜峰白雲　爲徐孝子作　二首

離離宿草幾經春，萬里相尋珠海濱。母子繇來如水月，黄泉重見不關人。君尋其母遺骨，得於龜峰之下。

東望遼陽淚並流，翩翩歸鶴向浮丘。白雲終古隨魂氣，飛作天南一片秋。君招其父魂于遼東合葬。

【箋】徐孝子，即上詩之徐護衛。陳恭尹有龜峰白雲爲徐鳳池賦詩。張詡龜峰寺詩注：「在郡城西五里，地名龜山，舊爲西禪寺，今賜額龜峰寺。」

七星巖下作 三首

雲作芙蓉蒂，湖開白玉盤。天從雙石入，人以一泉寒。水影多魚翠，山香有鶴蘭。臨流無所事，祇是弄漁竿。

多事水芙蓉，枝枝作一峰。洞門開亂石，地道出寒松。自汲從天井，人歸及暮鐘。啼鶯雖咫尺，已隔白雲重。

拔地幾千尺，參差是籜龍。孤雲因有本，片石亦成峰。壁斷煙松接，巖虚乳穴重。無人嘯臺坐，漸見紫苔封。

【箋】康熙二十二年十一月作於肇慶七星巖，詳見本年詩題吴湖州亭皋集箋。

七星巖磨厓題名歌

七星化作七芙蓉，斗柄乃是玉屏峰。中有夾天千尺㟲，天開一罅煙重重。振策飛厓同我友，摩挲怪石雲濡手。心憐絶壁勢争雄，欲得蛟螭字如斗。君也今之顧八分，石經瘦勁汝其倫。墨氣淋漓山鬼泣，無端破我蒼苔痕。白石肌膚如玉雪，磨礱欲出巨靈血，數聲斧外何清越。石工一字一螺金，丁丁日夕愁穿穴。石火射人光不寒，爲君留得冰雪肝。姓名他日誰不朽，置身且學此峰巒。

【箋】

案詩中有「君也今之顧八分，石經瘦勁汝其倫」之語，當謂陳恭尹隸書題記。詩作於康熙二十二年十一月十九日，見題吴湖州亭臯集箋。汪譜次於康熙二十四年，誤。

瀝湖舟泛

峰勢盤迴北斗同，瀝湖應與絳河通。蘭橈曲曲穿巖口，石乳泠泠滴鏡中。雁影尚留炎海雪，鶯聲不待落梅風。芙蓉衹解窺漁父，蒼翠沾衣影似空。

【箋】

阮元廣東通志卷一百八引方輿紀要云：「瀝湖，在（高要）縣北五里。北山諸澗之水匯爲黄塘、上欖塘，又石室諸巖之水皆流合焉。」吴綺、梁佩蘭、陳恭尹各有同題之詩，當同爲康熙二十二年十一月游端州之唱和詩。

玉屏峰頂看梅

峰峰雪洗玉屏新，一樹梅花未見人。疏影忽生明月夜，寒香先作白雲春。盤盤風磴虚無外，落落煙松太古身。紅翠啄開千萬朵，冰姿未落已成塵。

【箋】玉屏峰，肇慶七星巖峰巖之一。吴綺、梁佩蘭、陳恭尹各有同題之詩，當與屈詩同爲康熙二十二年十一月游端州時唱和之作。

梅 二首

已從長至發，臘月復重開。朵大因多雪，花肥不似梅。香先春氣動，影逐片雲回。未盡鴻濛意，東風且莫催。

東風元有意，不敢後南枝。一樹寒煙外，千林積雪時。影從流水得，香有白雲知。莫掃飛花片，春光總在兹。

【箋】審其詩意，當爲康熙二十二年十一月端州七星巖玉屏峰頂看梅之作。

寄祝子堅丈　二首

羅浮峰四百，盡讓老人峰。箕踞石樓上，蒼蒼煙翠重。其旁爲玉女，峰名。以下是黃龍。洞名。仙客相期甚，君來更植松。

東南民獻盡，一老在江濱。碩果開天物，芝華翼漢人。歲將逢甲子，天已厭庚申。八十多神智，先求萬曆臣。

【箋】

祝子堅，浙江蘭溪人。天主教徒，利瑪竇之友。方以智有客中聞賊信作示祝子堅詩，錢謙益有應筆贈祝子堅兼訂中秋煉藥之約詩。據詩中「歲將逢甲子」語，當爲康熙二十二年癸亥之作。

送焦君還三原　二首

每見西秦客，三原更繫情。況逢焦御史，子姓最知名。瓜葛因忠烈，金蘭託友生。匆匆相別去，樽酒且同傾。都御史公源溥死闖賊之難。

南北雙城起，梨香醞萬家。鄭公渠畔柳，薄后廟前花。歸趁三春好，休驚兩鬢華。爲將西望意，傳與大琵琶。

【箋】康熙二十至二十四年間寓居廣州時作。焦君，名之雅，字大厦。陝西三原人。驍勇善射。乙酉，與布衣郭雄麗舉兵於耀州。見皇明四朝成仁録卷四。之雅父源溥，字逢源，一字涵一。明萬曆進士，四川道監察御史。與魏忠賢黨不合，告歸。李自成入三原，源溥抗命，被殺。陳尸不許收視。之雅持刃行哭於市曰：「若不許吾收父師尸，我則自剄。」自成終許之。

弔雪庵和上

一葉離騷酒一杯，灘聲空助故臣哀。金川自逐魚衣去，玉殿誰教燕子來。一姓終懷亡國恨，三仁難得遯荒才。君臣淚滴袈裟濕，悵望臺城日幾回。

【箋】雪庵和上，指明初建文時御史葉希賢。燕王「靖難」變起，葉落髮爲僧，走西南順慶大竹善慶里。事見李贄續藏書卷七。文外十姓解謂「雪庵和尚日夕飲酒狂歌，或讀易，或誦離騷，而人知其爲葉御史景賢可也」。文中之「景賢」乃「希賢」之誤。此詩似爲大均西行端州時有感之作。約作於康熙二十二年至二十四年間。

劉參軍貽予白石盤牙香用來韻奉答 二首

一片端溪出，人同白玉看。承君一追琢，遂得作珠盤。氣以香爐暖，光含素鏡寒。方圓有深意，欲報碧琅玕。白石盤。

生長衆香林，薰衣乏水沈。得君爲越客，相贈比南金。待取銅爐器，還張緑綺琴。茅茨邀枉顧，蘭臭話同心。牙香。

【箋】

劉參軍，其人未詳。廣東新語卷五：「羚羊峽西北岸有村曰黄岡，居民五百餘家，以石爲生。其琢紫石者半，白石、錦石者半。紫石以製硯，白石、錦石以作屏風、几案、盤盂諸物。」此首及以下五題，詩外七皆次於康熙二十三年詩間，疑爲康熙二十二年至康熙二十四年間作。

秋蟬

梧桐一兩葉，猶有暮蟬棲。未忍辭風露，清泠祇此溪。聲將泉水咽，影向月明低。一片碧空外，行雲更不西。

蚤梅

夜半暖風回，淩晨一樹開。雪花千萬片，化作蚤梅來。吐豔臨妝鏡，飛香過酒杯。猶疑殘月影，點點在蒼苔。

望月

秋光在何處，一半出斜曛。與水寒相射，和煙白自分。螢流七月火，魚食一天雲。心憶乘鸞女，簫聲不可聞。

【箋】當作于康熙二十三、四年秋。

菊

今年芳更晚，要待一陽來。半與梅花似，全於至日開。寒香因暖得，秋色以春催。采摘朝盈手，殷勤泛玉杯。

竹色

竹色樓前滿，松聲屋後多。風吹山影去，雲拂水痕過。秋使神明爽，春將笑語和。醇醪君不飲，當奈好鶯何。

甲子初春賦得今歲花前五十五白樂天句　四首

今年逢甲子，五十五年春。願學白居士，長爲花主人。嬰兒時自作，弟子日相親。堂上八旬母，承歡未覺貧。

五十不如人，蹉跎又五春。無言能學易，所喜未違親。萱草煙初暖，桃花雨更新。那知誰甲子，且復醉芳辰。

流年頻假我，天意似相私。已少無聞日，猶多大過時。緑交山桔葉，紅亞海棠枝。一片風煙裏，春光人不知。

五十又餘五，生生數所期。南枝猶有待，春色不妨遲。碩果羲皇物，瑶華姑射姿。東風如有意，莫遣鬢如絲。

【箋】康熙二十三年初春之作，翁山是年五十五歲。白居易集卷二十一花前歎：「去歲花前五十二，今年花前五十五。」

答洪丈藥倩過飲之作

白首天心恨見遲，空逢甲子上元時。愁當陰雨開紅酒，喜得靈光共玉巵。士馬祇今無島嶼，春秋那得有華夷。羊裘莫厭霜華濕，會見春光滿樹枝。

【箋】洪穆霽，字藥倩。東莞人。信之孫。博學多能，所與交游者皆名士，足跡半天下。隆武元年舉鄉薦。桂王時，以薦授工部主事。國亡不仕，與屈大均、陳恭尹輩交游，以遺民終老。據「空逢甲子上元時」句，詩當作於康熙二十三年正月十五上元節。

廣州竹枝詞 七首

邊人帶得冷南來，今歲梅花春始開。白頭老人不識雪，驚看白滿越王臺。

日食檳榔口不空，南人口讓北人紅。灰多葉少如相等，管取胭脂個個同。

佛桑亦是扶桑花，朵朵燒雲如海霞。日向蠻娘髻邊出，人人插得一枝斜。

洋船争出是官商，十字門開向二洋。五絲八絲廣緞好，銀錢堆滿十三行。

十字錢多是大官，官兵枉向澳門盤。東西洋貨先呈樣，白黑番奴擁白丹。白丹，番酋也。

女葛無多況女香，紛紛香尉在炎方。歸舟莫過沈香浦，風雨難留一片黄。

好笋是人家裹竹，好藕是人家裹蓮。好崽是人家女婿，鴛鴦各自一雙眠。崽音宰，粤人謂子曰「崽」。

【箋】癸亥冬大雪，據第一首詩意，當爲康熙二十三年春之作。

余子生日贈之

新年紛雨雪，梅蕊凍難開。此日流鶯好，送君春酒來。新詩多麗則，勝地有樓臺。早晚行歌罷，書還著玉杯。

【箋】康熙二十二年冬，廣州大雪。此詩有「新年紛雨雪」之語，當爲次年春初作。

早春讌集三間書院即事 甲子

海岸猶餘積雪光，春寒絶不似炎方。鶯聲亦有江南好，梅蕊從無塞北香。五柳春秋空甲子，三間歌舞是東皇。嘉辰宴會良難得，且共銜杯到夕陽。

【箋】文鈔一附三間書院倡和集序：「予于廣州城南得陋室數椽，即以爲先大夫三間書院。……士大夫之欲振興風雅，以爲倡和之地，其不肯舍此騷聖之居，蘭橑桂楝，而求之於釋老之宫也，明矣。……與斯會者若凡而人，皆大雅君子，能别邪正，知道術之所歸，故先以所撰詩詞梓之，爲三間書院倡和集。」 據詩中注，當爲康熙二十三年早春宴集三間書院時作。

南海廟作 三首

金銀宫闕映朝暾，火帝南兼水帝尊。萬里朝宗來百谷，中華形勢盡三門。雲開帆席洋船過，月出樓臺海市屯。元氣茫茫全化水，不知天外有漁村。

南越人祠盡祝融，章丘平處有行宫。三江水到扶胥大，萬里天歸漲海空。潮汐舊從獅口入，帆檣新與虎門通。天留一島蒼茫外，可惜田横事不終。扶桑影逐海雲過，蜃物春來變怪多。日暖羊城來士女，月明龍户有笙歌。家家水帝祠南海，歲歲天朝使暹羅。漢將神靈銅鼓在，風吹音響滿滄波。

【箋】清史稿卷七聖祖本紀二：「二十二年癸亥八月戊辰，施琅疏報師入臺灣，鄭克塽率其屬劉國軒等迎降，臺灣平。」翁山此詩，乃康熙二十三年春祭南海神廟時有感臺灣之事而作。

貧居口占　五首

乞食長生一木瓢，香粳爲粥手親調。八旬堂上老萊母，鹽豉加餐暮復朝。

膝下黄頭歷齒多，休慚兒子且高歌。七旬始得完婚嫁，五岳其如欲往何。

彫胡飯共露葵香，白髮清齋苦北堂。疏磬泠泠花架下，春來强健佛聲長。

瓶中粒粒硯田來，雲子香流齒頰開。世上儘多仁者粟，陶潛未有叩門才。

七齡黄口謝家兒，解愛葩經絶妙辭。初讀未終三百五，頻將比興問經師。

【箋】康熙二十三年春作。翁山母是年八十一歲，故曰「八旬堂上老萊母」；兒明洪七歲，故曰「七齡黄口謝家兒」。

洪兒　二首

生身從少母，尺口苦饑寒。小字青箱好，新衣白越單。描書斑管細，靧面碧桃殘。未飲聰明水，童蒙且自安。

異日勝耕作，山民是小龐。練裙寒好著，花筆大須扛。天地餘南畝，羲皇在北窗。無心頻命子，酌酒且鷄釭。

【箋】洪兒，翁山長子明洪。詩有「童蒙且自安」語，明洪生於戊午，詩當作於康熙二十三年前後。

早春喜宛平陳健夫枉顧沙亭村居　五首

半畝虎門西，門臨漲海低。人隨潮水至，馬向落花嘶。鷄黍高堂作，琴書稚子攜。君生孤竹里，祇解愛夷齊。

易水悲歌後，燕人始有風。屠沽當日好，市井至今雄。山繞黄花北，河吞碣石東。君才畿輔少，北鄙不相同。

憐予棲遯處，谷口四無鄰。白鷺須孤往，青山少一人。弄書兒女小，爲道歲時新。未有觸愁物，憑君賦絶倫。

殷勤山喜鵲，不遣片帆回。月爲彈琴上，花因酌酒開。水聲乾白石，山影濕蒼苔。連日須陰雨，留人在嘯臺。

明日零陵去，還尋屈氏鄉。子孫三户少，湯沐九疑長。鸞鳥須多語，蘭蓀不獨香。那能似瀟水，隨爾入清湘。時健夫將往零陵。

【箋】

陳于王，字健夫，一字榆邨。順天宛平人（清詩紀事作「遼寧瀋陽籍，蘇州人」）。有波餘草。汪譜次於康熙二十三年。

爲陳母姜夫人壽

夫人年七十，有子才且賢。迢遞八千里，顧我東皋田。愛親及我親，仁孝情相宣。左持一白鵝，右持一豚肩。僮僕奉樽酒，酒乃惠山泉。爲母千金壽，申以南山篇。感激仲子賜，光生深井間。忠養方有愧，敢當不匱言。惟君能錫類，施及恩纏綿。我欲壽而母，無物致拳拳。

惟有一片石，可以明貞堅。令子珪璋質，攻之期不偏。友道在追琢，所以娱高年。夫人百齡時，我當來幽燕。跪將吾母命，並上肉芝鮮。今且養鵷雛，待之銜綵箋。

【箋】

詩有「我當來幽燕」語，姜夫人疑即陳于王之母。詩爲康熙二十三年作。

賦得石琴送陳健夫往零陵

端州白石天下稀，聲含宫商人不知。斵就瑶琴長四尺，輕如一片番流離。石音最是難調者，碧玉老人能大雅。繇來太古本無絃，不是希聲知者寡。無絃吾欲並無琴，琴向高山流水尋。天籟元從人籟出，非君誰識此元音。君今欲向瀟湘去，此是重華揮手處。五絃一一在天風，二女雙雙出煙雨。詩篇投向洞庭波，山鬼篁中答嘯歌。幽蘭積雪頻相寄，慰我相思秋夢多。

白沙先生自號碧玉老人。嘗夢神人聽其琴，謂：「石音難調，子今能調如是，他日其必得道。」白沙因更自稱曰「石齋」。今石琴尚在碧玉樓中也。

【箋】

康熙二十三年春送别陳于王之作。

花朝社集西禪寺

水國多煙雨，春光一半遲。花從今日得，鶯與故人期。浦有沈香氣，林多翡翠枝。玉壺攜不遠，蘭若在江湄。

【箋】東莞詩録卷二十二録梁憲花朝社集西禪寺詩，小序云：「甲子花朝，吴興太守吴菌次入粤，集海内之詞人于西禪寺，結越臺詩社，至期則宴敘分題。」則此詩乃康熙二十三年二月十五日花朝吴綺與越臺詩社同人社集廣州西禪寺唱和之作。　郝玉麟廣東通志卷五十四：「西禪龜峰寺，在（廣州）城西四里。殿後石形如龜，故名。明提學魏校改建大學士方獻夫祠。國朝平、靖兩藩入粤，復修，顔曰『西禪』，總督李棲鳳有文紀之。」

贈某湖州

昔作菰城守，情同杜紫薇。女憐紅淚濕，謂杜秋。人得紫雲歸。君嘗得某妓。江總前身是，揚州舊夢非。君家蕪城。九賢堂上客，觴詠日依依。君於湖州建九賢堂，祀先代之爲湖州太守者。

【箋】詩有「昔作菰城守」語，詩注云：「君家蕪城。」則某湖州，即吴綺也。甲子花朝，吴綺嘗集越臺詩社同人於廣州西禪寺唱和。汪譜次此詩於康熙二十三年。

壽張母

令子青雲早，翱翔慰北堂。不因熊膽苦，争得鳳毛長。秬黍三春酒，梅花十月觴。詩人歌壽母，風雅有餘香。

【箋】張母，疑指張遠之母，肇慶七星巖之石室巖有題刻云：「康熙甲子冬日，侯官張遠、藍漣、會稽宋溟同遊。」詩外八此詩次於贈某湖州後，疑亦康熙二十三年之作。

書胡春坊述祖德詩後　二首

令祖諱友信，萬曆初爲順德令，築城禦寇，有功德於民，廟食至今。

海邑多遺愛，人思子大夫。精靈三粤在，俎豆百蠻孤。功德光前史，文章啟後儒。賢孫能早達，展拜到松梧。丕承惟烈祖，大雅有慈孫。作頌歌先德，流聲滿越門。精微爲孝享，羽翼是文言。肅肅典型在，欽哉汝後昆。

【箋】胡春坊，名未詳。供職詹事府。浙江德清人。其祖胡友信，字成之，隆慶二年進士。隆慶四年任順德知縣，萬曆二年沈鐵繼其任。詩外卷八，此首及以下二首前後皆甲子之詩，疑亦康熙二十三年之作。

贈潘季子

謝家先幼鳳，早已振家聲。羽翼從炎海，翱翔上玉京。珠當明月吐，梅向小春榮。祖德西臺舊，還高一代名。

【箋】潘季子，其人未詳。詩疑作於康熙二十三年春。

有所思

美人日已遠，春草日空深。欲去瀟湘隔，兼之雨雪陰。相思生白髮，相寄祇彫琴。安得飛龍馬，隨君入桂林。

【箋】

文外卷十三桂林紀游詩引：「吾嘗薄游桂林……歸安夏子一至其間，以其雄才絶力，揮斥巨靈，使灕江、癸水之上，石筍雲臺，無奇不出，一諷詠而千巖競秀萬壑争流之概恍恍在心目中。」詩中所思者，殆其人乎？

奉答林木文瀧水客舍見寄之作

嘉禾風雅盛，梅里更多賢。特起君無敵，環攻我亦堅。才華同六代，倡和得三年。屢折鴛湖柳，頻餐鶴渚蓮。鶯花西子國，煙雨大夫船。檇李芬馨處，鱸魚潑刺邊。相知惟汝少，獨立讓誰妍。笋比籠葱大，雛争鸑鷟先。明堂成大玉，清廟作朱絃。一自參商隔，徒教夢寐牽。蠶娘悲嫁畢，浣女畏歌傳。白髮重相遇，青雲尚未然。詞章光越嶠，行李苦蠻煙。暫作羅旁客，閒依鮑靚仙。瘡痍分大藥，水火出炎天。陰雨從斑管，慈雲起錦箋。能招徐孺至，更使主人前。晝引龍龕山名。坐，春留玉枕山名。眠。孝承名父志，忠在大人篇。莫遣廷臣薦，鳴珂便入燕。

【箋】

康熙二十三年春將游西寧前奉答林之枚之詩。林之枚，字木文，號松亭。浙江嘉興人。明清之際流寓西寧（今鬱南縣），自號錦石山樵，著書攬勝。著有瀧江集詩選七卷。文外卷二有錦石山樵詩集序。瀧水，羅定舊稱。

九星巖

星巖勝概甲瀧東，玉乳泠泠下碧空。萬壑芙蓉生洞穴，千林薜荔隱房櫳。雲根氣作朝朝雨，石角聲含夜夜風。巖有石竅，吹之作角聲，名石角。琴鶴相隨宜此地，振衣時上玉虛宫。

【箋】

康熙羅定州志卷一：「（東安縣）九星巖，在城東北隅，距天柱峰數武許。群峰林立，勢如排雲。獨西南一峰圓頂巍聳，石室穹窿，高八九丈，寬可容數十坐。一石有竅，吹之聲震山谷，相傳傜蠻吹以號衆者，今呼爲石角巖，石壁間多有題詠。」詩當爲康熙二十三年春遊西寧（今鬱南縣）途經東安（今雲浮市雲城區）時作。汪譜謂翁山於康熙二十三年秋遊西寧，然西寧詩皆寫春景，當爲是年春之作。

康州江上作

維舟一薦白蘋香，陸賈祠宫在晉康。錦石山開三峽峻，苴蘭水落九江長。湘分大小黄魚好，巖辯東西紫研良。最羨寒蟬飲風露，家家人有緑天涼。

【箋】

康州，即德慶州。詩當作於康熙二十三年春游西寧經德慶之時。

舟次康州作 二首

一入晉康口，鷓鴣聲漸多。水從紅樹出，山逐白雲過。上下漁夫艇，東西蛋女歌。魚花争取處，片片是煙波。

舟從巖口入，驚起鬱鷄飛。石出多成笋，山開動作圍。香生芳草地，影亂白雲衣。清絶錦江水，峰峰浴翠微。

【箋】

康州，德慶之古稱。詩爲康熙二十三年春游西寧縣途經德慶時作。

舟經晉康奉訪州使君有作

大小湘流繞訟庭，使君日對數峰青。西將錦石爲天柱，北倚香山作玉屏。白鹿春行蒲媪地，嘉魚冬膾大中亭。舟過欲識神明守，未忍揚帆入杳冥。

【箋】晉康，指德慶州。詩爲康熙二十三年春往西寧縣道中訪德慶州知州王瑋時作。

舟入羅旁之水將訪西寧張明府有作　四首

水斷頻無岸，山開漸有林。花愁漁父識，藥喜野人尋。鷄犬仙家物，牛羊太古心。炊煙時一起，散作白雲深。

山口一溪分，舟隨白鷺群。花寒因向水，石濕爲生雲。草色千峰染，林香萬壑薰。灣環殊未已，灘路苦紛紛。

溪盡山城出，高高在亂峰。厓飛千樹瀑，石響一林鐘。葉落傳人語，沙乾失虎蹤。夕陽茅店外，樵影下寒松。

瀧西山水縣，喜有令君賢。瀑布爲膏澤，桃花引客船。夷門公子禮，新語大夫篇。定識相留處，行春白鹿邊。侯，大梁人。

【箋】

羅旁水，在羅定州西寧縣境，經縣城建城北流入西江。張明府，即張溶，詩當作於康熙二十三年春游西寧之時。

采藥西寧承張大令使君命其姪孫豫表陪探燕子巖大峒龍井諸勝

瀧東與瀧西，巖嶂蔽天起。瀧西林木深，窈冥數百里。城與白雲爭，所得尺有咫。猿鳥欺吏人，峰巒壓廳事。開闢未百載，夷椎尚多鄙。使君造草昧，雷雨自兹始。仁聲務洋溢，文教期光被。我來聽鳴琴，泠泠匪山水。先王風未絶，詠歌日盈耳。相賞在無言，唱嘆亦有以。郊坰富丘壑，先導命猶子。楓葉作香飯，笋籃代玉趾。衣裳濕嵐翠，杖屨沾泥滓。石窟俯身入，洞天穿地底。絶壁攀莓苔，幽叢掇花蕊。奇葩愛無名，大藥疑不死。猴藟既蔓引，鳳竻復披靡。蘭青翡翠同，竹大籠簛似。松栝互支拄，礨磈或騰倚。鬱鷄驚出林，白鷴罥其尾。山鵰解媚人，孔雀可驅使。飛崖畏足踐，盤石若棋累。方圓競相疊，大小皆竦峙。鬼神所盪踏，風雨或遷徙。陟高眺錦石，特立牂牁沚。玉表何峨峨，翠屏復几几。漢臣昔封植，功可銅標擬。蒲桃裹宫錦，五采絢㟧㠎。瀧西夙望秩，山宗實在此。羅旁九九曲，勢至咽喉止。洶湧千萬嶂，所賴一柱砥。使君天下才，今乃在蠻俚。亦如陸大夫，區區至交阯。峻極持崧高，英靈作南紀。注以洪河流，波濤沃瘡痏。恩膏隨沓潮，以及我桑梓。湯沐不在多，錦石亦可喜。肯錫一陂陀，當盡樹蘭芷。來爲瀧西氓，殷勤負耒耜。

【箋】

西寧，今鬱南縣。張大令，指張溶，字嵋月，號婁涿。河南祥符人。康熙六年進士，初授江南泰興知縣，二十二年秋改任西寧知縣，在任間纂輯邑乘，撰瀧西事略，有善政，鄉人立祠祀之。詩爲康熙二十三年春遊西寧之作。燕子巖，在鬱南建城鎮東三里大峒村梅坪山中，今稱石門。龍井，在鬱南建城鎮。

至西寧賦贈張大令

一水曲穿林，沿洄信幾深。路從幽鳥問，城向亂雲尋。漸到絃歌地，遥聞鸞鳳音。政成因孝友，公暇每登臨。傜女仙靈口，羅人父母心。花重封錦石，月更奏瑶琴。風雅持當代，神明答所欽。干旌勞見訪，几杖欲求箴。作膾多葵鯉，開屏有孔禽。築臺先郭隗，在幕復陳琳。史氏循良傳，韋家諷諫吟。爲君頻搦管，相和始於今。

【箋】

康熙二十三年春游西寧之作。

題西寧張邑侯山響亭 二首

官舍蒼蒼萬疊山，琴聲半落瀑泉間。春風祇自絃中出，吹得桃花去復還。

拄笏朝朝見翠屏，瑶琴色映數峰青。陶公自有無絃者，寫出元音滿訟庭。

【箋】

康熙二十三年春游西寧之作。張溶主修西寧縣志卷十二載有彭孫遹、張溶、任埈、陸榮登、林之枚、屈修、梁佩蘭、陳恭尹、王澐、蕭士濬並屈翁山同題之詩，當爲應西寧知縣張溶之邀唱和之作。山響亭，張溶任知縣時改建。張氏曾集唱和之詩爲山響亭集。

龍井 二首

龍井在西寧治東三里半山之中，大僅尺許，深五寸，滲出沙底，不盈不竭，味甘以冽，真坎之水也。張令作亭以覆之，屬予爲詩。

瀧西一龍井，涓滴是真泉。有本雲根裏，無聲瀑布邊。寒宜帶冰食，暖待掃花眠。清絶使君愛，爲亭向紫煙。

方寸一泓碧，秋光映欲空。月生明鏡底，天在素華中。石作銀牀好，漿憐玉井同。使君頻汲取，嘯詠隱之風。

【箋】

康熙二十三年春游西寧時作。張令，即西寧知縣張溶。張溶纂修之康熙二十六年刻本西寧縣志卷十二載有翁山此詩及張溶、叢克敬、林之枚、任埈、黄輝斗、屈修、陳玉、沈鳳、黄承瓚、劉錫齡同題同韻倡和之作。

至西寧下城峒奉訪龐卯君五丈

老向瀧西一角巾，畬田數畝自先臣。香秔亦用青楓染，玉饌惟將錦鯉陳。花以無名長在樹，禽因有喜屢催人。鷄藤一一皆靈壽，杖到天邊總是春。西寧人每遇三月上巳，輒以楓葉擣汁蒸香粳爲飯，色黑而香，亦青精飯之遺也。西寧水口多錦鯉，其身圓如葵葉，亦曰葵鯉，肉細而甘。又有鷄藤香，可爲杖。

【箋】龐卯君，西寧人。釋成鷲紀夢編年云：「庚申八月至西寧，九月抵下城峒，長者龐卯君，博學狷士，遂主其家。」即其人也。　詩作於康熙二十三年春游西寧時。

以香根一枚爲黄位北壽繫以詩

莞中黄熟好，香乃在孤根。生愛朱砂土，名傳金桔園。美人宜服媚，長日共寒暄。尺寸持相贈，如蘭更一言。

【箋】廣東新語卷二六：「莞香……黄熟者，香木過盛，而精液散漫，未及凝成黑綫者；又土壅不深，而爲雨水所淋者，是爲黄熟，……尤以香根爲良。」「至馬尾滲，則香之在朱砂黄土中者。」　黄輝斗，字位北，一字空嵐。江蘇上元人。持重高才，嘗游燕、齊、秦、楚諸地，知名海内。有慎獨堂詩稿、慎獨堂文集。康熙西寧縣志載其和翁山龍井詩。

暮春山行　二首

棠梨白似白頭人，如雪開時已暮春。寒食野花惟見汝，亂隨蝴蝶撲車輪。

鵑花爲我血殷紅，朵朵清明涕淚中。望帝春心終不死，幽林處處是蠶叢。

【箋】審其詩意，當爲弔永曆帝而作，疑作於康熙二十三年暮春游瀧西時。

送曾止山　三首

英雄誰得老，天意在吾人。但使羊裘在，何妨鶴髮新。花留貧賤日，酒送亂離春。待與清秋雁，重來問白蘋。

野寺鶯花外，相逢淚滿巾。猶多天寶客，已少永和春。龍去悲明日，天回望此人。吾衰何足嘆，勉作采芝臣。時三月十八日，故第五句云云。

勞勞南北路，蓬轉恨車輪。白首空爲客，黄金不識人。菱花能向暖，菊蕊亦開春。小别還惆悵，相知日以新。

【箋】曾燦，字青藜，一字止山。江西寧都人。給事中應遴仲子，明末嘗參與抗清，事敗，乃祝髮爲僧，遨游閩浙兩廣間。聞母病，乃歸。以母命受室，築六松草堂，躬耕不出。後乃入易堂，客游燕市以卒。有止山集等。燦於康熙二十三年春嘗游西寧，有詠文昌閣詩，翁山游西寧亦其時也，詩當爲是年三月十八日送別曾燦之作。

白鷴篇柬蕭山周子

炎方珍禽有閒客，白鷴號閒客。雌者純丹雄者白。咫尺煙霄未可飛，羽毛幸有高人惜。君有文章亦孔鸞，南來此地求琅玕。離支絶勝丹砂好，甘蔗還如玉液寒。不必金裝如陸賈，珠蘭瑶草應長把。南方草木疏成書，芭蕉葉大堪揮灑。生日何妨舉一杯，如君真未愧瓶罍。冉子情多頻請粟，臯魚淚盡衹銜哀。聖明湖與湘湖接，紫蒓甚美多莖葉。高卧蕭然山名。一故人，謂蔡大敬。豈有療饑芝燁燁。與君懷望每臨風，何時歸去同漁獵。

【箋】周子，浙江蕭山人，疑即周斗垣。康熙二十三年春游西寧時有拂霓裳從西寧使君乞白鷴，疑此詩亦作於同年。

舟自康州東下作 三首

大湘未盡小湘來，兩岸青山向峽開。直到羚羊江始放，西江倒卷北江回。

羚羊一口雨中開，潮截牂牁水倒回。四月魚花猶絶少，衹因西水未曾來。

黄魚不取取嘉魚，舉網頻乘細雨餘。一夕錦江新水長，雙帆未肯返扶胥。

【箋】

康熙二十三年四月自西寧縣歸廣州途經德慶之作。

舟入新興江將訪柴子有作

不知江口水聲分，舟入千巖衹爲君。春盡林香猶作瘴，雨餘山氣未成雲。白魚捕處禽多翠，甘草銜時鹿有羣。咫尺松杉煙靄隔，一峰長嘯萬峰聞。

【箋】

新興江，發源于恩平縣天露山，北經新興、雲浮、高要流入西江。柴子，其人未詳。詩爲康熙二十三年四月自西寧縣歸廣州途中，折入新興江訪柴子之作。

新興贈李大尹

廿四山開彩翠分，城邊驚起鷓鴣羣。白雲不散惟廳事，明月相逢是使君。漢代循良今復見，新州煙瘴昔曾聞。文翁教化先求友，座有相如挹素芬。

【箋】阮元廣東通志卷五十一載，李廷鳳，正藍旗人。例監。康熙十七年任新興縣知縣，康熙二十三年徐煌接任。詩爲康熙二十三年春夏之交自西寧縣歸廣州途中轉入新興縣訪友時作。

雪殘香荔支復榮 新興社題

去臘南天苦雪侵，珊瑚凍折荔支林。春來香玉魂都返，翠作炎霞影盡陰。火齊即看紅日亂，瑛盤更沃碧泉深。新州核小真難得，冰雪全空姑射心。

【箋】香荔支，新興特産，以味香核小勝。康熙二十三年自西寧歸廣州，折入新興與當地詩社唱和之作。

賦得莊周夢爲蝴蝶 新興社題

逍遥自是至人心，仙夢虚無物化深。出繭三春爲鳳子，如輪五色向花林。千年蝙蝠徒爲爾，一夕蜉蝣亦至今。解絶雲霓非有待，漆園精爽在蘭衾。

【箋】康熙二十三年春末在新興縣唱和之作。

贈新州區丈

新州廿四峰，君得幾芙蓉。老去杯休放，春來酒貴濃。暖煙長在藥，炎雪不知松。日夕芝華裏，微吟入暮鐘。

【箋】區丈，名不詳，新興縣人。詩乃康熙二十三年春自西寧縣返廣州途中訪新興時作。

題張丈香隱園

炎海多香物，無如荔子香。丈人親種者，可有素馨囊。花釀三春酒，溪流幾處觴。明年過夏至，待我讀書牀。

【箋】張丈，其人不詳。審詩意，疑爲康熙二十三年春自西寧縣返廣州途中遊新興之作。香隱園，待考。

歸舟賦贈柴子

風信東邊見破篷，移舟深入蓼花叢。雷聲隱隱黃霞外，日色沈沈白雨中。山水有情娱我老，詩書無術救人窮。疏狂莫作諸侯客，鸚鵡才高命或同。

【箋】

詩末借禰衡故事以自況。黄廷璋翁山詩外序：「昔大司馬留村吴公作鎮兩粵，宫詹學士王公阮亭奉祭波羅，聞先生之名，慕先生之行，皆欲薦先生于朝。先生曰：『家有老母，吾豈能離朝夕之養？況余所著詩外、文外、文鈔、廣東新語與所述易外、四書補註、廣東文選、廣東文集、十八代詩選、李杜詩選、今文箋、今詩箋、翁山六選諸書未竟，余之筆硯未可輟也。』」詩當作於康熙二十三年春末將别新興歸廣州之時。

雨後

雨後江潮鼓大波，黄花魚比白花多。罾門故截溪橋出，漁艇時穿海市過。𪇟鶘已知無食好，鷓鴣其奈不歸何。離枝漸熟休狼藉，釀酒持將養太和。

【箋】

詩有「雨後江潮鼓大波」、「離枝漸熟休狼藉」句，當爲康熙二十三年初夏自新興歸廣州途中作。

題陳獻孟城南新居　四首

山公相愛遂移家，且得園池傍海沙。南北未教蓮葉大，東西先遣柳條斜。何須潦倒頻中酒，已有風流似浣花。多養白鵝萍藻上，右軍來寫一天霞。王將軍爲君卜築。

小南城畔石堂開，草滿從無牧馬來。夜哺自憐烏有母，朝飛人嘆雉無媒。竹竿多植貪苞笋，花蒂頻留待結梅。居士近耽禪寂甚，蒲團一一在琴臺。

避暑池塘十日留，兩家萱草總忘憂。雨中汕子多金鯽，煙外將雛有白鷗。月出箏琵喧粉堞，風過帆席拂丹樓。芭蕉欲使遮城角，葉葉聲寒不畏秋。

白髮高堂繡佛前，谿來至孝自通禪。夫妻苦葉愁多水，母子甘瓜喜滿田。有道何妨爲紫槿，無心不覺吐青蓮。清齋便可頻來共，看爾承歡疏磬邊。久聘郭氏，未成婚。

【箋】

陳阿平，字獻孟。東莞人。康熙中由廩生充歲貢。能詩，與梁佩蘭、陳恭尹輩交游。爲翁山門人，嘗重編翁山詩外。娶郭清霞之女。著有鉢山堂詩集。汪譜次於康熙二十三年。

初秋春山作 七首

秋聲猶未起，暮氣已生寒。一葉夢中落，片雲衣上乾。無才從寂寞，不義亦艱難。菽水平生樂，浮雲一笑看。

静去忘朝暮，庭空一葉驚。香焚消雨氣，筆落起秋聲。林鳥欲無語，山花安用名。月寒頻化水，相照有餘清。

香好煙多紫，花寒色更紅。書成秋爽後，夢盡水流中。喜客惟山鵲，愁人是草蟲。雨抽蕉葉大，片片映簾空。

磴道交煙竹，陰陰掃不開。人惟盤石坐，客是白鷗來。葉盡山無影，花多水有苔。松脂新服食，白髮莫相催。

燈影摇黄葉，樓陰壓白雲。風來山雨合，日出水煙分。蘭暗香無定，松高響不聞。幾宵涼月下，長嘯憶離羣。

雨影含明月，幽幽萬竹中。未懸秋漢上，猶與白雲同。氣冷先成水，光微亦畏風。渚邊吟望久，驚起一聲鴻。

未晴知有月，空外已光流。忽爾天風起，吹來滿石樓。尊先開白露，琴待響高秋。衣薄驚寒射，林塘不可留。

【箋】春山，翁山故居之山名。詩爲康熙二十三年初秋沙亭鄉居時作。

游羅浮作

巃嵸兩靈岳，佐命於祝融。蓬萊浮海來，與之合鴻濛。曜真秘陰室，朱明開陽宫。夜半海日飛，摇蕩石樓紅。石樓夾天起，雲氣流如水。日出見仙人，玲瓏水簾裏。迎我四百峰，蝴蝶大不已。裊裊鐵橋垂，欲度愁風吹。白雲爲羽翼，一舉將何爲。蘇耽尚有母，萊子亦有妻。潛龍寧勿用，雷雨將乘時。麻姑有酒田，聊自耕紫煙。搗藥命紅翠，流杯持寒泉。歡娱可因物，變化寧在天。

【箋】康熙二十三年秋偕廣東督糧道蔣伊、廣東鄉試主考官王又旦游羅浮之作，詳見登羅浮絶頂奉同蔣王二大夫作箋。

梅花村作

路從賣酒田，乃至梅花村。羅浮梅大宗，太古多遺根。紛紛諸巖谷，紅白皆子孫。蔽虧玉女峰，含吐扶桑暾。依依緑毛鳥，朝夕相寒暄。自名曰么鳳，啾嘈似有言。團團以相抱，首尾無一存。倒挂以自娱，雌雄情何敦。氤氲兩翅間，一一梅花魂。

【箋】

廣東新語卷三「羅浮」條：「梅花村在山口，前對麻姑、玉女二峰，深竹寒溪，一往幽折。人多以藝梅爲生。牛羊之所踐踏，皆梅也。冬春之際，以落梅醖酒，于村南麻姑酒田賣之。」詩爲康熙二十三年秋游羅浮時作。

游黄龍洞

洞口花縈回，微磴在谿水。交瀑絡峰腰，積翠明潭底。倒影麻姑臺，一望成霞綺。白石含金沙，紫蒲吐瓊蕊。羣峰稍開豁，霒雲泱漭起。坐愛盤石廣，卧欣芳草靡。天華尋遺宫，蒙蘢餘葛藟。歌響散天飛，舞塵逐雲委。興廢祇終朝，割據一何鄙。英雄寧無成，不奪兒女子。

混沌留吾年，蟬蜕帝王裏。洋洋風珮飄，天路從兹始。

【箋】廣東新語卷三：「羅浮之洞凡十餘，最勝者曰黄龍，葛洪西庵之故基也。南漢主劉鋹嘗夢神人指羅浮之西，有兩峰相疊，一水對流，可以爲宫。訪之，得斯洞。又夢黄龍起宫所，因名洞曰黄龍。」詩爲康熙二十三年秋游羅浮時作。

沖虚觀

平生好嶠岳，所至棲丹丘。太華雖言好，未若歸羅浮。沖虚有雲構，葛公所綢繆。喑虎守洞穴，碧鷄松際游。石乳滴人寒，花氣隨風留。仙璈奏池底，月明聲可求。髮晞籠葱林，手弄芙蓉鷗。日月還雺虹，元氣鬱不流。研精在玄奥，吾且以銷憂。

【箋】阮元廣東通志卷二百三十引大清一統志：「沖虚觀，在羅浮山朱明洞，南宋建。」詩當作於康熙二十三年秋游羅浮時。

重至都虛觀作 二首

石勢盤回下翠微，峰峰有瀑似煙霏。參差古木穿松出，掩映寒花間葉飛。白髮休教毛女笑，黄冠好逐羽人歸。仙壇歲久無香火，欲掃莓苔恐濕衣。

仙山鎮日白雲封，磴道依稀四百重。分去祇成雙瀑布，合來元是一芙蓉。臺邊月作麻姑鏡，洞口風爲羽客鐘。古觀無人黄葉滿，鹿麑行處有遺蹤。

【箋】黄佐廣東通志卷六十五：「沖虛觀，即都虛觀故址。晉咸和中，葛洪至此以煉丹，從觀者衆，乃於此置四庵，山南曰都虛，又曰玄虛，又改名沖虛。」詩乃康熙二十三年秋游羅浮時作。

宿寶積寺

行緣一瀑布，高上層峰端。蘭若冠青壁，松林鬱嶙岏。光霞舒丹氣，暄風淒微寒。錫杖有神溜，噓吸漱潺湲。衣裳何飛飛，隨風上檀欒。洗藥尚未畢，長嘯淩天門。孤生悼已晏，妙志矢無諼。沮溺雖隱約，松喬共盤桓。日暮聞鐘聲，聊與飛鳥還。

【箋】阮元廣東通志卷二百三十引大清一統志：「寶積寺，在（博羅）縣西北羅浮山。唐中宗時，僧道迪建於卓錫泉旁，名中閣院，宋改今額。」詩爲康熙二十三年秋游羅浮時所作。

登羅浮絶頂奉同蔣王二大夫作　蔣少參莘田、王給諫黄湄

霦霦太古雲，至今未開闢。山氣日洶湧，隨風灑精液。觸石生洪波，微茫在咫尺。登山若浮海，舟航即輕策。浮山復浮去，與羅萬里隔。僅餘玉女峰，娟娟在肘腋。蓬萊無根蔕，左股長爲客。鐵橋苦拘繫，峰峰合體魄。一氣膠漆之，洞天在肝膈。雷風吐噏時，氤氲相損益。峨峨在虛無，躡踏難留跡。如何太華山，乃爲巨靈擘。便道通句曲，大天有阡陌。玉笥一南竅，日月暗相射。朱明本火府，草木多純赤。朱竹含葳蕤，紅翠美毛翮。南禺亦丹穴，鳳族以千百。口銜芙蓮花，紛紛墮瑶席。珠尾若揚麾，往來拂巾舄。麻姑何秀峙，散髮至腰脊。上下飛峰間，不肯相扶掖。筋力盡青冥，漸與空天迫。微軀若鴻毛，順風思一擲。衫袖即飈車，不用浮丘伯。神明自鼓舞，鸞鶴惟所擇。便攜二大夫，八極恣揮斥。神仙雖惝怳，此中有窟宅。真道苦無言，與天日相索。聰明乃塵垢，陶鑄有微責。雖復游無窮，亦自悲人役。神山有離合，依依且朝夕。鰲首或浮沈，廣大日以積。彌縫費造化，隨波恐流易。分水一泉

源，自天通地脈。瀑布縱横飛，與海相潮汐。天鷄一咿喔，扶桑已半白。海日長三丈，玄黄始一隙。光明未麗天，外體已赫赫。摇蕩二石樓，燒空如琥珀。生長暘谷傍，鬱儀日親炙。中夜已寅賓，導引成肥碩。咸池灼欲焦，滄涼吾自適。一下曜真臺，人間愁蹴踖。百慮生黄埃，世務嬰繁劇。三山居水下，船交苦風逆。賫去童男女，三千良可惜。羅浮即方丈，甘心自古昔。南岳一佐命，仙卿此註籍。大夫代天工，於此宜區畫。雖無封禪書，名山望潤澤。

【箋】

康熙二十三年秋偕蔣伊、王又旦游羅浮之作。阮元廣東通志卷二百五十六：「蔣伊，號莘田。江南常熟人。康熙癸丑進士，由庶常改陝西道御史……康熙二十一年補廣東督糧道參議……康熙二十四年擢河南督學。」法式善清秘述聞卷二：「康熙二十三年甲子科鄉試廣東考官：户科給事中王又旦，字幼華。陝西郃陽人，己亥進士。」又，劉紹攽關中人文傳：「(王又旦)從(孫枝蔚)受詩……王阮亭評而鐫行之，曰黄湄詩集。」

羅浮雜詠 四首

松風無大小，吹得石樓飛。一片水簾影，紛紛落翠微。月爲玉女鏡，花是麻姑衣。寄語大蝴蝶，相迎羽客歸。

空外日氤氲，茫茫四百君。雨將雙岳合，晴以一泉分。石柱支青壁，香爐吐白雲。穿林深淺去，驚起碧鷄羣。

玉女老人邊，窺人出紫煙。鏡臺一瑶石，裙帶兩飛泉。明月白成水，梅花香在天。楓林蕭瑟甚，夜半尚聞蟬。玉女峰在老人峰之側。

峰路時時斷，翻嫌瀑布多。水浮蒼樹去，山逐白雲過。餉客惟朱草，牽人是緑蘿。踟躕石梁畔，心奈欲歸何。

【箋】詩當爲康熙二十三年秋偕蔣伊、王又旦游羅浮時作。

菜 七首

瓜蔓初除菜甲香，花邊小作數畦長。丈人筋力惟提甕，稚子饑寒可代糧。陰愛緑葵含夕日，寒憐白薤負秋霜。山妻旨蓄惟蒲笋，笑共彫胡進北堂。

菘芥初生摘未稀，窺園不及下書幃。能知歲月惟青草，解讀春秋有白衣。子母三冬瓜蒂苦，君臣一代蕨花肥。桔槔亦是忘機者，引得流泉下翠微。

園蔬自種向西疇，食肉無心作虎頭。都尉牛羊終見辱，野人葵藿未忘憂。胡葱大葉穿沙早，越薤長莖出水秋。未作老農先老圃，荷鋤長得在羅浮。

户外開畦傍水雲，兒童灌沃一筒分。斷葱日日勞滂母，挑菜朝朝泣范君。葵葉滑甘雙箸下，芥薹香辣四鄰聞。明年春日春盤獻，更有蘭芝吐紫芬。

池塘風静水微波，野客朝朝負汲過。菡萏東西花葉滿，茨菰十二子孫多。團團芋葉包青鯉，曲曲藤枝趯白鵝。更向浮田親摘菜，不辭寒雨濕漁蓑。

老向丘園道未非，一生精力在芝薇。兩收香稻燒畬熟，三翦青葱壅土肥。引水花邊聲細細，留雲樹底影微微。新蔬亦可充甘旨，繡佛堂前未敢違。

黄桑白柘繞蓬廬，每恨場師我不如。微菜春烹惟瓠葉，小鮮秋薦但鱸魚。牛羊影亂天將暝，蟋蟀聲寒歲欲除。閒學憲王圖本草，贈人還有種葱書。

【箋】

康熙二十三年秋作。

香柚

最是增城柚，天寒益有香。那能成玉液，衹是飽清霜。一樹殷勤數，三冬次第嘗。楚臣知有此，應亦頌芬芳。

【箋】據「最是增城柚，天寒益有香」句，當爲康熙二十三年秋游羅浮歸途經增城之作。

老樹歌爲蔣少參壽

少參堂側有老樹，似榕非榕榕所寓。葉葉含苞如木筆，葉開忽似花争吐。花亦非花花不如，紅淺緑深帶膏露。千萬根鬚作一身，虎倒龍顛應有故。我公構宇輪囷下，日見柯條出煙霧。公餘一日三摩挲，時遣詞人競題賦。擁腫不知大幾抱，朔雪炎霜自朝暮。青牛變化已多年，白鶴巢棲寧有數。尉佗城中古木少，除卻菩提應獨步。越人以此爲甘棠，一葉一枝孺子慕。公之先公所根本，南海一株磐石固。百年父老已湯沐，萬古神靈定呵護。霜威尚帶西臺柏，匠石森然不敢顧。五嶺憑兹作梁棟，望似丘山陰四布。吐納精華日影中，元氣茫茫各奔赴。膏流金玉總堪餌，腹有文章長不蠹。天南奇樹罕人知，木棉千尺虚當路。楨幹因君益大春，剪拜恐爲雷雨怒。公尊人南陔先生嘗爲南海令。訶林有菩提樹，植自蕭梁。公以御史出參藩。

【箋】蔣少參，即蔣伊。見登羅浮絶頂奉同蔣王二大夫作箋。汪譜次於康熙二十三年。

再賦老樹篇爲少參公壽

兩世甘棠大葉榕，城邊望似一峰峰。康公父子多陰雨，太華兒孫亦地宗。春酒人争持大斗，歲星天使在南禺。依依袞繡東山下，歌舞公歸悵莫從。

【箋】少參公，即蔣伊。詩當作於康熙二十三年。

贈王給事　四首

君家臨大河，龍門僅數武。生長飛浮山，耕牧安瘠土。西河溯遺風，詠歌三百五。小序乃國史，得失於焉取。周南本根地，厥惟夏陽古。太姒窈窕姿，宫人所歌舞。洋洋雎鳩篇，房中以爲祖。君詩兼風雅，哀樂有規矩。后妃與琴瑟，文王與鐘鼓。文母墟墓存，再拜以依怙。郃陽詩大宗，蘇武開其始。西京十九篇，麗則同芳軌。文質何相宣，漢風此盡美。君如清廟瑟，唱嘆得遺旨。太音在朱絃，神明所張弛。五言變風雅，樂府亦驅使。河華氣所生，子卿共鄉里。元精得太素，剛厲岳靈似。神胡一贔屭。洪流爲披靡。手盪龍門開，二山忽分峙。

太華以四方，削成苦如砥。君從白帝求，混茫得斯理。讀書芝陽山，子長祠在側。土高風淳樸，大文以爲則。灝氣接周秦，含弘復金德。治水臨沱潛，七年蠲寢食。憂旱索鬼神，五行哀失職。奉圭祀孔虔，孳孳以稼穡。漢江與争命，蛟龍戢其翼。身爲淇園楗，決口於焉塞。上帝憫精誠，胼胝爲溝洫。微官免爲魚，成功告禹稷。平生河渠書，至此得盡力。治行以循良，厥爲天下最。徵拜居黄門，直言無内外。奉使日南來，咨詢惟利害。執轡當市門，殷勤駐旌旆。求賢得彼姝，片言若龜貝。下問何温恭，小心事耆艾。好學以無倦，所書溢鞶帶。富有非文章，日新乃光大。持節還承明，喉舌帝所賴。北斗一斟酌，元氣以滂沛。

【箋】王給事，即王又旦。見登羅浮絶頂奉同蔣王二大夫作箋。詩爲康熙二十三年秋作。

賦得蝴蝶繭贈王黄門幼華

羅浮蝴蝶有洞穴，天蛾吐絲白如雪。千絲萬絲作一繭，仙胎衹爲鳳車結。終日纏綿如有情，變化一一通神明。繭中久蟄經霜雪，雌雄之雷不能驚。枝間厚裹烏桕葉，山人采得盈筐篋。

四百峰邊大小村，家家皆有大蝴蝶。黄門近自京華來，邀我共上麻姑臺。不愛紛紛五色鳥，不求朵朵同心梅。祇憐鳳子多香繭，神物人間知者鮮。攜歸置在梧桐間，明歲車輪雙翅展。仙人騏驥最相宜，莊得其雄老得雌。雲霞衣服誰能似，日月精華總在兹。君亦當年句漏令，自入羅浮多嘯詠。鮑靚丹爐造未能，袁宏山疏題初竟。千金何物作裝還，蝴蝶之繭徒斑斑。已擲沈香教作浦，更拋錦石使成山。

【箋】

廣東新語卷二十四：「大胡蝶，惟羅浮胡蝶洞有之。……其生以繭，繭中有一卵，小於鷄子，重胎沁紫，包以烏桕木葉，絡以彩絲。……羅浮人喜以胡蝶餉客，予入山必盈袖以歸。」王黄門幼華，即王又旦。　詩乃康熙二十三年秋偕王又旦、蔣伊游羅浮之作。

題王給諫烏絲紅袖圖　王，郃陽人　四首

芙蓉無數水中開，化作鴛鴦七十來。争愛夕郎辭賦好，持箋一一向琴臺。

太華仙人魯女生，三千玉女不知名。何如少華黄門客，解和詩篇有麗英。

西從西岳至羅浮，詩滿天邊二石樓。五色仙禽多狡獪，麻姑教向使君求。

斑騅攜得素馨花，陸賈風流映漢家。一片羅陽歌舞石，看君飛滿筆端霞。

【箋】王給諫，即王又旦，見登羅浮絶頂奉同蔣王二大夫作箋。詩爲康熙二十三年秋作。

題五詩人圖　秦人孫豹人、王幼華，吴人吴賓賢、郝山漁、汪舟次

詩人復有五君賢，渭北江東嘯詠傳。一片丹青争畫出，風流誰復羨淩煙。

【箋】孫枝蔚，字豹人，三原人。有溉堂集。王又旦，字幼華，郃陽人。有黄湄詩集。吴嘉紀，字賓賢，泰州人。有陋軒詩。郝士儀，字羽吉，號山漁，歙人。汪楫，字舟次，江都人。有悔齋詩、山聞詩。作於康熙二十三年。

賦贈粤東典試劉工部

駟馬中郎客，梅花水部才。大文持玉尺，元氣酌金罍。盡網珊瑚樹，窮探明月胎。斑騅歸莫遽，秋滿越王臺。

【箋】清秘述聞卷二：「康熙二十三年甲子科鄉試廣東考官：户科給事中王又旦……工部主事劉長發，字

永存，江南江都人，丁未進士。」　詩爲康熙二十三年秋作。

有懷富平李孔德　八首

我憶西秦客，蒹葭白露中。虎狼天府國，鷄鞠少年風。關自閿鄉入，門開華岳通。高堂春酒熟，桑落是蒲東。

束帛自穹廬，投竿别漆沮。乞歸矜有疏，卻聘恨無書。芝朮千秋少，鷄豚一日餘。何人猶戀禄，不念倚門閭。

與君馳驛騎，趙代去相依。作客從飛將，爲媒得宓妃。越歌慚有木，秦俗重無衣。一自關河隔，同心事盡非。

射獵柏林時，英雄自得師。仲連飛兔客，亞次鬥鷄兒。五代全臣少，中華正朔遲。最憐歸漢帝，功在一閼氏。

講授多新説，無雙是五經。先王存夢寐，後進有儀型。紫閣横天翠，黄山映水青。當年同几席，相勉復西銘。

王翦舊頻陽，尋君道路長。歌呼還用缶，慷慨已同裳。武帝祠三日，伊人水一方。别來秦越隔，魂夢兩茫茫。

聞道徵修史，春秋義未申。温公元晉胄，景畧本秦人。草野存遺直，華夷有大倫。九經知注就，寄我莫逡巡。

之子從商雒，懷予最有情。事存漁父傳，詩得楚人聲。地在離支國，家臨海市城。書裁南裔志，異物頗知名。

【箋】

康熙二十三年秋作。時寓居廣州。富平李孔德，即李因篤，字天生，號孔德，陝西富平人。此詩汪譜繫於康熙十九年，誤。詩有「乞歸矜有疏，卻聘恨無書」句，固指康熙十八年孔德被迫應博鴻科事，然「講授多新説」等四句，則指其後講學關中書院也。李天生先生年譜云：「康熙二十三年春，應方伯希公、太守董公之聘，主關中書院講席。」可證。

送典試劉工部

旌節翩翩向北還，茱萸家在第三灣。纔同白雁來炎海，又逐紅梅出庾關。得士多於珠子樹，懷人更在石公山。天寒尊酒能相送，亦有羅陽一白鷴。

【箋】

劉工部，即劉永存，康熙二十三年任廣東鄉試副考官。詩當爲是年秋作。

簞友篇

山人遺我荔枝癭，得自羅浮第三嶺。刳作一瓢字簞友，挹泉日向越王井。拳曲千年成一節，半生半死沉香結。精力堅凝剥爛時，飽經甘苦成寒鐵。霜皮未盡尚磨礱，螬蠐半食心已空。螺紋如絲旋細細，左紐右纏文不同。故株龍顛復虎跛，留此一拳見礧砢。臃腫何須中規矩，非方非圓但隨我。腹大如壺曲柄長，匏尊讓爾居中央。巢父手閒日摩弄，松枝挂處何清涼。

【箋】

詩疑作於康熙二十三年遊羅浮前後。屈大均廣東新語卷二十三：「廣多木癭，以荔支癭爲上，多作旋螺紋，大小數十，微細如絲。友人陳恫屺得其一以作偃月冠，大僅寸許有九螺。銘之曰：『文全于曲，道成於木。』予亦得其一，以作瓢而有曲柄，字之曰簞友。」

羅浮探梅歌爲臧喟亭作

羅浮梅花天下聞，千樹萬樹如白雲。開時花似玉杯大，枝枝受命羅浮君。么鳳一食三百朵，緑萼檀香留與我。君來先到梅花村，重夢美人君不可。四百峰間開更開，花從舊蔕作新胎。今歲雪多添一瓣，去年霜少盡重臺。玄墓西谿花百里，可惜天寒香似水。炎天氣暖長氤氳，生熟水沉作鬚蕊。不到羅浮争得知，梅花自此長相思。化爲蝴蝶車輪大，歲歲來攀太古枝。

【箋】臧喟亭，臧眉錫，字介子，號喟亭，長興人。康熙六年進士，官至侍御史。有喟亭詩集八卷。其妻丁瑜有皆緑軒詩。詩疑作於康熙二十三年遊羅浮前後。

知己 三首

知己多溝壑，吾生日已孤。但令長白首，不敢哭窮途。雪重松頻折，霜深草未蘇。巢邊黄葉盡，寒絶一啼烏。

幸得長貧賤，年年此舊林。布衣無不可，蓬户一何深。月好宜長嘯，風清更玉琴。茫茫興廢事，天在一人心。

天意猶相惜，先朝一布衣。平生雖未負，白首竟何歸。故國餘禾黍，空山少蕨薇。勞勞多著述，老去總知非。

【箋】詩外卷七此詩前後皆甲子詩，疑亦康熙二十三年之作也。

陳君疇見贈畫扇

君爲南海客，嘯詠越臺陰。詩筆珊瑚樹，書堂翡翠林。風流多繪事，幽獨少知音。遺我邊鸞扇，珠毛設色深。

【箋】陳君疇，其人未詳。詩疑作於康熙二十三年。

以莞香結贈吕黍字繫以詩

百年香有膽，生結一精華。得自珠官手，來從莞女家。但令存一氣，不必作雙霞。日夕君懷袖，人疑處處花。

【箋】廣東新語卷二十六：「（莞）香之生結者，爇之煙輕而紫，一縷盤旋，久而不散，味清甜，妙于沈水。」

吕師濂，字黍字，號守齋。浙江山陰人。游於滇。善書，工古文及填詞，有守齋詞。詩爲康熙二十三年之作。

贈祁七奕儀水巖硯

辛苦羚羊峽，東西割紫雲。青花因水見，白葉與天分。沐浴乘佳日，精華得大文。裁成風字好，珍重一貽君。

【箋】

祁七，即祁苞孫，字奕儀，祁斑孫之從弟，浙江山陰人。廣東新語卷五：「羚羊峽口之東有一溪，溪長一里許，廣不盈丈，其名端溪。自溪口北行三十步，一穴在山下，高三尺許，乃水巖口也。……唐宋古硯，大率老坑、新坑等十餘種……未有如水巖之美者。」詩爲康熙二十三年作。

答祁七苞孫　四首

山陰祁氏有遺忠，二六聲名與父同。羝乳恨伊棲雪窖，鳳毛餘爾在煙空。耶溪水淺難垂釣，射的山高且挂弓。詞賦最能銷壯志，未應花萼作文雄。祁忠敏公彪佳行六，仲子斑孫最知名，亦行六。斑孫以事戍遼東，故有第三句。

諸父高風我所師，名齊驃騎幾人知。忠良子姓難無忝，少小英雄易有時。水愛苧蘿能雪耻，山憐窆石解銜悲。蘭亭往日同修禊，觴詠而今更有誰。諸父，謂祁七之叔父四先生駿佳、五先生豸佳、七先生熊佳也。

鏡湖佳在鏡湖橋，蘭枻維時奏玉簫。東市雖然琴散絶，西秦尚未筑聲消。能逢句踐方君子，莫弔湘纍衹大招。慷慨肯教生白髮，銜杯且趁落花朝。東市，魏、錢二君事。

寓山山上最高樓，兄弟頻教劍舄留。不共遼東爲白鶴，幾從函谷作青牛。相逢雛鳳慚耆舊，獨似先臣愛遠游。珠玉荷君頻見贈，淚行重向錦箋流。

【箋】

詩疑爲康熙二十三年作。祁苞孫，見贈山陰祁七詩箋。

五十五歲生日有作 二首

五十五秋前，無聞愧昔賢。將過稱艾日，未及象蓍年。學易徒爲爾，知非尚未然。杖家吾不敢，親在即神仙。埤雅：「五十象艾，六十象蓍。」

皇天眷老親，八十一年人。孺慕今方始，兒啼日以新。松枝宜晚歲，萱草更長春。爲壽吾何敢，劬勞念此辰。

【箋】 詩爲康熙二十三年九月初五日五十五歲生日之作。

過郭丈寓廬有贈

小君年十歲，兄事每稱公。相就忘賓主，相依愛土風。憂勞猶隴畝，棲宿已雲鴻。心事妻孥識，遺安計未窮。

【箋】 郭丈，疑即郭清霞。見康熙二十年詩得郭清霞書言欲歸老羅浮詩以速之箋，其時郭氏當已自湘移粵，詩或作於康熙二十三年前後。詩外卷七，此詩次於五十五生日有作後。

詠管寧　二首

生長惟潛逸，棲遲豈守高。閨庭閒出入，几杖未煩勞。語客惟經典，依人自羽毛。一匡思祖業，慷慨在蓬蒿。

木榻穿當膝，相隨未老前。潛龍成德日，遼海説經年。裙薄冬添布，巾疏夏脱綿。孤臣餘草莽，匪石一心堅。

【箋】詩外卷七，此詩次於過郭丈寓廬有贈後，疑亦康熙二十三年前後之作。管寧，字幼安。北海郡人。東漢名士，後漢書有傳。

菊 三首

兩月含苞久，三冬吐蕊長。花乾同白露，葉濕似清霜。有日那能暖，非時不用香。籬邊自榮落，誰見此孤芳。

未敢違霜露，宜寒故晚開。重陽嫌太早，白雁莫相催。冉冉辭秋草，依依有早梅。炎方無月令，嗟汝後時才。

不是花難發，炎洲故晚寒。苦心嫌自見，佳色畏人看。地暖非吾性，山深正所安。微紅有霜葉，采采作晨餐。

【箋】詩外卷七，此首及以下數首，次于甲子與乙丑之詩間，疑爲康熙二十三年前後之作。

秋收後作　二首

漸見窮陰積，霜因白露晞。寒教梅色淺，暖使菊香微。十畝男功畢，孤村歲事非。幾家滌場候，鷄黍有餘肥。

喜母庭前織，絲絲似有心。人因黄菊至，路向碧溪尋。釀酒蟬鳴稻，娱賓鳳嗉琴。月明田水滿，一嘯白鷗沈。

【箋】康熙二十三年秋居鄉之作。

哭顧亭林處士

雁門相送後，秋色滿邊城。白日惟知暮，寒天詎肯明。纔分南北路，便有死生情。皓首悲難待，黄河忽已清。甲子河清。

【箋】顧亭林，即顧炎武。見哭顧寧人徵君炎武箋。據詩末小注，詩當作於康熙二十三年。

聞藍子談武夷折笋隱屏之勝有作

折笋愁將折，飛梯恐遂飛。峰隨九水落，雲作一天圍。山鬼秋多嘯，羽人寒未歸。他年三十六，勿使一峰違。武夷有三十六峰。

【箋】

藍子，即藍漣，見送藍生還閩箋。折笋，峰名，又名接笋峰。在鐵象巖後。爲武夷三十六峰之著者。隱屏，峰名，在武夷山茶洞之北。九曲溪中段。汪譜次於康熙二十三年。

初冬鹽步江上作 三首

日暮水逾冷，微風吹有霜。白鷗飛不去，心似愛斜陽。木葉有時落，鱸魚何處香。隔林柑子熟，乞與老親嘗。

海色長如暮，陰陰雨氣過。白鷗雙影少，漁父一人多。蟹味寒逾美，鶯聲暖始和。菰蔣吾老矣，無恨與滄波。

人家全不見，總在荔枝洲。蟋蟀那知暮，芙蓉自作秋。山隨蒼樹出，水逐白雲流。漁父無心者，蘆花使白頭。

【箋】 鹽步，鎮名。在廣州之西，屬南海縣。　詩爲康熙二十三年初冬赴端州途中經鹽步時作。

黄岡　八首

黄岡村最好，斜對水巖開。紫石家家琢，青花一一裁。蕉心乘雨出，榕影逐風來。向夕蘭舟泊，微聞猿嘯哀。黄岡在羚羊峽西，村人以采巖石爲業，凡有五百餘家，琢紫石者半，白石者半。紫石以水巖所産，色似羊肝帶血，有蕉葉白、火捺、青花者爲貴。

此地耕桑少，人人割紫雲。雙縑天際至，一片水坑分。蕉葉含純德，羊肝出大文。深慚無著作，祇寫白鵝羣。

村小當高峽，家家擁石林。琢磨兒女力，揮灑聖賢心。造物如相惜，生涯豈至今。老巖開自宋，日見斧斤深。

端州多巧匠，生長此山邊。活眼開鸜鵒，真花養水泉。峽中探黑穴，巖裏踏青天。最是東西洞，能消十萬錢。水巖石東西二洞尤美。

日夕穿山腹，深深至九淵。雲膏含水軟，玉髓得風堅。小鑿從唐代，重封自宋年。神靈呵爾輩，斤斧莫争先。

豬肝真紫好，得水見精微。隱映青花細，温柔暖玉肥。蠻奴高索價，洞口半開扉。純粹無多片，心傷識者稀。

端溪閒采硯，繫艇峽江濱。箭箙窺巖口，殷勤問峒人。千金開未得，一片乞須頻。細認莓苔字，方知此穴真。水巖須費千金乃開。

石匠欺人甚，真巖有是非。元精吾尚識，至寶世原稀。贈客重包錦，酬工數典衣。銘辭須古奥，一一使垂暉。

【箋】

黄岡，即黄崗，在今肇慶市東北。汪譜次此詩於康熙二十三年冬。

兩粵督府祝嘏詞 四首

亞相宣威五嶺來，東南天柱是崧臺。和平自得康公壽，文武誰如吉甫才。去歲羚羊寒有雪，今年貟屋暖多梅。嘉魚又復期張仲，至日風光滿玉杯。癸亥十一月，羚羊峽積雪彌望。嘉魚出小湘峽，冬月賣向崧臺市上。

崧臺此日即崧高，喬岳精靈在節旄。炎海一邊消瘴癘，越裳三載息波濤。雍容師保惟周禮，羽翼春秋有楚騷。棠下人多春酒獻，巡行召伯不辭勞。

斧鉞東臨屢有年，蠻方人賴袞衣賢。不將南庫歸京闕，自作長城控海天。七朵芙蓉珠斗曲，一輪明鏡玉臺圓。無多香尉留州郡，盡沐清風嶺嶠邊。五、六謂七星巖瀝湖也。

馬上黄門鼓吹多，行邊西上極牂牁。交人競拜雙銅柱，客宿長依一玉珂。幕府琴彈槃木曲，門生笛奏武溪歌。軍中盡識投壺禮，宴樂公堂滿太和。

【箋】

據「越裳三載息波濤」、「去歲羚羊寒有雪」句及小注「癸亥十一月，羚羊峽積雪」，詩當作於康熙二十三年十一月廿日，乃爲兩廣總督吴興祚祝壽之作也。魯曾煜兩廣總督吴公興祚傳：「興祚，字伯成，號留村。浙江山陰人，入正紅旗籍。以貢知萍鄉縣。……（康熙）二十一年遷兩廣總督。……後徒古北口都統，卒於官。」興祚生明崇禎五年，是年五十三歲。

壽兩廣制府　三首

吉甫兼文武，詩多肆好風。崧高還自誦，燕喜復誰同。孝友期張仲，經營似召公。對揚稱萬壽，受命正無窮。

元老多風雅，西京一代才。繇來大司馬，詩冠柏梁臺。五嶺爲銅柱，三江作玉杯。持將介眉壽，復有庾關梅。

名世生東浙，文成復有人。天南開節鉞，嶺外起經綸。雷電成章早，山河入誓新。炎方永師保，天與大年春。

【箋】

兩廣制府，即兩廣總督吴興祚。詩爲康熙二十三年十一月二十日在肇慶爲吴興祚祝壽之作。

從友人索取柑子

君自綏州至，應多柑子黄。玉盤堆更滿，纖手擘偏香。噴客多含霧，甜人已飽霜。就中魚凍者，分我一籠嘗。

【箋】

詩有「君自綏州至」句，疑友人即四會知縣吴樹臣。綏州，四會縣古稱。樹臣於康熙二十三年冬嘗饋翁山柑子。四會柑爲粤中名果。此詩疑爲康熙二十三年之作。

柑　五首

今歲壺柑子，霜稀頗不甜。味回須十日，香在且雙奩。摘恨鬆皮少，歸勞素手纖。就中魚凍者，幸未使君嫌。柑以皮如魚涷者爲美。冬至甘酸雜，黄堆几案遲。凝心霜瓣冷，浸齒玉津滋。陽孽皮方好，陰乾核更宜。明年多買蟻，盡護故園枝。載自端州遠，青黄滿一槎。氣寒純是雪，香熟總如花。盤裏多秋色，懷中有露華。人言洞庭上，朱橘讓紛葩。開籠閒數數，大小愛圓勻。香霧長濡手，甜霜每在脣。藏時須待臘，寄日欲當春。兒女争懷袖，歡聲動隔鄰。至日争攀摘，離離尚滿柯。山人分未少，縣令贈偏多。皮厚春能到，瓤乾臘欲過。兒童紛賭核，食奈太寒何。四會令吴君見餉數筐。

【箋】康熙二十三年冬游端州時作。　詩注云「四會令吴君見餉數筐」，阮元廣東通志卷五十一載，吴樹臣，浙江烏程人，拔貢，康熙二十二年任四會知縣。按：詩有「冬至甘酸雜」、「至日争攀摘」語，又有「載自端州遠」句，駐肇慶兩廣總督吴興祚甲子十一月廿日五十三歲壽辰，樹臣或以柑祝壽，分饋翁山也。

沙地

沙地多喬木，婆娑數畝陰。膏含潮汐潤，氣得水雲深。處處木威樹，家家人面林。山翁重花利，種植最關心。

【箋】疑爲康熙二十三年冬游端州期間所作。

錦鷄

來從臨賀嶺，識是錦毛鷄。羽翼生猶短，金錢出未齊。籠中愁一啄，窠裏怯雙棲。欲向長林放，歸飛惜已迷。

【箋】康熙二十三年仲冬游端州時作。臨賀嶺，即桂嶺，在粵、桂、湘三省間，北接萌渚嶺。

仲冬同諸公小集端州禪舍

南風難作雪，喜得一冬乾。白雁來催臘，嘉魚出待寒。天心方至日，歲事即春盤。又作崧臺會，稱詩得古歡。

【箋】

康熙二十三年仲冬游端州之作。

送真公還星巖精舍　二首

隔水見山影，微風吹有無。不知玉屏上，誰與白雲孤。石小亦成洞，峰多不出湖。茅茨歸去好，霜月在高梧。玉屏，乃七星巖之東峰。

石牀長幾許，一半與瑤琴。巖暖少秋氣，山空多暮音。人隨流水盡，日使白雲深。禪寂復何事，從師分一林。

【箋】

真公，即星巖精舍庵主真際。精舍在肇慶星巖水月宫背後玉屏巖上，癸亥仲冬翁山與吴綺、梁佩蘭、陳恭尹等嘗唱和於此。詩爲康熙二十三年仲冬重游端州星巖時作。

題真公坐石小影

似兹盤石好，何不晝眠來。豈爲白雲冷，兼之多古苔。坐當孤月上，心與一花開。誰與共禪寂，清猿夜夜哀。

【箋】真公，即肇慶星巖精舍庵主真際。詩爲康熙二十三年仲冬游肇慶星巖時作。

後嘉魚詩 甲子 十二首

去歲崧臺下，同人總在兹。嘉魚驚入饌，端水喜流澌。石室梅開候，羚羊雪積時。玉盤分幕府，飲御重相期。

南有惟湘峽，兼之楊柳沙。味甘因石乳，色好以苔花。出每乘深霧，來如漾片霞。今年風日暖，富有是漁家。嘉魚產德慶之大湘、小湘二峽及楊柳沙，潛巖穴中，以石乳、苔花自養，冬間天暖有霧乃出，順牂牁江水而下，至春則稀矣。

風暖出巖穴，浮游大小湘。今年炎雪少，更見錦鱗長。十里行廚滿，三時下箸香。重唇似灤鯽，北客未曾嘗。

天寒齊出穴，一一峽門東。水上餐南霧，巖間避北風。忽教珠市滿，頻使玉盤空。疍女金錢數，紛紛舴艋中。

丙穴即端溪，朝來出水齊。長隨漁父去，每恐白雲迷。錦石山之下，羚羊峽以西。一冬無所事，笭箵祇親攜。

客邸頻留客，嘉魚一味鮮。繫船高峽口，作膾大江邊。黃鳥喧冬至，梅花盛小年。滿城柑子熟，酒渴不論錢。

釵珥家家買，甘腴一一沾。多調花露酒，少著水晶鹽。冬逐江潮出，春歸石穴潛。明年長至候，更得滿閭閻。

風俗嘉魚會，人人至日閒。東西三峽內，上下二州間。臘酒多宜壽，梅花盡解顔。老年宜食鱠，堪治二毛斑。羚羊峽在東，大湘、小湘峽在西，是爲三峽。二州謂端州、康州。

半在崧臺市，漁船買更鮮。自烹香積外，相饋大寒前。小用葱花糁，輕將酒子煎。雪兒能勸客，歌曲有餘妍。

價貴難論斗，殷勤向老漁。穿教蒲草細，養用玉缸虛。泉洌羹逾美，花肥肉有餘。年年小寒節，不忍當園蔬。

多刺鰣魚似，無腥瑮蛣同。三冬乘雪後，一夕滿江中。莫損宜輕網，休驚貴短篷。筵筵憐好尾，影過石潭空。

小雅知名早，詩人幾溯洄。頻從絲網得，不上竹竿來。一下文犀箸，忘持白玉杯。相酬無好詠，深愧大夫才。

【箋】

嘉魚，見康熙二十三年詩嘉魚箋。據原注及「去歲崧臺下」、「三冬乘雪後」句，詩當爲康熙二十三年冬作。

自端州載嘉魚歸春山草堂 二首

昔慕嘉魚美，名傳小雅篇。豈知吾越有，得奉老親前。三日微茫路，雙盤潑刺鮮。白頭遲下箸，念父在黄泉。

自向端州買，持歸涉海潮。養須泉水活，烹用滑甘調。小博高堂喜，頻將素友招。兒曹不知味，饜飫得連朝。

【箋】

廣東新語卷三：「予所居沙亭宅後有山曰覆船，其名不美，予以山上多古松，其聲與風濤相舂，響震四壁，因名之曰『舂山』，扁曰『舂山草堂』。『舂』音與『翁』相近，予字翁山，使人或誤稱爲舂山，無不可者。」詩爲康熙二十三年冬作。

喜姜汝皋自越州至　四首

一片鏡湖月，清光在我心。隨君至珠海，相照滿秋林。復有玉琴好，平生山水音。柯亭古時笛，不及此高深。

韋氏温恭甚，威儀總玉珂。家風多諷諫，祖德更絃歌。子舍辭秦望，王臺問趙佗。白鷳相送送，中道返巖阿。

並馬蕭梁寺，菩提見古春。同游光孝寺觀菩提樹。花花天女影，葉葉法王身。月皎雖非物，雲香亦是塵。徘徊當粵秀，更欲上嶙峋。

春明歸鑒水，歲盡向崧臺。華白因無欲，松高爲有才。將閒留日月，以止待雲雷。更與杜陵子，謂蔣丈大鴻。南浮訪我來。

【箋】姜垚，字汝皋，號蒼崖。浙江餘姚人。貢生。官國子監學正。嘗從黄宗羲學，精于易。著有易原、樗里山樵稿等。詩中有「歲盡向崧臺」語，疑作於康熙二十三年歲末。

送許氏昆弟之惠陽

之子蘭陵客，來從季子鄉。明朝向東莞，莫不至羅陽。溪名，在羅浮山中。山是蓬萊服，羅浮乃蓬萊一股。梅爲花萼香。羅浮有梅花村。毋令鮑與葛，笑汝事金裝。

【箋】許氏昆弟，未詳。詩中有「明朝向東莞，莫不至羅陽」句，疑作於康熙二十三年前後。

白鷺

不盡毛衣雪，絲絲出頂長。前身是漁父，白髮似秋霜。片片藏明月，飛飛過夕陽。銜魚向何處，家在白蘋鄉。

【箋】以下數首，疑作於康熙二十三年間。

燭　二首

三歲珊瑚似，純丹寸寸心。花因長夜發，影與美人深。風定猶垂淚，煙多欲廢琴。龍銜殊未已，星漢正沈沈。

半照蓬窗夜，離憂黯未央。雪凝雙淚冷，煙吐一心長。光外無明月，愁邊有玉觴。芙蓉那用樹，寸寸是春陽。

再詠燭

花使蘭房暗，春光在火中。能令雙蒂並，祇爲一心同。月好光難入，煙多氣未通。汝南鷄欲唱，留汝養鴻濛。

贈錢郎飲酒　二首

錢郎能飲酒，自謂酒星辰。沈湎非無故，佯狂未有人。陶公餘醉石，紀叟有燒春。我亦能荒晏，相將漉葛巾。君醉歌行有「我乃天上謫酒星」之句。

今代誰名飲，韜精在竹林。君從中聖外，定得古人心。酒是離支好，杯惟鸚鵡深。炎洲須久客，醉作越人吟。

【箋】

錢郎，其人待考。第二首，翁山另録作爲陳生洲題周道所繪秋林獨酌圖，廣東省博物館藏有圖卷，翁山詩次陳恭尹題詩後，恭尹詩所署日期爲「庚午冬初」，即康熙二十九年冬初。

題徐太史楓江漁父圖 二首

羨爾吴江客，鱸香滿水雲。如何白鷗好，忽別太湖羣。明月此何夕，秋光曾在君。蕭蕭楓正落，一葉夢中聞。

夢裏一峰青，依稀西洞庭。平生愛林屋，未得隱秋屏。白鷺自高下，梅花相杳冥。君家在何處，招手且虹亭。

【箋】

徐太史，指徐釚，字電發，號虹亭，江蘇吴江人。康熙十八年召試博學宏詞，官翰林院檢討，故稱太史。徐氏晚號楓江漁父，其楓江漁父圖遍徵名流題詠。據徐氏南州草堂集卷十，徐釚於康熙二十三年來粤，藥亭、獨漉皆爲其楓江漁父圖題詩，翁山詩當亦題於此時。

壽李中丞

召公至南海，疆理盡炎荒。一柱分新息，三城控夜郎。恩深蕉浦雨，威凜柏臺霜。父老争爲壽，菖蒲九節長。

【箋】李中丞，即李士禎。本姜姓，原籍山東省昌邑，後過繼正白旗佐領滿洲佐領李西泉爲子，改姓李。爲漢軍旗人。康熙二十年由江西巡撫改廣東巡撫。康熙二十六年休致。事見王利器李士禎李煦父子年譜。此詩當作於康熙二十三年。

甲子歲除作 三首

欲寒先作霧，將暖更吹風。歲盡從今夜，春來自故宫。草猶含蕙緑，花已破桃紅。臘酒琉璃盞，殷勤入掌中。

白首荷蓑笠，居然農丈人。野功休晏歲，山事起初春。雨氣横林半，煙光出水濱。鶯聲那不早，開我笑顔新。

歲除無一事，堪酌送愁杯。花以明燈喜，春因爆竹催。山寒多夜雨，地薄易冬雷。命隻悲何益，尊前正有梅。

【箋】舊俗，於臘歲前一日擊鼓驅疫，謂之逐儺、逐除，後以年終之日爲歲除。詩爲康熙二十三年歲除日作。

贈某廣文

已謝師儒事，殷勤尚在公。東山棋局外，北海酒尊中。白髮雖難老，黄芝亦養蒙。賢勞誰得似，日事尉佗宫。

【箋】某廣文，未詳。其人當爲廣州教官。詩編於詩外八。前後皆康熙二十三年詩，姑亦次於是年。

古銅蟾蜍歌

古銅金質久已化，血花繡蝕三泉下。何人鑄此月中物，持作薰爐噴蘭麝。月中與兔爲陰陽，三足婆娑桂樹旁。日中之烏亦三足，一東一西遥相當。太陰呼噏生潮水，仙人師爾服氣方。生長瑶臺明鏡裏，精華不待取扶桑。漢宫以此爲神器，煎取沈馣消夢寐。紅顔不少嫦娥寡，相伴蟾蜍度年歲。摩挲銅色何斑斑，看丹如緑有無間。雙煙自可通瑶圃，一氣何須假博山。軒鼎餘銅龍不愛，神工拾得虚無外。無香亦復雨氤氲，有火莫教雲靉靆。時時一縷生空中，太古長留一點紅。縱是灰寒終不滅，神靈看與蜃樓同。

【箋】

詩外卷四此首及以下一首，前後皆康熙二十三年之作，疑亦作於此年。

送吴少參返歷陽

天作天門夾大江，君邊蒼翠濕秋窗。西梁煙接東梁雨，看殺芙蓉第一雙。蘭橈曾繫君楊柳，鶯向春人催飲酒。沿月頻過采石磯，乘潮直出鮎魚口。江北煙花是歷陽，君歸爲樂正多方。謝公陶寫憑金管，太白風流在玉觴。養壽豈須紫芝草，忘情自令朱顔好。文章已可得長生，况有醉鄉縱懷抱。

【箋】

吴少參，即吴盛藻。吴盛藻，江南和州人。選貢。康熙十四年任廣東按察司副使。歷陽，即和州。

贈劉生

十八冠軍年，沙場奮玉鞭。劉生元俠少，漢將好飛騫。劍口寒星出，弓弰滿月懸。先平南越去，卻到朔雲邊。

【箋】

詩外卷八此首及以下二十六題，前後皆爲康熙二十三年之作，姑次爲此年詩。

贈錢唐趙上舍

天南惟翡翠，最解媚蘭苕。相見如初日，相隨似暮潮。才華武林客，光采紫宸朝。饑渴須瓊樹，承君玉佩要。

【箋】

趙上舍，即趙荃，字芳佩。浙江錢塘人。太學生。

送趙芳佩　二首

羅浮梅樹好，争取似西谿。歸去紫騮馬，朝朝花下嘶。昔予在河渚，與客踏春泥。君試求芳跡，柔桑十里堤。

相見祇斯須，難留是白駒。自君來合浦，不敢説明珠。才美無三楚，情深在二禺。故人大毛子，書肯問菰蘆。毛謂馳黄。

【箋】

趙芳佩，即趙荃。毛馳黄，即毛先舒。

吹葉詞爲舒亦蕃作　二首

仙人吹木葉，一半作鸞聲。夜夜碧空外，風泉相與清。蘇門無此嘯，太上有餘情。誰識元音好，多從茉莉生。吹茉莉葉，音尤妙。

忽似蟬嘶亂，凄清葉底來。月因三弄上，花以一聲開。人籟那能好，天心日已哀。可能當黍谷，吹得暖風回。

聽憨上人彈琴

揮絃作神化，一曲海風涼。多少楓林葉，無聲到夕陽。軒窗苔蘚冷，衫袖苾芻香。琴外無山水，相留此石床。

伏日吴方來招飲

避暑惟須飲，相邀向水涯。東方難割肉，河朔且浮瓜。葵扇摇明月，桃笙布淺沙。主人歡襶襶，更遣數來家。

從鮑爾先乞英石

如何巖洞好，總在一卷中。蒼翠含秋雨，巉巖上碧空。從君乞山岳，與我必華嵩。不盡卧游意，依稀白帝宫。

題蔣玉淵馭鹿圖

仙人有騏驥，白鹿與胎禽。君與鳴麑者，依依松樹陰。無人共甘草，有道即長林。何物爲王霸，雌雄且自深。

【箋】

蔣鑨，字玉淵，號馭鹿。江蘇武進人。室名桂實堂。王晫今世說：「鎮國公開府奉天，禮聘天下名士，馭鹿首應其選。毛稚黄云：『馭鹿無干而好遊，忘名而喜友。』」

喜鮑子韶來粤　四首

復作江城客，蕭條亦自悲。行吟漁父側，長跪老人時。雨減惟腰帶，霜驚是鬢絲。沙邊一寒鷺，孤立有君知。

窮交當此日，愁苦益相親。白璧空投世，黄金不識人。難求閭里俠，易逐水雲貧。蕭瑟秋將起，言歸欲愴神。

友道至今絶，肝腸獨有君。英雄愁失路，知己惜離羣。鴻鵠誰無志，蘭蓀自有芬。袖中一紈扇，努力待南薰。

自來惟鮑氏，詩冠六朝時。有子須君寄，無才愧爾知。交因貧賤好，情以死生移。羽翼相須甚，摧殘昧所之。

【箋】

鮑夔生，字子韶。其父叔裔，官廣東始興知縣，遭亂去官，居江西贛縣。夔生游幕閩越，有聲于時。著有江上集、紅螺詞等。

贈杜十五

英雄多美色，糠覈最肥人。有恨長貧賤，無時且隱淪。城邊車轍滿，江上席門新。黃老何須學，君才已絶倫。

寄桐岑禪師 師居西洞庭，朱雪鴻將往訪焉

七十二峰青，如君亦翠屏。相思與春水，流滿采香涇。有路迷煙雨，無心在杳冥。故人朱處士，應許叩禪扃。

【箋】桐岑禪師，即大燈，秀水人。居嘉興一帶之洞庭山，與翁山、大汕同禮江寧天界杖人覺浪道盛門下爲徒，爲覺浪道盛第十七法嗣。朱雪鴻，即朱謹。

寄錢唐毛稚黄

故人如有問，明月是平生。流照南屏上，秋風相與清。所思重攜手，長嘯一含情。白髮且高卧，山書知已成。

【箋】毛先舒，初名騤，字稚黄。浙江錢唐人。明季諸生，出陳子龍門，入清棄舉業，終身未仕。有文名，爲「西泠十子」之一。有思古堂文集等。

送周丈

五侯賓客在，慷慨有君卿。吾道須游俠，君才已老成。水浮海陽郡，山别尉佗城。未有一尊酒，難消繾綣情。

送黄子之晉康

爾去小湘峽，嘉魚未及時。祇應錦石上，一與白鷗期。高詠徒爲爾，忘憂不在兹。江邊得朱草，且薦大中祠。大中大夫，陸賈也。

【箋】

黄子，其人未詳。晉康，德慶州古稱。

留石行奉呈黄參軍

英州之石甲天下，一一峰巒削成者。尺寸皆作一巖洞，一卷已自成西華。使君作宦來炎方，十四芙蓉牘案旁。嵌空門竦分韶石，大小相疊讀書牀。扁舟不骨載歸去，留我草堂使箕踞。奇雲所變勢巉巖，就中大者如滟滪。昔人高致有陸績，雖清亦愛鬱林石。君今石乃似沉香，十四芙蓉同一擲。沈香長在沈香浦，英石長與翁山伍。行者爲岱坐爲嵩，乳竇玲瓏出煙雨。君之風流在此間，蒼翠依依是玉顔。殷勤洗濯去苔蘚，朝夕再拜那能閒。

【箋】黄參軍，其人不詳。據詩中所述，乃任官韶州府，時正離任者。參軍，東漢官名。明清間亦稱經歷爲參軍。阮元廣東通志韶州府順治、康熙朝經歷缺載。

贈黄參軍 二首

知君宦游倦，歸卧憶青溪。他日陶公柳，參差煙水西。籬邊有黄菊，門外即丹梯。未老能高逸，仙源定不迷。

青蓮詩俊逸，總是學參軍。六代復誰好，風流今在君。林泉多白日，軒冕一浮雲。將我紫霞飲，杯中有衆芬。以紫霞杯爲壽。

【箋】黄參軍，見前詩箋。

送劉參軍

故人越石父，已有解驂人。自此多知己，相依況老親。挂帆珠海月，驅馬薊門塵。風雅忘憂物，毋令白髮新。

秋夕與琴客作

獨坐偏宜夜，秋光是客心。如何明月影，祇愛白雲林。露滴花中酒，風鳴石上琴。蕭蕭數風葉，傳得瀑泉音。

送吴客

吴中多寶劍，汝得一干將。色吐陰山玉，光含古錦囊。三關游俠地，九塞少年場。我友西秦在，相思道未央。

泰山詠遇和許生

百尺秦松上，飄飖一羽衣。雲擎芝蓋出，鳳帶玉簫飛。垂手弄銀漢，攜予登翠微。多慚許斧子，得遇石英妃。

昔我

昔我浮家去，依依在漢陽。無窮惟木葉，不忍過瀟湘。白鷺同華髮，青山是故鄉。不知漁父意，何事愛滄浪。

送友人之京營葬

匍匐京東去，先公返葬時。鳥傷河上土，猿哭墓門枝。霜露沾濡早，牛羊躑躅遲。沙場多戰績，淚灑道旁碑。

題顧麟士先生織簾居晚望圖應令子伊人之請 二首

東吳耆舊在，人向織簾求。父子書頻著，妻孥食未謀。山中餘日月，世外有春秋。莫倚斜陽望，蒼茫易白頭。

煙水未迷津，漁夫笑避秦。無窮衰草地，有盡夕陽人。鷄犬中華物，桑麻太古春。龐公餘素業，有子作山民。

【箋】

顧夢麟，字麟士。江蘇太倉人。明崇禎副貢。嘗與楊彝集吴中名士爲應社。詩文雅馴，爲時所宗，稱織簾先生。入清後，絶跡城市，客授汲古毛氏，潛心著述。有織簾居詩文集等。顧湄，字伊人。夢麟之子。幼受家學，吴偉業甚稱之。詩清麗婉約。有水鄉集。

秋日書懷 二首

梁鴻元烈士，范蠡本狂人。奇策知無用，高風衹自親。青琴依學道，黄菊笑居貧。圖史舂邊滿，吾生合苦辛。

愁中宜日短，病裏愛天寒。白雁冬方聽，黄花臘始看。故人頻涕淚，知己又凋殘。努力支長夜，牀帷未敢安。

布席 二首

布席勞貧女，餘光乞彼姝。自憐顏色少，不嫁即羅敷。蓬垢羞膏沐，清狂笑酒壚。白頭吟莫苦，意氣古來無。

彼美東鄰子，頻歌棄婦篇。昭陽曾幾日，永巷已經年。楊柳徒多絮，芙蓉自少蓮。不如若耶上，終老緑苔邊。

金魚池和人

槐柳天壇下，朱明暑氣蒸。銀燈燒夜月，銅碗賣春冰。蘇合裘初解，芙蓉舫可乘。美人油壁至，多自越西陵。

寄贈武進陳古民丈

令子稱高逸，家臨白鶴溪。有時從地肺，潛出洞庭西。書畫松江似，風流董氏齊。岕茶親製就，壺向二泉提。

乙丑元日作　是日立春，有微雨

易逢元日暖，難得歲朝春。雨色含山淺，煙光映水新。筐開花勝小，盤出菜絲勻。卻笑夭桃朵，顔紅不及人。

【箋】

康熙二十四年正月初一之作。

人日承高廷評張處士見過有作

蓬蒿誰枉駕，君問讀書牀。正可求三益，何須在一方。天因人日暖，春以酒杯長。得似斜川否，開年第一觴。

【箋】

高層雲，字二鮑，號謖苑。華亭人。康熙十五年進士，授大理寺左評事，官至太常寺少卿，工詩，能書畫，有改蟲齋集。張遠，字超然，號無悶道人。福建侯官人。以避耿精忠亂，居常熟。康熙三十八年掄鄉試解元，官禄豐知縣。書法晉人，尤工詩。有超然詩集、無悶堂集，翁山皆爲之作序。陳恭尹獨漉堂詩集卷九有同王阮亭宫詹、黄忍庵太史、高謖苑廷評、張超然、屈翁山兩處士五羊訪古詩，翁山此詩當爲康熙二十四年正月初七作。

奉酬高廷評謖苑　七首

信美高廷尉，名尊漢殿中。法冠辭薊北，使節到禺東。以我棲遲久，相將嘯詠同。無能善黄老，繫襪愧張公。

鮫人何慷慨，解作報恩珠。淚下成明月，光流滿海隅。君憐珍怪甚，情與世人殊。耳後雙懸好，持將贈彼姝。君見贈有「時時發精采，弄此明月珠」之句。

一筆書兼畫，時時逸勢飛。丁真還永草，吴帶復曹衣。紈扇人争得，銀鈎世所希。丹青能教我，當作陸探微。

共憐人勝節，歡賞及年華。七種金盤菜，千枝火樹花。相思經歲月，相結且雲霞。朝漢臺邊柳，牽君白鼻騧。宋謝澹不營當世，與范泰爲雲霞交。

老龍玄牝客，小鳳紫微人。道以文章重，情於隱逸親。鶯時雖有酒，花外即無鄰。君贈詩篇好，長爲懷袖珍。君見贈有「春寒老龍蟄，衹自雄牙鬚」之句。

汝亦尊南宋，詞多學玉田。風流朱十似，輝映浙西賢。樂府宜新調，離騷貴外篇。珠娘今解唱，莫使廣南傳。浙西有六家詞，吾以鴛湖朱十爲第一。

兩粤山川路，間關子大夫。親裁南海記，自寫桂林圖。負矢多香尉，持箋有雪奴。陸生人最笑，金橐照城隅。

【箋】

高廷評，即高層雲。詩有「共憐人勝節」句，當爲康熙二十四年正月初七作。

奉酬張超然處士 六首

久知閩海上，處士有君賢。草野心誰識，春秋論自傳。家浮江左地，客作日南天。一見成膠漆，情因道義偏。君有詩論、春秋論。

有愧林烏甚，艱難菽水才。承君同束晳，爲我補南陔。貧使文章賤，愁將歲月催。江南思負米，欲去復遲回。

此日宜高尚，方無愧白華。無營元處子，不辱即中華。卧盡林間雪，餐餘海上霞。浮雲多妙志，與爾總忘家。

振筆天文似，離離垂素暉。相箴多雅頌，相被有裳衣。吾道惟删述，平生亦庶幾。君才尤絶麗，玄上鳳皇飛。

自作漁罾賣，吾師北郭騷。家臨鮫室近，樓對虎門高。一日鷄豚少，三年士馬勞。無成徒白首，愧爾贈雄刀。

白日無餘事，鳴琴在石牀。神明歸大易，夢寐得羲皇。身爲諸華守，書因一老藏。君能相羽翼，斯道有輝光。

【箋】

張超然，即張遠。大汕贈張超然詩序云：「張子，閩人也。幼離喪亂，風塵南北，其嗜古、説劍、談禪，理氣豪邁，饑寒曾不芥蔕。天下士莫不識張子，而張子亦不知有天下士。才人轗軻，自古歎之，聊慰以詩。」康熙二十四年正月初七張遠偕同高層雲過訪屈翁山，翁山是日有酬層雲之作，此詩當亦作於同時。

送黄太史　五首

今代文章伯，婁東有一人。身猶金馬貴，書已玉杯醇。擁節過南海，乘軺下北辰。相逢語經術，一一是先秦。

稷下諸儒在，荀卿最老師。斯文無菽粟，吾道望耘耔。酌酒臨香浦，安花在接籬。琴中有先哲，相見撫絃時。

黔中爲使日，風俗記諸苗。負弩相如泰，浮槎博望遥。文能助干羽，詩欲佐簫韶。駟牡經全楚，鑾花處處邀。

漢代黄香在，無雙是五經。多文留海岳，有道在朝廷。别袂牽長水，歸帆拂翠屏。他時東閣啟，應念一飄萍。

老我惟周易，玄亭在日南。無人問揚氏，夫子即桓譚。天地心相契，羲皇夢正酣。京華見知己，爲道雪毵毵。

【箋】

黄與堅，字廷表，號忍庵。江蘇太倉人。順治十六年進士，授知縣。康熙十八年，召試博學鴻儒，授編修，遷贊善。分修明史及一統志。著有忍庵集。吴偉業選婁東十子詩，以與堅爲冠。此詩汪譜次於康熙二十五年。按：陳恭尹有同王阮亭宫詹、黄忍庵太史、高謖苑廷評、張超然、屈翁山兩處士五羊訪古作詩，王士禛來粤在康熙二十四年春，黄與堅爲康熙二十三年秋貴州鄉試主考官，文外卷二與黄太史文集序：「先生奉使典試，自黔至粤。」與詩「黔中爲使日」語合，當爲康熙二十四年春之作。

送高廷評 二首

相送白雲心，依依似暮禽。欲隨帆影去，直至泖湖陰。廷尉風流美，炎洲景物深。他時山與水，莫忘故人琴。高，華亭人。

自作季鷹鱠，鱸魚香至今。歸舟經白蕩，莫即愛秋林。夫子且兼善，平生子所欽。蘭言在懷袖，三歲益情深。

【箋】高廷評，即高層雲。詩當作於康熙二十四年。

行藥城東作

仲春已清和，逍遥可行藥。炎洲多靈草，勾萌先咀嚼。采蘭者誰子，邂逅當林薄。無營似白華，無欲同朱萼。緑葉與紫莖，平生所磨錯。微雨上膏滋，本根遠相索。其旁石菖蒲，尺寸瓊瑶削。紫茸何葳蕤，九節含風弱。安期所服餌，玉顔以灼灼。秦帝于我求，蓬萊奮雲蹻。千歲與君期，神仙多戲謔。橋下流鎔鎔，少君與斟酌。安期生常與李少君采菖蒲，酌鎔鎔水於廣州城東。

【箋】行藥，本謂服藥後漫步以散發藥性。詩中似謂漫步採藥城東，指廣州城東。詩外卷二此詩次於採藥西寧……諸作之後，疑爲康熙二十四年仲春之作。

命子

淵明初命子，安石始教兒。白髮慚閨閣，青雲望羽儀。新篁開雨葉，乳燕拂晴絲。感念先公德，皇天或我私。

【箋】陶淵明命子詩：「日居月諸，漸免於孩。」謂今已漸過幼年，即至八歲成童階段。穀梁傳注：「成童八歲以上。」翁山長子明洪生戊午二月，至乙丑而八歲，詩當作於康熙二十四年春。

江皋 四首

閉户過中歲，清貧亦已忘。耕鋤無旦暮，勤動是文章。病使秋魂冷，愁令白髮長。妻孥亦沮溺，相耦水雲鄉。

夜寒猶作雪，春暖已成煙。黄鳥啼山口，桃花笑水邊。琴來三益友，酒酌一高年。親戚多情話，殷勤在白田。

江皋春未半，紅滿木棉花。士女祠南海，帆檣出白沙。蜃開朝暮市，魚逐水天霞。最愛垂楊處，鶯聲第二家。

翠微春更濕，煙雨欲無山。白鷺一溪影，桃花何處灣。漁村疏竹外，古渡夕陽間。田父不相識，相隨谷口還。

【箋】

康熙二十四年春作於番禺沙亭故里。

蕉利村春望 二首

喬木村村出，榕陰接翠微。夕陽雙渚映，古道一人歸。煙火暮猶少，牛羊春未肥。愁心似鴻雁，處處逐煙霏。

望望煙波上，芭蕉滿海天。人家龍眼國，生計荔枝田。日出鶯花裏，雲生鷄犬邊。捕魚乘水節，一一放罛船。

【箋】

詩疑作於康熙二十四年春。阮元廣東通志卷一百七十五：「蕉利汛，距本營（駐東莞縣廣東水師提標中營）七十里，上至槎滘汛十五里，下至白市汛十里。」

木棉 二首

花朝猶未至，海國已春多。十丈攀枝影，如霞逐水波。香薰么鳳甚，紅奈美人何。歲歲祝融節，祠前照綺羅。

天南烽火樹，最是木棉紅。花發炎洲上，光連若水東。珊瑚枝幹似，翡翠往來通。朝夕羽毛染，爲巢朵朵中。

【箋】

廣東新語卷二十五：「木棉，高十餘丈，大數抱，枝柯一一對出，排空攫拏，勢如龍奮。正月發蕾，似辛夷而厚，作深紅、金紅二色，蕊純黄，六瓣，望之如億萬華燈，燒空盡赤。花絶大，可爲鳥窠。」審其詩意，似詠南海神廟古木棉。翁山、藥亭、獨漉等皆有南海神祠古木棉花歌。康熙二十四年春，王士禛奉命祭告南海至廣州，詩疑作於其時。

壽尹丈

南國長生樹，無如細葉榕。横斜炎海上，絶似老人峰。太古一黄髮，婆娑煙翠濃。林邊有春酒，鸞鶴盡相從。

【箋】

尹丈，疑指尹源進。詩爲康熙二十四年前後作。

菩提壇 大鑒禪師祝髮處

菩提有靈樹，植自蕭梁前。智藥所移根，航海來炎天。歲久幹中空，蒼皮相糾纏。根鬚自上生，千百垂連卷。大者成虬螭，小者藤蘿穿。結束成一身，四體何拘攣。下枝多洞穴，崩陷至三泉。上枝雖臃腫，亦自方且圓。雷霆日大索，鱗爪無留姦。神火所焦灼，千尋亦童顛。二月葉始隕，槎枒餘一拳。葉狀如柔桑，五月争新妍。僧伽漚成紗，弱薄如翅蟬。持以遺遠方，恍惚鮫綃煙。南中多怪木，巨者惟木棉。柯作女珊瑚，丹葩燒天邊。開時無一葉，一一烽火然。光如十日出，吞吐海東偏。么鳳巢蕊中，血染緑毛鮮。復有細葉榕，交陰連陌阡。根鬚亦倒生，合抱爲一椽。縱横作廣厦，户牖相盤旋。腹大容十牛，亦可藏舟船。皮膚左右紐，瘿瘤以萬千。士女所婆娑，伏臘拜必虔。菩提更神怪，與之難比肩。大士昔灌溉，甘露流涓涓。左與訶子接，右與頻婆連。蒲葵居門外，其壽亦彭籛。下滋達磨井，上蒙虞翻園。肥沃多火膏，鹹氣不能宣。菩提所覆被，細草皆芊綿。累石作香臺，蟲蟻愁攀援。談經者誰子，袈裟羅東西。空中雨四花，大半爲青蓮。琉璃作喉舌，宗派開南禪。遺壇久寂寞，鐘鼓徒喧闐。大夫京國來，車騎何連翩。求古得招提，實爲越王宫。牛羊所躑躅，霸氣成埃塵。

楚冢既蕪没，佗城亦已平。番禺作雙闕，藥洲犁爲田。英雄乃椎結，竊據亦其賢。身爲裸國王，興亡誠足憐。不才嘆喬木，汝乃全天年。不蒙匠石顧，鬼物司其權。人生有太和，日月苦相煎。本根不自固，輪囷安得存。文梓化青牛，老楓成羽人。精氣非我有，與物相推遷。願言保萌蘖，三復牛山篇。

【箋】

詩原注云：「大鑒禪師祝髮處。」乃廣州光孝寺菩提壇。詩有「大夫京國來」，「求古得招提」語，謂王士禛。士禛，字貽上，號阮亭。山東新城人。順治十二年進士，歷官國子監祭酒。康熙二十三年以少詹事奉命祭告南海。官至刑部尚書、副都御史。士禛以詩受知於康熙帝。著有漁洋山人精華録等。漁洋山人精華録乙丑詩有菩提壇及與陳元孝屈介子諸公集光孝寺，翁山詩亦當作於同時。

五仙觀 有五羊石

神靈所窟宅，厥惟祝融鄉。浮丘與安期，來往亦不常。何者五仙人，各騎一色羊。手持五穀穗，芃芃三尺强。黍稷居兩旁，粳稻居中央。羊亦銜果蓏，以種遺炎方。豐年再三祝，倏滅餘景光。越人念粒我，春秋修蒸嘗。報賽若先農，水旱仍遑遑。作觀楚庭西，五仙列成行。少者反當中，老者左右方。膝前各一石，或蹲或翱翔。或立或偃卧，大小相低昂。抵觸勢有餘，角形彎以長。言是羊所變，毛質皆青蒼。一卷自周時，摩挲歷帝王。斑駁見手澤，表裏含光芒。番夷多膜拜，薰用蘇合芳。餘竅出煙氣，一縷何飛颺。恍若白雲核，氤氲所含藏。尺寸天所留，所關乃雨暘。吁嗟爾君子，言觀來芝房。南交多瑰貨，不以充資裝。依依此怪石，三嘆空徬徨。

【箋】

廣東新語卷六：「晉吴修爲廣州刺史，未至州，有五仙人騎五色羊負五穀而來，止州廳上。其後州廳梁上圖畫以爲瑞，號廣州曰五仙城。城中坡山，今有五仙觀。」汪譜次此詩爲康熙二十四年作。

送沙子雨浮海之日本　二首

東浮窮日出，海舶望如山。五月開洋去，三冬趁國還。省親暘谷外，題賦島夷間。若木花連葉，朝朝爲我攀。

繞指真柔甚，吾思日本刀。雌雄期作佩，長短要吹毛。甚欲求徐市，從君上白艚。平生浮海志，夢裏是波濤。

【箋】

文鈔卷一沙子游草序：「若好奇，則吾見福清沙子雨矣。子雨爲名諸生，非海賈比，而輒乘崑崙之舶，蹈不測之淵，與鰌魚争其出没，與崑崙屯逐其沈浮，遂東至於日本，西至於暹羅、滿剌加諸國，以求其父之所在。」疑爲康熙二十四年之作。

爲家姑壽　姑善女人醫

吾家一鮑姑，遊戲鳳城隅。衣化車輪蝶，丹成黍米珠。神仙多玉女，弟子總鵷雛。戴勝春光裏，垂腰髮尚烏。

【箋】

疑爲康熙二十四年之作。

送蒲衣子往潮陽有作

越鳥無非翠，蠻花衹是紅。何須命蘭楫，更向海陽東。幸得園林接，方期嘯詠同。殷勤爲此别，歸日及秋鴻。

【箋】

陳恭尹有送王蒲衣采詩惠潮詩，作於康熙二十四年前後。此詩當亦同時作。

送嚴止峰

爾有瀟湘竹，枝枝寫贈人。分予慈孝筍，散作一林春。去及朱明節，歸娛白髮親。蒼蒼秦駐月，長爲草堂新。

【箋】嚴岳，字視公，號止峰，浙江海鹽人。諸生。能詩，善書，工山水，筆姿蒼秀，寫竹得文同筆意。林雲銘有嚴視公印章題詞云：「鹽官嚴子視公之遊杭也，余讀其詩句清絶，因並賞其字畫，悉臻工致。」汪譜次此詩爲康熙二十四年之作。詩有「去及朱明節」句，則當作於四月初三立夏節。

哭蔡二西　八首

四十顛毛白，知君不永年。無心非著述，有淚是山川。兒女遲婚嫁，圖書早棄捐。陶公頻絶筆，甲子仲冬前。君以甲子年十月棄世。

柳下工何益，徒勞玩世心。代農非此日，依隱且空林。縱飲無餘事，狂歌直至今。人間蜩蜺早，哀樂恐情深。

相憐被髮久，未戴建安巾。慘澹南陽氣，蕭條朔漠春。命難磐石固，愁易落花新。一旦歸蒿里，皇天鑒碧磷。

故國頻興廢，徒傷命不辰。無能回白日，得死即長春。溝壑難留汝，江山易屬人。英雄多鬼伯，催促作黃塵。

與子昏姻好，圖將慰寂寥。男憐嵇氏幼，女愛左家嬌。骨肉能相保，精靈自可招。尚平家累重，身後恐飄搖。

生死相忘久，心惟造物知。琴張編曲日，桑户返真時。病豈傷哀樂，貧能損孝慈。平生歌哭意，誰與子輿期。

蠆尾銀鈎好，君嘗愛我書。頻教團扇滿，不使練裙餘。石氣含雲冷，花光影水虛。重來揮灑地，苔蘚沒庭除。

東官雖咫尺，匍匐苦難前。白馬遲三月，黃泉已半年。結婚圖好永，知己使情偏。自分惟孤立，從今謝世賢。

【箋】

蔡二西，即蔡均，見康熙十九年詩贈蔡平叔姻家箋。詩注云：「君以甲子年十月棄世。」詩有「黃泉已半年」語，則當爲康熙二十四年四月之作也。

江上逢鄭翰林因聯舟同上端州賦贈　二首

紫洞江干邂逅時，蘭橈相逐去遲遲。空天忽接高鴻影，光露初含蔓草姿。烏鳥終懷南海日，鸞皇頻別未央枝。從來太史多風雅，肯向鄉邦采楚辭。時翰林以終養乞歸。

江頭忽作連枝會，家兄修古與翰林弟同在舟中。兩兩舟中有雁行。藉地正憐春草軟，揚帆更喜海風長。康成羽翼先三始，南屈淵流復九章。西溯牂牁連日夕，嘉魚寄酒待同嘗。

【箋】鄭際泰，字德道，號珠江。順德人。康熙十五年進士，選庶吉士，授檢討。吴三桂亂平，請歸養母。十年母歿服闋，乃入都供職。與修三朝實録。官至吏科給事中，尋奉諭辦事史館，纂修大清一統志。以病告歸，里居二十年而卒，年七十有五。詩乃康熙二十四年四月自番禺至肇慶途中贈鄭際泰之作。

舟經金利作

金利墟邊首夏時，家家蠻布有蕉絲。木棉花盡猶無葉，榕樹根多復作枝。西水正愁雙峽急，東風莫使片帆遲。鷓鴣本是催歸鳥，啼遍春山人未知。

【箋】

金利墟，在高要縣東。康熙二十四年四月自番禺至肇慶途經金利時作。

入端溪

臥入春溪萬樹煙，峽門一半掩雲邊。水簾影落羚羊亂，山黛光含石婦妍。有望夫石。笳咽天風悲處處，馬肥江草恨年年。黄魚大上無人見，漁父滄浪去渺然。

【箋】

廣東新語卷五：「（肇慶）羚羊峽口之東有一溪，溪長一里許，廣不盈丈，其名端溪。」詩爲康熙二十四年四月游端州時作。

斑竹

斑竹枝枝拂暮煙，無情亦自淚痕鮮。美人渺渺江雲外，亡國萋萋野草邊。髻散不須悲墮馬，魂歸猶可化啼鵑。東風莫卷飛花片，留與愁人伴醉眠。

【箋】審其詩意，當爲康熙二十四年四月游端州時弔永曆帝之作。

登閲江樓有感　二首

崧臺百尺俯滄波，上有飛樓複道多。萬嶂高從窗口出，千帆低向檻前過。山川此日無銅界，城闕當年滿玉珂。西望蒼梧煙雨暗，重華有淚在牂牁。

四樓合作一樓開，勢截牂牁萬里來。萬歲樹存惟桂樹，千秋臺起是崧臺。來朝玉輦黄龍出，去逐金笳白馬哀。御氣至今三峽在，七星員屋即蓬萊。戊子冬臘，有龍出端江中。

【箋】王士禛北歸志載，康熙二十四年四月八日與翁山同登肇慶閲江樓。詩觀三集卷五有程化龍王阮亭先生招同屈翁山叔燕思游閲江樓。則翁山詩當爲康熙二十四年四月八日與王士禛、程衍祖（燕思，程可則長子）同登閲江樓時作。審其詩意，乃弔永曆帝之作也。

吴制府招同諸公游七星巖有作　二首

峰峰開石室，一一作雲根。樹有飛梁勢，厓多瀑布痕。花來頻送酒，月上更開尊。謝傅風流甚，娱賓有笑言。乳多晴更滴，處處濕人衣。石氣含雲冷，花光出水肥。漁樵元得性，簪組亦忘機。向夕聞笳吹，山公醉未歸。

【箋】

吴制府，即吴興祚。王士禛帶經堂集卷七十六游端州七星巖記：「同集爲留村與周、屈、黄、嚴。」留村，即吴興祚；屈，翁山；黄，黄與堅。周、嚴，未詳其人。詩作於康熙二十四年四月九日。

端州弔古 三首

蒙塵一自向牂牁，魚服艱難觸網羅。妃女淚添滇海滿，君王魂傍桂陽多。羚羊舊國哀鷤鴂，峋嶁遺宫隱薜蘿。無數杜鵑誰再拜，年年寒食一悲歌。

幾日崧臺駐六飛，龍髯攀墮淚空揮。山河無地容金碗，陵寢何年振玉衣。野接蒼梧成大漠，峰連員屋總金微。哀笳吹盡之回曲，未得生從絶塞歸。

玉殿虚無水國陰，西南空向夜郎深。君臣枉寄蠻夷命，士馬長懸考妣心。銅柱擎天餘尺土，金戈逐日祇長林。艱難十載哀忠武，血灑沙場碧至今。忠武，謂惠國李公。

【箋】

康熙二十四年於肇慶憑弔永曆帝之作。

友人見惠端州錦石俾爲琴臺之用賦答

相貽片石自羚羊，四尺裁同鳳嗉琴名。長。作案真宜青玉好，爲屏不用錦雲張。清音易取空如水，素手難留凍似霜。去歲豬肝純紫硯，一齊珍重在書牀。

【箋】

廣東新語卷五：「錦石，出高要峽。青質白章，多作雲霞、山水、人物、蟲魚諸象，以爲屏風几案，不讓大理石。」詩爲康熙二十四年游端州時作。

七星巖作

乳竇玲瓏處處開，空中無日不生雷。七峰婉轉如珠斗，一水浮沈有玉杯。風雨東西分洞出，雲霞日夕滿城來。華不愛向湖中注，鼓棹教人日溯洄。

【箋】

廣東新語卷三：「七星巖，在瀝湖中。去肇慶城北六里。……七峰兩兩離立，不相連屬。二十餘里間，若貫珠引繩，璇璣回轉。」詩爲康熙二十四年四月游肇慶時作。

黄塘棹歌

一丈蓮莖二丈花，枝枝高過釣魚槎。蓮花二丈穿蓮葉，蓮葉雖長不及花。

【箋】廣東新語卷四：「端州七星巖西有仙掌峰，峰下有湖曰黄塘。相連數塘爲一，廣百餘頃，野生荷花菱芡之屬甚衆，以水深，蓮莖長至二丈。予棹歌有云。」此詩當作於康熙二十四年夏初遊肇慶時。

過梅庵奉訪石草老宿

老向霜林一漢臣，梅花同作白頭春。空看天醉逾三紀，未得河清已八旬。野寺清泠惟井水，荒城颯遝總邊塵。相過舊事談天寶，淚灑禪枝愧苦辛。

【箋】梅庵，在肇慶城西梅庵崗。傳六祖惠能嘗於崗上插梅。宋至道二年，智遠和尚于六祖插梅處建庵，取名梅庵。詩爲康熙二十四年夏游肇慶時作。石草老宿，其人未詳。審其詩意，當亦遺民也。岑徵有贈石草上人詩。

片片

片片漁帆帶夕陽，暮來無處不鳴榔。江心一道潮痕白，山外千重雨氣黄。荃袷新披猶覺冷，鯚魚多食不聞香。荔枝四月催教熟，多謝蟬聲爲我長。

【箋】

詩有「片片漁帆帶夕陽」、「荔枝四月催教熟」語，當爲康熙二十四年四月游端州之作。

江上新晴有作

青山雨過片雲餘，水氣空濛望若虚。峰似亂流争出峽，地當西潦半成渠。荔花多釀春州蜜，榕子初肥匯口魚。白鷺心閒真愧汝，經營端爲古人書。

【箋】

詩有「峰似亂流争出峽」、「荔花多釀春州蜜」語，當爲康熙二十四年四月游肇慶時作。

題東江亭

羚羊峽口萬峰屯，矗矗山亭勢並尊。鳥道平來宜百丈，牂江砥去亦三門。泉聲處處如啼鳥，竹影枝枝有墜猿。古寺無人長寂歷，石頭清坐欲忘言。

【箋】康熙二十四年游肇慶間作。廣東新語卷三：「高要城東二十里，則羚羊峽至矣。……峽口之西有亭，曰『東江』。其上爲靈山寺。」

靈山寺作

野寺何年闢翠微，松門隱映在煙霏。聲摇三峽雙鐘度，勢截千峰一塔飛。水長魚花隨電出，山寒兔子得霜肥。鳴鷄夜半催人上，漁父相將一棹歸。

【箋】靈山寺，見題東江亭箋。詩爲康熙二十四年游肇慶時作。

從端州采硯歸有作　二首

風帆朝别七星岡，路自羚羊向五羊。二水合爲三水大，西江流比北江長。木棉樹樹如烽火，山雉飛飛過石梁。采得紫雲東洞石，歸來書案有輝光。

萬里江飛匹練過，小湘大路峽名。峽嵯峨。煙波蜑女鳴榔少，風俗龍鬚織席多。翡翠墟邊叢水帶，芭蕉林外盡山螺。歸舟此度歡無極，采得青花自爛柯。水巖石以有小青花爲美。

【箋】廣東新語卷二十五：「舟自牂牁江而上至端州，自南津、清岐二口而上至四會，夾岸多是木棉，身長十餘丈，直穿古榕而出，千枝萬條，如珊瑚琅玕叢生，花垂至地。其落而隨流者，又如水燈出没，染波欲紅。自春仲至孟夏，連村接野，無處不開，誠天下之麗景也。」詩爲康熙二十四年夏自肇慶歸廣州時作。

木棉　三首

西江最是木棉多，夾岸珊瑚十萬柯。又似燭龍銜十日，照人天半玉顔酡。

萬朵隨波似泛杯，浮沉又似水燈來。三江染盡桃花水，一道紅泉劃不開。

木棉看與刺桐同，十丈花開接地紅。朵朵中心含火鳳，一春飛滿祝融宫。

【箋】

康熙二十四年夏自肇慶歸廣州途中作。

喜王阮亭宫詹至粤即送其行 十首

旌節從天下，光生大庾春。漢宫鴻鵠客，齊國大風人。翠羽飛成路，梅花踏作塵。相迎千步草，香更滿江濱。先生，濟南人。

南來祠水帝，光景動扶胥。海市空中起，神山水下居。天浮元氣外，地接大荒餘。欲見仙人跡，章丘是石閭。章丘，在南海祠之右。

漢臣儒雅甚，詹事復韋賢。望秩分南海，承華别朔天。越王烽火樹，蠻女素馨田。景物春無數，娱君鬱水邊。

文采光南武，聲華動越裳。花重封錦石，水更擲沈香。去恨燕關遠，來愁漢塞長。王程不可緩，空見茘枝黄。

海味初南食，連朝玉箸香。荼蘼番女露，甘蔗越人霜。月滿珠多肉，天寒蠣有黃。知君因異物，一一紀炎方。

清絶惟風雅，人欽子大夫。自然金橐少，亦復簳珠無。草木多爲狀，山川細作圖。持歸贈知己，不減女珊瑚。簳珠，即薏苡。

豈意京華別，重期雁翅城。山公勞小輦，姝子愧干旌。出處塤篪合，文章羽翼成。他時思辟轂，莫忘紫芝榮。

洞庭七十二，君獨愛漁陽。自有梅花詠，彌令笠澤香。鼓鐘才子國，膏潤美人鄉。辭客知誰似，風流一代長。

相逢黃木口，相送白蘋洲。愁絶三江水，東西似御溝。沓潮争上下，靈岳乍沈浮。船去教風引，還來看蜃樓。

散帶白雲林，狂歌一代心。無人問山水，之子自清音。青歲早知我，泠泠能鼓琴。離鸞將別鵠，三嘆使情深。

【箋】

王阮亭，即王士禛，康熙二十四年春奉命祭告南海，是年四月離粵，詩即送行之作。

楝亭詩爲曹君作

苦楝先人樹，婆娑祇此中。枝枝桑梓似，葉葉蓼莪同。攀處棲烏滿，啼時落月空。非因霜露冷，悽愴小亭東。

【箋】

曹寅，字子清，號楝亭。奉天遼陽人。官至管理蘇州、江寧織造，通政使，巡視兩淮鹽漕監察御史。其父璽，官駐札江南織造郎中。韓菼有懷堂文稿卷八楝亭記：「荔軒曹使君性至孝，自其先公董三服官來江寧，於署中手植楝樹一株，絶愛之，爲亭其間，嘗憩息於斯。後十餘年，使君適自蘇移節如先人之任，則亭頗壞，爲新其材加堊焉，而此樹猶未婆娑，使君嘗愀然思也。」後查士標爲畫楝亭圖，廣乞名士題詠，康熙二十四年王士禛來粤，爲乞題于翁山、元孝，詩當作於是年。

贈成農部 二首

閥閲雄畿輔，聲華莫不聞。六龍元卞氏，雙驥復劉君。旌節來炎海，臺門起大雲。韋家經術在，富國詎紛紛。時榷關粤海。君父兄俱爲大學士。

諷諫詩無敵，西京一少翁。連枝黄閣上，隔坐御屏中。出作乘槎使，行高府海功。緇衣能好我，雅有古人風。

【箋】成克大，字子來。直隸大名人。父基命，明翰林院庶吉士，官至文淵閣大學士。兄克鞏，明進士，清秘書院大學士。克大爲順治十七年舉人，始授内閣中書，累升户部員外郎。康熙二十四年，創設粤海關，克大受命爲監督，任滿復本部江西司郎中，授貴州鎮遠府知府。性剛不合于時，歸以著作自娱。著有歷游草等。詩爲康熙二十四年作。

奉送蔣少參督學中州

旌節翩翩不可留，大河南北望風流。歲星又復移嵩岳，時雨行將化豫州。身作人師先嶺海，書成臣鑒亦春秋。江干相送難爲别，煙樹蒼蒼滿驛樓。君有臣鑒一編。

【箋】蔣少參，即蔣伊。伊康熙二十一年任廣東督糧道，康熙二十四年遷河南督學，詩即是年送行之作。

食荔罷柬族叔友

林中丹荔盡，尚有火山枝。欲向新塘去，頻乘挂緑時。舟從黄木口，路指祝融祠。君已家園摘，傾籠贈莫遲。新塘多美種荔枝，最遲熟者挂緑。從吾家沙亭至彼采摘，纔半日程耳。

【箋】詩爲康熙二十四年夏作。

張桐君餉我杭州宫扇賦此答之 二首

細摺金霞瓣，輕裁寶月輪。樣依南宋内，製自武林人。煙霧乘鸞影，虚無拾翠塵。殷勤君見贈，頓使手生春。

絶勝齊紈素，懷歸好媚兹。更將明月似，分與小星持。荷片團圓處，榴英灼爍時。涼風起君袂，花發夢先知。「君袂」，用易語。

【箋】張梯，字桐君，一字木弟。浙江山陰人。與弟杉、楞稱「三張子」，明季每出主文社。順治三年，楞以抗清死。梯乃髡髮游澤中。翁山佚文有張桐君詩集序。汪譜次此詩於康熙二十四年。

送琴客詹大生丈

長嘯和君琴，風吹山水心。不因天籟好，安見古人深。自此夢中路，兼之空外音。聖湖明月夜，愁絶一人尋。

【箋】詹大生，新安人。善鼓琴。翁山佚文有琴説贈詹丈大生云：「丈又將歸新安，不能留也。」汪譜次此詩爲康熙二十四年之作。

寄徐孝先

銜哀四十春，縞素一孤臣。牧犢無家久，烹魚有淚新。水圍河渚宅，梅隔武林人。苦節誰能似，天留不死身。

【箋】徐孝直，字孝先，仁和人。家故貴族，年二十，值南京之變，棄諸生，田廬俱散失。久之，妻子相繼餓死。乃走西溪依汪渢，世稱之曰「汪冷徐狂」，乃易名介，號曰狷庵，自謂非狂也。渢死，終身執喪焉。汪譜次此詩爲康熙二十四年之作。

寄施贊伯

有友相依久，謂徐孝先。春邊度歲華。如何皋氏後，復有一朱家。水國同垂釣，山園或種瓜。

西吴耆舊少，餘爾在蒹葭。

【箋】施相，字贊伯，號石農。仁和人。明末諸生。入清後，棄衣巾，隱於西溪。徐介、萬斯選來依之。三人所學不同，而相得甚歡，四十年如一日。卒，家貧無以爲喪。遺書毁於火，僅存詩一卷。汪譜次此詩爲康熙二十四年之作。

舟上西江値大水有作 二首

六月滇黔水大來，端州城門不敢開。左右雙江争一口，白波倒卷失崧臺。咽喉最苦羚羊小，水花四飛如白鳥。洪濤鼓舞不因風，一出峽門成浩淼。此水發源自夜郎，萬里來入祝融江。南天一瀆亦無愧，勢與岷江争短長。春來一雨成黄濁，八斗淤泥那可濯。炎方水土此難嘗，生長蠻中殊不覺。我行正遡牂牁西，津路微茫咫尺迷。牽舟欲上木棉樹，走馬不見桃花堤。榕葉陰陰餘片地，芭蕉土布來金利。漁父鰣魚尺許長，買來且作風前醉。峽口片雲時啟閉，風雷更助建瓴勢。水頭十丈似黄雲，兩岸崩崖苦相制。萬壑千巖往復回。石棧如絲縈絶頂，飛梯上下愁莓苔。滇黔至此水始放，河伯未見奔騰狀。牽舟直上望夫臺，萬里苴蘭赴海來，炎風吹盡無煙瘴。風俗家家種橘田，淘金采石峽門邊。多魚正喜西江漲，婦女相將日數錢。

【箋】康熙二十四年六月游端州之作。

上峽

水如奔箭穿霞壁，舟與浪花相拒敵。千巖萬壑勢將崩，一石中流猶盪擊。風挾驚濤似颶來，斜吹一半斷虹開。潮向北江猶可上，西江從未有潮回。北江勢比西江緩，水性西江尤勁悍。時時一口似龍門，萬里飛流束欲斷。牂牁至此尾閭同，到海猶須兩日功。傾瀉不教元氣盡，故爲三峽吕梁中。

【箋】康熙二十四年六月游端州之作。峽，指羚羊峽。

蕉布行

芭蕉有絲猶可績，績成似葛分絺綌。女手纖纖良苦殊，餘紅更作龍鬚席。蠻方婦女多勤劬，手爪可憐天下無。花綀白越細無比，終歲一匹衣其夫。竹與芙蓉亦爲布，蟬翼霏霏若煙霧。入筒一端重數銖，拔釵先買芭蕉樹。花針挑出似遊絲，八熟珍蠶織每遲。增城女葛人皆重，廣利娘蕉獨不知。

【箋】詩有「廣利娘蕉獨不知」語，廣利，在肇慶之東，西江北岸。詩當爲康熙二十四年六月游端州時作。

頂湖山

瀑泉爭匯處，湖出最高峰。飛練幾千尺，横天一白龍。石船黄葉滿，天鏡白雲封。洗衲山僧至，苔分麋鹿蹤。

【箋】黄佐廣東通志卷十四：「高要縣城東五十里曰頂湖山，高千餘仞，周圍數百里，屹然爲一方巨鎮。山頂有湖，四時不竭，盤鬱森聳，攀躋莫至。」頂湖山，一名鼎湖山。詩爲康熙二十四年游端州之作。

望爛柯山

仙人多善弈，王質此中求。峽束滇黔水，江吞西北流。花邊棋局在，石上斧柯留。不見樵雲者，茫茫我欲愁。

【箋】

黄佐廣東通志卷十四：「高要縣城東三十六里曰爛柯山，蒼梧之水出焉。……土俗相傳爲王質觀棋處。」詩爲康熙二十四年六月游端州時作。

望端州郡樓有賦

郡治樓同五鳳樓，當年玉輦此南游。無情太華空成冢，有恨金沙不覆舟。天上龍髯那可拾，日中烏羽詎多留。遺臣忍死存溝壑，淚灑風煙一片秋。

【箋】

康熙二十四年游端州之作。

仲秋五日客端州承太守王公招同諸公游七星巖分賦得秋字　五首

芙蓉一朵一丹丘，紫翠長含一片秋。太守殷勤是山水，閒同上客弄輕鷗。

翩翩白鹿夾車游，自得神君歲有秋。謝朓最宜山水郡，金波麗句照炎洲。

中湖山作七螺浮，勢截牂牁上下流。石筍中通多地道，東西穿出大龍湫。天光日與水沈浮，清絶湖風不待秋。吹盡七峰珠斗影，白雲不使鏡中留。禮加徐孺動南州，政暇還同煙水游。鸞鶴祇知能嘯詠，一聲寒作碧天秋。

【箋】阮元廣東通志卷五十一載：王效宗，正白旗人。筆帖式。康熙二十二年任肇慶府知府，康熙二十六年李彦瑁繼其任。詩當作於康熙二十四年八月五日，爲應肇慶知府王效宗之邀與游端州星巖唱和之作。

秋日閒居之作　十首

抱疾在人外，闉幃每晝居。花嫌嬌女摘，葉喜美人書。秋盡霜無信，晴多霧有餘。小經兒懶讀，孩笑滿蓬廬。

半畝蓬蒿滿，棲閒日以貧。白頭含菽母，黄髮弄雛人。趁暖梅先發，宜寒菊未新。槿花能愛老，樹樹作深春。木槿，一名愛老花。

繞膝皆黄口，嬰兒復老萊。衣冠時共戲，書卷每争開。道向静中見，愁從空外來。無多忠養日，白髮莫相催。

佚我無如老，休嗟白髮新。身從聞道健，家以著書貧。畫外知三聖，琴中見一人。苦心黄菊蕊，開落待芳春。

夾岸惟蒼翠，諸峰望不分。光寒猶帶雨，氣濕未成雲。蜃蛤乘秋水，牛羊下夕曛。姬人共花語，雙影月紛紛。

交游能漸絶，穩卧越江邊。天與承歡日，人高養拙年。酒令秋氣爽，花使暮顔妍。纖嗇無筋力，難希貨殖賢。

咫尺先公墓，西山影到門。龍鱗雙樹少，馬鬛一峰尊。雨露愁寒食，焄蒿愴故園。無田惟薄祭，魚菽復何言。

代食文章在，妻孥未耦耕。彫胡慈母膳，瓠葉庶人羹。野月榕間起，山煙竹外横。飛聲寄鸞鶴，長嘯是平生。

素業先人少，生涯亦苦辛。無心成本富，有道在長貧。古几韓家母，疏巾漢室人。自憐矜節甚，垂老更霜筠。

衣苦多罾布，孤霜始作時。漸寒蟬飲少，將暮鶴歸遲。潮滿迷沙口，風長斷釣絲。年年螃蟹月，笭箵一漁師。

【箋】

康熙二十四年秋鄉居之作。

王借岡阻淺

水淺惟沙口，停舟待暮潮。楓黄霜色淡，竹翠雨容消。米遣鰣魚换，船將疍女招。蒼蒼山月上，酒至放蘭橈。

【箋】

阮元廣東通志卷一百引大清一統志：「王借山，在（南海）縣西南六十里，近佛山鎮，與紫洞相望。山産石，如劍戟然。」詩疑作於康熙二十四年冬游端州途經王借岡時。

壽兩廣制府吴公 冬至前六日 三首

三度嘉魚候，端江鼓棹回。黄冠趨幕府，赤舄在崧臺。旨酒知難老，新梅況早開。春風吹燕喜，散作太和來。禮記：「野夫黄冠。」

歲歲來稱壽，康公見秀眉。上天平格日，南海至於時。地暖嫌無雪，花寒喜有枝。炎方有公在，春色不教遲。臺門枕岳庭，襟帶盡滄溟。北斗斟元氣，南郊禮壽星。神明歸化育，文武得儀刑。作誦多髦士，紛葩勒翠屏。

【箋】吴公，即吴興祚。詩有「三度嘉魚候，端江鼓棹回」語，翁山自癸亥至乙丑，每年仲冬均游端州且爲吴興祚祝壽，此詩當爲康熙二十四年十一月二十日爲吴興祚上壽之作。

同張超然尋端溪水巖作

峽口水巖開，中含紫玉胎。青花思一割，白葉得雙裁。泉湧因人氣，霞蒸似爾才。精華分與我，當爲著書來。端硯以有青花蕉葉白者爲貴。李賀詩：「脚踏青天割紫雲。」

【箋】張超然，即張遠。廣東新語卷五：「羚羊峽口之東有一溪。溪長一里許，廣不盈丈，其名端溪。自溪口北行三十步，一穴在山下，高三尺許，乃水巖口也。」詩爲康熙二十四年冬與張遠尋端溪水巖時作。

端州訪硯歌和諸公

古之著書人，豈必端州硯。黄帝陰符有作時，墨池祗用瓊瑶片。黄帝得玉一紐，治爲墨池，篆曰「帝鴻氏之硯」。君今采硯思氤氲，不踏青天割紫雲。身入東西雙洞口，九淵始得青花文。水巖之石水精子，帶血羊肝純作紫。火捺金錢朵朵圓，白凝蕉葉爲肌理。年來巖底采無餘，鬼斧神工多得髓。紛紛散入富豪家，什襲文綾與絳紗。未雨那知泉有本，長乾曾見墨生花。緑塵半與圖書積，安得松煙飽朝夕。真氣徒含天一深，空光未有雲霞跡。琉璃作匣杠稱珍，終日隨身詎有人。風雅紛葩思賦客，春秋羽翼憶經神。君今欲采珪璋質，尺寸微瑕皆勿失。天留淳樸與遺人，鬼瞰高明悲巨室。石工欺汝祗纖毫，翡翠朱砂總未高。鸜鴝眼多堪抵鵲，梅花坑好可磨刀。神物繇來知者寡，相錯剛柔方大雅。不得精華日月中，文明安足成天下。爲君鈎索尚茫然，應有精誠格上天。成璧成珪憑帝賚，天然不必問方圓。

【箋】

康熙二十四年冬端州訪硯之作。諸公，指張超然等同游者。

贈王端州

專城自是古諸侯，露冕牂牁控上游。石室已多高士榻，崧臺還有庾公樓。天寒翠羽沙邊宿，日暖嘉魚峽上浮。愛客壺觴情不淺，繇來太守最風流。

【箋】

王端州，指肇慶知府王效宗。詩乃康熙二十四年冬作。

乞硯行

羚羊峽東惟端溪，水巖之口臨江低。石師匍匐下絶磴，中穿四洞先東西。使君最嗜紫雲片，脚踏青天割爲硯。青花細細似微塵，蕉葉白中時隱見。空濛雨氣成黄龍，欲散不散浮水面。豬肝淡紫方新鮮，帶血千年色未變。中間火捺暈如錢，半壁陰沈望似煙。翡翠砞砂非一種，斑斑麻鵲點多圓。斯是水巖石中髓，水之精華結淵底。就中純粹含乾德，紛紛脂玉㵾肌理。入手温然煖若春，浮動心花兼意蕊。姑射冰凝總在神，昭儀膏滑那濡水。玉骨雖剛按似柔，生氣周身無不靡。鸜鵒何須活眼多，雲霞亦是空天滓。使君命匠細磨礱，中有三方最高美。

其餘浸潤水盤中，水碧金膏盡糠粃。分我東洞一大礱，似方非方非石子。縱横六寸甚端厚，蕉葉青花相間起。前者兩片琢未成，贈我已與瓊瑶似。使君割愛本非常，不貪爲寶吾難已。連城之璧妄希求，覥顔未免秦人耻。何物能爲十五城，賦詩適自呈媸鄙。使君作者本多才，笑我布鼓持當雷。不須狡獪憑詩筆，自有神明契合來。

【箋】

康熙二十四年，游肇慶之作。詩中「使君」，即肇慶知府王效宗。廣東新語卷五載，此硯大均名之曰「大樸」。

舟下西江同超然分賦

白露難晞甚，今年霜信遲。水寒時作霧，冰少不成澌。出峽三江接，回帆兩岸移。浮家吾與汝，何日更相期。

【箋】

康熙二十四年冬與張遠自端州返廣州歸途之作。

宿永安墟作

一水含空盡，微茫在暮天。星分漁父火，雨合野人煙。宿舸依荒戍，還家及小年。明朝是長至，子半得春先。

【箋】

永安墟，在高要縣，位於西江北岸。詩有「明朝是長至」語，當爲康熙二十四年冬至前一日由端州往廣州途中宿高要永安墟時作。

佛手柑　二十首

香橼無大小，十指總離離。絶似青蓮舉，初開玉手時。芬須霜氣滿，味待露華滋。未共壺柑熟，人愁入掌遲。

玉指紛紛削，香團變化來。仙人雙掌合，奇女一拳開。細卷如花瓣，横垂在鏡臺。年年當小雪，黄被乳柑催。

摘歸羅袖滿，行與美人隨。鈎弋拳難啓，兜羅手易垂。橘林無此種，花氣有餘吹。歲歲留過臘，芬芳總不衰。

玉盤堆子母，鈎帶似甘瓜。亂作纖纖笋，全苞一一花。乾時代蘭佩，濕處拂霜華。不食因香甚，金錢買幾家。

幾樹高要峽，場師種不多。當知諸佛掌，未見此庵羅。玉滑皮休損，金辛味亦和。女兒争比況，手爪好誰過。

柔荑無此好，久握汗濡輕。玉暖猶冰手，香寒亦動情。橘官難問種，騷客未知名。作頌應先汝，辭華取次傾。

初疑天女手，一一散花餘。多少縫裳者，摻摻總不如。看來非橘柚，最好伴琴書。静似幽蘭吐，隨風滿玉除。

每當暄暖候，一指一香生。女手那能似，卷然若有情。頻將雙玉執，莫遣一珠擎。大小垂堪憶，當年掌上輕。

天南多異果，汝最厥包珍。一一成纖手，枝枝是化身。欲花先置蟻，未熟已貽人。香裏含冰雪，清冷每入神。

持來禪寂處，香每發清機。海月須君指，天花待汝飛。單拳擎玉重，巨擘得霜肥。自是金仙物，人間識者稀。

菡萏初開似，香生大士家。拳拳諸佛意，指出妙蓮華。臂定同金色，心多作玉芽。炎方奇果滿，未有此紛葩。

陀羅千手變，一果一如來。清靜身元好，青黄色更催。應須甘露灌，復向寶林栽。鹿女争持獻，和枝折幾回。

未黄愁鳥啄，沙壓一枝枝。結實能三歲，開花更四時。抑搔須汝甚，拳曲與人宜。盡道嘉名好，麻姑爪不知。

空林相旦夕，交手不曾孤。一指禪非有，三車語本無。天寒香稍減，日暖氣全蘇。把握如冰結，餘芬在玉壺。

不盡相攜意，攣如若故人。如蘭長在手，似玉總隨身。甘以同心得，香從獨宿親。自多禪悦食，不使點茶新。

枝低難墜折，倒挂每成窠。玉愛磨瑩細，沙愁損點多。指長時屈曲，情劇日摩挲。小亦瞿曇胟，參差出短柯。

指節玲瓏甚，仙人削不成。屈伸那有意，大小總無名。忍凍襟懷滿，沾香枕簟清。紫騮來果下，偷折幾枝輕。

尖尖長握固，香玉一拳多。響定含金瑣，紋疑有玉螺。五輪瞻大士，半臂奉曇摩。作供諸天喜，芬馨奈若何。無瓤心總實，密煎不教成。玉老嫌微辣，香乾喜更清。駢枝多種性，指畫未分明。亦是黄柑族，炎洲獨著名。雪痕斑駁少，未損紫磨金。不作光明手，安知寂滅心。纍纍經一歲，馥馥在雙林。百果那如爾，仙靈用意深。

【箋】詩外卷七此詩次於宿永安墟作之後，又詩中有「幾樹高要峽」語，當爲康熙二十四年冬自端州返廣州途中所作。廣東新語卷二十五：「香櫞，一曰枸櫞，以高要極林鄉爲上。其狀如人手，有五指者曰五指柑，有十指者曰十指柑，亦曰佛手柑。」

至日同超然作

至日孤舟上，家人憶拜冬。驚寒因酒薄，耐暖且衣重。草緑添江色，花黄減岸容。薰爐微著火，雪事話吴淞。

【箋】超然，即張遠。詩作於康熙二十四年十一月廿六日冬至。

歸舟得二山鶘喜賦　二首

二禽瀧水至，絶與畫眉同。欲得長相喚，須教各一籠。不驚多飲啄，無恨是雌雄。歸向吾兒女，綿蠻水竹中。山鶘與畫眉相類。

歸舟無所有，衹得二珍禽。與我爲閒客，娱人是好音。餐須香米滑，浴貴翠盤深。夜使同棼宿，休傷伉儷心。白鷴一名閒客。

【箋】

詩外卷七此詩次於佛手柑後數首。詩中有「二禽瀧水至」語，瀧水與端州相鄰，蓋在端州時所得也。詩爲康熙二十四年冬自端州返廣州途中作。廣東新語卷二十：「山鶘青紫，畫眉紅緑，形色小異，而性情相同。畜之者雌雄必異其棼，異之則弄聲相喚，同則否。……山鶘一名山鳥。其鐵脚者、眼赤而突者善鬥；臆間有黑毛一片、圓小而長者善鳴。雄者尾長雌尾短，雄者音長雌音短。……畫眉性燥，山鶘性静，尤易畜，一名珊瑚，珍之也。」

生女　三首

垂老頻生女，呱呱亦寢牀。妻邊三織素，妾處一平陽。但使桃花灼，何須柳絮香。先人留姆訓，一一與珠娘。

弱女多逾好，陶公亦慰情。艱難孩抱物，斷續笑啼聲。漸漸吾衰老，遲遲汝長成。無窮婚嫁日，貧絶累難輕。

歲歲生兒女，今冬復惠芳。雙雙初設帨，一一始扶牀。賣犬知他日，乘鸞定故鄉。無令悲遠嫁，骨肉日相望。

【箋】文外卷十四殤女說哀辭：「予以乙丑仲冬二十有八日生一女子，未生時，筮之得兑之上六，知其爲女，而以小象有『未光』之言，未以爲喜。三日而名之，則曰阿說，以兑者說也。……今兹阿說，吉日辰良。予從端水，適返家鄉。」又文外卷八四殤冢志銘：「阿說，予妾南海丘氏辟寒所出。」詩作於康熙二十四年十一月廿八日。

飲武夷茶作

武夷新茗好，一啜使神清。色以真泉出，香因活火生。摘來從折笋，烹處正啼鶯。白白瓷杯裏，花枝照愈明。武夷茶以折笋峰茶洞種者爲佳。

【箋】詩外卷八此詩前後皆乙丑之作，汪譜亦次於康熙二十四年。

贈陳子新婚

秦嘉美才藻，昔賦述婚詩。今子綢繆夕，能無伉儷辭。月明邀笛步，花發合歡枝。鳧雁爲卿弋，翱翔昧旦時。

【箋】陳子，疑指陳阿平。陳於康熙二十四年與郭青霞之女不字結婚。此詩録自道援堂詩集六。

新婚詩爲獻孟作　四首

之子求婚媾，長歌美女篇。成言過十稔，乃字又三年。展轉干戈後，艱難玉帛前。蹇修予最早，月已百餘圓。

辛苦成鳧藻，遲迴得兔絲。天留琴瑟好，人與鳳凰宜。鮑女仙難學，蘭香笑不知。莫教衣不著，已及散花時。

一曲東湖水，妝樓俯碧波。翻愁飛雪就，不奈玉簫何。烽火珊瑚樹，車輪蛺蝶羅。雙飛誰不羡，鳳噦正相和。

曲逆長貧日，淳于始贅時。滑稽才士口，姣麗獻侯姿。鳳鳥媒雖拙，熊羆夢未遲。爲君頻緩帶，明歲菊花期。

【箋】獻孟，即陳阿平。阿平娶郭青霞之女郭不字。文鈔卷十郭不字哀辭：「四年間兩産皆災害，己巳閏三月，又産一子。」以此推之，則其婚當在康熙二十四年。翁山詩亦作於是年。

爲惠陽魏少府壽

司馬停驂穗石邊，豐湖未有主人賢。花中卧治兼三郡，海上行春又一天。浦愛沈香清有月，山懷象嶺翠無煙。初冬已見南枝滿，父老持將頌大年。

【箋】據阮元廣東通志卷四十九載，魏起，浙江人。康熙二十一年任惠州府同知。文外卷七胡烈婦墓表：「予以乙丑冬至惠。」疑此詩亦作于康熙二十四年冬。

先君澹足公忌日作 十二月五日 二首

早孤無禄甚，三十七年哀。不仕空承志，非時敢見才。貧憐三世食，老恨五男催。歲歲當殘臘，嗚嗚哭草萊。

墓木成圍久，婆娑自弱年。夢魂多雨夜，悽愴更霜天。畫像平時設，遺衣忌日懸。父書難再讀，最是教忠篇。

【箋】

詩有「早孤無禄甚，三十七年哀」句，據文外卷七先考澹足公處士四松阡表，翁山己丑十二月五日丁父憂，至乙丑適三十七年，當爲康熙二十四年十二月五日作。

乙丑臘月十三日恭遇慈大人八十二歲生日喜賦 八首

詩人歌壽母，今我亦同然。白髪俱難老，黄流更駐年。人分長命縷，客至小春天。歲歲萱花會，無窮是此筵。

炎洲春色早，臘月已陽和。花使高堂笑，鶯教稚子歌。老萊歡不已，長袖舞偏多。暖日遲遲好，無令百歲過。

八十二春秋，麻姑未白頭。長年乞王母，介福與康侯。稱老吾何敢，承歡恐未周。兒孫是萱草，歲歲賴忘憂。第三句用陶靖節詩中語。

兒年一甲子，髮白與親同。養志惟高尚，遭時且固窮。鶯花知漢臘，兒女解秦風。白露蒹葭冷，全家水曲中。

朱萼身雖老，連枝得弟昆。無營三處子，有道一曾孫。南雪多爲雨，西山半入園。孀慈無事極，日夕御輕軒。予有兩弟。

白華磨錯久，無欲是生平。有恥甘違世，非時敢殉名。晨羞牲鼎少，夕卧水煙清。以道爲甘毳，蒼蒼識此情。

七尺人難許，歸耕已十秋。親安因不仕，母老復何求。婦汲朝臨澗，兒樵晚下丘。陔邊春草色，日夕更思柔。

喬木宋時村，安親一小園。白頭烏子母，新粉竹兒孫。古老衣冠在，虛無手澤存。先公如不没，九十一鄉尊。

【箋】

康熙二十四年十二月十三日爲其母八十二歲生日祝壽之作。

乙丑歲除作　五首

年光微雨後，春發大寒初。花片沾雲濕，松聲入水虛。酒因慈母飲，詩爲小兒書。不記誰家臘，聞鶯識歲除。

又見蘼蕪草，春芽出土膏。歲華愁裏失，人事夢中勞。雪以乾風小，泉因細雨高。年年此除夕，努力是醇醪。

年年生一口，婚嫁尚無期。蚌蛤三珠日，鳲鳩七子時。孝衰吾豈敢，忠養汝何遲。阿婦殷勤道，威姑百歲姿。予有三男四女矣。

燈花因守歲，一倍照愁思。學易偏多過，加年祇益悲。寒消陰雨後，春轉曉風時。辛苦青盲客，皇天不肯知。

稚子眠難早，喧喧到曉鐘。暖嫌燈火少，寒恨水雲重。鶯語催元日，鷄聲送大冬。明朝書甲子，又見淚光濃。

【箋】

康熙二十四年十二月廿九日歲除日作。

丙寅元日作 五首

五十頻加七，三年即杖鄉。朱顔貧更好，白髮老還長。柏酒歌中滿，萊衣舞處香。履端何所祝，旗翼與高堂。

親在寧言老，康强又一春。但能如壽母，即此是仙人。竹葉佳兒勸，椒花小婦陳。白頭應有遇，天意在遺民。

一自邊人至，南中得雪看。炎天無舊暖，漲海有新寒。今歲春光早，開年花氣乾。深深元日酒，好盡老農歡。

衣冠餘一客，坐老故山春。鷄犬那知漢，鶯花亦避秦。歡娱從獻歲，嘯傲及先民。莫使青腰女，今年點鬢新。

一冬思曝背，晴暖向簷端。豈敢愁年濕，其如苦歲寒。舊枝和子拾，新葉當花看。野老惟天日，關心涕淚繁。

【箋】

康熙二十五年正月初一春節在沙亭作。

丙寅春日承王大將軍招同諸公雅集分得簫字 時牡丹盛開

花發將軍折簡招，天香驚似雒陽飄。酒痕一一沾紅藥，棋勢時時得紫貂。羽獵思隨珠浦馬，弓鳴憶貫玉門雕。自來高詠憐袁虎，謝尚風流豈玉簫。

【箋】王永譽，字孝揚。漢軍正紅旗人。國光子，襲一等男。康熙十九年任廣東將軍，官至本旗都統。梁佩蘭六瑩堂二集卷七有王孝揚將軍招同屈翁山、陳元孝、方鶴洲幕府雅集，時牡丹盛開，分賦得鹽字，陳恭尹獨漉堂詩集唱和集有上巳後一日，王孝揚將軍招同張桐君、梁藥亭、屈翁山、張超然、家獻孟集倚劍堂，時牡丹盛開，即事分賦，翁山此詩，乃康熙二十五年春日應邀偕同藥亭、獨漉等雅集廣東將軍王永譽倚劍堂觀賞牡丹盛開分賦之作。

王將軍府中牡丹盛開有賦 二首

由來南海上，未有洛陽花。植自將軍手，頻開朵朵霞。香教天早煖，紅使露多華。越客争知得，春光出魏家。

花估持來遠，兼金買幾枝。露香多在蕊，酒暈更生姿。地暖重樓少，天晴淡粉滋。將軍饒麗藻，最與紫芳宜。

【箋】王將軍，即廣東將軍王永譽。詩乃康熙二十五年春應邀赴王永譽將軍府中觀牡丹盛開之作。

答張桐君見題三間書院之作 二首 書院在廣州城南

桐君何事別桐廬，來問羅浮桂父居。豈有仙人還好劍，繇來高士不知書。青樽但使秋常滿，白髮從教日已疏。身是湘纍憔悴種，忍將詞賦送居諸。

珠江水似洞庭波，屈氏江邊亦有沱。楚國王孫三户少，騷人弟子二京多。微詞易託惟香草，白首難要是翠蛾。知命不嫌歸漢晚，同君飲酒莫蹉跎。

【箋】張梯，字桐君。浙江山陰人。杉弟。後爲王煐幕客。佚文有張桐君詩集序。汪譜次康熙二十四年詩有張桐君贈我杭州宮扇賦此答之。陳恭尹獨漉堂集康熙二十五年詩有上巳後一日王孝揚將軍招同張桐君梁藥亭屈翁山張超然家獻孟集倚劍堂時牡丹盛開即事分賦，此詩疑亦康熙二十五年作。

哭從兄泰士 八首

而兄嘗與汝，弱冠事勤王。間道從交趾，趨朝到點蒼。一龍哀失所，雙雁愧成行。九死空歸去，攀髯竟渺茫。而兄，謂泰士之伯兄賁士儀部。

哲兄先汝逝，墓木已成圍。僅後三年死，虛同萬里歸。情深甘飲恨，心在忍忘機。我亦吞聲者，哀歌未覺非。

高堂衰謝甚，哭汝八旬時。無命長爲子，多才早得師。孤生摧折易，一節始終持。辛苦同松柏，風霜總不知。

五十早衰年，冰霜受命偏。一兄先宿草，三弟亦黄泉。雁落初寒夜，烏驚欲曙天。無情腸已斷，況復泠猿邊。

遺臣零落盡，後死復何人。鶴髮悲無日，羊裘望有身。桐孤元半死，薇在未全貧。忽去同蟬蜕，無言寄老親。

兒女皆黄口，妻孥未白頭。欲終烏鳥養，長抱稻粱愁。客死依知己，魂歸得首丘。老親匍匐往，險絶一孤舟。

與汝生庚午，依稀近六旬。文章同食力，出處未違親。蒲柳憂先我，參苓耻累人。吾宗師表者，少爾白華身。時命哀無及，平生淚在兹。求仁商士志，爭義楚臣辭。子舍魂長繞，天形化未知。清宵應入夢，語我夜臺悲。

【箋】

泰士，即屈士煌。文外卷七仲兄鐵井先生墓表：「仲兄生於崇禎三年庚午，與予同庚。……没時爲乙丑十有二月六日，……以丙寅正月六日葬于丁奇岡某向之原，予匍匐送之。」詩外卷八此詩次於丙寅元日作後，當爲康熙二十五年正月之作。

送泰士兄葬

峨峨千尺松，崩向此雲峰。白日無饑鳳，黄泉有老龍。名留高士在，墓待故人封。痛哭辭煙樹，歸時已下春。

【箋】

康熙二十五年正月初六日送從兄士煌葬之作。

細雨

細雨鵝毛似，春初以此寒。一天林未濕，半日路猶乾。影欲沈花嶼，聲先到藥欄。出門愁滑甚，有友隔江干。

【箋】詩外卷八此詩次於送泰士兄葬及哭殤女説之間，當亦康熙二十五年初春之作。

立春日送雁

一聲辭漲海，飛向雁門歸。是日春盤會，因君啟竹扉。相看人漸遠，相憶字應稀。南國如今日，誰言塞上非。

【箋】立春日，康熙二十五年正月十一日。

奉和澹翁六叔父開春病起之作 用原韻 六首

花爲春寒未海棠，猶餘梅過立春香。憐翁身入新年健，與我情同愛日長。吟處自能空海岳，酒中那得有彭殤。消除白髮詩篇在，況有知音在草堂。

繞屋雲山盡玉屏，人間何處有沙亭。禾皆兩熟香粳白，榕是千年細葉青。先祖舊栽長命樹，曾孫頻見老人星。丈人於我爲諸父，抱甕相將入杳冥。

多謝鶯聲送酒杯，一詩成似一花開。古稀已在羲皇上，難老還如稚子來。心共青蘭春箭發，吟隨白鳥暮聲回。溪邊正可垂生釣，作鱠相期向小臺。翁已六十有九矣。

煙管峰峰枕海平，衡茅相接午鷄聲。三閭子姓元南楚，二老衣冠是舊京。騷學自應推小父，人師未敢讓諸兄。開春燈火叢家廟，列坐歡娛且慰情。

五岳歸來一草廬，依依桑梓未離居。弟兄遺恨無三謝，父子追歡有二疏。石路乾時人引杖，花窗靜處鳥窺書。從來養壽惟芝草，綺皓何人便不如。

四百羅浮在枕邊，一年春向一峰眠。夢爲蝴蝶元非我，生作蜉蝣亦是仙。服食儘多真日月，經營終少幻山川。逍遥見說須無待，姑射神人本自然。

【箋】屈騶，字友石，號澹翁。番禺人。翁山族叔。崇禎十五年舉人。清順治間授信宜縣教諭，康熙間遷萬州學正。閱十餘年，以資進國子監學正，不就，歸耕沙亭。有存耕堂集，文外卷二有存耕堂稿序。文外卷十四殤女説哀辭：「丙寅元日，以一歲之吉凶筮之。……先是十四朝，予和族父澹翁云云。」知此詩乃康熙二十五年正月十四日之作。

哭殤女説　五首

乳鷰纔出腹，毛濕未曾乾。耳畔啼方咽，懷中肉忽寒。初胎憐母小，少淚使親安。辛苦蜉蝣似，重來路恐難。

天寒長在腹，手戰汝啼時。少乳愁珠母，無眠累雪兒。華燈長不息，繡褓亦重施。四十餘朝夕，匆匆不肯遲。

薑酒香難已，方收滿月筵。家人將錦剪，鄰女把珠穿。囟髻寒難戴，摇籃暖尚懸。無端來誑我，孩笑在堂前。

諸殤教涕淚，六度復而今。累以清貧重，情因老大深。有身纔及尺，方轂未成音。小小曹金瓠，嬰魂何處尋。

葬從兄與姊，三尺及泉黄。户外燒文葆，墳邊奠乳漿。無知難識路，不哭已沾裳。物化徒勞爾，休爲蝶與莊。

【箋】文外卷八四殤冢志銘：「阿説，予妾南海丘氏辟寒所出，生僅一月餘十有九日，以驚風而死，時爲丙寅之正月。」又卷十四有殤女説哀辭。詩乃康熙二十五年正月作。

食白蟛蜞 二首

正月蟛蜞出，雌雄總有膏。絶甘全在殼，雖小亦持螯。捕取從沙坦，傾將入酒糟。野夫貪價賤，日夕下醇醪。

風俗園蔬似，朝朝下白黏。難腥因淡水，易熟爲多鹽。饋客雙瓶少，隨身一盒兼。兒童頻下水，多賣與閭閻。

【箋】廣東新語卷二十三介語：「夏四五月，大禾既蒔，則母蟛蜞出。其白者曰白蟛蜞，以鹽酒醃之，置荼蘼花朵其中，曬以烈日，有香撲鼻。」詩外卷八此詩次於哭殤女説後，疑亦康熙二十五年正月之作。

山茶

朵朵寶珠春，分明媚殺人。瓣沾黄粉濕，鬚染紫脂新。十日開能耐，雙枝折莫頻。卻嫌多葉甚，一半掩朱唇。

【箋】

詩外卷八此詩次於兒明洪生日示之前，疑作於康熙二十五年正月至二月間。

花朝後一日同黎子及諸從兄弟小集澹翁家叔園林分賦

九十春光一半中，吹寒昨日始東風。鶯如嬌女雛偏好，花似仙人老更紅。大阮竹林留父子，先臣香草與童蒙。樽前不暇舒長嘯，名飲風流且自雄。

【箋】

澹翁，即屈騶。黎子，其人未詳。康熙二十五年作。舊俗以二月十五日爲百花生日，稱花朝。

兒明洪生日示之 四首

二月生明日，懸弧是汝期。豚兒慚教少，驥子恨生遲。衣薄吾空問，春寒爾不知。父書能盡讀，深望長成時。

九齡猶失學，汝懶豈吾兒。名父難爲子，貧家未得師。詩書雖不好，紙筆亦同嬉。弟妹多歡笑，須令祖母知。

角髻雙垂小，桃花戴亦宜。猶令作嬌女，未敢説佳兒。九歲蒙難發，三經讀已遲。圖書吾畎畝，望汝更耘耔。

苦汝因高節，饑寒更幾時。敢求兒智慧，但望我耆頤。成立那能早，慈威亦未遲。十年吾杖國，看爾有孫枝。

【箋】

文鈔卷五亡妾梁氏壙志銘：「今年丙寅，……兒大者九歲，明洪也。」康熙二十五年二月作。

瓶花 二首

瓶花吾與汝，相對一春多。白髮今如此，夭桃奈若何。養須生水好，薰用熟香和。日夕壺觴裏，狂夫但有歌。

最是桃花口，偏多欲笑時。紅顏吾解駐，白髮汝休欺。玉女漿無盡，仙人禄在兹。玉壺留日月，長照歲寒姿。

【箋】

詩外卷八此詩及以下八題，次於兒明洪生日示之及王將軍府中牡丹盛開有賦之間，疑皆康熙二十五年春之作。

瓶中桃花

暖令花大朵，一一向瓶開。笑入佳人鏡，香浮上客杯。芳春殊未半，嫩葉莫相催。及此夭夭好，溪邊更折來。

手插梅枝得活喜賦

緑萼和枝折，乘春插即生。水留元氣在，土得上膏榮。造化非無本，東皇亦有情。他時根盡發，移上玉缸輕。

波羅江上作

南海陽明谷，扶胥浩淼流。龍銜紅日上，蜃作白雲浮。十里鶯花滿，三春士女游。祝融兼水帝，祠廟在章丘。

【箋】廣東輿圖：「波羅江，在（廣州）城東八十里，南海神廟前。」

訶林雅集

訶子虞翻樹，陰含漢代青。千年無嘯詠，一日且沈冥。花少因寒食，鶯多爲玉瓶。東風香浦至，解帶挹清泠。

【箋】黄佛頤廣州城坊志卷三：「訶林浄社，在光孝寺西廊。明中葉，梁有譽、黎民表、歐大任諸人結詩社於此。」清代詩人亦常于訶林雅集。

送錢子目天 三首

年來珠海客，如爾獨難歸。今此春將暮，方隨雁北飛。狂歌元有道，名飲未爲非。異日浮丘上，重游定不違。

到手泥沙似，黄金不使留。珍禽市瀧水，錦石買端州。持此娱三婦，兼之遣四愁。未知么鳳子，可得一雙不。

春草能相送，依依直到家。無言江上柳，不及嶺南花。户向山塘掩，行緣石路斜。殷勤人載酒，奇字與侯芭。

【箋】錢覲，字目天，號波齋，自署錢王後裔。浙江龍游人，父子寄居邗江。工詩詞，擅篆刻，師法程邃，兼及秦漢。康熙十八年，輯自刻印成波齋百二甲子印。其人入粤後嘗遊羅定、肇慶。陳恭尹有送錢目天詩。有「度嶺三年客」之語。張潮幽夢影有錢目天評。事見黄楚橋東皋印人傳。

贈杜陵劉漢臣 三首

老友年來盡，餘君是故人。心猶青歲壯，情以白頭新。相逢休慷慨，且飲玉杯醇。饑渴催爲客，恩仇待許身。

蔡澤能知命，飛揚在暮年。卧龍須老大，躍馬未屯邅。飄泊高堂外，艱虞白髪前。無窮忠養事，十口總茫然。

布衣吾與汝，貧賤古人中。事去才偏老，身存道未窮。燈含杯影緑，袖隱劍光紅。又作湘灕別，依依一轉蓬。

【箋】

劉漢臣，名不詳。陝西長安人。客粤，娶廉州女子歸。與何鞏道唱和頗多。審詩意，當亦遺民也。

詠古

艱難垂釣日，一食困英雄。漂母哀何晚，王孫報欲窮。龍興遲沛上，虎視正關中。市井無知己，徒高國士風。

杜鵑花

子鵑魂所變，朵朵似燕支。血點留雙瓣，啼痕漬萬枝。開當寒食後，人正斷腸時。望帝春心在，花含萬古悲。

春日沙亭作 二首

梨葉春方落，無霜亦自紅。移花教日到，疏竹使煙通。北灑過雲雨，南吹作霧風。故人抱琴至，清響滿牆東。

霧重知天暖，今朝減一衣。雨應隨濕至，風已送寒微。芳草愁將滿，桃花恐遂稀。鶯雛嬌不語，似惜美人違。

【箋】疑爲康熙二十五年春居沙亭時作。

獨酌 時丙寅春，五十七歲

歲月無多嘆逝川，七旬更待十三年。忘憂卻在難忘處，學道還如未學前。黃鳥竹間催獨酌，白鷗花下伴閒眠。藏書不少名山業，兒女他時各一編。

【箋】

康熙二十五年春作。

攀枝花 三首

朵朵天邊發，燒雲是木棉。丹樓開十二，玉女笑三千。瓣裏巢紅翠，鬚間吐紫煙。越王烽火樹，多在祝融前。

朵朵爭紅日，枝枝作燭龍。炙天光盡暖，映水色還濃。不葉珊瑚似，全花彩翠封。年年春二月，先發海邊峰。

枝枝將海日，吐納在朝霞。自是炎天德，全鍾大絳花。香熏南海帝，紅映越人家。么鳳紛無數，鬚邊立不斜。

【箋】攀枝花，即木棉。審詩意，當詠南海神廟古木棉花。

賦贈番禺孔明府

特簡名賢向越臺，素王苗裔魯邦來。真知孝友能爲政，自有神明不用才。泗水流添珠海滿，尼山色映玉峯開。番禺自昔循良少，豈弟如公接上臺。

【箋】孔興璉，字彝仲。山東曲阜人。舉人。康熙二十五年任番禺知縣，五十七年遷廣東鹽法道。詩乃康熙二十五年作。

贈汪少府

三年勞佐郡，每得接清芬。不飲石門水，何殊銅柱勳。仙人能有政，令子復飛文。千里趨庭日，英才莫不聞。

【箋】汪少府，未詳其人。少府，指縣丞。疑爲康熙二十五年之作。

大司馬吳公惠田賦此奉答 二首

公憐烏有母，髮滿白頭霜。有耻歸薇蕨，無才致稻粱。文章徒賣力，舂杵枉辭鄉。十畝承嘉惠，從今菽水香。

繇來仁者粟，方與養親宜。更受山田賜，彌慚石父知。自今爲黍早，不惜采蘭遲。勤動同妻子，長懷粒我私。

【箋】

吳公，即吳興祚。文外卷十耕辭：「予也平昔無田，年五十有七，始得茭塘黄女官沙之田三十七畝，潮田也。」興祚所惠田，即黄女官沙之田，詩乃康熙二十五年作。

送張超然返虞山

去年春上巳，送子珠江南。願子岢峨舟，上無檣與帆。今年小寒食，送子珠江北。願子萬里身，上有雙飛翼。三歲别妻孥，夢中見顔色。吳下一春人，鴛鴦苦無力。嬌女未扶牀，呱呱在錦臆。游札有遺風，伯鸞所朝夕。昔家梧宫傍，今移拂水側。言公昔浣衣，有石方且直。

夫在石東耕，婦在石西織。節節皆爲雙，白紵充衣食。裁成一明月，皎潔終何極。言公，謂子游也，子游有浣衣石在虞山下。

【箋】

張超然，即張遠。虞山，在江蘇常熟，張遠於康熙十四年入贅常熟何氏，遂家焉。詩有「三歲別妻孥」語。張遠甲子自京師赴粵西，除夕守歲羊城。乙丑夏度五嶺憩羊城，除夕再寓羊城。丙寅偕何絳過白鶴嶺，由此往潮州。詩當爲康熙二十五年小寒食（寒食節後一日）送別張遠時作。

奉答于畏之枉顧沙亭之作　四首

吾家傍海濤，煙管一峰高。秋鑿山香結，春收水翠毛。承君來浦口，繫馬向蘭皋。風俗知南屈，家家學楚騷。

一姓分南楚，三閭此大宗。君尋苗裔至，禮向逐臣恭。湯沐多香草，田廬繞碧峰。遺音哀怨在，愁殺竹枝儂。

草没山邊宅，泥深海上城。一家衣隱德，十口食才名。歌哭難消日，文章易養生。讀君新樂府，感激有餘情。

白首因周易，君平棄世時。羞將黄老術，去作帝王師。高尚無吾友，艱貞與爾期。毋忘鷄黍日，二子在東菑。

【箋】于畏之，其人未詳。曹溶静惕堂詞有南浦答于畏之。詩疑作於康熙二十五年居沙亭時。

哭侍妾梁氏文姑 十首

十六歸吾室，蘭雲覆額初。王家桃葉似，石氏懊儂如。未老鉛華洗，長貧筆墨疏。芳春三十四，花落委庭除。

忍棄雙兒去，匆匆赴夜臺。死亡多口讖，齋戒早心灰。玉化紫煙氣，珠傾明月胎。事予空二九，朝露苦相催。

稚兒初咽哺，無母與肥腥。斷乳纔三夕，扶牀始四齡。無窮哀子日，有盡老人星。風雨衾裯冷，淒淒想淑靈。

離家未十朝，蕙草汝頻凋。不及黄泉送，空期紫玉邀。醫來無術救，巫至衹魂招。針藥平生少，桃花致早夭。

美目應難瞑，無依膝下兒。茫茫成立日，落落賤貧時。苦節勞妻子，多才致渴饑。腹中無限淚，滴盡不曾知。

失時傷汝極，多日中風深。香好魂難返，情多魄恐沈。兒癡啼欲抱，姑老哭無音。濕盡其君袂，朝昏淚不禁。危時筮得節之二。

殷勤湯藥事，兩抱女君哀。亦復歸蒿里，無緣逐老萊。三人無百歲，一穴作雙臺。左右分黄土，連陰待種梅。女君謂王、黎二孺人，王年二十有四，黎三十有一，梁三十有四，共得八十九年，傷哉。

怪鳥啼三夕，聲聲入曲房。非祥吾早識，薄命汝偏當。忽絶青琴響，頻埋碧玉光。免懷雙稚子，猶自唤姨娘。

好色平生累，情深可奈何。老知偕老少，愁爲莫愁多。肉割勞方朔，丹成失鮑娥。仙人難曠達，哀樂損天和。

白楊風葉下，三度送紅顔。涕淚慚如水，恩情悔似山。空多閨閣累，未有嘯歌閒。哀痛平生足，吞聲返竹關。

【箋】

文鈔卷五亡妾梁氏壙志銘：「梁氏，小字文姑。南海人。年十六爲予侍妾。越十年，生兒明洪，甫一歲，抱之從予出大庾關……至於南京。逾年，度嶺而返。又四年，生兒明治。今年丙寅……梁於是年三十有四矣。閏四月之十一日，予至郡城，而梁病，病十日遂革。予聞之踉蹌以歸，則梁已先一夕卒矣。」　詩乃康熙二十五年閏四月哭侍妾梁文姞之作。

送劉生之金陵就昏　生乃安國公劉公肇基之孫　三首

少年頻首路，江左問鄉園。廉吏難爲子，忠臣易有孫。禮方羔雁執，詩有兔絲言。自此孤生竹，依依泰岱尊。

此去非爲客，枌榆是故都。婿憐齊贅好，兒念羽林孤。烈祖丹書在，先人素業無。鷄鳴思大母，回首白頭烏。

外舅吾知己，殷勤爲致書。地非三楚舊，人是六朝餘。散帶難雲卧，牽船已岸居。不知徐庾筆，奇麗復何如。

【箋】

劉肇基，字鼎維。遼東人。崇禎中累遷副總兵。福王立，史可法督師淮揚，肇基請從征自效，累官左都督、太子太保。順治二年，往揚州援史可法，城破，死之。劉生，名不詳，劉肇基之孫。據劉氏家譜載，江蘇鹽城劉氏世系爲：劉極、劉肇基、劉承業、劉岫。此劉生或即劉岫。詩外卷八此詩次於哭侍妾梁氏文姞後，疑爲康熙二十五年之作。

西洋郭丈贈我珊瑚筆架賦此答之 二首

何年沈鐵網，海底得枝枝。以此爲鈎好，偏於挂鏡宜。親勞如意擊，重向玉臺貽。才愧徐陵甚，難爲架筆時。

分來烽火柏，持作筆牀先。小架宜斑管，長書得錦箋。歸憑纖手潤，益使大紅鮮。未有瓊瑶報，殷勤奏短篇。

【箋】

西洋郭丈，其人未詳。汪譜次爲康熙二十五年之作。

壽西洋郭丈

書牀花發貝多羅，鸚鵡堂前解唱歌。明月新生珠子樹，白雲初熟玉山禾。千年命縷絲能續，七日仙棋著更多。最是端陽榴火好，爲君流照玉顔酡。丈新生子。丈生日爲端陽之七日。

【箋】

西洋郭丈，其人未詳，嘗贈翁山珊瑚筆架。據詩注及汪譜，詩乃康熙二十五年五月初七作。

送吴四會之任漢州 二首

綏州君不愛，卻愛漢州遥。忍舍南津水，東西接海潮。香寒柑子户，翠濕木棉橋。父老長瞻望，雙旌拂大堯。四會，古南綏州，城東有南津水。

此去蠶叢路，無窮是杜鵑。錦官雙水外，白帝萬山前。司馬辭章美，文翁教授賢。政成知不久，飛舄紫薇邊。

【箋】

吴樹臣，浙江烏程人。拔貢。康熙二十二年任四會縣知縣。二十五年陳欲達接其任。詩乃康熙二十五年送吴樹臣調任四川漢州之作。

送李孝廉道過萍鄉訪邑令尚使君

何處能爲政，萍鄉有一人。君聞玉琴響，復見桃花春。德化連南楚，聲華動北辰。訟庭無所有，山色九峰新。

【箋】

李孝廉，其人未詳。尚使君，疑即尚崇乾，本姓蔡，字櫟山。其先番禺人。鼎革後，尚藩立爲嗣，因冒姓尚。康熙十一年舉人。康熙十四年至十九年任陽春縣知縣。有文名，自言：「藩生之有文名者，唯余與盛某相埒。」詩外八此詩前後皆康熙二十五年詩，當亦作於是年。

悼梁氏文姑　四首

二八歸予好，夭桃性早華。尚懸明鏡月，未叠錦衾霞。在褓雙雛小，當簷一壘斜。啾啾誰哺汝，毛羽漸紛葩。兒明洪、明治乃梁所生。

化爲煙與霧，夢裏日氤氲。燭已花間滅，琴猶月下聞。魂應哀鞠子，影定繞慈君。父息情無極，悲啼向一墳。

顧復無常母，孤兒最可憐。扶牀方四歲，飲乳未三年。日日黃腸側，雙雙白首邊。一秋情抱惡，無曲與冰絃。

少小青春日，行行細馬馱。隨夫衝雨雪，抱子涉風波。色以餐桃好，情於割肉多。悔予長搦管，未暇畫雙蛾。

【箋】

詩有「孤兒最可憐」、「扶牀方四歲」語。文鈔卷五亡妾梁氏壙志銘：「今年丙寅，明治甫四歲，……而梁病，病十日遂革。」又據「一秋情抱惡，無由與冰絃」語，詩當爲康熙二十五年秋傷悼其妾梁文姑之作。

季秋之五日承諸族父過賞菊梅分賦

未及重陽菊已披，梅花數朵映霜姿。頻將春色添秋色，不惜寒枝作暖枝。甘苦已教陶令識，芬芳更與阮公期。竹林相過須沈醉，莫待登高倒接䍦。

【箋】康熙二十五年九月五日作。

舟出濫口作 二首

開帆從濫口，倏忽盡空冥。水底魚雲黑，沙頭蚌月青。夜生南海日，秋見老人星。大虎門開闔，波濤撼玉屏。

朝辭黄木口，暮至赤沙洲。地向江中出，天從海外浮。罛船喧婦子，罾步亂鳧鷗。細釣吾多得，河魨更上鈎。

【箋】廣東新語卷二：「（廣州）海亦有三路，分三門，而以虎頭爲大門……自虎頭而入爲濫口，次曰大濫，又次曰二濫，至濫尾則爲波羅之江，予家在其上。」詩乃康熙二十五年居沙亭時作。

題白塘下劉氏園　三首

野人池館好，門外即扶胥。盡日惟煙水，無人祇老漁。蟹多霜降後，魚上水生初。風過河豚市，吹腥滿里閭。

罷釣歸來處，榕邊繫小舠。龍過雲氣亂，魚上海聲高。水屋棲能穩，漁書著未勞。晨昏知水節，多物伴香醪。

風俗河鮋重，秋來味更和。大罾漁父少，生釣野人多。白露家家酒，鹹潮處處禾。扁舟乘蟹浪，向暮海門過。

【箋】劉氏，其人未詳。白塘下，在番禺扶胥鎮。詩爲康熙二十五年居沙亭之作。

微雨

微雨井泉發，閨人汲未勞。水寒方有氣，山暖欲生膏。獵火乾逾起，炊煙濕不高。野夫尊草服，相見祇江皋。

【箋】

康熙二十五年居沙亭時作。

賦贈廣州劉静庵太守

十郡樞機是廣州，公來賢冠九諸侯。江間再作沈香浦，洞口重開穗石樓。楚國辭華多雅頌，炎天文獻少春秋。深憑玉尺加裁定，勿負殷勤一太丘。晉滕修爲廣州刺史，有五仙持穗之瑞。侯，楚黄人，時受陳省齋先生助予纂修廣東文集之囑。

【箋】

劉茂溶，字華生，號静庵。鑲黄旗人。康熙二十三年任廣州知府，有善政，時稱賢守。一時耆宿，相與往還，茗碗詩筒，殆無虚日。嘗捐俸助翁山刊印廣東文選。汪譜次爲康熙二十五年作。

嘉禾歌爲廣州劉太守壽

昔有賢太守，漁陽與潁川。嘉禾麥兩歧，頌聲天下傳。一莖九穗今重見，我公德政誰不羡。

吐秀亦五七，銜滋露泫泫。異母同穎與周同，成王將復饋我公。充箱之實爲公飯，上天所貺以報功。父老紛紛上堂壽，持此嘉禾拜左右。殷勤欲請歸禾篇，家家管絃爲公奏。

【箋】

康熙二十五年作。劉太守，即劉茂溶。詩外三有爲廣州太守劉公壽詩，作於康熙二十六年，中有句云：「君侯政教兩稱善，去歲嘉禾應復見。」可證。

嘉禾歌爲王礎塵壽

嘉禾生，在何地。一莖嘉禾有八穗，一穗有穀六十四。望如蘆荻一叢叢，朱家巷口廿里中。三百年來草未墾，此土發祥有真龍。真龍昔向句容産，黄氣紫雲長鴻濛。瓜瓞綿綿此根本，民之初生沮漆同。嘉禾知是后稷穡，不煩播種因天功。子孫會有聖人出，嘉禾爲兆非年豐。我從王君聞此兆，如此嘉禾古所少。八穗乃是八純卦，六十有四合大小。易爲日月兩大象，相代爲明昏復曉。一穗具卦六十四，造化有心殊易了。持將八穗爲君壽，數符五百不先後。名世即同王者興，周公嘉禾作應又。

【箋】

康熙二十五年十月初十日作。王礎塵，名世楨，江蘇無錫人。明諸生。曾參史可法幕。明亡，奉父母隱居洞庭東山八年，教書爲生。浪游四方，至粤，將終老焉。曾入兩廣總督吴興祚幕。與屈大均、陳恭尹尤交厚。礎塵生明天啟六年十月初十日，見陳恭尹王礎塵行狀。

粤臺懷古

百粤稱天府，雙臺眺碧空。海吞南武郡，山枕趙佗宫。珠市鮫人集，金門蜃氣通。潮飛千嶂白，花映半天紅。游女雲邊艇，都人果下驄。洲形斜偃月，草色遠含風。笛弄沈香浦，觴浮桂樹叢。衣冠分建業，井里比新豐。久變蠻夷俗，長懷割據功。交州元險阻，越尉亦英雄。黄屋扶桑下，朱旗旭日東。秦皇難再世，項羽枉重瞳。虎視曾何益，龍興自不同。匹夫休叱咤，三傑正和衷。卒致殲垓下，何妨王漢中。任囂謀略善，陸賈笑談工。立國聊乘亂，稱臣遂效忠。春秋朝袞冕，關塞罷兵戎。翠羽鳴浮嶠，繁葩落刺桐。仙靈多窟宅，芝朮勝華嵩。五嶺堪棲隱，中原尚戰攻。寧求勾漏令，早作浣花翁。三寸留侯舌，千鈞李廣弓。飛揚心未已，導引術無窮。月出扶胥樹，霞横朔漠鴻。騎羊人已去，舞劍曲初終。蹤跡雖飄梗，精誠每貫虹。言尋廣成子，長嘯上崆峒。

【箋】廣東新語卷十七：「趙佗有四臺，其在廣州粤秀山上者，曰越王臺，今名歌舞岡。」詩疑作於康熙二十年至二十五年居羊城期間。

壽洪水部

翠華當日駐崧臺，君作曹郎已見才。天爲祖宗留大老，人從煙水得深杯。花争作葯穿橋出，鳥喜收香入户來。龍馬精神誰得似，七旬今正離珠胎。

【箋】洪水部，即洪穆霽，見康熙二十三年詩答洪丈藥倩過飲之作箋。詩約作於康熙二十五年、二十六年。

焚香作

夜夜焚香到曉鐘，鳴琴亦未緑塵封。詩因五岳辭多怪，酒得諸花味更濃。欲補圖經先太華，將營服食首喬松。乘時未敢頻爲客，燕雀卑棲且一峰。

【箋】詩外卷十此首及以下二首，前後皆康熙十九年至康熙二十二年之作，疑亦作於此期間。

叔祖崇薦翁九十壽恭賦

天留南屈在沙亭，煙管峰臨漲海青。先祖遍栽長命樹，曾孫頻作老人星。大宗祠啟來昭穆，春酒筵開肅典型。亂插桃花方朔喜，三千花實信仙經。

【箋】

屈崇薦，名不詳。番禺人。翁山族中叔祖。此詩乃賀其九十壽辰而作。

送散木子之虔州

君度梅關歲正殘，梅花且喜拂征鞍。北枝定讓南枝早，南雪休同北雪寒。玉枕山名，在南安。偏宜游子夢，金精山名，在寧都。更得故人看。來鴻去雁元容易，遲爾明春返藥欄。

【箋】

陳梁，字則梁。浙江海鹽人。年十八，皈依蓮池大師，法名廣籍。未幾，進京，上書不用。晚年無意於世，自稱散木子，有莧園詩，人稱莧園公。明亡後，造庵居之，稱个亭和尚。善畫工詩，又有侖者菑、浣筆池藏稿、个亭集。虔州，江西贛州之古稱。

三黄鵠堂操

予族中有女，未嫁而其婿莫生死，奔喪不返，誓于天，以死守志。其兩代姑亦皆早孀無子，賴女以養。予既爲柏舟説以示女，復題其堂曰「三黄鵠堂」，以比古之陶嬰，而爲琴操以寫其悲云：

老黄鵠兮太姑與姑，年皆耋兮無子與娛。少黄鵠兮年始雛，未成婦兮代子爲烏。烏朝反哺兮堂上，暮滴洒兮黄壚。老黄鵠兮不幸，兩早寡兮無夫。賴少黄鵠兮以未亡命，寄手爪兮織素爲餔。噫吁嘻，門以内兮黄鵠，乃有三兮何辜。皇天兮仁物，何黄鵠兮偏孤。

【箋】文外卷五柏舟説示族中貞女賢姑：「吾屈氏在新會大月滘有曰無隱者，吾之族弟也。其女曰賢姑，以許同邑諸生莫贊倩。未行，而贊倩死。姑衰絰奔喪，不歸，誓死守志。……其家甚貧，姑能力作，以養其堂上兩代姑。兩代姑亦皆早寡，一門之内有三共姜焉。」詩外十七此詩次於後黄鵠操與四雛操間，疑作於康熙二十年至康熙二十二年間。

贈家泰士兄 五首

與爾同庚白髮先，雁行零落淚痕邊。遺臣最熟雲南事，私史長書大曆年。松在不妨霜雪苦，梅開益使水雲妍。高文典册憑君手，更補從龍傳幾篇。

同出三閭是大宗，兩枝花萼一芙蓉。芝英自可安鴻鵠，玉舄何須戲祖龍。南屈文章當代少，懷王子弟異時封。白頭相對衣冠偉，蘭芷香飄滿碧峰。

蘭橈日夕向江湄，骨肉纏綿及此時。天有南箕爲傲客，人逢西漢重騷辭。驊騮老識天飛路，蛺蝶閒懸羽化期。暇日一尊歌出塞，封侯最羨得鬭氏。用漢時涉軹侯事。

玉樹連枝勢每分，鸞皇咫尺苦離羣。雨中獨有佳人日，風外誰知帝子雲。秦末神仙多上策，漢初豪傑少私軍。年來寂寞慚金劍，屠釣相從最憶君。

麑衣散髮亦逢迎，高簡空馳世外聲。豈有林宗能絶俗，自來巢父不知名。稻粱人肯肥閒客，粤人謂白鷴曰「閒客」。薇蕨天猶靳寡兄。無限微辭寫哀怨，湘纍子姓總多情。

【箋】

泰士兄，即翁山從兄屈士煌。士煌生與大均同年，卒於康熙二十四年十二月。據「與爾同庚白髮先」語，詩當作於康熙十九年至康熙二十四年。

懷仙曲

花入高雲月上天，美人相繼作飛仙。棺中彩履留何處，臺上青禽去幾年。織錦悔教來粵嶠，鳴箏休更問秦川。鴛鴦最是多愁思，未到黄泉已化煙。

【箋】審詩意，乃追懷亡妻王華姜、黎緑眉等人之作，約作於康熙十九年至康熙二十五年間。

爲陳茂才母翟太君壽

高堂花發是長春，吾母同庚亦甲辰。萊氏弄雛娱白髮，荀家多子足朱輪。草書神妙分先哲，蘭膳馨香及大賓。溪上茅茨居勝地，枝枝慈孝更霜筠。

【箋】陳茂才，其人未詳。詩有「吾母同庚亦甲辰」語，詩外八有乙丑臘月十三日恭遇慈大人八十二歲生日喜賦詩，以此推之，翁山母與陳茂才母皆生于明萬曆三十二年甲辰。詩疑作於康熙十九年至康熙二十五年間。

設帨

設帨佳辰事已終，年年七日淚含風。香奩百福餘人勝，綵縷千條是漢宮。暮作啼烏棲不暖，朝爲行雨夢還空。泉臺定識相如苦，溝水東西有日同。

【箋】

哀悼繼室王華姜之作。設帨，禮記内則：「子生，男子設弧于門左，女子設帨於門右。」文外卷三繼室王氏孺人行略：「距其生於丙戌正月七日，得年二十有四餘二十日已耳。」詩外卷十一此詩及以下二十五首，皆次於康熙十九年至康熙二十五年詩中，姑亦作此期之詩。

琶洲

琶洲一塔矗空冥，禾黍陰陰上翠屏。上渡潮聲迎下渡，北亭帆影落南亭。林光曉帶人煙白，草色秋含鬼火青。僞漢園陵誰躑躅，牛羊不使墓門扃。

【箋】

琶洲，即琵琶洲，在廣州城東南郊三十里，洲上有岡，高十餘丈，形似琵琶。明萬曆二十六年，光禄卿郭棐等請于院司，即洲岡上建浮屠，以壯形勝，名海鼇塔，一名琶洲塔。

自茭塘上珠江作

雙飛玉塔截東流，勢落扶胥控虎頭。地有三門當大海，人無一劍起炎洲。樓船縹緲鼇身映，宮闕虛無蜃氣浮。自古亡諸能助漢，固知遺烈在東甌。

【箋】茭塘，在番禺東北珠江之畔。宋代曾氏建村，村旁多水塘，盛長茭草，故名茭塘。

東皋別業舊址 是陳文忠公游衍之地

漁艇猶穿玉帶橋名。回，花灣不見錦袍灣名。開。鴟夷有恨三江湧，杜宇無歸百鳥哀。菰葉湖名。舊通浮岳井，蒲香今失鶴舒臺。雲淙亦是圍棋墅，一代風流總草萊。公有雲淙別業在白雲山上。

【箋】東皋別業，在廣州東門外。明崇禎四年，陳子壯從兄子履所闢。子壯抗疏罷歸，與黎遂球、黃聖年等唱和於此。明亡，池館荒廢。清康熙間，駐防鑲黄旗参領王之蛟修葺之，邀梁佩蘭、屈大均、陳恭尹主其中，名東皋詩社。

望黄布諸村

夾岸炊煙起夕林，離枝紅映白雲深。帆檣渺渺長空影，鷄犬寥寥太古音。雨勢東飛隨白鷺，月華西上待青琴。蟬聲何處含風露，夜夜淒清最有心。

【箋】黄布，即黄埔，在廣州東南郊珠江之畔。原爲泥灘地，以黄姓居此，遂稱黄浦，又稱黄埔。

日月二泉井 在廣州城中

月泉西出日泉東，日月光生二井中。南海波潮從口上，朱明門户與心通。朝含真氣知天一，夕有清光似碧空。汲取寒華供茗飲，仙人美禄此無窮。

【箋】廣東新語卷四：「廣州城中有日月二泉。日之泉每夜輒有一日在其中。月之泉每夜輒有一月在其中。日泉今失其處。惟月泉在金華夫人廟神座下，有巨石覆之。」

學士泉　在廣州大北門外

學士泉清勝十泉，廣州城内外有十泉。氤氳微帶越山煙。真茶潑去蘭香發，活火烹來雪色鮮。
天一真精成玉液，朱明靈氣出花田。淩朝素綆思親汲，汲取寒華作酒先。

【箋】

古今圖書集成職方典引廣州府志：「學士泉，在府城北七里，舊曰鷄爬井。明天順初，學士黄諫謫居廣州，品其水爲嶺南第一，故易今名。」

蟹眼泉　在廣州大北門外　二首

佳泉蟹眼最知名，沙底冰寒映月明。活火烹宜林岕好，千瓶汲取遍佗城。

蟹眼雙瓶祇十錢，挑來大北白雲邊。一城争飲因甘冽，不道仙羊有别泉。

【箋】

楚庭稗珠録卷二：「城内水泉極多，井以數十百計。然瀉鹵所侵，其味不佳。」「其第一水，則北門外蟹眼泉。泉宅田隴小澗中，凡十餘泓，長近一里，以石甃底，蟹眼上翻。其第一泓最佳，以次遞減。」

烹茶

故人天外意難忘，佳茗殷勤遠寄將。廟後已多秋岕好，潛溪還有紫霞香。雙泉適自空林出，一勺長含素月光。日夕著書飢渴甚，甆杯擎處愛清涼。

贈王將軍 三首

父子天南兩伏波，自娱不復有臣佗。三軍禮樂師儒將，一代詩書讓雅歌。武庫横開臨碧海，文昌高坐逼銀河。康侯介福因王母，蕃庶從今錫馬多。

舊著龍山大獵篇，名高十八冠軍年。諸侯兵法歸公子，兩世彤弓得象賢。仁孝已堪圖漢閣，安閒自可定蠻天。卑躬況復求巖穴，飛兔行應受玉鞭。

文謨武烈早非常，秀出瑯琊大道王。雙植金標爲彩筆，七腰銀艾到炎方。遺書雅欲傳先哲，絶學還思啟大荒。元凱春秋多羽翼，爲予裁定使成章。

【箋】王將軍，即王永譽。永譽於康熙十九年至二十七年任廣東將軍。其父王國光，順治十三年任兩廣總督。十五年以疾解任。康熙元年授鎮海將軍，帥師鎮潮州。

珠江春泛作

珠水煙波接海長，春潮微帶落霞光。黄魚日作三江雨，白鷺天留一片霜。洲愛琵琶風外語，沙憐茉莉月中香。斑枝況復紅無數，一棹依依此夕陽。

【箋】琵琶洲在珠江之東，茉莉沙在珠江之西。審詩意，當爲春日往來五羊與沙亭所作。

菊　八首

天留一本是純黄，吐蕊偏宜十月霜。滋味總因秋後苦，芬馨全以臘前香。憐生石上無肥土，恨種牆陰少太陽。白髮孀慈勤灌溉，明年重九待浮觴。

歲歲遲開苦積陰，重陽不得逐登臨。幽人豈可無甘節，芳草繇來有本心。老向炎天嫌雪少，寒成佳色喜霜深。東籬人去誰能采，泛酌秋英更鼓琴。

無多花蕊在籬東，不食愁將苦薏同。朵朵霜乾猶抱蒂，枝枝露濕已當叢。秋來栗里多佳日，歲晏陶公有素風。天爲忘憂生此物，摘來休使酒樽空。

南村未有素心賢，閉户惟將醉石眠。孤影甚思名酒勸，白頭微得好花憐。餐英一一兼寒葉，飲露依依似暮蟬。香入簞瓢霜氣早，清齋不必露葵鮮。

幾本蕭疏出草間，清湘染得淚痕斑。猶嫌太白同衰鬢，且喜微紅上老顔。尺寸培根終歲苦，東西乞種一身閒。乾來作枕圖明目，細作真書寫小山。

衰年服餌最相宜，甘苦惟應薏苡知。無酒易過重九日，有花難及肅霜時。香薰百草誰能似，根浸三泉更不移。長與青青沅澧者，春蘭終古一相思。

二九人人望節花，那知真菊未英華。白衣自愛陶公酒，秋色誰争處士家。葉葉煎成油餅大，枝枝壓得籜冠斜。陰威最喜佳名好，餐服功多勝海霞。

霜姿偏向歲寒新，早識秋榮絶勝春。三秀喜非秦代物，九華疑是晉時人。山妻麗草能爲頌，野老金英解與鄰。裛露不辭懷袖濕，仙靈教我納朱唇。

【箋】

詩有「重陽不得遂登臨」、「老向炎天嫌雪少」語，當爲重陽節居粵時所作。

野菊 二首

野菊叢叢委道傍，花雖細朵亦芬芳。朝分蔓草惟零露，暮得空林是夕陽。佳色恨無彭澤見，落英疑有大夫香。生來苦薏誰能識，欲寄幽人隔水鄉。

重陽節後汝先寒，甘苦含霜滿玉盤。豈必東籬方可采，未須南楚已堪餐。浮沈片片宜蘭酒，黄白枝枝稱籜冠。野外無人香更甚，移根休使近雕欄。

【箋】居粤時重陽詠菊之作。

寄懷王處士不庵 煒

苦憶君公白髮長，牆東依舊水雲鄉。漢家男子惟垂釣，楚國騷人正采芳。匏葉浮沈難涉水，菊華甘苦總含霜。何人再拜還牀下，知己凋零在白楊。

【箋】王煒，號不庵。安徽歙縣人。著有鴻逸堂集。

懷桂林

太華兒孫在桂林，參天笋石總森森。東西柱向穿山出，左右江連嶠水深。光禄堂前曾酌酒，伏波巖上復鳴琴。軍書一卷留苔蘚，他日思從洞口尋。

【箋】桂林，在廣西東北部。康熙十三、十四年，翁山參與吳三桂反清行動，監軍于桂林，有甲寅軍中集、乙卯軍中集。

贈高第街鄰人李叟

高第南臨珠水濱，堂開與爾作芳鄰。東家御史稱寒鐵，西舍仙儒是抱真。詩筆每爭烽火樹，棋枰多就落花茵。書樓月色微明夜，相照須君太乙身。國初周公新稱寒鐵御史，李先生孔修私謚抱真，皆嘗居高第街者。

【箋】高第街，在廣州城内中南部。建於宋代，豪紳富商聚居於此，多高門宅第，故名。李叟，其人不詳。

過西村訪蒲衣子作

咫尺沙亭是故園，西村何必讓南村。門生吹笛迎溪口，稚子舁籃出市門。翠羽最憐么鳳小，蒼鱗長識老龍尊。新詩一一忘憂物，不必蘭房更樹萱。陶公云：「昔欲居南村。」

【箋】蒲衣子，即王隼。西村，王隼居所，在番禺東北，翁山故里沙亭之南。

忠養堂書懷　二首

無才不敢恨長貧，老大惟知與道親。几杖高堂多古物，衣冠中土有遺人。碧梧早落過芳歲，黄菊遲開及好春。繞屋雲山無路入，一家鷄犬自先秦。

雨過山堂秋氣新，書聲日日接西鄰。陶公紙筆争兒女，茅氏瓜蔬笑客人。缸底醇醪多日盡，鏡中衰貌幾時春。尋常古几當花隱，白首韓康有老親。

【箋】忠養堂，大均室名，見佚文天崇宫詞序。

聞觀察公以暮春日與諸公爲菖蒲澗之游賦此紀事並以爲觀察公壽

天南三月即清和，憲使相將散玉珂。秦代仙人瑶舄在，堯時春韭紫茸多。光輝飲御惟魚膾，披拂風流有女蘿。聞道長生須九節，不妨采采濯清波。

【箋】

觀察公，疑指韓作棟。作棟曾官按察司僉事，故稱。仙人，謂安期生。

端州逢某使君賦贈

三江東作一江流，西水微茫汝欲愁。使者龍荒虚歲月，先公馬鬣未松楸。身爲喬木多連理，家與崑崙在上頭。努力當年開府業，二難聲望滿炎州。

【箋】

崑崙，關名，在邕州。某使君，所指未詳。據詩中所述，其家在廣西邕州，乃游宦於廣東者。

紅石榴　十首

百疊裙裾染艷霞，仙人剪作此靈葩。光凝蝙蝠千年血，丹吐芙蓉萬點砂。奇樹舊分西海種，孤根元逐漢臣槎。珊瑚不敢言烽火，枝幹何如朵朵花。

光争龍燭是流暉，不夜名葩世所希。絳萼燒時雲盡暖，丹鬚濕處露多肥。枝枝影爲朱天出，朵朵香同赤帝歸。更喜千房同一蒂，清泠不使玉漿微。

真疑夜火百枝然，晞采扶桑色正鮮。吐納朱光成十日，紛披丹氣作雙煙。膏凝可釀扶南酒，裙緆堪留太液仙。千葉垂腴嫌太密，有時難見曉妝妍。

曄曄珊瑚映水宜，炎雲沐浴更生姿。承風影拂河陽樹，向日心傾若木枝。珠熟紫房開莫早，丹成朱火養休遲。不教纖手頻來折，留燭蘭堂欲暮時。

丹若枝枝越女家，紅争一朵鬢邊霞。煎成藥餅須千葉，搗作香脂費幾花。傾向玉盤新滴瀝，移來金谷舊紛葩。水晶千子憐如一，浸液霜滋似露華。粤中四月八日，以白石榴葉爲餅相饋，名曰「藥餅」。鄭虔云：「山石榴可作臙脂。」

並蒂分貽弄鏡人，熒熒一瓣上丹唇。紅華自得江郎頌，朱實誰夸石氏珍。奇麗總無山海別，馨香更爲雪霜新。簪來玄髻如朝日，解化南威豔絶倫。

纔看絳采滿繁莖，已望天漿一雪醒。烽燧每教人巧笑，冰霜難奪爾孤榮。朱房薦處蒲萄讓，素粒開時小鳳争。華實有誰能並麗，爲君裁賦答奇生。炎州有淩霜榴。

灼灼紅牙大火含，玉顔酡爲露華甘。施朱已似東家赤，染粉何須北地藍。葉作香湯争午日，花爲仙醞盛瓊南。辟兵符子兼雙朵，兒女紛紛角髻簪。

結就金牙重壓簷，摘來教且貯香奩。雙房自得黄牛直，一實人争白馬甜。夏吐已憐緗的滿，秋開還愛絳鬚添。朝朝相對丹暉坐，扇暑風多不捲簾。伽藍記：「白馬甜榴，一實直牛。」

重結重開一歲中，端陽節後未枝空。甘成玉液能療渴，白就丹砂可養蒙。石虎苑中傳子大，香爐峰上更花紅。垂光九夏多炎德，吐盡精華爲祝融。

【箋】

審詩意，當爲居粤時詠紅石榴之作。

送静公别駕之南寧

五月滇黔水大來，愁君西放畫船回。中閨咫尺鄰銅柱，新詠參差是玉臺。孝友人知花萼好，精誠自使瘴煙開。休嫌事業多筥管，天愛文淵此用才。

【箋】静公，其人未詳，似爲東粤人而游宦於西粤者。

呈某按察使

重來聽訟海雲間，司寇冠形似華山。中正自教金矢得，神明長與玉琴閒。湘纍子姓憐三户，白傅詩篇動百蠻。咫尺臺門高不極，肯容狂客一追攀。

【箋】某按察使，指胡戴仁。據詩中首句，其人當二赴粤東爲官。阮元廣東通志卷四十四載，胡戴仁，直隸容城人。拔貢。順治十四年至康熙三年任廣東香山縣知縣，康熙二十二年到康熙二十五年任廣東按察使。

珠江觀競渡聯句

滘口人家盡繡簾，大均。衣翻蛺蝶麝蘭添。屈修。徵歌曲愛蓮花豔，劉進修。注酒漿愁荔子甜。大均。水氣欲飛山作雨，修。沙雲先白海成鹽。大均。貪看競渡忘歸去，進修。摇櫓休催素手纖。大均。

【箋】

屈修，字修古，番禺人。劉進修。其人未詳。詩爲居五羊時赴滘口觀端午競渡與屈修、劉進修三人聯句之作。滘口，在廣州城西南，北臨珠江。

閨怨 限一、二、三、四、五、六、七、八、九、十、百、千、萬、雙、半、寸、尺、丈，凡十八字，並限韻　三首

六七鴛鴦戲一溪，愁人二十四橋西。半天書斷三秋雁，萬里心懸五夜鷄。蠶作百千絲已盡，烏生八九子初齊。丈人何處聽鳴瑟，尺寸長垂雙玉啼。

桃三李四已成蹊，六七花東八九西。一尺髻高愁墮馬，五更衾冷怨鳴鷄。游絲百丈全難斷，舞柳千條半欲齊。十二雙邊無寸字，鴛鴦都作萬行啼。

二六巫峰七十溪，千回萬轉八林西。頻同半槁三花樹，不及雙飛一錦鷄。四角盤中書易就，九枝燈下影難齊。春絲百丈牽方寸，愁掩羅巾五尺啼。

對水仙花題畫中水仙花兼紫芝怪石

淩波看與宓妃同，半在丹青半水中。香氣分從冰練出，清姿交映玉壺空。先春著粉教如雪，向夕生寒不待風。最是芝華相伴好，太湖石上一叢叢。

生日覽鏡口占

生日當秋盡，衰顔滿鏡中。芙蓉誰得似，朝白暮還紅。

【箋】此詩及下二題，編於詩外十四。姑定爲康熙十九年後歸隱鄉園時期之作。

灌園 四首

幸有先人圃，寧辭灌溉勞。叢生諸菜品，最愛抱娘蒿。

敢不窺園菜，貧家賴養親。未能長抱甕，殊愧息機人。

茨菰栽半畝，生水引官河。表以慈姑號，因他乳子多。

越辣調扶雷，吴酸瀹露葵。清齋慈母喜，莫使玉盤遲。

萊圃雜詠 十七首

甘蕉經雨後，葉葉有新心。舒卷無人見，蕭疏又一林。

佳色朝來變，微紅似帶霜。但令開滿徑，何必值重陽。

生意憐春草，油油是我心。穿冰才一寸，芳氣已盈襟。

又見梅花發，枝枝影向西。可憐千萬片，飛不到潛谿。有汪扶晨者，家在潛谿，故云。

紅翠雙入簾，知自羅浮至。口銜麻姑書，催我營春事。

春已滿浮丘，花開多異色。生憎小鳳皇，向我花上食。

舟浮香溪來，是我餐霞友。小女采荼蘼，已泛長春酒。

林鳥喜人歸，聲聲在竹扉。花含大小笑，笑客食春薇。

苦瓜君子菜，義不食邪蒿。日夕林塘畔，毋辭抱甕勞。

陰盡天無雪，陽生地有雷。黄鶯一二囀，已使早梅開。

林深晴日少，天在白雲中。水氣多爲雨，山光直似空。

魚膾宜生酒，餐來最益人。臨溪親舉網，及此一陽春。魚生以冬至日食，尤佳。

門對先公墓，松楸日夕看。無田愁薄祭，淒愴一春盤。

負杖還墟落，韶光正及春。澗花欣有主，山鳥喜無人。

未有療饑物，芝華奈盡何。白頭孀鳳老，黃口乳鶯多。

幽幽澗底蘭，花葉愁枯槁。不及爾青蒿，春陽能得早。

母竹春多笋，新篁十日齊。籜龍誰忍斸，留蔭白雲溪。

道援堂作

朱顏堂上母，白髮膝前兒。萊子承歡日，袁閎展拜時。猶多賢聖辱，未可帝王師。著述工何益，斯文豈在茲。

【箋】此詩原編於詩外八。中有「白髮」、「萊子」之語，當作於五十歲後。姑定爲館于五羊時作。

沙亭漫興 五首

先公留得宋時村，喬木家家影在門。一水曲從江口入，人言風景似湘沅。

村南村北一溪分，咫尺橋梁隔暮雲。鷄犬無聲人寂寂，羲皇一枕至斜曛。

丈人傴僂八旬餘，口授諸孫不用書。爲愛榕陰風日好，移樽相與膾黄魚。

蕉向心中抽葉葉，淩朝露重苦低垂。深秋子熟香甜甚，持作酥醪不用炊。

風寒落葉易成悲，葉葉秋來亦有思。蕭瑟最愁蟬響外，一聲先與夢魂知。

【箋】

組詩及以下六題編於詩外十六。姑定爲館於五羊時期之作。

溪上 三首

煙波一片静含空，雨過漁梁處處通。明月有聲聲在水，涓涓流入玉琴中。

微微木葉點漣漪，潮去潮來白鷺知。魚食秋光浮出水，竿頭不用繫長絲。

流盡愁心是此溪，新生秋水與橋齊。牛羊争道過清淺，楓葉蘆花踏作泥。

自題易葉軒　五首

葉葉霜紅寫幾秋，微言多爲古人留。畫前豈有庖犧易，一片天心似水流。

蟲書葉葉是河圖，畫卦當年得見無。花絶無言吾亦爾，馨香吹出一林孤。

一庭梧竹最宜秋，蕉葉新書雨不流。人是羲皇高枕外，黄花亦爲羲熙留。

幾樹蟬聲慰寂寥，無人風葉自蕭蕭。日長觀化無餘事，周蝶何知又一朝。

九卦先生憂患餘，年衰一倍惜居諸。思求易史蓮鬚閣，表裏春秋作一書。九卦先生，予之自號也。黎美周太僕曩撰易史未成，予將繼之。蓮鬚閣，太僕讀書處。

【箋】文外十一易葉冢銘：「吾言易，以葉書之，積至數千，不忍棄，于沙亭之春山爲冢以藏，名曰易葉冢。」

懷沙亭獨坐有作　三首

宴坐山亭動一年，光風霽月本非禪。無言最與梅花似，開落教人見自然。

咫尺江門有我師，依依孀母白頭時。文章直與天無作，畫破鴻濛笑宓羲。

一片神明在玉琴，圖書先得古人深。天邊況有團圓月，流出寒光是此心。

示女明洙 二首

小本家傳女四書，可能箋注若華如。平生列女吾多傳，要汝聰明記有餘。

班姬女誡馬倫分，春汲還鄉學少君。汝亦漢儒南郡女，布裳椎髻扇清芬。

【箋】長女明洙生於康熙十七年。此詩言能讀女四書，當已有七、八歲，即康熙二十四、五年時作。

喜謝九丈自莞中見過之作 四首

咫尺鄉園未得還，城中閉户亦深山。故人衹有香農父，來共琴書一日閒。

汝種多香與子孫，勝於全買荔枝園。紫囊一樹人争食，明歲招予作白猿。丈有荔枝名紫囊，最爲珍品。

相見無多萬曆人，白頭冠籜是遺民。山中酒熟須多飲，爲我長留太古春。

白髮翩翩海鶴姿，河清已過杖鄉時。歲寒不用愁風雪，自有春陽到柳絲。

【箋】謝九丈，即謝重華。東莞人。明遺民。詩當爲康熙二十年至康熙二十五年間居五羊時作。

廣州花朝　六首

花朝花已盡，祇有絳桃肥。梅子青青好，流鶯打不飛。
人家盡木棉，花作一朱天。二月猶無葉，珊瑚十丈然。
海棠晴暖候，紅影滿春山。朵朵如醇酒，酡人白玉顔。
未開先吐蕊，蜂食爲微黄。二月花寒甚，紅成白海棠。
香駐蛛絲細，微微吐紫煙。一春無事極，日把水沈煎。
葉惹鶯毛緑，花粘燕嘴紅。生憎聲睍睆，一一入愁中。

【箋】此題及以下二題，審詩意，當爲康熙十九年至康熙二十五年期間所作。

西園　五首

西田春夏土膏多，一歲栽蔬一歲禾。安得農桑來此地，更租塘水種菱荷。

茨菰冬種夏芙蕖，茭白菱紅賣有餘。玉滘金塘連十里，魚花多放當園蔬。

瓜菜西園最有名，芳華苑外野田平。菱香藕脆家家有，粳稻花吹暑氣清。

斜陽十里盡鐘聲，蘭若相連直接城。農圃有僧能食力，露葵香處笑逢迎。

西禪古寺枕龜峰，東接浮丘暮靄重。少小撒金仙巷住，先人精舍傍芙蓉。

【箋】廣東新語卷二十七：「廣州西郊，爲南漢芳華苑地，故名西園。土沃美宜蔬，多池塘之利。每池塘十區，種魚三之，種菱、蓮、茨菰三之，其四爲蕹田。」

過定思族翁斫鱠作 二首

出水鮮鱗作鱠宜，鑾薑蜜酒沃紅肌。相過一味魚生足，不必重爲鷄黍期。

鱠成雙蝶食如流，冬至魚生絶勝秋。明歲方塘思佃取，養魚經向范公求。

【箋】屈定思，名不詳。番禺人。翁山族中長者。

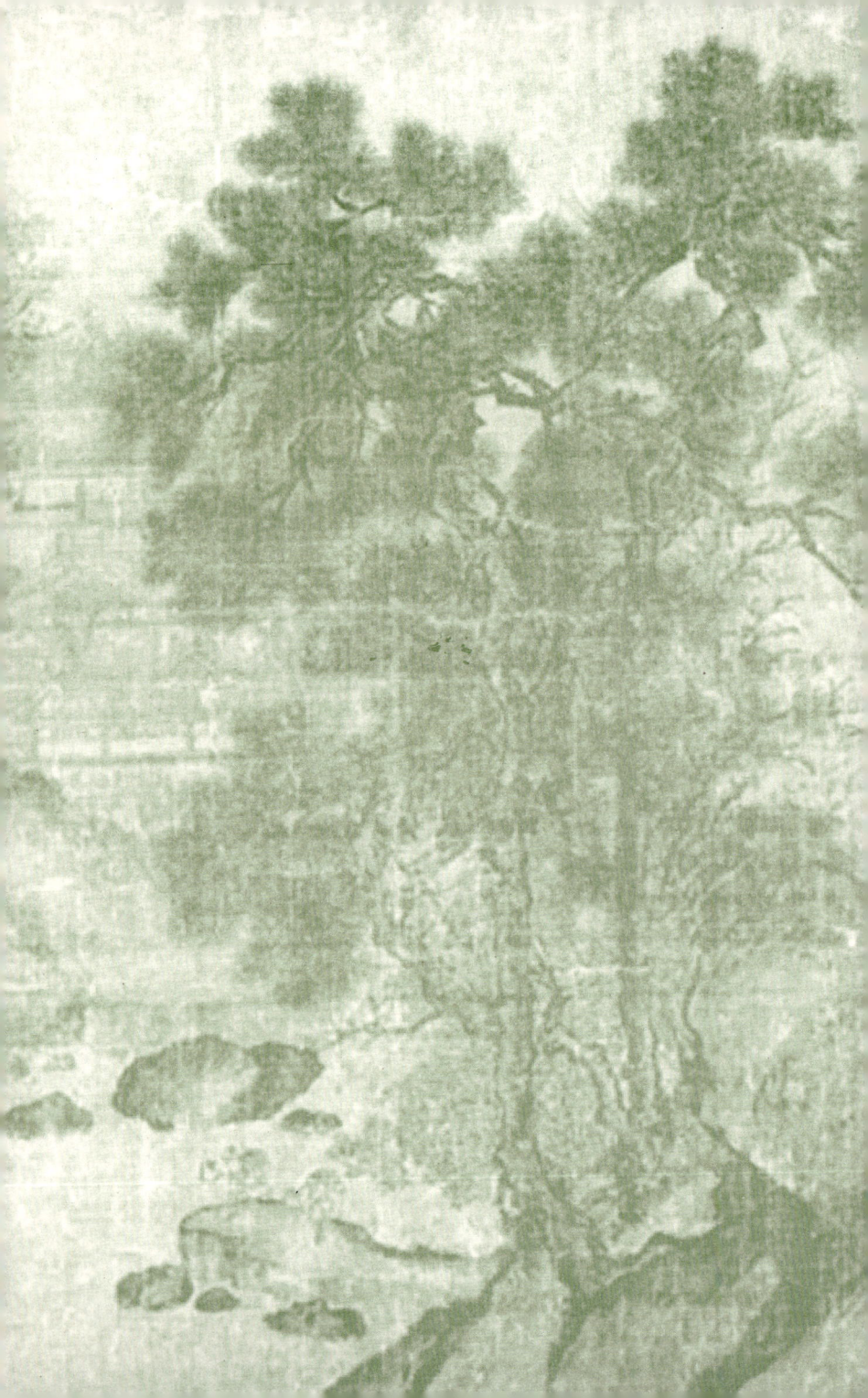

屈大均詩詞編年校箋

四

〔清〕屈大均 著
陳永正等 校箋

上海古籍出版社

屈大均詩詞編年校箋卷十　居粵晚什

起康熙二十六年（一六八七）　迄康熙三十五年（一六九六）

丁卯元日作奉和澹園六叔用來韻　二首

一冬暄暖望寒來，元日陰陰雨不開。春色未隨芳草轉，年光已被絳桃催。能吟椒蕊餘中婦，喜弄鶯雛有老萊。兒女鳲鳩方六七，堂前争得是花梅。

正喜乾冬又濕年，定知穀貴欲耕田。鶯花縱好非春色，雨雪偏多是朔天。親在敢言身老大，時來尚覺命屯邅。蒼蒼客鬢多情甚，解爲愁人一倍妍。

【箋】

康熙二十六年初作於沙亭。　屈騶，字友石，號澹翁，番禺人。崇禎十五年舉於鄉。入清授信宜教諭，尋遷國子監學正。著有存耕堂集。見粵東詩海卷五八。

人日雙檜堂社集與諸從分得高字

檜樹陰陰廟貌高，相將人日事抽毫。白頭竇勝分雲髻，新歲椒花剩玉醪。已暖風光全在柳，猶寒雨色半含桃。湘纍辭賦吾家事，風雅能兼望汝曹。

【箋】

康熙二十六年初作於沙亭。

人日追哭孟王　是日孟王生辰

年年人勝節，憶汝罷銜觴。淚向生前盡，情於死後長。鏡留秦地月，衣滅漢宫香。屈指從庚戌，悲思十八霜。

【箋】

康熙二十六年初作。孟王，即屈大均繼室王華姜。王於康熙九年（庚戌）病卒，至康熙二十六年，恰十八年，故有「悲思十八霜」之語。

正月十二日集黄氏齋聽羅丈彈雊神操作

鶯聲已比去年長，花氣猶含昨夜香。忽把瑶琴彈雊女，盡驚羅襪濕春陽。三城且莫喧歌管，四座都遲命羽觴。幾處輕寒銷火樹，祇須明月助燈光。

【箋】

康熙二十六年初作。黄氏，疑指黄登。黄登築南軒以延一時名士，羅丈，疑指羅謙。羅與陶璜、鄺日晉、屈大均常爲南軒之客。

丁卯初春作　四首

一冬因太暖，釀得一春寒。坐恨花多濕，行愁葉不乾。陰從人日甚，雨到上元殘。已是無情緒，鶯聲更不歡。

細雨從開歲，濛濛已浹旬。那知垂老日，尚作苦寒人。煙火吾方冷，鶯花爾莫春。柳條長復短，牽恨過東鄰。

天含春氣濕，似淚未成流。人去空留恨，鶯來即唤愁。已青黄木浦，未緑白蘋洲。莫更吹花雪，茫茫使白頭。

平生明鏡裏，未有一愁心。老去方多恨，春來欲廢吟。鶯須憐夢好，花莫笑情深。一夕生離淚，無端在錦衾。

【箋】康熙二十六年春作於沙亭。

花朝前二日小集澹翁園林觀落紅有作限塘字

一夕花流滿曲塘，半沾泥滓尚紅妝。子鵑血灑朝煙濕，謂杜鵑花。巫女魂飄暮雨香。謂蜀茶。已落祇堪貽下女，未開猶可待東皇。啼鶯莫向尊前怨，春事明朝定未央。

【箋】花朝，舊俗以農曆二月十五日爲百花生日，號花朝節，又稱花朝。澹翁即屈騶。康熙二十六年春作。

奉壽天雄成少傅

天格康公壽，無疆是此辰。宗功還介弟，相業似先臣。玉杖敦長日，金芝得大春。老人今北極，光抱日重輪。

【箋】天雄，今河北大名。成少傅，即成克鞏，字子固。直隸大名人。父基命，明大學士，官拜禮部尚書。克鞏爲崇禎十六年進士，改庶吉士。避亂里居。順治二年，以薦授國史院檢討。官至吏部尚書、秘書院大學士，加少傅，兼太子太傅。康熙二年，乞休回籍。二十六年，太皇太后崩，赴臨。三十年卒，年八十四。康熙二十六年作。

寄真公

十度星巖去，依師一片霞。不因遠公好，争見白蓮花。醉石勞相待，浮雲尚有家。持將蘭蕙草，且結爾袈裟。

【箋】真公，即肇慶星巖精舍主持僧寂隆，字真際。七星巖東峰有醉石。康熙二十六年作。

爲陳震方題獨飲圖

之子能酣放，安知非酒星。令人笑嵇阮，未是古沈冥。白髮有何事，狂歌不復醒。爲君作圖畫，箕踞一峰青。

【箋】陳震方，其人未詳。康熙二十六年作。

贈陽春令

達人志濟物，而不卑一邑。春州古瘴鄉，膏澤乃先及。王孫學道姿，手嘗圭璋執。賦詩多土風，聲教有篇什。美刺何温柔，如春無不入。訟庭無人時，羣山相拱揖。爲養若寒泉，人人得自汲。空桐有巖穴，風雲互嘘噏。陰爲石乳凝，陽作天柱立。我昔攀諸峰，猿狖頗相習。圖經撰未成，幽怪多捃拾。君於簿書餘，新志已在笈。聲色雖可娱，神明期厚集。交廣有春秋，乘時更補緝。

【箋】康熙二十六年作於廣州。陽春令指唐善述，山西絳州人，歲貢。康熙二十五年任陽春縣知縣。見阮元廣東通志職官表。

古詩爲王將軍壽

將軍學淵府，日與諸儒遊。縱橫飛文雅，藻思紛雲浮。大帳開朝臺，道德爲戈矛。清辭若飛兔，超山越海陬。伊予乃駑駘，龍驥不可求。首夏氣清和，衣袷臨河洲。酒稱千金壽，主賓交獻酬。十丈攀枝花，朵大如觥觫。注酒鬚瓣中，百壺争川流。玉女笑如電，紅口不能收。壺矢一再行，雅歌相綢繆。願君似山丹，顏渥無春秋。歲歲珊瑚林，持以爲觴籌。

【箋】

康熙二十六年作於廣州。王將軍即王永譽，康熙十九年由江南提督升爲廣東將軍。見清實録卷九一。

七寸桃

夭桃七寸已生花，有葉無枝朵朵霞。不待三春方少好，未曾一歲即紛葩。紅顏賴爾多秋實，白首須君共歲華。十四莫愁生子早，雒陽誰不羡盧家。

【箋】

康熙二十六年作於沙亭。

爲鄭公壽作

趙尉城邊講舍開，年高几杖自天來。康成階下多芳草，董子書中有玉杯。白髮鴻妻同上壽，青雲驥子總多才。稱觴不盡麻姑酒，醉看翩翩舞袖回。

【箋】

鄭公，其人未詳。康熙二十六年作於廣州。

壽廣州太守劉公

天南文獻藉公傳，儈孺風流映後先。扇子聚珠曾不執，沈香成浦更無邊。由來葛鮑能爲政，豈有龔黄不是仙。十月小春梅已蕊，天心多在未寒前。

【箋】

康熙二十六年作於廣州。劉公即劉茂溶，鑲黄旗人，康熙二十三年任廣州知府。見阮元廣東通志職官表。汪譜：「十月，纂廣東文選成，劉茂溶助刻之。」故詩有「天南文獻藉公傳」之語。

爲百歲潘仁需翁壽

七朝留得太平翁，服食無營似竇公。鬢左不須雙肉角，心中自有一方瞳。兩兒杖國年皆至，三叟鋤田事亦同。大斗争持堂上獻，我來先擬問還童。翁患目翳。

【箋】

康熙二十六年作。潘仁需，即文外二贈四潘翁序中之秉彝翁。參見石州慢詞箋。

上某僉事 楚人，時攝按察司事。

翩翩旌節日南迴，五嶺樞機憲府開。天下持平廷尉在，關中居重相侯來。聲詩此日歸荆國，飲御何人在越臺。無限鶯花歡士女，擬將珠海注春杯。

【箋】

某僉事，謂李何煒（綏山）。康熙二十六年作於廣州。參見送李綏山還楚詩箋。

將往瓊南口占别司香者 五首

收香么鳳是前身，又作焚香小玉人。此去瓊南衆香國，水沈多買奉仙真。

憐爾朝朝向繡牀，祇薰東莞女兒香。瓊州爲買奇南去，不惜天風接海長。

花田昔作花農去，香市今成香估來。黎女定多油速好，金錢數數笑顏開。

生本珠娘不愛珠，每將明月换香榆。繡成天女兼毛女，沈水多薰取自娱。

多栽香子傍芙蓉，家有香田即素封。欲向東官金桔嶺，盡將妻子作香農。

【箋】

康熙二十六年作於沙亭。 司香指側室石氏香東，是年二月來歸。

渡瓊海

扶桑南極外，江漢各朝宗。聲蕩乾坤盡，光呑日月重。雲過鮑室暗，潮落虎門封。萬里無終始，乘桴孰可從。

【箋】康熙二十六年作。瓊海即今瓊州海峽。此詩詩外未收，據天下名家詩觀初集八補入。

浮瓊海 三首

風帆朝自石塘開，白浪如山萬里來。白是海天青是水，茫茫不辨有瓊雷。

一氣空濛作海天，風吹飛水白如煙。三潮三汐東西至，捲去長沙不見邊。

島嶼沈浮一點青，鷄聲彷彿在空冥。斷虹一片天邊起，亂落風帆向翠屏。

【箋】康熙二十六年往瓊州途中作。時定安縣知縣張文豹、教諭梁廷佐聘請屈大均修定安縣志。

舟暮

暮行洲渚外，江路苦煙迷。白鷺不相引，流螢空自低。漁村無浦口，人語似林西。不寐孤篷下，驚心水鳥啼。

【箋】康熙二十六年作，時往定安途中。

瓊南曲 二首

郎食檳榔花，勝於甜娘酒。檳榔花醉人，且可紅脣口。

海南繡面女，愛食檳榔青。檳榔成棗子，醉殺兩娉婷。

【箋】

康熙二十六年遊瓊州府作。

椰子酒歌 二首

瓊南無酒家，酒向椰中取。椰子有一心，出酒如娘乳。

椰心在酒中，大似銀桃子。浸以玉漿寒，食之甘且旨。

【箋】

康熙二十六年遊瓊州作。　椰子酒，廣東新語卷二五：「椰産瓊州……皮厚可半寸，白如雪，味脆而甘。膚中空虛，又有清漿升許，味美於蜜，微有酒氣，曰椰酒。」

定安曲

郎去不知還，風帆疾如馬。願似鴛鴦鷗，隨潮時上下。

【箋】康熙二十六年作，時屈大均寓定安，纂修定安縣志。見勝朝粵東遺民録卷四。

朱崖

千里朱崖大海中，珠官香尉往來通。居人繡面爲龍子，競採珊瑚入水宫。

【箋】朱崖即海南島。康熙二十六年遊海南作。

椰漿

黄椰漿濁白椰清，味似漂醪飲亦醒。解渴炎天惟此物，殷勤勸客玉杯傾。

【箋】康熙二十六年遊瓊州時作。廣東新語卷十五：「瓊人每以檳榔代茶，榔代酒，以款賓客，謂榔酒久服可以烏鬚云。」

舉第四子阿豫 七首

秀出有豪眉，頻聞呱矣時。生稊慚老樹，得子似孫枝。命以丁年好，男因豫卦知。同予霜降月，弧矢四方期。丁卯九月十七舉第四子，先期占得豫卦，因名曰豫。予年五十有八，生亦以九月，故云。

行年過始杖，亦已作耆英。犬子生偏晚，鵷鶵養漸成。阿婆歡欲抱，而父咳初名。薑酒來親串，呱呱羨此聲。

花裸人争送，歡生滿月時。月娥金粟種，天帝玉蘭枝。上有三兄小，中多一母私。羽毛成立日，吾已杖朝期。

銀作麒麟小，胸前掛莫多。契名從大士，求福向須陀。飯雜香蕉餵，衣兼繡裸拖。女兒争襁負，不遣日摩娑。

家貧無食母，自養益劬勞。剪髪初成角，勝冠待拂髦。飲愁雙乳少，啼愛數聲高。閭史書名罷，光宗望汝曹。孩笑娱尊母，含飴弄未閒。八旬無白髮，九十尚紅顔。尺寸龍孫嫩，參差雉子斑。旨甘慈旦夕，争食一堂間。尚欠商瞿一，明年五子齊。衹愁無紙筆，不恨少楂梨。井臼梁家婦，耕桑翟氏妻。老萊嬉戲日，猶自作孩提。

【箋】康熙二十六年作於沙亭。阿豫即明渲，劉氏武姑出。見屈門四碩人墓志銘。

題蒲澗簾泉宴坐圖爲朱君　四首

嗟爾掇瑶草，菖蒲花正催。言尋赤玉舄，遂上鶴舒臺。煙霧迷秦帝，巖泉接道開。謂單道開。

少君吾得否，欲入畫圖來。

誰識堯時韭，長生一紫茸。三花飛瀑濺，九節暮煙重。一日辭東海，三朝戲祖龍。神仙君已得，冰雪看秋容。

聞道漳河日，君爲佐郡賢。賦裁銅雀下，杯引玉魚邊。未老身難隱，成童道已傳。千金方不少，内外葛洪篇。

羽化英雄事，吾生未寂寥。無花非藥餌，有酒即松喬。汝逐安期去，能將蒯徹招。朱明深洞口，未隔水簾遥。

【箋】蒲澗簾泉，在廣州城北白雲山中，宋元及清三代列爲羊城八景之一。朱君，其人未詳。康熙二十六年作。

賦贈賈新會

往日丁侯積，從師學有餘。丁積爲新會令，嘗從白沙先生遊。老人惟碧玉，白沙嘗自稱碧玉老人。弟子復嘉魚。謂李孝廉承箕。君此爲仙令，人多賦樂居。兕觥争上者，春酒美何如。

【箋】康熙二十六年作於廣州。賈新會即賈雒英，直隸河間舉人。康熙二十五年任新會縣知縣。見阮元廣東通志職官表。

爲陳母謝夫人壽

光禄曾孫婦，徽音出謝家。光輝將九鳳，潔白得三花。夫子同緗帙，諸生亦絳紗。堂前春獻酒，不少是侯芭。

【箋】康熙二十六年爲陳母祝壽而作。

送徐序仔還嘉興 徐乃吾友盛南樵外甥　四首

當年知我者，數子在嘉禾。復有而甥舅，相將倚嘯歌。自歸窮海上，無復故人過。汝愛沈香浦，來遊奈別何。

郗公猶易勝，汝舅是韓康。車浜相尋日，沿洄不可忘。無年隨杖屨，有道在農桑。君亦能高蹈，風流水一方。南樵賣藥車浜，奄逝，今十餘年矣。

徐熙今是汝，名冠寫生家。數有屏風點，還多沒骨花。時時團扇上，飛出洛妃斜。贈我兼山水，氤氳見海霞。

蕭條徒作客，未有主人賢。遊説非金橐，丹青是石田。秋歸隨海燕，晚食當河鮮。我亦圖忠養，艱難賣力年。

【箋】徐序仔，國朝畫識卷九：「徐令，字序仔，海鹽人。能詩，兼工繪事。詩格似薛能，畫品似唐寅。」康熙二十六年作。

送李綏山還楚　三首

世事猶如昨，交情直至今。三年徒奮發，一代遂浮沈。湖接新堤闊，江連沔口深。松窗歸卧好，枕外有瑶琴。

客遊雖寂寞，得盡故人歡。吾道同黄菊，相期保歲寒。楚人哀怨善，荆國水雲寬。漁父知君者，長吟向釣竿。

老來還此别，南北洞庭分。大耋須相見，悲歌必使聞。歲教鴻雁至，復寄蕙蘭芬。衛武能齊聖，無嫌飲酒勤。

【箋】

康熙二十六年作於廣州。李綏山，船山師友記卷四：「李何煒，字綏山，沔陽人。順治壬辰進士，官黄巖令。以直道見忤，謫廣西按察司經歷。生平和易近人，所與遊皆一時名宿。」

爲番禺孔使君母陳太夫人壽　二首

孔門司馬配，有子政聲傳。自睹神君美，彌知壽母賢。承恩梟嶧地，就養祝融天。鮑女多珠黍，爲餐定得仙。

縣令多爲相，如今亦漢時。神明元母教，孝友更人師。介福康侯受，徽音太姒貽。番禺榮養日，官舍擘離支。

【箋】康熙二十六年爲番禺縣知縣孔興璉之母祝壽而作。

龐祖如以張喬美人畫蘭見贈詩以答之 六首

友人龐子祖如有張喬美人畫蘭一幅，上有陳文忠公桐君所題詩，詩曰：「谷風吹我襟，起坐彈鳴琴。難將公子意，寫入美人心。」公嘗於南園五先生抗風軒集名流十有二人開社，喬每侍公。弄筆墨賦詩，有送黎孝廉美周詩云：「春雨潮頭百尺高，錦帆那惜掛江臯。輕輕燕子能相逐，怕見西飛是伯勞。」又有送李山人煙客詩云：「子夜徵歌特底忙，奈何花月是離觴。春江千折牽遊舸，若箇津頭柳綫長。」又云：「香作飛塵玉作煙，輕寒微月養愁天。梅花本是江南弄，一疊關山倍可憐。」皆清婉多風，得詩人比興之旨。喬既工於詩，復美顔色，歌舞妙絶一時，故爲諸名士大夫所愛，每有讌集，喬必與。年二十有一，病垂危，彭孟陽文學以數百金贖之，附於千金市駿骨之義。喬竟不起，孟陽葬之於白雲山麓梅花坳，送者數十百人，下至緇黄，人詩一章，植花一本以表之，號曰「花冢」。祖如嘗至其處，以爲可與花田相頡頏云。文忠忠臣，喬麗姝，其書與畫，世不多有，祖如藏此四十餘年矣。丁卯秋，偶爲予言及其事，遂割愛相贈。蘭凡兩叢，生石上，葉長者五，短者八九，花已開未開者有七，葉細花柔，宛有露笑煙啼之致。蘭根旁有小印一，文曰「逢永」。逢永者，黄孝廉聖年，南園社中十二人之一也。逢永嘗有贈蘭妓詩：「試問蘭妃下蘭畹，青蘭何似紫蘭佳。」蓋謂喬也。又有九曜山房對梅贈歌者張喬詩。而王説作過喬墓亦爲詩云：「今人薄意氣，紅粉死多時。惆悵花林暮，荒涼白露滋。」其慨嘆之若此。頃見湯建孟言其少時嘗見諸詩人挽張喬詩及喬傳墓志，孟陽集爲一編，載某人栽某花卉，而刻喬遺像其上，字畫精麗，殊可玩。壬戌秋，至戴氏家，出美周先生手書觀之，則所録喬詩三絶，乃喬送己及煙客之作，讀之慨然想見其爲人。嗟夫！文忠忠臣，美周亦忠臣也。喬一女子，而三詩一畫乃藉二公以傳，喬一何幸而得此！建孟亦有喬所畫蘭一幅，予謂建孟盍題詩其上並以贈予。予將從戴氏乞取美周所書三詩，並陳中洲給諫之跋，裝潢爲一大軸，出入提攜，以爲吾忘憂蠲忿之一物焉。中洲者，文忠之弟，亦南園社人之一。吾他日復修南園詩社，又將以此爲風雅嘉話矣。屬祖如索詩爲報，因賦六章，以答其意。喬字二喬，廣州人。

自來忠潔者，香草最情深。況出佳人手，芬馨直至今。數莖纔作態，一朵已生心。尺幅風流在，相貽愧所欽。

珠江如錦水，亦有薛家濤。白紵徵吴曲，紅箋出楚騷。長因蘭蕙草，益見鳳凰毛。相國多憐惜，題詩綵筆勞。

碧血成黄土，紅顔化紫煙。心香花上發，手澤扇頭妍。秘賞勞之子，珍藏積有年。紫莖將緑葉，長託畫圖傳。

相國真書少，銀鉤爲紫鸞。美令紈扇貴，忠使墨花香。松柏歌難歇，蘭蓀恨正長。義公魂魄在，應倚杜秋娘。

美人魂葉葉，終古託忠貞。白璧譏元亮，梅花笑廣平。離騷能好色，太上豈忘情。出入吾懷袖，應高畫苑名。

誰知蘭麝土，花冢即花田。有影隨胡蝶，無聲與子鵑。畫空留兩幅，詩已失諸篇。割愛持相贈，知君是好賢。

【箋】康熙二十六年作。龐祖如，名嘉耋，字祖如，南海人。貢生。陳邦彦弟子。見勝朝粤東遺民録卷一。張喬，字喬倩，一字二喬，廣州校書，先本吴籍。生於粤。善詩彈琴，工畫蘭竹。陳子壯與黎遂球諸人重開南園詩社，喬每侍筆硯。及病垂危，彭日禎以重金贖之。崇禎六年七月卒。見嶺南畫徵略卷十二。

沙亭作　五首

讀書慈母側，千卷繞庭幃。山淺難逃世，林幽且掩扉。燕銜花蕊重，蟬飲露華微。蕭散長無事，天留此布衣。

六月收粳稻，人喧隴畝間。日光穿白雨，雲氣漲青山。薄酒嫌無力，餘花恨少顔。亂離如未已，皓首此柴關。

復作蓬蒿客，蕭然學坐忘。白花堆酒美，青果點茶香。故國頻興廢，新書漫短長。弓刀從散失，無意向沙場。

豈意才難用，英雄作蠹魚。一家憎寶劍，十口食仙書。亂後知交盡，愁中嘯詠疏。故人方轉戰，消息阻扶胥。

幸不膏原野，歸來一杖輕。著書宜晚力，爲道及餘生。土布蕉絲滑，村醪荔液清。嘯歌應自足，莫負紫芝榮。

【箋】

康熙二十六年作。先年始耕黄官沙贈田，本年乃獲豐收，又刻廣東新語工竣，故詩云然。

奉和嚴藕漁宫允蒙恩予假南還述懷之作次元韻 四首

恩深正可遂初衣，勇退謡來世所稀。吴地菰蘆還獨往，漢家鴻鵠已高飛。光摇白蕩多漁艇，勢截長江有釣磯。咫尺桐君相伴好，客星苗裔未全非。

勅取新詞内使催，中堂持草入蓬萊。玄成諷諫書金上，太白清平賜錦回。北闕鵷鸞方接洽，西山松菊又歸來。東鄰嫁畢今無女，歌舞何人更作臺。

三時晴雨望高旻，沮溺無心笑問津。香草未能忘楚國，桃花那識有秦人。春秋義向漁樵重，日月書歸草野真。遠志何妨爲小草，君歸更卧惠山春。

炎方且爲荔支留，藥市東邊問伯休。三島易尋徐福國，五湖難上大夫舟。珊瑚樹待漁竿拂，薝蔔花期野寺遊。寄語嘉禾供奉客，更抛宫錦鳳池頭。供奉客謂朱錫鬯。

【箋】康熙二十六年作於廣州。嚴藕漁即嚴繩孫。

宿檳榔塘

未夕江干宿，涼驚落葉新。白鷗如識我，螢火亦依人。月濕非關雨，沙乾欲作塵。戍樓催早起，吹角一聲頻。

【箋】康熙二十六年入永安縣，途經歸善縣時作。檳榔塘，在歸善縣東北江邊。見阮元廣東通志卷一二〇。

舟入永安縣作 二首

舟行苦清淺，牽入萬峰雲。水向雙琴合，山從兩髻分。秋溪涼更早，野菊晚逾芬。一路皆丹嶂，嘉名人不聞。雙琴謂南北琴江。兩髻謂丫髻山。溪有曰秋溪；嶂有曰梅花，曰鷄冠，曰紫簾，曰白葉，其名皆美。

最好梅花嶂，峰峰有一源。山家多近水，古木即成村。婦子知何世，牛羊亦自尊。舟輕行反緩，爲愛瀑聲喧。

【箋】康熙二十六年作。時屈大均赴永安（今紫金）爲知縣張進録修永安縣次志。見勝朝粤東遺民録卷四。

苦竹派道中

田隨山曲折，處處水泉飛。車響知溪急，崙高識土肥。禾垂將吐穗，蓮落尚留衣。竹笋從人取，青青滿翠微。

【箋】康熙二十六年遊永安作。苦竹派，在永安縣境。入永安縣記：「舟自歸善、水東，溯東江而行，凡三日，至苦竹派。」

宿寬清溪作

人家圍水竹，溪響一車風。鹿跡春泥滿，蟬聲暮雨空。夫耕青草外，婦汲白雲中。鷄黍能留客，歡然話歲豐。

【箋】康熙二十六年遊永安作。寬清溪，在永安縣（今紫金）西南。見永安縣次志永安縣總圖。

度鹿母嶂作

朝來山氣盛，霧濕未成雲。蟲響千峰合，禽聲兩岸分。野香知火粒，林影識花裙。麋鹿平生友，何因不入羣。

【箋】康熙二十六年遊永安作。鹿母嶂，在永安縣境。入永安縣記：「嶂于諸山傑出，最高，大如屏障横空，故曰障。其最大者，如……鹿母、黄獐、鹿狮，以鳥獸名。」

觀神江諸水作

細雨溪流發，聲含萬壑風。瀑花將落葉，天半灑秋空。往日廬雲上，諸峰布水同。玉川三疊雪，更在夢魂中。

【箋】康熙二十六年遊永安作。永安縣次志卷三：「神江，在縣西北一百一十里。」

度大小蚺蛇嶺作

雲際一江小，飛流直到城。穿林時見影，出谷乍無聲。舟逐千峰轉，篙愁一石迎。蒼松最深處，煙火未分明。

【箋】康熙二十六年遊永安作。大小蚺蛇嶺，在永安縣境。入永安縣記：「歷員墩、白溪，上嶺者六七，涉溪十。有二三嶺，路逼仄，皆蛇盤。」

下田溻瀧

舟從萬峰落，勢似一泉飛。片石含風雨，孤帆隱翠微。耷田隨處有，水碓不曾稀。采笋多傜女，提筐谷口歸。

【箋】康熙二十六年遊永安作。田溻瀧，在永安縣境，見永安縣次志鳳凰岡約圖。

白溪

一路玩流水，秋溪又白溪。時時隨瀑布，穿過白雲西。山翠日三浴，林猿秋一啼。清涼漱冰雪，得性此幽棲。

【箋】康熙二十六年遊永安作。白溪，在永安縣西南。見張人駿廣東輿地全圖永安縣圖。

自林田至橋田作

谷裏茅茨少，人煙各一峰。林多惟篠簜，花小亦芙蓉。家有秫車水，門多偃蓋松。山田反肥沃，此地最宜農。

【箋】康熙二十六年遊永安作。林田、橋田俱在永安縣西南，秋鄉江附近。見張人駿廣東輿地全圖永安縣圖。

次義容江口作

瀟瀟江口雨，聲向夢中寒。一夕同征雁，沙邊宿未安。淚將楓葉滿，愁作落花看。白首離居盡，孤琴不忍彈。

【箋】康熙二十六年遊永安作。永安縣次志卷三：「義容江，在縣西七十里。」

入秋鄉江作 二首

欲雨水風起，白雲吹滿船。秋鄉多落葉，一半逐流泉。白鳥一溪影，人家幾處煙。片帆平嶺過，驚起鷓鴣眠。

秋鄉江口入，一路有秋香。花以無名好，蘭因不采長。山晴雲始白，林暮月初黄。竟夕憑雙棹，依依水鳥旁。

【箋】康熙二十六年遊永安作。永安縣次志卷三：「秋鄉江，在縣西南一百二十里。」

自藍塘至秋鄉江口作

灘聲暮更急，風外亦潺湲。是夕兼微雨，吹泉滿四山。舟隨初月引，夢向故林還。白鷺時相笑，君閒亦未閒。

【箋】康熙二十六年遊永安作。藍塘，在永安縣(今紫金)西南。見張人駿廣東輿地全圖永安縣圖。秋鄉江，見入秋鄉江作箋。

望永安縣諸山

紫簾將白葉，雙嶂隱藤蘿。欲雨陰霞起，先秋暑氣過。水嫌琴口小，山愛髻鬟多。明上烏禽嶺，當如瀑布何。

【箋】康熙二十六年遊永安作。文外卷一入永安縣記：「嶂于諸山傑出，最高大，如屏障橫空，故曰嶂。其最者……白葉、紫簾、烏禽，以五色名。」故詩有「紫簾將白葉，雙嶂隱藤蘿」之語。

贈永安張明府 二首

文采將軍胄，知交踰十年。何期桑梓地，遂得令公賢。豈弟多新政，精微有内篇。訟庭閒坐嘯，聲入數峰煙。

愛爾江名好，南琴與北琴。絃歌宜此地，雅頌有知音。鮑靚神仙事，文翁教化心。異時循吏傳，名向漢京尋。

【箋】

康熙二十六年遊永安作。張明府即張進録，直隸前衛人。宫監。康熙二十四年任永安縣知縣。見阮元廣東通志職官表。

永安紫金山眺望有作 二首

繞縣芙蓉四面來，紫金爲枕玉爲臺。一樓西接鷄冠出，三殿東連燕尾開。風外二琴聲在水，雲邊雙髻影當梅。夕陽蒼翠含煙火，候月城頭一舉杯。鷄冠、燕尾，二嶂名。二琴謂南北琴江。三殿、雙髻皆峰名。

水從丹嶂五江分，流入秋鄉似白雲。古渡鐵潭花漠漠，疏林火帶葉紛紛。穿城汲影煙中見，隔嶺樵歌月下聞。繫馬樓前貪極目，描眉峰好最思君。鐵潭，渡名。火帶，逕名。描眉，峰名。江有五江，在縣境。

【箋】康熙二十六年遊永安作。永安縣次志卷三：「紫金山，在城東北隅，周圍里許，高五十丈，爲縣枕。」

壽李叟

野老相逢汝最賢，知予心在上皇前。曾無白髮當明鏡，爲有青尊養大年。蝴蝶不須分物我，蜉蝣亦解笑神仙。桃花歲歲能多食，自得童顏絶世妍。

【箋】康熙二十六年爲李叟祝壽而作。

柚燈　二首

柚燈多出女兒家，持作中秋不夜花。盡去紅瓤餘紫玉，深含朱火似丹砂。枝枝巧製鸞龍樣，顆顆光争日月華。七夕素馨穿百子，琉璃點處更如霞。

羊城燈好最堪誇，柚子雕成分外華。珠向中秋争吐月，火同元夕競生花。佳人香染團團露，稚子光分點點霞。歲歲霜林親買取，酸甜不獨爲冰牙。

【箋】

康熙二十六年作於廣州。

刈稻 丁卯秋日　六首

秋日農家樂事多，花粘早穫外沙禾。妻孥終歲同勤動，沮溺平生共嘯歌。魚蟹嘗新先十口，鷄豚養老及雙皤。自憐老去無筋力，十畝躬畊得幾何。

如茨刈處海雲屯，向夕船歸浦口村。拾穗田間多婦女，打禾場上有兒孫。牛肥大稈新多力，鷄啄香粳久不喧。明歲豚蹄應更祝，先農解聽野人言。

腰鐮向夕候潮還，禾稼高高望似山。田在海棠沙首尾，船隨黄木水灣環。家家狼戾鷄豚喜，處處人村鳥雀閒。更好秋來無苦雨，老農杯酒日開顔。

沙田一望盡黄雲，擊鼓看禾海上聞。穫稻舟如鳧雁合，捕魚人向水煙分。燒鹽處處因禾稈，射弩朝朝及鰲裙。生釣河豚還大得，爲漁吾亦勝爲君。

秋分寒露一齊收，八月中旬九月頭。禾好不過霜降節，年豐絶勝丙寅秋。多時飯白無雲子，一夕粳香滿竹篝。垂老胼胝吾自分，獨憐難得耦畊儔。吾田每候落潮畊，海水多鹹卻易生。秈米占城難得種，大禾南越最知名。築場且喜浮沙少，曬穀偏宜霽日明。種秫無多難釀酒，祗應不飲過秋聲。

【箋】康熙二十六年作於沙亭。康熙二十五年，吴興祚饋茭塘黄女官沙之田三十七畝，自耕之。見汪譜。文外十耕辭：「予也平昔無田，年五十有七，始得茭塘黄女官沙之田三十七畝，潮田也。」故詩有「吾田每候落潮耕，海水多鹹卻易生」之語。

答梁陳李三子見過沙亭觀穫之作

秋分三日後，我稼早粘收。之子過場圃，相將慶滿篝。鉤鐮那有暇，鷄黍未多留。辱贈詩篇好，知予石户謀。

【箋】康熙二十六年秋作於沙亭。梁、陳指梁佩蘭和陳恭尹，李子待考。見汪譜。

送湯氏兄弟歸建昌省其尊人惕庵先生時先生八十餘矣 二首

相見猶嗚咽，林泉正道窮。遼東嘗作客，皂帽識而翁。饋食先人外，談經弟子中。君持名父命，人挹逸民風。

龐公賢父子，招手鹿門過。海内誰華髮，天遺一老多。君歸親几杖，莫復出煙蘿。朱萼當春好，黄花奈晚何。

【箋】

康熙二十六年作於廣州。惕庵即湯來賀，字佐平，南豐人。崇禎庚辰進士，除揚州推官，擢刑科給事中，改禮部主事。出爲廣東僉事，晉總制，加兵部尚書，不就。歸爲遺民四十餘年，主廬山鹿洞書院，年八十二卒，學者稱惕庵先生。有内省齋集。見江西通誌卷一五五，明詩紀事卷二十一。

蔞 四首

片片勞包裹，椰心奈若何。檳榔雖口實，因爾得甘多。葉出稱扶留，藤生似女蘿。味教纖手辣，香使玉顔酡。

越辣扶留好，根鬚味亦長。長含甘液滿，不吐細渣香。已雜椰花食，還兼蒟子嘗。檳榔無大小，與爾總鴛鴦。

天寒猶滿架，葉葉未霜侵。已向雕盤取，還從翠袖尋。潮生紅頰淺，汗漬玉肌深。莫使吴娘醉，檳榔揀白心。

蔓長緣屋角，葉嫩未全辛。卷作雙蝴蝶，擎來一玉人。香生丹汁滿，味得白灰勻。肉子鮮逾好，殷勤共上唇。肉子，檳榔乾者。

【箋】

康熙二十六年作。　蔞葉或山蔞藤乃食檳榔之佐料。粤俗聘婦，必以蔞和檳榔及山辣、椰子、天竺、桂皮、蒟子（蔞之實）爲庭實。蔞與檳榔，有夫婦相須之象，故粤人以爲聘果，尋常相贈，亦以代芍藥。見廣東新語卷二七蔞條。

菊　二首

今年籬菊早，不待肅霜催。白處梅相映，紅時雁未來。禁寒元晚發，愛暖忽先開。多謝孤芳意，枝枝爲酒杯。梅花亦開，故有第三句。紫茉莉名「雁來紅」。

白早同梅放，黄遲及雪侵。性寒宜歲暮，香老愛秋深。未忍全枝折，惟將一朵簪。夜來愁雨濕，移傍石牀琴。

【箋】康熙二十六年作於沙亭。廣東新語卷二七：「嶺南菊，冬乃盛發，子瞻在海南，以十一月之望，與客泛菊作重九，有云：『嶺南地暖，百卉造作無時，而菊獨後開。』考其理，菊性介烈，不與百卉並盛衰，須霜降乃發，而嶺南嘗以冬至微霜故也。」

尋菊 二首

花頭垂雨重，朵朵濕雲邊。日照寒英少，霜含苦蕊偏。秋深惟汝在，歲晏欲誰妍。野外還遲暮，相尋及雪前。

饑春愁穀盡，菊葉正鮮新。欲種無閒地，能餐即古人。蘭分肥土滿，竹作短籬頻。甘雪多瀸潤，苗長欲過鄰。

【箋】康熙二十六年作於沙亭。

漁婦

漁婦雙鬟濕，波潮出没中。手持葵鯉串，身倚蓼花篷。要米量偏誤，争錢數未工。買魚人莫笑，不與蛋家同。

【箋】

康熙二十六年作。

蛋户

蛋户紛無數，爲生傍水村。食魚多子女，在艇有鷄豚。罾布時能作，漁歌亦未喧。夜來西潦發，笭箵滿江門。

【箋】

康熙二十六年作。　蛋户，赤雅卷二：「浮家泛宅，或住水滸，或住水欄，捕魚而食，不事耕種，不與土人通婚。」蛋，本作蜑。

不眠

不眠因落葉，秋爲一人聲。是夕如聞雁，含風欲過城。閨中砧杵急，隴上稻粱成。蟋蟀催人甚，依依歲暮情。

【箋】康熙二十六年作。

一夕

一夕吹人老，蕭條苦朔風。雁愁菰米少，蟬恨柳條空。水荻謀偏拙，文章道亦窮。林烏頭白盡，待哺意無窮。

【箋】康熙二十六年作。

客邸 二首

客裏無衣甚，歸同婦子寒。老令高卧好，貧使薄遊難。丘壑平生在，漁樵一日安。黄花佳色滿，人向暮時看。

寒蛩已淒急，昨夜得秋風。催我林間葉，蕭蕭落夢中。無衣愁白露，不寐恨邊鴻。促織何勞汝，蘭閨久已空。

【箋】康熙二十六年秋作。

九日

九日宜長久，嘉辰得幾何。貧愁高詠少，老恨遠遊多。酒以黄花好，羹因紫蟹和。荒沈吾已矣，嵇阮夢相過。

【箋】康熙二十六年九月九日重陽作。

舟夜 二首

蘆花清淺處，魚食月光寒。吹笛愁鴻雁，驚飛過碧灘。風多須繫艇，露少好垂竿。竹裏窺人甚，青青白玉盤。

花隨魚上下，時拂釣絲輕。明月每同宿，白鷗如有情。露侵書卷濕，波漾酒杯清。莫掩篷窗卧，秋天半欲明。

【箋】

康熙二十六年秋作。

庭前

庭前一梨樹，日夕數蟬來。爲我作長嘯，餘聲似有哀。風多時斷續，秋盡復徘徊。玄鬢蕭蕭影，休令落葉催。

【箋】

康熙二十六年作於沙亭。

從澹翁六叔乞取香柚

愛爾增城柚，黄時及大冬。霜多催熟早，雨少使香濃。就樹須親摘，成林即素封。畏寒吾不食，持作玉盤供。

【箋】康熙二十六年作於沙亭。澹翁即屈騶。

過獻孟池亭采菊作　四首

愛爾池亭好，黄花食幾枝。口香寒露日，心苦暮秋時。有地開難早，無人落易遲。故園明欲返，吾亦有東籬。

食葉從春始，花時泛酒多。味因霜氣好，香奈露華何。蟬影初辭柳，螢光尚在荷。冬來真菊少，采采好相過。

開透疑無蕊，花頭色更黄。食須尋細朵，簪莫墜寒香。惡濕常依日，宜寒必待霜。淒清當歲暮，不忍説孤芳。

瓣瓣分蟲口，黄黄味最甘。離披芳草外，冷落小亭南。蒂弱多縈石，莖長或過潭。野間憐苦薏，采亦滿花籃。

【箋】康熙二十六年作於廣州。獻孟即陳阿平。

贈黎大 二首

之子板橋邊，園居樂志偏。斜沿蓼涌水，盡作荔支田。酒鬱青霞意，花娛白髮年。蓮鬚高閣在，多使父書傳。

不是芭蕉葉，安知秋有聲。瀟瀟似疏雨，一夕滿江城。重以無邊雁，能淒人外情。愁開一尊酒，爲子到天明。

【箋】康熙二十六年作。黎大即延祖，字方回，番禺人，恩貢生。父遂球，天啟丁未舉人，崇禎末詔授兵部職方司主事。乙酉監督廣東，兵赴贛，城破，與弟遂淇力戰死，贈兵部尚書，延祖蔭錦衣衛指揮僉事。國亡，與弟彭祖隱居不仕。以贛之五忠祠及廣州仁厚里專祠皆廢，乃於板橋鄉之葯園，重建蓮鬚閣，藏其遺書，搜求先世詩文，合之遂球蓮鬚閣集，凡得十有九人，囑恭尹選刊之，爲番禺黎氏存詩匯選。見勝朝粵東遺民録卷一。

壽季母唐夫人

作令羅浮下，而夫鮑靚賢。留丹與妻子，食作地行仙。蛺蝶麻姑物，梅花玉女泉。鳳雛能孝養，文采更翩翩。

【箋】季，指季煌。康熙二十六年爲季母祝壽有作。

送徐道沖　二首

君爲名父子，詞藻又徐家。一吐珊瑚筆，江郎不見花。來分珠海月，復有玉山霞。相送新州去，離支滿古槎。

憶在鴛湖曲，君纔十四齡。一朝齊老鳳，幾日掩香涇。以我長相望，而翁使者星。秋來能度嶺，先問一沈冥。

【箋】徐道沖即徐祚增，秀水人，嘉炎子。其父官至内閣學士兼禮部侍郎，充三朝國史及會典、一統志副總裁。著有抱經齋集。見清史稿卷四八四，故詩有「君爲名父子」之語。康熙二十六年作。

蟬　三首

蕭蕭木已落，玄鬢早驚霜。爲我嘯明月，臨風殊未央。夜因雙響寂，秋以一聲涼。幸有高梧在，相留到夕陽。吟向無人處，初如落葉聲。頻將流水引，寫出素琴情。涼露有餘飲，空林多所驚。不因天籟好，高潔可誰名。羽化因風露，蜉蝣汝亦仙。一聲答長嘯，飛向未寒前。落葉一相送，餘音誰爲傳。開琴理秋思，彷彿古槐邊。

【箋】

康熙二十六年作於沙亭。

賦得山大丹花爲大司馬留村吴公壽　三首

不識珊瑚樹，多疑是赭桐。純丹因向日，最勁爲含風。烽火柏千幹，芙蓉砂一叢。炎方惟有此，可以壽吾公。公於南天衆卉，最愛山大丹花，錫嘉名曰「珊瑚毬」。山大丹，或謂即赭桐。珊瑚在水而柔，見風則勁，趙佗嘗稱珊瑚樹爲「烽火柏」。

珊瑚亦作花，朵朵越王家。太赤纔三歲，微黄即九霞。長開無大小，不謝最紛葩。絶似公難老，精含海日華。珊瑚三歲已赤。

誰將鐵如意，擊碎女珊瑚。散作山丹樹，千葩共一趺。如盤皆赤玉，有火是陽珠。公惠嘉名好，千秋照海隅。

【箋】

康熙二十六年爲吴興祚祝壽作。廣東新語卷二五：「山大丹，花大如盤，蕊時凡數十百朵，每朵四瓣合成球，與白繡球花相類。首夏時開，初黄色，漸紅如丹砂……與珊瑚柯條相似，又名珊瑚球……宋徽宗賜此花名珊瑚林。」

緑端硯爲嚴藕漁宫允作　五首

盡愛端溪紫，曾知緑玉無。光分銅雀瓦，色映石家珠。追琢憑君好，摩娑取自娱。毋貽美人去，博得錦襜褕。

一泓池水好，長作鴨頭來。蕉葉磨逾出，苔花洗不開。益君金橐物，宜爾玉堂才。並與羊肝紫，香榆作匣回。

生長當銅緑，精華日已堅。絲憐黄作裏，玉恨紫成煙。眉黛含猶淺，心花吐正鮮。飲池么鳳子，毛羽似君妍。

亦欲向羚羊，兼金買一方。偏宜賦鸜鵒，更可詠鴛鴦。色並黄裳美，情分碧玉香。不須鸜鴿暈，已比水巖長。

自此東西洞，無煩割紫雲。青花雖復爾，緑髓不如君。久握成温玉，輕研許翠裙。蕉間天一尺，日夕吐氤氲。

【箋】

康熙二十六年作。緑端硯，硯中稀品。被稱爲「緑瓊」。王安石元珍送緑石硯詩：「久埋瘴霧看猶濕，一取春波洗更鮮。」嚴藕漁即嚴繩孫，字蓀友，號藕蕩漁人，江蘇無錫人。六歲能作擘窠大書，試日目疾，作第賦一詩，亦授檢討，撰明史隱逸傳。典試江西。尋遷中允。工詩畫。著秋水集。見清史稿卷四八四、國朝先正事略卷三九。

送嚴藕漁宮允還梁溪　八首

宮允清華日，依然大布衣。敖知方朔是，狂覺子陵非。太液多泉水，瀛臺有釣磯。此中依隱好，肯即故山歸。君以布衣徵辟。

珥筆蓬萊久，三年接御屏。人如若耶月，客是富春星。莫恨蛾眉短，須愁蘭佩馨。金螭東畔立，可許一沈冥。

作客來南海，迢遥别禁闈。平生紫芝草，不愧一當歸。吴米冬春白，湘魚春鱠肥。停舟待丹荔，未可片帆飛。

辭翰工無敵，慚予非賞音。無能師筆勢，不敢説文心。團扇書難得，生綃乞至今。蕭蕭一水石，珍重比雲林。

汝與鴛湖客，工爲南宋詞。詩人多莫及，後輩有餘師。舊曲驚雙絶，新聲妙一時。小紅低唱者，休被内家知。

君家富山水，陽羨接吴閶。蒓菜三秋美，鱸魚一代香。清辭惠泉似，至味岕茶長。自浣端溪硯，臨流日幾方。

與雁辭炎海，翩翩奈爾何。鷓鴣留客甚，楊柳繫人多。異日梁溪曲，同誰漁父歌。錦山泉最好，春釀寄巖阿。

日南無月令，秋菊向春開。嗟爾采芳客，花時鼓棹迴。金裝殊未滿，香浦好重來。父老看持節，雍雍陸賈才。

【箋】

康熙二十六年作於廣州。嚴藕漁即嚴繩孫。梁溪，江蘇無錫之别稱。

沙貝望羅浮

諸峰看漸近，最小是麻姑。雨過雲衣亂，風吹鏡影無。水分雙岳勢，雲作萬松圖。憶向華臺去，秋林一杖孤。

【箋】沙貝，在增城縣南，前對虎門，爲山水匯會之區。見廣東新語卷二沙貝條。羅浮，指羅浮山。康熙二十六年至二十七年間作。

賦壽周君 時爲王將軍客

幕府才賢盛，將軍禮數優。龍驤君不棄，燕喜日相求。緑玉抽蒲草，丹砂結石榴。華筵開午日，爲壽盡應劉。

【箋】周君，其人未詳。王將軍指王永譽。康熙二十六年至二十七年間作於廣州。

食柑

黄苞披未已，素手授柑多。齒怯霜華冷，皮憐玉味和。珍消騷客頌，香解美人酡。摘得横枝好，頻乘大雪過。柑以横枝生者爲上。

【箋】康熙二十六年作於沙亭。廣東新語卷二五：「柑，亦橘之類。以皮厚而粗點及近蒂起饅頭尖者爲良。産四會者光滑，名魚凍柑。小民供億亦苦，柑户至洗樹不能應。産增城者，以沙貝、東洲、西洲爲貴。其土高，多細白沙，與海潮遠，鹹味不接，故甘美。」

葵

有美北園菜，冬葵最晚彫。暖多晞日葉，寒少損霜條。静裏香親摘，齋時味手調。年年勤抱甕，灌溉及禾苗。

【箋】康熙二十六年作於沙亭。

蟹

今年鹹上早，膏蟹滿江波。價比魚蝦賤，餐如口腹何。方肥頻作蜕，未熟已銜禾。螯跪分兒女，無令暴棄多。

【箋】此詩編於詩外七。其前十餘首均爲康熙二十六年之作。姑次於其時。

雨大

雨大新成水，渾流滿稻田。沙痕微出草，野色淡含煙。蜂食花鬚落，鶯飛柳帶牽。人家新笋好，一一煮魚鮮。

【箋】詩見詩外七，其前之詩均康熙二十六年作，姑次於其時。

鰣魚

終歲鰣魚有，漁人網不稀。江南當夏美，嶺外入秋肥。花靨銀鱗作，冰盤玉箸揮。家人工斫鱠，不遣酒杯違。江南女工以鰣魚鱗爲花靨，纖明可愛。

【箋】康熙二十六年作於沙亭。　鰣魚，廣東新語卷二二：「順德甘竹灘，鰣魚最美，以罾取之；灘下鰣魚，以大網取之。……南海九江堡中有海目山，所産鰣魚亦美，而甘竹灘尤勝。」

山行

女蘿低拂客，一半在松枝。鳥道穿花細，蟬聲出水悲。鬥歌溪女早，争宿野人遲。葉落多蕭瑟，秋聲不自持。

【箋】

康熙二十六年秋作。

采藥

采藥復何事，持筐入翠微。平生多遠志，白首未當歸。露濕花粘足，雲乾月在衣。蟬聲與流水，自喜賞音希。

【箋】

康熙二十六年作於沙亭。

嘉蓮詩爲汪右湘作 二首

絶憐花亦有鴛鴦，化出芙蕖兩朵香。心苦但知含一薏，影寒不肯作雙房。玉顔紅白多因藕，羅襪沈浮欲渡湘。知是主人能好色，故將連理媚金塘。

不知一朵還雙朵，但是芙蓉即並頭。生作鴛鴦那有恨，開成荳蔻似含愁。絲絲但在泥中藕，片片從飄水上秋。寄語池塘題賦客，休教折向采蓮舟。

【箋】

康熙二十六年作。汪右湘即汪沅。歙縣志卷十：「汪沅，字右湘，號硯村……著有水香園詩稿。」

贈嶺西僉憲孫使君

諸道聲華首嶺西，崧臺高與使君齊。英雄祇可推京口，風雅何曾在浣溪。錦石每勞三日望，玉琴多向七星攜。風流我亦能酣放，相逐山公唱大堤。使君鎮江人。

【箋】

孫使君即孫允恭，江南丹徒人。順治六年進士。康熙二十五年任高廉羅道。康熙二十六年作。

壽鄭母何太夫人

舞愛萊衣袖最長，翩翩猶帶紫宸香。白華一一生珠樹，紅翠紛紛繞玉堂。海上山盤天姥髻，井中泉湧鮑姑漿。不須魴鯉分賓客，已有聲華似鄭莊。

【箋】鄭，疑指鄭際泰，字德道，號珠江，順德人。康熙乙卯舉人，登丙辰進士，選庶吉士，授編修。歷官吏科給事中。見粤東詩海卷六六。康熙二十六年作。

望羅浮　二首

大小麻姑雨過時，白雲開處見春姿。芙蓉影滿三千鏡，紫翠光生四百眉。瀑布東西金滅没，石樓高下玉參差。當年坐卧青霞石，亂長苔花不可知。

東樵南望即南樵，蒼翠相連似不遥。亂著峰眉深淺色，争飛瀑布短長條。曾從玉女窺明鏡，亦上麻姑弄紫簫。多謝白雲情太甚，飛來一片屢相要。玉女、麻姑皆峰名。

【箋】康熙二十六年作。讀史方輿紀要卷一〇三博羅縣：「羅浮山，縣西北五十里，與增城縣接界。山綿連高廣，峰巖洞壑之屬，不可悉記，爲嶺南之望。」

河豚

河豚味美讓茭塘，肝嫩何如肉有香。放艇秋垂兄弟釣，行廚日治水雲觴。谿來海錯稱山越，每當園蔬是水鄉。市口腥風吹未已，一籃争買及新霜。

【箋】

康熙二十六年秋作於沙亭。河豚，粤中見聞卷三三河豚魚條：「河豚自番禺茭塘以至虎頭門六七十里，所産獨小，色黄而味甘，少毒，與别産而板牙色白者異。以火燔刺，以沸湯沃涎，浣至再三，雜肥肉烹之，皮骨脱落乃可食。入秋尤宜多食，益胃暖人，最益産婦。其美在肝。」

蟹

水落鹹頭蟹不稀，漁人網得虎門歸。玄黄膏向臍中滿，大小筐從蜕後肥。銜糯輸黏寒露節，迎潮送汐白雲磯。野人饕餮三秋甚，螯跪餐來當蕨薇。

【箋】

康熙二十六年作於沙亭。蟹，廣東新語卷二三：「蟹善候潮。潮欲來，舉一螯仰而迎之，潮欲退，折六跪俯而送之。漁人每視其俯仰以知潮之消長。蟹以潮之消長爲多少，潮長則蟹少，消則蟹多。」

爲廣州太守劉公壽

使君露冕來仙城，吏人親愛同翁卿。九郡諸侯奉師表，百蠻髦士欽仁明。中郎三十已開府，我公春秋日未午。生朝恰值小春陽，梅花萬枝獻神父。珠江開學希文翁，養正殷勤作聖功。子弟絃歌沐膏澤，大夫蘭芷香童蒙。講堂右肱有樓閣，假我卑棲歡燕雀。何殊解榻爲周璆，直教隱几同南郭。南中文獻君所留，斯樓依稀文選樓。言談林藪端在此，文章淵府更何求。君侯政教兩稱善，去歲嘉禾應復見。化如時雨沾夭喬，潤似黃河被畿甸。茲晨負暄冬春交，使君帡幪先草茅。賤子自慚鳩性拙，身依召公有鵲巢。鱠鯉盤行及張仲，燕喜爲侯陳雅頌。豈弟自膺眉壽多，不用羅浮芝草送。

【箋】

康熙二十六年十月作。廣州太守劉公，即劉茂溶。茂溶，字華生，號靜庵，鑲黃旗人。蔭監。康熙二十三年任廣州知府。捐俸買地建珠江義學，修建貢院，清濬城濠。以善政稱。見阮元廣東通志職官表及宦績録。詩有「珠江開學希文翁」「南中文獻君所留」句，蓋茂溶既建義學，又出貲助大均編廣東文選，於康熙廿六年刻成，與詩正合。

栽桃 四首

新栽桃樹一株妍，桃葉初逢飲乳年。頭白尚多華子利，心孤偏得鳳凰憐。房中歌向夫人授，陰道書從素女傳。三歲夭夭誰不愛，東方壽命藉君延。

天使夭桃性早華，當春少小已如霞。三千自得仙人核，十五頻開曼倩家。羽扇文章裁鳳子，玉盤膏沐養蘭芽。春山莫鬥眉長短，儘有芙蓉勝館娃。

溪外漁郎已早知，拏舟不恨問津遲。分來一笑秦人手，種作三珠漢苑枝。春意盡歸無語處，年華多在未開時。綏山自是丹砂物，況有盧家一女兒。

朝來露浣玉顏鮮，花好何如葉可憐。一日渡江團扇貴，三春𩯭面豔歌傳。丹成弄玉分飛雪，曲就青琴得水仙。生下阿侯方十五，雒陽春色自來先。

【箋】

康熙二十六年作於沙亭。粵中見聞卷二九：「廣中有冬桃，似橄欖而圓，色緑，味甘酸。又有扁桃，似桃而扁，色青黄，味酸微甜。又有盤桃，多栽於盤。其葉長大而色深緑，花實俱大，氣味香甜迥異。」

贈龐祖如 三首

看君已過杖鄉年，老大狂歌可似前。殉國不隨師友盡，居家徒作父兄賢。休同謝客貪成佛，莫學龐公愛坐禪。兒女閨庭看漸長，尚書多授伏生篇。

白頭不覺老丘園，誰識襄陽一士元。世作甘泉高弟子，生爲曲靖好曾孫。遺書未少黄龍洞，素業猶多白苧村。九十不妨還好學，猗猗淇竹爲君言。令曾祖弼唐先生，諱嵩，年五十，解曲靖太守印歸，請爲湛甘泉弟子；令祖嘉魚大令，諱一德，世其家學。俱有文集行世。

平生師友與君同，白首無成愧義公。血化不曾披宿草，心喪何處哭長虹。門生嗚咽休吹笛，弟子摧頽罷執弓。野史相將多作傳，兩家傳信表孤忠。

【箋】

康熙二十六年作。　龐祖如即龐嘉耋。廣東新語卷十：「初，弼唐講學羅浮，官南都時，又講學於新泉書院，年五十有三致政，乃請爲甘泉弟子。甘泉命主天關講席，都授廣州。……當是時，甘泉、陽明二家二宗，皆于弼唐悦而誠服。于時鄉士大夫翕然和之。」故詩有「甘泉高弟子」之語。

哭周處士篔谷　四首

白頭賣食市門邊，手執詩書不數錢。春賃更教人不識，要離地下解相憐。
詞賦場中最老師，都門友教遍諸旗。滿洲弟子公卿輩，一一參貂獻不遲。
客死淮南無故人，一棺江上屢迷津。囊中文草知多少，化作蘆花滿水濱。
梅里相知汝最深，鴦湖朱十亦同心。平生唱和如膠漆，忍隔黄泉淚滿襟。

【箋】

康熙二十六年爲悼念周篔而作。周篔谷即周篔，初名筠，字青士，浙江嘉興人。少嗜學。遭亂，棄舉子業，隱於市，且賈且讀，未嘗一日無詩。四方名士過者，輒留飲，或醵金會餐。所爲詩，清超樸淡，奇趣百行，五言尤勝。古文出入歐曾。尤精詞律，遍搜唐宋元諸家，分别體裁。著有詞緯、今詞綜和采山堂集等。見清史列傳卷七一。

弄雛軒作　三首

左有香東右墨西，鴛鴦對對錦毛齊。白頭烏母將烏子，百歲歡娱在玉閨。

蛾眉過眼不嫌長，多食梅花語笑香。雲影太高宫髻様，月華全映墨花裳。鳥漸多聲到畫檐，更餘蝴蝶細穿簾。晴催稚子開黄卷，暖課閨人寫素縑。

【箋】弄雛軒，大均居鄉園時之室名。詩約作於康熙二十六年。

送曾止山還光福歌

炎州之南天氣和，梅花更比江南多。梅花大宗在庾嶺，小宗乃在羅浮阿。春來開遍枝南北，萬壑千巖花四塞。梅花將軍越王孫，謂梅鋗。湯沐正在梅花國。飛揚往日破强秦，沛公項羽資其軍。臺嶺因之號梅嶺，梅花萬户酬功勳。風吹上天雪紛紛，行人遠望如白雲。檀香玉蝶大可愛，蕚緑香氣尤氤氲。西溪鄧尉天下聞，當年種自梅嶺分。梅花子孫亦太古，光福一半今在君。淮南作客胡爲者，十月梅花已堪把。花片堪爲三月糧，歲寒何用離花下。太湖萬頃當門前，君歸更浮洞庭船。莫釐縹緲二峰接，人家多種梅花田。我將移居向慈里，與君咫尺梅花裏。千年冰雪作肌膚，欲學仙人姑射子。梅花豈是一塵垢，鑄舜陶堯將以此。

【箋】曾止山，即曾燦。見送曾止山詩箋。曾止山曾于順治八年、十七年、康熙二十六年三遊嶺南。前二次翁山皆北遊。故編定於康熙二十六年。

丁卯臘月十三日恭逢家慈大人八十有四壽日喜賦五章

歲歲嘉平月，詩稱壽母篇。麻姑將九十，桃子定三千。養恨芝薇薄，居愁市井偏。多金辭仲子，未是許身年。

八十還餘四，生年值甲辰。詎知王氏臘，猶是漢皇人。膝下頭皆白，堂前綵自新。多孫争杖屨，扶過杏花鄰。

忠養無窮日，難終孝子身。三千王母歲，六十老萊春。竹笋冬方茁，梅葩臘已新。爐紅燒雉熟，持作早餐頻。

内則時時讀，中言子法多。味調魚子醬，香入燕兒窠。未恨清貧甚，徒嗟少壯過。萊衣無所有，日夕一漁簑。

有子黔婁似，生涯老更貧。多慚難絶俗，所幸未違親。作苦成無養，爲高致不仁。遊盤今不敢，且保白華身。

【箋】

康熙二十六年爲母祝壽而作。

荷葉 三首

水冷錢難大，田田未直荷。須知花太少，總爲葉偏多。筍嫩魚休食，莖疏鷺好過。池吹香氣滿，奈爾惠風何。

出水同菱葉，參差點鏡心。魚穿無大小，鷺立有浮沈。雨過珠難駐，風來香易侵。頻令溪女愛，色比翠裙深。

似欲隨波去，風吹漸滿塘。下穿蘆筍小，上拂柳絲長。舒卷多乘夜，芬馨爲向陽。持來供枕簟，一夏足清涼。

【箋】此詩及以下十五題詠物詩，原編於詩外七，於其前十餘首均康熙二十六年之作。姑次於是年之末。

金魚

魚好憐蝦尾，金紅更上鱗。雙雙初咬子，一一不驚人。荷小無藏處，菱多亦礙身。月光爲飲食，夜半出青蘋。

【箋】廣東新語卷二十「鱗語」：「有金魚者，分鯉、鯽二種。春深咬子，咬子者，雄以口咬雌者眼，子則出腹。子出腹宜亟取之，否則雌者還食之矣。或不食，則子著葦藻間，遇雷雨輒隨電光而去。子初出色黑，由黑而紅，而黄，則純金矣。以鬣小三尾、五尾者爲貴，謂之蝦尾咬子，又名跌子。當跌子時，以大蝦蓋之，則多蝦尾。尾又以撒開象木芙蓉葉者爲貴，謂之芙蓉尾。此二種則魚之可玩者也。」

蠶熟

蠶熟暮春時，多眠益有絲。病教挑錦少，愁使織縑遲。乳燕方銜蕊，涼蟬又噪枝。籠間嬌鳥小，與爾一相思。鳥名。

蟬

蕭蕭楓葉外，秋逐一聲來。是日兼鴻雁，含風到越臺。浮雲時躑躅，落月亦徘徊。嘯父知君是，相留傍酒杯。

風露誰爭汝，清泠一夏過。聲含秋氣早，影逐柳陰多。未化惟香蜕，無心即太和。夜分猶嘒嘒，涼籟滿藤蘿。

聽鶯　次吴大司馬韻　二首

不分春歸早，流鶯聽欲無。清和三月過，風景一人殊。音濕因香雨，愁深似緑蕪。山公催上馬，醉遣數花扶。

花間一兩囀，飛入柳陰無。但使春聲在，何妨物候殊。含櫻過曲沼，捎蝶向平蕪。醉爲綿蠻甚，公歸緑玉扶。

【箋】詩乃與兩廣總督吴興祚唱和之作。

新篁　二首

粉籜春初解，風多壓向西。陰生雙野岸，緑殺一花溪。笋迸雲根亂，梢横水影低。青光教斫取，詩向膩香題。李賀詩：「斫取青光寫楚辭，膩香春粉黑離離。」

到梢猶抱籜，不厭出林長。笋亂愁侵砌，根多恐過牆。釣須竿拂月，冠要箬含霜。老有龍鍾節，爲簪更未央。

茘枝　二首

鵲向離枝喜，紛紛子熟時。銜愁雙玉重，啄恐一珠遲。蝙蝠香先得，鴛鴦影不離。殼紅浮水滿，持作落花嬉。

蟬聲催盡熟，黑葉影離離。買恨穿錢少，餐嫌辟穀遲。美先留小核，寒更浴香肌。掛緑無多子，盤中但水枝。

木槿　社題同用「暉」字　二首

受色朱天好，長含灼灼暉。移從君子國，襲作美人衣。紅燥因晴久，香濡恐露晞。朝華多麗賦，亦欲繼羊徽。

舜華難與久，每恐美人非。好日嗟無及，香車願不違。紅葩餐未忍，紫蒂摘休稀。爲與衣如雪，蜉蝣生意微。木槿一名「日及」。

佛桑花　同用「扉」字　二首

玉瓶多麗朵，人插佛桑稀。一日同朱槿，榮華亦有歸。顏紅能愛老，粉白未傷肥。兒女尤栽汝，家家映竹扉。木槿，一名「愛老」。佛桑類木槿，婦女多以爲餐。

燒空嫌太赤，朵朵似朝暉。榮落須臾事，爭開亦未非。簪令雲髻豔，食使玉顏肥。一夏光籬障，因君日掩扉。

玉簪花　同用「稱」字　二首

綰髻花宜汝，新簪露不勝。那教香玉墜，自有膩雲承。贈去愁恩重，擎來恐冷凝。未開名絶似，贏得美人稱。唐詩：「玉簪恩重獨生愁。」

不愁簪鬢後，玉重膩難勝。朵朵如鏤雪，莖莖似插冰。暮嫌風半吐，朝愛露全凝。自向臣冠掛，頻來好色稱。

茉莉　同用「勝」字　二首

蘭雲相掩映，一朵辟炎蒸。香吐玲瓏雪，光含綽約冰。包同萱草帶，貫共素馨繩。女愛花梳甚，殘時尚不勝。萱草帶，茶名。

佳人銷夏物，一朵有餘冰。小摘香奩滿，多簪寶髻勝。薰嫌蘭氣烈，養愛水光澄。入茗淩朝好，甌中泡紫菱。

【箋】

廣東新語卷二十五茉莉條，描述茉莉頗詳。

夾竹桃　同用「疏」字　二首

葉作筼簹好，蓁蓁也不如。花猶之子在，紅正欲歸初。況有檀欒節，看同緑玉疏。彼穠無此美，羨殺武陵漁。

似嫌花少好，夾竹使扶疏。節肯含春粉，枝應亞玉除。雨憐開未淡，風恐落無餘。露井持相比，夭夭定不如。

【箋】

廣東新語卷二十五：「夾竹桃，一名『桃柳』。葉如柳，花如絳桃，故曰『桃柳』。枝幹如菉竹而促節，故曰『夾竹』。……終歲有花，其落以花不以瓣，落至二三日，猶嫣紅鮮好，得水蕩漾，朵朵不分。開與衆花同，而落與衆花異，蓋花之善落者也。」

賦得池上萍　同用「情」字　二首

自向寒塘上，浮遊得此生。無根風亦起，有實日終明。花落魚兼唼，荷穿鷺獨行。隨波吾亦爾，弱卉最關情。

菱根猶自植，嗟爾最孤生。飄蕩雖無意，留連亦有情。自知蘋菜味，人識水華名。綠亂蘭池影，鴛鴦昭不明。菜之美者，有崑崙之蘋。蘋，萍之大者。萍，一名「水華」。

蓮

栽紅貪取藕，十里白蓮稀。葉亂田田影，花飄處處衣。冰含香子脆，露作蕊珠肥。不遣姬人摘，防驚水翠飛。

【箋】廣東新語卷二十七蓮菱條，描述蓮頗詳。

藕

白蓮尤好藕，況出半塘西。化液同瓊屑，含消在瓠犀。節疏冰易折，絲亂玉難齊。爲愛甘腴甚，朝朝踏紫泥。江淹賦：「藕冰折而玉清。」孫楚賦：「含珍藕之甘腴。」劉孝威啟：「色華玉樹，味奪瓊漿。」

菱

一枝先藕白，兩角復菱紅。剥雪春葱冷，含冰玉齒融。花光長在鏡，蔓影亦浮空。日夕晶盤滿，寒泉浸灌中。

【箋】廣東新語卷二十七蓮菱條，對菱之描述頗詳。

畫松

似帶黄山雪，蒼蒼五鬣姿。卧龍餘爾在，化石亦吾師。雨欲生鵝素，風先動兔絲。畢宏微渲染，神妙至今疑。

【箋】此詩及以上十五題詠物詩，姑次于康熙二十六年之末。

戊辰元日作 十首

憶昔先皇帝，元年此戊辰。久無王正月，徒有漢遺臣。草野私哀痛，漁樵愧隱淪。千秋殉宗社，血淚更何人。

鷄鳴肅冠服，北面拜威皇。弓劍長如在，陵園不敢忘。元年猶此日，正朔更何方。有限遺臣庶，哀思淚幾行。

昔日煤山事，重華野死同。諸臣多藁葬，二女亦攢宫。國破非明主，人亡豈狡童。元年誰復憶，拜手五雲中。

鼎湖龍去久，四十又三年。神聖偏亡國，憂勤未格天。書王多史法，報主有詩篇。元祀從今始，春秋在一肩。

一元過六十，復自戊辰開。王氣今年轉，天心昨夜迴。暖風初拂柳，春色早驚梅。好爲流鶯盡，深深栢葉杯。

元日晴明甚，寒消昧爽時。花添開歲事，鶯速立春期。一室衣冠獨，中華故老誰。崇禎多野史，散佚有餘悲。初三日立春。

稚子唐巾小，雙雙作漢裝。未能懷故國，亦解問先皇。玉几瞻天際，雲旗想帝鄉。戊辰年再遇，光復意何長。

明年吾六十，得作伏波無。益壯先神智，全歸後髮膚。風雲須慘淡，天地久荒蕪。此日先皇淚，威靈鑒一夫。

斑斑吾鬢髮，已老是姿年。欲飲無吴酒，長吟衹楚篇。南風吹水淡，朔雪化雲鮮。採十難爲養，今春早種田。

夭桃三四蕊，色向歲朝新。白首偏憐汝，紅妝莫笑人。琴邊那有恨，酒外更無春。兒女争花勝，先簪折角巾。

【箋】

康熙二十七年（一六八八）作於沙亭。元日，農曆正月初一。明懷宗崇禎元年（一六二八）爲戊辰年，至此恰爲一甲子六十年。明史卷二四：「内城陷，帝崩於萬歲山，王承恩從死。……自大學士范景文而下，死者數十人。」故詩有「昔日煤山事」、「諸臣多槁葬」之語。詩中抒發國家興亡之感。

新年 三首

新年偏雨積，最喜鳥催晴。不是歲寒客，安知春望情。酒須紅粉送，花要白頭迎。鶯小能歌曲，參差莫斷聲。

幾日陰寒甚，年光在雨中。花教愁思盡，鶯使夢魂空。臘果争兒女，春醪讓老翁。收燈今歲早，人事覺匆匆。

細雨無朝夕，衝寒客不過。花愁今歲少，酒恨去年多。老未辭耕作，閒惟事嘯歌。河清終已矣，難俟奈君何。

【箋】

康熙二十七年春節作於沙亭。「河清」二句，似有慨歎大局已定，匡復無望之意。

春日過訪王用綸園亭作 二首

鐵爐城内巷，君作一丘園。水竹頻無路，煙花似在村。蝶同居士夢，鶯與美人言。幽賞忘歸去，依依爲緑尊。行行漸入林，春自一家深。二畝花猶少，三年柳已陰。番山微見影，瀑水似聞音。自此長來往，聽君弄玉琴。

【箋】

康熙二十七年作。王用掄，番禺縣志卷四三：「王佳賓，字用掄，康熙初以武進士官廣州右衛守備。多才氣，能詩，善相馬。……有怡志堂詩二卷，屈大均序之。」

送歙人羅子浮山還溹溪兼寄令母舅汪子栗亭　三首

栗亭家潛溪，在黄山之麓，去溹溪十里。

溹溪知不遠，十里即潛溪。一水連甥舅，參差煙樹西。宅因黄岳好，才與外家齊。此日白雲際，郗公何處棲。

羅浮爲姓字，汝亦一羅浮。白岳不歸去，孤雲安所求。能詩如舅氏，過我此炎洲。未有瑶華報，離居黯欲愁。

爲我持書札，殷勤致渭陽。明春木蘭楫，同至越王鄉。白首此相待，狂歌殊未央。平生我知己，情是栗亭長。

【箋】康熙二十七年作於廣州。濠溪，歙縣志卷一：「濠溪有二源：一出東西以馬鞍，一出曹碣嶺，會于官田，經王干，納黃龍源，至石門灘入豐樂。」汪栗亭即汪士鋐。羅浮山即羅雲。汪士鋐之外甥。嶺南五朝詩選卷十：「羅雲，字浮山，一字葱谷，黃海人。著有倦亭、粵行諸草行世。」

送蘇友燕

平生志沮溺，未有耦畊人。之子思南畝，將歸及暮春。湖田淮口接，水屋白鷗鄰。名父難爲子，期將素業新。

【箋】康熙二十七年作於廣州。蘇友燕，皇清書史卷六：「蘇仝許，字友燕，號補國，高郵人，工詩，善行草書。」

送徐司業 四首

徐庾才華盛，相逢慰所思。六朝名父子，一代好人師。路指京華日，情牽海嶠時。自憐同越鳥，持贈祇南枝。

相知君未晚，夢寐十年餘。白首來求友，青山得著書。竹蕉揚裔布，魚蟹越人蔬。肯待離支熟，干旌過㵳廬。

衮衮登臺省，而今少布衣。鄭公樗散是，司業酒錢非。老大書頻寄，文章命漸微。海雲分袂處，心與數鴻飛。

京國如相問，君言在海東。梅花猶漢臘，菰米亦吴風。别緒縈春柳，離聲託暮鴻。異時重握手，應傍景陽宫。

【箋】康熙二十七年作於廣州。徐司業即徐倬，字方虎，浙江德清人。康熙十二年成進士，改翰林院庶吉士，以選入史館，授編修。三十二年充順天鄉試主考官。尋升侍讀。四十五年，倬進呈全唐詩録，擢禮部侍郎。著有蘋村類稿。見清史列傳卷七十。

送成大夫

復作沈香浦，人欽子大夫。明朝共蘭楫，祇有石家珠。越鳥多能語，蠻花盡作圖。木棉攜得否，絶勝女珊瑚。

【箋】康熙二十七年作於廣州。成大夫即成克大。

奉寄定安胡朝翰先生 名輝祖　四首

一歲雙元祀，心悲乙酉年。開科當主辱，求士得君賢。禁錮元吾志，沈冥荅所天。偷生過七十，慚愧説神仙。乙酉爲弘光元年、隆武元年。

吾家有花萼，與爾孝廉同。出處皆勤事，存亡一匪躬。墓門餘宿草，魂氣逐悲風。襄帝遺臣盡，嗟君草莽中。先兄諱士熀，與先生同舉乙酉科。先兄在雲南行在，官禮部郎中。

白髮蕭疏甚，康成但幅巾。時窮誰處逸，道在自忘貧。奇甸三神島，遺民二祖身。造門多屣履，户内闃無人。

半畝檳榔樹，雙叢薏苡花。有身歸草木，無夢與煙霞。釃酒沾紅葉，彈棋拂落華。新詩知幾許，海外想名家。

【箋】康熙二十七年作。胡朝翰，勝朝粤東遺民録卷四：「胡輝祖，字朝翰，定安人。諸生。舉隆武乙酉鄉薦。國亡不復出。」

送王將軍　四首

多年南越地，未覺有將軍。士馬時相見，笳簫間一聞。鐃歌多自作，銅柱不言勳。此日還京邑，承家荷大君。

鼓吹黄門盛，相迎闕下迴。定須大司馬，詩冠柏梁臺。坐次諸王貴，功高一代才。人思文武甚，吉甫復能來。

送送珠江水，交人念伏波。恩威皆涕淚，去住一謳歌。霸氣銷南武，遺宫掃趙佗。戎車無所有，未載簳珠多。

去歲花朝後，華堂燕喜時。賓僚三益會，孝友一人期。别管吹吴曲，離絃寫楚辭。自今高詠史，月夜復誰知。

【箋】康熙二十七年初，王永譽將軍卸任，屈大均賦此詩送别。

一春　四首

一春暄暖甚，微雨忽生寒。悔與錦衾别，徒令羅袂單。花教貧未已，酒使病無端。歸去同冰蘗，蘭房種合歡。

無端豔陽候，作客向江皋。西上愁春水，東飛恨伯勞。庭幃增喜懼，兒女損清高。垂橐且歸去，閨中憶大刀。

客裏多春思，無心對玉觴。鶯知何處好，花祇故園香。角枕無端别，瑶琴不忍張。無人買辭賦，取酒與卿嘗。

相親方一月，即與鏡臺違。無力花留住，多情鳥喚歸。桃根方倚楫，蘇蕙正鳴機。少别成流滯，何因得奮飛。

【箋】

康熙二十七年春作於沙亭。

過黄積庵南軒賦贈 二首

一室城南小，幽人已有餘。花乘三月食，葉待一秋書。詩句先年老，禪心入夜虚。我來分嘯傲，每至暮鐘初。

君志在山水，時時琴響流。紅顔方似日，白髮不曾秋。花笑客不飲，鶯知人欲愁。煙光正和暖，且復半塘遊。

【箋】

康熙二十七年登黄登南軒亦非亭而作。黄積庵，勝朝粤東遺民録卷一：「黄登，字俊升，一字積庵，番禺人。好學工詩，善鼓琴。國亡後，隱居不試。築南軒亦非亭，與屈大均、陶璜、鄺日晉、羅謙相往還，時稱高士。……登嘗輯嶺南詩選前後集四十卷，歷代嘉言十餘卷。晚開黄村探梅詩社，延梁佩蘭主衡社詩。」

香山過鄭文學草堂賦贈　五首

與君同學早，四十四年前。白首歡初盡，青春恨未捐。汝師餘碧血，吾道在黄泉。不盡招魂意，同裁大小篇。師謂陳巖野先生。

於予多一歲，同是杖鄉時。飲酒教難老，茹芝得未衰。武公應九十，萊子且嬰兒。莫惜頻相見，殷勤作社期。

相留過數日，言笑盡精微。好學寧知老，行年每覺非。海雲光動户，山氣冷侵衣。欣賞多圖畫，流連欲未歸。

咫尺沙岡市，魚蝦不少錢。蟹黄隨月滿，沙白入春鮮。百貨通洋舶，諸夷接海天。渺茫蠔鏡澳，同去恨無船。

香山多海味，我意欲移家。況復潮田賤，浮生易作沙。傭耕須二頃，求食更孤槎。地主君長在，吾生自有涯。

【箋】香山指香山縣，今中山市。鄭文學，名籍待考。康熙二十七年作。

香山過茄頭村作　二首

雨多春水淡，乘興過漁家。蟹擘方圓甲，魚烹黄白花。田人多種草，税户每争沙。十字門西望，茫茫天一涯。

舶口東洋接，潮來百里聞。帆檣争落日，島嶼亂浮雲。拾鱟雌雄並，開蠔左右分。家家多海錯，邀我醉氤氲。

【箋】康熙二十七年春遊香山（今中山市）作。茄頭村，後作岐頭村，在香山縣東。見香山縣志卷二。

杜鵑花　三首

山花多似女兒裙，朵朵紅開躑躅雲。萬古春心傳望帝，一叢清淚濕湘君。啼當五夜沈寒月，血染千林映夕曛。雨過胭脂堆滿地，拾歸親浣作香墳。

上作啼鵑下作花，開時紅映一山霞。心傷杜宇曾爲帝，望斷蠶叢尚有家。點點瓣中知古血，斑斑枝上亦春華。長因謝豹多情甚，歲歲招魂向水涯。

子鵑魂半作花開，朵朵紅兼涕淚催。身化衹餘孤卉在，國亡空有百禽哀。佳人不愛因香少，野老何心更拜來。自古重華多野死，龍魚有恨委蒿萊。

【箋】康熙二十七年作。廣東新語卷二五：「杜鵑花，以杜鵑啼時開，故名。西樵巖谷間有大粉紅黄者，千葉者，一望無際。羅浮多藍紫者、黄者。香山鳳凰山有五色者。是花故多變，而殷紅爲正色。」

杜鵑花

杜鵑開及杜鵑啼，朵朵猩紅踏作泥。望帝春心煙雨外，蠶叢故國夕陽西。將歸有客愁三峽，再拜何人憶五溪。血淚至今花瓣濕，鶯銜不忍過香閨。

【箋】杜鵑花，見前篇杜鵑花箋。康熙二十七年作。

種葱

欲供春膾用，當臘種葱多。地凍堅冰始，泥乾小雪過。食兼沙韭好，齏奈露葵何。寸寸慈親意，盤中雜蒔蘿。

【箋】

康熙二十七年作於沙亭。　葱，廣東新語卷二七：「葱有木葱、絲葱。木葱經年不萎。絲葱冬收春種，氣香，不大辛，與瓊州珍珠葱皆貴品。」

香茘

新州香茘好，得種自楓亭。細小如龍眼，芬芳似素馨。熟看嫌太赤，生食恨多青。兒女簪雲髻，輕輕出畫屏。

【箋】

康熙二十七年作。　香茘，粤東筆記卷十三：「出新興者香茘，實小核焦而香美，茘枝之最珍者也。」

任秋浦解清河令歸養詩以贈之 二首

爾亦崔秋浦，三年拂袖頻。采蘭爲處子，種柳即先民。稼穡自茲務，柴桑誰與鄰。歸來辭更好，先示女蘿人。

解官歸未得，賣畫向清河。父老留蘭蕙，兒童乞芰荷。白華身未老，黄菊節初過。咫尺圭峰曲，相期共嘯歌。任雅善畫蘭。

【箋】

康熙二十七年作於廣州。任秋浦，嶺南畫徵略續録：「任清漣，字秋浦，新會人，南海籍。康熙癸丑進士，官清河知縣。善畫蘭。」

壽鄭母何太夫人兼呈令子太史 二首

高堂珠黍就，令子玉珂還。兄弟鴛鴦似，于飛煙水間。花爲王母勝，玉作歲星顔。壽母詩相和，人稱大小山。

百歲孫嵩母，吾今亦似君。人言牲鼎好，不及玉堂芬。無欲同朱蓴，多才且白雲。鄭家餘巨棗，食我肯相分。

【箋】太史指鄭際泰。康熙二十七年作。

送高固齋 二首

海内文章伯，而今復有君。端溪來采硯，自割水巖雲。天地與神物，圖書垂大勳。精華時沐浴，日月使氤氳。

紛綸五經客，復見大春來。詞賦還香草，春秋又玉杯。輕帆千里掛，故國八閩回。著作時相寄，知言在越臺。

【箋】康熙二十七年作於廣州。高固齋即高兆，侯官人。少遭喪亂，自江右還舊鄉，布衣蔬食，塊處蓬室中。采摭隱逸，輯爲續高士傳。見四庫全書總目提要卷六三。

過黄氏南軒作

離離瓜架外，花種鳳仙多。愛老還朱槿，牽情更緑蘿。香須焚水熟，味可養天和。白首無餘事，生涯一嘯歌。

【箋】康熙二十七年作於番禺。黄氏即黄積庵，見過黄積庵南軒賦贈箋。

贈墨西 八首

姬人姓陸，生於高要之布水村，與端溪密邇。予得之，使朝夕在硯之西磨墨，供予揮灑，因字之曰「墨西」。爲詩贈之，得八首。

香溪一片即端溪，采得姬人字墨西。水玉朝朝磨削筍，松煙日日染柔荑。教成小楷書難已，催作新詞唱未齊。善品水巖諸甲乙，青花白葉滿中閨。

琉璃硯匣鎮隨身，墨愛君房古色新。王勃三升頻飲我，青蓮百首每催人。初來往往春葱破，久立時時翠黛顰。日用一螺殊未足，不曾渴筆致卿嗔。

真紫羊肝産峽山，墨雲蒸潤火痕間。磨礲一出黄岡客，洗濯頻勞白玉鬟。小字每教呵氣寫，大書常恐白頭還。夫人筆陣卿須熟，格用簪花解玉顔。

幸是真巖發墨多，纖纖莫損指紋螺。思深稍待天淵入，紙落休驚風雨過。暇即雙爐焚熟結，閒須一盞養春和。如卿手爪今無幾，才盡江郎奈若何。

少小長齋繡佛前，前身應是散花天。毗耶一見全無病，居士相依祇爲禪。每乞硯金書梵唄，時教潑墨作雲煙。爪痕多在曹娥帖，紅染蠻花半鳳仙。

居近羚羊峽口東，蠻娘琢硯是鄉風。家家紫石爲生計，一一青花出女紅。汝亦水巖真暖玉，多愁墨瀋污寒空。輕磨莫令沾濡濕，誤點屏間惑乃公。

布水村連墨硯沙，真巖得自女兒家。蟾蜍滴滿三春露，翡翠牀開六代花。弄粉沾書成垢膩，分朱點易出精華。還將劍器增飛動，草聖從今益自誇。

焦墨工爲五岳眉，珊瑚架畔罷書時。靈犀一點通玄早，綵鳳雙飛應兆遲。結子夭桃三歲好，生華古木一春宜。同聲豔曲殷勤唱，素女風流是我師。

【箋】墨西，高要陸氏女，康熙二十六年二月來歸。康熙二十七年作於沙亭。

贈香東　八首

予得姬人陸女，字之曰「墨西」。越數日，復得東官石氏女，使之司香，而字之曰「香東」。爲詩贈之，又得八首。

宣爐東畔暮還朝，一氣窗間拂絳綃。生熟水沈憐血格，陰陽火活恐煙焦。莞中雖是香農女，江畔難將玉佩要。得侍維摩真大幸，一生心字佛前燒。

絲藤五色作薰籠，日焙春衣廢女工。熟結浣將茶小暖，香魂煎取火微紅。花開莫使雙煙近，鶴降須教一縷通。收拾餘芬歸兩翅，檐間么鳳與卿同。

生長香田是馬岡，時時作得女兒香。盛來小盒瓊瑶似，染得空林蘭蕙芳。酷烈不言油速好，清甜每覺鐵斑良。黄沈日食知多少，吐氣氤氳滿畫堂。

鎮日盈盈棐几邊，裙裾出入有餘煙。含辭已似黄馨吐，取氣還將黑潤煎。作配文人非豔福，託胎香國本真仙。心花意蕊開須早，證取圓通鼻觀禪。

才名偏得鳳凰心，肯即雙雙果玉琴。青鳥使來王母國，緑衣人出女香林。袖中玉斗羊脂滑，牀上銅鑪翠色深。暇日每將黄熟揀，珠蘭薰曬比兼金。

緑珠自昔生南越，碧玉谿來出小家。典卻寶書爲玉帛，迎來香室作煙霞。青絲覆頟如雲短，翠暈拖眉半月斜。十五有餘弦未下，冰輪一倍吐精華。

爲情顛倒破瓜初，冰雪蘭湯出浴餘。子蕊半開紅荳蔻，娥光初吐玉蟾蜍。妝成不許薰香坐，繡罷頻教執管書。大小乳爐時拂拭，心香呑吐病全除。

花朝令日遣車迎，畫扇開時似月明。花向佳人分巧笑，鶯因公子弄春聲。舊抄香乘文多誤，新寫琴心曲未成。几席東西雙玉立，鴛鴦折殺馬長卿。

【箋】香東，東官石氏女，康熙二十六年二月來歸。康熙二十七年作於沙亭。

貞女篇

獨立佳人是北方，堅貞不字處蘭房。求仙未得真簫史，擇對惟希古孟光。人羨玉臺辭賦美，自憐丹穴羽毛長。時來屯女須婚媾，咫尺高賢珠水旁。

【箋】康熙二十七年作於沙亭。

贈龐先生

兄事龐公亦有年，相過長得拜牀前。妻孥呼作廚中黍，龍鳳看畊壟上田。冰鏡笑談三國定，鹿門耆舊一人傳。遺安自是君家法，會有山民繼汝賢。

【箋】龐先生，疑即龐嘉耋。康熙二十七年作。

呈張振六觀察 關中人 二首

頻陽有客在金閨，謂李子天生。最説君家將相齊。令子雲雷先嶺外，元侯帶礪首河西。尊公通侯。秦風雅有蒹葭慕，楚澤無令蘭杜迷。長憶三峰多氣象，見公如在華陽溪。

兄弟秦詩奮夏聲，塤篪吹出漢西京。無雙已冠麒麟胄，第五還高驃騎名。南海山川疆理早，東田膏澤夢魂傾。主人身自爲張仲，孝友誰深飲御情。

【箋】康熙二十七年作。張振六即張雲翮，張勇子。清史稿卷一六九：「張勇，遼東人，隸陝西潼關衛。康熙十四年四月，以軍功由一等侯輕騎都尉封靖逆侯。十五年八月復晉一等侯。卒謚襄壯。」「張雲翼，張勇子。康熙二十五年襲一等靖逆侯。」雲翼，爲雲翮之兄。觀察，道員之俗稱。張時任廣東驛鹽道。

奉和張觀察惜分堂落成喜予見過之作即席次諸公韻

旌節初臨粤秀山，長沙運甓每乘閒。堂前日自羅浮出，檻外花從若木攀。下士新陪松麈話，尚書舊領竹林班。賓筵燕喜當炎暑，披拂清風未擬還。

【箋】

康熙二十七年作於廣州。張觀察即張雲翮。

送潘次耕太史　四首

鶯脰銀魚蟹紫鬚，垂虹更有四腮鱸。君歸正及秋天爽，人去應同夜月孤。衆女自來讒宋玉，使君今復誤羅敷。相如病免風流甚，辭賦紛葩出酒壚。

門外煙波即洞庭，船浮鴨嘴出空冥。休將拙宦慚漁父，更把狂奴笑客星。蒓紫秋來調玉鱠，梅紅春去醉香涇。蛾眉揚罷愁鄰女，未得相隨返翠屏。謂朱竹垞。

相見佗城識玉珂，金裝未及陸生多。紫雲割盡羚羊石，沈水薰餘孔雀羅。越女自甘婚媾失，明妃誰奈畫圖何。琵琶馬上紛無數，出塞看伊逐紫駝。

一雨江城暑氣消，秋聲催客返蘭橈。芙蓉越布貽徐淑，莙蓬蠻蔬得鮑焦。輞水自多禪悦食，東林還把酒香招，吴江楓葉題詩滿，好託天風寄二樵。君長齋學佛。

【箋】康熙二十七年作於廣州。潘次耕即潘耒，字次耕，吴江人。少受學同郡徐枋、顧炎武，自經史、音韻、算數及宗乘之學，無不通貫。康熙時，以布衣試鴻博，授檢討，纂修明史。充日講起居注官。坐浮躁，降調遂歸。平生嗜山水，登高賦詠，名流折服。著有遂初堂集。見清史稿卷四八四。

送孫少參

翩翩旌節向金衢，良馬徘徊爲彼姝。香浦又添沈水物，青鸞頻返夜光珠。三年德政同西蜀，五郡謳歌是大夫。涕泣自知難借寇，崧臺趨送到南禺。

【箋】孫少參，其人待考。康熙二十七年作於廣州。

贈何東濱處士 六首

素冠東出墓門遲，攀柏曾枯南北枝。烈父丹心包馬革，慈姑白首事熊飴。書成但置杯圈側，養罷長懸烏鳥私。宿草一丘霜露遍，非寒亦覺思淒其。東濱尊人雲甲先生，諱攀龍，乙酉同史相國死事揚州。母彭氏，守節撫孤，私謚「貞毅孺人」。

遺腹孤兒屬羽林，漢家終報烈臣心。天哀孟母霜幃苦，地幸蘇卿雪窖深。非族自知難北面，未歸誰不作南音。蓼莪悲盡還禾黍，血淚終身灑滿襟。

死事終軍正妙年，鬼雄邗上戰空天。招魂應葬梅花嶺，爲厲難歸白下田。六尺遺孤哀汝在，千秋繼志讓誰賢。三年墓左空啼血，未許乘春化杜鵑。

嵇康有母甚慈威，教子山阿日采薇。頤性自令高士在，潔身誰謂丈人非。鹿逢甘草頻鳴友，蟬有高梧欲罷飛。忠養未能吾自愧，艱難水菽與君違。

依人即是遠遊時，兩鬢飄蕭喜未絲。牧犢有兒應不娶，牽牛無女莫相思。坐邊書帶多芳草，行處商顔足紫芝。不仕與君同苦節，笑他嵇紹血淋漓。

天寒共宿枕衾同，骨肉交深異姓中。白首争知添死友，緇衣不必託生公。吴戈遽戲憐而父，殷社長墟恨彼童。話處斜陽頻慘淡，忍將雙淚向西風。

【箋】

何東濱，攀龍子。揚州被圍，攀龍以計策叩可法軍門獻之。可法奇其言，留爲贊劃，置帳下。城陷，巷戰而死，年僅二十一。其子終生不仕。見皇明四朝成仁録卷六。康熙二十七年作於沙亭。

送人還秣陵

莞江春色滿官衙，三載笙歌擁絳紗。詞客多情憐玉樹，將軍清嘯和金笳。歸心忽動秦淮水，去路遥攀大庾花。尊酒河橋相送送，夢隨鴻雁到天涯。

【箋】

康熙二十七年春作於廣州。

走筆奉答湖州徐蘋村司業見贈之作用元韻

吴興山水地，苕霅美無雙。有客從天目，來遊至海幢。海幢在廣州城南。徐陵人望重，司業我心降。麗藻流金薤，雄談倒玉缸。篇奇争二華，句險奪三瀧。在樂昌。鳳咮君硯名。池教染，龍文鼎許扛。才真金馬朔，跡豈鹿門龐。肯度金芝澗，即安期澗。還穿石笋矼。在黄山，絶似安期巖。坐應陪麈尾，行定刷風鬃。果下蠻奴犢，嶺南有果下犤牛。花邊小疍艭。東尋黄木浦，北指白雲淙。城北白雲山有陳文忠公雲淙别業。花汲佗王井，巖窺鮑女窗。西番蓮灼灼，南漢水洚洚。城北有洚洚水，爲南漢主泛舟之所。霸國餘啼鳥，仙家但吠厖。忘歸頻燭秉，不寐任鐘撞。鄭氏元多酒，謂主人鄭太史。潘家亦有江。謂座上潘太史。賓休辭斗石，事可照鄉邦。貝葉開芳樹，梅花吐古椿。無言偏玉振，有道自金摐。陸賈光揚越，相如重冉駹。風流誰更擅，文采世多哤。黑白絲千縷，玄黄血一腔。衹須簫婉婉，更用鼓逢逢。陶寫無昏旦，蘭膏注滿缸。

【箋】康熙二十七年作於廣州。徐蘋村，國朝詩人徵略卷九：「徐倬，字方虎，號蘋村，浙江德清人。康熙十二年進士。官翰林院侍讀。有蘋村集。」

詠荆軻

荆卿西去不勝悲，歧路蒼茫欲待誰。匕首豈堪將竪子，地圖何不與漸離。淒涼易水驅車日，倉卒秦王繞殿時。劍術可憐疏未講，精誠空有白虹知。

【箋】史記卷八六荆軻傳，詳記荆軻刺秦王始末。康熙二十七年作。

呈蔣少參

先公棠蔭留虞苑，君復薇垣啟楚庭。太史西臺多正直，諸侯南國有儀型。光開心鏡惟珠海，秀作文峰是玉屏。講學天關遺跡在，須公更築見泉亭。先哲湛甘泉講學天關，築有見泉亭。

【箋】

蔣少參，即蔣伊。康熙二十七年作。

贈尹學博

廣文先生居崖州，乃在瓊南天盡頭。洞天大小日觴詠，且喜海外多丹丘。學田頗有檳榔樹，椰子之林租可收。白椰漿清黄椰濁，消渴日飲如黄流。檳榔花甜勝于子，回甘不用南扶榴。崖人沐浴汝膏澤，詩教亦稍知温柔。漸將禮儀變蠻俗，更使文章爲脯脩。十年不還崖人喜，賢師教化天所留。道行豈惜浮漲海，官貧亦勝爲黔婁。橐中沉速定多少，與黎相易惟肥牛。黎娘愛針及紅布，持之易香長滿篝。好香亦未損清德，君於五指還冥搜。

【箋】尹學博，指尹之達。廣東通志卷五五載，尹之達，東莞人，舉人。康熙十七年任崖州學正。詩謂其「十年不還」，當爲康熙二十七年作。

彩花 二首

佳人纖手即東君，剪出千葩似綵雲。銜蕊燕來先上鬢，捎香蝶過早沾裙。金錢競把年光買，寶勝多從宫女分。灼灼椒花還有頌，堂前三婦最芳芬。

家家天女散花來，天上人間一樣裁。月令多從纖手出，春光先向剪刀開。枝無南北寒齊發，實有青黄暖更催。百福香奩紛上壽，就中争戴半紅梅。

【箋】康熙二十七年作於沙亭。

弔永福陵 在岡州厓山 三首

一路松林接海天，荒陵不見見寒煙。年年寒食無尋處，空向春山拜杜鵑。

萬古遺民此恨長，中華無地作邊牆。可憐一代君臣骨，不在黄沙即白洋。北狩南巡總寂寥，空留抔土是前朝。憑君莫種冬青樹，恐有人來此射鵰。

【箋】康熙二十七年作於新會縣。永福陵，清一統志廣州府：「永福陵，在新會縣南崖山。舊志：張世傑葬端宗於此。」岡州，新會古名。隋開皇間以允州改稱，治所在新會縣，唐貞元末廢。

望虎門諸山

海門山滅没，蒼翠似空天。暮去惟餘影，秋來不是煙。瀑高難作響，峰小易成妍。悵望蘿衣客，攀松何處邊。

【箋】康熙二十七年作。虎門，澳門記略引薛韞虎門記：「虎頭門以虎山得名。山有二：西曰小虎山，東曰大虎山，如連珠巨浸，中稍折而東南，右横檔山，左南山，相距五六里，巋然雙扉，而海出入其間，界中外，故曰門。」

虎門觀海作

朝自扶胥南，萬里窮泱漭。溟波接百川，傾瀉多奇狀。潮從虎門出，勢到沃焦放。祝融在陰墟，天池正相向。天命南海帝，來從南岳上。宮闕臨扶桑，百王所禋享。元氣一吐吞，日月光相養。混沌在中央，精華資醞釀。咫尺天河通，浮槎日來往。丈夫朝飲牛，牛口吐溟漲。渚邊多織婦，微聞弄機響。八月水益大，吾欲浮潢漾。槎從海若取，食須天吴餉。倏忽至雲漢，客星恣摩盪。撫手笑黄姑，獨處徒惆悵。

【箋】康熙二十七年作於虎門。虎門，見望虎門諸山箋。

盧亭

老萬山中多盧亭，雌雄一一皆人形。緑毛遍身祇留面，半遮下體松皮青。攀船三兩不肯去，投以酒食聲咿嚶。紛紛將魚來獻客，穿腮紫藤花無名。生食諸魚不煙火，一大鱸魚持向我。殷勤更欲求香醪，雌者腰身時嫋娜。在山知不是人魚，乃是魚人山上居。編茅作屋數千百，海上漁村多不如。盧循苗裔毋乃是，化爲異類關天理。或有衣裳即古人，避秦留得多孫子。我亦秦時古丈夫，手攜緑毛三兩姝。祇因誤食穀與肉，遂令肥重非仙癯。盧亭羡爾無拘束，裸國之人如可畜。猩猩能言雖不如，彼卻未離禽獸族。魚人自是洪荒人，茹腥飲血何狉獉。我欲衣裳易鱗介，盡教黿鼉皆吾民。自古越人象龍子，入江繡面兼文身。靦然人面能雪耻，差勝中州冠帶倫。觴酒豆肉且分與，期爾血氣知尊親。

【箋】

康熙二十七年作於澳門。盧亭，澳門紀略上卷：「又南五十里曰蒲臺石。又東南爲老萬山。山有人椎結，見人輒入水，蓋盧亭也。晉賊盧循兵敗入廣，其黨泛舟以逃，居海島久之，無所得衣食，生子孫皆裸體，謂之『盧亭』。常下海捕魚充食，能于水中伏三四日不死。事見月山叢談，多伏莽。」

望洋臺

浮天非水力，一氣日含空。舶口三巴外，潮門十字中。魚飛陰火亂，虹斷瘴雲通。洋貨東西至，帆乘萬里風。

【箋】

望洋臺，在澳門。印光任澳門紀略下卷：「東望洋，西望洋，兩臺對峙，東置炮七，西五。」此詩當爲康熙二十七年遊澳門時作，詩亦載于澳門紀略中。汪譜將此詩繫於二十九年，誤。

觀海　三首

始知元氣大，爲水竟包天。一片洋船落，微茫在暮煙。

有天皆化水，無月不生潮。萬里長堤外，波濤極沃焦。

日出當中夜，紅輪十丈餘。海波燒盡赤，掩映是扶胥。

【箋】

康熙二十七年作。

倒掛鳥　二首

已食沈水煙，復藏雙翅内。時放煙氤氲，幃中香久在。

黑潤與黄沈，持薰倒掛鳥。不教雙翅間，收得香煙少。

【箋】

倒掛鳥，粤東筆記卷下：「倒掛鳥，如鸚鵡而小。遍體嫩緑，楚楚憐人。腹背之毳則雜五色。距皆赤。尾輕而長。喜倒懸架上，屈體如環，東西旋轉以自娱。又性喜香煙，食之復吐；或收香翅内，夜則倒掛放之，氤氳一室，故亦名收香鳥。」疑爲康熙二十七年遊澳門作。

西洋菊

枝枝花上花，蓮菊互相變。惟有西洋人，朝朝海頭見。

【箋】康熙二十七年作。　西洋菊，粵東遊記：「粵中洋菊種類甚夥，如雉尾、龍鱗之屬。」

玻璃鏡

誰將七寶月，擊碎作玻璃。絶勝菱花鏡，來從洋以西。鑄石那能似，玻璃出自然。光含秋水影，尺寸亦空天。

【箋】玻璃鏡，廣東新語卷十五：「玻璃來自海舶，西洋人以爲眼鏡。兒生十歲，即戴一眼鏡以養目光，至老不復昏矇。又以玻璃爲方圓鏡，爲屏風，昔漢武帝使人入海市琉璃者此也。……廣人或鑄石爲之，然殊不及。」康熙二十七年作。

七夕作　四首

暮歸從錦水，瓜果客前陳。正及穿鍼節，新添乞巧人。玉簪香出髻，雲液暖當唇。共惜天孫苦，年年隔漢津。玉簪，花也。

年年牛女夕，歸向畫堂深。烏鵲憂無力，蜘蛛喜有心。殷勤碧玉女，縹渺紫簫音。不寐看銀漢，泠泠花露陰。

終歲匏瓜似，今宵織女逢。金錢還帝少，河漢隔天重。夜豈人間淺，情應天上濃。自今忍離別，仙去駕茅龍。

雲漢應清淺，雙星渡未遥。家家罷機杼，一一望河橋。聖水月中汲，天香花外燒。七襄知巧絶，肯與我仁嬌。粤人以是夕争汲聖水。

【箋】

康熙二十七年作於沙亭。七夕，廣東新語卷九廣州時序條：「七月初七夕爲七娘會，乞巧，沐浴天孫聖水，以素馨、茉莉結高尾艇，翠羽爲篷，遊泛沈香之浦，以象星槎。」

葵扇 二首

玉手蒲葵扇，輕摇風滿襟。團圓班女様，裁剪越娘心。未覺冰紈好，長憂白羽侵。憑君懷袖裏，出入到秋深。

用自王丞相，炎方不汝輕。葵田多下種，蕉扇少知名。就葉成明月，因風御太清。合歡無不可，篋笥忍忘情。岡州種蒲葵之所，號曰「葵田」。今嶺外人多誤以蒲葵扇爲芭蕉扇。

【箋】

康熙二十七年作於沙亭。廣東新語卷十六：「蒲葵最宜爲扇，扇大者三四尺，可以蔽日……（葵葉）既割已，暴之兼旬，乃水濯之，火烘之，使皆玉瑩冰柔，而隨其葉之圓長，製而爲扇。……考此扇興于晉時，自謝太傅執之，王丞相捉之，其價頓貴。其製雅，而出風和好，不致傷人，故大江以南尤尚。」

芋

頻隨粳稻熟，早芋紫莖長。亦是炎方米，能爲野客糧。肥因春雨足，味得土膏香。一乳纍纍子，吾園種最良。

【箋】康熙二十七年作。粤東聞見録卷下：「芋，本蔬屬。粤人以代穀，食其莖葉當蔬。有十四種，首黄芋，次白芋，次紅牙芋，皆小，惟南芋大。春種夏收曰早芋，夏種秋收曰晚芋。與稻並登，故有大米之稱。」又見廣東新語。

奉答張觀察枉顧沙亭村舍之作用韻

東海北海海之濱，文王不作歸誰親。太公漁釣奸西伯，美女奇物稱三人。吁嗟文武師若此，何如墨胎二子仁。不才佯狂居南瀆，食薇顔色能如春。東方每笑首陽拙，曾參亦譏黔婁貧。持蔬槁死寧不可，有母白髮方九旬。使君軒車忽相訪，鷄鳴犬吠驚鄉鄰。荷蓧黍飯乃自珍。踰垣閉户豈中道，禮尚往來吾當循。威鳳有德貴能下，神龍之性期終馴。使君吐哺向白屋，芻蕘之智圖諮詢。庭前秋水漱白石，屋後喬松矗蒼旻。物物可以代忠告，豈必有言書諸紳。騶忌鼓琴託諷諫，斫輪喻道偏如神。知公相契在默識，忘懷自此日以真。

【箋】康熙二十七年作於沙亭。張觀察即張雲翮。時任廣東驛鹽道。見阮元廣東通志職官表。

五十九歲生日作

紫髯雖滿鏡，終奈二毛何。白日從他暮，朱顔且自酡。楚丘神智少，萊子笑啼多。明歲杖鄉得，居然六十皤。

【箋】康熙二十七年作於沙亭。大均於明崇禎三年（一六三〇）九月初五日生，至康熙二十七年（一六八八）爲五十九歲。

答汪晉賢 四首

玄墓迴舟日，踟蹰未訪君。長令碧巢月，流照一浮雲。夢寐日已積，鶯花春屢分。新詩今見寄，香似澤蘭聞。

羡爾浮谿館，賡酬興不孤。鴛鴦兄媚弟，花萼玉聯珠。好客因風雅，移家爲畫圖。故人箇谷子，周青士。最得共菰蘆。賢兄作仙吏，惠政在高涼。豈意玉棺墮，頻令珠舄亡。三吴蒲匐至，五嶺瘴煙長。辛苦脊令鳥，銜哀殊未央。咫尺扶胥口，期君鼓枻來。蜑花漁父菜，螺鈿海人杯。老更逢三益，愁應解七哀。故人懷檇李，同把玉琴開。

【箋】

康熙二十七年作。汪晉賢即汪森，字晉賢，號碧巢，桐鄉人。康熙十一年拔貢生。官至户部郎中。嗜學好友，營碧巢書屋，築裘杼樓，庋書萬卷，有浮谿館吟稿。輯名家詞話、粤西詩載、文載、叢載等，著小方壺存稿。見清代碑傳集卷五九。其兄汪𤅢，性爽邁，署高州通判，代僚屬償逋數千金，丁卯秋卒。故有「賢兄作仙吏，惠政在高涼」等語。

壽張觀察　六首

公來南越重，忠孝將門高。奕葉山河固，連枝節鉞勞。逢迎過錦里，剪拂及珠毛。公讌多風雅，縱横奮彩毫。

玉門飛將種，大烈早丕承。嶺表新心膂，河西舊股肱。友于連衮繡，臣節凜淵冰。天上張公子，名揚自少陵。

英靈從二華，生甫菊花辰。文武憑師表，功勳作懿親。日生南海夜，秋似朔方春。憲府高開處，恩威遍越人。

下車方數月，未暇事登臨。瓴甋陶公力，楸枰謝傅心。衡文高玉尺，化俗善雕琴。祖述風騷得，洋洋正始音。

生理嚴公在，飄零念鬢華。客情依節制，詩説愛紛葩。勿復勞裴冕，全應作浣花。元戎驅小隊，時過野人家。

殷勤嚴僕射，情向瀼西分。乳酒憐漁父，山瓶送馬軍。風流還此日，倡和更如雲。獻壽無他物，黄華絶世芬。

【箋】

康熙二十七年作。張觀察即張雲翮，字紫閣。文外二嶺南倡和集序：「張紫閣先生觀察嶺南，下車即枉駕沙亭，訪予三閭書院。公生長關中曲江之上……爲靖逆元侯大將軍之子，與兄又南先生、元侯大將軍皆善爲詩。」

酒濁

絶與渾河似，絺巾漉不清。白衣難再得，黄菊祇空榮。歲儉無香秫，人愁有寶筝。揭彈當月夕，亦復一忘情。

【箋】康熙二十七年作於沙亭。

壽黄參軍

樂聖杯休放，秋花正滿檐。未曾慚柳下，似不愧陶潛。五十能知命，升沈更不占。素心人咫尺，相照復冰蟾。

【箋】黄參軍，疑即司法參軍黄某齋。文外二送司法參軍黄侯序：「某齋先生黄侯之在粤也，官不過下大夫，職不過攝郡縣，其御亂有力，其治民有文章。……侯多才多藝，詩及草書、繪事，擅美一時。」康熙二十七年作。

壽某方伯 杭州人

方岳開南極，臺門俯藥洲。捲將明聖水，來作海珠流。禾黍多陰雨，壺觴及素秋。壽星相照曜，長接紫薇樓。

【箋】 某方伯，疑爲廣東布政使柴望。柴望，浙江仁和（今杭州）人。事見錢實甫清代職官年表。康熙二十七年爲某方伯祝壽而作。

羊城秋日有作

炎天九月已狐裘，南雪年來不待秋。砧杵聲如光禄塞，牛羊氣似白登樓。番禺山斷成天闕，劉巖嘗鑿二山，以爲雙闕。日月泉乾失藥洲。霸業已隨流水去，花田一片自風流。

【箋】 康熙二十七年作。 南漢書卷一烈宗紀：「三年（九〇六），以廣州城隘，鑿禺山益之，名新南城，建雙闕。」故詩有「番禺山斷成天闕」之語。 廣東新語卷四：「廣州城中有日月二泉。日之泉每夜輒有一日在其中。月之泉每夜輒有一月在其中。日泉今失其處，惟月泉在金華夫人廟神座下，有巨石覆之。」故詩有「日月泉乾失藥洲」之語。

贈施少府

錢塘佳麗在才人，別駕聲華動紫宸。五嶺祇今勞五馬，三城自此似三春。應悲南庫惟珠海，且喜東籬有葛巾。計畫軍儲多暇日，相過詩句鬥清新。

【箋】

施少府，其人待考。康熙二十七年作。

以東莞香根贈查二德尹有賦

香農種汝忌泥肥，香在根株世所希。一片肯教朱火近，雙煙嫌作紫霞飛。芬馨未入嵇含狀，黄熟難隨陸賈歸。贈爾如蘭充雜佩，同心端在此輕微。

【箋】

康熙二十七年作於廣州。廣東新語卷二十六「香語」謂莞香中「尤以香根爲良」。「凡鑿香師，見香木葉小而黄，則知其下根必異。蓋精華下墜，水不能自根而上，故葉小而萎黄也。」查德尹，國朝詩人徵略卷十八：「查嗣瑮，字德尹，號查浦，浙江海寧人。康熙三十九年進士，官侍講。有查浦詩鈔。」

送德尹之東莞

明發珊洲甲水邊，才華人羡汝翩翩。采香莫問香兒女，中酒應知酒聖賢。花萼舊多東莞跡，令兄韜荒常至莞中。竹枝重有竇安篇。馬蹄地名。金桔地名。多生結，盡解相貽不用錢。

【箋】康熙二十七年作於廣州。德尹即查嗣瑮。

壽李番禺

青蓮昔愛崔秋浦，鮑靚今留葛穉川。清露自餐浮嶠外，白頭那到訟堂前。難逢一代循良令，欲獻長生内外篇。詞賦已光山水縣，風流更有草書傳。

【箋】康熙二十七年爲番禺縣令李文浩祝壽而作。李文浩，鑲紅旗人，監生，康熙二十六年任番禺縣知縣。見阮元廣東通志職官表。

爲族父國子先生七十又一壽作　三首

久謝瓊南苜蓿盤，歸來黄菊滿園看。三爲祭酒那知老，一作柴桑未到官。佳節每忘秦伏臘，野情多在漢衣冠。古稀誰道人生少，更得期頤也不難。

蟬多梧柳不驚飛，鶴有煙霄自解歸。酌酒頻成陶令醉，爲園久息丈人機。餐餘白蝠能千歲，種滿蒼龍已十圍。疏傅賜金殊未盡，賓筵莫惜進甘肥。

耳聾休嘆鹿皮翁，肉角生時聽自聰。菰米食甘何用白，芙蕖衣好不嫌紅。能歌風雅惟三楚，解注離騷是八公。分我枕中鴻寶術，青絲丫髻兩還童。

【箋】康熙二十七年爲屈騶祝壽而作。族父即屈騶。

野花

花愛無名好，維舟折數枝。東家嫌太赤，北地恨多脂。峽外人争看，溪中女不知。玉顔殊寂寞，似在苧蘿時。

【箋】康熙二十七年入肇慶作。

桃溪

夾岸蒙茸竹，枝枝有鳥啼。夢飛芳草外，愁在夕陽西。水驛連三峽，人家各一溪。女郎祠畔望，煙雨一秋迷。

【箋】康熙二十七年十一月作，時屈大均自廣州至肇慶途中。桃溪，在今肇慶市東北，西江以南。

夜宿沙洲有作

沙洲今夕宿，月似一人孤。不寐同秋雁，相依更夜烏。初寒山兔少，未曙水螢無。耿耿懷明發，漁歌起綠蒲。

【箋】沙洲，在高要縣東，西江江心之小洲。康熙二十七年冬作。

經高要諸村墟作 六首

高要村落好，一一種芭蕉。半作蜑娘布，全勝鮫室綃。陰多宜夏日，響亂似春潮。子熟無人買，兒童作餌饒。

西截牂江水，人家半捕魚。柑花山女戴，蕉葉野人書。潦白禾難長，霜黄木未疏。月知船有客，相照水窗虚。

一路魚花步，江人取不稀。潮來炎海遠，瘴到鬱州微。溜勒成山砦，離支作水圍。鷓鴣啼斷處，春有一人歸。

浮沈鳧雁似，婦女打魚船。白莢惟求米，黄花不取錢。罾乾明月下，衣濕沓潮邊。越女芙蓉種，何人不可蓮。白莢、黄花，魚名。

九江魚種户，三水蜑家村。艇出多高尾，罾開半硬門。川從交趾遠，山到大堯尊。一片柑橙國，人煙紫翠屯。高尾，蜑人艇名。硬門者，掛罾之所。

虚日從金利，蕉身買到村。女紅多作布，男事半爲園。野鹿當春滿，潮鷄未曙喧。埸師吾欲學，橘柚映衡門。市日，謂之虚日。金利，村名。

【箋】康熙二十七年作於高要。

布水村 三首 姬人陸氏墨西所生地，在高要境。

生長雙鬟地，柑蕉十里園。緑蘿梁氏井，香水漢妃村。峽影斜當户，江聲直到門。天教兵火後，碧玉一家存。

布水村名好，吾憐此有人。能生桃葉女，來助墨花春。繫艇依江岸，持觴坐草茵。郎家人競看，笑語滿東鄰。彼中稱女婿曰「郎家」。

盡映蕉林出，來窺宋玉姿。苧蘿無女久，烏鵲得夫遲。户熟秋蠶候，家收早稻時。年年視公姥，帆落此江湄。

【箋】康熙二十七年作於高要。布水村，即貝水村，因貝水得名。在高要縣境東，西江北岸，與沙洲隔江相對。

攜公新棲仙掌峰詩以贈之　峰在七星巖西　四首

大士何年至，禪房此静居。長留仙掌在，定是散花餘。具體同西華，駢枝出太虚。參差霞色映，君愛削葱疏。

七星巖壑外，一朵水芙蓉。亦有仙人掌，何如玉女峰。磬聲驚亂葉，棋響落長松。雲卧吾將汝，年年紫翠重。

一路看天井，螺旋出白雲。飛花牀上亂，瀑水掌中分。入定宜蟬響，閒行及鹿羣。莫教人看奕，仙日易斜曛。攜公善奕。

石琢楸枰好，泠泠暖玉敲。聲兼松子落，影與竹陰交。步處花隨杖，齋時鳥下巢。橘中吾欲隱，可許共煙梢。

【箋】

康熙二十七年遊肇慶作。攜公，其人未詳。仙掌峰，爲肇慶七星巖七峰之一，位於蟾蜍峰西北。巖頂有淩霄宫，攜公當棲於此。

汲靈山寺泉作 二首

泉從雲際落，半作玉簾飛。峽口穿花汲，瓶中帶雪歸。滿城烹石乳，一覽到松扉。歲歲吾來此，臨流一浣衣。

自抱丈人甕，淩朝汲素華。清泠含宿雨，挹注亂明霞。活愛爐中火，香宜廟後茶。載歸涓滴好，分餉復雲芽。

【箋】

靈山寺，在高要縣西江高要羚羊峽北岸。廣東新語卷謂羚羊「峽口之西有亭，曰東江。其上爲靈山寺，登之俯視建瓴，水頭十丈，排山而下，真滔天之勢也」。康熙二十七年遊高要作。

木芙蓉

單瓣雖云薄，無霜亦自紅。香生黄蕊外，秋在玉顔中。美種沅湘少，嘉名菡萏同。芭蕉深傍汝，涼愛緑衣風。

【箋】

木芙蓉，粤東聞見録卷下：「木芙蓉，初夏開花，冬深乃罷。其色一日數換，有清晨正白，午後微紅，至夜深紅者；有先紅後白者，皆曰添色芙蓉，亦曰三醉芙蓉。」又見廣東新語。康熙二十七年作。

老至 三首

老至貧逾甚，無營但晝眠。瓶餘陶氏粟，杖少阮家錢。妻子同饑渴，琴書欲棄捐。黄花不肯放，留待酒如泉。

髮少惟冠籜，龍鍾節一枝。紅顔應有日，白首豈無時。菊暖秋難得，柑寒晚更宜。終同黄綺輩，懶作帝王師。

白頭依膝下，人羨六旬人。谷口何如鄭，商顔不是秦。收嫌香稻晚，采愛紫芝春。日夕弄雛鳥，嬰兒戲錦茵。

【箋】康熙二十七年作於沙亭。屈大均時年五十九，家甚貧。文外十五復汪扶晨書有云：「甚苦家貧，欲扁舟載所刻書，親作吴越書估，半年跋涉，書售即還。」

白菊

冬深方吐蕊，不欲向高秋。摇落當青歲，芬芳及白頭。雪將佳色映，冰使落英留。寒絶無人見，梅花共一丘。

【箋】康熙二十七年作於沙亭。

贈王生

世受能騎射，時來志定邊。三千兵法客，十八冠軍年。北是驊騮地，南非鵬鶚天。看君絶塵去，及父紫金鞭。

【箋】王生，其人不詳。康熙二十七年作。

霧重 二首

霧重知風起，明應三日寒。地侵霜氣濕，天入雪雲乾。服餌貧來少，衣裳老去單。梅花今手植，可得廿年看。語云：「一朝河霧三朝風。」

乘霧取鳧雁，宜寒是水鄉。蟹膏霜後滿，螺柱雪前長。打網勞漁婦，盤鹽急海商。菊花嫌早放，辛苦及春陽。

【箋】康熙二十七年作於沙亭。

小除夕讌集張紫閣觀察署中同用杜少陵秋興第五首韻

華燈一一似朝暉，費盡明珠作九微。銀管競從文帥奪，玉杯紛向酒龍飛。葡萄點茗香頻至，鸚鵡開花影不違。照映使君分歲席，水仙無雪亦能肥。唐玄宗嘗稱張曲江爲文中元帥，使君別號「曲江」，故云。

【箋】康熙二十七年作于廣州。張紫閣即張雲翮，號曲江。廣東新語卷十二曲江詩條：「東粤詩盛于張曲江公。公爲有唐人物第一，詩亦冠絶一時。玄宗嘗稱爲文場元帥，謂公所作，自有唐名公皆弗如，朕終身師之，不得其一二云。」故詩有「銀管競從文帥奪」之語。

贈馬侯總戎

十乘元戎一等侯，潮陽開鎮嶺東頭。人歸玉帳多龍户，世守金標復馬流。自作鐃歌師雅頌，還將彤管注春秋。崧臺相見何曾晚，並轡歡從暇日遊。

【箋】馬總戎，即馬三奇，康熙二十三年任潮州鎮總兵。康熙二十七年作於廣州。

贈陳山人

四聖精微得，知君術絶倫。嚴遵非日者，管輅是天人。學易吾多過，加年汝益神。相逢先問壽，可及杖朝辰。

【箋】陳山人，其人待考。康熙二十七年作。

題關中程氏臨流圖

獨坐向流水，不知花滿身。横琴復何事，垂釣祇斯人。石作峰峰筍，雲爲片片茵。蒼蒼葭菼外，此境是西秦。

【箋】程氏，指陝西富平程氏。見奉陪富平程相音歷穗石洞訶林出西郊詩箋。康熙二十七年作。

聞人談曹州之勝

聞道灉沮會，州名舊是曹。花頭多尚白，菊本更宜高。客有雙河老，連汸字雙河。文多五嶺豪。山東耆舊少，餘爾在蓬蒿。花謂牡丹，彼中以白者爲貴。菊以高丈許者爲貴。

【箋】曹州，讀史方輿紀要卷三三：「州爲四達之衝，……曹南臨淮泗，北走相魏，當濟兗之道，控汴宋之郊，自古四戰用武之地。」康熙二十七年作。

奉陪富平程相音歷穗石洞訶林出西郊作　四首

昔予婚弄玉，今每愛秦人。況是頻陽客，彌深瓜葛親。相逢當穗石，並坐得花茵。西出昌華苑，晴看十月春。

諸田和大李，昔作主人賢。吾子方垂丱，當時未比肩。三秦來夢寐，萬里此周旋。辱贈詩歌古，蒹葭白露篇。

地多南漢迹，佳處是花田。訶子園林外，朱明門户邊。閒尋蘭若坐，倦拂石苔眠。試望朝臺月，蒼蒼已出煙。愛話關中舊，相知首富平。文章真性命，隱逸老聲名。味苦思蘆酒，音悲憶寶箏。憑君語供奉，來慰别離情。

【箋】

康熙二十七年作于廣州。程文錞，字相音，號荆山。陝西富平人。能詩。屈大均有程樸庵先生七十壽序云：「程文錞爲予稱其尊人樸庵先生深於學易，以寡過爲事。歲己巳，先生年七十。」又，荆山詩集序云：「荆山程子生富平……節制之師，十可當百者。」又有送程相音返關中爲尊人樸庵先生壽詩。陳恭尹有送程荆山歸富平爲其尊人詩。穗石洞即五仙觀，在廣州，明清兩代分别以「穗石洞天」和「五天霞洞」列入羊城八景。

答贈程虞三　四首

九峰三泖畔，書畫一家家。女亦雲林似，風流未有涯。人争團扇草，更愛瀼西花。白露方凝戾，蒹葭隔暮霞。程有蒹葭古亭詩卷。

作客來吾越，詩歌迥不同。開元南海體，正始曲江風。唱和勤觀察，聲華助主公。月明開幕飲，不遣酒尊空。

魏塘風雅盛，吴浙恣憑陵。我友周篔谷，言君一季鷹。燕梢船名。浮碧水，鱸鱠出寒冰。中有楚漁父，援毫畫未曾。

汝共干旌至，光生海上鄉。世家忘獻子，苗裔愛高陽。水截扶胥口，山開栗里莊。無能具鷄黍，荷篠末情忘。時同張觀察枉駕沙亭。

【箋】

程虞三，其人待考。康熙二十七年作。

喜徐謂六同何東濱程虞三程相音周南美枉顧沙亭之作 三首

上客山陰至，穿松步屧勞。茅家蔬食薄，陶令葛巾高。海月隨笭箵，山泉赴桔槔。新詩頻見贈，光采滿蓬蒿。

坐共青苔石，棋聲落一花。含冰徐孺鏡，散綺謝公霞。劍拂龍精冷，屏開雀尾斜。玉臺新詠序，一任阿陵誇。

豈意雲門客，來看石户農。不知煙管嶺，予家煙管岡下。可似卧龍峰。君家紹興城中，有卧龍山。采摘惟秋菊，流連及暮鐘。爲予作圖畫，記取海山重。

【箋】何東濱，何雲甲子。徐謂六、程虞三、周南美，俱未詳。康熙二十七年作於沙亭。

喜周南美同諸子枉顧沙亭 三首

吉甫多諸友，君來燕喜同。花愁銀燭照，酒畏玉壺空。孝友先張仲，神仙後葛洪。叨陪殊未已，卜夜更秋終。

浙東山水地，最憶鑒湖橋。汝宅當梅市，人來必畫橈。相逢問耆舊，尚在幾漁樵。杯酒淋漓絶，悲歌答此宵。

白駒嘉客返，良馬大夫來。爾作同車客，人知入幕才。拜親孤婺出，見子二雛催。著作吾何敢，憑君玉尺裁。時張觀察同至。

【箋】周南美，其人未詳。康熙二十七年作於沙亭。

不仕

不仕元慈令，春秋意在茲。猶能成老大，豈敢恨流離。柳翳蟬多葉，松棲鶴有枝。婆娑長滕下，絶勝據鞍時。

【箋】

康熙二十七年作。　文外七先考澹足公處士四松阡表：「比隆武二年丙戌十有二月，廣州陷，公攜吾母夫人黄及大均兩弟兩妹返沙亭，則曰：『自今以後，汝其以田爲書，日事耦耕，無所庸其絃誦也。吾爲荷蓧丈人，汝爲丈人之二子。昔之時，不仕無義。今之時，龍荒之有，神夏之亡，有甚於春秋之世者，仕則無義。潔其身，所以存大倫也，小子勉之。』」故詩有「不仕元慈令，春秋意在茲」之語。

晚菊　五首

豈爲尊無緑，黄花不肯開。暖隨重九過，寒待立冬來。葉頳愁霜染，葩香愛雪催。稀疏難飽食，看殺在莓苔。

漸轉南天氣，冬來寒不知。非關幽菊晚，自是肅霜遲。瘦弱全生葉，芬芳半在枝。苦心成數本，培植學場師。

未開香已出，朵朵入秋心。蕊恨含霜少，花愁飲雨深。分來田父種，采向石堂陰。笑共龍鍾節，朝朝作意簪。

勸影嗟無酒，黄花笑一秋。風難乾客淚，雪易白人頭。病恐高堂覺，貧憐小婦愁。平生謀食拙，老更作黔婁。

杯杓生塵久，無錢送酒家。長齋憎苦葉，不食待明霞。白蚤三秋草，黄遲九月華。貧中無一可，嘯詠是生涯。

【箋】

康熙二十七年作於沙亭。廣東新語卷二七菊條：「蓋嶺南地最晚寒，故菊晚開，黄菊應寒者也。」

喜值關中李玉之有作 三首

曾爲秦地客，不作越人吟。我祖元西屈，南遷自華陰。逢君好賓客，置酒向園林。板屋多君子，能知風雅音。

求仙復何所，最愛是西秦。一日爲簫史，千秋憶鳳人。城隨珠斗曲，橋出絳河津。何日橫門入，君家更望春。我本王孫舊，關中漢始遷。三閭興大楚，五族冠諸田。反本思河華，爲都待澗瀍。從君歌慷慨，更在小戎篇。

【箋】李玉之，生平不詳。康熙二十七年作。文外六先考澹足公處士四松阡表：「先考諱宜遇，字原楚，别號澹足，姓屈氏，生於番禺之沙亭。蓋宋紹興間，自關中來，爲南屈之祖迪功郎翰林誠齋公諱禹勤之第十七世孫也。」故詩有「南遷自華陰」之語。

野菊　二首

苦苡生宜野，無心籬落間。祇因甘味少，得使冷香閒。蘭已當門盡，松猶待客還。蕭疏簪數朵，未覺鬢毛斑。

何妨同野草，歲晚爲誰貞。蔕已平生苦，花猶一日榮。東籬無此種，靖節未知名。珍重過霜雪，微芳莫自輕。

【箋】康熙二十七年作於沙亭。

答吴東巖 二首

與君賢父子，兩世唱酬輕。一自廣陵別，重聞鳴鶴聲。羽毛三歲滿，霜露九皋清。仙唳成詩句，相貽最有情。

汝夢羅浮月，梅花村見無。洞多毛女在，峰未老人孤。哲父雙龍子，名家一鳳雛。霜林能念我，子母白頭烏。

【箋】康熙二十七年作。吴東巖，即吴瞻泰。歙縣人。吴苑之子。大均北遊揚州時當曾結識其父。歙縣志卷七：「吴瞻泰，字東巖，苑長子。……爲詩文沖夷簡淡，興會所至，豪氣躍躍欲動，不假修飾，妙合自然。著有文十卷，古今體詩十卷、杜詩提要八卷。」

賦得養親惟小園爲吴綺園題所居梅莊

梅莊清絶處，兩代養親園。鷄黍多人客，鶯花亦子孫。賢兄鳳池去，令弟鹿門存。出處皆慈孝，家人無間言。

【箋】

康熙二十七年作。吴綺園，歙縣志卷十：「吴菘，字綺園，苑季弟。以舉人授中書，五上春官不第，遂不復仕。築亭穿沼蒔花以奉母。平生尤多義行。砥礪於學，淹貫經籍，善詩歌。有白岳、四明、匡盧、御覽諸集。」

爲吴楞香綺園母唐太夫人壽　二首

以子弟兄賢，人多壽母篇。猶勤蠶績事，正學舅姑年。玉杖扶朱萼，金綸降紫天。争求女論語，肅拜寢門前。

受福從王母，兒孫孝養新。無煩青鳥使，自足白華人。國語應多紀，家風素可親。七旬殊未艾，萱草有餘春。

【箋】

康熙二十七年作。吴楞香，歙縣志卷七：「吴苑，字楞香，莘墟人。由翰林歷官國子監祭酒……著書十餘種，綜名之曰北黟山人集。」綺園，見賦得養親惟小園爲吴綺園題所居梅莊詩箋。

古爵篇

古爵高二尺許，商周宗廟器，汪于鼎先君所寶，既失復得，故爲賦之。

古爵商周物，先公手澤鮮。重歸慈孝感，永寶子孫賢。入土銷銅質，成花疊錦錢。瓶罍無恨淚，人廢蓼莪篇。

【箋】

康熙二十七年作。詩小雅蓼莪有「瓶之罄矣，維罍之恥。鮮民之生，不如死之久矣！無父何怙，無母何恃！出則含恤，入則靡至」之語。

留別館主人凌君 二首

父子能留客，殷勤端水涯。相如無縣令，季布有朱家。酒釀惠泉水，魚烹楊柳沙。多慚賢地主，車騎未光華。楊柳沙多産嘉魚。

連朝陰雨甚，行李苦淹留。閭里逢輕俠，都亭慰倦遊。情深羊峽水，夢暖雁城秋。明歲西湖曲，還當假小樓。

【箋】

康熙二十七年冬，大均有事至端州（今肇慶），客凌氏家，凌氏父子盛情款待，詩爲臨別所作。文外十四凌君哀辭：「歲戊辰兮冬仲，吾有事乎端州。君與予兮未識，乃掃舍兮相留。啖吾兒兮果餌，復旨酒兮新篘。金華腿兮白鯗，鯊魚翅兮鯇頭。海燕窠兮紅白，麋鹿筋兮滑柔。俾令子兮親饋，或君來兮獻酬。」

冬至同兒明洪在西江舟中有作

朝暾初出浦，水霧未分天。暖欲含春氣，光微散白煙。陽和生玉盞，雲物引香箋。節向舟中拜，兒曹祝大年。

【箋】

康熙二十七年冬往肇慶途中作。

渡船　二首

八字競乘風，斜張扇子篷。飛揚紛客子，出没一梢公。海自三門入，洋教百貨通。横江諸大艑，最是粤船雄。

左右雙帆起，垂天似大雲。勢争飛鳥疾，聲與沓潮分。伐鼓辭沙廟，抛香爲水君。待流時下碇，隱映在斜曛。

【箋】

康熙二十七年作於廣州。廣東新語卷十八：「廣州船帆，多以通草席縫之，名之曰『㡓』。其方者曰『平頭㡓』，順風使之。其有斜角如折疊扇形者，逆風可使，以爲勾篷。勾篷必用雙㡓，前後相疊，一左一右，如鳥張翼，以受後八字之風，謂之『鴛鴦㡓』。」故詩有「八字競乘風，斜張扇子篷」之語。

冬日作

白兔裘輕暖，偏宜嶺外人。無冬難作冷，未臘已偷春。菊蕊餐初罷，梅枝折又頻。白頭浣花客，愁見歲華新。

【箋】

康熙二十七年作於沙亭。

含愁

含愁似煙樹，最是夕陽時。故苑今安在，啼鶯汝可知。花無秦女影，木有越人枝。多少傷春淚，年年寄與誰。

【箋】

康熙二十七年爲悼念亡妻王華姜而作。

送方六

桐城多我友，藥地是吾師。子弟皆能學，如君更好辭。依人來嶺海，問道得軒羲。歸取潛夫論，研心未老時。

【箋】

康熙二十七年作於廣州。方六當爲方以智之子姪輩。以智有子中德、中通、中履，均一代學者。未知方六是否其中之一人。方以智爲僧後，別號藥地。潛夫方先生有周易時論一書。藥地，其冢子也。

贈王仲子新婚

愛爾辟疆園，相過有緑尊。能文詞伯子，好武衛家孫。旭日初鳴雁，夭桃正爛門。翩翩秦士會，佳詠述新昏。

【箋】王仲子，其人未詳。康熙二十七年作。

小除後二夕與姬人香者兒明洪飲寓樓上有賦

越俗團年席，吴風守歲盤。頻乘金盞暖，莫弄玉琴寒。稚妾爲香史，嬌兒作酒官。半酣歌一曲，婉孌有餘歡。

【箋】小除，除夕前一天。香者即香東。康熙二十七年作於沙亭。

寄吴綺園 二首

謝家春草緑，池上日油油。爾亦惠連好，長同康樂遊。鵷鸞兄太液，芝朮弟丹丘。貽我黄山志，相期三海頭。

新詩兼見寄，才嘆歙人多。黄岳與靈秀，浮丘同嘯歌。三珠兄弟樹，百尺鳳凰窠。日向湯泉浴，雲衣掛緑蘿。

【箋】康熙二十七年作。吴綺園即吴菘，與兄吴苑俱有著作行世。見歙縣志卷十。

廣利墟

單日人爲市，舟船集水鄉。店開金利仔，祠賽木棉娘。魚賤無人買，柑多任客嘗。酒壚無大小，一一噴花香。墟期單日廣利，雙日永安。

【箋】康熙二十七年作於高要。廣利墟在高要縣東北，西江邊上。見張人駿廣東輿地全圖高要縣圖。廣東新語卷二虚條：「粵謂野市曰『虚』。市之所在，有人則滿，無人則虚。滿時少，虚時多，故曰『虚也』。虚即墟也。」

蕷

南方蕷十品，一一越人糧。買似蹲鴟賤，餐同地腎香。露葵須爾伴，山藥未渠良。美種來黎峒，無煩辟穀方。

【箋】

康熙二十七年作於沙亭。　蕷，薯蕷。即芋。廣東新語卷十四：「萬州歲凶，則以薯蕷……等粟充饑。」

汪扶晨得予所寄詩外賦詩志喜予感其知己之深亦賦二章答之

昔聞浣花老，最愛李青蓮。今子才無敵，依然讓謫仙。筆驚風雨落，杯訝瀑泉懸。狂客四明在，還教與酒錢。

年年惠書札，吾子最情深。不有千金劍，安知一片心。關山難獨往，魂夢易相尋。數把離憂寫，泠泠一玉琴。

【箋】

康熙二十七年作。　汪扶晨即汪士鋐。文外十五復汪扶晨書：「曩辱千言長歌見贈，在兄則過於任華矣。顧僕猶太白之衙官，青蓮之廝養也，安敢遽當詩仙之目乎哉？」

奉和張觀察長至前一日端州矌貽樓晚眺

西江吞左右，萬里作洪流。砥柱無三峽，朝宗有一樓。梅先長至發，菊後小春收。觀察乘暄暖，休輕叔子裘。左右謂左江、右江。

【箋】康熙二十七年冬作於肇慶。張觀察即張雲翮。

送姚君之官貴縣丞　二首

左江西上即潯中，貴縣東屏邕管雄。人雜傜狼蠻語亂，地多粳稻估船通。門高不惜烏衣貴，官小偏宜柳下工。水接夜郎愁瘴毒，簳珠多采伏波宫。

崧臺薄暮盡離觴，帆指潯梧去渺茫。令子相從師政事，故人持贈是循良。烏蠻灘口當城出，交趾江關接縣長。他邑莫辭頻攝令，春行一日即甘棠。

【箋】姚君，貴縣志卷十五：「姚士臺，安徽桐城人。監生，貴縣縣丞。康熙二十七年任。」康熙二十七年作於廣州。

自蒲澗至簾泉洞尋鄭仙鶴舒臺作

七月廿四廿三日，廣人傾都東門出。菖蒲澗中漱寒泉，共尋鄭公煉丹室。傳聞此日鶴舒翼，安期上仙就仙職。秦皇蒼蒼向煙霧，東使少君求不得。玉舄何年留阜亭，蒲花紫茸含秋馨。越人祈子每雙乳，高禖此地惟仙靈。水簾半遮大巖口，松柏數株老猿守。錦幡争答白花田，珍果競懷紅粉婦。仙人脟跡履紛紛，觸破苔痕生白雲。生兒我欲生高士，似我迷花不事君。

【箋】

此詩編於詩外四。其前後數首皆作於康熙二十七八年間，疑亦同期之作。

己巳元日作 六首

六十年華又一新，鶯花偏爲白頭春。齊歸小玉焚香女，迭侍黄金鬻賦人。桂酒香清難學釀，鱭魚子美易垂綸。休躭著述當紅藥，盡把韶光與四鄰。

水仙白白映桃紅，總與仙人玉貌同。百萬珠從王母擲，三千花向歲星叢。琴書膝下蘭芝女，歌舞堂前翡翠童。一一瑶笙争寶勝，黄鶯紫燕髻鬟中。

萊衣宫錦漢蒲桃，髻側芙蓉映二毛。親在未應稱老大，家貧那敢失清高。雙雙花影隨龍杖，一一鶯聲勸玉醪。堂上九旬看漸近，遊仙且莫作盧敖。

流年荏苒恨無聞，六十還嗟未策勳。好學祇應師衛武，與齡安敢望周文。心同蕙草寒抽雪，夢似梅花暖作雲。報答春光惟有醉，一杯先去勸東君。

六十齊頭鬢未華，枯楊日夕吐春芽。老須人作辟寒玉，愁待君爲含笑花。樂府自矜三婦豔，離騷誰奪一人葩。馬融經史慵親講，未許諸生擁絳紗。

賀正蘭已有餘馨，人勝同簪出畫屏。左氏二嬌初共織，劉殷七孺未分經。林中細草冰含緑，屋外寒山雪半青。沙路盤迴疏竹裏，何人知有子雲亭。

【箋】康熙二十八年春節作於沙亭。屈大均時年六十歲。

奉和張紫閣觀察己巳元日書懷之作次韻

使君三閣啟雲扉，一别終南志未違。揚越諸侯推獨立，商顔四老待相依。開年柏葉春同暖，隔歲梅花晚不肥。元日書王存草野，春秋長恐史臣非。終南有黄、白、紫三閣。

【箋】康熙二十七年作於廣州。張紫閣觀察即張雲翮。時爲廣東驛鹽道，因稱觀察。

遠公貽我蓮種賦此答之

白蓮本是遠公物，分我池中藕數枝。預擬花開成菡萏，恰當酒熟有酴醿。淤泥欲淺教行笋，雨水休深恐爛絲。但得田田南北滿，葉香即與美人期。

【箋】遠公即達津，字遠布，法性寺僧，善詩。見法性禪院唱和詩卷一和梁佩蘭放生池序。康熙二十八年作。

春日廣州西郊遠公禪院登樓悵望有作

芳華南漢苑，十里半陂塘。菱藕家家美，槐榕處處涼。逢師蘭若啟，留客素琴張。佛日人天喜，仙雲殿宇光。清齋冰簟設，妙供玉盤將。笋嫩新春雨，葵肥隔歲霜。充蔬兼野蕨，作豉雜巒薑。飯白知粳米，茶甘識蔗漿。露應天女灑，酥似雪山嘗。一磬鳴空際，諸禽下夕陽。衆生禪悦食，童子咒心香。户外稀羅畢，畦中足稻粱。鶯聲紛出谷，蝶影亂過牆。柳拂多遊騎，花銜少牧羊。樓端臨雁翅，檻外俯魚梁。山走斜穿海，城回曲抱岡。荔枝連北郭，菰米接西場。藥市棠梨滿，花田蔓草長。珊瑚番客井，茉莉蛋人莊。一塔從蕭氏，雙臺自越王。丸泥難割據，尺土幾興亡。龍虎爭何益，烏鳶啄可傷。人頭頻作嶺，馬革未還鄉。故老猶揮涕，遺軍尚裹瘡。乾坤歸糞土，邑里逐滄桑。慧遠詩休紀，瞿曇法好忘。無心回浩劫，有力盡慈航。白社求威輦，訶林得仲翔。教移濠上宅，來作瀼西堂。稍近東林寺，閒分大士牀。無生那用學，卻老儘餘方。衣可芙蓉布，眠須菡萏房。灌輸還負甕，捃拾更提筐。暮止黿峰下，朝行蜆浦傍。時邀秋水論，永遺竹林狂。置酒成三笑，歡娛正未央。

【箋】

遠公，見遠公貽我蓮種賦此答之箋。禪院即法性寺。寺于廣州城西北，又稱制旨寺、制止道場。今名光孝寺，爲嶺南古刹。康熙二十八年作於廣州。

一春

一春毛食久，十畝未青黄。作苦雖無力，居貧尚有方。水鹹禾易爛，田瘠麥難長。不少夫家怨，辭農去故鄉。

【箋】

康熙二十八年春作於沙亭。

喜謝修五歸自高涼

久戍高涼宦未成，悲歌日日答猿聲。炎天少雪頭難白，瘴海多雷夢易驚。家在長干迷去馬，歸乘春色聽流鶯。新詩字字干將似，一片寒光照不平。

【箋】

謝修五，謝瑛，字修五。江寧人。康熙十二年武進士，時任廣東遊擊。後官至潮州總兵。事見清聖祖實録二八七卷。康熙二十八年春作于廣州。

寄懷施虹玉

白門分手十餘霜，不見雙魚别思長。三易早明黄氏學，一丘長守考亭鄉。商歌日夕流金石，漢臘春秋泣豆觴。友教肯來南越否，爲君先掃讀書牀。

【箋】

康熙二十八年作。施虹玉即施璜。見姑孰道中遇施虹玉返新安詩箋。

寄懷閔賓連 君撰黄山志

山經著就軒轅岳，不逐浮丘去學仙。白首圖書消日月，紫微文字富霞煙。鄣開自得三天子，雲卧誰争一大年。久别星霜知幾易，音書難到石堂前。

【箋】康熙二十八年作。閔賓連即閔麟嗣。朝鮮闕名皇明遺民傳卷五：「閔麟嗣，字賓連，江南歙縣人。與魏禧善。其佘忠宣祠及彭澤懷古諸篇皆有深致，有廬遊草、悟雪草堂集。」

答修五見贈香杯

久嫌金屈雙擎重，最愛香雕獨酌輕。生結但知油速好，清芬不辯水沈名。瓊南買得從黎峒，海外持來到越城。開取漆箱頻贈我，待將樽酒答秋清。

【箋】修五，即謝修五。康熙二十八年作於廣州。

示羅 二首

豈是羅敷定婉羅，秦家好女共娥娥。舊書紈扇辭還少，新學瑶琴曲未多。香髮似雲休用髢，玉顔如酒不須酡。黄花不忍簪雙朶，日夕東籬拂翠蘿。

架筆珊瑚玉作牀，水巖真硯墨凝香。箋花字字曹娥小，繪竹枝枝趙管長。粉鏡弄餘嫌日短，衣砧搗罷喜秋涼。小姑吟諷能相伴，日夕葩經在繡筐。

【箋】康熙二十八年作於沙亭。羅，秦羅敷。古代貌美而有節操之女子。此指侍妾香東。見贈香東詩箋。

鎮海樓

渺瀰祝融汪，噓噏鶉火房。房中一都會，番禺爲紀綱。二山雖卷石，亦爲南岳宗。層樓何穹然，作冠玉山岡。五重若棋累，勢與雲低昂。屹屹出崇堞，盤基何堂皇。絶地無根株，莖臺四相望。虚無若蜃氣，含吐朝霞中。日月互穿穴，玲瓏貫榑桑。飛榱梟千尺，懸棟森成行。

隨風或遠近，岳立仍中央。神明所憑依，奠我勾蠻疆。樓南何所見，牂牁浮青蒼。萬里作南瀆，崩奔從夜郎。三江匯驚濤，海珠扼其亢。浮沈一地肺，險若三門當。潮汐苦相沓，秋鹹水益漲。魚蟹負陰火，與蚌争胎光。水怪紛往來，一一交精爽。番舶逐鰲呿，倏忽非乘風。帆穿吞舟魚，自口出中腸。自謂黑山中，安知非溟洋。瑰貨所委輸，輻輳交三城。小者牛頭舶，大者獨木檣。我艦空飛雲，莫敢與頡頏。紛紛白黑艚，視之猶鳧蹌。樓北何所見，白雲連北邙。蜿蜒自衡岳，孕精峋嶁峰。丹臺矗鶴舒，石室開龍驤。菖蒲翳溪路，篔簩陰苑牆。⿰言夅⿰言夅流花水，鬱鬱扶荔鄉。地肥宜畜牧，騊駼與羱羊。鳴笳歸紫駝，吹角來黃獐。水草勝朔漠，甘美無鹽霜。馬食多禾苗，湩乳成酒漿。人頭嶺已平，溝壑無餘香。白狐既悲嘯，黃狐復跳梁。人膏作青磷，白晝迷陰陽。松柏何蕭蕭，魂魄吹無方。樓東何所見，扶胥祠谷王。海口控虎門，諸蠻多梯航。紅毛知荷蘭，黑齒惟越裳。戰退鬼樓船，白丹幸無傷。人魚既醉飽，洪波爲不揚。斷虹一相假，颷然蹈零丁。陰墟廟貌尊，黃木犧牷芳。百川争東朝，水帝紛來享。樓西何所見，靈洲砥蕩蕩。潮來石門闢，鬱水喧魚梁。貪泉曰潰決，滔天誰隄防。仕宦寡廉潔，蹄涔爲之殃。一飲喪吾寶，腥臊德以彰。不祥兹盜泉，沛然南海放。生民骨髓盡，爲患何時終。樓上何所見，南戍垂精芒。五星東井環，越門蒙餘光。趙佗以偏霸，與漢争雌雄。客星出牽牛，士燮亦奮興。流人紛依歸，苟安免夷創。月食牛女間，劉晟以隕亡。

熒惑入南斗，建德喪其邦。南斗越司命，自昔多災祥。上天苦懸象，占驗誰能明。所希老人星，常見吾閨庭。壽光盛秋分，俾我尊母康。再拜向南極，配月如長庚。長庚何依依，爲予當丙丁。樓下何所見，南武餘離宮。倔强乃朝漢，朔望茲迴翔。老夫反天性，一州安足强。椎髻衹自外，竊據誠何功。苔生呼鑾道，草没瘞劍場。木棉拂綺疏，參差連赭桐。枝枝女珊瑚，葉葉山鳳凰。糞香越王鳥，銜穗仙人牂。牡牡茂林下，蹲倚當丹牀。是爲羅浮麓，朱明此潛通。仙靈所窟宅，我來每徜徉。不揖安期生，即拍浮丘公。招手登茲樓，攬執雲衣襜。御風復何待，飄飄明將行。

【箋】

康熙二十八年作於廣州。廣東新語卷十七「六樓」條：「北曰『鎮海』，在粵秀山之左，洪武初，永嘉侯朱亮祖所建，以壓紫雲黄氣之異者也。廣州背山面海，形勢雄大，有偏霸之象，是樓巍然五重，下視朝臺，高臨雁翅，實可以壯三城之觀瞻，而奠五嶺之堂奧者也。……自海上望之，恍如蛟蜃之氣，白雲含吐，若有若無，晴則爲玉山（即粵秀）之冠。雨則爲昆侖（番大舶也）之舵，横波濤而不流，出青冥以獨立，其瑋麗雄特，雖黄鶴、岳陽莫能過之。」

煎粉 四首　席上口占，同用「煎」字。

細作香秔粉，光分雪色妍。攤成春餅薄，疊出白環圓。石蜜香心卷，蘭膏素手煎。玉盤寒具外，此餌及賓先。白環，餅名。寒具謂之餲。

越俗甘䴵少，擎來粉食先。瓊靡香稻屑，金銚素油煎。婦女添茶素，兒童減餅錢。争言餺飥美，未若粔籹鮮。釋名云：「煮麥曰䴵。」急就章：「甘䴵殊美。」楚辭：「屑瓊靡以爲粻。」靡，音糜。吴筠説餅云：「煎以金銚。」廣俗謂油饊，薄脆之屬曰「茶素」。孫嵩問趙岐：「餅買幾錢？賣幾錢？」揚雄方言曰：「餅謂之飥。」楚辭：「粔籹蜜餌。」粔籹，以蜜和米麵熬煎爲之。

吴筠徒説餅，未見粉香煎。細杵舂雲子，重羅糝雪綿。南中稀食麵，野外此登筵。不用椒蘭灑，糖霜已可憐。

南油茶子美，粉餌恣深煎。浸米寒泉冽，成膏白玉綿。荼蘼爲角好，椰子作餈先。束皙如餐汝，應添賦餅篇。束皙有餅賦。

【箋】

廣東新語卷十四有「茶素」條，詳述廣州煎粉之俗。詩作於康熙二十八年。

荼蘼花　二首

南海荼蘼露，千瓶出此花。酡顔因白日，醲面即紅霞。色著沾衣客，香歸釀酒家。摘防纖手損，朵朵刺交加。澳門番女以荼蘼露沾灑唐人衣上以爲敬。

玫瑰同名族，南人取曬糖。全添紅餅色，半入緑尊香。露使花頭重，霞争酒暈光。女兒兼粉果，相饋及春陽。

【箋】

康熙二十八年作於沙亭。廣東新語卷十四：「廣人多種荼蘼，動以畝計，其花喜烈日，當午澆灌則大茂，有細瓣而蕊三四卷者，有瓣粗而蕊一二卷者，有細心者，疏芼者。以甑蒸之取露，或取其瓣拌糖霜，暴之兼旬，以爲粉果心餡，名荼蘼角，甚甘馨可嗜。」

哭王用綸　四首

城中吾友少，相見即交深。況復園亭好，兼之騷雅音。暮霞時引領，朝露忽傷心。汝愛狂歌客，泉臺何處尋。

共有孫嵩母，歡娛百歲期。蘭羞猶夕上，土室已朝辭。孝子身方始，微官罷未遲。孤心餘寸草，化作白華枝。

蟬蜕人間早，蘇耽遂不歸。淚應留橘井，魂尚著萊衣。藥恨君臣失，瓜憐子母稀。幾時方化鶴，來向北堂飛。君善醫藥。

身隨婚嫁畢，五岳向黄泉。有命安朝槿，無心託杜鵑。人亡嵇氏散，鬼唱鮑家篇。寒食他時哭，琴彈宿草邊。

【箋】康熙二十八年作於廣州。王用綸即王佳賓，文外三有誥封定遠將軍行狀一文，詳記王佳賓生平事蹟。

送鮑子韶

舟繫海珠石，雙帆喜未開。可如潮與汐，端即去還來。世老千金劍，天留一代才。如新期白首，且爲盡離杯。

【箋】康熙二十八年作。鮑子韶，歙縣志卷十：「鮑夔生，字子韶。父叔裔，知廣東始興縣，遭亂去官，居江西贛縣。夔生師寧都魏叔子，遊幕閩越，名譽甚盛。著有江上集、紅螺詞、紅樓合選焦桐引。」

酌酒 二首

夕陽簾半捲，樓倚碧桐陰。月上縫衣手，花開酌酒心。螢光沾雨濕，鳥影逐煙深。語罷潮鷄起，星河半欲沈。

素馨開向夕，上髻益生香。露已侵羅袂，風猶戀石牀。酒邊書史足，琴外嘯歌長。手弱杯須小，輕摇琥珀光。

【箋】

康熙二十八年作。

弱子

淵明憐弱子，戲側有餘歡。欲授嬉春曲，先分守歲盤。宜男多種草，待女更滋蘭。未有田園業，遺安恐未安。

【箋】

康熙二十八年作於沙亭。

天南四首爲香丹侍者作　四首

天南花與菜，總作合歡枝。相贈三秋色，相憐百歲期。書催嬌女學，琴得美人師。十賚因生日，年年汝不遲。番禺有合歡花、合歡菜。

天南紅豆子，勿復作相思。蛺蝶紛無數，鴛鴦自不知。三千方朔早，十六阿侯遲。欲老吾慚汝，情深白首時。

天南多媚藥，蝙蝠不須持。白髮仙無日，黄泉殉有期。芙蓉肥已子，楊柳老猶絲。詎忍留丹訣，雲山作别離。

天南多蚌蛤，光曬九秋時。龍女珠應足，鮫人泣莫悲。珊瑚紅尚淺，翡翠碧方滋。乳待張蒼飲，殷勤大耋期。

【箋】康熙二十八年作於沙亭。香丹，即香東，屈大均姬人。見贈香東箋。

素馨　四首

無錢花亦買，暮暮上頭來。香得雙鬟吐，光含片月開。珠璫争大串，茉莉讓重臺。細草穿燈好，枝枝照酒杯。向夕分兒女，人人雪一團。繞宜雲髻大，穿要綵絲微。花販來能蚤，花田去不稀。年年當酷暑，家以素馨肥。人氣添芬烈，開偏與夜宜。如霜留到曙，未月戴多時。掛帳成瓔珞，張燈廢料絲。中秋涼爽夕，香作雪風吹。如雲留一半，香不散天明。濕處能消暑，乾時亦助情。摘分蠻女手，穿遍越王城。競向千門賣，金錢擲不輕。

【箋】

素馨，粤東筆記卷十五：「名本那悉茗。珠江南岸有村曰莊頭，周里許，悉種素馨，亦曰花田，婦女率以昧爽往摘。……花客涉江買以歸，列於九門，一時穿者，作串與瓔珞者數百人，城内買者萬家，富者以斗斛，貧者以升，其量花若量珠然。花宜夜，乘夜乃開，上人頭髻乃開，見月而益光豔，得人氣而益馥，竟夕氤氳，至曉萎，猶有餘香，懷之避暑，吸之清肺氣。花又宜作燈，雕玉鏤冰，玲瓏四照，遊冶者以導車馬。」康熙二十八年作。

龍眼　二首

炎方龍眼實，端不讓離支。益智秋初熟，蠲愁晚更宜。家家爲焙日，處處結圓時，絶似韓嫣出，金丸逐不遲。

七月孤圓熟，村村作果箱。味能争黑葉，色更染黄薑。逐利先三楚，乘秋出五羊。年年珠子樹，未富勝蠶桑。

【箋】

康熙二十八年作於廣州。廣東新語卷二十五：「廣人多衣食荔枝、龍眼，其爲梈箱者，打包者各數百家。舟子車夫，皆以荔枝、龍眼贍口。」

爲圃　三首

老圃吾能及，平生學在兹。菜同尼父祭，蔬以鮑焦持。多雨菊英爛，微陽蘭葉滋。養梧高出竹，未是賤場師。

暖酒秋多葉，薰茶夏有蘭。影嫌衣竹濕，聲愛屐苔乾。種草圖蠲忿，栽花要合歡。歲寒無可悦，生菜滿春盤。

丈人餘一甕，抱向白雲間。夜雨初成水，春泉不在山。藥苗肥可食，桐乳嫩堪攀。乞得葵花種，開畦日不閒。

【箋】

康熙二十八年作於沙亭。

月高

月高猶未暝，半帶夕陽黄。墜葉乾多響，流花濕亦香。劍留無好匣，琴去有餘牀。已矣人終窶，憂心且復忘。

【箋】

康熙二十八年作。

立秋後五日作 二首

已是立秋來，涼風尚未催。卧乾蕉葉簟，吟冷藕花杯。宿鳥煙初合，流螢雨不開。窺簾有明月，欲曙尚徘徊。

争秋殊未已，酷熱似城中。水氣暮方冷，林聲朝尚空。汗沾紈扇雪，香駐縠衣風。菱藕充饑渴，佳人玉齒融。

【箋】

康熙二十八年作於沙亭。

又贈香丹　二首

十六羅敷已嫁夫，秦家樓上有卿無。白州生女頻歸石，南海名娘半是珠。短短蘭雲初覆額，輕輕桃雪欲凝膚。前身定是收香鳥，日夕沈馢滿繡襦。

生長東官甲水濱，珊瑚洲與緑蘿鄰。女兒香角從無價，上客琴心夙有因。方朔俸錢多買笑，信陵兵法不謀身。英雄氣爲紅顔短，送老還須日飲醇。

【箋】

康熙二十八年作於沙亭。　香丹，即香東。大均侍妾。見贈香東、示羅詩箋。

壽張侯提督 侯，關中人。

翩翩儒雅起邊州，出入中朝將相優。一代長城賢父子，千年封爵古公侯。時平好緩黃河帶，身逸須垂太華旒。三十登壇還介弟，鷹揚人羡富春侯。

【箋】

張侯即張雲翼，國朝耆獻類徵初編卷二七三：「張雲翼，字鵬扶，漢軍人。襲侯爵，累官江南松江提督。」康熙二十八年爲張侯祝壽而作。

玉杯篇 有序 二首

汪栗亭自歙縣貽書，屬予爲其族父右湘作嘉蓮詩二章。右湘見詩嘆賞，以爲在所徵同人百餘篇之上。謂昔黎美周以黃牡丹詩稱「牡丹狀元」，鄭超宗賚以金罍二器，今屈子亦可稱「嘉蓮榜眼」，因以一玉杯自所居黃山之下阮溪四千餘里貽余，爲予壽。無以報之，亦爲之賦玉杯二章云爾。

牡丹詩好得金罍，又賦嘉蓮致玉杯。花國狀頭那有兩，香園詞客故多才。春擎小婦連生菜，日酌慈姑泛落梅。兒女參差爭上壽，芙蕖並蒂祝重開。右湘有水香園，嘉蓮實產其中。羊脂漢玉作深杯，雙耳雕成壽字來。高士過看三笑合，美人持贈四愁開。白虹氣自朱唇出，金液光從素手迴。不是嘉蓮爭有此，芙蓉解作鳳凰媒。記云：「玉氣如白虹。」

【箋】

康熙二十八年作。汪沅（右湘）以玉杯爲大均壽，大均賦此二章答謝。文鈔九復汪右湘書：「僕從嘉蓮而知吾子，因吾子而得嘉蓮詩二章。……二詩未工，而吾子以之刻箋流傳白下，謂在諸君子嘉蓮百餘篇之上。中江則以黎美周牡丹狀頭相比，鄭超宗昔以金罍酬美周；而吾子今以玉杯貺僕，僕則誠愧，而吾子之意不可忘，則嘉蓮之事終，而玉杯之事又始矣。嗟夫，嘉蓮之生，猶之無根芝草，無源醴泉，一見不可復見。而玉杯長在僕手，因玉杯而念吾子，因吾子而念嘉蓮……無以爲報，亦賦玉杯二章，以與嘉蓮詩相表裏，以終嘉蓮之事。」

張槎江上晚望

車罾逆流上，祇是取黄魚。日落晚虹外，潮生秋雨餘。樓多知大姓，田好爲長渠。榕樹千株裏，攀枝亦不疏。

【箋】康熙二十八年作。張槎江，在南海佛山附近。見張人駿廣東輿地全圖。

賦得失學從兒懶

家學曾何有，從兒懶讀書。義今存不仕，計祇好爲漁。我已三冬少，誰還萬卷餘。白頭徒著述，身後孰傳予。

【箋】康熙二十八年作於沙亭。詩題本杜甫屏跡詩之三：「失學從兒懶，長貧任婦愁。」

賦得長貧任婦愁

交謫尋常事，憂心且自寬。貧知終窶好，富識可求難。仲子妻猶飽，黔婁婦未寒。浮雲諸不義，誰得野人看。

【箋】康熙二十八年作于沙亭。詩題本杜甫屏迹詩之三：「失學從兒懶，長貧任婦愁。」

送羅君 二首

新安多我友，尺素每傳書。兩度勞吾子，親攜雙鯉魚。翩翩千里遠，一一十年疏。青玉和金錯，殷勤拜貺餘。

雁來君又去，去拂歙山過。莫惜羽毛便，而辭箋素多。故人盡饑渴，秋望在巖阿。早慰長相憶，開書一嘯歌。

【箋】

羅君，其人待考。康熙二十八年作於廣州。

西園 四首

茨菰菱葉外，茭筍藕根邊。乳結三冬米，泥耕十里蓮。白通江水活，肥出土膏鮮。老圃多居此，橫塘不種田。

三城爲圃地，十里養塘家。秋竈香蓮葉，春盤辣芥花。榕連龍眼暗，柳倚木棉斜。一路多蘭若，疏鐘散海霞。

摘蓮當五月，蓮外蕹田浮。菜向西園販，花從白廟收。紅菱雙角早，赤糯一邊秋。生計場師好，於陵與我謀。

地近西禪寺，芙蓉映酒帘。藕多成白粉，葉每裹黄黏。菱角憐長嫩，離支恨太甜。野人持素饌，留客坐茅檐。

【箋】

康熙二十八年作於廣州。廣東新語卷二七：「廣州西郊爲南漢芳華苑地，故名『西園』。土沃美宜蔬，多池塘之利，每池田十區，種魚三之，種菱、蓮、茨菰三之，其四爲蕹田，蕹無田，以篾爲之，隨水上下，是曰『浮田』。」

沙口

江從沙口小，樹漸老榕多。風向夕微冷，水含秋始波。黄花隨處得，白鳥有時過。一艓浮沈去，無人知棹歌。

【箋】

康熙二十八年作。沙口，在南海縣九江鎮東南，西江北岸。西江流至沙口西形成沙洲，江面驟縮一半。

夕陽

夕陽山更好，青接半天陰。峽影煙開闔，江聲石淺深。涼蟬争咽樹，落葉乍驚林。欲宿人村遠，依依逐暮禽。

【箋】康熙二十八年秋作，時往肇慶途中。

不眠

不眠因近峽，貪聽鷓鴣聲。一夕朱樓别，三朝白髮生。花村深入市，石棧細通城。細小峰無數，含愁翠不明。

【箋】康熙二十八年秋作，時往肇慶途中。

上西江作

又溯牂江上，秋來跋涉勞。風吹青涑大，浪作白頭高。解渴須涼粉，蠲愁更濁醪。落帆就溪女，索取鱠魚刀。

【箋】

康熙二十八年秋往肇慶，上西江而作。

江行 二首

江行才十里，戍鼓兩邊傳。犬吠紅毛估，人驚白底船。花添沽酒物，米是買魚錢。蜑女休相笑，貧遊不似前。

白艚洋海至，香舸澳門來。雨勢過龍媪，霞光起蚌胎。潮争新舊水，酒酹淺深杯。多謝波臣好，殷勤送客迴。

【箋】

康熙二十八年作。廣東新語卷十八：「其飄洋者曰白艚、烏艚，合鐵力木爲之，形如槽然，故曰艚。……捕魚者曰香舠，長短與相等，寬亦如之，用以竹籬而頭方，上亦有櫃稍圓，惟不用槳而純用櫓耳。」

舟宿黄槎涌作

兩岸陰晴異，山容互有無。牛羊數村暝，燈火一人孤。夜織多蕉布，秋收少荔奴。女郎祠畔宿，魂夢恨棲烏。

【箋】黄槎涌，疑即横查水，在高要縣境。康熙二十八年往肇慶時作。

峽裏　二首

峽裏千峰似堵牆，時時陰雨見羚羊。雙江吐納桃溪口，一水縈洄蕉利鄉。潮到蒼梧鹹味薄，春歸員屋石花香。鷓鴣知是多情者，日日催歸使斷腸。

棧道盤迴出萬峰，千金鑿破幾芙蓉。心悲化石秦時女，淚灑啼猿漢代松。巖際海棠終歲見，林邊山翠有時逢。斜陽野戍休催泊，乘月思尋峽口鐘。山翠，鳥名。

【箋】康熙二十八年秋作，時屈大均自廣州往肇慶，途經羚羊峽。

月黄

月黄含雨氣，隱映畫樓前。笛向寒光起，聲隨素影傳。海風青作凍，漁火白成煙。宿鳥驚梧葉，愁人又不眠。青凍，風名。

【箋】康熙二十八年秋作。此首至江上早行各首當作於往肇慶途中。

揚帆

揚帆入白雲，十里水痕分。新舊潮相沓，陰晴日未曛。芙蓉猶野服，麋鹿已人羣。行役雖非願，人生亦貴勤。

掛席

青東吹掛席，舟拔一峰高。煙雨生魂夢，風波失羽毛。但能長襏襫，不敢恨蓬蒿。遊俠胡爲者，徒令愧寶刀。

嘉魚 二首

峽口嘉魚少，多生大小湘。天寒方出水，味好爲餐霜。丙穴冬春異，辛盤旦夕香。無人來汕汕，南有是羚羊。嘉魚産端州大湘、小湘二峽，以冬月出穴，與蜀嘉魚異。

鱸香争似汝，作鱠稱金盤。肉映苔花嫩，膏含石乳寒。笑從諸女買，愁祇一人餐。尺素那能寄，鱗鱗出峽難。

江邊獨酌有作

水鷺看人醉，風花逐客狂。蟹嫌雙跪少，鱸愛四腮香。無用惟才筆，多情是酒鄉。六旬猶處子，華首勝紅妝。

江上早行 二首

南風多海霧，秋氣未全蘇。城郭江吞吐，樓臺煙有無。黄浮初日大，青出遠峰孤。漁火猶明滅，波喧已浴凫。霧重知多蜆，漁人競祭沙。南風秋更起，北雨暮多斜。野鴨肥千畝，河豚飽萬家。蟹筐新蜕好，斟酌送黄華。

城闕

城闕横開石室前，神華光復祇三年。治安書上人方少，諷諫詩成世未傳。燕麥自嫌啼婦女，烏弓誰忍哭神仙。白頭野史憂零落，掇拾殘灰入簡編。

【箋】

康熙二十八年作。是年大均因事至肇慶。詩以首句二字爲題，顯欲隱晦其詞，意有所指。石室，肇慶有石室巖。次句謂永曆即帝位於此，不過三年，即受清軍所迫，移蹕梧州也。此際明祚已終，殘灰零落，惟藉簡編綴輯，以揚忠烈而存國史耳。大均晚年遊于大人之門，徒爲衣食計，非其志可知，故一入端州，觸景傷懷，興亡涕淚，難以自抑。

空山

空山愁獨往，無計避殘春。遊鹿非吾土，啼鵑是故人。花過三月市，草失六朝茵。山鬼多離思，芳馨祇自珍。

【箋】康熙二十八年作。

芭蕉　三首

芭蕉三十里，葉葉有人家。緑散一天雨，紅開二丈霞。織成蠻女布，漚作越人麻。抽盡心千卷，無心即是花。

家家種蕉樹，無暑到村來。葉作三秋雨，花驚一夜雷。全梳黄子熟，半卷緑心開。一種龍牙好，香宜入舊醅。

蕉亦稱奇布，成筒生熟兼。絺挑針子細，綌似葛兒纖。赤久花難變，黄深子太甜。生涯惟種此，最是野人廉。

【箋】芭蕉，粤東筆記卷十四：「粤故芭蕉之園，土人多種以爲業，其根以蔬，實以餱糧餅餌，絺以布。」康熙二十八年作。

答鄒清士贈硯

一片分蕉葉，真巖此不多。親從東洞割，自取細沙磨。玉氣雲常濕，花痕蠟未過。持歸與嬌女，小字寫曹娥。

【箋】

康熙二十八年作。鄒清士即鄒祗謨，國朝詩人徵略卷四：「鄒祗謨，字訏士，號程屯，江南武進人。順治十五年進士。有遠志齋集。」

爲程母陳太夫人壽

春雨多萱草，秋霜復女貞。黄金兒范蠡，白髮母陶嬰。端水嘉魚美，梧州寄酒清。八旬猶戴勝，旁有董雙成。

【箋】

康熙二十八年爲程母祝壽而作。程，其人未詳。

七夕歸自端州有作　四首

年年當七夕，千里亦還家。愛看穿鍼婦，歡陳乞巧花。雲含橋影細，星射水光斜。兒女逢佳節，容妝分外華。

歸乘瓜果會，七夕未參商。天上雙牛女，人間一鳳凰。月明環佩影，風暗蕙蘭香。莫使星河曙，長教夜未央。

清淺天河水，風波更勿疑。黄姑迎及早，織女渡休遲。烏鵲輸靈羽，蜘蛛散巧絲。汝南雞怕汝，無賴五更時。

人間多死别，天上祗生離。辛苦雙星隔，殷勤一夕期。淚添銀漢水，衣罥桂華枝。絶勝嫦娥寡，淒涼入月時。

【箋】康熙二十八年作於沙亭。　七夕，農曆七月初七夜，傳説牛郎織女此夜在天河相會。

無題

暖老雙雙燕玉同，況多沈水爇熏籠。馬纓蝴蝶妝都好，鶯粟櫻桃笑總工。春色全歸朱閣裏，輕寒半入玉杯中。紫煙不斷香狼藉，曲曲雲屏隔盡風。馬纓、蝴蝶，二妝名。

【箋】康熙二十八年作於沙亭。

紅梅

生當屋角恨多陰，幾朵微紅半吐心。暖處易香嫌日薄，寒時難落怕風深。休教摘去圍雲髻，且使移來傍玉琴。小小相思憐不啄，枝間久立忽穿林。相思，鳥名。

【箋】康熙二十八年作於沙亭。

菉猗亭次張觀察韻

使君才藻見聲詩，公暇揮毫向曲池。吐綬文禽花暖處，𩆜珠瓊蚌月明時。冬開最喜梅枝早，夏熟多愁荔子遲。野客相過情不厭，笑傾金屈酒盈巵。

【箋】張觀察即張雲翮。康熙二十八年作。

送程相音返關中爲尊人樸庵先生壽　二首

秋風首路出臺關，西指秦中一騎還。南海珠歸文筆裏，羅浮花在綵衣間。壺觴晚就軒轅觀，射獵朝過殺䍐山。堂上知君尊老健，桃紅不及歲星顔。程，富平人。

一樽相送五仙城，鴻鴈南來爾北征。越鳥解催歸計早，嶺梅不笑客裝輕。秦多氣概詩無敵，漢少關河事已平。華下故人知好在，教同葛氏記西京。

【箋】

程相音，即程文錞。見奉陪富平程相音歷穗石洞訶林出西郊詩箋。康熙二十八年秋作於廣州。

寄富平李子德　二首

聞君養疾事丹砂，焚卻銀魚鬢有華。弘景辭官猶宰相，田駢不宦似鄰家。漆沮水滿浮魚笱，殺䍐雲深擁鹿車。知道扶風時講授，門牆不少是侯芭。

別離長憶十年情，出處同高一代名。四皓暫爲秦博士，五經終作漢康成。家臨北地元天府，人在西方是帝京。河華幾時重握手，尊開石凍話生平。

【箋】

康熙二十八年作。李子德即李因篤。時程相音自粤返富平，此詩當託程氏帶往。

寄華陰王山史 二首

都門一别廿餘霜，兩地幽居白髮長。皇甫首裁巢父傳，孔明惟拜鹿門床。夢隨秋月過西岳，愁作春雲黯渭陽。堅卧未教猿鶴笑，書傳卻聘有餘芳。

獨鶴亭西下榻時，風流儒雅互相師。王家墨妙仙靈授，劉氏文心父子知。螺老不曾珠子少，竹枯未見籜龍遲。君年六十餘，連舉二子。頻同玉女持漿去，南至羅浮詎有期。

【箋】

康熙二十八年作。王山史即王弘撰。康熙五年，屈大均北上，至涇陽，遇王弘撰，偕往華陰。（見文外一宗周遊記）至康熙二十八年，計有：十四年。此詩亦當託程相音帶往陝西。

寄華陰王伯佐 是山史之子 二首

君昔西歸未送君，離心飛逐華山雲。大家詞賦人難及，名父風流子易分。消渴尚多松檜露，微官未愧鹿麛羣。重來嶺海知無日，尊酒依依憶論文。
枉駕雲林愛汝賢，貧家鷄黍及賓先。三秦羌弋須王猛，五嶺神仙屬稚川。淵靜益深多病後，飛騰長憶未衰前。西飛幾夕尋君夢，繚繞三峰紫翠邊。

【箋】康熙二十八年作。王伯佐即王宜輔。此詩亦當託程相音帶往陝西。

大樹軒詩爲吴副戎作

漢家大樹屬將軍，細葉榕陰鬱似雲。幕府開當蘿薜影，鐃歌吹起羽毛羣。鷙鸞書就仍無敵，猛虎篇成已策勳。作鎮崧臺多紫硯，青天割得肯相分。

【箋】大樹軒，吴拔庵之室名。陳恭尹有題吴拔庵總戎詩。康熙二十八年左右。吴聯，字愚長，一字拔庵，閩漳南靖人，任黔江鎮，升廣東肇慶協鎮，才兼文武，政尚教化，暇則與諸詞人請論道學，有裘帶風焉。康熙壬申奉旨陛見。著有麗江集、榕廬諸草。事見黄登嶺南五朝詩選卷十六。

張餘庵先生年六十有九七十有七八十有四時皆生一子今已八十有五矣詩以壽之

老蚌偏於珠子宜，七旬生到九旬時。張蒼日日餐香乳，方朔年年娶小姬。幾樹白華芳子舍，一群雛鳳引孫枝。真仙咫尺須瞻拜，肉角峨峨復秀眉。

【箋】張餘庵，名籍未詳。黎景義有寄題張餘庵夢天居詩，未知是否此人。康熙二十八年爲張餘庵祝壽而作。

自蒲澗入濂泉寺作

陰陰灌木夾山蹊，入石穿泉路易迷。虎去未寒苔上跡，蟬來忽斷竹間嘶。蒲根可食因多節，葉背堪書爲少泥。不雨水簾成滴瀝，夢魂清絶寺樓西。

【箋】康熙二十八年作於廣州。蒲澗，在廣州白雲山麓，有蒲澗寺，宋淳化元年建。相傳安期生服食菖蒲以七月二十五日於此上升。濂泉寺在蒲澗寺左，明崇禎間蘇秩建。俱見阮元廣東通志卷二二九。

送姜克猶歸山陰　二首

深秋豈是送君時，落葉哀蟬悲復悲。青歲自憐多獨往，白頭人恨少相知。風流南國無詞客，秀麗西家有美施。爲向若耶溪上問，蒼蒼苔色幾人思。

握手佗城恨太遲，平生吴越罕相知。故人東市多中散，知己遼陽有子期。爾向雲門披宿草，予從珠浦薦江蘺。姜家大被應無恙，爲致殷勤雨雪時。

【箋】

姜克猶，其人未詳。康熙二十八年秋作於廣州。

贈黄叟逸閑

八旬有二鬢如絲，見我能文十四時。天爲無書留古老，人因有道得期頤。山蟬夜咽寒泉響，海鶴秋高白露姿。拾穗相隨吾未厭，西郊煙水歲寒宜。

【箋】

黄逸閑，其人未詳。康熙二十八年作於沙亭。

贈小妓鳳求

小楷鍾王解畫沙，衛夫人法使紛葩。五年孔雀頻成尾，三歲夭桃已作花。蘇小心將芳草結，薛濤詩向錦江誇。大娘劍器看他舞，六草三真更到家。

【箋】

康熙二十八年作。

南城眺望有作 二首

帆拂城牆影不遲，海風吹亂颶潮時。樓飛似挾蛟龍氣，笛奏休驚雁鶩池。上下巡鹽勤白打，東西抽貨苦波斯。江魚價賤金錢貴，疾苦炎州祇自知。

日斜愁見斷頭虹，颶母來時尚練風。海底魚龍喧夜市，潮頭宫闕起秋空。鹽燒積雪千田白，花吐攀枝十里紅。大小虎門多戍卒，莫令洋寇勢相通。

【箋】

南城，指廣州府城雁翅城。讀史方輿紀要卷一〇一：「（宋）嘉定三年，經略使陳峴以城南闤闠稠密，無所捍蔽，乃增築兩翅，以衛民居，東長九十丈，西五十丈，謂之雁翅城。」康熙二十八年作於廣州。

訊汪子

君在黄山口，桃花十里長。不知溪上水，流得幾峰香。

【箋】汪子，指汪士鋐。文外十五复汪扶晨书，作於康熙二十八年己巳。此詩疑亦同時之作。

汪子栗亭右湘吴子綺園屬山僧師古畫黄山册子寄予爲六十壽詩以酬之　四首

黄山黄海白雲開，畫取芙蓉六六來。三道天門三瀑布，一枝石笋一丹臺。煙霞作壽憑仙筆，岳瀆難生是逸才。知爾竹林相待久，會將舟向阮溪迴。

復見風流二阮來，思君數把畫圖開。炎方山水無黄海，太古衣裳有老萊。緑髓祇須餐石髓，丹臺不用寫雲臺。含毫更爲添三笑，白首溪橋泥飲回。

一松繚繞一芙蓉，松似藤蘿不似松。偃蓋倒生多至地，飛枝斜出亦成峰。雲林掩映皆巢鶴，石笋參差是籜龍。多謝山僧能畫得，蒼髯巧作老人容。

只見僧繇畫作龍，何曾韋偃寫成松。因生石上能千歲，要向人間化一峰。白岳遲分天子種，

黄山早定老人蹤。兔絲千尺牽魂夢，何日身披紫翠重。

【箋】

汪栗亭即汪士鋐；右湘即汪沅；吴綺園即吴菘。師古即普信，字師古，歙縣之雲嶺僧，能詩，善畫，與汪沅爲友。文外十五復汪扶晨書有「黄山圖甚佳，雖未嘗至，已若親見三十六峰真形矣」之語。

康熙二十八年作。

汪右湘以銀巵爲壽詩以酬之 二首

汪倫最愛酒仙人，金屈相貽酌老春。形似海棠香朵大，色宜秋露白光新。獨清未敢長中聖，

難老唯須善葆真。知爾踏歌情不淺，欲將潭水變芳醇。

徽州螺鈿酒杯輕，偏寄烏銀接紫瓊。日出一雙飛在手，風流千載飲知名。墨煙兼惠分兒女，

膠漆頻忘是友生。歲歲有書還唱和，天涯咫尺枕中行。

【箋】

康熙二十八年作。汪右湘即汪沅。

奉答汪于鼎贈予六十歲之作　三首

白頭頻得故人憐，惠寄詩歌祝大年。萊子妻存難作相，蘇耽母在不登仙。六旬有耳師尼父，八十無心待渭川。生日劬勞空涕淚，未知何以報穹天。

墨香分惠小郎宜，未學猶慚最老師。蝴蝶豈應稱鳳子，螺螄那得號珠兒。九旬玉杖争扶日，兩代斑衣賽舞時。但使閨庭多樂事，浮雲富貴不須期。

嶺海相期又十霜，無因笑語鬱川陽。玉勾自可分兄弟，姑射何須應帝王。瀑裏雲門三洞小，棋中石笋一天長。何時邂逅虬山麓，並坐談經花滿牀。

【箋】康熙二十八年九月初五日，大均六十歲生日，王世楨、陳恭尹、汪洪度等賦詩祝賀。此詩爲答謝汪洪度而作。

答吴綺園長歌爲予六十壽之作

長句相貽及賤辰，山東李白門清新。能忘老大交初篤，雅有文章道不貧。百幅兼將雲母粉，十螺仍致墨花春。弟兄愛我推吴氏，歲歲音書託錦鱗。

【箋】康熙二十八年作於沙亭。吴綺園即吴綺。吴綺林蕙堂全集中未見詩。其賀翁山壽。

答洪雨平待臣兄弟見壽之作

終年痛飲酒家鄰，忽忽悲歌到六旬。豁達豈期青歲客，沈冥偏愛白頭人。老龍未得狂言盡，雛鳳難當妙響新。兄弟參差三石笋，黄山削出總嶙峋。

【箋】洪雨平即洪雲行，字雨平；弟力行，字待臣，歙縣人。康熙二十八年作。

江山風月福人歌自壽

鐵崖老人髮毿毿，行年八十猶宜男。瓊華翠羽蛺蝶扇，柳枝桃葉芙蓉簪。江山風月吾亦耽，日飲美酒能成酣。散花天女繞左右，一朵一杯優鉢曇。天年得至九十九，賦詩應餘十萬首。年今六十紫髯長，先駐玉顔娱老母。老母康侯王母同，受兹介福天長久。

【箋】康熙二十八年作於沙亭。

王不庵作卧龍松歌爲予壽詩以酬之

黄山山上多怪松，半生石笋半芙蓉。芙蓉石笋亦松變，有一不變爲卧龍。龍本無形以神化，真形往往與松同。龍之隱者但高卧，人不見龍見髯翁。髯翁鱗甲多怒決，柯如蒼銅枝屈鐵。引根十丈始作幹，幹雖千年似萌蘖。霹靂横將偃蓋傾，蛟螭争向輪囷結。夜光有火出空心，日炙多膏流斷節。一枝一幹一尺螻，求信且復依巖穴。山僧寫圖貽我看，王子作歌含淒咽。尺寸得空自盤攫，縱横穿土苦羈紲。峨峨千尺乃無勢，幸因奇醜免摧折。五鬣短短少波濤，聲似風雷畜未泄。苦心愛此一樹怪，自少摩挲至大耋。蹣跚尚有尊足存，支離乃是鬼神設。臃腫何須規矩中，斧柯且喜薪蒸絶。雖然久蟄非泥蟠，撑出丹崖作遺孑。石破天驚自小時，後凋憑爾存孤蘖。本是軒皇昔所種，手澤至今乍明滅。當年且戰且學仙，霜根留得玄黄血。灌溉頗用朱砂泉，滋潤微凝太古雪。浮丘無力治拘攣，容成有意引寥泬。黄山諸松此最古，兒孫萬萬丹臺列。卧者天淵自高深，立者棟梁久顛蹶。君指此松爲予壽，意在不材能蹩躠。螻蟻頻容蝕茯苓，藤蘿一任爲瓜瓞。松黄落地成古苔，松子滿天低可綴。君在黄山亦一松，莫教化石存榾柮。一松孤作老人峰，秦漢來封久不屑。卧龍復有擾龍好，繚繞數峰出巀嵲。一松飛作天生橋，一松倒生更奇譎。煩君添作四松圖，置我松間長用拙。

【箋】康熙二十八年作。王不庵即王艮，本名煒。文外十五復王不庵書：「卧龍松歌以少陵勁筆横寫盤攫輪囷之勢，一鱗一爪，無不天成恰肖，僕勉和一篇，怒張爲工，略存大概而已。」

黄山五松歌

松兮松兮龍之宗，龍不爲龍乃爲松。松作女蘿纏一石，石爲松困難成峰。倒生下垂幾千仞，松頭生在青芙蓉。龍渴下飲髯拂水，一者横卧當石淙。一者破石石腹裂，石爲之母胞胎重。石無竅穴松久孕，横枝千載乃穿胸。松膠石漆日堅固，松身長大石無縫。石兮乃有松爲子，石生石養無土壅。龍性從來不見石，石即泥土恣所衝。人間但見松變怪，豈知是龍不可蹤。

【箋】康熙二十八年作。此詩當爲題黄山僧述古畫而作。

黄山僧述古畫黄山諸松見寄詩以酬之

大師將毋永嘉僧，畫松往往松飛騰。夢中吞龍知幾百，吐爲松樹有神凴。狂來倒吸歙溪酒，醉中鱗甲出兩肘。黄山之松最奇怪，禿筆掃來無不有。此圖十株皆逼真，尺蠖盤迴苦不伸。千態萬狀在枝幹，多横少直争輪囷。日揮雙管走奇鬼，一爲生枝一枯枿。拂水藤纏夜叉臂，淩霄花結靈鼠尾。針芒一一如鐵攢，中有風雨驅驚湍。陰森已過畢庶子，勁挺絶勝蔣長源。大師畫手老無敵，因我愛松費筆力。他時我向黄山行，偃蓋株株應遍識。會當再拜卧龍松，十句坐卧當卧龍。剪取生絹長一丈，乞師圖取歸南禺。畫史：「永嘉僧擇仁善畫松，夢吞數百條龍，遂臻神妙。性嗜酒，醉後取拭盤巾濡墨灑壁，明日少增修，爲狂枝枯枿。畫者皆服其神筆。」米元章云：「蔣長源作松，身似夜叉臂。李成畫松葉，取真松爲之，如靈鼠尾，大有生意。時作淩霄花纏松亦佳。」

【箋】述古即師古，見汪子栗亭右湘吴子綺園屬山僧師古畫黄山册子寄予爲六十壽詩以酬之箋。康熙二十八年作。

九月初十夕

風起知霜降，蕭齋氣尚寒。未消三日病，已得一秋安。藥餌將書换，花枝擁被看。燒泥生熟半，斟酌欲分蘭。

【箋】

康熙二十八年秋作於沙亭。

黄落 二首

黄落未云滿，秋聲夜始多。稍含疏雨去，微帶早霜過。粉飄三徑籜，衣亂一池荷。蟋蟀頻相怨，當如歲暮何。

貪涼因竹下，乍病已新秋。未得黄花食，頻含絳葉愁。琴教紅版掛，酒命緑尊留。自擘增城柚，香生角枕頭。

【箋】

康熙二十八年秋作於沙亭。

病中即事 二首

月上維摩女，天花居士姬。病中能侍藥，閒處即調絲。緑剪青荷葉，紅簪白槿枝。無錢買釵鈿，吾窶縞衣宜。

妻解拏舟至，兒知取藥回。長勤心力盡，稍静性真開。衣少抛花匣，書多礙鏡臺。青蓮還有妹，未見月圓來。太白女弟字月圓。

【箋】康熙二十八年作於沙亭。

不寐 三首

不寐當城堞，魂穿鼓角過。未鷄愁月滿，將雁畏霜多。髮已病逾白，顔須衰更酡。黄花吾與汝，好奈歲寒何。

月出暮煙生，樓臺影半明。濕花啼露久，乾葉嘯風輕。山鳥夜多思，草蟲秋有情。姬人教莫寢，一爲奏琴聲。

姬人工早卧，往往懶鳴箏。素手何曾冷，紅妝不肯明。月嫌穿牖白，風畏入簾清。病態黄花似，淩寒一朵輕。

【箋】

康熙二十八年作於沙亭。

答黄扶孟 二首

新安耆舊在人間，不住黄山住白山。司馬已能千賦熟，大春那得五經閑。喬松自愛龍鱗老，衰鳳誰慚雉子斑。念我白頭依膝下，賦詩頻寄卧雲關。

與君心結廿年知，删述垂名歲月遲。太白狂歌人欲殺，少陵儒雅自能師。長生但向文章得，不死何須藥餌持。待我雲峰三十六，饑來亦復一茹芝。

【箋】

黄扶孟即黄生。順治十七年屈大均與黄生在揚州相識，時典裘沽酒，高詠唱和，旁若無人。故詩有「與君心結廿年知」之語。康熙二十八年作。

從澹翁乞蘭

新分蘭本滿庭開，種自增城白水臺。自是丈人能灌溉，誰言女子好栽培。花宜香柚多陰處，根喜膏泥半熟來。肯惠一盤頻割愛，將憑詩句報瓊瑰。記云：「男子樹蘭不芳。」

【箋】

澹翁即屈騶。康熙二十八年作。

爲張憲使壽

九月新寒上繡裳，炎方易作使君霜。茱萸暖壽多蠻酒，茉莉清心滿越香。姬旦少男惟孝友，康公賢胄更文章。東郊南海能爲政，平格他年總未央。

【箋】

張憲使，其人未詳。康熙二十八年爲張憲使祝壽而作。

姬人新製琴囊贈以詩

每惜蛛絲十指縈，琴囊借得自瓊瓊。外鋪古錦鴛鴦厚，中襯文綾蛺蝶輕。鳳尾稍寬愁更剪，螺紋微損恨難成。休教粉壁時時掛，懶作幽蘭積雪聲。

【箋】

康熙二十八年作於沙亭。

送林木文還嘉興 二首

鴛鴦湖水連長水，寶帶還如錦帶長。玉乳秋梨應已熟，君歸多摘帶清霜。嘉興有鴛鴦湖、長水、寶帶、錦帶水。

野田黃雀及秋肥，稻蟹銜霜亦不稀。一棹鏡香亭子外，白鷗鷺見故人飛。嘉興黃雀特佳，有亭曰「鏡香」。

【箋】

林木文，即林之枚。康熙四年秋遊嘉興時與林相識。二十二年秋林氏來粵，汪譜謂林氏或在二十八年返浙，抑至三十一年始隨張溶離粵，待考。此詩姑定爲康熙二十八年秋作。

白鵝潭眺望　五首

半空波撼越王臺，秋水含煙晝不開。海雨忽將山雨去，新潮頻截舊潮來。風吹島嶼隨龍氣，月引樓船逐蚌胎。南出虎門天險失，諸夷咫尺二洋回。

暮天風雨白鵝浮，險絶三江此倒流。珠海月開龍女市，玉山霞起蜃王樓。人煙掩映桄榔嶼，漁火虛無茉莉洲。幾欲飄洋過日本，白艚東作百蠻遊。

五仙樓出五羊城，東盡扶胥一日程。海道多歧那得問，江門有戍未爲兵。諸番與我分全險，十郡憑誰舉大名。直抵金陵舟楫便，孫盧往事足心驚。

番禺山抱越華樓，勢似長城控鬱洲。偏霸未分東井氣，雄圖頻逐大江流。抄關使者三門海，進貢番人萬里舟。舶口至今蠔鏡失，西洋端恐有陰謀。

秋色蒼茫入鬢蓬，潮鷄喚起越王宮。龍噓一氣江天失，蟹食三秋水國空。月下烹魚催婦子，雲邊射雁戒兒童。蘆花宿處無人覺，跳白船輕任海風。

【箋】

康熙二十八年作於廣州。　白鵝潭，廣東新語卷四：「珠江上流二里，有白鵝潭，水大而深。」

乞顧生寫真 六首

兩世名家作畫師，黄筌父子及徐熙。太倉顧氏今神妙，待詔金門有虎兒。米元章子友仁小名虎兒。山谷詩：「虎兒筆力能扛鼎。」生尊人雲臣嘗爲畫苑供奉，故云。

三十重過好寫真，不愁朱漸奪精神。儘君七尺吴淞絹，畫取離騷一後身。宋宣和間，有朱漸妙寫六殿御容。俗云：未滿三十，不可令朱侍詔寫真。恐其奪盡精神也。

巖泉置我未爲非，更寫嬋娟伴少微。吴氏當風高士帶，曹家出水美人衣。

春蠶乞吐筆端絲，焦墨痕中布色遲。又作吴裝縑素上，維摩天女兩花枝。

飛白輕雲益有神，頰毫添取逼天真。長教居士傳金粟，益使裴公作玉人。

移人神氣一毫端，漢有狂奴在素紈。異日桐江來物色，羊裘好與故人看。

【箋】

康熙二十八年作。時在廣州。顧生，即顧政。政字六紀，江蘇太倉人。畫師顧見龍子，學見龍人物，筆極工細。見清代畫史卷三十。顧政曾遊粵，獨漉堂集有贈顧六紀詩，句云「三城夜燕共銜杯」，蓋相見於羊城也。此篇有「三十重過好寫真」語，是年大均六十，王礎塵、陳恭尹均有詩爲壽，乞顧生寫真，當亦其時。

顧生以畫朱竹見貽口占答之 二首

朱竹勝於墨竹多，人言竹醉亦顔酡。篔簹忽與楓林似，葉葉紅如霜染何。

太赤枝枝似彼姝，琅玕欲報玉盤無。新詞可當襜褕否，更乞徐熙没骨圖。

【箋】康熙二十八年作。時寓居廣州。朱竹，以朱（紅）筆所畫之竹。

賦得六旬猶健亦天憐 白樂天句 二首

年高但願似慈親，白首長爲膝下人。六十未同蘧瑗化，九旬應返子桑真。方剛帝與經營力，未老天留問學身。菉竹詩篇教日誦，莫辭圭璧琢磨新。

黔婁未老已甘貧，萊子初衰始暖人。婚嫁少完須大耋，酥醪多酌望長春。先寒塞雁銜霜苦，欲曙天鷄唤日新。蓬鬢不勞青女點，蕙心方與翠娥親。

【箋】屈大均生於明崇禎三年，至康熙二十八年，恰六十歲。身體猶健。詩作於康熙二十八年。詩題本白居易春夜宴席上戲贈裴淄川詩「九十不衰真地仙，六旬猶健亦天憐」。

送人之延綏　四首

延綏此去謁將軍，市口西驅馬幾羣。地近鹽池多渴水，天含沙磧一愁雲。赫連山勢榆臺合，無定河聲圁水分。紫兔黃羊紅黍酒，醉來笳鼓不曾聞。

風吹沙緆作龍鱗，沙柳煙含霧柳春。耕少家家惟黑黍，戰餘處處有青磷。受降未拓三城舊，互市頻開萬帳新。茶布好從蒙古易，紫貂銀鼠莫辭貧。

水到邊頭海子多，雨餘飲馬兔毛河。風寒有酒圍黃鼠，雪凍無衣擁紫駝。紅石飛流銀甲洗，黑山斷碣寶刀磨。邊人衹解從軍樂，戰罷琵琶唱虜歌。

款貢樓當馬市開，羊絨氂尾總馱來。關城曲曲河爲套，烽堠山山石作臺。柏葉柳毛春戴罷，沙葱地軟暮收迴。茶煙稅薄堪行賈，博取參貂亦見才。

【箋】康熙二十八年作於廣州。　延綏，今陝西榆林。

賦得摇落深知宋玉悲 八首

無端宋玉始悲秋，蕭瑟長令異代愁。楚國大夫多麗則，湘纍弟子更風流。美人不向離騷取，神女頻從夢寐求。詞客最知揺落早，況聞猿嘯滿林丘。

蕭條草木變衰時，秋氣悲哉汝更悲。感夢空勞天帝女，招魂不返水仙師。三閭哀怨多高弟，南楚荒淫總寓辭。我亦徉狂能諷諫，多慚山鬼善相思。

天生芳草作衣裳，詞賦還爭日月光。楚水蘭蓀從此盛，巫山雲雨至今香。三閭尸諫因同姓，千載魂歸爲哲王。辛苦大夫歌九變，泬寥天氣感瀟湘。

一代離憂寫未央，無窮芳草在文章。騷經自可爲詩傳，逐客繇來是楚狂。風雅再教高弟變，童蒙先拾大夫香。大招亦解驚魂魄，豈似悲秋易斷腸。

秭歸鄉裏滿梧楸，宋玉悲深此地秋。柤影依依漁父在，砧聲隱隱女嬃留。淚成玉米田何處，身別龍門夏已丘。臨水登山歸莫送，汨羅南望斷離愁。

風高氣肅水泉清，憭慄增人志不平。海燕翩翩頻失影，山蟬咽咽早無聲。生悲楚地元多怨，死恨秋天不肯明。自作招辭騷一變，江南哀罷有餘情。

蕭蕭秋氣滿楓林，一片離憂託素琴。好色秖知神女麗，微辭難得大夫深。玉釵羅袖徒爲爾，秋竹幽蘭不忍侵。笑爲君王陳諷賦，與師芳潔有同心。

自來南楚好才華，祖述風騷始宋家。漁父歌聲同縹緲，接輿辭采共紛葩。湘江水冷長含雪，巫峽山多易變霞。一自悲秋成九辯，至今哀怨滿星沙。

【箋】

宋玉，戰國楚鄢人，屈原弟子。曾官楚大夫。憫屈原放逐，作九辯述其志。漢書藝文志著録宋玉賦十六篇。大均從宋玉之境況，聯想自己身世，無限傷懷。康熙二十八年作。詩題本杜甫詠懷古跡八首之一首句。

過馬佐領克起粵秀山房賦贈 二首

一峰飛向穗城頭，下有書堂傍藥洲。驃騎不曾耽蹋鞠，征南秖愛注春秋。朝臺古木穿雲上，越井寒泉抱石流。多種芭蕉無暑入，相將壺矢緑陰留。

玉山南枕草堂偏，門出呼鑾古道邊。九眼泉華朝吐雪，五層樓影暮含煙。芙蓉秋到惟知醉，楊柳春來秖解眠。笑道將軍詩總好，辭場戰勝勢無前。

【箋】馬佐領，阮元廣東通志卷五十八職官表載：馬爾愈，鑲藍旗人，康熙二十二年任廣東參領。疑即其人。粵秀山房，在粵（越）秀山上。大明一統志卷七九：「越秀山，在府城内稍北，聳拔二十餘丈，上有越王臺是也。諸名賢題詠甚富。」康熙二十八年作於廣州。

秋日集汪氏寓齋同用支字

涼隨數點雨，蕉葉未全知。暑退無多客，秋來莫少期。月争宫餅大，花讓玉杯遲。可惜當炎夏，無緣睹荔支。

【箋】康熙二十八年秋作。汪氏，當指汪士鋐。

送朱君之貴州

黔中兵火後，君去貴陽春。幕府無雙士，將軍有一人。飛揚三楚地，鼓舞百蠻民。寄我苗刀好，芙蓉砂更新。

【箋】

朱君，其人待考。　康熙二十八年作於廣州。

贈王山史

行草推王氏，鵝羣更絶倫。君今傳筆髓，不但作經神。老大猶唐物，風流已晉人。名家多父子，端可冠西秦。

【箋】

康熙二十八年作於廣州。　王山史即王弘撰。清史列傳卷六六：王弘撰「古文簡潔有法，汪琬稱其得史遷遺意。當時關中碑志，非三李則弘撰，而弘撰工書法，故尤多於三李」。

十口

十口愁艱食，夫田不納租。大禾霜降少，晚稻小寒無。白蜆頻肥鴨，青蟲未飽烏。滑甘調幼婦，好媚九旬姑。

【箋】

康熙二十八年作於沙亭。　十口，謂大均家有十人。

初轉

初轉丹飛雪，塗顔膩粉同。昔惟貽弄玉，今復贈香東。越黛憐微緑，胡脂厭太紅。祇須時飲酒，花色似桃叢。

【箋】康熙二十八年作於沙亭。

送季子之惠陽

知爾豐湖去，深承太守情。若非徐孺子，安得謝宣城。詩入寒山好，人添秋水清。早歸當歲暮，家食待經營。

【箋】季子，指季煌。康熙二十八年作於廣州。

菊 四首

重陽殊未發，誰識歲寒情。少苦因黄蕊，多甘是素英。帶霜拖麵白，和露點茶清。種爾宜饑渴，芬芳養此生。

蕊至秋猶小，重陽不得看。白嫌霜降暖，黄待立冬寒。冷落辭蓬户，馨香上籜冠。數枝那忍食，香沁已心寬。

籬間鷄犬到，枝葉不成窠。種處秋陽少，分時暮雨多。香真吾臭味，影祇自婆娑。老大宜簪汝，其如短髮何。

春秋佳日少，草木本心多。人老同黄菊，天寒在緑蘿。味經青女苦，顔待白衣酡。蕊熟雖能發，終如歲晏何。

【箋】康熙二十八年作於沙亭。

賦得失學從愚子

記誦今年少，生書問不知。無師陶氏子，失學少陵兒。樂有非賢父，遺安及幼時。劉殷那得似，各授一經遲。

【箋】康熙二十八年作於沙亭。詩題本杜甫不離西閣二首之一：「失學從愚子，無家任老身。」

非狂

非狂人不信，盡作酒徒看。市上無屠者，淮陰有釣竿。英雄宜髮白，老大更心丹。慘淡風雲會，時來定不難。

【箋】康熙二十八年作於沙亭。史記卷九二淮陰侯列傳：「信釣於城下，諸母漂，有一母見信饑，飯信，竟漂數十日。……淮陰屠中少年有侮信者，曰：『若雖長大，好帶刀劍，中情怯耳。』衆辱之曰：『信能死，刺我；不能死，出我袴下。』于是信孰視之，俯出袴下，蒲伏。一市人皆笑信，以爲怯。」故詩有「市上無屠者，淮陰有釣竿」之語。

海味

海味沙螺美，河豚好在秋。白憐蠔粉嫩，黄愛蟹膏流。魚買多論斗，禾儲少滿篝。今年西潦苦，沙坦半無收。

【箋】康熙二十八年秋作於沙亭。

拾禾

拾禾田婦滿，争稻野梟多。旱恨鹹潮浸，遲憂白露過。蓼花陰古渡，菰葉亂寒河。更欲攜漁具，乘秋涉海波。

【箋】康熙二十八年秋作於沙亭。

結網

蟹肥新白露，螺瘦未秋分。蜆子飛乘霧，魚花起似雲。久於漁事熟，未了海翁勤。結網無如爾，垂竿不在君。

【箋】康熙二十八年秋作於沙亭。

澳門 六首

廣州諸舶口，最是澳門雄。外國頻挑釁，西洋久伏戎。兵愁蠻器巧，食望鬼方空。肘腋教無事，前山一將功。

南北雙環内，諸番盡住樓。薔薇蠻婦手，茉莉漢人頭。香火歸天主，錢刀在女流。築城形勢固，全粤有餘憂。

路自香山下，蓮莖一道長。水高將出舶，風順欲開洋。魚眼雙輪日，鰌身十里牆。蠻王孤島裏，交易首諸香。

禮拜三巴寺，番官是法王。花襔紅鬼子，寶鬘白蠻娘。鸚鵡含春思，鯨鯢吐夜光。銀錢么鳳買，十字備圓方。

山頭銅銃大，海畔鐵牆高。一日番商據，千年漢將勞。人惟真白氎，國是大紅毛。來往風帆便，如山踔海濤。

五月飄洋候，辭沙肉米沈。窺船千里鏡，定路一盤鍼。鬼哭三沙慘，魚飛十里陰。夜來鹹火滿，朵朵上衣襟。

【箋】康熙二十八年作。澳門，在廣東珠江口西南。澳門紀略上卷：「其曰澳門，則以澳南有四山離立，海水縱横貫其中，成十字，曰十字門，故合稱澳門。」詩中描述當時澳門之情況，對澳門可能被外國侵略者作爲侵略中國之基地深感憂慮。

秋海棠

何年人淚化，朵朵向秋開。葉已無情去，花猶有恨來。多啼愁露濕，欲笑喜風催。影與閨人似，依依在緑苔。

【箋】康熙二十八年秋作於沙亭。秋海棠，廣東新語卷二七：「秋海棠，無香。有客嘗從禺峽歸猿洞采得秋海棠，甚香。」

食菊 三首

白苦黄甘早已知，生餐好及歲寒時。落英不落真惟汝，香國無香總在兹。瘴地豈愁南雪食，炎天那得早霜欺。朝朝采摘當籬落，未有忘憂酒滿卮。

食盡枝枝白與黄，鮑焦蔬好讓芬芳。終年灌溉圖秋飽，最早栽培爲晚香。味苦不妨蟲蟻避，影孤那代李桃僵。梅花至日勞相伴，佳色參差映壽陽。

烹瀹甘酸任意餐，仙人服食不曾難。芝華豈是療饑物，菊蕊繇來久視丹。九日色同高士醉，三秋香爲逐臣寒。芙蓉墜露長兼飲，高潔如蟬取自歡。

【箋】

康熙二十八年秋作於沙亭。

己巳臘月十三日家慈大人八十有六生日恭賦 三首

八旬有六老親年，杖國嬰兒在膝前。孝子身終須大耋，貧家養薄祇荒田。諸孫酒饌争擎案，三婦衣裙競上箋。乞取桃花向王母，更分長壽小銀錢。

麻姑白髪七朝身，帶閏參差已九旬。門下三千釀酒客，堂前六十弄雛人。紛紛鬢髩教扶手，一一酥醪要入唇。孩笑未知吾老大，萊妻少艾亦忘貧。

家貧謀食計元疏，日日妻孥作白魚。養志已成高尚士，娱親更著外家書。白頭多事惟調藥，青歲無才枉斷裾。漢代孫嵩吾得似，康寧有母百齡餘。白魚，即蠹魚也。

【箋】康熙二十八年十二月十三日爲其母八十六歲生日作於沙亭。

己巳臘盡作 二首

懶服蕪菁子，從教蒜髮新。壽須歸老母，閒莫讓仙人。病去桃花喜，貧來燕子嗔。歲寒無雨雪，争得見陽春。

煙深知有雨，春色一何遲。歲暮無窮事，梅花自不知。愁過高卧日，貧到白頭時。臘酒鄰家熟，無錢愧玉巵。

【箋】康熙二十八年歲末作於沙亭。

己巳歲除作 三首

避地飄摇未定棲，貧家骨肉滿中閨。去年左氏三媛在，明歲商瞿五子齊。梅實早從冬至結，鶯雛休待立春啼。街頭花勝無錢買，黄口牽衣向小妻。予有三女，今夏喪其小者阿端。

春來依舊未陽和，生事蕭條罷嘯歌。孺仲妻孥花絮少，韓康母子藥丸多。梅葩似雪嫌紅甚，草色如煙奈緑何。歲暮苦寒暄暖日，更無名酒使顔酡。未辦肴蔬守歲盤，小除兒女有餘歡。東風向臘頻開凍，朔雪含春不作寒。碧玉甘貧能啜菽，青琴善病未徵蘭。蓬門不識年光早，剪綵鶯花夢裏看。

【箋】康熙二十八年作於沙亭。　歲除，舊俗於臘歲前一日擊鼓驅疫，謂之逐儺、逐除。後遂以年終之日爲歲除。

聞前州守王君談德慶山川之勝詩以贈之

兩峽吾憐大小湘，嘉魚十月作羹香。越城靈怪傳龍女，漢使風流在錦塘。萬里滇陽來士馬，一年南武有衣裳。君爲刺史如馳驛，誰使神君不得長。

【箋】阮元廣東通志卷五十一：王璋，陝西三原人。蔭生。康熙二十一年任德慶州知州，康熙二十八年王基鞏接其任，康熙四十二年胡顯祖接王基鞏任。康熙朝德慶州守王姓者唯此二人，則詩中王君或爲王璋。詩當作於康熙二十八年前後。

蓮

紅蓮宜子白宜藕，白者香多紅者否。蓮秧頻種春分前，紅蓮持作白蓮偶。枝頭向南葉易舒，花比葉高一丈餘。春分後種花苦短，田田影裏含芙蕖。年年種蓮不及早，街頭買得數缸好。吹香一夏喜風多，朝朝一朵開懷抱。

【箋】此首及以下三首，編於詩外四，其前後多首均爲康熙二十八年後之作。姑次於是時。

合歡木歌

合歡合葉不合花，花合何如葉合好。夜夜相交不畏風，令君蠲忿長相保。勸君多種合歡枝，葉至黄昏合不遲。夜合合花那得似，花有離時葉不離。

【箋】廣東新語卷二十五：「合歡木似梧桐，枝柔弱，葉細而繁。」

山大丹歌

自是赭桐人不知，山大丹名空陸離。越王烽火開千樹，石氏珊瑚碎萬枝。終年吐豔光相射，不待燭龍成不夜。端陽日酷色逾鮮，雖黄未肯先紅謝。無數小花攢大花，玲瓏雕出芙蓉砂。一花動至百餘日，不老須君媚歲華。

【箋】廣東新語卷二十五：「山大丹，花大如盤，蕊時凡數十百朵，每朵四瓣合成球，與白繡球花相類。」

後簞友篇

簞友者何？予之香癭瓢也。腹如碗許，柄長不及尺。遊山水間，輒以繫於襟帶。以其與吾簞朝夕相依，故命之曰「簞友」。錫山王子見而欲得之。予自念簞瓢窶人長物，以鐘鼎與吾友可也，以簞瓢與吾友，不自苦而以苦人，毋乃有不堪其憂之心乎？瓢去，則簞無所依。又，此瓢香癭所成，質堅多節目，磊砢有文，與世之以匏瓠爲之者不同。予嘗有七言古詩名簞友篇志其美，今復爲後簞友篇，以質王子。

古之瓢飲巢與繇，顔淵亦以酌溪流。彼皆苦葉匏所作，短頸大腹輕且浮。繫而不食經霜落，腰之深淺用亦優。我之瓢與香瘿瘤，根之生結非香肉。渣滓已化餘皮堅，黄熟未成苦面皺。一柄屈折珠斗同，又如人膽刳空中。就泉掐取日挹注，不用羸瓶多有功。一勺於我亦已足，五石笑彼無所容。平生與簞作一處，貧賤之交相爾汝。匏瓜無匹簞其匹，中流千金吾不與。未能長吸作鯨魚，且復量腹爲偃鼠。所樂誰言不在兹，洋洋泌水吾香糈。此瓢真是吾儔侶，五岳相攜歷寒暑。中路與君恐非情，使簞無友長伶仃。不及昔時太白老，鸕鷀之杓同死生。簞友在君寧在我，久要於義乃云可。木質輕微不足貴，遺君當致一金叵。

【箋】

此詩及以上三首，均爲康熙二十八年後之作。

庚午元日作 六首

銀燭高含曙色光，天鷄聲裏見東皇。乾坤未毁終開闢，日月方新尚混茫。兒女參差從小起，杯盤次第進椒香。欣欣舉壽慈顔喜，有道曾孫滿北堂。

歲朝頻獻萬年觴，令節三元此日長。夜半已知周正朔，年深猶記魯春王。白頭金勝來瑶水，素手椒花出洞房。作頌更同劉氏婦，慈容相映有餘光。
鶯向開元已弄歌，風光一倍在巖阿。萱花日暖幽香滿，樛木春深茂蔭多。紅恨櫻桃頻作子，
青憐楊柳欲侵蛾。雙成萼緑東西侍，王母偏憐是婉羅。王母最小女爲婉羅。
小大同歡及上春，蓬門雙帖畫鷄辰。湔裳士女非荆俗，戲水魚龍是漢人。耳順過年方一日，
家貧遇食未三旬。憑將嘯詠除衰老，莫負開雲令節新。予生於庚午。
籠簁得到杖朝無，日日閨庭即玉壺。方朔未衰頻仰乳，老萊猶稺更將雛。饑同食字神仙蠹，
凍似啼霜子母烏。一片春暉那媚得，油油草色羨蘼蕪。
庚午重爲墮地人，愁逢烈帝第三春。生從十五無君父，罪有三千是子臣。一日鷄豚猶逮母，
平生犬馬未違親。早孤少得先公教，報答慈威恨不辰。庚午，崇禎三年。

【箋】康熙二十九年作於沙亭。明崇禎十七年（一六四四），李自成率起義軍攻克北京，明思宗自縊於煤山（今北京景山），明亡。時大均十五歲，故詩有「生從十五無君父」之語。

立春作　八首

暖逐立春來，梅花一夜催。氣猶晴雪在，聲已早鶯開。競擲金錢去，争持寶勝回。水仙吴下

至，更買供香臺。

士女春牛會，歡娛滿越臺。家家人勝節，一一小年杯。生菜青絲出，陳醪白玉開。食盤鄰曲饋，香雜綵花來。

春餅兼黄白，團年粉果香。眉憐雙女月，髮恨一人霜。花事從今始，年光正未央。莫教河畔草，又逐客愁長。

處處喧街鼓，催年是此聲。花燈初有市，鷄鞠未當城。已喜三冬暖，尤宜一日晴。春盤多菜品，老圃甚娱情。諺曰：「最喜立春晴一日。」

已得周花甲，應能駐大年。朱顔猶四十，白髮未三千。曲逆長貧後，扶風益壯前。春來方一日，已覺客愁捐。

冉冉流光去，心孤老大前。王家非我臘，天祐是臣年。夢失雙蝴蝶，愁歸一杜鵑。春來須努力，飲酒逐花眠。

舊國寧無臘，貧家亦有春。書殘王正月，泣盡漢遺人。地老千年恨，天私一日貧。梅花憐苦節，相伴過蕭晨。

窮愁誰得似，蕭瑟自年年。王霸知無日，英雄料不天。花寒猶帶雪，草暖已含煙。鶯燕休多語，教人晝不眠。

【箋】康熙二十九年春作於沙亭。廣東新語卷九廣州時序條：「立春日，有司逆勾芒土牛。勾芒名『拗春童』，著帽則春暖，否則春寒。土牛色紅則旱，黑則水。競以紅豆五色米灑之，以消一歲之疾疹。以土牛泥泥竈，以肥六畜。」

示姬人 三首

紅粉春當冰雪容，看如桃杏倚寒松。夢吞南海初圓月，歡得公沙第六龍。中饋祇知馨夕膳，女紅惟有佐晨春。萊妻未老能恩汝，逮下螽斯是禮宗。

白華無欲益芬香，六十年華又一霜。居士未沾紅菡萏，丈人已足紫鴛鴦。眉開五岳雙蛾秀，掌出三珠一樹香。恭敬好同裘褐婦，先將甘脆進高堂。「居士」句謂維摩天花不著也。

當酒珠釵久未還，山葩占斷綠雲鬟。三春大婦蠶桑裏，百歲威姑几杖間。么鳳香收雙翅滿，鬱鷄花點一身斑。織蒲愧我傷仁甚，日暖風和總不閒。

【箋】康熙二十九年作於沙亭。姬人指陸氏墨西。

過林子本茅草堂奉答見贈之作 二首

城東勝地是長塘，汝作松坡一草堂。蘭蕙不教花箭少，荼蘼肯任露華香。依依白首惟春色，隱隱南朝祇夕陽。念我多情同庾信，平生蕭瑟在辭章。

開徑相招喜地偏，因君來枕素琴眠。黄花有節忘甘苦，白酒無心問聖賢。山色每含朝雨冷，海光時奪暮霞妍。貧中自得新詩贈，不覺躅愁涕淚邊。

【箋】康熙二十九年春作。林子即林璇，字本茅，番禺人。太學生。著有松坡稿。見粤東詩海卷六六。

集梁季子齋分賦得魚字

故人有弟鳳城居，門外寒塘洗藥餘。苔色冷含丹嶂影，花光晴出緑天書。香鱘正美櫻桃頰，紫荔兼來翡翠墟。語我甘灘垂釣好，潮平潮落總多魚。

【箋】梁季子即梁楫，順德人。其兄梁槤自號寒塘居士，北田五子之一，康熙十二年卒。故詩有「故人有弟」之語。康熙二十九年作於順德。

席上賦得甘灘鰣魚限魚字 二首

甘灘最好是鰣魚，海目山前味不如。絲網肯教鱗片損，玉盤那得鱠香餘。多慚食飫先王母，敢恨嘗新後老漁。四月金錢人競擲，未應黄頰當園蔬。

灘下肥過灘上魚，罾中潑刺溯流初。冰鱗觸損烹無及，玉箸殷勤食有餘。三月亂隨西水下，九江争向北山漁。嘉名更得三來好，爲惜膏流作網疏。灘上鰣魚，以罾取之；灘下鰣魚，以大網取之。罾小，一罾僅得鰣魚一尾，以灘小不能容大網也。九江堡，名海目山，一名偶山。在九江堡江中，最多鰣魚，然其美稍遜甘灘。鰣魚一名「三來」，言以三月而來也。

【箋】

甘灘，即甘竹灘。在順德獅嶺之南，爲當地之險灘，見粤中見聞卷十一甘竹灘條。鰣魚，見廣東新語卷二三鰣魚條。康熙二十九年遊順德作。

爲陳封翁八十壽

青絲角髻貌如桃，桃得綏山已足豪。卞氏六龍忠自教，淮南一老節誰高。含精白兔依神藥，飲乳仙人代玉醪。黄髮不須憂國計，家君啟事有山濤。

【箋】陳封翁，其人待考。康熙二十九年作。封翁，因子孫爲官而受封典者。此詩有手迹，末有「奉爲謝太先生榮壽」八字。

羅翁八十有五善琴詩以贈之 二首

横琴復何事，老向七絃中。髮是先朝白，顏非故國紅。蠲愁花有力，養壽酒無功。爲我彈神化，泠泠松下風。

老知琴德好，新斲嶧陽桐。太古追元響，先王詠素風。無憂誰皓髮，有道自方瞳。汝亦成連子，移情山水中。

【箋】羅翁，疑即羅仲牧。陳恭尹送羅仲牧移家車陂詩有「爲我拂龍脣」之語。龍脣，指琴。康熙二十九年作於廣州。

聽八十有五羅翁琴

十五抱琴眠，彈琴七十年。梅花無數曲，弟子幾人傳。揮手向遺老，知音懷古賢。新聲紛滿耳，唱嘆欲潸然。

【箋】羅翁，見羅翁八十有五善琴詩以贈之箋。康熙二十九年作於廣州。

望海 二首

水浮元氣上，風起即成潮。地勢歸洲島，天光散泬寥。黄魚三月上，白鷺一人招。無數攀枝樹，紅霞漲不消。

虎門東浩淼，水與白雲平。海蜃春多氣，天鷄夜有聲。燒鹽農力暇，種草子田成。十畝茭塘曲，吾躬欲往耕。

【箋】康熙二十九年作。文外十耕辭：「予也平昔無田。年五十有七，始得茭塘黄女官之田三十七畝，潮田也。所蒔者，交趾花秥，歲止一熟。」故詩有「十畝茭塘曲，吾躬欲往耕」之語。

陳村口號 五首

龍眼離支十萬株，清溪幾道繞菰蒲。浙東釀酒人争至，此水皆言似鑑湖。

漁舟曲折衹穿花，溪上人多種樹家。風土更饒南北估，荔支龍眼致豪華。

塲師往往出陳村，多種名花與子孫。買取芬芳三十本，帶泥歸植白華園。

十里溪邊夾水松，竹深花密海雲封。人家盡在園林裏，長短飛橋處處逢。

花氣如煙咫尺迷，詩人復在浣花溪。崙山子建名雙著，後起風流欲與齊。崙山名大任，子建名必元，皆姓歐。

【箋】廣東新語卷二：「順德有水鄉曰陳村，周回四十餘里，涌水通潮，縱横曲折，無有一園林不到。夾岸多水松……居人多以種龍眼爲業，彌望無際，約有數十萬株。……他處欲種花木及荔支、龍眼、橄欖之屬，率就陳村買秧。」此詩當爲康熙二十九年遊順德時作。

贈單翁 七首

翁，浙東人，以順德之陳村水好，可作豆酒，攜家來釀，致富。

爲家衹愛在陳村，溪水瀠洄緑繞門。絶似鑑湖西一曲，釀成花露醉無言。

子侄相將作酒家，高頭豆酒勝流霞。釀師遠自山陰至，此水争言似若耶。

此水天生作酒泉，翁來更在浙人先。人間致富無如酒，釀法殷勤向我傳。

陳村果木多龍眼，一一花頭飽露華。翁欲酒香還有法，春時兼與荔支花。

陳村祇在海雲西，山水何曾讓會稽。太白祇今逢紀叟，閒來一任老春迷。

四皓當年似爾無，朱顏白髮擁羅敷。風流定得浮丘術，九十還能育鳳雛。

已得長生賴酒杯，素書時爲少年開。老人豈必鷹揚去，令子行當虎步來。

【箋】廣東新語卷一三：「其水雖通海潮，而味淡有力，紹興人以爲似鑑湖之水也，移家就之，取作高頭豆酒，歲售可數萬甕。他處酤家亦率來取水，以舟載之而歸，予嘗是其水曰釀溪。有口號云云。」康熙二十九年游順德時作。

壽順德二尹

地分南海半，城跨北山多。縣有神明佐，人傳豈弟歌。柳陰含日冷，花氣入風和。春酒公堂少，清如冰雪何。

【箋】順德二尹，其人不詳。二尹者，府縣副官長也。康熙二十九年春遊順德，爲二尹祝壽而作。

胥江過玉鏡臺感賦 二首

憶共蘭舟故里還，蛾眉畫出是秦山。菱花已殉黄泉去，玉鏡荒臺忍重攀。

寶鏡銷沈二十年，畫圖空想舊嬋娟。猶香靉靆瑶姬雨，已化霏微小玉煙。

【箋】胥江，在三水縣。玉鏡臺，在胥江，明汪廣洋、黄衷俱有詩題詠。見三水縣志卷一。康熙二十九年作。

三水舟中

青山一路翠沈浮，雨過潮生競放舟。賀水東趨西水去，綏江南入北江流。半天花發斑枝樹，三月紅開荔子洲。昨夜黄魚隨雹至，野人抛網遍沙頭。

【箋】康熙二十九年遊三水作。

江間　三首

江間愁積雨，水濁少黄魚。潮味一春淡，海鮮三月疏。白頭甜野筍，黄口苦園蔬。食力於陵子，桔槔閒有餘。

萬里成南瀆，西江比北長。濁辭交阯國，清入祝融鄉。子母禾田沃，仙靈藥市香。無窮洲島影，煙雨共微茫。

不斷離支樹，村村黑葉同。烏餐餘火齊，人住滿珠叢。北酒南來美，春花夏至紅。小舟攜鱠具，去逐上魚風。

【箋】審詩中「西江比北長」之語，當於康熙二十九年遊三水作。以下初二夜月、初三夜月、上弦月、下弦月諸詩俱遊三水時作。

初二夜月

生明纔兩夕，無影與湘藍。魄以蛾眉養，光須玉鏡含。螢流星上下，雁宿水西南。地名。多少胎珠母，團圓望碧潭。

初三夜月

蛾眉昨未成，今夕畫分明。乍出青天匣，如聞玉女聲。露含螺黛濕，雲上翠鬟輕。辛苦冰蟾汝，相依在玉京。

上弦月

上弦今夜月，寒射暮煙消。一半山河影，含陰在泬寥。光微初受日，氣冷欲生潮。未得全開鏡，佳人隔斗杓。

下弦月

下弦今夜月，隱映半規明。以雪光微食，因風影又生。江連雲漢瀉，天與水燈平。不寐憐蟾兔，殘時更有情。

增城道中作

青青山色每親人，林外煙含一帶春。昨夜風吹新水長，桃花片片逐遊鱗。

【箋】

康熙二十九年春作，時往增城途中。

贈張金吾璩子

伊昔龍門戰，君當矢石先。三千句踐士，十四舞陽年。日落蒼梧樹，雲沈漲海天。有兄頻殉國，流恨鶺鴒篇。

【箋】

康熙二十九年作。張璩子，獨漉堂集張金吾家珍傳：「張金吾家珍，字璩子，東官人，增城文烈公家玉仲弟。文烈起兵時，君年十七，常著小金冠，披紫鎧，別率所部千人爲奇兵，轉鬥數勝。文烈歿一年，以兄蔭拜錦衣使。廣州再陷，家居奉養，始折節讀書，通賓遊。……年及三十而卒。」

增城過張文烈戰没處

山城百戰後，蕭索似睢陽。鬼哭無天命，烏啼是國殤。幾人留島嶼，何處弔沅湘。脈脈迴舟去，聞笳更斷腸。

【箋】

康熙二十九年遊增城作。張文烈即張家玉，皇明四朝成仁録卷十：「家玉返龍門召募，復得兵三萬，遂向增城。家玉營城南，諸將營西北，凡三戰，斬首一千九百餘，得馬四百九十。敵大至，燒一小營，西北諸軍望而陣動，敵遂犯中軍，血戰竟日……成棟率鐵騎蹂之，我軍死者六千餘。家玉項中三矢，傷一目，赴野塘死。」永曆帝後封其爲增城侯，謚文烈。

口占爲增城萬壽寺老僧壽

春岡岡下古花宮，蘭草房房種幾叢。老衲亦餐雲母否，何妨七十貌如童。增城多雲母，何仙媛舊所服也。

【箋】

萬壽寺，增城縣志卷八：「在邑治南鳳凰山之東麓，東向，舊名法空寺，宋嘉祐間，僧鑒圓創爲祝釐之所，乃改名萬壽寺。」康熙二十九年爲萬壽寺老僧祝壽而作。

贈增城冉明府

咫尺羅浮兩縣分，增城煙雨博羅雲。重來鮑靚三千歲，復治朱明四百君。白水化將膏澤下，桃花吹作杜蘭薰。春臺祇在春岡曲，父老仁聲處處聞。

【箋】康熙二十九年作。冉明府即冉存異，四川南充舉人。康熙二十七年任增城縣知縣。見阮元廣東通志職官表。增城有瀑布，名曰「白水」。

女兒葛歌

女兒十三髮覆額，精工善作女兒葛。花針挑出葛絲絲，織成蟬翅弱霏霏。一端祇得三四銖，出入筆管輕且微。十年一匹不滿機，製爲夫婿乘涼衣。日炙葛絲皺，風吹葛絲舊。兒郎惜葛絲，莫當風日走。寧無綺與羅，是儂手所就。

【箋】廣東新語卷十五：「粵之葛，以增城女葛爲上。然恒不鬻於市。彼中女子終歲成一匹，以衣其夫而已。其重三四兩者。未字少女乃能織，已字則不能，故名女兒葛。」當爲康熙二十九年遊增城時作。

石灘舟中眺望

東樵西望是南樵，四面芙蓉海上標。蜃氣春晴多作市，鷄聲夜静始催潮。離支十里雲常暖，瀑布三秋雪不消。紅翠相迎過洞口，尋仙且繫木蘭橈。

【箋】

石灘，在增城縣南。位於增江西岸，以河灘多石得名，爲增城出東江必經之處。康熙二十九年遊增城作。

小荷葉

尺尺出金塘，風吹壓紫鴦。瀉愁珠子重，裁恐翠裙長。未得花含豔，先教葉吐香。君憐相偶意，莫折向菰蔣。

【箋】

康熙二十九年作。

客至 二首

朝來知有客，喜母著人衣。果踏山花至，能驚宿鳥飛。無綿三月冷，絶粒一春肥。祇此門前水，洋洋已樂饑。

田家雞黍禮，絶似丈人貧。四體勤終歲，三農備一身。蘼蕪肥細犢，荇藻媚修鱗。不厭茅茨陋，還來酌暮春。

【箋】康熙二十九年作於沙亭。

答酒家王君惠酒 六首

梅花三白好，包酒自姑蘇。以我能名飲，因君不用酤。白衣陶令有，紀叟謫仙無。醉向山丹道，吾顔勝爾朱。

五羊佳醞少，風俗重燒春。非此惠泉釀，安知秋露醇。自來天美禄，多與酒仙人。君愛婆娑醉，尊罍見貺頻。漢書：「酒者，天之美禄。」

玉饋清如鏡，無乾復一樽。忘憂憑此物，難老不須言。花氣春初暖，鶯聲日已喧。酒泉君挹注，自此更源源。神異經：「西北荒中有玉饋之酒，酒泉注焉。酒美如肉，清如鏡。其上有玉樽，取一樽，復一樽出，與天地同休，無乾時。飲此酒，人不死長生。」

躭酒因寒苦，陽春醉裏回。素華衰鬢失，紅蕊軟顏開。甕下容吾卧，壚邊謝客來。文珪賒酤慣，不遺債家催。吴志云：「潘璋，字文珪，性博蕩，嗜酒。居貧，好賒酤，債家至門，輒言後豪貴當相還。」

子雲有奇字，好事每來過。寂寞勞相問，醇醪恨不多。反騷情更苦，尚白意如何。腹大鴟夷似，朱顏未得酡。

辟惡新年酒，芬香到敝廬。山頹猶未得，瓶瀉已無餘。席點林花亂，杯含海月虚。思同嵇阮輩，酣暢就壚居。

【箋】

康熙二十九年作於廣州。王君，其人不詳。

喜某使君枉駕

檐前乾鵲噪，知有客人來。鞍馬驚窮巷，壺觴戀小臺。草含煙色暗，花映雪光開。不是狂山簡，那能酩酊回。

【箋】康熙二十九年作於沙亭。

泉至　蟹眼泉也

童子擔泉至，含冰盡冽寒。味難過蟹眼，香易發龍團。多飲能如醉，沈憂也自寬。雨前春岕好，誰更寄林端。

【箋】康熙二十九年春作。蟹眼泉，在廣州大北門外，舊稱廣州城内第一水，其味最佳。見卷九蟹眼泉箋。

冉冉　二首

冉冉飛光疾，持憂益自摧。已殘華髮去，復貶玉顔來。祇有將離草，曾無卻老杯。落花知寂寞，應爲一徘徊。

年華看冉冉，春與未春同。怨草何須緑，愁花不用紅。姬人嫌服散，翠羽望開籠。桃李須臾事，依依爲好風。

【箋】康熙二十九年作於沙亭。

送客返新安

微茫合蘭海，西接虎門津。蜃作樓船氣，鮫爲織作人。潮隨風力大，天逐水光新。一舸將漁父，君歸理釣綸。

【箋】康熙二十九年作於廣州。新安，即寶安，屬今深圳市。

汪栗亭復以紫霞茶見寄

爲憐甘洌水，巢父不捐瓢。況有紫霞茗，來從黄岳遥。故人勞手製，嘉客把書招。共啜長松下，三年饑渴消。

【箋】汪栗亭即汪士鋐。文外十五復汪扶晨書有「紫霞之茶，與漆匣、玉鎮、頂煙、紫丹、素册，悉拜嘉貺」之語。康熙二十九年作。

盤蓮

一片玉盤水，何殊玉井天。移來菡萏種，行作鴛鴦蓮。尺寸耕泥淺，東西置藕偏。最憐三兩葉，珠已瀉光妍。

【箋】

康熙二十九年作。

盆荷 二首

種荷愁水滿，水滿出荷遲。移向玉缸裏，兼之紅藕枝。葉防公子摘，花待美人持。莫使微莖折，纏綿未有絲。

白藕西園至，花多種不同。茄長方尺寸，葉少未西東。美盎光含緑，肥泥色帶紅。芙蓉開自好，莫讓曲池中。

【箋】

康熙二十九年作。

愁

愁心無可寄，花落斷腸邊。人逐雙流水，春歸一片煙。寒依香炭坐，暖擁素書眠。琴匣蛛絲滿，彈時記去年。

【箋】

康熙二十九年作。

夜坐

形影同深夜，燈邊一侍人。香煎沈水片，酒酌雪花春。不寐聽疏雨，無言倚翠茵。茫茫兒女事，嘆息爲清貧。

【箋】

康熙二十九年作。

老矣

兒女半强葆，啼饑不斷聲。貧令慈孝損，愁覺死生輕。舊葉當春落，新花向臘榮。時乎那可再，老矣淚空傾。

【箋】康熙二十九年作於沙亭。時大均已六十一歲，經濟拮据。

老穀樹爲大風所摧詩以傷之

穀樹大數圍，植時不知歲。精多作膠液，注流至根柢。斲以團丹砂，玄黄何泥泥。或爲金石漆，脂膏苦自斃。蟲蟻所瘡痏，百千以膚噬。臃腫既空心，拳曲亦流涕。霜皮剥辱餘，雖存若蜩蜕。竅穴一穿漏，枅圈無巨細。腹中若蜂房，蛇鼠相啟閉。一二鼻口者，火入煙蒙翳。疾雷屢震驚，花葉多焦脆。颷颵昨楝風，四方忽排擠。怒呺一晝夜，柯條尚牛掣。雨師復掊擊，參天俄失勢。朽蠹已有年，婆娑終一蹶。摧折當腰呂，尋尺若刀劃。崩壓西鄰牆，斧斤勞僕隸。大枝劈不開，小枝競先曳。憑依懼有神，酒食陳微祭。喪我高樓陰，炎曦無可蔽。

嘲啾絶燕雀，纏紇失蘿荔。生身本惡木，美名蒙詬厲。散材一何幸，與檀作兄弟。託身在丘園，有籜思爲礪。斑穀持作冠，楮桑持作幣。所用雖皮膚，於人已有濟。亦未苦其生，楂梨共狼戾。本無勁挺姿，枝節多疣贅。菑害始香甘，蠢動乘其敝。狙猿杙亦安，豈必高名麗。受命有窮時，薪蒸不遑計。培覆皆天年，萌蘖庶自衛。

【箋】大風，指颶風，廣東新語卷一：「南海歲有舊風，亦曰風舊，蓋颶風也。其起也，自東北者，必自北而西；自西北者，必自北而東，而俱至南乃息。謂之『落西』，亦曰『蕩西』，又曰『回南』，凡二晝夜乃息，亦曰『風癡』。……又凡六月有北風必作颶。諺曰：『六月無閒北。』北風爲『正風舊』，東風爲『左風舊』。風舊以『鐵颶』爲大，無堅不摧，故曰『鐵』，回南時勢尤猛烈。」康熙二十九年作。

庚午仲夏承大司馬吴公招同諸公奉陪京卿張公讌集城西禪院次張公元韻四首並以送行

花宫能避暑，即是習池杯。張仲京華上，山公燕喜開。地增香浦勝，朝待柏梁才。早晚袞衣別，臺闕又折梅。時吴公亦將還朝。

一水逐潮迴，臨流泛羽杯。玉珂花底散，銀管柳邊開。六箸仙人戲，雙鉤草聖才。荔支題賦罷，更詠酒楊梅。

野飲當鳧藻，芙蕖葉作杯。天光穿水出，人氣逼花開。孝友能爲政，沈冥亦見才。披襟當白雨，涼爽未過梅。

定知歸闕下，陶侃上螺杯。大禹陰能惜，長沙業自開。終資高寶力，早識太真才。軍事能交廣，鐃歌奏落梅。陶侃故事：侃上成帝螺杯一枚，張公於憲署作惜分堂。

【箋】

康熙二十九年夏作於廣州。吴公即吴興祚。康熙二十八年，兩廣總督吴興祚以鼓鑄不實降三級調用。詳見清實録卷一四一。蓋康熙二十九年始離粵。張公即張秉政，陝西人，生員，康熙十六年任惠來縣知縣。見阮元廣東通志職官表。

爲梁疊石學博節母馮太孺人壽　二首

蒼翠女貞枝，陶嬰七十時。珠毛黄鵠子，玉蕊白華兒。掌故多高弟，文宣亦老師。瓊南諸婦女，恨得禮宗遲。晉韋逞母號文宣君，生徒隔紗幔受業。

几杖從瓊海，歸來白髮長。五經崔母子，三徙孟家鄉。櫻筍春盤嫩，鷄豚夕箸香。人師高行早，五十一年霜。

【箋】

梁疊石即梁廷佐，字彦騰，號疊石，順德人。文鈔一贈梁學博序有「梁子彦騰，爲惠來縣教諭」之語。

康熙二十九年作。

送人入巫峽

看殺芙蓉十二圖，黄牛朝暮一人孤。生當絶峽誰求女，化作名峰亦望夫。辭賦不愁遷客少，夢魂得似楚王無。香溪更與高唐接，莫弔明妃淚似珠。

【箋】

巫山十二峰，首飛鳳，次望夫。

巫峽，見十二詩箋。康熙二十九年作於廣州。

送人往長白 二首

長白山當寧古西，秋深雪壓一天低。泉飛早作三江大，雲起時將萬木齊。寒射鼲貂弓力勁，晚呼駝鹿角聲淒。仙靈定指多參處，五葉三椏采不迷。

天將長白作長城，東界龍荒接北平。萬里沙含黄雪影，半空風亂黑松聲。魚皮衣服鬬前部，鵰羽穹廬島上兵。汝向林間尋楛矢，射生知有野人迎。

【箋】長白，指長白山。爲中國、朝鮮邊境之山脈。康熙二十九年秋作於廣州。

代呈某觀察

新開憲府尉佗宫，三郡宣威露冕中。南國總教陰雨遍，東方元與歲星同。干旌自可來姝子，風雅誰當和召公。燈火滿城歡士女，爲君歌舞袞衣風。

【箋】某觀察，其人未詳。康熙二十九年作於廣州。

秋雨

瀟瀟半在夢魂中，爽氣吹來不待風。摇落未應悲澧浦，蕭條且喜到梧宫。香開夜合花争白，色亂朝霞葉欲紅。濕盡葛衣涼欲透，一尊須向畫欄東。

【箋】康熙二十九年秋作。

爲九十有一歲黎門陳節母壽

六十三年失故雄，吾家壽母亦相同。九旬又得春秋一，百歲長居燕喜中。黄鵠貞良如魯女，白華芳潔有孫嵩。天憐守義教難老，紺髮垂芬入管彤。

【箋】

康熙二十九年爲黎門陳節母祝壽而作。

贈家將軍

吾家一派在遼東，世世蒙恩作總戎。子姓有君承將略，威名此日掃蠻風。石城笳吹三秋咽，炎海樓船萬里空。念是連枝歡不淺，經過頻駐玉花驄。

【箋】

家將軍，阮元廣東通志卷五十九職官表載：屈大法，遼東人，康熙四年任提標中營遊擊，康熙九年任吴川營遊擊，疑即其人。康熙二十九年作。

壽龔給諫母蘇太夫人

令子循良擢瑣闈，斑衣恩賜五時衣。辭朝暫與鵷鸞別，拜母頻爲鴻鵠飛。諫果秋含朱實大，慈萱春映白華肥。黄門獻納相須甚，早奉宣文向紫微。

【箋】

龔給諫即龔翔麟。康熙二十九年爲蘇太夫人祝壽而作。

答姚叔煙　二首

晞髮曾攀落雁臺，朝從玉女洗頭來。金天肅殺三峰出，玉井清泠一鏡開。白帝宫前逢賦客，王山史。蒼龍嶺上把離杯。狂歌道我時時醉，舞向仙人掌上回。

燕市悲歌落日昏，故人陸冰修。相見念丘樊。無情沮溺終忘世，有恨屠沽未報恩。鴻雁暖先南雪到，牛羊寒作朔雲屯。籬間紫菊能過賞，爲爾殷勤具緑尊。

【箋】

姚叔煙，疑爲杭州人，與屈大均、陳恭尹俱有交往，陳恭尹有次韻答姚叔煙見贈詩。康熙二十九年作。

贈前松溪張明府 時在增城幕

秋色淒清白露前，知君拄笏鳳臺煙。浮山來作羅山客，葛令行同鮑令仙。生日登高逢令節，平時止酒足新篇。淵明自昔憐重九，采采黄華復汝賢。

【箋】張羽皇，號菊水，營山人。順治十七年至康熙元年任松溪知縣，康熙七年官甯國府經歷。陳恭尹有送連雙河之增城赴冉侯平川羅浮之約兼懷張菊水詩。事見李德淦涇縣志卷三十一。康熙二十九年秋再遊增城作。

重至何仙姑壇作 五首

逍遥愛向女仙壇，玉井真同華頂看。氣湧天花三竇小，光含雲母一泓寒。無煩冰雪求姑射，解飲清泠即大丹。素綆金瓶争汲取，莓苔休滑碧欄杆。

蓬瀛祇在相江湄，羽化雲含少女姿。石鼓虚無被髮影，玉盆蕩漾洗頭時。無多水碧金膏訣，絶妙芙蓉白雪辭，終古仙靈多闃寂，笑他香雨逐瑶姬。

鳳子初生即羽翰，龍孫未老已檀欒。月中自解飛金鏡，天上何勞墜玉棺。萼緑早歸瑶水去，麻姑時上石樓看。阿瓊漫把簫聲寄，吹徹籠葱夜夜寒。

瑶壇東北是羅浮，仙女殷勤爲二樓。飛雪不教蕭史贈，采珠那與宓妃遊。紛紛作使來么鳳，一一翾飛向藥洲。輕舉秪須能服食，羽人何必問丹丘。

少好仙顔旭日紅，丹成早遺密香通。龜臺太妙依尊母，鳳笈青真掌小童。故宅秋餘金井月，荒臺夜引玉簫風。自慚玉斧猶尸濁，未得攀鸞上碧空。

【箋】何仙姑祠，在增城縣治所南鳳凰山東麓會仙觀内，祠前有井，傳説乃仙姑化身處。見增城縣志卷八。康熙二十九年秋再遊增城作。

增城萬壽寺乞取丫蘭之作 二首

僧多蘭蕙作花師，乞取離騷第一枝。葉短花長争尺寸，春黄秋紫間參差。焦岡樹色含霜早，丹井泉香出雪遲。莫笑湘纍哀窈窕，頻來秪住女仙祠。予兩至增城，皆寓何仙姑壇側。

丹丘白水勝瀟湘，最産丫蘭莖葉長。有地欲求香祖種，無金枉入女花鄉。皆知服媚尊王者，更喜栽培出上方。及此秋分分數本，争貽野客作歸裝。蘭爲香祖，一名女花。增城人以種丫蘭爲業，非兼金不售。

【箋】增城萬壽寺，見口占爲增城萬壽寺老僧壽箋。丫蘭，廣東新語卷二七：「蘭爲香祖，蘭無偶，乃第一香。以丫蘭爲上，丫者莖多歧出，其葉長至三尺，蕾尖花大且繁，多有一莖及丫開至五十餘花者，色黄有紫點，香味甚厚，稱『隔山香』；次則『公孫偪』……」康熙二十九年再遊增城作。

送李浣廬使君之湖北方伯任 二首

三年聽訟已神明，愛士風流更擅名。齊相最能知石父，魯人那得目荆卿。頻爲岳牧過南楚，遂使臺門隔玉京。一片恩波珠浦水，中含鮫淚送公行。

高義雲天世所希，殷勤解網鳳銜飛。青蓮自得汾陽愛，白屋惟將公旦歸。師保炎方長服德，藩屏楚國更宣威。哀衣不爲東人處，盼望遵鴻淚欲揮。

【箋】李浣廬即李煒，字峻公，號浣廬，武清人。康熙二年舉人，二十八年升廣東按察使，爲官清廉，有政聲。二十九年遷湖北布政使。見大清畿輔先哲傳卷三。康熙二十九年作。

送人歸吴興拜母

罨畫帆歸幸未遲，高堂相見妙顔怡。庭開蛺蝶仙靈扇，户拂蠨蛸子母絲。服賈休爲南海客，求仙已得葛洪師。采蘭朝夕兼魴鯉，莫但清齋白首時。

【箋】

康熙二十九年作於廣州。

陳守戎招飲同王陳二君分賦

芙蓉結子水蕉開，照客何須火鳳來。白日留人雙玉貌，長星奉汝一金杯。孫單定有瓶侯賞，都尉休虚劍客才。賓主孤兒憐好在，相逢不用哭龍堆。

【箋】

陳守戎、王陳二君，俱未詳。康熙二十九年作。

送英德陸明府

谿來太白老，秋浦最相知。山水如英德，風流似昔時。梧桐乃遺愛，楊柳是將離。子弟多爲壽，雲州有所思。時遷雲州守。

【箋】

陸明府即陸雲登，浙江嘉善人，進士，康熙二十七年任英德縣知縣。見阮元廣東通志職官表。康熙二十九年送英德知縣陸雲登遷雲州守而作。

聞笛

三孔羌人笛，多因驚馬吹。聲從秋戍起，淚向夕陽垂。黑水連沙暗，黄榆似草衰。征鴻過渭北，書報翠樓誰。

【箋】

康熙二十九年作，詩有懷念亡妻王華姜之意。

止酒 二首

止酒因無酒，樽罍久已塵。每從皆醉日，愧作獨醒人。衰白誰能老，清高自得貧。餔糟終未敢，漁父笑靈均。

止酒慚名飲，無人醉阮公。沈冥因道喪，荒宴爲途窮。雪喜顔猶白，花憂淚更紅。蜉蝣能幾日，一笑死生同。

【箋】康熙二十九年作於廣州。

出户 二首

出户無行處，窮途咫尺迷。愁中難一醉，夢裏易雙啼。死友都黄土，生人總白氐。谿來高世士，皓首一蒿藜。

户外行無路，茫茫乞食人。道高元耿介，才老益清貧。口體徒營養，芝薇未得仁。首陽惟一己，容易作遺民。

【箋】

康熙二十九年作於廣州。「死友都黄土」，詩中對志同道合之好友相繼去世，充滿哀思。

豫兒 二首

四歲猶爲小，當予六十時。能言須得早，識字不妨遲。乾鵲朝多喜，涼蟬暮有悲。成丁深望汝，門户共兄持。唐制：民始生爲黄，四歲爲小，十六爲中，二十一爲丁，六十爲老。

餅餌貧家少，含飴累老親。三年懷未免，兩乳斷方新。寫解爭斑管，眠知讓錦茵。字從兄姊問，初識是天人。

【箋】

康熙二十九年作於沙亭。豫兒即四子明渲，康熙二十六年九月，劉氏武姑出，至康熙二十九年九月，明渲恰四歲。文外七字八子説有「五十八，則明渲也」之語。

過韓氏宅作

汝愛珍禽甚，爲欄畫閣西。糞香越王鳥，餐火外蠻鷄。玉髻丁鸍滿，珠毛孔雀齊。更憐留客處，花隱畫眉啼。

【箋】韓氏，其人未詳。康熙二十九年作。

奉答蕭山周子見懷之作 二首

蕭然山下樹，多是白楊梅。復有紫蓴好，湘湖葉葉開。水邊玄度宅，花外越王臺。幾夕錢清月，流君秋思來。

蔡子仲光。平生草，流傳總在君。貧餘磨鏡具，老有葬書墳。自彼成黄土，人誰在白雲。殷勤持黍酒，養壽鹿麋群。

【箋】康熙二十九年秋作。周子，指周秋駕。文外卷二周秋駕六十壽序：「歲之辛酉，予與秋駕同館五羊。」

覺公善種蘭詩以贈之

最善滋蘭草，場師總不如。燠寒依月令，肥瘠按花書。出葉那能短，抽莖更不疏。駢枝三五好，美種肯分余。

【箋】覺公，或即黄尚源，新會人，諸生。鼎革後棄諸生，披剃爲函昰弟子，名今離，號即覺。見海雲禪藻集卷二。康熙二十九年作。

題李子弄瀑采蘭圖

君邊一瀑布，噴薄出雲煙。若非三疊水，定是九屏泉。復有叢蘭好，長含清露妍。無心似秋色，空外莫能傳。

【箋】李子，其人待考。康熙二十九年作。

九日送程生

不忍登高去，自憐秋思孤。菊花陶令有，竹葉少陵無。又送將歸客，翩翩江與湖。心隨鳧雁遠，一片在菰蒲。

【箋】

康熙二十九年作於廣州。程生，其人不詳。

奉懷湯巖夫王鹿田兩處士 二首

吾友江南在，巖夫與鹿田。遺民將盡日，大老未歸年。葉讓朱顔好，花争素髮妍。故人念漁釣，終拂富春煙。

二老書多少，名山定自留。史應歸草野，經衹志春秋。白草中華恨，黄花一代愁。狂奴吾亦爾，夢寐每相求。

【箋】

康熙二十九年作。湯巖夫即湯燕生，字巖夫，安徽太平人。隱居蕪湖，晚還金陵。著補過齋稿。見金陵詩徵卷四一。王鹿田，即王煒。

送李南申英三同李方伯之任湖廣 二首

主人荆岳伯，嘉客浙才賢。接玉鸞龍步，聯珠花萼篇。離心滿香浦，别淚注湘川。高義能恩我，無窮感激年。掛帆三十里，相送白蘋洲。蘭芷無多草，瀟湘不忍秋。羅浮憐合體，江漢恨分流。越鳥銜珠意，長懸黄鶴樓。

【箋】李方伯當爲李煒。李煒康熙二十九年由廣東布政使遷湖南布政使。事見錢實甫清代職官年表。康熙二十九年作於廣州。

菊殘 二首

變紅猶未落，心卷祇純黄。暖失三秋豔，寒争一日香。酒隨花朵盡，愁逐歲華長。豈乏梅新吐，終憐菊有芳。

炎方梅易發，争暖不宜寒。獨有黄花晚，偏當大雪殘。東籬無此種，靖節不曾看。歲暮英方落，依依向藥欄。

題姚君廬墓圖

白頭烏似汝，啼斷墓田陰。一自悲風木，平生廢玉琴。廬依秋竹冷，淚滴練溪深。莫更同山鬼，離憂愴至今。

【箋】姚君，名籍未詳。康熙二十九年作。

黄鼠

榆中黄鼠好，肥美薦膏粱。每共山羊飫，時分野馬香。地猴銜子出，邊女勸人嘗。南客初知味，烹調更有方。地猴，形極小，人馴養之，縱入土穴，則銜黄鼠而出，邊頭以爲美味。

【箋】康熙二十九年作。

黄鴨

邊頭黄鴨好，知是野鴛鴦。欲射憐交頸，休驚任唼香。浮遊無定水，沐浴白榆霜。候雁紛來去，輸他解向陽。

【箋】康熙二十九年作。

酒娘

酒娘宜好糯，甜甚出糟時。清濁都難醉，壺觴取自怡。蕭騷秋樹葉，珍麗節花枝。不飲胡爲者，吾生已暮遲。

【箋】康熙二十九年作。粤中見聞卷二五：「糯酒多出陳村，其渣煏爲氣，酒勝太和燒。」

茶子

南油茶子美，香灑露花宜。絶勝荼蘼液，當儂膏沐時。雲光生鬢髮，月暈上蛾眉。寄語燕吴女，金錢買莫遲。

【箋】茶子，廣東新語卷十四油條：「韶連、始興之間，多茶子樹，以茶子爲油，客至輒以油煎諸物爲獻。燕、吴人購之爲澤膏髮，謂非是油則玫瑰、桂、蘭諸香不入。」康熙二十九年作。

落花 三首

落花頻自落，不肯爲春留。紅雨成煙去，香風逐水流。鶯銜嫌破碎，魚食恨沉浮。枉使溪翁浣，無情向白頭。

東風元不惡，花片喜沾泥。色謝鮫人染，香辭鳳子棲。蘼蕪恩易斷，芣苡命難齊。多負塲師意，栽培在玉閨。

隨風飄復墮，先向宋東家。白少同殘雪，紅多似亂霞。身輕曾入掌，命薄又聽笳。馬上誰憐汝，黄金贖琵琶。

【箋】康熙二十九年作於沙亭。

園菜 三首

丈人筋力少，抱甕命兒童。石使雲根去，泉教井氣通。空心多越蕹，大葉更胡葱。瓜豆分棚好，終年灌溉功。

三花與二蘭，朝夕上蔬盤。作豉多䱀忿，爲虀有合歡。冬憐甜芋暖，夏愛苦瓜寒。每作伊蒲饌，慈姑儘意餐。

肉食吾何忍，家人菜色多。爲菹鹽苦貴，作醬蒟難和。絲落花成豆，萍浮葉似荷。羹魚蓴更美，莖股采湖波。

【箋】康熙二十九年作於沙亭。

庚午季秋六十有一歲生日作 四首

婆娑膝下舞衣回，老子還童作少萊。尊母九旬顏并駐，烈皇三祀曆重開。予生崇禎三年。芝華總作西王養，蓴綠全充侍女才。鴻鵠翩翩需羽翼，商顏莫使子房來。

六十嬰孩九十親，殷勤阿母與長春。生兒幸匪神仙子，養老歡餘潔白身。朔雁偏知霜信早，涼蟬更得露華新。還遲四日方重九，且掇秋英滿飲醇。

年來益作古沈冥，亦學鯨魚吸巨溟。地有醉鄉留老大，天生酒德與仙靈。江城遠映魚雲白，海閣高含蜃氣青。童稚滿前争上盞，二豪在側似蜾蛉。

夢寐羲皇獨旦人，弱年時已作遺民。先生何許知元亮。男子其誰是富春。初度祇今忘甲子，嘉名在昔愛庚寅。楚丘方少多神智，未欲人稱踰六旬。

【箋】

康熙二十九年九月初五六十一歲生日作於沙亭。

重陽後一日承見堂枉顧花下分得六魚

坐愛林間石，莓苔冷有餘。霜甘花易食，露濕葉難書。黄菊日以好，白衣君莫疏。重陽雖已過，無酒亦愁予。

【箋】

康熙二十九年作。見堂即黄登，著有見堂集、嶺南五朝詩選。

賦得搗藥兔長生

三五正團團，人將穴鼻看。自居明月腹，誰共素蟾寒。口吐成冰鏡，蹄忘在玉盤。人間三窟險，天上一輪安。跧伏非東郭，迷離是木蘭。無雄毫不舐，有媲影猶單。三足同無死，雙蛾與合歡。踆烏相接易，繞鵲欲棲難。長跪當芳樹，斜飛向畫欄。殷勤天下兔，舞斷水中鸞。玉斧修須助，銀鉤恐不完。望舒催趯趯，青女逐姗姗。早作靈娥媵，頻偷阿母丹。仙妻那再得，后羿只長嘆。藥搗和金粟，香飄勝白檀。杵疏瓊闕外，春小桂叢端。力爲秋暉盡，聲隨夕漏殘。露華調尚濕，霞彩暴初乾。生魄都因汝，驚精不用餐。玄黄含沆瀣，照曜動波瀾。蚌蛤教多孕，蝦蟆使細丸。光勞神媛浴，響費羽人彈。皎皎歸蓬户，泠泠拂石壇。行沿花遠近，坐到斗闌干。呼吸開重暈，氤氲沁五官。會分珠黍許，服罷振霜翰。

【箋】作於康熙二十九年仲秋。本年王煐作賦得搗藥兔長生，陳恭尹作賦得搗藥兔長生十六韻，皆同題之作。

贈同庚叟

陰陰蕉荔兩村連，鄉里衣冠愛汝賢。與我同生光廟後，無人獨在上皇前。陶公親戚多情話，白傅耆英少昔年。難老不妨耽飲酒，相過時醉綬桃邊。

【箋】康熙二十九年作於沙亭。

庚午初冬同諸子出廣州北郊飲於尚氏墓堂感懷往事有作

地脈從衡岳，南盤粤秀開。城池熊海抱，井邑鳳山回。少帝方還國，名王遽築臺。衝梯朝鼓舞，笳吹暮喧豗。噴藥飛天炮，穿沙震地雷。力悲諸將憊，心恨一人灰。要壘西關賣，堅圍北面摧。頻令朱鳥塞，頓化白龍堆。律負通天罪，陵辜報漢才。穹閭連五嶺，髦宿掩三台。犀兕難燒尾，魚龍易曝鰓。肝爲蛟蜃膾，髮作夜叉髾。六角先戎首，三藩即禍胎。種人俄痿弱，征馬漸虺隤。士卒思剸刃，僮奴總利財。盜爭紅玉象，官奪赤珠蛤。反覆真非策，荒淫實不材。主恩徒蕩蕩，天道故恢恢。賜爵勞丹券，臨戎枉墨縗。牲將貳師用，劍使屬鏤裁。頸血無人吮，臍膏祇自災。墳傾虚石槨，道壞失金鎚。殿瓦鴛鴦碎，樓碑贔屭頹。火騰多寶焰，煙落衆香煤。颯颯餘營柳，青青失苑槐。兇殘因父子，夭枉及輿臺。豚犬生何益，貪狼死不回。蒭蕘誰躑躅，熠燿自低徊。鬼祝陰陽食，魂招大小哀。漆頭消怨毒，飴膽爲渠魁。事已當年慰，情猶此日慛。惟須傷彼狡，未暇笑于思。往極行應復，傾終勢必栽。經綸屯始見，左右泰方來。驥伏吾奚老，鷹揚爾尚孩。乘時雖畹晚，佐運豈涓埃。凜戾寒初中，喧和暖早催。殺機庚午盡，生氣上元培。獵獵隨風末，韸韸向水隈。英餐蒲澗菊，蕊嗅竹園梅。並騎歡馳逐，聯舟厭溯洄。放鷂除短鏇，牽促上重鋂。莽密防豬箭，花深怕雉媒。長歌蒿里曲，每奠國殤杯。酥酪沾黃土，氍毹遍緑苔。射休加虓虎，鞭祇與駑駘。觱篥持雙葉，琵琶挾一枚。歸乘娥月出，坐引客星陪。王霸憑尊酒，君臣問草萊。定知需羽翼，相助似瓶罍。

【箋】

尚氏即尚可喜。廣州城坊志卷二：「順治庚寅冬，耿精忠、尚可喜二王平廣州，屠城七日。居民有避入六脈渠者，復值大雨淹斃。」故詩有「三藩即禍胎」、「士卒思剸刃」之語。康熙二十九年初冬作。

羅浮對雪歌 庚午

嶠南自古無大雪，況復羅浮火洞穴。山人不識冰與霜，白露少凝陰道絶。今年季冬太苦寒，雪花三尺如玉盤。麻姑玉女盡頭白，四百縞素失峰巒。天氣忽將南作北，層冰峨峨路四塞。浮碇岡頭似白山，長白山也。羅陽溪口成敕勒。千株萬株松欲摧，梅花凍死無一開。北風慘吹籠蔥裂，猿穴僵卧吟且哀。辟寒有方得仙客，斫取龍鱗薪琥珀。地爐燒出日輪紅，天井迸來雲箭白。咫尺空濛接海津，光摇宮闕失金銀。玉作越王烽火樹，瑶華飛滿珊瑚身。天鷄夜半凍不叫，曜靈忍失朱明照。久傷烏羽墜重光，安得燭龍銜一爝。欲挽羲車力士無，窮陰苦逼歲華徂。麑裘不暖難消夜，生擁瑶琴影太孤。

【箋】康熙二十九年作。　羅浮即羅浮山，在博羅縣西北。　詩寫羅浮山之雪景，同時抒發作者政治感慨。

偶憶春州十三疊瀑布　二首

陽春白水十三疊，勢比增城白水長。更有崆峒巖洞好，龍牀偃卧絶清涼。

一疊冰霜一疊雲，峰峰沾濕女蘿裙。白猿不敢潭間飲，鎮日雷轟隔嶺聞。

【箋】康熙二十九年作於沙亭。　十三疊瀑布，在今陽春西南八甲鎮。廣東新語卷四：「地語謂陽春雲霖岧，『有白水飛瀑十三疊，嵐煙擁蔽其半。』又謂『春洲十三疊瀑布，爲天下飛泉之冠』之語。」　春州即陽春。

將上惠陽舟中望羅浮即事呈王太守　十四首

蛋家無數石灣前，欲買三篷恨少錢。扁水航船魚蟹客，殷勤分得一艙眠。

江水冬來細作渠，絶愁乾到寶潭墟。四更上纜乘寒月，行到天明十里餘。

江繞羅浮上惠陽，絶勝九面見衡湘。半天空翠如陰雨，一路秋光出夕陽。

東江曲曲向西流，淺水平沙處處洲。枉掛蒲帆風未便，羅浮三日似黄牛。

廣州下不見羅浮，不見羅浮上惠州。廣惠中間峰四百，與君分取入書樓。諺云：「上不見羅浮是惠州，下不見羅浮是廣州。」

牽上榕城水漸高，葫蘆山截苦波濤。冬乾不滿二三尺，撑折彎彎無數篙。

招手終年倚郡樓，豐湖一到解離愁。山如浮碇連雙岳，江似鵝城合一流。

羅浮敵體似夫妻，離合時時影不齊。瀑水中分煙雨外，浮東忽似在羅西。

生憎四百玉芙蓉，朵朵欺人冰雪容。玉女峰娟吾不愛，白頭祇愛老人峰。

一日羅浮屬使君，洞天開闢即功勳。定知白玉仙師閣，朝夕名香要我焚。公與白玉蟾真人有夙契，欲爲閣於沖虛觀祀之。

白頭家有鮑姑存，更喜蘇耽子又孫。欲共市門梅氏女，梅花多種復成村。

使君詩作萬松濤，噴薄羅浮雨勢高。九十九條成瀑布，隨風欲剪一并刀。羅浮有九十九瀑布。

冬至氤氳子半時，一陽初動識包羲。不須空際天鷄唤，已有重光出海湄。

飛雲頂路使君開，子日亭臨見日臺。東岱日觀那有此，曜靈先爲曜真來。

【箋】康熙二十九年冬作。時大均將往惠陽。王太守即王煐，時爲惠州府知府。

次和惠州王子千太守初入羅浮宿沖虛觀用東坡同子過遊羅浮韻並以爲壽

朱明曜真仙人京，太守入山天樂鳴。洞天日月一沐浴，碧鷄紅翠生光明。天教太守主雙岳，神君元是長庚生。白玉蟾，真人也，是公之師。藥市酒田暮治事，琪花瑶草朝省耕。仁愛使民盡眉壽，豈徒一身聃與彭。東浮西羅恣攀陟，車輪蛺蝶同身輕。鮑女飛猿尚蹩躠，葛公啞虎徒狰獰。鐵橋自可到銀漢，玉柱何用探金庭。踏窮四百三十二，一峰一峰圖且經。泉源福地置飛閣，真一法酒留丹銘。金馬且復隱星宿，玉蟾豈必辭公卿。沖虛玉簡多秘祝，先爲蒼生求太平。

【箋】王子千即王煐，字紫詮，一字南區，直隸人。廩生。康熙二十八年任惠州府知府。著有憶雪樓詩集。見嶺南五朝詩選卷九、阮元廣東通志職官表。沖虛觀，在羅浮山朱明洞南。宋建。見惠州府志卷二八。康熙二十九年冬遊惠州作。

豐湖

内湖水暖外湖寒，看殺鴛鴦忘釣竿。一葉一花都弄遍，月明還向大夫灘。

【箋】

吳震方嶺南雜記：「惠州豐湖，亦名西湖，有蘇公堤，乃東坡出上賜金錢所築。煙波浩渺，山水環秀。」此詩疑爲康熙二十九年遊惠州之作。

閉甕菜 惠陽太守席上分賦

北人重御冬，菜茹多旨蓄。芥美在霜根，下體甲諸蔌。秋膾用多餘，瀹湯殺其酷。薌料糝屢加，茴香與椒目。實之大小罌，卵鹽相滲漉。封口水泥堅，芬馨甕中復。一閉天地房，氤氲歷涼燠。出之佐齊豉，辛脆宜糜粥。膏腴饜飫時，爽口憑一匊。薄切蜩翼微，三朝無白醭。下酒廢烝雛，燒雉及腒鱐。浙東糟筍苞，吳閶醯萊菔。蒿苣稱秣陵，黄芽説安肅。豈如斯味嘉，嗜之非口腹。性温奪七菜，寧惟勝榆肉。荼苦既不同，薺甘亦非族。使君撤俎時，以兹雪公餗。馬馱自賓坻，羸餅苦不速。故鄉風味存，和調自家督。北人喜芳辣，薑桂日餐服。

牲用煎茱萸，濡魚多實蓼。貴以辟天寒，口體非相逐。化食通五中，爲葅及金伏。歲暮百草萎，市無生菜鬻。醃者先温菘，藏者及蘡薁。地炕藴火多，鬱養催瓜菽。冬生物性違，非時嗟彊孰。在芥雖易生，秋收忌霜觸。富家千甑瓻，於芥靡贏縮。貧亦拾滯遺，寒爭一日暴。寧如我嶺南，臘月嘉蔬足。三蒿與二藍，紛葩滋五沃。莙蓬蔽田塍，菠菱彌水澳。一棵三兩錢，畦畦雜穜稑。葉青連露葵，藕黄若時蘜。冰雪昧平生，微雨時膏沐。人家菜脯稀，鮮食乘芳郁。蘋芋如丘山，爲飯代粳粟。豕飼餘蕪菁，馬銜兼苜蓿，芥薹四尺强，芼羹亦碌碌。莖股九蒸曬，間用吴風俗。野人方灌園，荷鋤先僮僕。三餐厭葱韭，匕箸慚華屋。從君乞此方，今冬作數斛。南中水土殊，滋味恐未淑。須君歲見貽，銀魚及醽醁。君家寶坻，所産多銀魚，歲以餉客。

【箋】康熙二十九年作。沈萍如鱠殘篇蕪菁說：「京師人家以瓶醃藏，名閉甕菜，差似撇蘭耳。其性苦平，利氣消食，治嗽通淋，殆清熱祛滯之品。」惠陽太守指王煐。

搖落　二首

搖落見喬木，黄含葉葉煙。無多秋色外，一半夕陽邊。鷄犬村村稻，牛羊處處田。丈人知有客，歸及月明前。

一夕江楓樹，清霜葉葉流。紅令秋有色，黄使客多愁。鴻雁又將至，菰蔣何處求。無歸當歲暮，不忍寫離憂。

【箋】審詩中「歲暮」、「離憂」之語，當於康熙二十九年冬遊惠州時作。

題慈雲閣

片片羅浮影，穿窗不是雲。老人窺咫尺，玉女隔氤氲。蒼翠天衣濕，蘭蓀梵閣熏。丹丘雙白水，知向定中聞。老人、玉女皆峰名。

【箋】審詩中老人、玉女之峰俱在羅浮山。見廣東新語卷三羅浮條。則慈雲閣當在羅浮山附近。康熙二十九年遊羅浮作。

惠州王太守入羅浮尋梅花村不得用子瞻松風亭下梅花詩原韻有作予爲和之

水簾洞口梅花村，梅花不見餘冰魂。美人已隨明月没，依稀縞衣來黄昏。翠羽啾嘈怨幽谷，白雲黯淡愁荒園。使君苦尋千萬樹，一冬衝雪忘寒温。急須更植遍巖壑，依之吐納扶桑暾。盡教玉女插雲髻，復爲老人遮松門。千秋梅花作湯沐，四百君當聞此言。一羅一浮再開闢，花時招我傾清尊。玉女、老人，二峰名。

【箋】

康熙二十九年作。　王太守即王煐。　子瞻即蘇軾。

王太守作見日亭成詩以美之

泰山鷄鳴始見日，羅浮夜半踆烏出。南溟自是陽明谷，十日所浴光洋溢。三足欲棲上下枝，天鷄驚起黑如漆。珊瑚之樹即扶桑，曜靈家在鮫人室。牂牁大洋咫尺間，蓬萊一股何曾失。未暾峰峰見東君，六螭先指浮山雲。金光直射散飛電，火輪千里燒氤氳。玄黄鷄子連珠似，五色鴻濛分不分。羅山勢與浮山並，見日有臺當絶頂。泰山日觀高不如，俯視朱天最空迥。颶風每苦扶摇多，吹倒鐵橋墮青冥。重造飛亭今有誰，惠陽太守才天挺。鬱儀日日朝朱明，君爲東道有餘情。導引重輪勤夙夜，寅賓兩珥竭神明。昧爽滄涼好晞髮，日華吐納變金骨。羲和爲爾再中天，不使白駒過倏忽。雲衣霓裳日往來，文章更與炎精發。

【箋】

「見日亭」應作「子日亭」。康熙二十九年由惠州知府王煐主持修建。王煐憶子日亭詩自注：「在羅浮絶頂，余庚午歲遊山後創建，近爲颶風所欹，復捐金易石亭。」又有子日亭記。陳恭尹有聞王惠州紫詮築子日亭於羅浮絶頂歌以寄之，梁佩蘭有惠州太守王子千羅浮子日亭落成歌以寄之，釋大汕有子日亭歌壽王惠州均作「子日亭」。事見惠州府志卷二十四。

奉題惠州王子千太守羅浮紀遊詩後並以爲贈

惠陽賢太守，公暇事羅浮。再作袁宏疏，重開鄧岱遊。干旄先白鹿，人吏後青牛。主客參雙岳，仙靈至十洲。麻姑披露冕，葛令拂雲裘。五色禽時逐，三花樹輒留。折梅毛女澗，行藥羽人丘。肘腋東西瀑，房櫳大小樓。燭龍鞭子夜，冰兔洗晴秋。水使三千擊，峰將四百收。蓬萊持一股，菡萏取雙頭。贔屓靈胡力，爐錘大造愁。天心窮斧鑿，地肺恣雕鎪。句出穿霞壁，篇驚倒雪流。盡傾辭匠巧，竟絕壯夫謀。半月交吟嘯，羣賢迭倡酬。體裁爭擬謝，才藻總依劉。踞石棋盤設，攀蘿磴道修。平拋夸父杖，險用博臺鉤。雀躍鴻濛喜，熊經疾痛瘳。煙嵐生翼翅，洞府得咽喉。蝴蝶車輪駕，籠蔥曲管抽。糞香來巨鳥，釀酒有靈猴。宮闕芝華割，金銀草汁投。頓能餐養壽，不必樹忘憂。沖舉嫌偏早，流離恐未鳩。經營勞牖户，疆理及河溝。廣置舂香碓，全膏秀麥疇。板傜資灌溉，峯客荷綢繆。犬吠宵沈柝，豚操歲滿篝。泉源長受福，碇石永蒙休。玉繫三江帶，珠懸十縣旒。搴帷還象嶺，拄笏更龍湫。教養姑爲郡，循良即拜侯。禮加磨鏡數，情向抱關優。飲御賓恒在，棲遲士必搜。蘭膏供夕誦，秈米佐晨羞。井竈齊嬰待，錢刀義季求。鵝城頻下榻，鱷渚每停舟。枻響知漁父，琴歌識玉勾。宮商千里應，清濁一時酬。麋鹿鳴芳杜，鳧鷖媚碧萩。甘能珍玕蔗，苦不棄蒟蔞。卉木稽含辨，蟲魚陸佃裒。桄榔隨蔽翳，翡翠任啁啾。扇繪多么鳳，書馱或果騮。無防終薏苡，有慶始粦粦。雉兔開長網，桑麻廢大蒐。條風紛鼓舞，陰雨重和柔。憔悴民雖解，痌瘝已尚妯。神明元至道，孝友亦嘉猷。化燕何煩鮑，知魚最是周。願垂棠蔭大，遥庇桂叢幽。梁化吾真羡，天私此一州。

【箋】

康熙二十九年作於廣州。王子千即王煐，時爲惠州知府，大均與其過從頗密，唱酬之作甚多。

奉和惠州王太守除夕雜感次韻 二首

露冕朱轓出惠陽，行春處處動如傷。白華篇裏懷尊老，碧玉琴中見古王。已有兩岐開秀麥，更餘一浦作沈香。休驚四十專城晚，守歲湖山且一觴。

旌節南來萬里遥，羅浮仙客夢相招。袁宏山疏多靈秘，鮑靚丹房未沉寥。地有朱明開洞府，天餘白首在簞瓢。思同玉女隨雙燕，莫笑麻姑髮至腰。

【箋】王太守即王煐。康熙二十九年作。

廣陵老僧聞一以畫扇見貽詩以答之 聞一善琴

老僧能琴復能畫，八十四齡何瀟灑。扇頭貽我瀟湘景，彷彿聞有飛泉瀉。乞師即來一鼓琴，移將萬壑寒松林。霜鐘一醒青蓮耳，流水長清太白心。

【箋】聞一老僧，能琴善畫，與屈大均、陳恭尹均有交往。陳恭尹有次答聞一老僧詩。康熙二十九年作。

前制府吴公以生日往羅浮山賦此寄壽 二首

浮丘已作謝公墩，復把羅浮當漆園。蝴蝶未過仙客洞，梅花先向美人村。八年節鉞宣猷苦，一日壺觴養拙尊。好著稚川篇内外，曜真天裏得真源。

生朝競望老人峰，天壽還應格九重。且復浮沈珠海日，何妨上下玉淵龍。心開瀑布三千鏡，夢落芙蓉四百鐘。賭墅祇今須太傅，肯教巖壑得從容。

【箋】

康熙二十九年作。吴公即吴興祚，康熙二十年十二月由福建巡撫升任兩廣總督，至康熙二十八年六月降職調用，恰八年，（見清實録）故詩有「八年節鉞宣猷苦」之語。

示兒明洪 二首

六十一年前，吾詩已萬篇。惟憑兒子記，未任老夫傳。

詩篇能暗誦，汝亦少陵兒。文選尤家學，精通及少時。

【箋】

康熙二十九年作於沙亭。明洪，大均長子，康熙十七年二月，梁氏文姑出。

魚缸

魚缸，景德窑器。大寸許，深亦如之。質瑩白，中有魚四尾，朱色。酌酒時，魚若浮游不定。惠陽王使君出以飲客，因爲七言古詩歌之。

天南仲秋始清涼，使君高宴飛羽觴。魚缸最小受涓瀝，以予公榮非酒狂。宣成之間御窑器，年來倣古多精良。文淵酒魂化爲土，陶家取作杯玄黄。鷄缸豈如魚缸雅，兼金争購從鄱陽。泑如羊脂絶瑩白，丹青不敢污中央。燒出小魚類榆莢，黑睛朱鬣浮生光。得酒噞喁若新水，四尾相逐何洋洋。生憂嘘噏魚入口，合脣微飲貪聞香。涵泳飛華唼浮蟻，冬甘夏苦魚先嘗。缸中自是酒泉郡，魚兮湯沐須醉鄉。寧圖溟渤恣潛躍，一滴兩滴真濠梁。失水不憂憂失酒，相濡相煦樽罍旁。雲沸淵流貴不息，蘭生萼緑無參商。每君飲釂似乾澤，鮮薨倏忽成滄桑。青州露甜易州辣，一斟再酌蘇吾僵。醇醲即是桃花水，糟粕亦乃鯤鵬鄉。濁賢豈必清聖好，北酒誠比南醪强。我欲爲魚在缸裏，金鈎桂餌長無殃。一勺瓊蘇亦鯨吸，纖毫不惜居魚秧。五石瓠瓢拙用大，何如用小蟭螟藏。蟬翼自能負嵩華，蝸角豈必争侯王。吞舟每憂值芥葉，漏網所貴同針芒。白小天然尚二寸，入缸已是尋龍鰉。我今非魴亦非鯉，酒龍變化銖黍長。相隨蠛蠓遊麴糵，此樂誰知吾蒙莊。

琵琶行贈蒲衣子

【箋】康熙二十九年秋作。

王郎好音能琵琶，千態萬恨歸邊沙。明妃紫臺作胡語，公主烏孫思漢家。慷慨惟憑馬上樂，淒涼豈必軍中笳。新聲鼓出好詞曲，三日一調勞紅牙。古詞元人百雜劇，新曲牡丹兼浣紗。伯龍紅友供繁弄，酒酣一唱三咨嗟。改調高彈颯風雨，攢點忽似更蝦蟆。手搊口歌聲若一，絲肉紛飄如飛花。小聲吹裂漆簞簟，大聲摻亂漁陽撾。自矜琵琶與琴應，眩精駭耳非淫哇。一一暉音合清濁，上腔下柱同整斜。十指絶光若驚電，雙袖奮影争流霞。亂擊空中白翎雀，橫奔塞上拳毛騧。毛血淋漓儘揮灑，又如胡漢相紛拏。大雷小雷響四迸，天驚石破愁女媧。兒女呢呢不得語，恩怨爾汝潛相加。緩調平絃有時倦，掩抑奇態嫌窋窊。聯綿斷續轉嗚咽，又如緪瑟悲瓠巴。一激一昂真當泣，哀歌銷盡情萌芽。鵾絃石槽兼鐵撥，翻嫌古法多喧嘩。逢君但乞飛龍引，發揚蹈厲除姦邪。鎮西更作大道曲，羅襦胡牀臨閩闍。阮咸淒鏘竹林下，風流豈似居瑯琊。我今煩冤神越散，大招須君爲景差。不然節奏盡傳我，十調五調成豪奢。一枚昨致惠文婦，槽用香楠連木瓜。得曹左手裴右手，亦可持慰吾秦嘉。琵琶弟子君多少，中有幾人顔如茶。楓香定移西樓女，鞋帶可記楊家娃。得君琵琶諸楔子，鞾婆舊譜寧足誇。梳山音律此一種，教坊買斷傾金車。王郎王郎爾莫苦，埋憂國腹如丹砂。天際真人既有此，北窗跂腳殊風華。窒嫈，女作姿態也。

【箋】康熙二十九年作於廣州。蒲衣子即王隼，自號蒲衣，邦畿子。番禺人。清史稿本傳及番禺縣志卷四十三載，隼七歲能詩。慕道術，早歲棄家入丹霞，尋入匡廬，居太乙峰，六七年始歸。性喜琵琶，終日理書卷，生事窘不顧，惟取琵琶彈之。琵琶聲急，即其窘益甚。妻潘，女瑶湘，並工詩。著有大樗堂初集、外集、梳山七書等。

呈武番禺

天水雄才六郡高，早年頻佩吕虔刀。來臨百粤多膏澤，坐擁三城失海濤。秦地風詩還駟驖，楚臣苗裔亦離騷。殷勤禮數能忘分，日侍神明敢告勞。

【箋】康熙二十九年作於廣州。汪譜作二十八年，誤。武番禺即武籌，陝西伏羌人，進士。康熙二十九年任番禺縣知縣。見阮元廣東通志職官表。

浮丘修禊作

朱明門户是浮丘，浮丘丈人昔此遊。采藥相攜浮丘叔，時從洞裏入羅浮。挹袖堂前花幾處，春光一望消愁緒。雲霞十里蜃樓臺，錦繡三城龍子女。今晨上巳是佳晨，與客傾壺坐草茵。偏霸不須爲武帝，清狂且復作仙人。尉佗自稱南越武帝。

【箋】

康熙二十九年三月三日作於廣州，時粤中文士當有修禊之舉。浮丘在廣州城西一里，爲浮丘丈人之所遊。丘前有館曰「朱明」，館中有軒曰「挹袖」，堂曰「白雲」，宋經略蔣之奇所建。蓋以浮丘在羅浮之西，爲朱明門户。萬曆間，學士趙志皋以謫官至，開浮丘大社，與粤中士大夫賦詩。見廣東新語卷五三石條。

修復浮丘詩社有作

仙城三石三培塿，似三神山隨波流。地道潛通第七洞，朱明門户惟浮丘。浮丘丈人昔棲此，子喬吹笙翩來遊。浮丘伯與浮丘叔，兄弟一羅而一浮。稚川來挹浮丘袖，丹井至今如龍湫。

海神珊瑚一再獻，珊瑚知自珊瑚洲。灏陽趙公志皋。浮丘結大社，吾越風雅淩中州。前掩曲江後海目，塤篪一一相綢繆。變亂以來遺響絶，後生不知分歌謳。抗風軒中失領袖，訶子林裏誰賡酬。別裁僞體遍里巷，漢唐規矩同寇讎。泰泉弟子多古調，蘭汀青霞居其優。我今欲作鐘呂倡，欲得二三黎與歐。南園東皋總荒草，壇坫復有浮丘不。招攜諸君理蕪穢，勝事更與仙靈謀。曜真之天再開闢，泉源福地持咽喉。三石謂浮丘與海珠、海印也。

【箋】

康熙二十九年作於廣州。時屈大均、陳恭尹、梁佩蘭等重集於浮丘，修復舊社。廣東新語卷十二：「浮丘詩社，始自郭光禄棐、王光禄學曾。」

水仙嘆 二首

往年水仙從吴來，四萬餘本花盡開。今年衹得四千本，十本一花無重臺。家家水仙苦不售，一錢一本誰買回。人窮罕有好事者，生理蕭條良可哀。

水仙天暖但生葉，天寒始見花含胎。今歲廣南頗風雪，凍傷無數桃與梅。水仙苦寒亦不發，安得一夜春氣回。我心望春與花似，春來我心花亦開。水仙喜寒，亦喜暖，故云。

【箋】康熙二十九年作於沙亭。廣東新語卷二七水仙條：「水仙頭，秋盡從吴門而至，以沙水種之，輒作六出花，隔歲則不再花，必歲歲買之。」

庚午臘月丙寅舉第五子阿需值慈大人八十有七生日喜賦 四首

朔雪不須迎臘早，又舉商瞿第五兒，方開大母壽筵時。婆孫共物齡應與，父子同庚命可知。

南風好爲送年遲。梅花笑向高堂道，雛鳳生多鳳未衰。

三年結實桃方少，豚兒天易與貧家，老蚌多珠未足誇。五子已能如栗里，六龍應得似公沙。

七十生稊柳更華。分授劉殷經各一，儘教兒女作侯芭。

花燕教雛長繞户，鏡裏微霜兩鬢侵，庭闈婉孌老逾深。六旬單豹嬰兒色，五十重華孺子心。

籗龍齊母每穿林。今朝又應熊羆兆，夾室喤喤有泣音。

九歲應求王氏嗜，三舉曾孫又一孫，一年嘉慶集慈尊。麻姑煉黍成珠易，阿母栽桃結子繁。

百齡未畢尚平婚。呱呱最是忘憂物，況復蘭房滿樹萱。今歲仲弟之子明同舉一子，其陳氏女舉一子，季妹之張氏女舉一子，故云「三舉曾孫」。

【箋】 康熙二十九年十二月十日爲舉第五子明漢且值其母八十七歲生日作於沙亭。 阿需即明漢，陸氏墨西出。 文鈔七字八子説有「六十有一，則明漢」之語。

送王礎塵之贛州 二首

白頭吾友漸無人，君去臺關失所親。歸雁聲催南海節，落梅香待建安巾。雲中冒頓頻乘月，雪裏花門未動塵。到日鬱孤當小歲，羊裘先得漢家春。

新春章貢莫淹留，亦向中原作遠遊。黄帝豈從狂屈問，真人應向野王求。絳衣日照長無夜，白髮風吹更不秋。書信早傳南越客，相思一慰鷓鴣愁。

【箋】 康熙二十九年作於廣州。 王礎塵即王世楨。

内子季劉以歲除生日承王君礎塵賦詩見貺率次元韻奉答 二首

令嫺生向歲除時，正值瑶林雪滿枝。早得雙珠歸鳳掌，長描五岳在蛾眉。千金未作編蒲笑，一日從無釆葛思。與妾糟糠俱不厭，典釵方取酒盈巵。能生梁女惟西粤，解配徐卿必季劉。螺黛香分鸜鵒硯，牛衣暖作驌驦裘。桑林莫祝蠶雙繭，梅上休饑子七鳩。歲歲壽杯連守歲，先春一日勝先秋。梁氏緑珠生博白，季劉生昭平，故云「西粤」。

【箋】季劉即劉氏武姑。王礎塵即王世楨。康熙二十九年歲除酬唱之作。

不草詔

武宗皇帝欲自稱威武大將軍，而以江彬副。召大學士梁儲草制，儲奏曰：「臣草制，是臣名君，臣不敢草。」上手劍睨曰：「不草，齒此！」儲免冠伏地請死，上乃擲劍。

如何聖天子，乃稱大將軍。當制不敢草，嫌以臣名君。皇帝拔劍起，不草即誅爾。免冠伏殿前，淚流請就死。剛哉古大臣，不辱朝廷體。

【箋】此詩及下首，編于凌本詩外二。當作於康熙二十五年至二十九年間。

詠高士王賓

王賓字仲光，吴郡人。志不願仕。永樂初，自壞其面，人多以爲狂。嘗賣藥市中，所至群兒隨之，賓與嬉戲，歡如也。太守姚善造門，逾牆避去。善卻騎從，獨候之，始與相接。據坐受拜，若師弟子。姚廣孝既貴，請見，弗得。方盥，掩面而走。

至人能嬰兒，嬉戲存天真。長爲渾沌宗，棄智如埃塵。直木必先伐，甘泉必先湮。於世吾何求，聊爲葛天民。朝饑采松柏，暮寒棲草茵。抗節終不回，湯武非吾君。毀我白玉顔，裂我華陽巾。遥遥狂接輿，相攜共沈淪。

【箋】王賓初名國賓，字仲光，號光庵。其傳見明史、昭代明良録、明人小傳、續吴先賢贊等書中。

爲定安董大令壽

宓子能爲政，當時最少年。神明因取友，清静祇鳴絃。君作瓊南令，今同單父賢。妙齡方十九，高弟是三千。邑小濱炎海，堂虛隱瘴煙。乘閒桑柘外，折節父兄前。魚識河魴美，禽知么鳳妍。檳榔青滿子，茉莉緑成錢。訟少無三木，書多有八編。勤休星出入，清已日流傳。及此春秋富，彌令冰雪堅。初升欣旭景，爲壽未須筵。

【箋】

董大令即董興祚，正白旗人，監生，康熙二十九年任定安縣知縣。見阮元廣東通志職官表。詩當作於康熙二十九年之後。

辛未元日作　六首

衣冠元會繞君姑，歡笑庭闈好盡娱。男女尸鳩新七子，弟兄荆樹老三株。宜春帖戴連金勝，長命杯浮點玉酥。膝下盤旋雖甚健，未容西去挽天弧。

六旬有二據鞍年，窮苦真能老益堅。白帝自辭都布後，赤家誰奮大冠前。夢腰銀艾長垂地，思作金標更拄天。未許稱翁當此日，英齡高密正齊肩。

兒女雍和滿内庭，綵衣嬉戲即仙靈。秦家弄玉餘雙月，竇氏聯珠且五星。瑶草先春含雪豔，銀花不夜吐煙馨。桃湯獻罷催桃葉，天姥扶將下幔亭。

去臘陰寒失物華，南中盡道似邊沙。未知素雪非冰凍，卻把紅梅當杏花。獻歲啼鶯纔一樹，開春落葉尚千家。高堂早起當窗數，六蓴參差吐蜀茶。
上日裁詩興有餘，一年花發彩毫初。身當軟節同眠柳，貌值靈春似立蕖。胡廣親傍無几杖，陶潛人外祇琴書。甘貧最易康寧得，樂在簞瓢敢不如。
昔類紅蓮今白華，未慚明鏡尚含葩。還童豈必驚淮苑，祭酒應能壯漢家。違雪雁猶依海嶼，負冰魚已上湖沙。風光先向騷人發，多作瑶箋染綺霞。

【箋】康熙三十年春節作於沙亭。屈大均時年六十二歲。

辛未元正六日立春值次兒泰十歲生日作 二首

犬子好生辰，開年氣色新。能先人一日，即得汝三春。外傅殷勤就，中經次第親。九齡分我百，帝與十回辛。
當年占得泰，生果值三陽。綵合而翁舞，甘分祖母嘗。春先人日暖，日向立春長。示爾辛盤頌，應追筆墨香。

【箋】康熙三十年正月六日立春爲其次子明泳十歲生日作於沙亭。泰即明泳，劉氏武姑出。見文鈔五亡妾梁氏壙志銘、七字八子説。

人日

年年此人日，人恨一人無。燭滅迷魂夢，香薰暗畫圖。病教明鏡失，貧使玉琴孤。不盡秦嘉意，依依一繡襦。

【箋】康熙三十年爲悼念亡妻王華姜而作。王華姜生於人日，康熙九年病卒，故詩起句云云。

諸兒　二首

祇是縈懷抱，賢愚已可知。清貧長在外，教誨未多時。苦竹纖纖笋，寒花嫋嫋枝。參差催老大，卻望長成遲。

失學多因懶，非關未得師。父勞難責善，家敝易傷慈。作士無平世，爲農及少時。帶經鋤自可，不日返東菑。

【箋】康熙三十年作於沙亭。

賦得垂柳送客出梅關

垂柳與行人，依依爲好春。無能繫騮馬，祇解作花茵。吹笛且容與，出關應苦辛。枝間烏八九，望爾白頭新。

【箋】

康熙三十年作。　梅關，讀史方輿紀要卷一〇二：「在大庾嶺上，兩崖壁立，道出其中，最爲高險，或以爲即秦之横浦關也。」

賦得間柳發紅桃

參差水楊柳，中有夭桃然。緑將紅作裏，花與葉争妍。千千分巧笑，一一作春眠。相映宜晴雨，依依此海天。

【箋】

康熙三十年作。

不及

不及簷前柳，春來即展眉。惹人頻有絮，牽客更多絲。雁浦寒煙外，鵝城細雨時。年年小寒食，怕見最長枝。

【箋】康熙三十年春作。

依依

依依春未去，花爲美人留。況有玉琴好，能蠲香浦愁。影憐雙燕過，聲愛一鶯流。枕簟因君設，殷勤向小樓。

【箋】約康熙三十年春作。

送林赤見之懷集授經 二首

吾友有令子，五經如井丹。少年頻友教，長路豈遊盤。西水冰初解，春帆雨乍寒。定知賢令尹，雅有得人歡。

幾日辭都講，行憂養孝遲。豈伊敦子職，兼可作人師。雨水收燈候，花林罷酒時。老成今漸少，吾道厚相期。

【箋】

康熙三十年作於廣州。林赤見即林貽熊，字赤見，號樗圃，東莞人。康熙癸酉舉人，選授山西長治知縣，有政聲。遷河南臨潁縣。值滎陽河決，力爲散賑，凡八閱月，存活無算，擢陳州牧，會鄰邑解囚至州越獄，坐累罷歸。見東莞縣志卷六十七。

送汪楷士還歙爲其尊人七十壽 二首

春半尚未雨，江行苦淺流。頻隨歸雁去，不爲落花留。子舍依黄岳，親年若楚丘。籠蔥多玉杖，采得自羅浮。

兄弟多才甚，君兼作弈秋。人無鴻鵠至，客有斧柯愁。矯矯來三楚，翩翩過五侯。還家同老父，樂向橘中求。

【箋】汪楷士，歙人，生平未詳。其家居黄山，疑與汪沅有親戚關係。康熙三十年作於廣州。

辛未上巳讌集王蒲衣濠廬分得春字　時會送李孝先就婚於蒲衣　二首

禊飲逢元巳，清和鬱水濱。桃開千笑日，鶯弄數聲春。䁖室陪甥館，浮觴屬主人。青青修竹裏，喜見鵲巢新。

清淺同銀漢，桃花水正春。言乘秉蘭節，來送渡河人。烏鵲隨童子，鴛鴦作媵臣。衆情風舞暢，歌入玉簫新。

【箋】康熙三十年三月三日作。王蒲衣即王隼。李孝先，粤東詩海卷六九：「李仁，字孝先，四會人，恕子。太學生。著有借堂偶編。」時李孝先與王隼女瑶湘新婚。

哭汪右湘 三首

豈意黄山下，斯人不可期。未過方壯日，已是返真時。玉樹埋荒草，嘉蓮隕碧池。三年招手處，望斷阮溪湄。

老友江東盡，凋零及少年。文章無白首，意氣在黄泉。築室當文杏，迎予學太玄。侯芭今已矣，淚濕授經箋。右湘築文杏山房，擬迎予執經受業。

未見而顔色，神交日益親。才高誰不世，道大自無人。槿豔空朝露，松寒有古春。談林殊寂寂，麈尾欲生塵。

【箋】

康熙三十年爲悼念汪右湘而作。汪右湘即汪沅。文鈔九復汪右湘書：「僕從嘉蓮而知吾子，因吾子而得嘉蓮詩二章……嘉蓮之生，其有大造於僕，實造物者有意於其間，僕一何幸也！二詩未工，而吾子以刻箋流傳白下，謂在諸君子嘉蓮百餘篇之上。」故詩有「嘉蓮」之語。

過何明府城隅客居賦贈

解組貧逾甚，誰憐范使君。花從漁父乞，穀向丈人分。半畝仙羊宅，三春野鹿羣。桐鄉尸祝好，莫憶舊燕雲。

【箋】何明府，何金藺，字相如。江蘇丹徒人。康熙九年進士。時任桐鄉知縣。後任給事中。事見桐鄉縣志卷八。康熙三十年作。

送陳子楚遊

明到岳山陽，題詩楚國香。芙蓉春九面，蘭芷古三湘。詞賦多先友，江湖即故鄉。主人方伯好，日夕命壺觴。

【箋】陳子，名籍待考。康熙三十年作於廣州。

花朝讌集湯氏園亭作

緋桃掩映畫橋東，春到花朝影盡紅。作暖池塘初有雨，吹寒楊柳祇多風。流鶯一一笙歌裏，戲蝶紛紛士女中。但使主人能愛客，名園易與辟疆同。

【箋】花朝，舊俗以農曆二月十五日爲百花生日，號花朝節。湯氏園庭，未詳所在。康熙三十年作。

梅

紛紛桃李臘前開，豈意春初尚有梅。人戴一枝爲寶勝，鶯銜數片作香胎。隨風未肯沾泥去，化雪猶思入酒來。頮面能令顔色好，參差兒女滿妝臺。

【箋】康熙三十年春作於沙亭。以下乍得、一春均作於同時。

乍得

乍得春風不自持，無人亦復舞腰肢。白頭最恐花如雪，青鬢偏憐葉似絲。有恨黄鶯聲咽咽，無情紫蝶影離離。風流好向靈和殿，更與嬋娟鬥翠眉。

一春

一春煙雨失年華，生事蕭條愧謝家。五子詩書憂靖節，六龍婚嫁累公沙。桃無紅白都成實，梅有雌雄總作花。但使文章能富麗，聯珠竇氏豈浮誇。

仲夏燕集黄氏柳橋精舍同用弧字

鳴蟬一一在高梧，含吐涼颸響不孤。煙水人同鳧藻得，風流地似柳橋無。酒因伏日調冰液，花爲炎天隱玉壺。瓜李且爲河朔會，秋深行欲挽天弧。

【箋】康熙三十年夏作。黄氏柳橋精舍，待考。

七夕後二日送王君還渠陽 惠州作

雙江合流何湯湯，左江右湖城中央。浮橋衝斷望風雨，遲君一日開帆檣。炎雲欲散苦未散，秋過七夕方微涼。平頭交扇尚揮汗，解襟且復依林塘。君今拜親留不可，八千餘里歸稱觴。

阿兄晨羞弟夕膳，笑加匕箸因芬芳。紫芝老父兩眉秀，白鹿仙人雙耳長。明歲能來覲叔父，寶坻美酒多攜將。惠陽郡樓一再酌，更看靈鵲填河梁。

【箋】康熙三十年作。王君，謂王叔琬。時王煐爲惠州知府，其子立安與侄若雲、叔琬等俱在惠。見陳恭尹送王立安偕若雲叔琬諸昆弟還惠州、春初送王新侯歸宜興王叔琬歸寶坻諸詩。渠陽，指寶坻縣。清一統志卷七順天府二：「蒲池河，在香河縣東北十五里，亦名渠河，入寶坻縣界。」

立秋後一日崔氏樓雨望

秋來一日即霜天，細雨生寒盡作煙。海氣不分平野外，山光如在夕陽前。穿簾乍入蕭蕭葉，繞樹長嘶咽咽蟬。樓好欲當明月立，催人何處暮鐘傳。

【箋】崔氏樓，地點待考。康熙三十年秋作。

奉送吴大司馬還京 四首

東南懸節鉞，文武總英高。客宿歸牛女，人流愛鳳毛。三吴元治行，五嶺益勳勞。一代明珠謗，扶風奈爾曹。

鄭重京華入，賢聲答往欽。旁求三殿久，遺愛百蠻深。太歲仍金馬，尚書亦竹林。風流殊不墜，晉代至於今。

南塞公來重，長城一臂支。馬留銅柱少，人入玉關遲。鼓角難忘戰，竿旄易感知。鮫人恩莫報，慷慨泣珠時。

畫船珠海動，鐃吹滿離聲。百粵壺漿淚，三軍乳哺情。武溪思北發，瀧水怨西征。愴别崧臺下，從今望玉京。

【箋】

康熙三十年作於廣州。吴大司馬即吴興祚。吴氏爲兩廣總督，康熙二十八年以鼓鑄銀兩不實等，降三級調用。見清實録卷一四一。吴氏還京，大均賦詩贈别。

爲連山劉明府壽

山水連陽美，樓名畫不如。君爲清惠令，日著治安書。上白畬田米，純紅峽口魚。諸傜來拜壽，花草滿裙裾。連陽有畫不如樓。

【箋】康熙三十年作於廣州。劉明府即劉允元，直隸大興人。歲貢，康熙二十八年任連山縣知縣。見阮元廣東通志職官表。

賦呈韶州陳太守 四首

韶陽賢太守，聽政九成臺。帝與薰風曲，人隨翥鳳來。花中瑶圃出，棗下畫轓開。欲就重華甚，陳辭愧楚才。

神君先教化，不讓古循良。祭酒求荀子，箋經問鄭鄉。仁山韶石大，智水曲江長。風度樓前月，遥遥沐景光。

三十簫韶石，中開天闕高。一從迴玉輦，終古想雲璈。政暇舒清嘯，官閒枕海濤。彼姝無以告，未敢辱干旄。

五馬當南塞，闕門咫尺中。梅花秦鎖鑰，桂樹越房櫳。六縣師明德，三城待聖功。相如慚未學，亦欲就文翁。

【箋】陳廷策，字元敷，號毅庵。正黄旗人，一作襄平人。蔭監。康熙二十八年任韶州府知府。事見韶州府志卷五、廣東通志「職官表」。康熙三十年作。

送陶子北征

歲晏愁行役，蒼茫萬里鞭。白無南雪地，陰有朔風天。老馬空知路，饑鷹不下田。唾壺休擊碎，烈士未衰年。

【箋】

陶子，其人待考。康熙三十年作於廣州。

贈金磬北　三首

隸書師鄭叟，驚絶已知名。求寫無縑素，飛毫憶老成。一生耽墨妙，三體未研精。谷口能模楷，從君至舊京。鄭叟名簠，字汝器，號谷口，南京處士，磬北師之。

白髮湯高逸，書家亦一人。鳩兹稱二篆，蠆尾更三真。以我師心拙，多君得法新。歸時煩致語，名跡寄來頻。湯，蕪湖人，名燕生，字巖夫，雅善篆勢，磬北居與之鄰。

白首思乘暇，臨池學伯英。法書研玩少，真跡夢魂傾。師有江東友，人知漢隸名。祕傳須口授，湯鄭總關情。

【箋】金磬北，南京處士，生平未詳。康熙三十年作。

送黄叔威還閩 四首

君歸金太少，亦慰旨甘求。國老存喬木，天年得大秋。三山醇酒設，九日菊花浮。海氣金銀外，仙人在蜃樓。君有尊人盱眙公。

知交閩越少，爲我語亡諸。有友梅鋗在，無人大漢餘。侯官數災異，高叟斷音書。晚景憂孫子，題詩恐太疏。高叟謂雲客。

君來慚地主，值我最貧時。一日房櫳語，三年夢寐思。仙留鈴記在，老作華嵩期。英霸吾非器，龍光騁已遲。

水菽艱難甚，關山跋涉中。能勤雙白髮，又是一黄童。别處愁殘日，歸時苦颶風。福興諸好友，心事爲相通。

【箋】黄鷟來，字叔威，福建閩縣人。貢生。少有文名，不屑科舉。初舉鄉試不中，不復應試。性豪爽，喜交遊，好山水。南至廣州，與屈大均、陳恭尹交往，陳恭尹有走筆送黄叔威兼柬高固齋詩。北上遼沈，時陳夢雷謫戍於此，叔威爲其松鶴山房詩文集作序，可見其志節。著友鷗堂集八卷。費錫璜序云：「叔威少時以翩翩公子，文名籍甚，乃棄制科不取，退而與一二遺老，尋前賢之墜緒。」又有見山堂集。康熙三十年作於廣州。事見袁行雲清人詩集敘録卷十四。

林子餉梨有作

多君大谷梨，紫實壓霜枝。亦未含消似，偏令津潤滋。冷愁尊老嗜，香恐小男知。稍待微酣後，甜冰食不遲。

【箋】

林子，疑即林梧。康熙三十年秋作。

郭君酌我延壽佳酒賦以答之

多君仙醖好，不惜甕頭開。爲我斟元氣，留春在玉杯。長年憑美禄，名飲見狂才。自此乘佳日，頻過踏紫苔。

【箋】郭君，疑即郭清霞。康熙三十年秋作。

林岕

林確齋先生始製此茶，名曰「林岕」。先生故周府宗侯也。

峒山真岕好，學製有遺人。庶子今林姓，周家舊懿親。金精栽絶巘，紫笋摘先春。廟後香全似，泉兼蟹眼新。金精，山名。

【箋】林確齋，本名朱中尉，明甯王朱權之後。南昌人。明亡，改名林時益，號確齋。學易，與魏禧等被稱爲「易堂九子」。能詩文，尤善種茶、製茶、品茶。見魏禧朱中尉傳。康熙三十年作。

汪扶晨六十有贈 四首

夢魂無處所，衹是向潛溪。白髮有吾友，黄山知更西。命將盤石似，身已偃松齊。六十詩逾好，峰峰笑舊題。

老友稀江左，年齡盡與君。無才真大藥，有道總浮雲。得草麑相命，逢花鶴不分。未知潛口路，多少桂叢薰。

殷勤來尺素，讀罷置蘭襟。雀亦開全尾，蕉休捲半心。故人真好我，曠世一知音。百歲期鍾子，洋洋聽玉琴。孔雀喜則開屏。

早年温麗筆，衰白益生春。玉滿文魚腹，珠多老蚌脣。墨分膠漆友，茶與水雲人。養壽同園綺，商顏待作鄰。

【箋】

康熙三十年作。汪扶晨即汪士鋐。文外十五復汪扶晨書：「自潛口至珠江，凡五千里，而書疏時通，新詩珍物，絡繹而至。兄之愛我，不忘我，曠觀天下，誰有人能出兄之右者？」故詩有「殷勤來尺素」、「曠世一知音」之語。

扶晨屢以紫霞茶見寄賦以答之

紫霞頻見寄，香白露芽鮮。摘定先寒食，烹須就乳泉。摩娑雙白甎，斟酌一青娟。歲歲封題意，殷勤感汝賢。

【箋】康熙三十年作。扶晨即汪士鋐。

壽光軒作

白髮猶衣食，婆娑花樹陰。弄雛過白日，飲乳向青琴。菡萏無雙蕊，鳲鳩祇一心。膝前孩笑好，兩兩助清吟。

【箋】康熙三十年作於沙亭。壽光軒，大均鄉居時之室名。

題吕紀梅雀圖

絕似邊鸞好，枝枝雪可攀。粉微沾翠羽，香欲出寒山。啄蕊當明月，驚花墜玉顔。畫時圖辟暑，宜爾素屏閒。

【箋】吕紀，字廷振，號樂愚。鄞人。明代畫家。花鳥學邊文進。弘治間被徵入宫廷作畫。作於康熙三十年。

喜侃士病愈贈之 六首

炎方人易病，勿藥汝遲遲。難老無如學，多才自有時。暖風薺麥秀，涼露蕣華滋。不及黄黄菊，神仙食更宜。

莎鷄初在野，最早得秋寒。亦未傷遲暮，其如行路難。忘言但吟嘯，與道日遊盤。青歲還經學，紛綸一井丹。

坐隱須棋局，從君弈旨求。馬融思作賦，祖訥待忘憂。黑子饒難少，香囊賭尚留。蕭齋楓葉下，相對一高秋。

君家富山水，復有父兄賢。孝友光閭井，壺觴媚老年。白華無大小，朱萼總芳妍。汝也吹篪好，聲高五子前。

石笋森如束，枝枝上有松。有時仙掌出，鎮日谷煙封。羽化三天子，髯留一老龍。容成應可接，歸向玉芙蓉。

新安多好友，招手十年間。以我浮丘客，應居黄帝山。明春單舸往，及爾故園還。一浴硃砂水，乘秋返庾關。廣州城西有浮丘山。

【箋】佩士即汪佩士，與屈大均、陳恭尹均有交往，陳恭尹有送汪佩士詩。康熙三十年作於廣州。

喜羅君又持扶晨書至

新安江好水，生得有情魚。歲歲銜芳信，年年到敝廬。夢魂因爾少，音問更誰疏。自古瀟湘客，鱗鱗愛媵予。

【箋】羅君又，其人未詳。扶晨即汪士鋐。康熙三十年作。

白雲泉

白雲山上水，幾處作名泉。今夕龍團味，全勝蟹眼鮮。湍流非瀑布，仄出向巖煙。酒渴真宜汝，壺觴玉井邊。

【箋】廣東新語卷三白雲山條，記述白雲山之泉水，頗詳。康熙三十年作於廣州。

元孝六十又一生日賦以爲壽 六首

長兄叨一歲，十六結交知。以爾真賢友，而翁更哲師。忠貞三世早，事業兩家遲。此日難爲壽，慚過耳順時。

同生霜降月，揺落每相憐。喬木先朝古，黄花故國妍。琴惟天馬引，歌是楚漁篇。未可傷衰暮，殊多獨漉年。

漢代羽林子，孤兒今幾何。瓶侯孫氏少，劍客李家多。寇雉銜霜去，邊雕蔽日過。文淵雄顧盼，明歲未蹉跎。

臣妾誰鳧藻，迷途一布衣。又嗟寒露濕，未見太陽晞。壯髮霜雖短，初心日未非。杖鄉多一歲，好待據鞍飛。

卻老文章在，無歡亦寫心。壽光還導引，方朔祇浮沈。味愛篔簹苦，香憐橘柚深。齊名從少小，千載一雕琴。

出處一浮雲，窮通祇共君。無憂惟作述，有道即功勳。竹影龍公合，松陰鶴子分。纏綿敦世好，彼此挹靈芬。

【箋】康熙三十年爲陳元孝祝壽而作。元孝即陳恭尹，生於明崇禎四年九月二十五日，其獨漉堂集贈别屈翁山詩有「與君結交初，十五侍親庭」之語。大均長於恭尹一歲，十六歲師從恭尹之父陳邦彦。

奉題惠陽王郡侯署中憶雪樓 四首

嶺海行春罷，樓開盡物華。欲將天北雪，來潤日南花。二岳窗間直，雙江檻外斜。自來仙太守，山水滿官衙。公寶坻人。

豈無南雪好，朔雪易成花。幸有羅浮樹，光含漲海霞。使君移緑萼，么鳳自金沙。手澤樓前滿，甘棠即白華。羅浮有金沙洞。

姑射無冰雪，炎方亦覺寒。神凝在浮嶠，夢去祇中盤。瀑布爲膏澤，芙蓉即大丹。更令樓外水，清作使君灘。公家近盤山。

峰愛穿簾小，來從雙玉盤。莫將湖内外，都作月明看。政事惟高卧，顔容更渥丹。謝公鴆鵲句，書遍碧琅玕。雙玉盤，謂内外豐湖也。

【箋】王郡侯，即惠州太守王煐，著有憶雪樓詩集。康熙三十年作。

爲順德徐明府壽

未知碧鑑水，清似使君不。莫擲沈香去，將成芳草洲。政成高卧裏，年與大春留。難老無煩祝，徐陵正黑頭。碧鑑，水名。

【箋】

康熙三十年作於廣州。徐明府即徐勍，浙江鄞縣人。進士，康熙二十九年任順德縣知縣。見阮元廣東通志職官表。

送李君還秦兼寄懷其舅孔德太史　四首

白頭知己盡，而舅最相思。萬里空魂夢，平生此别離。自矜辭爵早，人恨著書遲。鍼藥憑誰進，蕭條卧疾時。

越有南枝鳥，秦餘北地人。文章高並起，羽翼夙相親。汝病躬方有，吾衰性未馴。參商應有日，再見渭川濱。

尚得存尊足，奚勞患有身。孤桐雖半槁，碩果定重新。高卧復何事，蘧廬餘一人。平生知作達，佚我豈沾巾。君得癱瘓之疾。爲予催李漢，文録早成之。往日昌黎婿，而今伯道兒。全書留太華，副本在京師。作序題前後，蕪言不敢辭。李漢，君之嗣子。

【箋】

康熙三十年作於廣州。孔德即李因篤，康熙五年，與屈大均定交。文外一宗周遊記：「先是有傳予登華長律至西安，天生（孔德）見而驚服，謂『自有太華，無此傑作，可與于鱗並傳』。比相見，即再拜定交。」故詩有「知己」之語。

林叔吾六十生日賦以贈之 六首

少予猶二歲，鬚白已三年。未是桑榆日，方開草昧天。加餐休服食，好學即神仙。六十多吾友，參差杖國前。

六十蘧公化，前賢似者希。未能惟寡過，不盡是知非。道與浮雲卷，情終故國歸。有君同此意，衰白益光輝。

白首如新識，情因患難長。白公磨劍利，黄叟採芝香。慷慨歌同病，艱難笑備嘗。未應春色裏，送老是壺觴。

更使詩歌好，風華要絶倫。鶯花争一日，筆墨鬥三春。世棄沈冥客，天迷故舊人。阿兄應待汝，開目似馮信。令三兄近得告盲之疾。

令子知名早，雍容友教時。一家能有學，二祖更無師。理窟禺山下，談林莞水湄。趨庭説風雅，先解阿翁頤。二祖謂君之高、曾，光禄公、御史公也。

石上圍棋罷，乘涼坐到明。燭殘須日出，膠盡自河清。寂寂生前事，茫茫身後名。一杯空所有，何物是殤彭。

【箋】

康熙三十年爲林叔吾祝壽而作。林叔吾即林梧，林洊子。

贈徐順德

大令仁風扇海濤，鳳城沐浴盡恩膏。漢京政事三河美，徐氏辭章六代高。卧閣鶯聲連小苑，訟庭草色接平皋。四明狂客風流在，肯爲青蓮解佩刀。徐，寧波人。

【箋】

康熙三十年作。徐順德即徐勍，浙江鄞縣人，進士，康熙二十九年任廣東順德縣知縣。見阮元廣東通志職官表。

壽南雄太守母夫人

太守舊稱崔實母，大夫今亦五原同。神明本自傳師氏，清靜何煩友蓋公。夕膳親調朱萼雪，春行人沐赤棠風。天南德教臺關始，十郡慈光望不窮。

【箋】

康熙三十年爲南雄太守母祝壽而作。南雄太守指黨居易，陝西人，蔭生。康熙二十二年至三十一年任南雄府知府。

七夕詠牛女 五首

蛾眉光出絳河分，掩映明霞織女裙。不作蟾蜍飛入月，長勞烏鵲結成雲。花針處處抽紅縷，香粉家家散紫芬。未夕黄姑牛罷飲，橋邊卻扇笑氤氳。

銀潢高泛海人槎，喜見天孫渡羽車。詒鳳無緣求婺女，牽牛有幸勝匏瓜。月中易得西王藥，雲外難尋帝子家。二七佳期秋及早，仙靈故事最芬葩。

服罷瑶箱向夕閒，合歡應不減人間。生離但得如河鼓，死育寧辭作破環。百合香薰經歲夢，九光燈照隔秋顔。心悲蘭夜難爲永，未曙扶曦已可攀。淮南子：「月似破環。」

浣紗終歲苦參商，又涉明河萬里長。未許客星窺織作，頻從南斗得津梁。冰開七子團團鏡，

露浥雙鸞片片裳。手爪昭回助雲漢，定知天肯報文章。天官書：「南斗，雲漢津梁。」

東西河水秖分流，割斷雲潢作御溝。職與婺星皆寡宿，生爲天媛更離愁。鴛鴦有愧雙青鳥，

蟾兔無情一白頭。婉變未終初日上，明年含睇又涼秋。

【箋】

康熙三十年七月初七夜作於沙亭。七夕，農曆七月初七夜，民間傳説牛郎織女此夜在天河相會。

閏七夕再詠牛女 五首

素秋今歲重流火，天爲雙星作閏來。日月數真符四七，女牛歡似上雲臺。還張北道長生席，

更把西京百子杯。喜母絲從河漢下，佳人笑向彩雲開。

翩翩鳳駕又佳期，清淺秋河雨過時。烏鵲更銜天女石，蠨蛸仍吐漢宮絲。雙星豈合相憐愛，

一月何曾是别離。歡讌最難重此夕，桂沈瑶彩不妨遲。

天帝金錢定已還，輟機重得七襄閒。三星倍覺光河漢，一水頻催濕佩環。心逐奔龍雲冉冉，

淚沾顧兔月斑斑。今宵始是無雙夕，欲助填橋放白鷴。謝惠連詩：「今夕聚無雙。」

小兒佳節又開樓，羅綺風清織女秋。露井華看神水上，天河光接白波流。涼深夜半拋紈扇，坐到晨暉爲玉鈎。靈匹每憐分袂後，伯勞飛燕更含愁。吴人以七夕爲小兒節。

微茫雲際蹀龍鑣，玉杵聲沈秋泬寥。月未成光先一日，星當得語已雙宵。填河天上無精衛，催淚人間有洞簫。須女殷勤相媵好，那能再閏是今朝。月八日成光。古詩：「脈脈不得語。」織女旁四星爲須女。

【箋】康熙三十年閏七月初七夜作於沙亭。

八月初八夕詠月 二首

蛾眉今夕夜光成，未到中秋鏡半明。花逐露華香共落，酒和雲漢影同傾。玉娥弓向天狼彀，珠母胎從顧兔生。稍待團圓還與賞，抽毫更寫仲宣情。

片霞斜映絳河妍，一半秋光死魄邊。心似玉鉤猶自曲，影同紈扇更誰圓。瑶臺未合雌雄鏡，錦瑟休張五十絃。寒露欲來衣待寄，離情悽斷緑尊前。

【箋】

康熙三十年八月初八夜作於廣州。

六十二歲生日作　三首

未到重陽暑氣消，黄花已似客蕭條。催人蟋蟀悲遲暮，失路驊騮嘆泬寥。不覺杖鄉加二歲，豈堪高卧遽三朝。奇齡尚待慈親與，得見河清即子喬。

荏苒流光柰晚何，六旬有二恨蹉跎。艱難反國非重耳，矍鑠臨軍豈伏波。野鹿鳴麑多美草，田鳧傍母衹寒河。闈庭思甚無餘事，日取蘭陔入詠歌。二公是時皆六十有二。

六十人流未有聞，又添時節兩秋分。絮巾尚擁遼東雪，毛扇終揮薊北雲。白恨蘆花同縞髮，紅憎楓葉似羅裙。仙成詎忍忘人世，鸞鶴翩翩不作群。

【箋】

康熙三十年作於沙亭。屈大均生於九月初五日，至康熙三十年，恰六十二歲。

九日承王驃騎邀集東皋有賦　三首

東皋亦似蘭亭會，上巳何如九日觴。菊爲將軍開紫笑，梅因逸少吐紅香。三江水到魚珠闊，二嶠雲連雁翅長。南武自來天府地，英雄衰白一沾裳。

謝公棋墅此松林，化碧痕如秋草深。散帶且揮桓氏彈，和歌休愴雍門琴。弓開更奮雙猿勢，箭落時驚一雁心。暮擁黄雲歸路暝，野風吹帽影蕭森。謝公，謂陳文忠公也。

越王臺枕玉山平，並騎登高結束輕。戲馬風流還九日，射雕人地且三城。將歸麗句雄笳鼓，未醉香醇困步兵。笑插黄花憂未遍，教添紫菊向長纓。

【箋】

康熙三十年九月九日作於廣州。王驃騎即王之蛟。東皋，廣州城坊志卷六：「東皋，在東門外，御史陳子履建。池亭樓閣山林隴畝悉具，爲一時名園。……鼎革後池亭荒蕪。康熙初，鑲黄旗參領王之蛟取爲别業，聘嶺南詩人梁藥亭、陳獨漉暨僧一靈屈大均所謂嶺南三大家者創東皋詩社。四方投簡授詩無虚日，實足抗手南園。」

雨聲

雨聲日夜如流水，欲寫潺湲無素琴。長夜已令哀怨久，故人還使夢魂深。孤高野鶴難雙宿，斷絶秋猿祇一吟。摇落自來悲宋玉，江楓無奈更蕭森。

【箋】康熙三十年秋作。

寄答華亭朱君　君時在端州制府幕

雲間風雅未蕭條，汝復悲歌起泖橋。垂老尚爲蠻府客，思鄉應作越人謡。羚羊探罷嘉魚穴，華表書殘錦石標。莫更崧臺秋色裏，愁從古木問前朝。

【箋】朱君，名號待考。華亭，今上海松江。康熙三十年秋作。

奉寄關東友人

烏喇沙南接白山，知君征戍幾時還。空餘黑水穿遼塞，豈有春風度漢關。鴻雁有心將尺素，牛羊無計與刀環。稗兒酒好須沈醉，醉射黄鷴一解顔。

【箋】關東，泛指故函谷關或今潼關以東地區。康熙三十年作。

寄答王仲昭　君有桂山堂集

平生知己桂山君，君若爲龍我作雲。湖海相將同白首，芝蘭早得共清芬。風雲動色惟高義，日月争光豈至文。嗟子最能知此志，貽來書札思氤氲。

【箋】

康熙三十年作於沙亭。王仲昭即王嗣槐。浙江仁和人，與吴農祥、吴任臣、毛奇齡、陳維崧、徐林鴻稱「佳山堂六子」。清史列傳有傳。詩外十六屢得朋友書札感賦云：「好是新安與武林，扶晨心似仲昭心。平生知己雖無數，二子聰明最賞音。」原注：「仲昭，武林王嗣槐也。……仲昭别三十餘年，今始有書。」

贈九十張翁

翁年九十即期頤，紺髮朱顔映秀眉。連歲生男皆有影，開春得妾更多姿。芝華不少療饑者，木槿偏多愛老時。鳳子衣圍孩笑滿，弄雛堂上玉參差。

【箋】

張翁，其人未詳。康熙三十年作。

送客往盧溝作

桑乾亦是小黄河，橋下盧溝戰血多。水草近京稀白雁，風沙隨地有明駝。西山雪作春流大，北闕煙含野色和。知有鯉魚遺我否，無窮飲馬柰君何。

【箋】

盧溝，指盧溝河，即今北京市、河北境内永定河。河上有盧溝橋，金建。康熙三十年作於廣州。

贈廣州某别駕

先臣勳在太常中，特簡慈孫爲報忠。恭謹已知齊萬石，循良自可得三公。名城北枕臺關險，大府南開漲海雄。父老最能歌别駕，王祥看與使君同。

【箋】

某别駕，疑爲戴瀍，福建人。康熙二十四年任廣州府通判。見阮元廣東通志職官表。通判，又稱别駕。康熙三十年作於廣州。

爲酒家黄丈壽

汝作黄公一酒壚，紅梅香釀自蕪湖。白衣好向玉京送，紀叟休令金粟沽。月喜輪高三五近，花愁斗大十千無。長生贈爾惟荒宴，嵇阮相從始不孤。

【箋】康熙三十年爲酒家黄丈祝壽而作。黄丈，其人未詳。

紫菊

年年紫菊先黄菊，正色繇來得令遲。稍染清霜朱已奪，深含白露濕難持。冠邊香雜茱萸氣，釵畔妍争翡翠姿。重九最憐開應節，陶公籬落未曾知。

【箋】康熙三十年秋作於沙亭。

爲潮州孔别駕母陳太夫人壽

闕里生賢盡玉珂，尼峰五老秀嵯峨。素王詩禮文孫滿，魯國尊親壽母多。梅吐潮陽紅雪豔，萱開泗上緑煙和。憑將旨酒爲膏澤，難老真如燕喜何。

【箋】孔别駕，即孔衍珻，山東曲阜人，康熙二十八年任潮州府通判。見阮元廣東通志職官表。康熙三十年爲孔母祝壽而作。

奉答方譽子枉顧草堂留贈之作次原韻　二首

峰是羅浮最小孫，草堂須傍蔣山尊。遺民君莫求南越，故國吾將老白門。但使蒿藜三徑在，敢言蘭芷一家存。水仙苗裔惟哀怨，皓首騷經厭講論。方自江南至，故云。

卻幸窮愁得著書，蕭條長守故山廬。神仙未遣都無分，農圃何妨遂不如。陶氏兒争惟紙筆，鄭公賓笑是耰鋤。白衣終與春秋老，文豔看君獻子虚。

【箋】方譽子，桐城人，方拱乾之孫。方雲旅，字譽子，號復齋，方孝標第三子。曾爲候選同知。著有復齋詩選。後戴名世南山集案發，被牽連，謫戍黑龍江。康熙三十年作於沙亭。

奉和龔蘅圃駕部偕諸公遊光孝寺出城訪長壽精舍之作次原韻 二首

使節雍容薝蔔間，菩提訶子更同攀。花隨咳唾勞天女，鏡向虚無得玉顔。南漢影餘雙塔在，西禪聲送一鐘還。未陪揮麈期他日，遍坐香臺弄白鷴。西禪，郊外寺名。

並騎花田興欲乘，半塘先訪白蓮僧。貪聽霜葉驚仙梵，坐到星河拂玉繩。梅早盡開催臘蕊，瓜寒尚綴隔年藤。精藍此地堪辭藻，羨爾風流總義仍。

【箋】

康熙三十年作於廣州。龔蘅圃，名翔麟，字蘅圃，仁和人。弱冠即工爲詩古文辭。中辛酉順天鄉試乙榜，補兵部車駕司主事，出榷廣東關税。尋考選科道第一，授陝西道監察御史，巡視西城，稽察錢局。歷掌浙江、山西、陝西、京畿、河南諸道事。致仕歸。著田居詩稿、紅藕莊詞。見清代碑傳全集卷五十五。

送時君之京謁選

匹馬衝寒庾嶺過，驚看雪比朔天多。催春柳色迎珠勒，計日鶯聲送玉珂。百里好求勾漏地，三年將使越人歌。羊城自是仙靈窟，莫漫移家向御河。

【箋】時君，其人未詳。康熙三十年作於廣州。

舟次小塘　二首

北風向暮起，心折峭帆斜。兩岸卷黄葉，一江吹白沙。那堪與鴻雁，自此長蒹葭。舟發才三夕，蒼茫已憶家。

北風吹水淺，勢使沓潮回。凍苦江沙合，陰愁雪色來。消寒餘酒滓，擁暖祇爐灰。且喜河邊柳，年光已暗催。

【箋】康熙三十年，屈大均往高要布水村，途經小塘而作。小塘，在南海縣西、西江邊上，見張人駿廣東輿地全圖南海縣圖。

木棉頭即事

紫桔黄柑艇子中，疍娘無柰數錢工。嘉魚買向柔荑手，臘酒沽來淺水篷。榕樹半枯初見雪，鶴雛全宿早知風。去年寒甚今年减，嶺外春光自不同。

【箋】木棉頭，當即木棉，在三水縣，近城，瀕北江。見三水縣志卷一。康熙三十年作。

舟入横槎水作

漁舟不覺遠，深入一溪霞。煙火燒紅雨，牛羊飯落花。水聲分亂石，山影散晴沙。鶯唤人酤酒，垂楊第幾家。

【箋】康熙三十年遊高要作。横槎水，在高要縣東六十餘里。見張人駿廣東輿地全圖高要縣圖。

爛柯山作

陰森十餘里，榕間木棉多。啼鳥不知處，嚶嚶連伐柯。斜峰飛欲墮，亂水響難和。猿狖時窺客，相將下女蘿。

【箋】康熙三十年遊高要作。爛柯山，在肇慶府東南五十里，高百餘丈，峰如卓筆。見阮元廣東通志卷一〇七。

布水村題姬人舊居

三水西頭紫石磯，舊時桃葉此扃扉。綠蘿生長存閶井，碧玉人家本細微。樹解生珠瓊蚌似，花能吐鳳赭桐希。擬從雙角攜公姥，孺子宫邊白首歸。

【箋】

布水村，即貝水村，在高要境，因有貝水得名。姬人指墨西。康熙三十年作。

寄懷毛翰林大可　二首

苧蘿今日生才子，絶似施家又一西。文硯定裁紅粉石，墨香應注浣紗溪。多錢方朔頻辭帝，無子商陵不去妻。最善六朝兼沈宋，新聲妖冶使人迷。大可生蕭山，嘗云西子是蕭山人，見越絶書。

家近湖湘多紫莼，季鷹聞已作逋臣。能爭西子爲鄉里，莫繼夷光作土神。弟子偏多才藻女，先生故是滑稽人。若蘭妬絶陽臺去，老蚌無珠淚滿巾。

【箋】康熙三十年作於廣州。毛大可，國朝詩人徵略卷十：「毛奇齡，原名甡，字大可，號西河，浙江蕭山人。稟監生。康熙十八年召試博學鴻詞，官翰林院檢討。有西河集。」

霜橘

受命生蠻越，爲師得楚臣。甘垂嘉實美，鬱作厥包珍。噴霧香濡手，含霜冷浸脣。皮令幽菽辣，瓤使縹醪醇。臭味炎涼一，文章雜糅新。江南逾酷烈，淮北即酸辛。雕飾當殘臘，青黄踰早春。華仍分瓣瓣，鬱更疊鱗鱗。核易沾紅袖，渣防濕錦茵。肺寒猶復嗜，牙裂不曾顰。老圃年嘗學，荒畦日幾巡。幸生丹荔國，終守白華身。果税非千户，場師是一人。種先山蟻買，林與荔奴鄰。四會柑兼植，增城柚亦真。橘官知已貴，花利未全貧。廣設仙靈井，長滋道路津。金瑲朝共摘，玉案暮同陳。連理懷多有，曾枝刺莫嗔。張盤休奪子，陸績任遺親。一顆嗟鞭甚，三枚笑墮頻。方圓傾逐器，絺綌覆隨巾。再熟還潘令，雙投豈蔣神。餐餘須玉餅，方法擬甌閩。

【箋】作於康熙三十年秋冬間。本年王熯有霜橘詩，與此同題。廣東新語卷二五：「吾粵多橘柚園，漢武帝時，交趾有橘官長一人。」種者「采山中大蟻置其上以辟蠹」。

大寒 二首

大寒偏易暖，寒向小寒時。亦有空林雪，梅花似不知。病須春色早，貧恐水仙遲。多謝萋萋草，穿冰已作絲。

窮陰天外積，寒絶逼春來。尚苦連朝霧，南風濕不開。已新長至柳，重吐小年梅。臘酒誰家早，鶯知爲我催。

【箋】

康熙三十年冬作於沙亭。

贈徐君新婚次王使君元韻

城北公猶美，新婚乃贅齊。雖從梅嶠合，不異鑑湖棲。夾扇開雙鵲，周輪駕四驪。白吹巫峽雨，紅起鬱洲泥。何氏元平叔，施家本會稽。定情方叩叩，將事亦折折。大小交龍錦，玄黄比翼綈。鏡臺兼自下，磨具更親賫。並坐多花罽，同牢有寶鑴。代塗飛雪粉，分照火精璆。

弄玉簫尤勝，甄琛弈未低。無争偏立馬，不妒肯羹鸝。魚作重脣鱠，麋調有骨臡。三朝頻主鼎，五夜已安笄。廡下舂遲舉，橋邊甕早提。浣霞辭桂浦，行露絶桃蹊。珠解穿心珥，金留刮目鎞。勤勞乘日旦，静好及天倪。緑綺琴長對，青綾帳或攜。九光銜燭鳳，一氣噴香猊。拂拭加紛帨，纏綿罷小鷫。餕餘炎海上，奠菜武林西。媚得慈姑喜，呱聞孺子啼。脂膏參用薤，甘酢酌成醯。養豈三公易，齋休一日迷。藥防侵地肺，丹要護天臍。腹顧三秋兔，心通一點犀。聰明應頌燕，文采且駭鷄。雉引如皋笑，鴛催孝穆題。同居無二女，孤説莫愁睽。徐，杭州人，客廣州，贅于紹興人何氏。蜀諺：「下白雨，娶龍女。」

【箋】

作於康熙三十年冬。徐君，指徐星漢。本年王煐有賦得燕爾新婚三十韻、戲贈徐生贅何氏詩；釋大汕有徐星漢新婚王使君戲贈三十韻因以修造經閣見許莞爾索和漫爲次韻知不欺余也詩；陳恭尹有徐星漢燕爾未幾即有惠州之行戲次王使君三十韻贈之以速其歸詩。皆和王煐之作。

子夜歌 贈寧波李君納姬和惠陽王太守　十四首

卿生東越東，妾生南粵南。參差數千里，來下鳳凰簪。

昔時劉碧玉，貪嫁汝南王。今時劉碧玉，但愛隴西郎。姬姓劉。

借問劉季嫺，今亦行三否。定知姊妹中，辭藻人人有。

千珠復萬珠，難買緑珠子。不買緑珠生，但買緑珠死。

爲客寡歡娱，女愛移男愛。感君棄餘桃，多情不好外。

女蘿不自持，因依松樹枝。松樹長青青，照妾桃李姿。

勿佩宜男草，遲遲生阿侯。年年十五六，天許莫愁不。

四十未枯楊，生稊亦云好。雖非木槿花，亦自能愛老。

東方娶小妻，一年即捐棄。君勿師容成，房中圖秘戲。

小婦不長妾，大婦不長妻。人生各有命，貴在與夫齊。

鸂鶒比翼好，棲我使君堂。使君留哺子，未許載還鄉。

太守主羅浮，神仙多女流。羅離與浮合，總惹使君愁。使君署中諸客，多有攜妻妾者。

卿家日湖東，定家月湖西。送儂打兩槳，先爲到慈溪。寧波有日湖、月湖。李君有太夫人，家慈溪上。

慈姑白髮多，垂腰亂如雪。爲裁裙與襦，手爪不言拙。

【箋】

子夜歌，晉曲名，相傳乃晉女子所作，故名。李君，生平不詳。王太守即王煐。康熙三十年後作。

詠古 二十七首

日月鏡萬方，精華在君子。一虛而一盈，以我爲終始。包犧至純厚，畫卦順斯理。神明所旁通，日月乃文字。平生好學易，精微性所喜。未得大過無，皤然已老矣。

黄帝與重華，在昔皆遠遊。翩翩挾妃女，翱翔窮九州。黄山有丹臺，梧野有珠丘。故都終不歸，宫闕隨雲流。帝生實神靈，仙道未嘗求。無爲合坤乾，禪受如春秋。

神堯愛二女，盡以歸重華。長者爲女君，容顔如朝霞。少者爲夫人，亦若扶桑花。袗衣被南風，琴歌何紛葩。朝同蓬萊宫，暮去瀟湘涯。帝既崩蒼梧，妾亦捐長沙。神光兩不離，月以日爲家。

管蔡殷遺臣，忘親以殉國。武庚志中興，忠孝皆可則。天命已去殷，報讎終勿恤。如何微與箕，弗往爲羽翼。淒酸麥秀歌，迷民淚沾臆。故都遂丘墟，徬徨亦何極。

秦繆伐西戎，開地千餘里。天王賀金鼓，攘夷甚光美。用謠得繇余，遂以霸西鄙。不忍舍良臣，收之同穴死。身没猶愛才，泉下須輔理。哀哀黄鳥詩，豈足知君子。殺身殉令名，兼以報知己。

之推昔從龍，割肌啖其口。文君既升雲，泥處功不有。此身得全歸，綿上偕慈母。隱者焉用文，躬耕日胼手。環山作湯沐，報德恩良厚。介山高入雲，佇望以永久。

王蠋能存齊，功與安平似。義激亡大夫，相聚求王子。一言作戰氣，燕軍盡披靡。布衣不北面，在位寧無死。殉國成功名，爲齊復倫理。襄王得立時，封爵乃忘爾。

湘纍澤畔吟，亦似秦庭哭。同懷宗國心，夙夜憂傾覆。自古楚賢才，二君最貞淑。忠愛格上天，大仇終報復。三户即三閭，亡秦在公族。義帝雖不終，諸侯盡臣僕。漢興離騷顯，楚聲被絲竹。高帝歌大風，夫人和鴻鵠。皆是離騷餘，哀樂同敦篤。

相如睨柱時，勇氣一何激。一璧雖輕微，如以國與敵。澠池相高會，盤瓶使秦擊。頸血得濺王，聞言盡悚惕。威信虎狼秦，御史書功績。知死則必勇，智士以爲的。

騏驥盛壯時，一日馳千里。臣精今消亡，衰老詎可使。自殺送荆卿，激之爲丹死。燕中節俠多，無能救太子。狗屠與漸離，不請非知己。擊筑和歌時，相泣徒爲爾。平生遊諸侯，所結賢豪士。曷不待須臾，倉黄挾竪子。慷慨爲羽聲，壯士髮盡指。悲風何蕭蕭，吹淚成寒水。

維昔二周君，皆以誅秦亡。大義帥諸侯，王朝亦有綱。惜哉無良將，九鼎歸咸陽。是時秦亦滅，嫡裔止莊襄。政也實姦生，吕代嬴氏興。二世不旋踵，趙高撼其吭。前秦祖蜚廉，後秦祖文信。無德易顛覆，虎狼總推刃。詩書亦何罪，儒生同一燼。痛絶驪山坑，多言説堯舜。

徐福入海中，將以求神異。三千童男女，五穀工師備。西皇資以行，持爲海神賜。行行得平原，膏腴可興利。振子盡妃匹，留王何神智。福也非神仙，救民有奇意。詐之出湯火，三千誠不易。傳令東海中，亶州是其地。相連數大洲，波濤人罕至。自作一蓬萊，以爲祖龍戲。爲仁亦滑稽，自是神仙事。

峨峨太華山，上有四毛女。苟非逃學仙，從死成黄土。光光人魚膏，泉下照歌舞。淚作水銀海，賜爲黄金縷。秦時女高士，麗英與爲伍。翩翩金精峰，相逐有毛羽。

陳涉奮布衣，遂成土崩勢。偏袒一大呼，秦已無二世。匹夫舉大名，湯武若符契。扶蘇雖當立，詐稱亦非計。將誅無道秦，師行宜大誓。成敗在上天，西向乘鋒鋭。毋示天下私，自王以微細。爲秦多益敵，六國蒙嘉惠。入關令諸侯，功德可爲帝。

魯儒抱積怨，發憤於陳王。艱難負禮器，卒與涉俱亡。匹夫苟建議，瓦合亦非當。禮樂所憑依，縉紳爲之倡。涉亦聖人徒，能知孔鮒良。先置博士官，以甲爲紀綱。用人先諸儒，文學已有光。惜哉昧行兵，破滅成蒼黄。

倉海君何人，家能畜力士。金椎誤中時，秦王魄已褫。報讎雖未成，天下兵以起。功爲陳項先，豪俊聞皆喜。賊在下邳中，無人言孺子。從容得步遊，任俠驚閭里。老人教强忍，命之下取履。豈有王者師，而爲血氣使。

不忍殺沛公，使之得天下。英雄有至情，難忘妾與馬。亡我實繇天，知命乃無假。慷慨泣數行，實爲紅顔者。王霸如浮雲，功名羞苟且。倉皇垓下歌，直可繼騷雅。斯是國殤篇，三軍和者寡。悲風起帳中，殺氣横原野。河漢慘無光，痛飲過三斝。自刎報父兄，江東淚同灑。善敗能從容，功亦在區夏。

滎陽諸女子，功與紀信似。夜出冒楚圍，披甲爲戰士。楚軍似刈蒭，血流作渠水。君王既無兵，婦女相驅使。幸有三千人，可以代披靡。楚軍雖受欺，流涕亦不止。妾命甘如塵，得無大王耻。自古戰争中，國殤寧有此。

淮陰不悖漢，忠信天下知。可惜智絶人，乃爲兒女欺。當帝至楚時，淮陰能識幾。相攜鍾離昧，逃於東海湄。棄王如敝屣，神龍不受羈。遠追范大夫，近爲留侯師。豈非明哲者，超然有道姿。

漢帝亦多情，酒酣思猛士。悽悲大風歌，辭與招魂似。韓彭皆已亡，慷慨不可止。泣下爲淮陰，非是悲遊子。刻薄鐘室誅，終古帝王耻。忍以英雄人，以與兒女子。

漢高諸功臣，項伯誰能似。次則昌國君，能全王父子。大封諸侯王，亦及一雍齒。如何忘滎陽，紀信代之死。君王恩誼高，豈以詐降耻。滎陽與平城，得脱以女子。倉皇秉黄屋，誑楚一何鄙。

陵母何慷慨，一死如田光。激子成功名，始終事漢王。丈夫有侯嬴，婦人有陵母。烈烈漢功臣，乃在一箕帚。教子以忠貞，令名在人口。天下既定時，陵封宜勿受。請以母爲侯，湯沐及諸舅。伏劍墓門前，黃泉期速朽。

季布多戰功，數能窘漢王。摧剛以爲柔，得脱因濮陽。朱家不相負，名聲聞四方。滕公非任俠，爲漢求忠良。從容爲上言，私怨以之忘。廷叱樊將軍，十萬罷横行。辭氣何剛直，殿上皆驚惶。天下慮摇動，生民尚痍創。嫚書禽獸言，安足争短長。孝惠至高后，兵革久不興。實以季布力，海内得寧康。

季心爲任俠，氣蓋關中兒。弟畜灌將軍，兄事惟袁絲。殺人乃恭謹，赴義如渴饑。壯士争爲死，肝膽誠吾師。十載持大黄，乃爲豺虎欺。智勇不足恃，遑遑將何之。龍蛇日起陸，天方發殺機。閉門造奇器，陰陽相推移。北斗有天樞，握之誰能知。

叔孫誠聖人，能知世要務。先言諸大猾，以爲爪牙布。漢王方虎鬥，矢石宜争赴。諸生豈能兵，群盜知有素。短衣變楚制，毋使大王怒。道亦尚委蛇，希世非無故。當時諛二世，虎口脱危懼。狗盜安足憂，守尉自能捕。斯言誠滑稽，陰已亡秦祚。直諫亦有時，國本以堅固。

馬援處田牧，有羊數千頭。一朝散昆弟，簡君聊遨遊。光武非人敵，委身傾陰謀。爲君取隗囂，聚米成山丘。移師滅先零，轉戰平交州。男兒有汗血，自當死戈矛。馬革包馨香，雲臺垂動猷。悲哉武溪深，三軍泣箜篌。水崩船不上，淒涼卧壺頭。用兵貴萬全，塗有所不繇。據鞍徒顧盼，一挫失通侯。乾坤造草昧，狗盜方争雄。干將不善割，勢與鉛刀同。少小習兵書，慷慨氣如虹。沈筭貴先機，羞爲汗馬功。龍騰階尺木，鵬運須長風。冉冉歲云徂，衰鬢如飛蓬。王業尚無始，天心鮮有終。淒淒梁父吟，感嘆將何窮。

【箋】

康熙三十年之後作。組詩遍詠古代名人大事，多寄故國之思。詠屈原則言三户亡秦，詠相如則言頸血濺王，詠陳涉則言誅無道秦，皆以暴喻清廷。末篇以諸葛亮自況，具見作意。

王母金孺人壽篇

阿母年稚時，療親能割股。肌膚不敢愛，欲以報依怙。北宫撤環瑱，不嫁亦何補。既歸事威姑，殷勤持湩乳。爲姑食小郎，鞠育無寧處。婦也母其姑，身猶膝下女。朝夕慈旨甘，力作爲脩脯。爲舅償積逋，十指累銖黍。夫亦用計然，争時務廢著。糞土貴出之，珠玉以賤取。既富行其德，樂爲仁義主。公子法雍容，遊閑孔氏伍。得利愈纖嗇，歸富乃廉賈。暮齒返鄉閭，骨肉歡相聚。有子二三人，多才學淵府。歲朝陳椒觴，上壽歌且舞。偕老始六旬，孺子色猶嫵。白頭喜戴勝，垂髮至腰呂。堂前大小婦，髻高學天姥。百福開春奩，千華獻瑶筥。爲母稱無疆，與公享天祜。

【箋】

此詩編于凌本詩外二，爲凌氏所補録者，當作於康熙三十年後。

題桃畫

父年九十二，松翠多霜姿。女年七十一，萱榮含丹暉。父乃爲女壽，濡筆何淋漓。畫出綏山桃，紅灼如花時。葳蕤帶緑葉，碩大垂青枝。五桃象五孫，大小光離離。王母此奇果，玉盤盛參差。昔與漢武帝，食之享期頤。父今亦方朔，持以與女兒。女爲人尊母，福履無窮期。康健富筋力，玉杖尚未持。行年已大耋，厥翁方秀眉。作使萼緑女，奉觴亦不遲。閨庭日爲樂，和氣何雍熙。嘉慶留此圖，令人生孝慈。

【箋】

此詩編于凌本詩外二，爲凌氏所補録者。當作於康熙三十年之後。

詠茼蒿花同礎塵元孝限四十韻

蘩醜元多種，爲蒿乃在秋。長先珍菜出，故爲玉虀謀。花好疑黃菊，香真奪紫萩。莖虛那作柱，蕊細亦成樓。十日開方足，三冬吐未休。抱娘枝總合，結子跗齊留。根與茵蔯宿，毛隨薀藻羞。茶飴惟自識，薏苦待誰收。臭味同三物，科生各一丘。争銜驚鹿至，勿踐戒驄遊。雪逐菘苗脆，風連薤葉浮。薹長資沃土，朵大占平疇。老圃吾曾學，圖經欲更脩。廉夫蔬未槁，仁者粟仍愁。菰米充親膳，凫葵佑客脩。芰菱思屈到，莪蔚廢王裒。報德瓶罍在，承歡匕箸求。斷葱防累母，食肉忍封侯。內則思甘旨，閨人助芼流。芹供從所嗜，萱樹早忘憂。生啖芬藹烈，蒸茹翠甲柔。濡宜紅芥醬，鬻貴白茶油。釀雉全勝蓼，羹魚絕似蔓。吴酸兼芍藥，越辣雜扶留。薄養貧逾樂，清齋疾已瘳。仙方嘗繫肘，狂態每簪頭。正賤非田艾，妖珍豈水蕕。餘餐分白兔，臺養及尸鳩。小物偏筐筥，嘉辰正臘膢。野情忠欲獻，山句麗堪酬。斂性憑中藥，搴芳向鬱洲。煌煌英弗落，苒苒穎初抽。金質純能爾，陰威肯讓不。心空無可拔，色正復何尤。靃靡當門側，光榮滿道周。濕煙朝滴滴，寒吹夕飕飕。甕抱過蒲澗，畦穿接柳溝。草中高易見，葩外美難投。薄卷期春餅，輕澆要舊醅。辛盤明旦造，首餽是黔婁。

【箋】

此詩與王礎塵、陳恭尹同作。陳詩未標年份，王詩未見。然王於康熙二十年赴贛州，翌年返粤，至惠州館于王煐家。三十二年病逝於廣州。本篇疑作於康熙三十年至三十一年間。

壬申元日作 六首

元正啟節又壬申，壽母加年百福新。韋氏生徒梯几早，謝家兒女剪刀春。蓬頭亦喜簪華勝，蘿帶偏宜舞錦茵。萊子未衰孩笑甚，膝前争作放鳩人。

鹿布衣輕喜暖風，春來人事轉融融。三時量腹還中叟，一日承歡即上公。柳吐煙光晴更緑，梅含冰艷凍逾紅。椒觴次第先年小，新得孫曾乳燕同。

細雨霏微作濕年，定知禾黍滿中田。長居隴畝憂無日，暫學農桑幸有天。玉盞香浮椒目小，冰盤辛出芥心鮮。開春半日能沉醉，一歲歡娱解勝前。

三朔那堪日蝕來，春秋少見此天災。奔車未遣麾戈逐，吐壤先教伐鼓催。豈有鮑宣書更上，無勞后羿彈重開。炎光沐浴還晞髮，盡掃虹蜺愧不才。是日日食。

衰暮彌教愛日深，非關葵藿解傾心。重輪豈可虧元旦，枉矢何當謝太陰。歌舞東君賢姱在，起居西母阿環臨。折花抉木持爲壽，長向龜臺聽嘯音。

光華猶憶聖明前，拜手惟歌復旦篇。欲作康侯依晝日，先從王母乞長年。鶯教堂上催春酒，花使房中獻水仙。白髮久忘興廢事，嬰陵争似伯瑜賢。

【箋】

康熙三十一年正月初一日作於沙亭。廣東新語卷九廣州時序條有記元日廣州拜年之俗。

上元後二夕惠州韶州兩使君暨諸公同集長壽精藍分得一先韻 二首

光含佛火百輪妍，三五猶餘兩夕圓。上客玉毫崔液賦，使君金鏡謝莊篇。觴飛不記紅牙箸，鉤戲争探白腹錢。催放銀花無數樹，炎炎春色結丹煙。

南油滿注百枝燃，火裏春生不夜天。露冕雙臨光乍合，冰輪兩食影仍圓。竹林荒宴惟須達，蓮社風流可是禪。玉漏休催歸騎散，看燈未盡簡文箋。先一月十六月食，是月十五又月食。

【箋】

兩使君指惠州府知府王煐、韶州府知府陳廷策。長壽精藍，長壽寺在廣州西關。與光孝、海幢、華林、大佛合稱廣州五大叢林。建於明萬曆三十四年，原名長壽庵。大汕擴建之，改名長壽寺。

韶石歌韶州太守席上作

使君五馬從韶陽，春融開讌來仙羊。誇予韶石三十六，芙蓉一一摩青蒼。韶陽千里盡奇石，各爲根株森相望。籜龍拔地動千丈，大小削成紛圓方。瑶篸玉柱千萬計，排立有時如堵牆。巨靈擡踏苦無力，巖巖鐵壁當中央。使君拄笏韶石下，氤氳紫翠流衣裳。雙峰左右接天闕，二樓高下臨皇岡。重華對越儼精爽，二靈彷彿非鴻荒。神明沕穆合古樂，簫韶日夕探微茫。南薰再鼓解民愠，玉琴之外無陶唐。香爐寶蓋試擊拊，安知不可儀鳳凰。無聲之樂道所貴，期君肉味長相忘。香鑪、寶蓋，二石名，皆韶石也。

【箋】

韶州太守指陳廷策。讀史方輿紀要卷一〇二：「韶石山，在府北四十里，迤邐而東，有三十六石……有韶石二，狀如雙闕對峙，相去不一里，高百仞，廣圓五里，相傳虞舜南遊登此山，奏韶樂，因名。」康熙三十一年春在廣州作。

初春六瑩堂雅集主人梁庶常出六瑩琴相示歌以紀之

主人花多開成行，入門白碧紅緋香。華堂掃花燕嘉客，吴歌楚舞紛鴛鴦。酒伴張琴如緑綺，蛇腹古光玄雪起。太冥桐幹含黄鐘，彷彿落霞與流水。杯行未暇調清商，點徽轉弄妨繞梁。大小聲婆恐終曲，新聲靡曼娛中腸。長清短側俟他日，爲君一彈歡未央。

【箋】梁庶常即梁佩蘭，康熙二十七年爲翰林院庶吉士，故稱。康熙三十一年初春，梁佩蘭招王煐、陳廷策、屈大均、陳恭尹、黄河澂等雅集六瑩堂，出六瑩琴相示，屈大均等以詩紀之。

詠梁子六瑩琴

太冥有寒桐，瓊幹含黄鐘。鳳凰何啾啾，爲君結流風。我爲園客絲，纏綿玉軫中。玉軫有時折，朱絲無斷絶。大絃含幽蘭，小絃吐白雪。鼓舞盡神明，庶以酬先哲。

【箋】康熙三十一年春作於廣州。梁子即梁佩蘭。

水車　自江村而上至從化，四百餘里中，絶多水車，舟行苦之。

江中栅松紛無數，奔流横截相支拄。要令江水盡湍急，勢似驚灘石齟齬。松身入水苦不朽，老龍一一皆錐處。即枯尚裹霜鱗甲，斷節膏流未成土。何年五鬣失輪囷，潛無首尾誰知汝。槎枒但有齒角用，縱横水中若鉤距。水車因爾得旋轉，晝夜輪翻起風雨。一車灌田四十畝，槽槽相接輸甘乳。舟人最苦水車多，上車下車色無主。車車漸高高入雲，車尾車頭争鼓舞。身强撑折灣灣篙，篙勢有如大黄弩。水淺不苦苦水深，雨多久已迷洲渚。從陽向少乾旱憂，歲歲有收盛禾黍。估人來往水車旁，各奮長篙助公姥。我行雖覺此路艱，終愛水車利農圃。丈人抱甕一何愚，豈知桔槔施已普。聖人製器因自然，機事前民從上古。絶聖棄智非神明，大巧斯爲道所取。

【箋】

康熙三十一年自廣州至從化途中作。廣東新語卷十六水車條：「從化之北有流溪，自上五指山至黄龍�，驚灘草徑，凡百餘里。兩岸巨石相拒，水湍怒流，居民多以樹木障水爲翻車。」

流溪

泉飄百丈帶，泉名。曲折下流溪。車水村村急，春苗蒔未齊。

【箋】

讀史方輿紀要卷一〇一：「流溪，在（從化）縣南，源出韶州府乳源縣流溪山。」清一統志卷一六四：

「百丈帶山在從化縣西北四十里，有自山巔飛下，分爲兩道，望之如帶。」百丈帶又名百丈飛泉。明黎貫、黎邦瑊有百丈飛泉詩。康熙三十一年游從化作。

劉仙巖

劉仙巖，在從化縣西三里風門嶺之陰。相傳有劉氏女於此上仙，其水盂存焉，冬夏積水常不竭。其米色如墨而不腐，謂之「仙人糧」，遊者多得之。詩曰：

高高城外風門嶺，仙女巖扉時倒影。水盂朝吐白雲香，石鏡暮含明月冷。黑米成珠舊日糧，玉漿如乳誰家井。聞道瑶姬絶世姿，芙蕖早把鉛華屏。緑眉盧女晝當心，鬒髮麗英披至頸。雲母丹成即上仙，紫鸞銜得書來請。羅浮自古女仙多，知與鮑姑爲首領。

【箋】

康熙三十一年遊從化作。

傜歌

從化有蘭和峒，多傜。傜之祖曰「盤瓠」，祀以爲社，名曰「盤古王」，其峒亦曰「盤古峒」。「古」者，「瓠」之訛也。

盤瓠荒祠盤瓠峒，諸傜男女歌相送。裙衫染黑大家同，絨繡花連大頭鳳。峯田火粒早收成，爲賽社王多酒甕。山狸肌作木瓜香，竹鼬肉如綿絮鬆。官催刀税到蘭和，絶嫩鹿茸先納貢。

【箋】康熙三十一年作於從化。粤東聞見録卷上傜人條：「傜，本盤瓠種。産湖廣溪峒間，即古五溪蠻。其後生息蕃衍，滇、黔、蜀、粤皆有之。」

從化縣齋有古松一株見而嘆之

古松一樹愁拘束，生長縣齋非空谷。貪與仙人吏隱同，女蘿亦免樵蘇辱。臃腫偏多鱗甲開，知是龍身不敢觸。枝柯多節或空心，膏流未免因肥沃。官閒一日三摩挲，自汲寒泉與洗浴。松花春熟入懷香，黄多絶勝金如粟。

【箋】康熙三十一年作於從化。從化縣志載，從化縣齋有古松，廣蔭數畝。

贈從化郭邑侯 新鄉人 二首

圭璧鄘君子，干旄衛大夫。武公知汝是，姝子得人無。邑枕花溪上，城開石鼓隅。箋經爲政暇，鎮日對雙梧。

魯史君家學，孳孳筆削心。專門三傳早，吏治一經深。政簡宜山縣，書成亦竹林。漢儒推董氏，黽勉嗣高音。

【箋】康熙三十一年作。郭邑侯即郭遇熙，河南新鄉人，進士。康熙二十八年任從化縣知縣。見阮元廣東通志職官表。

題從化郭明府册子

城邊百丈帶，曲折下流溪。山縣白雲滿，訟堂春草齊。書成玉杯外，政報金門西。又拜春秋疏，人人一卷攜。

【箋】康熙三十一年作。　郭明府即郭遇熙。

雙燕窩　從化有殷氏女，未嫁，聞其婿死，即自經。兩家合葬之，號冢曰「雙燕窩」

雙燕復雙燕，生時不相見。相見在黃泉，雌雄何婉孌。

【箋】康熙三十一年作。

雙燕窩辭　二首

從化有殷氏女者，水西香家村人，年十六受聘鍾氏子。鍾氏子歿，訃聞，女默然更衣自盡。兩家合葬之，名曰「雙燕窩」云。

昔聞烏鵲好，不入宋王羅。又有香家女，同棲雙燕窠。

昔聞蝴蝶好，同宿青陵臺。又有水西子，窠成雙燕來。

【箋】康熙三十一年作。

從陽曲呈邑大令 二十首

作邑忠宣第一功，新祠俎豆使君同。從陽草昧重開闢，三鳳聲華更水東。忠宣，劉公大夏也。三鳳，從化先達黎公民表兄弟也。

七縣咽喉控馬埸，華容疆里復新鄉。谿山處處開清淑，膏澤都如二水長。

田祖争祠擊鼓齊，藍田古廟盛豚蹄。令公晴暖行春去，相夾朱幡有鹿麑。

自作圖經補昔人，更將風俗與維新。牛刀一中桑林舞，是處絃歌返太淳。

百丈泉驚雙帶飛，瀑花全濕白雲衣。使君多暇浮杯好，爲政能忘海客機。

種藍燒炭苦汀漳，自昔渠魁起鐵埸。罷治只今谿谷静，村村煙火接城長。

水翻車子灌田多，高下都收兩熟禾。四糯七粘争穀估，片帆長向澁湖過。

溪峒羈縻性久馴，上山何似下山人。畬蠻衣食流溪紙，不獨薯粱火粒新。

燒石青青好糞田，膏腴多在九珠前。三春水暖生禾稼，大甕潭通小甕煙。

栽餘都絡手摻摻，漚竹青青上紙簾。十八峒連山十八，刀耕多是鷓鴣粘。

一溪水作百溪流，花帶灣環野石榴。溪始流溪終水口，東西二水夾城樓。

清溪雙綰青羅帶，文塔孤擎白玉篸。大小鷓鴣雙鳳出，飛來蒼翠自東南。

獅子巖開石學堂，石琴多在石胡牀。讀書一一石童子，泉逐歌聲出澗長。

玉女何年駕紫鴛，水盂傳是洗頭盆。丹餘黑米紛無數，留得仙糧與白猿。

春雷一夕蕨芽長，蔬性還多苦笋涼。羊矢菌香冬采好，鼠牙粘白夏收良。

棠梨白似白蝴蝶，不戴棠梨戴杜鵑。花好豈如多子母，清明争采翠䉶邊。

瑶石何如石鼓樓，風門勝蹟似羅浮。秘書生長仙靈窟，卻愛朱明洞裏遊。謂黎秘書民表。

純孝諸賢滿水東，水西亦有汨羅忠。彈丸自昔多人物，風教重興仗令公。

大夫遺愛似春暄，襦袴方歌五載恩。内召忽歸臺省去，壺漿無路更攀轅。

知己相將五日留，臨歧卻爲父兄愁。從陽敢望長天幸，再得神明似細侯。

【箋】

從陽即從化。邑大令，指郭遇熙。康熙三十一年遊從化作。此組詩寫從化風土人情，可補史志之缺。

自胥江上峽至韶陽作 三十二首

送至禺陽返，含情是海潮。峽猶雲母隔，峰已石人招。古寺愁飛去，無人問泬寥。菩提兵火後，一樹自南朝。石人謂望夫石；古寺謂飛來寺。

胥江沙水淺，取蜆蜑船多。男女無餘粟，生涯是扁螺。吞腥安水土，跣足弄煙波。苦竹春叢外，時時聞鬥歌。蜆，一名扁螺。

潮鷄鳴未已，微月逐潮生。水宿難爲夜，舟開不待明。半帆煙樹影，一枕草蟲聲。不寐懷衰白，勞勞水菽情。

夜久息鼙動，寒螿聽漸微。那知零白露，但覺濕羅衣。魚食星河影，鳧眠水石磯。坐來斜月上，吟嘯發清機。

江中蕉葉似，小艇賣魚家。蠔蜑雖無女，釵鬟亦有花。蕩槳楊柳浦，曬網鷺鷀沙。白髮多公姥，蕭蕭水一涯。蜑人有三種，一曰蠔蜑。

不覺舟行遠，仙源信幾重。二禺兄弟峽，一石婦人峰。澗斷知無棧，林空似有鐘。春來霪雨少，瀑勢太從容。黃帝二庶子禺陽、禺號，居中宿峽，故峽一名禺峽。婦人峰，亦謂望夫石。

一日始一峽，舟行苦逆風。暮春猶苦凍，長路正愁窮。棧閣飛巖外，橧巢古木中。纜夫歌有哭，聲與斷猿同。

草映一川緑，萋萋含夕曛。有無樵子路，三兩鹿麛羣。峰束易成峽，巖空多出雲。削成無數壁，奇自華山分。

屏風知幾疊，雲錦夾天開。樹樹倒垂壁，峰峰陰積苔。野花多有子，山雉絶無媒。繫艓幽潭口，言探石髓回。

篙篙答幽響，霞壁盡中空。自發多鐘磬，相吞是水風。石泉如乳白，雲葉比花紅。處處層城似，丹樓望不窮。

灩澦堆無數，春行值水深。帆驚飛石過，牕苦濕雲侵。螢外依漁火，鳶邊夢錦衾。戍夫催泊早，烏鵲未歸林。

石角篙無力，灣環似二禺。劃天多鐵壁，拔地即香鑪。花墮千尋蕊，藤交百道鬚。時時巖洞裏，飛出片帆孤。

仙靈多事甚，古寺使飛來。草没蕭梁碣，花迷庶子臺。峽長峰易合，嵐重日難開。阮喻吹頻裂，聲含秋雨哀。

軒轅上天日，帝子亦成仙。吹笛知何去，遺音空暮煙。君臣雙絶峽，兄弟兩飛泉。終古餘湯沐，禺陽蒼翠邊。黄帝二庶子與其臣初武來開禺峽，采阮隃之竹吹之。

峰晴多變態，一半作空青。何處朝雲影，而非神女靈。髻和煙霧墮，衣雜蕙蘭馨。一路疑行雨，泉飛遍杳冥。

野花名漸識，春摘未曾遲。日夕但盈手，芬馨能幾時。芝薇秦有客，橘柚楚多師。豈必篔簹好，青青帝子枝。

女蘿纏玉手，攀磴與雲平。拾果知猿戲，穿松恐鶴驚。水分雙練下，風作一琴鳴。坐久忘舟楫，依依到月明。

亦知行路苦，争奈水雲心。白鵠未三里，寒猿已一吟。江南楓樹滿，峽北荻花深。青草無窮瘴，王孫何處尋。

山花名獨舞，山鳥號相思。更有香含笑，兼之緑畫眉。邊鸞殊未見，嵇氏詎曾知。好把圖經補，丹青寫莫遲。

南天已初夏，水宿易生寒。夜夜雲三峽，朝朝雪一灘。羊皮漁父服，蝶翅羽流冠。莫向桃枝笑，今非釣國竿。

惠妃能苦戰，巾幗有功勳。廟貌香爐峽，風流錦繖軍。神鴉喧飲食，仙蝶亂衣裙。籤語期相助，揚靈向陣雲。

壁壘餘麻寨，浛洸戰跡多。靈旗長肅肅，古廟每峨峨。破賊當高峽，追讎到濁河。豐碑從宋代，終古鎮風波。麻寨在英德城北，與浛洸鎮皆有夫人祠。夫人俗稱曹子娘娘，宋嘉定間謚曰惠妃。以其生能破黄巢，殁能滅峒寇云。

碧落英州洞，巠通直到天。御牀南漢在，丹竈羽人傳。水滴成鍾乳，霞凝作寶蓮。玲瓏巨靈手，斧鑿出天然。碧落洞，南漢號爲雲巖御室。

嶺表全韶地，天南古帝家。文明開百越，濬哲自重華。玉殿餘春草，皇岡隱暮霞。鬱葱衡岳接，御氣尚含葩。

帝城雲裏出，天闕石邊開。已就重華得，如遊瑶圃來。聯綿九疑接，想像六飛回。一片蒼梧恨，長含武水臺。

六六玉芙蓉，鳴琴知幾峰。如何百蠻狩，不遺二妃從。絶徼餘城闕，荒祠尚鼓鐘。月明瑶瑟至，應渡水雲重。

九成臺縹緲，知是有虞宫。二女明霞外，重瞳麗日中。珠丘梧野北，玉輦曲江東。彷佛簫韶在，音含閶闔風。

野艇魚秧至，人家蠟樹來。郡當三峽盡，城夾二江開。柱矗天多石，衣垂帝有臺。陳辭無不可，咫尺即蓬萊。

嶠外元仙窟，瀧東即帝鄉。爲憐韶石好，不覺武溪長。就日懷龍馭，歌風想鳳蹌。如何騷些客，悵望祇瀟湘。

繞城三面水，湞武合南流。虎戰空多壘，狐鳴總一丘。攻堅元下策，間道本陰謀。多謝青磷影，長含漢月秋。

開元高相業，崛起曲江間。報國多金鑑，傾城一玉環。文章元帥在，風度盛唐閒。正始音誰繼，書臺灑掃還。唐玄宗嘗稱曲江公爲文壇元帥。公有書堂巖在始興。

心逐流泉去，潺湲一夜無。不因寒月好，争覺玉琴孤。稍起沙邊雁，時驚枝上烏。故林相憶否，人在一菰蘆。

【箋】胥江，讀史方輿紀要卷一〇一三水縣條：「胥江，亦即北江之異名。」康熙三十一年春，屈大均乘舟溯北江經中宿、香爐、湞陽三峽，北上韶州（别稱韶陽），沿途寫詩紀遊。

至韶陽呈陳使君　二首

依依又向謝公樓，未盡歡娱是倡酬。孺子知交多太守，少陵賓客老諸侯。吟開紫翠雙天闕，卧治神明一太丘。莫笑白華貧處子，無營偏作稻粱謀。

惠陽招手復韶陽，愛客風流兩郡長。才向右軍觀筆陣，又從仲舉拂書牀。冰紘日奏清炎服，玉璽天褒首瘴鄉。自是重華苗裔好，九成臺畔易循良。右軍，謂王惠州。

【箋】

康熙三十一年作於韶州。陳使君即陳廷策，時爲韶州府知府。

韶陽弔古 三首

戰血依稀帶雨新，黄昏白土盡青磷。將軍間道無奇策，一敗韶陽誤漢人。白土，地名。

瀧西兵已過瀧東，苦是陰城不易攻。兵法自來牽制好，偏師不解斷南雄。

啾啾鬼哭漢將軍，安國頭懸塞上雲。更有終童能死節，魂留南越甚芳芬。

【箋】

康熙三十一年作於韶州。韶陽，舊韶州之别稱。讀史方輿紀要韶州府：「府唇齒江湘，咽喉交廣，據五嶺之口，當百粤之衝，且地大物繁，江山秀麗，誠嶺南之雄郡也。……蒙古南略，遣降人吕師夔敗宋師于南雄，進取韶州，而廣州悉爲殘破。明初命將取廣東，陸仲亨自大庾而南，入韶州，搗英德以西，如破竹然。韶之所係，顧不重哉！」本詩當爲康熙十六年清軍與吴三桂軍争奪韶州之戰事而發。清軍駐守白土村，吴軍攻之不克，卒致大敗。

寄贈歙人汪伯子四十 二首

不因仲弟好，安識伯兄賢。孝友尋常事，如君自可傳。飛騰才四十，文藻且連翩。黄白雙名岳，相期躡紫煙。杜詩：「四十明朝是，飛騰暮景斜。」

子舍多山水，娱親煙翠重。乞將三十六，都作老人峰。爲長已强仕，棲閒多好容。三珠三弟在，花蕚有餘恭。黄山有三十六峰。

【箋】

康熙三十一年作於廣州。汪伯子即汪士鋐。

汪仲子持令兄栗亭及諸君書自歙至廣州相問於其歸也爲詩二章送之兼寄諸君

玉琴久不撫，蕭瑟向煙汀。豈不志山水，知音非栗亭。一人持尺素，諸子在雲屏。相望亦云久，君歸慰杳冥。

相思黄岳甚，況復故人多。汝向豐溪曲，爲予傳嘯歌。白雲無事否，春色奈愁何。心似諸峰月，依依在女蘿。

【箋】汪仲子，謂汪士鋐弟。栗亭即汪士鋐。康熙三十一年作於廣州。

夕向訶林承二三禪人留宿風幡堂即事賦贈得風字

解與陶潛飲，清狂即遠公。好將虎溪水，移入酒泉中。燭秉何須月，幡吹只是風。欲眠無醉石，爲拂半牀空。

【箋】康熙三十一年作於廣州。風幡堂，在光孝寺東廊外白蓮池水亭後。六祖于儀鳳元年居廣州法性寺（後改名光孝寺），聽印宗法師講涅槃經，偶風吹幡動，一僧曰風動，一僧曰幡動，六祖曰：「風幡非動，乃仁者心動。」事見五燈會元卷一。

鄭方二君以生鷓鴣數雙見貽賦詩答之 八首

梅關殊未度，奈爾喚歸何。錦翼因媒得，雌雄占嶺多。故人勞見贈，南客辱相過。未肯開籠放，鉤輈要聽歌。鷓鴣，一名南客，各占一嶺相喚。豈不畏霜露，筬中且勿驚。向南徒有意，留客枉多情。買恨金錢少，餐愁匕箸輕。不教憐復損，爲盡對啼聲。夜飛將木葉，相蔽露華間。格磔知何處，卑棲各一山。性真同我野，聲苦學人蠻。歸笑小兒女，衣裳似爾斑。不少黄茆嶺，争山鬥一春。爲憐苦行路，終日喚征人。挈汝閨幃返，應知飲啄馴。白鷴相伴處，林岫在城闉。南枝稀越鳥，餘爾鷓鴣羣。暖就羅浮日，陽隨漲海雲。影從荒草合，聲向亂峰分。珍重雕籠裏，山鷄卻羨君。歸爲堂上饌，未忍佐膏薌。有幸烹雌婦，無憂啄粟場。華軒供愛玩，故嶺絶迴翔。翅戒兒童剪，從他錦繡張。鷓鴣亦有草，蝴蝶詎無花。羽翼持相比，芬芳總一家。絶憐南翥好，差勝北枝斜。爲爾將歸早，飄零免塞沙。歸使青娥見，知頻唱鷓鴣。斑衣傜女似，香瘴越臺無。食豈争鷄口，棲寧嫁雁夫。北禽欺汝者，逐我莫愁孤。太白山鷓鴣辭：「嫁得燕山胡雁壻。」

【箋】

鄭方二君，名籍未詳。鷓鴣，廣東新語卷二十鷓鴣條，詳述鷓鴣性狀。康熙三十一年作於沙亭。

贈某駕部生日 端午前二日

星使來揚越，翩翩漢節旄。壽樽蒲屑細，詞筆藕花高。粟有東方朔，金無北郭騷。氤氳香荔子，持慰大夫勞。

【箋】

某駕部，其人未詳。康熙三十一年祝賀某駕部生日而作。

過尹爾復園亭贈之

古木高曾樹，陰涼滿一園。鶴巢多白鷺，蟬咽似清猿。好學人難老，棲閒道易尊。芬馨春氣內，細草亦蘭蓀。

【箋】

尹爾復，尹爾任（名之逵）兄，東莞人。康熙三十一年作。

自公房作

玉屏峰未還，花下一扃關。即此已空寂，無人知是山。磐流松户外，碁落石牀間。卻厭涓涓水，無生説未閒。

【箋】

自公房，光孝寺自上人所住之僧房。康熙三十一年遊光孝寺作。

戲示墨西　四首

方程古墨欲收齊，磨盡松煙苦墨西。有子殷勤將代汝，研池先與洗澄泥。方于魯、程君房也。

蕭晨長立研臺西，手裏龍賓盡幾圭。喜有馨香生墨子，幸無顏色似玄妻。

下筆休教風雨催，方圓盡把頂煙開。子安飲墨餘三斗，留與卿兒作賦來。

卿如子墨客卿來，膠漆相依更不開。湯沐欲封君即墨，五年功在讀書臺。

【箋】

審詩中「五年功在讀書臺」之句，墨西於戊辰來歸，至是五年，詩當於康熙三十一年作。

爲陸氏姬人寄姊 姊家三水木棉頭 四首

大姨家住木棉頭，小姨相望茘枝洲。茘枝有子酸且小，木棉花大如重樓。

茘支紅讓木棉紅，茘支可食愁盤空。木棉有絮作緤布，天寒長禦攬霜風。

夫婿多才賦茘支，木棉不賦使儂悲。儂今欲代木棉乞，乞作雙紅絶妙辭。

木棉有花須作實，茘枝有實更成花。實紅不似花紅好，努力春深鬥麗華。

【箋】

陸氏姬人即墨西。康熙三十一年作於沙亭。木棉頭，在三水縣西。

口占送姬人之母 二首

而女歸吾喜有孫，佳人秀實慰慈萱。阿婆不肯留相抱，黄口嬌啼詎忍言。

公姥能來就女無，無兒休嘆白頭孤。殷勤得使甥孫大，與婦雙雙作孝烏。

【箋】

姬人指陸氏墨西。康熙三十一年作於沙亭。時墨西所出之子明漢年方三歲，隨母歸寧。

新月 二首

娟娟絶愛似蛾眉，不道光開玉鏡遲。蛾眉宛轉有數夕，玉鏡團圓是闕時。

皓魄初生色已妍，纖纖且勿兩頭圓。齊紈任爾如霜雪，團扇裁成即棄捐。

【箋】康熙三十一年作。

柬季偉公

以我年先汝，參差廿九霜。家貧因意氣，命薄是文章。及此崦嵫暮，彌令蘭杜芳。殷勤向三友，求益正多方。

【箋】康熙三十一年作於廣州。季偉公，嶺南五朝詩選卷八：「季煌，字偉公，錢塘人。著有南屏草，未刻。」

季偉公有小玉盤詩以索之

未贈爾琅玕，難求雙玉盤。不貪寧是寶，匪報但爲歡。五作梅花出，三從綺閣看。定知漢平子，先致慰愁嘆。

【箋】

康熙三十一年作於廣州。　季偉公，即季煌。見柬季偉公箋。

送季偉公之博羅求其先人治蹟

爾亦浮山似，浮來祇博羅。蒼蒼峰四百，一半與滄波。令得仙公少，人思鮑靚多。殷勤從父老，遺愛問如何。

【箋】

康熙三十一年作於廣州。　季偉公，見柬季偉公箋。

後割肉詩爲汪孝婦作

汪孝婦者，姓吴氏，歙人，歸汪嵩如。歲甲寅，寇躪徽州。嵩如時客他縣，其父履生遘病，方逃竄山谷，無從得醫。吴憂恐不知所爲，夜倉皇割左臂肉，和血濡縷，雜羹湯以進，浹日而愈。吴處士嘉紀爲作割肉詩，有曰：「兒行遠服賈，家中父危篤。門外十萬賊，殺人滿巖谷。父病乃膈食，兼旬絶五穀。搶攘救者誰，新婦起躑躅。仰告頭上天，俯視臂上肉。肉隨利刃下，自爨作羹湯。忍痛釜鬵際，天角東南明。上堂先進湯，須臾再進羹。羹湯甫沾唇，翁曰胸懷闊。不知病何往，從此復啖啜。果餌恣所歡，美炙無繇設。鄰人上牆問，行路争傳説。賊衆得聞之，傳令整行列。毋驚孝婦里，兵馬去蹩躠。」寇既平，嵩如行賈揚州，吴獨居，織作洴澼絖如故，時緘書重相警勉。無何，嵩如訃聞，吴絶粒食，不欲生。旋以堂上舅姑及兩孤爲慮，强就食飲。櫬歸，自摯一器，匍伏迎奠，則羹右臂肉也。蓋自傷不能以活其翁者活其夫云。辛未，吴年五十，子天與、天長乞海内詞人稱詩以壽，欲得吴處士其人者爲之先倡。不佞大均與吴處士交好。處士泰州人，字野人，高節能文，人以其言爲重。大均向讀處士割肉詩，異之，以孝婦古之賢媛也。壬申秋八月，吴小叔于鼎、文治以孝婦事自邗江郵至，始知孝婦爲于鼎、文冶之嫂。于鼎、文冶亦吾友也，乞予詩爲壽。予雖不文，豈可以不繼嚮野人而更表揚之？於是以野人所作爲前割肉詩，而大均爲後割肉詩，其辭曰：

新婦前割肉，割肉爲翁痛。翁苦膈食久，腹中粒米無。門前十萬寇，殺人肝腦塗。無從乞鍼藥，鬼伯方嗚嗚。救死何所有，所有惟肌膚。翁命繫新婦，氣絶只須臾。抽刀向左臂，雖羸猶膏腴。一臠大逾寸，重可二十銖。非方亦非圓，珪璧良不殊。血裹若絳雪，猩猩紅不如。聶切作和羹，翁食能無餘。胸膈忽盪開，病瘳不待晡。賊衆聞卻走，毋犯孝婦閭。鄰里競來視，各請翁所需。饋食悉精美，饜飫翁不臞。夫時在邗溝，親友皆來趨。夫名以婦知，稱婦因稱夫。不知夫視婦，芬芳長與俱。無何先朝露，夫溘歸黄壚。訃聞不欲生，欲殉憂諸孤。呱呱尚可棄，堂上有舅姑。舅姑豈盤石，身衰同秋蒲。匍匐靈柩前，奠饌無蒸雛。抽刀再割肉，右臂白如瓠。左臂創未平，刀口成癰疽。療翁未死前，割肉猶不辜。夫既已奄逝，割肉何所圖。肉豈驚精丸，刀圭魂昭蘇。三日苟不生，神即幽酆都。割之等泥土，祇自戕羅敷。念已活君舅，天理庶不誣。爲夫惜一臠，恩義何次且。報生復報死，所捐非全軀。腥臊不足食，差勝充庖廚。皇天令不死，五十猶勤劬。二男已成立，干祿知讀書。母肉尚餘幾，一身半菀枯。在母如鴻毛，寧如慘自屠。在舅如泰山，返魂因彼姝。在夫即牲牷，肥腯逾羊酥。吁嗟夫在外，不得親口珠。尊章與藁砧，骨肉何親疏。九泉歆此羹，味淡同瓜菹。十年不同食，所嗜忘其初。忍死更幾時，同穴寧踟躕。爲壽詎忍言，兒女徒歡娛。未忘至百歲，蜉蝣歸其居。

【箋】

審詩序有「壬申秋八月，吴小叔于鼎、文冶以孝婦事自邗江郵至」之語，當於康熙三十一年秋作。

生日客韶陽作　七首

行年六十又三時，攬鏡英州見秀眉。加我天教韶石似，一峰一歲即期頤。韶石有三十六峰。

一年一朵玉芙蓉，七十依然六十同。更待九年持贈我，一峰分作兩三峰。

高堂百歲仗孫嵩，我要奇齡與母同。早學長生因奉養，白頭膝下待還童。

老鳳生雛雛白頭，文章五色作蘭羞。今朝出覓琅玕食，也抱啼烏反哺愁。

生近重陽令節時，菊花香送玉杯遲。先予一日憐桃葉，共命雌雄總畫眉。予生九月五日，姬人墨西生於四日。畫眉，鳥名，其雌雄皆作白眉，故曰畫眉。

五日何妨九日同，天將令節屬陶公。重陽且喜餘三日，莫采黄花盡一叢。

據鞍愁向武溪過，六十成翁笑伏波。矍鑠吾今加一歲，未逢衣絳恨如何。馬文淵據鞍顧盼，時六十有二。武溪在韶州城西。

【箋】

審詩中「行年六十又三時」之語，大均生於庚午年九月初五日，當於康熙三十一年秋遊韶州作。然又有九日舟登清遠峽登高有作等詩，重九時尚在赴韶途中，則此組詩疑爲到韶陽後補作。待考。

生日示姬人 二首

玉貌先生豈有求，莫愁天遣慰窮愁。更教竹葉無離手，自可蘆花不上頭。共命鴛鴦争一日，同心桃李媚三秋。弄雛人愛將雛甚，烏子多生逐鳳遊。姬生辰先予一日。

蕭晨休嘆歲寒催，朔雪炎天未易來。梅蕊故當重九發，菊花偏向小春開。豈如桃好多根葉，長與松高在草萊。搗藥殷勤蟾兔似，女君相逐上瑶臺。

【箋】

康熙三十一年九月初五日作。姬人指陸氏墨西。

九日舟經清遠峽登高有作 四首

登高何處踏蒼苔，繫舸軒轅庶子臺。三峽東西千嶂合，二禺南北一江開。松楸有淚流霜引，猿狖無聲落葉催。典盡寒衣當歲晏，蘆花難禦雪花來。

登高未後故人期，霜露頻當悽愴時。鴻雁自知南向早，梅花誰道北開遲。無情潮汐惟中宿，有恨雲山是九疑。斷絶禺陽雙帝子，吹殘阮隃更無枝。

登高愁似送將歸，木落山空祇夕暉。紅葉有霜終日醉，黄花多露一秋肥。蕭條返舍餘長劍，潦倒千人失布衣。寄語江間漁父好，白鷗無食向君飛。

登高且喜傍鄉關，慷慨能銷壯士顔。四海龍蛇悲已盡，一夫鴻鵠恨多閒。青年汗血龍媒蹀，白首衣裳雉子斑。膝下歡娛誰九日，黄花插滿緑萱間。

【箋】

康熙三十一年九月九日作於清遠，時自廣州至韶州途中。清遠峽又名中宿峽，在清遠縣東三十五里。往時嘗有潮至，經宿乃還。歌云：「潮上飛來，一宿即回；飛來潮上，二禺皆響。」見粤中見聞卷八，輿地紀勝卷八九。

自中宿上韶陽道中有作 十首

潮到禺陽一宿迴，峽門南北向江開。玉環已絶仙猿跡，長笛空傳帝子哀。黄鵠有心終一舉，白雲無恙自重來。峰峰相對都相似，彩翠紛紛入酒杯。

二禺離合似羅浮，三峽縈迴到鬱洲。螺女望夫山石老，秭鵑思婦野雲愁。何心帝子偏長往，有恨王孫定久留。最是南朝餘古木，蕭條落葉易高秋。

嵯峨峽口多奇石，一一香爐不似峰。夾岸赤城開錦繡，滿江青影倒芙蓉。松篁處處迷山寺，洞穴時時應暮鐘。未盡諸灘愁婦子，眠篙不遣一人鬆。

險絶飛厓半壓舟，紛紛象馬石當頭。風教急峽三朝過，雨遣驚灘一日留。山鷓催歸知有夢，野花多故肯忘憂。迷津欲向煙波問，漁父無人只白鷗。

峰作華不四注來，芙蕖何處翠華臺。一天石笋穿霞出，百道雲門夾水開。去路蒼茫邊雁引，歸心斷絶野猿催。嗷嗷烏鳥霜林外，菽水干人愧不才。

北風吹飽一帆弓，下水憎他竹箭同。百丈攀緣愁鳥道，千盤上下苦蠶叢。峰多牙角森相觸，石積青冥鬱不通。絶壁有時如射的，煙蘿穿遍翠玲瓏。

天然勾漏幾峰深，彈子誰穿鐵壁心。亂出風雲無數竇，長含水石有餘音。空中花滿知霜瀑，絶頂松多隱玉簪。猿鳥不知人有怨，聲聲相應膝間琴。壁上有大孔，云黄巢彈子所穿，名彈子磯。

横斜多似不成峰，迸出空冥盡籜龍。四壁痕留乾瀑布，半天香墮濕苔松。潭邊猿狖枝枝影，石上麏麚處處蹤。灌木悲吟山鬼答，離憂何處更相從。

一重煙雨一重愁，深掩篷窗聽瀑流。多羡無家惟白鷺，絶憐如故是黄牛。漁燈稍辨沙邊驛，戍角頻驚江上樓。垂老始知行役苦，於陵衣食向人求。

鷓鴣相唤白花潭，多事雌雄祇向南。越鳥亦知憐久客，空閨應枉種宜男。帆檣拂盡千峰翠，衣帶拖殘一水藍。井畔未留盧橘樹，高堂無養望蘇躭。

【箋】中宿即中宿峽，在清遠縣城東五十里。見嶺海見聞卷一。韶陽，舊韶州之别稱。康熙三十一年作。

秋日自廣至韶江行有作　五十三首

蘆荻將花雁未來，早秥初熟鴨船催。玄黄膏滿三秋蟹，迎送鹹潮向酒杯。禾熟時最苦鴨食。

禾未垂頭正晾花，秋成望斷海心沙。吾田遠在茭塘曲，九日租船可到家。

無端龍氣起潖洲，捲去人家江上樓。幸未潮田敗禾稼，秋分白露二秥收。秋分、白露，二秥米名也。

不向池塘把釣竿，白頭人作老漁看。秋江歲歲同鳧雁，隨意蘆花宿暮寒。

多載香粳要換魚，魚多只恨緑尊虛。西江蜑女多相識，白首扁舟似老漁。

家家榕樹小塘西，雨過施罛婦子齊。素足不須憐浣女，天生蓮藕在淤泥。

粼粼非石亦非沙，天作漣漪水作霞。不畏江寒頻濯足，中流羨殺白蓮花。

清江白石厭相看，葭菼風多已早寒。吹起漣漪身濕盡，不如灘上鷺鷀乾。

無窮芳草是蘼蕪，緑到天邊不見夫。不是多情頻化石，人歸那識故人姝。

牽路林中一綫長，縈紆不斷似迴腸。并刀欲剪千千尺，不使征夫到瘴鄉。

飛來古寺是耶非，何處歸猿向此歸。長嘯至今煙霧隔，無情亦爲一沾衣。

南國多情易别離，登高臨水總相思。淒清越女吹蘆管，絶似巴童唱竹枝。

鷹吟松上起驚飈，蟬咽泉間似暮潮。蕭瑟不須摇落候，悲秋有客是南朝。

波濤鼓舞亂峰迴，出峽還愁入峽來。百十長篙争一石，香爐撑破斷厓開。

不愁舟碎瞿唐石，愛觸中流灩澦來。象馬叢中穿一髮，篙篙相接鬥驚雷。

排空亂石陣圖多，鐵壁銀山一折過。南越北門天設險，萬人城在要人和。有萬人城，在瀧口。

削竹千枝作纜枝，枝長枝短似遊絲。年年百丈無窮路，牽斷肝腸人不知。
水作青羅帶百圍，鏡光晴浣白雲肥。帆過未易秋痕合，霧縠風吹似卷衣。
何年剪碎萬芙蓉，蓮葉蓮枝總作峰。壁斷時時開一峽，參差青嶂夾天重。
煙靄蒼蒼霧幾重，山雲低接水雲濃。亂峰回合成天井，片月無因出萬松。
山圍明鏡易成圓，四壁松杉黯似煙。花缺依稀知峽口，片帆斜出斷厓邊。
一峰不作一峰看，青翠瑶篸十萬竿。多半髻螺盤疊疊，白雲膏沐濕秋寒。
香爐峽口女英雄，巫峽風流事不同。古廟千章唐代木，舟人再拜祝長風。
峰峰橫作錦屏長，瀑水紛紛斷石梁。煙雨峽門開復闔，絶愁無路入英陽。
篙子彎彎盡似弓，朝來撑破幾蓮蓬。玲瓏石壁多蟲蛀，一縷雲穿藕孔中。
篙篙如箭復如弓，苦水何當又苦風。絶似射潮羅刹浦，素車白馬與争雄。
三朝愁殺打頭風，吹起帆檣似轉蓬。苦與崩厓作勍敵，靈胡贔屭作篙工。
舟緣鐵壁幾迴環，蝸角相争卷石間。已苦龍頭横淺瀨，還愁鼇背隱深灣。江中有石曰「龍頭硬」，曰「鼇背」，皆絶險。
一灘一尺上驚雷，力盡波濤殺不回。下水人歌上水哭，風聲哀雜水聲哀。
夾岸交加百丈多，九夫如哭一如歌。殺聲淒慘因風水，驚起沙禽拂面過。

崖光石滑總篙痕，撐起熊羆百尺蹲。斗大龍蛇題不得，墨濡頭髮向天門。

彈子誰穿石壁來，篙篙空洞觸輕雷。頻從花底驚猿狖，接臂相將絶巘回。

北風吹船船上天，九夫蒲伏一夫牽。梢公出没白頭浪，處處叫灘聲可憐。

峽盡清江曲曲開，白沙深映碧瀠洄。秋光流出如明月，一片空青天外來。

灣環又苦大横磯，石勢争隨水倒飛。峽短灘長撐不上，眠篙不道女郎非。

英州有石盡玲瓏，細作峰巒尺寸中。石市買來多石丈，米顛懷裏總華嵩。

石似青天天不如，青青應是補天餘。靈媧不采英州石，五色空勞煉太虚。

牽舟不上幾逡巡，巖勢争飛欲壓人。齒角峰高相抵觸，苦將韶石鬥嶙峋。

何人咆哮劈龍門，盪踏千厓似有痕。韶石可憐非斧鑿，天然生得一峰尊。

春草山山緑滿頭，朝煙暮雨作蘭油。土膏肥沃全無石，不作峯田負水流。

株株欖樹分公姥，雙植山頭號木威。公解生花姥結子，君看欖樹好思歸。

石分公母年年在，潮有雌雄日日來。自是無情少離别，行人淚灑望夫臺。

峰頂人家盡土圍，牛多一半夕陽歸。多燒英石教田暖，山骨朝朝斲翠微。

露濕茶人兩鬢寒，棯花紅插更山丹。山呈髻子無窮樣，隨意芙蓉一尺盤。

插竹灘心不聚魚，天寒魚少水光虚。鰕魟亦要鹽相换，人是無鹽二十餘。

秋深碧草尚如絲，薄有霜華木葉知。開盡雁來紅幾日，炎天未是雁來時。

丹崖翠谷錦圍空，草樹無花也覺紅。春色盡歸秋色裏，不曾霜醉一青楓。

山鷓相招暮不回，南峰空應北峰來。争銜木葉因霜露，苦待朝陽錦翼開。

虎眼如燈緑射人，初疑腐葉作青磷。腥風吹過拳毛髮，繫艇深深向白蘋。

虚無螢火似人過，一夜魚驚出緑莎。白板無聲江寂寂，催寒但苦草蟲多。江間夜静，漁人多擊白板以驚魚。

一夕征夫兩鬢秋，未過重九已輕裘。炎方且喜無霜雪，不使青山得白頭。

鷓鴣啼殺未還家，煙雨瀧東失釣槎。韶石蒼蒼三十六，知君何處弔重華。

兩到韶陽不踰關，梅花怕向嶺頭攀。艱難得作南枝鳥，白首炎洲比翼還。

【箋】

康熙三十一年秋，自廣州至韶州，沿途所見所聞而作。　是年大均兩到韶陽，當爲謀衣食計。

韶陽道中望諸峰

削出枝枝是簭龍，無人道是一峰峰。山靈作意爲韶石，欲使巉巖似次宗。華山號次宗。

【箋】康熙三十一年作，廣東新語卷三韶陽諸峰條：「自韶陽而下，多奇峰林立，狀如叢笋，插天爭出，横斜離合不一。」

復上韶陽述懷呈使君 六首

無端又千里，秋更上韶陽。爲有丹霞好，那知白露涼。使君惟孝友，孺子豈文章。分得萊蕪釜，微塵已絶香。丹霞，山名。

尚平遊未得，兒女事茫茫。白首勞婚嫁，丹丘闕稻粱。殷勤干太守，不敢卧羲皇。好是言辭拙，相知跡久忘。

一路迎鴻雁，行將及庾關。那能似潮汐，衹到二禺間。母待韓康出，兒催孺仲還。艱難因水菽，未忍老棲閒。南海之潮至中宿而還，中宿者，二禺峽也。

不出非慈孝，晨昏且暫違。負多千里米，餐少一人薇。知己惟廉吏，無顔是褐衣。晏嬰鞭可執，忻慕似君稀。

樓中容易捉，不是酒仙人。跡向臺門託，情將露冕親。能令高士賤，衹爲使君貧。一勺湞江水，魚枯未濕鱗。唐人詩：「天外常求太白老，樓中捉得酒仙人。」

海内無長句，山東有謫仙。吾師惟樂府，汝愛似青蓮。狂客四明在，神君一代賢。金龜重使醉，水底酒星眠。少陵詩：「近來海内爲長句，汝與山東李白好。」

【箋】

康熙三十一年秋再至韶州作。使君指陳廷策。

韶陽恭謁虞帝廟有賦 六首

廟枕皇岡古色春，冕旒遺影細生塵。娥英變化元天女，鹿豕依稀是野人。仙飯一叢香草掇，御牀三尺玉琴陳。階前拜手敷辭罷，淚灑幽篁似楚臣。

玉輦何年八桂來，衣裳垂向九成臺。千秋曆數躬猶在，一代龍魚事可哀。斑竹風生鸞吹起，蒼梧日落象耕回。騷人悵望惟瑶圃，欲就重華未有媒。

南巡往日憐韶石，遍奏鳴琴六六峰。天闕自開雙錦繡，翠華長駐一芙蓉。月明瑶瑟來雙女，風起珠塵繞六龍。雲裏帝城蒲阪似，葱葱御氣絳綃重。韶城樓有額曰「雲裏帝城」。

悵望沅湘有所思，楚宫泯没至今悲。三閭大族惟三户，九面衡陽豈九疑。歌舞東皇暾未出，夷猶北渚月頻移。零陵不是來龍馭，詎有湘纍謁帝時。

開闢文明五嶺新，山河敝屣此南巡。謳歌一日無賢子，禪受千秋有罪人。俎豆偏多荒服外，蘭蓀未借楚江濱。精靈亘古同霄漢，不道湘妃是水神。野死涔陽恨未央，竹書遺事總荒唐。象于有鼻稱天子，羽亦重瞳作霸王。韶石山連三峽險，曲江水接六瀧長。南薰願得留終古，先爲炎天散早涼。始興有鼻天子冢，蓋謂象云。

【箋】虞帝廟即虞帝祠，韶州府志卷十九：「虞帝祠舊在皇岡嶺。唐謝楚碣曰：『曲江有虞帝祠，故老言舜作樂於邑東磐石上，故石號韶，而州以韶名』……（明）嘉靖九年知府彭大治以祠荒僻，時享不便，遷於城東舊王府。」康熙三十一年作於韶州。

送余君

九成臺下水，最是武溪深。送爾廣陵返，潺湲一片心。承歡南越物，起舞白華吟。我友邗江滿，殷勤爲寄音。

【箋】余君，其人未詳。康熙三十一年作於韶州，時送余君返廣陵。

贈徐明府

自君來乳哺，人爹始興王。水火從今免，慈威正未央。芳華山縣滿，碧草訟庭長。已有徐公美，還多荀令香。

【箋】

徐明府，名籍待考。康熙三十一年作於韶州。

自湞陽至穗城江行有作　九首

欲雨空濛翠益深，秋光不逐夕陽沈。虛無樹影迷煙棹，幽咽猿聲和水琴。石疊青螺全作髻，峰抽碧玉半成簪。谽谺洞口雲爭吐，濕盡衣裘冷不禁。

拂窗飛過一峰峰，翠黛含煙落幾重。崩石影摇三峽棧，瀑泉聲亂半天鐘。光分明月憐空水，色染清霜愛紫茸。更好秋花黄菊似，屏風點綴錦雲濃。

削出青天石更青，籊龍無數在空冥。兒孫大小分喬岳，掌脟東西擘巨靈。峽口並吞三水灌，雲門開闔一峰屏。丹崖翠壁題將遍，欲就飛來結一亭。

舟穿灘峽盡含悽，夾岸巉巖石路迷。匍匐千夫牽絶壁，紛紜百丈出飛梯。垂堂處處驚灔澦，吹笛年年怨武溪。懶學芙蓉長取醉，愁心已似太常泥。

搖落江潭日已孤，蕭蕭短髮似菰蒲。長臨秋水光清淺，欲識新霜白有無。漸老英雄非好女，即成高尚是狂奴。芝華咀嚼應頤養，百歲孀慈掌上珠。

故園蕭索越臺西，乞食艱難且杖藜。紙筆陶公愁稚子，衣裳孺仲愧賢妻。山花愛老多朱槿，水鳥催歸更鬱鷄。出峽不須還入峽，禺陽北路易棲棲。

潮鷄催沓大江潮，未及天明放畫橈。漁艇已隨沙雁引，戍亭猶苦水犀招。霜欺楓葉偏難落，雪作蘆花更不消。風露有餘蟬易醉，一聲人外日蕭蕭。

江天盡作荔支園，黑葉千村映翠微。烽火亦教榕樹似，珊瑚不道木棉非。門臨古渡多漁户，坐倚陰厓有釣磯。西浦邅迴難即到，鄉心休逐片帆飛。

咫尺江關不到家，吹帆無那海風斜。浮沈已苦鸕鷀石，清淺兼愁茉莉沙。裘典鷫鸘因卓氏，釵餘翡翠似秦嘉。無金取酒空歸去，四壁蕭條未有涯。

【箋】

湞陽即英德。穗城指廣州。康熙三十一年秋自韶州返廣州，沿北江南行途中作。

六月十五夕就樹軒玩月

未秋先已作秋光，解爲炎天散早涼。花外尚餘銀漢淺，鏡中那有碧空長。虚無玉笛風何處，滴瀝羅衣露未央。清絶郡齋林壑似，庾公留客有胡床。

【箋】

就樹軒，在海幢寺中，爲大汕所建。清代詩人常雅集於此。張維屏有涉川上人招集海幢寺就樹軒詩。此詩及以下十餘首編于凌本詩外十。當爲凌氏補輯之詩，其前數首爲康熙三十一年作。此詩亦疑作於是年。

過梁餘仲池亭賦贈

池開盡養右軍鵝，真草朝朝墨幾螺。少日悔教團扇貴，暮年知厭練裙多。蟬吟未必無心甚，龍聽其如有角何。新作園林娱白首，梅花一樹最婆娑。龍以角聽。君近聾，故云。

【箋】

此詩見凌本詩外卷十，爲凌氏補刻之集外詩，當爲康熙三十一年之作。梁濤，字餘仲。東莞人。著有引溪集。事見温汝能粤東詩海卷六九。

過尹氏木蘭堂詠木蘭 二首

蘭身豈是如來後，金粟芬芳絶有名。五葉花多三葉少，一枝珠熟兩枝生。墜來膏露甘誰似，薰得箋香氣更清。舊種四株今老大，知君世澤有餘榮。李太白詩：「金粟如來是後身。」陸龜蒙詩：「不知元是此花身。」楚辭：「飲木蘭之墜露。」

騷人愛飲瀼瀼露，祇向木蘭枝上枝。花細不嫌魚子似，丹多正擲黍珠時。朱明獨占馨香絶，黄熟相逢臭味宜。嗟爾先公能植此，幾家喬木得如斯。花盛於朱明節，一名魚子蘭，亦曰珍珠蘭，最宜薰東莞牙香。

【箋】尹氏，指東莞尹家。「先公」，當指尹源進，時已卒于太常少卿任上。詩當爲康熙三十一年間作。

壽端州太守 秦人

峽東牂江更不開，七峰回合即崧臺。使君一作諸侯長，今望頻高九郡來。南越只今憔悴甚，西秦自昔霸王才。祝公眉壽如豳雅，膏雨多於春酒杯。

【箋】

作於康熙三十一年。端州太守，指李彦瑁，陝西三原人，李靖之後。康熙六年進士，康熙二十六年任肇慶府知府。見阮元廣東通志職官表。

東越撫軍壽詞　二首

百蠻歌舞我公來，獻歲椒觴接壽杯。元老天歸南極老，春臺人望越王臺。木棉花吐千枝筆，明月珠生九孔胎。嶺海舊稱豐麗地，只今憔悴仗雲雷。

驚春官柳發新年，嘉慶人趨節鉞前。豈有元公非吐握，自來山甫此蕃宣。天開草昧先雷雨，日出光華帶水煙。鳴鳥海隅應不少，因歡平格舞翩翩。

【箋】

東越撫軍，其人待考。康熙三十一年作。

衛廣文以荔支詩見示賦此奉酬並以爲壽

漢時王逸推能賦，君復風華似叔師。甘液含消中聖後，香瓊餌罷得仙時。蘭陵祭酒何曾老，天禄傳經亦未遲。首夏清和看欲近，先紅犀角望新辭。

【箋】

衛廣文，其人未詳。康熙三十一年作。

壽東莞杜明府母李太夫人 杜，關中人。

先公温潤秦君子，令嗣循良漢大夫。八座起居房氏有，五經傳授孟家無。侯多膏澤從王母，人祝期頤似鮑姑。邑近羅浮仙藥滿，端陽先獻石菖蒲。

【箋】

作於康熙三十一年。杜明府，指杜珣，陝西長安人，康熙二十一年進士，康熙三十年任東莞縣知縣。見阮元廣東通志職官表。

讀荆軻傳作 六首

置酒華陽曲未終，美人奇馬玉盤中。何須匕首勞神勇，更使將軍作鬼雄。一自悲風生易水，千秋白日貫長虹。殷勤倘用荆卿將，自可威加督亢東。

田光鞠武總謀臣，計失須臾欲劫秦。豈有精靈歸匕首，空令哀怨斷龍唇。蕭蕭風起衝冠髮，颯颯雲吹首路塵。自此悲歌燕市絶，屠沽無復報恩人。斷龍脣，謂斬鼓琴美人手也。讀書擊劍未蹉跎，儒雅偏於慷慨多。豈有先生非樂毅，何曾太子識荆軻。燕風已起離騷賦，楚調如追易水歌。壯士至今猶髮指，寇讎長枕報秦戈。平生劍術未曾疏，況是深沈解好書。蓋聶相期知不可，漸離同去意何如。六王有恨惟銅柱，一擿無成更副車。可惜漢家需佐命，英雄未得少踟躕。多事田光苦殉名，匆匆伏劍激荆卿。英雄不肯言成敗，節俠何知有死生。皆白衣冠持大斗，盡衝毛髮上長纓。離觴未半驅車去，風葉哀含變徵聲。無端委肉虎狼秦，爐炭鴻毛枉苦辛。匕首從容非刺客，屏風超越是姬人。舞陽圖奏應辭殿，宋意歌殘早濕巾。淡淡寒波含涕淚，隨風一半逐車輪。

【箋】組詩編於淩本詩外十，爲淩氏補輯之詩，當作於康熙三十一年。荆軻，見荆軻詩箋。

望夫石歌

二禺之峰七十二，中有石人立蒼翠。望夫化作石嵯峨，留取貞心在天地。石公石姥洞庭西，合體休垂雙玉啼。安得郎歸亦化石，白雲深處長相攜。無情化石石難好，有情化石石難老。郎歸果見石能言，招手天邊待相抱。

【箋】

廣東新語卷五：「清遠縣有貞女峽，西岸一石狀女子，是曰貞女。相傳秦世有女數人，采螺於此，風雨晝昏，一女化爲此石，即今望夫石也。」此詩及下四首編於凌本詩外四，爲凌氏補録者。當作於康熙三十一年後。

精衛詞

西山木，一日一枝銜未足。口血沾濡枝忽榮，化作扶桑向暘谷。扶桑枝枝有一日，一日未終一日出。人間十日不妨多，后羿彎弓休更彈。日光倘肯照心肝，但教燒得海水乾。海水乾時精衛死，魂作一金烏，與日相終始。

【箋】

精衛填海故事，見山海經北山經。詩作於康熙三十一年。

口占贈謝七丈長松

羅浮七星松，曾化七道士。君是第幾株，蒼龍夭矯似。年今八十已大耋，問汝奇齡安所底。手種諸香成水沈，生結熟結多肌理。贈我太古根，枝枝含石髓。焚向南山爐，氤氲浸四體。

【箋】

康熙三十一年作。

插木棉

亂插木棉乘大雨，無根易長珊瑚樹。一枝一幹似人長，明歲花如木筆吐。花比辛夷更大朵，開時半天紅似火。紛紛赤玉杯，争向懷中墮。拾來堆成霞，狼藉芙蓉砂。苔階掃不盡，萎謝仍芬葩。生長南州盛炎德，純丹表裏含光華。朱顔無命易憔悴，棄捐豈敢辭泥沙。

【箋】

康熙三十一年作。廣東新語卷二十五木棉條，描述木棉頗詳。

柳　四首

青青一夕已成絲，舞向東風不自持。白首正愁飛絮亂，莫教如雪一枝枝。

一絲一縷已風流，半拂芳塘半畫樓。日夕含煙復含雨，不將春色散人愁。

故作長條要拂人，莫教攀折向芳春。憐他葉底流鶯好，掩映雙棲不露身。

已遣飛花作白蘋，又教吹絮逐香茵。枝間嬌鳥紛無數，第一流鶯最惱人。

【箋】

組詩編於詩外十五，爲凌本補輯者，當作於康熙三十一年之後。

贈羅顒甫五十又一生日　四首

我友交相敬，殷勤五十前。方過知命日，未盡慕親年。大小經都授，春秋義更箋。石渠諸博士，家學首韋賢。

五十初遊學，荀卿汝勿憂。老師三祭酒，弟子一浮丘。小序持風雅，微言接倡酬。漢儒師友好，將子溯源流。

寡過慚蘧瑗，行年五十餘。精微惟學易，老大欲拋書。健未家庭杖，貧應市井居。無成吾著述，祇恨費居諸。
白頭同有母，奉養愧羅威。謀食身難隱，居貧志易違。和柔春草似，皎潔白華非。愛日心無極，朝陽露莫晞。

【箋】羅顒甫，名顒，羅璟子，南海人。與陳恭尹相交好。康熙三十一年爲羅顒甫五十一歲生日而作。

慰蒲衣　四首

德耀先朝露，深君悼儷情。雖無裘褐在，詎忍水雲輕。老病因兒女，艱難託舅甥。不須悲物化，曾共學無生。
子荆頭易白，況值悼亡時。早已傷哀樂，那堪更別離。月沈飛鵲鏡，花落合歡枝。已矣誰偕隱，茫茫負戴期。
幸當婚嫁畢，陶寫好忘情。絲竹須安石，雲山且向平。孟光多逸事，徐淑更才名。彤管人皆艷，芬芳似女貞。

落葉夫人淚，哀蟬武帝悲。仙靈遺蛻早，騷些放招遲。昔我離鸞恨，殊多別鵠辭。君今傷燕婉，何以慰哀思。

【箋】

康熙三十一年作於沙亭。蒲衣即王隼。陳恭尹王蒲衣五十序：「王子年四十餘，而孟齊謝世。」王妻孟齊卒時，蒲衣已四十八歲矣。

送王生還紹興 二首

蒼蒼天上月，化作鏡湖來。一片紅蕖水，平生碧玉杯。昔移蘭枻去，每拂若溪迴。梅市幽棲處，憑君掃紫苔。

勾越多知己，風流屬寓山。黄泉都飲恨，白髮幾棲閒。有節瓶終乳，無家鶴不還。爲將存歿意，傳與淚潺湲。

【箋】

王生，其人未詳。康熙三十一年作於廣州。

爲翁君壽母夫人

共有百齡母，孫嵩世所稀。今朝眉壽酒，先獻汝慈幃。戴勝西王喜，餐花方朔肥。堂前迴舞袖，兩處媚春暉。

【箋】翁君，其人未詳。康熙三十一年爲翁君母祝壽而作。

贈劉顯之生日

同庚俱白首，文學汝翩翩。師是蘭陵老，人惟祭酒賢。菊含長至艷，梅吐小春妍。共是歲寒物，冰霜得大年。

【箋】康熙三十一年作。劉顯之，名祖啟，鴻漸孫，東莞人。康熙二十九年歲薦。經術淹貫，爲多士師表，受業者數百人。工詩。著留稚堂集。見東莞縣志卷六十六。

慰林仲子喪明 二首

明在何曾喪，行教日再中。復唐須獨眼，興楚豈重瞳。甘菊曾延壽，黄精且養蒙。閒來成國語，暫與左丘同。

不覺成衰謝，蹉跎變亂時。先臣懸目早，國士漆身遲。竹少孤生節，桐多半死枝。易中高用晦，爲子説明夷。

【箋】林仲子即林杞，林洊次子，東莞人。康熙三十一年作。

懷吴客

勇絶吴閶客，縱横擊劍時。多仇惟伍子，無力是要離。患難終能免，飄零更不辭。從誰乞漿飲，漁父莫令知。

【箋】吴客，其人未詳。康熙三十一年作。

慰獻孟 二首

四十已敦杖，未應衰謝時。病因枚叟却，憂爲步兵持。薏苡餐須早，蓄薟飲莫遲。先公廉潔甚，貧與負薪期。

鷄骨朝來健，王戎免在床。顛雖長孺秃，足未子春傷。漢臘難忘舊，韓仇欲報長。參苓加減好，咫尺有韓康。鄰有鄭君，善醫。

【箋】

康熙三十一年作。獻孟即陳阿平，字獻孟，一字愚溪，東莞人。稟貢生。少有詩名，復工八法。著缽山堂詩集、愚溪詩略、開平縣志。見東莞縣志卷六十七。

惠陽娱江亭作

惠陽爲客久，酒盡最愁時。已有涼蟬咽，還餘落葉悲。江吞湖水淺，舟出浦沙遲。風好無帆席，飛飛羡鷺鷀。

【箋】

康熙三十一年游惠州作。娱江亭，在惠州東二里白鶴峰。江逢辰娱江亭記：「考所遺跡，蓋東坡舊樓，釣臺在下，翟舍在左，榜曰娱江，既數百年於兹。」

荔枝酒　王太守席上作

夏至山枝與水枝，千林黑葉影離離。炎風解熟丹砂早，白雨催肥火齊遲。到處銜飛皆翠羽，如山堆起總燕支。丹心抛擲勞焦核，紫縠沾殘苦素肌。女手剥多從濺汁，妃脣噏罷厭如飴。家家酒用晶丸浸，一一津教玉液滋。味得燒春逾醽醁，陳經越歲勝酴醾。十千平樂那論價，三百康成更秀眉。詎減新塘餐掛緑，何殊莞水飫凝脂。榴葩卻恨如駝乳，竹葉翻嫌似蜜脾。楚客清馨貪凍飲，漢宫膏滑想長持。流涎桑落嗤劉墮，咽唾蒲萄笑魏丕。自有消酲藤子在，兼之除熱蔗漿宜。花先入釀仙人識，殼即調香内府知。儘可沈冥頹叔夜，寧須玄碧醉安期。桂媒苞苦休濡首，槐麴含辛不朵頤。嶺外喜生珍果地，林中歡駐玉山姿。文珪未得酬酤户，太白終能作酒旗。湯沐且開扶荔國，酥醪還守葛洪祠。使君不棄長招飲，酩酊朝朝倒接䍦。

以荔枝花釀酒，仙方也。

【箋】康熙三十一年作。王太守，即王煐，康熙二十八年任惠州知府。三十四年調任四川。陳恭尹有荔枝酒惠州王子千使君席上詠詩，乃與大均同客惠州時作。陳詩有「風流太守須酣飲，知借南中尚幾年」

句。清制地方官三年一任，知作於王煐續任時也。

惠浣堂成賦謝惠州王使君　惠浣者，以使君守惠州兼惠草堂資，如浣花故事也。　二首

俸錢分得玉壺冰，堂搆城南力未勝。築有伯夷爲太守，居非仲子在於陵。燕銜鶯粟香泥結，萱樹蘭房黛色凝。五柳三槐春未已，使君膏澤到雲仍。

東樵未得遂幽居，南郭依然作敝廬。仲舉肯先看孺子，文翁知最愛相如。頻將金錯資開徑，待化丹砂潤著書。裴冕林塘應更卜，主人情甚浣花漁。

【箋】惠浣堂，大均晚年之室名。王使君指王煐，時爲惠州府知府。康熙三十一年作於沙亭。

題白鶴峰蘇文忠公祠贈用公　三首

江山故宅一丹丘，手澤蕭森古木秋。放逐若非同澧浦，文章争得老羅浮。虹橋已爲靈妃作，玉帶還因老宿留。香火有君禪寂在，不愁無地挹風流。惠陽浮橋，蘇公爲亡姬王朝雲所造。

袈裟身似歲寒松，白首棲閒祇鶴峰。蟬已無心長不食，龍猶有角更多聰。槎江水抱城陰曲，象嶺雲含塔影重。掌故先朝還記否，兼旬相對喜從容。師耳聾，龍以角聽，故云。

咫尺糟丘即洞天，狂歌一一總通禪。無生不使神仙得，卻老休將服食傳。雙岳乍分空雨外，二江長合亂雲邊。城西更有豐湖好，舊住芙荷四十年。

【箋】

康熙三十一年作。廣東新語卷三白鶴峰條：「歸善（今惠陽）有白鶴峰，下臨東江，與豐湖諸山對聳，蘇學士（軾）故宅在焉。學士上梁文所謂『鵝城萬室，錯居二水之間；鶴觀一峰，獨立千巖之上』是也。中有思無邪齋……齋前又有德有鄰堂，其左爲朱池，右爲墨沼，木棉、榕、梡之屬，古色蕭森，學士之所手植也。」蘇文忠公祠即蘇學士故宅。用公，其人未詳。

懷偉公

歲暮憐君匹馬輕，千人未免仗才名。三喪何處求蒿里，十口無歸在穗城。處處山川含劍氣，年年市井有簫聲。艱難我亦頻爲客，白首棲遲尚未成。

【箋】

康熙三十一年作。偉公，見東季偉公箋。本年上元之後一夕，偉公與大均、大汕、龔翔麟、陳恭尹等集長壽寺。既而離穗往博羅，詩外九有東季偉公及送季偉公之博羅求其先人治跡諸作。本篇當亦作於此年。

喜友人生子 二首

公沙新舉一龍遲，未到商瞿五十時。貧似叔鸞多二女，才如宋氏有諸姬。未知葛勃爲誰婿，何意文開得此兒。長至喜當湯餅會，梅花齊祝玉連枝。

紛紛織素手争攜，負戴何年返會稽。才子嘉名惟犬子，賢妻令德信鴻妻。長貧亦得文章用，未老休將出處迷。命子新篇應有作，多開紙筆向中閨。

【箋】康熙三十一年賀友人生子而作。

行役

暮年行役轉淒淒，家累牽人咫尺迷。少學陶公愁稚子，長貧孺仲愧賢妻。

【箋】康熙三十一年作。

過長壽院

尉佗城邊長壽里，古寺前臨白鵝水。家家蕹菜有浮田，處處鯿魚歸大市。鐘磬聲隨山雨來，菩提壇接越王臺。石門南對紅樓出，珠浦西連紺殿開。師向人天無可説，諸方盡讓琉璃舌。丹青一一是無生，詞采紛紛洞冰雪。自種花多灌美泉，頭陀苦行在花田。不須天女頻來散，終歲花開冬亦妍。林塘曲曲通潮汐，鷗鳥時來争坐席。童子歡娱足白鷳，老人變化多黄石。相對空天月上時，海光如見杖人師。曾分寶鏡雖無用，欲舉青蓮亦有期。

【箋】

長壽院，在廣州城西長壽里中。釋大汕建長壽寺，爲廣州名刹。康熙三十一年過長壽院訪大汕作。

癸酉元日作 六首

天鷄隱隱起空中，海日初燒混沌紅。氣象新從三朔出，光華長與一人同。歡將壽爵歌難已，老向高堂舞更工。無限春暉在芳草，青青先到白頭翁。草名。

平明拜手御爐煙，史筆恭陳上帝前。虎視誰書秦正月，龍興自紀漢元年。老人星在無長夜，尊母臺臨即洞天。王命早從慈氏識，功成方作曜真仙。

初風飄柳拂窗紗，最早鶯聲是我家。萱草天生長命草，桃花人作合歡花。紛紛子女争珠黍，一一衣裳鬥月華。暄暖開春纔一日，宣文已兩醉流霞。

龍馬精神母氣傳，六旬多四益貞堅。方圓已盡羲皇卦，五十須加孔父年。膏潤梅花嫌雪少，光浮柏葉喜霞鮮。胎禽子和松間滿，老鳳飛聲接上天。

春來容易玉顏酡，未恨長貧老薜蘿。方朔細君遺肉少，淵明稚子與梨多。夭桃有口元知笑，翠羽無心亦解歌。早晚榆錢憑買酒，五銖難復奈愁何。

先師未曙禮簪裾，繞膝童蒙告有餘。商氏教兒先大易，伏公傳女更尚書。三春絃誦開元吉，一代文章接太初。異日儒林知有傳，未應辭賦比相如。

【箋】

康熙三十二年作於沙亭。屈大均時年六十四歲。

癸酉人日作

無心作人日，只爲箇人無。光采存魂夢，丹青失畫圖。酒沾黄土盡，花供素瓶孤。廿四年來恨，空悲子母烏。

【箋】

康熙三十二年悼念亡妻王華姜而作。

朱太史竹垞至五羊苦不得見詩以寄之

輦轂分襟後，相思廿四霜。如何來咫尺，亦復作參商。著作知無數，聲華總未央。可能從幕府，暫到海珠旁。

【箋】

朱竹垞即朱彝尊。審詩中「相思廿四霜」之語，屈大均於康熙八年訪朱彝尊、徐嘉炎於嘉禾，至康熙三十二年恰「廿四霜」，詩當作於康熙三十二年。是年春，朱彝尊奉使至粵。

題朱太史小長蘆圖

煙水小長蘆，微茫子大夫。不知垂釣罷，亦復著書無。

【箋】

朱太史，即朱彝尊。晚年稱小長蘆釣魚師。此詩當作於康熙三十二年朱氏再入粵時。

題小長蘆圖 秀水朱竹垞父子蓑笠垂釣圖也。

長水牽人寶帶長，還餘錦帶繫鴛鴦。月波酒好兼黄雀，父子爲漁樂鏡香。

【箋】長水、寶帶、錦帶，皆秀州水名。月波，秀州酒名。鏡香，湖名。

小長蘆，見題朱太史小長蘆圖箋。朱竹垞即朱彝尊。康熙三十二年春作於廣州。

贈蔬隱丈兼爲其七十又一壽

桔槔無不可，久息丈人機。窺菜應多暇，持蔬亦自肥。酒香難白髮，花老尚紅衣。百歲尋常事，看君兩古稀。

【箋】蔬隱丈，其人不詳。康熙三十二年爲蔬隱丈祝壽而作。

江皋作

春聲一兩囀，水木已清華。嬌鳥不知處，時時驚落花。折梅無浣女，吹笛有漁家。曲曲幽尋去，沿溪一小槎。

【箋】康熙三十二年作。

送朱竹坨 二首

情同楊柳但依依，乍見那堪即送歸。白首相知誰得似，夢魂從此更交飛。

重來此地莫相違，各已浮生近古希。二十五年還待汝，白頭未肯嫁斜暉。予與君別二十五年矣。

【箋】康熙三十二年作。朱彝尊于二月七日偕子昆田、沈名蓀至廣州，留三日別去。梁佩蘭設宴于五層樓，邀屈大均、陳恭尹、吴文煒、王隼、梁無技、季煌等爲其餞行，各賦詩以贈。

贈惠陽俞別駕

羅浮多年無主人，惠陽太守今如神。公與卧治同清静，風流文采俱仙真。左江右湖日拄笏，訟堂無事官長貧。王祥聲名起別駕，良二千石猶逡巡。股肱之郡貴公等，朱轓不日閒行春。芙蓉四百且登陟，葛洪鮑靚招爲鄰。

【箋】

康熙三十二年作。俞別駕即俞九成，字介石，浙江杭州人。康熙三十年任惠州通判。

送朱上舍

汝兄嶠南來可憐，故人不得相周旋。臺門咫尺邈千里，相知何苦相天淵。汝今又歸桐鄉去，臨分那得無纏綿。嘉禾我友十餘輩，汝兄第一膠漆堅。篔谷已往墓木拱，武功廣漢皆黄泉。平生知己在梅里，白頭存者多迍邅。汝行爲訊繆天自，二李伯仲應歸田。徐家復有磨鏡者，季也亦誠生芻賢。鴛湖一別動廿載，人生倏忽真浮煙。富貴非時自知隱，文章無命誰求傳。戀君一步一握手，賦詩金石聊相宣。汝才峥嶸亦奇鬬，開元大曆羞比肩。參差似兄騰笑集，塤篪同開風氣先。逃唐歸宋計亦得，韓蘇肯讓揮先鞭。大雅只今久淪替，吾衰難起黄初前。老豈争名向輕薄，自來可殺惟青蓮。苦心經術作書蠹，五經縱横情所便。春秋已知非筆削，大易亦謂無方圓。十翼思返仲尼舊，三傳欲將公穀捐。詩歌末藝任工拙，漢儒章句方拘攣。

壯心慷慨尚復爾，時時自苦明膏煎。葛公中華倦遊步，龍光欲騁聊高眠。故人倘詢英霸器，爲語奇雅猶芳年。兄謂竹垞。

【箋】康熙三十二年作於廣州。朱上舍即朱彝玠，朱彝尊二弟。秀水（今浙江嘉興）人。屈大均於康熙八年至嘉禾訪朱彝尊時曾與之相見。

送荔枝與友人

荔枝花爛因多雨，今歲荒園結實稀。喜得丁香千顆熟，慚分紅翠一朝肥。甜心豈有瓊漿似，入掌方知火齊飛。欲得君裁王逸賦，故將焦核博珠璣。

【箋】此詩及以下簡書得蝴蝶半翅、五色鸚鵡、明妃廟、陳君壽詞編于凌本詩外十，爲凌氏補輯之詩。當作於康熙三十二年。

簡書得蝴蝶半翅

羽化何年入紫虛，猶殘半翅在山書。生無金粉依香國，死有精華託白魚。三食已空仙字畫，一絲猶罥錦裙裾。逍遥自古須無待，鵬鷃誰言我不如。

五色鸚鵡

來自扶南勝隴西，勤教紅豆飼中閨。定知片羽千金準，況復諸雛五色齊。萊氏衣裁蝴蝶子，麻姑裙化鳳凰妻。翩翩文采人多妒，安得歸飛丹穴棲。

【箋】廣東新語卷二十鸚鵡條：「欲其喜而多語（飼）以香蕉。五色者能兼番漢二語。」

明妃廟

明妃祠枕楚江沙，萬壑羣山夾道斜。明月尚懸香水鏡，芙蓉早墮玉門笳。羞同公主隨胡俗，幸似閼氏在漢家。終古秭歸哀怨地，杜鵑聲裏有琵琶。

香火凄涼帶夕曛，明妃村口大江分。紫臺環佩依神女，黄鵠精魂逐細君。易託春心惟碧草，難消殺氣是黄雲。家鄰屈宋風流似，怨曲遺音滿水濆。

紅顏亦可映中華，詔賜單于出内家。爲漢自應高俎豆，寧胡豈敢惜風沙。香溪夜夜長無月，紫塞年年始有花。多少落梅悲糞土，無情最是大胡笳。

野廟空林宿鷺羣，山花和淚落紛紛。無窮翁主成青草，有恨瑶姬化彩雲。清似苧蘿溪蕩漾，香連巫峽雨氤氳。只今流落龍荒客，未嫁呼韓已似君。

陳君壽詞

初歲青陽值令辰，壽杯香雜翠盤辛。文鸞吐綬娛晴日，玉樹揚葩媚早春。白首長令天樂好，紅顔更與物華新。水頭高築琴書館，慈孝枝枝見竹筠。

哭王處士

大江以南誰狂奴，故人未興何所圖。長身美髯氣虓勇，叱咤可恨風雲無。國亡甘作沐犢子，二十有六稱鰥夫。亞匹管蕭吾亦爾，英雄命苦成拘儒。每兄事君拜牀下，疏巾單衣長與俱。託鳳攀龍既已矣，拂衣且先歸黄壚。姿才冠絶亦何益，天生我輩填溝渠。總攬國殤向地下，厲鬼亦可相馳驅。我今亦是鼓刀屠，老母天年哀已徂。無親可事合從死，白頭下殉同啼烏。哭君不脱衰絰往，撫棺非弔空號呼。平生慷慨共心膽，悲歌往往崩玉壺。君死狂言向誰發，只應天口長喑嗚。

【箋】王處士即王世楨（字礎塵）。康熙三十二年爲悼念王世楨而作。陳恭尹有祭王礎塵文。

送王處士靈柩歸祔錫山先塋　四首

素冠相送出梅關，反葬東吴有故山。死友誰將平子去，孤兒自載伯鸞還。沙牀散髮風流甚，麈尾成松日夕閒。我尚爲人争便得，幅巾追逐白楊間。

沈湎何曾日舉杯，殷勤荷鍤越王臺。疏狂豈必青蠅弔，卑濕何勞子服來。夷惠半生虚白首，彭殤一笑總黄埃。文章速朽都無恨，化作瑶葩亦見才。君臨終有「不夷不惠」之語。

瘞爾衣冠在玉峰，風雲慘淡待相從。青蓮豈可爲金粟，黄石還應作赤松。情盡英雄雖羽化，身高神智未龍鍾。棺中堯典無長夜，暘谷氤氲接二禺。

明年宿草惠泉東，悵望松楸白露中。咫尺要離吴烈士，參差樗里漢行宫。魚燈亘古精靈接，麥飯先人伏臘同。含笑九原長已矣，淵冰孝子一身終。

【箋】王處士即王世楨。錫山，在江蘇無錫西郊惠山之東。康熙三十二年作於廣州。

送季子扶兩尊人靈柩歸葬錢唐

爲君歌彈歌，親死不葬哀如何。桐棺暴露亦已久，越王臺下烏鳶多。飛土可憐汝孝子，一人封樹無蒿里。主喪未敢脱衰裳，日向黄腸淚如水。十數年來棲炎方，先人宅兆懷錢唐。歸祔松楸遂丘首，精靈相逐佳城旁。崔瑗張霸闕遺令，止葬豈可依他鄉。陳壽不歸遭貶斥，知君及早事窀穸。裂書昔感故人心，推輦今蒙誰氏力。惠陽太守真申屠，歸善令公亦范式。教營高燥贈多金，高義雲天安有極。秋涼首路出臺關，舒卷悲旌向北還。如堂定築南屏上，物土依稀天竺間。我昨營墳已襄事，會當廬墓長憔悴。死作烏雛更斷腸，生爲猿子空悲淚。白馬素車難送君，微茫望斷西湖雲。皋魚哭處風蕭瑟，聲亂白楊誰忍聞。

【箋】

季子，指季煌。康熙三十二年作於廣州。

送人往歸州 三首

此地多文藻，風流今尚存。江沱騷客宅，峽口美人村。哀怨隨流水，遺音在暮猿。君行知有賦，總是一招魂。

自悲秋氣後，摇落至於今。淚下水蘋滿，魂歸楓樹深。荒淫神女賦，風諫左徒心。君過高唐觀，風華尚可尋。

往日湘纍返，鄉人慰夢思。悲涼高弟辯，婉順女兄辭。既放何曾怨，將亡惜未知。汨羅誰復贈，君去更投詩。

【箋】康熙三十二年作。歸州即今湖北省秭歸縣。

兒喜　三首

兒喜何爲者，姨娘送酒來。頻呼香綫女，盡洗白椰杯。六子歌聲發，雙鬟舞袖開。堂前皆角髻，争戴一花梅。

兒喜何爲者，盈樽是荔漿。三杯先祖母，一酌滿仙香。花發春初暖，鶯啼日正長。大歡陶令子，扶上讀書牀。

兒喜何爲者，金杯各入唇。競將膏蟹好，來送肉芝春。橘子香盈袖，桃花落滿身。卻嫌多笑語，喧動北堂親。

【箋】審詩中有「六子」之語，當作於康熙三十二年第六子明潚出生之後。

衍聖公壽詞

上公王者後，宗子聖人孫。世接神明盛，身持德教尊。尼山培道脈，洙水浚文源。君子多仁壽，絃歌不可諼。

【箋】衍聖公，孔子後裔之封號。歷朝封號名稱各異，至宋仁宗至和二年以祖諡不可加後，始改爲衍聖公，之後相沿不改。康熙三十二年作。

爲順德明府壽

地分南海大，城接北山長。令尹來何暮，謳歌正未央。依然古遺愛，不數漢循良。父老稱眉壽，梅花佐舉觴。

【箋】順德明府指徐劻。康熙三十二年爲順德知縣徐劻祝壽而作。

詠竹 二首

慈孝枝枝翠，籠葱第一竿。霜乾春粉暖，露濕膩香寒。嫋嫋堪垂釣，猗猗亦合歡。琢磨同衛武，辛苦爲琅玕。

石上檀欒滿，霜根結幾深。芳辛嘉桂德，空洞老松心。未忍多爲杖，時因罷鼓琴。含風娱暮節，一一籜龍吟。

【箋】康熙三十二年作於沙亭。廣東新語卷二七竹條詳述嶺南竹之種類。

哀述 十首

昨日猶孩笑，萱堂匕箸邊。免懷頭白日，傷性血衰年。苦請終無帝，窮呼豈有天。代身如可得，争赴是黄泉。

白頭初失乳，依怙更無時。已恨全歸晚，還傷反哺遲。鹿猶銜美草，鵲欲化空枝。淚逐霜華落，沾濡不自知。

新爲無母子，六十始嬰啼。哭向天邊斷，魂隨地下迷。林烏飛引㲉，野鹿食鳴麑。我獨傷何恃，徬徨日影西。

欲愛終無日，匆匆大耋年。猶驚惟喜懼，最憶是餐眠。月上杯圈設，花開几杖遷。那能相哺食，更樂乳鳩天。

早寡陶嬰似，艱貞五十春。未亡黄鵠苦，垂老白華貧。養志惟高尚，忘憂是隱淪。期頤曾未得，有憾昊天仁。

手澤芳菲盡，啼痕作露華。薤非長命草，萱是斷腸花。風樹無多地，泉臺自一家。雙鸞生死孝，總欲殉黄沙。

無以爲忠養，清貧似素秋。雙鬟陶母盡，一縷敬姜留。雀舌餘茶碗，蛛絲滿藥篝。菇齋過九十，馨潔愧蘭羞。

自今憎佛日，悔乞白毫光。大忌逢佳節，終身恨法王。音容歸寂滅，體魄合鴻荒。咫尺慈威失，庭闈在北邙。母以四月八日終。

匍匐開泉路，墳成馬鬣時。烏銜凝血土，猿掛斷腸枝。合骨先公速，迎魂故宅遲。弟兄交手哭，中路作孤兒。祔葬從先子，高曾接墓田。淚枯松柏日，哀斷蓼莪天。同穴重封樹，如堂一几筵。羅威吾欲作，没齒白楊邊。

【箋】康熙三十二年作於沙亭。文鈔二先夫人祔葬記有「自先夫人見背，至今已三閱月，大均哭踴之餘，伏念古者大夫士三月而葬，未逾時，故先期而葬，謂之『不懷』；後期不葬，譏之『殆禮』。今時及三月，則是日月有時，而非還葬，是可以祔於先君矣」及「大風暴起……大均號哭呼天，匍匐以待，身濡濕，口噤，中寒成瘧。若不得請，即捐身泥淖以殉矣」之語。

柬詹丈

炎方秋未涼，蕭爽喜禪房。僧作琴高弟，花爲客故鄉。無生非老病，有道在清狂。爲作皋魚操，淒然風木傷。丈善琴。

【箋】詹丈即詹大生。康熙三十二年作於廣州。

題錢子濯足圖

不濯纓，但濯足。不見滄浪清，但見滄浪濁。濁可濯兮何必清，清斯受辱濁斯榮。君今但濯無清濁，清濁都忘志即平。

【箋】

康熙三十二年作。錢子，名未詳。

簑亭爲颶風所摧

葵葉爲簑簑在身，風吹不去長隨人。簑爲亭子風不許，捲入空冥要吹汝。天生葵葉作君簑，汝不被簑簑自去。簑歸來兮休亂飛，吾將以爾爲毛羽。白茸茸兮似鷺鷥，伏蘆花兮無人知。以笠爲亭無不可，吾生無分居茆茨。

【箋】

康熙三十二年作於沙亭。是年颶風。文鈔二先夫人祔葬記有「其後八月十二日，颱颶風作，海大嘯」之語。

颶風大作墓上亭幸免毀傷有賦　二首

鐵颶今年甚，偏完墓上亭。未曾驚體魄，信自有神靈。筋力重封樹，文章早勒銘。松間巢一一，無恙鶴梳翎。

艱難三月葬，餘力一亭成。風雨勞相保，茆茨幸未傾。似憐廬墓處，欲慰子春情。掃地殷勤祭，寧親向九京。

【箋】

康熙三十二年作於沙亭。文鈔二先夫人祔葬記有「癸巳，大風暴起，吉凶二帷吹裂。甲午至丙申三日，晝夜雷雨，縡者皆震懼」及「亭既成，名曰饗親」之語。

癸酉秋懷　十五首

欲作瀟瀟雨，先之落葉聲。似聞天上雁，嘹嚦滿江城。遲暮人何在，悲涼事不成。匆匆憂用老，有負是生平。

今年摇落早，風木助予悲。歲又將寒候，天無復曙時。病難依墓久，貧易出門遲。明發何曾寐，幽幽燈火知。

老來難學問，況在極貧時。往日真堪惜，窮秋未足悲。白頭思殉母，黄口忍捐兒。已矣王孫裸，重泉速朽期。

霜降從零落，蒿非美菜莪。所生今已矣，無忝更如何。喪禮貧難盡，哀吟老易多。無心還養壽，采藥向巖阿。

颶風秋大作，無恙墓堂新。孝感非孤子，神靈是二人。竹多留鳳尾，松未破龍鱗。一一棲烏在，飄零衹浹旬。

夜夜精魂接，音容在夢中。照愁無白日，吹老有悲風。地下身應佚，人間路已窮。霜華滿青草，肯放白頭翁。草中有曰「白頭翁」。

慘怛真無告，天民此益窮。水漿情未盡，霜露愴難終。涕淚全枯栢，形骸半死桐。痛深悲創巨，斬刈勢相同。

搖落又如此，吾今亦變衰。蕭蕭餘兩鬢，白白但雙垂。清露惟須濯，涼風不用吹。羸軀休更病，已有老相隨。

白冠依太古，衰絰忍離身。苦憶惟慈愛，勞心是棘人。時時聞嘆息，點點濕衣巾。顧望無瞻見，蒼茫泣上旻。

血隨清淚盡，號泣但餘聲。心弱思難盡，神衰夢易成。雁邊霜亂下，螢外月微明。不寐時吟嘆，棲禽亦未驚。

零落高堂菊，秋霜凛冽中。花隨人事盡，葉共歲華空。歌斷哀誰告，魂招賦未工。淚沾衰草裏，都作雁來紅。

葉葉啼痕濕，非關清露滋。栽培垂老日，黄落未寒時。蟲食何曾苦，蟬嘶不自知。蟰蛸絲已斷，喜母更無期。

幽居已蕭瑟，秋氣益生悲。落木一相感，哀猿無盡時。心隨萱草死，淚向竹枝垂。往日多行役，空傷孝養遲。

老始爲人子，身歸父母遲。誰令英霸器，自失亂離時。日苦揮無力，天憎問有辭。秋霜肯相念，且莫鬢如絲。

淚多雙鏡濁，欲待菊花明。九日無佳色，三冬始落英。沈冥非此日，哀痛是平生。銜恤知何向，茫茫永慕情。

【箋】

康熙三十二年作於沙亭。大均晚年生活清苦。「秋氣益生悲」，詩中抒發歲暮年邁之感慨。

以事偶憩單家口占奉答 單家善釀　二首

五宿黄公酒甕旁，氤氳麴蘖不勝香。主人相勸憐衰疾，薑桂含滋未忍嘗。

毁瘠哀予六十人，醇醪信美不沾唇。來因兒女非無故，慈孝多慚此一身。

【箋】

康熙三十二年作於沙亭。大均母黄氏於是年四月初八日卒，年九十歲。故詩有「毁瘠」之語。

屢得友朋書札感賦　十首

一謝交遊故國回，寒暄不斷素書來。杜陵雖有虚名好，溝壑何曾一救來。少陵詩：「虚名但蒙寒暄問，泛愛不救溝壑辱。」

好是新安與武林，扶晨心似仲昭心。平生知己雖無數，二子聰明最賞音。扶晨，新安汪士鋐也。仲昭，武林王嗣槐也。扶晨别十四年，書來不斷。仲昭别三十餘年，今始有書。

最早知音是阮亭，青蓮不得擅仙靈。九天咳唾紛珠玉，亂作飛泉下杳冥。王阮亭云：「翁山先生詩殆如太白所云『咳唾落九天，隨風生珠玉』者。」

名因錫鬯起詞場，未出梅關人已香。遂使三閭長有後，美人香草滿禺陽。予得名自朱錫鬯始，未出嶺時，錫鬯已持予詩遍傳吳下矣。

慈谿魏子是鍾期，大雅遺音獨爾知。一自彈琴東市後，風流儒雅失吾師。雪竇山人畊也。

西泠十子首馳黃，道我詩篇勝夢陽。古調新聲俱第一，肩隨不敢逐飛揚。毛馳黃騤也。

簹谷同心復同調，平湖皋旭亦淵通。三吳競學翁山派，領袖風流得兩公。周簹谷、郭皋旭皆嘉興人，最賞予詩，以一時吳越相師法者爲翁山一派云。

欲折彎彎射日弓，有人争欲作逢蒙。交遊不向端人取，乘矢何繇得庾公。有人謂某某皆嘗學於予者。

才名四十有餘年，老益饑寒萬卷前。絶代文章多妒忌，自來人欲殺青蓮。

老豈争名向少年，未焚筆研已歸田。能知白也詩無敵，除是開元一代賢。

【箋】康熙三十二年作。　友朋謂汪士鋐、王嗣槐、王士禎、朱彝尊、魏畊、毛先舒、周篔、郭襄圖諸君。

除夕詠感擘和王使君　八首

苞品諸珍淑，南威未易求。紅鹽驚一夕，青子落三秋。臭味蘭心合，芬馨玉齒流。使君頻果好，共遺歲華愁。感擘即橄欖，一名南威。子瞻詩：「紛紛青子落紅鹽。」時歲除，使君兼以寶坻頻果見餉。

青果回甘物，分來守歲盤。味同良友諫，香得美人歡。落愛南枝晚，餐宜白露寒。雌雄人未識，都作木威看。橄欖，一名青果，亦曰味諫，以白露後摘食不病瘧。其枝南向曰橄欖，東向曰木威。高、雷人以烏者爲木威，爲雌，青者爲雄。

細切辛盤裏，頻添素手香。青黄生半摘，甘苦老全嘗。越俗多爲豉，吴風更作湯。見珍因踰嶺，争取不盈筐。

咀嚼能終日，含滋恨不留。森嚴多正味，芳潤少煩憂。仁小休懷核，頭纖可作鉤。分曹争射取，衣袖暗相投。子瞻詩：「正味森森苦且嚴。」

口實檳門似，含辭總若蘭。逢君陳臘果，喜得上春盤。小辣能忠告，微甘亦合歡。雕花多女贄，珍惜掌中看。粤俗以糖梅、糖欖雕鏤人物、花卉以爲婦贄。檳門，即檳榔。

瓠犀初苦澀，不食未曾忘。訶子難回味，油甘亦少香。乾愁青玉皺，濕恨白絲長。餞歲多秋實，如君最耐霜。訶子、油柑子皆與橄欖相似，謂油柑即餘甘子，非。欖中有絲欖、有丁香欖。

本草那知汝，芬芳更有情。既多賢友義，復得美人名。大小丁香似，艱難碩果成。歲除方見取，嗟爾後時榮。有曰「新婦欖」。

煎取餘甘味，泉花泡更開。清香因火發，苦澀得鹽回。未試調梅用，先揮頌橘才。嵇含箋草木，博物復公來。餘甘子即橄欖。升庵言有餘甘子煎。朱氏言橄欖得鹽不苦澀。

【箋】感擧即橄欖，廣東新語卷二五橄欖條詳記橄欖的種植和食法。王使君即王烘。康熙三十二年除夕作。

初十夕

開春初十夕，兒女八人齊。火樹燒雲亂，珠燈拂月低。淵明歡稚子，奉倩玩賢妻。共作藏彄戲，嬉娛到曙鷄。

【箋】康熙三十三年春作於沙亭。兒女八人，即明洪、明洙、明泳、明治、明渲、明溝、明瀟、明涇。

春感 四首

愁因風雨甚，望暖一春心。悲咽天何事，陰寒日已深。鶯花那自保，煙草故相侵。一自傷搖落，蕭條直至今。開門無一可，日與世情疏。老欲慵耕硯，貧猶貴讀書。峽猿三慟後，山鬼九歌餘。情盡因衰疾，枯桐恨不如。亦知天啜泣，不是雨淫淫。豈有三春色，都成一片陰。銜寒花有力，催曙鳥無心。安得陽和滿，年光儘意尋。年華陰雨裏，春衹夢中看。天豈知長夜，人空苦劇寒。花含當日恨，鶯失故人歡。想像芳林下，風流再見難。

【箋】康熙三十三年春作於沙亭。

春草

雨多青草喜，春半已連天。迷卻王孫路，萋萋又一年。紫騮嘶未已，黄蝶影無邊。況有蘼蕪恨，新人非昔年。

【箋】康熙三十三年春作於沙亭。

雨夜作

風雨無朝暮，嗚鷄不可知。天沈長夜裏，人苦極寒時。淚欲浮孤枕，情終繫一絲。平生無白日，衰暮益含悲。

【箋】

康熙三十三年作於沙亭。

苦雨作　五首

一夕幾風雨，幽林寒不眠。夢惟啼老母，魂衹向重泉。有道貧須絶，無身患未捐。茫茫兒女事，五岳去何年。

雨聲無斷續，一一入愁心。寒絶因長夜，春多是積陰。白頭偏累重，黄口更情深。乞食終何補，言辭拙至今。

無人招越散，魂爽有無中。老爲多哀痛，愁因久困窮。桁衣悲賤妾，瓶粟苦衰翁。雨阻東門出，餔糜過屢空。

欲去知何所，途窮已一生。蒼茫惟有慟，嗚咽每無聲。心易雲山遠，身難杖屨輕。連朝春雨苦，喜鵲未催晴。

苦是三冬暖，留寒到好春。白猶梅蕊舊，青未柳條新。魚炙傷寒食，鵑啼似棘人。旨甘慈地下，有婦定酸辛。

【箋】

康熙三十三年作於沙亭。時連朝春雨，詩中抒發作者愁苦之心情。

溝壑行

嶺南三月桐未華，柳才生髮青鬖髿。緤布欲裁無棉絮，冷淘欲作無槐芽。雨多夭喬皆爛死，一春花蘤失紅紫。水潦不憂卻憂旱，春雨未應逢甲子。農夫奔走争祈晴，吉貝豆苗傷已矣。已過清明十餘日，苦寒尚與龍荒似。餐眠誰問浣花翁，一日素書三四紙。抵死饑寒不忍言，甘心溝壑今如此。語云：「春甲子雨，赤地千里。」

【箋】

康熙三十三年作於沙亭。時雨多害田，作者甚爲擔憂。

少穀 二首

早黏將及秋分熟，颶風吹去三分穀。今歲沙田又少收，一冬祇可充饘粥。耕不逢年奈命何，家貧幸未買田多。空慚婦子長饑汝，更使無衣帶薜蘿。

去年陽月無壬子，留寒到春寒不已。一春況復陰雨多，凍與大冬冰雪似。諸花未見發根荄，蘭葉纔開三四耳。荷鋤種豆且莫早，土膏雖動亦凍死。立春不得一朝晴，今歲農夫又已矣。白頭饑餒復何極，苦與蠐螬爭一李。於陵矯廉人盡笑，只有辟纑是知己。

【箋】

康熙三十三年作於沙亭。時逢災年，收成鋭減。

食蕨 二首

雨多蕨芽肥不已，拳曲重重毛色紫。一夕雷驚總怒生，莖莖看與龍頭似。畬人采得兼香蕈，殷勤持向從陽市。無人肯買充盤餐，多爲性寒損肌理。清齋我久絶膏腴，不爲逃禪學妙喜。

高堂往日好伊蒲，野蔌山肴思所嗜。肉味乾濡未忍甘，薑桂相滋今疾止。鷄豚無復佐晨羞，蔬食從今至没齒。寸寸春葱總斷腸，枝枝冬笋休生矣。昔人食薇不食蕨，食蕨能令心斷絶。蕨生一一應猿啼，猿啼一聲蕨已齊。千莖萬莖況雷雨，一夜穿盡春山泥。猿啼多處蕨無數，淚痕一一應沾汝。汝生何苦傍猿邊，猿易斷腸生太苦。枝枝亦是斷腸枝，下箸令人悲復悲。我今無薇更可採，蕨兮要汝長療饑。蕨寒薇暖薇應食，薇食令人好顔色。夷齊食薇得三年，不死多因薇氣力。首陽一去薇香傳，人言夷齊古薇仙。薇生黄農虞夏代，不生今世因無賢。我今食蕨當食薇，薇與蕨忘無是非。恍惚聞猿啼左右，思與猿同三峽歸。我生與猿同性命，化爲蕨兮即清聖。斷腸久矣不須啼，情返無情期得正。猿之所在即多蕨，故食蕨能令人悲。見本草。

【箋】蕨，廣東新語卷二七：「從化山中多蕨，以雷鳴出土，故蕨惟雷鳴乃可食。……或謂蕨以猿啼而生，凡有猿之所則多蕨，每猿一聲，蕨生萬莖，故食蕨能使人悲，而夷齊食薇三年，顔色不異，蓋薇美而蕨惡，故昔人多采薇而少采蕨。」康熙三十三年作。

送沙子雨往安南

閩粤奇人沙起雲，茫茫浮海淩秋雯。揚帆直入大鰌腹，晞髮欲就扶桑暾。琉球日本一再至，薩摩長揖諸郎君。倭奴寶刀日在手，暹羅火春時濡唇。片腦炎油結歡好，紅毛白丹通殷勤。長沙石塘逐潮勢，諸番往來猶苦貧。身與人魚互出没，崑崙舶小波長吞。掣鼇欲學古公子，射蛟不數飛將軍。東西二洋若平地，蓬瀛諸島誠微塵。舍舟忽然辭海若，日南首路摩金鄰。前年已抵交趾界，鬼門關阻愁逡巡。有兄久爲安南客，白頭未歸含酸辛。脊令急難冒兇險，禦侮欲批修蛇鱗。古森先謁四峒主，山深箐密防狜獠。摩挲銅柱古斑駁，伏波血汗餘苔文。馬流丁口盡漢種，黄裼一一神華民。麓泠雙女化磷火，西屠諸王無餘魂。蠻邏至今畏新息，歲時膢臘陳椒芬。匍匐不敢廟門入，國王徒跣先其臣。白馬街中亦有廟，象來蹴踏身俄焚。文淵威靈亘絶徼，中華長城憑一身。交人亦尚漢冠帶，雖然被髮知人倫。裦衣廣袖耻左袵，旃裘不肯同吐渾。君行喜得暫束髮，網羅馬尾重包巾。光光髻子疊紗帽，縱横玉簪含花薰。大越國中奮才藻，侏離酬和寧無人。美娘香蠟日膏沐，素趺亂踏桃花裀。媚人更多鬼子女，鬒髮苦拭杯盤銀。君行見兄即返馬，此邦淫蠱多妖氛。男女同川兼鼻飲，傷無禮義教持循。誰當恢復此疆土，三百年來哀沈淪。三楊王通罪莫逭，王者無外寧不聞。金標豈是南極界，象林忍使茅長分。夷椎踉蹌畏鐵騎，巨象丘山偏崩奔。交鎗寧如我長技，叢雷大炮摧千羣。君行更爲熟形勢，爲圖山川窮嶙峋。唐蒙奇道在掌股，鄧艾裹氈當有神。笏竹之城難負固，銅柱易折如枯薪。先臣文簡與文敏，兩公碩畫行須遵。招降兼用邳離策，還同永樂重平陳。

倔强自娱亦已久，逋誅寧識天朝恩。與黎皆在我心腹，雖有血氣殊尊親。虎豹累朝驅未得，魑魅隨在皆甘人。君今盛夏觸炎暑，欽州取道沿江濆。帆掃牙山行十日，笑銜煙瘴香氤氳。丈夫萬里若几席，倏忽即可窮九垠。鴻蒙爵躍恣所往，列子御風隨天輪。浮遊直出天地外，猖狂豈暇憂迷津。況乃居之亦何陋，夷中儘可圖功勳。猨狙既好周公服，未應獷悍長難馴。祖宗郡縣舊赤子，棄若弁髦傷吾仁。彼中已嘗被聲教，夫子猶能尊大紳。君行且與説詞賦，揮灑翰墨争清新。鎮蠻銅鼓盡作銘，大書一一傳九真。

【箋】沙子雨，福建福清人。文鈔一沙子遊草序謂子雨爲名諸生，南遊交趾以求其兄。作於康熙三十三年。

為尹母周夫人壽

孝廉名德在，賢配復芳徽。福履傳樛木，詩書出絳幃。龍孫荀氏乳，鳳子鮑家衣。七十如尊母，還應兩古稀。

【箋】康熙三十三年後爲尹母周夫人祝壽而作。

賣董華亭手卷

董公真跡世間希，博取錙銖更典衣。書畫未充三日腹，文章長得百年饑。求仁豈是專求粟，采義何嘗但采薇。悔使黄金如糞土，暮齡生計益全非。記云：「求仁者之粟。」

【箋】

董華亭，明畫録卷四：「董其昌，字思白，號玄宰，華亭人。由進士官至大宗伯，晉宫保，謚文敏。詩文有容臺集。以書法重海内。畫山水宗北苑、巨然，秀潤蒼鬱，超然出塵。」康熙三十三年作。時大均生活窘迫，故將汪沅所惠董其昌手卷變賣。

賣墨與硯不售感賦 二首

舊墨方程不忍磨，估人持去恨如何。只應硯汁傾三斗，豈有揮金買一螺。膠漆絶愁天下少，錢刀空使故人多。頂煙欲盡分兒女，教寫真書去换鵝。

水巖真硯石膏腴，細奪仙人冰雪膚。韞匵多年矜美玉，投人暗路愧明珠。愁非善價偏難售，枉説奇珍不易圖。金錯囊中羞澀甚，少陵長是一錢無。

【箋】康熙三十三年作，時大均經濟十分拮据，故賣墨與硯以維持生計。

樽前 三首

樽前那得不清狂，白首無歸只醉鄉。歲月盡從荒宴過，豈知人世有羲皇。

掌中朝夕白椰杯，杯有黄花及早梅。酒盡不令高卧得，開門每望白衣來。

一錢羞澀浣花翁，處處金杯接未工。竹葉已傾瓢棄久，更無司業似蘇公。

【箋】此詩當作於晚年，時大均經濟頗爲拮据，故有「一錢羞澀」之語。作年未詳，姑繫于此。

穫稻

今歲愁鹹旱，秋分害早黏。無多遺穗在，婦子亦腰鐮。

花時愁作颶，幸及肅霜成。留稈長三尺，燒鹽作水晶。

千錢租鴨步，争向女官沙。食罷三秋粒，禾生又海涯。

沙田無晚稻，霜降已全收。銜穗多膏蟹，泥中拾滿篝。

【箋】佚文有穫記一篇，述康熙二十六年穫吳興祚贈黄官沙田首次豐收事，與本篇歉收情狀不侔。按康熙三十二年秋颶肆虐，翌年春寒陰雨，均傷禾稼，大均生計因之大窘，至有賣墨與硯不售感賦詩。本篇疑爲此兩年間作。

對菊作

金錢惟有汝，朵朵不曾貧。但覺香清烈，安知味苦辛。秋容寒更淡，晚節老逾真。不是陶彭澤，誰爲采采人。

【箋】審詩中「晚節老逾真」之語，當作於康熙三十三年之後。

梅花　七首

梅花吾好友，白首益相親。歲晏無多日，山空祇兩人。光生羅幌夜，香泛藥醪春。絶勝天邊雪，瓊瑶總作塵。

摇落亦未久，梅花今又芳。數枝已光艶，一見即清狂。相對至斜月，無眠空石牀。美人憐獨立，霜濕縞衣涼。

枝已無南北，冬深一一開。歲寒如可再，春暖不妨催。冷艶晴逾出，幽香暮更來。小禽銜片片，多半委蒼苔。

不幸無霜雪，炎方受命偏。嚴寒元本性，困苦卻高年。隔歲圖孤立，先春亦偶然。無窮憂患意，知子解相憐。

病起髮全白，梅花同皓然。孤生霜蒂弱，半槁玉顏妍。濯魄當晴月，吹香過暮煙。無情誰似汝，一朵一瓊仙。

黄落盡如此，無花亦自安。全生在高潔，半世儘清寒。詎忍吹長笛，方思寄所歡。枝枝真有道，相賞到春殘。

花少因多葉，宜寒亦向陽。年衰無暖日，命薄只秋霜。静得香歸處，愁憐影滿牀。無人共幽寂，留取數枝長。

【箋】

廣東新語卷二五梅條記述嶺南梅花頗詳。審詩中「病起髮全白」之語，當作於康熙三十三年之後。

質古玩行

古玩者，一玉杯，一玉小盤，一玉鎮紙，皆漢代物也。一珊瑚筆架，以紫檀文具貯之，副以象箸三十矢。是數物者，價可不貲。以空乏故，倩趙生質於押錢之家，委曲求請，僅得銀兩許，感恨作歌。

我之所玩無珍奇，玉杯玉盤佳人貽。珊瑚櫻桃紅多肌，以爲筆格光離離。貧中往往乏名酒，杯無顔色焦羊脂。象箸紛紜作一束，山殽厭飫無香貍。雷驚花入紋參差，血牙鮮潤徒空持。饑來兒女容慘淡，堂上旨甘安所支。趙生爲我鞠躬執，子母錢家求毫釐。寄寶於人不越宿，如託妻子懷憂疑。暴棄天物貴易賤，錐刀之末終何裨。韞櫝不能沽不忍，須臾割愛含酸悲。況兼玉鎮雕眠獅，初看絶似丹玻瓈。何年出自晉靈冢，蟾蜍書滴交光輝。昔人殉葬苦用此，寶華吐白虹霏霏。精彩溢流可照面，美人氣見春含滋。血痕暗灑古花碧，水巖火捺同膏肥。藐姑冰雪久滲漬，萇弘朱碧爭淋漓。珊瑚舊是烽火柏，趙佗鐵網千尋施。一本三柯獻高帝，夜光欲然驚波斯。一年始黄三年赤，扶疏石上連根移。積草池中泣辭漢，流落石家人不知。多謝緑珠鐵如意，爲予擊碎餘一枝。槎枒頗似鹿角菜，礧砢多節仍紛披。蟲食琅玕小穿穴，洞見心赤如通犀。不知珊瑚雄定雌，或女珊瑚之孑遺。珊瑚之梲一萌蘖，尺寸亦作盤蛟螭。緑沈漆鏤大小管，參兩架取隨高卑。犀植象跗恣偃仰，銅龍不插難傾攲。門庭免著太沖筆，筆牀不用相撐支。一朝爲質去書案，兔翰狐柱傷無依。棲筆寢牘自今始，泣别左伯兼張芝。餒在硯田耕不得，鬻文爲活求者誰。君苗焚筆欲更學，陳湯擲筆思乘時。錯刀糞土爾何物，令我摧頹迷所爲。錙銖仰面賈人子，彼賤丈夫何蚩蚩。一錢羞澀笑杜老，豈知百萬囊珠璣。珠璣無用化魚目，泥沙抛棄空駭鷄。妻孥朝夕作書蠹，食盡萬卷仍長饑。鮒魚只求升斗活，鵷雛違與梧桐期。嗚咽無言向珍寶，臨分審視無瑕疵。鮫文鵝眼多盜鑄，紺文赤仄憂吾欺。但求白鏹救當厄，多寡敢望兼金齎。區區長物不自保，匹夫懷璧防災罹。交情所貴在終始，遺簪故劍誠吾師。殷勤贖汝未容緩，恐遭點辱瓊瑤姿。與兒輩處患玷缺，白圭再磨終不宜。紫榆文具謹扃鑰，願言什襲長孳孳。稍待竭力營阿堵，朱提或得微刀圭。憑君完璧復歸我，被褐懷之毋遲遲。

【箋】

康熙三十三年作。本年春寒，禾稼受損。上年秋颶風，收穫大減。度大均生計窘促，故有賣墨與硯不售感賦詩二首。本篇當亦此時之作。

賦爲王紫詮使君壽兼送遷任川南

使君一作羅浮君，亭開子日當飛雲。要與岱宗日觀敵，三更已見金烏踆。南溟咫尺即暘谷，吐納不外扶桑暾。禮接曜靈本天職，朱明況與臺門鄰。青冥絶頂作雲搆，呼吸上通天帝欣。位置豈如趙汝馭，横翠拂松徒紛紜。白玉真人有宿契，夢中相命何諄諄。仙駕長在洞天裏，朝元每夜同紫宸。前身或是鶴林輩，紫元紫華爲高群。不然玉局一散吏，重來彷彿鸞山魈。翠羽屢逢鐵冠隊，青牛時開雲篆文。梅花村口勸農罷，都虚坐嘯長經旬。峯田無訟鞭撻廢，白衣山子皆良馴。半遮水簾視公事，欲歸官閣還逡巡。治行第一股肱郡，鄰邦疾苦兼咨詢。薦章謂良二千石，榮遷忽向瀘江濱。鵝城父老日奔走，乞留緋魚豐湖湣。白石争求鮑太守，荔支寧數陳將軍。黄龍諸仙亦惆悵，碧鷄鶲鸃皆酸辛。啞虎將出負書篋，啼猩亦欲攀車輪。玉女奉餞酥醪酒，麻姑淚沾蝴蝶巾。鐵橋石柱黯無色，饜飫珠玉猶嫌貧。一峰一匹錦繡段，四百三十愁未均。争留大夫作生日，石樓星精來老人。八十九條瀑噴薄，二十四種芝輪囷。玉源爲君作膏澤，瑶石爲君銘功勳。丹成已堅黄金骨，嬰姿孺貌長韜真。此行劍門歷艱嶮，如乘龍蹻淩蒼旻。舟上瞿塘利風水，旌麾高拂瑶姬裙。巫山十二爲我數，一峰不肯相嶙峋。

定貪暮行香雨去，芙蓉飛墜知横陳。天上王郎誰識得，煙霄一下嬰埃塵。子晉且停白鸞鶱，方平休跨黄麒麟。陰功即是稚川藥，至道惟凝姑射神。孟夏陶陶盛發育，初度令節叢嘉賓。安石榴吹丹竈焰，麝香萱吐華堂裀。阿翁紅肌兼緑髮，在家常醉田盤春。那能方朔至青鳥，安得琴高來赤鱗。王喬飛舄正杳杳，王陽叱馭方駪駪。昔爲刺史今岳牧，神仙自來多外臣。日月薄蝕要補救，雲雷屯難需經綸。四海饑溺未由已，百蠻痌瘝先在身。夜郎君長亦遊戲，未忍鄙夷斯苗氓。會將禮樂變殊俗，盡令玀緬知同倫。有教豈分人獸類，但含血氣皆尊親。永寧居之亦何陋，咽喉三省勞才斌。諸葛治蜀雖多猛，莊蹻開滇元用仁。清廉得垂橐橐去，絶勝養砂成金銀。代償逋賦更破産，肯持南物過峨岷。脂膏毛米不濡潤，斯道絶響今復振。與予金石交已定，六年相對忘衣鶉。但憐華采似鳷鵲，未嫌疏野同麤麏。此行巴渝不偕去，參差兒女牽婚姻。簸弄明珠我亦得，婆娑海水公無嗔。終然相尋逾白帝，川南取道過金瀠。勉賡白鹽赤甲賦，只愁笑破花翁唇。杜陵放翁汝勍敵，將來鼎跱成三分。才華絶世不入蜀，争得奇險篇篇新。雄渾奡兀盡神變，要令鬼哭吾吟呻。五丁在手苦開鑿，天然不露秋毫皴。知君拔山筆力大，此番冥搜天地根。亂揮三峽恣澎湃，細寫千嶂窮氤氲。錦江桃色染箋紙，遺我作草龍蝹蝹。書君怪麗句千萬，散爲天花飛九垠。祇恐管城不能給，紫毫抽盡東郭毚。

【箋】王紫詮即王煐，時由惠州府知府移官川南。廣東新語卷三羅浮條：「朱明洞爲一山之根本……朱明洞群峰如環，中虛以成奥室，於卦爲離，離爲日，故曰『朱明之洞』。」故詩有「朱明」、「洞天」之語。康熙三十四年作。

合江樓讌集次蘇長公韻　王使君出寶坻家釀飲客

洋洋乎水何美哉，合似羅浮不復開。天下朋友之膠漆，安得盡似雙江來。登臨風日正清美，長嘯休驚鷗鷺起。使君醇醪自寶坻，傾作金波逐江水。一杯明月一杯新，明月笑我非仙人。仙人未有不飲者，更須沈湎羅浮春。酒名。

【箋】清一統志惠州府：「合江樓在府城外，東西二江合流之處，宋蘇軾嘗寓此。」王使君即王煐。蘇長公即蘇軾。其寓居合江樓詩自注：「余家釀酒，名羅浮春。」康熙三十四年作。

送王觀察之官蜀中　二十四首

蜀道盤迴似上天，川南更在二峨邊。使君觀察勞旌節，南極牂牁是下川。

回首京華北斗邊，庭闈近與紫宸連。簪纓未敢辭神武，真逸華陽待暮年。

舊事真人白紫清，傳來仙訣自朱明。拂衣中歲誰能早，親老空懸萬里情。

荊門西泝即高唐，一路風流屈宋鄉。更向秭歸尋故宅，無窮騷些在斜陽。

十二巫峰似九疑，芙蓉朵朵門仙姿。離騷弟子荒淫甚，神女無端入楚辭。

似有朱顏在鏡中，香溪清與若耶同。美人心逐天山草，萬里青青到漢宮。

風葉蕭森亂夕陽，啾啾何處一聲長。三聲未斷過三峽，無數哀猿盡斷腸。

五女何年化石來，巫山亦有望夫臺。細腰多少春魂在，雲雨虛無不作媒。

斷腸花滿峽門香，復有相思碧草長。哀怨一從生望帝，三巴都作杜鵑鄉。

褒斜天遣五丁來，美女金牛天府開。沃野況兼天下險，安危重望武侯才。

白帝城當赤甲開，東西江逐瀼溪回。陣圖虛作常山勢，漢賊天教兩立來。

惠陵看與灞陵同，煙雨春山玉殿空。長恨赤烏真國賊，子鵑多向永安宮。

江含石鏡似明霞，掩映千巖躑躅花。杜鄜一開才子國，相如夫婦首英華。

白菟樓開紫翠空，岷峨色與錦江同。文君濯錦相如製，萬匹蒲桃在賦中。

知浣溪花日幾回，多情應數向琴臺。錦江春色歸辭賦，分取長卿絕麗來。

花潭春水滿郊坰，玉壘諸峰盡作屏。爲有文君眉嫵在，教人長望遠山青。

應知治行甚馨香，更有文華映繡裳。詩句盡教賨布織，流傳半在竹枝娘。
竹郎祠下竹公溪，水合三江到峽西。白黑諸蠻春報賽，巴渝曲爲使君低。
三峨相對白雲邊，復有青城大洞天。得似羅浮靈怪否，君行爲訪丈人仙。
羚羊嶮口滿嘉魚，丙穴人言美不如。君到沔陽春盡候，相思應遣一銜書。
蒙頂茶香勝海棠，桃枝筀滑似流黄。更從邛笮求靈杖，寄我過眉九節長。
山愁九折是邛崍，劍閣横雲鬱不開。控扼諸番南更險，羊腸出入九天來。
三年未恨入朝遲，親爲張酺滿秀眉。闕下公卿紛上壽，郫筒春酒待酴醾。
藩屏佇作紫薇臣，更爲天南撫越人。節鉞華容重枉顧，爲君拔拂玉臺巾。華容，謂劉公大夏也，繇吾粵方伯晉總制。白沙先生常戴玉臺巾。

【箋】

王觀察即王煐，與大均過從甚密，時將遷任川南。康熙三十四年作於廣州。

王觀察招食嘉魚率賦兼以爲别　三首

詩人歌式燕，最重是嘉魚。罩汕歡多有，䲄鯊嘆不如。寧期晉康水，亦似沔南漁。出穴當冬始，分君玉饌餘。

南有誰知汝，來從大小湘。金盤頻作鱠，玉箸盡含香。飲燕嗟難再，離憂正未央。何當臨丙穴，更與使君嘗。公將之任蜀中。

此度嘉魚會，銜觴淚欲揮。鱒魴留未得，蒲藻更何依。異日相思甚，休將尺素違。一雙憑錦水，春飲乳泉肥。

【箋】

康熙三十四年作於廣州。王觀察即王煐。嘉魚，廣東新語卷二二：「凡嘉魚在蜀中丙穴者，以三月出穴，十月入穴。在粤中大小湘峽者，以十月出穴，三月入穴。西水未長，則四五月猶未入穴，蜀嘉魚畏寒而喜熱，粤嘉魚不然。」

送王立安還寶坻

朝辭羅浮東，暮指田盤北。代父觀察公，還家敦子職。太公七十餘，未杖多筋力。好學日神智，康强以不息。天生難老姿，況復善飲食。膾兔春宜葱，羹魚香用稷。自釀渠陽春，益滋玉顔艴。元氣日斟酌，用精解纖嗇。耇造多子孫，一一皆岐嶷。大小諸童蒙，納婦家能克。觀察政大成，悦親道已得。迎養苦路長，炎荒在蠻域。兹焉復川南，蜀道勞攀陟。尊老不遑將，靡鹽情鬱抑。所喜太公年，春秋尚千億。眉壽天所私，於以報平直。君今去奉養，慈孫人盡識。文章爲旨甘，仁愛乃容色。神明出不窮，古人漸相逼。吐納風與騷，以爲大雅則。子道在白華，絃歌貴朝夕。無欲爾處子，堂堂作矜式。脂車明啟行，逾嶺方崱屴。間關豈不苦，庶以蕩胸臆。山川洞經緯，利害知興塞。情僞若觀火，庶幾免回惑。風尚還淳龐，人心去邪慝。持此經術功，自可一道德。行矣趨祖君，於彼無終國。候雁春方歸，翩翩同矯翼。上堂奉几杖，嬉然隨釣弋。餘閒向南丘，或亦觀稼穡。引領當夔門，僕夫正匍匐。嶔崎棧閣傾，詰屈車輪仄。蠶叢九折中，而翁馭方叱。江行復灘險，叢石爭雄特。千盤出崩厓，百丈牽生竻。巫雲撤白鹽，三峽俄昏黑。舟與淫預鬥，象馬勢不測。入城尚無人，猿狖疑蒼赤。豺虎方咆嗥，甘人作口實。況渡瀘水西，壤已鄰滇僰。烏蒙與鎮雄，翹首神君亟。撫綏亮有方，威愛知無忒。艱難移孝時，庭闈不敢即。萬里致忠勤，何殊在親側。往覲君毋然，垂堂且自敕。居行各有經，至性本天植。純孝質有餘，不受丹青飾。矧君邇京華，會當馳玉勒。竭考得祕書，鳳池簪筆入。曰惟大父慶，此事亦孔棘。帆開珠海湄，沙喧起鸂鶒。送送無尊酒，何以慰相憶。澤陂有芙荷，中心含苦薏。美人碩且鬈，寤寐終何極。

【箋】王立安，王煐子，直隸人。本年度王煐移官川南，故詩有「茲焉復川南」之語。

長兒明洪十八歲生日口占示之　四首

二月三朝春未中，文昌生日汝相同。年今二九非初學，及早成章慰乃翁。

志學已多三歲矣，成童又過二年來。文章莫與而翁似，一代聰明要自開。

翁山山上八泉流，第一甘泉居上頭。汝字甘泉冠諸弟，要從文簡遡尼丘。

母難兹辰淚滿衣，九齡失恃愴慈威。劬勞總賴詩書報，仁孝休令奉養違。

【箋】康熙三十四年作於沙亭。長兒明洪生於康熙十七年，梁氏文姞出。梁文姞卒於康熙二十五年，時明洪九歲（見文鈔五亡妾梁氏壙志銘及屈門四碩人墓志銘），故詩有「九齡失恃」之語。

題朱君望雲圖

春鳥催歸處處聞，鄉心畫出翠氤氳。江南山色無多少，總向邗溝作白雲。

【箋】朱君，其人待考。康熙三十四年作。

題劉君蘆洲濯足圖

豈意菰蘆尚有人，微茫煙水未迷津。白頭漁父偏知汝，一棹相將出白蘋。

【箋】劉君，其人未詳。康熙三十四年作。

新柳

鵝黄淺淡雪初消，拂水拖煙已萬條。小得春風都解舞，憎他絶似阿蠻腰。

【箋】康熙三十四年作於沙亭。

糠覈行賦贈陳子

美丈夫，一身之外衣食無。糠覈之肥白如玉，英雄亦多冰雪膚。貌如好女髮鬒美，魁梧奇偉乃如此。逃秦一任四衰翁，興漢祗須兩孺子。君今長大寧長貧，且先辟穀同仙人。自古王孫要饑絶，壺漿豈必求交親。讀書只是學黄老，陰謀實傷天地仁。其間名世端不爾，與君儒者元多珍。

【箋】

陳子，其人未詳。康熙三十四年作。

分筆行

故人遺我湘江管，花紋斑駁琅玕滿。五兒分取作真書，女倣曹娥花露盥。我日臨池學擘窠，伯英弟子草書多。安得吴興真紫穎，千枝揮灑换羣鵝。

【箋】

康熙三十四年作於沙亭。

草書歌贈藍公漪

公漪愛我草書好，畫成即遣作今草。角扇屏風總不辭，龍蛇飛動爲君掃。古來草聖稱張芝，神變無方吾所師。點畫精微盡天縱，豈惟勁骨兼豐肌。二王筆精復墨妙，思極天人無不肖。

率意超曠我亦工，研精體勢未知要。漢人遺法久無傳，用筆從來貴極圓。懷素頗得草三昧，夏雲隨風任盤旋。米芾神鋒每太峻，大黄遠射力愁盡。張旭顛草雖自然，亦傷雄壯終非晉。我今學草常苦遲，未能變化猶矜持。裙滑無多羊氏練，水清安得伯英池。伯喈作書必紈素，欲購千端與毫兔。仲將如漆墨盈箱，左伯光妍紙無數。爲君亂作一筆書，心手窈冥隨所如。蛟龍拏攫恣夭矯，驟雨飄風教有餘。穠纖折衷更精熟，每日淋漓須百幅。君之散隸亦入神，以之相易須神速。君有尊人草篆精，凡夫趙氏同飛名。故君法書具清識，感激知己深余情。筆力會當友造化，安得閉門日多暇。右軍筋骨益精心，與君八分早相亞。

【箋】

藍公漪即藍漣。字器圃、公漪，號采飲山人。福建侯官人。與陳恭尹、梁佩蘭交好。鄭傑全閩詩録有傳。大均於康熙八年在南京與藍漣相識。康熙三十三年藍漣來粤。汪譜編此詩於康熙三十四年，姑從之。

題公漪竹

誰寫枝枝竹影長，墨花飛處即瀟湘。琅玕不必交青翠，已有清陰滿石床。

【箋】公漪，即藍漣。藍善書畫，精篆刻，山水學倪瓚。傳見讀畫録。姑編於康熙三十四年。按，此首重出。另題爲題畫竹卷。「交青翠」作「栽千畝」，「已有」作「自有」。

銀河曲

萬里銀河接鳳城，迢迢悵望不勝情。生作仙靈偏獨宿，天公何苦累雙星。爲天耕織辛勤絶，一年一夕還嗚咽。誰言天上暫生離，勝似人間長死别。人間死别又吞聲，淚逐銀河地下傾。河鼓有妃仍命薄，匏瓜無匹肯心平。相隔盈盈才一水，何如泉路數千里。再見容華終已矣。清淺河精本易乾，何須烏鵲日盤桓。填河肯用支機石，會見橋飛勝羽翰。紫珪煙化緑珠沈，將牛更飲銀河盡，天罪多情應不忍。本是牽牛貴莫當，化爲沐犢窮堪憫。玉手迴旋作七襄，長空日夕錦霞張。難將綺繡償天債，皇穹何不重文章。浣紗水冷誰知汝，脈脈靈仇不得語。龍鑣不解逐浮槎，逃向人邊依海渚。雙精曾降黄姑地，金篦劃河阻天使。河名百沸至今傳，牛女有祠人盡祀。竊藥嫦娥路不迷，蟾兔宫中容叛妻。不聞天帝罪奔月，天孫偏遣守空閨。香華既有芳祠在，七夕不須針縷待。丈夫況作館甥來，帝子應教須女代。女兒乞巧且逡巡，巧得蟢絲祇誤人。竇家枉自迴文妙，盧女虚傳飛蓋神。指間織錦稱機絶，豈是星光長照身。

縑素不勞分丈尺，舊人争得白頭新。自古才賢罕嘉耦，生逢寡宿難消受。安仁悼儷爲姿姸，諸葛求婚須貌醜。而今倘欲娶姬姜，先乞雙星與年壽。

【箋】

民間傳説農曆七月初七日夜牛郎織女在銀河相會。康熙三十四年爲悼念亡妾劉武姑而作。

修墓　十二首

先公埋玉樹，中踞寶珠峰。列嶂參差對，旁林紫翠重。未歸華表鶴，空老蕺山松。祔葬傷吾母，淒涼馬鬛封。

墓崩修已屢，剪伐恐松楸。多謝樵蘇客，能含躑躅愁。何當化猿鶴，長此禦羊牛。麥飯陳翁仲，殷勤一古丘。

莪蔚哀長在，鳲鳩養已無。孫悲黄口小，子痛白頭孤。羨道青松夾，祠壇紫石鋪。弟兄争一簣，積土向平蕪。

修墓乘春薦，兼旬草土間。經營多壤樹，筋力盡溪山。體魄知安否，神靈儼未還。與兒共匍匐，手足藓痕斑。

瀑泉千百道，添作淚泉來。已罷奔飛雨，猶含噴薄雷。杜鵑啼未死，蝴蝶落還開。幾日墳門築，頻悲宿草催。淚共春溪水，争流無盡時。血枯松柏早，魂作子鵑遲。嗚咽終天恨，蒼茫罔極悲。年年長負土，一半委棠梨。白雲開丙舍，丹荔種丁香。松引層城遠，溪環九曲長。更須蒼樹補，添作翠屏張。鬱鬱佳城好，魂應戀故鄉。奉柩歸同穴，先人宅兆安。髮膚悲尚暖，霜露愴非寒。但抱終身慕，能承幾日歡。雞豚長已矣，始恨逮親難。雨滑溪山路，銜泥到墓林。姊歸吾與汝，哀怨一何深。地飲無窮恨，天銜罔極心。野棠春不發，應苦淚痕侵。松風發哀響，蕭颯有餘悲。豈似素冠者，猿啼無盡時。已教雛失乳，更使葉辭枝。子母瓜今苦，真無鉤帶期。松爲先公買，蒼蒼已作林。誰非仁孝者，忍有斧柯心。培覆憂難久，攀號直至今。巢中多鶴子，累爾和哀音。芟草憂荆棘，蒙蘢墓道侵。雨多崩馬鬣，雲重失牛心。谷名。自作碑辭拙，誰題筆勢深。先人潛德在，光曜滿空林。

【箋】康熙三十四年春作於沙亭。文外七先考澹足公處士四松阡表：「于十世祖野藪公涌口之山卜得一穴，左襟落雁，右帶迴溪，三峰在前，一峰在後，坐坤向艮之原以葬，而以金留得四松，蒼蒼競秀，其高六七丈許，望而知爲華表也。」

於兩大人冢旁作予生壙書示兒輩　七首

吾生猶有事，且莫作蜉蝣。骨肉未歸土，衣冠先首丘。招魂新些只，裸葬古風流。三尺依親墓，應寬千歲憂。

天墜玉棺遲，斑斑沐槨宜。千年凝虎魄，四面瀝松脂。速葬傷貧窶，長號失聖慈。爲親薦螻蟻，吾穴莫教移。先慈棺槨以松脂周之。

未能即蟬蛻，風露且勝秋。速化復何恨，長生安所求。九原依父母，千載作松楸。他日薪多衣，吾歸此一抔。

生前違孝養，死去報劬勞。杖几空山冷，庭闈宿草高。從旁作玄冢，向下即蘭皋。壤樹先兒輩，毋煩畚鍤操。

無山堪筮宅，祔葬未違親。幸有全歸日，嗟非不朽人。雲開千嶂暖，水漾一溪春。築室先居此，三年待返真。

子綦雖喪我，桑户尚爲人。處順從吾適，安時任此真。漆園自知化，姑射且凝神。生壙經營早，依依爲二親。

未喪孤生質，猶存半死身。桐焦空有尾，松老欲無鱗。溝壑難忘日，淵冰易墜人。先塋欣得祔，免作道旁塵。

【箋】

康熙三十四年作於沙亭。文外八翁山屈子生壙自志：「吾父母之墓在斯，而吾之生以有事于四方，不能廬墓，死將祔之，以不違吾父母焉。」

暮春村行 四首

水漲平橋斷，微茫春渚西。不知一片雨，添得幾長溪。漁艇渡頭冷，白鷗人外低。因看木棉樹，村路未曾迷。

蒼蒼二三里，煙火雨中村。鷄犬不知處，桑麻無與言。翻嫌山氣濕，未厭水聲喧。花向牛羊落，泥香接一園。

一春愁雨濕，寒欲到清和。鶯語幾時好，花開何處多。魚飛驚白鷺，馬牧失煙莎。漁父非知己，休聽鼓枻歌。

漸近清明候，寒深積雨中。已遲芳草緑，更滯木棉紅。水潦農人苦，豚蹄野廟同。紛紛啼布穀，尚覺稻田空。

【箋】康熙三十四年春末作於沙亭。

題華不亭　爲佟聲遠作

卻恨多蓮葉，田田不見魚。鏡開雲影外，珠瀉月光餘。雨滑休扶杖，風涼且枕書。愛君亭子好，絶似水中居。

【箋】康熙三十四年作於沙亭。佟聲遠即佟鋐。號蔗村，本籍長白，卜居天津。

贈佟聲速

長君四十年，汝乃謂予兄。豈非以才故，雖少可雁行。我愧老無聞，蹉跎徒杖鄉。於道苦不足，豈敢矜文章。殷勤辱招致，何以酬謙光。暇日開園林，相與浮羽觴。祖跣攀芙荷，禮法亦已忘。亭似華絳趺，注立池中央。又如千葉間，特出爲蓮房。君多令兄弟，韡如唐棣芳。華蕚相承覆，親愛多嘉祥。伯兮宰大邑，治行稱循良。叔季皆大器，磨礱成珪璋。與父觀察公，擅踵登廟廊。君今未欲仕，散帶聊清狂。黄金得貴顯，是道奚足臧。才如漢司馬，嗟彼乃貲郎。時時幸稱病，不逐諸公卿。得與文君歡，飲酒清琴旁。君今美辭賦，知己多鴛鴦。毋令緑衣人，侵彼丹鳳凰。君子哀窈窕，不淫師文王。如彼王雎鳥，和鳴當春陽。

【箋】佟聲遠即佟鋐，鎔弟。鎔例貢，康熙三十一年任新會縣知縣。（見阮元廣東通志職官表）故詩有「伯兮宰大邑」之語。康熙三十四年作。

題畫

古木最多處，茆茨知甚涼。秋蟬定無數，聲似碧溪長。未葉山已緑，無花野亦香。如何圖畫裏，有此白雲鄉。

【箋】康熙三十四年作於沙亭。

細飲

香醪須細飲，莫遽玉杯空。花片沾唇好，梨漿沁齒同。長酣應少德，薄醉即多功。一斗能彌月，那教美禄終。

【箋】康熙三十四年作於沙亭。

送雲君

五侯老賓客，汝亦漢君卿。此去京華道，應高遊俠名。關城穿夏口，朔塞出宣平。爲謁吴開府，將予企望情。

【箋】雲君，其人待考。康熙三十四年作於廣州。

過黎氏山館作

主人梧柳好，來爲聽鳴蟬。引響隨溪水，流音入碧天。泠分清露飲，香擁落花眠。招手松間月，娟娟出暮煙。

【箋】黎氏山房，在番禺。康熙三十四年作。

七夕前三日粟園小集分賦得東字朝字 二首

生明才一夕，已盼絳河東。三日先烏鵲，雙星即紫虹。應須瓜果待，莫遣酒尊空。愛爾池亭好，披襟納晚風。

黄姑頻七夕，白帝始三朝。令節開針縷，佳期望斗杓。迎涼風乍至，送暑雨初消。月出樓西角，催吹紫玉簫。

【箋】康熙三十四年作。

以相思子餵相思與公漪聲遠分賦得思字　二首

珍禽與紅豆，總是一相思。啄取珊瑚粒，彌令傷別離。無情清淚化，有恨美人知。玉手勞親飼，愁卿記曲遲。

相思最小鳥，終日食相思。共命迦陵似，同心珠樹知。香銜紅的的，冷宿碧枝枝。多謝瓊閨意，殷勤饑渴時。

【箋】

康熙三十四年作。相思子，紅豆之異名。相思，鳥名。公漪即藍漣。聲遠即佟鉉。

么鳳還　四首

聲遠之夫人以綠毛么鳳貺予幼子明渲，持至家中，幾爲貓兒所害，幸姬人救之。今以么鳳還聲遠，賦詩四章送之，名「么鳳還」，時七月牛女夕也。

七夕今何夕，穿針笑未閒。畫樓兼有喜，么鳳得生還。影挂紅簾外，香收綠翅間。美人依舊主，得意任迴環。

兩日辭仙掌，含愁似憶家。珠應歸石氏，鳳本出桐華。緑襯千重萼，丹凝一片砂。兒童憐愛甚，只恐損紛葩。

三寸羅浮鳳，仙靈一化身。細微丹穴族，嬌小緑衣人。昔在梅花國，今爲繡閣珍。復歸纖手上，香稻使情新。

婆娑長膝下，君正弄雛時。毛羽非黄裏，衣裳豈緑絲。少供紅豆子，多挂白華枝。忍奪香閨好，教他憶别離。

【箋】

康熙三十四年作於沙亭。么鳳，廣東新語卷二十鳳條：「有曰『么鳳』，似鸚鵡（鵡）而小，緑衣黄裏，色甚姣麗，常倒懸架上，屈體如環。東西相穿，轉旋不已，一名『倒掛子』。」佟聲遠甚愛明瑄，後收養爲己子。

秋聲

秋聲亂庭樹，片雨助蕭森。山曉氣初爽，溪晴寒已深。虚無茅屋火，斷續石牀琴。古調誰相和，含風蟬一林。

【箋】康熙三十四年秋作於沙亭。

病起

病得秋風起，悲涼生白頭。漸消磨劍力，長抱著書愁。衆鳥空相命，孤雲豈有求。又亡椎髻婦，誰與伴黔婁。

【箋】康熙三十四年秋作於沙亭。是年四月七日側室劉武姑卒，故詩有「又亡椎髻婦」之語。

滂沱

滂沱因賤子，涕淚作秋霖。后土呼何及，皇天哭至今。悲風相激烈，落木爲蕭森。薄暮雲泉外，哀猿何處林。

【箋】康熙三十四年秋作於沙亭，是年側室劉武姑卒，加以年老貧病，故心境悲涼。

乍晴

天晴晴未定，秋在積陰中。雨決銀河盡，雷收鐵颶空。朝餐香小菽，夕卧冷焦桐。几席愁沾濕，移書累女童。

【箋】

康熙三十四年秋作於沙亭。以下昨夕、林下二詩均作於同時。

昨夕 二首

昨夕涼風至，秋因片雨深。一天新涕淚，萬里舊愁心。嗚咽野猿嘯，潺湲流水音。無人傳苦調，一一入清琴。

秋聲一二葉，已似暮猿吟。況復含風雨，彌令多苦音。愁當松户月，忍弄石堂琴。香絶無人處，幽蘭知此心。

林下

林下風流在，多能盡不如。桃花曹氏畫，萱草薛濤書。扇作乘鸞罷，裙裁化蝶餘。墨香多素練，麗句數行疏。

代泛亭坐月次白真人韻

今宵湖上月，不向鏡中看。愛此高亭好，秋光一倍寒。微茫若煙雨，清淺似沙灘。倡和仙靈接，從公此最歡。

【箋】康熙三十四年作。代泛亭，在惠州，知府王煐建於是年。陳恭尹代泛亭詩序：「寶坻王使君登而異之，爲亭十六楹，其形如船，翼以朱欄，半湖明于階前，城堞倚于宇下，深淺濃淡之致，有圖畫所不及者，名曰代泛，稱其實矣。」

雨後代泛亭望湖

雨過湖光飛滿城，一亭含吐盡青冥。浮沈半逐羅浮影，噴薄全開瀑布屏。白鷺祇同漁父泠，芙蓉多爲使君馨。荷錢買得鴛鴦否，羨殺雙雙錦繡翎。

【箋】代泛亭，康熙二十九年由惠州知府王煐主持修建，三十四年重修，王煐有代泛亭記記其事。閒暇登亭，遠眺象嶺山色，俯覽西湖風景，猶如泛舟湖上。故名。陳恭尹代泛亭詩序：「寶坻王使君登而異之，爲亭十六楹，其形如船，翼以朱欄，半湖明於階前，城堞倚於宇下，深淺濃淡之致，有圖畫所不及者，名曰代泛，稱其實矣。」康熙三十四年作。

秋日學書作 二首

草堂無事極，風日正清泠。一筆爲芝草，雙鉤作道經。柳衰枝更翠，荷老葉逾馨。墨妙宜秋爽，淋漓寫素屏。

伯英高尚客，弟子草書多。卷練龍蛇起，揮毫風雨過。神明真聖者，變化奈君何。如漆韋家墨，臨池日幾螺。

【箋】康熙三十四年作於沙亭。

贈相士萬君 二首

相人唐舉在，言我必期頤。鴻鵠將橫絶，熊羆更得時。君雖遊戲語，自可帝王師。待到杖朝日，來看鸞鶴姿。

但得長華髮，吾生已有餘。武公思好學，伏勝欲傳書。枯瘁非衰甚，清高每晏如。君言過九十，應更惜居諸。

【箋】萬君，其人未詳。康熙三十四年作。

奉寄桂林汪别駕晉賢 五首

美人桂林在，何以報琅玕。持此青天月，爲予白玉盤。光含清露濕，影吐淡雲寒。安得如蟾兔，相依玉樹端。

山水建陵好，曾遊泝碧湘。豈知新別駕，即是古王祥。孝友先爲政，聲名早有香。吕虔應賴汝，復作股肱良。

獨秀紛蒼翠，城樓勢半銜。定同顔太守，復有讀書巖。野日開潭鏡，天風起石帆。蒼蒼虞帝廟，更爲植松杉。

西甌元半羸，風俗尚巢居。文獻雖云少，春秋亦有書。嵇公箋草木，范氏疏蟲魚。更作圖經補，閒乘坐嘯餘。

文雅早相知，交深未見時。如何同駱越，尚復阻湘瀰。昔繫桐鄉夢，今抽桂水思。始安多美酒，將作暮秋期。

【箋】康熙三十四年秋作。汪晉賢即汪森。汪森浙江桐鄉人。康熙拔貢。時官桂林府通判。曾輯蟲天志，故詩中有「疏蟲魚」之語。又營碧巢書屋，故詩有「巢居」之語。著有小方壺存稿十五卷，清史列傳有傳。

送汪君復往桂林　二首

西上從陽朔，沿洄桂水南。青羅無數帶，碧玉幾重簪。帝馭風門接，仙書石洞探。磨厓多處所，百仞拂煙嵐。

所思不相見，南北似瀟湘。不是來雙鯉，安知在一方。君歸盤石上，更取素琴張。寫我懷仙曲，聲含秋水長。

【箋】康熙三十四年秋作於廣州。汪君即汪森。

菊　五首

一從籬下采，黄菊屬陶公。朵朵無懷氏，枝枝太古風。香沾紗幘潤，光映玉杯空。大雪開逾盛，同心梅與同。

芬芳憐野薏，不必菊花真。淚憶分甘母，情牽共苦人。一生長抱節，九日益傷神。搔首無多髮，吾衰爲不辰。

清高是女華，生長出陶家。欲泛無名酒，長餐當紫霞。敢期華髮變，但願大年加。華盡還羹葉，神仙未有涯。

重九已嘉名，秋華況日精。紛葩非衆草，服食是平生。蠲疾憑金蕊，忘憂仗玉英。當年朱孺子，於爾得仙成。

霜催苞蕊熟，未吐已芬芳。不忍同秋草，惟知媚夕陽。粉多嫌太白，金重愛純黄。朶朶從籬落，誰争處士香。

【箋】

康熙三十四年作於沙亭。

尹君七十又一生日贈之 四首

故人無幾在，今子幸長年。菊老香逾烈，松寒節益堅。世人多服食，吾道豈神仙。日夕壺觴滿，羲皇枕席邊。

養壽知多術，長生亦尹洪。但能生肉角，不必更方瞳。種藥先蓂草，餐花及桂叢。長予才五歲，早晚古稀同。

老友真難得，其如相見希。已能三叟似，未即四翁非。野鹿曾忘世，江鷗亦息機。年年花發候，貌與玉蘭肥。

生香薰夢寐，清絶暮年心。竹掃長空影，松流太古音。老人峰在户，漁父楫穿林。與我攜春酒，珊瑚洲外尋。

【箋】

尹君，疑即尹爾復，爾任其弟，尹氏爲東莞望族。康熙三十四年爲尹君祝壽而作。

梁君以重陽生日贈之 二首

陶公愛重九，此日向東籬。好是登高節，歡聞墮地時。黄花知益壽，緑鬢恐成絲。不惑君能否，方强學未遲。

春秋佳日多，重九亦清和。令節頻生汝，華年奈去何。緑尊知滿飲，烏帽定狂歌。未得曾相識，遥憐在薜蘿。

【箋】

梁君，疑即梁憲，字緒仲，東莞人。有寄番禺屈子詩。康熙三十四年秋作。

乙亥生日病中作 六首

未殉黄泉忍有身，劬勞此日益沾巾。生辰豈復知重九，明發空然念二人。蒿蔚憂思成賤草，蜉蝣變化本微塵。自今不惜先朝露，有愧瓶罍是鮮民。

無能代死格高旻，苫塊餘年過六旬。致毁敢當衰老日，勝喪思作孝慈人。頻開几杖祠尊老，不使妻孥拜賤辰。怙恃今朝成永感，白頭孺慕向誰陳。

枉度浮生八八春，無成但作毁傷人。親終此日方稱老，家弊何年始逐貧。松爲先朝根半固，桂生南國味全辛。無窮天地惟哀痛，灑淚空知怨不辰。

年年生日舞萊衣，今但堂前拜素幃。尚可支牀同阮籍，會須廬墓學羅威。啼鵑血盡聲難久，病鶴神傷夢亦稀。膝下婆娑終已矣，茫茫膚髮欲安歸。

少孤尚識先公墓，手種蒼松已十圍。祔葬自知同穴是，於塲誰謂獨居非。無多虎跡心休怖，有限猿聲淚莫揮。母難酸辛同此日，堂空不見舊庭闈。

歲歲躬耕卻忍饑，無餘筋力到甘肥。未衰人已欺玄鬢，垂死天猶妒白衣。芝草未知何代物，梅花自是昔賢薇。重陽淒愴非霜露，生日從來血淚揮。

【箋】大均生於庚午年九月初五日，至本年六十六歲，組詩乃病中所作，翌年五月十六日病卒。

悼昭平夫人季劉　四首

梅花自嫁接輿來，一片冰清映玉臺。姓字頻馨高士傳，詩歌未暢美人才。悲同竊藥歸蟾魄，幸匪留珠在蜯胎。于役不曾耽日月，恐君愁望白龍堆。

命薄相將嘆不辰，冰霜食盡碧山貧。賃舂頻失侯光侶，磨鏡空餘孺子身。姑服未終祥禫日，女行方及摽梅春。平生淑儷難偕老，淚滴糟糠又一人。

廿載鷄棲類伏雌，牛衣相對總淒其。英雄蹭蹬饑寒日，兒女綢繆老大時。後死黔婁誰作誄，長鰥沐犢但含悲。只今鳧雁無心弋，風雨平明卧起遲。

多病芙蓉易白頭，先姑逮事苦晨羞。猶能四十非朝槿，未是東西作御溝。去日長啼憂犬子，生時均養累尸鳩。中年已喪三徐淑，別鵠離鸞總一丘。

【箋】康熙三十四年爲悼念亡妾劉武姑而作。屈大均屈門四碩人墓志銘：「劉氏，字武姑，昭平人，生乙未十二月二十九日，終乙亥四月七日，得年四十有一，以是年五月十七日，葬于王之右。」

夢裏 三首

夢裏啼痕濕錦衾，斷腸人作峽猿吟。香魂未肯成煙霧，只爲恩情深又深。

衾枕何曾問死生，夢魂夜夜甚分明。無窮屬累惟兒女，嗚咽鄰鷄第幾聲。

秋到宵深益有聲，滿林涼月助淒清。霜華一片催頭白，斷絶啼烏子母情。

【箋】康熙三十四年懷念亡妾劉武姑而作。

題馬參領樂田圖

無心射獵向秋空，且擁圖書大帳中。文學已將高密似，神仙更與伏波同。雲林蕭散多真樂，水木清華滿素風。兒女分傳經大小，書聲吹徹越臺東。葛洪還伏波將軍。

【箋】馬參領，其人未詳。康熙三十四年作。

姬人墨西氏生日賦以贈之 四首

有美文房字墨卿，先予一日下瑶京。將書令拂花綃滑，欲畫教研水玉輕。貪暖早梅頻結子，宜寒遲菊未舒英。明須五日方重九，萸酒延年且預傾。

共命鴛鴦宿錦沙，駢頭菡萏吐朝霞。樂天無奈小蠻柳，摩詰偏多天女花。喜有明珠雙出掌，愁教碧玉一持家。芙蓉生近重陽節，勿使清霜妒麗華。

與我同生隔一朝，天教玉佩早相要。妝成墮馬猶垂髮，步作驚鴻豈折腰。鳳産桐花香乳少，蟬餐清露玉肌消。糟糠大婦傷先没，骨肉憑卿一手調。

晚歲頻過養國時，毵毵白髮愧蛾眉。三千不説吴光劍，九十惟歌衛武詩。翠篠沾濡愁粉膩，蒼松繚繞苦蘿絲。兒童教育頻相託，莫爲清貧損孝慈。

【箋】康熙三十四年爲姬人墨西生日而作。墨西生於九月初四日，大均生於九月初五日，故有詩次句云云。

黄華

黄華偏愛白頭人，一朵長依折角巾。秋色有情元淡冶，白雲無欲自清真。詩因飲酒辭多放，書爲籠鵝筆更神。蒲柳豈期能七十，自來難老是天民。

【箋】

康熙三十四年秋作於沙亭。

送聲遠往杭州 五首

此去江湖路渺茫，千金豈必不垂堂。淵冰自守詩人戒，況復庭闈在異鄉。

清淺秋光欲滿輪，休貪明月向江濱。月明不似瓊閨鏡，中有蛾眉十道新。

西子湖西返照明，南高峰雨北高晴。蒓絲采共鱸魚腊，歸作高堂錦帶羹。

舟向孤山柳外堤，知從處士問幽棲。故人亦是林和靖，家有梅花作女妻。

雨雪歸來匹馬勞，翩翩不是五陵豪。錦囊雙壓明駝重，詩句多於金錯刀。

【箋】康熙三十四年作於廣州。　聲遠即佟鉉。

西蜀費錫璜數枉書來自稱私淑弟子賦以答之 四首

詩歌豈敢作人師，私淑如君乃不疑。風雅祇今誰麗則，不才多祖楚騷辭。

古詩源向漢京尋，十九情同三百深。唱嘆泠然清廟瑟，朱絃疏越有遺音。

少陵家學本昭明，文選教兒最老成。君向八朝中取法，休裁僞體逐時名。

開元大曆十餘公，總在高才變化中。誰復光芒真萬丈，謫仙猶讓浣花翁。

【箋】康熙三十四年作。　沈德潛國朝詩別裁集卷二五：「費錫璜，字滋衡，四川新繁人。此度次子，熟古樂府，詩中蒼蒼莽莽，時有古音。」大均歿後，費吊詩有「一代聲名出至公，詩人原自屬英雄」之語。有掣鯨堂詩集。

九月望後梅已數花先黄菊而發喜賦

霜降初寒即吐花，不教黄菊擅陶家。籬邊秋色兼春色，別作幽人一歲華。

【箋】

本詩及以下秋夕作、題畫、山塘、一林諸詩，均爲康熙三十四年秋作於沙亭。

秋夕作

不知蕭瑟是秋聲，落葉哀蟬總不平。更恨蕉林當户牖，教人魂夢不分明。

題畫

老樹横斜似酒龍，扶持須倩木芙蓉。憑君更潑蘭香墨，多寫含霜三醉容。

山塘

江岸青青盡竹林，木棉紅染水雲深。雨催西潦魚苗出，争買鯰浮與鯽沈。

一林

一林秋色在貧家，紅葉蕭蕭似落花。無數金錢在黄菊，欲持沽酒送年華。

【箋】康熙三十四年秋作。

望七星巖

石筍中空多白雲，乳花飄處葉紛紛。芙蓉一一成員屋，七朵青蒼天外分。七峰頂皆圓，中空若屋，故一名員屋。

【箋】七星巖，廣東新語卷三：「七星巖，在瀝湖中，去肇慶城北六里，一曰崗臺山，一曰員屋。七峰兩兩離立，不相連屬，二十餘里間，若貫珠引繩，璇璣迴轉。」康熙三十四年作。

人日榆林王夫人生辰追悼之 二首

因卿廢人日，已歷廿餘春。畫恐容顔改，香教夢寐真。毛姜應是汝，玉女本非人。華下歡如昨，回思淚滿巾。

昔時人日好，有美一人存。此日陳花勝，丹青慘不言。煙消埋玉地，月冷浣香村。試拂生時鏡，依稀見淚痕。

【箋】康熙三十五年爲悼念亡妻王華姜而作。王華姜於康熙九年病卒，至康熙三十五年，已有二十七年。故詩有「已歷廿餘春」之語。

病起作 丙子初春，時年六十有七　四首

愁因春色豁，病逐歲華除。豈欲長居世，惟思更著書。身慚枯木在，心恨死灰餘。那得長爲蝶，翩翩向太虛。

物化何妨速，蜉蝣即是仙。如能生羽翼，便作一高蟬。抱影歸明月，遺音在碧泉。泠泠風與露，吸飲病長捐。

處順吾何事，餘生且復留。藥勞賢太守，方得古丹丘。未死終無用，非仁豈有求。自今除痛苦，更得幾春秋。惠州王使君、韶州陳使君爲治方藥，病得以瘳。

伏枕已多時，春光總未知。兒歡梅結子，女喜柳垂絲。杖好扶須力，冠輕戴莫移。郊行殊未可，兩失野人期。

【箋】康熙三十五年春作於沙亭。大均病時，得惠州知府王紫詮、韶州知府陳廷策爲治方藥，病稍瘳。

秭歸

秭歸文藻地，佳麗復蛾眉。終古香溪月，光含神女姿。江山空翠外，雲雨泬寥時。蘭芷香無極，行人不自持。

【箋】康熙三十五年作於沙亭。

弱年

弱年已好道，垂老未丹成。悔別青山早，徒令白髮生。窮猿吟嘯苦，饑鶴羽毛輕。幾度思長往，飄然向玉京。

【箋】康熙三十五年作於沙亭。順治二年，函昰見大均姿性奇異，命從陳邦彦讀書於粤秀山，治周易、毛詩，並授以捭闔、陰謀、劍術、輿地之學。三年十二月，廣州城陷，父澹足公擕往沙亭。

蟬

不食蟬無力，聲如易斷何。露華涓滴少，秋氣沉寥多。高潔雖天性，悲涼豈太和。蕭蕭玄鬢影，一葉亦婆娑。

【箋】

康熙三十五年作於沙亭。

病中奉柬王南區使君兼送之任川南 六首

一卧百餘日，相關惟使君。藥錢能苦致，餐物每甘分。羽恐蟬將蜕，聲愁鶴不聞。明朝掛帆去，誰復念孤雲。

日來思復食，杯箸久生塵。感爾金無橐，遺予味有珍。莆田香秫美，浙海鮝魚真。稍損甌中物，肝腸即古人。賈浪仙有卧疾酬昌黎詩：「身上衣頻寄，甌中物亦分。」

松老思爲石，桐焦待作琴。但存辭世念，並絶學仙心。暖喜茶煙入，香嫌藥氣侵。君來憂絶粒，又與白山葠。

一室沈冥日，全家慘淡秋。無生曾亦學，不死欲何求。香燼煙猶裊，燈殘焰未收。念君行有日，相訣且淹留。

此別最淒然，當予衰疾年。淚同春雨水，流滿大江煙。賦望將歸日，魂招未死前。休令巴峽裏，添得一啼鵑。

流淚到瀟湘，君看必斷腸。時無騷子姓，定少楚辭章。哀怨一家善，風流終古長。投詩贈先子，招我共瓊漿。

【箋】

康熙三十五年作。王南區使君即王煐，時由惠州知府移官川南，大均病中賦詩送别。

送袁休庵通政　十二首

幾日浮生已作翁，依稀屯難記相同。静江宫府多遺事，一笑興亡似轉蓬。

黄門未老竟抽簪，清絶羅浮訪道心。此處丹砂依舊少，仍從勾漏洞中尋。

昭江西上片帆飛，相送津亭當夕暉。惆悵灕南與湘北，無窮楊柳共依依。

都嶠聯綿似九疑，重華遺跡少人知。梧州斑管君多取，爲寫青蓮古別離。
三江春漲一江同，金谷佳人廟貌東。君過定聞吹玉笛，月明環佩挾翔風。
故園風物趁春華，歸及昭平即見家。獞女正薰臨賀笋，峯人初製富川茶。
傜洞綿蠻語不真，竹枝多作與茶人。西甌土俗工歌唱，莫向花前聽入神。
灘山灘水苦多灘，魚逆驚流取不難。無數鸕鷀乘雨放，君鈎不用下琅玕。
桂林一水牽羅帶，陽朔千峰削玉簪。君愛玲瓏多洞穴，山山應作讀書龕。
犀角先嘗四月紅，青黄相雜未冰融。留君少住看全熟，夏至千林火齊同。
勾粵東西總故鄉，乘流三日即羚羊。嘉魚十月衝寒出，來繫蘭橈大小湘。
建陵春釀更多攜，桂酒名將寄酒齊。明歲故人如健在，玉壺先到越臺西。

【箋】

康熙三十五年作。袁景星，字密山，號休庵，廣西平樂人，康熙三年進士，官至通政使司左通政。著有休庵詩集三十卷、文集十卷、崇川書香録。王士禛池北偶談卷一「京堂」條載，康熙中，廣西平樂進士袁景星授小四品。事見海雲禪藻集卷四。

黄村

黄村十里接朱村，盡種梅花作果園。花發紛紛來翠羽，啾嘈日與美人言。

【箋】黄村，在番禺縣東（今廣州東郊）。番禺縣志卷三有黄村、朱村，屬鹿步巡檢司。約康熙三十五年作。

病中再送紫翁王使君之任川南　六首

蓬廬久病絶車輪，君爲沈綿日益親。重老幸逢生死友，臨危忍作别離人。之官況值黔巫遠，遣使何繇藥餌新。知有啼猿代嗚咽，一聲先寄峽門春。

樂好人倫識鑒清，分來仁孝有深情。窮愁似我能無死，疾痛呼君即所生。治藥兼勞陳仲舉，公與韶州陳太守親治方藥，病得以瘳。傳經總愛鄭康成。腐儒衰晚慚無補，感激知交淚欲傾。

重來玉局似令威，爲政風流麈尾揮。風月追隨從此遠，湖山收拾又全非。題詩浮岳雲驅筆，駐節峨眉雪濺衣。鈴閣虚明無一事，美人何處不忘機。

伏枕從教不復朝，塵封藥竈更簞瓢。誰能裹飯求桑户，自合持蔬槁鮑焦。黄蝶多情難速化，白鸞無信只空招。憑君此去頻相憶，錦水雙魚慰寂寥。

三春長夜如秋夜，卧疾沈沈欲返真。體魄何妨隨變化，神仙亦是一埃塵。泉飛噴薄無生話，岳立峥嶸不死身。君最高深知此意，夢魂相逐到雙岷。

著述無成欲假年，天須後死續遺編。論文水乳真知己，求友巖阿最得賢。微賤每遭交態薄，孤高終抱道情偏。使君更是無驕吝，安得重依袞繡前。

【箋】康熙三十五年作。王使君，見病中柬王南區使君兼送之任川南詩箋。

佟聲遠友兄愛予第四兒明渲特甚求養爲己子病中賦詩六章敬以託之

三春問病少交親，君是新人即故人。一日相知成肺腑，兩家敦好勝婚姻。心傷舐犢犂牛老，肯代將雛鳳鳥仁。童稚憐伊今失恃，更令樛木結慈因。

吾兒招弟已雙珍，上有三兄玉樹親。得託君侯成父子，即令昆友盡天人。桐花香好棲么鳳，荷葉高宜覆緑蘋。況爾黄裳能逮下，自應螽羽有餘春。

今歲尸鳩應七子，昔年老蚌每雙珠。如君艷艷多三婦，不日啾啾即九雛。蘿附喬松絲宛轉，萍依青水葉紛敷。定知恩愛長加膝，看似親生一丈夫。黄頭幼稚君能託，淵明曠達但長吟，有子賢愚不繫心。婚嫁難完須大耋，妻孥若棄即長林。緑髓仙真我欲尋。根向太山如久結，孤生竹篠自森森。病涉冬春已半年，彌留不死任皇天。已教隱几同枯木，便合遺衣化亂煙。松勢每憂巢欲覆，鶴聲安望子能傳。蠢兹豚犬無知識，亞次相依或象賢。君池不獨美芙荷，十二茨菰一乳多。鰋鯉吹花争日暖，鴛鴦喋藻樂春和。將予黄口持香餌，逐爾紅妝向影娥。孩笑喧喧同兩妹，熊羆催下錦雲窠。

【箋】佟鋐，字聲遠，號蔗村，又號已而道人，本籍長白。父爲河南布政使。卜居於天津城西門。孔尚任桃花扇本末謂其「與粵東屈翁山善，翁山之遺孤，育于其家，佟爲謀産，無異己子，世多義之」。康熙三十五年作於沙亭，時大均病重，佟鋐兄爲新會知縣，因有遺孤之託。

病中柬元孝

病已知難愈，踟躕欲委形。黔婁誰作誄，貞曜汝題銘。咫尺將魂爽，羅浮入杳冥。兒曹營髮冢，教近錦雲屏。

【箋】

康熙三十五年作於沙亭。元孝即陳恭尹，時大均病篤，囑咐後事。

臨危詩

丙子歲之朝，占壽於古哲。乃得邵堯夫，其年六十七。我今適同之，命也數以畢。所恨成仁書，未曾終撰述。嗚呼忠義公，精神同泯沕。後來作傳者，列我遺民一。生死累友人，川南自周恤。獨漉題銘旌，志節表而出。華趺存後人，始終定無失。林屋營髮冢，俾近沖虚側。

【箋】

康熙三十五年作於沙亭。「所恨成仁書，未曾終撰述。」指屈大均撰皇明四朝成仁録一書。

初春散儒堂作　四首

風以回南暖，春從昨夜過。紅飄梨葉亂，白綻李花多。稚子詩書早，慈姑笑語和。自嫌雄志在，刀劍日摩娑。

最好立春寒，風吹雪不乾。花光猶未滿，鶯語已先歡。養薄慚牲鼎，飛高羡羽翰。催人小兒女，身漸及欄杆。

花開知客至，鳥喜識春來。掃徑留紅葉，横琴在緑苔。寓言師大易，沈飲見狂才。收拾風前淚，文章任草萊。

獻歲花争發，山茶與杜鵑。煙含春色薄，雨洗日光鮮。未少題詩地，應多學易年。黄鶯能勸酒，一一到樽前。

【箋】散儒堂，大均晚年居鄉時之室名，取荀子勸學「不隆禮雖察辯，散儒也」之義。此與以下數詩當作於晚年，姑繫于卷末。

持蔬軒作 六首

月出雨猶滴，微光似在林。蟲寒聲漸小，不忍到愁心。

蟋蟀寒相語，聲聲有所思。思君似初月，相照未多時。

白雲不出户，爲我含精華。所恐風吹去，離離成海霞。

芙蓉白復紅，向暮解還童。更拒秋霜甚，凝妝在月中。

猗彼幽蘭花，春黄而秋紫。顔色能隨時，所以媚君子。

花葉皆有香，乃可持爲佩。幽幽君子心，非蘭無所愛。

【箋】持蔬軒，大均晚年隱居鄉園時之室名。

合道山房作　四首

老覺精神貴，閒令壽命長。古人尊養拙，吾道在含光。地有山熊館，天無海鶴糧。久知貧賤好，垂白得居鄉。

夜久松聲起，颼飀滿泬寥。天風吹一半，散作海門潮。月出驚烏鵲，霜飛入紫貂。山堂寒不寐，有女命吹簫。

夜久寒多露，天空漸欲陰。白雲如薄夢，明月是愁心。友淚餘緗帙，妻魂在錦衾。誰知詞賦客，學道更情深。

未夕花全白，花謂木芙蓉也。木芙蓉朝白暮紅，名「醉芙蓉」。先秋葉半紅。竹深偏有月，松小已多風。紫極心長貫，黃泉夢每通。故人凋落盡，誰與聽絲桐。

【箋】合道山房，大均晚年之室名。廣東新語卷十七合道山房條詳述取名來由。

林下

林下逍遥甚，猿裘與鹿巾。欲蠲霜露疾，多飲太和春。

【箋】

此詩編於詩外十四之末。似爲暮年之作。姑次於「居粤晚什」中。

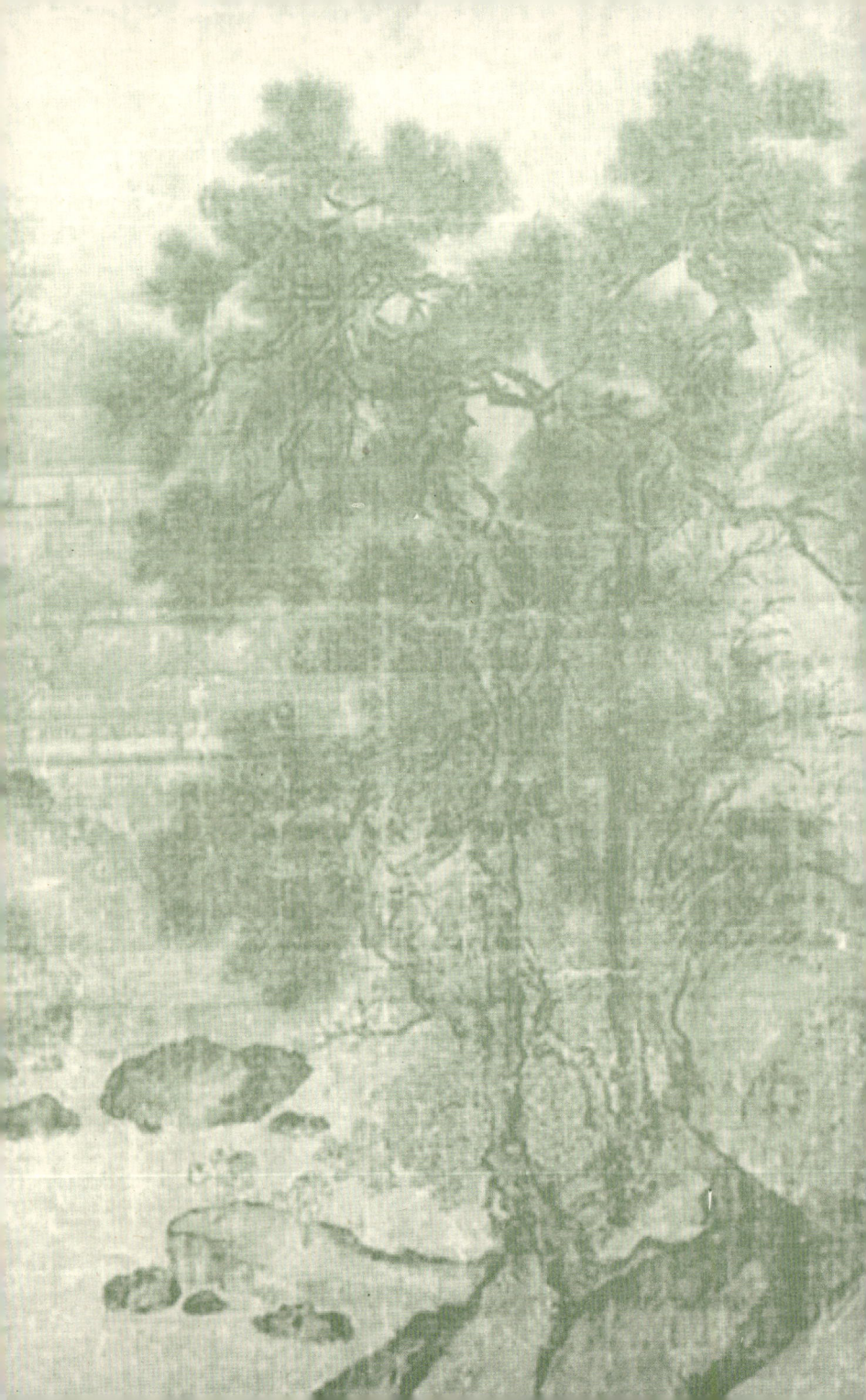

〔清〕屈大均 著
陳永正等 校箋

屈大均诗词编年校笺

五

上海古籍出版社

屈大均詩詞編年校箋卷十一　不編年詩一　古體

五言古詩

詠懷　十七首

至人握大象，長爲天下君。澄潭龍不見，噓氣成風雲。維彼蒲衣子，淵玄莫能倫。朝隱泰山霞，暮遊洪河津。仁義乃蘧廬，逍遥葆其真。春雷驚百卉，閶闔涣波鱗。時哉無與言，天倪一何神。

猿猴依杞楠，后羿不能射。至人與天遊，黿鼉皆默化。利劍決浮雲，玄珠燭長夜。許由乃堯師，土苴治天下。得魚忘敝笱，騄螭任高駕。聖智貴潛行，毋使大盜假。懸瓢松樹間，風吹流泉瀉。哀彼塵垢子，死生如傳舍。

亭亭南海雲，變化如遊龍。朝冠扶桑日，暮舍閶闔風。光彩何熒熒，降我蕊珠宫。感子相羽翼，飄颻至崆峒。獲覩軒轅帝，心華開鴻濛。萬象無遯形，來朝寶鏡中。雙成爲舞女，子晉爲歌童。遊戲太虚庭，誰能知所終。

駟馬尚可縻，去日苦難追。平生履虎尾，慷慨將何爲。轉蓬如車輪，隨風西北吹。故鄉路遼遠，瞻望涕漣而。子房久辟穀，顔如朝霞披。白龍何蜿蜿，與我遊天池。功業嗟未建，下民方調饑。潔身乃小節，誰能混鴟夷。蟬蜕王侯尊，聊且從吾師。

慶卿爲燕使，任俠不愛身。當時偕漸離，勢必殲强秦。委肉餓虎蹊，爲謀徒苦辛。用兵貴無形，窈冥如鬼神。風雲張羽翼，龍蛇效屈伸。尚父有韜鈐，變化存乎人。我昔觀魚復，八陣如星陳。江波激雄怒，巨石高嶙峋。玉女守其門，風后旋其輪。嗟哉先哲心，精微誰能臻。

仲秋寒節至，遊子無衣裳。憀慄此何氣，中人如斧戕。陰陽日交戰，龍血紛玄黄。上天徒暴怒，雷霆曾無傷。務光久沈淵，有窮登爲王。予其忍玩世，君臣有大綱。寧當猛虎步，不隨鴻鵠翔。勉哉疾固心，四澥聊徬徨。

薛公三千客，半是劍伎人。惜無王霸略，西向終事秦。上兵貴戰德，訓練宜精勤。八陣本無形，混沌如天輪。苟能準河圖，出没驚鬼神。離離九皇星，光懸紫薇門。陽春而肅殺，一氣秉其鈞。予其欽若哉，遑敢懈晨昏。

仙人空桐子，變化如陰陽。朝霞一膏沐，神光流未央。忘身故委蛇，八極紛翱翔。伊予從之遊，矯掌承玉漿。日月如貫珠，吐納養其黄。莊生化蝴蝶，相遇鴻濛鄉。羽翼何葳蕤，餐花臨扶桑。東海湧其波，浮雲四飛揚。堯軒去已久，斯民多憂傷。苟非姑射人，誰能應帝王。薄言税吾駕，深山垂衣裳。出門操天弧，吾將射四方。豺狼日争食，曠野無人行。民生各有樂，好修予爲常。桃李羞同華，日月思齊光。曜靈久翳景，麗天誰文章。晞髮憑天門，北斗斟瓊漿。雖非丹山鸞，願巢阿閣旁。雌雄三十六，和鳴宣禎祥。乘雲何踟躕，山中難久居。營營魂九逝，長夜懷憂虞。披衣起鳴琴，宫商慘不舒。聽者非佳人，鴟鴞紛詈予。上天降霜露，歲寒誰歡娱。碩果不可食，瓊華化爲荼。俯仰涕沾膺，何時旋故都。遥遥望故鄉，魂魄所從始。狐死必首丘，遠遊今安止。嵩丘春載陽，三花何旎旎。時無洛川妃，誰發予瓊齒。有鳥自南來，丹翎紛不理。雄鳩雖巧言，苟合中誠耻。煢獨夫何言，臨流淚如水。吾劍雖短兵，其疾如電光。回旋應規矩，恍惚雙龍翔。今天降喪亂，日月顛其行。重華命百神，迎我朱陵岡。林巒亘千里，沅湘流湯湯。山鬼紛媚人，前驅從兩狼。忠誠夙所立，九死吾何傷。長鯨吹海波，百川皆倒流。江妃何夭矯，持我歸蓬丘。昊天方降威，潛伏爲良猷。舍我朱離天，來宅寒門幽。墳羊共藏井，騰蛇與相糾。君子貴知幾，柔順其無憂。萋萋女貞木，變化何葳蕤。含此少陰精，隆冬葉不萎。夫何一佳人，懷忠適見疑。神靈附太山，攀條吟以悲。天邊有匏瓜，流光照我姿。篤志慕陶嬰，苟合非所期。百川自東逝，北辰無轉移。

大塊鼓噫氣，衆竅爲怒號。予口實興戎，縱横變離騷。顧盼無四海，遑能媚其曹。泰山鬱嵯峨，黄河流滔滔。丈夫無死生，萬物等鴻毛。

予幼好騏驥，萬里思横行。白起不辱君，忠君愛其名。弓燥而手柔，秋天獵秦城。信行直如弦，賢豪不我輕。後騎甘泉宫，前軍細柳營。風飄大胡笳，鳴鳴如龍鳴。

少年學神仙，披髮羅浮戲。麻姑愛玉顔，爲作芙蓉髻。簪以明月珠，拂以紅羅帨。吹笛東南峰，紫鸞來嘒嘒。歡娱曾幾時，人世苦流離。君爲空中雲，我爲機上絲。將絲繫浮雲，纏綿安可期。悠悠望蓬山，終古長相思。

【箋】

審詩意，當作于中年後。時恢復之事業已失敗，而壯心猶未息。

送陳十七

匹夫爲大俠，吾慕魯朱家。翩翩四公子，賢豪奚足誇。猛士處貧賤，神魚困泥沙。金鱗三十六，慘淡含朝霞。變化雖有時，奈此寒與饑。恩害日相生，欲報貴無私。暴虎而馮河，英雄所不爲。五賊在心中，運之如璇璣。去矣陳孺子，冠玉何權奇。天下在鼎俎，宰割其隨時。

贈萬生

寡婦得丹穴，禮抗萬乘君。百尺懷清臺，煌煌巴水濱。丈夫無貨財，爲德將何因。觀時得權變，白圭誠智人。東南市玉帛，西北貿馬牛。爲君富敵國，五行運其籌。握土成黄金，丹訣藏浮丘。關中日轉餉，地利如川流。功名何赫赫，誰知文終侯。

【箋】

萬生，名不詳。當爲貨殖者。

寄陳黄門

美人遊四海，滔滔傷不歸。黿鼉銜左驂，中流援者誰。我欲拔劍去，路長無糧資。人馬皆饑㞳，傍徨淚濡衣。駕言陟高岡，順風呼所期。吾子白衣冠，嗚咽前致辭。丈夫懷心膽，報德當乘時。母以天年終，聶政今何依。衆人鳥獸散，棄我忽如遺。逝將衽金革，與子同驅馳。但視滄浪天，莫顧黄口兒。

【箋】

審「衆人」數語，疑作于罷桂林監軍時。黄門，黄門侍郎、給事黄門侍郎之省稱，亦爲侍郎、給事之泛稱。陳黄門，指陳子升。桂王時爲給事中。

贈友五首

與君生南溟，噓噏雄百川。海波如連山，天地争迴旋。蓬壺在鰲背，踟蹰未登仙。念此下民咨，干戈方纏綿。大禹股無毛，仲尼席屢遷。至人貴拯物，俾世無顛連。鳥獸與同羣，松喬胡足賢。

玄雲無定體，應龍不常儀。昨日髧爲奴，今朝冠有綏。賢者重其死，與世聊委蛇。委蛇夫如何，有親方餔糜。登高呼我友，來同季女饑。君爲爨下桐，我作薪中葵。持茲憂患身，柔順同文箕。有鰥昔在下，雷雨終弗迷。聊陳衾與裯，同寢待鳴鷄。

秋霜何凜冽，孤鳳寒無衣。擿藻如雲霞，五經徒紛披。微言在糟粕，千秋知者希。子志在春秋，我學惟蓍龜。陰陽道所貴，生殺其乘時。丹青亦寓言，遊藝聊自嬉。浩蕩象天形，山川相蔽虧。爲余貌山鬼，窈窕含憂思。靈修在毫素，終古見光儀。

三閭多微言，遊仙託荒誕。追琢風諫心，光彩争雲漢。離騷能好色，九章多怨嘆。洋洋變風雅，發憤成波瀾。苟非宋玉招，精魂方越散。

神農削鴻梧，以合天人和。嗟余半死根，攉藏在山阿。蒙周生濁世，滑稽揚其波。湘纍亦寓言，荒淫爲九歌。變易吾儀容，雲氣象嵯峨。日月尚有瑕，丘陵亦孔訛。稱文雖渺小，其旨咸包羅。夫子誠知音，憫我如韓娥。行雲如可遏，更奏采菱荷。

【箋】詩當作於歸隱鄉園後。

猛虎詞

朝負角弓出，暮負角弓歸。猛虎何斑斑，欲射憐其兒。惟虎尚有兒，惟人乃無妃。雄刀鳴牀東，雌刀躍牀西。雷雨何冥冥，蘭燈慘其輝。徬徨起中夜，恩怨交心脾。牝鷄方司晨，令我倒裳衣。裳衣且莫倒，奮發當有時。

贈陸氏及其從子

淒淒天上星，與我俱沈冥。匏瓜常自繫，河鼓難爲聲。吁嗟爾知己，相歡如平生。阮公賦詠懷，攜手八荒行。洋洋會風雅，從子與齊稱。昔焉馮大河，今焉履薄冰。妖姬自可求，漁父誰能名。

西臺雨後行田

蒙蘢黄木洲，泛濫扶胥匯。池臺俯閭井，耕釣存風概。瀕海多塗泥，芳沃罕灌溉。春雨土膏滋，冬潮鹹氣退。燒鹽有餘稈，墾土無留塊。曰我沮溺人，耕慚微禄代。寧須富粳稻，但欲除汚萊。始晴命夫男，露田行不怠。汩汩引泉脈，蒼蒼悦山黛。虹生黄暈中，日出陰霞内。土坼百卉驚，基崩衆流潰。殷勤語我農，旨否嘗不逮。滂沱趣導渠，湍激宜安碓。在彼牛力償，在此鋤功貸。苗壯須附根，草肥或留菜。平生究水利，斥鹵亦所愛。盡力志溝洫，開荒喜草昧。王道始力田，子職期耒耒。踟躕盼有年，勤動終無悔。

【箋】

疑作于歸隱沙亭時。

鴻雁

鴻雁從風飛，氣力亦自愛。所憂霜雪寒，艱難來入塞。如何紇干山，羣雀啾啾在。高秋八九月，凍死乃無悔。物性苟知時，哲人生感慨。不見山梁雉，三嗅入茫昧。

古詩爲葉金吾壽

英雄日已老，顔色難長好。昔爲張子房，今作商山皓。吾將終羅浮，服食惟朱草。何以被四肢，蝴蝶大如箕。小翅爲下裳，大翅爲上衣。何以作棲宿，十圍籠葱竹。一節爲一房，兩節爲一屋。何以爲儔侶，麻姑與玉女。作使五色禽，紛紛煉珠黍。何以充羽觴，玄碧酒如漿。飲之一呼吸，水露皆生香。有友金吾子，家在豐湖涘。吾令兩瀑布，流出桃花蕊。桃蕊是丹砂，君餐兼露華。復有蝙蝠好，雙棲芭蕉花。千年白如雪，紅者如朝霞。贈子白復紅，佩之衣帶中。能令男女媚，相愛長相同。白以佩吾子，紅以佩昭容。君姬字昭容。黄帝昔成仙，其術惟房中。素女爲之師，浮丘爲之宫。真人在玄牝，出入如虚空。日月一相摩，光彩成青童。吾慕魯女生，翩翩騎白龍。仙成上太華，毛女千人從。君今有窈窕，左右争芙蓉。我亦容成子，大道在其躬。相將且駐年，紫髓而方瞳。時來建勳伐，乃追太保公。太保公諱夢熊，君之祖也。

【箋】

葉金吾，即葉維城，葉夢熊之孫。襲錦衣衛指揮同知僉事，因稱金吾。時葉氏居惠州，築泌園湖畔。

卧疾行

貞女長苦寒，介士長苦饑。吁嗟蕙蘭草，雨露不相滋。人情若流水，流水東以西。一日不膠漆，十日不相知。我有負薪憂，藥石誰見貽。一身事尊老，衣食無所資。爲子復爲婦，出門嘗遲遲。水精爲明月，一氣相光輝。月中有日影，如子在母懷。

送王子從軍

太白天將軍，夜來穿月出。光芒一何長，直使陰精失。吁嗟兵象見，變亂將無日。憐君虎豹姿，自此難安佚。子房青雲士，高尚素無匹。一朝去從軍，鞍馬如風疾。經營羅甸兵，左右哀牢帥。天心早能知，王命多論述。英雄方繽紛，囊括須高密。王侯寧有種，廝養亦膠漆。仲夏珠江湄，送君情洋溢。離支堆玉盤，花露甘如蜜。半醉即揚鞭，乳羊啖未畢。慷慨辭故人，故人多卓逸。羊裘釣澤中，亦有男子一。

【箋】

王子，名不詳。審詩中「羅甸」、「哀牢」之語，當爲送王子赴雲南永曆軍中。

曾公子櫻輓詩三首

公子少遊俠，甘心信陵君。玉顔舒苕華，長劍吐浮雲。賢豪與争博，睚眦嘗下人。弦高思救鄭，晉鄙難摧秦。慷慨請兵符，肝腸感三軍。吁嗟烏合衆，爲陣何紛紜。横戈當瞿唐，出没如鬼神。我扼其咽喉，賊氣不得伸。士卒堅如山，對壘動兼旬。

朝廷詎無將，君獨奮布衣。手提五百人，不死其何歸。肌膚爲兜鍪，廝養爲神師。一夫先刈旗，賊驚刀相糜。奇兵無全勝，救援苦不來。彼爲泰山崩，我爲獨木支。衆寡終不敵，猛士咸瘡痍。人持一半冰，馬負一束萁。且戰且退走，驍騎憚不追。嗚呼蛇矛失，流涕滿邊陲。劇孟一敵國，條侯資其雄。如君勇蓋世，可無横草功。烈士非徇名，王臣原匪躬。終軍乃自媒，少卿竟誰從。馬步勢懸絶，戰酣頻飲血。殺人慘無聲，陰風吹凛烈。徒手猶奮呼，百人無尺鐵。成敗天所私，吾謀將焉哲。嗚嗚隴頭水，沈沈沙場月。爲君歌國殤，淚流滿衣襟。

【箋】曾子櫻，名不詳。疑爲監軍桂林時之死事者。

贈徐處士

虎生而文炳，鳳彀已五色。天性本自然，豈以文章飾。美才忌輕出，所志非官職。諸葛騁龍光，遊步以自適。亂世無全臣，欲仕非其國。四方正雲擾，大漢多蟊賊。撫弦復掆矢，不射非無力。荀彧王佐風，從曹至今惜。霜降草乃成，雪深梅始識。與君松柏姿，無苦歲寒逼。何以結久要，艱難事潛德。

【箋】

汪譜順治十六年：「徐善，字敬可，嘉興人。棄諸生，講求致知格物之學，有易論、春秋地名考等。詩外一有贈徐處士一首，疑即其人。朱彝尊有送徐處士善南還詩云云。謂其在洞庭書局與修一統志。」

贈孔參軍

丈夫志經營，豈曰生不辰。依人七尺賤，隱忍成埃塵。親壽如過隙，欲去還逡巡。狐裘裼素錦，玉氣爲女人。單步以負笈，英雄方苦身。與君同感激，酣飲娱青春。紫袖方吹簫，青綃持拂巾。上客列廣座，歡言相情親。文藻四輝映，綺思霞氤氲。如彼洞光珠，精靈燭百神。司馬秉冰鏡，林宗樂人倫。殷勤勗明德，及此白髪新。著作爲世師，豈敢辭苦辛。

壽吴雲遇先生

先帝諸詞臣，天南有其二。一惟我吴公，冠冕庶嘗士。三朝無實録，史官久不備。簡討方須才，兼書行在事。公時當聖心，迴翔清切地。石室書初抽，崧臺草亦視。豈謂復西巡，君臣忽相棄。霓旌若轉蓬，萬里追難至。匍匐返巖阿，天顔在寤寐。淵明居玉京，子真隱梅市。義不慕長生，所懷溝壑志。忽爾享期頤，神明以無累。先朝一耆舊，天留有深意。鬚髮雖皤然，精純若童稚。令子富才華，文章爲酒食。丹青與草書，一一供親嗜。鶴鳴喜在陰，天籟日相媚。父歌紫芝篇，子疏白華義。何以軒冕爲，山水娱仁智。歲寒獨後凋，努力爲蒼翠。蔭我半生枝，得成清廟器。

【箋】

吴龍禎，字雲御，號勿齋。南海人。永曆二年進士，授翰林院簡討。子文煒，能詩。

讀史贈陳獻孟並送其行

秦季焚詩書，先聖道以喪。諸儒負禮器，倉卒歸陳王。匹夫徒發憤，曾不識興亡。隱忍成功名，何如張子房。子房非儒者，爲氣何堅剛。其終如魯連，其始如荆卿。平生予所希，君亦慕其狂。終古兩盗雄，蘭池與博浪。少年雖輕發，氣實吞始皇。君於太公書，曾否得其綱。先公有兵略，令祖麗南先生著兵略百卷。揣磨宜不遑。將飛且伏翼，將鳴先引吭。何必魁岸人，始能應帝王。從容以步遊，遊於淮海旁。英雄無神師，其學不明光。苟能依老成，以禮爲之方。我亦倜儻人，垂老猶摧藏。漢初兩孺子，不得與偕行。强忍亦已久，中夜起徬徨。君今血氣盛，甘苦未多嘗。思爲日本刀，須煉梅花鋼。屈伸能自如，入石乃無傷。行矣復遲遲，咫尺即相望。

【箋】

陳阿平，字獻孟，號雲士，又號鉢山居士、晚號愚溪。東莞人。後人編有陳獻孟遺詩。其祖陳象明，字麗南，一字旭庵。崇禎元年進士。累官湖南按察使。永曆元年爲兵部右侍郎，總督兩廣軍務。兵敗殉節。謚烈愍。撰有兵略。爲「東莞五忠」之一。明史有傳。陳阿平長居東莞、廣州。僅于少年時一度遠遊建陵。

江氏雙烈篇

鳳凰不孤生，雎鳩無再匹。姑婦苦相依，歲寒同一室。良人在泉下，幽幽視曒日。曒日久無光，光自妾心出。江家多女宗，禮義爲琴瑟。五婦垂彤管，復兹叔與姪。教子各成名，文章持篤實。湘也更多才，賢豪與膠漆。劍氣如白雲，玉光温以栗。以母柏舟篇，相示淚洋溢。阿嫂亦陶嬰，黄鵠歌未畢。安得聖人生，列在變風一。

【箋】廣東通志卷三二三：「廩生江泰母石氏，繼妻劉氏，姑婦雙節。」

贈顔君

復聖之子孫，大宗在曲阜。峨峨司勳郎光敏，與我知交久。曩者遊西秦，聲詩相可否。黄河石華魚，華陰槐麯酒。風俗愛宗周，酣歌亦擊缶。洋洋風雅篇，正變無不有。夫子昔删詩，先師顔子稱先師。嘗左右。三百所絃歌，琴聲滿窗牖。龜山與猗蘭，二操亦在手。子孫被流風，德性嘗敦厚。世爲魯大夫，文獻十而九。宗器多珪璋，孔氏稱甥舅。光禄延之。善五言，人誦秋胡婦。遺響在黄門，一賦如瓊玖。司勳正始聲，比興無其偶。賦詩存諷諫，美刺絶不苟。君也爲哲兄，塤篪如一口。陋巷有神靈，文章作淵藪。分支去温陵，禮樂遥遵守。閩海接泗沂，先學相師授。公本濟世才，輝映桃陵後。爲政歷朔南，聲教先孝友。含吐黄鐘音，中和以自壽。復聖乃春生，一陽爲物母。以配復初爻，龍潛未見首。元氣在素王，司徒論語摘輔象云：「仲尼爲素王，顔子爲司徒。」能多取。公也益含弘，光大庶無負。

【箋】顔君，即顔光猷。審詩中「爲政歷朔南」語，當作于顔氏爲河東鹽運使時。

詠高士王逵

嗟爾支離疏，傲倪得其天。長乘莽渺鳥，翱翔窮九埏。君子道固窮，小人利是纏。鮑焦持其蔬，晉楚難比肩。高行雖傷身，令名百世傳。

【箋】

王逵，元末明初錢唐人。足跛，貧甚，賣藥自給，博究百家，好談今古。見黄姬水貧士傳。此詩當爲翁山至王逵故鄉錢塘時有感而作。然翁山二度入浙，故未能確定何時作此。

送丁使君之官南贛

峨峨虎頭城，咽喉我蠻揚。五嶺此大門，築關自秦皇。尉佗絶新道，以之爲屏障。山川連甌閩，建瓴勢莫當。鬱孤有臺基，三省之堤防。使君負雄才，天南所期望。禮陰而樂陽，爲化流炎荒。聲詩百福宗，人倫於焉昌。宣布天地精，中和在宫商。六義始於風，動人宜温良。微言一相感，萬物開其房。方今用兵餘，民風多憂傷。所賴諸侯詩，優柔致禎祥。使君藩維寄，德教先豫章。身作南長城，恩及祝融鄉。巡行至大庾，陰雨滋桄榔。玉枕山嵯峨，霹靂泉湯湯。攀援南北枝，要我毋相忘。

蓬山篇爲顧子豐及其配雙壽

天邊羅與浮，合體如夫婦。本是蓬萊峰，堯時乃東走。洪波浩蕩中，難恃神鰲守。山君華子期，惆悵泉源口。引領望夫君，功成封户牖。攜爾鮑家姝，來作朱明友。帝命治黄龍，洞名。花田開百畝。作使小鳳凰，采花作春酒。東西二石樓，玉女充箕帚。子房本仙人，才大無其偶。游戲楚漢間，赤帝在兩手。潛躍但乘時，誰見神龍首。辟穀亦何爲，自與天長久。

【箋】顧子豐，名不詳。當爲隱于羅浮山者。

壽江節母

衛風歌靡他，恒辭貴從一。春秋諸列女，伯姬固無匹。自母失所天，艱貞矢永畢。十五奉羅巾，二十罷瑶瑟。供養代良人，甘肥機中出。有時倚柱吟，魯女同憂恤。朝上君姑堂，暮入叔姑室。姑言婦未亡，亦如兒在膝。皇天憫苦寒，與母以白日。年今已五旬，鬢髮尚如漆。

鞠育一雛鴉，世棟。詩書去驕逸。蟾兔在腹中，月光長盛實。

詠史贈楊君

張耳從漢高，實用甘公説。任囂志偏霸，亦以天文決。五星射越門，光氣分隆凖。甘公言一倡，諸侯盡心折。聖漢以龍興，功可齊人傑。君今治天官，言星復明哲。手執大人符，機祥慮先泄。觀文以察變，吾嘗求五列。元氣斟酌之，欲將斗柄揭。三易有洞璣，微言幸未絶。與君爲天數，陰陽受開閉。災異謹大書，憂患惟崩竭。天監豈無知，雲漢光尚徹。牽牛終服箱，南箕將失舌。織女多文章，經緯資吾拙。君且引兕觥，俯仰毋悲咽。

贈邳州季生

中原何洶洶，英雄日綦跱。香餌引泉魚，重幣購壯士。嗟君勇絶倫，昆吾猶未試。入猷而出鈐，中道傷捐棄。僥倖成功名，王侯久喪恥。盜跖膾人肝，仲尼不敢視。悲哉聖人才，甲兵成虚器。游魚脱深淵，飛鴻戾天際。貧賤聊娱懷，敦我箕山志。

【箋】

邳州，古州名。治所在下邳，今江蘇睢寧北。清康熙間移治邳縣。

古鼎篇爲鄧文作 文以古鼎爲祭器

君子有寶鼎，神光出重淵。先王與先公，手澤所盤旋。得自少昊虚，魯侯世相傳。地不愛重器，以君能奉先。亨可享上帝，豈惟祖禰賢。木火命已凝，腹中有純乾。神靈所憑依，洋洋在豆籩。摩挲陰陽文，隱若蛟龍纏。皇天鑒仁孝，馨香貽萬年。耳目咸聰明，金玉貫無偏。

贈遠

美人如花飛，玉佩冰綃衣。長風吹欲墮，攬帶前相持。問子遊何處，笑含碧雲姿。言我華陽來，將從勾曲棲。麻姑久相待，去去與我辭。語卿且莫辭，我有芙蓉池。鴛鴦戲碧葉，翡翠巢金枝。願將天上月，長照雙蛾眉。

采菖蒲作

菖蒲何豐茸，鬱生南澗曲。三花淩紫煙，九節削青玉。采采臨寒泉，因以濯吾足。死生雖已齊，長年亦所欲。仙人安期子，與爾聊餐服。

【箋】

廣東新語卷三：「安期將李少君南之羅浮，至此澗（蒲澗）采菖蒲一寸十二節者服之，以七月二十五日仙去。今郡人多以是日采菖蒲，沐浴靈泉，以祈霞舉。」蒲澗在廣州城北白雲山中。

贈友人 五首

英雄耻割據，拂衣遊江湖。我爲沉水香，君爲博山罏。紫煙揚光彩，丹成淩仙都。仙都雖宴樂，蒼生嗟未蘇。紅旗如雲霓，錦帶曳芙蕖。利劍在掌中，出入風雷驅。蕭曹刀筆吏，項羽乃匹夫。苟能拯水火，何辭七尺軀。王侯如敝屣，山林堪長娱。

悲風振宿莽，貧士方寒飢。悠悠天上雲，長借明月輝。嫫母已衣錦，南威長刈葵。喬松生路傍，不如彼賚葹。彈我丘中琴，彷彿孤鸞飛。落花如美人，翩翩來何遲。仰視雲間星，牽牛光獨微。淑慝不同塗，盈虚良有時。慎矣懷道符，潁陽以爲期。灼灼懷春鳥，銜花吴江潯。玄豹久不食，蔚然文采深。風雲蕩天路，邂逅抒憂心。憑君青玉案，中夜張瑶琴。明月照南浦，晨風巢北林。河精爲天漢，小星易浮沈。妙道貴忘言，達人無哀音。持此箕潁懷，聊以答所欽。樛木不下垂，甘匏安所依。嗟君富無驕，乃與黔婁期。黄流在玉瓚，大德在蒲衣。佻佻彼公子，安知天爵爲。今時方喪亂，羣盜争雄雌。授子以丹書，揣摩爲帝師。神龍尚可醢，駿馬亦可羈。至人與天遊，虚無誰能知。煌煌我上天，照此豺虎驕。我無戈與矛，何能入山樵。石谿流濺濺，蘋萍隨風飄。游魚畏鵜鶘，神龍樂波潮。仙童顔姣好，迎我雙瓊簫。東遊扶桑闕，西渡絳河橋。至道非無形，如月懸中宵。攬之盈玉手，欲贈彼嬌嬈。人生如電影，千載不崇朝。念彼牛山涕，乘化且逍遥。

送王屋

神螭方魚服，美玖藏沙塵。英雄未遇時，狀貌如婦人。贈爾雙吴鈎，中有愛子魂。君王讎未報，豈敢顧所親。挫蘖調君酒，送送灞陵津。皦日照河水，悲風激車輪。去矣毋多慮，男兒自有神。

答吴巨手

白雲何晶晶，倏忽歸無形。尸居龍不見，與君共沈冥。黄虞久已没，吾道難獨清。深谷何逶迤，朱華含春榮。采采以療飢，將遊太上庭。湯火煎太和，膏粱損奇齡。浮沈日月中，人命如流螢。哀哉嵇叔夜，多才乃捐生。

【箋】吴巨手，名統持。與弟虎文皆有節操。明弘光三年春，曾浮海入閩，後知事不可爲，遂歸隱。事見屈起嘉興乙酉兵事記。徐鼒小腆紀傳卷五八有傳。順治十六年遊浙與之相識，疑亦作於是時。

酌貪泉作和人

朝飲貪泉水，暮濯貪泉流。廉夫不可爲，仁者皆竊鉤。天方授盜跖，吾介徒罹憂。合浦多明珠，朔漠多貂裘。仲尼思執鞭，況我斗筲儔。

【箋】貪泉，在廣州城西北石門。廣東新語卷三：「石門有泉，飲之輒使人貪，名曰貪泉。」

詠張子房示諸生

淮陽昔學禮，故能敬老父。長跪納履時，强忍甚可取。少年雖任俠，喜與老人伍。四皓奉手行，不敢越規矩。所師盡黄髮，深藏若處女。甚悔博浪沙，狙擊徒豪舉。

爲故黄靖南侯參軍陸生作

仗劍出門去，高堂悲不勝。嬰母既知廢，陵母亦知興。送子涉淇河，倚閭淚沾膺。黄雲驅匹馬，驚風擊飢鷹。努力參卿軍，智謀夙見稱。報親在何所，沙場奮猿肱。屠毒天未厭，髦頭國方興。天矢不敢射，貪狼日憑陵。豪雄致帝怒，禍患來相乘。哀哀皋魚痛，使爾肝腸崩。

【箋】黄得功，號虎山，開原衛人。崇禎十七年封靖南伯，駐兵廬州。福王時晉封侯爵，爲四鎮之一，移屯蕪湖。清兵渡江，福王入其營中，黄率部與清兵決戰，中箭卒。福王亦被俘，次年被殺於北京。陸生，名不詳。

贈别武昌陳子山昆弟之作

江漢何滔滔，其神足綱紀。大别如長城，中分南國水。君家高冠山，黄鵠當門峙。形勢雄湖湘，人才争鬱起。昔我客漢陽，求友得一士。羅以獻。豈知君弟昆，乃在吾桑梓。伯仲珪璋姿，青雲翹玉趾。所得鳳凰毛，多分諸季子。三百日絃歌，情禮爲終始。賢父師於家，金玉相滌理。揚粤觀人文，化成察所以。顔曾昔童蒙，造道莫能止。年少聖所畏，慚予將暮齒。清夏珠江湄，飲餞交壺矢。執手情依依，所贈惟璚蕊。我本荆楚人，秭歸有故里。先臣居屈沱，女嬃砧在彼。安得從君歸，三閭陳簠簋。漢家重楚聲，離騷多所擬。君爲宋景徒，努力事蘭芷。

【箋】屈氏有賦答楚人陳子山詩，自注：「其尊人爲廣東督學」，即陳省齋，子山弟爲陳仲夔。

與諸兄弟飲射作

鯉魚何盤盤，瓠葉何幡幡。弟兄相燕飲，其樂如新昏。户庭無外侮，絃歌有餘閒。人生無幾何，骨肉相好難。兄友而弟恭，所以承親歡。親歡承不足，張侯在中谷。兄射中熊羆，弟射中鴻鵠。鴻鵠比其翼，熊羆同其力。

【箋】諸兄弟，當指從兄弟士煌、士熼等。

讀顧子忠紀賦贈　二首

蘇合何氤氲，非煙亦非雲。我爲銅爐器，與子日三薰。美人臨九天，光彩如東君。傅説託房星，精華垂大文。願得俱翺翔，冠蓋絶塵氛。大招匪荒淫，風諫同三仁。重華可折衷，何求時俗聞。

伊予遘亂離，爲詩多變風。秦庭昔鶴立，痛哭人誰容。從俗以偷生，神仙託其蹤。須臾願無死，以觀宗國終。君子厲明德，邂逅欣心同。蜿蜒爲文章，皇頡非雕蟲。大道所周流，敬哉爾天工。顧善篆刻。

【箋】顧子，疑即顧玫，見藝顧生寫真箋。

詠懷

谿谷何清涼，迴風以飄忽。荷襦易凋零，不如服狐白。曠士貴和同，蟬蜕仲尼迹。凜凜冬冰凝，何如春冰釋。我已穢玄珠，離婁不能識。我已摧號鐘，師曠不能繹。美人如遊龍，纖腰日玄折。一低而一昂，人以爲臣妾。

和友人度昭關之作

端居苦離索，思君蕪湖間。忽聞昭關詠，感激淚潺湲。丈夫不得志，飢寒行中原。斷髮投爐中，爲君鑄龍泉。器成不見御，雌雄各沈淵。登高望四野，亭障何連連。驚風折旗幟，落日迷山川。誰知遠遊子，嗚咽不能言。維昔吴子胥，吹篪誠足憐。一怒覆强楚，父讎不戴天。解牛宜薄刃，驅馬貴長鞭。苟能勤耘耔，何必求膏田。亮懷鷹隼羽，時至自飛騫。勉爾慷慨人，遥遥託贈篇。

猛虎篇 二首

猛虎不食人，食人必豪賢。爲天生羽翼，飛渡大河間。我弓既已良，我馬亦已閑。踟蹰不忍射，恐非天所安。天安惟猛虎，作威予敢侮。腐肉如山丘，所甘惟肺腑。猛虎不見人，見人則不取。所見盡禽鹿，人立而麌麌。肥者噬無餘，瘠者以爲脯。麒麟與鳳凰，不足爲糞土。鳳凰肉不甘，麒麟肉不肥。猛虎亦好生，何不食饘糜。鳳鳥乘於風，爲皇作威儀。麒麟乃仁獸，生草不踐之。上天命猛虎，威向豺狼施。如何餌靈物，口腹亦細微。生懷腥臊德，炳耀徒留皮。吁嗟爾猛虎，哮吼誠何知。

答王生

二女佩明珠，順風翔蓬闕。朝霞一膏沐，娭光流如月。園桃何夭夭，秋霜徒磬折。嗟爾蓽門子，獻玉悲三刖。崇蘭忌當門，甘泉必先竭。布衣可終老，濮陽有芳節。請誦伐檀篇，十畝聊怡悦。

爲梁生壽母作

金盤膾嘉魚，玉瓚酌黄流。爲君壽聖善，歡樂盈林丘。孝子貴修身，天爵爲公侯。非義而富榮，毋乃貽親憂。不逢堯舜禪，寧戚終飯牛。嗟予亦有母，欲養無珍羞。采蘭不盈掬，中道化爲蕕。鷄鶩日争食，鳳飢鳴啾啾。勖君孝不匱，永錫爾同儔。

題王子省齋

脊令何友悌，飛鳴不相離。王雎聲相求，貞潔慎所妃。君家多弟昆，金玉交光輝。精神見山川，令我樂忘歸。君愛我離騷，洋洋風雅遺。聖賢貴發憤，哀樂爲人師。爾躬日三省，經術是憑依。彷彿見先王，忘言在隱微。

【箋】王日曾，字偉度，號省齋。江南溧陽人。康熙十二年進士。詩題之王省齋，未悉是否此人。

贈大毛子

煌煌太華荷，玉顔照萬方。昔余乘白雲，攀折日翱翔。國風樂不淫，小雅哀無傷。恭承皇降衷，好色成文章。審聲知清濁，聽曲辨興亡。吾子乃延陵，聰明不可當。子爲清廟瑟，神人久和康。朱絃而疏越，吾其繼後行。

【箋】

大毛子，指毛先舒。先舒與毛奇齡、毛際可合稱「浙中三毛」，先舒年最長，故稱。

天泣

天泣一何哀，嗚聲如轉磨。無雲乃作雨，淒淒淚交墮。悲此下土民，斬刈遭殃禍。仁聖不降生，天地日多過。我生抱忠誠，與天素相左。俯仰愧怍多，死生無一可。茫茫飢溺懷，淚下悲坎坷。

誰謂

誰謂蒼天高，我行曲其躬。履霜惟葛屨，藺雹無青驄。遑遑塵壒間，慷慨誰相容。吁嗟爾君子，攬我如芙蓉。持華贈子充，持葉贈狂童。

鄧氏丈壽辭

方今斗牛墟，老人星實見。其下多壽耇，皤皤復耆彥。我公生番禺，實乃天所眷。弧南一老人，光芒射赤縣。乾坤歸火主，汝當師保薦。口授壁間書，宮中賜銀絹。太和作口實，自養幸毋變。膏粱豈朵頤，飲食人皆賤。

擬古

人生無百年，命在呼吸間。長風飄落葉，一去不復還。人鬼互相送，陰陽不少閒。天地豈不仁，人物自相殘。吁嗟世道喪，吾生日已艱。寥寥含道腴，所潤惟容顏。甘肥久已絶，蔬食餘一簞。回也日閉户，禹稷同心肝。

留別槎山諸子

絺綌含淒風，葛屨濡寒霜。我行一何蹇，歧路復亡羊。白駒在幽谷，行行悲迷陽。吾子陳瑾瑜，爲我禦不祥。日月居東南，沐浴成文章。予技非雕蟲，爲天補袞裳。彤管何光輝，貽君殊未央。

詠懷

我昔夢華胥，扶摇淩自然。神氣何混茫，揮斥崑崙巔。峥嶸下無地，寥廓上無天。大鵬張兩翼，東西覆羣仙。朝霞開北闕，旭日懸高旃。狂吟太和曲，王母笑容妍。五岳相鼓舞，來迎雲翩翩。至人本遺物，靈區將窮年。

詠阮嗣宗

阮籍英雄人，高逸非其志。驅車臨廣武，大笑楚漢事。飲酒以輕生，杜康知此意。鄰家有好女，蕣華傷萎地。慟哭涕滂沱，情深豈妖媚。長嘯若鳳鸞，亦乃途窮淚。嵇公薄湯武，遺曲廣陵墜。越禮逾矜慎，言懷務閎肆。當日竹林賢，沈冥惟爾醉。

送江太守還柳州

柳江在城南，清接黔中水。甌駱一都會，諸蠻所綱紀。太守汝多才，文武爲張弛。吁嗟喋血餘，未忍事鞭箠。東下牂牁來，瘡痍別千里。須臾失襁褓，盼盼勞赤子。良馬早還歸，殷勤迎玉趾。片言肉白骨，彼姝何以畀。飲餞崧丘傍，稱詩惟孔邇。

贈別朱二陶

與君結相知，一見即膠漆。是我直諒友，爲心何篤實。讒言日以起，所忤人非一。君乃愛楚狂，狂歌有得失。秃鶖啄鳳凰，口血乾無日。毛羽何摧頹，交親笑且咥。都蔗不可杖，徒然甘如蜜。蛇牀不可懷，能亂薇蕪質。白璧難久完，夜光天所嫉。努力爲不才，片言殺身畢。吾友罕夾輔，君行復倉卒。士敗氣不挫，玉碎光逾出。妖蠱僅一時，吾道戒淫泆。君去我益孤，相思成疢疾。無人爲禦侮，所恃兩賢匹。季心一手援，鮑宣復相恤。握手立斯須，慷慨情洋溢。弱齡學古道，垂老猶驕逸。補過兹不暇，君其加諸膝。君子愛同類，豈敢爲私暱。

愷悌毋信讒，所望諸僑肸。臨歧淚漣漣，風葉爲蕭瑟。

【箋】朱二陶，名謹，號雪鴻。江蘇崑山人。康熙十九年在南京結識，疑亦作於此時。

訶林詠古

蕭森訶子林，蒲葵鬱相向。榕樹與菩提，枝枝似交讓。歲久根爲幹，倒生多怪狀。植自蕭梁年，半槁神彌王。下有談經壇，精靈此惝怳。曇摩昔盥鉢，泉湧何瀁瀁。海眼雖潛通，洋溢非潮漲。三酌有餘甘，欲持作春釀。南漢跡未湮，有無在滄漭。塔影揺清漪，魚戲玉毫上。光流若玄珠，盈手可相貺。佛氏多寓言，翻譯勞文匠。妙道貴神會，無心即罔象。

【箋】訶林，即光孝寺。古時多植苛子樹，因稱苛林，後改稱訶林。此詩據陳本補録。

南越王祠

百粵山川險，中原鼓角悲。誅秦任豪傑，稱帝在蠻彝。翡翠開黄屋，明珠飾大旗。老夫原越吏，豎子豈王師。霸氣横滄海，雄圖憶往時。潮聲呑日月，雲氣走蛟螭。子女閭閻换，衣冠宛洛移。鶯花非舊苑，歌舞尚荒祠。沃野餘千里，崇岡接九疑。無人□割據，諸夏正瘡痍。謫宦虞翻枉，成仙鮑靚遲。五羊何縹緲，八桂自葳蕤。未解青萍憤，空勞白石思。浮丘春正好，且爲酌金卮。

【箋】

仇巨川羊城古鈔卷三：「南粤三君祠，在城北鎮海樓東廊，祀秦南海尉任囂、南越武王趙佗、漢大中大夫陸賈。」此詩補録自曾燦過日集十七。

七言古詩

緑綺琴歌 有序

琴爲武宗毅皇帝内府之器，其名緑綺，向藏於中書舍人鄺露家。庚寅冬，舍人殉難，朔方健兒得之，以鬻於市。金吾葉卿見而嘆曰：「噫嘻！是御琴也。」解百金贖歸。暇日泛舟豐湖，命客一彈再鼓，大均聞而流涕，乃作歌曰：

羅浮四月春泉決，流出千溪萬溪雪。豐湖浩渺連空天，鴛鴦鸂鶒紛明滅。主人漢代執金吾，歸築樓臺半在湖。桂棹湖南邀宋玉，銀箏湖北奏羅敷。顧謂雙鬟陳緑綺，一時賓客皆傾耳。言是中書鄺子琴，珠徽如月寒光起。梅花千片斷龍鱗，沈香一節燒鸞尾。製自唐朝武德年，隱隱金書御璽連。毅皇親向宫中選，賜與劉卿世世傳。中書乃自劉家得，似捧烏號淚沾臆。珍重君王手澤餘，大絃小絃日拂拭。時飛纖指理南風，彷彿重華見顏色。自從朔騎圍三城，中書奉使歸籌兵。日與元戎親矢石，時將彩筆作戈旌。雙闕恨屯回紇馬，六龍愁在亞夫營。城陷中書義不辱，抱琴西向蒼梧哭。嵇康既絶太平引，伯喈亦斷清溪曲。一縷腸縈寡女絲，三年血變鍾山玉。可憐此琴遂流落，龍脣鳳味歸沙漠。蔡女胡笳相慘凄，王昭琵琶共蕭索。嘆君高義贖兹琴，黄金如山難比心。我友忠魂今有託，先朝法物不同沈。我昔山東見翔鳳，楊太常正經有翔鳳，乃威宗皇帝御琴。念是威皇手所弄。復從太常見賜琴，一朝開元舊供奉。楊太常嘗奉敕審定五音暨二賜琴，一爲唐開元年供奉樂器。背有崇禎玉璽留，五聲亡角悲民流。郊廟諸樂章，嘆曰：「五聲乃亡角，民流至耳。」太常爲我一揮手，呼天搶地愁復愁。君是當年侍從者，出入嘗陪八駿馬。十三官拜羽林郎，二十戰酣涿鹿野。一自龍髯不及攀，豐湖一曲遂棲閒。樂器不同微子抱，淋鈴難見上皇還。此琴寶惜宜加厚，列朝恩在宫商間。安得翔鳳入君手，更召太常至牕牖。一奏當今白鵠翔，再彈會見神龍吼。

【箋】

黄節鄺露傳：「露故多奇，蓄二琴，有曰南風，宋理宗物，有曰綠綺臺，唐制而明武宗物也，出入必與俱。露既殉難，綠綺臺爲老兵所得，以鬻於市。惠陽葉錦衣某見而歎曰：『是毅皇帝御琴也。』解百金贖之。屈大均爲作綠綺琴歌。」葉猶龍贖琴後，遍徵名人題詠。琴後爲東莞鄧爾雅所得，築綠綺園以藏之，爲南粤文物重寶。

憤歌

時人皆謂我狂生，蓬頭垢面縱横行。神龍變化愧無力，失水乃與螻蟻争。哀哉天下日沈濁，孟軻好辯遭淩辱。從來君父若浮雲，暮楚朝秦非反覆。我今守道誠不祥，孔雀何如牛有角。

陳丈種花歌

丈人無事惟種花，花開紅白如明霞。朝從花市得金錯，暮向花田吸月華。花中一樹綠蕚梅，下有水仙數叢開。水仙乃自秣陵得，綠蕚元從羅浮來。願作羅浮大蝴蝶，與君朝朝食花葉。願作羅浮五色禽，與君暮暮宿花林。秣陵花如山，亦復花如海。清涼海棠大十圍，吉祥古梅自六代。不及君家此園春，千葩萬蕊飛成茵。閒來只抱丈人甕，隱去誰知漁父津。自結一亭小，椏蘭花四繞。冬有芙蓉亦有桃，絶喜嶺南霜雪少。花落争來釀酒人，花開早至收香鳥。往時朱叔賢，種花禺陽邊。殷勤葬落花，處處成花阡。與花共生死，好花成神仙。君今落花棄不可，日日掃來盡與我。朱叔名學熙，清遠人。丁亥秋以庶常殉節。嘗以古窑器葬落花於南禺，黎太僕遂球爲作花阡表。

【箋】

此詩當作於晚年歸隱鄉園後。

奈何帝歌 陳後主將亡國，鍾山群鳥翔鳴曰：「奈何帝！」

奈何帝，奈何帝。風流亡國亦足豪，美人相抱井中墜。可惜井中水不深，美人不死傷我心。淚痕化作胭脂痕，千秋漠漠苔花侵。苔花侵，美人墓在青溪陰。不死胭脂死青溪，可憐不作井中泥。國亡不恨恨惟此，山河不易一女子。

【箋】

此詩當作于南京。

放歌行爲潘子壽

丈夫五十髮未白，痛飲狂歌真可惜。神仙富貴兩蹉跎，徒作諸侯一賓客。尉佗城南十月時，梅花開早菊花遲。與君往往談王霸，笑殺當壚嬌女兒。我在山中無素業，清高亦與屠沽接。道成不肯居神仙，氣使翻然作遊俠。英雄自古一浮雲，求道應從鸞鶴羣。有金且買東方妾，有酒且醉信陵君。縱心寫意無不可，聲色之中知是我。天生我輩自長生，不似二豪爲蜾蠃。

壽霍丈

天上有壽星，飲酒輒一石。人間有酒龍，爲壽亦過百。君今六十興翩翩，夢想廬山醉石邊。講學十年稱祭酒，隱居雙岳得飛仙。山禽吐錦當晴日，海氣成樓在曉天。杖策逍遥無不可，酣來更拂落花眠。

紫霞杯歌 陳藥長見贈。

山之赤精石流丹，巢由服之生羽翰。太玄𥟖黄作杯好，持酌酥醪顔不老。此杯不是芙蓉砂，君應得自神仙家。杯名甚美名紫霞，雄黄一朵雕桃華。連枝帶葉大如掌，色似夭桃花兩兩。白石牀中無此丹，此杯乃是丹干長。君今爲壽見君情，自此觥船不用擎。百花仙醖頻催釀，與爾林中日日傾。

觀雲公所繪聽松圖爲葉平仲作

黄山之松天下無，雲公寫入洞庭圖。松聲捲起瀑泉水，散作天風落五湖。洞庭東西二峰好，玉柱金庭棲綺皓。當年縹緲莫釐間，我亦行攜石公姥。葉子幽居偃蓋陰，身如菟絲纏松林。興公齋前已楚楚，華陽樓外還森森。拂地參差多麈尾，無生日説如流水。聲飛天外不因風，千里蕭騷猶在耳。雲公最善繪寒聲，聲自空生亦有情。嘲嘈忽似蘇門嘯，諧會琴音滿太清。

短歌贈别陳子

丘園著書久寂寞，茫茫周蝶誰先覺。虹霓爲帶佩華星，欲舍愁心遊五岳。五岳迢遥路不通，何如高卧謝鴻濛。仙人祇在玉壺裏，無爲之化如重瞳。伯樂無煩治天馬，藐姑不待御飛龍。

【箋】陳子，疑指陳阿平。陳於康熙二十二年北遊西岳。梁憲有癸亥春送陳獻孟赴佟静公之招由楚入都取道遊西岳訪咸陽祁爾嘉明府詩。待詳考。

送客上廬山

廬山之奇在瀑布，飛流千道穿雲樹。峰峰皆有呂梁洪，漁父濯纓予濯足。送君直上芙蓉屏，俯視天河若建瓴。狂來莫點神龍眼，恐挾風雷下四溟。

題欽子五芝圖

二十四種黄金芝，我昔羅浮皆采之。此芝一莖五枝秀，君今圖此將何爲。君能服食自不老，丹砂不若紫芝好。園綺當年餐紫芝，容顔得爲君王保。

【箋】欽子，疑指欽蘭。欽字序三，江蘇蘇州人。明末諸生。入清後賣文自給。工詩畫，精篆刻。見周亮工印人傳。五芝，後漢書馮衍傳：「食五芝之茂英。」文選孫綽游天台賦：「五芝含秀而晨敷。」李善注引神農本草經：「赤芝一名凡芝，黄芝一名金芝，白芝一名玉芝，黑芝一名玄芝，紫芝一名木芝。」

贈陳藥長

神仙中人誰不羡，羡子朱衣方拭面。點漆凝脂是右軍，瑶林玉樹如王衍。日日彈棋用拂巾，時時作草多團扇。新詩更播寶安城，前輩風流不敢輕。太白最能歌進酒，張衡還解賦同聲。我過每談風雅旨，三閭婉順真君子。誰道離騷乃變風，可憐忠厚心無已。遺音千載有君知，日日絃歌是楚辭。爲言乃祖多忠憤，蒼梧昔逐翠華遲。事去捐軀沈桂水，愁來作賦續湘纍。大節表揚猶未得，求予作傳傳京國。每聞人誦懷沙篇，感念先臣淚沾臆。今朝娶婦思承宗，敬爾威儀玉帛從。婿如葛勃應無恨，女得陳豐復有容。紗扇披時驚似月，香車乘處喜如龍。爲君敬進新婚箴，性情之際難處心。令祖争光同日月，慈孫繼志在高深。燕婉定知長不惑，忠貞自此世相尋。

【箋】　陳藥長，東莞人。梁佩蘭有答陳藥長詩。

九日過李十一二耆山房賦贈

白晝婆娑古樹下，華堂無事招儒雅。蘇門高士過彈琴，天寶將軍來畫馬。此日重陽黄菊開，寂寥餘我登高臺。被髮狂遊人削跡，持觴高論爾憐才。江山戰後秋無色，天地窮陰消不得。周王兵士化沙蟲，漢代衣冠委荆棘。君家殉國有難兄，散盡黄金事不成。脊令空抱萇弘血，鴻雁猶吞伍尚聲。我在山中無素業，一遇屠沽歡笑接。道成不屑居神仙，氣使翻然作遊俠。爲君題詩花萼樓，羽聲慷慨誰不愁。

軒轅二帝子别業作

七十二峰不相離，兄與弟兮共治之。兄在禺南弟禺北，峰峰相對不參差。二禺君臣自太古，三峽長爲湯沐土。軒轅龍馭迥難攀，徒爲君王留洞府。榴花五色紅氤氳，阮喻枝枝拂澗雲。楚客悲思惟帝子，南人俎豆獨夫君。

【箋】

廣東新語卷三：「二禺在中宿峽。相傳軒轅二庶子，長太禺，次仲陽，降居南海，與其臣曰初曰武者隱此。太禺居峽南，仲陽居峽北，在南者曰南禺，北曰北禺，七十有二峰相對……有軒轅二帝子别業，祠二禺君。」疑於康熙十二年冬入湘從軍經清遠時作。

仙人

仙人餌飛魚，暫死百餘年。蹶然起鼓掌，玉容如霞鮮。飄飖入東海，長揖謝軒轅。我尋其蹤上太岳，元氣鴻濛無晦朔。天鷄鼓舞向我鳴，忽然日月生兩角。回首人間塵垢多，金囊玉匕將如何。

讀杖人師武夷遺草　因懷武夷虎嘯洞諸勝

我昔遊五岳，身騎二茅龍。驚風忽然起東海，日月吹落金銀宫。愁將白髮三千丈，歸去朱明四百峰。朱明洞裏多仙客，餌我雲母顔光澤。時偕玉女侍軒轅，不共安期干項籍。聞鐘又復證無生，足踏空王頂上行。沖霄一劍如秋水，徹夜雙簫響太清。飲光尊者頻招手，飄然遂至鳳凰城。尊者玉毫何宛轉，手把芙蓉微笑展。可憐樓上相見時，玲瓏秋月珠簾卷。江南亂後草離離，回首青山愧我師。未將雹足酬支遁，空對冰絃憶子期。當時語我武夷好，九曲清溪流浩浩。接筍峰前多紫雲，飛猿嶺上饒芝草。幾度安禪在翠微，天花繞座鳥銜飛。茅户只今委苔蘚，嗟予振策何時歸。空讀遺書開玉篋，太山頹矣傷何及。姑射仙人不降生，茫茫天下皆臣妾。蘇門一嘯如鸞音，散入天風不可尋。憑誰寄與武夷客，會取高山流水心。

【箋】大均嘗受戒于道盛爲法嗣。道盛字覺浪，從師元鏡住武夷石屏巖，拜經於虎嘯洞。後至金陵天界寺，世稱天界浪杖人。有天界覺浪禪師語録。

送李十還晉康山中

尚平五岳遊初返，四十爲農殊未晚。安得田園湖海傍，朝朝暮暮雕胡飯。晉康山水天下稀，君家洞口泉争飛。文章自可娱慈母，富貴繇來在布衣。君行爲結松間屋，相待明秋住翠微。

【箋】晉康，古郡名。唐宋時稱康州，南宋初升爲德慶府。轄境在今廣東德慶、羅定一帶。李十，名不詳。

西樵歌

西樵山，何聳峙。峨眉之孫，羅浮之子。霞城乳竇碧玲瓏，千尺珠簾挂秋水。仙闕遥開白日邊，人家盡在桃花裏。我尋羽客到錦巖，盤旋磴道上松杉。月明一嘯驚鸞鶴，飛入青冥瀑布南。

木棉花歌

廣州城邊木棉花，花開十丈如丹霞。燭龍銜日來滄海，天女持燈出絳紗。樹樹雙棲孔雀暖，枝枝交映扶桑斜。仙種珍奇世希見，受命天南絶霜霰。漢帝曾栽扶荔宫，越王爲造珊瑚殿。月下紅侵舞女衣，風前香繞留仙宴。回首春深怨杜鵑，榮華寂寞淚潸然。殘英化作天山雪，飄落胡人玉笛邊。

精衛行

重瞳孤墳在何處，青鳥銜珠淚如雨。海思雲愁爲别離，道逢精衛邀相語。日日填河力已窮，淩霄未得羽毛豐。荆山之玉君休抵，待雪深冤天地中。

【箋】

山海經北山經載，炎帝女名女娃，遊東海溺死，魂化爲精衛鳥，常銜西山之木石以填東海。

歌贈金谿鄒子

丈夫生世何坎坷，佯狂爲奴誰識我。當年賃作向朱家，此日棲遲尋紫邏。雲蒸龍變在何時，憐君白髮亦成絲。君臣之義不可解，欲報何須國士知。國士雄才天所産，楚漢紛紛那在眼。子房本是煙霞人，萬里青天任舒卷。舒卷何渺茫，登臺飛羽觴。時哉雙黄鵠，與爾相翱翔。

【箋】

金谿，縣名。在江西東部。鄒子，生平未詳。

放歌别戴十一

今朝春暖桃花多，爲君張宴烹明駝。酒酣慷慨高唱發，死生有命奈誰何。王孫當日出袴下，含羞忍耻非無故。北溟魚起須扶摇，南山豹變懸煙霧。君今貧賤何須愁，才氣無雙天所留。莊蹻人肝可分食，伯夷薇蕨且莫憶。隱忍終酬國士知，深沈不必時人識。紛紛天下無賢良，豺虎皆化爲侯王。我今挽弓三石强，欲射不射心徬徨。徬徨兮何極，臨歧淚沾臆。王陵有母髮垂白，遇難不能供子職。知君肝膽如青天，甘肥可託供朝夕。鷙鳥將搏先戢翼，聖人將動必愚色。丈夫所患獨無身，我今且就朱家匿。

贈衛山人

衛子興來書自聖，鸞騫鳳舉繇天性。彎弓昔作李將軍，搦管今爲王大令。虎豹雄姿可奈何，無因血戰出朝那。林泉處處成高隱，絲竹時時間浩歌。我今學書費毫素，下馬何時草露布。君家夫人筆陣圖，與爾經營及遲暮。報恩況復有文章，經世何妨向煙霧。

送蠟石行

峨峨七尺嵩華身，峰巒不起已嶙峋。黄雲之根白雲蒂，色如蒸栗温且純。展轉豪家不得出，移來丈室辭埃塵。老禪摩挲日三四，蒼松所化何輪囷。殉葬將同瑣子骨，沙彌薰用戒香新。西府海棠梅緑蕚，交陰左右當芳春。墨痕濕潤少苔蘚，蟲書鳥跡長逡巡。英州玲瓏似斧鑿，天然輪爾玉渾淪。東安舊令忽見奪，十夫難挽如有神。泣別空王向垢濁，齊奴金谷多青磷。東安縣中富奇石，參天一一斧劈皴。崆峒穹窿諸石笋，君歸何不隨車輪。大峰小峰充囊橐，猶勝鉅萬朱提銀。我聞巴縣陳石丈，名子達，順德人，嘗宰巴縣。臨行石犀泣江濱。縣中財物盡捆載，石犀獨留何不仁。石丈當時亦愛石，巴縣石皆充下陳。死時尸蟲流户牖，石雖在旁如路人。噫吁嘻，石雖在旁如路人，會見汝卧當荆榛。匹夫只今盡懷璧，爲官自合多奇珍。石兮好去休酸辛，不久復與高禪親。九曜之石尚顛仆，馬蹄踐踏峨與岷。禆王苑囿委蔓草，俎醢未足謝吾民。蛟蜃子孫絶遺種，報施往往勤高旻。嗟爾一卷何足道，頑冥豈得長錦茵。

【箋】

廣東新語卷五：「嶺南産蠟石……色大黄嫩者如琥珀，其玲瓏穿穴者，小菖蒲喜結根其中……予嘗得大小數枚爲几席之玩，銘之曰：一卷蒸栗，黄潤多姿，老人所化，孺子其師。」詩中蠟石原置於寺中，時爲某令所奪。

揚州女兒行 二首

揚州女兒雪花命，飄至炎天花不病。禺陽雲氣畫爲衣，珠海波光懸作鏡。嫁得風流號璧人，闘闘繡頸日交親。白髮爺娘憑養老，生兒那得有金銀。爲妻不若爲姬妾，拋擲紅顔輕似葉。葉如桃葉有人争，王郎自解親持楫。世上如無漁色人，阿翁豈免空箱篋。貧家有女即銀樹，一朵瓊花人競娶。女兒嫌老不登車，泣向雙親淚如雨。阿娘好語慰妖嬈，祕戲歡娱得幾朝。此翁早遣黄泉去，更向豪家渡鵲橋。青春不誤都繇汝，即使生兒何用舉。

桃花不惜傍枯楊，爲展春圖師素女。谿來鬼伯在揚州，催命家家紅粉樓。少年尚可迎桃葉，老大休教買莫愁。

【箋】

此詩當作于揚州時，姑編于此。

答李五穇

李五聰明近無比，示我弈訣有精理。自來弈數準圖書，圖生書克相表裏。神堯作弈教丹朱，與羲畫卦形神似。李五之弈今國手，京師讓人恒九子。以吾學易知象數，畫前所得惟心耳。君今久不事楸枰，天地殺機從此止。易上生生造化心，以視圍棋殊不爾。吾儒用陽老用陰，變詐豈足爲綱紀。君今所學在至誠，大經大本期無倚。閉户静觀天與淵，化育定知所終始。時時講習有羅顥。胡方，阿兄穚。亦契中庸旨。祖跣莫復争摴蒱，半日讀書半隱几。況汝岐黄術亦精，爲醫豈惜居廛市。誰道仙人有玉壺，玉壺於我亦泥滓。

【箋】

李穇，字祈年。番禺人。奉母隱居順德龍江，與陳恭尹、成鷟游。陳氏贈李祈年詩有「能工麗句追前輩，偶著枯棋服世人」之語。姑編于此。

酥醪村作

梅花村北酥醪村，家家争釀梅花魂。梅花與酒一時熟，香吹羅浮當朝暾。山人嗜酒日沈湎，醉來跌破蒼苔痕。大嚼梅花貪醒酒，消渴之藤窮株根。麻姑酒田亦不遠，往來壚側常鯨吞。麻姑要詩作酒價，一篇動揮千萬言。撫掌大笑李太白，眼花落井空昏昏。酒星墮地不歸去，化爲酒泉長崩奔。文章亦與酒泉似，波濤洶湧傾龍門。白頭潦倒每一石，螟蛉果嬴淳于髡。呼吸水露作玄碧，驂駕飈車淩崑崙。

【箋】 酥醪村，在浮山北。有酥醪觀，與朱明洞之沖虚觀、黄龍洞之黄龍觀爲葛洪北庵、南庵、西庵故址。

梅花嘆

今歲南天太暄暖，梅花瘦損無肌膚。梅花命苦要寒凍，多食風雪方肥腴。一朵開殘始一朵，未開已落無根株。檀香玉蝶半成蜕，葳蕤不得長黄鬚。多因絶粒少膏潤，長饑遂成山澤癯。姑射枉稱似處子，留侯久已非美姝。經旬僵卧委籬落，珠玉咳唾誰沾濡。安得鶩精一含嚼，紫珪成煙俄復蘇。

魚子行

穀雨鰜，清明鯉，相逐雌雄貪咬子。魚子争乘春水生，魚花卻讓西江美。魚花一一似桃花，紅漾春潮亂綺霞。九江人盡魚花户，解漉魚花向海沙。

蚺蛇行

蚺蛇吞人方半吞，兩手死攀松樹根。一夫往救不量力，蚺蛇鈎取如束薪。牛將兩角與抵觸，鱗甲潰裂膏血噴。人雖吐出已半死，一月僵卧亡精魂。牛兮汝乃能救人，兩人沾汝父母恩。天生義勇少人有，牛兮絶勝血氣倫。

【箋】

廣東新語卷二四：「崖州多蚺蛇，新官至，黎人輒以蚺蛇爲獻。其長至丈，巨盈尺，秋時眼矇而休，茅草萌芽，春暖始可屈伸，行者視茅草盤旋即知之。」

聽琴歌

匡廬瀑布三千尺，飛入琴中如霹靂。蘇門仙者聽無聲，一任崩雲兼裂石。嶧陽桐樹爾何求，不遇簫韶返故丘。明月從來不妄照，孤雲何事亦群遊。

錦石歌爲梁芝五作

匹夫守志如磐石，采山飲河聊自適。五色文章世不憐，散作金膏和水碧。梁芝拾得滿數斗，云自銅陵大江口。他年持獻女媧來，西北天傾復何有。

【箋】梁芝五，即梁佩蘭。此詩以錦石設喻，微有諷意。疑作于梁氏會試落第南歸初。

題伍子胥傳贈友

丈夫忠孝難兩立，此身一死真可惜。雪耻當爲伍子胥，歸仇莫作徐元直。鹿生於野命繫庖，時危那得適樂郊。干將太阿不自握，爲人所戮非英豪。君今何爲戀兒曹，及時建鉞擁旌旄。

騎虎之勢不可下，負恩人是報恩者。

【箋】

伍子胥傳，見史記卷六十六。

贈周文學

君如瓊樹方敷榮，又似玉壺冰至清。三歲珊瑚色盡赤，五年孔雀尾全成。年少周郎古所羨，況復聰明是才彥。不工顧曲但讀書，文章已見雲霞變。幽軒列植多名葩，美盎滋蘭盡發芽。香煎水熟風微起，琴寫泉聲月正華。書多不用徒漁獵，至道從來少枝葉。古聖精微在六經，神明一片宜相接。

臨邛行

臨邛令前請奏琴，王孫有女能知音。一曲艷歌傳繡户，無端挑起鳳凰心。侍者殷勤通彼美，風流放誕那能已。羅敷不肯見金夫，文君苦欲依才子。臨邛還作酒家胡，臉際芙蓉絶代無。錢多會數黄金錯，絲短能提白玉壺。雍容時浣錦江水，慷慨或裂紅羅襦。嫁時衣物俄分與，家童錢帛兼無數。歸向成都作富人，宫商一任勤綦組。子虚有賦無知者，一日聲名動金馬。心存風諫本離騷，靡麗曲終方奏雅。大人頌成歡至尊，飄飄氣欲淩寒門。生幸長卿共時代，得聞仙道齊軒轅。長門復幸陳皇后，一賦能令恩似舊。金與文君取酒來，不爲長卿作婚媾。茂陵求女成荒淫，非關妾妒緑衣深。祇爲君多消渴疾，凄悲故作白頭吟。自君爲郎每稱病，草木書成圖養性。兩意俄分烏鵲棲，一心未畢鴛鴦命。爲君羞看女貞花，爲君羞對離鸞鏡。同衾共枕方須臾，忍教燕婉成蘧篨。鯉魚離莚亦有尾，鴛鴦纏綿將有雛。妾身自同山上雪，君心好似雲間月。月肯迴光闕復圓，雪益含輝徹肌骨。意氣如何讓婦人，鳳皇始終須一身。永託孳尾言尚在，願爲比翼長相親。

【箋】

臨邛，古郡名，在今四川。轄境約今邛崍縣地。漢卓文君爲臨邛人。

贈廣陵龔子

我昔客揚州，高卧瓊花樓。瓊花十丈開天闕，飛作江南千里雪。淮王仙幕卷青霞，彩女鸞簫吹夜月。樂往哀來芳歲移，蕪城鼓角不勝悲。將軍虎竹歸青海，天子龍旗出紫微。傷心獨吊戰場下，白骨青苔紛滿野。明駝載盡畫樓人，芳草嘶殘榆塞馬。二十四橋何處尋，逢君散髪垂楊陰。游仙未策盧敖杖，别鶴聊彈叔夜琴。玉鉤草堂更秉燭，風雨蕭蕭鳴苑竹。君作金箱五岳遊，置我明星太乙都。東臨碣石看紅日，西入崑崙隱玉壺。

【箋】

此詩詩外不收。見徐崧等編詩風初集卷六。龔子，未詳何人。

屈大均詩詞編年校箋卷十二　不編年詩二　近體

五言律詩

張二丈爲予畫支公養馬圖

支遁憐神駿，今朝得紫騮。風沙生素練，剪拂向高秋。牢落千金骨，蒼茫萬里侯。含毫何慘淡，憐爾在林丘。

【箋】

張二丈，指張穆，穆善畫馬，順治十四年曾畫馬送大均出塞，大均有詩以酬之。支公，指支遁。

有憶

裙爲留仙縐，香緣卻死熏。無情飛入月，有夢去爲雲。義甲姬人得，遺書弟子分。當時嬌玉步，彷彿屧聲聞。

【箋】
當爲悼繼室王華姜作。

贈譚天水　二首

譚子丹青妙，尤工寫宓妃。凌波紈扇出，拾羽玉屏飛。昔誦陳王賦，嘗嗟麗色希。兹焉圖畫裏，日日對容輝。

爾得鷩鸞勢，飛毫作隸書。風雲起纖指，妖冶把輕裾。魯酒花相映，齊紈雪不如。興酣追草聖，日與世情疏。

寄李將軍

三翼雄蒼兕，將軍有戰船。憑陵南海郡，訓練九真天。白馬封侯晚，黄龍負帝先。伏波原大器，一挫莫頹然。

浮丘

聞與羅浮岳，朱明一洞通。石牀流水上，丹竈落花中。時有大蝴蝶，來從四百峰。慚予學仙久，羽化未淩空。

【箋】仇巨川羊城古鈔卷二：「浮丘在羅浮之西，爲朱明門户，羅浮東有浮碇，西有浮丘，皆朱明之所出入者。」

鄭子畫白鷗送予賦以答之

之子贈將歸，丹青世所希。以予爲海客，故寫白鷗飛。毛羽亦知惜，稻粱安可依。滄洲自今別，相憶寄芳菲。

二石樓下有懷

天邊二石樓，水簾不上鈎。玉女窗如月，白雲開向秋。悠悠紫芝唱，處處羽觴流。不見王孫返，猿聲萬壑愁。

【箋】

鄒師正羅浮山指掌圖記：「上山十里，有大小石樓。二樓相去五里，其狀如樓，有石門，俯視滄海。」

寄陸太守 二首

今代憐才者，當湖子大夫。以予騷聖後，狂簡一時無。奬藉多詩筆，追隨許酒壚。報恩慚海客，慷慨泣明珠。

謝公爲郡日，數上會稽山。坐嘯君無事，丹霞山名。亦往還。文章奮禪藻，氛祲息臺關。一道飛泉水，無生説未閒。

【箋】

陸太守，指陸世楷。陸字英一，號孝山。浙江平湖人。順治十四年任南雄知府，修南雄府志。在南雄十八年。此詩當作于康熙初。

衛大生子

明月生珠牡，精華貴在遲。晚成爲碩果，早發豈瓊枝。將種知無敵，先人德在兹。明年小垂手，還見夢熊羆。

贈陸舍人

翡翠巢青瑣，梧桐拂禁林。朝裁紫泥詔，夕弄素琴音。往在當湖曲，相思春水深。露華零蔓草，燕市重徘徊。

代人寄夢子

少别成千歲，悲歌了不聞。老龍猶下土，雛鳳已高雲。詞賦微言在，經綸艷色分。憐才知不淺，有淚濕羅裙。

【箋】夢子，疑即寄夢姬詩中之夢姬。

遥題七盤嶺

棧閣連千里，褒斜上七盤。白雲通子午，紅日近長安。策馬淩天險，悲秋倚將壇。何時諸葛出，吾見漢旌竿。

【箋】七盤嶺，位於四川廣元東北與陝西甯强交界處。嶺有七盤關，爲川陝要隘，李自成入川取道於此。

宿陳生淩寒軒作

今夕茆堂宿，不知秋雨寒。故人同枕簟，清夢滿欄杆。葉落驚山鳥，林香識夜蘭。愛君詩句好，吟到曉鐘殘。

送何子往桂林

桂林襟五嶺，山翠盡成嵐。去逐湘江北，歸從灕水南。故人待徐孺，太守是嵇含。巖穴多勾漏，行春共玉驂。

追哭相國陳文忠公 二首

元老按雕戈，樓船沸海波。千人驅市井，一戰殉山河。縣目東門去，騎箕北極過。還看羽林將，餘勇助廉頗。

倉卒揮烏合，全憑朝氣雄。鬼神機一泄，風雨勢成空。淝水繇天幸，祁山屬運終。千秋傷化碧，血漬尉佗宮。

【箋】陳子壯被李成棟俘殺後，永曆帝詔贈中極殿大學士，禮、兵二部尚書，太師，忠烈侯，謚文忠。此爲追懷之作。

司馬長卿

少年工擊劍，壯歲好探書。不與鄒枚友，那能著子虛。憐才惟一女，好色似三閭。晉代諸名士，風流總不如。

【箋】司馬相如，字長卿。見漢書司馬相如傳。

送殘僧

送君歸伏鹿，山名。高頂結茅茨。大道今宜隱，青山是我師。開林通素月，引水繞東菑。客問無生旨，松花折一枝。

江皋

江皋春色好，雪盡艷陽來。遊女晴初出，梅花暖正開。檳榔爲口實，竹葉是愁杯。自失吹簫侶，無心上鳳臺。

【箋】此詩當作于康熙十一年前後。時王華姜已逝，故有末二語。

讀韓孝廉如琰討闖賊檄 二首

書生磨盾鼻，一檄似雷驚。討賊呼臣子，傾家起甲兵。時危寧愛死，力盡遂捐生。一片寒江水，懷沙但自明。韓殉節于水。

天下真司命，其惟孝與忠。春秋先討賊，草莽亦興戎。飛檄驚中夏，椎心振上穹。無論成與敗，得死是英雄。

【箋】皇明四朝成仁録：「韓如琰，字潤季，博羅人。父晟，某縣知縣。如琰中崇禎十五年舉人，國變，將謀起兵，先爲檄文馳布，辭旨激烈……曰：『誰無君父，詎專責於縉紳；孰非子臣，豈有辭於草莽。』又有曰：『愴共主之何存，惟宜死鬥，倘大仇之不報，何以生爲。』」清兵破廣州，韓招集壯士五千與張家玉合軍攻博羅、歸善，兵敗赴水死。

沈香蟹子　九首

蟹奴何太小，瑣蛣腹中來。海賦云：「瑣蛣腹蟹。」乃是沈香作，天然六跪開。持爲兒女佩，市自海南迴。贈我瓊瑶似，芬芳此一枚。鄭儋州所貽。

小小招潮物，雕成得水沈。爲憐香膽細，沈香生結者常有香膽。持入繡囊深。化石寧無命，有石蟹。銜禾亦有心。紅螺多腹汝，會向萬州尋。萬州紅螺腹中亦有小蟹。

活結瓊南出，雕鏤小似錢。月蛣爲性命，潮州人名瑣蛣曰月蛣。石蟹讓貞堅。膏以玄黄溢，香含蘭桂鮮。繫將紈扇上，容易美人憐。

觸手香成物，儋州匠最名。螯憐雙劍小，蟹有名「擁劍」者，常以兩螯自衛云。筐愛五銖輕。紫潤含霜薄，紅肥映月明。閒中時把玩，水族一關情。

介族珍惟汝，無嫌小異常。秋深猶未蜕，月滿正多黄。血結疑非木，斑多識是香。番沈雖有此，不及海南良。

忽似真螃蟹，能乘旦暮潮。爲奴依海月，餉客比江瑶。精液長如濕，芬馨久不消。微微沾手汗，更見異香飄。

角沈憐黑潤，醖釀得純陽。繡面從黎女，絨頭易此香。餘閒頻作物，久玩欲生光。蟹子雖微細，爲珍不可忘。

黎地香皆降，精惟一點凝。血將紅玉滲，氣欲紫雲蒸。琢蟹千錢得，穿螯一縷勝。侍人偷繫臂，囊用小文綾。

何事如金重，精華一片含。三朝親掌握，一物足沈酣。左氏多嬌女，嵇家有小男。無能分與此，君爲更居儋。

【箋】

廣東新語卷二六：「海南香故有三品，曰沈，曰箋，曰黄熟。沉箋有二品，曰生結，曰死結。」「香曰沉香者，歷年千百，樹朽香堅，色黑而味辛，微間曰疪如針頭，細末之，入水即沉香，生結也。」自注中所引海賦，當爲江賦之誤。晉郭璞作。

初秋小集鄭儋州齋中

一葉含風去，飄然墮酒杯。病因秋氣減，愁自雨聲來。散帶須臨水，鳴琴更上臺。涼蟬有高唱，天籟苦相催。

【箋】廣東通志卷五五：「鄭尚智，正白旗人，恩蔭生。」鄭氏于康熙十五年任儋州知府，一年免去。

見月有懷

知爾城南婦，愁心欲寄難。故將樓上鏡，懸與藁砧看。影逐天風遠，光含白露寒。何人見蟾兔，尚忍事征鞍。

七夕

天上惟今夜，歡娱世所知。終年隔河漢，未夕罷機絲。雨濕愁烏鵲，雲晴見翠旗。穿針有兒女，悵望過橋時。向夕陳瓜果，樓端片月新。言觀渡河女，因憶弄機人。烏鵲能相助，鴛鴦不自親。盈盈皆一水，悵望濕羅巾。

【箋】二首當亦爲悼亡之作。

茉莉

一樹柳州來，偏宜女手栽。香因人氣甚，花以月明開。作架圍藤本，蒸泉入茗杯。鬟邊誰不羨，朵朵是重臺。

【箋】廣東新語卷二五：「語曰：六月六日種茉莉，雙瓣重臺香撲鼻。藤本尤香，然皆以柳州所産爲貴。花大至十餘瓣，香似黄檀，味甚厚。茉莉與素馨皆以日入稍陰乃開，夜合亦然，香皆旖旎近人，沾之者竟日芬膩，予詩云云。」

素馨

不到花田上，安知雪有香。盛開宜酷日，半吐在斜陽。繞髻人人艷，穿燈處處光。月中持綵縷，忙殺是珠娘。

【箋】廣東新語卷二七：「珠江南岸，有村曰莊頭，周里許悉種素馨，亦曰花田。……予詩云云。」

病中對酒作答人 三首

金骨不須變，玉顏應自酡。亂離聞道早，貧賤著書多。今我不爲樂，他人亦已歌。集陶句。大招君莫放，來往任風波。

辟穀因無食，非關學子房。雲霞充口腹，日月麗肝腸。白石元甘餌，寒泉是玉漿。靈龜那敢舍，服氣有餘糧。

厭服長桑藥，慵看本草經。無生非性命，不死豈仙靈。酒且臨秋水，琴須上翠屏。自知能學易，不慕古沈冥。

蕨

莖莖拳菜好，出土正春雷。采采乘芽嫩，遲遲恐葉開。鮮同露葵煮，香上玉盤來。絶與僧廚似，清齋更竹胎。

【箋】廣東新語卷二七：「從化山中多蕨，以雷鳴出土，故蕨惟雷鳴乃可食。蕨，決也。乘怒氣決然而生。」

松林

松林二三里，掩映帶平沙。煙火不知處，茅茨時一家。野衣無數葉，山鬢絶多花。樵路隨春草，盤盤上嶺斜。

瓶花

射干纔一朵，瓶小不勝花。剪似春羅碎，翩如綵蝶斜。白頭簪不可，素手贈誰家。硯側間相映，光含一點霞。射干，一名蝴蝶錦。

瓶中白海棠

枝間開不久，卻與膽瓶宜。豈有海棠好，而兼白雪姿。艷含膏露薄，香出粉光遲。異種非西蜀，花翁定未知。

蕭然

蕭然喧寂外，高卧喜無人。紅萼憎多艷，香醪恨太醇。寒知難至曙，老欲不勝春。啼殺垂楊裏，流鶯汝苦辛。

途中遇雨作

行子冒風雨，連朝饑且寒。一身徒自苦，十口不曾安。路斷愁多水，林香喜有蘭。野花休見笑，吾道本艱難。

送客上英州

水從三峽落，峰向二禺回。雪噴潮難上，雷轟石不開。鳥憐南翥好，花恨北枝催。碧落仙人洞，藏書待爾來。

壽蕭山周斗垣丈

高隱湘湖曲，年過九十秋。天遺一老在，人以八朝留。白髮中華物，黄雲故國愁。仙成將令子，注籍向羅浮。

【箋】周斗垣，文外二周秋駕六十壽序：「周子秋駕，幼年與華亭夏存古交好，其尊人斗垣先生，嘗佐存古之父文忠公允彝爲宰長樂。」「歲之辛酉，予與秋駕同館五年。」時斗垣已卒，年九十六。此詩當作於康熙十二年前。

蟬

日夕高槐上，爲君吟不飛。那驚秋氣早，所恐露華晞。多患因孤潔，無聲亦翠微。流泉將落葉，知此不妨希。

方湘九年十五時割臂肉療其伯父疾詩以贈之

嗟君年十五，肉作返生香。伯父恩難報，仙人藥不良。血花紅在臂，刀口冷含霜。一巒丘山重，皇天鑒未央。

少小

少小縱横志，其如命不辰。鶯悲春色去，花笑白頭新。詞賦難求食，圖書欲與人。十歌藏一哭，斯道日酸辛。

送葉氏郎

八尺渥洼驄，龍華染汗紅。功名思塞北，豪俊結山東。巨麓秋雲滿，漁陽白日空。肯令班定遠，燕頷獨稱雄。

送客 二首

君行驅匹馬，梅嶺踏梅紅。望望無南雁，依依是北風。徘徊燕市上，慷慨酒人中。自許爲鴻鵠，何時奮翼同。

代謝悲人事，依依只舊林。交惟貧賤好，情以亂離深。勳業偏宜晚，行藏且在陰。黔西高卧處，杖屨待相尋。

代人送客

交能金石固，不惜暫分離。終始期高義，艱虞記昔時。帆開珠海早，馬度庾關遲。莫嘆梅花樹，無春到北枝。

寄贈九江曾丈並以爲壽 二首

九江臨海目，山名。山色似朝霞。歲晏餘三秀，林深有一家。早收多雁膳，春養亦魚花。不覺成高隱，清霜滿鬢華。

暮年悲老驥，千里豈無心。劍有仇人字，詩多猛虎吟。蘓蛾常八熟，松子已三尋。愛老還朱槿，枝枝拂玉琴。

【箋】

九江墟，在廣東南海縣西南西江左岸。隔岸與鶴山之海目山相對，爲水路交通重鎮，農商發達。

題蔡五秣陵春興詩草

羨爾烏衣客，才華冠一城。鶯花當上巳，桑梓是留京。地與青溪近，風吹白袷輕。新詩師謝朓，鳷鵲月同清。

送明逸人

孤雲誰得似，萬里獨無依。處處青山好，遲遲故國歸。亦知春色盡，不忍夕陽微。漁父津休問，桃花有是非。

山堂夜坐忽憶彭蠡湖遇風有作

揚瀾湖名。風大作，舟盡上天飛。白浪吞廬岳，黄沙捲翠微。長年猶失色，狂客竟忘機。此夕松聲裏，波濤勢未非。

早秋客中作

秋含片雨來，落葉一聲催。蕭瑟悲爲客，蒼茫畏上臺。夢隨微月去，魂逐冷風回。不及清猿甚，無情得盡哀。

戍婦怨

雨過鳳凰城，含愁月不明。玉關無限恨，盡在擣衣聲。露網蜘蛛重，風羅蛺蝶輕。那能如蕙草，歲晚尚含榮。

對月

一片含空雨，秋光水上多。無人臨素鏡，祇自弄金波。宿鳥驚寒起，流雲逐影過。露華沾濕盡，猶自御纖羅。

過鍾氏園

竹裏行厨小，相留一舉觴。越人魚膾美，蠻女蟹羹香。解帶乘春暖，開簾及暮涼。主人棋興好，移局過飛梁。

詠漢高祖 二首

嘯命羣雄易，屠沽起漢家。蛇分芒碭澤，龍死博浪沙。五載成黄屋，三分尚翠華。遺臣精爽在，願作寢園花。

一代真湯武，功高古聖王。大風開日月，長劍破鴻荒。赤帝天宗子，黄龍漢故鄉。千秋誰得似，烈烈我高皇。

蟹 二首

蟹逐鹹頭上，漁人網不稀。未銜禾穗罷，又食稻孫肥。買去茭塘海，烹來荔子磯。就中膏滿者，持半奉慈闈。

鳳尾多魚醢，烝雛並上盤。閨人餕夕膳，稚子佐朝餐。冬食宜鮮羽，春煎貴玉蘭。蟹黄隨月滿，下酒有餘歡。

【箋】廣東新語卷二三：「予家在茭塘，當蟹浪時，使童子往三沙四沙捕蟹，隨潮上下，得蟹數簻。或乘潮乾，蟹從稻田求食，其行有跡。……自十八以後月黑，蟹乘暗出而取食，食至初二三而肥。」此詩當作于鄉居時。

贈金陵某子

人是六朝餘，秦淮水際居。能爲南越客，定著大中書。作賦無吾黨，爲鄰必太初。逍遥無不可，門有巨溟魚。

送人往長白山 二首

雪使山長白，冰消作四江。人參三百里，貂鼠一千雙。汝去神池上，潺湲弄石淙。蒼蒼根樹好，應駐碧油幢。

秋初已冰雪，凍解百泉侵。北接烏龍闊，南連鴨緑深。君求白駝鹿，應向黑松林。肅慎有遺矢，還從雲際尋。長白山在寧古西，上多積雪，盛夏不消。有神池一區，廣十餘里。所出之泉，爲烏龍、鴨緑、混同三江之源，蓋一飛瀑而分四派焉。池旁環生楛矢，又多人參，生於椵樹之陰、黑松林之下。仙靈常所往來，擅射麇鹿，即雲霧迷徑云。

題海寧女子李因畫鷹

誰家纖手好，寫出角鷹真。側目無餘鳥，愁胡絶似人。奇毛横朔漠，殺氣動秋旻。不道鮮飈起，飛颺出墨神。

【箋】清畫家詩史載，李因，字今是，號是庵。錢塘人。海寧葛徵奇妾。畫得陳淳法，蒼老無閨閣氣。

新月　二首

新蛾長復長，畫出天中央。且莫清光滿，頻含白露涼。愁生牛女夕，夢繞翠樓旁。一縷從銀漢，蛛絲縈斷腸。

新蛾纖復纖，解畫是冰蟾。鏡未開朱閣，鉤先掛翠簾。花憐香細點，雲愛粉微沾。爲學唐宫樣，依依看不厭。

讀白堂詞選作

南國傷風雅，詩亡但有詞。草堂多作者，北宋復今時。才子兼能選，風流亦可師。定知徐孝穆，更與玉臺期。

菊

黄菊叢叢發，貧家有好秋。葉兼慈母饌，以菊葉拖麵，油煎之。花爲故人留。不幸成高節，無端致白頭。年年遲春意，因爾一忘憂。

菊

蠻花皆早發，黄菊獨宜寒。雪少英難落，霜微葉已丹。香從梅外得，甘以露時餐。秋色爲春色，留君隔歲看。

冬菊贈人

節過無人賞，芬芳實在今。香分梅萼暗，色與雪花深。嶺南人以瑞香冬開，稱「雪花」。甘苦平生節，榮枯一日心。年年當小歲，君向粵中尋。

詠史

自古皆亡命，英雄豈異人。龍蟠憂有氣，虎變患無身。孺子雖神智，圯橋且隱淪。篋中兵法在，端可滅强秦。

對月

暮雨過天末，秋光出水濱。幽心知最早，白首見如新。皎潔終辭夜，悲歡幾累人。他宵江海上，寂寞更相親。

宋玉

荆南多巧説，宋玉尚微辭。神女空魂夢，湘纍已别離。荒淫言是託，摇落氣何悲。師弟皆忠愛，襄王自不知。

美人

美人愛辭賦，自號曰文君。天使鸞凰合，人教緑綺聞。千秋一放誕，絶世此清芬。錦水琴臺在，高高入暮雲。

贈鄆城周子

有美高魚客，應從德行求。先賢依冉子，家在伯牛故里之南。故里在盤溝。五字吟長日，三山寫素秋。江南風景好，更欲一春留。

送人出嶺 二首

五嶺無南據，羣星欲北流。天將蛟蜃盡，人以水雲留。烈士年宜暮，先公志定酬。龍雲蒸變日，尺寸亦横秋。

蹤跡雖疏闊，情深患難餘。艱難留碩果，隱忍曳長裾。别酒傾香浦，離心託錦魚。東湖徐穉宅，相訪待巾車。

題洪先輩廬居册

皎皎白華躬，廬居洞壑中。淚枯何代柏，聲亂一林風。紫極心長貫，黄泉夢故通。寄聲烏烏道，移孝事無窮。

柬程生

有美如王衍，瑶林玉樹姿。朱絃清廟曲，香草大夫辭。雲母箋頻疊，芙蓉筆早持。風騷多祖述，更與玉臺期。

悼蕭山來成夫蕃 二首

苦憶來高士，林居日寂寥。茅茨猶故國，絺綌亦前朝。擁絮寒王霸，持蔬槁鮑焦。故人先殉節，淚盡渡東橋。布衣潘集自沈渡東橋下。

柳橋橋下水，長爲故人清。東海惟知義，西山豈好名。諸生從草野，一死激公卿。與爾皆奇節，深予想慕情。諸生黃毓著自沈柳橋之下。

【箋】

來蕃，字成夫，別字北沙。浙江蕭山人，少時游劉宗周之門，明亡後隱居不出。與陳確交好。有北沙集。

珠江秋夜

明月生珠海，蒼茫萬里愁。笙歌喧極浦，風露滿孤舟。落雁驚難宿，寒潮静不流。年來秋望苦，不上越王樓。

扶胥江口晚望

晚來鳧雁静，疏雨過長空。山色浮天翠，漁燈散海紅。須臾秋月上，摇蕩虎門東。彷彿精靈出，霓旌導祝融。江口有南海祠。

西樵秋夜贈劍公 二首

寒松千尺餘，月過草堂虚。野鶴和清嘯，山風吹素書。昔予夢天姥，與子控鸞車。縹緲青霄外，羣仙把玉裾。

美人善長嘯，聲與鳳凰同。百尺瑶臺上，千峰秋月中。麻姑停玉笛，白鶴下寒空。奮袂將仙去，雲間謁紫宫。

【箋】薛始亨，字剛生，號劍公。順德人。與大均同受學于陳邦彦，明亡後隱居家鄉不出。有南枝堂稿。

望月作

仙人白玉盤，飛出彩雲端。中有霓裳女，迴風舞袖寒。黄姑隔河漢，北斗怨闌干。吾欲驂鸞去，無媒比翼難。

出獅子洋作

忽爾乾坤盡，浮沈黑浪中。火螭銜夜日，金蜃噴天風。洗甲心徒切，乘桴道欲窮。朝宗餘一島，尚見百川東。

【箋】

獅子洋，在珠江口東，南至虎門。

寄上石西州某知州

聞君稱本使，南度鬼門關。催貢馳官騎，宣威向屬蠻。詩題銅柱上，名滿象林間。不受交夷獻，留金在諒山。

【箋】上石西州，廣西土州名，故地在今憑祥東寧明一帶。

風蘭

不必資泥土，空中出紫莖。花開知舉子，葉吐解催生。風露能爲命，芬芳詎用名。真蘭惟此種，不與蕙同榮。

【箋】廣東新語卷二七：「風蘭，花如水仙，黄色，從葉心抽出，作雙朶，繫置檐間，無水土自然繁茂。」

和人度山海關

可惜盧龍塞，華夷第一關。西蟠肥子國，東鎖太行山。千里旌旗偃，三秋虎豹閒。誰令天險失，流恨朔雲間。

秦樓曲 二首

吾命豐隆去，乘雲求宓妃。鳳凰媒既拙，精衛魄何歸。偃蹇瑶臺月，飄颻洛浦衣。高辛先我合，捐佩意多違。

女媧沈錦石，弄玉失清簫。冷落鴛鴦殿，飄零烏鵲橋。馳情河鼓夕，濯髮洧盤朝。及此榮華在，佳期望二姚。

安期

往日安期子，人稱千歲翁。相知惟蒯徹，不用惜重瞳。玉舄留何處，蒲花采未終。少君攜手去，悵望海雲東。

【箋】廣東新語卷三：「記稱，安期將李少君南之羅浮，至此澗（蒲澗），采菖蒲一寸十二節者服之，以七月二十五日仙去。今郡人多以是日采菖蒲，沐浴靈泉，以祈霞舉。」

壽李太君

生長神仙窟，爲鄰是鮑姑。車輪兒蛺蝶，烽火女珊瑚。戴勝光華髮，裁花作紫襦。膝前多令子，分得黍珠無。

送人返定陶

定陶多往迹，君去作丘園。少伯應留宅，夫人亦有村。戚夫人，定陶人，今有夫人村。千金羞自致，一劍喜猶存。且復長巖穴，貧中道更尊。

和人登泰岱作　二首

日觀乘夜上，一嘯破鴻荒。元氣初生子，天心正用陽。雲霞飛玉女，風雨走秦皇。再拜蒼松樹，何因壽許長。

玉表爲山主，元非没字碑。空留封禪迹，亦是帝王師。虎視終何益，龍興自有時。苔花迷御道，曲折羽人知。

天門開闔處，變怪是浮雲。日出長三丈，玄黄尚未分。天鷄驚夢寐，海市動氤氳。誰似丈人石，長爲鸞鶴羣。

先臣

先臣何皎皎，玉瑩復冰鮮。香草薰漁父，文魚作水仙。九歌招日夕，二女出雲煙。玉佩持相贈，遺芳蘭杜邊。

【箋】

先臣，指父宜遇。文外七先考澹足公四松阡表：「先考諱宜遇，字原楚，别號澹足，姓屈氏。」

相如 二首

相如能慢世，卻與藺君期。意氣蛾眉重，文章狗監知。騷人欣有後，武帝喜同時。婦亦君王后，相逢不自持。

依隱同方朔，微辭在大人。當壚驚士女，割肉笑君臣。酒向長門取，琴當錦水陳。竹竿吟未絶，重使白頭新。

送人之燕中 二首

萬里燕山勢，長蛇帶塞雄。邊王來大輦，朔馬滿離宮。萬户哀笳裏，三關大帳中。園陵君莫問，衰草自無窮。

市井都非昔，屠沽豈有人。酒壚惟馬乳，花陌總車塵。戎索今無外，胡天亦早春。遼東君更去，好絮管寧巾。

霜 二首

鑾中那識汝，盡道雪花深。白露凝千里，蒼煙只一林。南風冰欲合，朔氣日相侵。小臘頻催暖，應知造化心。

炎方天氣變，臘月未春陽。不雨難成雪，無風但作霜。寒生冬至後，白滿越王鄉。日出爲煙霧，濛濛接海長。

香貍 二首

雙箸人争下，香貍果有香。無多須小獵，不少是炎方。食果三秋美，眠花一尺長。山珍都讓汝，入饌有輝光。

靈貓相牝牡，本草昔曾知。豈意肥甘甚，偏於口體宜。果香生骨肉，花味入膏脂。與客分嘗罷，殷勤報獵師。

【箋】廣東新語卷二一：「雷州産香貍，所觸草木皆香。臍可代麝，本草稱靈貓，自爲牝牡者也。亦名果貍。」疑作于客雷州時。

柳條

柳條長不已，總是欲牽腸。歷亂還飛絮，氤氳更作香。無情化萍藻，有意拂鴛鴦。攀折那能去，依依此夕陽。

菊

如何佳色裏，只是愛純黄。采采因無食，依依爲有芳。能遲當小雪，不早及重陽。未忍餐英去，枝枝正帶霜。

柑 二首

向臘黄柑賤，船船四會來。甜因南雪得，香以小寒開。玉爪宜陽擘，冰盤擬盡堆。芬芳堪作頌，恨少楚臣才。

南中多橘柚，一一逐臣師。復有黄柑美，離騷昔未知。綏州生獨異，臘月熟難遲。顆顆冰霜飽，寒香沁齒時。

【箋】廣東新語卷二五：「柑樹微小于橘……以四會爲大家。歲之正月，廣利墟賣柑橘秧者數十百人。」

烏欖

樹樹雌雄實，純烏是木威。紅鹽乘夜落，玉豉得霜肥。青讓回甘草，香憐滿袖歸。上林人未識，羹和似君稀。青謂青果。

【箋】

廣東新語卷二五：「烏欖……有雌有雄，雌子而雄花……或其幹寸許，納以紅鹽，則其幹東子落……初嚼苦澀，久乃回味而甘，故一名味諫。粵人有欲效其友忠告者，輒先贈是果……高雷間則以烏者爲木威。」

漁網

不羨鯉魚肥，朝來舉網歸。結從漁父手，張作海天圍。都絡秋方熟，薯莨染未稀。家家製罾布，更有越人衣。

鳴榔

白板未驚魚，鳴榔響碧虚。數聲明月下，十里蓼花初。予亦煙波客，能爲雪夜漁。漁書三兩卷，欲贈是三閭。

【箋】廣東新語卷二二：「跳白者船也，其制小，僅受一人。於灣環隈澳間，乘暮入焉。乃張二白板於船旁而鳴其榔，魚見白板，輒驚眩入網。」

送客入燕

燕國無風雅，人多北鄙聲。悲歌從易水，慷慨始荆卿。汝愛鼓刀客，應藏擊筑名。平生事游俠，莫使酒人輕。

友人餉瓶花

桃花愛人日，人日更生姿。小吐松篁外，微含雨雪時。寒辭沙渚好，暖入玉瓶宜。野老殷勤甚，春光早見貽。

送僧當人返廬陵文文山舊隱

蘭若富田地名。東，文山正氣中。猶餘河岳在，不恨水雲空。暮磬催林鳥，秋燈急草蟲。墓門螺子近，遲我哭西風。文丞相葬螺子山。

【箋】

文文山，即文天祥。江西吉安縣富田墟文家村人。殉難後，歸葬于文家村鶩湖大坑，建祠於螺子山。

客至 二首

有客到茅茨，窗垂喜母絲。凍醪開甕早，生菜上盤遲。代食嗟無日，躬耕幸有師。蕭疏一叢菊，寒賴故人知。

軒車勞長者，不敢閉門深。父子龐公業，妻孥靖節心。雪寒花更細，雲暖葉多陰。稍待松間月，娱君有素琴。

割帶

自割蓮枝帶，相思直至今。花中時有影，鏡裏絶無心。小像薰香暗，遺衣裹玉深。海棠應盡化，淚漬蘚門陰。

【箋】

此亦當爲悼王氏華姜之作。

徐孺子

巖巖徐孺子，玉潤早流光。明鏡有餘鑒，生芻空自芳。南州憐宅在，東漢恨人亡。今代無高士，風流爾獨長。

【箋】

徐孺子，指徐穉。東漢南昌人。家貧，躬耕而食。時稱南州高士。郭林宗母喪，穉往吊之，致生芻一束於廬而去。見後漢書徐穉傳。

初月

乍成秋水魄，光未碧空流。白露微沾影，黄雲細摺愁。蛾眉能幾夕，玉鏡好禁秋。豈有齊紈扇，團圓至白頭。

過黎丈園

野老多黄菊，枝枝映酒開。露華香滿手，花朵大如杯。以我餐英客，相期步屧來。籬邊分數本，秋色一肩回。

寄陸太守

君詩推典則，一一可絃歌。近日多新製，風騷變幾何。明珠隨月滿，白雁及花過。南北枝枝好，來遊滿玉珂。

【箋】此詩詩外失收，録自道援堂詩集六。陸太守，指南雄知州陸世楷。

寄陳恭尹

故國干戈後，憐君思寂寥。梁園誰授簡，吳市獨吹簫。細雨開秋日，疏鐘上晚潮。美人未遲暮，玉佩好相招。

【箋】此詩詩外失收，録自曾燦過日集十。

江村春日

日出桃花水，雲生芳草泥。幾家黄犢卧，一徑白鳩啼。山市晴初聚，湖田凍未犁。丈人方荷蓧，相遇板橋西。

【箋】此詩詩外失收，録自國朝詩乘五。

七言律詩

讀徐扶令和阮詠懷詩有作

大阮風流若有神，詠懷詩好見天真。嘯聲自可無鸞鳳，名飲繇來屬大人。千載竹林誰復起，一時龍性汝難馴。莫教禮法還疏短，吾黨文章貴大醇。

贈水師某總戎

將軍南建海門牙，幕府東臨若木花。白馬潮來驚日月，天鷄聲起亂雲霞。三城帶甲隨秋戍，千里樓船奏暮笳。早晚行人返桑梓，沈香浦上託爲家。

贈潘仲子新婚

繞膝芝蘭爾父多，衣憐仲子舞婆娑。夫妻桃李酣春日，兄弟鴛鴦戲緑波。苜蓿廣文先生之子。盤香勤進饌，芙蓉闕近綏鳴珂。新開湖鏡當門外，讀罷相攜影翠娥。

和嶺南副使將上匡廬之作

憲使心懸布水臺，征帆遲向蠡湖開。蒼蒼五老雲間待，冉冉雙旌洞口來。明月且圓居士法，炎天方倚大夫才。簪纓未盡君親事，暫拂屏風九叠回。

寄静公郡佐

君爲别駕亦諸侯，近自邕州轉柳州。兄弟雙江分左右，蠻夷一旦識春秋。雕弓既在龍城出，柳州出好弓。銅鼓還於象郡留。東粤故人相憶甚，題詩應寄五仙樓。

寄陳獻孟

烏蠻灘水接牂牁，汝上横槎爲伏波。東粤詩從西粤好，左江愁比右江多。持觴日日傾鸚䳇，學射朝朝試橐駝。歸覲高堂當歲晏，白頭相望在浮羅。

【箋】

陳獻孟，即陳阿平。陳氏時至廣西横州。

賦答賀子并贈其行

珠海中流有海珠，石名。木棉多是女珊瑚。黄金客自趨南武，香草人誰問大夫。牖户忽來朱鬣馬，壺漿頻與白頭烏。情深豈是憐詞賦，異日瓊瑶報不無。

送孫子還建業

中山臺館枕青溪，咫尺君家碧草齊。南苑花多愁馬食，故宫槐老羨烏棲。爲鄰異日臨朱雀，航名。贈别炎天有錦鷄。王謝最饒知己在，玉壺重約及春攜。

張慈長爲予作畫像詩以酬之

丹青且復繪新圖，飛兔猶存玉貌無。豈有人驚非好女，絶愁天使作仙夫。心傷薑髮西歸少，淚灑龍髯北望孤。異日長康能想像，雲臺亦畫一狂奴。

【箋】

張慈長，名伯龍。福建永安人。善山水人物，寫生如神。傳見福建畫人傳。

懷蔡大敬

越王自昔多君子，意氣相傳直至君。月向湘湖争皎潔，花從梅市失清芬。無窮香草歸詞賦，不盡愁心與水雲。佳麗最憐西子地，生才長有鳳凰羣。

【箋】

蔡大敬，名仲光，號謙齋。蕭山人。明末諸生，以博學著稱。後遯跡山林，號究格致之學。有地震説、謙齋詩集。此詩當爲浙遊歸粤後作。

懷浙東毛君

蕭山才子推毛蔡，可惜風流出處分。翁主不將黄鵠舉，夷光空與紫鸞羣。耶溪香滿非荷葉，鏡水光多是白雲。宫體只今誰絶豔，六朝人在定憐君。

【箋】

毛君，指毛奇齡。毛字大可，一字齊子。本名甡，學者稱西河先生。蕭山人。大均于順治末北遊與相交。此詩當作于浙遊歸粤後。

賦贈元孝仲己叔吾三子

碧血先公入地深，平生空抱復讐心。頻教令子驚天馬，更待孤兒隸羽林。慈孝自應難北面，絃歌人愛是南音。白頭多少西州客，一廢莪蒿直至今。

【箋】

元孝，即陳恭尹。林杞，字仲己；林梧，字叔吾；與兄林楊合稱三林，爲東莞死節之士林洊之子。

白鵬

一夕秋風墜井梧，雌雄無葉兩身孤。樊籠豈似青山好，毛羽猶如白雪無。孝鶥娱人頻吐錦，文鸞報主亦銜珠。情多更似收香鳥，日夕簾間就彼姝。

美女篇有贈

佳人高義重求賢，不逐明妃去朔邊。青紫人驚奇女氣，光華天與宓妃妍。沾濡只是嫌多露，燕婉何須及盛年。尚有多情雙紫燕，芳春相伴畫簾前。

壽水部太翁

水部風流動禁闈，袞衣持作老萊衣。天將一老留東海，國有孤臣在少微。羽客羅浮來鳳子，仙書林屋得龍威。退朝清興多絲竹，一一笙詩奏不違。

壽前刺史彭君

朝漢臺臨百粵雄，蒼茫秋色似雲中。紅旗晚閃三城日，畫角寒吹萬馬風。太守聲華高武庫，將軍禮數起文翁。鐃歌爲爾千金壽，醉倒天南紫菊叢。

【箋】彭君，似指彭飛雲。彭氏於明末曾官西蜀，入清後至南雄爲幕。何皇圖呈彭飛雲太守詩有「襄陽司馬蜀文翁，又挾昆吾列粵東」之語。

送人之塞上

翩翩裘馬走盧奴，卧遍燕姬春酒壚。射獵不須留白羽，關山一任塞飛狐。枌榆豈必江南好，鴻鵠豯來壟上無。雨雪霏霏憐歲暮，英雄淚盡紫駝酥。

送任給諫

婁江爲政本神明，晝省封章復有聲。北愛金河霜易肅，南愁珠浦水難清。鸞皇好作天喉舌，蘭茝無忘客姓名。惜别樽前多慷慨，紫騮嘶斷五僊城。

和人謁昭烈惠陵

永安宫裏悔征吴，國賊豯來是赤烏。三國新書尊季漢，千秋正朔在成都。園陵寂寞珠丘似，弓劍淒涼玉壘孤。自古重華多野死，錦江流恨亦蒼梧。

和人卧龍岡

星落頻驚五丈原，天心豈欲漢猶存。伏龍一識三分帝，雄雉重飛九世孫。遂使中原歸蜀國，長留正統在夔門。平岡咫尺傳高卧，楓葉離離滿淚痕。

【箋】

卧龍岡，在河南南陽西南。相傳諸葛亮草廬在焉。

和人岳王墓

鄂王墳上哭南朝，聲落錢唐作暮潮。鴟革有膏成碧玉，屬鏤無氣上丹霄。松楸亦向黄龍指，風雨難將白馬招。今日卻思和議好，沙場不恨失嫖姚。

和人巫峽中望十二峰之作

十二峰横彩翠長，含情不忍上高唐。朝雲終古疑神女，暮雨何年惑楚王。南國荒淫多夢寐，騷人諷諫有辭章。蘭蓀亦愛風流地，莖葉青青不斷香。

和人河西開府新移肅藩廢邸之作

河西幕府朔方開，節鉞新移肅邸來。木葉聲悲兜勒曲，穹閭氣暗赫連臺。諸王河間多爲善，一代淮南更有才。最是雲中鷄犬好，不驚鳴鏑向龍堆。

和友人朝天宮之作

冶城宫殿舊朝天，劍佩千官肅几筵。自舉玉衣當九廟，人疑銀海在三泉。駒駼卧處邊雲滿，苜蓿開時戰血鮮。雷雨不容酥酪奠，神靈咫尺寢園邊。

和李生與客上廬山之作

三疊泉門是玉川，開當大月翠微邊。老人五作奇峰立，居士雙從醉石眠。污地松黄香滿帚，穿苔竹笋小成鞭。樓窗面面吞彭蠡，嘯落天風萬壑傳。

偶得一雌白兔有賦 二首

煢煢一兔自東西，欲舐雄毫不得齊。火伴誰知木蘭女，故人應念竇玄妻。瑶光易得星精散，金色難從月魄棲。赤眼迷離休亂顧，深憑擣藥就刀圭。

雄去其如撲朔何，傷心東郭獨離羅。爲丹自可來神女，出月誰教别素娥。食向兒童蕉葉嫩，棲當簾幕桂華多。蝦蟆共作高堂藥，白玉柈香養太和。

送人自楚之蜀

江帆此去莫沾裳，蘭杜多情爲爾香。神女風流滿巫峽，騷人湯沐在瀟湘。東西漢水巴陵大，朝暮猿聲白帝長。辭賦最宜秋氣早，不妨哀怨盡清商。

送人自歸州入蜀

空舲最險復兵書，白狗黄牛盡不如。二峽已愁朝暮上，三巴惟見水雲餘。哀猿生長悲秋地，落木飄蕭入蜀初。多作竹枝供起灿，西陵春暖正多魚。

緑牡丹

絶代名葩雒下無，香分螺黛十眉圖。花中不辨來么鳳，葉底多疑是緑珠。羅袖淺將苔色染，玉盤寒愛露華濡。姚黄莫即愁爲裏，青帝恩光此獨殊。

孝婦吟 婦歐氏，爲趙松一妻，兩刲股以愈其姑與父疾

凝脂兩度血花開，持作羹湯各滿杯。阿父豈須嘗藥去，慈姑頻見返魂來。迎刀片片何曾痛，上箸絲絲未忍催。仁孝只今餘趙婦，誰操彤管不含哀。

故人

故人鸞鶴枉同群，不作明妃只魏君。豈有襄王真好色，繇來神女愛行雲。刀環婉轉何須贈，隴水流離早已分。一夕綢繆悲嫁畢，瀼瀼零露滿羅裙。魏君，謂勺庭處士。

蓮葉

東西南北總田田，未作芙蓉已可憐。魚戲不驚珠亂瀉，人擎最愛月多圓。湘纍水屋香誰似，越女羅裙色未鮮。玉溆金塘無闕處，花開一一故相穿。

新作籜冠有賦

秋風吹汝籜兮飛，拾向空林尚未稀。漢氏峨峨冠製在，湘靈點點淚痕非。堅貞更有龍鍾節，蕭爽偏宜鳳葛衣。五岳真形當面面，簪來隨意白雲歸。

賦爲邵丈壽

朱公豈必定居陶，貨殖無如涉海濤。澳口天開濠鏡澳名。小，番船山湧荷蘭外國名。高。老人玉角龍雙尺，令子金華邵，金華人。鳳一毛。丹荔正多長命物，綏山不待取仙桃。

燭花

心華朵朵出空中，水火谿來一本同。菡萏雙頭香未發，珊瑚一歲色先紅。頻將蠟炬爲仙種，多注蘭膏作化工。留得春光到天曉，簾垂面面不通風。

送張秋官往遊容縣 二首

西上容江片席開，正逢西水自滇來。河山有恨頻題賦，風雨無心亦告哀。劍在忍言亡國物，琴餘且盡故人杯。艱難此去因家食，陶令還能愛爾才。

五十商瞿子亦遲，宜男且復種軒墀。無成未愧尸饔母，有道還尋鍊藥師。中路黔陽辭主日，故人都嶠罷官時。扁舟此去多驚喜，兩鬢相看總已絲。

贈鄭山人入匡廬

九疊雲屏一玉笻，天風吹汝上芙蓉。三梁幾處成三石，五老何年化五峰。雨勢將殘猶落葉，泉聲不斷亦聞鐘。湖光盡入含鄱口，月出偏宜紫翠重。

松柏

松柏平生耐歲寒，身存不敢怨艱難。斑衣楚國師萊子，皂帽遼東學幼安。孔雀珠毛憂雨濕，梅花玉骨畏霜殘。枝枝不少籠蔥竹，更向羅浮采釣竿。

漢關 二首

漢關南望淚痕滋，大小琵琶撥盡時。天子何須降黄鵠，單于只解愛閼氏。心同青草千年在，夢與香溪萬里期。長使山川少顏色，明妃生處有餘悲。

黄雲不逐錦車還，望絶天南有漢關。青冢易成蘭麝土，紫臺難作苧蘿山。空將春色歸龍塞，豈有長城在玉顏。才似少卿人更恨，相逢無計與刀環。

和人北固山下作

垂竿四十九鱸魚，北固山前我不如。花草無情先白下，江山有恨首南徐。金焦浩渺空天險，龍虎盤迴豈帝居。最苦流鶯催淚易，聲聲都是六朝餘。

【箋】讀史方輿紀要卷二五：「北固山在鎮江城北一里，下臨長江，三面濱水，回嶺斗絶，勢最險固。」

送孟宫諭

宫諭朝從鳳閣來，聲華先滿越王臺。斑騅復作炎荒客，鴻鵠元稱羽翼才。風雨羅浮離復合，晴明花蕊落還開。心隨潮水殷勤甚，送到禺陽不忍回。

【箋】

宫諭，即諭德。職官名，掌對太子教諭道德。

贈番禺明府

羅浮西麓是番禺，山勢雙蟠接海珠。仙令至今來葛氏，人家自昔在蘭湖。持將瀑布爲膏澤，更有離支入畫圖。重與炎州添勝跡，沈香不使浦中無。宋劉崇龜爲廣州守，親舊干謁者，但作荔支圖與之。

芭蕉

孤心只在葉中央，一夕抽開二尺長。不雨寒聲猶滴瀝，無風疏影已清涼。全遮北郭芙蓉館，半拂東鄰薜荔牆。結就香牙甘美甚，霜時割得一梳黄。

兔

爰爰碩鼠不相同，自是仙人白兔公。擣朔解春天上藥，迷離長望月中雄。龍沙小獵長親射，雉子驚飛總被罿。斯首烹來催進酒，甘涼一曲醉難終。

簡書得乾蝴蝶 二首

不復翩翾作鳳車，成煙尚識錦裙裾。誰從花底留香蜕，自向芸中友白魚。狡獪總因勾漏令，逍遥多在漆園書。未交金粉猶沾手，知是雌雄獨宿餘。蝶交則粉退。

羽化羅浮不記年，丹書蠹食得神仙。蜉蝣衣服消冰雪，科斗文章老洞天。尸濁定知悲玉斧，魂香應尚在花田。無情易謝人間世，朽麥生涯信可憐。朽麥化爲蝴蝶。

送韓子之秦

憐君迢遞去咸東，萬古興亡在眼中。八水已吞秦舊塞，五雲猶繞漢離宫。貂衣夜擁終南雪，玉勒秋嘶太白風。珍重寸心休漫許，閒從草野識英雄。

【箋】此詩録自道援堂詩集七。

五言排律

代贈王海憲十六韻

南武稱天府，城臨百越雄。山川多霸氣，割據有遺宫。夫子來開府，諸侯早避驄。宣威鮫浦上，秉憲象林中。界柱勳重建，戈船策更工。夷吾籌煮海，越石賦扶風。上郡君延安人。多豪傑，横行獨乃公。神靈鍾太華，劍履下崆峒。豹變真君子，龍驤是阿童。年時冠獬豸，袞職補華蟲。謨似皋陶告，詩將大夏通。鼓鐘開板屋，琴瑟待焦桐。吐握符姬旦，仙靈問葛洪。作人持玉尺，求士得冥鴻。愷悌垂天德，神明作聖功。願言逐裘帶，長在藥洲東。

賦贈秣陵某方伯

南國當珠斗，東山得袞衣。開藩龍虎地，敷政帝王畿。召伯多陰雨，君陳在紫微。歸心先白屋，入夢即黄扉。海内難藏富，朝端有作威。蒼生瞻岳牧，令子贊庭幃。孝友陪張仲，文章接陸機。江山三楚是，花柳六朝非。北海尊能滿，西園賦不違。謝公墩咫尺，相賞及芳菲。

代挽楚撫軍

形勢推荆楚，朝廷倚棟梁。安危臣弟在，眷注帝心長。北闕懸黄鵠，南樓啟武昌。綢繆多牖户，鎖鑰幾封疆。梁木俄然折，連枝更可傷。精靈憑將士，涕泗滿湖湘。文武今誰憲，神明夙自强。猷須元老壯，兵以丈人祥。七載忘裘帶，三年缺斧斨。瘡痍猶未起，衽席總多方。殺氣愁金齒，妖星恨火房。推心消反側，奮臂作金湯。德潤如陰雨，威寒儼肅霜。王侯同汗馬，父老只甘棠。碣爲神君勒，書探武庫藏。彌留猶請命，感激每飛章。往者綏江左，蒼生戀袞裳。流離憂水旱，博濟及炎荒。玉匕回凋瘵，金標立紀綱。九重喉舌寄，萬姓藻蘋香。遂有司空命，重開僕射堂。位雖高虎拜，壽未至鷹揚。部曲傳兵法，宸居念國殤。櫬歸遼海上，舟過秣陵旁。形影孤花蕚，肝腸斷雁行。哲兄存少保，令子得仙郎。繼述應無忝，忠勤定不忘。詔先崇俎豆，勳益重旂常。洲草凋鸚鵡，山雲慘鳳凰。英魂終沔鄂，同氣永參商。藥石那能視，人琴並已亡。家風餘白簡，世業更青箱。絮酒隨河伯，雲旗指點蒼。千秋友于痛，嗚咽此斜陽。

過潘七丈山亭賦贈

舊釀黄花酒，新開紫竹亭。千杯浮大白，五岳佩真形。晚日明高樹，春雲覆遠汀。家傳射雉賦，客問養魚經。天爵懷高尚，仙衣拂杳冥。嵇康悲寡識，阮籍笑長醒。砌下迴溪碧，門前疊嶂青。茫茫此塵世，誰識少微星。

【箋】

潘七丈，即文外二贈四潘翁序中之峋嶁翁，番禺人。「爲人魁梧豪爽，善飲啖，意氣豁如」。

蘭花香

寶安香品異，黄熟甲南天。種子都成結，薰蘭更耐煎。黍珠三葉裏，魚子萬花前。新摘含膏露，多栽出大田。乾乘朱夏曬，濕比素馨鮮。一氣歸丹鼎，同心作紫煙。頻疑金粟吐，絶勝水沈然。臭味氤氲合，清和鬱滯宣。命長凝木火，神早見山川。作好須貽女，驚精不用仙。習静惟宜隔施雲母片，灰隱藕心錢。馬尾絲絲滲，鴣斑點點妍。囫圇隨大小，斧鑿稍方圓。肥磽農圃力，灌溉此，忘機不是禪。心空多病日，根老半生年。金桔都如石，朱砂不及泉。

子孫賢。九畹桑麻外，千林井里邊。太陽持盛實，炎德矢貞堅。服媚同王者，旃檀莫並肩。

【箋】金桔，地名，其土乾燥，多朱砂管，最産佳香，質堅如石。

廣東新語卷二六：「以莞香之粗者，茗以濯之，雜置樹蘭于其中，包以蜜香之紙，曝以烈日，蘭焦復易，如此四五度，乃封貯之，繫則蘭氣清芬，宛如黄粒初熟，露華尚凝，如游于金粟之林矣。」

五言絶句

南粤辭　七首

尉佗戍五嶺，能得粤人心。移書告横浦，絶道恐兵臨。

蠻夷一老夫，身定百粤都。馬牛齒已長，竊帝聊自娱。

西甌衆半嬴，南面亦稱王。老夫亡高異，難鎮萬里疆。

可憐南粤王，箕踞而椎髻。時時問陸生，吾何如皇帝。

足下中國人，今乃反天性。皇帝與抗衡，禍且及真定。

兩雄不並立，漢爲天下服。皇帝賢天子，吾其去黄屋。

生翠四十雙，桂蠹一百器。獻上未央宮，北面因漢使。

【箋】組詩記秦漢之際南粵國事。見史記南越列傳及漢書南粵傳。

狸子謡 二首

交州多狸子，利器悍無比。左張盧生弩，右佩石碣矢。

勾粤之勁幹，燋銅爲鋒鏑。一發三百步，秦軍俱辟易。

【箋】狸子，指俚人，亦稱里人。聚居于廣東、廣西、越南間，與僚人近。廣東新語卷十六：「古越人能爲連弩……西南夷僚專用之。」

古意

美人攬明月，盈手似瑶華。欲贈離居者，徘徊秋漢斜。

畫馬

千里驊騮氣，飛揚尺素中。可憐曹霸在，淚與汗花紅。

日出曲

日出罷新妝，珠簾映水光。采蓮儂不去，湖裏有鴛鴦。

窈窕曲 二首

窈窕房櫳裏，鳴琴和好仇。芙蓉生木末，亦得照清流。

煌煌芙蕖花，緑葉扶金房。承君愛顔色，努力拒秋霜。

子夜歌 三首

鬱鬱都梁香，娱君寒夜情。歡無朱火然，那得紫煙生。

熒熒桃李花，薄命寄君掌。河水雖東流，河魚自西上。

斗帳春風冷，薰爐夜有香。薰爐長不轉，香氣自飄揚。

寄妹

娥娥飽令暉，兩載隔庭闈。應有歸邪曲，淒然碧玉徽。

【箋】詩外一悼内子王華姜：「四妹嫁遠方，尚未覩容姿。」此詩所寄者當爲第四妹。

定情曲 十三首

與郎同一身，如彼荳蔻蕊。蕊心紅復紅，兩瓣相依倚。

歡佩五岳圖，儂畫五岳眉。相攜入五岳，仙去無人知。

辛夷與玉蘭，一白復一紫。二花合一株，顏色更可喜。

采藐染爲紫，采蒨染爲絳。爲郎作鮮衣，將以耀閭巷。

終朝采茹藘，染絳成一匹。新以爲下裳，故還作蔽膝。

薜荔本無根，似妾委君身。在地爲地錦，在石爲石鱗。
羅浮蝙蝠紅，雙宿芭蕉葉。相與帶在身，媚郎兼媚妾。
願似蝴蝶花，花開紅燁燁。花落隨風飛，復作雙蝴蝶。
願作合歡草，夜則爲一莖。與郎纏綿死，地下猶相並。
朝采宜男花，暮采多南子。花開郎所歡，子結儂所喜。
妾乃石楠花，名爲端正樹。爲君守歲寒，不忍辭霜露。
左種合歡花，右種相憐草。人情有盡時，花草千年好。
儂作月中兔，歡亦作蟾蜍。兔陰蟾蜍陽，長共廣寒居。

蘭蕙曲　五首

蕙草葉雖短，一莖開數花。感郎愛蕙草，不復理蘭芽。
蘭草葉雖長，一莖祇一花。花多郎所愛，努力作春華。
爲蕙不爲蘭，是儂甘自賤。祇恐花雖多，馨香有時變。
語郎但種蘭，蘭葉已窈窕。任爾蕙花多，不如蘭葉少。

種蕙愛其花，種蘭愛其葉。蘭蕙本相依，春風莫私妾。

紅豆曲

江南紅豆樹，一葉一相思。紅豆尚可盡，相思無已時。

折荷曲

莫傾荷上淚，莫斷藕中絲。絲是儂所吐，淚是儂所垂。

楊柳枝詞

誰家游冶郎，日日章臺下。多謝楊柳枝，爲儂繫驄馬。

江潮曲 二首

與郎如沓潮，朝暮不曾暇。歡如早潮上，儂似暮潮下。

兩潮相合時，不知早與暮。與郎今往來，但以潮爲度。

秋水

秋水何青青，菖蒲花可采。不忍浣羅襦，美人淚痕在。

歡如曲

歡如垂柳花，妾似垂楊葉。花飛向春時，葉落當秋節。

古詩

一歲珊瑚黄，三歲珊瑚赤。阿歡非海人，鐵網張何益。

【箋】廣東新語卷十五：「珊瑚，水之木也。生海中磐石之上，初白如菌，一歲乃黄，海人以鐵網先沈水底，俟珊瑚貫出其中，絞網得之。……得日光乃作鮮紅、淡紅二色。」

翠

白翠將紅翠，雙雙花裏棲。自憐毛羽好，日夕浴清溪。

【箋】

翠，翠鳥。廣東新語卷十五：「小者名水翠，夜宿各占磯塘，自炫其毛，日浴水中，乃益鮮縟。」

古詩

儂如天上月，日照乃有光。三載罷膏沐，思歡來理妝。

讀史

可惜縱横客，尊周計莫陳。魯連如不死，天下豈爲秦。

怨歌 五首

熒熒女莖枝，歲寒難自好。昔爲甘鞠花，今作苦薏草。

餌君金精花，能令髮不白。祇恐相見時，恩情非夙昔。
妾爲水中蘋，君作水中藻。一浮與一沈，花葉難相保。
日南汗如漿，日北纊如霜。天既有寒燠，人豈無炎涼。
與歡百年期，纏綿無已時。在木爲女蘿，在草爲兔絲。

代怨別曲 四首

繡被初覆時，恩情兩顛倒。山木愛女蘿，纏綿願終老。
與君共一體，有如雲與霞。何意狂風吹，片片委泥沙。
益智爲龍眼，蠲愁是荔枝。爲君空采摘，無路寄相思。
心如紅荳蔻，兩瓣苦相連。願得重歡好，同衾及富年。

柳枝詞

郎情柳葉短，妾意柳枝長。願作柳花飛，隨郎還故鄉。

閨詞

玩好惟鉛粉，滋培只水香。妝成無一事，隨意踏春陽。

青樓曲

楊柳垂千縷，風吹掛玉樓。美人憐不折，欲繫紫驊騮。
賤妾蓮蓬似，中含苦薏多。擘開君不食，辜負一么荷。

瓜架

久繫憐瓜苦，無才薦玉盤。西風不吹落，留蔓到春寒。

雨中

雨中多白日，早稼最相宜。更喜林煙外，蟬聲催茘支。

春日曲

花落如流水，青春又一時。美人天上去，明月作蛾眉。

初日流妝閣，春禽語畫眉。可憐階下草，寸寸是相思。

子夜歌

方舟采芙蓉，秋江清可涉。歡作芙蓉花，儂作芙蓉葉。

有懷

蟋蟀吟芳砌，芙蓉落碧池。如何秋夜月，只解照相思。

秋夕

相思夜不眠，衾薄寒初怯。可憐秋雨聲，只在芭蕉葉。

古別離

日暮西風起，吹儂兩淚飛。那能如白露，一路灑郎衣。

黄山寒夜作

三十六峰東，蕭蕭枕簟風。夢寒飛不遠，只在亂雲中。

【箋】康熙十九年六月，欲游黄山不果。此詩當爲夢遊虚想之作。

一冬

一冬不曾寒，新年寒始極。多謝澗邊梅，報我春消息。

題陸子小影 冠黄冠，頂有圓光

獨上天孫頂，黄冠拂曉空。仙人元不夜，長在日輪中。

白露

白露紛如雨，林深落有聲。蝶沾裙繡濕，花濯粉光明。

明妃詞

心逐邊風遠，流悲入漢庭。雖爲沙漠草，終古亦青青。

疍家曲

艇小如鳧雁，輕搖出海門。阿姑知未許，梢上有花盆。疍女未許嫁，則船尾置一花盆。

【箋】廣東新語卷十八：「諸疍以艇爲家，是曰疍家。其有男未聘，則置盆草於梢。女未受聘，則置盆花於梢。」

木蓮曲 二首 木蓮，即木芙蓉

郎如木蓮發，妾似水蓮開。可憐花與葉，不得兩蓮來。
可惜芙蓉發，煙波隔幾重。那能將水木，合作一芙蓉。

【箋】

廣東新語卷二五：「木芙蓉，本名拒霜，以其狀似芙蓉生於木，故曰木芙蓉。……一名木蓮。予詩云云。」

欲雨

欲雨鳥聲亂，先秋林氣清。葉疏桐見子，花重菊垂莖。

酌酒

酌酒當秋色，徵歌得麗華。芙蓉猶自醉，詎可不如花。

苦風號子

朝朝牽百丈，苦恨打頭風。山水憐予甚，相留作釣翁。

【箋】號子，勞作時唱和之歌，一人領唱，衆人相和。此爲仿縴夫號子之作。

詠古 十五首

一日猶炎漢，三分是武侯。出師遺表在，涕淚至今流。
漂母元仙者，淮邊俎豆長。英雄猶未報，一飯至今香。
皋氏春邊客，曾無贈婦篇。風流惟舉案，留與後人傳。
一飯皇天德，王孫未敢求。英雄溝壑物，自昔少封侯。
一飯人間少，英雄餓未央。祇應從婦女，日日乞壺漿。
如何帶長劍，取笑市中兒。水際垂竿好，無魚且莫悲。
焚書嗟未盡，兵法老人留。一卷傳年少，咸陽戰血流。

英雄多誤中，嘆息博浪沙。一奮金椎後，山河屬漢家。
六國無人起，誅秦始子房。功爲天下首，不獨佐高皇。
紛紛蜀富人，看作圈中鹿。污我法言書，姓名寧可録。
子胥無餌口，行乞市門時。怨毒平生事，簫聲誰得知。
肉人悲玉斧，冲舉尚遲回。寄語青鸞鳥，功成始下來。
悔與荆卿别，當時不請行。悲歌空慷慨，易水咽無聲。
東西游走倦，家敝苦淵明。五子何須學，從他自耦耕。
處士一絃琴，清含山水音。誰從鸞鳳嘯，識得古人心。

觀瀑

白晝泉濛濛，乍看若煙霧。風吹忽倒飛，半掛崖邊樹。

對梅　三十九首

只須開一樹，香已滿含風。清絶無魂夢，相看至夜中。

一朵朝來吐，聞香識是春。天將香所自，密與歲寒人。
誰道南無雪，紛紛作早梅。枝頭有紅翠，一啄一花開。
朝來山喜鵲，踏折一枝長。亂落蒼苔面，泥沾亦自香。
春入南枝早，含香不欲開。爲天留一半，風日莫相催。
春來春不見，春只在香中。春與香無别，氤氳滿碧空。
一花春已滿，香外更無春。不是從清夜，聞香豈得真。
香是春所爲，花含自不知。微風莫吹去，留與美人期。
不須過隔浦，香自逐人來。多謝春風好，枝枝吹得開。
香透堅冰出，開時及一陽。沾苔君莫掃，片片是春光。
向夕山煙斂，花光一片寒。若非香不斷，都作月明看。
歲寒羣動息，驚見早梅新。一夕銜冰雪，春光漏與人。
榮落雖無意，馨香亦有時。開從長至候，萬物未曾知。
冰以寒風壯，春從何處尋。梅花知最早，天地此時心。
南國雖無雪，紛紛在鬢絲。梅花吾與汝，同是白頭時。
香是美人心，因風寄竹林。定知雲卧者，爲我弄清琴。

寂寂空林裏，花開若有人。夜深枝上鳥，驚出月光頻。
花蒂雖云弱，凝冰凍不飛。春風最相惜，吹上美人衣。
緑萼晴難吐，黄鬚凍易凝。莫教飛入掌，一點亦春冰。
花含太古雪，一片已寒人。不是馨香絶，如何荅好春。
一夕春風動，花開自不知。無人從太古，識得未香時。
不是衝寒放，春風豈有香。衆芳猶混沌，吐萼待三陽。
葉盡花全發，枝枝透月明。影從人外散，香以夜來清。
未開香已出，静者以心聞。日夕幽窗裏，忘情賴有君。
夜半開還闔，天心在一花。香從元氣出，獨自作春華。
獨坐忘清晝，香微易入神。不須開萬蕊，已得太和真。
欲折枝高出，煙凝望欲空。光生三徑月，香作一林風。
天寒香更發，花定不知寒。多謝風兼雪，吹花透肺肝。
花開罷讀書，相對一冬餘。香使春風暖，氤氲滿太虚。
相看忘語默，心以暗香通。不忍扃扉卧，遲回夜月中。
花以香爲教，聞香每發機。春風如有意，吹入客心微。

花開當静者，無語只馨香。神契誰能似，依依水一方。
夜半春風轉，驚梅此水涯。吹開人不識，一一是心華。
香使神清爽，先春爲我開。微風吹不去，香自返魂來。
香中無所有，心忽以香生。一點爲香母，氤氳不可名。
春光纔一點，已覺早梅清。不是香含吐，安知最有情。
夜來庭砌上，使我月明多。一片如冰雪，流光奈爾何。
香自梅花始，春從子夜回。坐深煙影下，心與蕊争開。
香自暗中生，消人寂寞情。聞香難入定，徒倚到深更。

紈扇詞

紈扇先秋棄，徒懷明月新。自憐妾命薄，不敢妒他人。

望獅子峰

山翠晴猶濕，空濛翠作煙。天門何所有，倒挂一晴川。

一夕

一夕林中嘯，秋聲處處悲。天邊有鴻雁，相應月斜時。

昭君 二首

今日漢家子，誰非糞上英。琵琶彈馬上，哀怨莫分明。
玉貌同秋草，青青豈得長。已安殊類久，妻子亦何傷。

覽鏡

霜雪欺玄首，秋來見幾絲。多慚明鏡照，正是始衰時。

梧樹

可憐梧樹枝，孤鳳日相思。亦有瑶臺月，含光欲贈誰。

舊業

舊業多花藥，歸來春正妍。羅浮峰四百，一日一峰眠。

入蘆苞水

一水穿深竹，孤舟蕩晚風。但沿明月去，忽與大江通。

【箋】蘆苞水，即胥江。爲北江下游通廣州之航道。西起三水縣蘆苞墟，東至南海縣官窰，與西南涌匯合入珠江。

葛洪衣冠冢

何代葬神仙，朱明深洞邊。遺衣化蝴蝶，五色似霞鮮。

【箋】葛洪衣冠冢，在羅浮山朱明洞口。

戍婦辭

歲歲天山雁，銜書不到家。君看隴頭雪，應念洛陽花。

送客

歲暮陽關路，愁君匹馬行。離心似春草，一夕雪中生。

荔枝

荔枝猶未熟，稚子望秋蟬。白雨朝來落，千株紅欲然。童謡云：「秋蟬鳴，荔枝熟。熟時嘗，有白雨。」

梅關道中

窈窕臺關路，蒼松夾嶺斜。鷓鴣蠻女曲，茉莉漢臣花。

【箋】梅關，在廣東南雄。爲北上必經之道。

夢

地下多吾友，皆爲殤鬼雄。夜來夢雪竇，長嘯戰場中。

【箋】雪竇，指魏畊。時魏已遇害。

後怨别曲 四首

阿卿美容儀，粉白不去手。憶昔交歡時，芙蓉始行藕。
虚堂坐無寥，思子不能飯。拳拳饑渴心，讒口愁滋蔓。
可憐御溝水，一旦東以西。願君棄小怨，出入還提攜。
種樹必琅玕，養禽須翡翠。君子結交心，兢兢畏非類。

對花作 三首

槿花能愛老，開向白頭人。那得還童術，爲君留暮春。
芙蓉三日醉，菡萏一秋香。白首難忘汝，相依此瘴鄉。
佛桑花上花，紅者如朝霞。自可成春酒，無煩采日華。

菊 五首

枝枝白間黄，時至自芬芳。挹露采盈手，憐君此晚香。
花萎亦不零，葉黄亦不落。天與歲寒姿，霜露從相薄。
苦薏與甘菊，芳馨自爲伍。同是歲寒花，其中有甘苦。
天南霜雪少，花事總無窮。秋發多梅樹，春開是菊叢。
花乾似委蜕，朵朵含堅冰。不忍辭根蒂，春寒亦自勝。

珠人曲 六首

一脣有數珠，大小相連綴。采珠乘月圓，揚帆入龍穴。
水淡珠多白，水鹹珠多黄。月光化爲水，來養明月璫。
娶女得珠娘，自解孕明月。與卿若蟾兔，長在太陰窟。
生長珠池旁，食珠如食米。日夕剖神胎，珠肉薦芳醴。
兒女抱珠筐，細珠棄不取。珠母肉微紅，色似海棠乳。
珠母當秋孕，精華得月全。明珠無大小，都在口脣邊。

【箋】

廣東新語卷十五：「産合浦之地者，多稱珠人，予嘗有珠人曲云云。蓋蚌蛤食月之光以成珠，珠者，月之光所凝，故色白，其肉亦白而有微紅，則月中之一陽也。白又以水之淡，其水取之於月中，故淡也。水者月之光所化，雖在鹹海之中，而精華不混。蚌蛤實月之光於珠腹而成珠於脣，珠在脣，故嘗吐之以自媚也。」

齏

蒿蔞瀹爲虀，吴酸古所尚。甘美可招魂，更有梅花釀。

吹笛

吹笛關河夜，衣裳清露滋。誰能見秋月，不起故山思。

口占寄高子

伯鸞無至友，相與只高恢。可念平生好，遥尋杵臼來。

憶易酒

昔過紫荆關，嘗飲易州酒。滑辣勝蒲萄，至今難上口。

【箋】

文外一自代東入京記：「至紫荆關西岸……副將某要留帳中，以易酒黄羊相餉。」

林中

巖林長嘯久，人道古遺狂。枕仗當明月，猿裘一半霜。

暮天

暮天稍晴霽，雨氣白成雲。月出争殘日，林光兩不分。

嶺海

嶺海炎蒸甚，秋分氣始涼。無勞棄絺綌，此地少風霜。

啼烏曲

啞啞枝上烏，有母不得餔。可憐八九子，日夜求彫胡。

愛老曲

枯楊能生荑，卿乃不言好。不如朱槿花，姿容能愛老。

【箋】詩外十五槿一花紅白二色詩注：「槿，一名愛老。」傅玄傅子：「蕣花，麗木也。或謂之愛老。」

橘柚

橘柚炎天物，霜時熟更紅。騷人曾頌汝，香在九章中。

夜宴贈張二丈 丈善寫翎毛

一彈一鶗子，一曲一鶬鶊。忙殺鐵橋老，童兒繞錦茵。

【箋】張二丈，指張穆。張號鐵橋道人，喜畫馬，又善畫鷹。

寫蘭

墨花風雨亂，寫出盡楹蘭。似有蘭膏滴，香含清露寒。

寫石

小小黄山笋，移來畫册中。黄州那有此，尺寸亦華嵩。

畬田　三首

畬客石爲田，田肥宜石糞。黄州石太多，燔石無人問。
火燒土膏暖，陽氣發畬田。盡斬陰陽木，斜禾種絶巔。
白衣山子好，山旱禾名。種乘春。撥雪燒畬熟，禾生火粒新。

【箋】

廣東新語卷五：「從化之北九珠山，是多青石，居民燔灰以糞田，名曰石糞。……灰有火氣，田得其暖而陽氣乃生……英德、陽山諸縣，耕石田者十家而九，亦純用石糞。以石而瘠，亦以石而肥，故其田多穀。」

蒓菜　二首

菜中惟水葵，蒓，一名水葵。逐水性甘滑。葉少多紫莖，浮沈不易拔。

水深蒓莖肥，水淺蒓莖瘠。四月泖湖蒓，紫者堪留客。

香谷作　二首

誰知瀑布裏，亦有一人家。多謝溪邊鹿，來尋不食花。

門外水簾垂，天風不肯吹。吹開見石上，仙老不知誰。

齊宮辭　二首

西日尚未落，已聞車聲來。美人捲簾待，羊至亦徘徊。

多謝水精鹽，能使羊歡喜。羊也亦多情，以妾顔色美。

送蒲衣子采硯 四首

羚羊古峽口，南轉水巖開。西洞青花好，君貽一片來。

紫雲凝作膏，氤氳氣嘗濕。割向九淵中，持歸真宰泣。

純紫似羊肝，半含蕉葉白。真氣作泉流，墨花長潤澤。

東洞火痕多，温柔如水玉。秀色生文姿，爲君日三浴。

【箋】蒲衣子，即王皐。詩送王氏至肇慶采端石作硯。

春日曲 三首

流鶯無事極，啼遍落花前。笑殺垂垂柳，臨風只愛眠。

辛苦黄鶯汝，聲聲爲别離。盡將閨裏意，啼與落花知。

日暖人多夢，春來物有情。林花知客恨，開落不分明。

夜蘭 三首

蘭吐宜清夜，香惟風露知。露華多在蕊，風勢不成枝。
風露夜有香，知是幽蘭吐。山人每不眠，聞香得深悟。
幽蘭開向夜，風露自成香。欲得蘭膏飲，穿林至石梁。

蕉林作

蕉葉何嘗落，乾時可作書。繞庭三十樹，人道緑天如。

題畫石

黄山攜一笋，畫出似奇峰。怪石平生好，於兹得次宗。岱爲地宗，太華其次宗也。

編史作

筆削吾何倦，春秋以没身。諸侯多史記，采取託何人。

趙佗

不助五諸侯，蠻中竊爲帝。誰知黄屋中，乃是一椎髻。

【箋】史記南越列傳載，高后時，趙佗「自尊號爲南越武帝」，「乘黄屋左纛，稱制」。史記陸賈傳載其「魋結箕倨見陸生」。漢書南粵傳載其上皇帝書，謂「老夫故敢妄竊帝號，聊以自娱」。

留雁

方春辭漲海，未雪至炎州。南國無人射，菰蘆最可留。

舟次大通作　「大通煙雨」爲羊城八景之一

自來煙雨景，最是大通多。兩槳遲遲度，江風未起波。

【箋】大通，大通寺。舊址在廣州芳村大通滘。宋代羊城八景爲：扶胥浴日、石門返照、海山曉霽、珠江秋色、菊湖雲影、蒲澗濂泉、光孝菩提、大通煙雨。元、明、清各代地名互異。見廣東通志。

白鵝潭

江至鵝潭闊，春來益渺茫。中流波浪起，愁殺捕魚郎。

【箋】廣東新語卷四：「珠江上流二里，有白鵝潭。水大而深，每大風雨，有白鵝浮出，則舟楫壞。」

海棠

可憐秋海棠，春暮已爭開。金絲與西府，並作一香來。金絲、西府皆海棠名。

【箋】廣東新語卷二七：「金絲海棠，五出而大瓣，與鬚蕊皆黄。」沈立海棠記：「西府海棠，枝梗略堅，花色稍紅。」

蘭 二首

開似未開時，芬馨不自知。微風吹不遠，清夢最相宜。

豈必花全吐，馨香已絶人。真蘭元一朵，不忍摘當春。

種蕉

愛聽疏雨滴，窗外作蕉林。静久無魂夢，秋來徹夜吟。

雨夜作

山堂雷雨夜，獨坐只焚香。香可清神爽，通宵一氣長。

秋日拏舟茉莉沙追送孔參軍即景口占以贈其行 十首

白鷺下沮洳，無心亦在魚。憐君最孤潔，生長水芙蕖。

海日忽沈沈，雲含雨氣陰。通天一道水，吹作瀑花侵。

雲邊風路小，雨外日光微。最惜横江石，無人作釣磯。

花摇知白鷺，水落見紅螺。一片蕭疏雨，聲先到芰荷。

雙槳逆風潮，心飛不覺遥。送君無一語，嗚咽是南朝。

水聲何潺湲，似與夢魂語。愁君一片帆，明夕宿何處。
幾載爲閒吏，何曾可代農。君前多袒裼，柳下不須恭。
頻年赴京闕，詎念使臣勞。萬里持甘毳，親年日已高。
且喜臺關上，梅花不笑人。摩挲古松樹，十見老龍鱗。
寡過期中歲，人人亦可師。君行苦離索，悵望復來時。

【箋】茉莉沙，沙洲名。在廣州珠江之西。

漁曲 四首

霜肥螺有柱，月滿蟹多黃。一棹將童子，遥遥至海塘。
風俗河豚會，秋來樂事多。乘潮下生釣，濫口峭帆過。
花中藏跳白，出没少魚驚。向夕鳴榔去，知予是月明。
水鄉魚蟹賤，吾亦事投竿。日夕坐盤石，鷺鷥相與寒。

屯女吟

天生屯女子，五十尚紅顔。不字盤桓甚，金夫未敢攀。
十年坤數盡，辛苦一陽來。此際成婚媾，同將草昧開。

潭上作

清淺西南潭，白波跳霜雪。一片秋光寒，誰知是明月。

秋夕作

松露鶴邊滴，清泠滿石牀。夢中驚是月，起視白如霜。

弄琴有懷石齋翁白沙先生也　三首

碧玉樓中客，無絃一素琴。泠然林木外，太古有餘音。

玉琴長寂寂，神與至人期。心外無山水，高深只自知。
秋聲空外起，一葉亦蕭蕭。吹我鳴琴去，元音滿寂寥。

【箋】陳獻章，字公甫，號石齋。廣東新會人。明代學者。居白沙村，學者稱「白沙先生」。廣東新語卷十三：「白沙先生雅好琴，嘗夢撫石琴，其音泠泠……有詩云：寄語了心人，素琴本無弦。」

蘭草 三首

蘭草不知名，香含朝露清。花長休出葉，歲晏忌孤榮。
幸與蘼蕪並，無花亦自芳。美人相憶苦，日夕澧川陽。
花葉雖相似，青青有本心。亦知霜雪苦，不忍負空林。

四願辭 四首

願君似芙蓉，不食猶可衣。芙蓉且有實，一一含霜肥。
願君如山丹，花紅至百日。紅盡變爲黄，猶作純金質。

願君似茨菰，一乳十餘子。心心向太陽，歲寒花愈美。
願君若瓊木，一身作五香。朱火欲盡時，芳氣猶飄颺。

隔牆桃花

東家復有春，牆上一枝新。未得春風吐，夭夭已笑人。

風蘭

一朵風蘭好，空生不作趺。自來根本異，寧待露沾濡。

【箋】廣東新語卷二七：「風蘭，花如水仙，黄色，從葉心抽出，作雙朵。繫置檐間，無水土自然繁茂。」

古意　四首

垂柳與垂楊，枝條有短長。柳長楊短短，一體似鴛鴦。
風流水楊柳，宜水復宜風。莫即爲花絮，飄颺西復東。

菱花背日寒，芡花向日暖。同是水中根，爲心有長短。

有美雲堂樹，冬生翠負霜。少陰精自固，名以凍青香。

閨人寄遠曲

日月同一光，男女同一性。君不愛離居，早歸共鸞鏡。

茉莉 二首

未開先食蕾，蟲細若飛絲。蟲名。葉底粉如雪，香宜月上時。

欲花先摘葉，葉少始花多。向夕沾人氣，香如膏沐何。

【箋】廣東新語卷二五：「茉莉，與素馨皆以日入稍陰乃開，夜合亦然。香皆旖旎近人，沾之者竟日芬膩。……當春盡摘其葉，葉少花乃繁，然苦爲飛絲蟲所食。未開而蕾已損，蓋日午摘花所致。予詩云云。」

詠古 六首

紫芝華正秀，黄鵠翼還開。綺皓誠儒者，何曾嫚駡來。
西漢崇儒術，功推陸大夫。煌煌新語在，拜手似皋謨。
子真冠已掛，全性市門中。未肯營妻子，仙人讓素風。
梅公有賢女，堪配客星來。夫婦桐江曲，東西兩釣臺。
至今七里瀨，多有子陵魚。翁壻皆高逸，垂光後漢書。
孟光裘褐者，居與伯通鄰。何似梅家女，風流在富春。

寒食北望燕京作 二首

陵園那可望，萬里冷煙迷。辛苦子鵑鳥，年年向北啼。
白虹猶飲恨，黄雀尚銜恩。亦有冬青樹，何繇種御園。

古意 三首

點點越羅衣，桃花作淚飛。鷓鴣如有意，爲喚阿郎歸。

面脂調藁本，留半與薰裳。一任蛇牀亂，薇蕪自有香。

木末芙蓉發，枝枝解向人。刺多傷女手，采摘不須頻。

横塘

横塘生水滿，一半種蒲荷。更有茨菰草，根根乳子多。

龍眼

采摘日盈筐，香生比目房。食多能益智，本草有仙方。

【箋】廣東新語卷二五：「舟自南海之平浪三山而東，一帶多龍眼樹……龍眼多食益智，予詩云云。」

舟行

勢急潮相疊，秋來水益驕。漁舟無旦暮，只是弄江潮。

攬鏡

莫即嘆飛蓬，醇醪更養蒙。秋花應似汝，老作雁來紅。

西樵與客賒酤口占

貰酒白雲西，相將玉手攜。無錢吾自分，門有瀉錢溪。

嶺南旅懷 代 四首

客心與春草，一路接江南。辛苦催歸鳥，朝朝向片帆。春

荷花已成子，荷葉復成衣。一片蒲葵扇，團圓欲寄歸。夏

炎海少秋霜，葉紅因客淚。因風片片飛，飛向江南墜。秋

南枝能作花，豈若北枝好。霜雪平生心，歲寒聊自保。冬

春怨 四首

春來只煙雨，何必更留春。啼鳥聲聲恨，情多太管人。

桃花元有淚，不必雨啼紅。滴滴蒼苔上，吹乾恨曉風。

春山無遠近，雨過總青青。雲作蛾眉黛，愁人是翠屏。

春色已牽腸，何須柳帶長。海棠經淚洗，花白似秋霜。

題南園緑草飛蝴蝶圖

蝴蝶與芳草，相憐不爲春。羅裙深淺色，愁殺冶遊人。

采蓮曲

采花莫采葉，采葉恐傷藕。藕中多亂絲，纏綿那得久。

蓮白多生花，蓮紅多生子。采白莫采紅，留紅在葉底。
種菱水宜淺，種藕水宜深。白白無人見，淤泥識此心。
水肥多並蒂，色映白成紅。葉大偏宜藕，田田滿浦東。

題畫

古木不成林，風含太古心。不須枝與葉，自可作悲吟。

梧桐

子熟無饑鳳，枝枝墜露清。只須三兩葉，便可作秋聲。

山丹 三首

亦是珊瑚種，花開大似盤。石家如意好，擊碎作山丹。
珊瑚亦作林，紅絶知三歲。自紅開至黄，不忍離頭髻。

【箋】廣東新語卷二五：「山丹，一名珊瑚林。予詩云云。蓋珊瑚三歲已絶紅，而山丹生花甚早。」

蒓 二首

暮春蒓菜長，半出湘湖水。水淺葉生多，不見莖莖紫。
水深蒓莖肥，葉少如釵股。性滑逐流波，吴娘休得取。

古意 二十二首

願君似山丹，紅顔得長保。一開三月餘，黄落猶能好。
一夕花榮落，終如木槿何。朱顔不可恃，流恨蕣英多。
冉冉泰山竹，孤生只自憐。君非松與柏，那得女蘿纏。
郎采首陽甘，妾采首陽苦。甘苦不同心，枝條但相伍。
苔青至秋紫，蘭紫至秋紅。妾自多顔色，承恩歲晏中。
但教爲菡萏，不願作芙蓉。菡萏未開好，含葩似阿儂。

藕花既相偶，蓮葉亦相連。借問鴛鴦鳥，何莖最可憐。
灼灼水芙蓉，中含青薏苦。花葉苦中生，蓮心君莫取。
泥水何愁濁，芙蓉且種來。藕中如有節，花葉自然開。
與君情好密，白蒻在泥中。花葉生同節，相蓮自始終。
藕行元有路，深淺總耕泥。摘葉能傷本，田田開未齊。
君心似明月，妾貌比菱華。與月相回轉，青青映海霞。
鯽魚解相即，鮒魚解相附。阿歡獨何爲，一去不迴顧。
儂如抱香枝，不離水松樹。裁爲木屧輕，隨郎踏霜露。
兔絲本無根，所恃惟茯苓。茯苓在松下，兔絲長青青。
芭蕉亦有心，葉葉過牆陰。爲爾含風雨，秋聲一夜深。
花葉長相偶，莖莖節上開。荷邊休摘葉，留作一花來。
不見園中樹，花開只在枝。枝間結紅豆，一子一相思。
歡作檳門花，儂作扶留葉。欲得兩成甘，花葉長相接。
贈子檳榔花，雜以相思葉。二物會成甘，有如郎與妾。相思樹其葉可食。
不及蓮根好，泥中得偶生。鴛鴦花葉下，雙宿到天明。

不如池上藕，花葉得相連。花落蓮房見，青青子可憐。

蓮子

菡萏含猶淺，青青帶露寒。的中元有薏，莫但作蓮看。

破苔

忽破苔痕去，微微屐齒餘。落花真妒爾，片片在裙裾。

春日曲

蜂食花鬚落，黄沾几案多。海棠開未遍，已炙玉顔酡。

落花 二首

未忍委蒼苔，含情向玉杯。東風如有意，吹上故枝來。

鳥聲催雨至，向夕又春寒。花片不飛去，圖君拾取看。

題畫

石上一仙夫，箱中五岳圖。不知張孺子，識得老人無。

翡翠蘭

出土纔雙葉，抽心已一花。色應欺翠羽，香未減蘭葩。

【箋】廣東新語卷二七：「有翡翠蘭，六瓣三蕊，色如翡翠。」

芰荷曲 三首

與卿似芙蓉，花葉相偶生。摘花莫摘葉，花是葉所成。

菡萏尚未發，芙蓉亦未開。距荷始出水，那得實蓮來。

藕荷在泥中，潔白衹自知。花生兩葉後，節在不嫌遲。

古辭　二首

寄生松上蘿，寄生桑上蔦。爲蔦莫爲蘿，采桑人少小。

茯苓龜鳥形，華山生者好。千歲附松根，赤白長相抱。

奴隸

氍毹爲袴口，白氈爲陌頭。行人見辟易，奴隸如公侯。

送人遊雁蕩　四首

東峰五十三，西峰四十八。同爲百一峰，細細數奇拔。

峰峰在谷中，芙蓉不可見。下注大龍湫，何峰多白練。

南來雁蕩館，北去雁門家。不是峰巒好，何因別塞沙。

一峰一回顧，知爾下山時。數遍東西谷，中峰不可知。

勸姬人酒 二首

賢后金罍酌，班姬亦羽觴。玉顔酡更好，試把索郎嘗。古賢婦未嘗不飲，周南云：「我姑酌彼金罍。」班婕妤自悼賦云：「酌羽觴兮銷憂。」

每嫌明月夜，酒氣太薰卿。不若同沾醉，氤氳直到明。

熨斗曲 二首

兒寒捉熨斗，母凍方裁襦。著襦兒已足，複幝母所須。

兒既上著襦，複幝不須作。著襦下當煖，熨斗火方大。

古意 三首

心甘和薏苦，一種在蓮房。試把芙蓉擘，方知儂斷腸。

生憎雙蛺蝶，終日鎮相隨。不是韓憑魄，何須風太吹。

兩餘苔蘚上，泥以燕銜香。一片餘春色，依依在畫梁。

春閨曲 五首

小小比肩時，春來忍別離。不須燒鵲腦，已使妾相思。
花豸盡情啼，郎行莫隴西。花含紅淚落，片片濕香閨。
身是珠兒女，穿釵不穿珠。將珠求媚蝶，一一繫羅襦。
香薰長在手，不必辟寒犀。心字燒難燼，和花作燕泥。
願作秭歸鳥，催君春暮歸。當歸還有草，相寄莫相違。

畫秦吉了

珍禽解姓秦，弄語向芳春。購得從蠻女，邊鸞畫不真。

【箋】邊鸞，唐長安人，官右衛長史，少攻丹青，長於花鳥。傳見廣川畫跋。

林中雜詠 二首

向花啼不已，一一是相思。更有山鵰好，雌雄總畫眉。
大小花含笑，風吹衹半開。幽香如夜合，一朵入窗來。

芭蕉

芭蕉休剪葉，剪葉子生遲。滴滴宜疏雨，聲寒秋夜時。

盆荷

距荷猶短短，葉小不勝珠。已有花相偶，參差出緑蒲。

蓮葉 二首

蓮葉不多長，先花已作香。一珠愁蕩漾，攀弄濕羅裳。

葉小亦留雨，風吹珠不圓。瀉時驚竇鴨，花下不成眠。

傷春

大小過寒食，傷春淚未終。可憐花與鳥，都作杜鵑紅。

青雖歌 二首

青雖，喜食檳榔之未熟者，曰檳榔雖。又有橄欖雖，喜食烏橄欖。

多謝青雖鳥，檳榔要與郎。寧食我橄欖，莫食我檳榔。

青雖且莫來，檳榔猶未熟。莫食檳榔青，寧食檳榔肉。

【箋】廣東新語卷二十：「青雖，狀如鴿，青色。……瓊人謂檳榔之未熟者曰檳榔青，熟者曰肉子檳榔。」

蟛蜞 二首

正月蟛蜞出，雌雄總有膏。絶甘全在殼，雖小亦持螯。

風俗園蔬似，朝朝下白粘。難腥因淡水，易熟爲多鹽。

【箋】廣東新語卷二三：「凡春正二月，南風出，海中無霧，則公蟛蜞出。……潮人無日不食以當園蔬。」

媚歌 八首

持贈緑金蟬，爲卿釵上飾。雙棲朱槿中，相媚情何極。

郎是簕珠兒，儂是薏珠子。自憐同一珠，甘苦長相似。

攜手南山陽，采花香滿筐。妾愛留求子，郎愛桃金娘。

蠶蛾多食葉，贏得腹中絲。辛苦得成匹，纏綿無盡時。

蟾蜍月中獸，生與嫦娥居。多謝思君夕，流光滿玉除。

暮來妝閣冷，風使雪花多。若作春楊柳，當如飛絮何。

不種忘憂花，但栽懷夢草。夢長在君傍，何惜憂中老。

鏡好終雙照，妝成覆緑紗。牆陰休灑淚，恐作斷腸花。

香柚

冬深熟始黄，香甚爲含霜。玉手休冰著，堆他在繡牀。

【箋】廣東新語卷二五：「有香柚者出增城，小而尖長，甚芬郁，入口融化。」

梅花下作

春來雪有香，片片惹衣裳。么鳳殷勤甚，銜來欲點妝。

江口

江口夕陽低，孤帆影共西。要郎行不得，花豸好多啼。

示閨人

酒豈蠲愁物，須卿夜合花。端陽多采得，日夕泛流霞。唐杜羔妻趙氏，每歲端午午時，取夜合花置枕中，羔稍不樂，輒取少許入酒，令婢送羔飲之，羔即歡然。

古意 二首

寧作黄鴛鴦，不作紫鸂鶒。鴛鴦解白頭，雙毛同雪色。鴛鴦，杏黄色，頭戴白，長毛垂之至尾。鸂鶒，色多紫，亦鴛鴦之類。

雄兔在月中，雌兔長相望。月中不顧儂，孕子何由兩。

百合蒜可憐，根根皆百合。贈郎百合根，花葉休相雜。䔉百合，蒜也，根以衆瓣合成，狀似蓮花。

梅花下作 十首

向日開偏早，清多亦畏寒。不知香欲滿，尚作白雲看。

未出疏林外，幽香在薜蘿。夜來全不見，卻恨月明多。

白頭無一可，幸未愧梅花。冰雪同枯槁，無心任歲華。

山鳥向人喜，梅開已滿枝。銜將三兩片，欲點美人眉。

卻嫌暄暖甚，未臘已開殘。么鳳莫收去，留香過歲寒。

亦知花定落，不敢恨東風。苦是餘香在，魂消一片紅。
相將山喜鵲，花作一春糧。梅片兼殘雪，清泠齒頰香。
花發先春至，春風尚不知。年年同白首，多在苦寒時。
故人惟汝在，不道是瑶華。香外無知己，氤氳自一家。
孤榮亦已久，清絶自無人。幸在雲山外，長含太古春。

潭上作

魚食白雲影，不知花滿潭。持花作香餌，卻被白鷗銜。

古意 二首

贈歡百合根，根比黈花好。大小總駢頭，瓣瓣長相抱。
贈歡多芬芳，華實一時好。宜母子在懷，宜男花在抱。

【箋】

廣東新語卷二七：「百合，羅浮最盛。根如胡蒜而大，垂疊二三十斤，相合如蓮瓣，故名百合。」

樵婦詞

上山日采樵，四十未成媪。因多脂粉花，顔色長能好。有胭脂花，可以點脣，其子有白粉，可傅面，一名脂粉花。

怨歌　三首

一春多淚痕，苔上無人掃。化作斷腸花，復爲斷腸草。

昔愁杜鵑多，今恨杜鵑少。杜鵑爲我啼，莫惜到天曉。

苦愛猿啼好，猿啼易斷腸。斷腸今已矣，化作望夫岡。

古詞　二首

蝴蝶花不香，鷓鴣草不長。長時爲郎作，西去紫騮繮。

蝴蝶亦有花，鴛鴦亦有草。花草總芬芳，要郎置懷抱。

采菊不得

欲泛忘憂物，秋英採掇難。道旁多苦薏，亦作菊花看。

水仙花

不須冰與雪，自作一瑤華。人道水仙子，芙蕖是一家。

新竹

數枝春粉嫩，籜解即琅玕。未忍青青玉，持將作釣竿。

畫竹

幾葉開篔谷，蕭疏已作秋。筆端煙雨態，争向管姬求。

古意 二首

望郎如棗子，今夜可來來。莫使流黄月，清光拂不開。
生憎子嶲鳥，不解一催歸。啼殺楓林裏，連弓彈不飛。

瀑花 二首

瀑花無大小，吹落總成冰。一夜風含凍，群峰雪盡凝。
敲泉驚宿鳥，乞火動鄰僧。無與共吟嘯，呼猿下古藤。

古意

柳花下階砌，衣動香氤氲。蝴蝶不相識，亦來衣羅裙。

蘭

花香不出林，誰識蕙蘭心。幸得微風起，吹來滿素襟。

【箋】

廣東新語卷二七：「凡蘭生深林中，微風過之，其香藹然達於外，故曰幽蘭。林愈深則莖愈紫，香更有餘。」

朱槿 二首

正色自難久，榮華祇一朝。自嫌因太赤，不欲鬥嬌嬈。

朱顔苦難駐，花裏一蜉蝣。榮落須臾事，誰能得白頭。

蝶

白白復黄黄，雌雄知幾行。春風吹不亂，各自宿花房。

植柳

又植一株斜，雖陰不礙花。參差成五柳，人説似陶家。

春日曲

辛苦黄鶯兒，聲聲爲别離。盡將閨裏意，啼與落花知。

【箋】此詩録自劉然國朝詩乘五。

七言絶句

送何子

江水隨君萬里流，年年天際一孤舟。浮雲我亦無家客，朝向瀟湘暮鶴樓。

采蓮號子

花莖雖比葉莖長，花氣何如葉氣香。寄語溪邊采蓮女，留將葉葉覆鴛鴦。

【箋】號子，勞者之歌。一人領唱，衆人附和，此詩猶采蓮歌也。

山鳥詞

山鳥朝朝喚客歸，溪花日日染儂衣。鷓鴣亦解畏霜露，蝴蝶猶知暮不飛。

劇棋

楸玉相將日劇棋，兔毫贏得筆枝枝。還家贈與青蛾婦，細作真書寫楚辭。

題張子册 四首

五男未得如陶令，二女猶能似左思。羡爾惠芳兼織素，珠娘自可當珠兒。

五年孔雀成金翠，三載夭桃已作花。少小誰能題柳絮，可憐嬌女在君家。

九歲解持甄后筆，十三能讀謝公書。懷中玉映尤嬌小，異日張玄妹不如。

不必啾啾將九雛，只須皎皎吐雙珠。明年老蚌君能似，孩笑還多膝下娛。

喜陳獻孟屢過草堂口占贈之

之子相尋逐海潮，東樵朝别暮西樵。多情最是松間月，飛去飛來照寂寥。

有憶

蕭郎謝女久分飛，一在黄泉一翠微。青鳥不傳天外信，可堪清淚日沾衣。

【箋】此詩亦悼王華姜之作。

馬將軍歌

琴鼓長歌復短歌，美人相逐出朝那。將軍殺賊如圍獵，毳帳前頭醉叵羅。

夜飲海棠花下口占

卻嫌月照海棠白，花下頻將蠟炬催。竹葉未傾顔已赭，明霞朵朵火中開。

長憶

長憶明星玉女宮，洗頭盆映暮霞紅。飛泉亂出蓮花腹，散作諸溪處處通。

題寒山子圖 二首

閒與天台掃落花，花花掃盡掃雲霞。雲霞亦是吾餘物，流出人間帶日華。

天半飛橋勢欲飛，赤城霞作羽人衣。天風不斷松間起，亂灑流泉濕翠微。

【箋】寒山，唐詩僧。貞觀時居浙江天台寒巖，與國清寺詩僧拾得相友。後人輯有寒山子詩集，録詩三百餘首。

淮南王

淮南自善離騷賦，不必諸儒大小山。已作三閭高弟子，絶勝黄屋入秦關。

【箋】西漢淮南王劉安，史稱其「好書，鼓琴」，與「賓客方術之士數千人」編著鴻烈，後世稱淮南子。

歸風詞 二首

南越輕綃似碧雲，裁爲飛燕御風裙。中流舞罷將仙去，萬歲千秋復就君。

雲舟輕漾采菱蕖，太液池中春雨餘。飛燕隨風欲入水，君王頻爲結纓裾。

【箋】飛燕外傳載，漢成帝后趙飛燕「衣南越貢雲英紫裙」，「歌舞歸風送遠之曲」，歌酣風起，后欲仙去。

茨陵

暮煙朝雨茨陵開，環佩珊珊去不回。終古哀蟬將落葉，君王淚灑集仙臺。

【箋】茨陵，水經注卷一九：「李夫人冢，冢形三成，世謂之茨陵。」拾遺記載，漢武帝思李夫人，不可復得，因賦落葉哀蟬曲。疑作于康熙五年游秦時。

阿珠曲

今夕觴同河漢傾，滿堂晁藻目先成。但教南海明珠在，不必青天皎月生。

送客

青州玉露勝金露，君去青州作酒人。一醉莫教三十日，醉鄉春好本非春。

懷沈武功 二首

卿本佳人自不知，相逢蔓草露零時。殷勤問我離騷賦，欲共瀟湘采竹枝。
悵望湖天祇去鴻，洞庭花映白雲空。銀魚一尺春來美，欲寄相思秀水東。

【箋】沈武功，名傳弓。嘉興人。詩觀二集録其詩。大均錦石山樵詩集序稱之爲「平生知己」。

送人還姑孰

牛渚孤從天際浮，天門雙夾大江流。開平古廟多松柏，歸對風煙一片秋。
虎踞江間爲采石，江南門户此爲雄。千秋戰鼓聲猶在，愁爾真人想像中。

代送郎曲

撑折千篙不上灘，留郎一日不勝難。郎情不似鸕鷀石，日日雙浮水上寒。

送諸駿男之蜀

從今淚應竹枝歌，秋夜猿聲三峽多。况復峨嵋一片月，飛來飛去奈君何。

【箋】

諸九鼎，字駿男，一名曇，字鐵庵，錢塘人。與弟匡鼎均工詩。有諸鐵庵集、樂清集。康熙年間，諸氏因公入蜀，途中成石譜一卷。

偶憶太華醉中作 二首

太華峰邊有醉溪，醴泉更在玉泉西。釀泉作得松花酒，山女教人醉似泥。

醉度蒼龍嶺似飛，羽人争攬紫霞衣。生憎瀑布三千丈，遮卻天邊白玉妃。

代黔中苦雨曲 三首

黔中多雨少人行，盡道天無三日晴。千里茫茫煙霧海，雨師偏好貴陽城。諺有「雨師好黔，風伯好滇」，又有「天無三日晴，地無三里平」之語。

千疊峰巒萬疊嵐，奔騰不斷至安南。雨從山下朝朝起，山上晴多見玉簪。黔中之山皆過龍，從蜀中來，如波濤萬疊，直至安南乃結，故成國土。山高處無雨，雨皆從山下起，望之如煙霧，俗稱「煙海」、「霧海」云。

攀花日日出江潭，淚落他鄉酒半酣。杜宇多啼偏向北，鷓鴣有志但懷南。

入蜀行 三首

荆門西上即瞿塘，一路猿聲莫斷腸。應有巫雲化神女，朝朝暮暮慰思鄉。
蜀道無如三峽難，猿聲況復滿諸灘。灘多峽少灘尤險，日日篙舟不及餐。
生竹青青作纜長，鼓聲須急纜須强。將舟一折穿危石，灩澦堆邊險莫當。

贈宋元亨 二首

元亨，字應乾，程鄉貢士。父爲總兵楊乾所害，元亨乘間即軍中刺殺乾，有司拘之縲紲。予壯其孝，贈以詩。

旗門直入報仇還，孝子威神豈等閒。天馬不驚樗里去，坐令追吏至深山。
雄刀三載匣中鳴，報怨而今事已成。何必君恩頻見赦，千秋人識子崔名。

壽錢舍人母 二首

舍人詞賦擅西京，春日開筵五鳳城。我有麻姑臺上月，光華不減許飛瓊。

月華特獻太夫人，王母桃花莫與倫。散作朝霞與令子，文章麗似上林春。

贈仙茝 四首

越女年來多善書，鍾王筆法學無餘。珠江鄭卉年猶小，勢得鸞鸞總不如。

兼臨畫本作丹青，花鳥如生出素屏。前掩林良後張穆，天南繪事一娉婷。

垂髫已作女棋師，玉子縱橫落不遲。岑賢。李稔。近來稱國手，豈知無敵在蛾眉。

吾家閨閣有書生，夫婿爲師學漸成。嗟爾聰明殊未遇，不知誰可教飛瓊。

【箋】

仙茝，即鄭卉。廣州人。善書，工畫，精弈。

送客上端州號子

十月嘉魚出穴來，隨波東下至崧臺。梧州寄酒冬尤美，莫惜天寒匹馬迴。

逢查逸遠

家在沙場不忍回，他鄉秋色老相催。憂心一片長如醉，不必貂衣換酒來。

【箋】查嵩繼，字柱青，後更名遺，字逸遠。號學圃。海寧人。補海鹽縣學生。有澄清堂集。

妝樓

妝樓寂寞委蒼苔，春到梨花不忍開。一片愁心亂如雪，東風吹去復吹來。

鴛鴦

鴛鴦相對已忘機，共命何曾要共飛。天女有花空自散，風吹不著净名衣。

從人乞荔枝

聞君荔子滿棠溪，五月胭脂裹玉齊。欲向佳人分萬顆，香隨翠籠過橋西。

從弟某折並蒂石榴花簪予冠側請作詩 二首

枝枝露滴紫金盤，千葉葳蕤勝合歡。花萼同心兄弟似，殷勤簪向御風冠。

緑葉丹葩連理枝，折來偏與玉冠宜。迷花自是仙人事，周蝶逍遥兩不知。

蕩舟海目山下捕鰣魚爲鱠 四首

雨過蒼蒼海目開，早潮未落晚潮催。鰣魚不少櫻桃頰，與客朝朝作鱠來。鰣魚以櫻桃頰爲上，黄頰、鐵頰次之，爛鱗粉頰爲下。凡捕鰣魚，以刮鑊鳴爲信。刮鑊，鳥名。

爛鱗粉頰滿漁船，煮用涓涓海目泉。海目山人不可見，中流一嘯寄瀶川。區太史大相號海目山人，詩爲嶺南第一，所居瀶川。

羚羊峽口嘉魚美，不若鰣魚海目鮮。黄頰切來紛似雪，緑尊傾去更如泉。

刮鑊鳴時春雪消，鰣魚争上九江潮。自擕鱠具過漁父，雙槳如飛不用招。近海目有九江村。

【箋】

海目山，廣東南海縣西南西江中，兩山並之，其形如目。故名。廣東新語卷四：「瀶川在高明城南，區太史海目所居也。嘗有泛瀶川出三洲口溯大江至石洲詩。」

蓮絲曲

蓮絲長與柳絲長，歧路纏綿恨未央。柳絲與郎繫玉臂，蓮絲與儂續斷腸。

紫梗曲

紫梗西從海外來，染衣紅似石榴開。芳香更有扶留汁，不必胭脂上口來。

【箋】

紫梗，指檳榔。廣東新語卷二五：「檳榔，産瓊州……尖長有紫文者名檳，圓大而矮者名椰。」

買魚詞 二首

買魚争喚向煙波，摇櫓無如弱腕何。人好遂令魚亦好，錢多不覺笑逾多。

兩日羚羊峽上居，鰣魚下酒不曾虛。小姑魚貴人偏買，用盡金錢爲買魚。

梅

咫尺梅關雪不來，梅花開罷臘梅開。炎州十月春如海，處處飛香半是梅。

梅花

梅花十月已開齊，日夕花間素手攜。玉映無慚顧家婦，冰清真是楚狂妻。

贈厲子還西泠 二首

長憶西湖歌采菱，六橋秋水漲漁罾。逢君急剪松江絹，乞寫雙峰煙雨凝。

離亭雨雪暮蕭蕭，换酒無從得紫貂。他日相尋君有夢，東樵不在即西樵。

題友人飲酒圖

君能中聖復中賢，自可長生作酒仙。不見酒星三四五，千秋歷歷絳河邊。

三川

三川水落限門長，秋色蒼蒼接越裳。海月明時拾海月，人人素足白如霜。

讀史

慘淡龍顔向六軍，馬嵬山下血沾裙。當時何不棄天子，直抱瑶妃入白雲。

題鄒元焕荷鋤小影 二首

鄒與故人成侯同畫作道人衣貌。時成侯已殁，故起句感慨係之。

化鶴盧躭去幾年，蜉蝣衣服已成煙。羚羊峽口君休去，柯爛歸來未是仙。君善弈，時從端州至五羊。端州峽口有爛柯山，相傳王質遇仙之所。

丁丁我亦一山樵，斤斧秋來日在腰。欲作仙人棋弟子，芝房賭取董仁嬌。

有贈

碧玉相思君已深，雙蓮且寄一枝簪。不愁葉底無甜藕，只要花中有苦心。

落花

枝枝都被曉風催，豈有黄鶯啄復開。已是落花花已落，何須吹去復吹來。

蘼蕪

生作芙蓉即斷腸，蘼蕪可幸不曾香。青青青到天涯路，一片惟知惹夕陽。

花前

花前小立影徘徊，風解吹裙百摺開。已有淚光同白露，不須明月上衣來。

新眉

新眉懶畫月斜斜，調粉無心注露華。解道海棠因淚化，莫教沾灑又生花。

種竹

春時即是竹秋時，雨過鞭行更不遲。種向西南成筍易，求魚待取最柔枝。竹性喜西南，竹鞭行時，以八月爲春，二、三月爲秋。

扶竹枝枝亦合歡，美人持贈擬琅玕。扶桑兩兩花相比，更采芬馨滿玉盤。

生憎

生憎芍藥是將離，數寄乾歸歸故遲。多擣蛇牀作香沐，郎丹更與菟絲宜。

翠羽

羅浮翠羽日啾啾，飽食梅花亦復愁。不見美人來樹下，月明寒作淚光流。
紛紛么鳳向瑤華，收盡香煙不似花。綠萼一株餐不盡，銜將數片過東家。

巫山詞 七首

有客嘗至巫山，言巫山祇有十一峰，千百人數之，皆得十一，不知何以云十二峰也。每一峰相去數里，在絶壁上，亦不甚高。神女廟與相對云。

巫峰十二一峰無，削出芙蓉十一孤。知向高唐行雨去，自來神女本無夫。
相對青螺十二鬟，荒祠煙翠有無間。一峰定化瑤姬去，千載行雲竟不還。
十二依稀似九疑，一峰娟妙一蛾眉。峰峰相去二三里，神女無情易別離。
帝女何年化石來，陽臺亦是望夫臺。一峰飛入襄王夢，香雨氤氳更不開。
行人數數總無雙，一朵芙蓉影入江。光采無人知玉女，水中來去見仙幢。

巫山秀聳不曾高，朝暮陽臺亦未勞。可惜湘纍哀怨後，美人無命入離騷。
三楚荒淫祇夢思，靈均弟子善微辭。巫山神女湘君似，好色都於諷諫宜。

江行 三首

煙雨江光冷欲無，白鷗飛處有人孤。愁心又與萋萋草，半在春山半在湖。
苦愛灘聲夜不眠，水禽催起欲歸田。村村車水乘春漲，婦子殷勤襏襫前。
亂竹蒙茸兩岸迷，水痕高與木棉齊。魚花一夕乘雷雨，流出羚羊古峽西。

樵婦詞 四首

采樵三兩亂雲邊，亦有紅顏出自然。山鳥誰知畫眉好，山花誰識大丹鮮。
青青竹笋苦心同，采滿花籃損玉葱。莫學瀟湘古時女，淚痕長在籜兮中。
褓中兒女鷓鴣衣，藤笠團團月一圍。解唱傜歌偏不唱，恐驚花裏鬱鷄飛。
花好無名笑太紅，亂收春色束薪中。香生炊黍終無怨，多少朱顏木槿同。

光孝寺松 二首

愛松不必古松樹，小小青松已可憐。城裏種松難長大，一株虬曲即爲仙。

王園訶子幾林空，吹倒菩提苦颶風。一樹蒼松長偃蓋，亂飛蒼雪似山中。

燕

紅紫争銜一片霞，香泥只向白雲家。雙雙翠剪穿簾入，要掠姬人鬢上花。

緋桃

炎方隔歲已春華，每恨花朝不見花。多謝緋桃情意好，清明開向野人家。

新竹

煙梢露葉碧蒙茸，迸出新林盡籜龍。青玉雨餘春粉少，楚辭多寫墨香濃。

水仙

天暖水仙花不香，天寒香始滿蘭房。生來姿性宜冰雪，卻笑梅花凍欲僵。

留雁

未到花朝已北飛，江南春色苦相違。哀笳一片風沙外，家在陰山詎忍歸。

江南亦未稻粱稀，菰米香分塞馬肥。春暖汀洲芳草裏，無人驚起一行飛。

一春

一春寒卧擁香篝，每恨東風吹滿樓。故遣垂楊與垂柳，千絲萬縷攬人愁。

今歲

今歲鶯花倍覺稀，春寒不肯作芳菲。萋萋但長天山草，衹恐邊人馬不肥。

春盡　三首

清明正是最愁時，涙作空濛細雨絲。春色欲尋無處所，鶯花不遣恨人知。

細雨春山亂出泉，愁隨流水日涓涓。涙痕留與青青草，半作棠梨半杜鵑。

一夕春歸失麗華，無多蛺蝶撲晴沙。紅餘杜宇無非血，白到棠梨不是花。

春遲

今年春早卻春遲，凍死鶯花春不知。凄絶清明紛雨雪，苦寒如在雁門時。

巫山　二首

巫山亦有望夫臺，神女何年化石來。一自襄王魂夢接，至今雲雨不曾開。

一峰終古一相思，絶似哀猿無盡時。神女風流在何處，芙蓉十二是蛾眉。

香溪

香溪有女舊如花，定是巫峰一朵霞。誰分琵琶彈馬上，空留哀怨滿龍沙。

【箋】

讀史方輿紀要卷七八：「香溪，（興山）縣東南一里，即縣前河也。相傳爲昭君洗妝處。」

杜鵑花 四首

棧閣連雲百道斜，猿聲處處接三巴。無多望帝春魂在，半作啼鵑半作花。

春魂多少在蠶叢，化作山花躑躅紅。朵朵知含亡國恨，無情亦與子鵑同。

豹汝多情又作花，枝枝古血似殘霞。春歸亂向魚鳧落，絶似飄零帝子家。

開處千山萬壑香，一花一葉是君王。心傷野死重瞳似，再拜春叢涕淚長。

題胡君浣花圖

松身傴僂丈人同，怪石還如一老公。手把素書人尚少，未應頻作浣花翁。

友人言石埭水簾爲豐湖之源率題二絶

一簾飛作一湖來，湖闊珠璣撒不開。玉女九天紛咳唾，隨風又化瀑花回。

每恨珠簾卷太高，天風忽作快并刀。剪將半幅爲秋雨，散入雙湖起雪濤。

【箋】

惠州西湖志卷二：「石埭山，在府治西南四里。有石可爲埭，故名。俗呼大石壁。峭壁流泉若飛濂。」

送陸錬師

湖口西行上九江，香爐煙氣引飛幢。心隨一片秋天月，出入雲中玉女窗。

口占送陳獻孟之興寧

翩翩書記去從軍，彩筆憑將掃陣雲。東指藍關風旆卷，功名好慰望諸君。

題吴季六所畫黄山松　十首

奇絶黄山吴季六，畫松不畫直松看。四松最是黄山怪，長使人來毛骨寒。黄山有擾龍、倒掛等四松尤怪。

三十六峰松盡眠，一峰峰有一松纏。松枝不比松身短，十丈横飛渡水煙。

株株穿石土膏無，瘦盡蛟龍石作膚。畫出已令山鬼泣，不須黄海作全圖。

攫石拏雲盡偃松，一松飛去接前峰。遊人不覺石梁斷，扶過溪南驚卧龍。

熊羆多力不如君，季六少時力舉千鈞。曾向沙場作虎賁。戰敗不愁無矢刃，奇松拔取掃千軍。吴曩時建義戰敗，手拔一松擊敵，斃百餘人。

山木陰森古穴邊，汝驅虓虎出飛泉。青原有瀑布在虎穴旁，季六驅虎他徙，藥地禪師因名此泉曰「小三疊泉」。畫來三疊廬山似，更有虬松怒上天。

松松費盡熊羆力，畫取黄山萬樹來。雙腕可憐如此用，丹青深隱冠軍才。

龍顛虎倒在峰峰，盡是將軍漢代松。鱗甲不妨三寸厚，耐他冰雪過玄冬。

看君身亦一長松，生長黄山石壁重。放筆可能爲直幹，千尋撑起玉芙蓉。

瘦盡徒勞石髓滋，時時看似一峰攲。女蘿亂掛無空處，畫出應教山鬼疑。

【箋】吴季六，名强。安徽青陽人，能詩，工畫，尤長墨竹，與胡廷標齊名。傳見虹廬畫談。此詩疑作于游皖時。

青冢　二首

一片陰山日易陰，漢宫春色夢中深。不隨邊地風霜變，芳草青青是妾心。

峨峨何似李陵臺，一曲琵琶夜夜哀。紅粉青蛾安足惜，才人亦在白龍堆。

【箋】青冢，即昭君墓。杜甫詠懷古跡之三：「獨留青冢向黄昏。」仇注引歸州圖經：「邊地多白草，昭君冢獨青。」冢在今内蒙呼和浩特市南大黑河南岸。

贈馮律天　四首

久客遼陽識地形，巫閭長白有圖經。南帆倘至松花水，定向牀前拜管寧。

從軍十六向遼東，白首田疇未有功。兵法不須多記誦，時來婦女亦英雄。

饑鷹那得久依人，老向沙場亦有神。自在將軍元有命，相逢且醉秣陵春。
朝天宫在治城間，未就丹砂已駐顔。年少黄冠皆弟子，仙經教授不曾閒。

【箋】

馮律天，遼東人。名不詳。曾撰有千山遊記。審詩意，大均當與在南京結識，詩亦同時作。

讀東都賦有作

蘭臺三賦大文章，此日東都恨未央。更造人倫思建武，重新天命望南陽。

題望京樓

心逐春光萬里流，回風吹墮望京樓。江南盡是相思樹，和雨和煙繫紫騮。

送陳獻孟上横州

清川一道從交阯，東下横槎作大灘。帝子袈裟遺玉洞，憑君爲拂蘚花寒。自烏蠻灘上，有一大巖，相傳惠宗皇帝嘗憩其中。

題顧子豐乘槎圖

上爲雲漢下黄河，一葦中淩萬里波。牛斗緜來在足下，休從織女問如何。

某明府納姬金陵索贈 四首

美人爲政大河間，秋望羅浮放白鷴。秋浦緜來學陶令，二桐五柳共閒閒。

已有芙蓉並蒂妍，紅妝雙倚似非煙。更迎桃葉秦淮上，共載梅花大庾邊。君，雄州人。

從今左顧足鴛鴦，兩兩調絲樂未央。樂府舊歌三婦艷，豈知今在使君堂。

太白風流奈爾何，金陵小妓楚聲多。天生三寸如花筆，只爲佳人畫翠蛾。

西樵湖棹歌追和湛文簡公 三首

二十三泉一半飛，飛爲大小水簾肥。湖中盡是飛泉水，曲曲隨舟上翠微。

東北湖頭接白雲，東南湖尾大江分。諸峰不在煙波外，七十芙蓉總與君。

芙蓉一朵一飛泉，流作湖波蕩碧天。十八花灣行不盡，江風吹上瀑花邊。

【箋】湛若水，字元明。增城甘泉都人。明弘治、正德、嘉靖間學者。卒謚文簡。有甘泉先生文集。按，湛氏集中未見西樵湖棹歌之作。

潮泉

一泉天半有神靈，吸得江潮上翠屏。千里潮來清遠峽，不教一宿返南溟。

金陵曲送客返金陵 十首

文德橋東武定西，燈船高與畫樓齊。笙歌聲滿秦淮水，驚起啼烏不得棲。

雨雪官街夜市寒，六朝燈火未曾殘。城南步馬還城北，廿四航邊次第看。

烏衣朱雀御橋通，六代精靈在月中。亡國只餘春草色，青青長向景陽宫。

花間擎出玉盤遲，正是江南九熟時。靈谷櫻桃春不薦，杜鵑啼斷御園枝。

麗華蘭麝在荒丘，光氣長如匹練流。南國美人元有數，江東天子自無愁。

金吾舊有四花園，東在青溪故址存。不到太平歌舞地，從何沾灑列朝恩。錦衣余公繼勳舊有四花園，其在武定橋東者曰「東園」，一名「太傅園」，今有樓僅存，匾曰「世恩」，又有匾曰「青溪一曲」，篆書。

玉溆金塘濯錦餘，武宗曾此得金魚。紫雲一片鍾山至，長向樓端護御書。東園有塘，曰「濯錦」，武宗嘗釣得金魚，宦官高價争買之，武宗大悦。「世恩樓」三字，傳是武宗御書。

長板橋通太液流，月明遊女滿橋頭。中山畫舫隨人坐，東泛青溪西莫愁。太傅西園在莫愁湖上，舊有畫舫，任人乘坐。

飛橋三折逐溪長，紅杏千株落水香。十里溪雲連古木，陰森不見帝城牆。舊有長板橋三折。

白鷺芳洲廿里長，家家花發暖飛香。輕舟未忍隨潮去，公主墳西弔夕陽。出馴象門，濱河之西有國朝南康大公主園。

爲姜子題歲寒圖

先朝一樹是寒梅，竹篠松枝共翠苔。與子共存高節在，天南方少歲寒材。

詠秦夫人良玉

巾幗勤王舊有名，羅敷同姓亦同情。紅妝自可張軍氣，錦傘繇來建義聲。

【箋】秦良玉，忠州人。明石砫宣撫使馬千乘妻。馬死，代領其職。屢立戰功。張獻忠陷蜀，良玉悉召所部約曰：「有從賊者，族無赦。」乃分兵守四境，石砫得以保全。明史有傳。

新安江生壽詞

三十才名冠六朝，朱霞天半見丰標。黄山亦是江郎筆，無數芙蓉削紫霄。
白鹿驂乘弄紫簫，玉瓶甘露手親調。浮丘在左容成右，更授丹書佐帝堯。

【箋】新安，安徽徽州。

舟中苦熱

九月南天猶袒裼，炎雲低壓舸船來。清涼苦憶當年好，跣踏層冰上五臺。

團扇詞

蘋藻浮沈苦不同，君憐豈必玉顏紅。未秋團扇先捐棄，明月團團在篋中。

聞蟬作

梧柳陰森隱畫船，臨風日夕聽涼蟬。食薇三載容顏好，誰信夷齊不是仙。夷齊食薇三年，顏色不異，武王誡之，不食而死。

訶林 二首

虞園雖是古浮圖，訶子成林久已無。一片花宮生白草，牛羊争上尉佗都。

訶子頻婆但有名，菩提不解蔭三城。天南尚有真蛟蜃，玉殿珠堂儼未傾。

【箋】廣東新語卷二五：「廣州光孝寺……本虞翻舊苑，翻謫居時，多種蘋婆、苛子樹……於是寺名訶林。」

浮田

上有浮田下有魚，浮田片片似空虛。撑舟直上浮田去，爲採仙人緑玉蔬。上多蕹菜。

【箋】廣東新語卷二七：「蕹無田，以篋爲之，隨水上下，是曰浮田。予詩云云。」

屈美人辭 二首　美人，番禺屈氏女，洪武間以才色選入宫，恩寵甚厚。

新選珠娘作美人，瀟湘香草滿宫春。離騷數爲君王誦，諷諫心勞似楚臣。

三閭苗裔在番禺，有女多才似緑珠。一入宫中稱第一，不曾歌舞上氍毹。

【箋】廣東新語卷八：「屈美人者，番禺人。洪武二十二年選入宫，擢爲美人。屈氏有才德，奉侍恭謹。上恩寵之甚厚，召其父母兄弟詣闕，宴賚有加，復遣官送歸。予撰洪武宫辭云云。」

送客出洞庭

九江今作三湖水，青草茫茫接赤沙。千里片帆同落葉，隨風飛向碧天斜。

看劍作

劍氣時時似白雲，時來不得更從軍。青山只爲英雄設，老向松霞不事君。

三月

三月潮魚盡上田，漁人塞箔向江邊。我家江口知漁事，著得漁書十二篇。

白雨

炎天白雨早禾宜，更爲園林熟荔支。今歲無多黄雨下，農夫相慶酒杯持。

【箋】廣東新語卷一：「凡天晴暴雨忽作，雨不避日，點大而疏，是曰白撞雨，亦曰過雲，亦曰白雨。……黄雨，其氣溽而蒸，是生螟螽，禾是患之。故曰白雨宜禾，黄雨不宜禾。予詩云云。」

昭君曲 二首

憔悴朱顔出塞時，殷勤山上採燕支。無功正復慚西子，薄命何曾怨畫師。

魂魄千秋逐細君，月明南指漢宫雲。將軍不奪閼氏去，未見功名可冠軍。

香溪曲 三首　羅浮山中人采衆香爲末，浮溪而下，鬻於廣、惠二州，是溪因名香溪。

采香秋自香溪入，采藥春從藥市還。四百名峰行未遍，如何高卧白雲間。

七十二溪流水香，香隨流水出羅陽。山中水碓家家有，香末舂成即稻粱。

羅浮自是一香山，香使山人不得閒。一棹香溪販香去，香如塵土滿人間。

【箋】見廣東新語卷四「香溪」條及詩外卷十五香溪詩序。

贈畫者張丈 六首

丹青不覺老成翁，尺素長吹大漠風。十萬騂騮驅筆下，人間誰似畫師雄。

曹霸丹青號作家，秋鷹一一起風沙。老來鞍馬尤神妙，一掃横飛獅子花。

萬里風沙一紫騮，筆端飛出玉門秋。祇應燕頷人騎得，西取天山到海頭。

黄毛鷂子海東青，盡作愁胡上素屏。畫手不知秋眼疾，持來驚落白鵰翎。

毫端日日出奇毛，飛落雲霄未肯高。愛向林塘驚翡翠，錦韝不上武陵豪。

自合胭脂染紫騮，無聲已作一天秋。沙邊久立期飛將，榆柳陰陰卸絡頭。

【箋】

張丈，指張穆。張善畫馬，又善寫翎毛。見送鐵橋道人詩箋。

題畫蘭册 三首

蘭爲香祖少人知，花葉多因風露滋。沅澧已無芳草地，青青惟向畫中垂。

羅浮夜半欲開時，多謝微風不肯吹。香隔山來歸絹素，祇應騷客夢魂知。

平生作畫恨無師，花鳥而今學已遲。欲作道人蘭弟子，瀟煙湘雨寫枝枝。

【箋】廣東新語卷二七：「蘭爲香祖，蘭無偶，乃第一香。以楹蘭爲上……稱隔山香。」

題畫　二首

半掛峰端作數折，人言絶勝谷簾泉。盤旋欲下不即下，似欲天風吹作煙。

瀑花楓葉兩争飛，紅白隨風入翠微。正熟蒲桃猿引子，未殘明月客忘歸。

秋夕作

雲漢低垂拂綺城，夜深笳鼓漸無聲。愁人不忍聞鴻雁，念是當年嬌女名。予有亡女，生於雁門，名阿雁。

瓶花辭

蘭菊芙蓉及野梅，桂花同帶早霜開。折歸分向銅瓶插，幾種幽香入夢來。

秋日對花作 四首

重陽節過即芳菲，么鳳枝頭啄不稀。梅蕊竞先黄菊放，卻嫌緑萼得霜肥。

最是椏蘭發箭長，一莖二十四花香。争高穿出青青葉，貴種天教産五羊。

花曆天南最不同，吹嘘不必定春風。東君自解行秋令，先遣梅開九月中。

九月初殘漸有霜，盆梅移近讀書牀。花開夜半頻驚起，一朵渾如萬朵香。

冬日對花作 二首

六種争開向藥欄，冬來花事不曾殘。天南春色無來去，長與東皇共歲寒。六種者，梅、菊、月貴、高麗菊、雁來紅、水仙。

歲寒猶見衆花新，幸作長春國裏人。飛雪丹成先贈婦，流霞酒熟早娱親。

蘭

蘭葉青青蘭葉長，美人從古在瀟湘。花多只爲三閭發，采入離騷萬古香。

木芙蓉 二首

芙蓉面面笑窺池，在木還如在水時。終歲芙蓉開不盡，木蓮枝接水蓮枝。
枝枝向水影新妝，開向秋深不拒霜。萱草不曾銷客恨，芙蓉偏解斷人腸。

芍藥

千枝萬朵怨春紅，白纈黄樓髻子中。折向尊前君不飲，參差笑殺浣花翁。

虞美人草

舞態依依傍藥欄，多情春雨未沾殘。朱顏不與英雄盡，秀作名花萬古看。

老來紅

秋來花亦解還童，楓葉凝丹與爾同。衰白不愁青鏡笑，玉顏吾定老來紅。

【箋】廣東新語卷二七：「雁來紅，……花比素馨差小，五瓣鮮紅，亦名紅素馨，然無香。一名老來紅。」

口占答平山餉荔枝

夏至先紅惟黑葉，荔名。連朝頗恨玉盤空。因君飽食思甘蜜，荔枝多食，以蜜水解之。珠玉爲心報不窮。

庭中珍鳥口號 三首

花裏青鷄與錦鷄，青鸞亦共白鷳棲。青鷄頂上丹砂好，來自朱明洞以西。

仙禽亦有白鸚䳇，頂上一花蓮倒垂。么鳳可憐毛太綠，畫眉亦自白雙眉。

瓊州倒挂最知風，鸚䳇西洋色更紅。銀了不如金了好，不須剪舌語音通。

鷓鴣

不戲新梅嶺上煙，對啼偏向酒杯前。三春悔作江南客，萬里愁當落日天。

閨人寄遠曲

鶼鶼一赤一青衣，比翼多年在翠微。南海有禽皆不北，如何夫婿不歸飛。

放鷓鴣詞

白馬雕鞍日日行，閨中不管緑苔生。殷勤放爾鷓鴣去，去到郎前啼幾聲。

捕蟹辭 六首

捕蟹三沙與四沙，秋來樂事在漁家。隨潮上下茭塘海，艇子歸時月欲斜。

紫蟹迎潮復送潮，紛紛銜穗上蘭橈。蟹黄應月秋逾美，亂擲金錢向市橋。

匡螯初蜕及秋肥，母蟹膏多肉蟹稀。飽食沙田霜降稻，潮乾拾得滿船歸。

虎門潮水接牂牁，春淡秋鹹蟹總多。水肉金膏隨月滿，精華更奈稻花何。

扶胥多蟹況霜天，不獨河豚甲海鮮。春蜕何如秋蜕好，拾來螯跪軟於綿。

雪螺霜蟹總甘香，瑣蛣羹清味更長。家在鬱江多海錯，平生不愧打魚郎。

【箋】廣東新語卷二三：「蟹善迎潮……予家在茭塘，當蟹浪時，使童子往三沙四沙捕蟹，隨潮下上。」「蟹黄應月盈虧，爲月之精所注，故以膏爲美。膏多則又曰母蟹。」「自扶胥以上，水淡，多肉蟹」，「近大小虎門，水鹹，多膏蟹」。

打蠔歌 二首

一歲蠔田兩種蠔，蠔田片片在波濤。蠔生每每因陽火，相疊成山十丈高。以石燒紅投海水中，即生蠔。

冬月珍珠蠔更多，漁姑争唱打蠔歌。紛紛龍穴洲邊去，半濕雲鬟在白波。

【箋】廣東新語卷二三：「以石燒紅散投之，蠔生其上，取石得蠔，仍燒紅石投海中，歲凡兩投兩取。」「打蠔之具，以木製成如上字，上掛一筐，婦女以一足踏横木，一足踏泥，手扶直木，稍推即動，行沙坦上，其勢輕捷。」

南海祠作

衡岳精靈滿粵中，朱明洞府總相通。天教火帝司南海，萬古扶胥祀祝融。

【箋】南海神廟，在廣州東郊黄埔南岡廟頭鄉，古扶胥鎮。始建于隋開皇十四年。祀南海神祝融。見廣東新語卷二。

寄岑金紀　二首

談兵曾向岳陽樓，自謂書生勝虎頭。歸卧故山憐海目，山名。魚花春截大江流。

亦作池塘學養魚，青青桑葉映蓬廬。何須老母哀長劍，自有真人識素書。

【箋】岑金紀，即岑徵，號霍山。南海人。少時出遊，喜任俠韜鈐之術，盡耗家資後返鄉授徒自給，有選選樓集。

天涯

天涯蕭瑟又逢秋，不待霜飛已白頭。明月何曾知客恨，黄花只是笑人愁。

題江丈小影

高柳垂垂拂曉空，愁心多半與天風。羲皇以上何曾没，總在先生夢寐中。

贈舊令樓君 二首

黄花一丈似君長，十月炎天未著霜。彭澤籬邊那有此，掇英頻泛酒杯香。

湘湖空憶紫蓴時，一笑江山似弈棋。種秫未收頻解組，流溪父老至今思。

【箋】阮元廣東通志卷四六：「樓觀海，蕭山人。生員。」樓氏於康熙十五年任從化縣知縣，未及一年即罷去。

贈某弁新婚 二首

此日佳人宜換馬，而君偏惹麗華來。燕裙趙帶從軍樂，不念閨中長緑苔。

鬗美偏宜紅袖拂，身輕要共紫騮馳。早隨公主持犀杖，用冼夫人事。莫使將軍戀玉姿。

和人黄山雜吟

千峰雲起白龍潭，玉乳泠泠滴翠巖。斜倚瑶琴盤石上，卧看秋月出松杉。

峽山號子

潮至胥江水漸微，峽門開處野猿歸。空王亦愛禺陽好，飛寺而今更不飛。

送客

春草方生瘴氣微，子鵑催客不如歸。漁舟但向桃花入，莫問仙源是與非。

題袁强名畫 二首

墨氣空濛化水煙，春光猶濕半晴天。生機筆下知多少，流出真如石上泉。

瀑水長懸紙上聲，松煙浮動日微明。疏簾欲卷愁風雨，獨擁春寒寐不成。

【箋】

袁登道，字道生，號强名。東莞人。山水宗胡宗仁，晚法米芾，有水明樓詩。見畫史會要四。

勿上人將乞荔支齋僧爲説偈以達其意

嶺南珍果是離支，乞作伊蒲供導師。龍象能知瓊液味，餐時即是報恩時。

懷李生哺園

之子娱親有一園，竹花桐實繞芳萱。白門多少慈烏鳥，反哺如君更不言。

懷灝靈樓　在西岳廟門　三首

雲邊長憶灝靈樓，峰似蓮花朵朵浮。玉井上通東井宿，天河下接濁河流。

高高仙掌正當樓，雲際雙垂白帝旒。漢栢唐松蒼翠甚，不須煙雨已成秋。

春賽人多向岳宮，紛紛鷄鞠是秦風。樓中白帝箏琶繞，妓女邊妝隊隊同。

【箋】康熙五年三月，偕王弘撰往華陰，遊西岳廟。灝靈門爲西岳廟門。有五門樓，爲高大磚石城垣建築。

柬羅顒甫

白首爲儒尚未醇，斯文菽粟更何人。紫陽羽翼期吾友，及此林泉自在身。

【箋】羅顒，字顒甫。南海緑潭堡人。羅璟子。康熙二十三年副貢，任石城教諭。有四方草堂集。羅顒少大均十二歲。詩云「白首」，亦當作於康熙三十年五十歲後。

初秋

八月天風始作秋，松聲吹得一山浮。寒隨片雨來空外，蕭颯將含一片愁。

步出一天門北望白雲山色作 二首

山翠陰陰欲變霞，水簾開處有人家。生憎洞口菖蒲水，片片隨流是落花。

谷口煙深晝不開，松聲捲起鶴舒臺。風吹瀑布時時斷，飛作晴川數道來。

【箋】一天門，在廣州城北小北門。由一天門沿甘溪入田螺墩而登白雲山。

題綿羊圖

平沙漠漠草如茵，只見綿羊不見人。北海不知羝乳否，白頭蘇武欲歸秦。

口占送人還德慶

三峽羚羊大小湘，牂牁江水貫中央。江干十月嘉魚美，白舸隨君返故鄉。

送人上頂湖

瀑布東西水大飛，日光晴映玉簾肥。天湖開向千峰頂，遲爾秋來一浣衣。

【箋】

頂湖，即鼎湖。山名。在肇慶東北三十里。多瀑布，有天湖、飛水潭、龍潭、葫蘆潭、水簾洞天等勝景。廣東新語卷三：「頂湖者，端州鎮山。……一大瀑布長可三十餘丈，是謂大飛水潭。自西庵而下，又有短瀑布八九。」

楊花　三首

風飄一夜落南家，連臂歌殘是白花。不愛胭脂紅上靨，但憐飛絮滿宮斜。

半作香泥吹復飛，茫茫一片逐春歸。春歸有路從煙水，愁絶楊花蔽夕暉。

沾泥落水不曾知，似雪飄颻得幾時。爲語東風莫吹盡，留將一片與游絲。

柳 三首

不恨楊枝恨柳枝，牽腸一種亂如絲。啼烏爲爾頭先白，正是花飛似雪時。

臨風舞斷細腰肢，不管黄鶯在上枝。拂水千千那忍折，長條猶記短條時。

一片花飛似白頭，爲萍亦復逐風流。銀裝箏子紅牙拍，誰按楊枝不起愁。

明妃 三首

陰山一望戰雲寒，漢月凄凄不忍看。都尉不辭封右校，明妃何惜嫁呼韓。

自作新辭教緑珠，明君舞罷賜珊瑚。翔風莫抱房中怨，塞上閼氏似爾無。

琵琶馬上送蛾眉，漢帝思同公主時。善舞明君梁氏女，不甘秋草學閼氏。

文君

緑綺琴聲亦是媒，人間那得長卿才。白頭吟罷重歡好，也似長門一賦來。

送人之雲中

山西門户是雲中，上谷三關俯漢宫。君向長城城上望，秋鷹應念郅都雄。

送人返徽州

黄山白岳夢魂間，之子乘秋一杖還。洗研莫污飛瀑水，濯纓吾擬向潺湲。

和太倉許子題宋高宗賜岳武穆王班師手詔後　三首

許嘗於武陵署中見岳氏家藏此詔，係高宗手書，字大一寸，雄健遒緊，詞亦斐然，上有思陵花押及御璽一顆，大徑二寸，疑即「十二金牌」之一云。

自寫班師詔紙來，思陵花押璽函開。東南自足爲天子，一片湖山繞露臺。

龍顏多爲講和開，有詔班師手自裁。雪耻枉居勾踐國，會稽山解笑人來。

詠吹笛者

驚鴻不似似行雲，日夕含香笑語芬。應是緑珠高弟子，笛聲吹出舞明君。

故苑

故苑昌華在海頭，離宮亦傍茘枝洲。蟬聲如水流高樹，催盡斜陽又一秋。

【箋】羊城古鈔卷七：「昌華苑，一名顯德園。亦南漢故址。在茘枝灣，廣四十里，今盡爲民居。」

席上談及羅浮神蝶有賦 二首

蝴蝶元生蝴蝶洞，仙胎不必鮑姑衣。天教鳳子如箕大，不向梅花嶺外飛。羅浮有蝴蝶洞。

五色文章亦羽毛，仙靈變化在金膏。雌雄卻笑蒙莊客，栩栩空教夢寐勞。

【箋】廣東新語卷二四：「大胡蝶，惟羅浮胡蝶洞有之……本洞中仙種，相傳麻姑遺衣所化。」

蘭

蘭葉青青不厭長，宜陰一半又宜陽。花開多在微風外，夜静無人始有香。

送人入羅浮 四首

天邊飛磴似橋飛，玉柱雙雙夾翠微。自是鐵橋人不識，君行好度莫來歸。
只愁蝴蝶大如箕，食盡山花人不知。紅翠紛紛難與守，芳菲又遇艷陽時。
仙禽五色不知名，日夕相依最有情。莫捕林間小鳳子，裁爲羽服似雲輕。
山衣一襲似輕霞，著去東尋蕚緑華。縫用麻姑金綫草，補將玉女大丹花。

題煙波垂釣圖

鴛鴦湖水連長水，漁父而今有一人。白白鱸魚人不識，蘆花多處日相親。

題東來紫氣圖

華陰尚有青牛樹，樹亦猶龍似老人。紫氣氤氳在枝葉，持來爲爾五千春。

【箋】劉向列仙傳載，老子西游，關令尹喜望見有紫氣浮關，而老子果乘青牛而過。後世畫作祥瑞圖。

見初月有懷 二首

娟娟初出絳河濱，只見蛾眉不見人。欲寄清光與卿去，風吹不肯落西秦。

一半晴光一半陰，相看只在碧天心。盈盈最恨明河水，長爲牽牛織女深。

素馨斜

花田舊是内人斜，南漢風流此一家。千載香銷珠海上，春魂猶作素馨花。

【箋】廣東新語卷十九：「素馨斜，在廣州城西十里三角市。南漢葬美人之所也。有美人喜簪素馨，死後遂多種素馨於冢上，故曰素馨斜。至今素馨酷烈，勝於他處。以彌望悉是此花，又名曰花田。」

翡翠

雌青雄赤是魚師，日夕清波浴不遲。低處爲巢因愛子，花工捕向月明時。

【箋】廣東新語卷二十：「雄赤爲翡，雌縹青爲翠。合之色碧，是曰翡翠。」「取者又或俟其生子乃得。」

杜鵑

生作春鵑只苦啼，山山紅染落花泥。天教怨鳥催人老，一夕星星白髮齊。

題畫　二首

松樹橫斜似酒龍，不須奇石已成峰。朝來墨氣淋漓甚，寫出秦時煙雨容。

玉井移將入畫圖，芙蓉十丈世間無。三花直與三峰似，開向仙人白玉壺。

題寒江釣雪圖

雨雪江中一釣竿，天生漁父不知寒。蓑衣白盡無人識，都作雙雙白鷺看。

觀彭子與蘇子別有作 二首

珠水今春柳葉遲，因君不忍吐長絲。將歸一曲尊前唱，黄鳥無聲爲别離。

山木歌殘不自持，情深重使越人悲。天南自此多連理，細葉榕陰滿水湄。榕一名連理樹。

絳桃

露井桃花似玉妃，東皇頻使著緋衣。晴開朵朵如杯大，醉殺朝陽露未晞。

題扁舟圖

孤帆一片没浮雲，可惜舟中只有君。相送夷光五湖去，風流誰似白鷗羣。

掩扉

半掩山扉及晝長，登高不赴小重陽。三真六草教兒女，寫盡秋林葉葉霜。

覆額

覆額蘭雲漸欲長，未簪花朵髻先香。芙蓉結子何須早，且爲佳人一拒霜。

題畫紅梅

姑射仙人處子同，玉顏偏愛老來紅。微酡絶與紅梅似，雪染胭脂兩頰中。

題畫梅贈同庚劉叟

仙種分從太古天，歲寒松樹與同年。白頭不管如冰雪，自有春光絶代妍。

斷腸

斷腸無計更留歡，鳳去羅帷香未殘。晝下空簾愁脈脈，衹應花作美人看。

春水

春來新水滿炎洲，步步魚花載滿舟。天半羚羊懸一口，西江吞吐北江流。

送麥子之松江 三首

聞道鱸魚三泖多，季鷹秋興在煙波。君行更盡吴淞酒，身後浮名奈爾何。

風吹不散落花愁，淚共三江江水流。一代紅顔是知己，爲予多謝月珠樓。宜興有徐氏女，宰相徐溥之孫也，最賞予詩，謂爲「天下才子」。

明到紅梅古驛邊，停車且傍酒家眠。酒星天上應無酒，不若人間作酒泉。

示秀容 二首

昔年曾過秀容樓，在忻州。樓上佳人挽紫騮。今夕秀容來入座，昭君一曲淚還流。

蔓葉結成雙蛺蝶，檳榔一瓣在中央。殷勤贈與青蓮客，入口甜如玉女漿。

席上贈葉仙

吹人無那素馨風，更送桃花上臉紅。但得佳人稱太白，不辭沈醉月明中。葉仙三贈予太白先生，予喜爲盡三爵。

某君年七十餘納雙妾賦以贈之 三首

長生有術在香閨，方朔年年取小妻。自可鴛鴦成七十，莫教蓮葉有東西。

張蒼飲乳不曾遲，白首偏多素女師。一曲同聲雙唱處，桃花紅映古松姿。

白頭偏解愛芙蓉，兩兩鵷雛夾老龍。最似羅浮雙玉女，朝朝青傍老人峰。

長思 三首

壓酒長思鎮朔樓，鈿筝低按小雲州。樽前亂落鵝毛雪，半爲天寒駐紫騮。

小獵長思雁代西，雙穿紫兔在花泥。月斜不返胭脂馬，共枕琵琶毳帳低。

歇馬長思金粟城，索郎甜美月中傾。荒鷄不解留人客，行到黄河天未明。

果市 二首

冬仲山城果市齊，香圞朱橘壓林低。無錢亦得柑頭飽，賭核贏來賤似泥。

橘柚團團佛手長，玉盤堆滿一冬香。苞珍最是炎方盛，不獨枝圓作果箱。

南粤閨辭

香貂雙覆錦衾齊，雨灑船牕夢戍西。潮水未曾生夜半，長鳴恨殺九真鷄。

春水

春水諸魚嘯子時，西江步步有漁師。雨多榕葉溪流塞，細撥文漣下釣絲。

有贈

頻將摺扇索詩篇，王逸多慚白練箋。知己誰如蕭穎士，有人高出士夫前。

槿一花紅白二色

榮落須臾亦弄姿，白中一朵半胭脂。佳名愛老風流甚，清露花翁浣莫遲。槿一名愛老。

丈菊

挺出東籬丈許長，越人爭道女華王。霜英未易枝頭掇，一一高含歲晏香。

春草

龍消香粉鬱金油，掠鬢光同素面流。春草自來偏善舞，弓腰貼地解人愁。白樂天有姬香草，善舞。

染衣

水沈煎水染衣裙，生長香林飽衆芬。東莞女兒香角好，笑他黄熟不堪焚。

薄妝詞 二首

兩頰初成酒暈時，桃花妝淺稍調脂。卿卿欲識春山好，五岳三峰盡在眉。

却月横煙十樣眉，唐時尚闊有誰知。從郎索取生花筆，小按圖經勝畫師。

寒塘曲

共照寒塘秋瀲灧，波心恨殺芙蓉占。生憎郎愛水中人，笑與芙蓉看不厭。

金鳧曲

雨聲滴遍曲欄杆，燈灺香消夢未安。帳底金鳧誰得似，無情偏暖有情寒。

春山

春山只在翠眉間，休向雲門鏡水攀。鬢影吹人香不已，羡他蝴蝶逐風還。

知道 二首

知道楊花愛作萍，故將飛絮攪空冥。依依卻是無情甚，折盡枝條勿使青。

風花欲去向誰邊，化作香泥色尚鮮。最是東君無力甚，難留一片畫欄前。

木棉 三首

春暖春寒二月天，祝融祠畔冶游偏。木棉花老頻飄絮，如雪紛紛墜錦韉。

朵朵開殘口有綿，雪花飛滿女郎前。織成白緤温柔甚，持與蘭房作褥眠。
朵大堪持作酒杯，紛紛小鳳蕊中胎。猩紅染盡春毛羽，又向山丹樹裏來。

山丹 一名珊瑚樹

處處珊瑚競作叢，珊瑚不産海波中。無人識是珊瑚樹，道是山丹與赬桐。

【箋】廣東新語卷二五：「考宋徽宗賜此花名珊瑚林，黄聖年以爲即赬桐。」

越臺新柳 十首

新年柳葉已争開，絶似江南二月來。自是炎方天易暖，春光先到越王臺。
濯濯風枝半作陰，新條不遺舊條侵。自來珠海多春色，垂柳垂楊亦繫心。
百尺絲陰拂荔磯，吹綿未共木棉飛。玉山香浦攀枝外，新緑輕輕染翠微。
未作鵝黄緑尚輕，垂絲一半拂春城。風流絶似靈和殿，不待條長已有情。
流亂輕絲不自持，依依最是嫩條時。春來幾日猶無力，葉葉吹開未作眉。

掩映花田乍散風，幾株抽翠已連空。行人莫向朝臺折，留間班枝二月紅。
垂柳炎州自昔稀，幾家新種未成圍。江南江北無人處，黄鳥枝間正亂飛。
舞殺東風絶可憐，思同人柳只多眠。漢宫一樹風花亂，吹落昌華舊苑邊。
同心同折一枝迴，絲縷因風結復開。已苦春愁如雪亂，莫教花絮更飛來。
家住金陵復得無，白門楊柳可藏烏。漢宫眉黛三千緑，葉葉枝枝是畫圖。

楊枝

不唱楊枝唱竹枝，誰憐花淚碧離離。南梳北裹無心好，辜負春光絶麗時。

對瓶花作

日插名花三兩枝，瓶中開落夢先知。酒中時有荼蘼片，香賴閨人拾不遲。
十種花歸一膽瓶，爐香不爇有餘馨。鬢邊未許人私戴，茉莉時分數朵青。有青茉莉。

方塘

一丈方塘亦養魚，水深不得種芙蕖。月光多作金波滿，花影長含玉鏡虚。

分水 道書稱泉源福地，華子期所治

羅浮主客一泉分，泉影天邊似白雲。湯沐東西雙瀑布，仙人誰似子期君。

【箋】廣東新語卷三：「羅浮二山接處，一道飛泉界之。東流于博羅，西流於增城。縈回百折，爲諸溪澗之源，道書所謂第三十二泉源福地，仙人華子期治之者也。二山欲合，而泉故離之，使人得見二山離合之跡者，此泉也。」

題沈君小影

形影陶公此亦真，羲皇以上更無人。科頭不見三千丈，欲爲君加漉酒巾。李白詩：「白髮三千丈。」

舞草　二首

大王楚歌歌莫哀，爲妾楚舞一徘徊。舞影千年爲舞草，報君意氣向春開。

血作杜鵑花已紅，魂爲舞草更摇風。美人騅馬平生物，一笑天亡起帳中。

【箋】全芳備祖後集卷十一：「虞美人草，花葉兩兩相對，人或近之，即向人而俯。如爲唱虞美人曲，則此草應拍而舞，他曲則否。」因稱虞美人草爲舞草。

黄花　二首

黄花十月似丹楓，嶺外無霜亦變紅。安得醇醪朝夕有，玉顔酡好與君同。

貪泉但有菊花妍，兒女金錢與玉錢。插滿髻鬟兼作食，香含朵朵露華鮮。

贈友人製硯

鳳池研瓦墨成螺，書畫皆圓晉法多。愛爾米家新製好，水巖真紫勝洮河。

題英上墨竹

疏放枝枝意有餘，縱橫下筆似顛書。風吹舞影生綃落，無數篔簹勢不如。

【箋】

英上，字卓今，又字目青。新會人。爲函昰門下，法名今心。善畫竹。

題林氏畫册　五首

邊鸞雀子趙昌花，一點丹青盡物華。更有滕王蝴蝶好，采春紛向寫生家。

花總如生自不知，黄筌神妙讓徐熙。絶憐點染惟丹粉，没骨圖成多折枝。

輕輕研吮即成春，物態氤氲總逼真。落墨圖成徐渲染，勝他暈淡少風神。

折枝一抹態横斜，隨意纖穠亂點花。更取陳常飛白筆，參差樹石寫昌華。苑名。

徐家花竹與禽魚，士女江南盡不如。野逸絶勝黄富貴，曲眉豐臉六朝餘。

【箋】

林良，字以善。南海人。明天順、成化間畫家。善寫花鳥。蕭鎡題其九思圖亦以與邊鸞相比。

緋桃碧桃秋開承黄丈折贈二枝詩以答之

朵朵秋光照角巾，桃開多爲白頭人。紅緋白碧持相媚，不使黄花不見春。

子規

山茶花落子規啼，嗚咽春當謝女閨。豹汝無情教客去，竹枝驅向錦城西。

聽陳生松言琴　二首

琴聲絶似松言語，君把松聲盡入琴。天籟最多惟五鬣，微風亦復響蕭森。

家貧亦有數瑶琴，兒女能知山水音。況有松聲來萬壑，何人不道似空林。

頻果乾　二首

京師頻果與花紅，作脯南來笑土風。不問花紅問頻果，鮮時香味可相同。

頻果甜於沙果多，相思原不是頻婆。乾來説是林檎脯，越客傳看啞笑多。宛委曰：「頻婆，相思也，即今北方頻果。」宓山云：「嶺南别有頻婆子，非頻果也。」右軍帖：「來禽、日給，皆囊盛爲佳。」日給，沙果也，味甘，來衆禽，故曰「來禽」。來禽，即林檎也。廣志曰：「林檎，北人呼爲頻婆。」李時珍曰：「頻婆，柰也。」皆非。

上林頻果最稱珍，夏熟櫻桃共薦新。作脯不教南客識，玉盤争取更貽人。

七夕詞 八首

天帝金錢貨不還，二靈長隔絳河間。終年織錦成何用，淚灑支機石盡斑。

漸及斜陽渡恐遲，河邊似見鳳軿移。未教烏鵲迎仙佩，先遣蜘蛛送巧絲。

細犢朝朝耕紫煙，宫中未有館甥年。應知帝亦憐兒女，不遣天孫去鎑田。

何妨天妹耦耕來，隔水如聞機杼哀。飲盡銀河應有日，牽牛不用月明回。

莫道人間有恨人，雙星天上更酸辛。若教精衛填河漢，清淺而今已作塵。

相思相望老年華，一宿歡娱未有家。織女何殊雙顧兔，牽牛亦是一匏瓜。

人間不復見神娥，歲歲佳期一度多。最是黄姑生命好，不須身自渡銀河。

相逢早已慰參商，此夕何勞玉漏長。絶勝月中垂兩足，蟾蜍相與作鴛鴦。

題高生畫

故人胸次滿霞煙，畫出雲林與石田。愛殺橋西扶杖者，無人相與踏秋天。

酒熟 二首

酒娘新出味如飴，兒女餔糟父啜醨。恨絶秋收紅糯少，白衣無復到東籬。

空如玉乳甘難飫，不似香醪冽易醺。卻愛燒春能爽口，一杯已覺暖氤氳。

送人入京 二首

桑乾亦是小黄河，橋向蘆溝踏雪過。馬上錦裘青海客，嗚嗚吹葉和悲歌。

白山冰雪黑山雲，水落遼河向塞分。更出渝關隨射獵，海青看打駕鵝羣。

白蓮池

池水含風滿洞涼，麻姑舊種白蓮香。笑他未有明星手，不得花開十丈長。

苦雨作 三首

百道飛泉作檐溜，絶疑三峽倒龍湫。哀猿爲爾空腸斷，淚逐潺湲日夜流。

一春陰雨春無晝，晴暖何因見艷陽。亦有鶯花在煙霧，風吹不作白頭香。

那知是雨是啼痕，沾灑衣衾冷斷魂。泉下有親寒正苦，豈知綿緤定奇温。

題妝臺

何處相思采白蘋，宓妃羅襪已成塵。玉蘭盡抱琵琶去，南國於今少美人。

【箋】此詩録自曾燦過日集二。

雜體

舟子謡 四解

廣州大艨艟，使得兩頭風。輸一篷，贏一篷。

後八字風，揚篷當中。前八字風，勾篷西東。

上灘如天，鐵人紙船。人與石門，十鈎一牽。船隨石轉，其軟如綿。

江海無津，鐵船紙人。隨風所督，萬斛埃塵。其船堅重，鐵力爲身。

【箋】

廣東新語卷十八：「篷者，船之司命。其巨艦篷，每當逆風掛之，一横一直而馳……横行曰輪，直行曰贏。」「風正曰八字。八字風在後則正，在前則横。」「粵人善操舟，故有鐵船紙人、紙船鐵人之語。蓋下海風濤多險，其船厚重，多以鐵木爲之……故曰鐵船；船既厚重，則惟風濤所運，人力不費……雖孱弱亦可利涉，故曰紙人。」大均曾多次經峽灘北上。

上三峽謡

潮上飛來，一宿即回。飛來潮上，二禺皆響。

【箋】

三峽，指北江三峽。廣東新語卷三：「湞陽、香爐、中宿，爲北三峽。」

自英德下峽者先湞陽自清遠上峽者先中宿歌曰 二首

湞陽頭，中宿尾。中央一峽香爐是。

頭中宿，尾湞陽。香爐一峽是中央。

【箋】

廣東新語卷三：「湞陽、香爐、中宿，爲北三峽。……蓋中宿、湞陽以香爐峽爲中。」

英德灘謡

舟上龍頭，一沈一浮。舟上鰲背。一進一退。

【箋】

廣東新語卷三：「峽中復多怪石……有名龍頭硬者，鰲背者，歌曰云云。」

磨刀灘謡 二首

石爲刀，舟爲礪。朝磨暮磨，人與之敝。

舟石相磨，舟奈石何。

【箋】廣東新語卷三：「自英德至清遠有三峽……有曰磨刀灘者。歌曰云云。」

彈子磯謡 二首

一篙一尺，十篙一丈。不怕彈子磯，高高在天上。

上水船，撑得鐵牆穿。下水舟，摇得鐵牆浮。

【箋】廣東新語卷三：「粤三峽……有曰彈子磯者，遠者之一峰鋭竦，欹壁千仞，絶似太華南峰之背。上有穴，亦與蜖蠪穴相似，云黄巢彈子所穿，是中空洞，一聲入之，如震雷盤旋石腹，四山傳響。」

望夫操 有序 二首

中宿峽中有望夫臺，亦曰望夫山。予爲琴操，以擬楊廉夫石婦操云。

望夫臺，儂今化爲石，郎且不須回。

望夫山，儂雖化爲石，猶自待郎還。

楓人歌 二首

小雨楓人長一尺，大雨楓人長一丈。女巫取得沈水薰，一夕楓人有精爽。大婦持珠來，求子步遲回。小婦持錢至，問郎歸尚未。

【箋】

廣東新語卷二五：「楓老有癭，中夜大雷雨，癭則暗長，一枝長可數尺，形如人，口眼悉具，謂之楓人。」

合歡詞

郎種合歡花，儂種合歡菜。菜好爲儂餐，花好爲郎戴。天生菜與花，來作合歡配。合歡復合歡，花菜長相愛。

【箋】

廣東新語卷二五：「高州有合歡樹，枝葉若拘繫然，互相交結，風至輒分解，一離一合，狀若有情，故名合歡。」「番禺有合歡菜，四葉相對，晝開夜合。予有合歡詞云云。」

白蜆謡

南風起，落蜆子。生於霧，成於水。北風瘦，南風肥。厚至丈，取不稀。殷勤祭沙潬，莫使蜆子飛。

【箋】廣東新語卷二三：「番禺海中有白蜆塘。……歲二三月，南風起，霞氣蔽空，輒有白蜆子飛落，微細如塵，然落田輒死，落海中得鹹潮之力乃生，秋長各肥，積至數丈乃撈取。予有謡云云。」

連州灘謡

五里一峽，十里一灘。水如箭激，石似弓彎。湞陽峽苦，湟水灘難。

食魚謡 五首

鯇魚頭，鯉魚尾，鰱魚之腹更甘旨。

水鯰土鯽，病人宜食。鯰浮鯽沈，可以滋陰。

黄白二花，黄花魚、白花魚也。味勝南嘉。

寒鱭熱鱸，既甘且腴。
霜蟹雪螺，味不在多。

【箋】

廣東新語卷二二：「鯇之美在頭，鯉在尾，鰱在腹。」「鯽屬土，其性沉，長潛水中，鯪屬水，其性浮游，長躍水上。鯽食之可以實腸，鯪食之可以行氣。」「黄白二花……其功補益而味甘，故美。」「鱭魚至冬益肥，故曰寒鱭；鱸至夏益肥，故曰熱鱸。」又卷二三：「凡螺皆以雪肥，蟹則以霜。」

漁者歌 二首

取魚大灉二灉，捕蟹三沙四沙。潮落不歸村舍，月明同宿蘆花。

船公上檣望魚，船姥下水牽網。滿籃白飯黄花，皆魚名。换酒洲邊相餉。

悲幽操

昊天嗟嗟兮，何今其盲。晝不見日兮，吾無以爲光。夜不見月兮，吾無以爲明。昊天嗟嗟兮，吾無日月之照臨，將與鬼怪而争行。長跪兮扶桑，稽首兮東皇，願將日兮出東方。有日兮自有月，太陰兮自隨太陽。

割股操

爲母刲股，母啖而甘，母則不苦。母啖不甘，兒將以肉爲脯。兒肉幸鮮，兒心則腐。一死可救母兮，兒身以之。一臠之肉，兒安忍辭。

待舟操

南海有某氏女者，其父以許何氏之僕。已而，何氏以搆訟破家，因取所聘金於女父。女父還金，將以其女改字。女陰使人語僕，謂必無他志，且速之再納聘金。僕貧，倉卒未具。會有以多金求女者，女哭，誓不從。已而，何氏僕持聘金至，女父怒而逐之。女乃潛出，與僕相持痛哭，約僕以舟來迎。至夜，女至江干，待舟不至，即自經。年十有五。予以琴寫其悲，辭曰：

月將落兮潮水平，舟不來兮傷予情。獨立沙洲兮涕淚零，無人知兮惟流螢。水禽忽叫兮似人聲，追者至兮天欲明。君豈忘兮不來迎，妾若還兮亦不生。掛榕枝兮心戰栗，裙帶斷兮泥没膝。魂尋舟兮不見舟，魂見舟兮妾願畢。舟迎魂兮更莫遲，波濤驚兮魂恐失。

結交操

吁嗟嗟！我之與子交兮，子如日兮月如我。未望兮而日在其右，既望兮而日在其左。左與右兮其皆溯日以爲明，離日須臾兮月誠不可。日以月爲其命兮，日得月而天下有水。月以日爲性兮，月得日而天下有火。兩相濟兮以長生，與天地兮不墮。

花下兒歌

客聞花下兒啼，於兒懷中得片紙，書兒生年月日。蓋貧婦弗能鞠養，置花下，冀遊人見而收之。

棄兒花間妾身輕，兒啼呱呱莫斷聲。三朝有乳未能飲，遊人聞泣應傷情。妾能生兒不能養，花間會有人來往。桐花小鳳花爲胎，花使生之葉使長。取兒且作小鳳看，黄雀銜珠報不難。牛羊昔日解腓字，仁人豈可無肺肝。

紀歲珠辭

——歙人某娶婦一月即行賈，婦刺繡自給，以其餘歲置一珠，綵絲繫之，曰「紀歲珠」。夫歸，婦殁已三載，啓篋得珠，積至二十餘顆矣。

新婚一月即相別，刺繡爲生望同穴。歲置一珠貫綵絲，珠知歲月妾不知。珠爲懊儂紀年物，淚紅點點成胭脂。美目乃是珠母海，孕珠大小含驚采。鮫人慷慨泣夜光，争似妾多明月在。夫歸數數繫中珠，三十不足廿有餘。珠少不足新人用，留妾珠兮在羅襦。

淘鵝謡代漁童作　三首

水流鵝，莫淘河。我魚少，爾魚多。竹弓欲射汝，奈汝會逃何。爾逃河，莫淘河。爾淘河一日，使我三日魚不多。養魚在頷下，不食奈魚何。没水取魚好，慎莫竭我小盤渦。

吁嗟淘河，魚奈爾何。魚師不畏，畏爾淘鵝。爾浮少，乃沈多。吾將廢網罟，與爾隨流波。取魚爾頤下，殺汝祭蛟鼉。淘鵝，一名水流鵝，亦曰淘河。其曰逃河者，訛也。能沈水取魚，或竭小水取魚。頤下有皮袋，嘗盛水二升許以養魚，隨水浮游。每淘河一次，可充數日之食。

【箋】廣東新語卷二〇：「淘鵝，即鵜鶘也。曰逃河者，淘鵝之訛也。陽江人則謂水流鵝云。其大如鵝，能沈水取魚。」

薏苡謡

食米得薏，薏一米二。從郎二米，儂只一薏。

【箋】廣東新語卷二七：「薏苡，一曰贛米。亦曰薏珠子。交趾人呼爲斡珠。食以代米。或雜米中熟之。」

檳榔謡

一檳一榔，無蔞亦香。扶留似妾，賓門如郎。

【箋】廣東新語卷二五：「越謡云云。賓門，即檳榔也。又云：檳榔爲命賴扶留。」

罾布謡

以罾爲布，漁家所造。著以取魚，不憂風颸。

漁謡

鱔多烏耳，蟹盡黄膏。香粳换取，下爾香醪。

【箋】廣東新語卷二二：「白鱔，以産池塘中烏耳者爲佳。」卷二三：「蟹黄……爲月之精所注，故以膏爲美。」

食檳榔謡 二首

檳榔白，不食花。食花蒂，當靈茶。檳榔青，子初成。食青子，當茶清。

歡口檳榔花，儂口檳榔子。花香子不如，子甘花不似。甘香得相同，何必求連理。

【箋】

廣東新語卷二五：「三四月花開絶香，一穗有數千百朵，色白味甜，雜扶留葉、椰片食之，亦醉人。」

屈大均詩詞編年校箋卷十三

騷屑詞一　編年部分

如夢令　二首

才過鷓鴣啼處。又到鬱鵎飛處。行盡越天邊，總是一江煙雨。歸去。歸去。芳草幾曾迷汝。

未盡一灣藤竹。又入一灣喬木。向夕駐漁篷，螢火照人孤宿。相逐。相逐。已與白鷗情熟。

醉花陰

煙雨臺城迷古道。春色幾時好。誰使馬群多，一片江山，生遍萋萋草。未過寒食鶯聲老。花發應須蚤。處處是邊陰，垂柳垂楊，不爲南朝掃。

【箋】順治十六年春在南京作。　臺城，顧祖禹讀史方輿紀要卷二十：「臺城，在今上元縣治東北五里，本吴後苑城也。」晉宋間，謂朝廷禁省爲臺，故稱禁城爲臺城。在今南京玄武湖畔。　同時有臺城春望詩。

多麗　春日燕京所見

正春晴，畫鼓天街無數。玉河橋，杏花盡吐，八旗人至如雨。更通城、紫駝細犢，逐盤頭、蠕蠕公主。錦剪圓襟，珠圍纖袖，漢嬌蕃豔，對傾駧乳。御渠畔、暖風飄柳，一一作香絮。施貂帳，三絃四板，學唱金縷。　又三里，豐臺芍藥，玉鞭鞭馬争去。插雙雙、翠翎年少，并向啼鶯最多處。柘彈穿林，花氈鋪地，壚頭都解女真語。恨斜日、上林煙暝，蒼翠欲迷路。牛羊氣、吹滿鳳城，總作香土。

【箋】順治十五年春作。時與雪公道經金陵，入北京，將出關赴遼訪函可。此詞寫清初京中滿漢交雜之風俗，頗露鄙夷之意。

行香子　都門春遊作

花向東華。柳向西華。逐春嬉、蠕蠕香車。欲吹觱栗，先鼓琵琶。喜人如雲，酥如乳，酒如霞。　西曲秦娃。南曲吴娃。與流鶯、婉轉平沙。漸喧邊馬，將宿宫鴉。過兔兒溝，桃兒店，月兒家。

【箋】順治十五年春作於京師。

浣溪沙　杜鵑

血灑春山盡作花。花殘人影未還家。聲聲衹是爲天涯。　有限朱樓當鳳闕，無窮青冢在龍沙。催歸不得恨琵琶。

【箋】此首疑亦於順治十五年春作於京師。過片二語沈痛。

柳梢青

緑草萋萋，一春愁望，衹在花溪。北地香魂，南朝碧血，總付鵑啼。　征人一騎遼西。共誰宿、黄駝白羝。朝逐風笳，暮歸冰窖，可念深閨。

【箋】順治十五年五月，自京師東出榆關，赴遼訪函可途中作。

番女八拍

彎弓争落海東青。插雙翎。香貂帽子魚皮女，兩兩馳過粟末城。羊酥多食復駝羹。玉肌腥。春寒擬坐温湯去，笑擁閼氏向盛京。

【箋】順治十五年五月，作於吉林。粟末，古靺鞨七部之一，在今吉林省松花江流域一帶。

甘州令

柳條邊，榆葉塞，驚沙自卷。雕羽屋、苦風吹散。乍寒天，已淒慘，夕陽偏晚。白羊王，紫駝女，爲客作、漢軍兒飯。飲餘杏酪，弄深蘆管。好貂帳、乍生春暖。正玄冰，凍黑水，海州休返。少卿廬，子卿窖，欲尋去、馬愁天遠。

【箋】順治十五年秋，作於遼東。觀其柳邊、榆塞、海州之語，似是遊遼、吉後入關途中之作。

風中柳

趁取花朝，與客探梅光福。恨橫塘、千株未足。北船偎玉。南船偎玉。恣春情、冷香中浴。峰頭白盡，不見髻螺青緑。掃莓苔、瓊英萬斛。香涇三宿。帆涇三宿。約笙歌、總歸林屋。

【箋】順治十六年春遊吴時作。詩外有冒雪同郭臯旭入鄧尉山中探梅二首，中有「微微光福月，相與宿空冥」之語。可知時與友人郭臯旭探梅蘇州光福，歸而作此。讀史方輿紀要卷二四：「光福山，本名鄧尉山，屬光福里，因名。」

花犯　出胥口作

是夷光，茫茫直向，三江五湖處。大夫相與。任白鷺鴛鴦，煙外毛羽。洞庭七十峰如許。芙蓉能見汝。林屋月、白雲相逐，飛過天際樹。胥魂不返愧教他，銀濤十萬頃，隨潮東注。香采後，梧宫覆，苧蘿無女。應相勸、子皮竟遯，莫漫把、千金仍廢著。正好用、計然遺策，飄然辭相去。

【箋】胥口，在今吴縣西南。讀史方輿紀要卷二四：「胥山，在太湖口，吴王殺子胥，投之于江。吴人立祠於此，胥口蓋因以名。」順治十六年作。

一剪梅 胥口看梅

蕩漾漁舟胥口來。湖上梅開。山上梅開。濛濛七十二峰隈。青失東雷。緑失西雷。

一夕夷光白髮催。香雪成堆。香粉成堆。風吹乾瓣作冰埃。千片單臺。萬片雙臺。湖中有大雷小雷二山。

【箋】大雷山、小雷山，在江蘇吴縣西南太湖中。周處風土記：「太湖中有大雷小雷山，相距六十里。」大雷山爲洞庭之西山，小雷山爲洞庭之東山。以上兩詞爲順治十六年春遊吴，自蘇州胥口入太湖，至洞庭山看梅作。同時有胥口探梅逢梅里諸子詩。

江城子

脂水雙塘未褪紅。藕花中。有梧宫。西子容光，半作水芙蓉。半作姑蘇臺上月，如天上鏡，照秋空。

長相思

采蓮涇。錦帆涇。幾曲横穿花裏城。鴛鴦處處迎。　蛾眉橋。白頭橋。風流那得幾春朝。臨風且玉簫。

【箋】 順治十六年春在吴作。姑蘇臺、錦帆涇等皆在蘇州。

摸魚兒 與友人别

放蘭舟、溯江西上，渺茫求食何處。天涯相見頻相别，同作水邊風絮。春欲去。恨故苑鶯花、總付煙和雨。離情罷訴。教夜半啼鵑，聲聲向月，爲寫此愁苦。　思重會，當在吴閶古渡。吹簫城下應許。英雄失路皆無策，慚使浣紗憐汝。君莫取，鴻鵠在。他時自有淩霄羽。功名糞土。且滿酌霜醪，仍將漁釣，共醉白蘋渚。

【箋】此詞似爲順治十六年春暮與吴地友人相别作。

念奴嬌　秣陵弔古

蕭條如此，更何須、苦憶江南佳麗。花柳何曾迷六代，衹爲春光能醉。玉笛風朝，金笳霜夕，吹得天憔悴。秦淮波淺，忍含如許清淚。　任爾燕子無情，飛歸舊國，又怎忘興替。虎踞龍蟠那得久，莫又蒼蒼王氣。靈谷梅花，蔣山松樹，未識何年歲。石人猶在，問君多少能記。

【箋】秣陵，南京古名。楚威王置金陵邑，秦改秣陵。順治十六年作。南京爲明故都，因有亡國之慨。

浣溪沙

一片花含一片愁。愁隨江水不東流。飛飛長傍景陽樓。　六代衹餘芳草在，三園空有乳鶯留。白門容易白人頭。

【箋】順治十六年寓居南京作。景陽樓，南朝陳之景陽宮之樓。陳書後主本紀載，隋兵南下過江，攻佔臺城。「後主聞兵至，從宮人十餘出後堂景陽殿，將自投於井……及夜，爲隋軍所執。」三園，指徐太傅三園。

金縷曲　舊院

淮水秦時水。接青溪、煙波九曲，影含蒼翠。一代紅顔曲中盡，猶記金陵四嬙。有阿馬、班如堂裏。蘭草枝枝薰賦客，鳳凰毛、一半分沙喜。無數女，砑箋紙。　歌樓舞榭今餘幾。祇桃根、當年渡處，尚餘香膩。三摺畫橋依然在，踏斷長憂朔騎。又惹得、鴛鴦驚起。明月小姑來復往，鼓箜篌、楚調應相倚。魂縹緲，欲招爾。阿馬，謂湘蘭也，工畫蘭，能詩。沙喜亦有文辭。

【箋】順治十六年寓居南京作。舊院，爲妓女聚處。秦淮廣記載，馬守真，名守貞，字湘蘭，小字玄兒，又字月嬌，排行第四，人稱「四娘」，「姿首如常人」，「神情開滌，濯濯如春柳早鶯，吐辭流盼，巧伺人意」。

余懷板橋雜記：「舊院，人稱曲中。前門對武定橋，後門在鈔庫街。妓家鱗次，比屋而居。」又，「沙才，美而豔，豐而柔，骨體皆媚，天生尤物也。善弈棋、吹簫、度曲。長指爪，修容貌，留仙裙，石華廣袖，衣被燦然。後攜其妹曰嬿者，游吴郡，卜居半塘，一時名噪，人皆以二趙、二喬目之。」又，「顧喜，一名小喜，性情豪爽，體態豐華，雙趺不纖妍，人稱爲顧大腳，又謂之『肉屏風』。然其邁往不屑之韻，凌霄拔俗之姿，則非籬壁間物也。」

賣花聲 舊曲中

桃葉渡東西。白鷺飛低。裙腰草長與橋齊。一代曲中人已盡，剩有香溪。　脂水半成泥。流入湖堤。荷花欲踏紫騮嘶。燕子銜將魂片片。可是深閨。

【箋】

順治十六年寓居南京作。舊院，爲妓女聚處。余懷板橋雜記：「舊院，人稱曲中。前門對武定橋，後門在鈔庫街。妓家鱗次，比屋而居。」

滿江紅 采石舟中

若憶開平，驚濤裏、石崖飛上。恨□□、長江中斷，天門相向。形勢依然龍虎在，英雄已絶樓船望。教祠宫、日夕起悲風，松楸響。　臨牛渚，停蘭槳。月未起，潮先長。但通宵慷慨。誰聞高唱。蠻子軍從南岸戍，名王馬向中洲養。任幾群、邊雁不能棲，蘆花港。

【箋】當爲鄭成功攻南京失利事作。太平寰宇記卷一百五太平州引輿地志：「牛渚山北謂之采石。」采石山，山下突入江處，名采石磯，即牛渚磯。在安徽當塗縣北長江東岸。明開平王常遇春敗元兵於此。

揚州慢

螢苑煙寒，雁池霜老，一秋懶弔隋宫。念梅花小嶺，有碧血猶紅。自元老、金陵不救，六朝春色，都入回中。剩無情、垂柳依依，猶弄東風。　君臣一擲，蚤知他、孤注江東。恨燕子新箋，牟尼舊合，歌曲難終。二十四橋如葉，笳聲苦、卷去匆匆。問雷塘磷火，光含多少英雄。

【箋】順治十六年秋暮作於揚州。

太常引　隋宫故址

垂楊幾樹是隋家。欲問後園鴉。飛過玉鈎斜。拂片片、風前亂花。　紅橋流水，穿橋廿四，流盡舊繁華。把酒坐晴沙。且數數、春人鈿車。

【箋】順治十七年春作於揚州。隋宮，指隋煬帝之行宮。輿地紀勝卷三七：「煬帝於江都郡置宮，號江都宮。」

風入松　西湖春日

斷腸人在斷橋邊。橋斷幾時連。無端橋斷因腸斷，令垂楊、千縷還牽。愁裏流霞難滿，夢中明月難圓。　花開花落總啼鵑。淚染六陵煙。冬青那爲君王改，正清明、蒼翠連天。多謝斜陽芳草，莫催客鬢年年。

【箋】順治十八年春作於杭州。

玉團兒　白杜鵑花

春心傷盡啼無血。化爲花、枝枝似雪。色已瑶姬，魂猶望帝，長含霜月。　紅顏一夕成華髮。笑冰姿、胭脂盡脱。暮雨蠶叢，朝煙劍閣，誰憐凄絶。

河傳

杜宇。何處。聲聲凄楚。濺血成痕，猩紅染雨。開落朵朵氤氲。無窮古帝魂。　君臣忽隔蠶叢路。因情誤。故國茫茫失路。恨年年寒食，與野死重華。總無家。

【箋】以上兩詞當作於康熙初。康熙元年四月，永曆帝被害於雲南。兩詞詠杜鵑以寄傷悼之意。

過秦樓　入潼關作

五谷三嶠，函關天阻，大河吞渭同流。嘆虎狼秦滅，但百二關山，四塞空留。守險少人謀。把西京、御氣全收。剩虚無宫闕，斜陽千里，隱映林丘。　喜華陰廟口，琵琶女、唤征人繫馬，槐麯消愁。教兩三鶯燕，各銜將紫蕚，亂作觥籌。看白帝多情，有明星、玉女綢繆。且興亡莫問，飛杖明朝，雲外相求。

念奴嬌 潼關感舊

黄流嗚咽，與悲風、晝夜聲沈潼谷。天府徒然稱四塞，更有關門束束。未練全軍，中涓催戰，孤注無邊腹。閿鄉秋蚤，乍寒新鬼頻哭。　誰念司馬當年，魂招不返，與賊長相逐。麾下興平餘大將，難作長城河曲。朔騎頻來，秦弓未射，已把南朝覆。烏鳶饑汝，國殤今已無肉。

【箋】康熙四年仲冬，與杜恒燦自南京赴陝西，十二月末，至潼關。以上兩詞當作於是時，當爲李自成軍破潼關事作。文外一宗周遊記：「至潼關，關北俯洪河，南倚秦山，一綫天險，爲全陝咽喉。」

酒泉子 三原元夕

鄭國渠邊，寶馬亂嘶秦月，滿城燈掛白楊枝。上元時。　彈箏打碟響參差。曲曲口西關外，邊聲多半是相思。少人知。

【箋】康熙五年正月十五作於陝西三原。文外一宗周遊記：「三原，古焦穫地，亦曰瓠中，曰池陽，秦之謡所謂『池陽谷口』也。城北有仲山，清峪河出其東，冶峪河出其西，合流至谷口。」又：「十五夕，觀燈南城，城有鄭國渠繚繞。閭閻之中，夾植白楊，人多懸燈其上，火樹煙竿，至曉不絶。」

酒泉子

猶記踏青，煙暖三原春正豔，喜涇陽。人盡至，又頻陽。　二城南北花相向。總是姑蘇樣。眼紗不戴香韉上。任端相。

【箋】

康熙五年春作於陝西三原。文外一宗周遊記：「二月二日，觀會於漢桃洞。洞去涇陽六七里，有東岳祠，士女至者數萬人。」「明日，又觀會北城，婦女結束若三吴，以千萬計，率騎而不輿，不帶眼紗，色多美而頎長。」

柳梢青　三原春日

南北雙城。梨花酒熟，一路相迎。蔬葉茵陳，麵條蝴蝶，多謝歡情。　嘶花寶馬騎行。白渠上、交彈翠箏。處處秋千，人人踏鞠，消遣春明。三原酒「梨花春」最佳。

【箋】康熙五年春作於陝西三原。文外一宗周遊記：「飯則黍、稷、麥、稻、粱。蒸者，熬者，餌者，粉者，及薄餅、温麵、蝴蝶麵。」

憶漢月　華山玉井間作

仙女洗頭何處。廿八寒潭長去。衣翻十丈白芙蕖，笑落一天香語。　多情應醉我，㪷滿了、玉漿如乳。井中冰藕乞雙枝，相逐要生毛羽。

【箋】康熙五年三月，與王弘撰往華陰。弘撰命其子宜輔導上華山，居西峰二十餘日。文外一登華記：「峰汙有上宮，旁爲玉井，大五尺許，其水潛流西注於澗，爲二十八宿潭，東注玉女峰，爲洗頭盆水。北注壁下爲瀑布。」

百字令　柏林寺内有唐晉王祠。弔之

誰家香火，説同光年代，鬭鷄兒作。三箭如何亡一箭，不記彌留遺託。聚鞠新場，射鴻高磧，天子誠多樂。龍餘獨眼，有靈雙淚猶落。　長恨水自滹沱，山連勾注，萬里無戎索。手啖羊酥恩未報，十六輕捐雲朔。紫兔霜肥，黄鷹風激，懶把秋弓拓。日斜回馬，舉杯聊自斟酌。

【箋】康熙五年秋作。文外一唐晉王祠記：「祠在代州之西八里柏林寺中。」晉王，指李克用。後被尊爲後唐太祖。

紫萸香慢　代州九日作

内三關、胡門偏險，尚餘趙氏長城。愛雲中秋色，欲移帳、出龍庭。正值重陽佳節，有樓煩山戍，畫鼓争迎。聽扶南小曲，口外兩箏人，教莫憶、故園乳鶯。邊聲。萬里相驚。誰聽爾、不傷情。恨横磨大劍，長驅突騎，雄志無成。一天羽毛飛灑，卻空羨、郅都鷹。盡駝酥、更傾千盞，一秋沈醉，忘卻欲射妖星。弓矢散零。

鎮西

邊風邊雨，苦重陽寒絶。教榆柳、未秋無葉。枝枝雪。趁胡鷹始擊，代馬初肥，禽鳴獸咽。雲東雲西圍獵。向高闕。相將蒙古部，南飛倏忽。更千群、錦袍馳突。女回鶻。笑鞍捎紫兔，箭落黄雕，腥臊自割。胭脂半沾鮮血。

【箋】

以上兩詞爲康熙五年九月作於代州。代州，今山西忻州市代縣。

紫萸香慢 送雁

恨沙蓬、偏隨人轉，更憐霧柳難青。問征鴻南向，幾時暖、返龍庭。正有無邊煙雪，與鮮飈千里，送度長城。向并門少待，白首牧羝人，正海上、手攜李卿。秋聲。宿定還驚。愁裹月、不分明。又哀笳四起，衣砧斷續，終夜傷情。跨羊小兒争射，恁能到、白蘋汀。盡天長、遍排人字，逆風飛去，毛羽隨處飄零。書寄未成。

【箋】

康熙五年秋冬間，大均至太原訪傅山。作過太原傅丈青渚宅賦贈二首，有「思深當歲暮」之語。此詞似亦爲傅氏而作。葉恭綽廣篋中詞謂此詞「聲情激楚，噴薄而出」。

浪淘沙 綏德秋望

塞門近、西風乍卷，片片沙起。吹作龍鱗萬里，河吞倒入地底。欲飲馬、榆溪無滴水。更無定、凍解全未。向公子扶蘇墓傍坐，天寒苦難已。遥指。潰城半壁凝紫。與寸寸長蛇常山勢，斷續無首尾。嗟地脈徒傷，亭障難恃。築愁好止。教漢家、頻得烏孫佳婿。枯蜕茫茫連天白。霜華濕、戰聲易死。濁塵外、牛羊來互市。恨飛將、腐肉成冰，魄未冷，天鵝掠去弓和矢。

【箋】

屈大均於康熙五年正月寓居陝西三原後，一年間行蹤不定，當有所圖。六月至代州後，疑亦曾於秋後返秦，遊歷陝北。此詞作於綏德。清史稿卷六三：「（綏德）隸延榆道。明屬延安府。」無定河流經全境。宣統本注：「蜕一作骨。」

八聲甘州　榆林鎮弔諸忠烈

大黄河、萬里卷沙來，沙高與城平。教紅城明月，白城積雪，兩不分明。恨絶當年搜套，大舉事無成。長把秦時塞，付與笳聲。最好榆林雄鎮，似駱駝横卧，人馬皆驚。更家家飛將，生長有威名。爲黄巾、全膏原野，與玉顔、三萬血花腥。忠魂在，願君爲厲，莫逐流螢。

榆林鎮，流寇號爲駱駝城，馬見而畏。

【箋】康熙五年秋作於榆林。皇明四朝成仁録卷四延綏鎮死事諸文武臣傳：「鄭端簡云：『榆林地險，將士懷忠畏法，死無怨言，又果悍敢戰，不貫胄。寇呼爲駱駝城，人馬見而畏之。四方徵調，所向有功。』信不誣也。當闖賊攻城時，以孤城死守七日夜，力竭城崩，自將帥兵民以至商賈廝養婦人女子，幾十餘萬人，無不慷慨激昂，爲朝廷而死，與甯武關屹然於三邊之中，挫賊於滔天之日。」「賊既破榆林，盡屠滅之。」徐嘉炎屈翁山詩集序：「（翁山）己酉之歲，復來吾禾，留榻荒齋，浹辰忘倦，爲言在延綏時，弔榆林之七忠，尋五原六郡之故跡，里中求名少年争趨之。」

淒涼犯　再弔榆林中忠義

榆溪瀰瀰。榆臺下、潛流塞外千里。風沙亂攪，渾河同濁，劍花難洗。牛羊飲水，帶人血、胭脂淡紫。念當年、延綏將士，三萬委泥滓。　憑弔駝山下，酹酒黄狐，莫穿蒿里。淚痕濕處，教無窮、白楊花死。更恨叢祠，與飛將、而今未祀。問秦弓、可尚在否，在媚子。

【箋】康熙五年秋作于榆林。榆中，即榆林塞，亦稱榆溪塞。似爲大均第二次至榆林時作。

長亭怨 與李天生冬夜宿雁門關作

記燒燭、雁門高處。積雪封城，凍雲迷路。添盡香煤，紫貂相擁夜深語。苦寒如許。難和爾、淒涼句。一片望鄉愁，飲不醉、壚頭駝乳。無處。問長城舊主，但見武靈遺墓。沙飛似箭，亂穿向、草中狐兔。那能使、口北關南，更重作、并州門户。且莫弔沙場，收拾秦弓歸去。

【箋】康熙五年冬，李因篤、顧炎武欲至塞上墾荒，意圖匡復。大均送至雁門，爲作十日之飲，旋別去。此詞爲大均名作，葉恭綽廣篋中詞評曰：「縱横跌宕，稼軒神髓。」夏承燾等金元明清詞選亦云：「明代詞人，罕有其匹。」郭則澐清詞玉屑謂此詞「蓋已灰心匡復，而未改灌夫口吻。」則純屬偏見。李因篤，字天生，山西富平人。明季諸生。明亡後北走邊關，發憤恢復。

滿庭芳 蒲城惜别

金粟堆邊，冰蒲水畔，紫騮迢遞迎來。月中驚見，光豔似雲開。桑落沾人半醉，將長笛、弄向秦臺。天明去，鞭揮岸曲，愁殺渡人催。徘徊。空嘆惜，桃花易嫁，鳳子難媒。和香雨氤氳、飛作塵埃。墜井銀瓶永絶，誰復取、仙液盈杯。應知爾，三春繡閣，幽寂委蒼苔。

【箋】康熙五年冬作於蒲城。時王華姜自固原千里來歸，大均至蒲城迎接。王氏遂與送親者惜别。文外卷三繼室王氏孺人行略：「華姜自固原啓行，入蕭關，出潼，逾於黄河，登頓霍太山之阪，凡三千里而至代。」

醉紅妝

銅盤獸火熾香煤。繞銀箏，與金杯。兩曹分射一鈎來。愁天曙，角聲催。　風飄簾外雪花回。紫貂冷，苦相偎。暖玉枝枝搔背好，雙錦帶，爲君開。

【箋】此詞當作於與王華姜初婚後。

柳梢青

雙下雕鞍，秦王故苑，共倚欄干。玉豆傳心，銀桃引笑，不怕人看。　斜陽稍覺微寒。回首去、宫城上關。無限芙蓉，因卿眉嫵，不愛春山。

如夢令

含淚相看上馬。手執絲鞭難下。魂作柳綿飛，片片粘人珠靶。休嫁。休嫁。一任櫻桃花謝。

【箋】以上兩詞疑亦康熙六年春爲華姜作。

醉春風

乍上嬉春騎。琵琶彈尚未。邊人何處最風流，記。記。記。花巷東頭，雁門南口，兩行妖麗。　粉黛嫌香膩。冰雪天然致。未過寒食已裁鞦，戲。戲。戲。休賽身輕，怕他飛燕，有心憎爾。

昭君怨

春恨天山難到。心作漢家青草。萬里逐愁煙。雁門邊。　不愛閼氏愛汝。命薄未同翁主。黄鵠莫思歸。淚沾衣。

【箋】以上二首當爲康熙六年春作於代州。

如夢令

一夕恩情似夢。臂上猶書嬌鳳。忻口再來時，天曙更無人送。鶯哢。鶯哢。費盡春聲何用。

【箋】當於康熙六年春爲忻州妓作。忻口，在今山西忻縣北。

闕河令　延綏清明有見

柳毛争插。正冷節、向野墳相識。枉踏新青，蘼蕪殊未碧。　黄沙遥接塞北。但幾點、紅藍顔色。鹵地佳人，胭脂嫌太濕。

【箋】延綏，軍鎮名。明九邊之一。初治綏德州，成化七年移治榆林衛（今陝西榆林）。防地東至黄河，西至定邊營。屈大均居秦三年，行蹤詭秘，曾兩至延綏。此詞疑於康熙六年春由代入陝，再遊延綏時作。

唐多令　閲秀水朱竹垞寄静憐詞

東短接西長。晁家小巷香。代州城、最細花娘。行四更當年十四，鴛水客，作鴛鴦。　送出雁門旁。踟躕廣武鄉。上琶弦、更唱娥郎。臂上不知朱十印，可尚在，在紅囊。代州有東西二巷，是平康里。

【箋】

康熙六年夏，朱彝尊過代州，與屈大均、李因篤同遊。朱氏離代，大均攜静憐送至廣武城。朱氏有青門引、尉遲杯、金縷曲等詞懷静憐。大均此詞，當爲和朱氏南樓令倩人寄静憐札而作。静憐，晁姓，排行第四，代州妓。

慶春宫　過樓桑村和宋長白

葉作重樓，枝爲華葆，一桑實兆飛龍。宋社重興，高光再食，三分已有成功。能存正統，益州小、豐沛可同。君臣齊力，千里偏安，與賊争雄。　天教季漢匆匆。難起隆中，易復關中。

二表三書，春秋相翼，血誠總貫長虹。我來瞻拜，思燕涿、還生我公。南陽耕罷，那得風雪，慘淡西東。

【箋】康熙六年八月自代州東行入京，作於涿州。樓桑村，在涿州西南，蜀漢先主劉備故居。三國志蜀志先主傳：「舍東南角籬上有桑樹生高五丈餘，遥望見童童如小車蓋，往來者皆怪此樹非凡，或謂當出貴人。」宋長白，原名俊，以字行。浙江山陰人。著有柳亭詩話、岸舫詞。

惜黄花慢　易水弔古

送送魂銷。正暮山淡淡，寒水蕭蕭。就車不顧，勸觴未釂，悲歌變羽，怒髮沖飆。素冠賓客紛流涕，白虹貫、斜日光摇。怕過橋。馬驚豫子，魚怪王僚。夫人匕首横腰。正撞鐘御殿，貢匣趨朝。大王環柱，美人鼓瑟，屏風奮越，衣斷單綃。未應豎子同生劫，漸離好、怎不相邀。況素要。毅魂費爾空招。

【箋】康熙六年八月自代州東行入京，作於易州。文外一自代東入京記：「渡易水，弔荆軻舊跡，慨歎久之。」

滿江紅　山陰道中

咫尺陰山，黄水外，龍堆相接。最愁見、邊雲群起，牛羊無别。白草已將青草變，平城并與長城没。倩蘆笳、吹出漢宫春，梅休折。　天斷處，沙如雪。天連處，沙如月。總茫茫冰凍，未秋寒徹。柳未成條風已斷，鶯將作語春頻歇。勸行人、莫滯紫遊繮，教華髮。

【箋】康熙七年八月自代州北行入京途中作。山陰，縣名，在應州西六十里。文外卷一自代北入京記：「至山陰。山陰以在覆宿之北，故元名之曰山陰。」

淒涼犯

馬嘶不出。邊風起、聲含一片悲篥。白榆葉盡，黄榆又落，總成蕭瑟。長城已失。但千里、龍沙没膝。苦無人、綿羊空白，燒取作朝食。　來往陰山下，笑接閼氏，醉聽兜勒。蔡姬在否，剩胡笳、曲傳多拍。暫返雲中，待祠天、還來作客。恨邊長、出塞入塞少羽翼。

【箋】康熙七年八月自代州北行入京途中作。雲中，指雲州。今山西大同一帶。

消息 應州道中

霸氣沙陀，至今尚記，晉王興處。渾水東環，桑乾西繞，總貫長城去。不甘龍磧，遥連鳳闕，一任紫埃爲主。怕胡雕、車輪兩翼，欲銜上、白楊樹。　青草明妃，黄花主父，毅魄未成塵土。獵得沙鷄，烹來半翅，酹酒真憐汝。襲秦才疏，和戎命薄，涕淚空然如雨。回鞭好、紫騮尚識，雁門去路。

【箋】

康熙七年自代入京途經應州作。應州，今山西應縣。唐晉王李克用於此創業。

蘇武慢

雪壓天低，雲隨山斷，咫尺長城無影。新魂哭月，古血凝冰，沙際至今微冷。卷葉嗚嗚，未秋吹起霜風，雕翎頻整。望白登臺畔，國殤何在，在人頭嶺。　憶子卿、壯歲辭鄉，暮年歸國，漢氣千秋猶勁。青瓶易語，白雁難通，天使烈臣長命。手執刀環，淚和酥乳淋漓，臨分莫贈。嘆多情，依戀河梁，還餘好詠。

【箋】康熙七年自代州北行入京，途經大同作。白登臺，在大同東。朔州定襄縣東北三十里有白登山，山上有臺，名白登臺。匈奴冒頓圍漢高祖於此。水經注：「平城東十七里有臺，即白登臺。臺南對岡阜，即白登山也。」

一痕沙

一向漢兒高卧。早被閼氏笑破。彀滿逾長城。騎飛輕。　千里無人遮塞。空把關山自賣。何處四樓開。白登臺。

【箋】康熙七年自代州北行入京，途經大同作。

蘭陵王　雲州旅次

大同破。猶記姜家作禍。藩王邸、邊草上牆，紫兔黄羊嚙花朵。葱香雪餅大。圍坐。雙姬泥我。琵琶弄、争唱玉郎，道是西宫内人作。　康陵舊經過。有五里雕旗，三里龍舸。豹房親上葳蕤鎖。愛賈屋妖冶，雁門妝束，金元雜劇教婀娜。欲回輦無奈。烽火。御樓墮。任馬踏含桃，人摘蘋果。槐龍陰暖花當卧。怕對對悲笳，叫雲相和。凄酸難聽，語客去，及蚤個。

【箋】

康熙七年八月作。雲州，古州名。故治在今大同。文外卷一自代北入京記：「〔大同〕城東御橋甚高大，上有擎天柱，雕刻獅子，有鐵牛四，在四角以鎮川流，康陵嘗駐輦焉。」康陵，指明武宗。武宗曾親督諸軍巡邊，乾隆大同府志「巡幸」篇：「武宗正德十二年秋九月，帝如陽和。駐蹕大同」。

南浦

平沙雪積，正層冰、千里凍河流。渾脱浮沈難渡，泥污紫貂裘。繫馬苦投山戍，望闗門、半掩武安樓。喜草間毚兔，健兒多射取，醉豁邊愁。　卷葉更吹觱栗，向悲風、驚起鬼啾啾。酹酒長城枯骨，尋取月氏頭。細小不堪丹漆，任烏鳶、銜去作高丘。忘國殤如許，未歸魂在白狼溝。

醉垂鞭　送别

口北武安樓。頻頻見。如花面。雪絮太輕柔。任風吹御溝。　愁聽弦上語，聲聲怨。是雲州。莫更向邊頭。胭脂紅易秋。

【箋】以上兩詞作於大同。武安樓，文外一自代北入京記云，雁門關北外羅城寧遠譙樓，其下有武安君李牧祠。此詞當作於康熙七年八月。

意難忘　自宣府將出塞作

山轉雲中。問花園上下，蕭后遺宫。鴛鴦雙濼在，木葉四樓空。洋河雪，紇干風。愁不度居庸。恨一春、戰雲慘淡，直接遼東。　揮鞭且莫匆匆。愛笳吹兜勒，邊女脣紅。駝鞍眠正暖，馬乳飲還濃。休出口，奮雕弓。更奪取胡驄。料數奇，徒然猿臂，白首難封。

【箋】康熙七年自代入京途經宣府作。宣府，衛名，亦爲軍鎮名，明九邊之一，治所在今河北宣化。鎮守地區相當今河北省西北部内外長城一帶。明末李自成從太原繞道由此直取北京。文外卷一自代北入京記：「(鷄鳴山)六十里，至上花園，又十里，至下花園。皆遼時蕭后種花之處」，「一樓曰鎮朔，乃遼后洗妝樓遺址」。

天净沙　塞上　八首

沙如亂雪飛來。風吹忽作龍堆。塞水横衝不開。馬蹄深陷，一鞭飛上平臺。

桑乾濁似黄河。冰開難飲明駝。滑滑春泥苦多。鹵兒呼渡，雌雄兩兩吹螺。海螺有雌雄，其聲各别。

關門一綫浮圖。黄雲半塞飛狐。雪盡鶯花未蘇。駱駝鞍暖，春宵卧過盧奴。

千山已作邊牆。長城更與天長。一望教人斷腸。紫荆關外，茫茫祇有牛羊。

天寒雉兔偏多。揮鞭躍渡洋河。一箭雙穿鴐鵝。魚鷹饑汝，鞍邊割肉峨峨。

天明已飯黄羊。笳聲催上辭鄉。淚落還因夕陽。蔚州煤好，春寒可代衣裳。辭鄉，嶺名。

盤山下見盧龍。三盤始上三峰。欲去依依暮鐘。可憐明月，秋來祇照邊烽。

居庸一口容人。開門誰揖黄巾。虎豹何曾苦辛。黑松林裏，無勞問道通秦。

【箋】屈大均於康熙六年、七年兩度自代入京。八詞所記，可與自代東入京記、自代北入京記互參。

調笑令 四首

花片。花片。化作蝶胥誰見。黄黄白白争飛。飛逐春人暮歸。歸暮。歸暮。月向枝頭半吐。

芳草。芳草。生向江南太蚤。連天一片春愁。不管王孫淚流。流淚。流淚。點點桃花又墜。

邊柳。邊柳。生在雲西不久。清明才見依依。八月枝條盡飛。飛盡。飛盡。未報閨人霜信。

邊月。邊月。何用光争積雪。征人見爾生情。爲似閨中鏡明。明鏡。明鏡。不得長含雙影。

塞孤 送客出榆關

一聲笳，送上盧龍道。足裂長城霜草。射虎石邊愁滑倒。嘶馬亂，開關早。猿臂將、白頭問，魚皮女、紅顔老。向穹閭、且共歡好。遥指鴨緑迷，路與龍沙杳。古塔何時行到。黑海連天那望曉。休凍絶，埋冰窖。紅鏽水，點羊酥，羝卧處，尋乾燥。雁南時、書寄安好。

漁家傲 觀邊女調神

割肉如山生啖取。黄羊不及青羊飫。腹飽還須多飲乳。廬帳裏。膻風吹起沙如雨。

兩兩調神蒙古女。花冠對插山鷄羽。大漢將軍香火主。歌且舞。威靈莫把番兒怒。

【箋】調神，即跳神。爲薩滿教祀神之主要儀式，流行於滿族、蒙古族中。跳神者多爲女性。

雙雁兒

嗚笳疊鼓又黄昏。散哨騎，掩旗門。曲吹公主嫁烏孫。教箏琶，拭淚痕。　嬌嬈争擁火紅盤。泥上客，賭芳尊。醉眠貂鼠帳房温。任新魂，續舊魂。

【箋】以上諸詞當於康熙五年至七年間作於秦晉。

戚氏　徐太傅園感舊

是清溪。一曲流水繞平堤。古木過城，亂花飄徑使人迷。淒淒。問蒿藜。東園不見暮煙低。當時玉輦曾駐，向此垂釣樂忘歸。錦鯉三尺，中涓争買，重勞御手親提。愛張星墓左，南部妖麗，全勝雲西。

榆柳尚有烏棲。清露咽咽，怕向白門啼。鍾山好，雪餘佳氣，掩映斜暉。逐花泥。咫尺舊院，芳畦脱寇，往日名齊。豔魂不散，總作流鶯，一半分與棠梨。

太傅風流甚，池多畫舫，洞有飛梯。喜得君王麗曲，舉樓臺、一一乞留題。樂工老頓新翻，女真雜調，亡國多淫靡。教内人、朝暮長流涕。將往事、思寫悲淒。奈禁林，朔馬方嘶。又彌望、毳帳繞青瓻。更秦淮畔，殘紅片片，祇襯香蹄。武廟南幸，有樂工頓仁從駕，自稱「老頓」。

【箋】

作於南京。徐太傅，明開國功臣徐達，洪武三年封太傅。明史徐達傳：「帝嘗從容言曰：『徐兄功大，未有寧居，可賜以舊邸。』舊邸者，太祖爲吴王時所居也。」其花園舊址即今白鷺洲公園。據「雲西」一語，此首似作於康熙八年自代入京後。

石州慢 爲百又三歲潘仁需翁壽

天與奇齡，連閏算來，剛百三歲。神宗一代深仁，聖子七朝嘉惠。栽培一老，問歷幾許流離，能留華髮無蟬蜕。日夕一藤蓑，少衣裳新製。　無計。再逢盛世。好把芳尊，暗消悲涕。休説昇平軒冕，光争門第。芝華采罷，自有青絶春山，娱人可比芙蓉髻。笑我學神仙，尚留連妖麗。

【箋】文外二贈四潘翁序：「番禺陂頭之鄉，去予沙亭二里許，有四潘翁者，同母之兄弟也。……生于我穆宗、神宗、光宗、嘉宗、威宗、思宗、紹宗至於永曆大行皇帝，凡八朝於兹矣。」此詞當作於康熙八年北遊初歸後。

洞仙歌 贈潘季子花燭

開年幾日，喜鑾花香雜。未盡春寒尚重袷。正佳期、十五明月團圓，初一度、蟾兔陰陽相合。　玉郎題賦罷，盼睞雙星，冉冉仙人下雲閤。自有板橋長，靈鵲殷勤，休環繞、絳河三匝。

問七夕、何如上元時，有處處、張燈火花煙蠟。潘娶板橋。

【箋】注云「板橋」，指番禺板橋村。此詞當作於康熙八年北遊初歸後。

翻香令

香魂煎出怕多煙。未焦翻取氣還鮮。玻璃片，輕輕隔，要氤氲、香在有無間。莞中黄熟勝沈䔶。忍教持向博山燃。且藏取，箱奩内，待荀郎、薰透玉嬋娟。

贊成功

莞城香角，血格油沈，收藏奩内女兒心。買來薰被，費盡麩金。雙煙繚繞，又到春深。幾夜風雪，飄灑梅林。偏愁凍殺緑衣禽。一般雙宿，忍使寒喑。氤氲兩翅，覆爾蘭衾。

【箋】以上兩詞詠莞香。姑定爲康熙九年移家東莞後作。廣東新語卷二六：「莞人多種香，祖父之所遺，世享其利。」

鳳凰臺上憶吹簫

至自榆林，迎歸荔浦，人看秦地佳人。正寶箏調月，斑管吟春。忽爾風吹花墜，連嬌女、共化珠塵。曾無語，匆匆入月，渺渺行雲。紛紛。淚飛似雪，揮不到黄泉，沾爾羅巾。恨留仙難得，空緲裾裙。欲託哀蟬落葉，爲傳此、魂夢氤氲。光離合，非耶是耶，彷彿誰親。

【箋】康熙九年正月移家東莞，繼室王華姜旋病卒，次年六月，王氏所生女雁以食積疳殤。此詞爲悼亡之作，兼傷女雁。

高陽臺

紅草溝寒，黄華峪暝，莫驚雨雪當秋。並騎三雲，雙雙正擁貂裘。嬰雛抱向雕鞍上，指故鄉、萬里炎州。念高堂、九子分飛，饑鳳啾啾。　門閭倚盡因新婦，喜秦珠秀麗，漢玉温柔。況有銀箏，邊聲一一斸愁。人間樂事天頻妒，把恩情、匆與東流。恨當年、月未團圓，花未綢繆。

【箋】此詞爲悼王華姜作。當亦作於東莞時。

春草碧 傷稚女阿雁

雁門生汝因名雁。抱上白駝鞍，風霜慣。行盡紫塞長城，邊女争看與珠鈿。憐惜小雛鶯，啼花嫩。　那畏臘月天寒，炎州路遠。越鳥一雙雙，南枝返。天妒人月頻圓，簫聲忽使秦樓斷。織素祇三齡，同命短。

【箋】康熙十年作於東莞。

萬年歡 爲百有五歲梁淳儒翁壽

緑髓青瞳，豪眉華髮，八公推爾年尊。膝下公沙龍子，一一多孫。一百春秋又五，奇齡好、天與東園。東方妾，大小鴛鴦，蚌胎新産珠媛。　凝脂滑膚作枕，與辟寒燕玉，日夜春温。玉女明星漿水，兩乳香噴。不使張蒼齒落，多飲取、孩笑同喧。茶枝杖、扶過花村，壽星人喜臨門。

【箋】廣東新語卷七：「崇禎間，東莞多長壽人，若……石碣之梁翁，萬家租之翟公，皆一百。」此詞當康熙九年、十年居東莞時作。

感皇恩 煎香

熟結水沈同，煎宜火細。不取香煙取香氣。氤氳一縷，不作巫雲蒼翠。味生空裏人醉。日暖尚薰，夜深難睡。四下風簾恐涼吹。鴣斑半燼，片片總留芳蜕。岕茶再浴鶯精在。

【箋】廣東新語卷二六：「香之美者，宜煎不宜爇，爇者有煙而無氣，煎則反是。……香氣生空，若無若有，香一片足以氤氳彌日，是名煎香。」此詞詠莞香。當作於康熙十年居東莞時。

霜天曉角 遺鏡

流塵久入，點點殘脂濕。鸞影至今猶在，憑香霧，掩餘泣。獨立花半執。月中追不及。

蟾兔料應相伴，桂樹下，斂裙褶。

女冠子 人日有憶

正月初七。正是謝家生日。秣陵時。酌酒臨桃葉，裁箋寫柳枝。雙飛空似夢，再見更無期。化作煙和霧，不相知。

望江南 望月

天邊月，今夕爲誰圓。鏡好不將心事照，何如一片盡含煙。光没海東邊。相思淚，沾濕素華寒。化作蟾蜍棲玉殿，嫦娥人笑汝孤眠。寂寂桂枝前。

生查子

淚點白紛紛，飛去沾花葉。一半作棠梨，一半爲蝴蝶。腸斷玉樓人，綠草藏嬌靨。歲歲未清明，已有春魂接。

醉落魄

黄鸝弄舌。枝頭啼得春光熱。離愁不到郎邊説。梅子青青，打起穿花葉。棠梨著淚成紅雪。爲儂銜得胭脂血。天涯報道情難絶。願似沈香，生熟都成結。

望遠行

一朵青山一朵愁。飛瀑淚爭流。夕陽更作一天秋。誰忍上高樓。花已落，不須春。鏡臺交與流塵。玉顔難再是西秦。魂夢且教逐行雲。命薄古如此，枉用濕羅巾。

【箋】以上六首均爲悼王華姜之作。似亦作於東莞時。望江南一詞，原誤作女冠子，今據詞律徑改。

湘春夜月

又黄昏。夕陽斜映湘陰。可惜一片江聲，都瀉作愁心。欲抱月光同卧，奈月光如雪，不暖香衾。怕素娥笑客，殷勤玉指，起弄鳴琴。楓林瑟瑟，螢吹鬼火，葉助猿吟。早掩船窗，休更作、楚王迷惑，神女荒淫。雲朝雨暮，斷人魂、終古情深。恨宋玉，託微辭諷諫，風華寂寞，誰與知音。

【箋】

康熙十二年冬自粵北入湘，參與吴三桂反清軍事。據「湘陰」、「楚王」等語，此詞當於次年在湖南作。

瀟湘神　零陵作　三首

瀟水流。湘水流。三閭愁接二妃愁。瀟碧湘藍雖兩色，鴛鴦總作一天秋。瀟湘二水相合，名鴛鴦水。

瀟水長。湘水長。三湘最苦是瀟湘。無限淚痕斑竹上，幽蘭更作二妃香。

瀟水深。湘水深。雙雙流出逐臣心。瀟水不如湘水好，將愁送去洞庭陰。

【箋】

康熙十三年秋作於湖南。

瀟湘神

斑竹叢。斑竹叢。淚花成暈緑重重。葉葉枝枝因帝子，聲含瑶瑟怨秋風。

【箋】

此詞當亦在康熙十三年作於湖南。

鳳簫吟 緑珠

白州山，煙明雨媚，梁家秀出飛瓊。宅邊香井水，緑珠多飲，作弄笛仙靈。遠歸雙笛好，是茵于、傳得奇聲。向細犢車中、響飛散滿瑶京。　妝成。懶縫絲布，懊儂新曲，吹徹青冥。曲多餘十五，石家教弟子，宋韡知名。漢妃時妙舞，笑翾風、難鬥身輕。喜不負、鮮葩一墜，千載芬馨。遠歸，緑珠笛名。茵于，神女名，從空中教緑珠吹笛者。

【箋】

康熙十四年監軍廣西，游緑珠故里博白作。晉書石崇傳載，權臣孫秀指索緑珠，崇不許。秀怒，矯詔收崇。「崇謂緑珠曰：『我今爲爾得罪。』緑珠泣曰：『當效死於官前。』因自投於樓下而死。」伊世珍琅嬛記載，緑珠爲梁伯女，伯至山中，聞吹笛聲，忽空中語云：「汝歸命女呼我名曰『茵于』，我當至矣。」伯歸，如法，至期果至，空中吹笛，音極要眇。緑珠聽之，得十五曲。因名笛曰「茵于」，又曰「遠歸」。

聲聲慢

青磷似雨，白骨連沙，吹魂最苦悲風。怨殺將軍城堅，祇要相攻。分兵乳源無計，令胡笳橫截瀧東。抽營遯，委金吾花甲，堆遍芙蓉。　肝腦空膏緑草，恨野田狐兔，曾飫元戎。幾度秋肥，爰爰得脱離弓。嗚嗚向人悲嘯，眼迷離、誰辨雌雄。終射汝，及豪豨、持薦鬼雄。

【箋】

此詞記監軍時事，當作於康熙十四、十五年後。

彩雲歸

羅浮女士本仙靈。折梅花、降我沙亭。是緑毛倒掛麻姑鳥，身變化、羽服猶馨。文章好、玉樓頻召，遽飛歸杳冥。一自月沉雲散，繡閣空扃。　心驚。蜉蝣日暮，在紅顔、更易凋零。别來但苦，鸞鶴清夜，叫斷煙汀。剩得伊、瑶琴大小，嗚咽誰忍成聲。還腸斷，出腹嬌兒，又委郊坰。

【箋】康熙十五年作於沙亭。是年春，繼室黎氏綠眉所生女病殤，六月四日黎氏亦卒。此爲悼黎氏母女之作。事見文外卷三繼室黎氏孺人行略。

人月圓 二首

秋蟾光滿雲中塞，人下玉鞍來。將軍嬌女，秦箏趙瑟，清響含哀。　歡娛一夢，朝雲易化，秋雨頻催。無因相逐，蘭魂蕙魄，同向泉臺。

秋蟾光滿珊洲水，人駕彩舟來。劉家三妹，詩香賦豔，閨閣仙才。　糟糠淡薄，松枝未老，蕙草先摧。無因魂返，珊珊細步，燈下徘徊。

【箋】以上兩詞當作於康熙十五年中秋。分別悼念亡妻王氏與黎氏。

漁家傲 清明掃二配墓

雨過爭開山躑躅。餘紅染得香煙足。人共啼鵑何處哭。墳新築。鴛鴦兩兩黃泉宿。

淚似棠梨飛碎玉。柳條千縷情難續。每恨生時多怨曲。愁盈目。蘼蕪忍作羅裙緑。

【箋】作於康熙十六年清明。文外三繼室黎氏孺人行略：「（黎氏）祔葬先公涌口之丘，與華姜同穴。」

酷相思

慘淡秋缸花易謝。苦風入、從窗罅。悄難睡、無人棋共下。一點雨、芭蕉打。兩點雨、芭蕉打。　繞砌寒螿啼未罷。各自訴、斷腸話。笑孤客、蘭房長守寡。一點淚、胭脂灑。兩點淚、胭脂灑。

【箋】此悼繼室黎氏之作。黎氏知書能詩，觀詞中「下棋」一語。可證其真爲大均「閨中性命之友」也。

謁金門　望廬山

煙水外。染得一天螺黛。欲雨山腰先作帶。瀑泉添幾派。　春色氤氲長在。一片雯成雲海。點點芙蓉看漸大。欲從天際采。

【箋】康熙十八年秋，翁山避地北遊，越大庾，下鄱陽湖。此詞當作於途中。

雨中花

大別山前人大別。芳草裏、新墳如雪。宿蝶休飛，啼鵑休去，爲守松間月。　萬里樓煩來入越。又相逐、煙波一葉。魂傍湘纍，淚沾秦女，定作桃花血。

【箋】康熙十八年秋作。文外一亡媵陳氏墓志銘：「陳，代州人，予先室王氏華姜之媵也。……今年己未，予以避地，攜妻子將赴舊京，行至漢陽，而陳苦毒熱，病劇以死。……陳墓在大別山之尾，一名梅子山，南臨漢口，北俯月湖。」

賀聖朝

巫山一望堪愁絶。況蒼蒼煙月。三聲猿嘯，一聲流淚，兩聲流血。　瞿塘纔上，那知白髮，已毿毿如雪。多因神女，氤氳香雨，無端相接。

傳言玉女 巫峽

棹下瞿唐，忽見滿天蒼翠。玉姬纖手，疊煙螺十二。魂夢未冷，作雨今還香膩。君臣非惑，仙靈多媚。　一暮三朝，已黄牛、又白帝。卻看娟妙，若明霞水際。胭脂水傾，半染楚妃衣袂。香溪微飲，使人如醉。

巫山一段雲

片片瑶姬影，飛來最有情。朝朝暮暮不分明。愁與夢魂凝。　雲濕疑行雨，峰開似列屏。鬇鬡染得一天青。一朵一仙靈。

【箋】以上三首似記遊三峽。汪譜及各家傳記均無記載溯江西上之事，詠懷五古組詩有「我昔觀魚復，八陣如星陳」之語，疑避地漢陽時曾一度西行入峽。

燕歸梁

不是棠梨即杜鵑。一路含煙。更多蝴蝶化嬋娟。春如夢，但茫然。　清明幾度披芳草，餘蘭麝，在重泉。三聲寄與峽中猿。向冷月，任哀酸。

【箋】此詞疑作於入峽途中。過片數語，可知爲悼繼室黎氏作。與以上三詞姑定作於康熙十八年秋。

憶舊遊 寄朱竹垞太史

記河陰祖帳，廣武分襟，列坐妖嬈。未厭笙歌曲，又鞭梢北指，京路迢遥。鳳池自轉供奉，芳訊斷瓊瑶。恨駿骨初收，蛾眉已妒，忽墜雲霄。　相要。待君處，是四百東樵，七十西樵。更好離支熟，與玉柈堆滿，香柚甘蕉。教伊素手分取，金液酒中調。縱美讓并州，花娘未必無姓晁。

【箋】朱彝尊於康熙十八年詔舉博學鴻儒科，除翰林院檢討，纂修明史。此詞當作於康熙二十年返粤後。

如夢令 答龔柴丈見懷

五畝清涼山下。人買煙霞無價。解帶竹風吹，書卷半拋花架。多暇。多暇。爲我更圖嵩華。

【箋】龔柴丈，即龔賢。龔賢，字半千，又字野遺，號柴丈人，昆山人。流寓江寧，隱居清涼山，曰半畝園。工畫山水，爲金陵八家之一。大均客金陵時與結交。龔氏有辭屈翁山乞畫，謂「足下素無知畫之名」而卻之。汪譜推龔書作於康熙十九年。此詞疑亦與之同時。清涼山，在南京。龔氏隱居於此。

定風波　送李廣文之新興任

羨新州、咫尺羊城，蘭舟五日即到。竻竹陰中，蒲葵影外，野鹿時相召。講堂開，允溪繞、祭酒多閒但長嘯。憑眺。有碧山廿四，春眉娟妙。　荔枝未少。似丁香、一樣雌雄小。與盤中、紅蓿芬馨共啖，誰似儒官好。玉杯篇，洞璣草。休嘆箋經苦不早。爲道。一氈雖冷，諸生師保。新興産荔子小而香，名曰「香荔」，他地所無。

【箋】康熙十九年作。廣文，泛指儒學教官。李廣文，指李嗣鈺，字方水。博羅人。博羅縣志載，是年李氏爲新興縣學訓導。

風中柳

家本農桑，未愧晉朝先隱。向沙亭、沈淪自分。北田鹹褪。南田膏潤。謝天公、解憐肥遯。翻犁及早，生怕犉牛春困。漫偷閒、今年雨順。舊秔香粉。新秔紅醞。待秋來、惠沾鄰近。

【箋】

此詞寫沙亭農作之情景，當作於康熙十九年歸耕故鄉之後。

掃花遊　題蒲衣子潔廬

柳塘蕩漾，正片片寒鷗，亂紅争浴。問誰水曲。把秦人洞穴，影藏深竹。白犬黄鶏，亦愛漁郎信宿。雨新足。喜灌溉稍閒，能把書讀。　山翠低染屋。恁耐得青青，十眉春緑。傍檐種菊，漸參差逗出，數峰麋鹿。玉甃霞浮，盡爾神仙厚禄。過幽谷。聽鶯聲、又兼絲肉。

青玉案 題王蒲衣無題百詠

琅琊大道風流在。苦春思、如煙海。筆似辛夷初發蕾。玉臺神麗，香奩幽豔，珍爾芳年待。大珠孕就三千琲。一一唇邊少人采。不嫁朱顔光更倍。繞亭鸞鶴，滿身蘭芷，生妒勞真宰。

【箋】兩詞均爲王隼作。王隼，字蒲衣。番禺人。王邦畿子。父殁，棄家爲僧，居廬山太乙峰。四十後始歸粵，於西村築澋廬隱居讀書。無題百詠，皆綺懷之作。大均序云：「無題七言律百章，予以爲絶麗，麗而不越乎其則，所言不過男女，而忠君愛國之思，溢乎篇外，殆吾黨詩之可傳者也。」兩詞當作於康熙二十年歸粵之後。

羽仙歌

七星巖好。有玉屏遮道。醉石横空似人倒。倩古松扶起，又花壓欹斜，雲半墜、知是酒星難老。涼風長繞樹，黄葉蕭騷，似有哀猿鎮吟嘯。恨無人，隨步屧，同上崩崖，開鳳嗉、彈取箕山仙操。問山鬼、離憂總爲誰，懷大小丁香，向人含笑。

【箋】康熙二十二年十一月遊肇慶，登玉屏峰，於含珠徑題「小千盡爽」四字刻石。此詞亦疑作於是時。

寶鼎現　壽制府大司馬吴公

蚤梅初吐，香泛長至，氤氳春酒。賀亞相、含元難老，滋潤東南膏澤厚。似瑞雪、自羚羊三峽，是處炎荒沾透。致出穴、嘉魚十里，破凍來充籩豆。　吐握公旦今難覯。盡人賢、依戀裳繡。傾西海、朝宗節鉞，欲卷牂江歸大斗。奮武烈、與文謨千載，銅柱重標嶺右。看白雉、西屠再獻，拜舞臺門恐後。　幕内多才，新樂府、鐃歌齊奏。願年年、張仲留作，堂前孝友。請燕喜、稍聽絲肉，福共康侯受。教至道、雙曜同流，直與天長地久。

【箋】康熙二十二年冬在肇慶，賀兩廣總督吴興祚壽辰作。參見代壽兩廣制府箋。清代兩廣總督部院駐肇慶府。

百字令　甲子元日，試桃杯，杯以匏爲之，是魏里柯寓匏所貽。

野亭春暖，喜雨聲初歇，鶯歌元日。滿酌西王宜壽酒，正有千年仙核。卻是笙匏，天邊獨處，星宿同無匹。椒花盛取，玉杯慚爾多質。蚤共五色鈎連，甘瓜子母，碩大成秋實。葉佐晨羞餐未厭，忘卻盤無肥炙。制就雙卮，殷勤我友，持作高堂物。小兒方朔，自今何用偷得。

【箋】作於康熙二十三年元日。魏里，又名魏塘、武塘。在今浙江嘉善縣。柯寓匏，名崇樸，嘉善人，副貢生，後官内閣中書。有振雅堂集。

蝶戀花　立春

開歲炎天頻下雪。梅蕊遲開，凍得南枝徹。幾樹夭桃先漏泄。春光已被蠻娘奪。黄鳥數聲嬌欲絶。一夕東風，衹轉綿蠻舌。處處壺觴閒可挈。嬉遊莫待芳菲月。

【箋】康熙二十二年冬，廣州大雪，梅花至次年春始開。此詞當作於二十三年立春日。

月上海棠

春風亦要榆錢買。滿蒼苔、殘雪正微帶。玉女祠前，有相思、未曾還債。風吹去，片片撩人可奈。牛郎不向天公貸。恁年年、得與聖姑會。典卻瑶琴，欲求凰、玉簫難代。啼痕濕，羡殺陶朱貨貝。

探春令

一春春暖似春寒，值炎州多雪。喜海棠、開出枝枝鐵。蚕催得、芳菲節。曉風頻遣黄鶯舌。向愁人先説。説玉杯滿酌，琵琶洲上，沈醉娟娟月。

【箋】以上兩詞有「殘雪正微帶」、「值炎州多雪」之語，疑亦作於康熙二十三年春。

錦纏道 示小姬辟寒

不使彈琴，爲惜阿姑仙爪。但簫聲、倚風輕裊。又休成子朱櫻小。短短桃花，禁得春多少。

更羅裙許長，莫拖煙草。露瀼瀼、濕教人笑。好日長、描取曹娥帖，錦箋千紙，點畫都娟妙。

【箋】辟寒，丘氏，南海人。文外十四殤女説哀辭謂其女阿説生於乙丑仲冬，辟寒年十九。此詞當作於初納辟寒之時，姑定爲康熙二十三年甲子春，時辟寒約十七八歲。

鏡中人　本意和吴湖州

暮如霜，朝似雪。長與玉顏相接。形影可憐無別。處處同明月。　郎愛個人那愛妾。妾讓個人清絶。羅袖爲伊開笑靨。更使能言説。

【箋】吴湖州，即吴綺。清史稿本傳載：「吴綺，字薗次，江都人。順治十一年拔貢生，薦授中書舍人。出知湖州府，有吏能。人謂其多風力，尚風節，饒風趣，稱爲『三風太守』。」著林蕙堂集。康熙二十二年至二十三年間，吴興（湖州）知府吴綺入粤，結越臺詩社於西禪寺。此詞當作於是時。

拂霓裳 從西寧使君乞白鷴

愛瀧西。美人爲政鳳來棲。閒客好，幾群飛傍訟堂低。雪衣稱白雉，金尾笑山鷄。向清溪。乞雙雙、分我媚中閨。　憐伊皎潔，從不點、落花泥。香翅上，分明黑白萬絲齊。雌雄良友似，出入小童携。置蘭畦。縱開籠、放去不曾迷。白鷴一名閒客，即越裳所貢之白雉也。

【箋】

康熙二十三年春遊西寧之作。西寧，今廣東鬱南。使君，指西寧知縣張溶。康熙二十三年作於西寧。張溶，字嵋月，號婁涿。河南祥符人。康熙六年進士，初授江南泰興知縣，二十二年秋改任西寧知縣，在任間纂輯邑乘，撰瀧西事略，有善政，鄉人立祠祀之。廣東新語卷二十：「白鷴者，南越羽族之珍，即白雉也……尾長二三尺，時銜之以自矜，神貌清閒，不與衆鳥雜，故曰鷴，耿介不欲親人，故曰雉。」

踏莎行

鸚鵡稱哥，白鷴名客。輕輕不把春纖拍。更將花片喂相思，銜書欲倩雙飛翼。　身是珠娘，生從香國。珍禽一一皆相識。春情最愛畫眉多，郎歸好與甘蕉食。

【箋】

康熙二十三年作於西寧。

一叢花 題西寧長春寺

灣頭錦石似天屏。斜對寺門青。人家盡在芙蓉瓣，恨蒼翠、沾濕窗欞。花半未名，禽多有姓，鎮日共松亭。　天然生就白雲城。萬嶂繞空冥。春歸此地無人見，儘花氣、薰殺仙靈。香雨漸消，頻生皓月，緩步過前汀。

【箋】

康熙二十三年作於西寧。文外卷一文昌閣記：「隔江二十里許有錦石山，漢陸賈大夫之所封者也。」

八寶妝 孔雀

生長瀧西，鸑鷟諸族，可有孔家金翠。宮錦連錢千萬個，欲作鸞皇猶未。春來花與，盛衰大小珠毛，成屏還要遲三歲。半段恐遭人射，看場休至。　彈指更用佳人，舞衣細拂，盡教搖曳開尾。總憐惜、茜裙彩袖，與朝夕、回旋相媚。對嬌影、雙雙欲語，月明忘向花中睡。笑檻外朱鵰，多驚不識情滋味。

【箋】

觀「瀧西」一語，疑亦作於西寧。廣東新語卷二十三：「孔雀者，炎方之偉鳥也。……其文尤在尾，尾有小大，小者成以三年，大者五年。……性好采色，喜與美人相狎，美人鼓掌或彈指，則應節起舞。」

訴衷情近　西寧山中

野煙霽處，掩映茅茨乍見，家家水碓舂香，一一山籃采筍。愁是畫眉催起，深淺蠻妝，總把山花襯。　山鵰進，最喜傜歌静引。數聲林外，啼得春情盡。穿松粉。髻娘扇起，雙飛欲射，珠毛誰忍。但抱無端恨。

【箋】

康熙二十三年作於西寧。時與張豫表同遊西寧諸山。有采藥西寧承張大令使君命其姪孫豫表陪探燕子巖大峒龍井諸勝詩。

一斛珠　題林文木拏畫看竹圖

蕭疏翠竹。美人手爪時相觸。枝枝葉葉如新沐。寫向鵝綾，看盡瀟湘緑。　冰綃細摺成春服。針神更使人如玉。絲絲難繡文章腹。腹裏流光，照映篔簹谷。

【箋】林文木，即林之枚，浙江嘉興人。康熙二十二年入粵，爲西寧知縣張溶之幕僚。林有七古西泠夏子爲予作掔畫看竹圖長歌酬之一首，夏子，即夏雯，元代杭州畫家。夏文彦圖繪寶鑑稱夏雯「以縑絹作山水人物，蟲魚花鳥，應手飛動，號掔畫，巧擅一時」。掔畫，以指甲或細針代毛筆所作之畫。此詩或與林之枚同遊西寧時作。

五彩結同心　答黄位北見餉姑蘇酒浸楊梅

包山始熟，玄墓初垂，炙得太湖全赤。載向閶門去，把三白、一一和枝深漬。甜酸得酒皆成蜜，隨十幅、蒲帆爲客。玉顔好、盡生紅暈，絶勝夏時鮮食。　炎洲荔枝誰敵。且莫教鬱水，織綃人識。更有蕭然白。湘湖上、香共紫蒓莖摘。燒春相伴方長命，看歲歲、丹砂容色。愧滿盤、火珠滴滴。欲報瓊瑶無力。蕭然，山名，在蕭山。蕭山産白楊梅。

【箋】康熙二十三年作。黄位北，名輝斗，又字空嵐。江蘇上元人。持重高才，嘗遊燕、齊、秦、楚諸地，知名海内。有慎獨堂詩稿、慎獨堂文集。康熙二十三年遊粵，與陳恭尹等有唱酬。康熙西寧縣志載其和翁山龍井詩。翁山有以香根一枚爲黄位北壽繫以詩。

戚氏 端州感舊

片帆開。又上西水向崧臺。想像當年，羽幢東駐，作蓬萊。宫槐。接天街。紛紛銀燭早朝催。無端白面年少，出師書奏意酸哀。五嶺天險，無人分戍，控弦一夕潛來。爲蕭牆變起，鈎黨相角，朝士駑駘。　龍舸夜動喧豗。三兩扈從，報國少涓埃。三宫苦、筑陽漂泊，桂管摧頽。正銜枚。爨僰一路遲回。六詔喜仗雄才。晉王再造，惠國重興，稍作屯難雲雷。　又苦遭凶逆，爲錐羽翼，作禍胚胎。四引樓蘭鐵騎，度金沙、血戰磨盤開。寄命緬甸淒涼，六軍潰裂，魚服辭滇海。念龍鑣、誰與文君塊。空嘔血、諸葛時乖。又命屯、玉步難恢。恨凶渠、逼脅上雲堆。自重華逝，蒼梧痛哭，血淚成灰。

【箋】康熙二十四年春，王士禛入粤。四月七日，大均自番禺至肇慶，途中作此。詞中寫永曆一朝情事。

八聲甘州

恨蠻江、亦復向東傾，峽門小難收。任牂牁萬里，含煙吐瘴，全注交州。往日水犀三萬，戰血剩龍湫。零落艟艨影，雨外沈浮。不忍崧臺憑弔，更有無玉璽，試問沙鷗。自黄龍朝去，波湧失宸樓。嘆三宫、春隨蜃氣，與沓潮、變幻海西頭。漁翁汝，向金沙浦，可見膠舟。

【箋】康熙二十四年四月九日，吴興祚招大均與王士禛、黄與堅飲於端州石室巖。此詞爲登崧臺懷永曆帝而作。

淡黄柳　端州郡署作，署曾作行宫。

蕭條郡廨，曾作芙蓉殿。誰記池頭蒙賜宴。來去茨菰葉畔。長與君王舊鳧雁。共腸斷。龍髯已零亂。剩垂柳，欲攀遍。御溝西、可有殘紅片。乳燕窺人，但銜春至，巢向空梁莫管。

【箋】康熙二十四年春作。隆武二年十月十四日，永明王朱由榔在肇慶稱帝，以明年爲永曆元年，以府署爲行宮。永曆四年正月十三日，聞清兵陷南雄，離肇慶乘舟入梧州。

浣溪沙 桃溪

榕葉陰陰又木棉。芭蕉黄映一溪煙。人家半在峽門邊。　蝦菜未殘三月市，魚花争上九春船。愁同百丈盡情牽。

【箋】桃溪，地名，在肇慶東北三十里，羚羊峽口，堤岸兩旁多植桃樹，故名。此詞似於康熙二十四年暮春遊肇慶時作。

長相思 稚子

口櫻桃。髻蒲桃。兩兩花衫三尺高。鵷雛初羽毛。　酌酴醾。食香飴。解乞韋娘歌楚辭。春筵才上時。

【箋】大均長子明洪生於康熙十七年二月。此詞所寫之稚子約六七歲情景，姑定爲康熙二十三四年間作。

春從天上來 壽制府大司馬吴公

幾載炎方。總兩粤諸侯，師保堂堂。袞衣開府，彤矢安疆，五星井宿光芒。笑漢時大長，逾百歲、魋結稱王。我君公，但南方虎拜，東海鷹揚。長隨麗空雙曜，作守日黄人，出入扶桑。沐浴精華，卿雲葩爛。更多倬彼文章。寫五臣謨訓，和騷雅、傳與旂常。養群賢，看天衢輿衛，雷雨同行。

【箋】吴興祚於康熙二十一年任兩廣總督，此詞有「幾載炎方」之語，當作於康熙二十四五年間。

定風波

又離家、兩月高要，勞勞作客自苦。落羽摧頹，殘英冷淡，老大誰爲主。典裘來，碎琴去。一代文章委塵土。無補。令飢寒不免，啾啾兒女。白頭未遇。怎英雄、事業多衰暮。喜萍花無恙，陰山玉在，磨得龍精吐。向龐公，詠梁父。誰識英高有文武。須許。鳳雛人往，南陽惟汝。

【箋】大均晚年曾數至肇慶，多爲糊口之計。審此詞中「離家兩月」、「殘英」之語，姑定爲康熙二十四年六月作。

玉女摇仙佩　白鸚䳇

西洋巨舶，蠔鏡蠻奴，帶得雙雙純白。膩粉粘身，金絲生頂，慣自開花娛客。不用春纖拍。喜番言漢語，諸音都習。教兒女、珠釵買取，好把餘甘，緑豆相識。雕龍恐天寒，覆被薰香，殷勤旦夕。

東屋漫夸五色，黄裏紅衣，争似冰翎霜翮。卻笑越鵰，長矜瓊尾，尚有絲絲煙墨。未盡瑶妃質。恨天與慧性，年年添得。只自記、華清舊事，宫人教謝，至尊憐惜。無消息。襟前但有淚痕漬。

【箋】康熙二十七年春遊香山，因至澳門。審此詞中有「蠔鏡蠻奴」之語，疑亦在澳門作。

玉蝴蝶

雲客高子得水巖石一片，大如掌許，鋸而分之，狀如蝶翅，左右有斑點十三四，背有六七，如鴝鵒眼，碧緑相暈，高子愛之，將以爲異時飇輪而御太虚，屬同人調玉蝴蝶詞。

蝴蝶粉，鷓鴣斑。凍凝雙玉間。知是漆園閒。翩翩夢未還。化煙碧。連花白。風影欲雙翾。看爾當鸂鶒。並飛誰可攀。比翼鳥一名鸂鶒。

【箋】高雲客，名兆。文外卷九跋高雲客端溪硯石考：「雲客高子客端州……值開坑。」雲客硯石考中有「丁卯冬予遊端州」之語，丁卯，即康熙二十七年，時大均亦在端州。

歸朝歡

姬人欲易琴囊，適吴興徐蘋村司業以嘉興錦見貺。拜而受之，服以雷葛、莞香，並申小詞，時司業將還朝，補官祭酒。

緑綺雕琴囊已舊。漢錦蒲桃何處有。美人鴛水一端來，豔過茖上穿花綉。剪成勞素手。珠徽瑶軫長消受。謝徐陵、玉臺好序，不及此文繡。兒女葛絲挑出幼。爲報襜褕頻織就。莞中香角復奩珍，鴝斑一一兼金購。共獻飛雪候。要知絺綌能長久。待歸朝、軟塵拂拭，圖取冷風透。

【箋】

康熙二十七年冬作。徐蘋村即徐倬，字方虎，浙江德清人。康熙十二年成進士，改翰林院庶吉士，以選入史館，授編修。二十三年授司業。三十二年充順天鄉試主考官。尋升侍讀。四十五年，倬進呈全唐詩録，擢禮部侍郎。著有蘋村類稿。見清史列傳卷七十。徐倬二十七年遊粤。大均有别徐司業詩。

白苧

又淒涼，上端水，天寒獨宿。家園正吐，朵朵紅梅紫菊。苦饑驅、向人求食愧麞鹿。無禄。爲沙田，闕白露、秋分秥穀。秋收又無，雲子依稀一斛。留作糜、芋魁兼煮如肥肉。空腹。肝腸地錦，咳唾天花，不堪平賣，持作高堂水菽。當此際蕭條，有慚僮僕。哀蟬咽咽，與悲弦不斷，怨簫相續。欲返巾車，雪霰頻飛，催駕黄犢。是處窮途，老去還多哭。

【箋】康熙二十七年十一月，攜子明洪赴肇慶，客於凌氏家中十日。此行爲謀衣食計，故詞意辛酸如此。事見文外卷十四凌君哀辭。

雙頭蓮

京洛無歸，傷萬里神州，陸沈都盡。英雄無分。把壯志、銷向邊頭紅粉。訣絶欲向蓬壺，便成仙誰忍。須發憤，白首飛揚，争雄一天鷹隼。壯貌尚似留侯，但秋來攬鏡，微霜沾鬢。年將耳順。奈一片、耿耿丹心難燼。且喜五色肝腸，多文章膏潤。還拂拭，紫鍔青萍，休教血暈。

【箋】審詞中「年將耳順」一語，當作於康熙二十七年五十九歲前後。年垂六十，壯志丹心猶未銷滅。

輪臺子　粤秀山麓經故太僕霍公池館作

一片寒煙蔓草，忍再弔、沈淵太僕。閩人共赴漣漪，不少佩環魚腹。佳兒佳婦嬉嬉，媵湘纍總作蛟龍族。想忠魂未遠，尚抱烏號林中哭。　荒園咫尺朝臺，望龍馭、水濱未復。恨江山、與金湯四塞，難歸青犢。但玉殿虚無，翠旗反覆。化海思雲愁，杜鵑啼相續。莫招魂、持衣上屋。想隨帝、被髮天門，哀訴身難贖。

【箋】

此詞爲懷明末死事大臣霍子衡而作。皇明四朝成仁録卷九：「霍子衡，字覺商，南海人。漳州同知騰蛟之子……隆武二年十一月，唐王立，起太僕寺正卿。次月望，敵兵潛襲廣州，破之……報騎入，子衡揖别曰：『行矣。』遂躍入池。……於是霍氏一門死者九人。」此詞當爲晚年所作。

木蘭花慢　飛雲樓作。樓在端州公署後。己丑，皇帝南巡，嘗駐蹕其上。

繞闌干幾曲，記龍馭、此淹留。剩鳷鵲恩暉，芙蓉御氣，掩映飛樓。颼颼。冷飛亂葉，似烏號、哀痛慘高秋。多謝宫鴉太苦，土花銜作珠丘。　梧州。更有灞園愁。西望少松楸。未委何年月，玉魚自出，金雁人收。啾啾。嶺猿個個，抱冬青、淚斷鬱江流。寄語樵蘇躑躅，磨刀忍向銅溝。梧州有端皇帝興陵。

【箋】

此詞疑爲康熙二十七年冬客肇慶時作。披雲樓，又名飛雲樓。位於肇慶府署後之城牆上，始建於宋政和三年。陳濂重修披雲樓記：「爲樓三間，其高二丈五尺……棟宇宏壯，窗牖虚敞。」南明永曆三年，永曆帝以肇慶爲行在，駐蹕於府署。端皇帝，永曆帝追封其父朱常瀛爲端皇帝，陵曰興陵。

桂枝香　賀梁太史給假南還

才人得志，喜錦繡晝還，秋氣晴爽。鳳閣鸞臺第一，紫微初掌。炎方休沐承恩返，駐吴帆、玉人同上。鏡中花吐，簾間月墜，助君娱賞。　笑未老、珠生滿蚌。更方朔金門，細君三兩。富貴神仙總得，有何遐想。文章百卷雖塵垢，喜高名、日月皆仰。鑄堯陶舜，祇須糠秕，藐姑誰讓。

【箋】作於康熙二十八年秋。梁佩蘭於二十七年中進士，點翰林。次年初夏，請假南還，八月抵粤。梁佩蘭覆潘稼堂書：「比假歸里，卜居仙湖。」

賣花聲　題鎮海樓

城上五層高。飛出波濤。三君俎豆委蓬蒿。一片斜陽猶是漢，掩映江皋。　風葉莫悲號。白首方搔。蠻夷大長亦賢豪。流盡興亡多少恨，珠水滔滔。三君謂任囂、趙佗、陸賈，舊有三君祠在樓左。

【箋】

陳恭尹鎮海樓賦序云：「己巳仲春，偕同人登焉。」汪譜據此定爲康熙二十八年春作。

洞仙歌　浮丘石上作

朱明牖户，是羅浮西麓。地道潛通到句曲。羽人家石上，掩映樓臺，花木裏、往來浮丘伯叔。稚川曾住此，丹井珊瑚，流出泉聲似哀玉。社事待重開，士女西園，金錢擲、大家絲竹。笑白髮、毵毵上頭來，卻不少詩仙，暮年清福。

【箋】

此詞寫廣州古跡浮丘石上之情景。審「詩仙暮年」之語，當作於康熙二十八年六十歲以後。

春從天上來　爲前制府大司馬吴公壽

梅萼爭紅，向亞相生朝，開遍春叢。凍含香雪，晴弄和風，緑毛鳳子相從。正衮衣清暇，罷節鉞、洗沐佗宫。恐京歸，願朝廷更假，三載居東。公如古公天壽，得白兔雙丸，緑髓青瞳。好德康寧，年過耆艾，未來耇造無窮。作萬民師保，將雅頌、盡變蠻中。更歌風，俾聖人膏馥，沾丐童蒙。

【箋】吴興祚于康熙二十八年六月以鼓鑄不實降官調用，次年冬離粤入都。此詞作於二十九年春。

垂楊　暮春客鳳城假寓黄氏池亭有作

芳春欲杪。漸荔枝吐蕊，木棉殘了。細雨含煙，未成流水滂沱小。甘溪遣送清泉皎。主人雅、玉缸分到。潑茶香、寒坐松間，對鳳山娟妙。聞説鰣魚更早。已三五蛋郎，竹竿輕裊。喜住灘頭，不愁紅頰櫻桃少。花醪況是酴醾造。任酣暢、鶯聲四繞。流連忘卻歸舟，情太好。

【箋】康熙二十九年暮春客游順德作。鳳城，順德縣治大良之别名，城中有鳳山，故稱。

滿庭芳 奉答張桐君惠陽幕中見懷

堤接鵝城，橋横漁浦，渺茫盡是春煙。故人愁斷，多爲草連天。誰料才華莫用，空趨府、蠻語年年。懷人句，花中葉外，多少淚光妍。　　情牽。教鳳子，西從藥市，東至香田。謾銜得相思，一一紅箋。此恨何時解釋，垂白矣、猶自嬋娟。明妃好，胭脂未落，青冢已淒然。

【箋】康熙二十九年春作。張桐君，名梯，山陰人。張杉弟。時爲惠州知府王煐幕客。鵝城，惠州別名。

高山流水 王惠州生日

一麾出守向南禺。似坡仙、處處西湖。玉局是前身，炎方散吏斯須。長庚客、白玉仙儒。神交汝。相見羅浮四百，秘授陰符。待蓬萊罷相，把臂在虚無。　　歡娱。褰帷且名郡，當盛暑、泛葯浮菰。玉軫按南薰，一曲早慰來蘇。沐清涼、長在冰壺。時飛嘯，聲共鷩泉九十，噴薄杉梧。恁風流豈羨，莊老與天徒。長庚，謂白玉蟾真人。使君善嘯。羅浮有瀑泉九十九。

【箋】王煐，字紫詮，一字南區，直隸人。廪生。康熙二十八年秋任惠州府知府。著有憶雪樓詩集。王煐能文辭，喜與嶺南文士交往，與大均交誼尤篤。此詞疑作於次年盛夏。

憶舊遊　東湖感舊有作

記花中放舸，竹下飛觴，當日嬉遊。未盡狂歌興，苦山公要去，奏事螭頭。暮煙已隱金谷，餘得懊儂樓。嘆粉黛難灰，松杉易拱，幾度高秋。風流。更誰與，鎮日日彈棋，夜夜藏鈎。恨絶如泥慣，令太常妻小，空白霜頭。一聲雍子悲涕，猿嘯助啾啾。與別鵠離鸞，蘭閨一一同淚流。山公，謂尹吏部也。尹官至太常而歿，其繼室姬妾皆守志。

【箋】此詞當爲康熙二十九年秋在東莞作。尹吏部，指尹源進。尹曾官吏部主事，康熙十八年任太常寺少卿，二十五年卒於官。審詞中「幾度高秋」之語，當作於尹氏卒後數年。

桂枝香 歲庚午，予年六十有一。臘月之十日恭遇慈大人生辰，適第五兒阿霈以是日舉，喜而有作。

嘉平舉子。正太母生辰，壽筵張綺。與父同年庚午，可能相似。六旬有一生兒晚，幸慈尊、見渠呱矣。子圍孫繞，婆婆老福，白頭多喜。望第五、名齊驃騎，嘆同父諸兄，豚犬而已。五子陶公今足，待教書史。五經分授傳家學，更何時、都會文字。慰渠王母，年年春酒，獻詩羅跪。

【箋】

康熙二十九年十二月十日作。是日爲母黄太夫人八十六歲壽辰，第五子明濤亦於此日生。婆婆老福，宋太宗稱張齊曾母之語。

鳳樓吟 贈李孝先新婚

婿和翁、冰清玉潤，翩翩麗藻還同。最嬌梅福女，月華才貌，正喜早乘龍。恰當春禊候，浴桃花、持贈蘭紅。香風。畫樓吹處，錦箋斑管，分賦匆匆。作好會鶼鶼，碧簫響徹煙空。一雙如絳樹，一聲歌兩曲，莫辨雌雄。鳳凰飛復止，小比肩、長日房櫳。與沈氏、青箱愛子，金粟連叢。

【箋】康熙三十年三月三日上巳，王隼之女王瑶湘與李仁新婚，屈大均、梁佩蘭、陳恭尹、林梧、吴文煒、梁無技往王隼西村潨廬宴集，即席分賦以賀。李孝先，名仁，四會人。李恕子。太學生。有借堂偶編。

山亭宴

褉餘上巳過三日。正清明、楝花堪摘。知是幾番風，乍寒暖、春醪少力。杜鵑啼得杜鵑開，淚紅處、榴裙無色。辛苦汝流鶯，拾不盡、儂香魄。裊空半逐遊絲入。又吹散、蝶黄蝶白。儘意葬芳菲，做慘淡、煙乾雨濕。新時爭似故時憐，此一度、倍生淒惻。情去枉留仙，綵履那堪執。

【箋】首句云云，當作於康熙三十年三月六日。

十二時　送蒲衣子入山

送君歸，亂山歸去，婚嫁參差都了。想竟似、無情春杳。不使鶯花纏繞。玩弄清琴，沈酣玉醴，怕不成仙道。且養壽、影滅嬋娟，卻笑蔡家，猶愛纖纖姑爪。顏未衰，心花意蕊，況有十分光姣。鏡裏復紅，分明大藥，不在丹干好。引嘯時有鳳，飛身欲在煙杪。恨此生、茅龍未遍，五岳猶牽懷抱。莫學盧耽，翩翩毛羽，拂盡洲和島。恐去家未久，歸來但見華表。

【箋】蒲衣子即王隼，自號蒲衣，邦畿子。番禺人。妻潘，女瑶湘，並工詩。著有大樗堂初集、外集、王隼自其女瑶湘婚後，即攜幼子入山別居。此詞當作於康熙三十年春暮。

念奴嬌　追和龔蘅圃喜予移家白門之作

昔年浮宅，向金陵曾住，莫愁湖口。最是鍾山黄紫色，未遣蓬窗辜負。上岸牽舟，傍橋作屋，兒女同魚罶。殷勤公子，笑饋鶯邊春酒。更將畫舸相迎，秦淮人至，新曲歌紅藕。正值燈船簫鼓起，廿四航間如畫。徹夜遊歡，天明忽隔，庾嶺梅花口。相思長在，汝南無數煙柳。白門有汝南灣。

【箋】康熙三十一年春作。龔蘅圃，名翔麟，字天石，浙江仁和人。副貢，補兵部主事。時在廣州出榷廣東關稅。大均於十九年移家南京時與龔相交，龔氏有新詞以贈，原作見于紅藕山莊詞中。

洞仙歌　長壽禪室瓶花

丹葩素蕊，與心華争放。天女持來笑相向。膽瓶中、朵朵春色撩人，深護取，莫遣風吹半颺。嶠南無月令，元夕芳菲，已逐流鶯亂枝上。幾種插偏多，萱共夭桃，薔薇畔、海棠三兩。但注水、空生不須根，任好在房櫳，露華滋養。

【箋】長壽寺在廣州西關。與光孝、海幢、華林、大佛合稱廣州五大叢林。建於明萬曆三十四年，原名長壽庵。大汕擴建之，改名長壽寺。康熙三十一年元夕後二日，大汕邀大均及陳廷策、龔翔麟、王煐、陳恭尹、陳子長、廖焞、季煌、王世楨、沈上錢、方正玉、朱漢源、黄河澂、黄河圖等集長壽寺離六堂，分韻賦詩。此詞當作於同時。

買陂塘　仲春六瑩堂宴集

爲聽歌、滿堂魂悄，吴音争奈清婉。風流串戲多騷客，酒待曲終方勸。人氣暖。吹幾陣、紅香影向氍毹亂。鶯長燕短。任珠斗光低，玉壺聲盡，猶未放金碗。如泥後，惟有龍蛇出腕。裙裾都與書滿。千花萬柳供驅使，生怕綺筵雲散。君不見。金粟老、神仙富貴從舒卷。沈冥未晚。正細雨輕煙，似他人柳，眠起不勝軟。

【箋】康熙三十一年仲春作。時梁佩蘭邀王煐、陳廷策、陳恭尹、黃河澂等集六瑩堂，出六瑩琴相示，大均有詩紀之。

東風第一枝 壬申臘月廿九日立春，值内子季劉生辰賦贈。

細切辛絲，香堆翠縷，謝家春滿纖手。粉光新醲鮮桃，黛影乍描嫩柳。歡開生日，盡膝下、鶯歌消受。羡又添、一歲風光，長媚畫堂尊母。　今歲好、釀多美酒。來歲好、膾多膩肉。朔囊雖滿錢刀，不買漢京少婦。餔麋兒女，一個個、憐伊黄口。念楚狂、妻已冰清，莫比女花還瘦。

【箋】作於康熙三十一年十二月廿九日。内子季劉，即劉氏武姑。劉氏爲廣西昭平人，客粤西時所娶。

臨江仙　折梅贈内子

梅妻本是梅家女，白頭香雪相偎。同心緑萼總重臺。鳳餐珠蕊結仙胎。　村號梅花誰不羨，早從梅嶺歸來。南枝暖待北枝開。百年春色忍相催。有同心梅。

明月逐人來　秋夕與内子昭平夫人小酌

梅花開釀。芙蓉相向。秋蟾照、翠樓冰亮。寒夜多露，休把深杯讓。早識卿卿雅量。　難得鴛鴦，白首情逾酣暢。雙簫起，聲嫌輕颺。月斜未睡，猶倚簾櫳望。隱隱潮難初唱。

【箋】以上兩首均爲贈劉氏夫人之作。當作於康熙三十二年前後。

西湖月　六月十六夕惠州王太守邀泛西湖作　二首

炎天向夕偏涼，愛皓月仍圓，流光如笑。畫船輕漾，蠻童緩按，十番兒小。使君頻有賦，儘曲水、風流吟共嘯。更布簟、犀帶橋邊，弄遍紫荷紅蓼。　生憎一帶山眉，染玉女青螺，影連浮嶠。洞天爲主，三千夭鳳，奈他仙爪。神仙多散吏，恨白玉真人招未早。怎當得、西子錢唐，更勞蘭棹。公與白玉蟾仙師若有夙契。公未莅惠，先夢到惠及杭州。

纖雲蹙損金波，卷一片秋光，全歸明鏡。數聲歸笛，棲禽欲起，亂翻林影。弄珠人有約，待七夕、浮燈穿菜荇。便萬朵、分與漁舟，看取逐流誰定。　知他幾處西湖，有此地才華，主賓相稱。右軍顔好，凝脂點漆，白頭交映。文心吾亦似，覺老去、雕龍今不競。願良會、歲歲歡娱，飽聞高詠。

【箋】

康熙三十二年六月作於惠州。時應惠州太守王煐之邀，寓惠至秋。

買陂塘　奉陪王太守、俞别駕、佟大令雨中泛西湖作，起句同用張翥

漲西湖、半篙新雨，畫船初試煙水。知君雖作湖山主，心與海鷗相似。秋欲至。荷葉外、微茫漸識蘆花起。溪頭洞尾。向山影沈浮，泉花噴薄，頻得白魚喜。　長橋畔，燈火漁村尚未。疏鐘微出蒼翠。蘭橈蕩漾無人見，教駐數聲歌吹。觴並止。堤上步、沿洄稍近黄塘寺。林楓乍墜。正宿鳥巢邊，涼風蕭颯，心動欲歸矣。

【箋】

康熙三十二年秋初作於惠州。俞别駕，即俞九成，字介石，浙江杭州人。康熙三十年任惠州通判。佟大令，即佟銘，歸善知縣。本詞起句「漲西湖」用元人張翥同調詞原句。

洞仙歌　爲惠陽别駕俞君題揮翰圖，圖有美人十三。

蓬萊一股，與鵝城仙吏。玉女紛從女生戲。展花綾、兩兩催爲香奩，添一個，便是鴛鴦十四。洞天圖畫裏。不向丹青，爭識麻姑更妖麗。爲著淡鵝黄，么鳳憎他，毛全緑、掩君羅袂。任夜夜、箏調十三弦，怎得似清琴，静含秋水。

【箋】

康熙三十二年作於惠州。爲惠州府通判俞九成題圖。

無悶　娱江亭雨中作

城東雙江，亭俯萬峯，煙雨迷離望眼。恨久客無端，故園非遠。望得秋涼颯爽，又攬夢、風將疏竹卷。竹聲更苦，煙啼露咽，忍教魂斷。休嘆。有人管。是幾朵芙蓉，鎮同蕭散。任冷落炊煙，玉琴遲典。要向豐湖好景，待月上、梅花彈僧院。更一笛、吹破閒愁，頻放舵樓西返。

【箋】康熙三十二年秋作於惠州。娛江亭，在惠州白鶴峰。江逢辰娛江亭記：「考所遺跡，蓋東坡舊樓，釣臺在下，翟舍在左，榜曰娛江，既數百年於兹。」

金菊對芙蓉 蒲衣納姬，贈之

桃葉蠲愁，柳枝銷恨，不須萱樹蘭房。正桐初乳子，蕉早甜娘。椰中更有同心物，盡纖手、日日持漿。休穿玉指，未縫狄布，先繡琴囊。　憐惜小小娥光，且緩教顧兔，在月中央。但眉描五岳，衣渲三湘。青絲角髻捐巾粉，待入山、同掃丹床。休師素女，令伊情好，長似探湯。

換巢鸞鳳 蒲衣折梅歸餉贈之

多折瑶芳。要持歸鏡側，插滿鬘旁。乳鶯初弄粉，媚蝶早收香。多情天肯念王昌。故教換巢，雌雄一雙。教徐淑，再嬌小、復歸仙掌。　歡暢。春自享。親鼓鳳琶，檀口催低唱。

石帚香詞，玉田清曲，都在鶗鴂絃上。新製彈頭百千篇，雪兒心慧能幽賞。簾幃邊，許花翁、每聆飛響。史梅溪詞：「天念王昌忒多情，換巢鸞鳳教偕老。」蒲衣，王姓。姬，氏徐。

琵琶仙　蒲衣將我新詞譜入琵琶楔子，令新姬歌之，賦以爲謝。

天授王郎，有誰識、這是琵琶仙子。彈出南宋新聲，詞人任驅使。紅豆好、尊前麗曲，又添得、小紅能記。笛已親教，琴知自弄，香閣多喜。　笑連日、情滿徐妝，爲梅萼、紛紛點丫髻。催我暗香幽咽，盡騷人風致。須説與、裁雲剪月，有個儂、俊句相媚。便與分入檀槽，遏雲天際。梅溪詞：「梅開半面，情滿徐妝。」姬，徐氏也。

【箋】以上三首當作于康熙三十三年春。陳恭尹王蒲衣五十序：「王子年四十餘，而孟齊謝世。長子有孫矣，王子以先人之産付之，挾幼子別居，納姬徐氏女副室，教以琵琶。」王氏納徐姬時年五十。

雙聲子　弔東皋別業故址

漢臺南面，越城東臂，勝地曾作蘅皋。湖通珠浦，溪連香谷，花木一一分曹。蘭亭幾度，觴詠罷、徒有蓬蒿。難陶寫，把絲竹，留教山鳥啾嘈。　幸狐狸，知謝公白血，珍同水碧金膏。微軀安惜，乾崩坤裂，平陵一死鴻毛。與龍髯馬角，和糞土、同委乾濠。炊殘白骨，牛羊總成，一片腥臊。謝公，謂故督師大學士陳公子壯也。

【箋】東皋，在廣州東門外，陳子壯於此建別業，順治初成爲清兵牧馬之地。康熙三十年春，王之蛟重修東皋武廟，又於廟旁修別業，結東皋詩社。此詞當作於修復之前。番禺縣續志卷四十：「東皋詩社在東門外。……明亡，池館荒廢。國朝康熙間，駐防鑲黃旗參領王之蛟修葺之，取爲別業，聘屈大均、陳恭尹、梁佩蘭主其中，名曰東皋詩社。四方投篇贈縞者不停軌，與昔之南園頡頏。」

淒涼犯　得舊部曲某某書

桂林舊部，多年散、監軍亦向農圃。寶刀血鏽，花驄齒長，總歸塵土。英雄命苦。恨當日、江山不取。令三千、奇材虓虎，冷落盡無主。　回憶沙場上，日日投醪，氣雄相鼓。舊標在否。幾人還、錦衣歌舞。報有戎旗，把書帛、殷勤寄與。念恩私、兩載剪拂，俾作翮羽。

【箋】此詞懷監軍桂林時之舊部曲。審詞中「多年」一語，當爲晚年所作。

醉鄉春

最好桂林香酒。擎出玉杯纖手。皎月下，豔花間，隨意老人消受。　果贏二豪何有。天上酒星吾友。解沉湎，即成仙，醉鄉日月誰能取。

錦帳春

凍雪全融，寒風半透，正長至、圍爐時候。念故園春早，數枝當牖。梅花開否。　歲暮離家，淒涼素手。與金錯、無緣相就。向空囊一哭，淚滿衫袖。衹添消瘦。

【箋】以上兩首當作于晚年。大均晚年家累頗重，生活窘迫，常四出奔走求食，甚至典賣古墨端硯。

買陂塘　五首

買陂塘、半栽芹菜，一冬香滿莖葉。浮田更種南園蕹，青與翠萍相接。教弄楫。須小摘、田田未礙荷錢疊。鳧鷗亂喋。怕罾子抛來，裙兒湔去，摇動一天月。　吴淞上，聞道蒓絲最滑。曾同吴女春掇。鱸魚豈似吾鄉好，風味水芹還絶。根似雪。葅一半、甘馨更與茼蒿發。金齏細切。作素饌伊蒲，清齋樹下，日夕抱禪悦。

買陂塘，半園楊柳，荔枝偏要臨水。鴛鴦教向珊瑚影，看殺宋香陳紫。當小至。抛一顆、遊魚争唼揚冰翅。含霞吐綺。把黑葉離離，朱苞燁燁，消受當芳餌。　鳴琴去，舟逐蘭苕翡翠。匏巴機亦忘矣。金盤玉箸休相憶，差與赤櫻相似。君且止。休釣國、桃枝用盡誰知爾。皤皤奈此。更酒浸芙蓉，丹調菡萏，笑逐采蓮子。

買陂塘，水通珠海，香螺紅蟹多有。江瑶瑣珸争膏滑，不向老漁分取。秋漲後。魚大上、黄花白飯量同斗。纖鱗巨口。向紫蓼開邊，丹楓落處，斟酌更杯酒。　溪橋畔，忙問花翁在否。如今酣飲非舊。吴酸越辣多滋味，方法早教山婦。君擊缶。歌莫輟、河清可俟須人壽。疏星滿罶。正霜月流空，暮天蕭爽，嘯詠莫回首。黄花、白飯，魚名。

買陂塘，養多魚種，養魚經好須讀。魚花浮滿桃花水，魚户一春争漉。新雨足。放萬個、魚秧半是西江族。鯰三鰀六。任嫩草青青，浮萍片片，去果水梭腹。　拖罛好，時用琅玕裊竹。魚生飛亂紅玉。誰持膾具來相訪，兼爲荔枝都熟。蒓更緑。齏豉下、羹魚飯稻隨風俗。量魚論斛。是蛋客生涯，鮫人事業，水國作湯沐。魚一名水梭菜，粤人作膾，名「切魚生」。

買陂塘、盡栽蓮種，白蓮花比紅好。貪伊多藕休傷葉，看作露房偏早。花賣了。把葉葉、香羅包飯嘗新稻。芙蓉半槁。又子乳茨菰，笋肥茭白，生滿接洲島。荷花蕩，似向姑胥取到。菱歌禁得多少。鵁鶄鸂鶒休争宿，儘有五湖煙草。君莫笑。舟上女、搴裙踏藕多嬌小。蓮莖弄倒。令水佩風裳，三秋歷亂，蒲柳笑先老。

【箋】以上五詞寫鄉居生活情景，亦當作於晚年。

應天長　黄村探梅作

扶胥冬未半，正百里花梅，暗香相接。生長瑶林，兒女一般如雪。瓊英堆不掃，任門户、玉茵千疊。泥土涴、狼藉牛羊，蕊珠誰拾。　多年化蝴蝶。與翠羽翩翩，影迷寒月。何必羅浮，方得夢魂清徹。師雄隨意宿，便此處、美人尤絶。休更待、成子青黄，始來攀折。

【箋】黄村，在廣州東郊東圃。多植梅花，爲文人探梅勝處。黄登於康熙三十五年開黄村探梅詩社，此詞似作於開社之前。

江城梅花引

黄花和我滿頭霜。怕重陽。又重陽。不分早梅，還與鬥寒香。老去看花如霧裏，被花惱，一枝枝，總斷腸。　斷腸。斷腸。苦參商。夜已長。天已涼。一葉一葉，落不盡、悲似瀟湘。那得羅浮、清夢到蘭房。明月笑人眠太早，飛去也，影徘徊，尚半牀。

【箋】審詞中「滿頭霜」、「老去」之語，亦當作於晚年。

屈大均詩詞編年校箋卷十四

騷屑詞二　不編年部分

鵲踏枝

乍似榆錢飛片片。濕盡花煙，珠淚無人見。江水添將愁更滿。茫茫直與長天遠。　已過清明風未轉。妾處春寒，郎處春應暖。枉作金爐朱火斷。水沈多日無香篆。

【箋】此詞當有寄意。「朱火斷」一語，疑寫永曆帝被俘殺南明政權覆亡之事。

減字木蘭花

春山如笑。笑向江波清處照。雨淡煙濃。一半還含仙女峰。　無窮綠樹。不待斜陽天已暮。漸遠鄉關。回首東樵雲外看。

傳言玉女　紅蕉

葉葉抽心，卷放總同菡萏。吹開無力，笑春風淡淡。紅蕾太赤，莫是榴裙相染。光生雲髻，冷侵冰簟。　一半含胎，乍聞雷、吐復斂。露華寒滴，喜緑天半掩。銅瓶養取，變作淺黄猶豔。教人那不，遍栽窗檻。

【箋】陳恭尹獨漉堂集附詩餘有同調同題之作，疑爲當時社課。

瀟瀟雨　芭蕉

無端窗外，種惹深秋，不斷雨聲來。更朝朝暮暮，一心未展，復一心開。葉葉雖乾不落，更助竹風哀。蕭瑟誰能聽，月下徘徊。　且喜抽花豔甚，似芙蓉千瓣，一夕驚雷。有瀼瀼露滴，堪取入瑶杯。成香牙、得霜方熟，與蒲桃、顆顆浸春醅。緑天裏、拚淒涼但，自玉山頹。香牙乃蕉子之名。

【箋】廣東新語卷二十七：「（蕉）子以香牙蕉爲美，一名龍奶。奶，乳也。美若龍之乳，不可多得。然食之寒氣沁心，頗有邪甜之目。」

憶漢月

白碧紅緋相向。春在瓶中嬌養。枝枝不必翠林旁，自有雨情煙狀。　佳人金屋少，空絶世、有誰幽賞。一根一葉已傾城，迎爾那辭蘭槳。

減字木蘭花　新荷

荷錢好大。欲買鴛鴦三兩個。未得團圓。已有明珠顆顆懸。　銀塘漸暖。尚與浮萍離不遠。莫損新芽。食得魚肥是落花。

念奴嬌　荷葉

穿波初葉，似錢時、已有明珠無數。紅白難知那一種，解爲佳人先吐。白鷺東西，紫鴦南北，争戲田田處。香羅全展，摘裁裙子應許。記得西子湖邊，冰蟾已上，猶唱菱歌去。欲取絲絲纏玉臂，那管芙蓉無主。斜倚冰盤，静摇風佩，誰戲蓮心苦。團圓須蚤，冷飆容易侵汝。

暗香　蠟梅

北枝花後，又蜜脾點點，成葩如豆。想是緑珠，抛向柔條被粘取。分得黄檀色淺，吞還吐、微開香口。向葉底、朝暮銜寒，攀得帶冰溜。　心幼。被春逗。莫祇管半含，似他紅蔻。露乾雪皺，餘氣筲奩尚穿透。愁絶靈娥在遠，思寄去、百房能否。蜂釀罷、芳未淡，且浮臘酒。

郭璞蜜賦：「靈娥御以豔顔。」

疏影　鴛鴦梅

層層作蕊。更絳趺一一，能結雙子。定是青陵，魂入寒香，催教朵朵連理。雌雄不少相思樹，又恁得、同心如爾。更愛他、飛雪丹成，灼灼杏葩難似。　堂上鴛鴦慣見，試將七十二，來與相比。臉際凝脂，絶勝明霞，幾片天邊初起。枝枝正發臺關驛，染遍了、白鷴頭尾。記昔年、弄玉同攀，笑向影邊斜倚。臺關有紅梅驛。

【箋】元人馮子振鴛鴦梅詩有「並蒂連枝朵朵雙，偏宜照影傍寒塘」之語。廣東新語卷三：「（梅）嶺有紅梅驛，驛有城，當嶺路之半。累石爲門，南北以此爲中，相傳（梅）鋗所家在焉。」

羅敷媚　瓶中紙梅花　二首

瑶華先吐嬋娟手，白藕生姿。不界烏絲。細作春光下剪遲。　冰綃片片那能似，似得霜肥。香動南枝。兩兩同心照水時。

錦江滑膩層層染，半寫香奩。不用花縑。多少春光在玉纖。　枝枝剪出皆檀暈，一朵先簪。粉印微沾。翠羽教他盡欲銜。

浪淘沙　春草

嫩緑似羅裙。寸寸銷魂。春心抽盡爲王孫。不分東風吹漸老，色映黄昏。　蝴蝶不留痕。飛過煙村。紅藏幾點落花魂。雨過苔邊人不見，濕欲生雲。

【箋】此首疑爲懷永曆帝之作。「王孫」一語見意。

憶王孫 草

風吹一夜即萋萋。未到裙腰路已迷。腸斷離人日向西。帶香泥。狼藉春光任馬蹄。

惜分飛

事到傷心無可訴。花落從他滿路。此恨非風雨。東皇自是難爲主。片片隨波無一語。化作浮萍自取。應識相思處。莫將香夢東西去。

【箋】是亡國後沈痛之語。

浣溪沙

不折蓮莖不見絲。絲長難繫一相思。飛過煙樹少人知。心似芭蕉抽未已，雨聲偏滴半開時。郎邊可有一枝枝。相思，鳥名。

一落索

不分柳煙花雨。暗將春去。歌慵笑懶向花朝，恁得似、鶯多語。　最恨匆匆神女。彩雲無主。巫峰十二已迷人，更一片、香含霧。

荷葉杯

紫燕雙雙飛去。何處。憑爾寄相思。無書祇有一紅絲。紅是口邊脂。　郎問玉顔消否。如舊。獨宿繡房深。牀間留得鳳凰琴。淚濕不成音。

念奴嬌　食檳榔

重重蔞葉，又椰心一片，穿成雙蝶。灰雜烏爹添莫少，要取津紅如血。棗子皮甜，玉兒心白，細嚼成瓊屑。妃脣甘滑，帶脂安得常嚙。　中酒更進金柈，兼探紅袖，香愛氤氳絶。玉女天漿如水涌，渣滓教君都咽。紫穗三花，緑房千子，會向朱崖掇。園園都買，不愁黎女來奪。棗子、玉兒，檳榔名。

【箋】廣東新語卷二十五木語：「檳榔，三四月花開絶香，一穗有數千百朵，色白味甜，雜扶留葉、椰片食之，亦醉人。實未熟者曰檳榔青，青，皮殼也，以檳榔肉兼食之，味厚而芳，瓊人最嗜之。熟者曰檳榔肉，亦曰『玉子』，則廉、欽、新會及西粵、交趾人嗜之。熟而乾焦連殼者曰『棗子檳榔』，則高、雷、陽江、陽春人嗜之。以鹽漬者曰『檳榔鹹』，則廣州、肇慶人嗜之。」

沁園春 荔子

夏至初丹，喜有蟬催，響遍桂洲。正丁香大小，争銜紅翠，明珠的皪，半壁浮丘。膏滑難濡，綃輕尚汗，一一先教雙掌留。妃唇嗑，笑玉漿四注，甘入心流。　擎來蚤已蠲愁。更掛緑、離離堆滿篝。愛肉芝成水，無勞草汁，露華可醉，不用花篘。留齒何曾，含消絶似，解渴須從焦核求。酸還好，自清明過後，餐到深秋。掛緑乃荔枝第一種。

【箋】廣東新語卷二五：「（荔支有）如丁香者，丁香有大小之分，與小華山、緑羅衣、交几環三種皆絶美。」「掛緑者，紅中有緑，或在於肩，或在於腹。」「丫髻多無核，即有亦小，名曰焦核。」

荔枝香近

入手離離如火，成暖玉。千顆萬顆燒天，砂作芙蓉熟。盤中教注寒泉，盡帶鮫綃浴。滑膩、一點昭儀不沾肉。諸貴種，先數得、增城族。遍體鮮紅，微掛一條官緑。乍解羅襦，玉指纖纖忌相觸。消受長憂無福。

惜分飛　紅豆

開盒愁將紅豆數。滋味應知帶苦。泥裏休拋取。怕他生作相思樹。珠淚何年頻化汝。顆顆盤中不住。欲付黄鶯去。天涯銜向多情處。

【箋】廣東新語卷二五：「紅豆，本名相思子……朱墨相銜，豆大瑩色，山村兒女，或以飾首，婉如珠翠，收之二三年不壞。相傳有女子望其夫於樹下，淚落染樹結爲子，遂以名樹云。」

醉蓬萊　落花

問流鶯何事，祇管聲聲，與花深語。花落休多，令流鶯無主。多謝東風，吹來紅片，染一園朝雨。拾得香魂，乳泉三浴，黄沈薰汝。　更用哥窑，古瓷三兩，瘗取殘英，帶絲連絮。大石樓邊，有麻姑妝處。紫鳳青鸞，盡教銜玉，造美人香土。一卷金荃，兩枝瑶管，殉君應許。

【箋】

末語「殉君應許」見哀悼之意。

摘紅英　落花

朝煙泣。暮煙濕。飛飛争向鉤簾入。收香蜕。兼紅淚。煎取黄沈，貪鶯精氣。　當階立。春纖拾。露多不惜沾裙褶。遊絲繫。風摇曳。裙可留仙，月華多製。

一叢花　燭花

初如金粟一絲懸。漸似玉芝鮮。風吹忽變芙蓉朵，喜心小、不作青煙。春色泥人，殷勤并蒂，膏火莫相煎。　難明不必恨秋天。自有夜光妍。淚珠滴滴成紅豆，欲穿起、寄與嬋娟。山遠路長，因君報喜，泣盡復嫣然。

鳳樓春　燈花

細小亦芙蓉。千瓣玲瓏。透心紅。花頭還學緑雲鬆。餘蕊外，綴金蟲。莫使暗風驚淚落，教繡幕重重。　鳳樓東。春色熊熊。一邊雖炧，一邊猶蕾，蘭膏依戀缸中。喜作爆聲，朱火吞吐一叢叢。金錢休卜，人至臨邛。

向湖邊　采蒓

積雨初消，湖波新漲，葉葉乍浮還没。素手牽來，比銀釵光滑。教越娘、輕按蘭橈，菱花留取，莫與紫莖同擷。隔宿還肥，浸寒泉似雪。　旋下蠻薑，半作香羹啜。誰復忍，去去和、鱸魚輕别。膾具多攜，更吴淞乘月。況芙蕖、千頃非錢買，休還恨、犀箸玉盤消息絶。且逐鴛鴦，向夕陽明滅。

阮郎歸　燕

雙雙剪水鏡湖旁。萍開一片光。游魚正繞紫鴛鴦。輕銜過夕陽。　新月上，素琴張。窺人在畫粱。巢中多少落花芳。成泥更有香。

【箋】

鏡湖，又名鑒湖、長湖、慶湖。東漢永和五年由會稽太守馬臻主持修築，在今紹興市會稽山北麓。順治十七年作。

釵頭鳳　收香鳥　二首

春毛靚。黄茸映。聞香不覺花開頂。爐煙大。舒翎待。水沈魂氣，那飛簾外。在。在。在。　長垂影。雙雙并。心香吞吐香爲命。浮瓊海。明珠買。桐花生長，美人簪戴。愛。愛。愛。

當釵立。花慵拾。倒開紅羽雙煙入。沈馠氣。成心字。氤氲終日，不離香翅。戲。戲。戲。　餐瓊粒。人相習。不棲枝上愁花濕。銅爐器。添蘭桂。殷勤么鳳，口珠銜媚。

記。記。記。

【箋】廣東新語卷二十：「倒掛鳥喜香煙，食之復吐，或收香翅内，時一放之，氤氲滿室，頂有黄茸，舞則茸開，亦名曰開花。花開頂上，香放翅中，輒自旋轉，首足如環以自娱。入夜必倒垂籠頂，兩兩相並。」

桂枝香 蟹 二首

殷勤八跪。但暮送潮頭，朝迎潮尾。正值沙禾始熟，競銜雙穗。黄膏四角隨圓月，任雌雄、入秋皆美。虎門船返，兩籃紫甲，一筐紅蜆。 況灩口、河鮀大至。被生釣千頭，腥吹墟市。多謝魚姑肯賣，百錢隨意。更纖手、細將香秆，并霜螯、對對穿起。急歸烹取，蘋花深處，濁醪相媚。

菱塘北角，笑春蜆未肥，秋蜆方軟。才是禾莖露冷，荻花霜暖。膏成榴子筐筐足，把玄黄、月明同滿。虎頭潮退，篝燈照取，水村腥遍。 喜更有、金華火臠。與海鏡甘分，河豚香亂。頻學芙蓉沈醉，不須人勸。漁家最好真風味，就松江、蒓膾誰换。季鷹歸未，秋來能到，我家池館。

虞美人影 二首

素馨茉莉休分别。大小總如冰雪。朵朵開當明月。彩縷穿成結。因沾膏沐香逾絶。

圍髻更教重疊。未曙花田親掇。要解郎心熱。

斷腸何必萋萋草。一片落花堪老。試問郎邊嬌鳥。啼得春多少。垂楊不把愁心掃。

攀折畫樓難到。欲取相思燒了。紅豆憐他小。

一落索

杜宇催春從汝。更催人去。人留即是好春留，更一任、風和雨。怕見遊絲飛絮。爲伊

無主。落花争似淚花紅，祇滴在、分襟處。

摸魚子 寄秀水周青士繆天自

記當年、落花門徑，峭帆三度來往。分襟忽爾經離亂，且喜故人無恙。心不忘。涼月夜、銜

書數把朱鵬放。鄰姬兩兩。恨嬉戲相逢，明駝負去，留爾在菰蔣。鴛湖好，咫尺姑胥在

望。包山争列屏障。新詞多少漁家子，可有雪奴低唱。三白蕩。多巨口鱸魚，潑剌乘春漲。何時見餉。與范蠡香蒓，越王醉李，置我北堂上。

【箋】周青士，即周篔，字公貞，更字青士，又字簹谷，嘉興人。著有采山堂詩集。繆天自，原名泳，後改名永謀，又字于野。嘉興人，諸生。能文章，絶意仕進，授經生徒以養父。著荇溪集。

點絳唇

愁逐春來，那知春蚤愁還蚤。一天煙草。祇有愁來道。　花落無多，不用東風掃。留階好。玉顔誰保。一夕枝枝老。

謁金門

愁心亂。亂似風花千片。帶雨含煙看不見。正當春欲半。　更有淚飛如霰。一夕江南都遍。垂柳垂楊穿一串。遊絲同不斷。

夢江南 六首

悲落葉，葉落落當春。歲歲葉飛還有葉，年年人去更無人。紅帶淚痕新。

悲落葉，葉落絶歸期。縱使歸來花滿樹，新枝不是舊時枝。且逐水流遲。

【箋】況周頤蕙風詞話卷五：「末五字含有無限淒惋，令人不忍尋味，卻又不容已於尋味。」

相別久，空與夢兒親。已恨花房雙燕燕，還憎竹簟一人人。有淚濕紅巾。

清淚好，點點似珠勻。蛺蝶情多元鳳子，鴛鴦恩重是花神。恁得不相親。

愁脈脈，最是暮春初。有夢花中爲蛺蝶，無情月裏作蟾蜍。不寄數行書。

紅茉莉，穿作一花梳。絲縷抽殘蝴蝶繭，釵頭立盡鳳凰雛。肯憶故人姝。

【箋】況周頤蕙風詞話卷五謂此組詞：「哀感頑豔，亦復可泣可歌。」葉恭綽廣篋中詞卷一：「一字一淚。」

南歌子 五首

耳墜雙珠重，眉拖半月長。未笑口生香。更簪花一朵，斷人腸。

額暖裝貂鼠，頭高作鳳凰。珠翠染花香。卻嫌人説道，似吴娘。

屐齒沈香結，釵頭小鳳毛。鬟濕桂花膏。半妝猶未就，弄檀槽。

雪粉荼蘼製，花梳茉莉裝。衣更盡情香。消魂猶未了，向平康。

珠淚成紅豆，香心作彩雲。更用好花薰。倩誰遥寄去，桂林君。

【箋】末句疑有寓意。永曆帝曾駐蹕桂林。

蝶戀花

春流未滿愁蚕滿。滿到天邊，暮雨還添滿。不識是愁將水滿。不知是水將愁滿。　分付東風吹稍緩。莫使春潮，衹送愁先返。愁返江南人未返。不如潮水從今斷。

明月棹孤舟

恁似桃花容易醉。芳顔拚、一春憔悴。怕見青山，芙蓉疊疊，爲似個人雲髻。　點點襟前紅是淚。浣教去、舊痕没計。乳燕誰家，啼鵑何代，忍説廢興詳細。

【箋】末韻見意。

滿宫花

最相思，樓上鏡。長帶一枝花影。嬌鶯定解夢湘東，不向畫簾驚醒。　淚染春箋紅雪瑩。錦水桃花相映。回文書就字斜斜，念與東風教聽。

攤破浣溪沙

莫怪匆匆是落花。春來誰得久繁華。蝴蝶不知寒食後，向誰家。　白髮自教成暮雪，紅顔不解作朝霞。送盡多情江上客，一琵琶。

唐多令

魂夢滿江飛。茫茫何處歸。和煙雨、千里霏微。芳草不知人有怨，愁望處，衹萋萋。　不用接天低。王孫路已迷。恨羅裙、色映東西。淚共風花相遠近，烏柏下，覓香閨。

桃源憶故人

輕煙漠漠春何處。試問水邊風絮。不分晚來疏雨。衹共芭蕉語。　愁將花信頻頻數。畢竟春深多許。莫遣流鶯催汝。一夕過南浦。

柳梢青

點點相思，落花排就，更有長條。半繫江南，半牽江北，盡作宮腰。　啼鵑衹爲前朝。幾滴血、棠梨共飄。惱亂春山，白雲愁暮，明月愁朝。

【箋】

「啼鵑」句見悼明之意。

夢江南

春望斷，日夕倚妝樓。江上春潮無信久，春潮衹在鏡中流。流作一天秋。

離亭燕

漸到鷓鴣多處。愁作一天煙雨。芳草可憐千萬里，長共夕陽無主。且莫返鄉關，已有斷魂飛去。　雲際片帆難駐。江上一竿誰許。空妒白鷗來復往，恁得分他毛羽。掩淚似春山，終日濛濛洲渚。

酷相思　待潮

沙口寒潮來尚未。正天晚、吹霜氣。又蘭槳、前頭黄葉墜。一片也，離人淚。兩片也，離人淚。　疊疊芙蓉如有意。每爲我、添蒼翠。把十様、蛾眉教畫記。朝畫也，春山似。暮畫也，春山似。

漁家傲

五五枝頭還十十。前帆已共寒鴉集。數點殘陽猶在笠。情悒悒。秋蟲未夕紛相泣。　朵朵漁燈含霧濕。風吹忽似流螢立。幾道星光穿水入。舟未及。沈沈戍影愁呼急。

桂枝香　題潘氏莀園

山眉不斷，與一帶暮煙，乍近還遠。更有獅洋潮水，入湖回轉。漁帆片片乘新漲，愛梅林、雪花晴暖。柳邊相送，三沙紫蟹，四沙黄蜆。　及春開、窗留半扇，任白鷺交穿，窺人畫卷。鷺落雙榕細子，飼魚肥嫩。須將舊釀離支酒，沃鱸生、冰縷霜片。蕩舟迎我，玉人攜取，醉聽鶯囀。

霓裳中序第一

花殘委碧蘚。恨殺紅深和緑淺。香冷啼痕猶暖。正蝶影煙沈，鶯歌風斷。春歸難緩。待與誰、尊酒持餞。人將老，玉顔未駐，要把翠娥選。　衰損。求仙休晚。且導引、熊經一轉。

須知來日苦短。墜馬擎杯，舞鸞弄管，帝鄉應未遠。早蠲愁、荒淫不返。從師去，女生相逐，玉女一行滿。

【箋】「有墜馬擎杯」句中「有」字，衍文，各本同，據詞律逕删。

絳都春

龐妻趙女，本酒泉麗質，小字娥親。陰市好刀，磨礱犀利，鹿車中、嬉春日日施紅粉。卷幃人道佳人。挾長持短，誅讎報父，不顧嬌身。　遂殺兇豪李壽，任蛾眉濺血，玉骨成塵。孝媛帝憐，香名人播，已千春。曹娥與爾争英烈，更同緱玉芳芬。子胥慚汝，吹簫一片苦辛。

【箋】趙娥親，東漢末年酒泉郡福禄縣（今酒泉市）人，父名君安。龐子夏之妻。子龐淯，三國魏文帝時曾爲西海太守。娥親爲父報仇，殺豪强李壽之事，爲歷代文人所傳頌。後漢書列女傳載，趙娥父爲人所殺，「娥陰懷感憤，乃潛備刀兵，常帷車以候讎家。十餘年不得。後遇於都亭，刺殺之。因詣縣自首。……後遇赦得免。州郡表其閭。」皇甫謐列女傳有龐娥親傳。三國志魏書龐淯傳裴松之注引列女傳亦載其事。此詞疑作於康熙四、五年間北遊秦地之時。

歸去來　詠雨中山

生怕春眉人見。無物爲紈扇。煙雨濛濛教遮面。天風外，似花顫。　十二峰俄變。笑神女、楚襄空薦。風流但使詞人羨。荒淫好，諷中勸。

五張機

五張機。千絲萬縷是相思。春暖春寒郎不念，任教紅淚，染成桃瓣，點點污冰姿。

一斛珠

柳條休彈。朝朝攀折誰能那。翠眉春共青山鎖。多事嬌鶯，苦向枝間坐。　落絮紛紛時惹我。浮遊未化萍千朵。嫌他雪點蒼苔破。爲語東風，吹向池塘墮。

憶少年

青青芳草，青青楊柳，青青山色。愁人獨如雪，爲多情頭白。　鏡裏桃花曾太赤。更何時、玉顔如昔。春光可長駐，奈醇醪無力。

一斛珠

鷓鴣催我。未十里、遲遲放舸。愁心不逐風吹過。落花誰那。偏向離人墮。欲掩雨窗當書卧。又前灘、狂濤聲作。滿江漁子爭回柁。白鷗驚破。飛繞青山個。

殿前歡

鷓鴣鷄。爲誰啼殺夕陽西。一聲聲迸思鄉淚，沾灑香泥。茫茫客路迷。煙樹千重蔽。魂夢三春滯。花休豔豔，草莫萋萋。

明月逐人來　芙蓉影

流光如水。芙蓉初洗。玲瓏影、鏡中誰似。露華沾濕，多半寒相倚。甚處窺他新蕊。吹滿紅陰，生怕梧桐亂爾。蕭疏處、螢穿未已。素飈偏早，催拒秋霜始。乍褪殷勤結子。

風光好　荷葉

似田田。似錢錢。半作羅裙襯午眠。緑香鮮。　雙雙菡萏開花筆。當蘭室。小楷曹娥代答箋。女書仙。

田田，錢錢，辛稼軒妾，皆因其姓而名之，并善筆札，嘗代稼軒答尺牘。

賀聖朝

燭花莫剪隨開落。況同心梅萼。雙心花大，一心花小，盡卿斟酌。　霜風不使穿簾幕。怕芙蓉莖弱。知他多事，更將膏火，多澆春腳。

惜雙雙令

蝶去蜂來如有語。愁脈脈、無心聽汝。血淚多如許。亂飛紅豆如紅雨。　爐中定長相思樹。誰擊碎、珊瑚無數。欲把絲千縷。盡穿試遣鶯銜去。

憶少年

蕭蕭秋雨，蕭蕭落葉，淒凉如此。愁人欲歸去，奈雲山千里。　嘹嚦邊鴻空羡爾。任雙棲、白蘋紅芷。長貧易飄泊，把恩情如水。

滿庭芳　贈槎滘羅叟

曲水穿林，平橋架石，數家可是先秦。小園誰種，花落錦成茵。竹粉乾含鳳尾，松膏濕吐龍鱗。遮亭畔、三株老桂，釀酒最芳辛。　生津。都蔗外，香櫞佛手，丹荔妃唇。更甜蕉、作衣還用蕉身。雪剖黄柑滿乳，霜收緑欖多仁。埸師好、何人得似，樂勝橘中人。

【箋】槎滘，地名。在東莞中堂鎮西北，東江南岸。此詞疑亦在東莞作。

山漸青

楓葉飛。柿葉飛，飛逐宫鴉何處歸。歸來玉殿非。　拔龍旗。卓雕旗。獵火山山燒翠微。牛羊蔽夕暉。

【箋】此詞寄亡國之思。中有「宮鴉」、「玉殿」之語，似作於順治十六年秋留居南京時。

南樓令

無奈葉蕭蕭。未秋含素飈。染霜深、怎得紅消。碧樹無端成錦樹，片片血，作花飄。寫恨滿空寥。斷魂何處招。怎相思、難報瓊瑶。青女多情能醉汝，休落盡，爲南朝。

【箋】此詞亦寄亡國之思。中有「南朝」之語，似作於順治十六年秋留居南京時。

蓦山溪

濛濛細雨，未冷難成雪。幾日起乾風，但慘淡、吹黄林葉。玉顔憔悴，無酒與芙蓉，朝似日，暮如霞，紅作胭脂妾。鏡中人笑，華肉無多血。辟穀苦留侯，枉萎落、丹華燁燁。英雄有恨，白首事難成，將好色，當求仙，放誕過年月。

解佩令

芙蓉不好。荼蘼不好。是桃花、根葉都好。來自秦淮，□似比，流鶯嬌小。怎消他、一枝裊裊。

吴綾裁了。越羅裁了。怕鴛鴦、一對顛倒。刺繡多閒，儘一十二時調笑。寫蘭葩、未嫌太少。

虞美人

燈花并蒂紅蕖似。博得佳人喜。門簾盡下怕風驚。催把蘭膏添滿到天明。　　雙敲暖玉圍棋子。賭取松花綺。横陳直待汝南鷄。纔上牙牀却又月沈西。

十六字令

花。見爾如何不憶家。花雖好，争似臉邊霞。

金菊對芙蓉　本意

香沁疏籬，菊英誰伴，芙蓉千瓣含煙。與鵝黄相映，弄粉争妍。朱顔一日能三醉，向白衣、笑更嫣然。九華佳色，玉杯共泛，不覺忘天。折取插鬢翩翩。向酒家亂擲，勝似金錢。與新辭芳豔，分付嬋娟。長紅小白同低唱，更一朵、當錦雙纏。拒霜辛苦，因公晚景，一倍相憐。

花犯

恨炎天，梅花少雪，凝脂未肥白。玉寒珠熱，似倒掛南枝，么鳳無力。故人欲寄春消息。踟躕那忍摘。怕蛺蝶、食殘黄蕊，團香歸粉翼。仙姿亦復苦愁侵，憐他消瘦甚，神傷姑射。膏沐少，天然好、免污顔色。飛瓊女、月中不辨，縞衣冷、相要同片石。喚翠羽、啾嘈歌罷，天明愁寂寂。

眉嫵　新月

喜纖纖鉤掛，淡淡痕生，初試素娥手。未作瑶臺鏡，娟娟影，新眉隨意描就。短長漫鬥。想玉蔥、殊未消瘦。最堪愛、宛轉畫樓前，半規映珠斗。　仙樣唐宫那有。嘆玉蜍獨處，金兔無偶。不死雖偷藥，淒涼甚、教人翻恨王母。素娥未久，更兩宵、弓影全彀。看三兩天狼，光墜貫他左肘。

九張機

春羅。蝶紅蝶白各花窠。鮮花食盡難成繭，何如蠶子，雌雄食葉，三日即成蛾。

霜天曉角　二首

翠樓明月。此夕應如雪。三兩玉人相倚，香露沁、濕雲𩮜。　一疊，還一疊。瑶琴彈不輟。恨與素娥同寡，蟾兔外，共寒絶。

此情良苦。況復瀟瀟雨。長夜苦寒難睡，蟲唧唧、似兒女。　歲去，窮不去。埋憂那有處。白首不堪家累，無計甚、向誰語。

侍香金童

雪瘦冰肥，淡淡含春色。喜香暗、清寒人未識。蝶子偷將新蕊食。剩粉殘酥，爲留瑶席。
怕亂飛、片片隨風難自力。更寄語、多情休弄笛。一朵鬢邊簪亦得。未許全枝，玉纖多摘。

聲聲慢 聞城上吹螺

東西雁翅，兩作飛樓，江間一片沈浮。四角嗚嗚，螺聲颯起高秋。淒涼尉佗臺上，恨邊聲、飛滿炎州。風吞吐，盡秦關漢塞，處處含愁。　絶似金笳催淚，與明妃、諸曲哀怨同流。未曙頻吹，匆匆人馬難留。無邊戰魂驚起，逐行營、朝暮啾啾。那管得，一軍中、人盡白頭。

真珠簾 送杜十五不黨返淮安

南來不憚蠻天路。笑風流、解作瓊州香估。多食女檳榔，蚤已消蠶蠱。廢著隨人殊未富。問幾時、揮金如土。遲暮。恨多日佯狂，功名難取。　筋力枉負熊羆，悔英雄未結，淮陰無伍。且向釣魚臺，更一竿煙雨。天餓王孫應有意，教識得、城東仙嫗。君去。看年少屠中，有誰欺汝。

應天長

江南九熟清明近。紅有櫻桃松有粉。瑰花調，珠葉襯。多謝當壚人不吝。下香菰，兼細筍。食到盤心争忍。消受自慚過分。金錢教莫進。

【箋】此詞似亦順治十六年春在江南之作。

菩薩蠻

一春融暖無多日。愁花怨草都含泣。煙雨解欺人。貂裘典莫頻。清明看漸近。鶯燕來相問。風已幾多番。春殘尚㥶寒。

月照梨花

天氣，初暖。簾簾都卷。碧草多情，隨人近遠。黄蝶白蝶依依。逐花飛。春歸祇有飛花送。煙輕雨重。片片風相弄。乳鶯銜去休太頻。頻使愁人。淚沾巾。

甘草子

結得伽南心還苦。向欲暖、香好。香辣香甜，滋味從郎取。但得一星含，自有雙煙吐。猶寒窗户。長把山爐爇朝暮。任一天陰雨。

【箋】此詞疑在莞香之産地東莞作。

摸魚兒　柬友

送春帆、聖湖歸好，苦寒還欲君駐。消魂一路多煙草，況復亂絲風絮。誰爲主。葭菼際、雕胡但向漁人取。流鶯未老。且花卧浮丘，月吟香瀨，嬉爾小兒女。王孫志，一劍縱横未許。屠沽休說欺汝。江山一任無人管，自有幾雙鷗鷺。君莫去。還就我、扶胥北岸題詩處。低斟桂露。待蘭畹編成，玉杯書畢，始問庾關路。

酒泉子

一片愁心，消得幾多明月，越羅露下不勝寒。尚憑欄。　棲烏與爾最相干。夜夜爲儂啼苦，白頭誰作故人看。勸加餐。

霜天曉角 二首

鏡中人老。鏡外人難好。階下紫蘭紅蕙，須教變、長生草。　蝶香多在粉，拾來和藥擣。多取異花薰炙，料得使、朱顔保。

飛飛榆莢。片片連花葉。欲買舊愁新恨，頻移步、風前拾。　拾來眉上貼，勾引雙雙蝶。多少碧桃紅杏，不得上、胭脂靨。

菩薩蠻

妝成未肯離明鏡。嫌他鎮日含花影。輕罩海人紗。休令生片霞。鬟邊空戴葉。免惹雙蝴蝶。忘上口脂來。菱花行又開。

河瀆神

祠口對浮羅。攀枝紅映江波。女蠻春賽祝融多。數聲銅鼓相和。潮去潮來蘭槳便。龍氣時時驚見。蜆箸魚籃朝散。鬥歌風外難斷。

露華　白牡丹

素妝淡淡。喜絶代瓊姿，皎皎難染。路入庾關，能見梅花無忝。一枝不必姚黄，已奪越娘光豔。炎天熱、瑶臺夜深，牖户休掩。　盈盈半壓朱檻。正浣出天香，珠露微點。笑謝洛陽花估，國色長占。向暖稍展氍毹，更使玉人匀臉。當影坐，銜杯共對不厭。

漁家傲 水仙

遠自姑蘇來藥市。莖莖抽出淩波子。六瓣冰開寒若水。純黄蕊。香中微帶人間膩。　朶大梅花應不似。葉長衹爲多泥滓。月有精華都與爾。清泠裏。衣裳一一生霜氣。

點絳唇 素馨花燈

忙殺珠娘，未開已上花田渡。鬢邊分取。燈作玲瓏去。　人氣添香，香在光多處。天休曙。熟花方吐。朶朶成煙霧。

【箋】廣東新語卷二七：「秋冬作火清醮，則千門萬户皆掛素馨燈。結爲鸞鳳諸形，或作流蘇，實帶葳蕤。」

臨江仙 花燈

香篆氤氳簾影内，蘭釭正作重臺。雙心合作一心開。芙蓉無種，春自火中來。　光暗不將銀箸剔，貪他再結仙胎。殷勤拾取落花煤。油污玉指，小印定瓷杯。

東風第一枝　桃花

宿雨初晴，林煙尚濕，舊花又吐新蕊。儘他人面爭紅，莫道豔妝未似。露華凝滿，是西華、明星漿水。愛玉盞、盛取芳馨，暖處自成沈醉。將數朵、笑分媚子。和葉葉、半簪雲髻。饋餘兒女嬌容，更染細綾繡被。黄鶯休掠，令片片、香沾泥滓。向屋角、更種多株，灌溉恐煩鄉里。

點絳唇　淡紅梅

背有微紅，絳桃一半爲根蒂。幼姿偏麗。種得纔三歲。漏泄年光，心吐香難制。花雖細。弄人多計。不惜胭脂淚。

怨三三　鹿葱

三山巷口挈花籃。祇買宜男。朵朵淩朝喜半含。髻鬟上、可雙簪。休教鹿子來銜。這萱草、根莖總甘。好黛色重添。和伊爭緑，掩映江南。

【箋】廣東新語卷二七：「鹿葱，先食其苗，次食其花，可以和胃，可以忘憂，鹿之葱勝於人之葱也。」

惜秋華　木芙蓉

莫拒秋霜，任重臺獨瓣，紅衣都染。乍得露華，新妝更添嬌豔。淩晨已作酡顏，醉滴滴、天漿未厭。堪念。念芙蓉製裳，湘纍得占。　朵朵暮還斂。待明朝酲解，把薄脂重點。恨水淺。照不徹、鏡雲微掩。何人見爾關情，折數枝、寄來相賺。那敢。怕鴛鴦、露棲葭菼。

【箋】廣東新語卷二十五：「木芙蓉，本名拒霜，以其狀似芙蓉生于木，故曰木芙蓉。」

錦帳春　檳榔

花發房中，子生房外。一顆顆、來從瓊海。帶花餐，連葉嚼，喜顏紅十倍。胭脂能代。　大把鹹分，小將乾配。盡兒女、長盈繡袋。汁須吞，渣莫吐，添香灰至再。餘甘還愛。

【箋】廣東新語卷二五：「以鹽漬者曰檳榔鹹，則廣州肇慶人嗜之。日暴既乾，心小如香附者曰乾檳榔，則惠、潮、東莞、順德人嗜之。」

長相思　落花

一枝低。兩枝低。黄鳥飛東蛺蝶西。雙雙尚自啼。　朝煙迷。暮煙迷。紫燕銜時已作泥。紛紛襯馬蹄。

琴調相思引　素馨花

笑擲金錢買幾升。半穿瓔珞作珠燈。一家纖手，細細貫絲繩。　暮上翠鬟方吐蕊，曉辭羅帳尚含冰。夢魂清絶，多恐冷香凝。

【箋】廣東新語卷二七：「（以素馨）穿燈者、作串與瓔珞者數百人，城内外買者萬家，富者以斗斛，貧者以升，其量花若量珠焉。花宜夜，乘夜乃開，上人頭鬢乃開，見月而益光豔，得人氣而益馥，竟夕氤氲。至曉萎，猶有餘味。」

賣花聲　鷓鴣

兩兩對啼閒。聲似人蠻。多情喚得玉驄還。何處春深行不得，楚水吴山。　南翥向梅關。苦竹叢間。隨陽不似北禽寒。銜葉未教霜露濕，日映花斑。

【箋】廣東新語卷二十：「鷓鴣，隨陽越雉也。天寒則口噤，暖則對啼。……鳴多自呼，其曰行不得也哥哥。」

如夢令　孔雀　二首

頂上三毛摇曳。個是華山冠製。遍體錦文圓，妒殺畫堂珠翠。無計。無計。大尾更須三歲。

尾上金錢如許。終日開屏勞汝。祇爲雨來時，欲置珠毛無處。飛去。飛去。合浦儘多高樹。

【箋】廣東新語卷二十：「孔雀頂有三翠毛，直豎如華三峰，古人製華山之冠，蓋仿之。」「性絶畏雨，雨則金翠損壞。」

紅娘子　丁髾娘

戴勝何曾重。有髾方爲鳳。身是丁娘，心如閒客，那堪雕籠。喜長來、玉鏡小臺邊，與釵頭同夢。　花朵開黄茸。人作芙蓉弄。兩兩穿枝，三三食蕊，何曾驚恐。想纖纖、飛燕掌中輕，得似他翾動。丁髾娘頂有黄茸毛，開若蓮花。

【箋】廣東新語卷二十：「戴勝，色灰緑，大如脊鴒，顱有髾，高六七分，南海謂其雄者丁髾郎，雌者丁髾娘。」

瑞鷓鴣

山鷄錦翼許相同。雙雙那肯嫁邊鴻。欺汝南禽，生長梅花裏，日守蠻煙白一叢。　梅花最愛梅鋗嶺，雌雄各占高峰。空愁霜露沾衣，望斷羅浮日，蚤生東。暖向平蕪喚玉驄。

【箋】廣東新語卷二十：「鷓鴣，隨陽越雉也。」「霜露微沾其背，聲爲之啞，故性絶畏霜露。一雄常挾數雌，各占一嶺，相呼相應以爲娱。」

楊柳枝

小小珍禽似畫眉。是相思。釵頭偷立已多時。未曾知。　郎處不須紅豆子。殷勤寄。雙雙取得繫紅絲。到天涯。

【箋】廣東新語卷二十：「鵮鶓，詩所謂桃蟲也。因桃蟲而變，故其形小，性絶精巧。以茅葦羽毳爲房，或一或二，若鷄卵大，以麻髮懸系樹枝，雖大風雨不斷。一名巧婦鳥。久畜之，可使爲戲及占卦，名和鵮卦。其身小，又曰相思，亦曰想思仔。仔者，小也。相思者，身紅黑相間如紅豆。紅豆者，相思也。予有楊柳枝詞云云。」

醉花陰　翡翠

雄縹雌青相掩映。愛殺銀塘鏡。日夕浣清波，春羽秋毛，個是佳人命。　珍珠一一皆穿竟，無爾妝難靚。點綴九鸞釵，葉淡花濃，要與春光競。

【箋】廣東新語卷二十：「自炫其毛，日浴水中，乃益鮮縟，美於山翠……羽長寸餘，雄赤爲翡，雌縹青爲翠，合之色碧，是曰翡翠。翼尾俱十二條，以毳毛光明者爲上，顔色暗者曰秋毛次之。」

齊天樂 比翼鳥

南禺有鳥皆稱鳳，鶼鶼乃是蠻子。碧樹交棲，青衣兩比，長喚歸飛難已。時穿煙水，與白練紅綃，競餐花蕊。卻恨鴛鴦，恁生多了一雙翅。　雌雄誰得辨汝，似迦陵共命，鳥鼠同體。暮不相思，朝非獨寤，伉儷人中無此。閨人思苦，倩好手邊鸞，畫成遥寄。鰈也靈魚，更圓三四尾。山海經：「比翼鳥，名蠻蠻。」

【箋】山海經海外南經：「比翼鳥在（結匈國）其東，其爲鳥青、赤，兩鳥比翼。一曰在南山東。」又山海經西山經：「崇吾之山……有鳥焉，其狀如鳧，而一翼一目，相得乃飛，名曰蠻蠻，見則天下大水。」廣東新語卷二十：「比翼鳥，一名鶼鶼。背青腹赤，一翼一目，相比而飛。」

蝶戀花 題唐宮撲蝶圖

鳳子翩翾紛似雪。畫扇低颺，驚入深深葉。博得君王開笑靨。聞香忽復穿裙褶。　秦女乘鸞顛倒絶。捉得黄鬚，膩粉教輕捻。收向鏡奩成媚蝶。承恩好待華清月。

柳含煙 柳

青青眼，忍看人。人别人離不管，更將煙雨濕殘春。與羅巾。　紅恨緑愁消欲盡。枝上無多風信。一相思作一垂絲。斷腸時。

醉落魄

飛花如許。無多紫燕難銜汝。春歸誰作嬋娟主。願似遊絲，長絆郎風絮。　韶光誤盡因煙雨。并刀已剪愁千縷。情多恐化相思樹。人可催歸，會逐啼鵑去。

漁家傲

白首夫妻雙打槳。春來最喜西江漲。日日鱖魚争入網。籠且養。香稉欲换須官舫。鷗鷺那分三與兩。年年共在沙洲上。白小紛紛君不讓。飛蕩漾。窺人豈爲梨花釀。

殢人嬌

生恨東風，不解吹愁西去。愁多半、化爲煙雨。濛濛一片，令春光無主。誰便得、消受乳鶯嬌語。　唤柳休眠，教花莫舞。但翠閣、水沈千縷。含情小坐，更輕調琴句。人寂寂、芳醞暫教顔駐。

畫堂春

天青染得一江青。煙波雪後逾明。片帆衝破白雲屏。蕩漾鷗汀。　芳草茫茫天際，羅裙直接空冥。看黄成緑是愁凝。春色難勝。

賀聖朝

休憎春色濃如酒。縱醉人難久。愁心攪亂任鶯聲，更絲絲垂柳。　歌長歌短，總催白髮，但瑶琴在手。飛花片片解相依，到天涯猶有。

虞美人

青山漸漸圍天盡。峽口春難認。渺茫煙樹帶漁村。愁見白雲紅葉又黄昏。　沙鷗貼水隨波遠。吹笛教飛斷。炊煙欲濕雨來時。恨爾銜魚高下不曾知。

漁歌子　二首

開到棠梨不是花。鶯啼莫憶舊繁華。朝雨急，暮風斜。春光催去去誰家。

夾浦夭桃樹樹斜。一灣不見一灣花。雲帶岸，水侵沙。白鷗多處有人家。

紗窗恨

蜘蛛會織難成匹，枉多絲。玉琴半露光如漆，綱經時。　戒羅袖緑塵休拂，任柳綿、花片依依。更使啼痕在、似煙霏。

海棠春

清簫未弄腸先絶。正檻外、朦朧初月。露冷雁聲沈，水濕螢光滅。　柳枝難作同心結。但有絮、紛紛似雪。莫傍畫裙飛，片片成蝴蝶。

醉花間

花相識。柳相識。無限春顔色。蕩漾酒船時，費盡拋香力。　將情交玉笛。弄去聲聲逼。天邊月莫圓，留待人圓夕。

酒泉子　二首

不恨啼鵑，苦苦祇催春日去，春來祇是作愁陰。冷難禁。生憎泥陷馬蹄深。盡是紫霞紅雪□，得歸香疊也甘心。燕須尋。

最恨蘼蕪，消受羅裙雙帶影，暖風吹去復吹來。在蒼苔。踏青争上越王臺。蝴蝶不因朝雨散，鷓鴣休爲夕陽催。且徘徊。

浣溪沙

欲使緋桃嫁碧桃。瓶中交插兩枝高。朝朝對取酌香醪。白髮不須求大藥，紅顔自可解離騷。并州那有剪愁刀。

點絳唇　二首

分付東風，卷愁西向秦天去。甕頭香乳。舊解貂衣處。那日花開，持取歌金縷。鞍難駐。淚和紅雨。半濕關門樹。

看殺春山，翠眉何必長如許。黛邊煙雨。莫使人描取。　掩映高樓，花缺偏窺汝。斑枝樹。今栽無數。遮盡芙蓉路。

小桃紅

不怨春光，不望春光住。祇願愁人，一年一度，與花相遇。縱青霜、白雪總盈頭，也爲鶯燕主。　花作誰家絮。鶯作誰家語。化蝶韓妻，乘鸞秦女。總歸塵土。且安排、紅酒紫金杯，聽玉兒低訴。

荷葉杯　獨酌　二首

圖取玉顔酡甚。多飲。吹醒畏東風。桃花要與爾相同。紅麽紅。紅麽紅。

春日春人惟有。春酒。朵朵照瓊杯。山茶花被海棠催。開麽開。開麽開。

傷情怨

枝間紅淚漸少。喜杜鵑開了。收拾春心，休從花内老。　憐他梅子尚小。打乳鶯、一一難到。入口先酸，青黄愁未蚤。

南鄉子

琵琶尾，鳳凰頭。相逢識是柳城舟。雙雙桂楫摇纖玉。沙鷗逐。思得湔裙香水浴。首二句言舟形也。

【箋】柳城，即柳州。疑作于廣西從軍時，即康熙十五年。

臨江仙

前鏡那知儂影好，憐人更有菱花。胭脂忘作臉邊霞。春來無力，日日髻鬟斜。　不使香貂爲抹額，天寒尚束輕紗。海棠簪罷又山茶。恨伊雙燕，銜去向西家。

醉春風　友人餉金陵雪酒

春色如眉黛。篘成香可愛。梅花三白總將來，賽。賽。賽。花裏封泥，柳邊開甕，客愁全解。嘆爾情如海。紅友頻相賚。可能移得惠山泉，再。再。再。頻使溪翁，玉杯長滿，玉顔長在。

減字木蘭花

梨花未絶。朵朵沾泥猶是雪。欲嫁東風。自有蜂媒送落紅。連朝煙雨，一見春光都欲語。酌酒庭前。忍舍鶯聲去晝眠。

天仙子　二首

雙鬢但將蝴蝶賽。露花油好嫌香大。吴閶學得牡丹頭，釵不戴。珠不愛。衹有一枝蘭作態。

自織纖纖嬌女葛。露花蟬翼同輕滑。裁爲夫婿夏時衣，風莫綯。汗莫透。管取清涼長似舊。

搗練子

春欲去，去天涯。片片殘紅似落霞。蝴蝶飛過蝴蝶草，鷓鴣啼上鷓鴣花。

蘇幕遮 題盤齋

虎頭雲，獅口水。風卷虛無，飛入疏簾裏。古木陰陰涼不已。無數蟬嘶，又逐松聲起。荔成花，蕉有子。多種丫蘭，分我莖莖紫。甘蔗還教甜到尾。抱甕相從，我亦忘機矣。

江城子

春魂如雨復如煙。暗吹斷，落天邊。無情花片，相逐又明年。人笑海棠消瘦盡，明鏡好，尚相憐。軟同人柳祇多眠。怕啼鵑，到簾前。愁壓春山，不使黛雲妍。枕簟爲誰寒欲絶，教寶鴨，斷沈餞。

【箋】屈翁山詩集「春山」作「青山」。

清平樂

海棠絲短。不遣風吹斷。一朵依然紅玉軟。留與妝樓寄遠。楊花未作浮萍。枝間交映青青。拾絮殷勤作枕，郎歸定愛芬馨。

訴衷情　小妓

開脣衹唱月兒高。未熟小櫻桃。雛鶯身似琵琶，短短繡花袍。能勸客，白酥醪。緑蒲萄。蛾眉教畫，鳥爪教搔，莫弄檀槽。

阮郎歸

春來莫使杜鵑知。杜鵑花已飛。海棠更是淚紅時。片片付遊絲。琴不弄，酒空持。愁心盡在眉。裙邊蛺蝶怕風吹。房簾深自垂。

散天花 浪花

吹作芙蓉上下飛。天邊纖手散，是江妃。風爲根蔕水爲枝。天然冰朶幻，出漣漪。　舞入雲中不用衣。沙鷗驚復下，欲銜時。依依不忍别斜暉。爲伊春不用，自芳菲。

雨中花慢 越王臺懷古

雁翅三城，龍荒十郡，秋來不減邊沙。恨牛羊有地，鷄犬無家。雖少諸軍浴鐵，還餘幾隊吹笳。□朝臺試望，天似穹廬，直接京華。　趙佗箕踞，南武稱雄，遺墟問取棲鴉。誰得似、斑騅漢使，才藻紛葩。湯沐千年錦石，文章五嶺梅花。彩絲女子，争看旌節，色映朝霞。

行香子 漁歌

第一魚鱠。第二魚魟。第三魚、是馬膏鯇。潮鹹潮淡，一任漁郎。喜春風來，黄花短，白花長。　江水魚香。魚子滋陽。大罾船、滿載鹽霜。罛公罛姥，兩兩開洋。更鰟魚寒，鱸魚熱，膾皆良。　黄花、白花，魚名。

【箋】

廣東新語卷二十二：「語有曰：『第一鱠，第二魟，第三第四馬膏鯇。』又曰：『黄白二花，味勝南嘉。』又曰：『寒鱭熱鱸。』黄者黄花魚，白者白花魚也。又春曰黄花，秋曰石首也。凡有鱗之魚皆屬火，二花不然，其功補益而味甘，故美。鱭魚至冬益肥，故曰寒鱭。鱸至夏益肥，故曰熱鱸。言一以寒而美，一以熱而美也。」

燕歸梁

幾片春光燕嘴邊。紅濕露啼鮮。海棠絲短也相牽。殘夢後，斷魂前。　粉餘飛雪，香消沉水，無計更留仙。東風好，送向花田。花驛土，早成煙。

江南春

花已攬，柳還牽。荷絲縈一縷，荷葉疊千錢。苦心成藕悲蓮子，蓮子成時郎不憐。

一斛珠　二首

媚兒開袖。芙蕖花出櫻桃口。多生定念蓮經否。欲吐芳香，輒自含辭久。　荷葉不離雙玉手。朝朝暮暮來擎酒。半酣方肯歌紅豆。不信嬌鶯，似爾春聲溜。歐陽文忠公有姬，姓盧名媚兒，姿貌端秀，口中作芙蕖花香。有蜀僧曰：「此人前身爲尼，誦法華經二十年。」

海棠絲短。輪他楊柳絲難斷。流鶯繫得枝枝滿。莫衹貪眠，不耐腰身軟。　花絮無情風自亂。眉痕一任春深淺。生憎一樹含煙暖。每共芭蕉，片片心舒卷。

【箋】

陳正敏遯齋閒覽：「歐公知潁州，有官妓盧媚兒，姿貌端秀，口中常作芙渠花香。有蜀僧曰：此人前身爲尼，誦法華經二十年，一念之誤，乃至於此。公後問妓曾讀法華經否？妓曰：失身於此，所不暇也。公命取經示之，一覽輒誦，如素所熟者，易以他經，則不能也。」

一斛珠　乞某子作書

古肥今瘦。三真六草多仙授。銀鈎蠆尾人争購。一幅鵝溪，爲寫蘭亭就。　筆虎而今誰怒手。天門龍跳争馳驟。墨濤翻處蛟螭鬥。更乞鷟鸞，字字教如斗。

更漏子

無數落花人不惜，拾紅浴向清溪。胭脂不使作香泥。鶯掠去東西。　休絮亂，與絲齊。

牽人祇似柔荑。無情枉作有情啼。杜鵑聲且低。

羅敷媚 碧桃

洗紅盡褪夭夭色，雪粉猶多。不肯顏酡。濃淡胭脂總笑他。　看朱成碧朦朧甚，祇爲相思。不見紅兒。化作瑶華怎得知。

醉春風 緋桃

濕透非紅淚。春風吹得醉。東君還與賜宮緋，試。試。試。香送餘寒，色添初暖，盡情妖媚。　乍似飛瓊至。丹玉盤邊侍。未應穠豔更施朱，記。記。記。惟有東鄰，學他千笑，惹將春思。

蝶戀花 春情

似雨如晴春乍暖。漠漠輕煙，未肯含愁淺。悵望不知人已遠。踏紅似向花間轉。　亂落杜鵑餘幾片。付與遊絲，莫被風吹斷。紫燕銜香知有怨。怨他情與東君短。

天仙子

翡翠蘭開如翡翠。朵朵教人長日醉。玉壺無酒又春愁。因柳色，怕登樓。一任年光逐水流。

帝鄉子

花花。一枝紅一家。大小髻鬟都有，似朝霞。蝴蝶逐人來去，粉沾青額紗。團扇撲將三兩，莫傷他。

古調笑 二首

蝴蝶。蝴蝶。片片如花似葉。休教亂舞春風，攪起苔間墜紅。紅墜。紅墜。半化胭脂香淚。

楊柳。楊柳。日日長條在手。流鶯何苦多情，啼到枝邊月明。明月。明月。冷浸滿頭冰雪。

訴衷情

爲愛腰肢多種柳，拂朱橋。垂繡户。雙舞。當妖嬈。看煞落花朝。摇摇。流鶯花外招。向長條。

河傳

芳草。萋萋官道。恨爾如煙。一春相逐夕陽邊。揚鞭。趁晴天。天愁卻比人愁重。雨如夢。暗把韶光送。東風休作落花媒。吹來。含啼向酒杯。

河瀆神

榕樹與油葵。掩映天妃廟西。一江新水帶春泥。數行瀏鵜飛低。婦女楓香燒早暮。魂斷茫茫江路。生怕去年風颺。破篷休起漁浦。

醉花陰　以竹節大斗爲元兄壽

一節琅玕開大斗。斟汝滿春酒。金老飽風霜，磨用陰山，玉爪清光透。　龍公早向羅浮取。光怪象靈壽。葉大似芭蕉，卷作荷筒，更可娱黄耇。

【箋】廣東新語卷十七：「嶺南奇草，大抵多蕉竹類，葉多如芭蕉，幹多如竹……羅浮有芭蕉竹。」

虞美人

無風亦向朱欄舞，情爲君王苦。烏江不渡爲紅顔。忍使香魂無主獨東還。　春含古血看猶暖。巧作紅深淺。花前休唱楚人歌。恐惹英雄又唤奈虞何。

錦堂春慢　賀廖君新宅

地是蘭湖，城當穗洞，華堂新見翬飛。羡王家春燕，復返烏衣。碣石宫邊久客，浮丘市上初歸。鎮向花林偃卧，長弄瑶簪，長弄珠徽。　錦里先生接近，又青蓮白苧，詞筆同嬉。笑桐孫百尺，桂子雙圍。蕉老雌雄仙蝠，梅芬大小豪犀。未化千年霜羽，尚識盧耽，尚識令威。

梅福。

東風第一枝　送張君攜家返杭州

荔蕊初含，棉花欲吐，春光漸與膏沐。乳鶯催憶香涇，旅雁引辭檻曲。蘭橈蕩漾，羨歸客、鴛鴦相逐。漫計程，想到明湖，尚未藕肥菱熟。　知佩有、大紅媚蝠。么鳳子、再看羽緑。早從奔月靈娥，乞得兔兒在腹。羅浮曾至，怎忘得、芝甘如肉。待宦成，散帶重遊，肯作洞天

木蘭花慢　竹葉符

向籠葱摘取，問蟲篆、是誰書。似蠹蠨丹經，魚餐緑字，巧出仙餘。麻姑。戲將鳳爪，印龍紋、一暈一河圖。更綴陰陽小押，辟邪留在沖虛。　研朱。籜隕亦沾濡。掩映雪消初。笑帶風與露，膩香春粉，總贈芳姝。林於。洞庭萬樹，奈斑斑、祇有淚如珠。那得雙鈎片片，鷥鸞迹遍蕭疏。沖虛，觀名，在羅浮。

【箋】廣東新語卷二十七：「劉仙壇側有符竹，竹不甚大，高止數尺，葉上有文如蝸涎，如古篆籀，其行或複或單，或疏或密，葉葉不同，若今巫覡所書符者。……文多白，與葉色不同，山人謂之竹葉符，每以餉客。」林於，竹名。

水龍吟 五色雀

洞天偏是朱明，鳳凰生長紛孫子。更多五色，絳翎作長，緑兄紅姊。大石樓邊，錦屏峰際，群飛相比。與碧鷄丹翠，雌雄三兩，教王母、長驅使。又有鸏鷠越翅。糞奇香，水沈真似。駿鸃對對，擣餘靈藥，連聲呼爾。解識仙儒，洞門遥迓，導歸花市。愛回翔逐我，彩衣兒女，作高堂喜。

【箋】廣東新語卷二十：「五色雀。産羅浮山，比鸜鵒而小。羽儀四時鮮明。未嘗氄毨。一雀二色或五色。其大絳者君也，朱藍相間若朝服者大臣也。飛則數千百爲群，不雜他鳥，而以兩鐵冠烏色者司進止，有賢人入山則出。」

粉蝶兒　本意

藹出朱明，翩翩鳳凰孫子。笑麻姑、繡裙難似。觸飛絲，穿落粉，盡他春戲。更誰人，逍遥漆園如爾。　鶗鴂捎不去，纏綿一生花底。與風流、緑毛丁髻。共收香，到静夜，方開雙翅。怕嫦娥，輕羅撲傷金翠。

七娘子

愁來有路從煙草。東風不把蘼蕪掃。絲短絲長，將愁縈繞。萋萋一片先春老。　紫騮驕向香泥倒。緑乾紅濕多行潦。欲問蘿村，無人知道。茫茫不覺山花好。

少年遊　芭蕉

水蕉心老苦難開。春作剪刀催。油羅衫影，冰綃裙影，蕩漾拂簾來。　猩紅花蕊層層卷，愁拘束、待輕雷。最怕秋聲，冷含風雨，且莫折苞胎。

南鄉子 蓬鬆果

一樹蓬鬆。身如井上兩梧桐。雄樹生花雌結子。鴛鴦似。不是多情争有此。

【箋】

廣東新語卷二十七：「卍果，果作卍字形，畫甚方正，蒂在字中不可見，生食香甘，一名蓬鬆子。」

一落索 落花 二首

消受春光無幾。流鶯催爾。無端開落太匆匆，枉去争紅紫。　苦被東皇驅使。夢中相似。行雲行雨總無情，教宋玉、空悲淚。

多謝燕兒銜汝。嘴粘紅雨。紛紛青冢畫梁間，棲宿多香土。　兩兩呢喃香語。粉含脂吐。巢成即是玉鈎斜，魂片片、憑爲主。

琴調相思引

怕見春山不上樓。煙含春恨雨含愁。茫茫歸思，不共夕陽收。　海燕多情偏易去，邊鴻無主總難留。淒淒孤館，苦住更何求。

茶瓶兒

正峭寒時人獨卧。雪吹亂、紛紛風簸。花細難成朵。錦衾空冷，一片層冰裹。　天遣多情真苦我。更白髮、催人無那。草草青春過。酒慵花懶，但掩窗兒坐。

南鄉子　二首

個個香囊。中多蔞葉疊鴛鴦。鹹水檳榔那少汁。櫻唇濕。縱傅胭脂唇不入。注滿香螺。白椰心小玉漿多。飲取教郎長似醉。花中睡。卻笑檳榔無酒味。

【箋】廣東新語卷二十五：「椰心色白而甘在酒中，大小不一，宜以檳榔兼嚼之。」

漁歌子

素馨紅，素馨緑。素馨紅緑看難足。穿茉莉，貫芙蓉，持作玲瓏花屋。　旖旎香，宜新浴。

離支膏滑慚非玉。捐麝片，屏䰀沈，怕亂冰肌真馥。

春光好

花似笑，柳如愁。總風流。獨有傷春人不好，雪盈頭。　憎他乳燕鳴鳩。一個個、雙棲畫樓。不肯拆開飛教子，趁風柔。

江城子

灘頭乘雨放鸕鷀。水生時。一篙遲。鯉魚三尺，驚出碧漣漪。方便可能將尺素，千里外，寄相思。

荷葉杯　雁　二首

又見邊鴻飛至。歸未。嘹嚦一聲秋。銜書不忍過高樓。愁麽愁。愁麽愁。　寫盡雙雙人字。誰寄。明歲雁門回。教銜織錦到龍堆。來麽來。來麽來。

南鄉子

幽菊豔重陽。心吐丹絲瓣卷黃。一朵芙蓉相伴冷，禁霜。露濕無眠愛夜長。　梅萼又吹香。夢裏偏宜淺淡妝。兒女小同山喜鵲，雙雙。月下啾嘈繞洞房。

明月逐人來　新月

眉痕輕碧。纖纖初畫，微開鏡、素娥無力。兔兒何處，相顧無消息。待滿雌雄方識。　誰見娟娟，不向蘭閨深憶。蛾長短、無人憐惜。兩頭青黛，應似春山滴。祇怕愁煙空積。

屈大均年譜簡編

明崇禎三年庚午(一六三〇) 一歲

九月初五日,屈大均生於南海縣之西場。

屈大均,字翁山。初名邵龍,號非池。或曰邵隆。又騷餘、介子、泠君、華夫,曰三外野人、八泉翁、髻人、九卦先生、花田酒天之農、代景大夫、代昭生,皆其自號也。爲僧時,法名今種,字一靈。

屈氏世居番禺茭塘思賢鄉,又名新汀,其地濱扶胥江,多細沙,又念其祖先懷沙而死,故名沙亭。屈氏之先,自宋紹興間,迪功郎翰林誠齋公,諱禹勤,由關中來,止南雄珠璣巷,已而復遷沙亭,是爲南屈之祖。十四世祖,梅侶公,諱子江。十三世祖,素庵公,諱元翰。十二世祖,滄州公,諱漢,以經學爲鄉閭老師,工詩,天真獨寫,一皆有道之言,陳獻章嘗稱之,著草蟲鳴砌集。十一世祖,聽泉公,諱鈺。十世祖,野藪公,諱璲。祖諱楚相,字思道,祖妣譚氏。父諱宜遇,字原楚,號澹足。幼遭家難,寄養於南海邵氏。精醫理,爲人診治,不責其謝,或風雨昏夜,有來求請者,必往,活人以數百計。有暇輒飲酒,彈琴,讀醫書,與經史百家相間。母黄氏。兄弟三人,翁山居長,次大城,次大埴。以力耕爲業。妹二。人稱屈五者,蓋以從兄行也。

是年,林古度五十一歲,錢謙益四十九歲,顧夢游三十二歲,傅山、張穆二十四歲,函昰二十三歲,方以智二十一歲，杜濬二十歲，錢澄之、方文十九歲，顧炎武十八歲，陳子升、魏畊十七歲，龔鼎孳十六歲，薛始亨十四歲，龔賢、王邦畿、吴嘉紀十三歲，吴綺十二歲，孫枝蔚、黄與堅十一歲，顧苓、何絳、程可則、岑徵、屈士燝四歲，尹源進、姜宸英、梁璉、魏禮三歲，朱彝尊、梁佩蘭二歲，屈士煌、朱宏祚生。

崇禎四年辛未（一六三一）　二歲

陳恭尹、張家珍、李因篤、徐嘉炎生。

崇禎五年壬申（一六三二）　三歲

吴興祚、王武生。

崇禎六年癸酉（一六三三）　四歲

大汕、王焯、毛際可生。

崇禎七年甲戌（一六三四）　五歲

王士禛、宋犖、高層雲生。

崇禎八年乙亥（一六三五）　六歲

李天馥、李良年、田雯、祁班孫生。

崇禎九年丙子（一六三六）　七歲

吴文煒、方殿元、查容、汪楫、徐釚、王攄生。

崇禎十年丁丑（一六三七）　八歲

成鷟、陶璜、魏坤、顧貞觀生。

崇禎十一年戊寅（一六三八）　九歲

崇禎十二年己卯（一六三九）　十歲

王又旦、李符生。

崇禎十三年庚辰（一六四〇）　十一歲

顔光敏、吴之振生。

崇禎十四年辛巳（一六四一）　十二歲

崇禎十五年壬午（一六四二）　十三歲

崇禎十六年癸未（一六四三）　十四歲

是年，屈大均能文。

崇禎十七年

清順治元年　甲申（一六四四）　十五歲

屈大均與同里諸子爲西園詩社。

王隼生。

順治二年乙酉（一六四五）　十六歲

是年，屈大均從陳邦彦讀書於粤秀山，治周易、毛詩，始識陳恭尹。同學友薛始亨、程可則。

春，屈大均以邵龍補南海縣學生員，督學副使林佳鼎所録。其父遂攜歸沙亭，復姓屈氏。時從兄士煌、族兄躍天皆有文名，同入縣學。是秋，從兄屈士煼亦舉於鄉，廣州人以翁山家爲羡。

順治三年丙戌（一六四六）　十七歲

十二月，廣州城陷。屈大均父宜遇攜家返沙亭，謂翁山曰：「自今以後，汝其以田爲書，日事耦耕，無所庸其絃誦也。吾爲荷蓧丈人，汝爲丈人之二三子。昔之時，不仕無義，今之時，龍荒之有，神夏之亡，有甚於春秋之世者，仕則無義。潔其身，所以存大倫也。小子勉之。」

潘耒生。

順治四年丁亥（一六四七）　十八歲

陳邦彦、陳子壯、張家玉起兵抗清，兵敗殉國。

屈大均嘗從陳邦彦獨當一隊。邦彦被執，磔以死。大均輿尸拾髮齒而囊之。國難師仇，益堅志不仕。

順治五年戊子（一六四八）　十九歲

順治六年己丑（一六四九）　二十歲

春，屈大均奉父命，赴肇慶行在，上中興六大典書。以大學士王化澄薦，行將官中秘，會聞父疾，乃歸。十二月初五日，父卒，年五十二，葬於南海沙亭涌口之山。

是年，屈大均以永曆錢一枚，繫以黄囊，懷之肘肱，自示不忘其君。

是年，屈大均以翁山爲字。

是年，屈大均取孔子所稱隱者，録爲一編，名曰論語高士傳。其堂曰七人之堂，有記。

順治七年庚寅（一六五〇）　二十一歲

十一月，清兵復破廣州。

冬，屈大均禮函昰於番禺圓岡鄉雷峰海雲寺爲僧，法名今種，字一靈，名所居曰死庵。

查慎行生。

順治八年辛卯（一六五一）　二十二歲

曾燦入粤。

順治九年壬辰（一六五二）　二十三歲

順治十年癸巳（一六五三）　二十四歲

順治十一年甲午（一六五四）　二十五歲

順治十二年乙未（一六五五）　二十六歲

是年，屈大均住羅浮，程可則有送靈上人歸羅浮。

順治十三年丙申（一六五六）　二十七歲

秋，朱彝尊來粵。

道獨住廣州海幢寺，選屈大均爲侍者。秋，撰華嚴寶鏡成，屈大均爲作跋。

順治十四年丁酉（一六五七）　二十八歲

龔鼎孶頒詔至粵，持錢謙益書，訪求道獨，搜求德清夢遊全集。曹溶聚衆繕寫，屈大均爲之校勘，鼎孶載以歸吴，錢謙益編定爲四十卷，毛晉鏤版于汲古閣。

屈大均時住東莞篁村之芥庵，朱彝尊過東莞，訂交。

秋，屈大均北上尋釋函可。張穆畫馬贈别，并有送翁山道人度嶺北訪沈陽剩和尚五古；陳子升有送一靈上人出塞尋祖心禪師七古，寄一靈上人五古；岑徵有别一靈上人七律。

順治十五年戊戌（一六五八）　二十九歲

屈大均入金陵。顧夢遊有送一靈師之遼陽兼柬剩和尚五律。錢澄之有送一靈出關尋剩公五律二首，范鳳翼有送一靈師之遼陽兼柬剩公。

春，屈大均至京師，詣萬壽山壽皇亭之鐵梗海棠樹下，哭崇禎皇帝。宿故中官吴家，問宫中舊事。旋以事走濟南，求李氏家藏翔鳳御琴觀之。留濟逾月，值楊正經至，握手如平生好。

屈大均謁孔林。徐晟有送屈翁山遊泰岱七律。

屈大均滄州識王士禛。王士禛極賞其詩，選爲百篇，謂爲唐宋以來詩僧無及者。五月，在薊門。後東出榆關，周覽遼東西名勝，訪函可不得達，弔袁崇煥廢壘而還。陳子升有懷一靈上人塞上七律。

冬，屈大均客廣陵。

是年，屈大均識湯來賀。

順治十六年己亥（一六五九） 三十歲

屈大均遊鄧尉，王猷定有贈翁山上人五律七首，送翁山玄墓探梅七絕二首。

三月十九日，屈大均與林古度、王潢、方文、楊大郁、洪仲、湯燕生諸遺民，集潢之南陔草堂，爲崇禎帝設蘋藻之薦。

春，屈大均遇鍾淵映於蠡湖之曲。朱彝尊有喜羅浮屈五過訪詩。

屈大均持道盛書，訪錢謙益於吴門，有訪錢牧齋宗伯芙蓉莊作。錢謙益爲書告毛晉曰：「羅浮一靈上座，真方袍平叔，其詩深爲于皇所嘆，果非時流所及也。」并爲作羅浮種上人詩集序。

朱彝尊有寄屈五金陵，周篔、徐善、朱彝鑒并有同作。彝尊又有過筏公西溪精舍懷羅浮屈五，與朱一是、屠爌、屠焯、李鏡、周篔、繆永謀、鄭玥、沈進、李斯年、李良年、李符聯句。

順治十七年庚子（一六六〇） 三十一歲

屈大均客秀水，遊放鶴洲。朱彝尊有同杜均俞汝言屈大均三處士放鶴洲探梅分韻。旋遊天台、雁蕩、沃洲諸山。王士禛有寄一靈道人詩。

屈大均復至秀水，朱彝尊有屈五來自白下期作山陰之遊，周篔有送屈五之山陰兼訊祁六，屈五約遊山陰作。彝尊先至，有同王二猷定登種山懷古招屈大均。

屈大均抵山陰，祁理孫、斑孫相留，居於寓山園讀書，有寓山園弔祁忠敏公詩。祁氏富藏書，足不下樓者五月。翁山少好爲詩，祖離騷，至是一變其體。彝尊有寓山訪屈五，時，魏畊亦客祁氏。李斯年有懷一公客山陰、寄朱錫鬯兼與一公雪竇詩。

九月晦日，屈大均與朱彝尊同寓杭州酒樓。

冬，屈大均謁禹陵，館於王亹家。亹以所藏袁崇焕疏稿及余大成、程本直訟冤諸疏稿授翁山，采入袁崇焕傳中。

是年，屈大均識黄生於揚州，典裘沽酒，高詠唱和，旁若無人。生有贈一靈上人、雪夜懷一公詩。

順治十八年辛丑（一六六一）　三十二歲

春，屈大均至會稽，有會稽暮春酬南海陳五給諫懷予塞上之作兼寄西樵道士薛二詩。二月，與朱彝尊、祁班孫會葬朱士稚於大禹陵旁。

三月二日屈大均與董匡諸同志名流三十餘人修禊蘭亭。後至秀水，訪徐嘉炎於南州草堂，時正撰道援堂詩集。旋避地桐廬，至嚴子陵祠，遊東西釣臺。

秋，屈大均欲南歸，韓畕從平湖至秀水操琴爲别，朱彝尊有寒夜集燈公聽韓七山人彈琴兼送屈五還羅浮，曹溶有送一公還羅浮詩，汪琬有送屈生還羅浮，毛奇齡有法駕導引送一靈和尚還羅浮詞。屈大均有將歸省母留别諸故人八首、將歸東粤省母留别王二丈亹祁四丈駿佳。

康熙元年壬寅（一六六二）　三十三歲

屈大均南歸，至桐江南岸富春山之麓，拜謝翺墓，作粤謝翺先生墓表并作謁謝臯羽墓三首。秋，歸里，遷居沙亭。遂蓄髮還俗，人稱羅浮道人。親友投贈之作，陳子升屈道人歌、喜翁山道人歸自遼陽作，屈士燝喜翁山弟還自塞北二首，屈士煌喜翁山見過，謝楸濠上偶晤屈翁山。

中秋，屈大均、梁佩蘭、陳恭尹、高儼、張穆、梁觀、龐嘉耋、屈士煌、王邦畿、陳子升、岑梵則集於廣州西郊草堂。大均述崇禎皇帝御琴事，座中爲之罷酒，陳子升、陳恭尹皆有長歌七古紀之。恭尹有西郊宴集同岑梵則張穆之家中洲王説作高望公龐祖如梁藥亭梁顒若屈泰士屈翁山時翁山歸自塞上，陳子升有秋日西郊宴集時屈道人歸自遼陽七律，張穆有西郊社集同岑梵則王説作柬屈翁山高望公諸子宴集時屈道人歸自遼陽，高儼有秋日西郊宴集。

是年，屈大均交魏禮，時魏禮自海南歸廣州。

康熙二年癸卯（一六六三）　三十四歲

徐乾學遊粤。

是年，屈大均奉母避難入瀧州。

康熙三年甲辰（一六六四）　三十五歲

康熙四年乙巳（一六六五）　三十六歲

春，屈大均北上金陵。陳恭尹、梁佩蘭、陳子升爲之餞行，同賦羅浮蝴蝶歌。另陳恭尹有贈别屈翁山二首、送屈翁山。薛始亭有送屈子四首。屈大均有贈别羊城諸子二首。别後，陳恭尹復有雨夜懷翁山，薛始亭有懷翁山。

秋，屈大均在南京，田登有乙巳秋同屈翁山登周處臺。旋至嘉興，識林之枚，晤鍾淵映。遊吴門，逢杜恒燦。

十一月，屈大均與孫默握别於錢唐，偕杜恒燦入陝西。歲暮抵三原，寓城南慶善寺。

康熙五年丙午（一六六六）　三十七歲

正月，大均入三原城，謁李衛公祠。復遊北城，拜王端毅祠。晤貴州死節張耀諸子，得耀死事本末，載入四朝成仁録。

二月，大均至涇陽。復觀會北城，於温氏館遇王弘撰。弘撰邀爲太華之遊。後一日，二子出北郭，飲於宋蘭之館。過魚橋，拜涇陽死節王微祠，識其子永春，同遊杏灣觀杏。

三月六日，屈大均偕王弘撰從故道復往華陰。八日，至弘撰普頟里獨鶴亭，弘撰命其子王宜輔導上太華，弘撰送至醉溪而别。自峪口至華，凡三日，居於西峰之復庵八日，值三月十九日痛哭崇禎皇帝於巨靈掌上。四月朔，下山，仍主弘撰之砥齋，觀郭宗昌（胤伯）華山廟碑拓本。時與王弘嘉、王宜輔、羽人彭荆山遊宴芙蓉閣、黄神洞、大上方之下漱園、北谷口之山蓀亭諸處。王弘嘉以屈大均愛華山中古丈夫洞，爲書「古丈夫洞草堂」相贈，王弘撰贈以序，王宜輔爲詩以贈。

五月初二日，屈大均偕王弘撰、宜輔父子同入西安，與宜輔往觀碑洞。同李因篤、李楷、杜恒燦、王弘撰父子置酒高會。時有十五國客，大均與顔光敏以詩盛稱於諸公，一座屬目。先是傅屈大均登華長律至西安，因篤見而驚服，即再拜訂交，謂今日始得一勁敵。又識沈荃，見屈大均華岳詩，嘆爲曠世奇男子。乃與因篤尋未央宮故址，過弔忠泉、薦母寺、慈恩寺、杜子美祠諸處，同至富平韓家村因篤家登堂拜母。時與劉大來（六如）、田而鈺（石臣）、田子庸上王翦墓飲酒，因篤與諸田皆賦詩見贈，大均爲贈因篤，進以張横渠之學。六月，偕李因篤自富平同至代州，客陳上年（祺公）尚友齋中。

識顧炎武（亭林），顧氏有屈山人大均自關中至七律，出雁門關屈趙二生相送至此有賦五律。又偶題七絶。

八月初六日，遊五臺山。秋，至唐晉王祠瞻拜。歲暮，訪傅山於太原。

繼室王孺人來歸。王好馳馬習射，詩書琴棋，無所不善，伉儷甚篤。屈大均以古丈夫毛女玉姜避秦之地，而己所由得妻，因字之曰華姜，而自號曰華夫。李因篤有屈五翁山新婚即事二首，秋夕同諸子小集翁山齋中即事相調二首，寄翁山，小至雪中同翁山自雁門還郡，柬翁山諸詩。陳恭尹有屈翁山薄遊代州鎮將趙君妻以姊子本秦人也讀其白母書詩以紀懷。

康熙六年丁未（一六六七）　三十八歲

屈大均在代州，梁佩蘭有寄懷屈翁山客雁門五古二首。

春，屈大均偕富平田子、清苑二陳子遊白仁巖。

夏，朱彝尊過雁門。屈大均送至靈武。

秋，陳上年雁門兵備道裁缺，屈大均有送別祺公先生五首。李因篤攜家返秦，屈大均有送李天生歸陝西序，及詩送天生三首、再送天生攜家自代返秦三首。

八月朔，屈大均自代東入京。

康熙七年戊申（一六六八）　三十九歲

三月，顧炎武以萊州黄培詩獄牽連，下濟南府獄。李因篤走燕中急告諸友，屈大均亦至。因篤有夏日芝麓先生招同伯紫翁山諸君夜飲西院别後追憶前遊奉寄五十韻、夏日過紀高士伯紫齋中留飲同翁山三十韻。

屈大均、何絳於程可則寓齋識李良年，相處甚歡。

屈大均返代州，欲從代州返嶺南。王士禛有送翁山子五首。程可則有送屈翁山歸里六首。李因篤有六月三日送翁山先生歸南海四十韻、同翁山懷思益病居二首。錢方標有送屈翁山由代歸粤兼讀其詩詩。

秋，王華姜生女曰雁，字代飛。八月二日。屈大均攜家北行，至昌平州，謁長陵以下諸陵，遂入京。旋買舟直沽，至濟寧，乃舍舟而陸，逼小除，度江至秦淮。

是年，王煒撰屈翁山紀行序，方文有題屈翁山詩集二首。

康熙八年己酉（一六六九）　四十歲

正月，屈大均居秦淮，有人日秦淮上值孟王生辰賦贈詩二首。

是年，屈大均訪朱彝尊、徐嘉炎於嘉禾，下榻嘉炎齋中。嘉炎有屈翁山自太原攜内子王華姜歸粤省母。朱彝尊爲作九歌草堂詩集序。

方文有初春送屈翁山返番禺、再送翁山、同屈翁山飲周郇雨齋留宿，又有錢湘靈屈翁山鄒訏士寧山同古白上人見過小飲因至晏家橋看罌粟得七絶句。汪洪度有訪屈翁山不值。

康熙九年庚戌（一六七〇）　四十一歲

正月十一日，屈大均移家東莞，館於尹源進家。二十七日，王華姜病卒，年二十五。屈大均有哭内子王華姜十三首，陳恭尹有詩王華姜哀詞，文華姜墓志銘。陳子升有爲屈翁山悼妻華姜王氏詩。屈士煌有王孺人傳。黄生有挽屈翁山内子王華姜十絶句，吴盛藻有爲屈華夫挽王華姜十一首。

是年，釋大汕有贈屈翁山詩。

康熙十年辛亥（一六七一）　四十二歲

二月，屈大均編己作悼亡詩文及海内人士四十餘人所爲哀華姜古今體詩及序、傳、疏、誄、墓志銘爲悼儷集，付刻。黄生有題悼儷集詩。

四月，屈大均赴雷陽訪吴盛藻，吴盛藻有喜翁山至雷陽詩。五月女阿雁以食積痟殤。七月，自雷陽歸。

八月，屈大均、梁佩蘭、陳恭尹、林梧、凌天杓、高維檜泛舟東莞東湖，宴於尹源進蘭陔别墅。屈大均有東湖篇贈高明府詩一首，梁佩蘭有秋日同陳元孝屈翁山林叔吾凌天杓載酒泛舟東湖高西涯明府後至與焉是夜宴於尹瀾柱銓部宅一首，陳恭尹有同梁藥亭屈翁山凌天杓林叔吾泛舟東湖承高西涯邑侯垂訪談宴逮夜赴湖主人尹瀾柱銓部之招即事賦贈一首。

小除，屈大均續娶東莞黎氏。

是年，陳子升之青原，訪方以智、熊遇山。屈大均有送陳中洲二首、送陳五黄門訪藥地禪師二首。陳恭尹有送陳中洲之青原訪藥地禪師、寄青原藥地禪師各一首。

康熙十一年壬子（一六七二）　四十三歲

七月，屈大均經端州、新興、陽春、電白、高州、化州、遂溪而至廉州、雷州、欽州。

冬，梁佩蘭赴京。屈大均作送梁藥亭北上詩。

十二月，徐釚本事詩刻成，選録屈大均詩二首，梁佩蘭詩一首。

康熙十二年癸丑（一六七三）　四十四歲

秋，屈大均得子明道，繼室黎氏出。

冬，屈大均自粵北入湘從軍，經清遠、英州、乳源而至樂昌。

康熙十三年甲寅（一六七四）　四十五歲

正月，屈大均至衡陽，是年從軍於湖廣，轉徙於武陵、長沙、岳陽、桂陽等地。

王士禛感舊集刻成，録屈大均詩四十六首，梁佩蘭詩一首，陳恭尹詩十八首。

是年，屈大均撰甲寅軍中集。

康熙十四年乙卯（一六七五）　四十六歲

屈大均監軍桂林，督安遠大將軍孫延齡軍。

是年，屈大均撰乙卯軍中集。

屈大均納側室劉武姑。

康熙十五年丙辰（一六七六）　四十七歲

正月，屈大均在桂林，二月，謝桂林監軍，經湖南臨武入粵，歸至佛山。四月攜家返沙亭。六月四日，繼室黎氏卒，年三十一。

是年，屈大均得子明德，媵陳氏出。

康熙十六年丁巳（一六七七）　四十八歲

翁山詩略付刻。

康熙十七年戊午（一六七八）　四十九歲

康熙十八年己未（一六七九）　五十歲

是年，屈大均攜妻子，與郭青霞避地至南京。陳恭尹有詩送之。途中，其媵陳氏以苦毒熱病，卒於漢陽，葬於大別山之尾，一名梅子山。九月，子明德，以食積痟，死於揚子舟中，四歲，葬於上新河之上。

春，屈大均訪王攄於太倉。

秋，屈大均於南京再逢李符，符作詞豐樂樓贈其北行。

冬，屈大均遊揚州。汪士鋐有己未冬日登平山堂作同屈翁山曾青藜余生生閔檀林、屈翁山招話空翠閣、曾青藜屈翁山集梅旅限韻，又有紅橋同屈翁山閔賓連余生生野步。

是年，屈大均有廣陵篇贈別吴鹿園，吴苑有酬屈翁山廣陵篇見贈之作。另有次韻答贈屈翁山即送之金陵詩。

康熙十九年庚申（一六八〇）　五十一歲

正月，王攄兄弟招同屈大均諸子集善學齋，分賦。

二月，屈大均至松江。張帶三招同顏光敏宴集賦詩，旋返金陵。盛符升有春夜同顏修來屈翁山諸君集紫蓋山房分賦。

屈大均於南京交藍漣。

孟夏，魏世傚客金陵，以先輩禮見屈大均，撰屈翁山先生五十序。

秋，屈大均歸粵。時寓居東莞。十二月返沙亭，黄河澂有屈翁山歸自金陵喜而賦贈，釋成鷟有屈翁山歸自金陵予將赴瀧水賦贈。

是年，屈大均得女明涇於南京，劉氏武姑出。

康熙二十年辛酉（一六八一）　五十二歲

屈大均館於廣州。

五月，屈大均子明道殤，九歲。屈大均有哭亡兒明道十三首。

張杉遊粵，屈大均、梁佩蘭、陳恭尹有詩贈行。

康熙二十一年壬戌（一六八二）　五十三歲

是年，屈大均再得子，劉武姞出。

屈大均遊樂昌。

康熙二十二年癸亥（一六八三）　五十四歲

是年，屈大均得第三子明治，梁氏文姞出。

康熙二十三年甲子（一六八四）　五十五歲

秋，王又旦入粵主廣東鄉試，屈大均、梁佩蘭、陳恭尹爲其粵絲紅袖圖題詩。

秋，屈大均偕王又旦、蔣伊同遊羅浮。

徐釚來廣州，屈大均、梁佩蘭、陳恭尹爲其題詩。

是年，屈大均得女阿端，劉氏武姞出。

康熙二十四年乙丑（一六八五）　五十六歲

春，王士禛奉使至粵，與屈大均、陳恭尹、黄與堅、高層雲等同遊廣州諸名勝。四月北還，有與元孝翁山蒲衣方回王顧諸子集光孝寺、同庭表稷園元孝翁山遊海幢寺遂至海珠寺、別耑孩元孝翁山蒲衣方回詩。陳恭尹有同王阮亭宮詹黄忍庵太史高稷園廷評張超然屈翁山兩處士五羊訪古作、扶胥歌送王阮亭宮詹祭告南海事峻還都兼呈徐建庵彭羨門王黄湄朱竹垞諸公、菖蒲澗、五仙觀、海珠石、菩提樹詩。

四月九日，吴興祚招同屈大均、王士禛、黄與堅飲於端州石室巖。時吴、王欲疏薦之，大均婉謝。

十一月，屈大均自端州歸沙亭。女説生，丘氏辟寒出。

康熙二十五年丙寅（一六八六）　五十七歲

正月十七日，屈大均女説殤。

春日，王永譽府中牡丹盛開，招同梁佩蘭、屈大均、陳恭尹、張梯、張遠、陳阿平等雅集於倚劍堂，賞花分賦。

閏四月二十日，屈大均側室梁氏卒，年三十四。時大均在郡城，聞病乃歸沙亭。六月，葬於石坑山。

吴興祚饋贈屈大均茭塘黄女官之田三十七畝。自耕之。

康熙二十六年丁卯（一六八七）　五十八歲

二月，屈大均納陸氏墨西、石氏香東來歸。

春，嚴繩孫入粤，與梁佩蘭、屈大均、陳恭尹、吴文煒等交遊唱酬。梁佩蘭以名花丫蘭贈之。

春，王宜輔謁屈大均於沙亭。

七月，屈大均至永安，爲知縣張進籙纂修永安縣次志十七卷。寓紫金書院半月，歸。

秋，嚴繩孫歸無錫，梁佩蘭、屈大均、陳恭尹皆有詩贈之。

九月，屈大均得第四子明湞，劉氏武姞出。

十月，屈大均纂成廣東文選，劉茂溶助刻之，時居廣州城南木排頭珠江義學樓上，時人稱之曰文選樓。

十一月，屈大均以自買沙頭地一區，在本鄉思賢里社之東，獻於十一至十四世祖，俾諸父兄卜曰爲祠，而議祠曰壽昌。

冬，潘耒來粤。

是年，刻廣東新語工竣，以翁山易外付梓。

康熙二十七年戊辰（一六八八） 五十九歲

夏，潘耒離粤，有酬别陳元孝、贈屈翁山詩。陳恭尹有贈别潘檢討二首。

十一月，屈大均至肇慶，客淩氏家。

是年，屈大均刻翁山易外成，張雲翮爲作序。

康熙二十八年己巳（一六八九） 六十歲

四月二十五日，王佳賓卒，屈大均自沙亭至廣州哭之。

陳子升、屈大均有詩詞賀梁佩蘭南還。

九月初五日，屈大均六十壽，王世禎作少萊子歌爲屈翁山壽詩，陳恭尹作續王礎塵少萊子歌爲屈翁山壽，汪士鋐有少萊子歌爲屈翁山太夫人九十壽，汪沅作寄壽屈翁山先生即次來詩原韻、采菊行寄屈翁山先生。王煒作卧龍松歌寄屈翁山先生。長子明洪有八泉翁壽日恭賦二首。

康熙二十九年庚午（一六九〇）　六十一歲

是年，屈大均、梁佩蘭、陳恭尹等修復浮丘詩社。

冬，屈、梁、陳皆以詩送吴興祚還都。

冬，屈大均至惠州，客王煐齋中。

十二月，屈大均舉第五子明㵾，陸氏墨西出。

康熙三十年辛未（一六九一）　六十二歲

三月三日，王隼之女與李仁新婚，屈大均、梁佩蘭、陳恭尹、林梧、吴文煒、梁無技往王隼濛廬宴集，分賦以賀。

九月二十五日，陳恭尹生日，屈大均賦詩爲壽。

屈大均識羽應翱於廣州濠畔之市，列其父鳳麒於四朝成仁録後廣州死難諸臣傳中。

是年，王士禛有聞越王臺重修七屈樓寄屈翁山陳元孝梁藥亭詩。

康熙三十一年壬申（一六九二）　六十三歲

初春，梁佩蘭招同王煐、陳廷策、屈大均、陳恭尹、黄河澂等雅集六瑩堂，出六瑩琴相示，屈大均、陳恭尹、黄河澂有詩紀之。

正月十七日，大汕邀屈大均、梁佩蘭、陳恭尹、龔翔麟、王煐、陳廷策、陳子升、廖焞、季煌、王世禎、沈上籛、方正玉、朱漢源、黄河澂、黄河圖社集長壽寺離六堂，分韻。

九月，王隼編刊嶺南三大家詩選二十四卷，屈、梁、陳各八卷，王煐作序。陳維崧編今詩篋衍集成，選録屈大均詩二十六首，梁佩蘭詩三首，陳恭尹詩四首。

康熙三十二年癸酉（一六九三）　六十四歲

二月八日，屈大均、梁佩蘭、陳恭尹陪朱彝尊等人往光孝寺，觀唐僧人貫休所畫羅漢，陳恭尹有同朱竹垞梁藥亭屈翁山集訶林南公房觀唐貫休畫羅漢歌詩，朱彝尊有光孝寺觀貫休畫羅漢同陳恭尹賦。三日後朱彝尊等別去，梁佩蘭設宴五層樓，邀同屈大均、陳恭尹、吴文煒、王隼、梁無技、陳元基、季煌爲其餞行，屈大均有送朱竹垞二首。

四月八日，屈大均母黄太夫人卒，年九十。六月二十五日，祔葬與寶珠峰澹足公墓側，廬於墓側。

是年，屈大均舉第六子明濂，陸氏墨西出。

康熙三十三年甲戌（一六九四）　六十五歲

春夏之際，薛熙來粤，寓屈氏騷聖樓。刻所撰秦楚之際遊記，屈大均、陳恭尹、王煐序，屈大均評識。

閏夏，屈大均、梁藥亭、陳恭尹、王煐、陶元淳、薛熙同遊長壽寺。

秋，王攄來廣州，與屈大均、梁佩蘭、陳恭尹等遊。屈大均招同王攄、薛熙飲於古丈夫草堂。十二月歸，梁佩蘭贈以青花端硯，并與陳恭尹賦詩贈行。

藍漣來粤。

十月，陳恭尹葬王世楨衣冠於羅浮山，以書招屈大均往會。

屈大均編翁山文鈔，屬薛熙加以評次。

康熙三十四年乙亥（一六九五）　六十六歲

四月七日，屈大均側室劉武姑卒，年四十一。五月十七日，葬於石坑山。

端午，梁佩蘭招同屈大均、陳恭尹、王煐、廖焞、吴文煒、王隼、藍漣泛舟珠江觀競渡。

是年，屈大均爲王煐作田盤紀遊序、憶雪樓詩集序，又爲長歌以贈行。

是年，屈大均營生壙於澹足公墓下。

康熙三十五年丙子（一六九六）　六十七歲

正月二十九日，袁景星、史申義、梁佩蘭、王煐、王原招同藍漣、史萬夫、于廷弼、岑徵、屈大均、陳恭尹、吴文煒、廖焞、王隼、陳阿平、林貽熊、曾秩長、梁無技、黄漢人宴集於廣州城南寓齋，分賦。

歲初，屈大均作臨危詩，託後事於王煐、陳恭尹。

五月十六日，屈大均病卒，享年六十七。王煐次其贈詩韻挽之。

友人投贈詩文目録

詩

梁佩蘭 二首

寄懷屈翁山客雁門二首　六瑩堂集初集卷二

陳恭尹 十七首

贈別屈翁山二首　獨漉堂集增江後集

屈翁山見過二首　獨漉堂集增江後集

秋日西郊宴集同岑凡則張穆之陳喬生王説作高望公龐祖如梁藥亭梁顒若屈泰士屈翁山時翁山歸自塞上　獨漉堂集增江後集

雨夜懷屈翁山　獨漉堂集增江後集

送屈翁山　獨漉堂集增江後集

羅浮蝴蝶歌送屈翁山　獨漉堂集增江後集

王華姜哀詞　獨漉堂集增江後集

送屈翁山之金陵　獨漉堂集增江後集

屈翁山薄遊代州鎮將趙君妻以姊子本秦人也讀其白母書詩以紀懷　獨漉堂集增江後集

續王礎塵少萊子歌爲屈翁山壽　獨漉堂集小禺初集

屈翁山寓樓老穀樹爲大風所摧詩以傷之索予同賦

冬夜高峽同屈翁山聯句二十韻　獨漉堂集唱和集

屈翁山六十一舉第五子阿需值其母八十七壽賦詩索和次韻四首　獨漉堂集唱和集

次屈翁山韻壽王君佐　獨漉堂集唱和集

屈翁山歸自雁門相見有詩　嶺南三大家詩選卷十九

程可則　八首

送靈上人之廬山　海日堂集卷三

送靈上人歸羅浮　海日堂集卷三

送屈翁山歸里六首　海日堂集卷三

朱彝尊　十四首

贈一苓上人時有羅浮之約　朱則傑曝書亭集外詩文拾遺，集自刻本南車草

東莞客舍屈五過談羅浮之勝時因道阻不得遊悵然有懷作詩三首三首　曝書亭集卷三

喜羅浮屈五過訪　曝書亭集卷四、陳維崧輯今詩篋衍集卷七

寄屈五金陵　曝書亭集卷四

過筏公西溪精舍懷羅浮屈五留白下　曝書亭集卷四
同杜濬俞汝言屈大均三處士放鶴洲探梅分韻　曝書亭集卷四
屈五來自白下期作山陰之遊　曝書亭集卷四
同王二猷定登種山懷古招屈五大均　曝書亭集卷四
寓山訪屈五　曝書亭集卷四
寒夜集燈公房聽韓七山人彈琴兼送屈五還羅浮　曝書亭集卷五
同屈五大均過五羊觀　曝書亭集卷十六
送少詹王先生士禛代禮南海兼懷梁孝廉佩蘭屈處士大均陳處士恭尹　曝書亭集卷十二

李繩遠　三首

懷一公客山陰　尋壑外言一
寄朱錫鬯兼與一公雪竇　尋壑外言卷一
九月風雨憶去年宿賢溪精舍送别羅浮上人還粤因簡岑公　尋壑外言卷三

周篔　八首

屈五大均約遊山陰作　采山堂詩卷四
送屈五之山陰兼訊祁六　采山堂詩卷五
爲屈五悼亡二首　采山堂詩卷五

懷屈五　采山堂詩卷五

懷翁山寓天界寺　采山堂詩卷六

得屈五江寧手書　采山堂詩卷六

寄屈五留金陵　曝書亭集卷四附録

徐善　一首

寄屈五留金陵　曝書亭集卷四附録

朱彝鑒　一首

寄屈五留金陵　曝書亭集卷四附録

張穆　二首

送翁山道人度嶺北訪沈陽剩和尚　鐵橋集

西郊社集同岑梵則王説作簡屈翁山高望公諸子　鐵橋集

陳子升　十一首

崇禎皇帝御琴歌有序　中洲草堂遺集卷七

送一靈上人出塞尋祖心禪師　中洲草堂遺集卷七、粤東詩海卷五十五詩題作送一苓上人出塞尋祖心禪師

屈道人歌　中洲草堂遺集卷七、粤東詩海卷五十五

二子歌　中洲草堂遺集卷七

羅浮蝴蝶歌送屈翁山之金陵同梁芝五陳元孝席上賦　中洲草堂遺集卷七

寄一靈上人　中洲草堂遺集卷八

喜翁山道人歸自遼陽作　中洲草堂遺集卷十二

秋日西郊宴集時屈道人歸自遼陽　中洲草堂遺集卷十三

屈翁山歸自雁門有贈　中洲草堂遺集卷十四

爲屈翁山悼妻華姜王氏　中洲草堂遺集卷十四

卓爾堪　一首

同翁山遊羅浮　近青堂詩

岑徵　一首

別一靈上人　選選樓遺詩

顧夢遊　二首

送一靈師之遼陽兼簡剩和尚二首　顧與治詩卷五

錢澄之　二首

送一靈出關尋剩公二首　田間詩集卷四

潛山道中送迦陵上人之越并寄翁山禪師　田間詩集卷八

徐晟 一首

送屈翁山遊泰岱 曾燦過日集卷十三

王猷定 九首

贈翁山上人并序七首 四照堂集卷一、卓爾堪輯遺民詩卷一

送翁山玄墓看梅二首 四照堂集卷四

王士禎 九首

寄廬山一靈道人 帶經堂集卷五己亥稿

寄一靈道人 帶經堂集卷八庚子稿

送翁山子五首 帶經堂集卷二十一戊申稿

别胡耑孩陳元孝屈翁山黎方回

歲暮懷人詩 翁山詩外卷十一引

方文 十二首

題屈翁山詩集二首 嵞山續集卷三

初春送屈翁山返番禺 嵞山續集卷四

再送翁山 嵞山續集卷四

同屈翁山飲周雨郇齋留宿 嵞山續集卷四

錢湘靈屈翁山鄒訏士寧山同古白上人見過草堂小飲因至晏家橋看罌粟得七絶句　螽山續集卷五

黄生　十八首

贈一靈上人　一木堂詩稿卷六

雪夜懷一公　一木堂詩稿卷六

讀屈翁山九歌草堂集因憶三首　一木堂詩稿卷七

送屈翁山歸粤二首　一木堂詩稿卷八

題悼儷集一首　一木堂詩稿卷十一

挽屈翁山内子王華姜十絶句有序　一木堂詩稿卷十一

祁班孫　一首

月夜喜一公渡江同客湖樓　祁彪佳集附録紫芝軒佚稿

孫琮　四首

屈翁山贈黄山閔賓連蓮花峰篇遊黄山偶憶及之倚松一吟如見兩人也　山曉閣詩卷四

寄屈翁山　山曉閣詩卷七

次屈翁山韶光曉望兼懷周青士韻　山曉閣詩卷七

與屈翁山王璞庵集沈兼庵東皋草堂　山曉閣詩卷九

釋大燈 一首

送祁奕喜還山陰兼柬翁山　曾燦過日集卷十二

徐士俊 一首

贈粤東一靈上人　雁樓集卷二十五

汪琬 一首

送屈生還羅浮　鈍翁前後類稿卷五

毛奇齡 一首

爲屈生悼亡并序　西河合集七律詩卷四

曹溶 六首

懷屈翁山二首　静惕堂詩集卷二十二

次屈翁山韻遥題汪氏昆季始信峰　静惕堂詩集卷二十六

送一公還羅浮　静惕堂詩集卷三十三

懷屈翁山二首　静惕堂詩集卷三十六

高儼 一首

秋日西郊宴集　廣東名家書畫選集影印斗方

屈士煐 二首

喜翁山弟還自塞北二首　粵東詩海卷五十九

王邦畿 一首

寄翁山子　耳鳴集卷八

謝楸 一首

濠上偶晤屈翁山　温汝能輯粵東詩海卷六十　按：嶺南五朝詩選後集卷八收有此詩，詩題爲濠上晤屈翁山。

薛始亨 五首

送屈子四首　南枝堂稿五言古、嶺南五朝詩選後集卷八

翁山見過　南枝堂稿七律

譚庸 一首

送翁山之江南　嶺南五朝詩選後集卷七、粵東詩海六十

田登 一首

乙巳秋同屈翁山登周處臺　埋照集卷一

顧炎武 三首

屈山人大均自關中至　亭林詩集卷四

出雁門關屈趙二生相送至此有賦二首　亭林詩集卷四

李因篤　十三首

屈五翁山新婚即事二首　受祺堂詩集卷九

寄翁山　受祺堂詩集卷九

秋夕同諸子小集翁山齋中即事相調二首　受祺堂詩集卷九

長至前二日同右吉翁山陪曹秋岳先生宿雁門關即事四十韻拈玉露凋傷楓樹林之句分凋字　受祺堂詩集卷十

小至雪中同翁山自雁門旋郡　受祺堂詩集卷十

柬翁山　受祺堂詩集卷十

夏日芝麓先生招同伯紫翁山諸君夜飲西園别後追憶前遊奉寄五十韻　受祺堂詩集卷十一

夏日過紀高士伯紫齋中留飲同翁山三十韻　受祺堂詩集卷十一

六月三日送屈翁山先生歸南海四十韻　受祺堂詩集卷十二

同翁山懷思益病居二首　受祺堂詩集卷十二

汪洪度　五首

送屈翁山出塞　息廬詩

遲屈翁山　息廬詩

訪屈翁山不值　陶煊、張燦國朝詩的卷十六

少萊子歌爲翁山先生賦癸酉夏六月　黄山諸老爲屈翁山壽母詩畫册

李良年　一首

宿程農部周量寓齋憶戊申之歲同屈翁山何不偕於此歡宴累月忽忽二載作詩呈農部需便寄二子　秋錦山房集卷三　按：過日集八亦收此詩，題爲程農部留宿因憶戊申之歲同屈翁山何不偕於此歡宴忽忽二載矣作詩呈農部寄二子

譚瑄　一首

丙午春豐臺觀芍藥送屈翁山歸嶺南　過日集卷七　按：丙午爲康熙五年，時翁山在三原，疑爲戊申之誤，見汪譜。

李符　二首

杏花村屈翁山攜妻子將還東粤二首　香草居集卷一

徐嘉炎　十五首

贈別南海屈翁山十首　抱經齋詩集卷四

贈屈子　抱經齋詩集卷七

送屈翁山自太原攜内子王華姜歸東粤省母　抱經齋詩集卷七

寄屈翁山二首　抱經齋詩集卷十

冬日同郭皋旭趙天來敬可叔甥鍾廣漢過太平庵訪屈翁山　抱經齋詩集卷十一

錢芳標　一首

送屈翁山由代歸粤兼讀其新詩　孫鋐輯皇清詩選卷十三

麥郊　一首

别屈翁山次原韻時翁山方赴雁門挈家還里　梁善長輯廣東詩粹卷九

屈士嬉　一首

悼嫂氏王夫人　粤東詩海卷五十九

王鳴雷　一首

聞屈翁山小除後三日移家東湖　粤東詩海卷五十八

黎静卿　四首

奉和翁山外君見懷之作次原韻三首　過日集名媛

懷翁山外君　過日集名媛

釋函罡　一首

寓紹隆　瞎堂詩集卷八

釋大汕　四首

新苗與翁山元孝諸君分賦　離六堂集卷二

贈屈翁山　離六堂集卷二

寄屈翁山二首　離六堂集卷六

吴震方　一首

贈别屈翁山　晚樹樓詩篇卷一

吴盛藻　十四首

喜屈翁山至雷陽　天門集卷四

遣懷柬屈翁山　天門集卷五

别屈翁山　天門集卷五

爲屈華夫挽王華姜十一首　天門集卷六

吴雯　一首

懷翁山時方歸省暫攜家白下　蓮洋詩鈔卷三

梁憲　二首

憶翁山　夢屈翁山

寄番禺屈子　東莞詩録卷二十二

贈屈翁山二首　梁無悶詩集

汪士鋐 十一首

己未冬日登平山堂作同屈翁山曾青黎余生生閔檀林　詩觀三集卷三

屈翁山招話空翠閣　詩觀三集卷三

曾青黎屈翁山集梅旅限韻　過日集卷十一

浮丘園梅花盛開憶屈翁山同坡公松風亭下看梅韻　栗亭詩集卷三

少萊子歌爲屈翁山太夫人九十壽　栗亭詩集卷三

紅橋同屈翁山閔賓連余生生野步　栗亭詩集卷四

晨起閱廣東新語得翁山同日寄書　栗亭詩集卷四

一樹庵得屈翁山一椷序别後近況　栗亭詩集卷四

得屈翁山書　栗亭詩集卷五

初秋懷屈翁山　栗亭詩集卷六

山中得屈翁山書　栗亭詩集卷六

吴鏘 一首

廣陵偶遇屈翁山曾青黎　倪世康輯詩最卷七

吴苑 二首

酬屈翁山廣陵篇見贈之作　北黟山人詩卷三蕪城集

次韻答贈屈翁山即送之金陵　詩觀三集卷六

王廷銓　二首

秋日同屈翁山龔半千陳挹蒼野望　過日集卷十五

重遊吴懷羅浮屈大均　過日集卷六

吴綺　二首

蕪城歌贈送屈翁山　林蕙堂全集卷十四

壽屈翁山母太君八十　林蕙堂全集卷十四

盛符升　一首

春夜同顔修來屈翁山諸君集紫蓋山房分賦　誠齋詩集

王抃　一首

屈翁山過婁上集虹友弟齋賦詩相贈次韻答之　巢松集卷六

吴嘉紀　二首

送屈翁山白門二首　陋軒詩卷五

陳遥仙　一首

屈翁山王璞庵遠投敝廬　魏憲　詩持二集卷八

程化龍 一首

王阮亭先生招同屈翁山叔燕思遊閲江樓 詩觀三集卷五

洪力行 一首

招屈翁山遊黄山 汪士鋐黄山志續集

黄河澂 一首

屈翁山歸自金陵喜而賦贈 陳融顒園詩話

釋成鷟 一首

屈翁山歸自金陵予將入瀧水賦贈 咸陟堂詩集卷二

林之枚 六首

屈沱詩和翁山四首 瀧江詩選三

過三閭書院贈屈翁山 瀧江詩選五

坐三閭書院喜晤梁孝廉藥亭陳獨漉并訂翁山瀧西之行 瀧江詩選五

潘耒 二首

贈屈翁山二首 遂初堂詩集江嶺遊草

王煐 十三首

和屈處士翁山黄花四韻以致祝 憶雪樓詩集卷下

次韻酬屈翁山扇頭六首　憶雪樓詩集卷下

丙子仲夏余將入蜀屈翁山病劇貽詩六首道訣别之意情詞淒切不忍多讀數日後遂已長逝卜葬有期因次其韻挽之　憶雪樓詩集卷下

汪森　一首

寄屈翁山　徐世昌輯晚晴簃詩匯卷四十

王煒　一首

卧龍松歌寄壽屈翁山六十　汪士鋐輯新都風雅

屈明洪　二首

八泉翁壽日恭賦二首　凌揚藻輯嶺海詩鈔卷六

汪沅　一首

壽翁山先生即次來詩原韻　水香園遺詩

季煌　一首

屈翁山見過　潘衍桐輯兩浙輶軒録

梅清　一首

少萊子歌遥祝翁山先生老伯母太夫人九十上壽　黄山諸老爲屈翁山壽母詩畫册

梅良　一首

題畫寄翁山先生　黃山諸老爲屈翁山壽母詩畫册

吴瞻泰　一首

少萊子歌呈翁山先生正　黃山諸老爲屈翁山壽母詩畫册

吴肅公　一首

少萊子歌爲翁山先生并正　黃山諸老爲屈翁山壽母詩畫册

沈泌　一首

少萊子詩爲翁山先生賦兼奉祝北堂伯母太老夫人九秩上壽郵呈教正　黃山諸老爲屈翁山壽母詩畫册

程元愈　三首

小詩賦祝屈母太夫人九十大壽即呈令子翁山先生教削　黃山諸老爲屈翁山壽母詩畫册

又得絶句二首并録正翁山前輩　黃山諸老爲屈翁山壽母詩畫册

王攄　二首

屈翁山招同薛孝穆飲古丈夫洞草堂　蘆中集卷九

留別屈翁山　蘆中集卷九

費錫璜 四首

屈翁山先生以四詩寄我論詩大旨與鄙意符合先生殁後乃見其詩於集中作此寄弔　掣鯨堂詩集七

絶一

林夢錫 一首

曾訶衍屈一靈再訪　徐作霖等輯海雲禪藻集卷四

屈士煌 二首

送一靈上人之匡廬　屈泰士遺詩　按：鐵井詩稿卷二作送一靈禪師之匡廬

喜翁山歸自遼東　屈泰士遺詩

王如龍 一首

寄屈子翁山　東莞詩録卷三十三

簡于言 一首

呈屈翁山時翁山未還俗　嶺南五朝詩選後集卷十一

羅浮山 一首

春日訪屈翁山沙亭隱居　嶺南五朝詩選前集卷十

范鳳翼 一首

送一靈師之遼陽兼柬剩公　遺民詩卷一

詞

陳維崧 一首

十八

念奴嬌　讀屈翁山詩有作屈名大均番禺人初爲廬山僧後遍歷九塞登華山挾秦女以歸　迦陵詞集卷

李符 一首

豐樂樓　香草居集卷七

毛奇齡 一首

法駕導引送一苓和尚還羅浮　毛翰林集塡詞卷三

文、賦

杜濬

復屈翁山　變雅堂遺集文集卷四

汪琬

送屈介子序　鈍翁前後類稿卷廿三

陳恭尹

壽屈母黄太夫人序　獨漉堂集文集壽序

屈翁山文鈔序　獨漉堂集文集文序

釋大汕

秋水詞寄懷屈翁山客楚　離六堂集卷一

龔賢

辭屈翁山乞畫書　周在浚輯賴古堂尺牘新鈔三集

魏世倣

屈翁山先生五十序　魏昭士文集卷三

屈翁山文外序　魏昭士文集卷三

王源

屈翁山詩集序　居業堂文集卷十四

（屈大均年譜簡編、友人投贈詩文目録，參考汪宗衍屈大均年譜、史洪權嶺南三大家年譜、吕永光梁佩蘭年譜等書編定。）

諸家品題評論輯録

錢謙益羅浮種上人集序：「余爲木陳山翁序其文集，援引妙喜老人忠君憂國之言，將以諗當世士大夫，如有宋之張德遠、子韶者。有客見之，舌吐不能收，曰：安得頂戴壞衣髼髮，而詆諆士大夫？余隱几不答，惘然而去。已而一靈種上人持浪杖人書來訪，出其詩讀之，嘆曰：『此非少年上人耶？何其詩之似山翁也？』上人爲華首和尚之孫，腰包重趼。出羅浮萬里訪剩和尚於千山，不得達。歸而歷神都，望靈廟，感激偪塞，啜泣爲詩。嗚呼！銅人之泣漢也，石馬之汗唐也，楚弓魯玉，於世外之人何與？浹月之間，得兩山翁焉，何禪者之多人也？」「以是詩句，舉揚妙喜忠君憂國一點熱血，使百千萬劫忠臣義士種性不斷，即是佛種不斷，則種師之筆管，與屠兒之屠力，説法熾然，有何差别？」錢牧齋先生尺牘卷二與毛子晉：「羅浮一靈上座，真方袍平叔。其詩深爲于王（杜濬）所嘆，果非時流可及。」

曹溶雜憶平生詩友十四首之五：「五嶺曾看續楚騷，名家更拾錦成毫。參差那得聯征袂，緑柳城邊響夜濤。」自注：「粤東屈翁山外，又聞梁藥亭，而梁未與相值。」懷屈翁山二首：「君是騷人裔，椒蘭踐遠遊。壯能驅塞馬，醉屢宿江樓。瑶草煩勤寄，金戈勿浪愁。彌天留短褐，長嘯揖諸侯。」「欲見狂生久，離亭獨立時。贈人珠浦月，駭俗華山詩。白璧徵歌伎，青春狎酒巵。漢臺雖茀草，眺望莫教遲。翁山華岳百韻，爲時傳頌。」懷屈翁山二首：「鳳城冠蓋列如麻，作手今歸處士家。九塞詩篇渾劍鏃，十年蹤迹半龍蛇。

煙迷白鶴峰頭宅，潮打黄陵廟口花。漫遺加餐情倍切，索居無地寄瑶華。」「君當飄笠我牽絲，聯臂行吟不暫離。歷落已歸滄海後，飛揚如看華山時。中宵急柝驚鷗侶，萬里清沙發桂枝。興到即煩驅馬出，春風調笑酒家姬。」

陳維崧念奴嬌讀屈翁山詩有作：「靈均苗裔，羨十年學道，匡廬山下。忽聽簾泉豗冷瀑，豪氣軼於生馬。亟跳三邊，横穿九塞，開口談王霸。軍中毬獵，醉從諸將遊射。提罷匕首入秦，不禁忍俊，縹緲思登華。白帝祠邊三尺雪，正值玉姜思嫁。笑把岳蓮，亂抛博箭，調弄如花者。歸而偕隱，白羊瑶島同跨。」

毛奇齡道援堂集序：「其爲詩廓然於天地之間，獨抒顥氣，濩濩落落焉，一切齷齪不足以間也。」「翁山詩超然獨行，當世罕儔」，「以相如之才，寄物比志，行且與古人爲徒。」

朱彝尊九歌草堂詩集序：「予友屈翁山爲三閭大夫之裔。其所爲詩多愴怳之言，皭然自拔於塵壒之表。蓋自二十年來煩冤沈菀，至逃於佛老之門，復自悔而歸於儒。辭鄉土，涉塞上，走馬射生，縱博飲酒，其儻蕩不羈，往往爲世俗所嘲笑者，予以爲皆合乎三閭之志者也。嗟夫！三閭悼楚之將亡，不欲自同於混濁，其歷九州，去故都，登高望遠，游仙思美人之辭，僅寄之空言；而翁山自荆、楚、吴、越、燕、齊、秦、晉之鄉，遺迹廢壘，靡不攬涕過之，其憔悴枯槁，宜有甚焉者也。然三閭當日方嘆恨國人之莫知，今海内之士，靡不知有翁山者，則所遇又各有幸不幸焉。嗚呼！難言矣。翁山歸自雁門，將築室南海之濱，題曰九歌草堂，而先以名其詩集。予與翁山相遇南海，嗣是往來吴、越，十年之間，凡所與詩歌酒宴者，今已零落殆盡，至竄於國殤、山鬼之林，散棄原野，翁山弔以幽渺淒戾之音，彷彿乎九歌之旨，世徒嘆其文字之工，而不知其志之可憫也。」海日堂集序：「南海多騷雅之士，其尤傑出者，處士屈大均翁山，陳恭尹元孝，孝廉梁佩蘭藥亭……數君子者，其詩并傳於後無疑。」静志居詩話：「翁山早棄儒服，託迹緇藍，予識之最早。其詩原本三閭大夫，自王逸以下多屏置不觀。後復返儒服，入越，讀書祁氏寓山園，不下樓者五月，始具曹、劉、班、左諸體。要之，七言不如五言，五律勝於五古，至歌行長句，可無取焉。」「論其（指陳恭尹）詩品，雖稍遜翁山，然翁山衹工五言，又不若元孝之諸體相稱也。」題吴蓮洋詩卷：「三晉風騷雜僞真，遺山没後更無人。把君行卷誰堪並，除是番禺屈大均。」

王煐嶺南三大家詩選序：「嶺南三先生以詩鳴當世。……翁山詩如萬壑奔濤，一瀉千里，放而不息，流而不竭，其中多藏蛟龍神怪，非若平湖淺水，止有魚蝦蟹鱉。故翁山詩視兩先生爲獨多。今詩外固已等身，而著作無時少輟，傳之後世，當無與敵矣。……予嘗評三先生之詩曰：『藥亭之詩，才人之詩也；翁山之詩，學者之詩也；元孝之詩，詩人之詩也。』」

屈大均翁山詩外卷十六屢得朋友書札感賦十首之四自注：「予得名自朱錫鬯始。未出嶺時，錫鬯已持予詩遍傳吴下矣。」

卓爾堪明遺民詩卷七：「（大均）爲屈原後。少丁喪亂，長而遠遊。其所跋涉者秦、趙、燕、代之區，其所目擊者宫闕陵寢邊塞營壘廢興之跡，故其詞多悲傷慷慨。」

王士禛池北偶談卷十一：「（翁山）詩尤工於山林邊塞，一代才也。」漁洋詩話：「南海耆舊，屈大均翁山、梁佩蘭藥亭、陳恭尹元孝齊名，號三君。」帶經堂詩話：「（大均）詩予爲選百篇，以爲唐宋以來詩僧無及者……皆唐賢佳句也。」

陳恭尹六瑩堂集序：「吾與齒雁行者，梁子藥亭、屈子翁山，爲能發抒性靈，自開面目也。」「翁山縱橫闔辟，樸茂奇古。」「予竊謂翁山江河之水也，藥亭瀑布之水也，而予幽澗之水也。翁山之味醇而冽，藥亭之味清而旨，予之味澹而永。」

汪琬送屈介子序：「介子其爲人雄敖自喜，嘗遠走吴、越、燕、趙、秦、晉之鄉，結納其豪傑，輒乘間作爲詩歌相倡和，其詞深沈跌宕，有風人之旨。」

龔翔麟無俗念喜屈翁山移家白門：「羅浮道士，忽攜家、直傍秦淮卜宅。緑鬢年來應踏碎，倦向天涯爲客。選得閒房，青溪柳外，偕隱荷衣襞。蠻煙瘴雨，嶺梅何處消息。猶記通潞亭陰，紅蓮小幕，曾伴朱齡石。最愛九歌詩句好，酒後長吟近律。泛梗誰期，逢迎恰在，桃葉秋江北。柴門定對，蔣山朝暮凝碧。」

王攄梁藥亭太史以詩送行賦答：「先有同里屈（翁山）與陳（元孝），世稱嶺外三詩人。旗鼓相雄不相下，筆端變化各有神。」

潘耒廣東新語序：「翁山之詩，祖靈均而宗太白，感物造端，比類託諷，大都妙於用虚。」

孔尚任題居易堂集屈翁山詩集序後：「余每謂今之爲詩者，管擊楮摩而成就者三家耳：新城之秀雅，翁山之雄偉，野人之真率。其他雲蒸霞蔚者，未嘗不盛，而丹候猶未圓，猶未足主盟一代也。」

宋長白柳亭詩話：「翁山詩外力祖唐音，而於太白爲最近。張祖望詩『吾愛屈翁山，詩詞擬李白』是已。吾欲以竟陵所云『有霸氣而不必其王，有菩薩氣而不必其佛』，移以贈之。」

張尚瑗南樵二集序：「邇日三大家追步明初五先生，而與燕、吴主持詩柄諸名家唱酬應和，風雅賴以不墜。」

徐嘉炎屈翁山詩集序：「吾友番禺屈翁山，詩名遍天下。其没後，單詞斷句流傳人口者，争秘篋枕，如蔡中郎之於仲任也。噫，翁山詩之可以不朽者，信足慕乎！」

周炳曾翁山詩略序：「翁山之詩，兼李杜而有之，取材極博，熔鑄以自成家，而一軌乎法之正。蓋詩之格調有盡，吾人之意境日出而不窮，而才大則無不有，氣大則無不舉，未嘗有急於求知當世之心，而當世無不知之，翁山之所以過人者，凡以此也。特其故犯忌諱，雖身命殲彝而不顧，假使其不蹈明季詩公憒憊之習，雍雍乎發而爲盛世和平之響，其詩與人未必不傳，而翁山斷不以彼易此，是則翁山已矣。」

王源屈翁山詩集序：「翁山之詩，原本忠孝，根據漢魏樂府，包羅六朝、三唐之勝，而自寫其性情際遇，大醇無小疵，直駕宋明詩作者上。」

方朝周乳峰傳：「當是時，翁山屈氏、獨漉陳氏、鬱洲梁氏并皆以風雅鳴於東南。」

吕履恒漫題六首之二：「白也飄然詩思高，微詞託興似離騷。三閭苗裔天才秀，（嶺南屈子）。可與青蓮代捉刀。」

費錫璜屈翁山先生以四詩寄我論詩大旨與鄙意符合先生殁後乃見其詩於集中作此寄弔：「一代聲

名出至公，詩人原自屬英雄。笑他江左耽吟客，盡落元和變調中。」「寫出丹陵雙鳳凰，墨痕著紙已飛翔。神仙别有升天骨，不是人間服食方。」「南海詩壇有大宗，負書懷餅願相從。一聞太白騎鯨去，夢斷羅浮四百峰。」「信知天下真才少，豈有真才不愛才。五載已判書斷絶，三年遺集忽重開。」「未見斯人但識名，無端涕淚爲君傾。山川奇氣從今盡，即有才人異代生。」奉贈梁藥亭前輩：「偉哉嶺南挺三家，公與屈陳雄一代。屈力宏肆陳沖希，公尤奇變窮諸態。」

方正玉六瑩堂二集序：「方今海内，無不奉嶺南三大家。」

林之枚灕江集詩選引吴準庵曰：「翁山以嶺表碩彦爲風雅文章之宗匠，三十餘年，凡遊屐所臨，名流莫不争先傾倒。」「撫今追昔，鏗金戛玉，情誼纏綿，固不僅以詩句爲工。」

全祖望雪竇山人墳版文：「粵人（指屈大均）不可一世，獨心折先生詩，嘗曰，『平生魏雪竇，是我最知音，一自斯人死，三年不鼓琴』是矣。（大均）蓋嘗再從先生寓鄞，其風格頗相近云。」

韓海郭苾亭詩集序：「吾粵詩多以唐爲宗，宋以下概束之高閣。遠自南園五先生開其源，近則屈、梁、陳三大家樹之幟。粵人士從之，翕然如水之赴壑。」書法匯編序：「幼曾記吾粵屈翁山、梁藥亭、陳獨漉三先生相聚論書。三君惟獨漉以八分擅名，梁謂之曰：『公書有本領，有學問，然世上多有之。僕書没本領，没學問，然掩其姓字，出書示人，識者必曰：想見此子不俗。』因謂屈曰：『公書何如？』曰：『僕書不管有本領，没本領；有學問，没學問，只自己寫成一屈翁山耳。』想三公之言，得毋亦貴有天趣之謂耶？」

檀萃楚庭稗珠録卷四：「三家之詩均敵，惟道援堂無體不備，陳、梁近體風格稍遜。蒲衣敘次三家，顧首庶常，豈以官爵耶？後來之稱道援堂者，尤尊五律，魯仲連一首，膾炙至今。」卷五：「華夫所爲書，不無放誕之詞，而序其爲人者，則謂岳岳懷方，手恭足重，望如山立，即似春温，則有道君子也。」

梁善長廣東詩粹：「七言古體……一靈上人感時傷亂，慷慨悲歌，離騷之遺也……五言律……一靈上人清俊。」「一靈自謂五律可比太白，而氣體亦多似杜。」

林明倫答關橋孺書：「吾鄉自梁藥亭三家後，學者甫離句讀，便束書不觀，競爲浮詭靡曼之詩，妄意得嗣三家之風流。不知屈、陳二公所遭之世與今不同，故其爲詩，人不能學，學之則同於不哀而哭，不病而呻，雖工亦僞。」

沈德潛國朝詩別裁集卷八：「繆天自云：『詩有俚語，經顧寧人筆輒典；詩有庸語，入屈翁山手便超。』洵爲定論。翁山天分絶人，而又奔走塞垣，交結宇内奇士，故發而爲詩，隨所感觸，自有不可一世之概。欲覓一磊落怪偉之人對之，藝林諸公，竟罕其匹。」「詩外中七言古以古律句互用，無浩氣健筆舉之，少一片清鏘金石聲也；七言律高渾兀奡，不事雕鏤；五言律如天半朱霞，雲中白鶴，令人望而難即。大家逸品，兼善厥長。」卷十六：「嶺南三家，翁山以五言律擅場，元孝以七言律擅場，而七言古體獨推藥亭。」

清代文字獄檔第二册屈大均詩文及雨花臺衣冠冢案：「傅泰奏屈明洪繳印投監摺：『……查嶺南有三家名號：一名屈大均，號翁山；一名陳恭尹，號元孝；一名梁佩蘭，號藥亭。俱有著作詩文，流播已久。……翁山、元孝書、文中多有悖逆之詞，隱藏抑鬱不平之氣。又將前朝稱呼之處，俱空抬一字，惟屈翁山爲最，陳元孝間亦有之。臣觀覽之際，不勝駭愕髮指。』」李侍堯、德保奏據繳屈大均詩文摺：「三家合刻内梁佩蘭、陳恭尹詩文，語多悖逆，實屬不應留存，臣等恐其別有專集，爲伊子孫收藏，已密委員前往各家詳細搜查，并無存留。但合刻之詩，省城坊間，既有刷賣，則紳士之家，保無買閱？現經通飭各屬查收。」高晉奏查訪雨花臺情形摺：「臣查逆犯屈大均乃罪大惡極之人，其生前忽而爲儒，忽而爲僧，忽而還俗，形蹤詭秘，居心叵測，其死後尸骸，久經粤省刨出銼戮。乃於惡逆經過之地，輒敢虚營狡窟，冀附遊魂，實屬天理難容，神人共憤。」德保奏查訊屈大均族人指出屈大均葬所摺：「伏思屈大均造作逆書，肆行狂吠，罪大惡極，覆載不容。雖經百有餘年，應已形消骨朽；但當此光天化日之下，未便仍留穢迹，封植依然，俾其子孫得守丘壠，歲時拜掃。相應請旨刨毁，仍銼其尸以快人心，以申國法。臣謹恭摺具奏，伏乞皇上睿鑒訓示，謹奏。乾隆四十年三月二十九日。硃批：『亦不必矣。』」

廣東文獻四集卷十九羅學鵬曰：「王蒲衣選屈、梁、陳詩……夫居本朝而妄思前朝者，亂民也。翁山叫囂狂噪，妄言賈禍，大失温柔敦厚之旨，其詩不直入選。且其人忽而遯跡緇流，忽而改服黄冠，忽而棄墨歸儒，中無定見。知不能謀，有愧巖野；勇而不死，又慚湛若，惟以强詞奪理，自掩其偷生之醜，文斯下矣。」

陸鎣問花樓詩話卷三：「國朝談詩者，風格遒上推嶺南，采藻新麗推江左。言嶺南者，翁山豪宕，藥亭深穩，而清蒼高深，吐棄一切，則推元孝。」洪稚存論詩絶句：「藥亭獨漉許相參，吟苦時同佛一龕（按，指翁山）。尚得昔賢雄直氣，嶺南猶似勝江南。」

潘國祚玉峰山房讀屈翁山詩：「玉峰蒼翠落秋牀，户牖全開面面涼。寫得翁山三十絶，日中時作白蓮香。」

張晉仿元遺山論詩絶句六十首之五十二：「瘴雨蠻煙海盡頭，嶺南三老盡風流。更憐後起傳佳句，柳色依人欲上樓。」

方于穀仿王漁洋論詩絶句四十首之十四：「三家自昔數梁陳，竟把湟溱作外臣。（程周量詩品在梁陳上）竊爲翁山論世系，許多哀怨祖靈均。」

温汝能粤東詩海卷六十七引顔平巖語：「吾粤人詩，本領之深，力量之厚，無逾屈者。如陳獨漉之沈雄哀激，梁芝五之排宕縱横，求之當時，亦罕有右。」

徐以坤戲爲絶句：「痛飲清醪讀楚騷，風流所始韻原高。同時尚有梁陳輩，鞭弭周旋氣盡豪。」

黄培芳粤岳草堂詩話卷二：「道援堂五律，超邁絶倫，起調尤卓。……皆真氣磅礴。姚伯山明府東之論國初諸老詩，以道援堂爲冠，良有以也。」論粤東詩十絶之七：「盛唐風格數何人？區（大相）、鄺（露）諸賢迥絶塵。五字長城才蓋代，南中還首屈靈均。」

譚瑩樂志堂詩集卷六論詞絶句：「國初抗手小長蘆，除是番禺屈華夫。讀竟道援堂一集，彭孫遹鄒祗謨説擅倚聲無？（屈大均）」卷七偶撿閲架上明人詩漫賦：「離騷哀怨閲千春，香祖園中得替人。三百年來誰抗手？嶺南復有屈靈均。（屈大均）」

陳梓定泉詩話卷四：「屈翁山名大均，嶺南三大家之一。梁藥亭固不敢抗衡，即陳元孝亦非其匹。大抵明季甲申以來詩人惟此君爲冠。王阮亭世雖盛稱之，終不逮於屈也。」

龔自珍夜讀番禺集書其尾：「靈均出高陽，萬古兩苗裔。郁郁文詞宗，芳馨聞上帝。」「奇士不可殺，殺之成天神。奇文不可讀，讀之傷天民。」

陸繼輅雜題之四：「嶺南三家豪傑士，蠻鄉特立作詩人。知否代興黎仲簡，又空規仿出清新？」

姚瑩論詩句六十首之五十六：「南園秋草没荒陂，接軌梁陳亦足奇。最是屈家吟不得，分明哀怨楚湘纍。」

吴衡照冬夜讀詩偶有所觸輒志斷句非效遺山論詩也得十五首之六：「海上煙雲致足夸，嶺南三子各名家。虞翻著述嵇含狀，貝闕珠宫天一涯。」

況澄仿元遺山論詩三十首之二十六：「筆鋒安得逞微權，禾黍遺詩總不傳。書禁於今開法網，三家争購嶺南編。」

梁梅論詩絶句（專論粤東詩人）之九：「三家孤詣絶微參，出處殊途各不慚。自寫各人真面目，嶺南何必勝江南。」

延君壽老生常談：「屈翁山後出，能以古體行於律中，然亦有極整煉處，學者當從整處學去，太散終非竟法。」「詩有空寫而不覺其空者，不讀書人效之，便味同嚼蠟。屈翁山云：『白鷺一溪影，桃花何處灣？』其神韻色澤，味之彌長。欲爲此等，當先讀書。」「又有故典與題全没關涉，信手拈來，妙不可言者。

翁山太白祠云云，讀之令人驚喜，如此捏合用事，豈非妙手？」「詩有看去極省力，又極自在流出，卻不許人捉筆追蹤者，天才人力之別也。翁山贈楚客云云，其妙處尤在後半不弱。學者學古人到水到渠成之候，方可偶得此種。初上來則不可師此，所謂數不躐等也。」「翁山家園示弟云云，第五六句接得深健，通體脈絡方極靈動。」

張之傑讀明詩五十二首：「脱卻袈裟換舊衫，騷壇高踞氣巖巖。即看五字尋常語，一出毫端便不凡。」

程秉釗國朝名人集題詞：「浩瀚雄奇衆妙該，遺民誰似嶺南才？祇應憔悴靈均裔，飯顆山前賭句來。」有注云：「陳恭尹元孝獨漉堂集。嶺南三家勝於江左。翁山五言，神似青蓮；獨漉七言，不減工部。洵并時之勁敵。」

譚獻復堂日記卷四：「閲嶺南三家詩，梁氏醇樸，而意盡句中，大似龔芝麓；屈氏深秀，由奇得剽，噴薄處鬱鬱有至性，此君與鄺湛若皆神似太白，不徒形似；陳氏精深，師法在陳思、子美，亦以時地相發。」復堂類稿明詩録序：「至若屈、顧處士，鼎湖之攀既哀，魯陽之戈復激，忼慷任氣，磊落使才，憑臆而言，前無古昔。乃有怨而近怒，哀而至傷者，則時爲之也。」

王闓運湘綺樓論詩絶句：「天骨開張似李何，祇緣遭亂得詩多。亭林破帽孤吟苦，未比翁山斫地歌。」

凌譽釗國朝嶺海詩鈔卷三引朱彝尊云：「華夫詩多愴怳之言，皭然自拔于塵壒之外。」「侯官張超然亦謂其氣浩然充塞於兩間，故其詩汪洋灝汗，見稱當世。」

何曰愈退庵詩話卷一：「屈翁山大均，番禺人，性任俠，有奇才。詩沈鬱豪邁，橫絶一世。魯連臺、自白下至檇李與諸子約遊山陰、寄何子數律俱不減唐人。」卷四：「屈翁大均道援堂集世已盛行，沈文慤公國朝詩別裁采其魯連臺一首，膾炙人口矣。余尤喜其懷古七律，特爲拈出。如望雲川云云，宣府弔古云云，紫荊關道中送客云云，塞上感懷云云，詠荊軻云云，重過易水云云。翁山負奇才，不見用於時，以布衣老，感慨悲歌，宜矣。然其氣韻沈雄，筆力矯健，固一世詩豪也。」「哭華姜數絶，深情款款，幾於一字一淚，令人不堪卒讀。」

朱庭珍筱園詩話卷二：「嶺南三君，藥亭七古，翁山五律，元孝七律，當代夸爲三絶。」「屈翁山五律，忽而高渾沈著，忽而清蒼雅淡，氣既流蕩，筆復老成，不拘一格，時出變化。蓋得少陵、右丞、襄陽、嘉州四家之妙，真神技也。七律佳作，在盛唐之間，不失高調雅音。七絶學都官、庶子，亦頗可玩。惟五七古，則萎靡不振，平冗拖沓，吾無取焉。」卷四：「近代詩家，工五律者，莫如屈翁山、施愚山二君。」論詩之三十八：「藥亭長古氣雄豪，五律翁山品最高。各向嶺南夸絶技，天風萬里卷銀濤。」

毛國翰暇日偶閲近人詩各繫一絶之二十一：「嶺外騷人數屈陳，三家分占海南春。仙人誰是海瓊子，獨御天風會列真。」

林昌彝海天琴思録卷六：「樂有天籟、地籟、人籟，詩亦有天籟、地籟、人籟。近代國初諸老詩，吴野人天籟也；屈翁山、顧亭林地籟也；吴梅村、王阮亭、朱竹垞人籟也。此中精微之境，難爲不知者言也。」

海天琴思續録卷六：「本朝吴野人詩多辣，屈翁山多超，顧亭林多鬱，朱竹坨多雅。」卷八論本朝人詩一百五首：「萍梗飄零亂世身，悲歌散髮又靈均。心香欲下翁山拜，端合黄金鑄此人。（番禺屈翁山大均）」射鷹樓詩話卷十四：「嶺南三家，梁藥亭佩蘭不及陳、屈二家。」

黎耀宗論詩絶句：「誰憐蹤跡渾樵漁，地老天荒故國墟。香草美人幽怨在，家風真不愧三閭。」

謝章鋌嶺南雜詩：「三家最勝屈翁山，後起無如宋芷灣。更有桐華老詞客，心香焚遍鷓鴣斑。」

郭曾炘雜題國朝諸名家詩集後：「王李鍾譚變已窮，嶺南江左各宗風。六家詩繼三家起，盛世元音便不同。」「一般謗海坐鳴蛙，浪跡翁山異牧齋。晚近禁書才稍出，都教紙貴洛陽街。」

徐嘉論詩絶句五十七首：「殘山剩水黍禾荒，詠史游仙盡慨慷。一卧僧廬徵不起，繁絃急管奏清商。」

方廷楷習静齋論詩百絶句之四十四：「少年書畫已名馳，又見詩歌絶代奇。除卻翁山元孝外，有誰難乎較雄雌？（順德黎二樵簡）」

林楓論詩仿元遺山體之五：「嶺南詩派屈梁陳，一代風騷鼎足身。誰識桂林程太守，聲光騰踔獨扶輪。」

戴森論詩絶句之十四：「倚天長劍切雲冠，露洗芙蓉手把看。欲往從之飛雨雪，羅浮清夢不勝寒。」（嶺南三家）

沈壽榕檢諸家詩集信筆各題短句之三：「嶺南名最梁陳著，問道援堂（屈大均）知漸稀。江左錢吴寫哀豔，襟度夷猶襲合肥。」

顔君猷論嶺南國朝人詩絶句之一：「交廣從來是楚鄉，湘纍苗裔擅詞章。頑民不誦周家聖，手擲寒泉弔首陽。」

李文泰海山詩屋詩話卷一：「嶺南三家詩，當時名公無不傾倒。」

狄學耕題兩當軒集後：「謫仙風調許追攀，僞體陳言一例删。若向詩壇論格律，元遺山後屈翁山。」

陳衍石遺室詩話卷十八：「嶺南詩人，初未大盛，張曲江後，其著者南園前後五子、屈、陳、梁三家而已。」戲用上下平韻作論詩絶句三十首（止論本朝人，及見者不論）之五：「嶺南依樣仿江南，獨漉騷餘鼎足三。敵得天山鬢邊雪，離憂古色滿江潭。」

朱祖謀冬夜檢時賢詩集率綴短章之三：「碧澥蒼梧幾廢興，蒼涼懷古屈梁能。輸他獨漉堂中叟，老向中原拔幟登。」望江南詞：「湘真老，斷代殿朱明。不信明珠生海嶠，江南詞賦總難平。愁絶庾蘭成。」

孫雄論詩絶句：「狻猊鬱怒飲溪流，語不驚人死不休。陳屈梁程堪嗣響，揮毫字字欲縋幽。」注云：「符南樵云：二樵詩生澀結峭，少陵所謂『語不驚人死不休』者。粤東詩人，向推屈、梁、陳三家，程周量可與三家頡頏，得二樵山人詩，上與諸公爲繼響矣。」

歐陽述雜題國朝人詩集各一首之二：「天章全體頗雄駿，漁洋所取惟清新。論詩竹垞具隻眼，擬以番禺屈大均。」

陳田明詩紀事辛籤卷十一：「翁山五言詠古詩，突兀奇崛，多不經人道語。七律雄宕豪邁，五律雋妙圓轉，一氣相生，有明珠走盤之妙，與區海目後先合轍。」又引王猷定四照堂集：「屈五賦質既超，選材亦別，餘子在人海和酬，處士獨拔地作空中語。」

邱煒萲五百石洞天揮麈卷一：「屈、顧二公詩學皆從杜出，其一種悲涼骯髒之意，早已相視而莫逆矣。屈終以此名家。」

楊鍾羲雪橋詩話續集卷五：「劉震東郊謂：『粤東之屈開辟而粗，新城之王娟秀而弱。』」

金天翮答樊山老人論詩書：「翁山奇服，別具仙骨。」與鄭蘇堪先生論詩書：「天翮二三百年詩人服膺亭林、翁山，謂其歌有思，其哭有懷，其撥亂反正之心，則猶春秋、騷、雅之遺意也。」

徐世昌晚晴簃詩匯卷十八詩話：「翁山少丁喪亂，嘗逃於釋氏，名今種，字一靈，又字騷餘，晚乃返冠服。詩自謫仙入，念亂憂生，盤鬱峭豔。又以初遭鼎革，每多故國之悲。燕京述哀曰：『陰雨煤山樹，君臣各一枝。内城吹角急，前殿擊鐘遲。』西山口攢宫曰：『血灑海棠中使見，神歸天穴貴妃同。真孤倉卒人難託，微服艱難路不通。』述思陵末造事，語至沈痛。」

錢林文獻徵存録引龔賢評屈大均語：「龍章鳳姿，輝映南海。」

袁嘉穀春日下晛小飲薄醉尚論古詩人漫成十二首之十一：「國朝竹垞八音和，寥落梅村作豔歌。嶺外三家撑半壁，和聲鳴盛已無多。」

沈汝瑾國初嶺南江左各有三家詩選閲畢書後：「鼎足相詩筆墨酣，共稱詩佛不同龕。珠光劍氣英雄淚，江左應慚配嶺南。」「翁山奇氣勝虞山，被禁仍留天地間。忠孝更推陳獨漉，貳臣相對合羞顔。」

蔣士超清朝論詩絶句之六：「藥亭七古翁山律，諸體兼長獨漉堂。嶺嶠詩人勝江左，湟溱辭更有聲光。」

番禺縣續志卷四十：「東皋詩社在東門外。……明亡，池館荒廢。國朝康熙間，駐防鑲黄旗參領王之蛟修葺之，取爲别業，聘屈大均、陳恭尹、梁佩蘭主其中，名曰東皋詩社。四方投篇贈縞者不停軌，與昔之南園頡頏。」

陳融顒園詩話：「余於清初粤三家詩，久欲有所論列，而未敢著筆，問於不匱主人（按，指胡漢民）。主人曰：『王蒲衣選三家詩，盤麓王氏爲之序曰：「藥亭之詩，才人之詩也；翁山之詩，學者之詩也；元孝之詩，詩人之詩也。」余少時見之，即謂不然。如王序上文謂翁山如萬壑奔濤，其中多藏蛟龍神怪，自是才人而非學者。且既推重元孝爲詩人之詩，乃譬以大匠當前，羅材就正，亦嫌搔不著癢處。竊謂翁山之詩，以氣骨勝；元孝之詩，以情韻勝；藥亭之詩，以格律勝。翁山如燕趙豪傑，元孝爲湘沅才人，藥亭乃館閣名士也。藥亭於樂府功力甚深，惟摹古有痕跡，不如翁山、元孝。翁山之猛虎行、槖駝行，幾可置之少陵集中，所謂真唐勝於僞漢，學古不必摹古也。元孝則不必高調，而自然深厚。翁山序無題百詠首云：「詩以麗爲貴。」故其爲五言有逼近景純、太白者，然余終愛其真樸之作。翁山序于子詩集亦云：「兩漢氣純，故辭多質；魏氣爽，故辭多華；六朝氣俳，故文質多傷。故爲詩貴養其氣，古今人才皆相及，所争者氣而已耳。」今人於三家詩，恒以爲翁山當踞首席，殆亦以此。徐世昌晚晴簃詩話謂翁山詩「自謫仙入，念亂憂生，盤鬱峭豔」，亦不知何所本。翁山五言古詠懷詠古有近太白者，他作則不爾。如哭王華姜、挽陳恭人等篇，於太白無有也。故其序寒香詩集，亦自謂「有杜之憂」，知其瓣香所在矣。又，翁山序荊山詩集云：「詩之衰至宋元而極。明興百餘年，北地李獻吉崛起，斟酌三唐，以少陵爲宗，而後風雅之道振。」數語足見三家當時趨向，蓋鍾、譚之後又一變也。翁山七言古似較遜於諸體，其不同於吴梅村、龔芝麓諸人者，氣較遜耳。懷古七律，三家同時有作，以元孝最見稱於當時。今日讀之，覺翁山猶足與頡頏無愧也。藥亭雖工穩，以其所感不深，不能與二家并駕。宋芷灣與張南山莫逆，嘗謂南山曰：「一唱三嘆，入人心脾，我不如子；哀樂無端，飛行絶跡，子不如我。」二語頗可發易爲屈、陳二家稱之。惟屈雄於宋，陳深於張，或亦風會爲之耶？』不匱主人之説如是，余爲所贊同者。讀嶺南人詩絶句：『儒素緇藍託意深，詩人氣骨自森森。從來燕趙稱豪傑，舍卻沙亭何處尋？』『太白高弦偶一彈，畫疆如此亦酸寒。橐駝猛虎真唐在，朱十何爲被眼謾？』『今古才人孰後先，所争浩氣立當前。梅村芝麓淩雲筆，荏弱隨人總可憐。』『司馬本爲神漢賊，寄奴真是楚王孫。軍前曾上春秋義，可讀先生宋武篇。』（一作：「九世深仇雖可復，千年正統未能存。詩亡義有春秋在，可讀先生宋武篇。」）『借報仇讎乃漢兵，合留否去亦光明。論詩牽及軍中事，世眼紛紛昧濁清。』」

黄榮康夏日雜閲古今人詩集每綴一首之一：「華岳高吟百韻豪，盤空秋隼瞰揮毫。不勝故國河山感，且看閨人繡戰袍。」（道援堂集）

鄔慶時、屈向邦廣東詩匯屈大均小傳：「大均，番禺人。生於南海邵氏，年十六，以邵龍姓名補南海縣學生員。其父攜之歸沙亭，復姓屈氏，易名紹隆。永曆元年，從師陳邦彦起義。邦彦殉難，大均赴肇慶行在，上中興六大典書。大學士王化澄疏薦，將官以中秘，聞父病遽歸。父殁，入雷峰爲僧，名今種，字一靈。逾年，出遊大江南北，遍交其豪杰，聯絡鄭成功，入鎮江，攻南京。鄭敗，大均歸里，反於儒，更今名。復游秦、隴，回粵。吴三桂反清，以蓄髮復衣冠號召天下，大均建義始安，以廣西按察司副使監安遠大將軍孫延齡於桂林。後知三桂有僭竊之意，謝歸，年六十七卒。」

屈向邦粵東詩話卷一：「王蒲衣隼選梁、屈、陳詩，稱爲『嶺南三大家』，議者紛紜，不知蒲衣之意或衹欲選屈、陳爲『嶺南兩大家』耳。其加選梁，且以冠首，或欲避人攻詰，以梁爲幌子耳。而此書仍被抽毀，則非蒲衣所及料也。蓋以志行言，梁與屈、陳迥不侔也。蒲衣固以『詩言志』爲重者，何爲必以梁與屈、陳并稱，且以爲冠乎？（以詩論，梁固有卓有可傳之價值在，不必與屈、陳并稱。楚庭稗海謂，蒲衣敘次三家，首庶常，豈以官爵耶？尤爲隔靴搔癢之論。）明眼人當能洞悉蒲衣深心，而非議之無謂也。洪北江詩：『尚得昔賢雄直氣，嶺南猶似勝江南。』蓋指屈翁山、陳元孝諸人之詩也。翁山、元孝而後，宋芷灣最爲傑出，自近世趨向宋人艱澀一路，而雄直之詩，渺不可復睹矣。」

鄧之誠清詩紀事初編卷二：「大均有著述之才，不止以詩文重。然詩文獨步一時，未有能及之者。」又，「恭尹自評其詩，謂與大均及梁佩蘭爲能發抒性靈，自開面目。又謂大均江河之水，佩蘭瀑布之水，己則幽澗之水。蓋寓其不肯平也。實則屈、陳皆擅近體，屈以五言勝，陳工於七字，未易軒輊。」

劉承幹翁山文外跋：「先生所爲詩文，視亭林則毅然忠蹇氣適相沆瀣，若竹垞則未免噫喑鬱伊，捫舌騂顔。此當於知人論世驗之。」

黄慶雲民族詩人屈大均：「予捧讀其詩，喻其志則泰山未足爲高，喻其辭則蘭蕙香草未足爲芬，喻其氣則長江滔滔未足爲壯，喻其韻則大珠小珠落玉盤未足爲奇……（朱彝尊）不及其精煉……（王漁洋）不及大均之天然……（顧亭林）不及其氣象萬千且雄渾天成也。」「予觀大均詩中仍存樂府之古風者，惟五言古詩，有時置之漢魏樂府中，幾不可辨，其五言絶句尤韻絶，回腸蕩氣，蓋子夜、讀曲之遺也。然大均絶非刻意摹仿，以浸淫既多，順口寫來，便覺渾脱，神氣宛然，固不徒貌似也。」「大均之詩，悲天憫人，語重心長，意在言外，其氣韻格意，尤酷似杜甫。亦古來學杜中之能手，能從杜入，亦能從杜出者也。」

黄海章題屈翁山真跡：「居庸雁塞久經過，匡復雄心老不磨。留得羅浮高詠在，英風猶自壯山河。」

後記

屈大均的詩集，經著録的有道援堂集、道援堂詩集、翁山詩外、翁山詩略、屈翁山詩鈔、屈翁山詩集、寅卯軍中集等多種。屈氏生前，就曾刻刊道援堂集、翁山詩略二種，據汪宗衍考證，初刻本道援堂集當刊於順治十八年之前，今不傳。翁山詩略四卷，又稱九歌草堂集，今存康熙刻本，缺卷四，又有乾隆癸酉翻刻康熙本。康熙二十五年，屈大均將此二種詩集益以集外詩，編定爲翁山詩外十五卷，并於康熙二十八年刊行，目録下題門人陳阿平編。康熙三十六年，浙人凌鳳翔入粵，取翁山詩外補刻校正之，成翁山詩外十八卷。其卷十六、十七爲詞，卷十八未刻，實爲十七卷，目録下題門人陳阿平編，苕南凌鳳翔校。後屈大均之子明洪又在此本基礎上補刻詩十八首，增大均遺像及黄廷璋題詞，目録下改題男明洪編。是爲屈大均詩詞集之較完備者。宣統庚戌上海國學扶輪社出版排印本翁山詩外二十卷，底本爲江南圖書館所藏傳鈔屈明洪補刊之十七卷本。屈翁山詩集八卷，詞一卷，爲嘉興徐肇元掄三選，有康熙刻本，今存。道援堂詩集十二卷，詞一卷，託名徐掄三兄弟選刻，有道光刻本，今存。寅卯軍中集及翁山詩鈔，均未見傳本。

屈大均詩詞編年校箋，以中山大學圖書館所藏善本翁山詩外康熙丁丑凌鳳翔刻本（簡稱凌本）爲底本，通校以廣州中山圖書館所藏之陳阿平十五卷本及屈明洪十七卷本，并參校國學扶輪社本（簡稱宣統本）及道援堂詩集。爲節省篇幅計，本書校記，附於箋後。凡底本不誤，他本或他書誤者，不出校記。凡兩通而含義不同者，取底本，不出校記；凡因他本義較佳而取他本者，出異文校記。凡筆畫小誤及日曰、已巳混同之類的誤刻，徑改，不出校記。凡因脱訛衍倒而經補改删乙者，均出校記；凡疑脱訛衍倒而未能補改删乙者，則出校存疑。標點，詩之正文，僅使用句號、逗號及專名綫。律詩絶句，除首句用逗號外，其餘押韻處皆用句號。詞之正文，使用句號、逗號、頓號，押韻處皆用句號。詩詞之序及作者自注、箋校文字，則使用各種標點符號。詩題不加標點符號。

翁山詩外十五卷本，爲作者生前自定本。全書按詩體分卷，各卷中篇次極爲混亂，時代先後次序顛倒，書中古詩、絶句、雜體等卷，毫無規律可言，而在律詩和詞的各卷中，間或把同一時期所作的若干首編在一起，略有蹤跡可尋。翁山詩外十八卷本，經凌鳳翔、陳阿平補刻校正，所補刻的「五律五」和「七律三」兩卷，分别爲康熙二十五年、康熙三十二年以後之作，按照寫作先後次序編排，而在其他各卷之末補刻的集外詩，也大多數能按年編排，從這一點來看，凌、陳二氏當爲屈氏功臣。總的來説，屈大均詩集中的律詩，在康熙二十五年以後，是較準確地編年的，康熙二十二年至二十五年間，也有大致的編年。

屈大均詩詞編次混亂，有些學者認爲是作者故意爲之的。屈大均前半生，轉徙南北行蹤不定，所爲詩亦隨意放在行篋中，以其豪邁灑脱的性格來説，恐怕亦不耐煩對這數量巨大的手稿進行編排整理。康熙十九年秋返粤後，生活稍爲安定，故康熙十九、二十、二十一幾年間的詩作也有跡可尋。直至康熙二十二年在廣州城南得屋數椽後，纔有真正安身之所，此後十餘年間的一些詩作便次序井然了。然又有所不解者，屈大均晚年衹對律詩作過編年，而其他各體依舊編次混亂，從這裏也可看出作者對律詩尤其是五律的偏愛。

對屈詩的編年，近世學者汪宗衍功不可没。汪氏撰屈大均年譜（簡稱汪譜），每年後附編年詩，共一一九二題，有理有據。本書編年，即以汪譜爲基礎，除個別作出修正外，其餘一仍其説。此外還對汪譜未有編年的詩逐一考索，爲作編年。全部編年詩分爲十什。未能編年的詩約六百題，按其在凌本翁山詩外中的先後順序排列，稱爲不編年詩，置於編年詩後。翁山詩外卷十八、十九爲詞，名「騷屑」。共三七二首。其中兩首重出。汪譜爲其中四十題作了編年，本書爲其餘的一百餘題作編年。未能編年的稱爲不編年詞，置於其後。全部詩詞，新編爲十四卷。

屈大均詩詞數量甚多，計有詩六千七百餘首，詞三百餘首。要對全部作品進行箋釋，工作量是極大的。本書的詩詞編年部分，均於每題詩詞之末作箋。箋的内容主要是：一、指出該題作品的寫作時間；二、簡述作者當時的行蹤；三、箋釋題中或作品中有關的地名；四、箋釋題中所涉及的人物；五、間或點出作品的要旨。不編年部分，則僅對有關地點、人物、要旨略作箋釋。

本書由編委會全體成員分工負責完成。編年及分什，由陳永正負責；箋釋部分，梁守中負責居粤初什、東莞什，黄國聲負責軍中什、避地什，楊海文負責北遊初什、北遊二什，郭培忠負責沙亭什、居粤晚什，吕永光負責初歸什、五羊什，陳永正負責不編年詩及詞。前言，由郭培忠、陳永正負責；年譜簡編及諸家品題評論輯録，由陳永正負責。全書統稿，由陳永正負責。

經中山大學中國古文獻研究所嶺南文獻研究室的同仁多年精誠合作，本書終于順利完成，在這裏，我謹向真誠地關心過本書編寫及出版工作的朋友們表示由衷的謝意。

書中的編年及箋校，存在問題定當不少，敬祈海內外學者批評指正。

陳永正二〇〇六年於中山大學

修訂後記

二〇一一年，上海古籍出版社有意向重印屈大均詩詞編年箋校一書，並提出應對原書作出全面的修訂，并補標專名綫。原書出版之後，本人在教學和研究過程中，發現一些箋校上的疏漏和錯誤，也發現一些新的資料，亦認爲有必要再作補訂。當年參與箋校工作的同事，或年事已高，或已調動，均表示不再參與修訂，祇負責補標專名綫，後續工作得由本人獨力進行。初版的電子文檔早已不存，此次修訂，以四庫禁燬書叢刊中的凌鳳翔校刊翁山詩外十八卷本爲底本，由博士生韋盛年重新録製成電子文本，中山大學古文獻研究所李永新先生對照凌本作了覆校，舍弟陳永滔對照屈大均詩詞編年箋校原本作剪貼校改，並録入原有的箋釋文字，本人在此基礎上校定全書，然後對箋釋及編年部分作了相當數量的補充和訂正。天津宋健先生曾對原書提出的一些補訂意見，亦吸收到修訂稿中，在此向宋先生致謝。定稿於二〇一三年提交上海古籍出版社後，責任編輯祝伊湄女史認真審閱全文，此後兩三年間，與本人數十次電子文檔往還，指出書中不少失誤，並提出校改意見，大大地提高了本書的學術質量，謹在此向祝女史表示衷心的感謝。

校書如掃落葉，修訂版屈大均詩詞編年校箋中訛誤定亦不少，仍祈海内外學者能批評指正。

陳永正二〇一六年冬於中山大學沚齋

茗柯文編	[清]張惠言著　黄立新校點
瓶水齋詩集	[清]舒位著　曹光甫點校
龔自珍全集	[清]龔自珍著　王佩諍校點
龔自珍詩集編年校注	[清]龔自珍著　劉逸生、周錫𩏂校注
水雲樓詩詞箋注	[清]蔣春霖著　劉勇剛箋注
人境廬詩草箋注	[清]黄遵憲著　錢仲聯箋注
嶺雲海日樓詩鈔	[清]丘逢甲著　丘鑄昌標點

吴梅村全集	[清]吴偉業著　李學潁集評標校
歸莊集	[清]歸莊著
顧亭林詩集彙注	[清]顧炎武著　王蘧常輯注 吴丕績標校
安雅堂全集	[清]宋琬著　馬祖熙標校
吴嘉紀詩箋校	[清]吴嘉紀著　楊積慶箋校
陳維崧集	[清]陳維崧著　陳振鵬標點 李學潁校補
屈大均詩詞編年校箋	[清]屈大均著　陳永正等校箋
秋笳集	[清]吴兆騫撰　麻守中校點
漁洋精華録集釋	[清]王士禛著 李毓芙、牟通、李茂肅整理
聊齋志異會校會注會評本	[清]蒲松齡著　張友鶴輯校
敬業堂詩集	[清]查慎行著　周劭標點
納蘭詞箋注	[清]納蘭性德著　張草紉箋注
方苞集	[清]方苞著　劉季高校點
樊榭山房集	[清]厲鶚著　[清]董兆熊注 陳九思標校
劉大櫆集	[清]劉大櫆著　吴孟復標點
儒林外史彙校彙評	[清]吴敬梓著　李漢秋輯校
小倉山房詩文集	[清]袁枚著　周本淳標校
忠雅堂集校箋	[清]蔣士銓著　邵海清校 李夢生箋
甌北集	[清]趙翼著　李學穎、曹光甫校點
惜抱軒詩文集	[清]姚鼐著　劉季高標校
兩當軒集	[清]黄景仁著　李國章校點
惲敬集	[清]惲敬著　萬陸、謝珊珊、林振岳 標校　林振岳集評

震川先生集　　[明]歸有光著　周本淳校點
海浮山堂詞稿　　[明]馮惟敏著　凌景埏、謝伯陽標校
滄溟先生集　　[明]李攀龍著　包敬第標校
梁辰魚集　　[明]梁辰魚著　吴書蔭編集校點
沈璟集　　[明]沈璟著　徐朔方輯校
湯顯祖詩文集　　[明]湯顯祖著　徐朔方箋校
湯顯祖戲曲集　　[明]湯顯祖著　錢南揚校點
白蘇齋類集　　[明]袁宗道著　錢伯城校點
袁宏道集箋校　　[明]袁宏道著　錢伯城箋校
珂雪齋集　　[明]袁中道著　錢伯城點校
隱秀軒集　　[明]鍾惺著　李先耕、崔重慶標校
譚元春集　　[明]譚元春著　陳杏珍標校
張岱詩文集(增訂本)　　[明]張岱著　夏咸淳輯校
陳子龍詩集　　[明]陳子龍著　施蟄存、馬祖熙標校
夏完淳集箋校(修訂本)　　[明]夏完淳著　白堅箋校
牧齋初學集　　[清]錢謙益著　[清]錢曾箋注　錢仲聯標校
牧齋有學集　　[清]錢謙益著　[清]錢曾箋注　錢仲聯標校
牧齋雜著　　[清]錢謙益著　[清]錢曾箋注　錢仲聯標校
牧齋初學集詩注彙校　　[清]錢謙益著　[清]錢曾箋注　卿朝暉輯校
李玉戲曲集　　[清]李玉著　陳古虞、陳多、馬聖貴點校

山谷詩集注　［宋］黄庭堅著　［宋］任淵、史容、史季温注　黄寶華點校
山谷詩注續補　［宋］黄庭堅著　陳永正、何澤棠注
山谷詞校注　［宋］黄庭堅著　馬興榮、祝振玉校注
淮海集箋注　［宋］秦觀撰　徐培均箋注
淮海居士長短句箋注　［宋］秦觀著　徐培均箋注
清真集箋注　［宋］周邦彦著　羅忼烈箋注
石林詞箋注　［宋］葉夢得著　蔣哲倫箋注
樵歌校注　［宋］朱敦儒著　鄧子勉校注
李清照集箋注（修訂本）　［宋］李清照著　徐培均箋注
陳與義集校箋　［宋］陳與義著　白敦仁校箋
蘆川詞箋注　［宋］張元幹著　曹濟平箋注
劍南詩稿校注　［宋］陸游著　錢仲聯校注
放翁詞編年箋注（增訂本）　［宋］陸游著　夏承燾、吴熊和箋注　陶然訂補
范石湖集　［宋］范成大撰　富壽蓀標校
于湖居士文集　［宋］張孝祥著　徐鵬校點
稼軒詞編年箋注（定本）　［宋］辛棄疾撰　鄧廣銘箋注
姜白石詞編年箋校　［宋］姜夔著　夏承燾箋校
後村詞箋注　［宋］劉克莊著　錢仲聯箋注
雁門集　［元］薩都拉著　殷孟倫、朱廣祁校點
揭傒斯全集　［元］揭傒斯著　李夢生標校
高青丘集　［明］高啓著　［清］金檀注　徐澄宇、沈北宗校點
唐寅集　［明］唐寅著　周道振、張月尊輯校
文徵明集（增訂本）　［明］文徵明著　周道振輯校

温飛卿詩集箋注	[唐]温庭筠著　[清]曾益等箋注
玉谿生詩集箋注	[唐]李商隱著　[清]馮浩箋注 蔣凡校點
樊南文集	[唐]李商隱著　[清]馮浩詳注 錢振倫、錢振常箋注
皮子文藪	[唐]皮日休著　蕭滌非、鄭慶篤整理
鄭谷詩集箋注	[唐]鄭谷著 嚴壽澂、黄明、趙昌平箋注
韋莊集箋注	[五代]韋莊著　聶安福箋注
李璟李煜詞校注	[南唐]李璟、李煜著　詹安泰校注
張先集編年校注	[宋]張先著　吴熊和、沈松勤校注
二晏詞箋注	[宋]晏殊、晏幾道著　張草紉箋注
乐章集校箋	[宋]柳永著　陶然、姚逸超校箋
梅堯臣集編年校注	[宋]梅堯臣著　朱東潤編年校注
歐陽修詩文集校箋	[宋]歐陽修著　洪本健校箋
歐陽修詞校注	[宋]歐陽修著　胡可先、徐邁校注
蘇舜欽集	[宋]蘇舜欽著　沈文倬校點
嘉祐集箋注	[宋]蘇洵著　曾棗莊、金成禮箋注
王荆文公詩箋注	[宋]王安石著　[宋]李壁箋注 高克勤點校
王令集	[宋]王令著　沈文倬校點
蘇軾詩集合注	[宋]蘇軾著　[清]馮應榴注 黄任軻、朱懷春校點
東坡樂府箋	[宋]蘇軾著　[清]朱孝臧編年 龍榆生校箋
東坡詞傅幹注校證	[宋]蘇軾著　[宋]傅幹注 劉尚榮校證
欒城集	[宋]蘇轍著　曾棗莊、馬德富校點

駱臨海集箋注　［唐］駱賓王著　［清］陳熙晉箋注
王子安集注　［唐］王勃著　［清］蔣清翊注
陳子昂集（修訂本）　［唐］陳子昂撰　徐鵬校點
孟浩然詩集箋注（增訂本）　［唐］孟浩然著　佟培基箋注
王右丞集箋注　［唐］王維著　［清］趙殿成箋注
李白集校注　［唐］李白著　瞿蜕園、朱金城校注
高適集校注（修訂本）　［唐］高適著　孫欽善校注
杜詩趙次公先後解輯校　［唐］杜甫著　［宋］趙次公注　林繼中輯校
杜詩鏡銓　［唐］杜甫著　［清］楊倫箋注
錢注杜詩　［唐］杜甫著　［清］錢謙益箋注
杜甫集校注　［唐］杜甫著　謝思煒校注
岑參集校注　［唐］岑參著　陳鐵民、侯忠義校注
戴叔倫詩集校注　［唐］戴叔倫著　蔣寅校注
韋應物集校注（增訂本）　［唐］韋應物著　陶敏、王友勝校注
權德輿詩文集　［唐］權德輿撰　郭廣偉校點
韓昌黎詩繫年集釋　［唐］韓愈著　錢仲聯集釋
韓昌黎文集校注　［唐］韓愈著　馬其昶校注　馬茂元整理
劉禹錫集箋證　［唐］劉禹錫著　瞿蜕園箋證
白居易集箋校　［唐］白居易著　朱金城箋校
柳宗元詩箋釋　［唐］柳宗元著　王國安箋釋
柳河東集　［唐］柳宗元著　［宋］廖瑩中輯注
元稹集校注　［唐］元稹著　周相録校注
長江集新校　［唐］賈島著　李嘉言新校
三家評注李長吉歌詩　［唐］李賀著　［清］王琦等評注
樊川文集　［唐］杜牧著　陳允吉校點
樊川詩集注　［唐］杜牧著　［清］馮集梧注

《中國古典文學叢書》已出書目

詩經今注	高亨注
楚辭今注	湯炳正、李大明、李誠、熊良智注
司馬相如集校注	[漢]司馬相如著　金國永校注
揚雄集校注	[漢]揚雄著　張震澤校注
張衡詩文集校注	[漢]張衡著　張震澤校注
阮籍集	[魏]阮籍著　李志鈞等校點
陸機集校箋	[晉]陸機著　楊明校箋
陶淵明集校箋(修訂本)	[晉]陶潛著　龔斌校箋
世説新語箋疏(修訂本)	[南朝宋]劉義慶撰　余嘉錫箋疏　周祖謨等整理
世説新語校釋	[南朝宋]劉義慶撰　[南朝梁]劉孝標注　龔斌校釋
鮑參軍集注	[南朝宋]鮑照著　錢仲聯增補集説校
謝宣城集校注	[南朝齊]謝朓著　曹融南校注集説
文心雕龍義證	[南朝梁]劉勰著　詹鍈義證
詩品集注(增訂本)	[梁]鍾嶸著　曹旭集注
文選	[梁]蕭統編　[唐]李善注
玉臺新咏彙校	吴冠文、談蓓芳、章培恒彙校
王梵志詩集校注(增訂本)	[唐]王梵志著　項楚校注
盧照鄰集箋注	[唐]盧照鄰著　祝尚書箋注

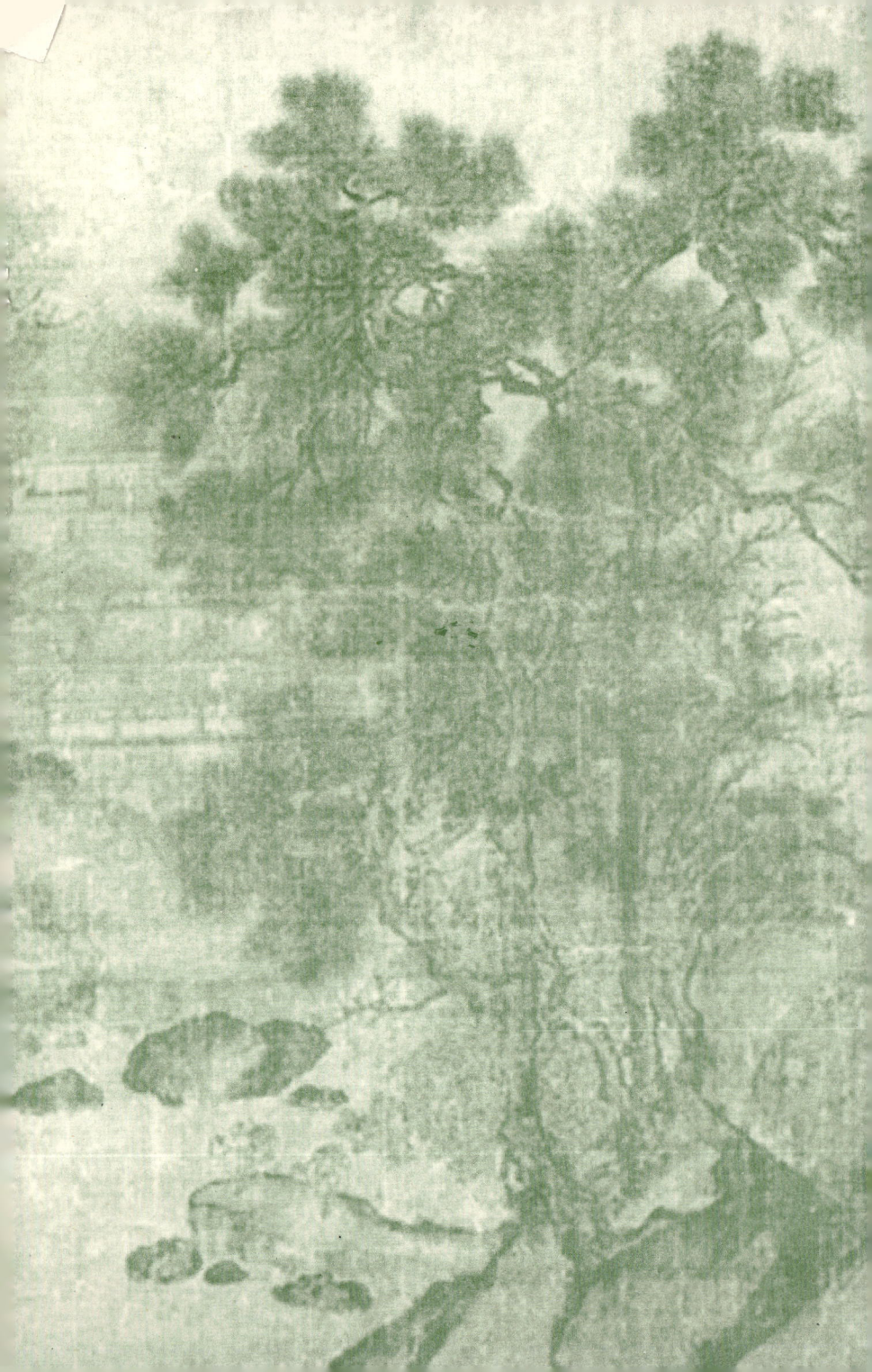